# NAWAŁNICA MIECZY

Cykl
PIEŚŃ LODU I OGNIA

GRA O TRON

STARCIE KRÓLÓW

**NAWAŁNICA MIECZY**

**Część I. Stal i śnieg**
Część II. Krew i złoto

UCZTA DLA WRON

Część I. Cienie śmierci
Część II. Sieć spisków

TANIEC ZE SMOKAMI

Część I

Część II

George R.R. Martin

# NAWAŁNICA MIECZY

## Stal i śnieg

Tłumaczył Michał Jakuszewski

ZYSK I S-KA
WYDAWNICTWO

Tytuł oryginału
*A Storm of Swords*
*vol. I: Steel and Snow*



ISBN 978-83-7785-210-1

Zysk i S-ka Wydawnictwo
ul. Wielka 10, 61-774 Poznań
tel. (61) 853 27 51, 853 27 67, fax 852 63 26
Dział handlowy, tel./fax (61) 855 06 90
sklep@zysk.com.pl
www.zysk.com.pl

*Dla Phyllis,*
*która namówiła mnie na wprowadzenie smoków*

# NOTATKA NA TEMAT CHRONOLOGII

Pieśń Lodu i Ognia jest opowiadana z punktu widzenia postaci, które dzielą od siebie setki, a niekiedy nawet tysiące mil. Wydarzenia opisywane w pewnych rozdziałach trwają dzień bądź tylko godzinę, te zaś, o których mowa w innych, dwa tygodnie, miesiąc czy pół roku. Przy takiej kompozycji narracja nie może być ściśle chronologiczna. Niekiedy ważne rzeczy dzieją się jednocześnie tysiące mil od siebie.

W przypadku obecnego tomu czytelnik powinien wiedzieć, że pierwsze rozdziały *Nawałnicy mieczy* rozgrywają się nie po ostatnich rozdziałach *Starcia królów*, lecz raczej jednocześnie z nimi. Zaczynam książkę od przedstawienia wydarzeń, do których doszło na Pięści Pierwszych Ludzi, w Riverrun, Harrenhal i na Tridencie podczas stoczonej pod Królewską Przystanią bitwy nad Czarnym Nurtem, oraz wypadków, które nastąpiły po niej...

George R.R. Martin

# PROLOG

Dzień był szary i potwornie zimny, a psy nie chciały iść śladem. Wielka, czarna suka raz tylko obwąchała trop niedźwiedzia, po czym porzuciła go i wróciła do sfory z podkulonym ogonem. Przy nagłym powiewie zmarkotniałe psy zbiły się w ciasną grupkę na brzegu rzeki. Chett również poczuł przebijający się przez warstwy czarnej wełny i utwardzanej skóry podmuch. Zapuścili się w okolice zbyt zimne dla ludzi i zwierząt. Wykrzywił usta w grymasie, niemal czując, że czyraki na jego policzkach i szyi nabierają barwy wściekłej czerwieni. *Mogłem siedzieć bezpiecznie na Murze, opiekując się tymi cholernymi krukami i paląc na kominku dla maestera Aemona.* To bękart Jon Snow odebrał mu tę pozycję, on i jego spasiony koleżka Sam Tarly. Przez nich odmrażał sobie jaja w głębi nawiedzanego lasu, mając za towarzystwo sforę psów.

— Do siedmiu piekieł. — Szarpnął mocno za smycze, by przyciągnąć uwagę psów. — Szukać, skurwysyny. To trop niedźwiedzia. Chcecie żreć mięso czy nie? Szukać! — Psy jednak zbiły się tylko jeszcze ciaśniej, skowycząc cicho. Chett strzelił im nad głowami z krótkiego bicza i czarna suka warknęła na niego. — Psie mięso jest równie dobre jak niedźwiedzie — ostrzegł ją. Jego oddech zamarzał przy każdym słowie.

Lark Siostrzanin stał obok niego z rękami skrzyżowanymi na piersi i dłońmi wetkniętymi pod pachy. Choć nosił czarne, wełniane rękawice, wiecznie się skarżył, że odmraża sobie palce.

— Przy takiej cholernej zimnicy nie da się polować — stwierdził. — W dupę z tym niedźwiedziem. Nie warto dla niego zamarzać.

— Nie możemy wrócić z pustymi rękami, Lark — mruknął Mały Paul. Większą część jego twarzy pokrywały brązowe kudły. — Lordowi dowódcy by się to nie spodobało.

Poniżej spłaszczonego nosa mężczyzny widać było zamarznięte smarki. Wielka dłoń w grubej skórzanej rękawicy zaciskała się mocno na drzewcu włóczni.

— Z nim też w dupę — rzucił Siostrzanin, chudy mężczyzna o ostrych rysach i niespokojnym spojrzeniu. — Mormont zginie, nim wzejdzie słońce, pamiętasz? Co nas obchodzi, czy mu się spodoba, czy nie?

Mały Paul zamrugał powiekami czarnych oczek. Chett pomyślał, że może rzeczywiście o tym zapomniał. Był taki głupi, że nie pamiętał prawie o niczym.

— Dlaczego musimy zabijać Starego Niedźwiedzia? Nie możemy po prostu uciec i pozwolić mu żyć?

— A myślisz, że on pozwoli nam żyć? — warknął Lark. — Urządzi na nas polowanie. Chcesz, żeby nas dopadł, ty przerośnięty przygłupie?

— Nie — odpowiedział Mały Paul. — Tego nie chcę. Za nic.

— Czyli że go zabijesz? — zapytał Lark.

— Tak. — Potężny mężczyzna walnął tępym końcem włóczni w zamarznięty brzeg rzeki. — Zabiję. Nie powinien na nas polować.

Siostrzanin wysunął ręce spod pach i zwrócił się w stronę Chetta.

— Uważam, że powinniśmy wykończyć wszystkich oficerów.

Chett miał już serdecznie dość tego gadania.

— Przecież o tym mówiliśmy. Zginie Stary Niedźwiedź i Blane z Wieży Cieni. Grubbs i Aethan też. Mieli pecha, że wylosowali akurat tę wartę. Dywen i Bannen, bo są tropicielami, i ser Świnka, przez kruki. I na tym koniec. Załatwimy ich po cichu, podczas snu. Jeden krzyk i wszyscy będziemy żarciem dla robaków. — Jego czyraki zrobiły się czerwone ze złości. — Wykonaj swoją część i przypilnuj, żeby twoi kuzyni zrobili, co do nich należy. Paul, zapamiętaj, że to ma być trzecia warta, nie druga.

— Trzecia warta — powtórzył wielki mężczyzna, rozchylając ukryte pod szczeciną i zamarzniętymi smarkami usta. — Ja i Cicha Stopa. Będę pamiętał, Chett.

Dzisiejszej nocy był nów i zaplanowali służby w ten sposób, że ośmiu spiskowców pełniło straż, a jeszcze dwóch pilnowało koni.

Lepsza okazja już się nie nadarzy. Poza tym lada dzień mogli ich zaatakować dzicy i Chett miał zamiar być w tym momencie daleko stąd. Chciał żyć.

Na północ wyruszyło trzystu zaprzysiężonych braci z Nocnej Straży, dwustu z Czarnego Zamku i stu z Wieży Cieni. To była największa wyprawa, odkąd żywi sięgali pamięcią, prawie jedna trzecia wszystkich sił Straży. Mieli zamiar odszukać Bena Starka, ser Waymara Royce'a i innych zaginionych zwiadowców, a także dowiedzieć się, dlaczego dzicy porzucają wioski. Od Starka i Royce'a byli teraz równie daleko, jak w chwili opuszczenia Muru, zdołali się jednak dowiedzieć, dokąd odeszli dzicy. W wysokie i zimne, zapomniane przez bogów Mroźne Kły. Mogli tam sobie siedzieć aż po kres czasu i nie podrażniłoby to czyraków Chetta.

Oni jednak złazili na dół. Wzdłuż Mlecznej Wody.

Uniósł wzrok i ujrzał przed sobą rzekę. Jej kamieniste brzegi pokryła warstewka lodu, a mlecznobiałe wody spływały nieustannie z Mroźnych Kłów. A teraz tą samą drogą schodził Mance Rayder i jego dzicy. Przed trzema dniami powrócił wściekły Thoren Smallwood. Kiedy opowiadał Staremu Niedźwiedziowi, co zobaczył, jego człowiek, Kedge Białe Oko, przekazał wszystko pozostałym braciom.

— Są jeszcze wysoko, ale schodzą w dół — mówił, grzejąc dłonie nad ogniem. — Przednią strażą dowodzi ta francowata suka Harma Psi Łeb. Goady zakradł się do jej obozu i widział ją wyraźnie przy ognisku. Ten dureń Tumberjon chciał ją załatwić strzałą, ale Smallwood miał na to zbyt wiele rozsądku.

Chett splunął.

— Wiesz, ilu ich było?

— Od groma. Dwadzieścia, trzydzieści tysięcy. Nie mieliśmy czasu ich liczyć. Harma miała w przedniej straży pięciuset, samą konnicę.

Otaczający kręgiem ognisko mężczyźni wymienili niespokojne spojrzenia. Nawet tuzin dosiadających koni dzikich stanowił rzadki widok. Pięciuset...

— Smallwood kazał Bannenowi i mnie okrążyć straż przednią,

by zerknąć na główne siły — kontynuował Kedge. — Ciągnęły się bez końca. Poruszali się jak zamarznięta rzeka, cztery, pięć mil dziennie, ale nie wyglądało na to, żeby mieli zamiar wracać do swoich wiosek. Ponad połowa to były kobiety i dzieci. Gnali przed sobą zwierzęta, kozy, owce, a nawet tury ciągnące sanie. Wieźli bele futer i półtusze, klatki z kurami, maselnice, kołowrotki i całą resztę ich cholernego dobytku. Muły i konie były tak obładowane, że grzbiety im pękały. Tak samo kobiety.

— I idą wzdłuż Mlecznej Wody? — dopytywał się Lark Siostrzanin.

— Przecież wam mówiłem.

Rzeka zaprowadzi ich prosto pod Pięść Pierwszych Ludzi, starożytny fort pierścieniowy, w którym Nocna Straż zorganizowała swój obóz. Każdy z odrobiną rozsądku zrozumiałby, że pora się stąd zwijać i zacząć odwrót w stronę Muru. Stary Niedźwiedź wzmocnił Pięść kolcami, wilczymi dołami i kruczymi stopami, lecz przeciw tak licznej armii nic mu to nie pomoże. Jeśli tu zostaną, wróg ich zaleje.

A Thoren Smallwood zamierzał atakować. Słodki Donnel Hill był giermkiem ser Malladora Locke'a, a poprzedniej nocy Smallwood odwiedził Locke'a w jego namiocie. Ser Mallador, podobnie jak stary ser Ottyn Wythers, chciał się wycofać na Mur, Smallwood postanowił jednak nakłonić go do zmiany zdania.

— Ten król za Murem nie będzie się nas spodziewał tak daleko na północy — mówił według słów Słodkiego Donnela. — A ta cała jego wielka armia to tylko horda obdartusów, bezużytecznych gąb do wyżywienia, ludzi niemających pojęcia, za który koniec trzymać miecz. Wystarczy jeden cios, a odechce im się walki, uciekną z wrzaskiem i na jakieś pięćdziesiąt lat ukryją się w swoich chatach.

Trzystu przeciw trzydziestu tysiącom. Chett uważał to za czysty obłęd. Co gorsza, ser Mallador po tej rozmowie zmienił zdanie i obaj byli bliscy przekonania również Starego Niedźwiedzia.

— Jeśli będziemy zwlekać zbyt długo, taka okazja może się już nigdy nie powtórzyć — powtarzał Smallwood każdemu, kto chciał go słuchać.

— Jesteśmy tarczą, która osłania krainę człowieka — odpowiedział mu ser Ottyn Wythers. — Tarczy nie wyrzuca się lekkomyślnie.

— Podczas walki najlepszą obroną jest szybkie uderzenie miecza, które zabije przeciwnika, a nie chowanie się za tarczą — skontrował Thoren Smallwood.

Nocną Strażą nie dowodził jednak Smallwood ani Wythers, lecz lord Mormont, który czekał na powrót pozostałych zwiadowców. Jarmana Buckwella i ludzi, którzy wspięli się na Schody Olbrzyma, a także Qhorina Półrękiego i Jona Snow, którzy wyruszyli do Wąwozu Pisków. Buckwell i Półręki spóźniali się jednak.

*Pewnie nie żyją.* Chett wyobraził sobie Jona Snow, który leżał siny i zamarznięty na szczycie jakiejś posępnej turni, a z jego bękarciego dupska sterczała włócznia dzikiego. Uśmiechnął się na tę myśl. *Mam nadzieję, że wykończyli też jego cholernego wilka.*

— Nie ma tu żadnego niedźwiedzia — skonkludował nagle. — To tylko stare tropy. Wracamy na Pięść.

Psy omal go nie przewróciły. Chciały wracać równie gorąco jak on. Może zdawało im się, że dostaną jeść. Chett nie potrafił się powstrzymać od śmiechu. Nie karmił ich od trzech dni, żeby były głodne i złe. Nocą, nim wymknie się w mrok, wypuści je między liny do przywiązywania koni, chwilę po tym, jak Słodki Donnel Hill i Karl Szpotawa Stopa przetną postronki. *W całej Pięści pełno będzie ujadających psów i spanikowanych koni. Będą zadeptywać ogniska, przeskakiwać mur i przewracać namioty.* Przy takim zamieszaniu mogą minąć godziny, nim ktokolwiek się zorientuje, że zniknęło czternastu braci.

Lark chciał zwerbować dwukrotnie więcej ludzi, czego jednak można się było spodziewać po głupim, cuchnącym rybą Siostrzaninie? Wystarczy szepnąć słówko do niewłaściwego ucha i w jednej chwili skrócą człowieka o głowę. Nie, czternastu to odpowiednia liczba. Wystarczy, by zrobić to, co trzeba, i nie nazbyt wielu, żeby dochować tajemnicy. Większość z nich Chett zwerbował osobiście. Jednym z jego ludzi był Mały Paul, najsilniejszy człowiek na Murze, chociaż tępy aż strach. Kiedyś złamał dzikiemu kręgosłup, próbując go uściskać. Mieli też Dirka, którego ulubioną bronią był sztylet, oraz niskiego, posiwiałego człowieczka, zwanego przez braci Cichą Stopą. W młodości zgwałcił on setkę kobiet i lubił się chełpić, że żadna z nich go nie usłyszała, dopóki nie wsadził jej tego, co trzeba.

Autorem planu był Chett. To on był z nich najsprytniejszy. Całe cztery lata służył maesterowi Aemonowi jako zarządca, zanim bękart Jon Snow nie wykopał go z roboty, żeby przekazać ją tej tłustej świni, swemu koleżce. Kiedy będzie zabijał dziś w nocy Sama Tarly'ego, wyszepcze mu do ucha: „Pozdrów ode mnie Jona Snow". Potem poderżnie ser Śwince gardło i będzie patrzył, jak krew wypływa spod grubej warstwy sadła. Chett znał się na krukach, z nimi więc nie będzie kłopotu. Nie więcej niż z Tarlym. Wystarczy jedno dotknięcie noża, a ten tchórz zleje się w portki i zacznie błagać o darowanie życia. Niech sobie błaga. Nic mu to nie pomoże. Gdy już poderżnie temu spaślakowi gardło, otworzy klatki i wypłoszy ptaki, żeby nikt nie mógł wysłać wiadomości na Mur. Cicha Stopa i Mały Paul wykończą Starego Niedźwiedzia, Dirk załatwi Blane'a, a Lark i jego kuzyni uciszą Bannena i starego Dywena, którzy mogliby wywęszyć ich trop. Już od dwóch tygodni gromadzili żywność, a Słodki Donnel i Karl Szpotawa Stopa przygotują dla nich konie. Po śmierci Mormonta dowództwo przejdzie na ser Ottyna Wythersa, starego, zmęczonego człowieka, którego opuszczały już siły. *Nim zajdzie słońce, będzie już zmiatał w stronę Muru. Na pewno nie zechce marnować ludzi na pościg za nami.*

Psy ciągnęły go z całej siły przez las. Chett widział już wystającą nad zielone korony drzew Pięść. Dzień był tak ciemny, że Stary Niedźwiedź kazał zapalić pochodnie. Wielki krąg żagwi płonął na murze pierścieniowym, który otaczał szczyt stromego, skalistego wzgórza. Trzej spiskowcy przeszli strumień w bród. Woda była przeraźliwie zimna i gdzieniegdzie pokrywały ją już plamy lodu.

— Ja ruszę z kuzynami w stronę wybrzeża — wyznał Lark Siostrzanin. — Zbudujemy sobie łódź i pożeglujemy do domu, na Siostry.

*A tam natychmiast się zorientują, że jesteście dezerterami, i pościnają wam te głupie łby* — pomyślał Chett. Ten, kto raz wypowiedział słowa przysięgi, nigdy już nie mógł opuścić Nocnej Straży. W całych Siedmiu Królestwach czekał go wyrok śmierci.

Ollo Obcięta Ręka planował wrócić do Tyrosh, gdzie według jego słów ludzie nie tracili rąk za zajmowanie się uczciwym złodziejstwem ani nie wysyłano ich na całe życie na mroźne pustkowie za to, że dali się przyłapać w łóżku z żoną jakiegoś rycerza. Chett zastanawiał się, czy z nim pojechać, nie mówił jednak w ich zaślinionym, dziewczyńskim języku. Co zresztą mógłby robić w Tyrosh? Wychowywał się na Bagnie Jędzy i nie miał żadnego zawodu. Jego ojciec całe życie orał cudze pola albo zbierał pijawki. Rozbierał się do grubej skórzanej opaski i brodził w mętnej wodzie. Czasami kazał pomagać sobie przy zrywaniu pijawek. Kiedyś jedna przyssała się chłopakowi do dłoni i Chett zgniótł ją z obrzydzeniem o ścianę. Ojciec zbił go za to do krwi. Maesterzy za tuzin sztuk płacili miedziaka.

Lark mógł sobie wracać do domu, i ten cholerny Tyroshijczyk też, ale nie Chett. Jeśli minie wieczność, nim znowu ujrzy Bagno Jędzy, to i tak będzie za wcześnie. Przypadła mu do gustu Twierdza Crastera. Dziki żył tu sobie jak lord. Czemu Chett nie miałby podążyć za jego przykładem? To by dopiero było. Chett, syn pijawkarza, lordem z własną twierdzą. Na chorągwi mógłby mieć tuzin pijawek na różowym polu. Dlaczego zresztą miałby poprzestać na lordzie? Może powinien zostać królem. *Mance Rayder zaczynał jako wrona. Mógłbym zostać królem tak samo jak on i wziąć sobie trochę żon.* Craster miał ich dziewiętnaście, nie licząc najmłodszych córek, których nie wziął jeszcze do łoża. Połowa z tej liczby była tak samo stara i brzydka jak on, ale to nie przeszkadzało Chettowi. Staruchy będzie mógł zagonić do prania i gotowania, sadzenia marchewki oraz karmienia świń, podczas gdy młode będą mu grzały łoże i rodziły dzieci. Craster nie będzie się sprzeciwiał, nie po tym, jak uściska go Mały Paul.

Jedynymi kobietami, jakie znał w życiu Chett, były dziwki, które kupował sobie w Mole's Town. Kiedy był chłopcem, wiejskie dziewczyny odwracały się z obrzydzeniem na widok czyraków i kaszaka na jego twarzy. Najgorsza była ta flądra Bessa. Jeśli rozkładała nogi dla każdego chłopaka na Bagnie Jędzy, to dlaczego nie miałaby tego zrobić dla niego? Wiedział, że lubi polne kwiaty, zbierał je więc dla niej przez cały ranek, ale ona roześmiała mu się tylko w twarz i powiedziała, że wolałaby pójść do łóżka z pijawkami jego ojca niż z nim. Przestała się śmiać dopiero wtedy, gdy wraził w nią nóż. Widok jej twarzy był taki słodki, że Chett wyciągnął nóż i wbił go raz jeszcze. Kiedy złapali go nieopodal Siedmiu Strumieni, stary lord Walder Frey nie pofatygował się nawet osądzić go osobiście. Przysłał jednego ze swych bękartów, tego Waldera Riversa. Nim Chett zdążył się zorientować, maszerował już na Mur z tym cuchnącym, czarnym diabłem Yorenem. Za jedną słodką chwilę zabrali mu całe życie.

Teraz jednak zamierzał je odzyskać. Przy okazji weźmie też sobie kobiety Crastera. *Ten stary, zboczony dziki ma rację. Jeśli ktoś chce pojąć kobietę za żonę, powinien ją sobie wziąć, a nie dawać jej kwiaty w nadziei na to, że nie zauważy jego cholernych czyraków.* Chett nie popełni drugi raz tego samego błędu.

*Uda się* — powtarzał sobie po raz setny. *Pod warunkiem, że zdołamy się wymknąć.* Ser Ottyn ruszy prosto na południe, ku Wieży Cieni. To była najkrótsza droga prowadząca na Mur. *Nie będzie sobie nami zawracał głowy. Nie Wythers. Będzie chciał tylko ratować skórę.* Thoren Smallwood mimo wszystko zdecydowałby się na atak, ale ser Ottyn był zbyt ostrożny, a to on był starszy stopniem. *Zresztą, to i tak wszystko jedno. Po naszej ucieczce Smallwood może sobie atakować, kogo tylko zechce. Co nas to obchodzi? Jeśli żaden z nich nie wróci na Mur, to nikt nie będzie nas szukał. Pomyślą, że zginęliśmy razem z resztą.* To była nowa myśl i przez chwilę wydawała mu się kusząca. Żeby Smallwood objął dowództwo, musieliby zabić również ser Ottyna i ser Malladora Locke'a, a obaj byli pilnie strzeżeni dzień i noc... nie, ryzyko było zbyt wielkie.

— Chett — odezwał się Mały Paul, kiedy szli między drzewami strażniczymi i żołnierskimi sosnami — a co z ptakiem?

— Jakim znowu ptakiem, do cholery?

Akurat teraz najbardziej potrzebne mu było wysłuchiwanie przygłupa bredzącego o jakimś ptaku.

— Krukiem Starego Niedźwiedzia — wyjaśnił Mały Paul. — Jeśli go zabijemy, kto będzie karmił ptaka?

— A kogo to, do cholery, obchodzi? Jeśli chcesz, to jego też zabij.

— Za nic nie skrzywdziłbym ptaka — sprzeciwił się Mały Paul. — Ale on umie mówić. Co będzie, jeśli powie, co zrobiliśmy?

Lark Siostrzanin parsknął śmiechem.

— Tu mamy Małego Paula, co jest głupi jak fasola — zadrwił.

— Lepiej się zamknij — mruknął z groźbą w głosie Mały Paul.

— Paul — wtrącił Chett, nim rosły mężczyzna zdążył się rozgniewać — kiedy znajdą starego leżącego z poderżniętym gardłem w kałuży krwi, nie będą potrzebowali ptaka, żeby im powiedział, że ktoś go zabił.

Mały Paul zastanawiał się chwilę nad tymi słowami.

— To prawda — przyznał. — To mogę sobie zatrzymać tego ptaka? Lubię go.

— Proszę bardzo — rzucił Chett, chcąc, żeby przygłup wreszcie się zamknął.

— Jeśli zgłodniejemy, będziemy mogli go zeżreć — zauważył Lark.

Mały Paul znowu się zachmurzył.

— Lepiej nie próbuj zeżreć mojego ptaka, Lark. Lepiej nie próbuj.

Chett słyszał już dobiegające zza drzew głosy.

— Zamknijcie te cholerne gęby. Pięść jest już blisko.

Wyszli z lasu niedaleko zachodniego stoku wzgórza i skierowali się w stronę południowego zbocza, które było łagodniejsze. Nieopodal skraju lasu dwunastu mężczyzn ćwiczyło strzelanie z łuku. Wycięli na pniach drzew zarysy postaci i teraz próbowali w nie trafić.

— Patrzcie — rzucił Lark. — Świnia z łukiem.

Rzeczywiście, najbliższym łucznikiem był sam ser Świnka, gruby chłopak, który ukradł Chettowi miejsce u boku maestera Aemona. Na widok Samwella Tarly'ego natychmiast zalał go gniew. Pozycja zarządcy maestera Aemona była najlepszą rzeczą, jaka go w życiu spotkała. Stary ślepiec nie był wymagający, a większość jego potrzeb i tak spełniał Clydas. Dla Chetta zostawały tylko łatwe obowiązki: czyszczenie ptaszarni, czasem rozpalenie w kominku albo przyniesienie posiłku... a do tego Aemon nigdy go nie uderzył. *Wydaje mu się, że może tak po prostu mnie wykopać, tylko dlatego, że jest szlachetnie urodzony i umie czytać. Może powiem mu, żeby przeczytał mój nóż, zanim poderżnę mu gardło.*

— Idźcie dalej — rozkazał towarzyszom. — Ja chcę na to popatrzeć.

Psy ciągnęły mocno smycze, przekonane, że na szczycie czeka je posiłek. Kiedy Chett kopnął sukę szpicem buta, uspokoiły się trochę.

Przyglądał się spomiędzy drzew, jak gruby chłopak zmaga się z dorównującym mu wysokością łukiem. Wykrzywił w skupieniu czerwoną pyzatą twarz. W ziemię przed nim wbito trzy strzały. Tarly nasadził jedną z nich na cięciwę, naciągnął łuk i utrzymywał go w tej pozycji przez dłuższą chwilę, próbując wycelować. Kiedy wystrzelił, strzała zniknęła w krzakach. Chett parsknął głośnym śmiechem, pełnym radosnej pogardy.

— Nigdy jej nie znajdziemy i znowu będzie na mnie — oznajmił Edd Tollett, ponury, siwowłosy giermek, którego powszechnie zwano Eddem Cierpiętnikiem. — Jeśli coś zginie, wszyscy zawsze spoglądają na mnie, od czasu, kiedy zgubiłem tego konia. Jakbym mógł coś na to poradzić. Koń był biały i padał śnieg, no to czego się spodziewali?

— Zniósł ją wiatr — zawyrokował Grenn, kolejny kumpel Jona Snow. — Spróbuj trzymać łuk prosto, Sam.

— Jest ciężki — poskarżył się grubas, nałożył jednak drugą strzałę. Ta poleciała wysoko, przemykając między gałęziami dziesięć stóp nad celem.

— Chyba strąciłeś liść z tego drzewa — zauważył Edd Cierpiętnik. — I tak już nadciąga jesień. Nie ma potrzeby jej wyręczać. — Westchnął. — A wszyscy wiemy, co przychodzi po jesieni. Bogowie, ale mi zimno. Bierz tę ostatnią strzałę, Samwell, bo język mi przymarznie do podniebienia.

Ser Świnka opuścił łuk. Chett pomyślał, że grubas zaraz się rozbeczy.

— Jest za ciężki.

— Nałóż, naciągnij i wypuść — ponaglił go Grenn. — No już.

Chłopak posłusznie podniósł ostatnią strzałę z ziemi, nasadził ją na cięciwę, napiął łuk i wystrzelił. Zrobił to szybko, nie celując uważnie, jak za pierwszymi dwoma razami. Strzała wbiła się z drżeniem w dolną część piersi narysowanej węglem drzewnym postaci.

— Trafiłem go. — Ser Świnka był wyraźnie wstrząśnięty. — Widziałeś, Grenn? Edd, popatrz, trafiłem go!

— Prosto między żebra — pochwalił chłopaka Grenn.

— Czy go zabiłem? — dopytywał się grubas.

Tollett wzruszył ramionami.

— Mógłbyś przebić mu płuco, gdyby je miał, ale na ogół drzewa ich nie miewają. — Wyjął łuk z rąk Sama. — Widziałem już jednak gorsze strzały. Także we własnym wykonaniu.

Ser Świnka promieniał. Patrząc na niego, można by pomyśleć, że naprawdę czegoś dokonał. Gdy jednak zauważył Chetta i jego psy, uśmiech zniknął i twarz mu stężała.

— Trafiłeś w drzewo — zaczął Chett. — Zobaczymy, jak sobie poradzisz z chłopakami Mance'a Raydera. Oni nie będą stali spokojnie, wyciągając ręce i szeleszcząc liśćmi. Będą gnali prosto na ciebie, drąc się jak opętani. Założę się, że zlejesz się w portki. Jeden z nich wbije ci topór prosto między te świńskie oczka. Ostatnim, co usłyszysz, będzie łoskot, z jakim rozwali ci czaszkę.

Grubas dygotał. Edd Cierpiętnik położył mu dłoń na ramieniu.

— Bracie — rzekł z powagą — to, że tak było z tobą, jeszcze nie znaczy, że Sama również czeka taki los.

— O czym ty gadasz, Tollett?

— O toporze, który rozszczepił ci czaszkę. Czy to prawda, że połowa rozumu wyciekła ci na ziemię i zeżarły ją twoje psy?

Ten wielki prostak Grenn parsknął śmiechem. Nawet Samwell Tarly zdobył się na słaby uśmieszek. Chett kopnął najbliższego psa, szarpnął za smycze i ruszył w górę zbocza. *Uśmiechaj się do woli, ser Świnko. Zobaczymy, kto będzie się śmiał dziś w nocy.* Żałował, że nie będzie miał czasu, żeby zabić też Tolletta. *Cholerny, ponury przygłup z końską gębą.*

Stok był stromy, nawet z tej strony wzgórza. W połowie drogi psy rozszczekały się, szarpiąc mocno smycze. Wydawało im się, że zaraz dostaną jeść. Zamiast żarcia otrzymały kopniaka, a ten wielki brzydal, który próbował ugryźć Chetta, posmakował też jego bicza. Kiedy już przywiązał zwierzęta, poszedł złożyć meldunek.

— Były tam ślady, tak jak mówił Gigant, ale psy nie chciały podjąć tropu — oznajmił Mormontowi przed jego wielkim, czarnym namiotem. — To było tuż nad rzeką i ślady mogły być stare.

— Szkoda. — Lord dowódca Mormont miał łysą głowę i długą, potarganą, siwą brodę. Jego głos wyrażał tyle samo zmęczenia, co jego wygląd. — Przydałoby się nam świeże mięso.

Siedzący na jego ramieniu kruk pokiwał łbem.

— Mięso. Mięso. Mięso — powtórzył.

*Moglibyśmy ugotować te cholerne psy* — pomyślał Chett, trzymał jednak gębę zamkniętą, dopóki Stary Niedźwiedź nie kazał mu odejść. *Po raz ostatni musiałem chylić przed nim czoło* — pomyślał z satysfakcją. Miał wrażenie, że robi się coraz zimniej, choć byłby gotów przysiąc, że to niemożliwe. Psy zbiły się w gromadę na twardym, zmarzniętym błocie. Chett miał niemal ochotę wczołgać się między nie. Zamiast tego owinął sobie dolną część twarzy czarnym, wełnianym szalikiem, zostawiając wąską szparę na usta. Wiedział już, że jest mu cieplej, jeśli pozostaje w ruchu, zaczął więc chodzić wokół obozu ze zwitkiem kwaśnego liścia, częstując nim pełniących służbę czarnych braci. Chciał posłuchać, co mają do powiedzenia. Nikt z ludzi pełniących dzienną wartę nie należał do jego spisku, doszedł jednak do wniosku, że warto się dowiedzieć, co myślą.

Przede wszystkim było im cholernie zimno.

Cienie nabierały długości, a coraz silniejszy wiatr przedzierał się ze słabym świstem przez szczeliny w murze pierścieniowym.

— Nie znoszę tego dźwięku — poskarżył się mały Gigant. — Brzmi zupełnie jak porzucone w sitowiu niemowlę, które domaga się mleka.

Gdy Chett skończył obchód i wrócił do psów, czekał na niego Lark.

— Oficerowie znowu siedzą w namiocie Starego Niedźwiedzia. Gadają jak najęci.

— Oni tak zawsze — skomentował Chett. — Wszyscy oprócz Blane'a są szlachetnie urodzeni i upijają się słowami zamiast wina.

Lark przysunął się bliżej.

— Serwatkowy łeb wciąż gada o tym ptaszysku — ostrzegł Chetta, jednocześnie upewniając się, czy nikt ich nie słyszy. — Chce się dowiedzieć, czy schowaliśmy dla cholernika trochę ziarna.

— To kruk — stwierdził Chett. — Żywi się trupami.

— Na przykład jego trupem? — zapytał z uśmiechem Siostrzanin.

*Albo twoim.* Chett był zdania, że przygłup jest mu bardziej potrzebny niż Lark.

— Nie przejmuj się Małym Paulem. Zrób swoją część, a on zrobi swoją.

Gdy Chett pozbył się wreszcie Siostrzanina i wziął się do ostrzenia miecza, w lesie zapadał już zmierzch. W rękawicach robota szła mu cholernie ciężko, nie zamierzał ich jednak zdejmować. Przy takim zimnisku każdemu durniowi, który dotknąłby stali gołą ręką, natychmiast zeszłaby skóra.

Kiedy słońce zaszło, psy zaczęły skomleć. W zamian otrzymały od Chetta trochę wody i przekleństwa.

— Jeszcze pół nocy i same znajdziecie sobie żarcie.

Czuł już zapach kolacji.

Dostał od kucharza Hake'a piętkę twardego chleba i miskę zupy fasolowej z boczkiem. Cały czas musiał przy tym słuchać przynudzającego przy ognisku Dywena.

— W borze jest za cicho — ględził stary drwal. — Nad rzeką nie słychać ptaków, a w nocy sów. Nigdy nie spotkałem się z taką martwą ciszą.

— Martwą jak twoje szczęki — zauważył Hake.

Dywen kłapnął drewnianymi zębami.

— Wilków też nie ma. Przedtem były, a teraz ich nie ma. Jak myślicie, gdzie sobie poszły?

— Tam, gdzie jest cieplej — stwierdził Chett.

Z około tuzina zgromadzonych wokół ogniska braci czterech należało do spisku. Podczas posiłku przyjrzał się uważnie każdemu z nich, zastanawiając się, czy któryś może się załamać. Dirk wyglądał na spokojnego. Jak co noc ostrzył bez słowa sztylet. Słodki Donnel Hill swobodnie rzucał żartami. Miał białe zęby, pulchne, czerwone wargi i złote włosy, które opadały mu zręcznie zaczesaną falą na ramiona. Twierdził, że jest bękartem jakiegoś Lannistera. Może rzeczywiście tak było. Chett nie lubił ładnych chłopców ani bękartów, ale Słodki Donnel sprawiał wrażenie człowieka, który potrafi sobie radzić w życiu.

Mniej pewny był drwala, którego bracia zwali Pilarzem, raczej ze względu na jego chrapanie niż na coś, co robił z drzewami. W tej chwili wyglądał na tak wystraszonego, że wydawało się, iż nigdy już nie będzie chrapał. A z Maslynem było jeszcze gorzej. Chett zauważył, że mimo lodowatego wiatru po jego twarzy ścieka pot. Kropelki płynu lśniły w blasku ogniska niczym maleńkie, wilgotne klejnoty. Do tego Maslyn nic nie jadł. Gapił się tylko na zupę, jakby robiło mu się niedobrze od jej zapachu. *Będę musiał mieć na niego oko* — pomyślał Chett.

— Zbiórka! — Krzyk wyrwał się nagle z tuzina gardeł i szybko dotarł do każdego zakamarka obozu. — Ludzie z Nocnej Straży! Zbiórka przy centralnym ognisku!

Zasępiony Chett dokończył zupę i podążył za pozostałymi.

Stary Niedźwiedź stał przed ogniskiem, a Smallwood, Locke, Wythers i Blane ustawili się za nim w szeregu. Mormont miał na sobie grube, czarne futro, a na jego ramieniu przysiadł czyszczący pióra kruk. *To nie może znaczyć nic dobrego.* Chett przepchnął się między Brązowym Bernarrem a jakimiś ludźmi z Wieży Cieni. Gdy już zebrali się wszyscy oprócz wysłanych do lasu obserwatorów i pilnujących muru wartowników, Mormont odchrząknął i splunął. Plwocina zamarzła, nim zdążyła spaść na ziemię.

— Bracia — zaczął. — Ludzie z Nocnej Straży.

— Ludzie! — wrzasnęło ptaszysko. — Ludzie! Ludzie!

— Dzicy maszerują na nas. Schodzą z gór brzegami Mlecznej

Wody. Thoren uważa, że ich przednia straż dotrze do nas za dziesięć dni. Dowodzi nią Harma Psi Łeb i z pewnością towarzyszy jej część ich najbardziej doświadczonych wojowników. Reszta zapewne będzie tworzyła tylną straż albo skupi się wokół Mance'a Raydera. W pozostałych częściach kolumny zdolni do walki ludzie będą bardzo rozciągnięci. Prowadzą woły, muły, konie... ale tych jest mało. Większość to piechota, źle uzbrojona i niewyszkolona. Ich broń częściej będzie zrobiona z kamienia i kości niż ze stali. Wloką ze sobą kobiety, dzieci, stada owiec i kóz oraz cały swój ziemski dobytek. Krótko mówiąc, chociaż jest ich wielu, są podatni na atak... i nie wiedzą, że tu jesteśmy. A przynajmniej musimy się o to modlić.

*Wiedzą* — pomyślał Chett. *Ty cholerna, stara kupo smrodu, są tego tak samo pewni jak tego, że jutro wzejdzie słońce. Qhorin Półręki nie wrócił, prawda? Jarman Buckwell również. Jeśli dzicy któregoś z nich capnęli, to wiesz doskonale, że wydusili już z niego parę piosenek.*

Smallwood wystąpił przed szereg.

— Mance Rayder zamierza przebić się przez Mur i zanieść do Siedmiu Królestw krwawą wojnę. My również to potrafimy. Jutro wytoczymy wojnę jemu.

— Wyruszymy o świcie ze wszystkimi siłami — zapowiedział Stary Niedźwiedź, gdy między zgromadzonymi przebiegł szmer. — Pojedziemy na północ, a potem zawrócimy na zachód. Przednia straż Harmy będzie już wtedy daleko za Pięścią. U podnóża Mroźnych Kłów pełno jest wąskich, krętych dolinek, stworzonych na miejsce zasadzki. Ich kolumna będzie długa na wiele mil. Uderzymy na nią w kilku miejscach jednocześnie. Będą gotowi przysiąc, że jest nas nie trzystu, lecz trzy tysiące.

— Zadamy im poważny cios, zanim ich konnica zdąży się zgromadzić, by stawić nam czoło — podjął przemowę Thoren Smallwood. — Jeśli spróbują nas ścigać, poganiamy się z nimi trochę, a potem zawrócimy i uderzymy znowu, bliżej czoła kolumny. Spalimy ich wozy, rozproszymy stada i zabijemy tylu, ilu zdołamy, w tym samego Mance'a Raydera, o ile uda nam się go dopaść. Jeśli pójdą w rozsypkę i wrócą do swoich chat, będzie to znaczyło, że zwyciężyliśmy. Jeśli nie, będziemy ich nękać aż po sam Mur, żeby zostawili za sobą sznur trupów.

— Są ich tysiące — zawołał ktoś stojący za plecami Chetta.

— To pewna śmierć — dorzucił Maslyn drżącym ze strachu głosem.

— Śmierć — rozdarł się kruk Mormonta, łopocząc czarnymi skrzydłami. — Śmierć, śmierć, śmierć.

— Dla wielu z nas — przyznał Stary Niedźwiedź. — Być może nawet dla wszystkich. Jak jednak powiedział przed tysiącleciem inny lord dowódca, po to właśnie ubierają nas w czerń. Przypomnijcie sobie słowa przysięgi, bracia. Jesteśmy mieczami w ciemności, strażnikami na murach…

— Ogniem, który odpędza zimno.

Ser Mallador Locke wyciągnął miecz.

— Światłem, które przynosi świt — odpowiedzieli bracia. Kolejne miecze wysunęły się z pochew.

Po chwili wszyscy już wydobyli broń. W górę uniosło się prawie trzysta mieczy i tyle samo głosów zakrzyknęło:

— Rogiem, który budzi śpiących! Tarczą, która osłania krainę człowieka!

Chettowi nie pozostało nic innego, jak przyłączyć się do chóru. Oddechy braci wypełniły powietrze mgłą, a ich miecze lśniły w blasku ognia. Z zadowoleniem zauważył, że Lark, Cicha Stopa i Słodki Donnel również drą się na całe gardło, jakby byli takimi samymi durniami jak reszta. Bardzo dobrze. Lepiej nie przyciągać uwagi, gdy godzina jest już tak bliska.

Kiedy krzyki ucichły, ponownie usłyszał świst owiewającego mur pierścieniowy wichru. Płomienie zatańczyły i zamigotały, jakby im również było zimno. W ciszy, która nagle nastała, kruk Mormonta zakrakał głośno i raz jeszcze zawołał:

— Śmierć.

*Mądre ptaszysko* — pomyślał Chett. Oficerowie kazali braciom się rozejść, przypominając wcześniej, by dobrze się najedli i porządnie wyspali. Chett położył się pod futrem tuż obok psów z głową pełną myśli o wszystkim, co mogło pójść źle. A jeśli któryś z nich zmieni zdanie po przypomnieniu tej cholernej przysięgi? Albo Mały Paul zapomni, co mu powiedziano, i spróbuje zabić Mormonta podczas drugiej, a nie trzeciej warty? Albo Maslyna opuści odwaga, albo ktoś okaże się szpiclem, albo...

Złapał się na tym, że wsłuchuje się w noc. Wicher zawodził jak płaczące dziecko. Od czasu do czasu dobiegały go też głosy ludzi, rżenie koni, potrzaskiwanie płonącej w ognisku kłody, ale nic poza tym. *Jest bardzo cicho.*

Oczyma wyobraźni ujrzał przed sobą twarz Bessy. *To nie nóż chciałem ci wsadzić* — miał ochotę jej powiedzieć. *Przyniosłem ci kwiaty, dzikie róże, wrotycze i jaskry. Zbierałem je cały ranek.* Serce waliło mu jak młotem, aż się bał, iż obudzi wszystkich w obozie. Brodę wokół ust pokryła mu skorupka lodu. *Skąd mi się przyplątała ta Bessa?* Kiedykolwiek o niej myślał, zawsze wspominał to, jak wyglądała w chwili śmierci. Co go ugryzło? Ledwie mógł oddychać. Czyżby zasnął? Dźwignął się na kolana. Jego nosa dotknęło coś zimnego i wilgotnego. Chett spojrzał w górę.

Padał śnieg.

Czuł na policzkach zamarzające łzy. Miał ochotę krzyknąć: „To niesprawiedliwe". Śnieg pokrzyżuje wszystkie jego starannie układane plany. Wielkie, białe płatki sypały gęsto z nieba, pokrywając ziemię wokół niego. Jak znajdą w śniegu ukrytą żywność albo wydeptaną przez zwierzynę ścieżkę, którą zamierzali udać się na wschód? *Jeśli będziemy jechać po świeżym śniegu, wytropią nas nawet bez pomocy Dywena i Bannena.* Do tego śnieg ukrywał zarysy gruntu, zwłaszcza nocą. Koń mógł potknąć się o korzeń albo złamać nogę na kamieniu. *To koniec* — zrozumiał. *Koniec, nim jeszcze zdążyliśmy zacząć. Przegraliśmy.* Syn pijawkarza nie będzie żył jak lord, nie będzie miał własnej twierdzy, żon ani korony. Czekał go tylko wbity w brzuch miecz dzikiego, a potem bezimienny grób. *Wszystko zabrał mi śnieg... cholerny śnieg...*

Raz już zniszczył go człowiek o pochodzącym od śniegu nazwisku. On i jego świnia.

Chett podniósł się. Nogi miał zesztywniałe, a padające z nieba płatki zamieniały odległe pochodnie w niewyraźne pomarańczowe plamy. Czuł się tak, jakby zaatakowała go chmura jasnych, lodowatych owadów, które siadały na jego ramionach i głowie, wpadały do nosa i do oczu. Strzepywał je z siebie, przeklinając wściekle. *Samwell Tarly* — przypomniał sobie. *Mogę jeszcze policzyć się z ser Świnką.* Owinął sobie twarz szalikiem, podniósł kaptur i ruszył przez obóz ku miejscu, gdzie spał tchórz.

Śnieg sypał tak gęsto, że Chett zabłądził wśród namiotów, w końcu jednak wypatrzył małe, osłonięte od wiatru miejsce, które wypatrzył sobie grubas między skałą a klatkami dla kruków. Tarly schował się pod stosem czarnych wełnianych koców i kosmatych futer. Wichura znosiła na niego śnieg. Wyglądał jak miękka, okrągła góra. Chett wysunął sztylet z pochwy. Stal otarła się o skórę z szeptem cichym jak nadzieja.

— Quork — odezwał się nagle jeden z kruków.

— Snow — dodał drugi, spoglądając zza krat czarnymi ślepiami.

— Snow — powtórzył pierwszy.

Chett ominął je ukradkiem, posuwając się krok za krokiem. Lewą dłonią zakryje grubasowi gębę, żeby stłumić jego krzyki, a potem...

*Uuuuuuuhuuuuuuuuuu.*

Zatrzymał się w pół kroku, przełykając przekleństwo. Głos rogu wypełniał cały obóz, słaby i odległy, lecz łatwy do rozpoznania. *Nie teraz. Niech szlag trafi bogów, nie TERAZ!* Stary Niedźwiedź rozmieścił w otaczającym Pięść pierścieniu drzew obserwatorów, którzy mieli ich ostrzec przed zbliżającym się nieprzyjacielem. *Jarman Buckwell wrócił ze Schodów Olbrzyma* — pomyślał Chett. *Albo Qhorin Półręki z Wąwozu Pisków.* Pojedynczy sygnał rogu oznaczał powrót braci. Jeśli był to Półręki, mógł mu towarzyszyć żywy Jon Snow.

Sam Tarly usiadł i spojrzał zaspanymi oczyma na padający śnieg. Kruki krakały głośno. Chett słyszał też ujadanie swych psów. *Połowa cholernego obozu zerwała się na nogi.* Zacisnął skryte w rękawicy palce na rękojeści sztyletu, czekając, aż dźwięk ucichnie. Nim jednak wybrzmiał do końca, rozległ się po raz drugi, głośniejszy i bardziej przeciągły.

*Uuuuuuuuuuuuhuuuuuuuuuuuuuuuu.*

— Bogowie — zaskomlał Sam Tarly. Gruby chłopak podniósł się na kolana. Jego stopy zaplątały się w płaszcz i koce. Odrzucił je kopniakiem i sięgnął po kolczugę, która wisiała na skale tuż obok. Zarzucił na siebie wielki jak namiot łach i wsunął się w niego. Kiedy wystawił głowę na zewnątrz, zauważył stojącego nieopodal Chetta.

— Czy to były dwa? — zapytał. — Śniło mi się, że słyszałem dwa sygnały...

— To nie był sen — odparł Chett. — Dwa sygnały wzywają Straż do broni. Dwa sygnały znaczą, że nadciąga wróg. Gdzieś tam jest topór, na którym jest napisane „Świnka", grubasie. Dwa sygnały znaczą dzicy. — Rozśmieszył go widok strachu na wielkiej pyzatej gębie. — Do siedmiu piekieł z nimi wszystkimi. Cholerną Harmą. Cholernym Mance'em Rayderem. I cholernym Smallwoodem, który powiedział, że przyjdą dopiero...

*Uuuuuuuuuuuuuuuhuuuuuuuuuuuuuuuuuuuuuuuuu.*

Dźwięk brzmiał bez końca, aż wydało im się, że nie ucichnie już nigdy. Kruki wrzeszczały i łopotały skrzydłami, latały po klatkach i waliły o kraty. W całym obozie bracia z Nocnej Straży zrywali się, wkładali zbroje, zapinali pasy, sięgali po topory i łuki. Samwell Tarly stał, dygocząc, a jego twarz miała taki sam odcień, jak padające wokół płatki śniegu.

— Trzy — pisnął do Chetta — to były trzy, słyszałem trzy. Nigdy nie grali trzech. Od stuleci, od tysiącleci. Trzy znaczą...

— Inni.

Chett wydał z siebie dźwięk, który był w połowie śmiechem, a w połowie łkaniem. Nagle poczuł, iż ma mokrą bieliznę i mocz spływa mu po nodze, a potem zobaczył, że z jego spodni bucha para.

# JAIME

Wschodni wiatr, delikatny i wonny jak palce Cersei, mierzwił jego splątane włosy. Jaime słyszał śpiew ptaków i czuł przesuwający się pod łodzią nurt rzeki. Wiosła niosły ich w stronę bladoróżowej jutrzenki. Po długim czasie spędzonym w mroku świat wydawał się tak słodki, że Jaime'owi zakręciło się w głowie. *Żyję i upiłem się słońcem.* Z jego ust wyrwał się śmiech, nagły jak lot spłoszonej przepiórki.

— Cisza — mruknęła dziewka, krzywiąc się wściekle. Sroga mina pasowała do jej szerokiej, nieładnej twarzy bardziej niż uśmiech. Co prawda, Jaime nigdy nie widział, by się uśmiechała. Dla żartu wyobraził ją sobie w jednej z jedwabnych sukien Cersei, zamiast w nabijanym żelaznymi ćwiekami skórzanym kaftanie. *Równie dobrze można by ustroić w jedwabie krowę.*

Ta krowa umiała jednak wiosłować. Pod brązowymi spodniami z szorstkiej wełny kryły się łydki jak sągi drewna, a długie mięśnie ramion rozciągały się i kurczyły gładko z każdym ruchem wiosła. Choć przepracowała już pół nocy, nie było po niej widać zmęczenia. Nie można tego było powiedzieć o jego kuzynie, ser Cleosie, który trudził się przy drugim wiośle. *Wygląda jak wielka i silna chłopka, ale wysławia się niczym szlachetnie urodzona dama, nosi miecz i sztylet. Ach, ale czy potrafi się nimi posługiwać?* Zamierzał to sprawdzić, gdy tylko uwolni się z tych oków.

Miał na nadgarstkach i kostkach dwie pary żelaznych kajdan, obie połączone ciężkimi łańcuchami długimi tylko na stopę.

— Czyżbyś sądziła, że słowo Lannistera nie wystarczy? — zadrwił, gdy go w nie zakuwano. Był wtedy zupełnie pijany, upiła go Catelyn Stark. Z ich ucieczki z Riverrun pamiętał tylko krótkie urywki. Mieli jakieś kłopoty ze strażnikiem, ale poradziła z nim sobie wyrośnięta dziewka. Potem wchodzili na ciągnące się bez końca kręte schody. Nogi miał słabe jak źdźbła trawy i potknął się dwa albo trzy razy, aż w końcu dziewka podparła go ramieniem. W pewnym momencie owinięto go w płaszcz podróżny i ułożono jak tłumok na dnie łodzi. Przypominał sobie, że słyszał, jak lady Catelyn rozkazuje komuś unieść kratę zamykającą Wodną Bramę. Niedopuszczającym sprzeciwu tonem oznajmiła, że wysyła ser Cleosa Freya do Królewskiej Przystani z nowymi propozycjami pokojowymi dla królowej.

Potem na pewno zasnął. Od wina czuł się senny i przyjemnie mu się było wyciągnąć. W lochu łańcuchy nie pozwalały na taki luksus. Dawno już nauczył się spać w siodle, a to nie było trudniejsze. *Tyrion porzyga się ze śmiechu, kiedy usłyszy, że przespałem własną ucieczkę.* Teraz jednak już nie spał i okowy bardzo mu zawadzały.

— Pani — zawołał. — Jeśli zechcesz zerwać te łańcuchy, zastąpię cię przy wiosłach.

Znowu się skrzywiła, odsłaniając końskie zęby w grymasie złowrogiego podejrzenia.

— Zostaniesz w kajdanach, Królobójco.

— Masz zamiar wiosłować całą drogę do Królewskiej Przystani, dziewko?

— Mów do mnie Brienne. Nie dziewko.

— A ja nazywam się ser Jaime. Nie Królobójca.

— Chcesz się wyprzeć tego, że zabiłeś króla?

— Nie. A czy ty chcesz się wyprzeć swojej płci? Jeśli tak, to rozwiązuj te portki i udowodnij mi, że się mylę. — Uśmiechnął się do niej niewinnie. — Poprosiłbym cię, żebyś rozchyliła gorsecik, ale sądząc po twoim wyglądzie, to niczego nie dowiedzie.

Ser Cleos poruszył się nerwowo.

— Kuzynie, nie zapominaj o uprzejmości.

*Ma w żyłach niewiele lannisterskiej krwi.* Cleos był synem ciotki Jaime'a Genny i tego głąba Emmona Freya, który żył w nieustannym strachu przed lordem Tywinem Lannisterem od dnia, gdy poślubił jego siostrę. Kiedy lord Walder Frey z Bliźniaków przystąpił do wojny po stronie Riverrun, ser Emmon opowiedział się za żoną, a przeciw ojcu. *Casterly Rock nie zrobiło dobrego interesu na tym ślubie* — pomyślał Jaime. Ser Cleos wyglądał jak łasica, walczył na sposób gęsi, a był odważny niczym wyjątkowo dzielne jagnię. Lady Stark obiecała go zwolnić, jeśli przekaże wiadomość Tyrionowi, i ser Cleos złożył solenną przysięgę, że to uczyni.

Wszyscy przysięgali w tej celi bardzo wiele, a najwięcej Jaime. Tego zażądała od niego lady Catelyn w zamian za wolność.

— Przysięgnij, że nigdy nie wyruszysz w pole przeciw Starkom albo Tullym — żądała, dotykając jego serca sztychem miecza wyrośniętej dziewki. — Przysięgnij, że zmusisz swego brata do dotrzymania obietnicy i zwrócenia bez szkody moich córek. Przysięgnij na swój honor rycerza, honor Lannistera i honor zaprzysiężonego brata Gwardii Królewskiej. Przysięgnij na życie swej siostry, ojca i syna, na starych bogów i nowych. Jeśli to uczynisz, odeślę cię do siostry. Jeśli odmówisz, wytoczę twą krew.

Pamiętał ukłucie, które poczuł przez łachmany, gdy obróciła nagle miecz.

*Ciekawe, co wielki septon miałby do powiedzenia na temat świętości przysiąg złożonych przez pijanego w sztok, przykutego do ściany człowieka, któremu do piersi przyciskają miecz?* Co prawda, Jaime nie dbał o tego grubego oszusta i bogów, którym jakoby służył. Pamiętał wiadro, które lady Catelyn przewróciła kopniakiem w celi. Dziwna kobieta. Powierzyła swe córki człowiekowi, który miał gówno zamiast honoru. Co prawda okazała mu tak niewiele zaufania, jak tylko mogła. *Pokłada nadzieję w Tyrionie, nie we mnie.*

— Może wcale nie jest taka głupia — powiedział na głos.

Jego strażniczka błędnie zrozumiała te słowa.

— Nie jestem głupia. Głucha też nie.

Traktował ją wyrozumiale. Drwić z niej byłoby tak łatwo, że nie sprawiłoby mu to żadnej przyjemności.

— Mówiłem do siebie i wcale nie o tobie. W celi człowiek nabiera takiego nawyku.

Zmarszczyła brwi, ani na moment nie przestając poruszać wiosłami. Nic nie powiedziała.

*Jest równie elokwentna, co urodziwa.*

— Z twej wymowy wnoszę, że jesteś szlachetnie urodzona.

— Moim ojcem jest Selwyn z Tarthu, z łaski bogów lord Wieczornego Dworu.

Nawet to zdradziła z niechęcią.

— Tarth — odezwał się Jaime. — O ile sobie przypominam, to okropnie wielka skała na wąskim morzu. A Wieczorny Dwór przysiągł wierność Końcowi Burzy. Jak to się stało, że służysz Robbowi z Winterfell?

— To lady Catelyn służę. A ona rozkazała mi zaprowadzić cię bezpiecznie do Królewskiej Przystani, do twojego brata Tyriona, a nie przerzucać się z tobą słowami. Siedź cicho.

— Mam już po dziurki w nosie ciszy, kobieto.

— To pogadaj sobie z ser Cleosem. Ja nie rozmawiam z potworami.

Jaime zaśmiał się głośno.

— Są tu gdzieś jakieś potwory? Może kryją się pod wodą? Albo w tym wierzbowym gąszczu? A ja nie mam miecza!

— Człowiek, który posiadł własną siostrę, zamordował swego króla i wyrzucił przez okno niewinne dziecko, nie zasługuje na inne miano.

*Niewinne? Ten przeklęty chłopak nas podglądał.* Jaime chciał tylko spędzić godzinę sam na sam z Cersei. Podróż na północ była jedną długą udręką. Widywał siostrę co dzień i nie mógł jej dotknąć, a jednocześnie wiedział, że Robert co noc wali się pijany w jej łoże w tym wielkim skrzypiącym domu na kołach. Tyrion robił, co mógł, żeby poprawić mu humor, to jednak nie wystarczało.

— Bądź uprzejma, jeśli chodzi o Cersei, dziewko — ostrzegł ją.

— Nazywam się Brienne, nie dziewka.

— Co za różnica, jak się do ciebie zwraca potwór?

— Nazywam się Brienne — powtórzyła, uparta jak ogar.

— Lady Brienne? — Miała tak zażenowaną minę, że Jaime zrozumiał, iż trafił w słaby punkt. — A może bardziej odpowiadałby ci ser Brienne? — Parsknął śmiechem. — Nie, obawiam się, że nie. Można nałożyć mlecznej krowie nagłowek, przedpiersień i osłonę zadu, a także spowić ją w jedwabie, ale to jeszcze nie znaczy, że da się na jej grzbiecie ruszyć do bitwy.

— Kuzynie Jaime, proszę cię, nie przemawiaj tak grubiańsko. — Pod płaszczem ser Cleos miał opończę ozdobioną bliźniaczymi wieżami rodu Freyów oraz złotym lwem Lannisterów. — Czeka nas długa droga i nie powinniśmy wszczynać między sobą kłótni.

— Kiedy wszczynam kłótnię, robię to mieczem, kuzynku. Mówiłem do pani. Powiedz mi, dziewko, czy wszystkie kobiety z Tarthu są takie brzydkie jak ty? Jeśli tak, to żal mi waszych mężczyzn. Może żyjąc na tej posępnej górze sterczącej z morza, nawet nie wiedzą, jak wygląda prawdziwa kobieta?

— Tarth jest piękny — mruknęła dziewka w przerwie między poruszeniami wioseł. — Zwą go Szafirową Wyspą. Siedź cicho, potworze, chyba że chcesz, żebym cię zakneblowała.

— Ona też nie jest zbyt uprzejma, prawda, kuzynku? — zwrócił się Jaime do ser Cleosa. — Chociaż muszę przyznać, że ma stalowy kręgosłup. Niewielu mężczyzn ma odwagę zwać mnie potworem prosto w oczy.

*Chociaż nie wątpię, że za moimi plecami robią to bez zahamowań.*

Ser Cleos kaszlnął nerwowo.

— Lady Brienne z pewnością nasłuchała się tych kłamstw od Catelyn Stark. Starkowie wiedzą, że nie zdołają pokonać cię mieczem, więc prowadzą wojnę na zatrute słowa.

*Już raz pokonali mnie mieczem, ty kretynie bez podbródka.* Jaime uśmiechnął się znacząco. Ludzie potrafili wyczytać z takiego uśmiechu najrozmaitsze rzeczy, jeśli im na to pozwolić. *Czy kuzyn Cleos naprawdę wierzy w ten garniec gówna, czy tylko chce się wkupić w moje łaski? Co tu mamy, uczciwego barana czy lizusa?*

— Każdy, kto wierzy, że zaprzysiężony brat Gwardii Królewskiej skrzywdziłby dziecko, nie ma pojęcia, co znaczy honor — bredził beztrosko ser Cleos.

*Lizusa.* Szczerze mówiąc, Jaime z czasem pożałował, że wyrzucił Brandona Starka przez to okno. Chłopak uparcie nie chciał umrzeć i Cersei nie dawała mu z tego powodu spokoju.

— On miał dopiero siedem lat, Jaime — czyniła mu wymówki. — Nawet jeśli zrozumiał, co zobaczył, mogliśmy go zastraszyć.

— Nie myślałem, że chciałabyś...

— Ty nigdy nie myślisz. Jeśli chłopak się ocknie i powie ojcu, co widział...

— Jeśli, jeśli, jeśli. — Posadził ją sobie na kolanach. — Jeśli się ocknie, powiemy, że to mu się przyśniło albo nazwiemy go kłamcą, a gdyby doszło do najgorszego, zabiję Neda Starka.

— A co twoim zdaniem zrobi wtedy Robert?

— Niech sobie robi, co chce. Jeśli będę musiał, zacznę z nim wojnę. Minstrele nazwą ją wojną o pizdę Cersei.

— Puść mnie, Jaime! — warknęła, próbując wstać.

Pocałował ją. Opierała mu się przez chwilę, po czym jej usta rozchyliły się pod jego naciskiem. Pamiętał smak wina i goździków na jej języku. Gdy zadrżała, przesunął dłoń na jej gorsecik i szarpnął go mocno, rozdzierając jedwab, by uwolnić piersi. Na chwilę zapomnieli o małym Starku.

Czy Cersei przypomniała sobie o nim później i wynajęła człowieka, o którym mówiła lady Catelyn, żeby chłopak nigdy już się nie ocknął? *Gdyby chciała, żeby zginął, wysłałaby mnie. To do niej niepodobne, wynająć zbira, który tak popisowo schrzanił robotę.*

W dole rzeki, na pomarszczonej od wiatru tafli wody lśniło odbicie wschodzącego słońca. Południowy brzeg tworzyła czerwona glina, gładka niczym trakt. Mniejsze strumienie łączyły się tam w większe, a w pobliżu skarpy widać było butwiejące pnie zatopionych drzew. Północny brzeg był bardziej dziki. Na wysokich na dwadzieścia stóp skalistych urwiskach rosły gaje buków, dębów i kasztanowców. Jaime wypatrzył na wzgórzach przed nimi wieżę strażniczą, która z każdym pociągnięciem wioseł stawała się coraz wyższa. Na długo przed tym, nim się z nią zrównali, zorientował się, że jest opuszczona, a zwietrzałe kamienie jej murów porastają pnące róże.

Kiedy wiatr zmienił kierunek, ser Cleos pomógł wyrośniętej dziewce ustawić żagiel, sztywny trójkąt płótna w czerwono-niebieskie pasy. Barwy Tullych z pewnością narażą ich na kłopoty, jeśli natkną się na rzece na siły Lannisterów, innego żagla jednak nie mieli. Brienne zajęła się sterem, a Jaime wyrzucił miecz boczny, pobrzękując łańcuchami przy każdym ruchu. Potem płynęli szybciej, gdyż wiatr i nurt rzeki ułatwiały im ucieczkę.

— Moglibyśmy sobie zaoszczędzić podróżowania, gdybyś oddała mnie ojcu, nie bratu — wskazał.

— Córki lady Catelyn są w Królewskiej Przystani. Wrócę tylko z nimi.

— Kuzynie, pożycz mi noża — rzucił Jaime, zwracając się do ser Cleosa.

— Nie. — Kobieta napięła mięśnie. — Nie pozwolę, żebyś wziął do ręki broń.

Jej głos był twardy jak kamień.

*Boi się mnie, nawet gdy jestem w łańcuchach.*

— Cleosie, chyba muszę cię poprosić, żebyś mnie ogolił. Brodę zostaw, ale zetnij mi włosy z głowy.

— Chcesz się obciąć na łyso? — zdziwił się Cleos Frey.

— Całe królestwo zna Jaime'a Lannistera jako gładko wygolonego rycerza o długich złotych włosach. Łysy mężczyzna z brudną, żółtą brodą będzie mógł się przemknąć niepostrzeżenie. Wolałbym, żeby nikt mnie nie poznał, gdy jestem zakuty w łańcuchy.

Sztylet nie był tak ostry, jak powinien, lecz Cleos wziął się dzielnie do roboty, przecinając i piłując skołtunione kłaki, które następnie wyrzucał za burtę. Złote loki unosiły się na powierzchni wody, powoli zostając z tyłu. Gdy skłębione włosy zniknęły, Jaime poczuł, że po szyi chodzi mu wesz. Złapał ją i zmiażdżył o paznokieć kciuka. Ser Cleos pozdejmował pozostałe insekty, wrzucając je pstryknięciem do rzeki. Jaime oblał sobie głowę wodą i kazał ser Cleosowi naostrzyć nóż, nim zdrapie mu ostatni cal blond szczeciny. Potem przycięli również brodę.

Odbita w wodzie twarz należała do nieznajomego mężczyzny. Nie tylko był teraz łysy, lecz również wydawało się, że postarzał się w lochu o pięć lat. Twarz miał chudszą i pooraną bruzdami, których sobie nie przypominał, a oczy zapadnięte. *Nie jestem już tak podobny do Cersei. Będzie wściekła.*

Około południa ser Cleos zasnął. Jego chrapanie brzmiało jak głosy parzących się kaczek. Jaime wyciągnął się na łodzi, obserwując mijający go świat. Po pobycie w ciemnicy każda skała i każde drzewo wydawały się cudem.

Pozostawili w tyle kilka jednoizbowych chat osadzonych na wysokich palach, które nadawały im wygląd żurawi. Nigdzie jednak nie dostrzegli mieszkających w nich ludzi. Widzieli latające wysoko ptaki i słyszeli ich dobiegające spomiędzy porastających brzeg drzew głosy. W pewnej chwili Jaime wypatrzył przeszywającą wodę srebrną rybę. *Pstrąg Tullych. To zły omen* — pomyślał, za chwilę jednak zobaczył gorszy. Jedna z mijanych przez nich kłód okazała się trupem, obrzmiałym i bezkrwistym. Płaszcz zabitego zaplątał się w korzenie zwalonego drzewa, łatwo jednak było rozpoznać karmazynową barwę Lannisterów. Zastanawiał się, czy był to ktoś, kogo znał.

Widły Tridentu stanowiły najłatwiejszy szlak transportowy na obszarze dorzecza. W czasach pokoju natknęliby się tu na łodzie rybackie, popychane tyczkami w dół rzeki barki ze zbożem, kupców sprzedających w pływających sklepach igły i bele materiału, a może nawet pomalowaną w jaskrawe barwy barkę komediantów z pikowanymi żaglami o pięćdziesięciu różnych kolorach, wędrującą w górę rzeki od wioski do wioski i od zamku do zamku.

Wojna zebrała jednak swoje żniwo. Mijali wioski, ale nie widzieli wieśniaków. Jedynym śladem po rybakach była zawieszona na drzewach pusta sieć, rozdarta i porąbana mieczami. Pojąca konia dziewczyna umknęła, gdy tylko zobaczyła żagiel. Potem natknęli się na tuzin chłopów obrabiających pole w pobliżu spalonej wieży. Mężczyźni popatrzyli na nich pozbawionymi wyrazu oczyma i wrócili do pracy, uznawszy, że łódź nie stanowi dla nich zagrożenia.

Czerwone Widły były szeroką, powolną i pełną meandrów rzeką. Ich liczne zakręty i serpentyny usiane były niezliczonymi lesistymi wysepkami. Często też blokowały je piaszczyste ławice bądź zatory z majaczących tuż pod powierzchnią pni. Wydawało się jednak, że Brienne ma bystre oczy i zawsze potrafi znaleźć wolną drogę. Gdy Jaime pochwalił ją za znajomość rzeki, spojrzała na niego podejrzliwie.

— Nie znam tej rzeki — stwierdziła. — Tarth jest wyspą. Nauczyłam się radzić sobie z wiosłami i żaglem, nim pierwszy raz dosiadłam konia.

Ser Cleos usiadł nagle, pocierając oczy.

— Bogowie, ależ mnie bolą mięśnie. Mam nadzieję, że ten wiatr się utrzyma. — Powęszył uważnie. — Czuję zapach deszczu.

Jaime ucieszyłby się z porządnej ulewy. Lochy Riverrun nie były najczystszym miejscem w Siedmiu Królestwach i z pewnością śmierdział teraz jak przejrzały ser.

Cleos skierował wzrok w dół rzeki.

— Widzę dym.

Przywoływał ich cienki szary palec, który wznosił się nad południowym brzegiem kilka mil przed nimi. Poniżej Jaime wypatrzył tlące się jeszcze pozostałości jakiegoś dużego budynku oraz żywy dąb obwieszony martwymi kobietami.

Wrony ledwie zdążyły się dobrać do trupów. Cienkie postronki wpiły się głęboko w miękkie gardła. Przy każdym podmuchu wiatru kołysały się i wirowały gwałtownie.

— To nie był rycerski uczynek — stwierdziła Brienne, gdy podpłynęli blisko i zobaczyli to wyraźnie. — Żaden prawdziwy rycerz nie przyłożyłby ręki do takiej bezsensownej rzezi.

— Prawdziwi rycerze widzą gorsze rzeczy za każdym razem, gdy ruszają na wojnę, dziewko — odparł Jaime. — Widzą i robią.

Brienne skierowała łódź ku brzegowi.

— Nie zostawię niewinnych ofiar na pożarcie wronom.

— Bezwzględna z ciebie dziewka. Wrony też muszą jeść. Trzymaj się rzeki i zostaw zmarłych w spokoju, kobieto.

Przybili do brzegu powyżej wielkiego, pochylającego konary nad wodą dębu. Brienne zwinęła żagiel, a Jaime wygramolił się na brzeg. Okowy krępowały jego ruchy. Woda Czerwonych Wideł wypełniła mu buty i przesiąkła przez obszarpane spodnie. Padł ze śmiechem na kolana i zanurzył głowę w rzece. Gdy ją uniósł, spływały z niej strumienie wody. Jego dłonie pokrywał zaskorupiały brud, a kiedy wyszorował je do czysta, okazały się chudsze i bledsze niż ongiś. Nogi również miał zesztywniałe i trudno mu się było na nich utrzymać. *Stanowczo za długo siedziałem w cholernym lochu Hostera Tully'ego.*

Brienne i Cleos wyciągnęli łódź na brzeg. Trupy wisiały nad ich głowami niczym ohydne, dojrzewające owoce.

— Ktoś z nas będzie musiał je odciąć — zauważyła dziewka.

— Ja wdrapię się na górę. — Jaime wyszedł na brzeg, pobrzękując łańcuchami. — Tylko zdejmij mi te okowy.

Dziewka gapiła się na jedną z martwych kobiet. Jaime podszedł do niej małymi kroczkami, na jakie tylko pozwalał mu długi na stopę łańcuch. Uśmiechnął się na widok prostej tabliczki, umieszczonej na szyi wiszącego najwyżej trupa.

— Spały z lwami — przeczytał. — Och, tak, kobieto, to nie był rycerski uczynek... ale to twoja strona się go dopuściła, nie moja. Ciekawe, kim były te dziewczyny?

— Dziewkami karczemnymi — wyjaśnił ser Cleos Frey. — Teraz sobie przypominam, że tu była gospoda. Kiedy ostatnio wracaliśmy do Riverrun, niektórzy ludzie z mojej eskorty spędzili w niej noc.

Z budynku pozostały jedynie kamienne fundamenty oraz rumowisko zwęglonych belek. Z popiołów nadal unosił się dym.

Jaime zostawiał dziwki i burdele swemu bratu Tyrionowi. Jedyną kobietą, której kiedykolwiek pragnął, była Cersei.

— Wygląda na to, że dziewczyny zabawiały żołnierzy mojego pana ojca. Może podawały im jedzenie i picie. Tym właśnie zasłużyły na kołnierze zdrajców, pocałunkiem i kuflem ale. — Przesunął wzrokiem wzdłuż rzeki, by się upewnić, że są sami. — To ziemie Brackenów. Być może to lord Jonos rozkazał je zabić. Mój ojciec puścił z dymem jego zamek i obawiam się, że nie wzbudziło to jego miłości.

— A może to robota Marqa Pipera — zauważył ser Cleos. — Albo tej leśnej zjawy Berica Dondarriona, chociaż słyszałem, że on zabija wyłącznie żołnierzy. A może to była banda ludzi Roose'a Boltona?

— Mój ojciec pokonał Boltona nad Zielonymi Widłami.

— Ale go nie rozbił — uściślił ser Cleos. — Kiedy lord Tywin pomaszerował na brody, Bolton wrócił na południe. W Riverrun słyszałem, że odebrał Harrenhal ser Amory'emu Lorchowi.

Jaime'owi nie spodobało się to, co usłyszał.

— Brienne — powiedział, zwracając się do niej po imieniu, w nadziei, że go wysłucha. — Jeśli lord Bolton siedzi w Harrenhal, zarówno Trident, jak i szlak królewski z pewnością są obserwowane.

Miał wrażenie, że dostrzega w jej wielkich, niebieskich oczach cień niepewności.

— Jesteś pod moją opieką. Musieliby mnie zabić.

— Nie sądzę, by sprawiło im to większy kłopot.

— Umiem walczyć równie dobrze jak ty — broniła się. — Byłam jedną z wybranej siódemki króla Renly'ego. Własnymi rękami nałożył mi pasiasty jedwab Tęczowej Gwardii.

— Tęczowej Gwardii? To byłaś ty i sześć innych dziewczyn? Pewien minstrel rzekł kiedyś, że w jedwabiach wszystkie panny są piękne... ale nigdy nie widział ciebie, prawda?

Kobieta poczerwieniała.

— Musimy wykopać groby.

Odwróciła się i wlazła na drzewo.

Dolne konary dębu były tak grube, że mogła na nich swobodnie stanąć. Przemieszczała się wśród liści ze sztyletem w dłoni i odcinała jedne zwłoki po drugich. Wokół spadających ciał kłębiły się muchy, a każde z nich śmierdziało gorzej od poprzedniego.

— Zadajemy sobie mnóstwo trudu dla zwykłych kurew — poskarżył się ser Cleos. — Czym będziemy kopać te groby? Nie mamy łopat, a nie zamierzam używać własnego miecza...

Brienne krzyknęła nagle i zeskoczyła z drzewa, zamiast z niego złazić.

— Do łodzi. Szybko. Widzę żagiel.

Śpieszyli się, jak mogli, choć Jaime właściwie nie był w stanie biec, a na pokład musiał go wciągnąć kuzyn. Brienne odpychała się wiosłem od brzegu i pośpiesznie rozwinęła żagiel.

— Ser Cleosie, łap za wiosło.

Wykonał jej rozkaz. Łódź pruła teraz wody nieco szybciej, gnana prądem, wiatrem i wiosłami. Jaime siedział skuty łańcuchami i patrzył w górę rzeki. Widać było jedynie czubek żagla ścigającej ich łodzi. Czerwone Widły ciągle meandrowały, wydawało się więc, że żagiel posuwa się na północ ponad polami, skryty za zasłoną drzew, podczas gdy oni płynęli na południe. Jaime wiedział jednak, że to tylko złudzenie. Uniósł dłonie, by osłonić oczy.

— Czerwień błota i błękit wody — oznajmił.

Wielkie usta Brienne poruszyły się bezgłośnie, nadając jej wygląd przeżuwającej krowy.

— Szybciej, ser.

Gospoda zniknęła z tyłu. Stracili też z oczu wierzchołek żagla, to jednak nic nie znaczyło. Gdy tylko ścigający miną zakręt, znowu staną się widoczni.

— Zawsze możemy liczyć na to, że szlachetni Tully'owie zatrzymają się, żeby pochować martwe kurwy.

Jaime'owi nie uśmiechała się perspektywa powrotu do celi. *Tyrion pewnie wpadłby na jakiś sprytny pomysł, ale jedyne, co mnie przychodzi do głowy, to złapać za miecz i rzucić się do ataku.*

Przez prawie godzinę bawili się ze ścigającymi w chowanego pośród meandrów i lesistych wysepek. Gdy już zaczęli nabierać nadziei, że udało im się jakoś ich zgubić, znowu ujrzeli odległy żagiel. Ser Cleos puścił wiosło i otarł pot z czoła.

— Niech ich Inni porwą.

— Wiosłuj! — zawołała Brienne.

— To jest rzeczna galera — oznajmił Jaime po chwili obserwacji. Statek zdawał się rosnąć z każdą chwilą. — Dziewięć wioseł po każdej stronie, co daje osiemnastu ludzi. Więcej, jeśli oprócz wioślarzy na pokładzie są żołnierze. Do tego mają większe żagle. Nie zdołamy im uciec.

Ser Cleos znieruchomiał przy wiosłach.

— Mówisz, osiemnastu?

— Po sześciu na każde z nas. Wziąłbym na siebie ośmiu, ale te bransoletki trochę mi przeszkadzają. — Jaime uniósł ręce. — Chyba że lady Brienne zechciałaby mnie rozkuć?

Zignorowała go, wszystkie siły wkładając w wiosłowanie.

— Wyruszyliśmy w drogę pół nocy przed nimi — mówił Jaime. — Wiosłują od świtu i tylko dwóch może odpoczywać jednocześnie. Są zmęczeni. W tej chwili widok naszego żagla dodał im sił, ale to nie potrwa długo. Powinno nam się udać zabić wielu.

Ser Cleos rozdziawił usta.

— Ale... ich jest osiemnastu.

— Co najmniej. Zapewne dwudziestu albo nawet dwudziestu pięciu — odparł Jaime.

Jego kuzyn jęknął.

— Nie mamy szans pokonać osiemnastu.

— A czy ja mówię, że mamy? Najlepsze, na co możemy liczyć, to zginąć z mieczem w dłoni.

Mówił szczerze. Jaime Lannister nigdy nie bał się śmierci.

Brienne przestała wiosłować. Kosmyki lnianych włosów przylepiały się jej do czoła od potu, a wściekły grymas czynił ją jeszcze brzydszą niż dotąd.

— Rozkazano mi cię bronić — oznajmiła głosem tak gniewnym, że przypominał raczej warknięcie psa.

Nie mógł się nie roześmiać na taką wojowniczość. *To Ogar z cyckami* — pomyślał. *A przynajmniej byłaby nim, gdyby miała cycki.*

— W takim razie zrób to, dziewko. Albo zwróć mi wolność, bym mógł bronić się sam.

Galera mknęła w dół rzeki niczym wielka drewniana ważka. Woda wokół statku pieniła się od uderzających zawzięcie wioseł. Ścigający byli coraz bliżej. Na pokładzie tłoczyli się ludzie dzierżący w rękach lśniący metal. Jaime wypatrzył też łuki. *Łucznicy.* Nienawidził łuczników.

Na dziobie galery stał tęgi mężczyzna o łysej głowie, krzaczastych, siwych brwiach i muskularnych ramionach. Na kolczugę narzucił sobie brudną białą opończę, na której wyszyto jasnozieloną nicią wierzbę płaczącą, płaszcz jednak miał spięty srebrnym pstrągiem. *Kapitan straży domowej Riverrun.* W swoim czasie ser Robin Ryger słynął jako nieustępliwy wojownik, lecz jego czas już minął. Był rówieśnikiem Hostera Tully'ego i zestarzał się razem ze swym lordem.

Gdy łodzie dzieliło od siebie już tylko pięćdziesiąt jardów, Jaime otoczył usta dłonią i krzyknął:

— Chcesz mi życzyć szczęścia, ser Robinie?

— Chcę cię sprowadzić z powrotem, Królobójco — ryknął ser Robin Ryger. — Gdzie się podziały twoje złote włosy?

— Miałem nadzieję oślepić wrogów blaskiem łysiny. Tobie to wychodzi całkiem nieźle.

Te słowa nie rozśmieszyły ser Robina. Odległość między łodzią a galerą zmniejszyła się do czterdziestu jardów.

— Rzućcie wiosła i broń do wody, a nikomu nie stanie się krzywda.

Ser Cleos odwrócił się.

— Jaime, powiedz mu, że uwolniła nas lady Catelyn... że to prawomocna wymiana jeńców...

Jaime spełnił jego prośbę, lecz nic to nie dało.

— Władzy w Riverrun nie sprawuje Catelyn Stark — krzyknął w odpowiedzi ser Robin. Czterej łucznicy zajęli pozycje po jego obu stronach, dwóch stojąc, a dwóch klęcząc. — Rzućcie miecze do wody.

— Nie mam miecza — odpowiedział Jaime — ale gdybym go miał, wbiłbym ci go w brzuch i odrąbał jaja tym czterem tchórzom.

Odpowiedziała mu salwa strzał. Jedna wbiła się w maszt, dwie przedziurawiły żagiel, a czwarta chybiła Jaime'a o stopę.

Przed nimi zamajaczył kolejny z szerokich meandrów Czerwonych Wideł. Brienne wprowadziła łódź w zakręt. Reja obróciła się nagle, a żagiel strzelił głośno, jakby wypełnił go wiatr. Przed sobą, pośrodku rzeki, ujrzeli wielką wyspę. Główny nurt opływał ją z prawej. Po lewej, między wyspą a wysokimi urwiskami północnego brzegu, biegł wąski kanał. Brienne poruszyła sterem i popłynęła w lewo, łopocząc żaglem. Jaime patrzył jej w oczy. *Są ładne* — pomyślał. *I spokojne.* Umiał czytać z ludzkich oczu i wiedział, jak wygląda strach. *Jest zdeterminowana, ale nie zdesperowana.*

Trzydzieści jardów za nimi galera wchodziła w zakręt.

— Ser Cleosie, zajmij się rumplem — rozkazała dziewka. — Królobójco, łap za wiosło i uważaj, żebyśmy się nie rozbili o skały.

— Wedle rozkazu, pani.

Wiosło nie było mieczem, ale jego piórem można było rozwalić człowiekowi głowę, a drzewce nadawało się do odbijania ciosów.

Ser Cleos wepchnął wiosło w dłoń Jaime'a i przeszedł na rufę. Minęli cypel wyspy i popłynęli wąskim skrótem. Łódź przechyliła się, spryskując wodą powierzchnię urwiska. Wyspę porastał gąszcz wierzb, dębów i wysokich sosen. Drzewa rzucały głęboki cień na bystrą wodę, w której kryły się zatory z butwiejących drzew. Po ich lewej stronie wznosiła się stroma, skalista ściana. U jej podnóża woda uderzała o zsunięte z góry głazy, tworząc białą pianę.

Przeszli ze słonecznego blasku w cień, ukryli się przed galerą między zieloną zasłoną drzew a kamienistym, szarobrązowym urwiskiem. *Chwila odpoczynku od strzał* — pomyślał Jaime, omijając na wpół pogrążony w wodzie głaz.

Łódź zakołysała się nagle. Usłyszał cichy plusk. Obejrzał się i zobaczył, że Brienne zniknęła. Po chwili dostrzegł ją ponownie. Wydostała się z wody u podstawy urwiska, przebrnęła przez płytką kałużę, przelazła przez kilka skalistych wyniosłości i zaczęła wspinać się w górę. Ser Cleos wybałuszył oczy i rozdziawił szeroko usta. *Dureń* — pomyślał Jaime.

— Nie gap się na dziewkę, tylko steruj — warknął na kuzyna.

Zobaczyli przesuwający się za drzewami żagiel galery. Statek pojawił się w całej okazałości u wejścia do kanału, dwadzieścia pięć jardów za nimi. Zakręcił gwałtownie i kilka strzał pomknęło w ich stronę, wszystkie jednak chybiły. Obie łodzie były w ruchu, co utrudniało zadanie łucznikom, Jaime wiedział jednak, że wkrótce ścigający wstrzelają się w cel. Brienne była już w połowie wysokości urwiska, przechodząc od uchwytu do uchwytu. *Ryger na pewno ją zobaczy i każe tym łucznikom ją załatwić.* Jaime postanowił sprawdzić, czy duma starego weźmie górę nad jego rozsądkiem.

— Ser Robinie — krzyknął. — Poświęć mi chwilę.

Ser Robin uniósł rękę i jego łucznicy opuścili broń.

— Mów, co masz do powiedzenia, Królobójco, ale śpiesz się.

— Znam lepsze rozwiązanie — krzyknął Jaime, gdy łódź mijała skupisko popękanych kamieni. — Stoczmy pojedynek.

— Nie urodziłem się dziś rano, Lannister.

— Nie, ale możesz zginąć dziś po południu. — Jaime uniósł dłonie, by wszyscy ujrzeli jego kajdany. — Będę z tobą walczył w łańcuchach. Czego się boisz?

— Nie ciebie, ser. Gdyby wybór należał do mnie, z przyjemnością spełniłbym twoje życzenie, ale rozkazano mi sprowadzić cię żywcem, jeśli tylko będzie to możliwe. Łucznicy. — Uniósł rękę. — Nałóż. Naciągnij. Wypu...

Z odległości niespełna dwudziestu jardów trudno było chybić, ale gdy łucznicy unieśli broń, posypał się na nich deszcz kamyków, które grzechotały o pokład, odbijały się od ich hełmów i wpadały z pluskiem do wody po obu stronach dziobu. Ci, którzy byli wystarczająco bystrzy, żeby zrozumieć, co się dzieje, podnieśli wzrok akurat w tej samej chwili, gdy ze szczytu urwiska runął głaz wielkości krowy. Ser Robin krzyknął przerażony. Kamień zawirował w powietrzu, odbił się od ściany urwiska, pękł na dwoje i uderzył w łódź. Większy odłamek złamał maszt, rozdarł żagiel, strącił dwóch łuczników do rzeki i zmiażdżył nogę pochylonego nad wiosłem mężczyzny. Szybkość, z jaką galera zaczęła nabierać wody, sugerowała, że mniejszy okruch zrobił dziurę w kadłubie. Krzyki rannego odbijały się echem od urwiska, a łucznicy miotali się jak szaleni w wodzie. Wyglądało na to, że żaden z nich nie umie pływać. Jaime wybuchnął śmiechem.

Gdy wypłynęli z kanału, galera tonęła już pośród kałuż, wirów i zatopionych pni. Jaime Lannister doszedł do wniosku, że bogowie są łaskawi. Ser Robina i jego po trzykroć przeklętych łuczników czekał długi, mokry powrót do Riverrun, a przy okazji pozbył się też tej brzydkiej, wyrośniętej dziewki. *Nie potrafiłbym zaplanować tego lepiej. Niech no tylko pozbędę się tych kajdan...*

Ser Cleos krzyknął głośno. Jaime spojrzał w górę i zobaczył Brienne, która wlokła się szczytem urwiska, spory kawałek przed nimi. Przeszła lądem na skrót, podczas gdy oni płynęli wzdłuż zakrętu. Skoczyła do wody. W locie wydawała się niemal pełna gracji. Byłoby niewdzięcznością pragnąć, żeby rozwaliła sobie głowę o kamień. Ser Cleos skierował łódź w jej stronę. Na szczęście Jaime miał jeszcze wiosło. *Jeden dobry zamach, kiedy podpłynie bliżej, i uwolnię się od niej.*

Zamiast tego wyciągnął wiosło w jej kierunku. Brienne złapała je i Jaime wciągnął ją na łódź. Kiedy pomagał jej wsiąść, woda spływała jej z włosów i z przemoczonego ubrania, tworząc kałużę na pokładzie. *Kiedy jest mokra, robi się jeszcze brzydsza. Nigdy bym nie uwierzył, że to możliwe.*

— Jesteś cholernie głupią dziewką — oznajmił jej. — Mogliśmy popłynąć dalej bez ciebie. Pewnie myślisz, że ci podziękuję?

— Na nic mi twoja wdzięczność, Królobójco. Złożyłam przysięgę, że dostarczę cię bezpiecznie do Królewskiej Przystani.

— I rzeczywiście zamierzasz jej dotrzymać? — Jaime obdarzył ją swym najpromienniejszym uśmiechem. — To doprawdy zdumiewające.

# CATELYN

Ser Desmond Grell całe życie służył rodowi Tullych. Kiedy Catelyn się urodziła, był giermkiem, gdy nauczyła się chodzić, jeździć konno i pływać, rycerzem, a kiedy wyszła za mąż, dowódcą zbrojnych. Mała Cat lorda Hostera na jego oczach stała się młodą kobietą, żoną wielkiego lorda i matką króla. *A teraz zobaczył, jak zostałam zdrajczynią.*

Wyruszając na bitwę, jej brat Edmure mianował ser Desmonda kasztelanem Riverrun, i to on musiał zająć się sprawą jej zbrodni. Żeby ułatwić sobie zadanie, przyprowadził ze sobą zarządcę jej ojca, ponurego Utherydesa Wayna. Mężczyźni wpatrywali się w nią bez ruchu: ser Desmond tęgi, rumiany i zawstydzony; Utherydes poważny, wychudzony i melancholijny. Obaj czekali, aż drugi zacznie mówić. *Poświęcili życie na służbę mojemu ojcu, a ja się im odwdzięczyłam hańbą* — pomyślała znużona Catelyn.

— Twoi synowie — odezwał się wreszcie ser Desmond. — Maester Vyman nam powiedział. Biedni chłopcy. To straszne. Straszne. Ale...

— Dzielimy twój smutek, pani — wtrącił Utherydes Wayn. — Całe Riverrun pogrążyło się z tobą w żałobie, ale...

— Ta wiadomość z pewnością doprowadziła cię do szaleństwa — przerwał mu ser Desmond. — Żałoba spowodowała obłęd, obłęd matki. Ludzie to zrozumieją. Nie wiedziałaś...

— Wiedziałam — sprzeciwiła się stanowczo Catelyn. — Zdawałam sobie sprawę, co robię, i byłam świadoma, że to zdrada. Jeśli mnie nie ukarzecie, ludzie pomyślą, że wspólnie uknuliśmy spisek, by uwolnić Jaime'a Lannistera. To była wyłącznie moja wina i tylko ja powinnam ponieść odpowiedzialność. Jeśli tak się musi stać, zakujcie mnie w pozostałe po Królobójcy łańcuchy i będę nosiła je z dumą.

— W łańcuchy? — Samo to słowo przyprawiło biednego ser Desmonda o szok. — Matkę króla, córkę mojego lorda? To wykluczone.

— Pani, może zgodziłabyś się na areszt domowy w swej komnacie do czasu powrotu ser Edmure'a? — zaproponował zarządca Utherydes Wayn. — Mogłabyś spędzić trochę czasu w samotności, pomodlić się za zamordowanych synów.

— Tak — zgodził się ser Desmond. — Najodpowiedniejsza byłaby komnata w wieży.

— Jeśli mam być uwięziona, to najlepiej w komnatach ojca, żebym mogła służyć mu pociechą w jego ostatnich chwilach.

Ser Desmond zastanawiał się chwilę.

— Zgoda. Nie zabraknie ci wygód i będziesz traktowana z szacunkiem, ale musimy ci odebrać wolność w obrębie zamku. Możesz chodzić do septu, kiedy tylko zechcesz, ale poza tym nie opuszczaj komnat lorda Hostera aż do powrotu lorda Edmure'a.

— Jak sobie życzysz. — Jej brat nie był lordem, dopóki żył lord Hoster, ale Catelyn nie zamierzała poprawiać ser Desmonda. — Jeśli musicie, przydzielcie mi strażnika, ale macie moje słowo, że nie będę próbowała ucieczki.

Ser Desmond skinął głową, wyraźnie zadowolony, że uporał się już z tym przykrym zadaniem, lecz Utherydes Wayn o smutnym spojrzeniu został w komnacie jeszcze chwilę po jego wyjściu.

— Popełniłaś ciężki występek, pani, ale i tak nic z tego nie wyniknie. Ser Desmond wysłał w pościg ser Robina Rygera, nakazując mu sprowadzić Królobójcę żywcem... a gdyby mu się nie udało, jego głowę.

Catelyn nie była tym zaskoczona. *Oby Wojownik dodał siły twemu ramieniu, Brienne* — modliła się. Zrobiła wszystko, co mogła, i teraz pozostała jej jedynie nadzieja.

Przeniesiono jej rzeczy do komnaty ojca. Dominowało w niej wielkie łoże z baldachimem, na którym się urodziła. Jego kolumnom nadano kształt skaczących pstrągów. Jej ojca przeniesiono pół piętra niżej. Łoże chorego ustawiono na wprost trójkątnego balkonu jego samotni. Było z niego widać rzeki, które zawsze tak bardzo kochał.

Gdy Catelyn znalazła się w środku, lord Hoster spał. Wyszła na balkon i oparła dłoń na szorstkiej kamiennej balustradzie. Za ostrym końcem zamkowych murów wartki Kamienny Nurt łączył swe wody ze spokojnymi Czerwonymi Widłami i jej wzrok sięgał daleko w dół rzeki. *Jeśli na wschodzie pojawi się pasiasty żagiel, to będzie znaczyło, że wraca ser Robin.* Na razie powierzchnia wód była pusta. Podziękowała za to bogom i wróciła do ojca.

Nie wiedziała, czy lord Hoster zdaje sobie sprawę z jej obecności i czy w czymkolwiek mu ona pomaga, jego bliskość natomiast dodawała jej otuchy. *Co byś powiedział o mojej zbrodni, ojcze?* — zastanawiała się. *Czy postąpiłbyś tak samo, gdybyśmy z Lysą wpadły w ręce wrogów, czy ty również byś mnie potępił i nazwał to obłędem matki?*

Komnatę wypełniała woń śmierci, ciężka, słodkawa i obrzydliwa. Przypominała jej utraconych synów, słodkiego Brana i małego Rickona, zabitych przez Theona Greyjoya, który był podopiecznym Neda. Nadal opłakiwała Neda, będzie go opłakiwała aż do śmierci, ale żeby stracić też dzieci...

— Utrata dziecka to straszny, okrutny cios — wyszeptała cicho, raczej do siebie niż do ojca.

Lord Hoster rozchylił powieki.

— Ruta — wyszeptał ochrypłym z bólu głosem.

*Nie poznaje mnie.* Przyzwyczaiła się już do tego, że brał ją za matkę albo za Lysę, tego imienia jednak nie znała.

— Jestem Catelyn — wyszeptała. — Jestem Cat, ojcze.

— Wybacz mi... krew... och, proszę... Ruta...

Czy w życiu jej ojca mogła być inna kobieta? Może jakaś wiejska dziewczyna, którą skrzywdził za młodu? *Czy mógł po śmierci matki szukać pociechy w ramionach dziewki służebnej?* To była dziwnie niepokojąca myśl. Nagle wydało się jej, że w ogóle nie znała ojca.

— Kto to jest Ruta, ojcze? Czy mam po nią posłać? Gdzie mogę ją znaleźć? Czy jeszcze żyje?

Lord Hoster jęknął.

— Nie żyje. — Chwycił ją za dłoń. — Będziesz jeszcze miała inne... słodkie dzieci z prawego łoża.

*Inne?* — pomyślała Catelyn. *Czyżby zapomniał, że Ned nie żyje? Czy nadal mówi do Ruty, czy do mnie? A może do Lysy albo matki?*

Kaszlnął i z ust popłynęła mu krwawa ślina. Uścisnął mocno jej palce.

— ...bądź dobrą żoną, a bogowie cię pobłogosławią... synami... prawowitymi synami... aaachchch...

Lord Hoster zacisnął dłonie w nagłym paroksyzmie bólu, wbijając paznokcie w skórę Catelyn. Z jego ust wyrwał się stłumiony krzyk.

Szybko zjawił się maester Vyman, który przygotował kolejną dawkę makowego mleka i pomógł swemu panu je wypić. Po chwili lord Hoster Tully ponownie zapadł w głęboki sen.

— Pytał o jakąś kobietę — oznajmiła Cat. — O Rutę.

— Rutę?

Maester popatrzył na nią zdziwiony.

— Nie znasz nikogo o tym imieniu? Dziewki służebnej albo kobiety z jakiejś pobliskiej wioski? Może to ktoś z dawnych czasów?

Catelyn opuściła Riverrun na wiele lat.

— Nie, pani. Jeśli chcesz, mogę o nią zapytać. Utherydes Wayn z pewnością będzie wiedział, czy ktoś taki służył w Riverrun. Mówiłaś, Ruta? Prostaczkowie często nadają córkom imiona kwiatów albo ziół. — Maester zamyślił się. — Przypominam sobie taką wdowę, która przychodziła do zamku pytać, czy mamy stare buty, w których trzeba wymienić podeszwy. Wydaje mi się, że nazywała się Ruta. A może Szałwia? Coś w tym rodzaju. Nie przychodzi już jednak od wielu lat...

— Nazywała się Fiołek — przerwała mu Catelyn, która świetnie pamiętała staruszkę.

— Naprawdę? — Maester miał zawstydzoną minę. — Wybacz, lady Catelyn, ale nie mogę tu zostać dłużej. Ser Desmond powiedział, że wolno nam rozmawiać z tobą tylko o tym, czego wymagają nasze obowiązki.

— W takim razie musisz wykonać jego polecenie.

Nie mogła mieć pretensji do ser Desmonda. Nie dała mu powodów do zaufania i z pewnością obawiał się, że mogłaby wykorzystać lojalność, którą wciąż czuło wobec córki swego lorda wielu ludzi z Riverrun, by narobić mu jeszcze więcej kłopotów. *Wreszcie mogę zapomnieć o wojnie* — powiedziała sobie. *Choćby tylko na krótką chwilę.*

Po wyjściu maestera zarzuciła wełniany płaszcz i ponownie wyszła na balkon. Blask słońca złocił przepływające obok zamku wody. Catelyn osłoniła oczy dłonią, ze strachem wypatrując odległego żagla. Nie widziała jednak nic, a to znaczyło, że jej nadzieje nie umarły.

Stała tak do wieczora i przez znaczną część nocy, aż wreszcie rozbolały ją nogi. Późnym popołudniem do zamku przyleciał kruk, który skierował się do ptaszarni, poruszając leniwie wielkimi, ciemnymi skrzydłami. *Czarne skrzydła, czarne słowa* — pomyślała, przypominając sobie poprzedniego ptaka i grozę, którą przyniósł.

Wieczorem wrócił maester Vyman, który zajął się lordem Tullym i przyniósł Catelyn skromną kolację złożoną z chleba, sera i gotowanej wołowiny z chrzanem.

— Rozmawiałem z Utherydesem Waynem, pani. Jest prawie pewien, że za jego czasów w Riverrun nie służyła żadna kobieta imieniem Ruta.

— Widziałam dzisiaj kruka. Czy pojmano Jaime'a?

*Albo zabito, bogowie brońcie?*

— Nie, pani, nie mamy żadnych wieści o Królobójcy.

— A więc to kolejna bitwa? Czy Edmure ma kłopoty? Albo Robb. Proszę cię, okaż mi trochę serca i ugaś moje obawy.

— Pani, nie powinienem... — Vyman rozejrzał się wokół, jakby chciał się upewnić, że w komnacie nikogo nie ma. — Lord Tywin opuścił dorzecze. Na brodach bez zmian.

— W takim razie skąd przyleciał ten kruk?

— Z zachodu — odpowiedział. Zajął się pościelą lorda Hostera, nie chcąc patrzeć jej w oczy.

— Czy to wieści od Robba?

Zawahał się.

— Tak, pani.

— Stało się coś złego. — Poznała to po jego zachowaniu. Coś przed nią ukrywał. — Powiedz mi. Czy to Robb? Czy jest ranny?

*Ale nie zginął, dobrzy bogowie, nie mów mi, że zginął.*

— Jego Miłość odniósł ranę podczas szturmu na Turnię... — Maester Vyman nadal nie odpowiadał jej wprost. — ...ale pisze, że nie ma powodu do niepokoju i ma nadzieję, że wkrótce wróci.

— Ranę? Jaką ranę? Czy jest poważna?

— Pisze, że nie ma powodu do niepokoju.

— Wszystkie rany mnie niepokoją. Czy ma odpowiednią opiekę?

— Jestem tego pewien. Zajmie się nim maester Turni.

— A gdzie został raniony?

— Pani, zabroniono mi z tobą rozmawiać. Przykro mi.

Vyman zebrał swe eliksiry i opuścił pośpiesznie komnatę. Catelyn znowu została sam na sam z ojcem. Po wypiciu makowego mleka lord Hoster zapadł w głęboki sen. Z kącika jego ust spływał wąski strumyk śliny, która zwilżała poduszkę. Catelyn wzięła płócienną chusteczkę i delikatnie wytarła plwocinę. Lord Hoster jęknął, gdy go dotknęła.

— Wybacz mi — powiedział tak cicho, że ledwie słyszała jego słowa. — Ruta... krew... krew... bogowie, bądźcie łaskawi...

Te słowa, choć nie potrafiła ich pojąć, wzbudziły w niej silny niepokój. *Krew* — pomyślała. *Czy wszystko zawsze się musi sprowadzać do krwi? Ojcze, kim była ta kobieta i co jej uczyniłeś, że aż tak bardzo pragniesz jej wybaczenia?*

Catelyn spała niespokojnie. Dręczyły ją nieokreślone sny o jej dzieciach, tych zaginionych i tych zabitych. Na długo przed świtem obudziło ją echo słów ojca. *Słodkie dzieci z prawego łoża... dlaczego to powiedział? Czyżby... spłodził z tą Rutą bękarta? Nie potrafiła w to uwierzyć.* Jej brat Edmure, owszem. Nie zdziwiłaby jej wiadomość, że Edmure ma tuzin naturalnych dzieci. Ale nie jej ojciec, nie lord Hoster Tully, nigdy.

*A może to na Lysę mówił Ruta, tak samo jak na mnie Cat?* Lord Hoster nieraz już mylił ją z siostrą. *Będziesz jeszcze miała inne, powiedział. Słodkie dzieci z prawego łoża.* Lysa poroniła pięć razy, dwukrotnie w Orlim Gnieździe i trzykrotnie w Królewskiej Przystani... ale nigdy w Riverrun, gdzie lord Hoster mógł służyć jej pociechą. *Nigdy, chyba że... chyba że była w ciąży za tym pierwszym razem...*

Obie siostry wzięły ślub tego samego dnia. Mężowie zostawili je pod opieką ojca i wyjechali, by przyłączyć się do buntu Roberta. Potem, gdy ich miesięczna krew nie popłynęła w wyznaczonym terminie, Lysa gadała radośnie o synach, które z pewnością nosiły.

— Twój syn będzie dziedzicem Winterfell, a mój Orlego Gniazda. Och, będą najlepszymi przyjaciółmi, tak jak twój Ned i lord Robert. Będą raczej braćmi niż kuzynami. Po prostu to wiem.

*Była taka szczęśliwa.*

Ale niedługo potem krew Lysy popłynęła i wszelka radość w oczach jej siostry zgasła. Catelyn zawsze myślała, że okres Lysy po prostu się spóźnił, ale jeśli była w ciąży...

Przypomniała sobie chwilę, gdy po raz pierwszy dała siostrze do potrzymania Robba. Był maleńki, wrzeszczał i miał czerwoną buzię, ale już wtedy był silny i pełen życia. Gdy tylko Catelyn podała go Lysie, jej siostra zalała się łzami, oddała pośpiesznie niemowlę i uciekła.

*Jeśli już przedtem straciła dziecko, to mogłoby tłumaczyć słowa ojca i wiele innych spraw...* Małżeństwo Lysy z Jonem Arrynem zaaranżowano pośpiesznie, a Jon już wtedy był starym człowiekiem, starszym od ich ojca. *Starym człowiekiem bez dziedzica.* Jego pierwsze dwie żony zmarły bezpotomnie, syna jego brata zamordowano razem z Brandonem Starkiem w Królewskiej Przystani, a jego dzielny kuzyn zginął w Bitwie Dzwonów. Jeśli ród Arrynów miał przetrwać, potrzebna mu była młoda żona... *młoda żona, która dowiodła już swej płodności.*

Catelyn wstała, wdziała szatę, zeszła do ciemnej samotni i stanęła nad łożem ojca. Wypełniał ją strach połączony z bezradnością.

— Ojcze — powiedziała. — Ojcze, wiem, co uczyniłeś. — Nie była już niewinną dziewczyną z głową pełną marzeń. Była wdową, zdrajczynią i pogrążoną w żałobie matką, która dobrze poznała życie. — Zmusiłeś go, żeby ją przyjął — wyszeptała. — Ślub z Lysą był ceną, którą Jon Arryn musiał zapłacić za miecze i włócznie rodu Tullych.

Nic dziwnego, że w małżeństwie jej siostry nie było miłości. Arrynowie byli dumni i ich honor łatwo było urazić. Lord Jon mógł poślubić Lysę, by przeciągnąć Tullych na stronę rebelii, a także w nadziei na syna, lecz trudno by mu było pokochać kobietę, która przyszła do jego łoża zbrukana i niechętna. Z pewnością traktował ją z szacunkiem i wyrozumiałością, ale Lysa potrzebowała ciepła.

Następnego dnia przy śniadaniu Catelyn poprosiła o gęsie pióro oraz papier i zaczęła kreślić list do siostry, do Doliny Arrynów. Pisała, walcząc ze słowami, o Branie i Rickonie, lecz przede wszystkim o lordzie Hosterze.

*Jego dni dobiegają końca i myśli teraz tylko o krzywdach, które ci wyrządził. Maester Vyman mówi, że nie ośmieli się podać mu silniejszego makowego mleka. Pora, by ojciec odłożył już miecz i tarczę. Pora na spoczynek. Mimo to walczy zawzięcie i nie chce się poddać. Myślę, że chodzi mu o ciebie. Potrzebne mu twoje wybaczenie. Wiem, że wojna sprawiła, iż podróż z Orlego Gniazda do Riverrun stała się niebezpieczna, ale z pewnością silny oddział rycerzy mógłby bezpiecznie przeprowadzić cię przez Góry Księżycowe. Stu ludzi albo tysiąc? A jeśli nie możesz przyjechać, to czy chociaż do niego nie napiszesz? Może skreślisz kilka słów miłości, żeby mógł spokojnie umrzeć? Napisz, co chcesz, a ja mu to przeczytam, by ulżyć jego sercu.*

Gdy Catelyn odłożyła gęsie pióro i poprosiła o lak, zrozumiała, że to zbyt późno i niewiele już pomoże. Maester Vyman również nie wierzył, by lord Hoster pozostał przy życiu na czas przelotu kruka do Orlego Gniazda i powrotu. *Chociaż nieraz już mówił to samo...* Tully'owie nie poddawali się łatwo, nawet w beznadziejnej sytuacji. Oddała list maesterowi i poszła do septu zapalić świeczkę dla Ojca Na Górze w intencji swego ojca, drugą dla Staruchy, która wypuściła na świat pierwszego kruka, gdy spojrzała przez drzwi śmierci, i trzecią dla Matki, w intencji Lysy i wszystkich dzieci, które obie utraciły.

Później, gdy siedziała z książką przy łożu lorda Hostera, raz za razem czytając ten sam urywek, usłyszała głośne krzyki i dźwięk trąby. *Ser Robin* — pomyślała natychmiast z drżeniem lęku. Wyszła na balkon, lecz na rzekach nic nie było widać. Na zewnątrz słyszała jednak coraz wyraźniejsze głosy, tętent wielu koni, pobrzękiwanie zbroi, a tu i ówdzie również radosne krzyki. Ruszyła krętymi schodami na dach donżonu. *Ser Desmond nie zakazał mi wstępu na dach* — powiedziała sobie, wchodząc na górę.

Dźwięki dobiegały z drugiego końca zamku, spod głównej bramy. Grupka ludzi stała przed kratą, która unosiła się urywanym ruchem. Na błoniach pod zamkiem czekało kilkuset jeźdźców. Nagły podmuch wiatru uniósł w górę ich chorągwie. Zadrżała z ulgi na widok skaczącego pstrąga Riverrun. *Edmure.*

Nim pofatygował się do niej, minęły dwie godziny. Zamek wypełniały już dźwięki hałaśliwych powitań. Mężczyźni ściskali kobiety i dzieci, które zostawili, wyruszając na wojnę. Z ptaszarni wzbiły się do lotu trzy poruszające leniwie czarnymi skrzydłami kruki. Catelyn obserwowała je z balkonu ojca. Umyła włosy, przebrała się i przygotowała na wysłuchanie wymówek brata... lecz mimo to trudno było jej czekać.

Gdy wreszcie usłyszała za drzwiami głosy, usiadła, krzyżując dłonie na kolanach. Buty, nagolenniki i opończę Edmure'a pokrywały plamki zaschłego czerwonego błota. Patrząc na niego, nikt by się nie domyślił, że ma przed sobą zwycięzcę. Twarz miał wychudłą i zapadniętą, policzki blade, brodę rozczochraną, a jego oczy jarzyły się chorobliwym blaskiem.

— Edmure — odezwała się zaniepokojona Catelyn. — Nie wyglądasz zdrowo. Czy coś się stało? Czy Lannisterowie przeszli przez rzekę?

— Odparłem ich ataki. Lorda Tywina, Gregora Clegane'a, Addama Marbranda. Zmusiłem ich do odwrotu. Ale Stannis...

Wykrzywił twarz.

— Co ze Stannisem?

— Przegrał bitwę pod Królewską Przystanią — odparł przygnębiony Edmure. — Jego flota spłonęła, a armia poniosła klęskę.

Zwycięstwo Lannisterów było złą wiadomością, ale Catelyn nie potrafiła dzielić widocznej trwogi brata. Nadal dręczyły ją koszmary o cieniu, który wślizgnął się do namiotu Renly'ego, i krwi, która trysnęła spod naszyjnika jego zbroi.

— Stannis nie był nam większym przyjacielem niż lord Tywin.

— Nic nie rozumiesz. Wysogród opowiedział się po stronie Joffreya. Dorne również. Całe południe. — Zacisnął usta. — A ty uznałaś za stosowne uwolnić Królobójcę. Nie miałaś prawa.

— Miałam prawo matki. — Jej głos brzmiał spokojnie, choć wiadomość o Wysogrodzie była straszliwym ciosem dla nadziei Robba. W tej chwili nie była jednak w stanie o tym myśleć.

— Nie miałaś prawa — powtórzył Edmure. — Był jeńcem Robba, twojego króla, a Robb rozkazał mi go strzec.

— Brienne będzie go strzegła. Przysięgła na swój miecz.

— Ta kobieta?

— Dostarczy Jaime'a do Królewskiej Przystani i przyprowadzi do nas bezpiecznie Aryę i Sansę.

— Cersei nigdy ich nie odda.

— Nie Cersei. Tyrion. Przysiągł to publicznie. Królobójca również złożył przysięgę.

— Słowo Jaime'a nie ma żadnej wartości. A jeśli chodzi o Krasnala, to podobno oberwał toporem w głowę podczas bitwy. Skona, nim twoja Brienne zdąży dotrzeć do Królewskiej Przystani, o ile w ogóle jej się to uda.

— Skona?

*Czy bogowie mogą być aż tak bezlitośni?* Kazała Jaime'owi złożyć sto przysiąg, ale nadzieję pokładała w obietnicy jego brata. Edmure był ślepy na jej rozpacz.

— Jaime'a powierzono mnie i zamierzam go odzyskać. Rozesłałem kruki...

— Ile kruków? Do kogo?

— Trzy — odparł. — Żeby mieć pewność, iż wiadomość dotrze do lorda Boltona. Czy to rzeką, czy traktem, droga z Riverrun do Królewskiej Przystani prowadzi obok Harrenhal.

— Harrenhal. — Wydawało się, że w komnacie pociemniało od tego słowa. — Edmure, czy zdajesz sobie sprawę, co uczyniłeś? — dodała ochrypłym z przerażenia głosem.

— Nie obawiaj się, nic nie wspomniałem o twoim udziale. Napisałem, że Jaime uciekł, i zaoferowałem tysiąc smoków za jego schwytanie.

*Coraz gorzej* — pomyślała zrozpaczona Catelyn. *Mój brat jest głupcem.* Jej oczy zaszły niechcianymi łzami.

— Jeśli to była ucieczka, a nie wymiana zakładników, to dlaczego Lannisterowie mieliby oddać moje córki Brienne?

— Nie dojdzie do tego. Zrobiłem wszystko, by Królobójca jak najszybciej powrócił do lochu.

— Zrobiłeś wszystko, bym nigdy już nie ujrzała córek. Brienne mogłaby dostarczyć go bezpiecznie do Królewskiej Przystani... pod warunkiem, że nikt by ich nie ścigał. Ale teraz... — Nie była w stanie mówić dalej. — Zostaw mnie, Edmure. — Nie miała prawa wydawać mu rozkazów, nie w zamku, który wkrótce miał należeć do niego, jej ton nie dopuszczał jednak sprzeciwu. — Zostaw mnie z ojcem i z moją żałobą. Nie mam ci nic więcej do powiedzenia. Odejdź. Odejdź.

Chciała tylko położyć się, zamknąć oczy i zasnąć. Modliła się, by nic się jej nie śniło.

# ARYA

Niebo było równie czarne jak mury Harrenhal, które zostawili za sobą. Wciąż siąpił lekki deszcz, który tłumił tętent kopyt i spływał po twarzach uciekinierów.

Zmierzali na północ, oddalając się od jeziora. Zryta koleinami wiejska droga biegła przez ogołocone pola, a potem pośród lasów i strumieni. Arya jechała przodem, kopniakami zmuszając skradzionego konia do niebezpiecznie szybkiego kłusa, aż do chwili, gdy ze wszystkich stron otoczyły ją drzewa. Gorąca Bułka i Gendry podążali za nią tak szybko, jak tylko potrafili. Gdzieś w oddali wyły wilki. Słyszała też ciężki oddech piekarczyka. Nikt się nie odzywał. Od czasu do czasu Arya spoglądała przez ramię, by się upewnić, czy obaj chłopcy nie zostali zbyt daleko z tyłu i czy nikt ich nie ściga.

Wiedziała, że pościg na pewno zostanie podjęty. Ukradła trzy konie ze stajni, mapę i sztylet z samotni Roose'a Boltona, a do tego zabiła wartownika stojącego w tylnej bramie. Poderżnęła mu gardło, gdy schylił się, by podnieść wytartą żelazną monetę, którą dostała od Jaqena H'ghara. Ktoś znajdzie go leżącego w kałuży krwi i podniesie alarm. Obudzą lorda Boltona, przeszukają Harrenhal od dachów aż po piwnice i odkryją, że zniknęły sztylet i mapa, kilka mieczy ze zbrojowni, chleb i ser z kuchni, piekarczyk, uczeń kowalski oraz dziewczynka-podczaszy zwana Nan... albo Łasicą bądź Arrym, zależnie od tego, kogo się będzie pytać.

Lord Dreadfort nie będzie ich ścigał osobiście. Roose Bolton będzie sobie leżał w łożu, blady i pokryty pijawkami, wydając rozkazy swym ledwie słyszalnym głosem. Pościg może poprowadzić jego człowiek Walton, zwany Nagolennikiem, gdyż nigdy nie zdejmował z długich nóg tych osłon. Albo może to być śliniący się Vargo Hoat i jego najemnicy, którzy nadali sobie nazwę Dzielnych Kompanionów. Inni zwali ich Krwawymi Komediantami (choć nigdy prosto w oczy) i czasami też Łowcami Stóp, jako że lord Vargo miał w zwyczaju obcinać dłonie albo stopy tym, którzy mu się narazili.

*Jeśli nas złapią, utną nam i dłonie, i stopy* — pomyślała Arya. *A potem Roose Bolton obedrze nas ze skóry.* Nadal miała na sobie strój pazia, z wyszytym na piersi herbem lorda Boltona, obdartym ze skóry człowiekiem z Dreadfort.

Za każdym razem, gdy spoglądała za siebie, na wpół spodziewała się ujrzeć rząd pochodni wyłaniający się z odległych bram Harrenhal albo mknący szczytem jego potężnych murów. Nie dostrzegła jednak niczego. Wreszcie pogrążone we śnie zamczysko zniknęło w ciemności za drzewami.

Gdy mijali pierwszy strumień, Arya zakręciła i sprowadziła ich z drogi, przez ćwierć mili brodząc krętym potokiem, zanim wreszcie wyjechała na kamienisty brzeg. Jeśli łowcy będą mieli psy, może w ten sposób uda im się je zmylić. Nie mogli zostać na szlaku. *Na tej drodze czeka na nas śmierć* — powtarzała sobie. *Na tej i na wszystkich innych.*

Gendry i Gorąca Bułka nie sprzeciwiali się jej decyzji. Ostatecznie to ona miała mapę, a do tego piekarczyk bał się jej prawie tak samo jak ludzi, którzy mogli ich ścigać. Widział wartownika, którego zabiła. *To dobrze, że się mnie boi* — pomyślała. *Dzięki temu będzie mnie słuchał i nie zrobi nic głupiego.*

Wiedziała, że sama powinna się bać bardziej. Miała tylko dziesięć lat, była chudą dziewczynką jadącą na kradzionym koniu przez ciemny las i ścigali ją ludzie, którzy z radością obcięliby jej stopy. Mimo to z jakiegoś powodu czuła się spokojniejsza niż w Harrenhal. Deszcz zmył z jej palców krew wartownika, na plecach miała miecz, wilki krążyły w mroku niczym chude, szare cienie, a Arya Stark nie czuła lęku.

— Strach tnie głębiej niż miecze — wyszeptała pod nosem sentencję, której nauczył ją Syrio Forel. Dodała też słowa Jaqena: — *Valar morghulis.*

Deszcz dwukrotnie przestawał padać, a potem zaczynał od nowa. Mieli jednak dobre płaszcze, które chroniły ich przed wilgocią. Arya narzuciła spokojne, miarowe tempo. Pod drzewami panował zbyt wielki mrok, by mogli jechać szybciej, obaj chłopcy nie byli wprawnymi jeźdźcami, a w miękkim, zdradliwym gruncie kryły się korzenie i głazy. Minęli kolejną drogę, której głębokie koleiny wypełniała woda, lecz Arya oddaliła się od niej szybko. Prowadziła ich zboczami falistych wzgórz, przez jeżyny, głogi i gęste chaszcze, po dnie wąskich parowów, gdzie po twarzy smagały ich ciężkie od mokrych liści gałęzie.

Klacz Gendry'ego w pewnej chwili potknęła się w błocie i padła ciężko na zad. Chłopak zleciał z siodła, lecz ani jemu, ani koniowi nic się nie stało. Gendry zrobił tę swoją upartą minę i wdrapał się z powrotem na siodło. Po krótkiej chwili natknęli się na trzy wilki pożerające martwego jelonka. Koń Gorącej Bułki spłoszył się, poczuwszy ich zapach. Dwa wilki również uciekły, trzeci jednak podniósł łeb i obnażył kły, gotowy bronić zdobyczy.

— Wycofaj się — rozkazała Gendry'emu Arya. — Tylko powoli, żeby go nie przestraszyć.

Oddalali się ostrożnie, aż wreszcie wilk i jego uczta zniknęły im z oczu. Dopiero wtedy Arya zawróciła wierzchowca i ruszyła w pogoń za Gorącą Bułką, który trzymał się rozpaczliwie w siodle, obijając o drzewa.

Później natknęli się na spaloną wioskę. Ostrożnie przejeżdżali między strawionymi przez ogień chatami, mijając kości dwunastu wisielców, które zdobiły rząd jabłoni. Gorąca Bułka na ich widok zaczął się modlić, raz za razem błagając słabym szeptem Matkę o zmiłowanie. Arya popatrzyła na ubrane w mokre, butwiejące łachy kościotrupy i odmówiła własną modlitwę. *Ser Gregor* — zaczęła. *Dunsen, Polliver, Raff Słodyczek. Łaskotek i Ogar. Ser Ilyn, ser Meryn, król Joffrey, królowa Cersei.* Zakończyła ją słowami *valar morghulis*, dotknęła schowanej pod pasem monety Jaqena, a potem wyciągnęła rękę i zerwała wiszące między trupami jabłko. Było zgniłe i przejrzałe, ale zjadła je całe, razem z robakami i innym świństwem.

Dzień był pozbawiony świtu. Niebo wokół nich pojaśniało powoli, lecz ani na moment nie ujrzeli słońca. Czerń przeszła w szarość, a kolory wróciły nieśmiało na świat. Żołnierskie sosny spowiła posępna zieleń, a drzewa liściaste rdzawa czerwień i wyblakłe złoto, przeradzające się już powoli w brąz. Zatrzymali się na chwilę, by napoić konie i pośpiesznie przełknąć zimne śniadanie, rozrywając na części bochen chleba, który Gorąca Bułka ukradł w kuchni, i przekazując sobie z rąk do rąk kawałki twardego żółtego sera.

— Wiesz, dokąd jedziemy? — zapytał ją Gendry.

— Na północ — odparła.

Gorąca Bułka rozejrzał się wokół niepewnie.

— A gdzie jest północ?

— Tam — odpowiedziała, wskazując serem.

— Skąd wiesz? Przecież nie ma słońca.

— Popatrz na mech. Widzisz, że rośnie tylko po jednej stronie drzew? To jest południe.

— A co takiego jest na północy? — zainteresował się Gendry.

— Trident. — Arya rozwinęła ukradzioną mapę, by pokazać im rzekę. — Widzicie? Kiedy już dotrzemy do Tridentu, wystarczy, że pojedziemy w górę rzeki, a z pewnością trafimy do Riverrun. — Prześledziła palcem tę trasę. — To długa droga, ale jeśli będziemy się trzymać rzeki, na pewno nie zabłądzimy.

Gorąca Bułka popatrzył na mapę, mrugając.

— A gdzie jest to Riverrun?

Przedstawiono je jako zamkową wieżę, położoną w rozwidleniu dwóch niebieskich rzek, Kamiennego Nurtu i Czerwonych Wideł.

— Tutaj. — Dotknęła palcem odpowiedniego punktu. — Tu jest napisane „Riverrun".

— Potrafisz czytać pismo? — zapytał zdumiony, jakby oznajmiła mu, że umie chodzić po wodzie.

Skinęła głową.

— W Riverrun będziemy bezpieczni.

— Naprawdę? A dlaczego?

*Dlatego, że to zamek mojego dziadka i będzie tam mój brat Robb* — miała ochotę mu odpowiedzieć. Przygryzła jednak wargę i zwinęła mapę.

— Dlatego, że tak ci mówię. Ale najpierw musimy tam dotrzeć.

Pierwsza dosiadła konia. Czuła się nieswojo, ukrywając prawdę przed Gorącą Bułką, bała się jednak zdradzić mu swą tajemnicę.

Gendry wiedział, ale z nim to było co innego. On również miał swój sekret, choć wyglądało na to, że sam go nie zna.

Po śniadaniu Arya zwiększyła tempo, każąc koniom kłusować tak długo, jak tylko były w stanie. Gdy widziała przed sobą puste pole, spinała wierzchowca do cwału, to jednak zdarzało się rzadko, gdyż okolica stawała się coraz bardziej pagórkowata. Wzgórza nie były wysokie ani szczególnie strome, wydawało się jednak, że ciągną się bez końca, i wkrótce wszyscy się zmęczyli wspinaczką na szczyty oraz zjeżdżaniem z nich. Łatwiej było dostrajać się do rzeźby terenu, jechać korytami strumieni i przez labirynt płytkich lesistych dolinek, dobrze osłoniętych od góry koronami drzew.

Od czasu do czasu wysyłała Gorącą Bułkę i Gendry'ego przodem, a sama zawracała, by zostawić fałszywy trop. Cały czas nasłuchiwała też odgłosów pościgu. *Za wolno* — myślała, przygryzając wargę. *Jedziemy za wolno. Na pewno nas złapią.* W pewnej chwili dostrzegła ze szczytu wzgórza ciemne kształty, które przechodziły przez strumień na dole. Przez pół uderzenia serca bała się, że ścigają ich jeźdźcy Roose'a Boltona, potem jednak spojrzała po raz drugi i zorientowała się, że to tylko wataha wilków.

— *Ahuuuuuuuu, ahuuuuuuuu* — zawyła do nich, otaczając usta dłonią. Największe ze zwierząt uniosło łeb i odpowiedziało jej własnym wyciem. Aryę przeszył dreszcz.

W południe Gorąca Bułka zaczął narzekać. Mówił, że boli go dupa, nogi ma odparzone od siodła, a poza tym musi się wyspać.

— Jestem taki zmęczony, że zaraz spadnę z konia.

Arya zerknęła na Gendry'ego.

— Jak myślisz, jeśli zleci, kto capnie go szybciej, wilki czy Komedianci?

— Wilki — uznał Gendry. — Mają lepsze nosy.

Gorąca Bułka otworzył usta i zamknął je z powrotem. Utrzymał się w siodle. Po krótkiej chwili znowu zaczęło padać. Ciągle nie udało im się zobaczyć słońca. Robiło się coraz zimniej. Między sosnami i nad spopielonymi polami widać było białe kosmyki mgły.

Gendry cierpiał prawie tak samo jak Gorąca Bułka, był jednak zbyt uparty, żeby się skarżyć. Siedział niezgrabnie w siodle z wyrazem determinacji na twarzy i ze zmierzwioną czarną czupryną. Arya świetnie widziała, że kiepski z niego jeździec. *Powinnam była o tym pamiętać* — pomyślała. Sama jeździła konno, odkąd sięgała pamięcią, najpierw na kucykach, a potem na dużych wierzchowcach, ale Gendry i Gorąca Bułka pochodzili z miasta, a w miastach prostaczkowie chodzili pieszo. Kiedy opuszczali Królewską Przystań, Yoren dał im wierzchowce, ale jazda na ośle wlokącym się za wozem królewskim szlakiem w niczym nie przypominała pędzenia na szkolonym do polowania koniu przez dzikie puszcze i spalone pola.

Wiedziała, że sama mogłaby jechać szybciej, nie zamierzała jednak ich zostawiać. Byli jej watahą, jej towarzyszami, jedynymi żywymi przyjaciółmi, którzy jej zostali, i gdyby nie ona, siedzieliby sobie bezpiecznie w Harrenhal. Gendry pociłby się w kuźni, a Gorąca Bułka w kuchniach. *Jeśli złapią nas Komedianci, wyjaśnię im, że jestem córką Neda Starka i siostrą króla północy. Rozkażę im, żeby zawieźli mnie do brata, i zabronię skrzywdzić Gorącą Bułkę i Gendry'ego.* Mogli jednak jej nie uwierzyć, a nawet gdyby uwierzyli... bała się lorda Boltona, mimo że był chorążym jej brata. *Nie pozwolę, żeby nas złapali* — poprzysięgła bezgłośnie, sięgając ręką za plecy, by dotknąć rękojeści miecza, który ukradł dla niej Gendry. *Nie pozwolę.*

Późnym popołudniem wyłonili się spomiędzy drzew i znaleźli na brzegach rzeki. Gorąca Bułka krzyknął z radości.

— Trident! Teraz musimy tylko jechać w górę rzeki, tak jak mówiłaś. Jesteśmy prawie na miejscu!

Arya przygryzła wargę.

— To chyba nie jest Trident. — Choć rzeka wezbrała po padających ostatnio deszczach, i tak nie mogła mieć więcej niż trzydzieści stóp szerokości. Pamiętała, że Trident był znacznie szerszy. — Ta rzeka jest za wąska, a my nie mogliśmy jeszcze dotrzeć tak daleko.

— Mogliśmy — upierał się Gorąca Bułka. — Jedziemy już cały dzień, prawie bez odpoczynku. Na pewno pokonaliśmy kawał drogi.

— Popatrzmy na tę mapę — zaproponował Gendry.

Arya zsunęła się z konia, wyjęła mapę i rozpostarła ją. Deszcz padał na owczą skórę, spływając z niej wąskimi strumyczkami.

— Chyba jesteśmy gdzieś tutaj — stwierdziła, wskazując palcem punkt na mapie. Chłopcy spoglądali jej przez ramię.

— To przecież bardzo blisko — sprzeciwił się Gorąca Bułka. — Zobacz, Harrenhal jest tutaj, tuż obok twojego palca. Prawie go dotykasz. A my jechaliśmy cały dzień!

— Do Tridentu pozostało mnóstwo mil — oznajmiła. — Minie wiele dni, nim tam dotrzemy. To na pewno jakaś inna rzeka. Zobacz. — Pokazała mu kilka cieńszych niebieskich linii, które umieszczono na mapie. Pod każdą z nich namalowano drobnymi literkami nazwę. — Darry, Zielone Jabłko, Dziewica... o tutaj, Mała Wierzba, to może być ona.

Gorąca Bułka przeniósł wzrok z kreski na rzekę.

— Jak dla mnie, wcale nie jest taka mała.

Gendry również zmarszczył brwi.

— Ta, którą pokazujesz, wpada do tej drugiej. Zobacz tu.

— Wielka Wierzba — przeczytała.

— Niech będzie. Wielka Wierzba wpada do Tridentu, więc moglibyśmy jechać wzdłuż jej brzegu, ale musielibyśmy się skierować w dół, nie w górę rzeki. Tylko że jeśli to nie jest Mała Wierzba, a ta druga rzeka tutaj...

— Pomarszczony Strumień — przeczytała Arya.

— Zobacz, on zatacza łuk i płynie w stronę jeziora, z powrotem ku Harrenhal.

Przebiegł palcem wzdłuż linii.

Gorąca Bułka wybałuszył szeroko oczy.

— Nie! Na pewno nas zabiją.

— Musimy się dowiedzieć, która to rzeka — oznajmił Gendry swym najbardziej upartym tonem. — Musimy.

— Ale nie wiemy. — Na mapie obok niebieskich linii umieszczono nazwy, nikt jednak nie wypisywał nazw na brzegach rzek. — Nie pojedziemy ani w górę, ani w dół rzeki — zdecydowała, zwijając mapę. — Przeprawimy się przez nią i ruszymy dalej na północ.

— Czy konie umieją pływać? — zainteresował się Gorąca Bułka. — Ta rzeka jest chyba głęboka, Arry. A jeśli tu są węże?

— Jesteś pewna, że jedziemy na północ? — zapytał Gendry. — Tyle tu wzgórz... jeśli zmieniliśmy kierunek...

— Mech na drzewach...

Wskazał na pobliski pień.

— Na tym drzewie mech rośnie z trzech stron, a na następnym nie ma go w ogóle. Możliwe, że zabłądziliśmy i cały czas kręcimy się w kółko.

— Możliwe — przyznała Arya. — Ale i tak mam zamiar przedostać się na drugi brzeg. Możecie pojechać ze mną albo zostać tutaj.

Wdrapała się na siodło, ignorując obu chłopaków. Jeśli nie chcą jej towarzyszyć, niech sami sobie szukają Riverrun. Prędzej jednak znajdą ich Komedianci.

Musiała przejechać wzdłuż brzegu dobre pół mili, nim wreszcie znalazła miejsce, które obiecywało bezpieczny bród. Klacz nawet tutaj nie chciała wejść do wody. Rzeka, jak ją tam zwał, wartko toczyła swe brązowe fale, które pośrodku nurtu sięgały powyżej końskiego brzucha. Buty Aryi wypełniła woda, lecz dziewczynka mocno wciskała pięty w końskie boki i w końcu zdołała się przedostać na drugi brzeg. Za sobą usłyszała plusk i nerwowe rżenie. *Jadą za mną. To dobrze.* Odwróciła się, by spojrzeć na chłopców, którzy przeprawili się przez rzekę i wyjechali na brzeg, ociekając wodą.

— To nie był Trident — zapewniła ich. — Nie był i już.

Następna rzeka okazała się płytsza i łatwiejsza do sforsowania. To również nie był Trident i nikt jej się nie sprzeciwiał, gdy oznajmiła, że muszą przejechać na drugi brzeg.

Kiedy zatrzymali się, by pozwolić koniom odpocząć i zjeść jeszcze trochę chleba z serem, zapadał już zmierzch.

— Zmarzłem i przemokłem do szpiku kości — poskarżył się Gorąca Bułka. — Na pewno jesteśmy już daleko od Harrenhal. Moglibyśmy rozpalić ognisko...

— Nie! — zawołali Arya i Gendry, dokładnie w tej samej chwili. Gorąca Bułka skulił się lekko. Arya zerknęła z ukosa na Gendry'ego. *Powiedział to jednocześnie ze mną, tak jak Jon robił to w Winterfell.* Jona Snow brakowało jej najbardziej ze wszystkich braci.

— Możemy wreszcie się przespać? — dopytywał się Gorąca

Bułka. — Jestem bardzo zmordowany, Arry, i boli mnie dupa. Chyba mam na niej pęcherze.

— Jeśli cię złapią, będziesz miał coś gorszego — ostrzegła go. — Musimy jechać dalej. Musimy.

— Ale jest już prawie ciemno i nawet nie widać księżyca.

— Właź na konia.

Wlekli się naprzód stępa, podczas gdy wokół robiło się coraz ciemniej. Arya czuła przygniatający ciężar zmęczenia. Chciało się jej spać tak samo jak Gorącej Bułce, nie mogli sobie jednak na to pozwolić. Gdyby zasnęli, to po otwarciu oczu mogliby zobaczyć nad sobą Vargo Hoata w towarzystwie Shagwella Błazna, Wiernego Urswycka, Rorge'a, Kąsacza, septona Utta i innych potworów.

Po chwili jednak rytm końskich kroków zaczął na nią działać niczym kołyska. Arya poczuła, że powieki jej opadają. Zamknęła na chwilę oczy, po czym znowu otworzyła je szeroko. *Nie wolno mi zasnąć* — krzyczała do siebie bezgłośnie. *Nie wolno. Nie wolno.* Potarła mocno powieki kostkami dłoni, żeby już się nie zamykały, po czym złapała wodze i kopnęła klacz, by skłonić ją do galopu. Ani ona, ani wierzchowiec nie byli jednak w stanie dłużej utrzymać tego tempa i po paru chwilach ponownie zwolnili do stępa. Później powieki Aryi znowu opadły i tym razem nie rozchyliły się już tak prędko.

Gdy wreszcie otworzyła oczy, zobaczyła, że jej wierzchowiec zatrzymał się i skubie kępę trawy, a Gendry potrząsa ją za ramię.

— Zasnęłaś — powiedział.

— Tylko przymknęłam oczy.

— Okazuje się, że na dosyć długo. Twoja klacz chodziła w kółko, ale dopiero kiedy przystanęła, zorientowałem się, że śpisz. Gorąca Bułka też ledwie się trzyma. Wjechał na konar i zleciał z siodła. Szkoda, że nie słyszałaś, jak się pruł. Nawet to cię nie obudziło. Musimy urządzić postój, żebyście mogli się przespać.

— Wytrzymam tak samo długo jak ty — sprzeciwiła się z ziewnięciem.

— Nie bujaj. Jeśli chcesz być głupia, to jedź dalej. Ja się zatrzymuję. Wezmę pierwszą wartę. Ty się prześpij.

— A co z Gorącą Bułką?

Gendry wskazał palcem na piekarczyka, który pochrapywał już cicho na ziemi, zwinięty pod płaszczem na posłaniu z mokrych liści. W jednej ręce ściskał wielki trójkąt sera. Wyglądało na to, że zasnął podczas posiłku.

Arya zrozumiała, że nie ma sensu się spierać. Gendry miał rację. *Komedianci też będą potrzebowali snu* — pomyślała, modląc się, by była to prawda. Czuła się tak zmęczona, że trudno jej było nawet zleźć z siodła, pamiętała jednak, żeby spętać klacz, nim położyła się pod bukiem. Ziemia była twarda i wilgotna. Arya zastanawiała się, ile czasu minie, nim znowu będzie mogła zasnąć w łożu przy ciepłym kominku, spożywszy przedtem gorący posiłek. Zanim zamknęła oczy, wyjęła jeszcze miecz z pochwy i położyła go obok siebie.

— Ser Gregor — wyszeptała, ziewając. — Dunsen, Polliver, Raff Słodyczek. Łaskotek i... Łaskotek i... Ogar...

Jej sny pełne były krwi i okrucieństwa. Pojawili się w nich Komedianci, przynajmniej czterej, blady Lyseńczyk, ciemnoskóry, brutalny wojownik z Ib, którego bronią był topór, naznaczony blizną dothracki władca koni, na którego wołano Iggo, oraz Dornijczyk, którego imienia nigdy nie poznała. Jechali wciąż naprzód w deszczu, obleczeni w rdzewiejące kolczugi i mokre skóry, a miecze i topory uderzały z brzękiem o ich siodła. Z charakterystyczną dla snów niezwykłą ostrością zrozumiała, że wydaje im się, iż na nią polują, ale są w błędzie. To ona polowała na nich.

We śnie nie była małą dziewczynką, lecz wilczycą, wielką i potężną. Gdy wychynęła przed nimi spomiędzy drzew i obnażyła kły, wydając z siebie niski, gardłowy warkot, poczuła woń ludzkiego i końskiego strachu. Wierzchowiec Lyseńczyka stanął dęba, kwicząc z przerażenia. Pozostali mężczyźni krzyczeli coś do siebie w mowie ludzi, lecz nim zdążyli cokolwiek przedsięwziąć, z ciemności i deszczu wypadły inne wilki, liczne stado chudych, mokrych, milczących bestii.

Walka była krótka i krwawa. Kudłaty mężczyzna runął z konia, nim zdążył do końca wydobyć topór, a ciemnoskóry zginął, naciągając łuk. Jasnoskóry człowiek z Lys próbował ucieczki. Jej bracia i siostry osaczyli zbiega, raz za razem zmuszając go do zmiany kierunku, a potem rzucili się na niego ze wszystkich stron, kąsając końskie nogi i przegryzając gardło jeźdźcowi w chwili, gdy ten runął na ziemię.

Tylko człowiek z dzwoneczkami zdołał stawić im czoło. Jego koń kopnął w głowę jedną z jej sióstr, a zakrzywiony srebrzysty pazur przeciął drugą niemal wpół. Włosy mężczyzny cały czas dźwięczały cicho.

Oszalała z gniewu, skoczyła mu na plecy i zwaliła go z siodła. Gdy spadali na ziemię, zacisnęła szczęki na jego ramieniu, przebijając skórę, wełnę i miękkie ciało. Po uderzeniu o ziemię szarpnęła gwałtownie łbem, odrywając kończynę od barku. Potem potrząsnęła nią triumfalnie, pryskając wokół ciepłymi, czerwonymi kropelkami, które mieszały się z zimnym, czarnym deszczem.

# TYRION

Obudziło go skrzypienie starych, żelaznych zawiasów.

— Kto tam? — wychrypiał. Dobrze, że chociaż odzyskał głos, nawet jeśli był słaby i ochrypły. Gorączka ciągle go nie opuszczała, nie miał też pojęcia, która godzina. Jak długo spał tym razem? Był taki słaby, tak cholernie słaby. — Kto tam? — zawołał po raz drugi, tym razem głośniej. Przez uchylone drzwi do środka wpadał blask pochodni, lecz w komnacie jedynym źródłem światła był płonący przy łożu ogarek.

Tyrion zadrżał, widząc zbliżającą się postać. Tu, w Twierdzy Maegora, wszyscy służący byli na usługach jego siostry i każdy z gości mógł być kolejnym narzędziem Cersei, wysłanym po to, by dokończyć roboty, którą zaczął ser Mandon.

Potem mężczyzna wszedł w plamę światła świecy, przyjrzał się uważnie pobladłej twarzy karła i zachichotał.

— Zaciąłeś się przy goleniu, co?

Palce Tyriona dotknęły wielkiej blizny, która biegła skośnie od czoła do ust, przecinając resztki nosa. Jego dumne ciało wciąż było ciepłe i bolesne w dotyku.

— I to okropnie wielką brzytwą.

Bronn umył sobie czarne jak węgiel włosy i zaczesał je do tyłu, odsłaniając twarz o twardych rysach. Miał na sobie wysokie buty z miękkiej, szytej skóry, szeroki pas nabijany samorodkami srebra i płaszcz z jasnozielonego jedwabiu. Na ciemnoszarym wełnianym wamsie wyszyto na ukos jaskrawozieloną nicią płonący łańcuch.

— Gdzie się podziewałeś? — zapytał go Tyrion. — Wysłałem po ciebie... chyba ze dwa tygodnie temu.

— Najwyżej cztery dni — sprostował najemnik. — Byłem tu dwa razy, ale ty leżałeś jak trup.

— Nie jak trup. Chociaż moja słodka siostra bardzo się o to starała. — Być może nie powinien mówić tego głośno, ale przestało go to już obchodzić. Nie miał wątpliwości, że za atakiem ser Mandona kryła się Cersei. — Co to za paskudztwo masz na piersi?

Bronn wyszczerzył zęby w uśmiechu.

— To mój rycerski herb. Zielony płonący łańcuch na szarym jak dym polu. Z rozkazu twego pana ojca jestem teraz ser Bronnem znad Czarnego Nurtu, Krasnalu. Nie zapominaj o tym.

Tyrion ułożył dłonie na pierzynie i przesunął się kilka cali do tyłu, by wesprzeć się o poduszki.

— To ja obiecałem ci tytuł rycerski, pamiętasz? — W najmniejszym stopniu nie przypadły mu do gustu słowa „z rozkazu twego pana ojca". Lord Tywin nie tracił czasu. Przenosząc swego syna z Wieży Namiestnika, by wprowadzić się do niej, jasno dał do zrozumienia, jak się mają sprawy. To było tylko potwierdzenie. — Ja straciłem pół nosa, a ty zyskałeś tytuł rycerski. Bogowie mają się z czego tłumaczyć. — W jego głosie brzmiała gorycz. — Czy mój ojciec pasował cię osobiście?

— Nie. Tych z nas, którzy przeżyli walkę pod kołowrotami, namaścił wielki septon i pasowali rycerze Gwardii Królewskiej. Cała zabawa ciągnęła się pół dnia, bo zostały tylko trzy Białe Miecze.

— Wiem, że ser Mandon zginął w bitwie. — *Wepchnięty do rzeki przez Poda na pół uderzenia serca przed tym, nim zdążył wbić mi miecz w serce, zdradziecki skurwysyn.* — Kogo jeszcze straciliśmy?

— Ogara — odpowiedział Bronn. — Nie poległ, tylko zniknął. Złote płaszcze mówią, że obleciał go strach i musiałeś poprowadzić wycieczkę zamiast niego.

*To nie był jeden z moich lepszych pomysłów.* Zmarszczył brwi, czując swędzenie w świeżej bliźnie. Skinął na Bronna, nakazując mu podejść bliżej.

— Mojej siostrze wydaje się, że jestem pieczarką. Trzyma mnie w ciemności i karmi gównem. Pod to dobry chłopak, ale ma na języku węzeł wielki jak Casterly Rock. Zresztą i tak nie wierzę w połowę tego, co mi mówi. Wysłałem go po ser Jacelyna, a on wrócił i oznajmił mi, że Żelazna Ręka zginął.

— Tak jak tysiące innych ludzi.

Bronn usiadł.

— Jak to się stało? — zapytał Tyrion, którego nagle dopadły mdłości.

— Podczas bitwy. Słyszałem, że twoja siostra wysłała Kettleblacków, żeby sprowadzili króla do Czerwonej Twierdzy. Kiedy złote płaszcze zobaczyły, że Joffrey ucieka, połowa z nich postanowiła opuścić mury razem z nim. Bywater zagrodził im drogę i rozkazał wracać. Mówią, że dał im zdrowy ochrzan i byli już prawie gotowi go posłuchać, ale nagle ktoś przeszył jego szyję strzałą. Potem nie wyglądał już tak groźnie, więc ściągnęli go z konia i dobili.

*Kolejny dług, który muszę spłacić Cersei.*

— A mój siostrzeniec? — zapytał. — Joffrey? Czy groziło mu jakieś niebezpieczeństwo?

— W porównaniu z innymi raczej niewielkie.

— A czy coś mu się stało? Czy został ranny? Potargał sobie włoski, uderzył się w nóżkę, złamał sobie paznokieć?

— Nic mi o tym nie wiadomo.

— Ostrzegałem Cersei, co się stanie. Kto teraz dowodzi złotymi płaszczami?

— Twój pan ojciec powołał jednego ze swych ludzi z zachodu, jakiegoś rycerza zwanego Addamem Marbrandem.

W większości przypadków złote płaszcze nie byłyby zadowolone, gdyby oddano je pod komendę obcego, ser Addam Marbrand był jednak dobrym kandydatem. Podobnie jak Jaime, należał do ludzi, których inni chętnie słuchają. *Straciłem Straż Miejską.*

— Kazałem też Podowi poszukać Shaggi, ale szczęście mu nie sprzyjało.

— Kamienne Wrony nadal siedzą w królewskim lesie. Shagdze wyraźnie się tam spodobało. Timett poprowadził Spalonych do domu, razem ze wszystkimi łupami, które zdobyli po bitwie w obozie Stannisa. Chella pokazała się pewnego ranka przy Rzecznej Bramie z tuzinem Czarnych Uszu, ale czerwone płaszcze twojego ojca ich przepędziły, a mieszczanie rzucali w nich gnojem, krzycząc głośno z radości.

*Niewdzięcznicy. Czarne Uszy za nich ginęły.*

Gdy Tyrion leżał oszołomiony makowym winem i pogrążony w snach, jego rodzina wyrywała mu po kolei wszystkie pazury.

— Chcę, żebyś poszedł do mojej siostry. Jej wspaniały syn przeżył bitwę bez uszczerbku, więc nie potrzebuje już zakładniczki. Przysięgła, że zwolni Alayayę, gdy tylko...

— Zrobiła to. Jakieś osiem, dziewięć dni temu, po chłoście...

Tyrion podciągnął się wyżej, ignorując ból, który przeszył jego bark nagłym ukłuciem.

— Chłoście?

— Przywiązali ją do pręgierza na dziedzińcu i wychłostali, a potem wypchnęli za bramę, nagą i zakrwawioną.

*Uczyła się czytać* — pomyślał od rzeczy Tyrion. Blizna na jego twarzy napięła się gwałtownie. Przez chwilę miał wrażenie, że głowa mu pęknie z wściekłości. To prawda, że Alayaya była kurwą, spotkał jednak w życiu niewiele równie słodkich, odważnych i niewinnych dziewczyn. Nigdy jej nawet nie dotknął. Była dla niego tylko zasłoną, za którą ukrywał Shae. Nawet nie zadał sobie pytania, ile może ją kosztować ta rola.

— Obiecałem siostrze, że potraktuję Tommena tak samo, jak ona Alayayę — przypomniał sobie na głos. Bał się, że zaraz zwymiotuje. — Jak mogę wychłostać ośmioletniego chłopca?

*Ale jeśli tego nie zrobię, Cersei wygra.*

— Nie masz już Tommena — obwieścił mu bez ogródek Bronn. — Gdy tylko królowa dowiedziała się, że Żelazna Ręka nie żyje, wysłała po niego Kettleblacków i nikt w Rosby nie miał odwagi się im sprzeciwić.

To był kolejny cios, musiał jednak przyznać, że poczuł też ulgę. Lubił Tommena.

— Kettleblackowie podobno należeli do nas — przypomniał Bronnowi z nutą irytacji.

— Należeli, ale tylko do chwili, gdy mogłem im dać dwa miedziaki na każdego, którego dostali od królowej. Teraz jednak Cersei podniosła stawkę. Po bitwie Osney i Osfryd zostali rycerzami, tak samo jak ja. Bogowie chyba tylko wiedzą za co, bo nikt nie widział, by brali udział w walce.

*Moi najmici mnie zdradzili, moich przyjaciół spotkała chłosta i hańba, a ja gniję w łożu* — pomyślał Tyrion. *Zdawało mi się, że to ja wygrałem tę cholerną bitwę. Czy taki właśnie jest smak triumfu?*

— Czy to prawda, że Stannisa rozgromił duch Renly'ego?

Bronn uśmiechnął się półgębkiem.

— Z wież kołowrotowych widzieliśmy tylko leżące w błocie pochodnie i ludzi, którzy rzucali włócznie, by zwiać z pola bitwy, ale w garkuchniach i burdelach spotkasz setki ludzi, którzy ci powiedzą, że lord Renly zabił tego albo tamtego. Większość ludzi Stannisa należała najpierw do Renly'ego i przeszła na naszą stronę na pierwszy widok jego lśniącej zielonej zbroi.

Po wszystkich jego planach, po wycieczce i moście ze statków, po tym, jak przecięto mu twarz wpół, Tyrion został przyćmiony przez trupa. *O ile Renly rzeczywiście nie żyje.* To również będzie musiał sprawdzić.

— Jak Stannisowi udało się uciec?

— Jego Lyseńczycy czekali z galerami w zatoce, za twoim łańcuchem. Gdy bitwa przybrała zły obrót, przybili do brzegu i zabrali na pokład tylu ludzi, ilu tylko zdołali. Pod koniec zbiegowie zabijali się nawzajem, żeby się dostać na statek.

— A co porabia Robb Stark?

— Grupa jego wilków wypaliła sobie drogę aż do Duskendale. Twój ojciec wysyła tego całego lorda Tarly'ego, żeby się z nimi policzył. Mam ochotę się do niego przyłączyć. Mówią, że to dobry żołnierz i pozwala plądrować bez ograniczeń.

Myśl o utracie Bronna była ostatnią słomką, która złamała grzbiet Tyriona.

— Nie. Twoje miejsce jest tutaj. Jesteś kapitanem straży namiestnika.

— Nie jesteś już namiestnikiem — przypomniał mu ostrym tonem Bronn. — Tę funkcję przejął twój ojciec, a on ma własną, cholerną straż.

— A co się stało z tymi wszystkimi ludźmi, których dla mnie wynająłeś?

— Niektórzy zginęli przy wieżach kołowrotowych. Ten twój stryj, ser Kevan, zapłacił reszcie i wyrzucił ich na bruk.

— Jak miło z jego strony — rzucił Tyrion jadowitym tonem. — Czy to znaczy, że już cię nie interesuje złoto?

— Lepiej na to nie licz.

— To świetnie — ucieszył się Tyrion — bo tak się składa, że nadal jesteś mi potrzebny. Co wiesz o ser Mandonie Moorze?

Bronn wybuchnął śmiechem.

— Wiem, że się utopił, do cholery.

— Zaciągnąłem u niego wielki dług, ale jak mam go spłacić? — Dotknął dłoni, macając bliznę. — Szczerze mówiąc, wiem o nim piekielnie mało.

— Miał rybie oczy i nosił biały płaszcz. Czego jeszcze chcesz się dowiedzieć?

— Wszystkiego — odparł Tyrion. — Na początek.

Szukał dowodu na to, że ser Mandon był człowiekiem Cersei, nie odważył się jednak powiedzieć tego na głos. W Czerwonej

Twierdzy lepiej było trzymać język za zębami. W ścianach kryły się szczury, ptaszki, które za dużo mówiły, i pająki.

— Pomóż mi wstać — zażądał, wygrzebując się z pościeli. — Czas, żebym złożył wizytę ojcu, a już z pewnością najwyższy czas, żebym znowu pokazał się ludziom.

— Cóż za piękny widok — zadrwił Bronn.

— Z połową nosa na takiej twarzy jak moja? Ale skoro mówimy o urodzie, to czy Margaery Tyrell przybyła już do Królewskiej Przystani?

— Nie. Ale niedługo ma przybyć, a miasto oszalało z miłości do niej. Tyrellowie przywożą żywność z Wysogrodu i rozdają ją w jej imieniu. Setki wozów każdego dnia. Po ulicach łażą tysiące ich ludzi z tymi małymi złotymi różami wyszytymi na wamsach i żaden z nich nie musi płacić za wino. Żony, wdowy i kurwy bez różnicy oddają się każdemu gołowąsowi ze złotą różą na cycku.

*Na mnie plują, a Tyrellom stawiają wino.* Tyrion dźwignął się z łoża. Nogi ugięły się pod nim, a komnata zawirowała wkoło. Musiał się przytrzymać ramienia Bronna, żeby nie runąć na sitowie.

— Pod! — krzyknął. — Podrick Payne! Gdzie się podziewasz, do siedmiu piekieł! — Ból szarpał go niczym bezzębny pies. Tyrion nienawidził słabości, zwłaszcza własnej. Wstydził się jej, a wstyd budził w nim gniew. — Pod, chodź tutaj!

Chłopak zjawił się biegiem. Kiedy zobaczył, że Tyrion wstał i trzyma się ramienia Bronna, wybałuszył oczy ze zdziwienia.

— Panie. Wstałeś. Czy... czy... czy potrzebujesz wina? Sennego wina? Czy mam zawołać maestera? Powiedział, że nie możesz. To znaczy wstawać.

— Zbyt długo już leżałem w łożu. Przynieś mi jakieś czyste ubranie.

— Ubranie?

Tyrion nie potrafił pojąć, jak to możliwe, że chłopak, który w bitwie wykazał się tak wielką bystrością i odwagą, w innych sytuacjach jest całkowicie zagubiony.

— Ubranie — powtórzył. — Bluzę, wams, spodnie, rajtuzy. Dla mnie. Żebym miał się w co odziać. Chcę wyleźć z tej cholernej celi.

Musiał skorzystać z pomocy ich obu. Choć jego twarz wyglądała ohydnie, najgroźniejszą ranę otrzymał w bark. Strzała przebiła mu pachę, wbijając w ciało odłamki jego własnej kolczugi. Gdy maester Frenken zmieniał opatrunek, z odbarwionego ciała nadal sączyły się krew i ropa, a każdy ruch okupywał ukłuciem straszliwego bólu.

Ostatecznie Tyrion zadowolił się parą spodni i za dużym szlafrokiem, który zwisał mu z ramion. Bronn wciągnął mu buty, a Pod poszedł poszukać laski, na której mógłby się wesprzeć. Tyrion wypił też kielich sennego wina, żeby dodać sobie sił. Słodzony miodem trunek zawierał niewiele maku, tylko tyle, by złagodzić na chwilę jego cierpienia.

Mimo to, gdy otworzył drzwi, zakręciło mu się w głowie, a po długiej wędrówce w dół po krętych schodach drżały mu nogi. W jednej ręce trzymał laskę, a drugą opierał się na ramieniu Poda. Po drodze napotkali wchodzącą na górę dziewkę służebną, która wytrzeszczyła oczy, jakby zobaczyła ducha. *Karzeł wstał z martwych* — pomyślał Tyrion. *Popatrz, jest jeszcze brzydszy niż przedtem. Pobiegnij opowiedzieć o tym przyjaciółkom.*

Warownia Maegora była najsilniej umocnionym miejscem w Czerwonej Twierdzy, zamkiem wewnątrz zamku, otoczonym głęboką, suchą fosą pełną kolców. Zwodzony most podniesiono na noc, a przy drzwiach straż pełnił ser Meryn Trant w jasnej zbroi i białym płaszczu.

— Opuść most — rozkazał mu Tyrion.

— Królowa rozkazała podnosić go na noc.

Ser Meryn zawsze był sługą Cersei.

— Królowa śpi, a ja muszę porozmawiać z ojcem.

Imię lorda Tywina Lannistera miało w sobie magię. Ser Meryn Trant niechętnie wydał rozkaz i zwodzony most opuszczono. Po drugiej stronie fosy straż pełnił inny rycerz Gwardii Królewskiej. Na widok człapiącego w jego stronę Tyriona ser Osmund Kettleblack zdołał się uśmiechnąć.

— Lepiej się już czujesz, panie?

— Znacznie. Kiedy będzie następna bitwa? Nie mogę się już doczekać.

Gdy jednak Pod dotarł do serpentynowych schodów, Tyrion mógł jedynie wybałuszyć oczy z trwogi. *Nie ma mowy, żebym wdrapał się na nie bez pomocy* — wyznał sam przed sobą. Machnął ręką na godność i poprosił Bronna, żeby go wniósł, licząc po cichu na to, że o tej porze nie będzie tu nikogo, kto by się śmiał czy opowiadał innym o karle wnoszonym na górę niczym niemowlę.

Na zewnętrznym dziedzińcu ustawiono dziesiątki namiotów.

— To ludzie Tyrella — wyjaśnił Podrick Payne, gdy szli przez labirynt jedwabiu i płótna. — Lorda Rowana i lorda Redwyne'a. Zabrakło dla wszystkich miejsca. To znaczy w zamku. Niektórzy wynajęli pokoje. Na mieście. W gospodach i tak dalej. Przyjechali na ślub. Ślub króla. Króla Joffreya. Czy starczy ci sił, by na niego pójść, panie?

— Nie powstrzymają mnie nawet wściekłe łasice.

Śluby miały tę przewagę nad bitwami, że rzadziej obcinano na nich ludziom nosy.

Za zamkniętymi okiennicami w Wieży Namiestnika wciąż paliły się słabe światła. Ludzie stojący na warcie mieli karmazynowe płaszcze i lwie hełmy straży domowej jego ojca. Obaj znali Tyriona i wpuścili go bez pytania... choć zauważył, że woleli nie patrzeć na jego twarz.

W środku spotkali ser Addama Marbranda, który schodził po ślimakowatych schodach. Miał na sobie zdobny, czarny napierśnik i płaszcz ze złotogłowiu, noszony przez oficerów Straży Miejskiej.

— Panie — powiedział — cieszę się, że jesteś już na nogach. Słyszałem...

— ...pogłoski, że wykopano mały grób? Ja również. Dlatego właśnie doszedłem do wniosku, że lepiej by było wstać. Podobno zostałeś dowódcą Straży Miejskiej. Mam ci składać gratulacje czy kondolencje?

— Obawiam się, że i jedno, i drugie. — Ser Addam uśmiechnął się. — Śmierć i dezercje zostawiły mi jakieś cztery tysiące czterystu ludzi. Tylko bogowie i Littlefinger wiedzą, jak mamy wypłacić żołd tak wielu, ale twoja siostra nie pozwala mi zwolnić ani jednego.

*Nadal się boisz, Cersei? Bitwa się skończyła. Złote płaszcze już ci w niczym nie pomogą.*

— Wracasz od mojego ojca? — zapytał.

— Tak. Obawiam się, że nie zastaniesz go w zbyt dobrym humorze. Lord Tywin uważa, że cztery tysiące czterystu ludzi z nawiązką wystarczy, by odnaleźć jednego zaginionego giermka, nadal jednak nie natrafiliśmy na żaden ślad twego kuzyna Tyreka.

Tyrek był trzynastoletnim chłopcem, synem Tygetta, nieżyjącego stryja Tyriona. Zaginął podczas zamieszek, niedługo po poślubieniu lady Ermesande, niemowlęcia, które było ostatnim ocalałym dziedzicem rodu Hayfordów. *I zapewne pierwszą w historii Siedmiu Królestw żoną, która owdowiała, nim jeszcze ją odstawiono od piersi.*

— Ja też nie zdołałem go znaleźć — wyznał Tyrion.

— Żrą go już robaki — stwierdził Bronn z typowym dla siebie brakiem taktu. — Żelazna Ręka też go szukał, a eunuch potrząsnął grubą sakiewką. Nie mieli więcej szczęścia od nas. Daj za wygraną, ser.

Ser Addam popatrzył z niesmakiem na najemnika.

— Lord Tywin jest uparty, gdy chodzi o jego rodzinę. Chce znaleźć chłopaka, żywego lub umarłego, a ja zamierzam spełnić jego życzenie. — Ponownie spojrzał na Tyriona. — Zastaniesz ojca w jego samotni.

*W mojej samotni* — pomyślał Tyrion.

— Chyba znam drogę.

Dalej wspinał się już o własnych siłach, wsparty jedną ręką na ramieniu Poda. Bronn otworzył przed nim drzwi. Lord Tywin Lannister siedział przy oknie, pisząc w świetle lampy oliwnej. Na szczęk zamka podniósł wzrok.

— Tyrion — powiedział, odkładając spokojnie gęsie pióro.

— Cieszę się, że mnie pamiętasz, panie.

Tyrion zdjął rękę z ramienia Poda, wsparł się na lasce i podszedł chwiejnie bliżej. *Coś tu nie gra* — zrozumiał natychmiast.

— Ser Bronnie — odezwał się lord Tywin — Podricku. Może lepiej będzie, jeśli zostawicie nas samych.

Spojrzenie, którym Bronn obrzucił namiestnika, zakrawało na bezczelność, pokłonił się jednak i wyszedł, a Pod podążył za nim. Ciężkie drzwi zatrzasnęły się i Tyrion Lannister został sam na sam z ojcem. Choć okiennice były zamknięte, w komnacie powiało chłodem. *Jakich kłamstw naopowiadała mu Cersei?*

Lord Casterly Rock był szczupły jak mężczyzna o dwadzieścia lat młodszy, a nawet przystojny na swój surowy sposób. Policzki pokrywał mu sztywny, żółty zarost, głowę miał łysą, a usta mocno zaciśnięte. Na jego szyi wisiał łańcuch ze złotych dłoni. Palce każdej z nich zaciskały się na nadgarstku następnej.

— Niebrzydki łańcuch — zauważył Tyrion. *Ale na mnie wyglądał ładniej.*

Lord Tywin zignorował tę zaczepkę.

— Lepiej usiądź. Czy to rozsądne, że wstałeś z łoża boleści?

— Wszystko mnie już boli od tego łoża boleści. — Tyrion wiedział, jak bardzo jego ojciec gardzi słabością. Zajął najbliższe krzesło. — Masz bardzo przyjemną komnatę. Czy uwierzyłbyś, że gdy leżałem umierający, ktoś przeniósł mnie do ciasnej, ciemnej celi u Maegora?

— W Czerwonej Twierdzy jest tłoczno od gości weselnych. Kiedy odjadą, znajdziemy ci stosowniejszą komnatę.

— Ta całkiem mi odpowiadała. Czy wyznaczyłeś już datę tego wspaniałego ślubu?

— Joffrey i Margaery pobiorą się pierwszego dnia nowego roku, który będzie zarazem pierwszym dniem następnego stulecia. Ta uroczystość zapowie nadejście nowej ery.

*Ery Lannisterów* — pomyślał Tyrion.

— Ojej, chyba zaplanowałem na ten dzień coś innego.

— Czy przyszedłeś tu tylko po to, żeby poskarżyć się na swoją sypialnię i opowiadać te głupie dowcipasy? Muszę skończyć ważne listy.

— Ważne listy. No jasne.

— Niektóre bitwy wygrywają miecze i włócznie, a inne gęsie pióra i kruki. Oszczędź mi tych dziecinnych wyrzutów, Tyrionie. Kiedy byłeś umierający, odwiedzałem cię tak często, jak tylko pozwalał na to maester Ballabar. — Złożył palce pod brodą w piramidkę. — Dlaczego odesłałeś Ballabara?

Tyrion wzruszył ramionami.

— Maester Frenken nie jest tak zdeterminowany przeszkodzić mi w odzyskaniu przytomności.

— Ballabar przybył do miasta w orszaku lorda Redwyne'a. Mówią, że to zdolny uzdrowiciel. Cersei postąpiła bardzo łaskawie, prosząc go, by się zajął tobą. Bała się o twoje życie.

*Chcesz powiedzieć, że bała się, iż mogę je zachować.*

— Z pewnością właśnie dlatego ani na moment nie odchodziła od mojego łoża.

— Nie bądź bezczelny. Cersei musi przygotować królewski ślub, ja prowadzę wojnę, a tobie co najmniej od dwóch tygodni nic już nie groziło. — Lord Tywin przyjrzał się okaleczonej twarzy syna bez śladu niepokoju w jasnozielonych oczach. — Chociaż muszę przyznać, że rana jest okropna. Co za obłęd cię opętał?

— Wrogowie przynieśli taran pod nasze bramy. Gdyby to Jaime prowadził wycieczkę, nazwałbyś to męstwem.

— Jaime nigdy nie byłby taki głupi, żeby zdjąć hełm podczas bitwy. Mam nadzieję, że zabiłeś człowieka, który cię zranił?

— Och, możesz być pewien, że ten nędznik nie żyje. — Tylko że to Podrick Payne zabił ser Mandona. Wepchnął go do rzeki, gdzie obciążony zbroją rycerz utonął. — Martwy wróg to radość na wieki — dodał wesoło Tyrion, choć jego prawdziwym wrogiem nie był ser Mandon, który nie miał żadnego powodu, by pragnąć jego śmierci. *Był tylko narzędziem i jestem przekonany, że wiem czyim. Powiedziała mu, że ma się postarać, żebym nie przeżył bitwy.* Bez dowodów lord Tywin nie zechce jednak wysłuchać takiego oskarżenia. — Dlaczego zostałeś w mieście, ojcze? — zapytał. — Czy nie powinieneś wyruszyć na wojnę z lordem Stannisem, Robbem Starkiem albo kimś innym?

*Im prędzej, tym lepiej.*

— Dopóki nie przypłynie lord Redwyne ze swą flotą, brak nam okrętów potrzebnych do ataku na Smoczą Skałę. To jednak już nieważne. Słońce Stannisa Baratheona zaszło nad Czarnym Nurtem. A jeśli chodzi o Starka, chłopak nadal jest na zachodzie, ale wielki oddział ludzi z północy pod dowództwem Helmana Tallharta i Robetta Glovera ciągnie na Duskendale. Wysłałem im na spotkanie lorda Tarly'ego, podczas gdy ser Gregor maszeruje królewskim traktem, żeby odciąć wrogom drogę odwrotu. Tallhart i Glover wpadną w pułapkę, a wraz z nimi jedna trzecia sił Starków.

— Duskendale?

Tam nie było nic wartego takiego ryzyka. Czyżby Młody Wilk w końcu popełnił błąd?

— Nie zawracaj sobie tym głowy. Twarz masz bladą jak śmierć, a strój przesiąknięty krwią. Mów, czego chcesz, i wracaj do łoża.

— Czego chcę... — Poczuł bolesny ucisk w gardle. Czego właściwie chciał? *Więcej, niż będziesz mi kiedykolwiek mógł dać, ojcze.* — Pod powiedział mi, że Littlefinger został lordem Harrenhal.

— Ten tytuł jest pozbawiony znaczenia, dopóki zamkiem włada Roose Bolton w imieniu Robba Starka. Mimo to lord Baelish pragnął tego zaszczytu. Dobrze nam się przysłużył w sprawie małżeństwa z córką Tyrellów. Lannister zawsze płaci swe długi.

Właściwie to małżeństwo było pomysłem Tyriona, ale gdyby domagał się teraz uznania z tego powodu, wydałby się małostkowy.

— Może mieć więcej znaczenia, niż ci się zdaje — ostrzegł ojca. — Littlefinger niczego nie robi bez powodu. Ale teraz mniejsza z tym. Mam wrażenie, że wspominałeś coś o spłacaniu długów?

— Ty również chcesz otrzymać nagrodę, tak? Proszę bardzo. Co to ma być? Ziemie, zamek, jakiś tytuł?

— Na początek wystarczyłaby odrobina cholernej wdzięczności.

Lord Tywin przeszył go nieruchomym spojrzeniem.

— Komedianci i małpy domagają się oklasków. Aerys również ich pragnął, jeśli już o tym mowa. Zrobiłeś to, co kazano ci zrobić, i jestem pewien, że uczyniłeś wszystko, co leżało w granicach twych możliwości. Nikt nie odmawia ci zasług.

— Zasług? — Resztki nozdrzy Tyriona z pewnością rozdęły się szeroko. — Mam wrażenie, że to ja uratowałem to przeklęte miasto.

— Większość ludzi uważa, że to mój atak na flankę lorda Stannisa zmienił tok bitwy. Lordowie Tyrell, Rowan, Redwyne i Tarly również walczyli dzielnie. Powiedziano mi też, że to twoja siostra Cersei kazała piromanom wyprodukować dziki ogień, który zniszczył flotę Baratheonów.

— A ja tylko dałem sobie przyciąć włoski w nosie, tak? Tyrion nie potrafił ukryć goryczy.

— Twój łańcuch był sprytnym pomysłem i stał się dla nas kluczem do zwycięstwa. Czy to właśnie chciałeś usłyszeć? Dowiedziałem się, że musimy ci też podziękować za dornijski sojusz. Być może ucieszy cię wiadomość, że Myrcella bezpiecznie dotarła do Słonecznej Włóczni. Ser Arys Oakheart pisze, że bardzo polubiła księżniczkę Arianne i że książę Trystane jest nią zachwycony. Nie podoba mi się myśl, że daliśmy rodowi Martellów zakładniczkę, ale na to pewnie nie można było nic poradzić.

— Będziemy mieli własnego zakładnika — odparł Tyrion. — Częścią umowy było miejsce w radzie. Jeśli książę Doran nie przyprowadzi ze sobą armii, będzie w naszej mocy.

— Gdybyż tylko Martell przybywał wyłącznie po miejsce w radzie — poskarżył się Tywin. — Obiecałeś mu również zemstę.

— Obiecałem mu sprawiedliwość.

— Zwij to, jak chcesz. Sprawa i tak sprowadza się do krwi.

— Tego towaru chyba ostatnio jest pod dostatkiem? Podczas bitwy widziałem jej całe jeziora. — Tyrion nie widział powodu, by nie przemawiać otwarcie. — A może tak się przywiązałeś do Gregora Clegane'a, że nie masz serca się z nim rozstać?

— Ser Gregor bywa użyteczny. Jego brat też bywał. Każdy lord od czasu do czasu potrzebuje bestii... sądząc po ser Bronnie i tych twoich dzikusach, ty również przyswoiłeś sobie tę lekcję.

Tyrion pomyślał o wypalonym oku Timetta, o Shagdze z jego toporem i Chelli z jej naszyjnikiem z suszonych uszu. I o Bronnie. Przede wszystkim o Bronnie.

— W lasach jest pełno bestii — przypomniał ojcu. — I w zaułkach też.

— To prawda. Być może inne psy będą polować równie dobrze. Zastanowię się nad tym. Jeśli to już wszystko...

— Prawda, musisz dokończyć ważne listy. — Tyrion podniósł się chwiejnie, zamknął na chwilę oczy, gdy zalała go fala zawrotów głowy, i postawił niepewny krok. Potem przyszło mu do głowy, że trzeba było chwilkę zaczekać. Albo i dwie chwilki. Zamiast tego odwrócił się jednak błyskawicznie. — Pytasz, czego chcę? Powiem ci. Tego, co prawnie mi się należy. Chcę Casterly Rock.

Jego ojciec gwałtownie zacisnął usta.

— Dziedzictwa twego brata?

— Rycerzom Gwardii Królewskiej nie wolno się żenić, płodzić dzieci ani posiadać ziemi. Wiesz o tym równie dobrze jak ja. Tego dnia, gdy Jaime przywdział biały płaszcz, wyrzekł się wszelkich praw do Casterly Rock, ty jednak nigdy tego nie przyznałeś. Już najwyższy czas, byś to zrobił. Chcę, żebyś ogłosił całemu królestwu, że jestem twoim synem i prawowitym dziedzicem.

Oczy lorda Tywina były jasnozielone, usiane złotymi plamkami, błyszczące i bezlitosne.

— Casterly Rock — powtórzył zimnym, martwym, bezbarwnym tonem. — Nigdy.

To słowo zawisło między nimi, wielkie, ostre i zatrute.

*Znałem odpowiedź, nim jeszcze zadałem pytanie* — pomyślał Tyrion. *Odkąd Jaime Lannister wstąpił do Gwardii Królewskiej, minęło osiemnaście lat, a ja ani razu nie poruszałem tego tematu. Z pewnością o tym wiedziałem. Wiedziałem od samego początku.*

— Dlaczego? — nakazał sobie zadać pytanie, choć wiedział, że tego pożałuje.

— Pytasz dlaczego? Ty, który zabiłeś własną matkę, by przyjść na świat? Jesteś pokracznym, podstępnym karłem, złośliwym i nieposłusznym, pełnym zawiści, chuci i podłego sprytu. Ludzkie prawo mówi, że możesz używać mojego nazwiska i nosić moje barwy, jako że nie potrafię dowieść, iż nie jesteś moim synem. Bogowie chcieli mnie nauczyć pokory i dlatego każą mi patrzeć, jak człapiesz niczym kaczka, ozdobiony dumnym lwem, który był herbem mojego ojca, a jeszcze przedtem jego ojca. Jednakże ani bogowie, ani ludzie nigdy mnie nie zmuszą do zgody na to, byś obrócił Casterly Rock w swój burdel.

— Mój burdel? — Wreszcie wstał świt. Tyrion w jednej chwili zrozumiał, skąd się wzięła cała ta żółć. — Cersei powiedziała ci o Alayayi — rzucił, zgrzytając zębami.

— Czy tak się nazywała? Przyznaję, że nie potrafię zapamiętać imion wszystkich twoich kurew. Jak się nazywała ta, którą poślubiłeś w dzieciństwie?

— Tysha — warknął tonem wyzwania.

— A ta markietanka znad Zielonych Wideł?

— A co cię to właściwie obchodzi? — zapytał, nie chcąc nawet wypowiadać imienia Shae w jego obecności.

— Nic. Jest mi też obojętne, czy będą żyły, czy umrą.

— To ty kazałeś wychłostać Yayę.

To nie było pytanie.

— Twoja siostra powiedziała mi, że groziłeś moim wnukom. — Głos lorda Tywina był zimniejszy niż lód. — Czy mnie okłamała?

Tyrion nie miał zamiaru temu zaprzeczać.

— Rzeczywiście groziłem. Chodziło mi o bezpieczeństwo Alayayi. Nie chciałem, żeby Kettleblackowie ją wykorzystali.

— Żeby uratować cnotę kurwy, groziłeś swemu rodowi, swojej krwi? Czy tak to wygląda?

— To od ciebie się nauczyłem, że dobra groźba często jest skuteczniejsza niż cios. Co prawda, Joffreya miałem szczerą ochotę wychłostać pewnie z kilkaset razy. Jeśli tak bardzo lubisz to robić, zacznij od niego. Ale Tommen... dlaczego miałbym skrzywdzić Tommena? To dobry chłopak i w naszych żyłach płynie ta sama krew.

— Tak samo jak w żyłach twojej matki. — Lord Tywin wstał nagle, spoglądając z góry na karłowatego syna. — Wracaj do łóżka, Tyrionie, i nie wspominaj mi już nigdy o swych prawach do Casterly Rock. Otrzymasz nagrodę, ale taką, jaką ja uznam za odpowiadającą twym zasługom i pozycji. Nie miej też złudzeń, że pozwolę ci znowu przynieść wstyd rodowi Lannisterów. Koniec z kurwami. Następną, którą znajdę w twym łożu, każę powiesić.

# DAVOS

Obserwował zbliżający się żagiel przez długi czas, próbując zdecydować, czy woli żyć, czy umrzeć.

Wiedział, że śmierć byłaby łatwiejsza. Znajdzie go sama. Wystarczy, by wczołgał się do swej jaskini i pozwolił statkowi odpłynąć. Już od wielu dni płonęła w nim gorączka. Z kiszek lała mu się brązowa woda i całe noce dygotał przez sen. Co rano budził się słabszy. *To już nie potrwa długo* — powtarzał sobie raz za razem.

Jeśli nie zabije go gorączka, z pewnością uczyni to pragnienie. Nie miał tu słodkiej wody poza deszczówką, która niekiedy wypełniała zagłębienia w skale. Trzy dni temu (a może cztery? Na tej skale trudno było zachować rachubę czasu) kałuże wyschły i widok falujących, zielonoszarych wód zatoki omal nie doprowadził go do szaleństwa. Wiedział, że jeśli zacznie pić wodę morską, koniec nadejdzie szybko, lecz w gardle miał tak sucho, że niewiele zabrakło, by przełknął ten pierwszy haust. Uratował go nagły szkwał. Osłabł już wtedy tak bardzo, że mógł tylko leżeć na deszczu z zamkniętymi oczyma i otwartymi ustami, pozwalając, by woda spływała mu po spuchniętych wargach i obrzmiałym języku. Potem poczuł się trochę lepiej, a w sadzawkach i szczelinach wyspy znowu zaroiło się od życia.

To jednak było trzy dni temu (a może cztery) i większa część wody już znikła. Część wyparowała, a resztę zdołał już wypić. Rankiem znowu poczuje smak błota i będzie lizał zimne, wilgotne kamienie z dna zagłębień.

Jeśli nie pragnienie ani gorączka, z pewnością zabije go głód. Wysepka była tylko jałową iglicą sterczącą nad wodami wielkiej Czarnej Zatoki. Podczas odpływu udawało mu się niekiedy złapać maleńkie kraby, łażące po kamienistej plaży, na którą morze wyrzuciło go po bitwie. Szczypały go boleśnie w palce, nim rozbił je o kamienie, by wyssać mięso ze szczypiec i wnętrzności ze skorup.

Gdy jednak nadciągał przypływ, plaża znikała i Davos musiał się wspinać na skałę, żeby nie zmyło go z powrotem do zatoki. Szczyt iglicy wznosił się wówczas piętnaście stóp nad wodę, lecz kiedy wiatr był silny, bryzgi docierały znacznie wyżej i Davos nie mógł w żaden sposób uchronić się przed przemoczeniem, nawet w swej jaskini (która w rzeczywistości była tylko skrytą pod nawisem niszą). Na skale nie rosło nic oprócz porostów i unikały jej nawet morskie ptaki. Od czasu do czasu jakaś mewa przysiadała na szczycie i Davos próbował ją złapać. Były jednak za szybkie, żeby mógł się do nich zbliżyć. Potem spróbował ciskać w nie kamieniami, lecz był zbyt słaby, żeby włożyć w rzut potrzebną siłę; nawet gdy udawało mu się trafić, mewy wrzeszczały tylko poirytowane i podrywały się do lotu.

Ze swego azylu dostrzegał też inne skały, odległe kamienne iglice wyższe niż ta, na której siedział. Według jego oceny najbliższa wznosiła się nad wodę dobre czterdzieści stóp, choć przy takiej odległości trudno było mieć pewność. Nieustannie krążyła wokół niej chmura mew. Davos często zastanawiał się nad tym, czyby tam nie popłynąć, żeby okraść ich gniazda. Woda była tu jednak zimna, a prądy silne i zdradzieckie, i wiedział, że jest zbyt osłabiony, by dokonać takiego wyczynu. To zabiłoby go równie niezawodnie, jak picie wody morskiej.

Pamiętał z dawnych lat, że jesień na wąskim morzu często bywa wilgotna i deszczowa. Za dnia, dopóki świeciło słońce, nie było tak źle, ale noce były coraz chłodniejsze i czasem nad zatoką dął wicher, gnający przed sobą grzywacze. Wystarczała chwila, by Davos został przemoczony i zziębnięty. Gorączka i chłód atakowały go na zmianę. Ostatnio dręczył go też uporczywy kaszel.

Jaskinia była dla niego jedynym schronieniem, i to dosyć skromnym. Podczas odpływu na plaży można było znaleźć kawałki drewna i zwęglone szczątki statków, nie miał jednak nic, co pozwoliłoby mu rozpalić ogień. W pewnej chwili, ogarnięty desperacją, próbował pocierać o siebie dwa kawałki wyrzuconego na brzeg drewna, było ono jednak zbutwiałe i wszystkie jego wysiłki przyniosły mu jedynie pęcherze. Ubranie również miał przemoczone i stracił gdzieś w zatoce jeden but.

Pragnienie, głód, zimno. To byli jego towarzysze, którzy nie opuszczali go ani na chwilę. Z czasem zrodziło się w nim przekonanie, że to jego przyjaciele. Wkrótce jeden z tych przyjaciół zlituje się nad nim i uwolni go od bezustannego cierpienia. Albo któregoś dnia Davos wejdzie po prostu do wody i popłynie w stronę brzegu, który z pewnością leżał gdzieś na północy, poza zasięgiem jego wzroku. Był za słaby, by tam dopłynąć, nie miało to jednak znaczenia. Zawsze był żeglarzem i zamierzał zginąć na morzu. *Czekają na mnie podwodni bogowie* — pomyślał. *Czas już, bym się do nich udał.*

Teraz jednak zobaczył żagiel. Był zaledwie pyłkiem na horyzoncie, lecz rósł z każdą chwilą. *Statek tam, gdzie nie powinno być statku.* Znał w przybliżeniu położenie swej skały. Była ona jedną ze skalistych wyniosłości wznoszących się z dna Czarnej Zatoki. Najwyższa z nich sterczała podczas przypływu sto stóp ponad morskie fale, a kilkanaście innych miało od trzydziestu do sześćdziesięciu stóp wysokości. Marynarze zwali je włóczniami króla merlingów i wiedzieli, że na każdą, która wystaje nad powierzchnię, przypada tuzin ukrytych zdradziecko tuż pod nią. Rozsądni kapitanowie omijali te skały szerokim łukiem.

Davos skierował jasne, zaczerwienione oczy w stronę statku, próbując usłyszeć, jak jego żagle łopoczą na wietrze. *Zdąża w moją stronę.* Jeśli nie zmieni kursu, przepłynie w zasięgu głosu od jego maleńkiego azylu. To mogło oznaczać życie, jeśli tego właśnie chciał. Nie miał jednak pewności.

*Po co mam żyć* — pomyślał, gdy łzy przesłoniły mu oczy. *Dobrzy bogowie, po co? Moi synowie nie żyją. Dale i Allard. Maric i Matthos, być może również Devan. Jak ojciec może przeżyć tak wielu młodych, silnych synów? Jak mogę żyć dalej? Jestem pustą skorupą. Krab zdechł i w środku nic nie zostało. Czy o tym nie wiedzą?*

Popłynęli w górę Czarnego Nurtu z gorejącym sercem Pana Światła na chorągwiach. Davos i jego „Czarna Betha" atakowali w drugiej linii, między „Widmem" Dale'a a „Lady Maryą" Allarda. Jego trzeci syn Maric był wiosłomistrzem na „Furii", płynącej w centrum pierwszej linii, natomiast Matthos zastępcą ojca. Pod murami Czerwonej Twierdzy galery Stannisa wdały się w bój z mniejszą flotą młodocianego króla Joffreya i na kilka chwil rzekę wypełnił brzęk cięciw oraz łoskot żelaznych taranów, które miażdżyły wiosła i kadłuby.

Potem rozległ się huk, który zabrzmiał jak ryk jakiejś potężnej bestii, i ze wszystkich stron otoczyły ich zielone płomienie: dziki ogień, szczyny piromantów, nefrytowy demon. Matthos stał u boku ojca na pokładzie „Czarnej Bethy". Nagle wydało się, że statek uniósł się w powietrze. Davos wpadł do rzeki. Wymachiwał gwałtownie kończynami, walcząc z prądem, który nim obracał. W górze rzeki pod niebo strzeliły wysokie na pięćdziesiąt stóp płomienie. Zobaczył, że „Czarna Betha", „Furia" i kilkanaście innych statków stanęło w ogniu. Widział płonących ludzi, którzy skakali do wody, by w niej utonąć. „Widmo" i „Lady Marya" zniknęły: zatonęły lub rozpadły się na kawałki za zasłoną z dzikiego ognia. Nie miał czasu ich szukać, gdyż zbliżało się już ujście rzeki, które Lannisterowie przegrodzili wielkim żelaznym łańcuchem. Od jednego brzegu po drugi widać było tylko płonące okręty i dziki ogień. Serce zamarło mu na chwilę na ten widok. Do tej pory pamiętał dźwięki — trzask płomieni, syk pary, krzyki ginących ludzi — a także uderzające w jego twarz fale straszliwego żaru. Prąd znosił go wprost do piekła.

Wystarczyłoby, żeby wtedy nic nie zrobił. Gdyby zaczekał parę chwil, byłby teraz z synami, spoczywał w chłodnym, zielonym mule dna zatoki z twarzą ogryzaną przez ryby.

Zaczerpnął jednak w płuca głęboki haust powietrza i zanurkował, uderzając wściekle nogami. Jedyną szansą było dla niego przepłynąć pod łańcuchem, płonącymi statkami i unoszącym się na powierzchni dzikim ogniem. Podążać ze wszystkich sił ku bezpiecznej zatoce. Zawsze był dobrym pływakiem, a tego dnia nie miał przy sobie ani kawałka stali poza hełmem, który spadł mu z głowy, gdy stracił „Czarną Bethę". Sunąc przez zielony mrok, widział innych ludzi, którzy szarpali się pod wodą, ściągani w dół przez ciężar kolczug i zbroi. Wymijał ich, uderzając ze wszystkich sił nogami. Pozwalał, by niósł go prąd. Woda zalała mu oczy. Schodził wciąż głębiej, głębiej i głębiej. Z każdym uderzeniem serca trudniej mu było wstrzymywać oddech. Pamiętał, że zobaczył dno, miękkie i mroczne. W tej samej chwili z ust wyrwał mu się strumień bąbelków. Coś dotknęło jego nogi... pień, ryba albo tonący człowiek.

Potrzebował powietrza, bał się jednak wynurzyć. Czy minął już łańcuch, czy był w zatoce? Jeśli wypłynie pod statkiem, utonie, a jeśli wydostanie się na powierzchnię pośród plam płonącego dzikiego ognia, pierwszy oddech obróci jego płuca w popiół. Odwrócił się w wodzie, by spojrzeć w górę, nie widział jednak nic oprócz zielonej ciemności. Potem zawirował zbyt szybko i nie wiedział już, gdzie jest góra, a gdzie dół. Owładnęła nim panika. Uderzył rękami w dno rzeki, wzbijając w górę chmurę błota, która go oślepiła. Czuł w piersi coraz silniejszy ucisk. Zamachał rękami w wodzie, uderzył nogami, odepchnął się od dna, odwrócił, jego płuca domagały się powietrza, uderzał nogami, uderzał, zagubiony w podwodnym mroku, uderzał, uderzał, aż wreszcie zabrakło mu sił. Gdy otworzył usta, by krzyknąć, wdarła się do nich słona woda i Davos Seaworth zrozumiał, że tonie.

Kiedy odzyskał przytomność, na niebie stało słońce, a on leżał na kamienistej plaży pod nagą kamienną iglicą. Ze wszystkich stron otaczała go pusta zatoka, a obok leżały złamany maszt, resztki spalonego żagla i rozdęty trup. Maszt, żagiel i zwłoki zniknęły podczas następnego przypływu i Davos został sam na skale między włóczniami króla merlingów.

Był przemytnikiem przez wiele lat i znał otaczające Królewską Przystań wody lepiej niż każdy z domów, w których mieszkał w życiu. Wiedział, że jego schronienie jest jedynie punkcikiem na mapach, umieszczonym w miejscu, które uczciwi marynarze starali się omijać... choć sam raz czy dwa tędy przepływał, chcąc umknąć niepożądanym spojrzeniom. *Kiedy znajdą tu moje zwłoki, może nazwą tę wysepkę na moją cześć* — pomyślał. *Cebulowa Skała. To będzie mój nagrobek i moje dziedzictwo.* Nie zasługiwał na więcej. *Ojciec chroni swe dzieci* — uczyli septonowie, a on poprowadził własnych synów w ogień. Dale nigdy już nie da żonie dziecka, o które się modlili, a po Allardzie wkrótce zapłacze jego dziewczyna w Starym Mieście, dziewczyna w Królewskiej Przystani i dziewczyna w Braavos. Matthos nigdy nie będzie kapitanem własnego statku, o czym tak marzył, a Marie nie zostanie rycerzem.

*Jak mogę dalej żyć, jeśli oni zginęli? Poległo tak wielu dzielnych rycerzy i potężnych lordów, ludzi lepszych ode mnie i szlachetnie urodzonych. Wczołgaj się do swej jaskini, Davosie. Wczołgaj się do środka i zwiń w kłębek, a nikt już nie będzie cię niepokoił. Zaśnij na kamiennej poduszce i niech mewy wydziobią ci oczy, a kraby pożywią się twoim ciałem. Ty żywiłeś się nimi i pora spłacić ten dług. Ukryj się, przemytniku. Ukryj się, siedź cicho i skonaj.*

Żagiel był już bardzo blisko. Jeszcze parę chwil, a statek go ominie i będzie mógł umrzeć w spokoju.

Jego dłoń powędrowała do szyi, szukając skórzanego woreczka, który zawsze tam nosił. Trzymał w nim kości czterech palców, które uciął mu jego król, tego samego dnia, gdy uczynił Davosa rycerzem. *Moje szczęście.* Skrócone palce poruszały się nerwowo po piersi, nic jednak nie znalazły. Woreczek zniknął, a palce razem z nim. Stannis nigdy nie potrafił zrozumieć, po co Davos zatrzymał kości.

— Miały mi przypominać o sprawiedliwości mojego króla — wyszeptał przez spękane wargi. Teraz jednak je zgubił. *Ogień zabrał mi szczęście, tak samo jak synów.* W snach ciągle widywał płonącą rzekę, demony tańczące po jej powierzchni z płonącymi biczami w dłoniach oraz ludzi, którzy palili się na węgiel pod ich uderzeniami. — Matko, zmiłuj się — modlił się Davos. — Ocal mnie, dobra Matko, ocal nas wszystkich. Straciłem szczęście i straciłem synów. — Rozpłakał się na dobre. Po policzkach spływały mu słone łzy. — Ogień zabrał mi wszystko... ogień...

Być może był to tylko owiewający skałę wiatr albo dźwięk uderzających o brzeg fal, lecz przez chwilę Davos Seaworth usłyszał jej odpowiedź.

— To wy przywołaliście ogień — wyszeptał głos słaby jak uwięziony w muszli szum fal, smutny i delikatny. — Spaliliście nas... spaliliście nas... spaliliśśśście nassssss.

— To była ona! — krzyknął Davos. — Matko, nie opuszczaj nas. To ona was spaliła, kobieta w czerwieni, Melisandre!

Widział ją oczyma wyobraźni: twarz o kształcie serca, czerwone oczy, długie włosy koloru miedzi, szkarłatne suknie z jedwabiu i atłasu, które poruszały się niczym płomienie w rytm jej kroków. Przybyła na Smoczą Skałę z Asshai na wschodzie, nawróciła na wiarę w swego obcego boga Selyse i ludzi królowej, a potem króla, samego Stannisa Baratheona, który posunął się nawet do tego, że umieścił na swych chorągwiach gorejące serce R'hllora, Pana Światła, Boga Płomieni i Cienia. Za namową Melisandre wywlókł Siedmiu z ich septu na Smoczej Skale i spalił przed zamkową bramą. Potem puścił też z dymem boży gaj w Końcu Burzy, nawet drzewo serce, wielkie, białe czardrzewo o poważnym obliczu.

— To była jej robota — zapewnił Davos, słabszym już głosem. *Jej i twoja, cebulowy rycerzu. To ty ciemną nocą przewiozłeś ją łodzią do Końca Burzy, by mogła wpuścić do środka swe zrodzone z cienia dziecko. Nie jesteś bez winy. Walczyłeś pod jej sztandarem i zawiesiłeś go na swym maszcie. Na Smoczej Skale przyglądałeś się, jak palono Siedmiu, i nic nie uczyniłeś. Oddała ogniowi sprawiedliwość Ojca, łaskę Matki i mądrość Staruchy. Kowala i Nieznajomego, Dziewicę i Wojownika, spaliła ich wszystkich ku chwale swego okrutnego boga, a ty stałeś spokojnie i milczałeś. Nawet gdy zabiła starego maestera Cressena, nie uczyniłeś nic.*

Żagiel był już tylko sto jardów od niego i szybko przecinał zatokę. Za parę chwil go minie.

Ser Davos Seaworth zaczął się wspinać na skałę.

Podciągał się w górę na drżących dłoniach. Kręciło mu się w głowie od gorączki. Jego okaleczone palce dwukrotnie ześliznęły się na wilgotnym kamieniu i omal nie zleciał w dół, jakoś jednak zdołał się utrzymać. Jeśli spadnie, zginie, a on musiał żyć. Przynajmniej jeszcze przez chwilę. Miał coś do zrobienia.

Szczyt był za mały, by człowiek tak osłabiony jak on mógł na nim bezpiecznie stanąć, przykucnął więc i zaczął wymachiwać wychudłymi ramionami.

— Hej, wy, na statku! — krzyknął na wiatr. — Tutaj, tutaj! — Z góry widział go wyraźniej: smukły, pasiasty kadłub, figura dziobowa z brązu, wydęty na wietrze żagiel. Na burcie była wypisana jakaś nazwa, lecz Davos nigdy się nie nauczył czytać. — Hej, wy, na statku — zawołał raz jeszcze — ratunku, RATUNKU!

Stojący na kasztelu dziobowym marynarz zauważył go i wyciągnął rękę. Davos przyglądał się innym żeglarzom, którzy zgromadzili się przy nadburciu, by gapić się na niego. Po krótkiej chwili na galerze zwinięto żagiel i wysunięto wiosła. Statek pomknął ku jego schronieniu. Był za duży, by zbliżać się do skały, ale w odległości trzydziestu jardów od niej spuszczono na wodę małą szalupę. Davos nie puszczał się skały, spoglądając na podpływającą do wysepki łódź. Czterech mężczyzn wiosłowało, a piąty siedział na dziobie.

— Hej, ty, na skale — zawołał piąty, gdy byli już blisko. — Kim jesteś?

*Przemytnikiem, który chciał zajść za wysoko* — pomyślał Davos. *Durniem, który za bardzo kochał swego króla i zapomniał o bogach.*

— Walczyłem... — W gardle miał zupełnie sucho i zapomniał sztuki mowy. Słowa dziwnie wyginały mu język, a jeszcze dziwniej brzmiały w uszach. — Walczyłem w bitwie. Byłem... kapitanem... rycerzem. Byłem rycerzem.

— Tak, ser — odparł mężczyzna. — A któremu królowi służysz?

Davos nagle zrozumiał, że galera może należeć do Joffreya. Jeśli poda niewłaściwe imię, zostawią go swemu losowi. Ale nie, miała pasiasty kadłub. To był lyseński statek, statek Salladhora Saana. To Matka go tu przysłała, łaskawa Matka. Zleciła mu pewne zadanie. *Stannis żyje* — zrozumiał. *Mam jeszcze króla. I synów. Mam innych synów i żonę, wierną i kochającą.* Jak mógł o tym zapomnieć? Matka była łaskawa.

— Stannisowi — krzyknął do Lyseńczyka. — Dobrzy bogowie, służę królowi Stannisowi.

— Tak samo jak my — odpowiedział mężczyzna w łodzi.

# SANSA

Zaproszenie wyglądało niewinnie, lecz za każdym razem, gdy Sansa je czytała, czuła w brzuszku gwałtowny skurcz bólu. *Ma zostać królową, jest piękna, bogata i wszyscy ją uwielbiają. Po co chce się spotykać z córką zdrajcy?* Sansa podejrzewała, że chodzi o ciekawość. Być może Margaery Tyrell chciała się przyjrzeć rywalce, którą zastąpiła. *Ciekawe, czy uważa mnie za wroga? Czy myśli, że mam do niej żal…*

Sansa przyglądała się z zamkowych murów, jak Margaery Tyrell i jej eskorta wspinają się na Wielkie Wzgórze Aegona. Joffrey spotkał się z nową narzeczoną przy Królewskiej Bramie i przywitał ją w mieście. Potem pojechali obok siebie przez wiwatujące tłumy, Joff w lśniącej pozłacanej zbroi, a Margaery we wspaniałych zielonych szatach i spływającym z ramion płaszczu z jesiennych kwiatów. Miała szesnaście lat, brązowe włosy i oczy, była smukła i piękna. Gdy przejeżdżała, ludzie wołali ją po imieniu, unosili w górę swe dzieci, żeby je pobłogosławiła, i rzucali kwiaty pod kopyta jej konia. Matka i babcia jechały tuż za nią w wysokim domu na kołach, którego boki wyrzeźbiono na kształt setki splątanych ze sobą, lśniących od pozłoty róż. Obie kobiety również wzbudziły entuzjazm prostaczków.

*To ci sami prostaczkowie, którzy ściągnęli mnie z konia i zabiliby, gdyby nie Ogar.* Sansa nie uczyniła nic, za co gmin mógłby ją znienawidzić, podobnie jak Margaery Tyrell nie uczyniła nic, by zdobyć jego miłość. *Czy chce, żebym ja również ją pokochała?* Przyjrzała się zaproszeniu. Wydawało się, że Margaery napisała je własnoręcznie. *Czy pragnie mojego błogosławieństwa?* Sansa zastanawiała się, czy Joffrey wie o tej kolacji. Równie dobrze mógł to być jego pomysł. Ta myśl napełniła ją strachem. Jeśli za zaproszeniem krył się Joff, mógł zaplanować jakiś okrutny dowcip, który miał okryć ją hańbą w oczach starszej dziewczyny. Czy znowu rozkaże swej Gwardii Królewskiej rozebrać ją do naga? Kiedy uczynił to poprzednio, powstrzymał go jego wuj Tyrion, tym razem jednak Krasnal jej nie uratuje.

*Nie uratuje mnie nikt poza moim Florianem.* Ser Dontos obiecał, że pomoże jej w ucieczce, ale dopiero po ślubie Joffreya. Jej drogi rycerz obrócony w błazna zapewniał, że wszystko starannie zaplanowano i nie pozostało jej już nic poza czekaniem i liczeniem dni.

*I ucztowaniem z moją następczynią…*

Być może była niesprawiedliwa dla Margaery Tyrell. Być może zaproszenie było jedynie zwykłą uprzejmością, aktem dobroci. *To może być tylko kolacja.* Sansa Stark przebywała jednak w Czerwonej Twierdzy, w Królewskiej Przystani, na dworze króla Joffreya Baratheona, Pierwszego Tego Imienia, i jeśli czegokolwiek tu się nauczyła, to z pewnością nieufności.

Mimo to musiała przyjąć zaproszenie. Była teraz nikim, odrzuconą narzeczoną, córką zdrajcy i okrytą hańbą siostrą zbuntowanego lorda. Nie mogła odmówić przyszłej królowej Joffreya.

*Szkoda, że nie ma tu Ogara.* W noc bitwy Sandor Clegane zjawił się w jej komnatach, chcąc zabrać ją z miasta, lecz Sansa odmówiła. Teraz nocami często leżała bezsennie w łożu, zastanawiając się, czy postąpiła słusznie. Miała jeszcze jego biały, splamiony płaszcz, ukryty w cedrowym kufrze pod jej letnimi jedwabiami. Nie potrafiła powiedzieć, dlaczego właściwie go zachowała. Słyszała, jak ludzie mówili, iż Ogar stchórzył, w samym środku bitwy upił się tak strasznie, że Krasnal musiał przejąć dowództwo nad jego ludźmi. Sansa jednak go rozumiała. Znała tajemnicę jego poparzonej twarzy. *To tylko ognia się bał.* Owej nocy dziki ogień podpalił rzekę, wypełniając powietrze zieloną pożogą. Sansa bała się nawet w zamku. Na zewnątrz… ledwie potrafiła to sobie wyobrazić.

Wzięła z westchnieniem gęsie pióro, zanurzyła je w inkauście i napisała do Margaery Tyrell uprzejmy liścik potwierdzający przyjęcie zaproszenia.

Gdy nadszedł wyznaczony wieczór, przyszedł po nią inny rycerz z Gwardii Królewskiej, człowiek, który różnił się od Sandora Clegane'a tak, jak… *no cóż, jak kwiat różni się od psa.* Na widok stojącego na jej progu ser Lorasa Tyrella serce zabiło Sansie nieco szybciej. Po raz pierwszy od chwili, gdy wrócił do Królewskiej Przystani, prowadząc przednią straż zastępu swego ojca, ujrzała go z tak bliska. Przez chwilę nie wiedziała, co powiedzieć.

— Ser Lorasie — wykrztusiła wreszcie — wyglądasz tak... ślicznie.

Uśmiechnął się do niej z zaskoczeniem.

— Jesteś zbyt łaskawa, pani. I do tego piękna. Moja siostra niecierpliwie oczekuje twego przybycia.

— Tak się cieszyłam na myśl o naszej wspólnej kolacji.

— Podobnie jak Margaery i moja pani babcia.

Ujął ją pod rękę i poprowadził ku schodom.

— Twoja babcia?

Gdy ser Loras dotykał jej ramienia, Sansie trudno było iść i mówić jednocześnie. Czuła przez jedwab ciepło jego dłoni.

— Lady Olenna. Ona również będzie obecna.

— Och — odpowiedziała Sansa. *Rozmawiam z nim i dotyka mnie. Trzyma mnie za ramię i dotyka mnie.* — Nazywają ją Królową Cierni, prawda?

— Prawda. — Ser Loras parsknął śmiechem. *Nikt nie śmieje się tak ciepło jak on.* — Ale lepiej nie wypowiadaj tego przydomka w jej obecności, bo może cię ukłuć.

Sansa poczerwieniała. Każdy głupi potrafiłby zrozumieć, że żadna kobieta nie byłaby zadowolona z takiego przydomka. *Może naprawdę jestem taka tępa, jak twierdzi Cersei Lannister.* Rozpaczliwie szukała jakichś inteligentnych i czarujących słów, które mogłaby wypowiedzieć, lecz przytomność umysłu nagle ją opuściła. Mało brakowało, a powiedziałaby mu, że jest bardzo piękny, przypomniała sobie jednak, że już to mówiła.

Była to jednak prawda. Wydawał się teraz wyższy niż podczas ich pierwszego spotkania, nadal jednak był gibki i pełen gracji. Sansa nigdy jeszcze nie widziała chłopca o tak cudownych oczach. *Tyle że on nie jest już chłopcem. To dorosły mężczyzna, rycerz Gwardii Królewskiej.* Doszła do wniosku, że w bieli ser Loras wygląda jeszcze piękniej niż w zieleni i złocie rodu Tyrellów. Jedynym barwnym punktem na całej jego postaci była spinająca płaszcz brosza, wykuta z miękkiego złota róża Wysogrodu, otoczona delikatnymi, zielonymi listkami z nefrytu.

Drzwi do Maegora otworzył przed nimi ser Balon Swann. On również cały był obleczony w biel, choć nie wyglądał w niej nawet w połowie tak dobrze jak ser Loras. Za najeżoną kolcami fosą dwa tuziny mężczyzn ćwiczyły z mieczami i tarczami. Zamek był tak zatłoczony, że część gości rozbiła namioty na zewnętrznym dziedzińcu, pozostawiając do ćwiczeń tylko mniejsze, wewnętrzne podwórce. Ser Tallad, którego tarczę zdobiły wymalowane oczy, zepchnął do obrony jednego z bliźniaków Redwyne. Masywny ser Kennos z Kayce, który sapał i stękał za każdym razem, gdy unosił miecz, zdawał się toczyć wyrównany pojedynek z Osneyem Kettleblackiem, ale brat Osneya, ser Osfryd, straszliwie okładał giermka o żabiej twarzy, Morrosa Slynta. Choć walczący używali stępionych mieczy, Slynt będzie miał jutro wiele siniaków. Sansa skrzywiła się boleśnie na ten widok. *Ledwie skończyli grzebać zabitych w poprzedniej bitwie, a już przygotowują się do następnej.*

Na skraju dziedzińca samotny rycerz z parą złotych róż na tarczy toczył bój z trzema wrogami jednocześnie. Nagle trafił jednego z nich w skroń i obalił bez przytomności na ziemię.

— Czy to twój brat? — zapytała Sansa.

— Tak, pani — odparł ser Loras. — Garlan często ćwiczy walkę z trzema albo nawet czterema przeciwnikami. Powiada, że w bitwie rzadko walczy się jeden na jednego, woli więc być przygotowany.

— Na pewno jest bardzo odważny.

— To wielki rycerz — potwierdził ser Loras. — Szczerze mówiąc, włada mieczem lepiej ode mnie, chociaż ja jestem lepszy z kopią.

— Pamiętam — odezwała się Sansa. — Walczyłeś wspaniale, ser.

— Jesteś bardzo łaskawa, pani. A gdzie mnie widziałaś?

— Na turnieju namiestnika. Nie pamiętasz? Dosiadałeś białego rumaka, a na zbroi miałeś kwiaty stu różnych rodzajów. Dałeś mi różę. Czerwoną. Innym dziewczętom rzucałeś wtedy białe. — Zaczerwieniła się, mówiąc o tym. — Powiedziałeś, że zwycięstwo nie jest nawet w połowie tak piękne jak ja.

Ser Loras obdarzył ją skromnym uśmiechem.

— Mówiłem tylko prawdę, co potwierdzi każdy mężczyzna, który ma oczy.

*Nie pamięta tego* — zrozumiała zdumiona Sansa. *Stara się tylko być dla mnie uprzejmy. Nie pamięta róży ani nic więcej.* Była pewna, że to coś znaczy, że znaczy wszystko. Czerwona róża, nie biała.

— To było po tym, jak wysadziłeś z siodła ser Robara Royce'a — dodała zdesperowana.

Zdjął dłoń z jej ramienia.

— Zabiłem Robara pod Końcem Burzy, pani.

To nie była przechwałka. W jego głosie brzmiał smutek.

*Jego i jeszcze jednego rycerza z Tęczowej Gwardii Renly'ego. To prawda.* Sansa słyszała, jak kobiety opowiadały o tym przy studni, lecz na moment umknęło to z jej pamięci.

— Wtedy właśnie zginął lord Renly, prawda? To musiało być straszne dla twej biednej siostry.

— Dla Margaery? — W jego głosie słychać było napięcie. — Z pewnością. Ale na szczęście była wówczas w Gorzkim Moście i nic nie widziała.

— Ale kiedy o tym usłyszała...

Ser Loras potarł lekko dłonią rękojeść miecza. Jej uchwyt obito białą skórą, a gałkę tworzyła wyrzeźbiona z alabastru róża.

— Renly nie żyje. Robar też. Po co o nich mówić?

Zmieszał ją jego ostry ton.

— Panie... ja nie... nie chciałam cię urazić, ser.

— Niczym nie mogłabyś mnie urazić, lady Sanso — odparł, lecz z jego głosu zniknęło całe ciepło. Nie ujął jej też z powrotem pod ramię.

Wspinali się na serpentynowe schody w coraz głębszym milczeniu.

*Och, dlaczego musiałam wspominać o ser Robarze?* — myślała Sansa. *Wszystko popsułam. Teraz się na mnie gniewa.* Próbowała wymyślić jakieś przeprosiny, lecz wszystkie słowa, które przychodziły jej do głowy, brzmiałyby słabo i nieprzekonująco. *Bądź cicho, bo tylko pogorszysz sytuację* — powiedziała sobie.

Lord Mace Tyrell i jego świta zamieszkali za królewskim septem, w długiej krytej dachówką warowni, zwanej Kryptą Dziewic od czasów, gdy król Baelor Błogosławiony zamknął tam swe siostry, by swym widokiem nie kusiły go do myśli o sprawach ciała. Pod wysokimi rzeźbionymi drzwiami stało dwóch strażników w pozłacanych półhełmach i zielonych płaszczach oblamowanych złotym atłasem. Na piersiach nosili wyszyte złote róże Wysogrodu. Obaj mieli po jakieś siedem stóp wzrostu, byli szerocy w barach, wąscy w pasach i wspaniale umięśnieni. Gdy Sansa podeszła bliżej i zobaczyła ich twarze, przekonała się, że nie potrafi ich od siebie odróżnić. Mieli takie same masywne żuchwy, ciemnoniebieskie oczy i gęste, rude wąsiska.

— Kim są ci ludzie? — zapytała ser Lorasa, zapominając na chwilę o zmieszaniu.

— Osobistymi strażnikami mojej babci — padła odpowiedź. — Ich matka nadała im imiona Erryk i Arryk, ale babcia nie potrafi ich odróżnić i dlatego mówi na nich Lewy i Prawy.

Lewy i Prawy otworzyli drzwi i pojawiła się sama Margaery Tyrell, która zeszła po krótkich schodach, by przywitać gościa.

— Lady Sanso — zawołała. — Tak się cieszę, że przyszłaś. Witaj.

Sansa uklękła przed swą przyszłą królową.

— To dla mnie wielki zaszczyt, Wasza Miłość.

— Proszę, mów mi Margaery. Wstań. Lorasie, pomóż się podnieść lady Sansie. Czy mogę ci mówić Sansa?

— Jeśli sobie życzysz.

Ser Loras pomógł jej wstać.

Margaery pożegnała go siostrzanym pocałunkiem i ujęła Sansę za rękę.

— Chodź, moja babcia czeka, a ona nie jest najcierpliwszą z dam.

Na kominku buzował ogień, a na podłodze rozrzucono sitowie o słodkiej woni. Przy długim, ustawionym na kozłach stole siedziało dwanaście kobiet.

Sansa poznała jedynie wysoką, dystyngowaną żonę lorda Tyrella, lady Alerie, której długie, srebrne warkocze utrzymywały w całości wysadzane klejnotami pierścienie. Margaery przedstawiła ją obecnym. Były tu jej trzy kuzynki, Megga, Alla i Elinor, wszystkie w wieku zbliżonym do Sansy. Pulchna lady Janna była siostrą lorda Tyrella, która poślubiła jednego z Fossowayów pieczętujących się zielonym jabłkiem. Filigranowa lady Leonette o promiennym spojrzeniu również pochodziła z rodu Fossowayów i była żoną ser Garlana. Septa Nysterica miała brzydką, pokrytą śladami po francy twarz, ale sprawiała wrażenie wesołej. Blada, elegancka lady Graceford oczekiwała dziecka, a lady Bulwer była dzieckiem, najwyżej ośmioletnim. Do tłuściutkiej, hałaśliwej Meredyth Crane Sansa miała się zwracać „Merry", lecz w żadnym wypadku nie należało tak mówić do lady Merryweather, zmysłowej, czarnookiej myrijskiej piękności.

Na koniec Margaery zaprowadziła ją do pomarszczonej, białowłosej, małej jak lalka staruszki, która zasiadała na honorowym miejscu.

— Mam zaszczyt przedstawić ci moją babcię, lady Olennę, wdowę po zmarłym Luthorze Tyrellu, lordzie Wysogrodu, o którym myśl daje nam wszystkim pociechę.

Staruszka pachniała różaną wodą. *Jest taka maleńka.* Nie było w niej nic, co choćby w najmniejszym stopniu przypominałoby ciernie.

— Pocałuj mnie, dziecko — powiedziała lady Olenna, pociągając nadgarstek Sansy miękką, pełną plam dłonią. — To wielka uprzejmość z twej strony, że zgodziłaś się zjeść kolację ze mną i z moim stadem głupich kur.

Sansa posłusznie pocałowała staruszkę w policzek.

— To wielka uprzejmość, że mnie zaprosiłaś, pani.

— Znałam twego dziadka, lorda Rickarda, choć niezbyt dobrze.

— Zginął jeszcze przed moim urodzeniem.

— Wiem o tym, dziecko. Podobno twój drugi dziadek też jest umierający. Lord Hoster Tully. Czy ci o tym powiedzieli? To już stary człowiek, choć nie tak stary jak ja. No, ale noc prędzej czy później zapada dla wszystkich, choć dla niektórych zbyt wcześnie. Z pewnością wiesz o tym lepiej niż większość ludzi, biedne dziecko. Wiem, że nieraz już przeżyłaś żałobę. Bardzo ci współczujemy.

Sansa zerknęła na Margaery.

— Było mi przykro, kiedy usłyszałam o śmierci lorda Renly'ego, Wasza Miłość. Był niezwykle dzielny.

— Jesteś bardzo łaskawa — odpowiedziała Margaery.

Jej babcia prychnęła pogardliwie.

— Tak jest, dzielny, uroczy i bardzo czysty. Umiał się ubierać, uśmiechać i kąpać, i nie wiadomo skąd przyszło mu do głowy, że czyni go to odpowiednim kandydatem na króla. Baratheonowie zawsze miewali dziwaczne pomysły. To pewnie przez tę domieszkę targaryeńskiej krwi. — Pociągnęła nosem. — Kiedyś próbowali mnie wydać za Targaryena, ale szybko wybiłam im to z głowy.

— Renly był odważny i dobry, babciu — sprzeciwiła się Margaery. — Ojciec go lubił i Loras też.

— Loras jest młody — skwitowała lady Olenna. — I bardzo dobrze potrafi zrzucać ludzi kijem z siodła. Ale to jeszcze nie czyni go mądrym. Jeśli zaś chodzi o twojego ojca, to szkoda, że nie urodziłam się chłopką. Wtedy mogłabym wziąć wielką drewnianą łychę i wbić grubasowi do łba odrobinę rozumu.

— Mamo — skarciła ją lady Alerie.

— Sza, Alerie, nie mów do mnie takim tonem. I nie nazywaj mnie mamą. Gdybym wydała cię na świat, z pewnością nie zapomniałabym o tym wydarzeniu. Jestem odpowiedzialna tylko za twojego męża, lorda głąba Wysogrodu.

— Babciu — odezwała się Margaery. — Licz się ze słowami. Co sobie o nas pomyśli Sansa?

— Może pomyśli, że mamy trochę oleju w głowie. Przynajmniej jedna z nas. — Staruszka zwróciła się w stronę Sansy. — Ostrzegałam ich, że to zdrada. Mówiłam, że Robert ma dwóch synów, a Renly starszego brata, jak więc może mieć jakiekolwiek prawa do tego brzydkiego, żelaznego krzesła? Psst, mówi na to mój synalek, czy nie chcesz, żeby nasza słodziutka dziewczynka została królową? Starkowie byli kiedyś królami, Arrynowie i Lannisterowie też, a nawet Baratheonowie, choć tylko w żeńskiej linii, ale Tyrellowie byli co najwyżej namiestnikami, aż do czasów, gdy Aegon Smok żywcem upiekł prawowitego króla Reach na Polu Ognia. Prawdę mówiąc, nawet nasze prawa do Wysogrodu są nieco naciągane, o co wciąż nam suszą głowę ci okropni Florentowie. Pewnie zapytasz mnie: „Kogo to obchodzi". Nikogo, poza takimi głąbami jak mój syn. Na myśl, że jego wnuk może pewnego dnia usadzić dupę na Żelaznym Tronie, Mace nadyma się jak... no, jak to ona się nazywa? Margaery, jesteś taka bystra, bądź dobrą dziewczynką i powiedz swojej biednej, ogłupiałej ze starości babci, jak właściwie nazywa się ta dziwaczna ryba z Wysp Letnich, która nadyma się do dziesięciokrotnie większych rozmiarów, jeżeli tylko ją szturchnąć.

— Letniacy mówią na nią najeżka, babciu.

— No jasne. Oni w ogóle nie mają wyobraźni. Prawdę mówiąc, mój wnuk powinien wziąć sobie tę najeżkę za herb. Mógłby nasadzić jej na łeb koronę, tak jak Baratheonowie swemu jeleniowi. Może wtedy czułby się szczęśliwy. Jeśli mnie o to pytasz, to powinniśmy się trzymać jak najdalej od tej całej krwawej głupoty, ale gdy krowę już wydojono, nie da się wstrzyknąć śmietanki z powrotem do wymienia. Kiedy lord Najeżka włożył Renly'emu na głowę tę koronę, wpadliśmy po kolana w pudding i teraz musimy jakoś przez to wszystko przebrnąć. I co ty na to powiesz, Sanso?

Sansa otworzyła i zamknęła usta. Sama czuła się całkiem jak najeżka.

— Tyrellowie mogą się pochwalić pochodzeniem od Gartha Zielonorękiego.

To był najlepszy tekst, jaki zdołała wymyślić na poczekaniu. Królowa Cierni żachnęła się lekceważąco.

— Tak samo jak Florentowie, Rowanowie, Oakheartowie i połowa szlacheckich rodów południa. Garth podobno lubił rzucać swe nasienie w płodną glebę. Wcale by mnie nie zdziwiło, gdyby się okazało, że nie tylko ręce miał zielone.

— Sanso — wtrąciła lady Alerie — na pewno jesteś bardzo głodna. Może zjesz z nami kawałek pieczeni z dzika i trochę cytrynowych ciastek?

— Najbardziej lubię cytrynowe — przyznała Sansa.

— Tak nam powiedziano — oznajmiła lady Olenna, która najwyraźniej nie miała zamiaru umilknąć. — Ta kreatura Varys zdaje się uważać, że powinniśmy być wdzięczni za tę informację. Prawdę mówiąc, nigdy nie mogłam zrozumieć, jaki właściwie jest pożytek z eunuchów. Dla mnie to tylko mężczyźni, którym ucięto użyteczne fragmenty. Alerie, każesz im przynieść to jedzenie czy chcesz, żebym umarła z głodu? Proszę, Sanso, usiądź obok mnie. Jestem znacznie mniej nudna niż one. Mam nadzieję, że lubisz błaznów?

Sansa wygładziła spódnice i usiadła.

— Błaznów, pani? Chodzi ci o takich w pstrym stroju?

— W tym przypadku w piórach. A o kim twoim zdaniem mówiłam? O moim synu? Czy o tych pięknych damach? Nie, nie czerwień się, przy tych włosach wyglądasz wtedy jak owoc granatu. Prawdę mówiąc, wszyscy mężczyźni to błazny, ale ci, którzy noszą pstre stroje, są znacznie zabawniejsi od tych, którzy noszą korony. Margaery, dziecko, zawołaj Butterbumpsa. Zobaczymy, czy potrafi przywołać uśmiech na twarz lady Sansy. Reszta niech siada, czy ja muszę wam wszystko mówić? Sansa na pewno myśli, że moja wnuczka ma zamiast świty stado owiec.

Butterbumps zjawił się, nim jeszcze przyniesiono jedzenie. Miał na sobie błazeński strój z zielonych i żółtych piór oraz oklapłą błazeńską czapeczkę. Straszliwy grubas, ważący pewnie ze trzy razy więcej od Księżycowego Chłopca, wpadł do sali, zrobił młynka, skoczył na stół i położył przed Sansą gigantyczne jajo.

— Rozbij je, pani — zażądał. Kiedy go usłuchała, z jaja wypadło dwanaście żółtych kurcząt, które rozbiegły się we wszystkich kierunkach. — Łapcie je! — zawołał Butterbumps. Mała lady Bulwer zdołała pochwycić jedno i wręczyła mu je. Błazen odchylił głowę i otworzył wielkie oślinione usta. Wydawało się, że połknął kurczę w całości. Kiedy beknął, z nosa wyleciały mu maleńkie, żółte piórka. Lady Bulwer rozpłakała się z żalu, lecz jej łzy przeszły w nagły pisk zachwytu, gdy kurczę wypadło z rękawa jej sukni i pobiegło wzdłuż ramienia.

Gdy służba przyniosła zupę z porów z grzybami, Butterbumps zaczął żonglować, a lady Olenna wsparła się łokciami na stole.

— Czy znasz mojego syna, Sanso? Lorda Najeżkę z Wysogrodu?

— To wielki lord — odparła uprzejmie Sansa.

— To wielki głąb — sprostowała Królowa Cierni. — Jego ojciec również był głąbem. Mój mąż, zmarły lord Luthor. Och, kochałam go, niech ci się nie zdaje, że nie. To był dobry człowiek i nieźle sobie radził w sypialni, ale głąb był z niego okropny. Na koniec udało mu się zjechać konno z urwiska podczas polowania z sokołem. Powiadają, że patrzył w niebo i nie zwracał uwagi na to, dokąd niesie go koń. A teraz mój głąbowaty syn robi to samo, tylko że zamiast na koniu próbuje jeździć na lwie. Ostrzegałam go, że na lwa łatwo jest wsiąść, ale zsiada się z niego znacznie trudniej, a on tylko chichocze. Jeśli będziesz kiedyś miała syna, Sanso, pamiętaj, że musisz go często lać, żeby nauczył się zwracać uwagę na twoje słowa. Urodziłam tylko jednego chłopaka i nie biłam go prawie wcale, w rezultacie teraz bardziej przejmuje się słowami Butterbumpsa niż moimi. Mówiłam mu, że lew to nie domowy kotek, a on na mnie psyka. W tym królestwie słychać stanowczo za dużo psykania, jeśli mnie o to zapytasz. Wszyscy ci królowie lepiej by zrobili, gdyby odłożyli miecze i zaczęli słuchać matek.

Sansa zdała sobie sprawę, że znowu rozdziawiła usta. Pośpiesznie wypełniła je łyżką zupy. Lady Alerie i inne kobiety chichotały, patrząc na Butterbumpsa, który odbijał pomarańcze głową, łokciami i grubym tyłkiem.

— Chcę, żebyś powiedziała mi prawdę o tym młodocianym królu — zażądała nagle lady Olenna. — O tym Joffreyu.

Sansa zacisnęła palce na łyżce. *Prawdę? Nie mogę. Nie proś mnie o to, błagam.*

— Ja... ja... ja...

— Tak, ty. Któż mógłby znać go lepiej? Przyznaję, że chłopak wygląda po królewsku. Jest trochę zarozumiały, ale to przez tę jego lannisterską krew. Dotarły jednak do nas niepokojące opowieści. Czy jest w nich ziarno prawdy? Czy się nad tobą znęcał?

Sansa rozejrzała się nerwowo. Butterbumps włożył sobie w usta całą pomarańczę, przeżuł ją i połknął, a potem klepnął się w policzki i wydmuchał nosem nasiona. Kobiety chichotały i śmiały się głośno. Słudzy wciąż donosili nowe potrawy. W Krypcie Dziewic niósł się echem szczęk łyżek i talerzy. Jedno z kurcząt wróciło na stół i przebiegło przez zupę lady Graceford. Nikt nie poświęcał Sansie najmniejszej uwagi, lecz mimo to nie przestawała się bać.

Lady Olenna traciła już cierpliwość.

— Czemu się gapisz na Butterbumpsa? Zadałam ci pytanie i oczekuję odpowiedzi. Czy Lannisterowie ukradli ci język, dziecko?

Ser Dontos ostrzegał ją, że mówić swobodnie może tylko w bożym gaju.

— Joff... król Joffrey jest... Jego Miłość jest bardzo przystojny i urodziwy, i... i odważny jak lew.

— Tak, wszyscy Lannisterowie to lwy, a kiedy Tyrell puszcza wiatry, to pachnie różami — warknęła staruszka. — Ale czy jest dobry? Inteligentny? Czy ma dobre serce, delikatny dotyk? Czy jest rycerski, jak przystoi królowi? Czy będzie kochał Margaery, odnosił się do niej czule i bronił jej honoru niczym własnego?

— Będzie — skłamała Sansa. — Jest bardzo... bardzo urodziwy.

— Już to mówiłaś. Wiesz co, dziecko, niektórzy utrzymują, że jesteś głupia jak nasz Butterbumps, i chyba zaczynam w to wierzyć. Urodziwy? Mam nadzieję, że nauczyłam moją Margaery, ile to jest warte. Mniej niż pierdnięcie komedianta. Aerion Jasny Płomień też był urodziwy, ale nie przestał z tego powodu być potworem. Pytanie brzmi, kim jest Joffrey? — Wyciągnęła rękę, by złapać przechodzącego obok sługę. — Nie lubię porów. Zabierz tę zupę i przynieś mi trochę sera.

— Ser podamy po słodyczach, pani.

— Podacie ser wtedy, kiedy ja tego zechcę, a ja chcę, żeby to było teraz. — Staruszka ponownie zwróciła się w stronę Sansy. — Boisz się, dziecko? Nie ma potrzeby. Tu są same kobiety. Powiedz mi prawdę. Nic ci nie grozi.

— Mój ojciec zawsze mówił prawdę.

Sansa mówiła cicho, lecz mimo to trudno jej było wykrztusić słowa.

— Lord Eddard. Tak, rzeczywiście tak o nim opowiadano, ale i tak nazwali go zdrajcą i ścięli mu głowę.

Spojrzenie staruszki, klarowne i ostre jak miecz, wbijało się głęboko w jej duszę.

— Joffrey — zaczęła Sansa. — Joffrey to zrobił. Obiecał mi, że będzie łaskawy, a potem ściął mojemu ojcu głowę i powiedział, że to była łaska. Zatknął ją na murach i kazał mi ją oglądać. Głowę. Chciał, żebym płakała, ale...

Urwała nagle, zakrywając usta. *Powiedziałam za dużo, bogowie, bądźcie łaskawi, o wszystkim się dowiedzą, ktoś to usłyszy i powtórzy im.*

— Mów dalej.

Margaery tego żądała, przyszła królowa Joffreya. Sansa nie była pewna, ile zrozumiała z jej słów.

— Nie mogę. — *Co będzie, jeśli mu powie, jeśli wszystko mu powtórzy? Joffrey na pewno mnie zabije albo odda ser Ilynowi.* — Nie chciałam... mój ojciec był zdrajcą, mój brat też, w moich żyłach płynie zdradziecka krew, proszę, nie każcie mi mówić więcej.

— Uspokój się, dziecko — rozkazała Królowa Cierni.

— Jest przerażona, babciu. Tylko na nią popatrz.

— Błaźnie! — zawołała lady Olenna do Butterbumpsa. — Zaśpiewaj nam jakąś piosenkę. Najlepiej długą. *Niedźwiedź i dziewica cud* będzie w sam raz.

— Z pewnością! — zgodził się otyły błazen. — Czy mam ją zaśpiewać, stojąc na głowie, pani?

— A czy wtedy będzie brzmiała lepiej?

— Nie.

— W takim razie stój na nogach. Nie chciałybyśmy, żeby spadła ci czapka. O ile sobie przypominam, nigdy nie myjesz włosów.

— Wedle rozkazu, pani. — Butterbumps pokłonił się nisko, beknął przeraźliwie i ryknął: — Był sobie niedźwiedź, wierz, jeśli chcesz, czarno-brązowy, kudłaty ZWIERZ!

Lady Olenna przysunęła się bliżej.

— Nawet kiedy byłam młodsza od ciebie, wiedziano już, że w Czerwonej Twierdzy ściany mają uszy. No, ale oni sobie posłuchają piosenki, a my tymczasem będziemy mogły bezpiecznie porozmawiać.

— Ale — sprzeciwiła się Sansa — Varys... on zawsze o wszystkim wie...

— Śpiewaj głośniej! — krzyknęła Królowa Cierni do Butterbumpsa. — Moje stare uszy prawie całkiem już ogłuchły. Nie szepcz do mnie, ty spasiony błaźnie! Nie płacę ci za szepty. Śpiewaj!

— NIEDŹWIEDZIU — ryknął Butterbumps. Jego potężny, gruby głos odbijał się echem od krokwi. — CZY IŚĆ NA JARMARK CHCESZ? JAK TO NA JARMARK, WSZAK DOBRZE WIESZ, ŻE JESTEM NIEDŹWIEDŹ, KUDŁATY ZWIERZ!

Pomarszczona staruszka uśmiechnęła się.

— W Wysogrodzie wśród kwiatów czai się wiele pająków. Dopóki nam nie przeszkadzają, pozwalamy im prząść ich małe pajęczyny, ale jeśli włażą nam pod nogi, rozdeptujemy je. — Poklepała Sansę po grzbiecie dłoni. — A teraz mów prawdę, dziecko. Jakim człowiekiem jest ten Joffrey, który zwie się Baratheonem, ale tak bardzo przypomina Lannistera?

— POSZLI NA JARMARK, WIERZ, JEŚLI CHCESZ, TRZEJ CHŁOPCY, KOZA I TAŃCZĄCY ZWIERZ!

Sansie wydawało się, że serce podeszło jej do gardła. Królowa Cierni była tak blisko, że dziewczyna czuła woń jej kwaśnego oddechu. Staruszka zaciskała chude palce na jej nadgarstku. Siedząca z drugiej strony Margaery również czekała na jej słowa. Przeszył ją dreszcz.

— To potwór — wyszeptała Sansa głosem tak drżącym, że sama ledwie go słyszała. — Joffrey to potwór. Skłamał z tym chłopakiem od rzeźnika i przez niego ojciec zabił moją wilczycę. Kiedy go rozgniewam, każe rycerzom Gwardii Królewskiej mnie bić. Jest okrutny i zły, pani. To prawda. I królowa jest taka sama.

Lady Olenna Tyrell i jej wnuczka wymieniły spojrzenia.

— Ach — odezwała się staruszka. — To wielka szkoda.

*O bogowie* — pomyślała przerażona Sansa. *Jeśli Margaery za niego nie wyjdzie, Joff będzie wiedział, że to przeze mnie.*

— Błagam, nie odwołujcie ślubu... — wyszeptała.

— Nie obawiaj się. Lord Najeżka uparł się, że Margaery musi być królową, a słowo Tyrella jest warte więcej niż całe złoto Casterly Rock. Przynajmniej tak było za moich czasów. Mimo to dziękujemy ci za prawdę, dziecko.

— SZLI TAM, TAŃCZĄC, WIERZ, JEŚLI CHCESZ! — darł się Butterbumps, skacząc i tupiąc głośno.

— Sanso, czy chciałabyś zobaczyć Wysogród? — Gdy Margaery Tyrell się uśmiechała, była bardzo podobna do swego brata Lorasa. — Teraz kwitną tam wszystkie jesienne kwiaty. Mamy też gaje, fontanny, cieniste dziedzińce i marmurowe kolumnady. Pan ojciec zawsze trzyma na dworze minstreli, słodszych niż nasz Butters, a także flecistów, skrzypków i harfiarzy. Mamy najlepsze konie i statki wycieczkowe do pływania po Manderze. Polujesz z sokołami, Sanso?

— Trochę — przyznała.

— OCH, SŁODKA BYŁA DZIEWICA CUD, KTÓRA WE WŁOSACH MIAŁA MIÓD!

— Jestem pewna, że pokochasz Wysogród tak samo jak ja. — Margaery odsunęła z czoła Sansy luźny kosmyk włosów. — Gdy już raz go zobaczysz, nie będziesz chciała nigdy wyjechać. I może nie będziesz musiała.

— WE WŁOSACH MIÓD, WE WŁOSACH MIÓD! WE WŁOSACH MIAŁA SŁODKI MIÓD!

— Cicho, dziecko — przerwała jej ostro Królowa Cierni. — Sansa nawet jeszcze nie powiedziała, że chciałaby nas odwiedzić.

— Och, bardzo bym chciała — zapewniła Sansa. Wysogród wydawał się jej miejscem, o którym zawsze marzyła, pięknym, magicznym dworem, który kiedyś spodziewała się znaleźć w Królewskiej Przystani.

— NIEDŹWIEDŹ W POWIETRZU ZWĘSZYŁ MIÓD! I RYKNĄŁ, CZUJĄC NAGŁY GŁÓD!

— Ale królowa nie pozwoli mi pojechać — zmartwiła się Sansa.

— Pozwoli. Bez Wysogrodu Lannisterowie nie mają szans utrzymać Joffreya na tronie. Jeśli mój syn, lord głąb, o to poprosi, nie będzie miała innego wyboru, jak spełnić jego życzenie.

— Ale czy poprosi? — zapytała Sansa.

Lady Olenna zmarszczyła brwi.

— Nie widzę powodu, by dawać mu wybór. Oczywiście, nic nie wie o naszych prawdziwych zamiarach.

— NIEDŹWIEDŹ W POWIETRZU ZWĘSZYŁ MIÓD!

Sansa zmarszczyła czoło.

— Prawdziwych zamiarach, pani?

— I RYKNĄŁ, CZUJĄC NAGŁY GŁÓD! KIEDY W POWIETRZU ZWĘSZYŁ MIÓD!

— Chcemy bezpiecznie wydać cię za mąż, dziecko — oznajmiła staruszka, podczas gdy Butterbumps nadal ryczał prastarą pieśń — za mojego wnuka.

*Wyjść za ser Lorasa, och...* Sansie zaparło dech w piersiach. Przed jej oczyma stanął Rycerz Kwiatów w szafirowej zbroi, rzucający jej różę. Obleczony w biały jedwab, czysty, niewinny i piękny. Dołeczki w kącikach jego ust, gdy się uśmiechał. Słodkie brzmienie jego śmiechu, ciepło jego dłoni. Mogła tylko sobie wyobrażać, jak by to było, gdyby uniosła jego bluzę i zaczęła pieścić gładką skórę, wspięła się na palce, by go pocałować, przebiegła palcami po gęstych, brązowych lokach i zatonęła w głębokich, brązowych oczach. Zalał ją rumieniec.

— JESTEM DZIEWICA PIĘKNA JAK CUD, NIE TAŃCZĘ Z BESTIĄ, CO JE MIÓD! JE MIÓD! JE MIÓD! NIE TAŃCZĘ Z BESTIĄ, CO JE MIÓD!

— Chciałabyś tego, Sanso? — zapytała Margaery. — Nigdy nie miałam siostry, tylko braci. Och, proszę cię, powiedz, że zgodzisz się wyjść za mojego brata...

Słowa same wyrwały się z jej ust.

— Tak, chciałabym. Bardziej niż czegokolwiek na świecie. Wyjść za ser Lorasa, kochać go...

— Lorasa? — W głosie lady Olenny brzmiała irytacja. — Nie bądź głupia, dziecko. Rycerzom Gwardii Królewskiej nie wolno się żenić. Czy niczego cię nie nauczyli w Winterfell? Mówiliśmy o moim wnuku Willasie. Co prawda, jest trochę dla ciebie za stary, ale to kochany chłopak. Nie jest ani trochę głąbowaty, a poza tym to dziedzic Wysogrodu.

Sansie zakręciło się w głowie. W jednej chwili zawładnęły nią marzenia o ser Lorasie, a w następnej brutalnie ją z nich wyrwano. *Za Willasa? Willasa?*

— Ale — zaczęła głupio. *Uprzejmość jest zbroją damy. Uważaj, co powiesz, nie możesz ich urazić.* — Nie znam ser Willasa. Nie miałam przyjemności go poznać, pani. Czy... czy jest tak samo wielkim rycerzem jak jego bracia?

— ...UNIÓSŁ JĄ W GÓRĘ, WIERZ, JEŚLI CHCESZ!

— Nie — zaprzeczyła Margaery. — Nigdy nie złożył ślubów.

Jej babcia zmarszczyła brwi.

— Powiedz dziewczynie prawdę. Biedny chłopak jest kaleką i tyle.

— Został ranny jako giermek, w swym pierwszym turnieju — wyznała Margaery. — Koń przewrócił się i złamał mu nogę.

— To była wina tej dornijskiej żmii, tego Oberyna Martella. I jego maestera.

— CHCIAŁAM RYCERZA, DOBRZE WIESZ! NIE DLA MNIE NIEDŹWIEDŹ, KUDŁATY ZWIERZ!

— Willas ma chorą nogę, ale dobre serce — oświadczyła Margaery. — Kiedy byłam mała, czytał mi książki i rysował gwiazdy. Pokochasz go równie mocno jak my, Sanso.

— KRZYCZĄC, WIERZGAŁA DZIEWICA CUD, ALE ON ZLIZAŁ Z JEJ WŁOSÓW MIÓD! Z JEJ WŁOSÓW MIÓD! Z JEJ WŁOSÓW MIÓD! NIEDŹWIEDŹ ZLIZAŁ Z JEJ WŁOSÓW MIÓD!

— Kiedy będę mogła go spotkać? — zapytała niepewnie Sansa.

— Niedługo — obiecała Margaery. — Kiedy przyjedziesz do Wysogrodu, po moim ślubie z Joffreyem. Moja babcia cię tam zabierze.

— Zabiorę — potwierdziła staruszka. Pogłaskała dłoń Sansy, rozciągając pomarszczoną twarz w uśmiechu. — Na pewno.

— PISZCZĄC, WZDYCHAŁA DZIEWICA CUD, NIEDŹWIEDZIU MÓJ, ŚPIEWAŁA, TYŚ SŁODKI JAK MIÓD! I POSZLI NA ZACHÓD ALBO WSCHÓD, NIEDŹWIEDŹ I DZIEWICA CUD.

Butterbumps zaśpiewał ostatnią linijkę, skoczył w górę i wylądował na obu nogach z trzaskiem, od którego zatrzęsły się kielichy z winem na stole. Kobiety roześmiały się, bijąc brawo.

— Myślałam, że ta okropna piosenka nigdy się nie skończy — odezwała się Królowa Cierni. — Popatrz, wreszcie niosą ser.

# JON

Spowity w ciemnej szarości świat pachniał sosnami, mchem i chłodem. Z czarnej ziemi wznosiły się blade kosmyki mgły. Jeźdźcy zmierzali ku skupisku kamieni i rachitycznych drzew. Płonące na dnie doliny rzeki ogniska lśniły niczym rozsypane na ziemi klejnoty. Było ich tyle, że Jon Snow nie był w stanie wszystkich policzyć. Setki, tysiące ognisk, druga rzeka migotliwych świateł ciągnąca się wzdłuż brzegów białej jak lód Mlecznej Wody. Zaciskał i rozluźniał dłoń na rękojeści miecza.

Zjechali ze stoku bez trąb i łopotu chorągwi. Ciszę mąciły jedynie daleki szum rzeki, tętent kopyt i stukot kościanej zbroi Grzechoczącej Koszuli. Gdzieś w górze szybował orzeł o wielkich niebieskoszarych skrzydłach, a dołem podążali ludzie, psy, konie i jeden biały wilkor.

Ze stoku zsunął się poruszony końskim kopytem kamień i Jon zauważył, że Duch odwrócił łeb, zaniepokojony nagłym dźwiękiem. Zgodnie ze swym zwyczajem wilkor cały dzień gnał w pewnej odległości za jeźdźcami, gdy jednak nad żołnierskimi sosnami wzeszedł księżyc, podbiegł bliżej z błyskiem w czerwonych ślepiach. Psy Grzechoczącej Koszuli jak zwykle przywitały go chórem warknięć i szalonym szczekaniem, lecz Duch nie zwracał na nie uwagi. Przed sześcioma dniami, gdy dzicy rozbili obóz na noc, największy brytan zaatakował go od tyłu, wilkor jednak odwrócił się błyskawicznie i pies czmychnął z okrwawionym zadem. Od tego czasu sfora trzymała się od niego na bezpieczny dystans.

Koń Jona Snow zarżał lekko, lecz chłopak szybko uspokoił go dotknięciem i cichym słowem. Gdybyż tylko jego obawy można było ukoić równie łatwo. Był odziany w czerń, czerń Nocnej Straży, lecz ze wszystkich stron otaczali go wrogowie. *To dzicy, a ja jestem teraz jednym z nich.* Płaszcz Qhorina Półrękiego wzięła sobie Ygritte, jego kolczugę Lenyl, rękawice wysoka włóczniczka Ragwyle, a buty jeden z łuczników. Hełm wygrał niski, brzydki mężczyzna zwany Rikiem Długą Włócznią, ale nie pasował na jego wąską głowę, oddał go więc Ygritte. Kości Qhorina Grzechocząca Koszula wsadził do torby, razem z okrwawioną głową Ebbena, który wyruszył z Jonem na zwiady do Wąwozu Pisków. *Wszyscy oprócz mnie zginęli, a dla świata ja również jestem martwy.*

Ygritte jechała tuż za nim. Przodem podążał Rik Długa Włócznia. Lord Kości mianował tych dwoje strażnikami Jona.

— Jeśli wrona ucieknie, ugotuję też wasze kości — ostrzegł, uśmiechając się pod krzywymi zębami olbrzyma, którego czaszkę nosił jako hełm. Ygritte roześmiała się pogardliwie.

— Chcesz go sam pilnować? Jeśli my mamy to robić, to się nie wtrącaj.

*To naprawdę są wolni ludzie* — zrozumiał Jon. Grzechocząca Koszula mógł być wodzem ich grupy, lecz żadne z nich nie bało się wypowiadać własnego zdania.

Wódz dzikich przeszył go nieprzyjaznym spojrzeniem.

— Może i udało ci się oszukać innych, wrono, ale niech ci się nie zdaje, że nabierzesz Mance'a. Wystarczy, że raz na ciebie spojrzy i pozna w tobie kłamcę. A potem zrobi sobie z twojego wilka płaszcz, otworzy ten twój miękki chłopięcy brzuszek i zaszyje w nim łasicę.

Jon otworzył i zacisnął dłoń na rękojeści miecza, zginając poparzone, obleczone w rękawice palce, lecz Rik Długa Włócznia ryknął tylko śmiechem.

— A gdzie w śniegu znajdziesz łasicę?

Tej pierwszej nocy, po długiej, całodziennej jeździe, rozbili obóz w płytkiej kamiennej niecce na szczycie bezimiennej góry i skupili się ciasno przy ognisku, gdy zaczął padać śnieg. Jon wpatrywał się w topniejące nad płomieniami płatki. Choć chroniły go grube warstwy wełny, futer i skóry, przemarzł aż do szpiku kości. Ygritte zjadła posiłek i usiadła obok niego. Postawiła kaptur i wsunęła dłonie w rękawy.

— Kiedy Mance usłyszy, jak załatwiłeś Półrękiego, na pewno cię zechce — zapewniła.

— Zechce jako kogo?

Dziewczyna roześmiała się wzgardliwie.

— Jako jednego z nas. Myślisz, że jesteś pierwszą wroną, która przefrunęła Mur? W głębi swych serc wszyscy pragniecie wolności.

— A kiedy już będę wolny — zapytał ostrożnie — to czy będę mógł swobodnie odejść?

— Oczywiście. — Jej uśmiech był ciepły, mimo krzywych zębów. — A my będziemy mogli cię swobodnie zabić. Wolność jest niebezpieczna, ale większość ludzi jest w stanie polubić jej smak. — Położyła urękawicznioną dłoń na jego nodze, tuż powyżej kolana. — Sam zobaczysz.

*Zobaczę* — pomyślał Jon. *Będę patrzył i słuchał uważnie, a gdy dowiem się wszystkiego, zaniosę wieści na Mur.* Dzicy uważali go za wiarołomcę, lecz w sercu pozostał człowiekiem z Nocnej Straży, który wykonywał ostatnie zadanie zlecone mu przez Qhorina Półrękiego. *Zanim go zabiłem.*

U podstawy zbocza natknęli się na mały strumyczek, który spływał z gór i wpadał do Mlecznej Wody. Wydawało się, że składa się tylko z kamieni i lodu, lecz po chwili usłyszeli szum płynącego pod zamarzniętą powierzchnią nurtu. Grzechocząca Koszula przeprowadził ich przez potok, rozbijając po drodze cienką skorupę.

Gdy zjechali ze stoku, ruszyli ku nim zwiadowcy Mance'a Raydera. Jon omiótł ich uważnym spojrzeniem: ośmioro jeźdźców, mężczyzn i kobiet. Mieli na sobie futra i utwardzaną skórę, gdzieniegdzie widać też było hełm albo kawałek zbroi. Uzbrojeni byli we włócznie i opalane nad ogniem piki, wszyscy poza dowódcą, tęgim blondynem o załzawionych oczach, który dzierżył wielką zakrzywioną kosę z ostrej stali. *Płaczka* — zrozumiał natychmiast Jon. Podobnie jak Grzechocząca Koszula, Harma Psi Łeb i Alfyn Wronobójca, był on znanym łupieżcą.

— Lord Kości — zawołał Płaczka na ich widok. Potem spojrzał na Jona i jego wilka. — A kto to taki?

— Wrona, która przeleciała na drugą stronę — odparł Grzechocząca Koszula, który wolał, by zwano go Lordem Kości. — Bała się, że wezmę sobie jej kości, razem z kośćmi Półrękiego.

Potrząsnął swym workiem trofeów, unosząc je ku nowo przybyłym.

— To on zabił Qhorina Półrękiego — zawołał Rik Długa Włócznia. — On i ten jego wilk.

— I Orella też załatwił — wtrącił Grzechocząca Koszula.

— Chłopak jest wargiem albo niewiele mu do tego brakuje — dodała Ragwyle, wysoka włóczniczka. — Ten jego wilk odgryzł Półrękiemu kawałek nogi.

Płaczka ponownie skierował na Jona spojrzenie zaczerwienionych, ropiejących oczu.

— Tak? Rzeczywiście, jak się przyjrzeć, ma w sobie coś z wilka. Zaprowadźcie go do Mance'a, może go zatrzyma.

Zawrócił wierzchowca i oddalił się galopem. Jego towarzysze popędzili za nim.

Sforsowali Mleczną Wodę i ruszyli gęsiego przez nadrzeczny obóz. Dął silny, wilgotny wicher. Duch trzymał się blisko Jona, lecz wiatr niósł przed nimi jego zapach i wkrótce wokół zaroiło się od warczących i ujadających psów. Lenyl próbował uciszyć je krzykiem, lecz nie zwracały na niego uwagi.

— Nie lubią tego twojego zwierzaka — zauważył Rik Długa Włócznia.

— One są psami, a on jest wilkiem — odparł Jon. — Wiedzą, że nie jest jednym z nich.

*Tak samo, jak ja nie jestem jednym z was.* Musiał jednak myśleć o obowiązku. Miał do wykonania zadanie, które zlecił mu Qhorin Półręki przy ich ostatnim ognisku. Musiał grać rolę wiarołomcy i dowiedzieć się, czego szukali dzicy na zimnym, złowrogim pustkowiu Mroźnych Kłów. „Jakaś moc" — powiedział Staremu Niedźwiedziowi, zginął jednak, nim zdążył się dowiedzieć, czym była i czy wykopaliska Mance'a Raydera zakończyły się powodzeniem.

Nad rzeką, pośród wozów i sań, płonęły ogniska. Wielu dzikich rozbiło namioty ze skór albo z filcu. Inni zbudowali sobie proste, wsparte o skały szałasy lub spali pod wozami. Przy jednym z ognisk Jon zauważył mężczyznę opalającego końce długich, drewnianych włóczni, które następnie rzucał na stos. W innym miejscu dwóch brodatych młodzieńców odzianych w utwardzane skóry ćwiczyło walkę na drągi, przeskakując nad ogniskiem i stękając głośno przy każdym uderzeniu. Obok nich w kręgu siedziało dwanaście kobiet, zajętych produkcją strzał.

*To strzały na moich braci* — pomyślał Jon. *Na rodaków mojego ojca, ludzi z Winterfell, Deepwood Motte i Ostatniego Domostwa. Na całą północ.*

Nie wszystko tu jednak miało związek z wojną. Słyszał płacz dziecka, widział tańczące kobiety i małego chłopca, który prowadził konika, opatulony w futro i zdyszany po zabawie. Owce i kozy chodziły swobodnie po obozie, a woły łaziły nad rzeką w poszukiwaniu trawy. Znad jednego z ognisk dobiegała woń pieczonej baraniny, a nad innym obracał się na rożnie dzik.

Na wolnej przestrzeni, otoczonej wysokimi, zielonymi żołnierskimi sosnami, Grzechocząca Koszula zeskoczył z konia.

— Tu rozbijemy obóz — oznajmił Lenylowi, Ragwyle i pozostałym. — Nakarmcie konie, potem psy, a później zjedzcie sami. Ygritte, Długa Włócznia, wy zaprowadźcie wronę do Mance'a, żeby ją sobie obejrzał. Flaki wyprujemy z niej później.

Resztę drogi pokonali piechotą, mijając kolejne ogniska i namioty. Duch szedł tuż za nimi. Jon nigdy w życiu nie widział tylu dzikich. Zastanawiał się, czy w ogóle kiedykolwiek tylu widziano. *Ten obóz ciągnie się bez końca* — pomyślał. *Ale to raczej sto obozów niż jeden, a każdy następny jest bardziej wystawiony na atak od poprzedniego.* Obozowisko dzikich ciągnęło się długimi milami i nie było w nim niemal żadnych umocnień, żadnych dołów czy zaostrzonych pali. Broniły go jedynie grupki patrolujących obwód jeźdźców. Każda grupa, klan czy wioska zatrzymały się po prostu tam, gdzie miały ochotę, idąc za przykładem innych albo znajdując odpowiednie miejsce. *Wolni ludzie.* Gdyby jego bracia zaskoczyli ich w chwili, gdy w obozie panował taki bałagan, wielu dzikich zapłaciłoby za tę wolność własną krwią. Przewaga liczebna była po ich stronie, ale Nocna Straż miała dyscyplinę, a ojciec kiedyś mu mówił, że w bitwie dyscyplina bierze górę nad liczbą w dziewięciu przypadkach na dziesięć.

Nie było wątpliwości, który namiot należy do króla. Był trzykrotnie większy od największego z pozostałych. Słychać też było dobiegającą ze środka muzykę. Podobnie jak wiele mniejszych namiotów, zrobiono go ze zszytych razem futer, lecz w przypadku siedziby Mance'a Raydera były to białe futra śnieżnych niedźwiedzi. Spiczasty dach zwieńczono wielkim porożem jednego z gigantycznych łosi, które w czasach Pierwszych Ludzi zamieszkiwały całe Siedem Królestw.

Tu przynajmniej zastali obrońców. U poły namiotu stało dwóch wartowników, którzy wspierali się na długich włóczniach, a do ramion mieli przytroczone okrągłe skórzane tarcze. Na widok Ducha jeden z nich pochylił włócznię.

— Zwierz zostanie tutaj — oznajmił.

— Duch, zostań — rozkazał Jon. Wilkor usiadł.

— Długa Włócznio, przypilnuj bestii.

Grzechocząca Koszula uchylił poły, po czym gestem nakazał Jonowi i Ygritte wejść do środka.

W namiocie było gorąco i gęsto od dymu. We wszystkich czterech kątach stały kosze z płonącym torfem, z których biła słaba, czerwonawa poświata. Na ziemi rozrzucono kolejne skóry. Jon poczuł się nagle beznadziejnie osamotniony. Stał odziany w czerń, czekając, aż raczy go przyjąć zdrajca, który zwał się królem za Murem. Gdy jego oczy przywykły do czerwonego półmroku, zobaczył sześcioro ludzi, którzy nie zwracali na niego najmniejszej uwagi. Młody ciemnowłosy mężczyzna i ładna blondynka popijali miód z rogu. Ciężarna kobieta piekła dwie kury nad koksowym piecykiem, a posiwiały człowiek w wystrzępionym czarno-czerwonym płaszczu siedział ze skrzyżowanymi nogami na poduszce, grając na lutni i śpiewając:

*Żona Dornijczyka była piękna jak wiosna,*
*jej pocałunki jak słońce gorące.*
*Ale miecz Dornijczyka z czarnej wykuty stali*
*pocałunki miał ostre i tnące.*

Jon znał tę piosenkę, ale zdziwił się, słysząc ją w futrzanym namiocie rozbitym za Murem, dziesięć tysięcy mil od czerwonych gór i ciepłych wiatrów Dorne.

Grzechocząca Koszula zdjął pożółkły hełm, czekając na koniec piosenki. Pod składającą się z kości i garbowanej skóry zbroją był drobnym człowieczkiem, a twarz ukryta pod czaszką olbrzyma wyglądała zwyczajnie: wystający podbródek, cienkie wąsy i pożółkłe, zapadnięte policzki. Oczy miał blisko osadzone, jedna z brwi wybiegała wysoko na czoło, a ciemne włosy rzedniały już, tworząc ostre zakola.

*Żona Dornijczyka przy kąpieli śpiewała*
*głosem słodkim jak owoc południa.*
*Ale miecz Dornijczyka miał swą własną piosenkę,*
*a jego dotyk był zimny jak studnia.*

Obok piecyka na zydlu siedział niski, lecz straszliwie szeroki w barach mężczyzna, który ogryzał nabitą na rożen kurę. Gorący tłuszcz spływał mu po białej jak śnieg brodzie, lecz mimo to dziki uśmiechał się z zadowoleniem. Masywne ramiona opasywały grube, złote obręcze, na których wyryto runy, a ciężka, czarna kolczuga z pewnością pochodziła od zabitego zwiadowcy. W odległości kilku stóp wyższy i szczuplejszy mężczyzna w skórzanej koszuli z ponaszywanymi łuskami z brązu wpatrywał się z zasępioną miną w mapę. Na plecach miał potężny dwuręczny miecz w skórzanej pochwie. Trzymał się prosto jak włócznia i cały zdawał się składać z długich, żylastych mięśni. Był gładko wygolony i łysy, miał długi, prosty nos i głęboko osadzone, szare oczy. Mógłby uchodzić za przystojnego, gdyby odmrożenie albo nóż wroga nie pozbawiły go uszu, przez co jego głowa wydawała się wąska i ostro zakończona.

Jon już na pierwszy rzut oka zorientował się, że obaj ci mężczyźni są wojownikami. *Są znacznie bardziej niebezpieczni niż Grzechocząca Koszula.* Zastanawiał się, który z nich jest Mance'em Rayderem.

*Kiedy leżał na ziemi, mrok go zewsząd otaczał,*
*czuł, że krew mu już język zalewa.*
*Bracia przy nim uklękli, odmówili modlitwę,*
*a on zaśmiał się w głos i zaśpiewał:*
*„Bracia, ach bracia, moje dni są skończone,*
*życie zabrał mi Dornijczyk szalony,*
*Ale to nic nie szkodzi, wszyscy umrzeć musimy,*
*a jam poznał smak jego żony!".*

Gdy umilkły ostatnie dźwięki *Żony Dornijczyka*, łysy, bezuchy mężczyzna podniósł wzrok znad mapy i wykrzywił wściekle twarz na widok Grzechoczącej Koszuli, Ygritte i stojącego między nimi Jona.

— A co to ma być? — warknął. — Wrona?

— Ten czarny skurwysyn wypruł flaki Orellowi — oznajmił Grzechocząca Koszula. — I do tego jest cholernym wargiem.

— Mieliście zabić wszystkich.

— Przeszedł na naszą stronę — wyjaśniła Ygritte. — I własnoręcznie zabił Qhorina Półrękiego.

— Ten chłopak? — Bezuchego wyraźnie rozgniewała ta informacja. — Półręki powinien być mój. Jak się nazywasz, wrono?

— Jon Snow, Wasza Miłość — odparł Jon, zastanawiając się, czy powinien również uklęknąć.

— Wasza Miłość? — Bezuchy popatrzył na białobrodego. — Posłuchaj. On mnie bierze za króla.

Brodaty mężczyzna ryknął śmiechem tak gwałtownym, że kawałki kury posypały się na wszystkie strony. Otarł tłuszcz z ust grzbietem potężnej dłoni.

— Chłopak pewnikiem jest ślepy. Kto kiedy słyszał o królu bez uszu? Korona zleciałaby mu na szyję! Ha! — Uśmiechnął się do Jona, wycierając palce w portki. — Zamknij dziób, wrono. Spójrz za siebie, a może znajdziesz tego, kogo szukasz.

Jon odwrócił się.

Śpiewak wstał.

— Ja jestem Mance Rayder — oznajmił, odkładając lutnię. — A ty jesteś bękart Neda Starka, Snow z Winterfell.

Jon milczał przez chwilę osłupiały, nim odzyskał rezon na tyle, by rzec:

— Skąd... skąd wiesz...

— To opowieść na później — odparł Mance Rayder. — Jak ci się podobała piosenka, chłopcze?

— Niezła. Już ją kiedyś słyszałem.

— „Ale to nic nie szkodzi, wszyscy umrzeć musimy, a jam poznał smak jego żony" — zacytował lekkim tonem król za Murem. — Powiedz mi, czy Lord Kości mówi prawdę? Czy zabiłeś mojego starego druha Półrękiego?

— Tak.

*Chociaż to była raczej jego robota niż moja.*

— Wieża Cieni nie będzie się już wydawała tak straszna — stwierdził król ze smutkiem w głosie. — Qhorin był moim wrogiem. Ale kiedyś był mi też bratem. Czy więc mam ci dziękować za to zabójstwo, Jonie Snow, czy raczej cię przekląć?

Uśmiechnął się drwiąco do Jona.

Król za Murem w niczym nie przypominał króla. Nie wyglądał też na dzikiego. Był szczupłym mężczyzną średniego wzrostu o ostrych rysach twarzy. W jego brązowych oczach widać było błysk chytrości, a długie, ciemne włosy prawie zupełnie już posiwiały. Nie nosił korony, złotych obręczy na ramionach ani naszyjników z klejnotów. Nie miał na sobie nawet kawałka srebra. Obleczony był w wełnę i skórę, a jedynym przyciągającym uwagę elementem jego stroju był wystrzępiony płaszcz z czarnej wełny. Jego długie rozdarcia zacerowano wyblakłym, czerwonym jedwabiem.

— Powinieneś podziękować mi za zabicie wroga i przekląć za pozbawienie życia przyjaciela — odpowiedział po dłuższej chwili Jon.

— Ha! — zagrzmiał białobrody. — Dobrze powiedziane!

— Zgadzam się. — Mance Rayder skinieniem nakazał Jonowi podejść bliżej. — Jeśli chcesz się do nas przyłączyć, to powinieneś nas poznać. Człowiek, którego wziąłeś za mnie, to Styr, magnar Thennu. Słowo „magnar" znaczy w starym języku „lord". — Bezuchy popatrzył chłodno na Jona, a Mance zwrócił się w stronę białobrodego.

— Ten wojowniczy kurożerca to mój wierny Tormund, a kobieta...

Tormund podniósł się nagle.

— Chwileczkę. Wymieniłeś tytuł Styra, wymień więc i moje.

Mance Rayder wybuchnął śmiechem.

— Jak sobie życzysz. Jonie Snow, przed tobą stoi Tormund Zabójca Olbrzyma, Samochwała, Dmący w Róg i Łamacz Lodu. Jest to także Tormund Piorunowa Pięść, Mąż Niedźwiedzic, Król Miodu z Rumianego Dworu, Mówiący z Bogami i Ojciec Zastępów.

— Tak lepiej — pochwalił go Tormund. — Jonie Snow, cieszę się, że cię poznałem. Tak się składa, że lubię wargów, chociaż nie przepadam za Starkami.

— Ta dobra kobieta przy piecyku — ciągnął Mance Rayder — nazywa się Dalla. — Ciężarna kobieta uśmiechnęła się nieśmiało. — Traktuj ją jak królową, bo nosi w łonie moje dziecko. — Zwrócił się w stronę pozostałej dwójki obecnych. — Ta piękność to jej siostra Val. Młody Jarl to jej najnowszy ulubieniec.

— Żaden mężczyzna nie będzie mnie zwał ulubieńcem — oburzył się Jarl, ciemnowłosy i gwałtowny.

— Ale Val nie jest mężczyzną — wtrącił ze śmiechem białobrody Tormund. — Powinieneś już to zauważyć, chłopcze.

— To już wszyscy, Jonie Snow — oznajmił Mance Rayder. — Król za Murem i jego nieliczny dwór. Pora już, żebyś ty powiedział nam parę słów. Skąd przychodzisz?

— Z Winterfell — odpowiedział. — Ale po drodze zatrzymałem się w Czarnym Zamku.

— A co cię sprowadza nad Mleczną Wodę, tak daleko od domu? — Mance Rayder, nie czekając na odpowiedź, spojrzał na Grzechoczącą Koszulę. — Ilu ich było?

— Pięciu. Trzech nie żyje, a chłopak jest tutaj. Ostatni uciekł w góry i tam konie nie mogły za nim pójść.

Rayder ponownie popatrzył na Jona.

— Czy było was tylko pięciu, czy gdzieś w okolicy czai się więcej waszych braci?

— Było nas czterech i Półręki. Qhorin był wart dwudziestu zwykłych ludzi.

Król za Murem uśmiechnął się na te słowa.

— Niektórzy tak uważali. Ale... co robił chłopak z Czarnego Zamku ze zwiadowcami z Wieży Cieni? Dlaczego im towarzyszyłeś?

Jon miał już kłamstwo na podorędziu.

— Lord dowódca wysłał mnie do Półrękiego, żebym nabrał doświadczenia, więc Qhorin wziął mnie na wyprawę.

Magnar Styr zmarszczył brwi na te słowa.

— Mówisz na wyprawę... a dlaczego wrony zapuściły się aż do Wąwozu Pisków?

— Wioski były opuszczone — odparł zgodnie z prawdą Jon. — Wydawało się, że wszyscy wolni ludzie zniknęli.

— To prawda — zgodził się Mance Rayder. — I nie tylko wolni ludzie. Kto wam powiedział, gdzie można nas znaleźć, Jonie Snow?

Tormund prychnął pogardliwie.

— Jeśli to nie był Craster, to jestem niewinną dziewicą. Mówiłem ci, Mance, że tę kreaturę trzeba skrócić o głowę.

Król przeszył starszego mężczyznę pełnym irytacji spojrzeniem.

— Tormundzie, spróbuj któregoś dnia pomyśleć, zanim się odezwiesz. Wiem, że to był Craster. Chciałem sprawdzić, czy Jon powie nam prawdę.

— Ha. — Tormund splunął. — Trudno, wdepnąłem! — Uśmiechnął się do Jona. — Widzisz, chłopcze, dlatego to on jest królem, a nie ja. W piciu, biciu i śpiewaniu wygrywam z nim bez trudu, a mój członek jest trzy razy dłuższy, ale Mance jest sprytny. No wiesz, wychowali go na wronę, a wrona to podstępny ptak.

— Chciałbym pomówić z chłopakiem w cztery oczy, mój Lordzie Kości — oznajmił Mance Rayder. — Zostawcie nas samych.

— Co, ja też? — zaprotestował Tormund.

— Zwłaszcza ty.

— Nie jadam w żadnym dworze, w którym nie jestem mile widziany. — Tormund wstał. — Zabieram kury i idę. — Porwał z piecyka jeszcze jednego ptaka i wsadził go do kieszeni wszytej w podszewkę płaszcza. — Ha — dorzucił jeszcze i wyszedł, oblizując palce. Pozostali podążyli za nim. Została tylko Dalla.

— Usiądź, jeśli chcesz — powiedział Rayder, kiedy już wszyscy wyszli. — Jesteś głodny? Tormund zostawił nam przynajmniej dwa ptaki.

— Z przyjemnością coś zjem, Wasza Miłość. Dziękuję.

— Wasza Miłość? — Król uśmiechnął się. — Rzadko słyszę ten tytuł z ust wolnych ludzi. Większość mówi na mnie Mance. Wypijesz róg miodu?

— Z chęcią — odparł Jon.

Król nalał miodu, a Dalia przekroiła dobrze upieczone kury i dała każdemu po połowie ptaka. Jon zdjął rękawice i jadł palcami, odgryzając od kości każdy kawałek mięsa.

— Tormund mówił prawdę — stwierdził Mance Rayder, rozrywając bochen chleba. — Czarna wrona to podstępny ptak... ale ja byłem już wroną, kiedy ty byłeś mniejszy niż dziecko w brzuchu Dalii, Jonie Snow. Lepiej nie próbuj żadnych podstępów.

— Jak sobie życzysz, Wasz... Mance.

Król wybuchnął śmiechem.

— Wasz Mance! Czemu nie? Obiecałem, że ci opowiem, w jaki sposób cię poznałem. Czy już się tego domyśliłeś?

Jon potrząsnął głową.

— Może Grzechocząca Koszula zdążył cię jakoś powiadomić?

— Drogą powietrzną? Nie mamy szkolonych kruków. Nie, znałem twoją twarz. Widziałem cię już przedtem. Dwa razy.

Z początku nie miało to sensu, lecz gdy Jon zastanowił się nad jego słowami, olśniło go.

— Kiedy byłeś bratem ze Straży...

— Świetnie! Tak, to był pierwszy raz. Byłeś jeszcze chłopcem, a ja nosiłem czerń. Byłem jednym z dwunastu ludzi eskortujących starego lorda dowódcę Qorgyle'a, kiedy wybrał się do Winterfell na spotkanie z twoim ojcem. Kiedy pełniłem straż, chodząc po murze dziedzińca, natknąłem się na ciebie i twojego brata Robba. Nocą spadł śnieg. Obaj usypaliście nad bramą wielką górę i czekaliście, aż ktoś przejdzie dołem.

— Pamiętam — odezwał się Jon i roześmiał się zdumiony. Młody czarny brat, który chodził po murze… — Przyrzekłeś, że nikomu nie powiesz.

— I dotrzymałem słowa. Przynajmniej w tym przypadku.

— Zrzuciliśmy śnieg na Grubego Toma. To był najwolniejszy ze strażników ojca. — Tom ścigał ich później po dziedzińcu, aż wszyscy trzej poczerwienieli niczym jesienne jabłka. — Ale mówiłeś, że widziałeś mnie dwa razy. Kiedy był ten drugi?

— Gdy król Robert przybył do Winterfell, żeby uczynić twojego ojca swym namiestnikiem — odparł od niechcenia król za Murem.

Jon wybałuszył oczy z niedowierzania.

— To niemożliwe.

— Możliwe. Kiedy twój ojciec usłyszał, że ma go odwiedzić król, wysłał wiadomość na Mur, do swego brata Benjena, żeby zaprosić go na ucztę. Czarni bracia i wolni ludzie utrzymują ze sobą więcej kontaktów, niż ci się zdaje, więc wkrótce ja również o tym usłyszałem. Nie mógłbym zmarnować takiej sposobności. Twój stryj nie znał mnie z widzenia, nie musiałem więc się go obawiać, a nie sądziłem, żeby twój ojciec pamiętał młodą wronę, którą widział tylko raz przed wielu laty. Chciałem zobaczyć na własne oczy tego Roberta, jak król króla, a także dowiedzieć się czegoś więcej o twym stryju Benjenie. Był wtedy pierwszym zwiadowcą i postrachem mojego ludu. Dlatego osiodłałem najszybszego ze swych koni i ruszyłem w drogę.

— Ale — sprzeciwił się Jon — Mur…

— Mur może powstrzymać armię, ale nie jednego człowieka. Wziąłem lutnię, worek srebra, wdrapałem się na lód nieopodal Długiego Kurhanu, dotarłem pieszo kilkanaście mil na południe od

Nowego Daru i kupiłem sobie konia. W ten sposób podróżowałem znacznie szybciej niż Robert, który wędrował w wielkim, ciężkim domu na kołach, żeby jego królowa miała wszelkie wygody. Natknąłem się na niego dzień drogi na południe od Winterfell i przyłączyłem do jego orszaku. Wolni i wędrowni rycerze zawsze tak postępują, w nadziei że król przyjmie ich na służbę, a dzięki lutni byłem mile widzianym gościem. — Roześmiał się. — Znam wszystkie sprośne piosenki, jakie kiedykolwiek ułożono, na północ czy na południe od Muru. I tak to było. Nocą, gdy twój ojciec ugościł Roberta, siedziałem na ławie w głębi komnaty, razem z innymi wolnymi, słuchając, jak Orland ze Starego Miasta gra na harfie i śpiewa o dawno zmarłych królach, którzy spoczywają na dnie morza. Przyjąłem od twego ojca mięso i miód, przyjrzałem się Królobójcy i Krasnalowi... a także dzieciom lorda Eddarda i wilczym szczeniętom, które za nimi biegały.

— Bael Bard — odezwał się Jon, przypominając sobie opowieść, którą usłyszał od Ygritte w Mroźnych Kłach nocą, gdy omal jej nie zabił.

— Chciałbym nim być. Nie przeczę, że wyczyn Baela był dla mnie inspiracją, ale nie przypominam sobie, żebym ukradł którąś z twoich sióstr. Bael sam pisał swe pieśni, opisując w nich własne życie. Ja tylko śpiewam pieśni, które napisali lepsi ode mnie. Chcesz jeszcze miodu?

— Nie — odparł Jon. — Gdyby cię poznano... pojmano...

— Twój ojciec ściąłby mi głowę. — Król wzruszył ramionami. — Mimo że jadłem przy jego stole i chroniło mnie prawo gościnności, które jest stare jak Pierwsi Ludzie i święte jak drzewo serce. — Wskazał na stojący między nimi stół, połamany chleb i kurze kości. — Tak samo jak ty jesteś moim gościem i nic ci z mojej strony nie grozi... przynajmniej tej nocy. Powiedz mi prawdę, Jonie Snow. Czy jesteś tchórzem, który zdradził swych braci ze strachu, czy też sprowadza cię do mojego namiotu jakiś inny powód?

Bez względu na prawo gościnności, Jon Snow zdawał sobie sprawę, że stąpa po cienkim lodzie. Jeden fałszywy krok, a wpadnie do wody tak zimnej, że serce przestanie mu bić. *Waż każde słowo, nim je wypowiesz* — powiedział sobie. Pociągnął kolejny łyk miodu, żeby zyskać na czasie, nim odpowie.

— Powiedz mi, dlaczego ty porzuciłeś Straż, a ja zrobię to samo — rzekł, oddalając róg od ust.

Mance Rayder roześmiał się, tak jak Jon się spodziewał. Król wyraźnie był człowiekiem, który lubił brzmienie własnego głosu.

— Nie wątpię, że słyszałeś wiele opowieści o mojej dezercji.

— Niektórzy mówią, że pragnąłeś korony. Inni, że chodziło ci o kobietę. Jeszcze inni utrzymują, że miałeś w żyłach krew dzikich.

— Krew dzikich jest krwią Pierwszych Ludzi, tą samą, która płynie w żyłach Starków. A jeśli chodzi o koronę, to czy widzisz ją na mojej głowie?

— Widzę kobietę.

Zerknął na Dallę.

Mance ujął ją za rękę i przyciągnął do siebie.

— Moja pani jest tu bez winy. Spotkałem ją, wracając z zamku twego ojca. Półrękiego wyrzeźbiono ze starego dębu, ale ja jestem mężczyzną z krwi i kości i łatwo ulegam kobiecym wdziękom... podobnie jak trzy czwarte braci ze Straży. Niektórzy z nadal noszących czerń ludzi mieli w życiu dziesięć razy więcej kobiet niż ten biedny król. Musisz zgadywać jeszcze raz, Jonie Snow.

Jon zastanawiał się chwilę.

— Półręki mówił, że kochałeś muzykę dzikich.

— To prawda. Ten strzał był bliższy celu, ale to nadal pudło. — Mance Rayder wstał, odczepił zapinkę płaszcza i rzucił go na ławę. — Chodziło o to.

— O płaszcz?

— Czarny, wełniany płaszcz zaprzysiężonego brata z Nocnej Straży — odparł król za Murem. — Pewnego dnia, podczas wyprawy, upolowaliśmy wspaniałego łosia. Kiedy obdzieraliśmy go ze skóry, woń krwi wywabiła z legowiska cieniokota. Przegoniłem go, ale zdążył porozrywać mi płaszcz. Widzisz? Tutaj, tutaj i tutaj? — Zachichotał. — Rozszarpał mi też ramię i plecy, krwawiłem gorzej niż ów łoś. Bracia bali się, że umrę, nim dowiozą mnie do maestera Mullina w Wieży Cieni, zanieśli mnie więc do wioski dzikich, w której mieszkała stara znachorka. Okazało się, że staruszka już nie żyje, ale zajęła się mną jej córka. Oczyściła moje rany i zaszyła je. Karmiła mnie owsianką i leczniczymi eliksirami, aż odzyskałem siły na tyle, by móc dosiąść konia. Zacerowała też rozdarcia mojego płaszcza szkarłatnym jedwabiem z Asshai, który jej babcia wydobyła z wraka kogi wyrzuconego na Lodowy Brzeg. To był jej największy skarb i oddała go mnie. — Zarzucił płaszcz z powrotem na ramiona. — Ale w Wieży Cieni dali mi nowy wełniany płaszcz z magazynu, czarny, z czarną obszywką, żeby pasował do czarnych spodni, czarnych butów, czarnego wamsu i czarnej kolczugi. W nowym płaszczu nie było dziur ani rozdarć... a przede wszystkim nie było czerwieni. Ludzie z Nocnej Straży ubierają się na czarno. Ser Denys Mallister przypomniał mi o tym w surowych słowach, jak bym o tym nie pamiętał. Powiedział mi, że mój stary płaszcz nadaje się tylko do spalenia. Następnego ranka odjechałem... tam, gdzie pocałunek nie jest zbrodnią, a człowiek może nosić taki płaszcz, jaki tylko zechce. — Zamknął zapinkę i usiadł. — A ty, Jonie Snow?

Jon pociągnął kolejny łyk miodu. *Znam tylko jedną opowieść, w którą mógłby uwierzyć.*

— Powiedziałeś, że byłeś w Winterfell, gdy mój ojciec wydał ucztę dla króla Roberta.

— Powiedziałem tak, bo to prawda.

— W takim razie widziałeś nas wszystkich. Księcia Joffreya, księcia Tommena i księżniczkę Myrcellę, moich braci, Robba, Brana i Rickona, i moje siostry, Aryę i Sansę. Widziałeś, jak wszyscy patrzyli na nich, gdy szli głównym przejściem, a potem zajmowali miejsca przy stole tuż poniżej podwyższenia, na którym zasiadł król z królową.

— Pamiętam.

— A czy widziałeś, gdzie ja siedziałem, Mance? — Pochylił się nad stołem. — Widziałeś, gdzie posadzili bękarta?

Mance Rayder przez długi czas przyglądał się twarzy Jona.

— Trzeba będzie znaleźć ci nowy płaszcz — stwierdził wreszcie, wyciągając rękę.

# DAENERYS

Nad nieruchomą błękitną wodą unosił się powolny, miarowy odgłos bębna oraz cichy świst wioseł. Wielka koga wlokła się ospale za galerami, a grube liny, którymi połączono ze sobą statki, były mocno naprężone. Żagle „Baleriona" zwisały żałośnie na masztach. Mimo to, stojąc na kasztelu dziobowym i obserwując swe smoki, które ścigały się po bezchmurnym niebie, Daenerys Targaryen czuła się tak szczęśliwa, jak nigdy w życiu.

Jej Dothrakowie zwali morze „trującą wodą", nie ufając żadnej cieczy, której nie mogły pić konie. W dniu, gdy jej statki podniosły kotwice w Qarthu, zachowywali się tak, jakby płynęli do piekła, a nie do Pentos. Jej młodzi, odważni bracia krwi gapili się wybałuszonymi oczami na coraz odleglejszy brzeg, każdy z nich zdeterminowany nie okazać strachu przed dwoma pozostałymi. Jej służące, Irri i Jhiqui, trzymały się kurczowo relingu i przy każdej najdrobniejszej nawet fali wymiotowały za burtę. Reszta maleńkiego *khalasaru* pozostała pod pokładem, wołąc towarzystwo niespokojnych koni od przerażającego, pozbawionego lądu świata, który otaczał statki. Gdy szóstego dnia podróży dopadł ich nagły szkwał, słyszała za lukami wierzgające i kwiczące wierzchowce oraz jeźdźców, którzy modlili się słabymi, drżącymi głosami za każdym razem, gdy „Balerion" zakołysał się mocniej.

Dany jednak niestraszne były sztormy. Zwano ją Daenerys Zrodzoną w Burzy, jako że wydostała się z krzykiem na świat na odległej Smoczej Skale, gdy na zewnątrz szalał najstraszliwszy sztorm w dziejach Westeros, tak potężny, że postrącał chimery z zamkowych murów i roztrzaskał w drzazgi flotę jej ojca.

Wąskie morze często bywało burzliwe. W dzieciństwie Dany pływała po nim pół setki razy, uciekając z jednego wolnego miasta do drugiego, zawsze o pół kroku przed wynajętymi zbirami uzurpatora. Kochała morze. Lubiła jego ostry, słony zapach oraz otwarte horyzonty, ograniczone jedynie lazurową kopułą nieba. Czuła się na nim maleńka, lecz również wolna. Lubiła też delfiny, które niekiedy płynęły obok „Baleriona", przecinając fale niczym srebrzyste włócznie, a także latające ryby, które czasem widzieli. Lubiła nawet marynarzy, z ich piosenkami i opowieściami. Kiedyś, podczas rejsu do Braavos, gdy przyglądała się, jak załoga zwija wielki zielony żagiel podczas wzmagającej się wichury, pomyślała nawet, że nieźle byłoby zostać marynarzem. Gdy jednak wspomniała o tym Viserysowi, zaczął ją szarpać za włosy, aż się rozpłakała.

— Jesteś krwią smoka — wrzeszczał na nią. — Smoka, nie jakiejś śmierdzącej ryby.

*Był głupcem, w tej sprawie i w wielu innych* — pomyślała Dany. *Gdyby był mądrzejszy i cierpliwszy, to on żeglowałby teraz na zachód po tron, który prawnie mu się należał.* Z czasem zrozumiała, że Viserys był głupi i okrutny, lecz mimo to niekiedy było go jej brak. Nie ziejącego jadem słabeusza, jakim stał się pod koniec, lecz brata, który kiedyś czytał jej książki i czasem pozwalał jej wchodzić do swego łóżka, chłopaka, który opowiadał jej o Siedmiu Królestwach i o tym, jak bardzo poprawi się ich los, gdy już zasiądzie na tronie.

U jej boku pojawił się kapitan.

— Gdybyż tylko „Balerion" potrafił szybować w powietrzu, tak jak ten, któremu zawdzięcza swe imię, Wasza Miłość — odezwał się w łamanym valyriańskim, w którym dało się słyszeć silny akcent Pentos. — Wtedy nie musielibyśmy wiosłować, holować ani modlić się o wiatr. Mam rację?

— Masz, kapitanie — odpowiedziała z uśmiechem, zadowolona, że udało się jej zdobyć jego sympatię. Kapitan Groleo był starym Pentoshijczykiem, podobnie jak jego pryncypał, Illyrio Mopatis. Z powodu obecności na pokładzie trzech smoków stał się nerwowy jak dziewica. Na nadburciach nadal wisiało pół setki wiader morskiej wody, na wypadek nagłego pożaru. Z początku Groleo chciał wsadzić smoki do klatek. Dany zgodziła się na to, by odsunąć jego obawy, lecz ich cierpienie było tak przejmujące, że szybko zmieniła zdanie i zażądała, by je uwolnić.

Teraz cieszył się z tego nawet kapitan Groleo. Wybuchł tylko jeden niewielki pożar, który z łatwością ugaszono, a w zamian za to na pokładzie „Baleriona" było teraz znacznie mniej szczurów niż przedtem, gdy statek nosił nazwę „Saduleon". Marynarze, u których strach początkowo szedł o lepsze z ciekawością, stali się nagle niezwykle dumni ze „swoich" smoków. Wszyscy, od kapitana aż po kuchcika, z radością przyglądali się ich lotom. Najbardziej jednak cieszyła się Dany.

*To moje dzieci* — powtarzała sobie. *I jeśli maegi mówiła prawdę, nigdy nie będę miała innych.*

Łuski Viseriona miały kolor świeżej śmietanki, a jego rogi, kości skrzydeł i grzebień grzbietowy barwę ciemnego złota, lśniącego metalicznie w blasku słońca. Barwami Rhaegala były zieleń lata i brąz jesieni. Oba smoki zataczały szerokie kręgi nad statkami, próbując wznieść się wyżej jeden od drugiego.

Dany zauważyła, że smoki zawsze wolą atakować z góry. Gdy tylko któryś znalazł się między swym towarzyszem a słońcem, składał skrzydła i spadał na niego z wrzaskiem. Potem oba leciały w dół, splątane w pokryty łuskami kłębek, kłapiąc szczękami i tłukąc ogonami. Kiedy zrobiły to po raz pierwszy, bała się, że się pozabijają, była to jednak tylko zabawa. Gdy tylko wpadały do morza, rozdzielały się i ponownie wzbijały w górę, wrzeszcząc i sycząc, a słona woda parowała z ich przeszywających powietrze skrzydeł. Drogon również gdzieś latał, nie było go jednak widać. Polował w odległości wielu mil od statku.

Jej Drogon był wiecznie głodny. *Jest głodny i szybko rośnie. Jeszcze rok albo dwa i będzie można na nim jeździć. Wtedy nie będę już potrzebowała statków, by pokonać wielkie słone morze.*

Ten czas jednak jeszcze nie nadszedł. Rhaegal i Viserion były teraz wielkości małych psów, a Drogon tylko niewiele większy. W dodatku każdy pies z pewnością ważył więcej od nich, gdyż składały się niemal wyłącznie ze skrzydeł, szyi oraz ogona i były znacznie lżejsze, niż się zdawało. Dlatego Daenerys Targaryen potrzebowała drewna, wiatru i płótna, by wrócić do domu.

Drewno i płótno dobrze jej dotąd służyły, ale kapryśny wiatr okazał się zdrajcą. Cisza morska trwała już sześć dni i sześć nocy, a teraz nadszedł siódmy dzień, a ich żagli wciąż nie wypełniał nawet najlżejszy powiew. Na szczęście dwa z trzech statków, które przysłał jej magister Illyrio, były kupieckimi galerami. Każda z nich miała po dwieście wioseł, a wśród ich załóg nie brakowało krzepkich wioślarzy. Z wielką kogą sprawy miały się jednak zupełnie inaczej. Szeroki, ociężały jak świnia statek o olbrzymich żaglach i pojemnych ładowniach był podczas ciszy całkowicie bezradny. Z „Vhagara" i „Meraxesa" przeciągnięto do niego liny holownicze, posuwali się jednak naprzód bardzo powoli. Wszystkie trzy statki były mocno obciążone ludźmi i ładunkiem.

— Nie widzę Drogona — odezwał się ser Jorah Mormont, który dołączył do niej na kasztelu dziobowym. — Czyżby znowu gdzieś się zgubił?

— To my się zgubiliśmy, ser. Drogonowi tak samo jak mnie nie podoba się to żółwie tempo.

Jej czarny smok był śmielszy od dwóch pozostałych. Pierwszy próbował latać nad wodą, pierwszy przelatywał ze statku na statek, pierwszy zniknął w pobliskiej chmurze... i pierwszy zabił. Gdy tylko latające ryby wyskoczyły nad powierzchnię, otoczyła je wiązka płomieni. Drogon złapał je w locie i połknął.

— Wiesz, do jakich rozmiarów urośnie? — zapytała zaciekawiona Dany.

— Po Siedmiu Królestwach krążą podania o smokach, które były tak ogromne, że potrafiły porwać z morza wielkiego krakena.

Dany parsknęła śmiechem.

— To dopiero byłby cudowny widok.

— To tylko bajania, *khaleesi* — ciągnął wygnany rycerz. — Ludzie opowiadają też o mądrych, starych smokach, które żyły tysiąc lat.

— A właściwie jak długo żyje smok?

Spojrzała na Viseriona, który krążył nisko nad statkiem. Jego skrzydła uderzały miarowo, wywołując powiew poruszający obwisłymi żaglami.

Ser Jorah wzruszył ramionami.

— Pieśni zapewniają, że naturalny czas życia smoka jest znacznie dłuższy od ludzkiego... ale w Siedmiu Królestwach najlepiej znano te smoki, które należały do rodu Targaryenów. Hodowano je do walki i w walce ginęły. Niełatwo jest zabić smoka, ale można tego dokonać.

Giermek Białobrody, który stał przy figurze dziobowej, zaciskając wychudłą dłoń na twardej drewnianej lasce, odwrócił się nagle w ich stronę.

— Balerion Czarny Strach miał dwieście lat, gdy zginął podczas panowania Jaehaerysa Pojednawcy. Był taki wielki, że mógł połknąć tura w całości. Smok nigdy nie przestaje rosnąć, Wasza Miłość, pod warunkiem, że ma pod dostatkiem pokarmu i jest wolny.

Stary mężczyzna miał na imię Arstan, lecz Silny Belwas zwał go Białobrodym z uwagi na jasny zarost i większość ludzi szła za jego przykładem. Był wyższy od ser Joraha, choć nie tak mocno umięśniony, oczy miał jasnoniebieskie, a długą brodę białą jak śnieg i delikatną niczym jedwab.

— Wolny? — zdziwiła się Dany. — Nie rozumiem.

— Twoi przodkowie zbudowali w Królewskiej Przystani olbrzymi, przykryty kopułą zamek dla swoich smoków. Nosi nazwę Smoczej Jamy i po dziś dzień stoi na szczycie wzgórza Rhaenys, choć zostały po nim już tylko ruiny. Tam właśnie w dawnych dniach mieszkały królewskie smoki. Było to olbrzymie domostwo, tak wielkie, że przez otwór jego żelaznych wrót mogło przejechać obok siebie trzydziestu rycerzy. Mimo to dało się zauważyć, że smoki mieszkające w jamie nie osiągają rozmiarów swych przodków. Maesterzy twierdzili, że to przez otaczające je ściany i wielką kopułę nad głowami.

— Gdyby ściany utrudniały nam wzrost, wieśniacy byliby maleńcy, a królowie wielcy jak olbrzymy — sprzeciwił się ser Jorah. — Widziałem potężnych mężczyzn zrodzonych w chatach i karłów, którzy mieszkali w zamkach.

— Ludzie to ludzie — odpowiedział Białobrody. — A smoki to smoki.

Ser Jorah prychnął pogardliwie.

— Cóż za głęboka myśl. — Od pierwszej chwili było jasne, że wygnany rycerz nie darzy staruszka miłością. — A co ty w ogóle wiesz o smokach?

— To prawda, że niewiele. Służyłem jednak w Królewskiej Przystani w dniach, gdy na Żelaznym Tronie zasiadał król Aerys, i widziałem smocze czaszki, które spoglądały na ludzi z góry, ze ścian jego sali tronowej.

— Viserys mówił mi o tych czaszkach — wtrąciła Dany. — Uzurpator kazał je zdjąć i gdzieś ukryć. Nie mógł znieść tego, że spoglądają na tron, który ukradł. — Skinęła na Białobrodego, nakazując mu podejść bliżej. — Czy spotkałeś kiedyś mojego królewskiego ojca?

Król Aerys II zginął przed narodzinami swej córki.

— Miałem ten wielki zaszczyt, Wasza Miłość.

Dany położyła dłoń na ramieniu staruszka.

— Czy uważasz, że był dobry i wyrozumiały?

Białobrody starał się ukryć swe uczucia, lecz łatwo było je odczytać z jego twarzy.

— Jego Miłość... często bywał sympatyczny.

— Często? — zapytała z uśmiechem Dany. — Ale nie zawsze?

— Potrafił być bardzo surowy dla tych, których uważał za swoich wrogów.

— Mądry człowiek nigdy nie staje się wrogiem króla — zauważyła Dany. — A czy znałeś też mojego brata Rhaegara?

— Powiadają, że nikt nigdy naprawdę nie poznał księcia Rhaegara. Miałem jednak przywilej widzieć, jak walczył w turnieju, i często słyszałem, jak grał na swej harfie o srebrnych strunach.

Ser Jorah raz jeszcze prychnął z pogardą.

— Razem z tysiącem innych, na jakimś święcie żniw. Pewnie zaraz nam powiesz, że to ty byłeś jego giermkiem.

— Nic takiego nie mówiłem, ser. Giermkiem księcia Rhaegara był Myles Mooton, a po nim Richard Lonmouth. Kiedy zdobyli ostrogi, pasował ich osobiście, i od tej pory zostali jego bliskimi towarzyszami. Młody lord Connington również był drogi księciu, ale jego najstarszym przyjacielem był Arthur Dayne.

— Miecz Poranka! — zawołała zachwycona Dany. — Viserys opowiadał mi o jego cudownym białym orężu. Mówił, że ser Arthur był jedynym rycerzem w królestwie, który mógł się równać z naszym bratem.

Białobrody pochylił głowę.

— Nie jest moją rzeczą podważać prawdziwość słów księcia Viserysa.

— Króla — poprawiła go Dany. — Był królem, choć nigdy nie panował. Viserysem Trzecim Tego Imienia. Co właściwie chciałeś powiedzieć? — Jego odpowiedź nie brzmiała tak, jak się tego spodziewała. — Ser Jorah nazwał kiedyś Rhaegara ostatnim smokiem. Z pewnością musiał być niezrównanym wojownikiem, by zasłużyć na to miano?

— Wasza Miłość — zaczął Białobrody — książę Smoczej Skały był bardzo potężnym rycerzem, ale...

— Mów dalej — zażądała. — Możesz ze mną rozmawiać szczerze.

— Wedle rozkazu. — Stary wsparł się na lasce, marszcząc wściekle czoło. — Niezrównany wojownik... to piękne słowa, Wasza Miłość, ale słowami nie wygrywa się bitew.

— Wygrywa się je mieczami — stwierdził bez ogródek ser Jorah. — A książę Rhaegar biegle władał mieczem.

— To prawda, ser, ale... widziałem w życiu sto turniejów i więcej wojen, niżbym tego pragnął, i bez względu na to, jak silny czy zręczny jest rycerz, zawsze znajdą się inni, którzy potrafią mu dorównać. Człowiek może zwyciężyć w jednym turnieju, a w następnym odpaść bardzo szybko. Do porażki nieraz prowadzi śliskie miejsce na trawie albo to, co się spożyło wczoraj na kolację. Dar zwycięstwa może przynieść zmiana kierunku wiatru. — Popatrzył na ser Joraha. — Albo wstążka damy owiązana wokół ramienia.

Twarz Mormonta pociemniała.

— Uważaj, co mówisz, starcze.

Dany wiedziała, że Arstan widział, jak ser Jorah walczył w Lannisporcie. Mormont zwyciężył w tym turnieju dzięki owiązanej wokół ramienia wstążce damy. Zdobył również i damę, Lynesse z rodu Hightowerów, jego drugą żonę, szlachetnie urodzoną i piękną... Zrujnowała go, a potem porzuciła i teraz wspominał ją z goryczą.

— Spokojnie, mój rycerzu. — Położyła dłoń na ramieniu Joraha. — Jestem pewna, że Arstan nie chciał cię urazić.

— Jak sobie życzysz, *khaleesi* — ustąpił z niechęcią ser Jorah.

Dany ponownie zwróciła się w stronę giermka.

— Mało wiem o Rhaegarze. Tylko to, co opowiadał mi Viserys, a on w chwili śmierci naszego brata był jeszcze małym chłopcem. Jaki był naprawdę?

Stary giermek zastanawiał się przez chwilę.

— Przede wszystkim zdolny. Zdeterminowany, rozważny, obowiązkowy, wytrwały. Jest o nim taka opowieść... ale z pewnością ser Jorah również ją zna.

— Chcę ją usłyszeć od ciebie.

— Jak sobie życzysz — zgodził się Białobrody. — Jako młody chłopak, książę Smoczej Skały był prawdziwym molem książkowym. Nauczył się czytać tak szybko, że ludzie mówili, iż królowa Rhaella musiała w ciąży połknąć kilka ksiąg oraz świecę. Rhaegara nie interesowały zabawy z innymi dziećmi. Maesterzy byli zachwyceni jego mądrością, ale rycerze twojego ojca żartowali złośliwie, że narodził się nowy Baelor Błogosławiony. Pewnego dnia książę Rhaegar wyczytał jednak w swych zwojach coś, co go odmieniło. Nikt nie wie, co to mogło być, ale wczesnym rankiem chłopak pojawił się niespodziewanie na dziedzińcu, gdzie rycerze przywdziewali swą stal. Podszedł do ser Willema Darry'ego, który był dowódcą zbrojnych, i rzekł: „Potrzebny mi miecz i zbroja. Wygląda na to, że muszę zostać wojownikiem".

— I został nim! — zawołała zachwycona Dany.

— To prawda. — Białobrody pokłonił się. — Wybacz mi, Wasza Miłość. My tu rozprawiamy o wojownikach, a ja widzę, że Silny Belwas już wstał. Muszę się nim zająć.

Dany zerknęła na rufę. Eunuch przełazil przez umieszczoną na śródokręciu ładownię. Mimo swych rozmiarów poruszał się bardzo zwinnie. Był przysadzisty i szeroki w barach, dobre piętnaście kamieni tłuszczu i mięśni o wielkim, brązowym brzuszysku poprzecinanym wyblakłymi, białymi bliznami. Miał na sobie workowate spodnie, żółtą jedwabną opaskę otaczającą brzuch i niedorzecznie małą skórzaną kamizelkę, wyszywaną żelaznymi ćwiekami.

— Silny Belwas jest głodny! — ryknął, zwracając się do wszystkich i do nikogo. — Silny Belwas chce jeść! — Odwrócił się i zauważył stojącego na kasztelu dziobowym Arstana. — Białobrody! Przynieś Silnemu Belwasowi coś do jedzenia!

— Możesz odejść — powiedziała giermkowi Dany. Arstan pokłonił się po raz drugi i ruszył spełnić polecenie człowieka, któremu służył.

Ser Jorah śledził go wzrokiem z widocznym na szczerym obliczu marsem. Mormont był wielki i krzepki, miał masywną żuchwę i szerokie ramiona. Nie można go było zwać przystojnym, był jednak najwierniejszym przyjacielem, jakiego Dany w życiu znała.

— Nie byłoby zbyt rozsądne wierzyć bez zastrzeżeń w słowa tego człowieka — powiedział, gdy tylko Białobrody oddalił się poza zasięg słuchu.

— Królowa musi słuchać wszystkich — przypomniała mu. — Wysoko i nisko urodzonych, silnych i słabych, szlachetnych i podłych. Jeden głos może kłamać, ale w wielu zawsze można odnaleźć prawdę.

Wyczytała to w książce.

— Wysłuchaj więc mojego głosu, Wasza Miłość — zażądał wygnaniec. — Ten Arstan Białobrody cię oszukuje. Jest za stary, żeby być giermkiem, i zbyt dobrze się wysławia, jak na służącego prostackiego eunucha.

*To faktycznie wydaje się dziwne* — pomyślała Dany. Silny Belwas był byłym niewolnikiem, urodzonym i wyszkolonym na arenach Meereen. Twierdził, że magister Illyrio przysłał go tu po to, żeby nad nią czuwał. Rzeczywiście, potrzebowała strażnika. Miała śmierć przed sobą i śmierć za plecami. Zasiadający na Żelaznym Tronie uzurpator oferował ziemie i tytuł lordowski każdemu, kto ją zabije. Jeden zamachowiec próbował już szczęścia, z kielichem zatrutego wina. Im bardziej zbliżała się do Westeros, tym prawdopodobniejszy stawał się następny zamach. W Qarthu czarnoksiężnik Pyat Pree wysłał za nią Zasmuconego, chcąc pomścić Nieśmiertelnych, których spaliła w ich Domu Pyłu. Powiadano, że czarnoksiężnicy nie zapominają krzywd, a Zasmuceni nigdy nie pozwalają się wymknąć swym ofiarom. Większość Dothraków również była jej wrogami. Wszyscy *ko* khala Drogo dowodzili teraz własnymi *khalasarami* i każdy z nich bez wahania zaatakowałby ich małą grupkę, by zabić jej ludzi lub obrócić ich w niewolników, a samą Dany zawlec do Vaes Dothrak, by zajęła swe właściwe miejsce między zwiędłymi staruchami z *dosh khaleen*. Miała nadzieję, że Xaro Xhoan Daxos nie jest jej nieprzyjacielem, qartheński kupiec pożądał jednak jej smoków. Była też Quaithe z Cienia, niezwykła kobieta w czerwonej, lakierowanej masce, która udzielała jej niezrozumiałych rad. Czy ona również była wrogiem, czy tylko niebezpiecznym przyjacielem? Dany nie potrafiła odpowiedzieć na to pytanie.

*Ser Jorah uratował mnie przed trucicielem, a Arstan Bialobrody przed mantykorą. Może przed następnym zamachem ocali mnie Silny Belwas.* Był potężnie zbudowany, jego ramiona przypominały małe drzewa, a wielki, zakrzywiony *arakh* był tak ostry, że mógłby się nim golić, gdyby na jego gładkich śniadych policzkach jakimś cudem pojawił się zarost. Był też jednak dziecinny. *Jako obrońca pozostawia wiele do życzenia. Na szczęście mam jeszcze ser Joraha i braci krwi. I smoki, nie można zapominać o smokach.* Z czasem staną się jej najgroźniejszymi strażnikami, tak jak były nimi dla Aegona i jego sióstr przed trzystu laty. Na razie jednak stanowiły raczej zagrożenie, niż były obroną. Na całym świecie istniały tylko trzy żywe smoki i należały one do niej. Były cudowne, przerażające i bezcenne.

Gdy zastanawiała się, co powiedzieć, poczuła nagle na karku chłodne tchnienie i luźny kosmyk srebrnozłotych włosów opadł jej na czoło. Żagle w górze zaskrzypiały i nagle na całym pokładzie „Baleriona" rozległy się gromkie krzyki.

— Wiatr! — wołali marynarze. — Wiatr powrócił, wiatr!

Żagle wielkiej kogi wydęły się, wypełnione podmuchem, a liny naprężyły, nucąc z brzękiem słodką pieśń, której nie słyszeli od sześciu długich dni. Kapitan Groleo pobiegł na rufę, wykrzykując rozkazy. Ci Pentoshijczycy, którzy nie krzyczeli z radości, wspinali się już na maszty. Nawet Silny Belwas wydał z siebie donośny ryk i odtańczył krótki taniec.

— Bogowie są łaskawi! — oznajmiła Dany. — Widzisz, Jorahu? Znowu ruszyliśmy w drogę.

— Tak — odparł — ale dokąd, moja królowo?

Wiatr dął cały dzień, najpierw miarowo ze wschodu, a potem w szalonych podmuchach. Słońce zaszło, otoczone czerwoną łuną. *Od Westeros nadal dzieli mnie pół świata* — powiedziała sobie Dany, przypiekając wieczorem mięso dla smoków. *Ale z każdą godziną jestem coraz bliżej.* Próbowała sobie wyobrazić, co poczuje, gdy po raz pierwszy ujrzy kraj, na którego władczynię się urodziła. *Wiem, że to będzie najpiękniejszy brzeg, jaki widziałam w życiu. Jak mogłoby być inaczej?*

Jednakże później w nocy, gdy siedziała ze skrzyżowanymi nogami w kajucie kapitana, karmiąc smoki („Nawet na morzu królowe mają pierwszeństwo przed kapitanami" — oznajmił jej uprzejmie Groleo), ktoś nagle zapukał do drzwi.

Irri spała u podnóża jej koi — która była za wąska dla trojga i dzisiejszej nocy przyszła kolej na Jhiqui, by dzielić puchowe posłanie z *khaleesi* — zerwała się jednak i podeszła do drzwi. Dany podciągnęła narzutę i wsunęła ją sobie pod ramiona. Sypiała nago, a o tej porze nie oczekiwała gości.

— Wejdź — powiedziała, widząc ser Joraha, który stał na korytarzu pod kołyszącą się lampą.

Wygnaniec wszedł do środka, pochylając głowę.

— Wasza Miłość, wybacz, że zakłóciłem ci sen.

— Nie spałam, ser. Chodź, coś ci zademonstruję. — Wyjęła kawał solonej wieprzowiny z czary, którą położyła sobie na nogach, i pokazała mięso smokom. Wszystkie trzy skierowały na nie głodne spojrzenia. Rhaegal rozpostarł zielone skrzydła i zamachał nimi gwałtownie, a szyja Viseriona kołysała się niczym długi jasny wąż, śledząc ruchy jej dłoni. — Drogon — powiedziała cicho Dany — *dracarys*.

Rzuciła wieprzowinę w powietrze.

Drogon poruszył się szybciej niż atakująca kobra. Z jego paszczy trysnął płomień, pomarańczowy, szkarłatny i czarny, który opiekł mięso, nim jeszcze zdążyło spaść na ziemię. Gdy ostre czarne zęby zamknęły się wokół kąska, Rhaegal wysunął nagle głowę, jakby chciał ukraść bratu łup, ale Drogon połknął mięso i wrzasnął głośno, a mniejszy zielony smok mógł jedynie zasyczeć sfrustrowany.

— Przestań, Rhaegal — rzuciła poirytowana Dany, klepiąc go w głowę otwartą dłonią. — Poprzedni kawałek ty zjadłeś. Nie chcę mieć chciwych smoków. — Uśmiechnęła się do ser Joraha. — Nie muszę już przypiekać im mięsa nad piecykiem.

— Widzę. *Dracarys?*

Wszystkie trzy smoki odwróciły jednocześnie głowy na brzmienie tego słowa. Z paszczy Viseriona buchnął jasnozłoty płomień i ser Jorah cofnął się pośpiesznie o krok. Dany zachichotała.

— Ostrożnie z tym słowem, ser, bo przypalą ci brodę. Po starovalyriańsku znaczy to „smoczy ogień". Nie chciałam komendy, którą ktoś mógłby wypowiedzieć przypadkowo.

Mormont skinął głową.

— Wasza Miłość, czy mógłbym zamienić z tobą kilka słów na osobności? — zapytał.

— Oczywiście. Irri, zostaw nas na chwilę. — Położyła dłoń na nagim ramieniu Jhiqui i obudziła potrząsaniem drugą służącą. — Ty też wstań, słodziutka. Ser Jorah chce ze mną porozmawiać.

— Tak, *khaleesi*.

Jhiqui zwlokła się z koi, naga i ziewająca. Ubrała się szybko i obie dziewczyny wyszły, zamykając za sobą drzwi.

Dany rzuciła smokom resztę solonej wieprzowiny i wygładziła posłanie przed sobą.

— Usiądź, dobry rycerzu, i powiedz, co cię niepokoi.

— Trzy sprawy. — Ser Jorah usiadł. — Silny Belwas. Arstan Białobrody. I Illyrio Mopatis, który ich przysłał.

*Znowu?* Dany podciągnęła wyżej narzutę, zarzucając sobie jej koniec na ramię.

— A to dlaczego?

— Czarnoksiężnicy z Qarthu powiedzieli ci, że spotkają cię trzy zdrady — przypomniał jej wygnany rycerz. Viserion i Rhaegal wyrywały sobie kłami i pazurami ostatni kawałek przypieczonej wieprzowiny.

— Jedna za krew, jedna za złoto i jedna z miłości. — Nie było mowy, by Dany o tym zapomniała. — Pierwszą była Mirri Maz Duur.

— To znaczy, że zostało jeszcze dwóch zdrajców… a teraz pojawili się ci dwaj. Bardzo mnie to niepokoi. Nie zapominaj, że Robert obiecał tytuł lordowski każdemu, kto cię zgładzi.

Dany pochyliła się i pociągnęła Viseriona za ogon, by odciągnąć go od zielonego brata. Narzuta zsunęła się jej przy tym z piersi, złapała ją jednak pośpiesznie, by znowu się zasłonić.

— Uzurpator nie żyje.

— Ale rządzi po nim jego syn. — Ser Jorah skierował na nią spojrzenie swych ciemnych oczu. — A prawy syn płaci długi ojca. Nawet długi krwi.

— Ten chłopiec, Joffrey, mógłby pragnąć mojej śmierci… jeśli sobie przypomni, że jeszcze żyję. Co to ma jednak wspólnego z Belwasem i Arstanem Białobrodym? Sam przecież widziałeś, że staruszek nawet nie nosi miecza.

— Widziałem też, jak zręcznie włada tą swoją laską. Pamiętasz, jak uśmiercił tę mantykorę w Qarthu? Równie łatwo mógłby zmiażdżyć ci gardło.

— Mógłby, ale tego nie zrobił — wskazała. — To była jadowita mantykora, która miała mnie zabić. Uratował mi życie.

— *Khaleesi*, czy przyszło ci do głowy, że Białobrody i Belwas mogli być w zmowie ze skrytobójcą? To mógł być spisek, mający na celu zdobycie twojego zaufania.

Jej nagły śmiech sprawił, że Drogon zasyczał, a Viserion zerwał się do lotu, uciekając na swe miejsce nad bulajem.

— W takim razie spisek się udał.

Wygnany rycerz nie odwzajemnił jej uśmiechu.

— To są statki Illyria, jego kapitanowie i jego marynarze… Silny Belwas i Arstan również służą Illyriowi, nie tobie.

— Magister Illyrio opiekował się mną w przeszłości. Silny Belwas mówi, że jego pan płakał, gdy dowiedział się o śmierci mojego brata.

— Tak — zgodził się Mormont — ale czy płakał nad Viserysem, czy nad swymi planami?

— Jego plany nie muszą się zmieniać. Magister Illyrio jest przyjacielem rodu Targaryenów, bogatym...

— Nie urodził się bogaty. W świecie, który poznałem, nikt się nie wzbogaca dzięki dobroci. Czarnoksiężnicy zapowiedzieli, że druga zdrada będzie za złoto, a cóż Illyrio Mopatis kocha bardziej od złota?

— Własną skórę. — Siedzący na drugim końcu kajuty Drogon poruszył się gwałtownie. Z nozdrzy buchnęła mu para. — Mirri Maz Duur zdradziła mnie i spaliłam ją za to.

— Mirri Maz Duur była w twojej mocy, a w Pentos to ty będziesz w mocy Illyria. To nie to samo. Znam magistra równie dobrze jak ty. To sprytny, podstępny człowiek...

— Jeśli mam zdobyć Żelazny Tron, potrzebuję sprytnych ludzi.

Ser Jorah prychnął pogardliwie.

— Ten handlarz wina, który próbował ci sprzedać truciznę, również był sprytny. Sprytni ludzie snują ambitne plany.

Daenerys podciągnęła nogi pod kocem.

— Będziesz mnie bronił. Ty i moi bracia krwi.

— Czterej ludzie? *Khaleesi*, wydaje ci się, że bardzo dobrze poznałaś Illyria Mopatisa, uparcie jednak otaczasz się ludźmi, których nie znasz, takimi jak ten nadęty eunuch i najstarszy giermek na świecie. Przypomnij sobie Pyata Pree i Xaro Xhoan Daxosa.

*Chce dobrze* — powiedziała sobie Dany. *Wszystko, co czyni, robi z miłości.*

— Wydaje mi się, że królowa, która nie ufa nikomu, jest tak samo głupia jak ta, która ufa wszystkim. Świetnie rozumiem, że za każdym razem, gdy przyjmuję kogoś na służbę, podejmuję ryzyko, lecz jak inaczej mogę zdobyć Siedem Królestw? Czy mam podbić Westeros z jednym wygnanym rycerzem i trzema dothrackimi braćmi krwi?

Zacisnął nieustępliwie szczęki.

— Nie przeczę, że podążasz niebezpieczną ścieżką, ale jeśli

będziesz ślepo ufała każdemu kłamcy i spiskowcowi, którego na niej napotkasz, skończysz tak samo jak twoi bracia.

Rozgniewał ją jego upór. *Traktuje mnie jak dziecko.*

— Silny Belwas nie zdobyłby dzięki spiskom nawet śniadania, a jakie kłamstwa usłyszałam od Arstana Białobrodego?

— Nie jest tym, za kogo się podaje. Giermek nie ośmieliłby się przemawiać do ciebie tak śmiało.

— Mówił szczerze na mój rozkaz. Znał mojego brata.

— Bardzo wielu ludzi go znało. Wasza Miłość, w Westeros lord dowódca Gwardii Królewskiej jest członkiem małej rady i służy królowi nie tylko stalą, lecz również umysłem. Jeśli jestem pierwszy w twej Gwardii Królowej, to wysłuchaj mnie, błagam. Mam plan, który pragnę ci przedstawić.

— Jaki plan? Mów.

— Illyrio Mopatis chce, żebyś wróciła do Pentos, pod jego dach. Proszę bardzo, popłyń do niego... ale w swoim czasie i nie sama. Sprawdźmy, jak wierni i posłuszni są ci twoi nowi poddani. Rozkaż kapitanowi wziąć kurs na Zatokę Niewolniczą.

Dany nie była pewna, czy podoba się jej ten pomysł. O targach w wielkich niewolniczych miastach Yunkai, Meereen i Astaporze słyszała same przerażające rzeczy.

— A co tam mogę znaleźć?

— Armię — odpowiedział ser Jorah. — Jeśli Silny Belwas tak bardzo przypadł ci do gustu, na arenach Meereen możesz nabyć setki podobnych do niego... ja jednak wolałbym pożeglować do Astaporu. Tam można kupić Nieskalanych.

— Niewolników w spiczastych hełmach z brązu? — Dany nieraz widywała Nieskalanych w Wolnych Miastach, gdzie pełnili straż przed domami magistrów, archontów i dynastów. — A po co mi Nieskalani? Nawet nie umieją jeździć konno, a większość z nich to grubasy.

— Nieskalani, których mogłaś widzieć w Pentos albo w Myr, byli strażnikami domowymi. To spokojna służba, a do tego eunuchowie łatwo tyją. Jedzenie to jedyna przyjemność, której mogą się oddawać. Osądzać wszystkich Nieskalanych na podstawie kilku starych domowych niewolników, to tak jak sądzić, że wszyscy giermkowie są podobni do Arstana Białobrodego, Wasza Miłość. Czy znasz opowieść o Trzech Tysiącach z Qohoru?

— Nie.

Narzuta zsunęła się z ramienia Dany, która podciągnęła ją z powrotem.

— To było czterysta lat temu albo i więcej, gdy Dothrakowie po raz pierwszy nadciągnęli ze wschodu, plądrując i paląc wszystkie miasta po drodze. *Khal*, który ich wiódł, nazywał się Temmo. Jego *khalasar* nie był taki wielki jak *khalasar* Droga, był jednak duży. Co najmniej pięćdziesiąt tysięcy ludzi, w tym połowa wojowników z ozdobionymi dzwoneczkami włosami. Qohoricy wiedzieli, że *khal* się zbliża. Wzmocnili mury swego miasta, podwoili liczebność straży i wynajęli dwie wolne kompanie, Jasne Chorągwie i Drugich Synów. Niemal w ostatniej chwili posłali też kogoś do Astaporu, żeby kupił trzy tysiące Nieskalanych. Marsz do Qohoru trwał jednak długo i zbliżając się do miasta, Nieskalani ujrzeli dym i pył oraz usłyszeli odległy łoskot bitwy. Kiedy dotarli na miejsce, słońce zdążyło już zajść, a pod murami wrony i wilki pożywiały się tym, co zostało z ciężkiej kawalerii Qohorików. Jasne Chorągwie i Drudzy Synowie uciekli, co często zdarza się najemnikom, gdy wróg ma przygniatającą przewagę. Po zmierzchu Dothrakowie wycofali się do swych obozów, by pić, tańczyć i ucztować, lecz nikt nie wątpił, że rano powrócą, by rozbić miejskie bramy, wziąć szturmem mury, a potem do woli gwałcić, rabować i brać niewolników. Gdy jednak wstał świt i Temmo z braćmi krwi u boku wyprowadził z obozu swój *khalasar*, Dothrakowie zobaczyli, że pod bramą czeka na nich trzy tysiące Nieskalanych, nad których głowami powiewa sztandar z czarnym kozłem. Tak małe siły z łatwością można było oskrzydlić, ale przecież znasz Dothraków. To byli piesi, a piesi nadają się wyłącznie do tego, by ich tratować. Dothrakowie rzucili się do szarży. Nieskalani złączyli tarcze i opuścili włócznie, nie cofając się ani o krok, choć atakowało ich dwadzieścia tysięcy wyjców z dzwoneczkami we włosach. Dothrakowie szarżowali na nich osiemnaście razy, za każdym razem rozbijając się o te tarcze i włócznie niczym fale o skalisty brzeg. Trzykrotnie Temmo nakazywał swym łucznikom krążyć przed Trzema Tysiącami i zasypywać ich deszczem strzał, lecz Nieskalani unosili tylko tarcze, czekając, aż ostrzał minie. Na koniec zostało ich tylko sześciuset... ale na polu leżało dwanaście tysięcy zabitych Dothraków, w tym *khal* Temmo, jego bracia krwi, jego *ko* i wszyscy synowie. Rankiem czwartego dnia nowy *khal* przyprowadził pod miejskie bramy uroczysty orszak ocalałych wojowników. Wszyscy kolejno ucinali sobie warkocze i rzucali je pod nogi Trzem Tysiącom. Od tej pory straż miejska Qohoru zawsze składa się z Nieskalanych, a każdy z nich nosi długą włócznię, na której wisi warkocz z ludzkich włosów. Oto, co znajdziesz w Astaporze, Wasza Miłość. Wylądujmy tam i ruszmy do Pentos lądem. To potrwa dłużej... ale za to, kiedy podzielisz się chlebem z magistrem Illyriem, będziesz miała za sobą tysiąc mieczy, a nie tylko cztery.

*W jego słowach jest mądrość, ale...* — pomyślała Dany.

— Za co mam kupić tysiąc niewolników? Jedynym wartościowym przedmiotem, jaki posiadam, jest korona, którą dostałam od Turmalinowego Bractwa.

— Smoki wzbudzą w Astaporze równie wielkie zainteresowanie jak w Qarthu. Niewykluczone, że handlarze niewolników obsypią cię darami, tak samo jak Qartheńczycy. A jeśli nie... te statki przewożą nie tylko twoich Dothraków i ich konie. W Qarthu załadowano na pokład wiele towarów. Byłem w ładowniach i na własne oczy widziałem bele jedwabiu i tygrysich skór, rzeźby z bursztynu i nefrytu, szafran, mirrę... niewolnicy są tani, Wasza Miłość. Tygrysie skóry kosztują drogo.

— Te skóry są własnością Illyria — sprzeciwiła się.

— A Illyrio jest przyjacielem rodu Targaryenów.

— Tym bardziej nie powinnam go okradać.

— Jaki pożytek z bogatych przyjaciół, jeśli nie pozwolą ci zrobić użytku ze swego majątku, moja królowo? Jeśli magister Illyrio odmówi ci go, jest tylko Xaro Xhoan Daxosem z czterema podbródkami. A jeśli jest szczerze oddany twej sprawie, nie będzie ci żałował trzech statków wyładowanych towarem. Czy mógłby zrobić z tych tygrysich skór lepszy użytek, niż kupić ci za nie zaczątek armii?

*To prawda.* Dany czuła narastające podniecenie.

— Taki długi marsz będzie pełen niebezpieczeństw...

— Na morzu również ich nie brakuje. Na południowych szlakach grasują korsarze i piraci, a na północ od Valyrii na Dymiącym Morzu spotyka się czasem demony. Następny sztorm może nas zatopić albo rozproszyć, kraken może nas wciągnąć pod wodę... albo znowu dopadnie nas cisza i umrzemy z pragnienia, czekając na wiatr. Podczas marszu będą nas czekały inne niebezpieczeństwa, moja królowo, lecz wcale nie większe.

— A co będzie, jeśli kapitan Groleo nie zechce zmienić kursu? Co zrobią Arstan i Silny Belwas?

Ser Jorah wstał.

— Może czas już, żebyś się o tym przekonała.

— Tak! — postanowiła. — Zrobię to! — Zrzuciła narzutę i zeskoczyła z koi. — Natychmiast pójdę porozmawiać z kapitanem i każę mu wziąć kurs na Astapor. — Pochyliła się nad kufrem, uniosła pokrywę i wydobyła ze środka pierwszy strój, jaki wpadł jej w ręce, parę luźnych spodni z piaskowego jedwabiu. — Podaj mi pas medalionowy — rozkazała ser Jorahowi, wciągając jedwabny ubiór na biodra. — I kamizelkę... — zaczęła, odwracając się.

Ser Jorah wziął ją w ramiona.

— Och.

To było wszystko, co zdążyła powiedzieć, gdy przyciągnął ją do siebie i przywarł ustami do jej warg. Pachniał potem, solą i wygarbowaną skórą, a żelazne ćwieki na jego kurtce wbiły się boleśnie w jej nagie piersi, gdy miażdżył ją w uścisku. Jedną dłonią trzymał ją za bark, a drugą przesunął wzdłuż jej pleców aż do krzyża. Jej usta otworzyły się przed jego językiem, choć wcale tego nie chciała. *Jego broda drapie, ale usta ma słodkie* — pomyślała. Dothrakowie nie nosili bród, a tylko długie wąsy, a nigdy dotąd nie całował jej żaden mężczyzna poza khalem Drogo. *Nie powinien tego robić. Jestem jego królową, nie jego kobietą.*

Pocałunek trwał długo, choć Dany nie potrafiła określić, jak bardzo. Kiedy się skończył i ser Jorah wypuścił ją z objęć, odsunęła się pośpiesznie o krok.

— Nie... nie powinieneś...

— Nie powinienem czekać z tym tak długo — dokończył za nią. — Powinienem pocałować cię w Qarthu albo w Vaes Tolorro. Powinienem całować cię na czerwonym pustkowiu, każdego dnia i każdej nocy. Jesteś stworzona do tego, by cię całować, często i namiętnie.

Nie spuszczał oczu z jej piersi.

Dany zakryła je dłońmi, nim sutki zdążyły ją zdradzić.

— To... to się nie godzi. Jestem twoją królową.

— Moją królową — powtórzył — a także najodważniejszą, najsłodszą i najpiękniejszą kobietą, jaką w życiu widziałem. Daenerys...

— Wasza Miłość!

— Wasza Miłość — ustąpił — trzy głowy ma smok... pamiętasz? Zastanawiałaś się nad tymi słowami od chwili, gdy usłyszałaś je od czarnoksiężników w Domu Pyłu. Oto, co znaczą: Baleriona, Meraxesa i Vhagara dosiadali Aegon, Rhaenys i Visenya. To jest trójgłowy smok rodu Targaryenów. Trzy smoki i troje jeźdźców.

— Tak — zgodziła się Dany — ale moi bracia nie żyją.

— Rhaenys i Visenya były nie tylko siostrami, lecz również żonami Aegona. Nie masz braci, ale możesz sobie wziąć mężów. Powiem ci jedno, Daenerys. Żaden mężczyzna na świecie nie będzie ci nawet w połowie tak wierny jak ja.

# BRAN

Stromy grzbiet tworzyła długa fałda z kamienia i gleby, przypominająca kształtem pazur. Jego niżej położone stoki porastały drzewa: sosny, głogi i jesiony, wyżej jednak ziemia była naga, a grań rysowała się ostro na tle zachmurzonego nieba.

Czuł, że wysoki kamień go wzywa. Wspinał się wciąż wyżej, najpierw swobodnymi susami, potem coraz szybciej. Silne łapy niosły go na stok. Gdy biegł, ptaki podrywały się z gałęzi i umykały ku niebu, łopocząc skrzydłami. Słyszał szum wiatru pośród liści, skrzeczące do siebie wiewiórki, a nawet odgłos spadającej na leśną ściółkę szyszki. Otaczające go zapachy tworzyły razem pieśń, która wypełniała sobą dobry zielony świat.

Gdy pokonywał kilka ostatnich stóp drogi, żwir tryskał mu spod łap. Wreszcie dotarł na szczyt. Nad wysokimi sosnami wisiało wielkie czerwone słońce, a drzewa i wzgórza w dole ciągnęły się tak daleko, jak tylko mógł sięgnąć okiem albo nosem. Wysoko nad nim krążyła kania, ciemny punkcik na różowym niebie.

*Książę.* Ludzki dźwięk zabrzmiał w jego głowie niespodziewanie, wyczuwał jednak, że jest odpowiedni. *Książę puszczy, książę wilczego lasu.* Był silny, szybki i gwałtowny. Bało się go wszystko, co żyło na dobrym zielonym świecie.

Daleko w dole, na skraju lasu, coś się ruszało między drzewami. Rozbłysk szarości zniknął szybko, wystarczyło to jednak, by postawił uszy. Nad wartkim zielonym strumieniem pojawiła się kolejna biegnąca postać. *Wilki* — zrozumiał. Jego mali kuzyni ścigali jakąś zdobycz. Książę dostrzegał teraz więcej cieni poruszających się na szybkich, szarych łapach. *Wataha.*

On też kiedyś miał własne stado. Było ich pięcioro, a szósty trzymał się na uboczu. Gdzieś wewnątrz jego jaźni kryły się dźwięki, które stworzyli ludzie, by móc ich odróżnić od siebie, on jednak nie potrzebował takich ułatwień. Pamiętał zapach swych braci i sióstr. Wszyscy pachnieli podobnie, pachnieli stadem, lecz każdy był inny.

Książę czuł, że jego gniewny brat o gorących zielonych ślepiach jest blisko, choć nie widział go już od wielu polowań. Z każdym zachodem słońca oddalał się jednak od niego, a on był ostatni. Pozostali rozproszyli się daleko, jak liście niesione szalonym wiatrem.

Czasem jednak ich wyczuwał, jakby wciąż byli niedaleko, zasłonięci przed jego wzrokiem przez głaz albo zagajnik. Nie czuł ich zapachu ani nie słyszał, jak wyją nocą, miał jednak wrażenie, że są tuż obok... wszyscy poza utraconą siostrą. Gdy ją sobie przypomniał, opuścił ogon. *Czworo, nie pięcioro. Czworo i jeszcze jeden, ten biały, który nie ma głosu.*

Ten las należał do nich, ośnieżone stoki i kamieniste wzgórza, wielkie zielone sosny i złotolistne dęby, wartkie strumienie i błękitne jeziora otoczone palcami białego szronu. Jego siostra porzuciła jednak głuszę na rzecz sal z ludzkiej skały, w których władali inni myśliwi, a gdy raz się weszło do tych grot, trudno było znaleźć drogę powrotną. Książę wilków pamiętał.

Wiatr zmienił się nagle.

*Jelenie, strach i krew.* Woń zwierzyny obudziła w nim głód. Książę powęszył raz jeszcze, odwrócił się i popędził w dół, rozchylając szczęki. Drugi stok był bardziej stromy od tego, po którym wspiął się na górę, lecz mimo to pędził pewnie po kamieniach, korzeniach i butwiejących liściach. Wpadł między drzewa, połykając przestrzeń długimi susami. Woń kazała mu biec coraz szybciej.

Gdy dotarł do łani, leżała, konając na ziemi, otoczona wianuszkiem ośmiu jego małych szarych kuzynów. Przywódcy watahy zaczęli już się pożywiać, najpierw samiec, a potem jego samica. Na zmianę wyrywali kawały mięsa z zakrwawionego podbrzusza ofiary. Reszta czekała cierpliwie, wszyscy, poza jednym, który krążył ostrożnie w odległości kilku kroków od pozostałych. Własny ogon podkulił nisko. On zje ostatni, to, co zostawią mu bracia.

Książę zbliżał się pod wiatr, wilki nie zwęszyły go więc aż do chwili, gdy skoczył na zwalone drzewo w odległości sześciu kroków od nich. Ogon zobaczył go pierwszy, wydał z siebie żałosny skowyt i odsunął się trwożnie. Jego bracia odwrócili się na ten dźwięk i warcząc, obnażyli zęby, wszyscy, poza parą przewodników stada.

Wilkor odpowiedział im niskim, ostrzegawczym pomrukiem, również odsłaniając kły. Przerastał kuzynów rozmiarami. Był dwukrotnie większy od chudego ogona, a półtora raza od pary przewodników. Skoczył w sam środek grupy i trzy wilki rzuciły się do ucieczki, znikając w chaszczach. Jeden z pozostałych skoczył jednak na niego, otwierając paszczę. Książę skierował łeb w jego stronę, złapał go za łapę i odrzucił na bok. Utykający wilk pierzchnął ze skowytem.

Został tylko przewodnik, wielki szary samiec o pysku zbroczonym świeżą posoką cieknącą z miękkiego brzucha ofiary. Na pysku miał plamy bieli, świadczące, że jest już stary, gdy jednak odsłonił zęby, kapała z nich krwawa ślina.

*Nie boi się* — pomyślał książę. *Nie bardziej ode mnie.* Zapowiadała się dobra walka. Runęli na siebie.

Walczyli długo, przetaczając się po korzeniach i kamieniach, opadłych liściach i trzewiach ofiary. Uderzali zębami i pazurami, a potem rozdzielali się, zataczali wokół siebie kręgi i znowu rzucali się sobie do gardeł. Książę był większy i dużo silniejszy, ale jego kuzyn miał za sobą watahę. Samica krążyła wokół nich, węsząc i powarkując, a gdy tylko jej towarzysz cofał się okrwawiony, zasłaniała go własnym ciałem. Inne wilki również próbowały od czasu do czasu kąsać księcia w nogę albo w ucho, gdy odwracał się do nich tyłem. Jeden z nich rozgniewał go tym tak bardzo, że książę odwrócił się rozwścieczony i rozerwał mu gardło. Od tej pory reszta trzymała się na dystans.

Gdy zza zielonych gałęzi i konarów przesączały się ostatnie czerwone promienie zachodu, stary wilk położył się wyczerpany na ziemi, odsłaniając gardło i brzuch w geście poddania.

Książę obwąchał go, zlizując krew z futra i rozdartego ciała. Kiedy stary wilk zaskomlał cicho, wilkor odwrócił się od niego. Był już bardzo głodny, a zdobycz należała teraz do niego.

— Hodor.

Zatrzymał się i warknął, słysząc niespodziewany dźwięk. Wilki spoglądały na niego zielonymi i żółtymi ślepiami, w których odbijało się ostatnie światło dnia. Żaden z nich nic nie usłyszał. To był niezwykły wiatr, który wiał tylko w jego uszach. Zatopił kły w brzuchu łani i wyrwał ochłap mięsa.

— Hodor, hodor.

*Nie* — pomyślał. *Nie chcę.* To była myśl chłopca, nie wilkora. W lesie zapadał już mrok. Po chwili zostały tylko cienie drzew i blask ślepiów jego kuzynów. A za tą zasłoną dostrzegł uśmiechniętą twarz potężnego mężczyzny oraz kamienną kryptę o ścianach pokrytych plamkami saletry. Z jego języka zniknął intensywny smak ciepłej krwi. *Nie, nie, nie, chcę jeść, chcę, chcę...*

— Hodor, hodor, hodor, hodor, hodor — śpiewał Hodor, potrząsając delikatnie jego ramionami, w przód i w tył, w przód i w tył. Jak zwykle próbował być delikatny, miał jednak siedem stóp wzrostu i nie zdawał sobie sprawy ze swej siły. Jego wielkie dłonie tarmosiły Branem tak mocno, że chłopcu aż zadzwoniły zęby.

— NIE! — krzyknął gniewnie. — Zostaw mnie, Hodor, jestem tu, jestem.

Sługa zatrzymał się z zawstydzoną miną.

— Hodor?

Las i wilki zniknęły. Bran wrócił do wilgotnej krypty w jakiejś starożytnej wieży strażniczej, którą z pewnością opuszczono już przed tysiącami lat. Nie zostało z niej zbyt wiele. Nawet spoczywające na ziemi kamienie tak gęsto porosły mchem i bluszczem, że z daleka niemal nie sposób ich było zobaczyć. Bran nazwał ruiny „Zwaloną Wieżą", to jednak Meera znalazła wejście do krypty.

— Nie było cię zbyt długo.

Jojen Reed miał trzynaście lat, był tylko cztery lata starszy od Brana i dwa, najwyżej trzy cale wyższy od niego, zawsze jednak przemawiał bardzo poważnym tonem, wskutek czego wydawał się znacznie starszy i mądrzejszy niż w rzeczywistości. W Winterfell Stara Niania przezwała go „małym dziadkiem".

Bran zmarszczył brwi, spoglądając na niego.

— Chciałem coś zjeść.

— Meera za chwilę wróci z kolacją.

— Mam już dość żab. — Meera pochodziła z Przesmyku, gdzie ludzie jedli żaby, Bran doszedł więc do wniosku, iż właściwie nie może mieć do niej pretensji o to, że łapie ich tak dużo, ale z drugiej strony... — Chciałem zjeść łanię.

Przypomniał sobie smak krwi i surowego, czerwonego mięsa. Do ust napłynęła mu ślinka. *Wygrałem walkę o nią. Wygrałem.*

— Zaznaczyłeś drzewa?

Bran zaczerwienił się. Jojen ciągle kazał mu robić różne rzeczy, kiedy otwierał trzecie oko i wchodził w skórę Laty. Zdrapać korę z drzewa, upolować królika i przynieść go całego w pysku, ustawić kamienie w rządku. *Głupoty.*

— Zapomniałem.

— Zawsze zapominasz.

Była to prawda. Chciał robić to, o co prosił go Jojen, ale gdy stawał się wilkiem, przestawało mu się to wydawać ważne. Wszędzie pełno było ciekawych widoków i zapachów. Otaczał go zielony świat, w którym mógł polować. I biegać! Nie było nic lepszego od biegu, chyba że pościg za zwierzyną.

— Byłem księciem, Jojen — tłumaczył się. — Księciem lasu.

— Jesteś księciem — przypomniał mu cicho starszy chłopak. — Pamiętasz o tym, prawda? Powiedz mi, kim jesteś.

— Przecież wiesz.

Jojen był jego przyjacielem i nauczycielem, lecz czasami Bran miał ochotę go uderzyć.

— Chcę, żebyś ty to powiedział. Kim jesteś?

— Jestem Bran — burknął. *Bran Połamaniec.* — Brandon Stark. — *Mały kaleka.* — Książę Winterfell.

Winterfell, które spalono i zburzono, a jego mieszkańców wymordowano bądź zmuszono do ucieczki. Szyby w szklarniach rozbito, gorąca woda tryskała ze szczelin w murze, by parować w promieniach słońca. *Jak mam być księciem zamku, którego być może nigdy już nie ujrzę?*

— A kim jest Lato? — dopytywał się Jojen.

— Moim wilkorem — odparł z uśmiechem Bran. — Księciem zielonej puszczy.

— Bran to chłopiec, a Lato to wilk. Jest was dwóch, prawda?

— Dwóch — przyznał z westchnieniem. — A zarazem jeden.

Nie znosił Jojena, kiedy ten robił się taki głupi. *W Winterfell chciał, żebym śnił wilcze sny, a teraz, kiedy się tego nauczyłem, ciągle przywołuje mnie z powrotem.*

— Pamiętaj o tym, Bran. Nie zapomnij, kim jesteś, bo inaczej wilk cię pochłonie. Kiedy się ze sobą łączycie, nie wystarczy, jak będziesz biegał, wył i polował w skórze Laty.

*Dla mnie wystarczy* — pomyślał Bran. Czuł się w skórze Laty lepiej niż we własnej. *Po co być zmiennoskórym, jeśli nie można nosić tej skóry, której się pragnie?*

— Będziesz pamiętał? I następnym razem zaznacz drzewo. Wszystko jedno które. Najważniejsze, żebyś to zrobił.

— Zrobię. Będę pamiętał. Jeśli chcesz, mogę wrócić i zrobić to teraz. Tym razem nie zapomnę.

*Ale najpierw zjem łanię i jeszcze trochę powalczę z tymi małymi wilkami.*

Jojen potrząsnął głową.

— Nie. Lepiej zostań i najedz się. Własnymi ustami. Warg nie może żywić się tym, co jego zwierzę.

*Skąd wiesz?* — pomyślał ze złością Bran. *Nigdy nie byłeś wargiem i nie masz pojęcia, jak to jest.*

Hodor zerwał się gwałtownie, omal nie uderzając głową o beczkowate sklepienie.

— HODOR! — krzyknął, biegnąc ku drzwiom. Meera otworzyła je na chwilę przed tym, nim do nich dobiegł, i weszła do ich schronienia. — Hodor, hodor — powtarzał z uśmiechem olbrzymi chłopiec stajenny.

Meera Reed miała szesnaście lat i była już dorosłą kobietą, lecz nie przewyższała wzrostem brata. Kiedy Bran zapytał ją, czemu nie jest wyższa, odpowiedziała mu, że wszyscy wyspiarze są drobnej budowy. Brązowowłosa, zielonooka i płaska jak chłopak, poruszała się z gibką gracją, którą Bran mógł jedynie podziwiać z zazdrością. Miała długi, ostry sztylet, najbardziej jednak lubiła walczyć, w jednej ręce trzymając smukły trójząb na żaby, a w drugiej tkaną sieć.

— Kto jest głodny? — zapytała, pokazując swą zdobycz: dwa małe, srebrzyste pstrągi i sześć tłustych, zielonych żab.

— Ja — odezwał się Bran. *Ale na żaby nie mam ochoty.* W Winterfell, nim jeszcze zdarzyły się wszystkie te straszne rzeczy, Walderowie ciągle powtarzali, że od jedzenia żab zęby robią się zielone, a pod pachami wyrasta mech. Zastanawiał się, czy Walderowie nie żyją. Nie widział w Winterfell ich trupów... było tam jednak mnóstwo zabitych, a do wnętrza budynków żadne z nich nie zaglądało.

— To będziemy musieli cię nakarmić. Pomożesz mi je oczyścić, Bran?

Skinął głową. Na Meerę trudno było się dąsać. Była znacznie weselsza od brata i zawsze potrafiła skłonić go do uśmiechu. Nigdy się nie gniewała i niczego się nie bała. No, może czasem Jojena... Jojen Reed przestraszyłby prawie każdego. Ubierał się na zielono, oczy miał barwy mchu i śnił zielone sny. To, co mu się przyśniło, zawsze się sprawdzało. *Tyle że śniło mu się, że zginę, a ja nadal żyję.* W pewnym sensie był jednak martwy.

Jojen wysłał Hodora po drewno i rozniecił małe ognisko. Bran z Meerą oczyścili tymczasem ryby i żaby. Jako garnek służył im hełm Meery. Pokroili ryby i żaby na małe kostki, zalali je wodą i ugotowali z dzikimi cebulami znalezionymi przez Hodora, przyrządzając żabi gulasz. Nie był aż tak smaczny jak mięso łani, Bran doszedł jednak do wniosku, że nie jest taki zły.

— Dziękuję ci, pani — powiedział do Meery.

— Nie ma za co, Wasza Miłość.

— Rankiem musimy wyruszyć w drogę — oznajmił Jojen.

Bran zauważył, że Meera napięła mięśnie.

— Miałeś zielony sen?

— Nie — przyznał.

— W takim razie po co mamy stąd iść? — zapytała. — Zwalona Wieża to dobra kryjówka. W pobliżu nie ma żadnych wiosek, w lesie jest pełno zwierzyny, a w strumieniach i jeziorach roi się od ryb i żab. Kto nas tu znajdzie?

— Nie tutaj mieliśmy dotrzeć.

— Ale tu jest bezpiecznie.

— Wiem, że może tak się wydawać — przyznał Jojen — ale jak długo to potrwa? Pod Winterfell stoczono bitwę. Widzieliśmy zabitych. Bitwy toczy się podczas wojen. Jeśli zaskoczy nas jakaś armia...

— To może być armia Robba — wtrącił Bran. — On niedługo wróci z południa. Jestem tego pewien. Wróci ze swymi chorągwiami i przepędzi żelaznych ludzi.

— Twój maester, umierając, nie wspominał o Robbie — przypomniał mu Jojen. — Powiedział: „Na Kamiennym Brzegu są żelaźni ludzie, a na wschodzie bękart Boltona. Upadło Deepwood Motte i Fosa Cailin, dziedzic Cerwynów i kasztelan Torrhen's Square nie żyją. Wszędzie wojna... każdy walczy ze swym sąsiadem".

— Już o tym mówiliśmy — stwierdziła jego siostra. — Chcesz iść w stronę Muru, do swej trójokiej wrony. I bardzo dobrze, ale do Muru jest bardzo daleko, a Bran ma tylko nogi Hodora. Gdybyśmy mieli konie...

— A gdybyśmy byli orłami, moglibyśmy pofrunąć — przerwał jej ostro Jojen — ale nie mamy skrzydeł, tak samo jak nie mamy koni.

— Konie moglibyśmy zdobyć — sprzeciwiła się Meera. — Nawet w głębi wilczego lasu można spotkać drwali, zagrodników i myśliwych. Niektórzy z nich je mają.

— Mielibyśmy ich okraść? Czy jesteśmy złodziejami? Ostatnie, czego nam potrzeba, to ścigający nas ludzie.

— Moglibyśmy je kupić. Zaoferować coś na wymianę.

— Popatrz na nas, Meero. Kaleki chłopiec z wilkorem, przygłupi olbrzym i dwoje wyspiarzy parę tysięcy mil od Przesmyku. Poznają nas. I wiadomość się rozejdzie. Dopóki wszyscy sądzą, że Bran nie żyje, nic mu nie grozi. Żywy stanie się zwierzyną dla tych, którzy chcieliby, żeby zginął na dobre. — Jojen podszedł do ogniska i poruszył kijem węgielki. — Gdzieś na północy czeka na nas trójoka wrona. Bran potrzebuje nauczyciela mądrzejszego niż ja.

— Jak, Jojen? — zapytała jego siostra. — Jak?

— Piechotą — odpowiedział. — Krok za krokiem.

— Droga z Szarej Wody do Winterfell ciągnęła się bez końca, a przecież jechaliśmy konno. Chcesz, żebyśmy pokonali pieszo jeszcze dłuższą trasę, nawet nie wiedząc, gdzie jest jej koniec. Mówisz, że za Murem. Nigdy tam nie byłam, tak samo jak ty, wiem jednak, że za Murem leży rozległa kraina, Jojen. I czy jest dużo trójokich wron, czy tylko jedna? Jak mamy ją znaleźć?

— Może to ona nas znajdzie.

Nim Meera zdążyła mu odpowiedzieć, usłyszeli odległe wycie wilka, które niosło się przez noc.

— Lato? — zapytał Jojen, wytężając słuch.

— Nie.

Bran znał głos swego wilkora.

— Jesteś pewien? — zapytał mały dziadek.

— Jestem.

Lato zawędrował dziś daleko i nie wróci aż do świtu. *Jojen może i śni na zielono, ale nie potrafi odróżnić wilka od wilkora.* Zastanawiał się, dlaczego wszyscy słuchają młodego Reeda. Nie był księciem jak Bran, nie był wielki i silny jak Hodor ani nie polował tak dobrze jak Meera, lecz z jakiegoś powodu to on zawsze mówił im, co mają robić.

— Powinniśmy ukraść konie, tak jak chce Meera — odezwał się Bran — i pojechać do Umberów, do Ostatniego Domostwa. — Zastanawiał się chwilę. — Albo moglibyśmy ukraść łódź i popłynąć Białym Nożem do Białego Portu. Tam rządzi ten grubas, lord Manderly. Na święcie żniw był dla mnie bardzo miły. Chciał budować okręty. Może rzeczywiście parę wybudował. Moglibyśmy popłynąć na nich do Riverrun i przywieźć na północ Robba razem z całą armią. Wtedy nie byłoby już ważne, czy ktoś wie, że żyję. Robb nie pozwoliłby nikomu nas skrzywdzić.

— Hodor! — czknął Hodor. — Hodor, hodor.

Plan Brana nie spodobał się jednak nikomu poza chłopcem stajennym. Meera uśmiechnęła się tylko do niego, a Jojen zmarszczył brwi. Nigdy go nie słuchali, mimo że był Starkiem, a do tego księciem, a Reedowie z Przesmyku byli chorążymi Starków.

— Hoooodor — wołał olbrzym, kołysząc się na nogach. — Hooooooodor, hooooodor, hoDOR, hoDOR, hoDOR. — Czasami lubił bawić się w ten sposób, powtarzając w kółko swe imię na wiele sposobów. Potrafił też zachowywać się tak cicho, że można było zapomnieć o jego obecności. Nigdy nie można było przewidzieć, co zrobi. — HODOR, HODOR, HODOR! — zawołał nagle.

*Nie przestanie* — zrozumiał Bran.

— Hodor — odezwał się — czemu nie wyjdziesz na dwór poćwiczyć z mieczem?

Chłopiec stajenny zapomniał o mieczu, lecz przypomniały mu o nim słowa Brana.

— Hodor! — czknął i poszedł po broń. Trzy nagrobne miecze zabrali z krypt Winterfell, w których Bran i jego brat Rickon ukrywali się przed żelaznymi ludźmi Theona Greyjoya. Bran wziął sobie oręż swego stryja Brandona, a Meera ten, który znalazła na kolanach jego dziadka lorda Rickarda. Miecz Hodora był dużo starszy. Wielki i ciężki żelazny oręż stępiał od stuleci nieużywania i pokrywały go liczne plamy rdzy. Olbrzym potrafił wymachiwać nim całymi godzinami. W pobliżu zwalonych kamieni stało spróchniałe drzewo, które niemal w całości porąbał na kawałki.

Nawet gdy wyszedł na dwór, słyszeli, jak ryczy: „HODOR!", okładając mieczem swe ulubione drzewo. Na szczęście wilczy las był rozległy i w pobliżu nie było nikogo, kto mógłby go usłyszeć.

— Jojen, o co ci chodziło z tym nauczycielem? — zapytał Bran. — Przecież to ty mnie uczysz. Wiem, że jak dotąd nie zaznaczyłem drzewa, ale następnym razem to zrobię. Otworzyłem trzecie oko, tak jak tego chciałeś...

— Otworzyłeś je tak szeroko, że boję się, iż przelecisz przez nie na wylot i spędzisz resztę życia w puszczy jako wilk.

— Nie uczynię tego. Obiecuję.

— Chłopiec obiecuje, ale czy wilk będzie o tym pamiętał? Biegasz z Latą, polujesz z nim i zabijasz... ale to ty naginasz się do jego woli, zamiast naginać go do własnej.

— Po prostu zapominam — poskarżył się Bran. — Mam tylko dziewięć lat. Z czasem się nauczę. Nawet Florian Błazen i książę Aemon Smoczy Rycerz nie byli wielkimi rycerzami, kiedy mieli dziewięć lat.

— To prawda — zgodził się Jojen — i twoje słowa byłyby mądre, gdyby dni wciąż stawały się coraz dłuższe... ale tak nie jest. Wiem, że jesteś letnim dzieckiem. Przypomnij mi dewizę rodu Starków.

— Nadchodzi zima.

Wypowiadając te słowa, Bran poczuł chłód.

Jojen skinął z powagą głową.

— Śnił mi się skrzydlaty wilk przykuty do ziemi kamiennym łańcuchem. Przyjechałem do Winterfell po to, by go uwolnić. Łańcuchy już z ciebie opadły, lecz nadal nie umiesz latać.

— To naucz mnie. — Bran wciąż bał się trójokiej wrony, która czasami straszyła go w snach, dziobiąc nieustannie skórę między jego oczyma i nakazując mu latać. — Jesteś zielonym okiem.

— Nie — zaprzeczył Jojen. — Jestem tylko chłopcem, który ma sny. Zielone oczy były czymś więcej. Były również wargami, a najwięksi z nich potrafili przywdziać skórę każdego zwierzęcia, które lata, pływa bądź pełza. Umieli też spoglądać oczyma czardrzew i widzieli prawdę, która leży ukryta pod światem. Bogowie dają ludziom wiele darów, Bran. Moja siostra jest łowczynią. Dano jej umiejętność szybkiego biegania i zamierania w bezruchu, aż wydaje się, że zniknęła. Ma wrażliwe uszy, bystre oczy i zręcznie włada siecią oraz trójzębem. Potrafi oddychać błotem i przeskakiwać z drzewa na drzewo. Ja nie umiem tego robić, tak samo jak ty. Mnie bogowie dali zielone sny, a tobie... możesz się stać kimś więcej niż ja, Bran. Jesteś skrzydlatym wilkiem i nie sposób odgadnąć, jak wysoko i daleko możesz zalecieć... jeśli ktoś cię tego nauczy. Jak mógłbym ci pomóc opanować umiejętność, której nie rozumiem? Pamiętamy Pierwszych Ludzi z Przesmyku i dzieci lasu, które były ich przyjaciółmi... ale wiele zapomnieliśmy, a jeszcze więcej jest rzeczy, których nie wiedzieliśmy nigdy.

Meera ujęła Brana za rękę.

— Jeśli tu zostaniemy, nikogo nie niepokojąc, będziesz bezpieczny aż do zakończenia wojny. Tyle że wtedy nie nauczysz się niczego poza tym, czego może cię nauczyć mój brat, a słyszałeś, co on powiedział. Jeśli stąd odejdziemy, żeby poszukać schronienia w Ostatnim Domostwie albo za Murem, ryzykujemy pojmanie. Wiem, że jesteś tylko chłopcem, ale jesteś też naszym księciem, synem naszego lorda i prawowitym dziedzicem naszego króla. Poprzysięgliśmy ci wierność na ziemię i wodę, na brąz i żelazo, na lód i ogień. To ty ponosisz ryzyko, Bran, i dar również należy do ciebie. Uważam, że masz prawo podjąć decyzję. Jesteśmy twoimi sługami i możesz nam rozkazywać. — Uśmiechnęła się. — Przynajmniej w tej sprawie.

— Chcesz powiedzieć, że zrobicie to, co wam powiem? — zdziwił się Bran. — Naprawdę?

— Naprawdę, mój książę — potwierdziła dziewczyna. — Dlatego dobrze się zastanów.

Bran spróbował rozważyć całą sprawę, tak jak zrobiłby to jego ojciec. Stryjowie Greatjona, Hother Kurwistrach i Mors Wronojad, byli gwałtownymi ludźmi, sądził jednak, że okażą się wierni. I Karstarkowie też. Ojciec zawsze mówił, że Karhold to mocny zamek. *U Umberów albo Karstarków bylibyśmy bezpieczni.*

Mogliby też udać się na południe, do grubego lorda Manderly'ego. W Winterfell tłuścioch śmiał się bardzo dużo i wydawało się, że nie spogląda na Brana z taką litością, jak pozostali lordowie. Zamek Cerwyn był bliżej niż Biały Port, ale Maester Luwin mówił, że Cley Cerwyn nie żyje. *Niewykluczone, że Umberowie, Karstarkowie i Manderly'owie również zginęli* — zrozumiał. Jego także czekała pewna śmierć, jeśli złapią go żelaźni ludzie albo bękart Boltona.

Jeżeli zostaną tutaj, ukryci pod Zwaloną Wieżą, nikt ich nie znajdzie. Będzie żył. *I pozostanę kaleką.*

Bran zdał sobie sprawę, że płacze. *Głupi dzieciak* — skarcił się w myślach. Bez względu na to, czy uda się do Karholdu, do Białego Portu czy do Strażnicy nad Szarą Wodą, po dotarciu na miejsce nadal będzie kaleką. Zacisnął ręce w pięści.

— Chcę latać — oznajmił. — Proszę, zabierzcie mnie do wrony.

# DAVOS

Kiedy wyszedł na pokład, długi cypel Driftmarku niknął już z tyłu, a z morza przed nimi wznosiła się Smocza Skała. Ze szczytu góry buchał obłoczek jasnoszarego dymu pozwalający określić położenie wyspy. *Smocza Góra jest dziś niespokojna albo Melisandre znowu kogoś pali* — pomyślał Davos.

Gdy „Taniec Shayali" żeglował przez Czarną Zatokę i Gardziel, halsując pod uparcie przeciwny wiatr, Davos bardzo często myślał o kobiecie w czerwieni. Potężny ogień, który rozpalono na wieży strażniczej na Ostrym Przylądku przy końcu Haka Masseya, przypomniał mu rubin, który nosiła u gardła, a kiedy świat o świcie i zmierzchu stawał się czerwony, unoszone z wiatrem chmury miały ten sam kolor, co jedwabie i atłasy jej szeleszczących sukni.

Ona również czekała na niego na Smoczej Skale, ze swą urodą i mocą, swym bogiem, swymi cieniami i swym królem. Do tej pory czerwona kapłanka zawsze wydawała się lojalna wobec Stannisa. *Wytresowała go sobie, tak jak tresuje się konie. Jeśli będzie mogła, pojedzie na nim do władzy. W tym właśnie celu oddała moich synów ogniowi. Wyrwę jej bijące serce z piersi i przekonam się, jak płonie.* Dotknął rękojeści pięknego, długiego sztyletu lyseńskiej roboty, który dostał od kapitana.

Dowódca statku traktował go bardzo uprzejmie. Nazywał się Khorane Sathmantes i był Lyseńczykiem, tak samo jak Salladhor Saan, do którego należał statek. Kapitan miał jasnoniebieskie oczy, często widywane w Lys, i kościstą, ogorzałą twarz, lecz wiele lat spędził na handlu w Siedmiu Królestwach. Kiedy się dowiedział, że człowiek, którego wyciągnął z morza, jest sławetnym cebulowym rycerzem, oddał mu własną kajutę, ubranie i parę nowych butów, które prawie na niego pasowały. Koniecznie chciał się podzielić z gościem również swym prowiantem, to jednak nie skończyło się zbyt dobrze. Żołądek Davosa nie był w stanie tolerować ślimaków, minogów i innych ciężkostrawnych smakołyków, które uwielbiał kapitan Khorane, i po pierwszym posiłku były przemytnik spędził resztę dnia, wystawiając za reling jeden albo drugi koniec ciała.

Smocza Skała rosła z każdym uderzeniem wioseł. Davos widział już zarys góry i wznoszącą się na jej stoku wielką, czarną cytadelę z jej chimerami i smoczymi basztami. Spiżowa figura dziobowa „Tańca Shayali" przecinała fale, odrzucając na boki słone bryzgi. Davos wsparł się całym ciężarem o reling, zadowolony, że znalazł jakąś podporę. Niedawne przejścia osłabiły go poważnie. Jeśli stał zbyt długo, nogi zaczynały mu drżeć. Czasem też padał ofiarą ataków niepowstrzymanego kaszlu, podczas których pluł krwawą flegmą. *To nic* — powtarzał sobie. *Z pewnością bogowie nie ocalili mnie z ognia i morza tylko po to, żeby zabiła mnie dyzenteria.*

Słuchając łoskotu bębna wiosłomistrza, furkotu żagli oraz rytmicznego poskrzypywania wioseł, wrócił myślami do dni młodości, gdy w wiele mglistych poranków podobne dźwięki budziły w jego sercu lęk. Znaczyły wtedy, że zbliża się morska straż starego ser Tristimuna, a gdy na Żelaznym Tronie zasiadał Aerys Targaryen, morska straż niosła przemytnikom śmierć.

*To było moje poprzednie życie* — pomyślał. *Przed cebulowym statkiem, przed Końcem Burzy, zanim jeszcze Stannis skrócił mi palce. Przed wojną, przed czerwoną kometą, kiedy jeszcze nie byłem Seaworthem ani rycerzem. Nim lord Stannis wzniósł mnie wysoko, byłem innym człowiekiem.*

Kapitan Khorane opowiedział mu o krachu nadziei Stannisa, o nocy, gdy rzeka stanęła w płomieniach. Lannisterowie uderzyli na niego z flanki, a chwiejni chorążowie opuścili go całymi setkami w godzinie największej potrzeby.

— Widziano też cień króla Renly'ego — mówił kapitan — który kładł ludzi trupem na lewo i prawo, wiodąc przednią straż lwiego lorda. Powiadają, że jego zielona zbroja lśniła w widmowym blasku dzikiego ognia, a na porożu tańczyły złote płomienie.

Cień Renly'ego. Davos zadał sobie pytanie, czy jego synowie również wrócą jako cienie. Widział na morzu zbyt wiele niezwykłych rzeczy, by odważył się powiedzieć, że duchów nie ma.

— Czy nikt nie dochował mu wiary? — zapytał.

— Nieliczna garstka — odparł kapitan. — Głównie kuzyni królowej. Zabraliśmy z brzegu wielu takich, którzy nosili lisa wśród kwiatów, choć znacznie więcej ludzi, z najrozmaitszymi herbami, zostało na lądzie. Królewskim namiestnikiem na Smoczej Skale jest teraz lord Florent.

Góra piętrzyła się coraz wyżej. Otaczała ją korona jasnego dymu. Żagiel śpiewał, bęben grzmiał, wiosła poruszały się gładko i po chwili otworzyło się przed nimi wejście do portu. *Jest zupełnie pusty* — pomyślał Davos, pamiętając, jak wyglądał przedtem, gdy statki tłoczyły się przy każdym molu i kołysały się na kotwicach za falochronem. Widział flagowy okręt Salladhora Saana „Valyrianin", który cumował przy nabrzeżu w miejscu, gdzie ongiś stały „Furia" i jej siostry. Statki stojące po obu jego stronach również miały pasiaste lyseńskie kadłuby. Na próżno wypatrywał „Lady Maryi" albo „Widma".

Wpływając do portu, zwinęli żagiel i przybili do brzegu na samych wiosłach. Gdy cumowali, kapitan podszedł do Davosa.

— Mój książę zechce natychmiast się z tobą zobaczyć.

Gdy Davos spróbował mu odpowiedzieć, dopadł go nagły atak kaszlu. Przemytnik złapał za reling i splunął za burtę.

— Król — wycharczał. — Muszę iść do króla.

*Tam, gdzie jest król, znajdę też Melisandre.*

— Król nie przyjmuje nikogo — stwierdził stanowczo Khorane Sathmantes. — Salladhor Saan ci o tym opowie. Pomów najpierw z nim.

Davos był zbyt osłabiony, by mu się sprzeciwiać. Zdołał jedynie skinąć głową.

Salladhora Saana nie było na pokładzie „Valyrianina". Znaleźli go przy innym nabrzeżu, w odległości ćwierci mili, w ładowni opasłej pentoshijskiej kogi o nazwie „Obfite Żniwa", gdzie inwentaryzował towary w towarzystwie dwóch eunuchów. Jeden z nich trzymał lampę, a drugi woskową tabliczkę i rylec.

— Trzydzieści siedem, trzydzieści osiem, trzydzieści dziewięć — mówił stary łotrzyk, gdy Davos i kapitan przeszli przez luk. Był dziś odziany w tunikę barwy wina i wysokie buty z farbowanej na biało skóry, inkrustowanej srebrnymi wolutami. Wyciągnął zatyczkę z jednego z dzbanów, wciągnął powietrze, kichnął i oznajmił:

— Grubo mielony, i do tego drugiej jakości. Tak mówi mi nos. W liście przewozowym mowa o czterdziestu trzech dzbanach. Ciekawe, gdzie podziała się reszta? Czy tym Pentoshijczykom wydaje się, że ich nie liczę? — Na widok Davosa znieruchomiał nagle. — Czy to pieprz szczypie mnie w oczy, czy to są łzy? Czy stoi przede mną cebulowy rycerz? Jak to możliwe, przecież wszyscy się zgadzają, że mój drogi przyjaciel Davos zginął na płonącej rzece. Czemu wrócił mnie straszyć?

— Nie jestem duchem, Salla.

— A czymże by innym? Mój cebulowy rycerz nigdy nie był taki chudy i blady jak ty. — Salladhor Saan przeszedł między dzbanami przypraw i belami tkanin, które wypełniały ładownię statku, uściskał gwałtownie Davosa i ucałował go w oba policzki, a potem w czoło. — Nadal jesteś ciepły, ser. Czuję też, jak serce ci wali, puk, puk, puk. Czy to może być prawdą? Morze, które cię połknęło, wypluło cię na ląd.

Davosowi przypomniał się Plama, głupkowaty błazen księżniczki Shireen. Jego również pochłonęło morze, a gdy z niego wrócił, był obłąkany. *Czy ja również straciłem rozum?* Kaszlnął w urękawicznioną dłoń.

— Przepłynąłem pod łańcuchem i wyrzuciło mnie na brzeg na włóczni króla merlingów. Zginąłbym tam marnie, gdyby nie znalazł mnie „Taniec Shayali".

Salladhor Saan objął barki kapitana.

— Dobra robota, Khorane. Coś mi się zdaje, że otrzymasz wspaniałą nagrodę. Meizo Mahr, bądź dobrym eunuchem i zaprowadź mojego przyjaciela Davosa do kajuty właściciela. Daj mu trochę grzanego wina z goździkami. Nie podoba mi się ten jego kaszel. Wciśnij też do kielicha trochę soku z limony i przynieś biały ser oraz czarę tych zielonych oliwek, które liczyliśmy przedtem! Davosie, wkrótce do ciebie przyjdę, gdy tylko pomówię z naszym dobrym kapitanem. Wiem, że mi wybaczysz. Tylko nie zjedz wszystkich oliwek, bo się na ciebie pogniewam!

Davos pozwolił, by starszy z eunuchów zaprowadził go do urządzonej z przepychem, wielkiej kajuty na rufie. Dywany były tu grube, w okna wprawiono szyby z barwionego szkła, a na każdym z wielkich skórzanych foteli mogłoby wygodnie usiąść trzech takich ludzi jak Davos. Wkrótce zjawił się ser i oliwki, razem z pucharem gorącego czerwonego wina. Davos ujął go w obie dłonie i z radością zaczął popijać trunek. Ciepło rozpłynęło się po jego piersi, łagodząc ból.

Wkrótce zjawił się Salladhor Saan.

— Wybacz mi to wino, przyjacielu. Pentoshijczycy wypiliby własny mocz, gdyby tylko był czerwony.

— To pomoże mi na płuca — odparł Davos. — Matka zawsze mi powtarzała, że gorące wino jest lepsze niż kompres.

— Tak mi się zdaje, że będą potrzebne i kompresy. Ojej, tak długo siedziałeś na włóczni. Jak ci się podoba ten wspaniały fotel? Ma gruby tyłek, nieprawdaż?

— Kto? — zapytał Davos w przerwie między łykami gorącego trunku.

— Illyrio Mopatis. To wieloryb z bokobrodami, możesz mi wierzyć. Te fotele wykonano na jego miarę, choć rzadko już rusza się z Pentos, by w nich zasiąść. Tak mi się zdaje, że grubi zawsze siedzą wygodnie, bo on wszędzie zabiera ze sobą poduszkę.

— Skąd u ciebie pentoshijski statek? — zainteresował się Davos. — Czyżbyś znowu został piratem, mój panie?

Odstawił na bok pusty puchar.

— To obrzydliwa kalumnia. Któż wycierpiał od piratów więcej niż Salladhor Saan? Domagam się tylko tego, co mi się prawnie należy. Co prawda, należy mi się wiele złota, ale jestem rozsądnym człowiekiem, zamiast monet przyjąłem więc piękny pergamin, bardzo elegancki. Widnieje na nim nazwisko i pieczęć lorda Alestera Florenta, królewskiego namiestnika. Zostałem lordem Czarnej Zatoki i żaden statek nie może przepływać przez moje lordowskie wody bez mego lordowskiego pozwolenia. A jeśli te łotrzyki próbują przemknąć się przez nie pod osłoną nocy, by uniknąć płacenia należnych mi opłat celnych, to znaczy, że są tylko zwykłymi przemytnikami i mam pełne prawo ich pojmać. — Stary pirat parsknął śmiechem. — Ale nikomu nie ucinam palców. Co za pożytek z obciętych palców? Biorę sobie statki z ładunkiem i trochę okupów, wszystko w granicach rozsądku. — Przyjrzał się uważnie Davosowi. — Jesteś niezdrów, przyjacielu. Ten kaszel... i bardzo schudłeś. Widzę kości pod skórą. Za to nigdzie nie widzę twojego woreczka z palcami.

Stary nawyk kazał Davosowi poszukać ręką skórzanego mieszka, którego już nie miał.

— Zgubiłem go w rzece.

*Moje szczęście.*

— Na rzece było strasznie — rzekł z powagą Salladhor Saan. — Nawet w zatoce drżałem, patrząc na to.

Davos kaszlnął, splunął i znowu kaszlnął.

— Widziałem, jak płonęły „Czarna Betha" i „Furia" — zdołał wreszcie wykrztusić ochrypłym głosem. — Czy żaden z naszych okrętów nie uratował się przed ogniem?

Wciąż jeszcze tliła się w nim nadzieja.

— „Lord Steffon", „Obdarta Jenna", „Szybki Miecz", „Roześmiany Lord" i kilka innych statków znalazło się w górze rzeki daleko od szczyn piromantów, tak jest. Nie spłonęły, ale łańcuch podniesiono i nie mogły uciec. Garstka się poddała, ale większość powiosłowała w górę rzeki, daleko od ognia. Potem załogi je zatopiły, żeby nie wpadły w ręce Lannisterów. Słyszałem, że „Obdarta Jenna" i „Roześmiany Lord" nadal bawią się na rzece w piratów, kto jednak wie, czy to prawda?

— A „Lady Marya"? — zapytał Davos. — „Widmo"?

Salladhor Saan położył dłoń na przedramieniu Davosa i uścisnął go mocno.

— Nie. O nich nic nie mówią. Przykro mi, przyjacielu. To byli dobrzy ludzie, twój Dale i Allard. Mogę cię jednak pocieszyć. Twój młody Devan był wśród tych, których zabraliśmy na końcu. Powiadają, że dzielny chłopak ani na moment nie opuścił króla.

Zalała go ulga tak silna, że prawie zakręciło mu się w głowie. Bał się pytać o Devana.

— Matka jest łaskawa. Muszę do niego iść, Salla. Muszę z nim porozmawiać.

— Tak — zgodził się Salladhor Saan. — Wiem, że na pewno zechcesz też popłynąć na Przylądek Gniewu, żeby zobaczyć się z żoną i dwójką najmłodszych chłopców. Tak sobie myślę, że potrzebny ci nowy statek.

— Jego Miłość mi go da — oznajmił Davos.

Lyseńczyk potrząsnął głową.

— Statków Jego Miłość nie ma w ogóle. Za to Salladhor Saan ma ich wiele. To jego okręty spłonęły na rzece, nie moje. Dostaniesz statek, stary przyjacielu. Pożeglujesz dla mnie, zgoda? Zakradniesz się niepostrzeżenie ciemną nocą do Braavos, Myr i Volantis i wymkniesz się z powrotem z jedwabiem i korzeniami. Obaj napełnimy sobie sakiewki, tak jest.

— Jesteś dla mnie bardzo łaskawy, Salla, ale jestem winien wierność królowi, nie twojej sakiewce. To nie koniec wojny. Stannis nadal jest prawowitym dziedzicem, zgodnie ze wszystkimi prawami Siedmiu Królestw.

— Tak sobie myślę, że prawa nic mu nie pomogą, jeśli okręty spłonęły. A co do twojego króla, to obawiam się, że go nie poznasz. Od czasu bitwy nie widuje się z nikim. Siedzi tylko w swym Kamiennym Bębnie, pogrążony w ponurych rozmyślaniach. Na dworze zastępuje go królowa Selyse i jej stryj, lord Alester, który każe się teraz tytułować namiestnikiem. Oddała temu stryjowi królewską pieczęć, żeby mógł ją przystawiać na listach, które pisze, a nawet na moim pięknym pergaminie. Władają jednak maleńkim królestwem, biednym i kamienistym, tak jest. Nie ma w nim złota, nawet odrobiny potrzebnej, by zapłacić należność wiernemu Salladhorowi Saanowi, a bronią ich tylko ci rycerze, których zabraliśmy z pola bitwy, i wyłącznie garstka moich dzielnych statków.

Davos zgiął się wpół, dręczony nagłym atakiem kaszlu. Salladhor Saan podszedł do niego, by mu pomóc, lecz cebulowy rycerz zbył go skinieniem dłoni i po chwili pozbierał się.

— Z nikim? — wychrypiał. — Jak to z nikim?

Nawet we własnych uszach jego głos brzmiał słabo i ochryple. Kajuta zawirowała na moment wokół niego.

— Z nikim oprócz niej — wyjaśnił Salladhor Saan. Davos nie musiał pytać, o kogo chodzi. — Przyjacielu, zmęczyłeś się. Potrzebne ci łoże, nie Salladhor Saan. Łoże z wieloma kocami, ciepły kompres na pierś i więcej wina z goździkami.

Davos potrząsnął głową.

— Nic mi nie będzie. Powiedz mi, Salla, muszę to wiedzieć. Nikogo oprócz Melisandre?

Lyseńczyk przez długą chwilę przypatrywał mu się z powątpiewaniem. Wreszcie zaczął z niechęcią mówić.

— Strażnicy nie wpuszczają nikogo innego, nawet jego kró-

wej i córki. Słudzy przynoszą posiłki, których nikt nie spożywa. — Pochylił się i ściszył głos. — Słyszałem dziwne opowieści o głodnych ogniach, które płoną wewnątrz góry, i o tym, że Stannis i kobieta w czerwieni schodzą tam razem, by spoglądać w płomienie. Powiadają, że są tam szyby i tajne schody, które wiodą do serca góry, w gorące miejsca, do których tylko ona może wchodzić bezpiecznie. To aż nadto wystarczy, by przestraszyć starego człowieka tak, że czasami ledwie ma siłę jeść.

*Melisandre.* Davos zadrżał.

— To kobieta w czerwieni mu to zrobiła — oznajmił. — Zesłała ogień, żeby nas pochłonął, bo chciała ukarać Stannisa za to, że odsunął ją na bok. Przekonać go, że bez jej czarów nie może liczyć na zwycięstwo.

Lyseńczyk wybrał sobie dużą oliwkę ze stojącej między nimi czary.

— Nie jesteś pierwszy, który coś takiego suponuje, przyjacielu. Na twoim miejscu nie mówiłbym jednak tego zbyt głośno. Na Smoczej Skale aż się roi od ludzi królowej, tak jest, a oni mają czułe uszy i ostre noże.

Wsunął sobie oliwkę do ust.

— Ja też mam nóż. Podarował mi go kapitan Khorane. — Wyciągnął sztylet i położył go na stole między nimi. — Tym nożem wytnę Melisandre serce. Jeśli je ma.

Salladhor Saan wypluł pestkę.

— Davosie, mój dobry Davosie, nie wolno ci mówić takich rzeczy, nawet żartem.

— To nie żart. Zabiję ją.

*Jeśli może ją uśmiercić broń śmiertelników.* Davos nie był jednak pewien, czy to możliwe. Widział, jak stary maester Cressen wrzucił do jej wina truciznę, widział to na własne oczy, lecz gdy oboje wypili z zatrutego pucharu, umarł tylko maester, a nie czerwona kapłanka. *Ale nóż w serce… minstrele zapewniają, że zimne żelazo może zgładzić nawet demony.*

— To niebezpieczne słowa, przyjacielu — przestrzegł go Salladhor Saan. — Tak sobie myślę, że ciągle jesteś chory po pobycie na morzu. Gorączka wypaliła ci rozum, tak jest. Lepiej połóż się na dłuższy czas do łoża, dopóki nie wrócą ci siły.

*Chcesz powiedzieć, dopóki nie opuści mnie determinacja.* Davos podniósł się z fotela. Miał gorączkę i kręciło mu się lekko w głowie, to jednak nie miało znaczenia.

— Dobry z ciebie przyjaciel, Salladhorze Saan, choć jesteś starym, zdradzieckim łotrzykiem.

Lyseńczyk pogłaskał się po siwej, ostro zakończonej brodzie.

— Czyli, że zostaniesz z tym wielkim przyjacielem, tak?

— Nie, pójdę.

Znowu zaczął kasłać.

— Pójdziesz? Spójrz na siebie. Kaszlesz i drżysz, jesteś chudy i słaby. Dokąd chcesz iść?

— Do zamku. Tam jest moje łoże i mój syn.

— I kobieta w czerwieni — dodał z podejrzliwością w głosie Salladhor Saan. — Ona też jest w zamku.

— To prawda.

Davos schował sztylet do pochwy.

— Jesteś przemytnikiem cebuli. Cóż możesz wiedzieć o skrytobójczych zamachach? Do tego jesteś chory, nie możesz nawet utrzymać tego sztyletu. Czy wiesz, co cię czeka, jeśli cię złapią? Kiedy my paliliśmy się na rzece, królowa paliła zdrajców. Nazwała ich sługami ciemności, a kobieta w czerwieni śpiewała, gdy podpalano stos.

Davosa to nie zdziwiło. *Wiedziałem* — pomyślał. *Wiedziałem, nim jeszcze mi o tym powiedział.*

— Wyciągnęła z lochów lorda Sunglassa — domyślił się. — I synów Hubarda Rambtona.

— Tak jest, wywlokła ich stamtąd i spaliła, tak samo jak spali ciebie. A dopiero przed chwilą wróciłeś do życia!

— Właśnie po to — wyjaśnił Davos. — By skończyć z Melisandre z Asshai i jej knowaniami. Po cóż innego wyplułoby mnie morze? Znasz Czarną Zatokę równie dobrze jak ja, Salla. Żaden rozsądny kapitan nie wprowadzałby swego statku między włócznie króla merlingów, ryzykując przedziurawienie dna. „Taniec Shayali" nie powinien się do mnie nawet zbliżyć.

— To był wiatr — zapewnił głośno Salladhor Saan. — Niekorzystny wiatr, nic więcej. To on zniósł statek zbyt daleko na południe.

— A kto go zesłał? Salla, przemówiła do mnie Matka...

Stary Lyseńczyk zamrugał.

— Twoja matka nie żyje.

— Mówię o bogini. Pobłogosławiła mnie siedmioma synami, a mimo to pozwoliłem ją spalić. Przemówiła do mnie. Powiedziała, że to my przywołaliśmy ogień. I cienie również. To ja zawiozłem Melisandre do brzucha Końca Burzy i na moich oczach zrodziła monstrum. — Wciąż widywał w sennych koszmarach chude czarne dłonie, które chwyciły za jej uda, gdy cień uwalniał się z macicy. — Zabiła Cressena, lorda Renly'ego i odważnego człowieka o nazwisku Cortnay Penrose. Zamordowała też moich synów. Pora, by ktoś się z nią policzył.

— Ktoś — powtórzył Salladhor Saan. — Tak jest, ktoś. Ale nie ty. Jesteś słaby jak dziecko i żaden z ciebie wojownik. Błagam cię, zostań. Porozmawiamy chwilę, zjesz coś, a potem może pożeglujemy do Braavos i wynajmiemy Człowieka Bez Twarzy, żeby to uczynił, tak? Ale nie ty. Ty musisz tu posiedzieć i najeść się do syta.

*Znacznie utrudnia mi zadanie, które już przedtem było niewiarygodnie trudne* — pomyślał ze znużeniem Davos.

— Brzuch wypełnia mi zemsta, Salla. Nie ma w nim miejsca na pokarm. Pozwól mi odejść. Przez wzgląd na naszą przyjaźń, życz mi szczęścia i pozwól mi odejść.

Salladhor Saan podniósł się ciężko.

— Tak sobie myślę, że nie jesteś moim prawdziwym przyjacielem. Kiedy już nie będziesz żył, kto zawiezie twe prochy i kości twojej pani żonie, by jej powiedzieć, że straciła męża i czterech synów? Tylko stary, smutny Salladhor Saan. Niech będzie i tak, mój dzielny rycerzu, biegnij do grobu. Zbiorę twoje kości do worka i oddam je twym synom, żeby mogli je nosić w mieszkach na szyi. — Skinął gniewnie dłonią o wszystkich palcach ozdobionych pierścieniami. — Idź, idź, idź, idź, idź.

Davos nie chciał tak odchodzić.

— Salla…

— IDŹ. Albo lepiej zostań, ale jeśli chcesz iść, to idź.

Davos poszedł.

Droga z „Obfitych Żniw" do bram Smoczej Skały była długa i samotna. Na portowych ulicach, gdzie jeszcze niedawno tłoczyli się żołnierze, marynarze i prostaczkowie, teraz nie było nikogo. Tam, gdzie przedtem musiał omijać kwiczące świnie i nagie dzieci, teraz biegały szczury. Nogi miał miękkie jak galareta. Trzykrotnie dopadł go kaszel tak silny, że musiał się zatrzymać, by wypocząć. Nikt mu nie pomógł, nikt nawet nie wyjrzał przez okno, żeby zobaczyć, co się dzieje. Okiennice były pozamykane, drzwi zaryglowane, a w ponad połowie domów widać było jakieś symbole żałoby. *W górę Czarnego Nurtu pożeglowały tysiące, a wróciły zaledwie setki* — pomyślał Davos. *Nie tylko moi synowie zginęli. Niech Matka zmiłuje się nad nimi wszystkimi.*

Gdy dotarł do zamkowych bram, przekonał się, że one również są zamknięte. Zaczął walić pięścią w nabijane żelaznymi ćwiekami drewno. Gdy nikt mu nie odpowiadał, przeszedł do kopniaków. Wreszcie na szczycie barbakanu pojawił się kusznik, który spojrzał na niego spomiędzy dwóch wysokich chimer.

— Kto idzie?

Były przemytnik odchylił głowę do tyłu i otoczył usta dłońmi.

— Ser Davos Seaworth. Chcę się widzieć z Jego Miłością.

— Upiłeś się? Idź stąd i przestań łomotać w bramę.

Salladhor Saan ostrzegał go. Davos spróbował w inny sposób.

— W takim razie wyślij po mojego syna Devana. Jest królewskim giermkiem.

Wartownik zmarszczył brwi.

— Kim niby jesteś?

— Jestem Davos — krzyknął w odpowiedzi. — Cebulowy rycerz.

Głowa zniknęła, by po chwili pojawić się znowu.

— Idź stąd. Cebulowy rycerz zginął na rzece. Jego statek spłonął.

— Jego statek spłonął — zgodził się Davos — ale on ocalał i teraz tu stoi. Czy kapitanem bramy nadal jest Jate?

— Kto?
— Jate Blackberry. On zna mnie dobrze.
— Nigdy o nim nie słyszałem. Pewnie nie żyje.
— W takim razie lord Chyttering.
— Tego znałem. Spłonął na Czarnym Nurcie.
— Will Szrama? Hal Wieprz?
— Obaj nie żyją — odpowiedział kusznik, lecz na jego twarzy pojawiło się nagle zwątpienie. — Zaczekaj tu.
Znowu zniknął.
Davos czekał. *Zginęli, wszyscy zginęli* — myślał przygnębiony, wspominając biały brzuch grubego Hala, który zawsze wystawał spod poplamionego tłuszczem wamsu, długą bliznę, którą zostawił rybacki haczyk na twarzy Willa, Jate'a, który zawsze chylił czapki przed kobietami, wszystko jedno, czy miały pięć lat czy pięćdziesiąt, czy były wysoko czy nisko urodzone. *Utonęli albo spłonęli, razem z moimi synami i z tysiącami innych. Poszli walczyć o tron w piekle.*
Kusznik nagle wrócił.
— Idź do bramy wypadowej, to cię wpuszczą.
Davos wykonał polecenie. Nie znał żadnego z wartowników, którzy otworzyli przed nim bramę. W rękach trzymali włócznie, a na piersiach mieli wyszytego lisa wśród kwiatów, herb rodu Florentów. Zaprowadzili go nie do Kamiennego Bębna, jak się tego spodziewał, lecz pod łukiem Smoczego Ogona do Ogrodu Aegona.
— Zaczekaj tu — polecił mu sierżant.
— Czy Jego Miłość wie, że wróciłem? — zapytał Davos.
— Całuj mnie w dupę, skąd mam to wiedzieć? Powiedziałem, żebyś tu zaczekał.
Mężczyzna oddalił się, zabierając ze sobą włóczników.
W Ogrodzie Aegona unosiła się przyjemna woń sosen. Davosa ze wszystkich stron otaczały wysokie, ciemne drzewa. Rosły tu dzikie róże i wysokie, cierniste żywopłoty, a na podmokłym miejscu także żurawiny.
*Dlaczego przyprowadzili mnie tutaj?* — zastanawiał się Davos.
Usłyszał słaby dźwięk dzwoneczków i chichot dziecka. Z krza-

ków wyskoczył nagle błazen Plama, który uciekał ciężkim krokiem przed księżniczką Shireen.

— Wracaj — krzyczała. — Plama, wracaj natychmiast.

Na widok Davosa błazen zatrzymał się gwałtownie. Dzwoneczki na ozdobionym porożem blaszanym hełmie zagrały *ting-a-ling, ting-a-ling*.

— Krew głupka, krew króla, krew na dziewicy udach, ale łańcuchy dla gości i dla pana młodego, cuda, cuda, cuda — zaśpiewał, przeskakując z nogi na nogę. Shireen omal go wtedy nie złapała, lecz w ostatniej chwili przeskoczył nad kępą orlic i zniknął między drzewami. Księżniczka popędziła za nim. Davos uśmiechnął się na ich widok.

Odwrócił się, by kaszlnąć w rękawicę, lecz nagle z żywopłotu wybiegła z trzaskiem kolejna postać, która wpadła wprost na niego, obalając na ziemię.

Chłopak również się przewrócił, wstał jednak prawie natychmiast.

— Skąd się tu wziąłeś? — zapytał, otrzepując się. Czarne jak noc włosy opadały mu na kołnierz, a jego oczy miały zdumiewająco niebieski kolor. — Nie powinieneś wchodzić mi w drogę, kiedy biegnę.

— Masz rację — zgodził się Davos. — Nie powinienem.

Gdy dźwignął się na kolana, znowu dopadł go atak kaszlu.

— Źle się czujesz? — Chłopak ujął go za ramię i pomógł się podnieść. — Mam zawołać maestera?

Davos potrząsnął głową.

— To tylko kaszel. Przejdzie mi.

Chłopak uwierzył mu na słowo.

— Bawiliśmy się w potwory i dziewice — wyjaśnił. — Ja byłem potworem. To dziecinna zabawa, ale moja kuzynka ją lubi. Jak się nazywasz?

— Ser Davos Seaworth.

Chłopiec obejrzał go z powątpiewaniem od stóp do głów.

— Jesteś pewien? Raczej nie wyglądasz po rycersku.

— Jestem rycerzem od cebul, mój panie.

Błękitne oczy zalśniły.

— Tym od czarnego statku?

— Znasz tę opowieść?

— Przywiozłeś mojemu stryjowi Stannisowi ryby, zanim jeszcze się urodziłem, kiedy oblegał go lord Tyrell. — Chłopiec wyprostował się jak struna. — Jestem Edric Storm — oznajmił. — Syn króla Roberta.

— Oczywiście.

Davos domyślił się tego niemal natychmiast. Chłopak miał odstające uszy Florentów, ale włosy, oczy, żuchwa, kości policzkowe, wszystko to było charakterystyczne dla Baratheonów.

— Znałeś mojego ojca? — zapytał Edric Storm.

— Widywałem go wielokrotnie, podczas odwiedzin u twojego stryja na dworze, ale nigdy ze sobą nie rozmawialiśmy.

— Nauczył mnie walczyć — oznajmił z dumą chłopiec. — Odwiedzał mnie prawie co rok i czasem wspólnie ćwiczyliśmy. W ostatni dzień mojego imienia przysłał mi młot, taki sam jak jego, tylko mniejszy. Ale kazali mi go zostawić w Końcu Burzy. Czy to prawda, że mój stryj Stannis obciął ci palce?

— Tylko ostatnie kostki. Mam palce, chociaż krótsze.

— Pokaż mi.

Davos zdjął rękawicę i chłopiec przyjrzał się uważnie jego dłoni.

— Nie skrócił ci kciuka?

— Nie. — Davos kaszlnął. — Kciuk mi zostawił.

— Nie powinien obcinać ci palców — zdecydował chłopak. — To było niegodne.

— Byłem przemytnikiem.

— Tak, ale przywiozłeś mu ryby i cebulę.

— Lord Stannis za cebulę zrobił mnie rycerzem, a za przemyt obciął mi palce.

Davos wciągnął z powrotem rękawicę.

— Mój ojciec by tego nie zrobił.

— Skoro tak mówisz, mój panie.

*To prawda, że Robert był innym człowiekiem niż Stannis. Chłopak jest podobny do ojca. I do Renly'ego.* Ta myśl napełniła go niepokojem.

Chłopiec miał powiedzieć coś jeszcze, gdy nagle usłyszeli kroki. Davos odwrócił się. Ogrodową ścieżką zbliżał się ser Axell Florent z dwunastką strażników w pikowanych kurtkach. Na piersiach mieli wyszyte ogniste serce Pana Światła. *Ludzie królowej* — pomyślał Davos. Nagle znów dopadł go kaszel.

Ser Axell był niski i muskularny, miał beczułkowatą klatkę piersiową, masywne ramiona i krzywe nogi, a z uszu sterczały mu włosy. Stryj królowej od dziesięciu lat był na Smoczej Skale kasztelanem. Zawsze traktował Davosa uprzejmie, wiedząc, że cieszy się on łaskami lorda Stannisa. Tym razem jednak w jego głosie nie było uprzejmości ani ciepła.

— Ser Davosie, nie utonąłeś. Jak to możliwe? — zapytał.

— Cebula pływa na wodzie, ser. Przyszedłeś zaprowadzić mnie do króla?

— Nie, do lochu. — Ser Axell skinął na swoich ludzi. — Brać go. Zabierzcie mu sztylet. Chciał nim zabić naszą panią.

# JAIME

Jaime pierwszy zauważył gospodę. Główny budynek stał tuż nad południowym brzegiem przy zakolu rzeki, a jego długie, niskie skrzydła rozciągały się wzdłuż wody, jakby chciały uściskać płynących w dół Czerwonych Wideł wędrowców. Dolną kondygnację zbudowano z szarego kamienia, a górną z bielonego drewna. Gospoda była kryta dachówką. Widział też stajnię i porośniętą pnączami altanę.

— Z kominów nie leci dym — wskazał, gdy się zbliżali — a w oknach nie pali się światło.

— Kiedy ostatnio tędy przejeżdżałem, gospoda była otwarta — stwierdził ser Cleos Frey. — Warzyli tu dobre ale. Może znajdziemy jeszcze trochę w piwnicy.

— Mogą tu być ludzie — zauważyła Brienne. — Ukrywający się albo martwi.

— Boisz się paru trupów, dziewko? — zadrwił Jaime.

Spojrzała na niego spode łba.

— Nazywam się...

— Brienne, wiem. Nie chciałabyś przespać się dziś w łóżku, Brienne? W gospodzie będzie bezpieczniej niż nad rzeką. Poza tym rozsądnie byłoby się dowiedzieć, co tu się stało.

Nie odpowiedziała, lecz po chwili przesunęła rumpel, by skierować łódź ku starej drewnianej przystani. Ser Cleos zabrał się za zwijanie żagla. Gdy stuknęli lekko o nabrzeże, wyszedł z łodzi, by przywiązać cumę. Jaime wygramolił się za nim, obciążony łańcuchami.

Na końcu mola na żelaznym słupku kołysał się odrapany szyld. Namalowano na nim klęczącego króla, który złączył dłonie w hołdowniczym geście. Jaime zerknął na szyld tylko raz i roześmiał się w głos.

— Nie moglibyśmy znaleźć lepszej gospody.

— Czy jest w niej coś szczególnego? — zapytała podejrzliwie dziewka.

— To gospoda „Pod Klęczącym Mężczyzną", pani — odpowiedział ser Cleos. — Tu właśnie ostatni król północy klęknął przed Aegonem Zdobywcą, by złożyć mu hołd. Przypuszczam, że ten człowiek na szyldzie to właśnie on.

— Torrhen poprowadził swe wojska na południe po klęsce dwóch królów na Polu Ognia — wyjaśnił Jaime. — Gdy jednak ujrzał smoka Aegona oraz liczebność jego zastępów, wybrał ścieżkę mądrości i ugiął skute lodem kolana. — Przerwał, słysząc rżenie. — W stajni są konie, przynajmniej jeden. — *A jeden mi wystarczy, żeby umknąć przed dziewką.* — Sprawdźmy, kto jest w domu, zgoda?

Nie czekając na odpowiedź, Jaime ruszył, pobrzękując łańcuchami, w stronę drzwi, oparł się o nie barkiem, otworzył nagłym pchnięciem...

...i ujrzał przed sobą przygotowaną do strzału kuszę. Trzymał ją w rękach tęgi piętnastoletni chłopak.

— Lew, ryba czy wilk? — zapytał.

— Liczyliśmy na kapłona. — Jaime usłyszał, że jego towarzysze wchodzą do środka. — Kusza to broń tchórzów.

— Ale bełt i tak przebije ci serce.

— Być może. Tyle że nim zdążysz ją naładować po raz drugi, mój kuzyn wypruje ci flaki na podłogę.

— Nie strasz chłopaka — odezwał się ser Cleos.

— Nie zrobimy nikomu krzywdy — zapewniła dziewka. — Mamy pieniądze, żeby zapłacić za jadło i napoje.

Wydobyła z sakiewki srebrnika.

Chłopak popatrzył podejrzliwie na monetę, a potem na kajdany Jaime'a.

— Dlaczego go zakuliście?

— Zabiłem kilku kuszników — wyjaśnił Jaime. — Macie ale?

— Tak. — Młodzieniec opuścił kuszę o cal. — Zdejmijcie pasy do mieczy i rzućcie je na podłogę, to może damy wam jeść. — Ominął ich bokiem i wyjrzał przez okno o grubych romboidalnych szybach, by sprawdzić, czy na zewnątrz nie czeka więcej ludzi. — To żagiel Tullych.

— Płyniemy z Riverrun.

Brienne rozpięła zapinkę pasa, który spadł z brzękiem na podłogę. Ser Cleos podążył za jej przykładem.

Z drzwi do piwnicy wyszedł mężczyzna o pożółkłej, nalanej, pokrytej dziobami twarzy, który trzymał w dłoni ciężki, rzeźnicki tasak.

— Jest was trójka? Starczy dla was koniny. Koń był stary i twardy, ale mięso jest jeszcze świeże.

— Macie chleb? — zapytała Brienne.

— Suchary i czerstwe placki owsiane.

Jaime wyszczerzył zęby w uśmiechu.

— To ci dopiero uczciwy oberżysta. Wszyscy sprzedają czerstwy chleb i twarde mięso, ale mało który przyznaje to głośno.

— Nie jestem oberżystą. Pochowałem go za domem, razem z jego kobietami.

— Ty ich zabiłeś?

— Czy powiedziałbym ci, gdybym to zrobił? — Mężczyzna splunął. — To pewnie była robota wilków albo może lwów, co za różnica? Żona i ja znaleźliśmy ich martwych. Po naszemu, to my jesteśmy teraz oberżystami.

— A gdzie jest ta twoja żona? — zainteresował się ser Cleos.

Mężczyzna spojrzał na niego, mrużąc podejrzliwie oczy.

— A po co ci to wiedzieć? Tu jej nie ma... i was też tu zaraz nie będzie, chyba że spodoba mi się smak waszego srebra.

Brienne rzuciła mu monetę. Złapał ją w locie, ugryzł i natychmiast schował.

— Ma więcej — oznajmił chłopak z kuszą.

— Pewnie, że ma. Chłopcze, zejdź na dół po cebulę.

Młodzieniec zarzucił sobie kuszę na ramię, po raz ostatni omiótł ich naburmuszonym spojrzeniem i zniknął w piwnicy.

— To twój syn? — zapytał ser Cleos.

— Tylko chłopiec, którego wzięliśmy z żoną na wychowanie. Mieliśmy dwóch synów, ale jednego zabiły lwy, a drugi umarł na dyzenterię. Matkę chłopca zamordowali Krwawi Komedianci. W dzisiejszych czasach człowiek potrzebuje kogoś, kto czuwa, gdy inni śpią. — Wskazał tasakiem w kierunku stołów. — Równie dobrze możecie usiąść.

Na kominku nie palił się ogień, lecz Jaime wybrał krzesło stojące najbliżej popiołów i wyciągnął pod stołem długie nogi. Każdemu ruchowi towarzyszył grzechot oków. *To irytujący dźwięk. Nim to wszystko się skończy, owinę te łańcuchy wokół gardła dziewki. Zobaczymy, jak to się jej spodoba.*

Mężczyzna, który nie był oberżystą, przypiekł nad ogniem trzy wielkie końskie steki i usmażył cebulę w tłuszczu z boczku. Niemal wynagrodziło im to czerstwe placki owsiane. Jaime i Cleos pili ale, a Brienne poprosiła o kubek jabłecznika. Chłopak trzymał się na dystans. Siedział na beczce z jabłecznikiem, opierając na kolanach naładowaną kuszę. Kucharz nalał sobie kufel ale i usiadł obok nich.

— Jakie macie wieści z Riverrun? — zapytał ser Cleosa, uznając go za przywódcę.

Ser Cleos zerknął na Brienne, nim udzielił mu odpowiedzi.

— Zdrowie lorda Hostera podupada, ale jego syn obronił brody na Czerwonych Widłach przed Lannisterami. Stoczono kilka bitew.

— Tak jak wszędzie. Dokąd zmierzacie, ser?

— Do Królewskiej Przystani.

Ser Cleos otarł tłuszcz z warg.

Ich gospodarz prychnął pogardliwie.

— W takim razie wszyscy jesteście głupcami. Doszły mnie słuchy, że pod miejskimi murami stoi król Stannis. Powiadają, że ma sto tysięcy ludzi i magiczny miecz.

Jaime zacisnął dłonie na łańcuchu, który łączył jego nadgarstki. Pociągnął za niego mocno, żałując, że brak mu sił, by go rozerwać. *Pokażę Stannisowi, gdzie może sobie wsadzić swój magiczny miecz.*

— Na waszym miejscu trzymałbym się z dala od królewskiego traktu — ciągnął mężczyzna. — Słyszałem, że jest tam gorzej niż źle. Pełno wilków, lwów i band wyjętych spod prawa ludzi, którzy polują na każdego, kto im się napatoczy.

— Tacy nędznicy nigdy się nie ośmielą niepokoić uzbrojonych mężczyzn — rzucił z pogardą ser Cleos.

— Wybacz mi, proszę, ser, ale widzę tu tylko jednego uzbrojonego mężczyznę, który podróżuje w towarzystwie kobiety, i zakutego w łańcuchy więźnia.

Brienne przeszyła go złowrogim spojrzeniem. *Dziewka nie lubi, kiedy jej przypominać, że jest dziewką* — pomyślał Jaime, po raz kolejny szarpiąc łańcuchy. Ogniwa były zimne i twarde, a żelazo nieustępliwe. Okowy starły mu skórę z nadgarstków.

— Chcę popłynąć Tridentem aż do morza — oznajmiła dziewka ich gospodarzowi. — W Stawie Dziewic znajdziemy konie i pojedziemy przez Duskendale i Rosby. W ten sposób powinniśmy ominąć tereny najgorszych walk.

Mężczyzna potrząsnął głową.

— Rzeką nie dotrzecie do Stawu Dziewic. Niecałe trzydzieści mil stąd spalono i zatopiono parę łodzi. Na wrakach osadza się muł. Mają tam kryjówkę bandyci, którzy napadają na każdego, kto próbuje się tamtędy przedostać. Niżej, wokół Skaczących Kamieni i Wyspy Czerwonego Jelenia, jest tak samo. W tych okolicach widywano też lorda błyskawicę. Przechodzi przez rzekę, kiedy tylko zechce, jeździ to tu, to tam, nigdzie nie zatrzymując się dłużej.

— A kto to jest lord błyskawica? — zainteresował się ser Cleos Frey.

— Lord Beric, jeśli łaska, ser. Zwą go tak, bo zawsze uderza niespodziewanie, jak błyskawica z jasnego nieba. Powiadają, że nie można go zabić.

*Wszyscy ludzie giną, jeśli przebić ich mieczem* — pomyślał Jaime.

— Czy nadal towarzyszy mu Thoros z Myr? — zapytał.

— Tak. Czerwony czarodziej. Słyszałem, że włada niezwykłymi mocami.

Z pewnością posiadał moc dorównania w piciu Robertowi Baratheonowi, a niewielu było takich, którzy mogli to o sobie powiedzieć. Jaime słyszał kiedyś, jak Thoros mówił królowi, że został czerwonym kapłanem dlatego, iż na ich szatach nie widać plam po winie. Robert śmiał się tak serdecznie, że opluł ale jedwabny płaszcz Cersei.

— Nie chcę bynajmniej zgłaszać obiekcji — odezwał się — ale być może Trident nie jest najbezpieczniejszą trasą.

— Też tak sądzę — zgodził się oberżysta. — Nawet jeśli uda się wam ominąć Wyspę Czerwonego Jelenia i uniknąć spotkania z lordem Berikiem i czerwonym czarodziejem, przed wami jest jeszcze rubinowy bród. Z tego, co ostatnio słyszałem, panowały nad nim wilki lorda pijawki, ale to było jakiś czas temu. Teraz mogą tam z powrotem być lwy albo lord Beric czy ktoś inny.

— Może też nie być nikogo — zasugerowała Brienne.

— Jeśli chcesz ryzykować własną skórę, nie będę cię zatrzymywał, pani... ale na twoim miejscu zostawiłbym rzekę i ruszył lądem na skróty. Jeżeli będziecie unikać głównych dróg i nocą kryć się pod drzewami... no cóż, i tak nie chciałbym z wami jechać, ale będziecie mieli szanse.

Wyrośnięta dziewka zrobiła niepewną minę.

— Musielibyśmy mieć wierzchowce.

— Tu są konie — wskazał Jaime. — Słyszałem jednego w stajni.

— To prawda, mamy konie — zgodził się oberżysta, który nie był oberżystą. — Tak się składa, że trzy. Ale nie są na sprzedaż.

Jaime nie mógł się nie roześmiać.

— Pewnie, że nie. Ale i tak je nam pokażesz.

Brienne skrzywiła się wściekle, lecz mężczyzna, który nie był oberżystą, popatrzył jej spokojnie w oczy.

— No to je pokaż — zgodziła się po chwili z niechęcią i wszyscy wstali od stołu.

Sądząc po smrodzie, stajni nie czyszczono od dawna. Wśród słomy roiły się setki wielkich, czarnych much, które przelatywały, bzycząc, od boksu do boksu i łaziły po leżących wszędzie stertach nawozu, choć widać tu było tylko trzy konie. Stanowiły dziwnie niedobraną trójkę: ociężały, brązowy koń od pługa, bardzo stary biały wałach ślepy na jedno oko i rycerska klacz, jabłkowita i narowista.

— Nie są na sprzedaż za żadną cenę — oznajmił ich samozwańczy właściciel.

— Skąd je wziąłeś? — zainteresowała się Brienne.

— Pociągowy stał w stajni, kiedy przyszliśmy z żoną do gospody — odpowiedział mężczyzna — razem z tym, którego przed chwilą jedliście. Wałach przybłąkał się pewnej nocy, a klacz złapał chłopiec. Biegała swobodnie z siodłem i uzdą. Chodźcie, pokażę wam.

Siodło, które zademonstrował, było inkrustowane srebrem. Derkę zdobiła ongiś różowo-czarna szachownica, teraz jednak materiał zrobił się niemal jednolicie brązowy. Jaime nie poznawał jego oryginalnych kolorów, potrafił jednak rozpoznać plamy krwi.

— No cóż, właściciel raczej się po nią nie zgłosi. — Obejrzał nogi klaczy i policzył zęby wałacha. — Za kobyłę daj mu sztukę złota, jeśli doda siodło — poradził Brienne. — Za konia od pługa srebrnika. Za tego białego powinien nam dopłacić.

— Nie mów nieuprzejmie o swym koniu, ser. — Dziewka otworzyła sakiewkę, którą dostała od lady Catelyn, i wyjęła z niej trzy złote monety. — Dam ci za nie po smoku.

Zamrugał powiekami, wyciągając rękę po złoto, potem jednak zawahał się i cofnął dłoń.

— No, nie wiem. Nie dosiądę złotego smoka, jeśli będę musiał uciekać. Ani nie zjem go, gdy będę głodny.

— Dodamy ci naszą łódź — zaproponowała. — Będziesz mógł pożeglować w górę albo w dół rzeki, jak wolisz.

— Daj mi posmakować tego złota. — Mężczyzna wziął w rękę jedną z monet i ugryzł ją. — Hm. Wygląda na prawdziwą. Trzy smoki i łódź?

— To rozbój w biały dzień, dziewko — ostrzegł ją spokojnym tonem Jaime.

— Dodaj jeszcze zapasy — zażądała Brienne, ignorując więźnia. — Cokolwiek możesz nam odstąpić.

— Mamy placki owsiane. — Mężczyzna porwał z jej dłoni pozostałe dwa smoki i zabrzęczał nimi w pięści, uśmiechając się na ten dźwięk. — I solone, wędzone ryby też, ale to będzie kosztowało srebrnika. Nocleg też nie jest za darmo. Na pewno zechcecie zostać na noc.

— Nie — odpowiedziała natychmiast Brienne.

Mężczyzna zmarszczył brwi.

— Kobieto, nie możecie ruszyć nocą przez obcą okolicę na koniach, których nie znacie. Na pewno zbłądzicie na moczary albo wierzchowce połamią nogi.

— Księżyc będzie dziś świecił jasno — sprzeciwiła się Brienne. — Znajdziemy drogę bez trudu.

Gospodarz rozważył jej słowa.

— Jeśli nie macie srebra, to wystarczy parę miedziaków. Dostaniecie łóżka i koce, żeby nie zmarznąć. Nie chcę, żebyście pomyśleli, że wyrzucam wędrowców.

— To uczciwa propozycja — wtrącił ser Cleos.

— Koce są świeżo prane. Moja żona zrobiła to, nim musiała sobie pójść. Nie znajdziecie na nich ani jednej pchły, macie na to moje słowo.

Ponownie zabrzęczał monetami, uśmiechając się szeroko.

Ser Cleos wyraźnie dał się skusić.

— Wszystkim nam przydałoby się przespać w porządnym łóżku, pani — przekonywał Brienne. — Jeśli wypoczniemy, rankiem będziemy mogli jechać szybciej.

Popatrzył na kuzyna, szukając jego poparcia.

— Nie, kuzynku, dziewka ma rację. Musimy dotrzymać obietnicy i czekają nas długie mile drogi. Musimy ruszać.

— Ale sam powiedziałeś... — zaczął Cleos.

— To było wtedy. — *Kiedy myślałem, że w gospodzie nikogo nie ma.* — Teraz mam pełen brzuch i jazda w świetle księżyca nie sprawi mi trudności. — Uśmiechnął się do dziewki. — Ktoś jednak będzie musiał coś zrobić z tymi okowami, chyba że zamierzasz przerzucić mnie przez tego konia od pługa jak worek mąki. Trudno jest jeździć konno z nogami skutymi w kostkach.

Brienne spojrzała z zasępioną miną na łańcuch. Mężczyzna, który nie był oberżystą, potarł podbródek.

— Za stajnią jest kuźnia.

— Pokaż mi ją — zażądała Brienne.

— Tak — zgodził się Jaime. — Im szybciej, tym lepiej. Tu jest stanowczo za dużo końskiego gówna, jak na mój gust. Bardzo bym nie chciał w nie wdepnąć.

Przeszył dziewkę ostrym spojrzeniem, zastanawiając się, czy jest wystarczająco bystra, by zrozumieć, co chciał jej powiedzieć.

Miał nadzieję, że rozkuje mu też ręce, wciąż jednak była nieufna. Przecięła łańcuch, którym skuto mu nogi, w połowie długości. Potrzebowała na to dwunastu uderzeń młota kowalskiego o tępy koniec dłuta. Zasugerował, by zrobiła to samo z drugim łańcuchem, zignorowała go jednak.

— Sześć mil w dół rzeki stąd znajdziecie spaloną wioskę — poinformował ich gospodarz, pomagając im osiodłać konia i zapakować rzeczy. Tym razem zwracał się ze swymi radami do Brienne. — Są tam rozstaje. Jeśli skręcicie na południe, dotrzecie do kamiennej wieży ser Warrena. Jej właściciel zginął, więc nie wiem, kto tam teraz siedzi, ale lepiej unikać tego miejsca. Radzę pojechać na południowy wschód, leśnym duktem.

— Tak zrobimy — zgodziła się. — Masz moją wdzięczność.

*I, co ważniejsze, ma twoje złoto.* Jaime zachował jednak tę myśl dla siebie. Miał już serdecznie dość lekceważenia, z jakim traktowała go ta wielka, brzydka krowa.

Brienne dosiadła konia od pługa, a klacz przydzieliła ser Cleosowi. Spełniła swą groźbę i dała Jaime'owi jednookiego wałacha, co położyło kres jego marzeniom, że da wierzchowcowi porządnego kopniaka i zostawi dziewkę daleko za sobą.

Mężczyzna i chłopiec wyszli z gospody, by ich pożegnać. Mężczyzna życzył im szczęścia i poprosił, by wrócili w lepszych czasach, a chłopak stał bez słowa, ściskając kuszę pod pachą.

— Lepiej weź włócznię albo drewniany młot — zasugerował mu Jaime. — Z nimi pójdzie ci łatwiej.

Młodzieniec popatrzył na niego nieufnie. *Nici z przyjacielskiej rady* — pomyślał Jaime. Wzruszył ramionami i pogonił konia, nie oglądając się za siebie.

Ser Cleos ani na moment nie przestawał utyskiwać, żałując utraconych piernatów. Jechali na wschód, wzdłuż skąpanej w księżycowym blasku rzeki. Czerwone Widły były tu bardzo szerokie, ale płytkie, a ich błotniste brzegi porastała trzcina. Biedna, stara chabeta wlokła się cierpliwie naprzód, choć miała tendencję do skręcania w stronę zdrowego oka. Mimo to Jaime cieszył się, że znowu dosiadł konia. Nie jeździł konno od chwili, gdy łucznicy Robba Starka zabili pod nim rumaka w Szepczącym Lesie.

Kiedy dotarli do spalonej wioski, mieli do wyboru równie mało atrakcyjne szlaki, wąskie drogi zryte koleinami, pozostawionymi przez wozy wieśniaków transportujące zboże do rzeki. Jedna droga skręcała na południowy wschód i szybko znikała między drzewami, które widzieli w oddali, natomiast druga, prostsza i bardziej kamienista, wiodła na południe. Brienne popatrzyła na nie chwilę, po czym skierowała konia na ten drugi szlak. Jaime był miło zaskoczony. On postąpiłby tak samo.

— Przecież oberżysta ostrzegał nas przed tą drogą — sprzeciwił się ser Cleos.

— To nie był oberżysta. — Brienne garbiła się nieładnie w siodle, wydawało się jednak, że siedzi w nim pewnie. — Za bardzo się interesował, którędy pojedziemy, a ten las... w takich okolicach często grasują zbójcy. Mógł nas skierować prosto w pułapkę.

— Bystra z ciebie dziewka. — Jaime uśmiechnął się do kuzyna. — Śmiem twierdzić, że nasz gospodarz ma w tej okolicy przyjaciół. To ich wierzchowcom stajnia zawdzięczała swój niepowtarzalny aromat.

— Z tą rzeką też mógł kłamać, żebyśmy się przesiedli na konie — dodała dziewka — ale nie mogłam podejmować takiego ryzyka. Przy rubinowym brodzie i na rozstajach dróg na pewno stacjonują żołnierze.

*Może i jest brzydka, ale wcale nie taka głupia.* Jaime uśmiechnął się do niej z niechęcią.

Już z oddali dostrzegli czerwonawe światło bijące z górnych okien kamiennej wieży. Brienne skręciła na pola. Wrócili na trakt dopiero wtedy, gdy warownia została już daleko z tyłu.

Minęło pół nocy, nim dziewka zgodziła się, że mogą bezpiecznie urządzić postój. Wszyscy troje ledwo już się trzymali w siodłach. Schronili się w małym dębowo-jesionowym gaju, przy ospale toczącym swe wody strumieniu. Dziewka nie pozwoliła rozpalić ognia, mieli więc na późną kolację tylko placki owsiane i solone ryby. Noc była dziwnie spokojna. Wysoko na czarnym jak filc niebie stał księżyc w kwadrze, otoczony gwiazdami. Z dali dobiegało wycie wilków. Jeden z wierzchowców zarżał nerwowo. Poza tym nie było słychać żadnych dźwięków. *Tego miejsca nie dotknęła wojna* — pomyślał Jaime. Cieszył się, że tu jest, cieszył się, że żyje, cieszył się, że wraca do Cersei.

— Ja wezmę pierwszą wartę — oznajmiła Brienne ser Cleosowi. Frey po chwili zasnął, pochrapując cicho.

Jaime siedział wsparty o pień dębu, zastanawiając się, co w tej chwili robią Cersei i Tyrion.

— Masz rodzeństwo, pani? — zapytał.

Brienne popatrzyła na niego podejrzliwie.

— Nie. Jestem jedynym s... dzieckiem swego ojca.

Zachichotał.

— Chciałaś powiedzieć „synem". Czy ojciec uważa cię za syna? Trzeba przyznać, że dziwna z ciebie córka.

Odwróciła się od niego bez słowa, zaciskając mocno dłoń na rękojeści miecza. *Cóż to za nieszczęsne stworzenie.* W jakiś dziwny sposób przypominała mu Tyriona, choć na pierwszy rzut oka wydawałoby się, że trudno by znaleźć dwoje bardziej różniących się od siebie ludzi. Być może to myśl o bracie sprawiła, że powiedział:

— Nie chciałem cię obrazić, Brienne. Wybacz mi.

— Twoich zbrodni nie można wybaczyć, Królobójco.

— Znowu ten przydomek. — Jaime szarpnął bezsilnie łańcuchy. — Skąd w tobie taka złość na mnie? Nic mi nie wiadomo, bym wyrządził ci jakąś krzywdę.

— Skrzywdziłeś innych. Tych, których poprzysiągłeś strzec. Słabych, niewinnych...

— ...króla? — Wszystko zawsze wracało do Aerysa. — Nie próbuj osądzać tego, czego nie rozumiesz, dziewko.

— Mam na imię...

— Brienne, wiem. Czy ktoś ci już kiedyś mówił, że jesteś tak samo nudna jak brzydka?

— Nie sprowokujesz mnie do gniewu, Królobójco.

— Och, jeśli będzie mi się chciało spróbować, to być może mi się uda.

— Dlaczego złożyłeś tę przysięgę? — zapytała. — Po co przywdziewałeś biały płaszcz, jeśli zamierzałeś zdradzić wszystko, co sobą reprezentuje?

*Po co?* Czy mógł jej udzielić jakiejś odpowiedzi, którą by zrozumiała?

— Byłem piętnastoletnim chłopcem. Dla kogoś tak młodego to wielki zaszczyt.

— To nie jest żadna odpowiedź — rzuciła wzgardliwie.

*Prawda nie przypadłaby ci do gustu.* Rzecz jasna, wstąpił do Gwardii Królewskiej z miłości.

Ich ojciec sprowadził Cersei na dwór, gdy miała dwanaście lat, planując dla niej królewskie małżeństwo. Odrzucał wszystkich kandydatów do jej ręki, wołąc trzymać ją przy sobie w Wieży Namiestnika. W miarę jak dorastała, stawała się coraz piękniejsza i bardziej kobieca. Z pewnością czekał, aż książę Viserys osiągnie odpowiedni wiek albo może liczył na to, że żona Rhaegara umrze w połogu. Elia z Dorne nigdy nie cieszyła się dobrym zdrowiem.

Jaime spędził tymczasem cztery lata jako giermek ser Sumnera Crakehalla i zdobył ostrogi w walce z Bractwem z Królewskiego Lasu. Gdy jednak po drodze do Casterly Rock odwiedził na chwilę Królewską Przystań — głównie po to, by zobaczyć się z siostrą — Cersei wyszeptała mu na osobności, że lord Tywin zamierza go ożenić z Lysą Tully i posunął się już nawet do tego, że zaprosił lorda Hostera do miasta, by omówić z nim sprawę posagu. Jeśli jednak Jaime przywdzieje biel, będzie mógł zawsze być blisko niej. Stary ser Harlan Grandison zmarł podczas snu, jak przystało człowiekowi mającemu w herbie śpiącego lwa. Aerys z pewnością będzie chciał przyjąć na jego miejsce młodego mężczyznę. Czemu ryczący lew nie miałby zastąpić śpiącego?

— Ojciec nigdy się na to nie zgodzi — zaoponował Jaime.

— Król nie będzie go pytał o zdanie. A gdy już złożysz przysięgę, ojciec nie będzie się mógł sprzeciwić, nie otwarcie. Aerys kazał wyrwać język ser Ilynowi Payne'owi tylko za to, że przechwalał się, iż to namiestnik naprawdę rządzi Siedmioma Królestwami. Payne był kapitanem straży namiestnika, a mimo to ojciec nie odważył się protestować. Teraz również nic nie zrobi.

— Ale — sprzeciwił się Jaime — jest jeszcze Casterly Rock...

— Chcesz Casterly Rock czy mnie?

Pamiętał tę noc tak, jakby to było wczoraj. Spędzili ją w starej gospodzie przy Węgorzowym Zaułku, z dala od wścibskich oczu. Cersei przyszła do niego ubrana jak prosta dziewka służebna, co z jakiegoś powodu podnieciło go jeszcze silniej. Nigdy nie widział, by była bardziej namiętna. Za każdym razem, gdy udało mu się zasnąć, budziła go na nowo. Rankiem Casterly Rock wydawało mu się niewielką ceną za szansę, by zawsze być blisko niej. Zgodził się, a Cersei obiecała, że załatwi resztę.

Po upływie księżyca do Casterly Rock przyleciał królewski kruk z wiadomością, że Jaime'a wybrano do Gwardii Królewskiej. Rozkazano mu stawić się przed królem podczas wielkiego turnieju w Harrenhal. Miał tam złożyć przysięgę i przywdziać biały płaszcz.

Inwestytura uratowała Jaime'a przed Lysą Tully, poza tym jednak nic nie poszło zgodnie z planem. Ojciec nigdy w życiu nie był bardziej wściekły. Nie mógł sprzeciwić się otwarcie — Cersei miała rację — zrzekł się jednak tytułu namiestnika pod jakimś błahym pretekstem i wrócił do Casterly Rock, zabierając ze sobą córkę. Zamiast być razem, Cersei i Jaime zamienili się miejscami. Został na dworze sam, pilnując obłąkanego króla, podczas gdy czterech mniej wartych od jego ojca mężczyzn po kolei tańczyło na nożach w jego uwierających ich butach. Namiestnicy wznosili się i spadali tak szybko, że Jaime pamiętał ich herby lepiej niż twarze. Namiestnika z rogiem obfitości i namiestnika z tańczącymi gryfami wygnano, a namiestnika z buzdyganem i sztyletem zanurzono w dzikim ogniu i spalono żywcem. Ostatni był lord Rossart, który miał w herbie płonącą pochodnię. Nie był to szczęśliwy wybór, biorąc pod uwagę los jego poprzednika, lecz alchemika wyniesiono tak wysoko głównie dlatego, że kochał ogień równie mocno jak król. *Trzeba było utopić Rossarta, zamiast wypruwać mu flaki.*

Brienne nadal czekała na odpowiedź.

— Jesteś za młoda, byś mogła znać Aerysa Targaryena... — zaczął Jaime.

Nie chciała tego słuchać.

— Aerys był szalony i okrutny, nikt temu nie przeczy. Mimo to pozostawał królem, ukoronowanym i namaszczonym. A ty przysiągłeś go bronić.

— Wiem, co przysiągłem.

— I co uczyniłeś.

Spoglądała na niego z góry, sześć stóp piegowatej, zasępionej dezaprobaty o końskich zębach.

— Tak, i co uczyniłaś ty. Jeśli to, co słyszałem, jest prawdą, oboje jesteśmy królobójcami.

— Nie skrzywdziłam Renly'ego. Zabiję każdego, kto mnie o to oskarży.

— W takim razie zacznij od Cleosa. Sądząc z jego słów, będziesz musiała zgładzić całą masę ludzi.

— To kłamstwo. Lady Catelyn była przy tym, jak zamordowano

Jego Miłość. Widziała to na własne oczy. To był cień. Świece zgasły i zrobiło się zimno, a potem polała się krew…

— Znakomicie. — Jaime wybuchnął śmiechem. — Muszę przyznać, że jesteś bystrzejsza ode mnie. Kiedy znaleźli mnie stojącego nad martwym królem, nie przyszło mi do głowy, żeby zawołać: „Nie, nie, to nie ja zrobiłem, to był cień, straszny, zimny cień". — Znowu się roześmiał. — Powiedz mi prawdę, jak królobójca królobójcy. Czy Starkowie zapłacili ci za poderżnięcie mu gardła, czy to był Stannis? A może Renly tobą wzgardził? Albo zawróciła ci w głowie miesięczna krew? Nie wolno dawać miecza krwawiącej dziewce.

Przez chwilę Jaime'owi zdawało się, że Brienne go uderzy. *Krok bliżej, a wyrwę ten sztylet z futerału i zatopię go w jej macicy.* Wsparł się na jednej nodze, gotowy skoczyć w górę, lecz dziewka nie ruszyła się z miejsca.

— Być rycerzem to rzadki i cenny dar — stwierdziła. — Zwłaszcza rycerzem Gwardii Królewskiej. Tylko niewielu go otrzymuje, a ty nim wzgardziłeś i go zbrukałeś.

*Dar, którego rozpaczliwie pragniesz, dziewko, ale nigdy go nie dostaniesz.*

— Zasłużyłem na tytuł rycerski. Niczego mi nie dano. Wygrałem walkę zbiorową na turnieju, kiedy miałem trzynaście lat i byłem jeszcze giermkiem. W wieku piętnastu lat walczyłem z Bractwem Królewskiego Lasu u boku ser Arthura Dayne'a, który zrobił mnie rycerzem na polu bitwy. To biały płaszcz mnie zbrukał, nie na odwrót. Oszczędź mi swej zazdrości. To bogowie zapomnieli dać ci kutasa, nie ja.

Brienne przeszyła go pełnym wzgardy spojrzeniem. *Z radością porąbałaby mnie na kawałki, gdyby nie jej drogocenna przysięga* — pomyślał. *I bardzo dobrze. Dość już mam mdłych uprzejmości i dziewczyńskich osądów.* Dziewka oddaliła się bez słowa i Jaime zwinął się pod płaszczem, licząc na to, że przyśni mu się Cersei.

Gdy jednak zamknął oczy, ujrzał Aerysa Targaryena, który spacerował samotnie po sali tronowej, skubiąc krwawiące, pokryte strupami dłonie. Ten dureń wiecznie się kaleczył o ostrza i zadziory Żelaznego Tronu. Jaime zakradł się do komnaty przez królewskie drzwi. Miał na sobie złotą zbroję, a w ręce trzymał miecz. *Złotą zbroję, nie białą, ale o tym nikt nigdy nie pamięta. Szkoda, że nie zdjąłem też tego cholernego płaszcza.*

Gdy Aerys ujrzał krew na mieczu, chciał wiedzieć, czy to krew lorda Tywina.

— Chcę, żeby ten zdrajca zginął. Chcę jego głowy. Przynieś mi jego głowę albo spłoniesz razem z całą resztą. Ze wszystkimi zdrajcami. Rossart mówi, że przedarli się już przez mury! Przygotował im gorące powitanie. Czyja to krew? Czyja?

— Rossarta — odpowiedział Jaime.

Aerys wytrzeszczył fioletowe oczy i rozdziawił w szoku królewskie usta. Stracił panowanie nad kiszkami, odwrócił się i pobiegł w stronę Żelaznego Tronu. Pod pustymi oczodołami wiszących na ścianie czaszek Jaime ściągnął ze schodów ostatniego smoczego króla, który kwiczał jak świnia i śmierdział jak wychodek. Wystarczyło jedno cięcie w gardło, by skończyć sprawę. *Tak łatwo* — pomyślał wtedy. *Król powinien umierać trudniej.* Rossart przynajmniej próbował się bronić, choć trzeba przyznać, że walczył jak alchemik. *To dziwne, że nikt nigdy nie pyta, kto zabił Rossarta... ale oczywiście on był nikim. Nisko urodzony namiestnik na dwa tygodnie, jeszcze jeden szalony kaprys obłąkanego króla.*

Ser Elys Westerling, lord Crakehall i inni rycerze jego ojca wpadli do komnaty akurat na czas, by zobaczyć koniec, Jaime nie mógł więc zniknąć i pozwolić, by jakiś samochwała ukradł mu zasługę albo winę. Gdy tylko zobaczył, jak na niego patrzą, natychmiast zrozumiał, że będzie to wina... choć być może po prostu się bali. Lannister czy nie, był jednym z siedmiu Aerysa.

— Zamek i miasto należą do nas, ser — oznajmił Roland Crakehall. Było to tylko w połowie prawdą. Targaryeńscy lojaliści nadal ginęli w zbrojowni i na serpentynowych schodach, Gregor Clegane i Amory Lorch wspinali się na mury Warowni Maegora, a Ned Stark wkraczał już ze swymi ludźmi z północy przez Królewską Bramę, Crakehall nie mógł jednak o tym wiedzieć. Nie wydawał się zaskoczony widokiem martwego Aerysa. Jaime był synem lorda Tywina na długo przed tym, nim wstąpił do Gwardii Królewskiej.

— Powiedzcie im, że obłąkany król nie żyje — rozkazał. — Tych, którzy się poddadzą, oszczędźcie i weźcie do niewoli.

— Czy mam ogłosić kogoś królem? — zapytał Crakehall. Jaime bez trudu zrozumiał sens jego pytania: czy to ma być twój ojciec, Robert Baratheon, czy może chcesz ukoronować nowego smoczego króla? Pomyślał przez chwilę o młodym Viserysie, który uciekł na Smoczą Skałę, i o synu Rhaegara Aegonie, który ukrył się z matką w Warowni Maegora. *Nowy Targaryen na tronie i mój ojciec jako jego namiestnik. Wilki zawyją pod niebiosa, a lord burzy zadławi się z wściekłości.* Czuł przez chwilę pokusę, potem jednak spojrzał na leżące na podłodze ciało i otaczającą je kałużę posoki. *Jego krew płynie w żyłach ich obu* — pomyślał.

— Ogłaszaj sobie, kogo zechcesz — odpowiedział Crakehallowi, po czym wdrapał się na schody i zasiadł na Żelaznym Tronie z mieczem na kolanach, chcąc zobaczyć, kto przyjdzie przejąć władzę nad królestwem. Okazało się, że był to Eddard Stark.

*Ty również nie miałeś prawa mnie osądzać, Stark.*

Potem jego sny wypełnili płonący zmarli, spowici w migotliwy, zielony ogień. Jaime tańczył pośród nich, trzymając w dłoni złoty miecz, lecz każdego, którego powalił, zastępowało dwóch nowych.

Brienne obudziła go kopniakiem w żebra. Na świecie wciąż było ciemno, a na domiar złego zaczęło padać. Pożywili się plackami owsianymi, soloną rybą i odrobiną jeżyn, które wcześniej znalazł ser Cleos, a potem dosiedli koni, nim jeszcze wzeszło słońce.

# TYRION

Wchodząc do pomieszczenia, eunuch nucił coś niemelodyjnie pod nosem. Miał na sobie fałdziste szaty z jedwabiu koloru brzoskwini i pachniał cytrynami. Na widok siedzącego przy kominku Tyriona zatrzymał się nagle i znieruchomiał.

— Mości Tyrionie — odezwał się falsetem podkreślanym przez nerwowy chichot.

— A więc jednak mnie pamiętasz? Zaczynałem się już zastanawiać.

— Bardzo się cieszę, że wróciłeś do pełni sił. — Varys zademonstrował swój najbardziej służalczy uśmieszek. — Przyznaję jednak, że nie spodziewałem się zastać cię w moich skromnych progach.

— Rzeczywiście są skromne. Niezwykle skromne. — Tyrion zaczekał, aż jego ojciec wezwie Varysa, po czym zakradł się tu z niezapowiedzianą wizytą. Komnaty eunucha były małe i ascetycznie urządzone, trzy przytulne pokoiki bez okien ukryte pod północnym murem. — Miałem nadzieję odkryć tu wielkie kosze pełne tajemnic, które dostarczą mi rozrywki, gdy będę na ciebie czekał, ale nie znalazłem nawet papierka. — Szukał też tajnych przejść, wiedząc, że Pająk potrafi poruszać się po zamku niepostrzeżenie, lecz w tym również nie odniósł sukcesu. — Bogowie, zmiłujcie się, w twoim dzbanie była woda — ciągnął — cela, w której śpisz, jest wąska jak trumna, a to łoże... czy naprawdę jest z kamienia, czy tylko tak mi się zdaje?

Varys zamknął za sobą drzwi i zasunął rygiel.

— Dokucza mi ból pleców, panie. Dlatego wolę spać na twardym.

— Sądziłem, że lubisz piernaty.

— Jestem człowiekiem pełnym niespodzianek. Czy gniewasz się na mnie za to, że opuściłem cię po bitwie?

— Dzięki temu mogę cię uważać za członka rodziny.

— Nie zrobiłem tego z braku miłości, mój dobry panie. Mam

bardzo delikatną naturę, a twoja blizna wygląda naprawdę okropnie… — Zadrżał demonstracyjnie. — Twój biedny nos…

Tyrion potarł z irytacją strup.

— Może powinienem sobie sprawić nowy, zrobiony ze złota. Jaki nos byś mi radził, Varysie? Taki jak twój, żebym mógł łatwiej zwęszyć tajemnice? A może powinienem powiedzieć złotnikowi, że chcę mieć taki nos jak mój ojciec? — Uśmiechnął się. — Mój szlachetny ojciec pracuje tak ciężko, że prawie wcale go nie widuję. Powiedz mi, czy to prawda, że przywrócił wielkiego maestera Pycelle'a do małej rady?

— Prawda, panie.

— Czy za to również muszę podziękować mojej słodkiej siostrze?

Pycelle był narzędziem w rękach Cersei. Tyrion pozbawił go urzędu, brody i godności, a potem zamknął w ciemnicy.

— Bynajmniej, panie. Podziękuj raczej arcymaesterom ze Starego Miasta, którzy zażądali jego przywrócenia, powołując się na prawo mówiące, że tylko konklawe może mianować kogoś wielkim maesterem bądź odebrać mu ten tytuł.

*Cholerni durnie* — pomyślał Tyrion.

— Chyba sobie przypominam, że kat Maegora Okrutnego odebrał swym toporem tytuł aż trzem.

— To prawda — zgodził się Varys. — A drugi Aegon rzucił wielkiego maestera Gerardysa na pożarcie swemu smokowi.

— Niestety, nie mam na podorędziu żadnych smoków. Pewnie trzeba było zanurzyć Pycelle'a w dzikim ogniu, a potem go podpalić. Czy wtedy Cytadela byłaby zadowolona?

— No cóż, to byłoby bardziej zgodne z tradycją. — Eunuch zachichotał. — Na szczęście, przewagę zdobyły mądrzejsze głowy, konklawe pogodziło się z faktem dymisji Pycelle'a i zajęło wyborem jego następcy. Najpierw starannie rozważyło kandydaturę maestera Turquina, syna szewca, oraz maestera Errecka, bękarta wędrownego rycerza, co miało dowieść, że w zakonie zdolności znaczą więcej niż urodzenie, potem jednak większość skłoniła się do planu przysłania nam maestera Gormona, Tyrella z Wysogrodu.

Kiedy powiedziałem o tym twemu panu ojcu, natychmiast przystąpił do działania.

Tyrion wiedział, że konklawe spotyka się w Starym Mieście za zamkniętymi drzwiami i jego obrady są tajne. *To znaczy, że ptaszki Varysa działają również w Cytadeli.*

— Rozumiem. Ojciec postanowił zerwać różę, nim ta zdąży zakwitnąć. — Nie mógł się powstrzymać od chichotu. — Pycelle to nędzna kreatura. Ale lepsza kreatura Lannisterów od kreatury Tyrellów, prawda?

— Wielki maester Pycelle zawsze był wiernym przyjacielem waszego rodu — zauważył przymilnym tonem Varys. — Być może pocieszy cię wiadomość, że ser Borosowi Blountowi również przywrócono pozycję.

Cersei pozbawiła ser Borosa białego płaszcza za to, że nie zginął w obronie Tommena, gdy Bronn porwał chłopca po drodze do Rosby. Blount nie był przyjacielem Tyriona, lecz po tym, co zaszło, zapewne nienawidził Cersei niemal równie mocno. *Dobre i to.*

— Blount to tchórz i samochwała — stwierdził miłym głosem.

— Naprawdę? Ojej. Niemniej tradycja mówi, że służba w Gwardii Królewskiej jest dożywotnia. Być może w przyszłości ser Boros wykaże się większą odwagą. Z pewnością będzie bardzo wierny.

— Mojemu ojcu — wskazał Tyrion.

— Skoro już mówimy o Gwardii Królewskiej... zastanawiam się, czy ta twoja cudownie zaskakująca wizyta może mieć coś wspólnego z poległym bratem ser Borosa, dzielnym ser Mandonem Moore'em? — Eunuch pogłaskał się po upudrowanym policzku. — Twój człowiek Bronn bardzo się nim ostatnio interesuje.

Bronn dowiedział się o ser Mandonie, ile tylko mógł, lecz Varys z pewnością wiedział o nim znacznie więcej. Czy jednak zechce się podzielić tą wiedzą?

— Wygląda na to, że ten człowiek w ogóle nie miał przyjaciół — zaczął ostrożnie Tyrion.

— To smutne — zgodził się Varys. — Bardzo smutne. Gdyby zajrzeć pod wszystkie kamienie w Dolinie, pewnie udałoby się znaleźć jakąś jego rodzinę, ale tutaj... lord Arryn sprowadził go do

Królewskiej Przystani, a król Robert dał mu biały płaszcz, obawiam się jednak, że żaden z nich nie darzył go zbytnią miłością. Nie był też jednym z tych, których prostaczkowie oklaskują na turniejach, aczkolwiek nie da się zaprzeczyć, że biegle władał orężem. Nawet jego bracia z Gwardii Królewskiej nie darzyli go zbyt ciepłymi uczuciami. Słyszano, jak ser Barristan mówił kiedyś o nim, że to człowiek, który nie ma przyjaciela poza mieczem ani życia poza obowiązkiem... ale, rozumiesz, nie wydaje mi się, by miała to być pochwała. Jeśli się nad tym zastanowić, to dziwne, nie sądzisz? Można by przecież powiedzieć, że to właśnie są cechy, których wymagamy od rycerzy Gwardii Królewskiej. Mają być ludźmi, którzy żyją nie dla siebie, lecz dla swego króla. Według tych kryteriów ser Mandon był ideałem białego rycerza. Zginął też tak, jak przystoi rycerzowi Gwardii Królewskiej, z mieczem w ręku, broniąc królewskiego kuzyna.

Eunuch uśmiechnął się obleśnie do Tyriona, przeszywając go jednocześnie ostrym spojrzeniem.

*Chciałeś chyba powiedzieć, próbując zamordować królewskiego kuzyna.* Tyrion zastanawiał się, czy Varys wie coś, czego nie chce mu powiedzieć. Nic, co do tej pory usłyszał, nie było dla niego nowością. Bronn przyniósł mu mniej więcej te same informacje. Potrzebował czegoś, co połączyłoby ser Mandona z Cersei, jakiegoś dowodu na to, że był on narzędziem w jej rękach. *Nie zawsze udaje się nam zdobyć to, czego pragniemy* — pomyślał z goryczą, co przypomniało mu...

— To nie sprawa ser Mandona mnie tu sprowadza.

— Rozumiem. — Eunuch podszedł do dzbana z wodą. — Tobie też nalać, panie? — zapytał, napełniając kubek.

— Chętnie, ale nie wody. — Tyrion splótł dłonie. — Chcę, żebyś mi przyprowadził Shae.

Varys pociągnął łyk wody.

— Czy to aby rozsądne, panie? To słodkie, kochane dziecko. Byłaby wielka szkoda, gdyby twój ojciec ją powiesił.

Nie zaskoczyło go, że Varys wie o tej groźbie.

— Nie, to nie jest rozsądne. To cholerne szaleństwo. Chcę zobaczyć się z nią po raz ostatni, nim ją odeślę. Nie mogę znieść świadomości, że jest tak blisko.

— Rozumiem.

*Jak możesz rozumieć?* Tyrion widział ją nie dalej niż wczoraj, gdy wchodziła na serpentynowe schody, dźwigając w wiadrze wodę. Jakiś młody rycerz zaproponował, że poniesie za nią ciężki cebrzyk. Gdy dotknęła ramienia młodzieńca i uśmiechnęła się do niego, Tyrion poczuł w brzuchu nagły skurcz. Minęli się tylko o cale, tak blisko, że poczuł świeży, czysty zapach jej włosów.

— Panie — pozdrowiła go z lekkim dygnięciem. Chciał pochwycić ją i pocałować, mógł jednak tylko skinąć sztywno głową i poczłapać w dół.

— Widziałem ją już kilka razy — oznajmił Varysowi — ale nie odważyłem się z nią porozmawiać. Podejrzewam, że wszystkie moje ruchy są śledzone.

— Słusznie podejrzewasz, panie.

— Kto? — zapytał, unosząc głowę.

— Kettleblackowie regularnie składają meldunki twej siostrze.

— Kiedy pomyślę, ile pieniędzy wydałem na tych nędzników... czy sądzisz, że jest nadzieja, iż więcej złota pomogłoby mi ich odzyskać?

— Nadzieja jest zawsze, ale osobiście bym na to nie liczył. Wszyscy trzej są teraz rycerzami, a twoja siostra obiecała im dalsze zaszczyty. — Z ust eunucha wyrwał się złośliwy chichocik. — A najstarszy z nich, ser Osmund z Gwardii Królewskiej, marzy też o pewnych innych... awansach. Nie wątpię, iż możesz dorównać królowej. Jeśli chodzi o złoto, Cersei ma też jednak drugą sakiewkę, której zasoby są niewyczerpane.

*Do siedmiu piekieł* — pomyślał Tyrion.

— Sugerujesz, że Cersei pierdoli się z Osmundem Kettleblackiem?

— Ojej, skądże, to byłoby straszliwie niebezpieczne, nie sądzisz? Królowa tylko sugeruje... że być może jutro albo po królewskim ślubie... a potem uśmieszek, szept, zbereźny żarcik... pierś ocierająca się lekko o jego rękaw, gdy przechodzą obok siebie...

i wydaje się, że to wystarcza. Co jednak eunuch może wiedzieć o takich sprawach?

Czubek jego języka przesunął się po dolnej wardze niczym płochliwe, różowe zwierzątko.

*Gdybym mógł jakoś skłonić ich do czegoś więcej niż ukradkowe pieszczoty, a potem załatwić to tak, żeby ojciec zdybał ich w łożu...* Tyrion dotknął końcem palca strupa na nosie. Nie miał pojęcia, jak mógłby to zaaranżować, być może jednak coś z czasem wymyśli.

— Czy muszę się martwić tylko o Kettleblacków?

— Gdybyż tylko tak było, panie. Obawiam się, że śledzi cię mnóstwo par oczu. Rozumiesz... jak by to powiedzieć? Przyciągasz uwagę. Stwierdzam też z przykrością, że nie jesteś lubiany. Synowie Janosa Slynta ze szczerą radością donieśliby na ciebie, by pomścić ojca, a nasz słodki lord Petyr ma kontakty w połowie burdeli w Królewskiej Przystani. Gdybyś był tak nierozsądny, by odwiedzić któryś z nich, dowiedziałby się o tym natychmiast, a twój pan ojciec wkrótce po nim.

*Jest jeszcze gorzej, niż się obawiałem.*

— A mój ojciec? Komu kazał mnie śledzić?

Tym razem eunuch roześmiał się w głos.

— Ależ mnie, panie.

Tyrion również ryknął śmiechem. Nie był aż tak głupi, by ufać Varysowi bardziej niż to konieczne, eunuch jednak wiedział już i tak wystarczająco wiele o Shae, by ją powieszono.

— Sprowadzisz mi tu ją przez mury, tak by żadne z tych oczu jej nie zauważyło. Robiłeś to już przedtem.

Varys załamał ręce.

— Och, panie, nic nie sprawiłoby mi większej przyjemności, ale... król Maegor nie życzył sobie szczurów w swych murach, jeśli rozumiesz, co mam na myśli. Zażądał sekretnej drogi wyjścia, na wypadek, gdyby wrogowie otoczyli jego warownię, lecz te drzwi prowadzą tylko do jednego korytarza. Mogę rzecz jasna wykraść na pewien czas twoją Shae od lady Lollys, ale nie zdołam przyprowadzić jej niepostrzeżenie do twojej sypialni.

— W takim razie przyprowadź ją gdzie indziej.

— Ale gdzie? Żadne miejsce nie jest bezpieczne.

— Jedno jest. — Tyrion wyszczerzył zęby w uśmiechu. — Właśnie to. Pora już, żeby ktoś zrobił z tego twardego łoża lepszy użytek.

Eunuch rozdziawił usta. Potem zachichotał.

— Lollys ostatnio łatwo się męczy. Brzuch bardzo już jej urósł. O wschodzie księżyca na pewno będzie spała głęboko.

Tyrion zeskoczył z krzesła.

— Niech będzie o wschodzie księżyca. Załatw gdzieś trochę wina. I dwa czyste kielichy.

Varys pokłonił się.

— Wedle rozkazu, panie.

Reszta dnia zdawała się pełznąć jak robak w melasie. Tyrion wdrapał się po schodach do zamkowej biblioteki i spróbował zabić czas lekturą *Historii rhoynijskich wojen* Beldecara, lecz wizja uśmiechu Shae skutecznie przesłaniała mu słonie bojowe. Po południu odłożył księgę i zażyczył sobie kąpieli. Szorował się, aż woda wystygła, a potem kazał Podowi przyciąć sobie zarost. Broda była dla niego bardzo uciążliwa. Plątanina blond, białych i czarnych włosów, szorstka i łaciata, rzadko wyglądała ładnie, z drugiej strony jednak zasłaniała część jego twarzy, a to było korzystne.

Gdy już był tak czysty, różowiutki i wymuskany, jak to tylko możliwe, dokonał przeglądu zawartości swej szafy. Wybrał obcisłe atłasowe spodnie w kolorze lannisterskiej czerwieni oraz swój najlepszy wams, gruby strój z czarnego aksamitu o guzikach w kształcie lwich głów. Założyłby też łańcuch ze złotych dłoni, gdyby ojciec nie ukradł mu go, gdy leżał umierający. Dopiero gdy się ubrał, zdał sobie sprawę z głębi swego szaleństwa. *Do siedmiu piekieł, karle, czy razem z nosem straciłeś cały rozum? Każdy, kto cię zobaczy, zaraz zacznie się zastanawiać, dlaczego przywdziałeś dworski strój, udając się z wizytą do eunucha.* Zaklął szpetnie, zdjął wszystko i ubrał się ponownie, tym razem skromniej, w czarne wełniane spodnie, starą białą bluzę i wyblakły brązowy kaftan ze skóry. *To nie ma znaczenia* — powiedział sobie, czekając na wschód księżyca. *Bez względu na strój i tak zawsze zostaniesz karłem. Nigdy nie będziesz taki wyso-*

*ki, jak ten rycerz na schodach, nie będziesz miał takich długich, prostych nóg, twardego brzucha ani szerokich, męskich barów.*

Gdy na mury zamku padły pierwsze promienie księżyca, oznajmił Podrickowi Payne'owi, że zamierza odwiedzić Varysa.

— Długo cię nie będzie, panie? — zapytał chłopak.

— Och, mam nadzieję, że długo.

W Czerwonej Twierdzy było tak tłoczno, że Tyrion nie miał szans przemknąć się niepostrzeżenie. Przy drzwiach straż pełnił ser Balon Swann, a na zwodzonym moście ser Loras Tyrell. Zatrzymał się, by pogawędzić chwilę z obydwoma. Rycerz Kwiatów dziwnie wyglądał w bieli. Do tej pory zawsze był barwny jak tęcza.

— Ile masz lat, ser Lorasie? — zapytał Tyrion.

— Siedemnaście, panie.

*Ma siedemnaście lat, jest piękny i już zdążył zostać legendą. Połowa dziewcząt w Siedmiu Królestwach chciałaby dzielić z nim łoże, a wszyscy chłopcy pragnęliby się z nim zamienić na miejsca.*

— Wybacz mi, że o to pytam, ser, ale dlaczego zapragnąłeś wstąpić do Gwardii Królewskiej w tak młodym wieku?

— Książę Aemon Smoczy Rycerz złożył śluby w wieku siedemnastu lat — wskazał ser Loras — a twój brat Jaime był jeszcze młodszy.

— Znam ich motywy. Co jednak kierowało tobą? Czy chodziło ci o zaszczyt służby u boku rycerzy tak dzielnych, jak Meryn Trant i Boros Blount? — Uśmiechnął się drwiąco do chłopaka. — By strzec życia króla, rezygnujesz z własnego. Wyrzekasz się ziem, tytułów, nadziei na małżeństwo i dzieci...

— Moi bracia zapewnią przetrwanie rodu Tyrellów — odpowiedział ser Loras. — Nie jest konieczne, by trzeci syn żenił się i płodził dzieci.

— Konieczne nie jest, ale niektórzy znajdują w tym przyjemność. A co z miłością?

— Kiedy słońce zajdzie, nie zastąpi go świeca.

— Czy to z jakiejś pieśni? — Tyrion uniósł z uśmiechem głowę. — Tak, teraz widzę, że masz siedemnaście lat.

Ser Loras napiął mięśnie.

— Drwisz ze mnie?

*Chłopak jest drażliwy.*

— Nie. Wybacz, jeśli cię uraziłem. Ja też kiedyś przeżyłem miłość i my również mieliśmy swą pieśń.

„Kochałem dziewczę piękne jak lato, co miało słońce we włosach". Życzył ser Lorasowi dobrego wieczoru i ruszył w dalszą drogę.

W pobliżu psiarni grupa zbrojnych urządziła sobie walkę psów. Tyrion zatrzymał się na chwilę. Gdy mniejsze zwierzę rozszarpało większemu połowę pyska, wywołał wśród gapiów chórek ochrypłych śmiechów, zauważając, że pokonany przypomina teraz Sandora Clegane'a. Potem, w nadziei że uśpił ich podejrzenia, ruszył ku północnemu murowi, by zejść po krótkich schodach do skromnego mieszkania eunucha. Gdy unosił dłoń, by zapukać, drzwi uchyliły się przed nim.

— Varysie? — Wśliznął się do środka. — Jesteś tutaj?

Półmrok rozjaśniała tylko jedna świeczka, która przesycała pomieszczenie wonią jaśminu.

— Panie. — Na oświetlony obszar wysunęła się pulchna, miękka matrona o pyzatej, różowej, przypominającej księżyc w pełni twarzy oraz gęstych, ciemnych lokach. Tyrion wzdrygnął się nagle.

— Coś się stało? — zapytała.

*To Varys* — zrozumiał poirytowany.

— Przez krótką, straszliwą chwilę wydawało mi się, że przyprowadziłeś mi Lollys zamiast Shae. Gdzie ją schowałeś?

— Tutaj, panie. — Zasłoniła mu oczy, stając za nim. — Zgadniesz, co mam na sobie?

— Nic?

— Och, jesteś taki bystry — mruknęła, cofając dłonie. — Jak się tego domyśliłeś?

— W niczym wyglądasz bardzo pięknie.

— Tak? — zapytała. — Naprawdę?

— Och, tak.

— W takim razie może powinniśmy się pieprzyć, zamiast rozmawiać?

— Najpierw musimy się pozbyć lady Varys. Nie jestem jednym z tych karłów, którzy lubią publiczność.

— Varysa już nie ma — zauważyła Shae.

Tyrion odwrócił się. Rzeczywiście. Eunuch zniknął, razem ze swymi spódnicami. *Gdzieś tu muszą być tajne drzwi.* Zdążył pomyśleć tylko tyle, nim Shae odwróciła jego głowę, by go pocałować. Jej usta były wilgotne i głodne. Zdawała się nawet nie zauważać jego blizny ani świeżego strupa w miejscu, gdzie kiedyś był nos. Skórę miała gładką jak ciepły jedwab. Gdy nacisnął kciukiem lewą sutkę, ta natychmiast zesztywniała.

— Szybciej — powtarzała Shae w przerwach między pocałunkami, gdy jego palce powędrowały do sznurówek — och, szybciej, szybciej. Chcę, żebyś był we mnie, we mnie, we mnie.

Nie musiał się nawet do końca rozbierać. Shae wyciągnęła mu kutasa ze spodni, przewróciła go na podłogę i wdrapała się na niego. Krzyknęła, gdy wepchnął się między jej nogi, po czym zaczęła ujeżdżać go jak szalona.

— Mój olbrzym, mój olbrzym, mój olbrzym — jęczała za każdym razem, gdy ich ciała uderzały o siebie. Tyrion był tak podniecony, że eksplodował już przy piątym ruchu, Shae jednak nie przejęła się tym. Uśmiechnęła się przewrotnie, czując wypływające nasienie i pochyliła się, by pocałunkami usunąć pot z jego czoła. — Mój lannisterski olbrzym — wyszeptała. — Zostań we mnie, proszę. Chcę cię tam czuć.

Tyrion nie ruszył się z miejsca. Objął ją tylko ramionami. *Tak dobrze mi w jej objęciach* — pomyślał. *Jak coś równie słodkiego może być zbrodnią, za którą się wiesza?*

— Shae — odezwał się. — Słodziutka, to musi być nasze ostatnie spotkanie. Ryzyko jest zbyt wielkie. Jeśli mój pan ojciec dowie się o tobie...

— Podoba mi się twoja blizna. — Przebiegła wzdłuż niej palcem. — Wydajesz się z nią bardzo silny i wojowniczy.

Parsknął śmiechem.

— Chciałaś powiedzieć, bardzo brzydki.

— Mój pan nigdy nie będzie dla mnie brzydki.

Pocałowała strup pokrywający nierówną resztkę jego nosa.

— Nie martw się o moją twarz, ale o mojego ojca...

— Nie boję się go. Czy mój pan odda mi teraz klejnoty i jedwabie? Kiedy leżałeś ranny po bitwie, pytałam Varysa, czy mogę je dostać, ale nie chciał mi ich dać. Co by się z nimi stało, gdybyś umarł?

— Nie umarłem. Jestem tutaj.

— Wiem. — Shae poruszyła się na nim, uśmiechając się radośnie. — Tu, gdzie powinieneś być. — Wydęła nagle usta. — Skoro już wyzdrowiałeś, to czy muszę się dalej męczyć z Lollys?

— Nie słuchałaś, co mówiłem? — zdenerwował się Tyrion. — Możesz zostać z Lollys, jeśli chcesz, ale lepiej byłoby, żebyś opuściła miasto.

— Nie chcę wyjeżdżać. Obiecałeś, że po bitwie przeniesiesz mnie z powrotem do rezydencji. — Ucisnęła go lekko cipką i poczuł, że sztywnieje w jej wnętrzu. — Mówiłeś, że Lannister zawsze płaci swe długi.

— Shae, niech szlag trafi bogów, przestań. Wysłuchaj mnie. Musisz stąd wyjechać. W mieście aż roi się od Tyrellów, a każdy mój krok jest śledzony. Nie zdajesz sobie sprawy, co ci grozi.

— Czy będę mogła pójść na królewskie wesele? Lollys nie idzie. Bez końca jej powtarzam, że w królewskiej sali tronowej nikt jej nie zgwałci, ale ona jest taka głupia. — Gdy Shae stoczyła się z niego, jego kutas wyśliznął się z niej z cichym mlaśnięciem. — Symon mówi, że będzie turniej minstreli, akrobaci, a nawet pojedynek błaznów.

Tyrion niemal zapomniał o po trzykroć przeklętym minstrelu Shae.

— Jak to się stało, że rozmawiałaś z Symonem?

— Opowiedziałam o nim lady Tandzie, a ona wynajęła go, żeby śpiewał dla Lollys. Muzyka uspokaja ją, kiedy dziecko zaczyna kopać. Symon mówi, że na uczcie weselnej będzie tańczący niedźwiedź i wina z Arbor. Nigdy nie widziałam, jak niedźwiedź tańczy.

— Robią to jeszcze gorzej ode mnie.

Nie martwił się o niedźwiedzia, tylko o minstrela. Jedno nieostrożne słowo do niewłaściwego ucha, a Shae zawiśnie.

— Symon powiedział, że będzie siedemdziesiąt siedem dań i sto gołębi zamkniętych w wielkim pasztecie — bredziła dalej Shae. — Kiedy się go rozetnie, wszystkie wylecą na zewnątrz.

— A potem będą siedziały na krokwiach i sypały ptasim gównem na gości.

Tyrion widywał już takie weselne pasztety. Zawsze podejrzewał, że gołębie szczególnie lubią srać na niego.

— Czy nie mogłabym się ubrać w jedwabie i aksamity i pójść tam jako dama, a nie jako służąca? Nikt by się nie zorientował.

*Wszyscy by się zorientowali* — pomyślał Tyrion.

— Lady Tanda może się zdziwić, skąd pokojówka Lollys wzięła tyle klejnotów.

— Symon mówi, że będzie tysiąc gości. Nawet by mnie nie zauważyła. Znajdę sobie miejsce w jakimś ciemnym kąciku przy końcu stołu. Gdy tylko wyjdziesz do wychodka, będę się mogła wymknąć, żeby się z tobą spotkać. — Ujęła jego kutasa w obie dłonie i uścisnęła go delikatnie. — Nie będę miała pod suknią żadnej bielizny, żeby mój pan nic nie musiał rozsznurowywać. — Poruszała lekko palcami w górę i w dół. — Albo, jeśli będzie chciał, mogę mu zrobić to.

Włożyła go sobie w usta.

Tyrion już po chwili znowu był gotowy. Tym razem wytrzymał znacznie dłużej. Kiedy skończył, Shae znowu wdrapała się na niego i zwinęła się naga pod jego ramieniem.

— Pozwolisz mi pójść, prawda?

— Shae — jęknął — to zbyt niebezpieczne.

Przez chwilę nie odzywała się ani słowem. Tyrion próbował mówić o innych rzeczach, lecz natykał się na ścianę markotnej uprzejmości, lodowatą i nieprzebytą, jak Mur, po którym niegdyś chodził na północy. *Dobrzy bogowie, jak mogłem pozwolić, by przydarzyło mi się to po raz drugi?* — pomyślał znużony, spoglądając na świeczkę, która już dogasała. *Czyżbym zapomniał o Tyshy? Czy rzeczywiście jestem takim głupcem, za jakiego ma mnie ojciec?* Z radością obiecałby jej wszystko, czego chciała, i z radością zaprowadziłby ją do swej sypialni, by pozwolić się jej ubrać w jedwabie i aksamity, które tak bardzo kochała. Gdyby wybór należał do niego, siedziałaby u jego boku na weselu Joffreya i tańczyła z tyloma niedźwiedziami, z iloma by tylko zapragnęła. Nie mógł jednak pozwolić, by ją powieszono.

Gdy świeca wreszcie zgasła, Tyrion uwolnił się z objęć Shae, żeby zapalić następną. Potem obejrzał dokładnie wszystkie ściany, stukając w nie po kolei, by odnaleźć tajne drzwi. Shae przyglądała mu się z ramionami oplecionymi wokół kolan.

— Są pod łóżkiem. Tajne schody — odezwała się wreszcie.

Popatrzył na nią z niedowierzaniem.

— Pod łóżkiem? Ono jest zrobione z litego kamienia. Waży chyba z pół tony.

— Varys naciska jedno miejsce i całe łóżko unosi się w powietrze. Pytałam go, jak to się robi, a on mi odpowiedział, że to magia.

— No jasne. — Tyrion nie mógł się nie uśmiechnąć. — Zaklęcie nieważkości.

Wstała.

— Powinnam już iść. Czasem dziecko kopie. Lollys się wtedy budzi i mnie woła.

— Varys na pewno wkrótce wróci. Podejrzewam, że słucha każdego naszego słowa.

Tyrion odstawił świecę. Na przodzie spodni miał mokrą plamę, lecz po ciemku nikt nie powinien jej zauważyć. Kazał Shae ubrać się i zaczekać na eunucha.

— Zrobię to — obiecała. — Jesteś moim lwem, prawda? Moim lannisterskim olbrzymem?

— Jestem — potwierdził. — A ty jesteś…

— …twoją dziwką. — Przyłożyła palec do jego ust. — Wiem o tym. Chciałabym być twoją damą, ale to niemożliwe. W przeciwnym razie zabrałbyś mnie na tę ucztę. Nic nie szkodzi. Lubię być twoją dziwką, Tyrionie. Tylko zatrzymaj mnie przy sobie, mój lwie, i dbaj o moje bezpieczeństwo.

— Zrobię to — zapewnił. *Głupcze, głupcze* — krzyczał jego wewnętrzny głos. *Czemu to powiedziałeś? Przyszedłeś tu po to, żeby ją odesłać!* Zamiast to zrobić, pocałował ją raz jeszcze.

Droga powrotna była długa i samotna. Podrick Payne spał na składanym łóżku w nogach łoża Tyriona. Obudził chłopaka.

— Bronn — zażądał.

— Ser Bronn? — Pod potarł zaspane oczy. — Och. Czy mam po niego pójść? Panie?

— Nie, obudziłem cię po to, żebyśmy mogli sobie pogadać o tym, jak się ubiera — odpowiedział Tyrion. Sarkazmem nie osiągnął jednak zamierzonego efektu. Chłopak gapił się tylko na niego zmieszany.

— Tak. Pójdę po niego. Przyprowadzę go. Natychmiast — powiedział wreszcie, unosząc ręce w górę.

Ubrał się pośpiesznie i niemal wybiegł z komnaty. *Czy naprawdę jestem taki przerażający?* — zastanowił się Tyrion. Przebrał się w szlafrok i nalał sobie trochę wina.

Zanim Pod wrócił, holując za sobą najemnika, dotarł już do trzeciego kielicha i minęło pół nocy.

— Mam nadzieję, że chłopak miał jakiś cholernie ważny powód, żeby mnie wyciągnąć od Chatayi — oznajmił Bronn, siadając na krześle.

— Od Chatayi? — zapytał poirytowany Tyrion.

— Dobrze jest być rycerzem. Nie muszę już szukać sobie tańszych burdeli. — Bronn wyszczerzył zęby w uśmiechu. — Teraz Alayaya i Marei leżą sobie na piernatach, a ser Bronn spoczywa między nimi.

Tyrion musiał przełknąć złość. Bronn miał takie samo prawo spać z Alayayą, jak każdy inny mężczyzna, niemniej jednak... *Nigdy jej nawet nie tknąłem, choć miałem na to ochotę, ale on nie mógł o tym wiedzieć. Powinien był trzymać swego kutasa z dala od niej.* Tyrion nie odważył się chodzić do Chatayi. Gdyby to zrobił, Cersei natychmiast zawiadomiłaby ojca i Yayę czekałoby coś znacznie gorszego niż chłosta. Wysłał dziewczynie w charakterze przeprosin srebrny naszyjnik z nefrytami oraz parę bransolet do kompletu, ale poza tym...

*To bezowocne.*

— Jest taki minstrel, który zwie się Symonem Srebrnym Językiem — oznajmił ze znużeniem, zapominając o poczuciu winy. — Czasami śpiewa dla córki lady Tandy.

— I co z nim?

*Zabij go* — mógłby powiedzieć, ale ten człowiek nie zrobił nic poza zaśpiewaniem paru pieśni. *I napełnieniem słodkiej główki Shae obrazami gołębi oraz tańczących niedźwiedzi.*

— Znajdź go — polecił tylko. — Znajdź go, nim zrobi to ktoś inny.

# ARYA

Gdy szukała warzyw w ogrodzie zabitego, nagle usłyszała śpiew.

Arya zesztywniała nieruchomo jak kamień i wytężyła słuch, zapominając o trzech marchewkach, które ściskała w dłoni. Pomyślała o Krwawych Komediantach i ludziach Roose'a Boltona. Po jej plecach przebiegł dreszcz strachu. *To niesprawiedliwe. Nie w chwili, gdy wreszcie znaleźliśmy Trident i myśleliśmy, że jesteśmy już prawie bezpieczni.*

Czy jednak Komedianci śpiewaliby piosenki?

Niosące się nad rzeką dźwięki docierały zza niewielkiego wzniesienia leżącego na wschodzie.

— Do Gulltown zobaczyć się z piękną dziewczyną, hej-ho, hej-ho.

Arya zerwała się gwałtownie. Marchewki zwisały jej z dłoni. Wyglądało na to, że śpiewak zbliża się nadrzecznym traktem. Grzebiący w zagonie kapusty Gorąca Bułka, sądząc po jego twarzy, również go usłyszał. Gendry położył się spać w cieniu spalonej chaty i nie słyszał zupełnie nic.

— Sztylet da mi skraść słodki pocałunek, hej-ho, hej-ho.

Miała wrażenie, że słyszy też dźwięk drewnianej harfy, choć zagłuszał go szum rzeki.

— Słyszałaś? — zapytał ochrypłym szeptem Gorąca Bułka, przyciskając do piersi naręcze kapusty. — Ktoś idzie.

— Obudź Gendry'ego — poleciła mu Arya. — Po prostu potrząśnij go za ramię, żeby nie robić hałasu.

Gendry'ego łatwo było obudzić, w przeciwieństwie do Gorącej Bułki, który wymagał kopania i wrzasków.

— Uczynię ją swą ukochaną i położę się obok niej w cieniu, hej-ho, hej-ho.

Pieśń z każdym słowem stawała się coraz głośniejsza.

Gorąca Bułka rozpostarł ramiona. Kapusta posypała się na ziemię z cichym łoskotem.

— Musimy się schować.

*Ale gdzie?* Spalona chata i położony obok niej zachwaszczony ogród znajdowały się nad samymi brzegami Tridentu. W pobliżu rzeki rosło kilka wierzb, a na błotnistych płyciznach mnóstwo trzciny, lecz większa część otaczającego ich terenu była rozpaczliwie otwarta. *Niepotrzebnie wychodziliśmy z lasu* — pomyślała. Byli jednak bardzo głodni i ogród okazał się zbyt wielką pokusą. Ser i chleb, który ukradli w Harrenhal, skończył się już przed sześcioma dniami, w samym środku gęstego boru.

— Zaprowadź Gendry'ego i konie za chatę — zdecydowała. Część jednej ściany jeszcze stała. Być może okaże się wystarczająco wielka, by ukryć dwóch chłopców i trzy konie. *Jeśli nie będą rżały, a ten śpiewak nie zechce obejrzeć ogrodu.*

— A co z tobą?

— Schowam się za drzewem. Pewnie jest sam. Jeśli będzie mnie zaczepiał, zabiję go. Uciekaj!

Gorąca Bułka uciekł. Arya wyrzuciła marchewki i wyciągnęła z pochwy na plecach ukradziony miecz. Nosiła oręż w ten sposób, był bowiem zrobiony dla dorosłego mężczyzny i gdy przytroczyła go sobie do biodra, obijał się o ziemię. *Do tego jest za ciężki* — pomyślała. Za każdym razem, gdy ujmowała w dłoń to nieporęczne żelastwo, ogarniała ją tęsknota za Igłą. Był to jednak miecz i można nim było zabić człowieka. To jej wystarczało.

Lekkim krokiem podbiegła do wielkiej, starej wierzby, która

rosła obok zakrętu drogi, i opadła na jedno kolano za zasłoną giętkich gałązek. *Starzy bogowie* — modliła się, gdy głos śpiewaka stawał się coraz donośniejszy. *Bogowie drzew. Ukryjcie mnie i sprawcie, by sobie poszedł.* Wtem rozległo się rżenie konia i pieśń urwała się nagle. *Usłyszał* — zrozumiała. *Ale może jest sam, a jeśli nawet jest ich więcej, może boją się nas tak samo, jak my ich.*

— Słyszałeś to? — odezwał się męski głos. — Wydaje mi się, że za tym murem coś jest.

— Ehe — zgodził się drugi, niższy głos. — Jak ci się zdaje, co to mogło być, Łuczniku?

A więc dwóch. Arya przygryzła wargę. Nie widziała ich zza wierzby, słyszała jednak rozmowę.

— Niedźwiedź.

Trzeci mężczyzna czy znowu pierwszy?

— Na takim niedźwiedziu jest mnóstwo mięsa — zauważył człowiek o niskim głosie. — A jesienią też tłuszczu. To świetne żarcie, jeśli umiejętnie je przyrządzić.

— A może to wilk. Albo lew.

— Czworonożny czy dwunożny?

— A co to za różnica?

— Dla mnie żadna. Łuczniku, po co ci te strzały?

— Wypuszczę kilka nad murem. Ten, kto się tam schował, wybiegnie w te pędy.

— A jeśli to jakiś uczciwy człowiek? Albo jakaś biedna kobieta z dzieckiem przy piersi?

— Uczciwy człowiek pokazałby nam swoją twarz. Tylko zbójcy się kryją.

— Masz rację. No, to strzelaj.

Arya wybiegła z ukrycia.

— Nie!

Pokazała im miecz. Zobaczyła, że jest ich trzech. *Tylko trzech.* Syrio potrafił walczyć z większą liczbą przeciwników, a jej mogli też pomóc Gorąca Bułka i Gendry. *Ale to chłopcy, a ci trzej to mężczyźni.*

Wędrowali na piechotę, a ich stroje pokrywały plamy błota po długiej podróży. Poznała minstrela po drewnianej harfie, którą przyciskał do kaftana niczym matka trzymająca niemowlę. Był niskim mężczyzną wyglądającym na jakieś pięćdziesiąt lat, miał wielkie usta, ostry nos i rzedniejące brązowe włosy. Na wyblakłym zielonym stroju tu i ówdzie widać było skórzane łaty. U biodra miał parę noży do rzucania, a na plecach dźwigał siekierę.

Stojący obok niego mężczyzna był o dobrą stopę wyższy i wyglądał na żołnierza. U jego wysadzanego ćwiekami pasa wisiały miecz i sztylet, w koszulę miał wszyte szeregi zachodzących na siebie żelaznych pierścieni, a na głowie nosił czarny, żelazny półhełm o kształcie stożka. Miał zepsute zęby i krzaczastą, brązową brodę, najbardziej jednak przyciągał wzrok jego żółty płaszcz z kapturem. Ciężki i gruby, pokryty plamami od trawy i krwi, wystrzępiony na dole i załatany na prawym barku kawałkiem jeleniej skóry, nadawał właścicielowi wygląd ogromnego, żółtego ptaka.

Ostatnim z trójki był młodzieniec chudy jak jego łuk, choć nieco od niego niższy. Rudy i piegowaty, miał na sobie nabijaną ćwiekami brygantynę, wysokie buty i skórzane rękawice bez palców, a na plecach nosił kołczan pełen strzał o lotkach z szarych gęsich piór. Sześć strzał wbił w ziemię przed sobą niczym mały płotek.

Trzej mężczyźni spoglądali na Aryę, która zagrodziła im drogę z mieczem w dłoni. Minstrel szarpnął od niechcenia strunę.

— Chłopcze — odezwał się — odłóż ten miecz, jeśli nie chcesz, żeby stała ci się krzywda. Jest dla ciebie za duży, a do tego nasz Anguy zdążyłby wrazić w ciebie trzy strzały, nim zdołałbyś do nas dobiec.

— Nie zdążyłby — sprzeciwiła się Arya. — A poza tym jestem dziewczynką.

— To prawda. — Minstrel pokłonił się. — Proszę o wybaczenie.

— Ruszajcie w dalszą drogę, a ty nie przestawaj śpiewać, żebyśmy wiedzieli, gdzie jesteście. Zostawcie nas w spokoju, to was nie zabiję.

Piegowaty łucznik wybuchnął śmiechem.

— Nie zabije nas. Słyszałeś, Cytryn?

— Słyszałem — potwierdził Cytryn, wysoki żołnierz o niskim głosie.

— Dziecko — ciągnął minstrel — odłóż ten miecz, a zaprowadzimy cię w bezpieczne miejsce, gdzie będziesz mogła wypełnić sobie brzuch. W tych okolicach grasują wilki, lwy i jeszcze gorsze stworzenia. Mała dziewczynka nie powinna chodzić tu sama.

— Nie jest sama. — Gendry wyjechał konno zza muru. Gorąca Bułka podążał za nim, prowadząc konia Aryi. W kolczej koszuli i z mieczem w dłoni Gendry wyglądał niemal na dorosłego, groźnego mężczyznę. Gorąca Bułka wyglądał jak Gorąca Bułka. — Zróbcie, co wam powiedziała, i zostawicie nas w spokoju — ostrzegł ich Gendry.

— Drugi i trzeci — policzył minstrel. — To już wszyscy? I konie, piękne konie. Gdzie je ukradliście?

— Są nasze.

Arya uważnie obserwowała mężczyzn. Minstrel próbował odwrócić jej uwagę gadaniem, ale to łucznik był prawdziwym zagrożeniem. Jeśli wyrwie strzałę z ziemi...

— Przedstawicie się nam jak uczciwi ludzie? — zapytał chłopców minstrel.

— Jestem Gorąca Bułka — odpowiedział natychmiast piekarczyk.

— Wspaniale. — Mężczyzna uśmiechnął się. — Nie co dzień spotykam chłopaka o tak smakowitym imieniu. A jak się nazywają twoi przyjaciele? Kotlet Barani i Gołąbek?

Gendry łypnął na niego wilkiem.

— Czemu miałbym wam zdradzać swoje imię? Nie słyszałem waszych.

— No więc, jeśli o to chodzi, to jestem Tom z Siedmiu Strumieni, ale mówią na mnie Tom Siedem Strun albo Tom Siódemka. Ten wielki gbur o brązowych zębach to Cytryn. To skrót od Cytrynowy Płaszcz. Rozumiecie, płaszcz jest żółty, a Cytryn ma kwaśne usposobienie. A ten młody chłopak nazywa się Anguy, ale na ogół mówimy na niego Łucznik.

— A kim wy jesteście? — zapytał Cytryn niskim głosem, który Arya słyszała już przedtem zza zasłony wierzbowych gałązek.

Nie zamierzała tak łatwo zdradzać im swego prawdziwego imienia.

— Jak chcecie, możecie na mnie mówić Gołąbek — rzuciła. — Wszystko mi jedno.

Wysoki mężczyzna wybuchnął śmiechem.

— Gołąbek z mieczem — stwierdził. — To ci dopiero rzadki widok.

— Ja jestem Byk — oznajmił Gendry, biorąc przykład z Aryi. Nie mogła mieć do niego pretensji o to, że woli być Bykiem niż Kotletem Baranim.

Tom Siódemka uderzył w struny harfy.

— Gorąca Bułka, Gołąbek i Byk. Uciekliście z kuchni lorda Boltona, co?

— Skąd wiesz? — zapytała zaniepokojona Arya.

— Masz jego herb na piersi, malutka.

Zapomniała o tym na chwilę. Pod płaszczem wciąż nosiła piękny wams pazia z wyszytym na piersi obdartym ze skóry człowiekiem z Dreadfort.

— Nie mów na mnie malutka!

— A dlaczego? — zdziwił się Cytryn. — Przecież nie jesteś duża.

— Większa, niż byłam. I nie jestem już dzieckiem.

*Dzieci nie zabijają ludzi.*

— Widzę to, Gołąbek. Żadne z was nie jest dzieckiem. Nie, jeśli byliście ludźmi Boltona.

— Nigdy nimi nie byliśmy. — Gorąca Bułka nie potrafił się nauczyć, kiedy należy trzymać język za zębami. — Służyliśmy w Harrenhal, kiedy je zdobył, to wszystko.

— A więc jesteście lwimi szczeniętami, tak?

— Też nie. Nie służymy nikomu. A czyimi ludźmi wy jesteście?

— Ludźmi króla — odpowiedział Anguy Łucznik.

— Którego króla? — zapytała Arya, marszcząc brwi.

— Króla Roberta — wyjaśnił Cytryn.

— Tego starego pijaka? — rzucił ze wzgardą w głosie Gendry. — On nie żyje. Zabił go jakiś dzik. Wszyscy o tym wiedzą.

— To prawda, chłopcze — przyznał Tom Siedem Strun. — I wielka szkoda.

Zagrał na harfie smutny akord.

Arya nie sądziła, by naprawdę byli królewskimi ludźmi. Brudni i obszarpani mężczyźni wyglądali raczej na banitów. Nie mieli nawet koni. Królewscy ludzie z pewnością by je mieli.

— Szukamy Riverrun — odezwał się jednak piskliwym głosem Gorąca Bułka. — Czy wiecie, ile to jeszcze dni drogi?

Arya mogłaby go zabić.

— Bądź cicho albo zatkam ci tę głupią gębę kamieniami.

— Riverrun jest daleko stąd w górę rzeki — odpowiedział Tom. — To długa podróż i po drodze zdążycie zgłodnieć. Może mielibyście przedtem ochotę na ciepły posiłek? Niedaleko stąd jest gospoda, którą prowadzą nasi przyjaciele. Moglibyśmy podzielić się ale i chlebem, zamiast ze sobą walczyć.

— Gospoda? — Na myśl o ciepłym posiłku Aryi zaburczało w brzuchu, nie ufała jednak temu Tomowi. Nie każdy, kto przemawiał po przyjacielsku, był prawdziwym przyjacielem. — Mówisz, że to blisko?

— Dwie mile w górę rzeki — odparł Tom. — Góra trzy.

Gendry wyglądał na równie nieprzekonanego jak ona.

— A co to za przyjaciele? — zapytał nieufnie.

— Przyjaciele. Zapomniałeś, co znaczy to słowo?

— Oberżystka nazywa się Sharna — wtrącił Tom. — Przyznaję, że ma ostry język i wściekłe spojrzenie, ale za to serce ma dobre i lubi małe dziewczynki.

— Nie jestem małą dziewczynką — warknęła gniewnie Arya. — Kto jeszcze tam będzie? Powiedziałeś „przyjaciele".

— Mąż Sharny i sierota, chłopak, którego wzięli na wychowanie. Nie zrobią wam krzywdy. Mają ale, jeśli uważasz, że jesteś już wystarczająco duża, świeży chleb i może kawałek mięsa. — Tom zerknął na chatę. — I wszystko, co ukradliście z ogrodu Starego Pate'a.

— Niczego nie ukradliśmy — sprzeciwiła się Arya.

— A więc jesteś jego córką? Siostrą? Żoną? Nie kłam, Gołąbek. Sam pochowałem Starego Pate'a pod tą wierzbą, za którą się ukrywałaś. Wcale nie jesteś do niego podobna. — Znowu wydobył z harfy smutny dźwięk. — W ostatnim roku pochowaliśmy mnóstwo dobrych ludzi, ale was nie chcemy pochować. Przysięgam na moją harfę. Łuczniku, pokaż jej.

Dłoń młodzieńca poruszyła się tak szybko, że Arya nie wierzyła własnym oczom. Strzała przeleciała ze świstem cal od jej ucha i wbiła się w pień wierzby. Zdawało się jej dotąd, że rozumiała, co miał na myśli Syrio, mówiąc „szybka jak wąż" i „gładka jak letni jedwab", teraz jednak zdała sobie sprawę, iż była w błędzie. Wbita w drzewo strzała brzęczała niczym pszczoła.

— Chybiłeś — powiedziała.

— Nie bądź głupia — odciął się Anguy. — Moje strzały zawsze trafiają tam, gdzie chcę.

— To prawda — potwierdził Cytryn Cytrynowy Płaszcz.

Łucznika od sztychu jej miecza dzieliło dwanaście kroków. *Nie mamy szans* — zrozumiała Arya. Żałowała, że nie ma takiego łuku i nie potrafi się nim posługiwać. Opuściła z ponurą miną ciężki oręż, aż jego sztych dotknął ziemi.

— Pójdziemy do tej gospody — zgodziła się, starając się maskować niepewność śmiałymi słowami. — Wy idźcie przodem, a my pojedziemy za wami, żebyśmy mogli widzieć, co robicie.

Tom Siedem Strun pokłonił się nisko.

— Przodem czy tyłem, to bez różnicy — oznajmił. — Chodźcie, chłopaki, wskażemy im drogę. Anguy, lepiej schowaj te strzały, tu się nam nie przydadzą.

Arya wsunęła miecz do pochwy i przeszła na drugą stronę drogi, gdzie siedzieli na koniach jej przyjaciele. Starała się trzymać na dystans od obcych.

— Gorąca Bułka, weź tę kapustę — poleciła, wskakując na siodło. — I marchewkę też.

Choć raz nie próbował się sprzeciwiać. Ruszyli w drogę tak, jak tego chciała, jadąc powoli stępa zrytą koleinami drogą w odległości dwunastu kroków za trójką mężczyzn. Mimo to już po chwili ich doścignęli. Tom Siedem Strun lubił chodzić wolno i po drodze grać na harfie.

— Znacie jakieś piosenki? — zapytał. — Uwielbiam śpiewać

z kimś w duecie. Cytryn w ogóle nie ma głosu, a nasz młody Łucznik zna tylko ballady z Pogranicza. Każda z nich ma co najmniej sto linijek.

— Na Pograniczu śpiewamy prawdziwe pieśni — zauważył łagodnym tonem Anguy.

— Śpiewanie to głupota — obruszyła się Arya. — W ten sposób robi się hałas. Słyszeliśmy was już z daleka. Mogliśmy was zabić.

Uśmiech Toma świadczył, że nie sądzi, by tak było.

— Są gorsze rzeczy, niż zginąć z pieśnią na ustach.

— Gdyby tu były wilki, wiedzielibyśmy o tym — burknął Cytryn. — Albo lwy. To nasz las.

— Ale o nas nie wiedzieliście — wskazał Gendry.

— Nie bądź tego taki pewny, chłopcze — odparł Tom. — Czasami ludzie wiedzą więcej, niż chcą przyznać.

Gorąca Bułka poruszył się w siodle.

— Znam piosenkę o niedźwiedziu — odezwał się. — A przynajmniej kawałek.

Tom przebiegł palcami po strunach.

— No to zaczynaj, chłopcze.

Odrzucił głowę do tyłu i zaśpiewał.

— Był sobie niedźwiedź, wierz, jeśli chcesz! Czarno-brązowy, kudłaty zwierz...

Gorąca Bułka przyłączył się do niego radośnie. Podskakiwał nawet w siodle przy każdym rymie. Arya gapiła się na niego zdumiona. Miał dobry głos i umiał śpiewać. *Nigdy nie potrafił robić nic poza pieczeniem* — pomyślała.

Wkrótce natknęli się na wpadający do Tridentu strumyk. Gdy przechodzili go w bród, ich śpiew wypłoszył z trzcin kaczkę. Anguy zatrzymał się błyskawicznie, zdjął łuk, wystrzelił i strącił ptaka, który spadł na płyciznę, niedaleko od brzegu. Cytryn zdjął żółty płaszcz i wszedł po kolana do wody, żeby go wydobyć, utyskując głośno.

— Myślisz, że Sharna ma w tej swojej piwnicy cytryny? — zapytał Toma Anguy, gdy obaj patrzyli na pluskającego wodą, przeklinającego towarzysza. — Jedna dornijska dziewczyna upiekła mi kiedyś kaczkę z cytrynami — dodał tęsknym głosem.

Na drugim brzegu strumienia Tom i Gorąca Bułka ponownie podjęli pieśń. Kaczka wisiała u pasa Cytryna, pod żółtym płaszczem. Śpiew w jakiś sposób skrócił im drogę. Niedługo ujrzeli przed sobą gospodę, która stała na brzegu rzeki, w miejscu gdzie Trident zakręcał na północ. Arya przyglądała się nieufnie budynkowi. Musiała przyznać, że nie wyglądał na jaskinię zbójców. Sprawiał miłe, przytulne wrażenie. Górne piętro pobielono wapnem, dach kryły dachówki, a z komina unosiła się leniwie smużka dymu. Obok głównego budynku stała stajnia i inne przybudówki, a na zapleczu była altana, jabłkowy sad i mały ogród. Gospoda miała nawet własną przystań i…

— Gendry — zawołała cicho. — Mają tu łódź. Moglibyśmy pożeglować aż do Riverrun. Tak byłoby chyba szybciej niż konno.

Chłopak miał niepewną minę.

— Pływałaś kiedyś łodzią?

— Trzeba rozwinąć żagiel i wiatr sam ją pcha — wyjaśniła.

— A jeśli wiatr wieje w niewłaściwą stronę?

— Wtedy trzeba wiosłować.

— Pod prąd? — Gendry zmarszczył brwi. — Czy to nie będzie za wolno? A co, jeśli łódź się przewróci i wpadniemy do wody? Zresztą łódź nie jest nasza. Należy do ludzi z gospody.

*Moglibyśmy ją sobie wziąć.* Arya przygryzła wargę i nie powiedziała nic. Zsiedli z wierzchowców przed stajniami. Nigdzie nie było widać innych koni, zauważyła jednak w wielu boksach świeży nawóz.

— Ktoś z nas powinien pilnować koni — zauważyła, nadal nieufna.

Tom ją usłyszał.

— Nie ma potrzeby, Gołąbek. Chodźcie coś zjeść, nic im się nie stanie.

— Ja zostanę — zaproponował Gendry, ignorując słowa minstrela. — Przyjdźcie po mnie, jak już coś zjecie.

Arya skinęła głową i poszła za Gorącą Bułką oraz Cytrynem. Na plecach nadal miała miecz, a na wypadek, gdyby nie spodobało się jej to, co zastaną wewnątrz, rękę trzymała w pobliżu rękojeści sztyletu, który ukradła Roose'owi Boltonowi.

Na szyldzie nad drzwiami wymalowano jakiegoś starodawnego, klęczącego króla. Wewnątrz zastali bardzo wysoką, brzydką kobietę o sterczącym podbródku, która patrzyła na nich spode łba z rękami wspartymi na biodrach.

— Nie stój tu tak, chłopcze — warknęła. — A może jesteś dziewczynką? Tak czy inaczej, nie blokuj drzwi. Wchodź albo wychodź. Cytryn, co ci mówiłam o podłodze? Macie ubłocone buciory.

— Upolowaliśmy kaczkę — oznajmił wysoki mężczyzna, unosząc ptaka niczym sztandar pokoju.

Kobieta wyrwała mu go z dłoni.

— Chciałeś powiedzieć, że Anguy ją upolował. Ściągaj buty. Jesteś przygłuchy czy przygłupi? — Odwróciła się. — Mężu — zawołała głośno. — Chodź tu, chłopaki wróciły. Mężu!

Z piwnicy wyszedł utyskujący głośno mężczyzna w poplamionym fartuchu. Był o głowę niższy od kobiety, miał krostowatą twarz i obwisłą, pożółkłą skórę, na której wciąż było widać ślady po jakiejś francy.

— Jestem tu, kobieto. Przestań wrzeszczeć. Co się stało?

— Powieś ją — poleciła, wręczając mu kaczkę.

Anguy zaszurał nogami.

— Tak sobie pomyśleliśmy, że moglibyśmy ją zjeść, Sharna. Z cytrynami, jeśli je masz.

— Z cytrynami? Skąd niby mam wytrzasnąć cytryny? Wydaje ci się, że jesteśmy w Dorne, ty piegowaty durniu? To skocz na dwór do drzew cytrynowych i przynieś nam korzec, a do tego trochę smacznych oliwek i granatów. — Pogroziła mu palcem. — Pewnie mogłabym ją ugotować z płaszczem Cytryna, ale najpierw musi kilka dni powisieć. Dostaniecie królika albo nic. Jeśli jesteście bardzo głodni, najszybciej byłoby upiec go na rożnie. Mogę też zrobić gulasz z ale i cebulą.

Arya czuła już niemal smak tego królika.

— Nie mamy pieniędzy, ale przynieśliśmy na wymianę trochę marchewki i kapusty.

— Naprawdę? A gdzie to wszystko macie?

— Gorąca Bułka, dawaj kapustę.

Piekarczyk wykonał jej polecenie, choć zbliżał się do starej kobiety tak ostrożnie, jakby była Rorge'em, Kąsaczem albo Vargo Hoatem.

Oberżystka przyjrzała się uważnie warzywom, a jeszcze uważniej chłopcu.

— Gdzie jest ta gorąca bułka?

— Tutaj. To ja. Tak mam na imię. A ona to... hmm... Gołąbek.

— Nie pod moim dachem. Ja nadaję gościom i daniom inne imiona, żeby móc ich od siebie odróżnić. Mężu!

Mąż był już za drzwiami, lecz na jej krzyk wrócił pośpiesznie.

— Kaczka już wisi. Czego znowu chcesz, kobieto?

— Opłucz te jarzyny — rozkazała. — Reszta niech usiądzie i zaczeka, aż załatwię się z królikami. Chłopiec przyniesie wam coś do picia. — Przyjrzała się uważnie Aryi i Gorącej Bułce. — Nie mam zwyczaju dawać ale dzieciom, lecz jabłecznika zabrakło, nie mamy krów, a woda w rzece smakuje wojną, bo pływa w niej mnóstwo trupów. Gdybym wam podała kubek zupy, w której pływa mnóstwo zdechłych much, to czy byście ją wypili?

— Arry by wypiła — wyrwał się Gorąca Bułka. — To znaczy Gołąbek.

— Cytryn też — wtrącił Anguy z chytrym uśmiechem.

— Mniejsza o Cytryna — odparła Sharna. — Ale dla wszystkich.

Ruszyła w stronę kuchni.

Anguy i Tom Siedem Strun usiedli za stołem obok kominka, Cytryn zawiesił wielki żółty płaszcz na kołku, Gorąca Bułka klapnął ciężko na ławie przy stole ustawionym najbliżej drzwi, a Arya zajęła miejsce obok niego.

Tom zdjął harfę.

— Samotna gospoda, tam gdzie puszcza głucha — zaczął, szarpiąc powoli struny w rytm melodii. — Żona oberżysty brzydka jak ropucha.

— Zamknij się, bo nie dostaniemy królika — ostrzegł go Cytryn. — Przecież ją znasz.

Arya nachyliła się nad Gorącą Bułką.

— Umiesz pływać łodzią? — zapytała. Nim zdążył jej odpowiedzieć, pojawił się krępy piętnasto- albo szesnastoletni chłopak, niosący kufle ale. Gorąca Bułka ujął swój z czcią w obie dłonie i zaczął popijać płyn. Arya nigdy dotąd nie widziała, by uśmiechał się tak szeroko.

— Ale — wyszeptał. — I królik.

— No to za Jego Miłość — zawołał radośnie Anguy Łucznik. — Siedmiu chrońcie króla!

— Wszystkich dwunastu królów — mruknął Cytryn Cytrynowy Płaszcz. Wypił ale i otarł pianę z ust grzbietem dłoni.

Mąż wpadł do gospody przez frontowe drzwi z fartuchem pełnym opłukanych warzyw.

— W stajni są obce konie — oznajmił, jakby nikt o tym nie wiedział.

— Ehe — potwierdził Tom. — I to lepsze niż te trzy, które oddałeś.

Poirytowany Mąż wysypał jarzyny na stół.

— Wcale ich nie oddałem. Sprzedałem je za dobrą cenę i jeszcze na dodatek dostałem łódź. Zresztą mieliście je odzyskać.

*Wiedziałam, że to zbójcy* — pomyślała Arya, uważnie słuchając ich słów. Poruszyła dłonią pod blatem, by dotknąć rękojeści sztyletu i upewnić się, że nadal jest na miejscu. *Jeśli spróbują nas obrabować, to pożałują.*

— Nie pojechali naszą drogą — poskarżył się Cytryn.

— Wysłałem ich tamtędy. Na pewno byliście pijani albo zasnęliście.

— My? Pijani? — Tom pociągnął długi łyk ale. — Nigdy w życiu.

— Powinieneś sam sobie z nimi dać radę — oznajmił Mężowi Cytryn.

— Co? Tylko z chłopcem? Mówiłem już wam, że stara wybrała się do Lambswold, żeby pomóc tej Paproci w porodzie. Najpewniej to któryś z was zrobił dziewczynie bękarta. — Obrzucił Toma kwaśnym spojrzeniem. — Idę o zakład, że to ty wyłuskałeś biedną Paproć z bielizny, z tą twoją harfą i smutnymi piosenkami.

— Jeśli pieśń sprawia, że dziewczyna chce zdjąć ubranie, by poczuć na skórze pocałunki dobrego, ciepłego słońca, to czy to jest wina minstrela? — zapytał Tom. — A zresztą jej podobał się Anguy. Słyszałem, jak go pytała: „Czy mogę dotknąć twojego łuku? Och, jest taki twardy i gładki. A czy mogłabym naciągnąć cięciwę?”.

Mąż prychnął pogardliwie.

— Ty czy Anguy, co to za różnica? Jesteś tak samo winny, jak ja z tymi końmi. Rozumiesz, ich było troje. Co może poradzić jeden człowiek przeciwko trojgu?

— Troje — rzucił z pogardą Cytryn — w tym jedna kobieta i jeden więzień w łańcuchach. Sam mówiłeś.

Mąż wykrzywił twarz.

— Duża kobieta, ubrana jak mężczyzna. A ten w łańcuchach... nie podobał mi się wyraz jego oczu.

Anguy uśmiechnął się nad ale.

— Kiedy nie podoba mi się wyraz czyichś oczu, przeszywam go strzałą.

Arya przypomniała sobie pocisk, który przemknął tuż obok jej ucha, i po raz kolejny pożałowała, że nie umie strzelać z łuku. Na Mężu te słowa nie zrobiły wrażenia.

— Nie odzywaj się, kiedy starsi rozmawiają. Pij ale i trzymaj język za zębami, bo inaczej powiem starej, żeby przygrzmociła ci łyżką.

— Starsi gadają za dużo, a do picia ale nie musisz mnie zachęcać.

Pociągnął wielki łyk, by dowieść prawdziwości swych słów.

Arya zrobiła to samo. Po wielu dniach picia wody z kałuż i strumieni, a potem z mulistego Tridentu, ale smakowało tak dobrze jak maleńkie łyczki wina, na jakie pozwalał jej ojciec. Z kuchni dochodziły zapachy, od których w ustach zbierała jej się ślinka, lecz myśli dziewczynki nadal wypełniała łódź. *Trudniej będzie nią popłynąć, niż ją ukraść. Jeśli zaczekamy, aż wszyscy zasną...*

Chłopiec wrócił z wielkimi okrągłymi bochnami. Arya oderwała sobie potężny kawał i wpiła weń chciwie zęby. Okazało się jednak, że trudno go żuć. Był twardy, bryłowaty i przypalony od spodu.

Gorąca Bułka skrzywił się, gdy tylko go posmakował.

— To niedobry chleb — oznajmił. — Jest przypalony i do tego twardy.

— Smakuje lepiej, jeśli zamoczyć go w gulaszu — pocieszył go Cytryn.

— Nieprawda — sprzeciwił się Anguy. — Tylko trudniej połamać na nim zęby.

— Zjecie go albo będziecie głodni — stwierdził Mąż. — Czy wyglądam na jakiegoś cholernego piekarza? Ciekawe, czy potraficie zrobić lepszy?

— Ja potrafię — zapewnił Gorąca Bułka. — To łatwe. Za długo ugniatałeś ciasto, dlatego tak trudno go gryźć.

Pociągnął kolejny łyk ale i zaczął rozprawiać z miłością o chlebach, ciastach, plackach i wszystkich rzeczach, które kochał. Arya zatoczyła oczyma.

Tom usiadł naprzeciw niej.

— Gołąbek — odezwał się — czy Arry, czy jak tam naprawdę masz na imię, to dla ciebie.

Przysunął do niej na stole brudny kawałek pergaminu.

Popatrzyła na skrawek podejrzliwie.

— A co to jest?

— Trzy złote smoki. Musimy kupić te konie.

Przeniosła nieufne spojrzenie na Toma.

— Są nasze.

— W tym sensie, że ukradliście je sami, prawda? Nie ma się czego wstydzić, dziewczynko. Wojna z wielu uczciwych ludzi zrobiła złodziei. — Tom postukał palcem w złożony pergamin. — Dajemy wam dobrą cenę. Prawdę mówiąc, to więcej, niż są warte nawet najlepsze konie.

Gorąca Bułka złapał za pergamin i rozwinął go.

— Tu nie ma złota — poskarżył się głośno. — Tylko pismo.

— To prawda — potwierdził Tom. — I bardzo mi przykro z tego powodu. Ale po wojnie zamierzamy uregulować wszystkie należności. Masz na to moje słowo jako królewskiego człowieka.

Arya odepchnęła się od blatu i zerwała na nogi.

— Nie jesteście królewskimi ludźmi tylko rozbójnikami.

— Jeśli kiedyś spotkasz prawdziwych rozbójników, to dowiesz się, że oni nie płacą, nawet kwitami. Nie bierzemy tych koni dla siebie, dziecko. Chodzi nam o dobro królestwa, żebyśmy mogli szybciej się przemieszczać i stawać do walki tam, gdzie jest to konieczne. Do walki w imieniu króla. Czy odmówisz królowi swych koni?

Wszyscy patrzyli na nią: Łucznik, wysoki Cytryn, Mąż o pożółkłej twarzy i niespokojnym spojrzeniu. Nawet Sharna, która stała w drzwiach kuchni. *Zabiorą nam konie bez względu na to, co powiem* — zrozumiała. *Będziemy musieli iść do Riverrun na piechotę, chyba że…*

— Nie chcemy kwitu. — Wyrwała pergamin z dłoni Gorącej Bułki. — Dostaniecie konie w zamian za tę łódź, która stoi na zewnątrz. Ale musicie nam pokazać, jak się nią pływa.

Tom Siedem Strun gapił się na nią przez chwilę, po czym jego wielkie, brzydkie usta rozciągnęły się w smutnym uśmiechu. Potem ryknął głośnym śmiechem. Anguy podążył za jego przykładem. Po chwili śmiali się już wszyscy, Cytryn Cytrynowy Płaszcz, Sharna i Mąż, a nawet młody posługacz, który wyszedł zza beczek z kuszą pod pachą. Arya miała ochotę na nich wrzasnąć, lecz zamiast tego zaczęła się uśmiechać…

— Jeźdźcy! — krzyknął przenikliwie Gendry. Otworzył drzwi i wpadł do środka. — Żołnierze — wydyszał. — Dwunastu żołnierzy zbliża się nadrzecznym traktem.

Gorąca Bułka zerwał się na nogi, przewracając kufel, lecz pozostali nie sprawiali wrażenia zaniepokojonych.

— Nie ma powodu rozlewać dobrego ale na moją podłogę — skarciła go Sharna. — Siedź spokojnie, chłopcze, zaraz podam królika. Ty też, dziewczynko. Być może wyrządzono wam krzywdę, ale to się już skończyło. Jesteście teraz z królewskimi ludźmi. Zapewnimy wam bezpieczeństwo, jeśli tylko będzie to możliwe.

Arya sięgnęła przez ramię, żeby wydobyć miecz, nim jednak zdążyła wyciągnąć go w połowie, Cytryn złapał ją za nadgarstek.

— Starczy już tych wygłupów.

Wykręcał jej rękę, dopóki nie otworzyła dłoni. Jego pokryte stwardniałą skórą palce były niewiarygodnie silne. *Znowu!* — pomyślała Arya. *Znowu jest tak samo jak w wiosce, z Chiswyckiem, Raffem i Górą Która Jeździ.* Chcieli ukraść jej miecz i ponownie zmienić ją w myszkę. Sięgnęła wolną dłonią po kufel i zdzieliła nim Cytryna w twarz. Ale wylało się i zalało mu oczy. Usłyszała trzask łamanego nosa i zobaczyła płynącą krew. Mężczyzna ryknął z bólu i uniósł dłonie do twarzy.

— Uciekajcie! — krzyknęła, zrywając się do biegu.

Cytryn złapał ją jednak natychmiast. Miał długie nogi i jeden jego sus równał się trzem jej krokom. Wiła się i kopała, lecz podniósł ją bez wysiłku w górę, choć po jego twarzy spływała krew.

— Przestań, ty mała idiotko — wrzasnął, potrząsając nią. — Przestań natychmiast!

Gendry pobiegł jej na pomoc, lecz Tom Siedem Strun zagrodził mu drogę ze sztyletem w dłoni.

Zresztą było już za późno na ucieczkę. Słyszała na dworze konie i krzyki ludzi. Po chwili do środka wszedł zamaszystym krokiem mężczyzna, Tyroshijczyk jeszcze wyższy od Cytryna. Miał wielką, gęstą brodę, jaskrawozieloną, lecz z siwymi odrostami. Za nim pojawiło się dwóch kuszników prowadzących między sobą rannego, a dalej następni...

Arya nigdy w życiu nie widziała takiej bandy obszarpańców. Ich miecze, topory i łuki były jednak lśniące i zadbane. Jeden czy dwóch obrzuciło ją zaciekawionymi spojrzeniami, lecz nikt nie odezwał się ani słowem. Jednooki mężczyzna w zardzewiałej przyłbicy powęszył i uśmiechnął się szeroko, a łucznik o głowie porośniętej sztywnymi blond włosami domagał się krzykiem ale. Potem pojawił się włócznik z lwem na hełmie, starszy, utykający mężczyzna, najemnik z Braavos i...

— Harwin? — wyszeptała Arya. Tak jest! Pod brodą i splątanymi włosami ukrywała się twarz syna Hullena, który ongiś prowadził jej kucyka po dziedzińcu, atakował kukłę z Jonem i Robbem i pił za dużo na ucztach. Był chudszy i wydawał się twardszy, a poza tym w Winterfell nigdy nie nosił brody, ale to był on, człowiek jej ojca. — Harwin! — Rzuciła się naprzód, próbując się wyrwać z żelaznego uścisku Cytryna. — To ja — krzyczała. — Harwin, to ja, poznajesz mnie, prawda? — Po twarzy spływały jej łzy. Rozpłakała się jak dziecko, jak jakaś głupia, mała dziewczynka. — Harwin, to ja!

Mężczyzna przeniósł spojrzenie z jej twarzy na obdartego ze skóry człowieka, którego miała na wamsie.

— Skąd mnie znasz? — zapytał, marszcząc podejrzliwie brwi. — Obdarty ze skóry człowiek... kim jesteś, jakimś chłopcem służącym lordowi pijawce?

Przez chwilę nie wiedziała, co powiedzieć. Nosiła tak wiele imion. Czyżby Arya Stark tylko się jej przyśniła?

— Jestem dziewczynką — odparła, pociągając nosem. — Byłam podczaszym lorda Boltona, ale chciał mnie zostawić kozłowi, więc uciekłam z Gendrym i Gorącą Bułką. Musisz mnie znać! Prowadziłeś mojego kucyka, kiedy byłam mała.

Wybałuszył oczy.

— Dobrzy bogowie — wykrztusił. — Arya Wszędobylska? Cytryn, puść ją.

— Złamała mi nos. — Cytryn cisnął ją bezceremonialnie na podłogę. — Kto to niby jest, do siedmiu piekieł?

— Córka namiestnika. — Harwin opadł przed nią na jedno kolano. — Arya Stark z Winterfell.

# CATELYN

*Robb* — zrozumiała, gdy tylko usłyszała straszny harmider w psiarniach.

Jej syn wrócił do Riverrun, a Szary Wicher razem z nim. Tylko zapach wielkiego, szarego wilkora mógł spowodować tak szalone szczekanie i ujadanie. *Przyjdzie do mnie* — pomyślała. Edmure nie wrócił po swej pierwszej wizycie. Wolał spędzać czas z Marqiem Piperem i Patrekiem Mallisterem, słuchając Rymunda Rymopisa, który śpiewał o bitwie pod Kamiennym Młynem. *Robb to nie Edmure. On przyjdzie się ze mną zobaczyć.*

Deszcz padał już od wielu dni. Zimna, szara ulewa doskonale

harmonizowała z nastrojem Catelyn. Jej ojciec z każdym dniem był coraz słabszy i coraz głębiej pogrążał się w majaczeniach. Budził się tylko po to, by wymamrotać: „Ruta" i błagać o wybaczenie. Edmure unikał jej, a ser Desmond Grell nadal nie chciał jej przyznać wolności w granicach zamku, choć wydawał się z tego powodu bardzo przygnębiony. Na duchu podniósł ją nieco jedynie powrót ser Robina Rygera oraz jego ludzi, zmęczonych i przemoczonych do szpiku kości. Wyglądało na to, że wrócili na piechotę. Maester Vyman wyznał jej, że Królobójcy udało się w jakiś sposób zatopić ich galerę i uciec. Catelyn zapytała, czy mogłaby porozmawiać z ser Robinem, by dowiedzieć się czegoś więcej, nie pozwolono jej jednak na to.

Stało się też coś więcej. Tego dnia, gdy wrócił jej brat, kilka godzin po ich rozmowie dobiegły ją z dziedzińca gniewne głosy. Gdy wspięła się na dach, by zobaczyć, co się dzieje, zobaczyła zgromadzone obok głównej bramy grupki ludzi. Wyprowadzano ze stajen konie, którym następnie zakładano siodła i uzdy. Słychać było krzyki, choć Catelyn była zbyt daleko, by mogła rozróżnić słowa. Jedna z białych chorągwi Robba leżała na ziemi. Jakiś rycerz zawrócił konia i stratował wilkora, mknąc w stronę bramy. Kilku innych podążyło za jego przykładem. *To ludzie, którzy walczyli przy brodach u boku Edmure'a* — pomyślała. *Co mogło aż tak ich rozsierdzić? Czyżby mój brat znieważył ich w jakiś sposób?* Zdawało się jej, że poznaje ser Perwyna Freya, który pojechał z nią do Gorzkiego Mostu i Końca Burzy, a potem wrócił, a także jego bękarciego przyrodniego brata Martyna Riversa, choć z tego miejsca nie mogła być pewna. Przez zamkowe bramy wyjechało około czterdziestu ludzi, nie wiedziała jednak dokąd.

Nie wrócili, a maester Vyman nie chciał jej powiedzieć, kim byli, dokąd pojechali ani co ich tak rozgniewało.

— Przyszedłem tu tylko po to, by zobaczyć twojego ojca, pani — oznajmił. — Twój brat wkrótce zostanie lordem Riverrun. Jeśli chce, byś o czymś wiedziała, sam musi ci to przekazać.

Teraz jednak Robb wrócił z zachodu, wrócił zwycięski. *Wybaczy mi* — powtarzała sobie Catelyn. *Musi mi wybaczyć, jest moim synem i w żyłach Aryi i Sansy płynie jego krew, tak samo jak moja. Wypuści mnie z tych komnat i wtedy dowiem się, co się wydarzyło.*

Gdy przyszedł po nią ser Desmond, zdążyła się już wykąpać, ubrać i uczesać kasztanowate włosy.

— Król Robb wrócił z zachodu, pani — oznajmił rycerz — i rozkazał, byś stawiła się przed jego obliczem w Wielkiej Komnacie.

O tej właśnie chwili marzyła, tej chwili się bała. *Straciłam dwóch synów czy trzech?* Wkrótce się dowie.

W komnacie panował tłok. Wszyscy spoglądali na podwyższenie, Catelyn jednak poznawała ich też od tyłu: lady Mormont miała na sobie łataną kolczugę, Greatjon i jego syn przerastali wzrostem resztę obecnych, lord Jason Mallister miał białe włosy, a na ręku trzymał skrzydlaty hełm, natomiast Tytos Blackwood przywdział swój wspaniały płaszcz z kruczych piór. *Połowa z nich będzie teraz chciała mnie powiesić, a druga połowa odwróci tylko wzrok.* Odnosiła też niepokojące wrażenie, że kogoś tu brakuje.

Robb stał na podwyższeniu. *Nie jest już chłopcem* — zrozumiała z nagłym ukłuciem bólu. *Ma szesnaście lat i stał się mężczyzną. Wystarczy na niego spojrzeć.* Wojna wytopiła z jego twarzy całą miękkość. Był teraz szczupły i twardy. Zgolił brodę, lecz kasztanowate włosy opadały niestrzyżone na ramiona. Kolczuga zardzewiała mu od niedawnych deszczów, zostawiając na białym płaszczu i opończy brązowe plamy. A może to były ślady krwi. Na głowie miał koronę z mieczami, którą wykuli dla niego z brązu i żelaza. *Nosi ją teraz swobodniej. Jak król.*

Edmure stał obok podwyższenia ze skromnie pochyloną głową, słuchając, jak Robb wychwala jego zwycięstwo.

— ...padli pod Kamiennym Młynem, nigdy nie zostaną zapomniani. Nic dziwnego, że lord Tywin uciekł walczyć ze Stannisem. Ludzie z północy i ludzie z dorzecza okazali się dla niego zbyt twardzi. — Zebrani odpowiedzieli śmiechem i krzykami poparcia, Robb jednak uniósł rękę, nakazując zachować ciszę. — Nie miejcie jednak wątpliwości, że Lannisterowie pomaszerują na nas znowu. By zapewnić królestwu bezpieczeństwo, będziemy musieli wygrać jeszcze wiele bitew.

— Król północy! — ryknął Greatjon, wymachując w powietrzu zakutą w żelazo pięścią. Lordowie dorzecza odpowiedzieli mu krzykami: „Król dorzecza". Komnatę wypełnił huk uderzających o stoły pięści i tupiących w podłogę stóp.

Tylko garstka ludzi zauważyła pośród tego tumultu Catelyn i ser Desmonda, zaczęli jednak szturchać łokciami sąsiadów i powoli wokół niej zapadła cisza. Trzymała głowę wysoko, ignorując spojrzenia. *Niech sobie myślą, co chcą. Liczy się wyłącznie zdanie Robba.*

Pocieszył ją widok wydatnych rysów ser Bryndena Tully'ego, który zasiadał na podwyższeniu. Giermkiem Robba był jakiś chłopiec, którego nie znała, a za jego plecami stał młody rycerz w opończy koloru piasku, na której wyhaftowano muszelki, a także drugi, starszy, który miał w herbie trzy czarne pieprzniczki na szafranowym pasie, biegnącym przez pole z zielono-srebrnych pasków. Między nimi przystanęła starsza, przystojna dama oraz ładna dziewczyna, która wyglądała na jej córkę. Była tam też druga dziewczyna, mniej więcej w wieku Sansy. Catelyn wiedziała, że muszelki są herbem jakiegoś pomniejszego rodu. Herbu starszego rycerza nie znała. Jeńcy? Po co Robb ustawił jeńców na podwyższeniu?

Gdy ser Desmond poprowadził ją w tamtą stronę, Utherydes Wayn uderzył laską w podłogę. *Nie wiem, co zrobię, jeśli Robb spojrzy na mnie tak jak Edmure.* Wydawało się jej jednak, że w oczach syna nie dostrzega gniewu, lecz coś innego... czyżby lęk? Nie, to nie miało sensu. Czego miałby się bać? Był Młodym Wilkiem, królem Tridentu i północy.

Pierwszy przywitał ją stryj. Ser Brynden jak zwykle był czarną rybą i nie dbał o to, co myślą inni. Zeskoczył z podwyższenia i wziął Catelyn w ramiona.

— Cieszę się, że cię tu widzę, Cat — powiedział. Trudno jej było panować nad sobą.

— Ja też — wyszeptała.

— Matko.

Catelyn podniosła wzrok, spoglądając na swego wysokiego, królewskiego syna.

— Wasza Miłość, modliłam się o twój bezpieczny powrót. Słyszałam, że byłeś ranny.

— Strzała przeszyła mi ramię podczas szturmu na Turnię — wyjaśnił. — Rana już się zagoiła. Miałem wspaniałą opiekę.

— To znaczy, że bogowie są łaskawi. — Catelyn zaczerpnęła głęboko tchu. *Powiedz to. Nie można tego uniknąć.* — Na pewno powiedzieli ci, co uczyniłam. A czy wyjaśnili ci dlaczego?

— Dla dziewczynek.

— Miałam pięcioro dzieci. Teraz mam tylko troje.

— Tak, pani. — Lord Rickard Karstark odepchnął na bok Greatjona. Czarna kolczuga i długa, siwa, nieuczesana broda nadawały mu wygląd złowrogiego widma. Od jego wąskiej, zapadniętej twarzy zionęło chłodem. — A ja mam jednego syna, choć kiedyś miałem trzech. Obrabowałaś mnie z należnej mi zemsty.

Catelyn spojrzała na niego spokojnie.

— Lordzie Rickardzie, śmierć Królobójcy nie kupiłaby życia twoich dzieci. Uwolnienie go może kupić życie moich.

Lord nie dał się ugłaskać.

— Jaime Lannister oszukał cię. Kupiłaś od niego tylko słowa bez pokrycia. Mój Torrhen i mój Eddard zasługiwali na lepsze traktowanie.

— Daj spokój, Karstark — mruknął Greatjon, krzyżując na piersi potężne ramiona. — To było szaleństwo matki. Kobiety już takie są.

— Szaleństwo matki? — naskoczył na lorda Umbera lord Karstark. — Ja uważam, że to zdrada.

— Dość tego. — Przez chwilę Robb przemawiał raczej tonem Brandona niż swego ojca. — Nikt nie będzie w mojej obecności oskarżał pani Winterfell o zdradę. — Gdy zwrócił się w stronę Catelyn, jego głos nabrał łagodniejszych tonów. — Gdybym mógł sprawić, by Królobójca wrócił w okowy, uczyniłbym to. Uwolniłaś go bez mojej wiedzy i zgody... wiem jednak, że uczyniłaś to z miłości. Dla Aryi i Sansy oraz z żalu za Branem i Rickonem. Przekonałem się, że miłość nie zawsze jest mądra. Często wiedzie nas do wielkich szaleństw, lecz mimo to słuchamy serca... bez względu na to, co nam nakazuje. Nieprawdaż, mamo?

*Czy to właśnie uczyniłam?*

— Jeśli serce przywiodło mnie do szaleństwa, postaram się w miarę mych możliwości zadośćuczynić to lordowi Karstarkowi i tobie.

Twarz lorda Rickarda pozostała nieubłagana.

— Czy twe zadośćuczynienie ogrzeje Torrhena i Eddarda w zimnych grobach, do których wysłał ich Królobójca?

Przepchnął się między Greatjonem a Maege Mormont i opuścił komnatę.

Robb nie próbował go zatrzymywać.

— Wybacz mu, mamo.

— Jeśli ty mi wybaczysz.

— Już ci wybaczyłem. Wiem, co to znaczy kochać tak mocno, że nie można myśleć o niczym więcej.

Catelyn pokłoniła się.

— Dziękuję.

*Przynajmniej tego dziecka nie straciłam.*

— Musimy porozmawiać — ciągnął Robb. — Ty i moi stryjowie. O tym i... o innych sprawach. Zarządco, ogłoś zakończenie spotkania.

Utherydes Wayn uderzył laską w podłogę i nakazał krzykiem się rozejść. Ludzie z północy i lordowie dorzecza ruszyli w stronę drzwi. Dopiero wtedy Catelyn zdała sobie sprawę, czego jej brakowało. Wilka. Nie ma tu wilka. Gdzie się podział Szary Wicher? Wiedziała, że wilkor wrócił z Robbem, słyszała przecież psy, nie zauważyła go jednak w komnacie, u boku jej syna, gdzie było jego miejsce.

Nim jednak zdążyła zapytać o to Robba, otoczył ją krąg życzliwych osób. Lady Mormont uścisnęła jej dłoń.

— Pani, gdyby Cersei Lannister więziła dwie moje córki, postąpiłabym tak samo.

Greatjon, który za nic miał konwenanse, uniósł ją wysoko w powietrze i uściskał w wielkich, kudłatych łapskach.

— Twoje wilcze szczenię raz już zmasakrowało Królobójcę. Jeśli będzie potrzeba, zrobi to po raz drugi.

Galbart Glover i lord Jason Mallister byli chłodniejsi, a Jonos Bracken niemal lodowaty, przemawiali jednak uprzejmie. Na końcu podszedł do niej brat.

— Ja też modlę się o dziewczynki, Cat. Mam nadzieję, że w to nie wątpisz.

— Oczywiście, że nie. — Pocałowała go. — Kocham cię za to.

Gdy padły już wszystkie słowa, w Wielkiej Komnacie Riverrun został tylko Robb, troje Tullych i sześcioro nieznajomych, o których Catelyn nic nie wiedziała. Spojrzała na nich zaciekawiona.

— Pani, panowie, niedawno przeszliście na stronę mojego syna?

— Niedawno — potwierdził młody rycerz z muszelkami — ale nasza odwaga jest wielka, a wierność niezachwiana. Mam nadzieję, że ci tego dowiedziemy, pani.

Robb miał zakłopotaną minę.

— Mamo — odezwał się — czy mogę ci przedstawić lady Sybell, żonę lorda Gawena Westerlinga z Turni. — Starsza kobieta podeszła do niej z poważną miną. — Jej mąż był jednym z tych, których wzięliśmy do niewoli w Szepczącym Lesie.

*Tak jest, Westerlingowie* — pomyślała Catelyn. *Mają na chorągwi sześć białych muszelek na piaskowym tle. To pomniejszy ród, który poprzysiągł wierność Lannisterom.*

Robb przedstawił jej po kolei resztę nieznajomych.

— Ser Rolph Spicer, brat lady Sybell. Był kasztelanem Turni, gdy ją zdobyliśmy. — Rycerz z pieprzniczkami pochylił głowę. Był szerokim w barach mężczyzną o złamanym nosie i krótko przystrzyżonej, siwej brodzie. Sprawiał wrażenie dzielnego wojownika. — Dzieci lorda Gawena i lady Sybell. Ser Raynald Westerling. — Rycerz z muszelkami na opończy uśmiechnął się pod krzaczastymi wąsami. Młody, żylasty i grubo ciosany, miał zdrowe zęby i gęstą, kasztanowatą czupryne. — Elenya. — Dziewczynka dygnęła pośpiesznie. — Rollam Westerling, mój giermek.

Chłopiec zaczął padać na kolana, zauważył jednak, że nikt nie klęczy, pokłonił się więc tylko.

— To dla mnie zaszczyt — rzekła Catelyn. *Czyżby Robb zdobył wierność Turni?* Jeśli tak, to nic dziwnego, że Westerlingowie mu towarzyszyli. Od czasu, gdy Tywin Lannister osiągnął odpowiedni wiek, by wyruszyć na wojnę, Casterly Rock nigdy nie traktowało zdrady pobłażliwie...

Na koniec podeszła do niej dziewczyna. Zachowywała się bardzo nieśmiało. Robb ujął ją za rękę.

— Mamo — zaczął. — Mam wielki zaszczyt przedstawić ci lady Jeyne Westerling, starszą córkę lorda Gawena i moją... hmm... panią żonę.

Pierwsza myśl, która przebiegła przez głowę Catelyn, brzmiała: *Nie, to niemożliwe, jesteś jeszcze dzieckiem.*

Druga: *A poza tym przysięgałeś innej.*

Trzecia: *Matko, zmiłuj się, Robb, coś ty narobił?*

Dopiero wtedy wszystko zrozumiała. *Szaleństwa, które popełniamy z miłości? Złapał mnie w sidła jak zająca. Wygląda na to, że już mu wybaczyłam.* Z irytacją mieszał się jednak smutny podziw. Robb zaaranżował całą scenę z mistrzostwem godnym najlepszego komedianta... albo króla. Catelyn nie miała innego wyboru, jak ująć dłonie Jeyne Westerling.

— Mam nową córkę — oznajmiła tonem sztywniejszym, niż zamierzała. Ucałowała przerażoną dziewczynę w oba policzki. — Witaj przy naszym stole i ogniu.

— Dziękuję, pani. Przysięgam, że będę dla Robba dobrą i wierną żoną. I tak mądrą królową, jak tylko zdołam.

*Królową. Tak jest. Ta młoda, ładna dziewczyna jest królową. Muszę o tym pamiętać.* Jej urodzie nie sposób było zaprzeczyć. Miała kasztanowate loki, twarz kształtu serca i uśmiechała się nieśmiało. Catelyn natychmiast zauważyła, że jest szczupła, ale ma dobre biodra. *Przynajmniej nie powinna mieć trudności z porodami.*

Lady Sybell wyciągnęła rękę, nim powiedziano cokolwiek więcej.

— To dla nas zaszczyt połączyć się z rodem Starków, pani, ale jesteśmy też okrutnie znużeni. Pokonaliśmy długą drogę w krótkim czasie. Czy możemy udać się do swych komnat, byś swobodnie porozmawiała z synem?

— Tak byłoby najlepiej. — Robb pocałował swoją Jeyne. — Zarządca znajdzie wam odpowiednie kwatery.

— Zaprowadzę was do niego — zaproponował ser Edmure Tully.

— Jesteś bardzo uprzejmy — ucieszyła się lady Sybell.

— Czy ja też muszę iść? — zapytał mały Rollam. — Jestem twoim giermkiem.

Robb wybuchnął śmiechem.

— W tej chwili nie potrzebuję giermka.

— Och.

— Jego Miłość obywał się bez ciebie przez szesnaście lat, Rollamie — odezwał się ser Raynald od muszelek. — Myślę, że przeżyje jakoś te kilka godzin.

Stanowczo ujął młodszego brata za rękę i wyprowadził go z komnaty.

— Masz piękną żonę — odezwała się Catelyn, gdy się już oddalili — a Westerlingowie wyglądają na honorowych ludzi... chociaż lord Gawen przysięgał wierność Tywinowi Lannisterowi, nieprawdaż?

— Tak. Jason Mallister pojmał go w Szepczącym Lesie i więził w Seagardzie, licząc na okup. Rzecz jasna, teraz go uwolnię, choć może nie zechcieć przyłączyć się do mnie. Obawiam się, że pobraliśmy się bez jego zgody, a nasze małżeństwo postawiło go w bardzo niebezpiecznej sytuacji. Turnia nie jest silna. Z miłości do mnie Jeyne może stracić wszystko.

— A ty straciłeś Freyów — wskazała.

Jego grymas mówił wszystko. Zrozumiała, skąd się wzięły gniewne głosy i dlaczego Perwyn Frey i Martyn Rivers odjechali w takim pośpiechu, tratując po drodze chorągiew Robba.

— Czy mogę zapytać, ile mieczy wniosła ci w posagu żona, Robb?

— Pięćdziesiąt. W tym dwunastu rycerzy. — Nic dziwnego, że jego głos brzmiał tak ponuro. Gdy w Bliźniakach zawarto kontrakt małżeński, stary lord Walder Frey dał Robbowi tysiąc konnych rycerzy i prawie trzy tysiące piechoty. — Jeyne jest nie tylko piękna, lecz również bystra. I ma dobre serce.

*Potrzebujesz mieczy, nie dobrych serc. Jak mogłeś to zrobić, Robb? Jak mogłeś być taki porywczy, taki głupi? Jak mogłeś być tak... tak bardzo... młody?* Wyrzuty nic by jednak nie dały.

— Powiedz mi, jak to się stało — zażądała tylko.

— Zdobyłem jej zamek, a ona zdobyła moje serce. — Robb uśmiechnął się. — Turnia miała słaby garnizon, więc pewnej nocy wzięliśmy ją szturmem. Czarny Walder i Smalljon wdrapali się na mury z grupkami ludzi, podczas gdy ja rozbiłem taranem główną bramę. Strzała trafiła mnie w ramię na krótko przed tym, nim ser Rolph poddał nam zamek. Z początku wydawało się, że to nic groźnego, ale rana zaczęła się paskudzić. Jeyne kazała mnie przenieść do swego łoża i opiekowała się mną, aż gorączka minęła. I była ze mną, gdy Greatjon przyniósł wieści o... o Winterfell. O Branie i Rickonie. Wydawało się, że trudno mu wymówić imiona braci. — Nocą... dała mi pocieszenie, mamo.

Catelyn nie musiała pytać, jakiego rodzaju pocieszenie oferowała jej synowi Jeyne Westerling.

— A ty poślubiłeś ją następnego dnia.

Spojrzał jej prosto w oczy, dumny, a zarazem zawstydzony.

— Tego wymagał honor. Jest spokojna i słodka, mamo. Będzie dla mnie dobrą żoną.

— Być może. Ale to nie ugłaska lorda Freya.

— Wiem — odparł jej syn z rozpaczą w głosie. — Spartaczyłem wszystko oprócz bitew, prawda? Sądziłem, że to one będą najtrudniejsze, ale... gdybym tylko cię wysłuchał i zatrzymał Theona jako zakładnika, nadal władałbym północą, a Bran i Rickon żyliby bezpiecznie w Winterfell.

— Może tak, a może nie. Lord Balon mógłby i tak zaryzykować wojnę. Kiedy poprzednim razem sięgnął po koronę, kosztowało go to dwóch synów. Mógł uznać, że tracąc tylko jednego, zrobi dobry interes. — Dotknęła jego ramienia. — Co zrobili Freyowie po twoim ślubie?

Robb potrząsnął głową.

— Z ser Stevronem mógłbym się jakoś dogadać, ale ser Ryman jest tępy jak buzdygan, a Czarny Walder... uwierz mi, nie nazwano go tak z uwagi na kolor jego brody. Posunął się nawet do tego, że powiedział, iż żadna z jego sióstr nie zawaha się wyjść za wdowca. Zabiłbym go za to, gdyby Jeyne mnie nie ubłagała.

— Wyrządziłeś rodowi Freyów straszliwą zniewagę, Robb.

— Nie chciałem tego. Ser Stevron zginął za mnie, a żaden król nigdy nie miał wierniejszego giermka niż Olyvar. Chciał ze mną zostać, ale ser Ryman zabrał go razem z całą resztą. Ze wszystkimi ich siłami. Greatjon namawiał mnie do ataku na nich...

— Walczyć ze swoimi, gdy otaczali cię wrogowie? — zapytała. — To byłby twój koniec.

— Wiem. Pomyślałem sobie, że może udałoby się nam znaleźć dla córek lorda Waldera innych mężów. Ser Wendel Manderly zaproponował, że ożeni się z którąś z nich, a Greatjon mówi, że jego stryjowie szukają nowych żon. Gdyby lord Walder był rozsądny...

— On nie jest rozsądny — przerwała mu Catelyn. — Jest pyszny i drażliwy jak nikt na świecie. Wiesz o tym. Chciał zostać dziadkiem króla. Nie ubłagasz go, oferując w zamian za siebie dwóch starych rozbójników i drugiego syna największego grubasa w Siedmiu Królestwach. Nie tylko złamałeś przysięgę, lecz do tego zbrukałeś honor Bliźniaków, wybierając sobie żonę z mniej znaczącego rodu.

— Krew Westerlingów jest lepsza niż Freyów — oburzył się Robb. — To starożytny ród, który pochodzi od Pierwszych Ludzi. Przed podbojem królowie Skały wchodzili niekiedy w związki małżeńskie z Westerlingami. Była też inna Jeyne Westerling, która przed trzystu laty była królową króla Maegora.

— Wszystko to tylko sól na rany lorda Waldera. Zawsze bolało go, że inne rody patrzą z góry na Freyów, uważając ich za nuworyszów. Sądząc z jego słów, to nie pierwsza zniewaga, która go spotkała. Jon Arryn nie chciał przyjąć jego wnuków na wychowanie, a mój ojciec nie zgodził się na ożenek Edmure'a z jedną z jego córek.

Wskazała głową na brata, który wrócił do nich.

— Wasza Miłość — oznajmił Brynden Blackfish — może powinniśmy kontynuować tę rozmowę na osobności.

— Tak. — W głosie Robba słychać było zmęczenie. — Mógłbym zabić za kielich wina. Najlepsza chyba byłaby komnata audiencyjna.

Gdy ruszyli schodami w górę, Catelyn zadała pytanie, które gryzło ją już od dłuższego czasu.

— Robb, gdzie jest Szary Wicher?

— Na dziedzińcu, z baranim udźcem. Kazałem głównemu psiarczykowi go nakarmić.

— Do tej pory zawsze trzymałeś go przy sobie.

— Komnata to nie miejsce dla wilka. Sama widziałaś, że robi się w niej niespokojny. Warczy i próbuje gryźć. Nie powinienem był zabierać go ze sobą na bitwę. Zabił już zbyt wielu ludzi, by miał się ich bać. Jeyne jest przy nim niespokojna, a jej matka przerażona.

*I w tym tkwi sedno sprawy* — pomyślała Catelyn.

— Jest częścią ciebie, Robb. Bać się go, to znaczy bać się ciebie.

— Nie jestem wilkiem, bez względu na to, jak mnie zwą — sprzeciwił się poirytowany Robb. — Szary Wicher zabił w Turni jednego człowieka, w Ashemark drugiego, a pod Oxcross sześciu albo siedmiu. Gdybyś widziała...

— Widziałam, jak w Winterfell wilk Brana rozerwał człowiekowi gardło — przerwała mu ostro. — Kochałam go za to.

— To było co innego. Ten człowiek z Turni był rycerzem, którego Jeyne znała całe życie. Nie możesz jej winić za to, że się boi. Szary Wicher nie lubi też jej wuja. Szczerzy kły za każdym razem, gdy ser Rolph się zbliży.

Przeszył ją zimny dreszcz.

— Odeślij ser Rolpha. Natychmiast.

— Dokąd? Do Turni, żeby Lannisterowie mogli zatknąć jego głowę na palu? Jeyne go kocha. Jest jej wujem i do tego niezłym rycerzem. Potrzeba mi więcej takich ludzi, nie mniej. Nie wygnam go tylko dlatego, że mój wilk nie lubi jego zapachu.

— Robb. — Zatrzymała się i złapała go za ramię. — Kiedyś ci powiedziałam, żebyś trzymał Theona Greyjoya blisko siebie, i mnie nie posłuchałeś. Posłuchaj mnie teraz. Odeślij tego człowieka. Nie mówię, że musisz go wygnać. Znajdź mu jakieś zadanie, które wymaga odwagi, jakieś honorowe zajęcie, wszystko jedno jakie... tylko nie pozwól, by pozostawał przy tobie.

Zmarszczył brwi.

— Czy mam kazać Szaremu Wichrowi obwąchać wszystkich moich rycerzy? Mogą być też inni, których zapachu nie polubi.

— Każdy człowiek, którego nie lubi Szary Wicher, jest człowiekiem, którego nie chcę widzieć blisko ciebie. Te wilki są czymś więcej niż zwykłymi wilkami, Robb. Przecież o tym wiesz. Tak sobie myślę, że pewnie przysłali je bogowie. Bogowie twojego ojca, dawni bogowie północy. Pięć wilczych szczeniąt, Robb, dla pięciorga dzieci Starków.

— Sześć — poprawił ją Robb. — Jon też dostał wilka. To ja je znalazłem, pamiętasz? Wiem, ile ich było i skąd się wzięły. Tak samo jak ty myślałem, że są naszymi strażnikami, naszymi obrońcami, aż do chwili...

— Aż do chwili? — zapytała.

Robb zacisnął usta.

— ...aż do chwili, gdy dowiedziałem się, że Theon zamordował Brana i Rickona. Wilki w niczym im nie pomogły. Nie jestem już małym chłopcem, mamo. Jestem królem i potrafię bronić się sam. — Westchnął. — Znajdę jakieś zadanie dla ser Rolpha, jakiś pretekst, który pozwoli mi go odesłać. Nie z powodu jego zapachu, ale po to, by cię uspokoić. Dosyć już wycierpiałaś.

Catelyn zalała ulga. Pocałowała go lekko w policzek, nim ich towarzysze wyszli zza zakrętu schodów. Przez chwilę znowu był jej chłopcem, a nie królem.

Prywatna komnata audiencyjna lorda Hostera była niewielkim pomieszczeniem położonym nad Wielką Komnatą, które lepiej nadawało się do poufnych rozmów. Robb zasiadł na honorowym miejscu, zdjął koronę i położył ją na podłodze obok siebie. Catelyn pociągnęła za sznurek dzwonka, by kazać przynieść wino. Edmure zdawał swemu stryjowi szczegółową relację z bitwy pod Kamiennym Młynem. Gdy jednak słudzy zjawili się i odeszli, Blackfish odchrząknął.

— Myślę, że wysłuchaliśmy już wystarczająco wiele twoich przechwałek, bratanku.

— Przechwałek? — obruszył się Edmure. — O co ci chodzi?

— O to, że winieneś podziękować Jego Miłości za wyrozumiałość, którą ci okazał — warknął Blackfish. — Odegrał tę komediancką farsę w Wielkiej Komnacie po to, by nie zawstydzić cię przed twoimi ludźmi. Gdybym był na jego miejscu, kazałbym cię wychłostać za głupotę, zamiast chwalić za to szaleństwo, którego dopuściłeś się przy brodach.

— Na tych brodach zginęli dobrzy ludzie, stryju. — W głosie Edmure'a brzmiało oburzenie. — Czy nikt poza Młodym Wilkiem nie może odnosić zwycięstw? Czy ukradłem chwałę przeznaczoną dla ciebie, Robb?

— Wasza Miłość — poprawił go Robb lodowatym tonem. — Uznałeś mnie za swego króla, wuju. Czyżbyś o tym też zapomniał?

— Rozkazano ci utrzymać Riverrun, Edmure — oznajmił Blackfish. — I nic poza tym.

— Utrzymałem je, i do tego rozkwasiłem nos lordowi Tywinowi...

— To prawda — przyznał Robb. — Ale jego rozkwaszony nos nie da nam zwycięstwa w wojnie. Czy zadałeś sobie pytanie, dlaczego tak długo siedzieliśmy na zachód od Oxcross? Wiedziałeś, że mam za mało ludzi, żeby zagrozić Lannisportowi albo Casterly Rock.

— Są jeszcze inne zamki... złoto... bydło.

— Sądziłeś, że chodziło nam o łupy? — zapytał z niedowierzaniem Robb. — Wuju, chciałem, żeby lord Tywin ruszył na zachód.

— Nasza armia składała się wyłącznie z konnicy — wtrącił Blackfish. — A siły Lannisterów głównie z piechoty. Mieliśmy zamiar poganiać się z lordem Tywinem wzdłuż wybrzeża, a potem zajść go od tyłu i zająć silną pozycję obronną na złotym szlaku. Moi zwiadowcy znaleźli miejsce, gdzie teren bardzo nam sprzyjał. Gdyby spróbował nas tam zaatakować, zapłaciłby straszliwą cenę. A gdyby tego nie zrobił, zostałby uwięziony na zachodzie, tysiące mil od miejsca, w którym powinien być. A my cały ten czas żylibyśmy z jego zasobów, zamiast on z naszych.

— Lord Stannis zamierzał uderzyć na Królewską Przystań — dodał Robb. — Mógł jednym krwawym uderzeniem uwolnić nas od Joffreya, królowej i Krasnala. Wtedy moglibyśmy zawrzeć pokój.

Edmure przenosił wzrok ze stryja na siostrzeńca.

— Nie wtajemniczyliście mnie w te plany.

— Powiedziałem ci, żebyś utrzymał Riverrun — rzekł z naciskiem Robb. — Której części tego rozkazu nie zrozumiałeś?

— Kiedy zatrzymałeś lorda Tywina nad Czerwonymi Widłami — kontynuował Blackfish — dałeś posłańcom z Gorzkiego Mostu czas potrzebny na zawiadomienie go o tym, co się dzieje na wschodzie. Lord Tywin natychmiast zawrócił swą armię, połączył siły z Matthisem Rowanem i Randyllem Tarlym w pobliżu górnych dopływów Czarnej Wody i dotarł forsownym marszem do Wodospadu Akrobaty. Tam znalazł Mace'a Tyrella i jego dwóch synów, którzy czekali na niego z wielką armią i flotyllą barek. Popłynęli w dół rzeki, wysadzili oddziały na ląd w odległości połowy dnia drogi od miasta i uderzyli na Stannisa od tyłu.

Catelyn przypomniała sobie dwór króla Renly'ego, który widziała w Gorzkim Moście. Tysiące złotych róż powiewających na wietrze, nieśmiały uśmiech i miłe słowa królowej Margaery oraz jej brata, Rycerza Kwiatów, z zakrwawioną szmatą owiniętą wokół skroni. *Jeśli już musiałeś wpaść w ramiona jakiejś kobiety, synu, to dlaczego nie mogła to być Margaery Tyrell?* Bogactwo i potęga Wysogrodu przeważyłyby szalę w walce, która ich czekała. *I może Szary Wicher polubiłby jej zapach.*

Edmure miał zbolałą minę.

— Nie chciałem... nie chciałem, Robb, musisz mi pozwolić, bym za to zadośćuczynił. W następnej bitwie poprowadzę przednią straż!

*Chodzi ci o zadośćuczynienie, bracie, czy raczej o chwałę?* — zadała sobie pytanie Catelyn.

— W następnej bitwie — powtórzył Robb. — No cóż, to będzie niedługo. Nie wątpię, że po ślubie Joffreya Lannisterowie ponownie wyruszą do boju ze mną i tym razem będą im towarzyszyć Tyrellowie. A jeśli Czarny Walder postawi na swoim, może będę musiał walczyć również z Freyami...

— Dopóki Theon Greyjoy zasiada na tronie twojego ojca z rękami zbrukanymi krwią twych braci, inni wrogowie muszą zaczekać — oznajmiła synowi Catelyn. — Przede wszystkim masz obowiązek bronić swych ludzi, odzyskać Winterfell i powiesić Theona we wroniej klatce, żeby umierał powoli. W przeciwnym razie możesz od razu zdjąć tę koronę, Robb, bo ludzie i tak będą wiedzieli, że nie jesteś prawdziwym królem.

Z tego, jak na nią spojrzał, Catelyn wnosiła, że już od dawna nikt nie ośmielił się przemawiać do niego tak szczerze.

— Kiedy powiedzieli mi, że Winterfell padło, chciałem natychmiast ruszać na północ — odpowiedział z nutą zawstydzenia. — Pragnąłem uwolnić Brana i Rickona, ale myślałem... nigdy bym nie sądził, że Theon zrobi im krzywdę, daję słowo. Gdybym wiedział...

— Za późno już na gdybanie i za późno na ratunek — przerwała mu Catelyn. — Zostaje tylko zemsta.

— Ostatnie wieści, jakie dotarły do nas z północy, mówiły, że ser Rodrik pokonał silny oddział żelaznych ludzi pod Torrhen's Square i gromadzi w zamku Cerwyn siły, by wyzwolić Winterfell — poinformował ją Robb. — Możliwe, że już tego dokonał. Od dłuższego czasu nie mieliśmy stamtąd żadnych wiadomości. A jeśli skieruję się na północ, co się stanie z Tridentem? Nie mogę wymagać od lordów dorzecza, żeby opuścili swych ludzi.

— Nie możesz — zgodziła się Catelyn. — Zostaw ich tu, by strzegli swoich, a północ odzyskaj z ludźmi z północy.

— Ale jak ich tam zaprowadzić? — wtrącił jej brat Edmure. — Nad morzem zachodzącego słońca panują żelaźni ludzie. Greyjoyowie trzymają też w rękach Fosę Cailin. Żadna armia nigdy nie zdobyła jej od południa. Już samo podjęcie tej próby byłoby szaleństwem. Zostalibyśmy uwięzieni na przesmyku, z żelaznymi ludźmi z przodu, a rozgniewanymi Freyami za naszymi plecami.

— Musimy odzyskać Freyów — stwierdził Robb. — Z nimi nadal zachowamy szanse na sukces, choćby nawet niewielkie. Bez nich nie widzę nadziei. Jestem skłonny dać lordowi Walderowi wszystko, czego zażąda... przeprosiny, zaszczyty, ziemie, złoto... musi istnieć coś, co zadowoli jego dumę...

— Nie coś — wtrąciła Catelyn. — Ktoś.

# JON

— Uważasz, że są wystarczająco duże?

Szeroką twarz Tormunda pokrywały płatki śniegu, które topniały w jego włosach i brodzie.

Olbrzymy kołysały się miarowo na grzbietach mamutów, mijając ich parami. Konik Jona spłoszył się, przerażony tym niezwykłym widokiem, trudno jednak było określić, czy wystraszył się mamutów czy ich jeźdźców. Nawet Duch cofnął się o krok, szczerząc kły w bezgłośnym grymasie. Wilkor był wielki, lecz mamuty znacznie go przerastały, a do tego było ich całe mnóstwo.

Jon ujął konia za uzdę, zmuszając go, by stał spokojnie. Dzięki temu mógł policzyć olbrzymy, które wyłaniały się ze śnieżycy i jasnych mgieł unoszących się nad Mleczną Wodą. Gdy przekroczył już pięćdziesiąt, Tormund nagle coś powiedział i chłopak stracił rachubę. *Muszą być ich setki.* Bez względu na to, ile już go minęło, wciąż nadjeżdżały nowe.

W opowieściach Starej Niani olbrzymy były większymi ludźmi, którzy mieszkali w kolosalnych zamkach, walczyli na gigantyczne miecze i nosili buty, w których mógłby się schować cały chłopiec. Te istoty były jednak inne. Bardziej przypominały niedźwiedzie niż ludzi i były równie włochate jak mamuty, na których jeździły. Gdy siedziały, trudno było ocenić, ile naprawdę mają wzrostu. *Może z dziesięć albo dwanaście stóp* — pomyślał Jon. *Góra czternaście.* Ich pochyłe klatki piersiowe można by wziąć za ludzkie, lecz ręce zwisały stanowczo za nisko, a dolna połowa tułowia wydawała się dwukrotnie szersza od górnej. Nogi miały krótsze niż ręce, lecz za to bardzo grube, a butów nie nosiły w ogóle. Ich stopy były szerokie i płaskie, pokryte czarną zrogowaciałą skórą. Właściwie nie miały szyj. Wielkie, masywne głowy wystawały do przodu spomiędzy łopatek, a twarze były płaskie i zwierzęce. Szczurze oczka, nie większe niż paciorki, niemal całkowicie niknęły pośród fałd zrogowaciałej skóry. Olbrzymy cały czas węszyły, polegając na węchu w takim samym stopniu jak na wzroku.

*Nie noszą skór* — zrozumiał Jon. To włosy. Całe ich ciało pokrywało kosmate futro, gęste poniżej pasa, a rzadsze na górze. Bił od nich dławiący smród, niewykluczone jednak, że pochodził raczej od mamutów. „Joramun zadął w Róg Zimy i przebudził śpiących w ziemi olbrzymów". Jon wypatrywał długich na dziesięć stóp mieczy, widział jednak tylko maczugi. Większość z nich to były konary drzew. Z niektórych wciąż jeszcze zwisały połamane gałęzie. Garstka olbrzymów przywiązała do jednego z końców konarów kamienne kule, przerabiając je na kolosalne młoty. *Pieśń nie wspomina o tym, czy róg może ich uśpić na nowo.*

Jeden z olbrzymów wyglądał na starszego od pozostałych. Futro miał siwe, usiane nitkami bieli, podobnie jak większy od innych mamut, którego dosiadał. Tormund krzyknął coś do niego w ochrypłym, dźwięcznym języku, którego Jon nie rozumiał. Olbrzym rozchylił wargi, odsłaniając usta pełne wielkich kwadratowych zębów i wydał z siebie dźwięk będący w połowie beknięciem, a w połowie pomrukiem. Po chwili Jon zrozumiał, że to śmiech. Mamut odwrócił wielki łeb, by zerknąć na nich przelotnie. Jeden z wielkich kłów przesunął się tuż nad głową Jona. Potem bestia oddaliła się, zostawiając w miękkim błocie i świeżym śniegu ogromne ślady. Olbrzym zawołał coś w tym samym ochrypłym języku, w którym przemówił Tormund.

— Czy to był ich król? — zapytał Jon.

— Olbrzymy nie mają królów, podobnie jak mamuty, śnieżne niedźwiedzie czy wielkie wieloryby, które żyją w siwym morzu. To był Mag Mar Tun Doh Weg. Mag Mocarny. Możesz przed nim uklęknąć, jeśli chcesz. Na pewno się nie pogniewa. Znam was, klękaczy. Wiem, że tak bardzo chciałbyś uklęknąć przed jakimś królem, że aż cię kolana swędzą. Tylko uważaj, żeby na ciebie nie nadepnął. Olbrzymy mają kiepski wzrok i mógłby nie zauważyć jakiejś małej wrony pod stopami.

— Co mu powiedziałeś? Czy to było w starym języku?

— Tak. Zapytałem go, czy to na swoim ojcu siedzi, bo wyglądają bardzo podobnie, tyle że jego ojciec ładniej pachnie.

— I co ci odpowiedział?

Tormund Piorunowa Pięść rozchylił usta w pełnym szczerb uśmiechu.

— Zapytał mnie, czy ta dziewczyna z gładkimi, różowymi policzkami to moja córka. — Dziki strzepał śnieg z ramienia i zawrócił konia. — Możliwe, że nigdy dotąd nie widział mężczyzny bez brody. Wracajmy już. Mance będzie okrutnie zły, jeśli nie zastanie mnie tam, gdzie zawsze.

Jon również zawrócił wierzchowca i podążył za Tormundem na czoło kolumny. Z jego ramion zwisał ciężki nowy ubiór z niewyprawionych baranich skór. Zgodnie z radą dzikiego Jon nosił go runem do dołu. Baranica dobrze chroniła przed śniegiem i nocą zapewniała ciepło, lecz Jon zachował też stary płaszcz. Zwinął go i schował pod siodło.

— Czy to prawda, że zabiłeś kiedyś olbrzyma? — zapytał po drodze Tormunda. Duch pędził bezgłośnie obok nich, znacząc świeży śnieg śladami swych łap.

— Czemu wątpisz w słowa takiego mocarza jak ja? Była zima, a ja byłem jeszcze prawie chłopcem, głupim jak wszyscy w tym wieku. Zapuściłem się za daleko, mój koń padł, a mnie zaskoczyła śnieżyca. Prawdziwa śnieżyca, nie taki drobiazg jak ta. Ha! Wiedziałem, że nim się skończy, zamarznę na śmierć. Dlatego znalazłem śpiącą olbrzymkę, rozprułem jej brzuch i wczołgałem się do środka. W ten sposób zapewniłem sobie ciepło, ale smród o mało mnie nie zabił. Najgorsze było to, że na wiosnę się obudziła i uznała mnie za swoje dziecko. Karmiła mnie piersią przez trzy księżyce, nim wreszcie udało mi się czmychnąć. Ha! Czasem jednak brak mi smaku jej mleka.

— Jeśli karmiła cię piersią, to znaczy, że jej nie zabiłeś.

— To prawda. Tylko nikomu o tym nie opowiadaj. Możesz mi wierzyć, że Tormund Zabójca Olbrzyma brzmi znacznie lepiej niż Tormund Osesek Olbrzymki.

— A skąd się wzięły te inne przydomki? — zapytał Jon. — Mance nazwał cię Dmącym w Róg, prawda? Królem Miodu z Rumianego Dworu, Mężem Niedźwiedzic i Ojcem Zastępów.

Jona szczególnie interesował ten róg, nie odważył się jednak zapytać o niego wprost. „Joramun zadął w Róg Zimy i przebudził śpiących w ziemi olbrzymów". Czy stamtąd właśnie przyszli ze swymi mamutami? Czy Mance Rayder znalazł Róg Joramuna i powierzył go Tormundowi Piorunowej Pięści?

— Czy wszystkie wrony są takie ciekawskie? — odpowiedział pytaniem Tormund. — Jeśli chcesz, to wysłuchaj opowieści. To było podczas innej zimy, jeszcze mroźniejszej od tej, którą spędziłem w brzuchu olbrzymki. Śnieg padał dzień i noc, nie takimi małymi płatkami jak te, ale wielkimi niczym twoja głowa. Sypało tak strasznie, że zasypało prawie całą wioskę. Siedziałem sobie w swoim Rumianym Dworze, mając za towarzystwo jedynie beczułkę miodu, a im więcej go wypiłem, tym częściej myślałem o kobiecie, która mieszkała nieopodal. Była ładna i silna i miała największe cycki, jakie w życiu widziałeś. Była z niej niezgorsza złośnica, ale umiała też być ciepła, a ciepło jest tym, czego w środku zimy człowiek potrzebuje najbardziej. Im więcej piłem, tym więcej o niej myślałem, a im więcej o niej myślałem, tym twardszy robił się mój członek. W końcu nie mogłem już tego znieść. Jak ostatni dureń opatuliłem się futrem od stóp do głów, zasłoniłem twarz wełnianym szalikiem i poszedłem jej poszukać. Śnieg sypał tak gęsto, że raz czy dwa zgubiłem drogę, a od wietrzyska przemarzłem aż do szpiku kości, ale w końcu ją znalazłem, tak samo opatuloną jak ja. Mówiłem już, że była z niej okrutna złośnica, i kiedy ją złapałem, opierała się jak szalona. Ledwie zdołałem zaciągnąć ją do domu i wyłuskać z tych futer, ale kiedy już to zrobiłem, to, och, była gorętsza niż kiedykolwiek przedtem. Zabawialiśmy się ze sobą długo, a potem zmorzył mnie sen. Rano śnieg przestał padać i świeciło słoneczko, ale ja się z tego nie cieszyłem. Cały byłem poharatany, pół członka miałem odgryzione, a na podłodze koło mnie leżało niedźwiedzie futro. Niedługo potem wolni ludzie zaczęli opowiadać, że po lesie chodzi łysa niedźwiedzica, która ma parę bardzo dziwnych młodych. Ha! — Klepnął się w grube udo. — Gdybym tylko mógł ją znowu znaleźć. Było mi z nią naprawdę dobrze. Żadna kobieta nigdy mi się tak nie opierała ani nie dała mi takich silnych synów.

— A co byś z nią zrobił, gdybyś ją znalazł? — zapytał z uśmiechem Jon. — Przecież mówiłeś, że odgryzła ci członka.

— Tylko połowę. Połowa mojego jest i tak dwa razy dłuższa niż cały u innych. — Tormund prychnął pogardliwie. — A skoro już o tym mowa... czy to prawda, że ucinają wam członki, kiedy was biorą na Mur?

— Nieprawda — oburzył się Jon.

— Myślę, że chyba prawda. W przeciwnym razie, czemu nie chcesz Ygritte? Coś mi się zdaje, że nie opierałaby ci się prawie wcale. Łatwo zauważyć, że chciałaby cię w sobie poczuć.

*Zbyt łatwo, niech to szlag* — pomyślał Jon. *Wygląda na to, że wie już o tym połowa kolumny.* Wpatrzył się w padający śnieg, żeby Tormund nie zauważył rumieńca na jego policzkach. *Jestem człowiekiem z Nocnej Straży* — powiedział sobie. Dlaczego więc czuł się jak zawstydzona dziewica?

Większość czasu spędzał w towarzystwie Ygritte, zarówno w dzień, jak i w nocy. Uwadze Mance'a Raydera nie umknęła nieufność, którą darzył „wronę renegata" Grzechocząca Koszula. Dlatego król za Murem, ofiarując Jonowi nową baranicę, zasugerował mu, by przeniósł się do oddziału Tormunda Zabójcy Olbrzyma. Jon zgodził się z radością i następnego dnia Ygritte oraz Rik Długa Włócznia poszli w jego ślady.

— Wolni ludzie sami sobie wybierają towarzystwo — powiedziała mu dziewczyna — a my mamy już po dziurki w nosie Worka Kości.

Co noc, gdy rozbijali obóz, Ygritte rozkładała swe skóry obok niego, bez względu na to, czy leżał blisko czy daleko od ogniska.

Pewnej nocy, gdy się obudził, zauważył, że się do niego przytuliła i przerzuciła mu ramię przez pierś. Przez długi czas leżał bez ruchu i słuchał jej oddechu, starając się ignorować napięcie w kroku. Zwiadowcy często dzielili ze sobą posłanie, by się ogrzać, podejrzewał jednak, że Ygritte chodziło o coś więcej niż ciepło. Potem próbował odgradzać się od niej Duchem. W opowieściach Starej Niani rycerze i ich damy dzielili ze sobą łoża, oddzieleni od siebie mieczem, który strzegł ich honoru, Jon sądził jednak, że nigdy dotąd roli miecza nie grał wilkor.

Mimo to Ygritte nie ustępowała. Poprzedniego dnia Jon popełnił błąd, głośno wyrażając żal, że nie ma gorącej wody do kąpieli.

— Zimna jest lepsza — odezwała się natychmiast dziewczyna — pod warunkiem, że masz kogoś, kto cię potem ogrzeje. Chodźmy, lód nie skuł jeszcze całej rzeki.

Jon parsknął śmiechem.

— Zamarzłbym na śmierć.

— Czy wszystkie wrony boją się gęsiej skórki? Odrobina lodu cię nie zabije. Skoczę do wody z tobą, żeby ci tego dowieść.

— Mielibyśmy cały dzień jechać w mokrym ubraniu przymarzniętym do skóry? — sprzeciwił się.

— Nic nie wiesz, Jonie Snow. Do wody nie wchodzi się w ubraniu.

— Ja w ogóle do niej nie wejdę — oznajmił stanowczo, na chwilę przed tym, nim usłyszał Tormunda Piorunową Pięść, który wołał go głośnym rykiem (nie wszedł, ale w niczym mu to nie pomogło).

Dzicy uważali Ygritte za wielką piękność z uwagi na jej rude włosy, które wśród wolnych ludzi były rzadkością. Tych, którzy takie mieli, zwano pocałowanymi przez ogień. Uważano, że przynosi to szczęście. Być może rzeczywiście tak było, lecz kłaki Ygritte były tak potargane, że Jona kusiło, by ją zapytać, czy czesze się tylko z okazji zmiany pór roku.

Wiedział, że na lordowskim dworze dziewczyna nie przyciągnęłaby niczyjej uwagi. Miała okrągłą twarz wieśniaczki, zadarty nos i trochę krzywe zęby, a jej oczy były zbyt szeroko rozstawione.

Wszystkie te mankamenty zauważył już wtedy, gdy ujrzał ją po raz pierwszy, przyciskając jej do gardła sztylet. Ostatnio jednak zaczął zwracać uwagę również na inne rzeczy. Kiedy się uśmiechała, krzywe zęby przestawały się liczyć. Jej oczy faktycznie mogły być zbyt szeroko rozstawione, lecz miały też piękny niebieskoszary kolor i były pełne życia. Czasami Ygritte śpiewała niskim, ochrypłym głosem, który poruszał go do głębi. A czasami, gdy siedziała przy ognisku z rękami oplecionymi wokół kolan, płomienie odbijały się w jej włosach czerwonym echem i spoglądała na niego, uśmiechając się bez słowa... no cóż, ten widok też coś w nim poruszał.

Był jednak człowiekiem z Nocnej Straży. Złożył przysięgę. „Nie wezmę sobie żony, nie będę miał ziemi i nie spłodzę dzieci". Wypowiedział te słowa przed czardrzewem, przed bogami ojca. Nie mógł ich cofnąć... ale nie mógł też wyjaśnić przyczyny swych oporów Tormundowi Piorunowej Pięści, Ojcu Niedźwiedzi.

— Nie lubisz tej dziewczyny? — zapytał go Tormund, gdy mijali dwadzieścia kolejnych mamutów, które nie dźwigały olbrzymów, lecz dzikich, siedzących w wysokich drewnianych wieżach.

— Lubię, ale... — *W co mógłby uwierzyć?* — Jestem jeszcze za młody, żeby się żenić.

— Żenić? — Tormund ryknął głośnym śmiechem. — A kto mówi o żeniaczce? Czy na południu mężczyzna musi się żenić z każdą dziewczyną, z którą śpi?

Jon poczuł, że znowu się czerwieni.

— Broniła mnie, kiedy Grzechocząca Koszula chciał mnie zabić. Nie mógłbym jej zhańbić.

— Jesteś teraz wolnym mężczyzną, a Ygritte jest wolną kobietą. Jeśli zechcecie ze sobą spać, to gdzie tu hańba?

— Mógłbym jej zrobić dziecko.

— Mam taką nadzieję. Silnego syna albo pełną życia, wiecznie roześmianą dziewczynkę pocałowaną przez ogień. Co w tym złego?

Na chwilę zabrakło mu słów.

— Chłopak... dziecko byłoby bękartem.

— A czy bękarty są słabsze od innych dzieci? Bardziej chorowite, łatwiej umierają?

— Nie, ale…

— Sam urodziłeś się jako bękart. A jeśli Ygritte nie będzie chciała dziecka, to pójdzie do jakiejś leśnej wiedźmy i wypije kubek miesięcznej herbaty. Kiedy już oddasz nasienie, nie masz nic więcej do powiedzenia.

— Nie będę ojcem bękarta.

Tormund potrząsnął kudłatą głową.

— Jacyż durnie są z tych klękaczy. Jeśli nie chcesz dziewczyny, to po co ją ukradłeś?

— Ukradłem? Nikogo nie…

— Ukradłeś ją — upierał się Tormund. — Zabiłeś dwóch mężczyzn, z którymi była, i zabrałeś ją ze sobą. Jak inaczej to nazwać?

— Wziąłem ją do niewoli.

— Kazałeś, żeby ci się poddała.

— Tak, ale… Tormund, przysięgam, że nigdy jej nie tknąłem.

— Jesteś pewien, że nie ucięli ci członka? — Dziki wzruszył ramionami, jakby chciał powiedzieć, że nigdy nie zrozumie podobnego szaleństwa. — No cóż, jesteś teraz wolnym człowiekiem, ale jeśli nie chcesz tej dziewczyny, lepiej znajdź sobie niedźwiedzicę. Jeśli mężczyzna nie używa członka, to on wciąż mu się kurczy, aż wreszcie pewnego dnia chce się odlać i nie może go znaleźć.

Jon nie potrafił na to odpowiedzieć. Nic dziwnego, że w Siedmiu Królestwach uważano, że dzicy ledwie zasługują na miano ludzi. *Nie mają praw ani honoru. Nie znają nawet zwykłej przyzwoitości. Ciągle okradają się nawzajem, mnożą się jak zwierzęta, wolą gwałt od małżeństwa i wypełniają świat dziećmi z nieprawego łoża.* Mimo to polubił Tormunda Piorunową Pięść, choć był on wielkim gadułą i łgarzem. Długą Włócznię też. *I Ygritte… nie, o niej nie będę myślał.*

Oprócz Tormundów i Długich Włóczni poznał też jednak inny rodzaj dzikich, ludzi podobnych do Grzechoczącej Koszuli i Płaczki, dla których zabić człowieka znaczyło tyle, co splunąć. Była też Harma Psi Łeb, gruba jak beka kobieta o policzkach przypominających płaty białego mięsa, która nienawidziła psów i co dwa tygodnie zabijała nowego, żeby mieć świeżą głowę na swe godło; bezuchy Styr, magnar Thennu, przez własnych ludzi uważany raczej za boga niż za lorda; Varamyr Sześć Skór, mały jak mysz mężczyzna dosiadający straszliwego śnieżnego niedźwiedzia, który stojąc na tylnych łapach, miał trzynaście stóp wzrostu. A wszędzie, dokąd szli niedźwiedź i Varamyr, podążały za nimi trzy wilki i cieniokot. Jon znalazł się blisko niego tylko raz i to wystarczyło. Włosy stawały mu dęba na sam widok tego człowieka, tak samo jak sierść na karku Ducha jeżyła się na widok niedźwiedzia i długiego, czarno-białego kota.

Byli tu też ludzie jeszcze straszniejsi od Varamyra, którzy pochodzili z najdalej wysuniętych na północ obszarów nawiedzanego lasu, ukrytych dolin w Mroźnych Kłach i jeszcze dziwniejszych miejsc: mieszkańcy Lodowego Brzegu, którzy jeździli w rydwanach z kości morsa, ciągniętych przez sfory groźnych psów; straszliwe klany znad zamarzniętych rzek, których członkowie ponoć jadali ludzkie mięso; jaskiniowcy o twarzach pomalowanych na niebiesko, fioletowo albo zielono. Jon na własne oczy widział kolumnę Rogostopych, która minęła go truchtem na bosaka. Skóra ich podeszew była twarda, jakby wygarbowana. Nie zauważył żadnych snarków ani grumkinów, całkiem jednak możliwe, że Tormund miał dziś zjeść kilka na kolację.

Jon sądził, że pewnie z połowa dzikich w tym wielkim zastępie nigdy w życiu nie widziała na oczy Muru, a większość z nich nie zna ani słowa w języku powszechnym. Nie miało to jednak znaczenia. Mance Rayder władał starym językiem. Umiał nawet w nim śpiewać. Gdy grał na swej lutni, wypełniał noc niezwykłą, dziką muzyką.

Mance poświęcił długie lata na zebranie tej olbrzymiej, ociężałej armii. Rozmawiał to z matką klanu, to z magnarem, jedną wieś zdobywał dla siebie słodkimi słówkami, drugą pieśnią, a trzecią mieczem, pomógł zawrzeć pokój między Harmą Psim Łbem a Lordem Kości, między Rogostopymi a Nocnymi Biegaczami, między morsowymi ludźmi z Lodowego Brzegu a kanibalami znad wielkich zamarzniętych rzek, wykuwając ze stu różnych sztyletów jedną wielką włócznię, wymierzoną w serce Siedmiu Królestw. Nie miał korony ani berła, nie nosił szat z jedwabiu i aksamitu, Jon nie miał jednak wątpliwości, że Mance Rayder jest królem nie tylko z nazwy.

Przyłączył się do dzikich na rozkaz Qhorina Półrękiego. Nocą, zanim zginął, zwiadowca powiedział mu: „Bądź ich towarzyszem, jedz i walcz razem z nimi. I miej oczy otwarte". Choć jednak przyglądał się uważnie, nie dowiedział się wiele. Półręki podejrzewał, że dzicy udali się w posępne i jałowe Mroźne Kły w poszukiwaniu jakiejś broni, mocy czy złowrogich czarów, które pozwolą im zburzyć Mur... jeśli jednak coś takiego znaleźli, nikt nie przechwalał się tym otwarcie ani nie pokazał Jonowi nic w tym rodzaju. Mance Rayder nie wtajemniczył go też w swe strategiczne plany. Od owej pierwszej nocy Jon widywał go jedynie z daleka.

*Zabiję go, jeśli będę musiał.* Nie cieszył się tą perspektywą. W takim zabójstwie nie było honoru, a do tego sam również z pewnością by zginął. Nie mógł jednak dopuścić do tego, by dzicy przedostali się przez Mur, zagrozili Winterfell i północy, krainie kurhanów i Strumienisku, Białemu Portowi, Kamiennemu Brzegowi, a nawet Przesmykowi. Przez osiem tysięcy lat mężczyźni z rodu Starków żyli i umierali po to, by bronić swych ludzi przed takimi zbójami i łupieżcami... a choć był bękartem, w jego żyłach płynęła ta sama krew. *Poza tym w Winterfell są Bran i Rickon. Maester Luwin, ser Rodrik, Stara Niania, psiarczyk Farlen, Mikken przy kuźni i Gage przy piecach... wszyscy, których w życiu znałem i kochałem.* Jeśli będzie musiał zabić człowieka, którego podziwiał i prawie lubił, po to, by ocalić ich wszystkich przed Grzechoczącą Koszulą, Harmą Psim Łbem i bezuchym magnarem Thennu, z całą pewnością to uczyni.

Niemniej jednak modlił się do bogów ojca o to, by oszczędzili mu tego niewdzięcznego zadania. Zastęp posuwał się powoli, obciążony stadami, dziećmi oraz skromnymi skarbami dzikich, a śnieg jeszcze bardziej spowalniał jego marsz. Większa część kolumny dotarła już na podgórze i wylewała się na zachodni brzeg Mlecznej Wody, powoli jak miód w mroźny, zimowy poranek, podążając wzdłuż rzeki do samego serca nawiedzanego lasu.

Jon wiedział, że gdzieś przed nimi nad lasem góruje Pięść Pierwszych Ludzi, dom trzystu czarnych braci z Nocnej Straży, którzy mieli broń, konie i czekali cierpliwie. Stary Niedźwiedź wysłał też innych zwiadowców oprócz Półrękiego. Z pewnością Jarman Buckwell albo Thoren Smallwood przynieśli mu już wiadomość o tym, co zbliża się do niego z gór.

*Mormont nie będzie uciekał* — pomyślał Jon. *Jest za stary i zawędrował zbyt daleko. Uderzy, nie przejmując się liczebną przewagą przeciwnika.* Wkrótce usłyszy dźwięk rogów i ujrzy kolumnę jeźdźców w czarnych, powiewających na wietrze płaszczach, którzy ruszą na nich z zimną stalą w dłoniach. Trzystu ludzi z pewnością nie zdoła wyciąć w pień stukrotnie liczniejszych sił wroga, Jon jednak nie sądził, by było to konieczne. *Nie muszą zabić tysiąca. Wystarczy jeden. Łączy ich tylko Mance.*

Król za Murem robił, co mógł, lecz mimo jego wysiłków dzicy wciąż byli beznadziejnie niezdyscyplinowani, co czyniło ich podatnymi na atak. Gdzieniegdzie w rozciągniętym na wiele mil wężu można było znaleźć wojowników nieustępujących nikomu w Nocnej Straży, lecz co najmniej jedna trzecia ich liczby skupiała się na obu końcach kolumny, w straży przedniej Harmy Psiego Łba oraz w straszliwej straży tylnej z jej olbrzymami, turami i strzelającymi ogniem. Druga grupa towarzyszyła Mance'owi blisko środka kolumny, pilnując wozów, sań i zaprzężonych w psy wózków, w których wieziono przeważającą część zapasów, wszystko, co zostało z ostatnich letnich żniw. Reszta, podzielona na małe grupki, podążała razem z oddziałami Grzechoczącej Koszuli, Jarla, Tormunda Zabójcy Olbrzyma i Płaczki, służąc jako zwiadowcy, furażerzy i porządkowi, którzy nieustannie jeździli wzdłuż kolumny, starając się zachować w niej choć pozory ładu.

Co ważniejsze, tylko mniej więcej jeden na stu dzikich miał konia. *Stary Niedźwiedź przejdzie przez nich jak topór przez owsiankę.* A gdy to się stanie, Mance będzie musiał się rzucić w pogoń za nim ze swym środkowym oddziałem, by stawić czoło zagrożeniu. *Jeśli padnie w walce, do której wtedy dojdzie, Mur będzie miał zapewnione bezpieczeństwo na najbliższe sto lat* — pomyślał Jon. A jeśli nie...

Zgiął poparzone palce prawej ręki. Długi Pazur wisiał u jego siodła. Gałka w kształcie głowy wilka i miękka skórzana pochwa wielkiego bastardowego miecza cały czas znajdowały się w zasięgu jego dłoni.

Gdy po kilku godzinach doścignęli grupę Tormunda, śnieg sypał już gęsto. Duch opuścił ich gdzieś po drodze i zniknął w lesie, czując zapach zwierzyny. Wróci, gdy rozbiją obóz na noc, a najpóźniej o świcie. Bez względu na to, jak daleko się zapuszczał, zawsze do niego wracał... i wyglądało na to, że Ygritte również.

— Czy teraz nam wierzysz, Jonie Snow? — zawołała na jego widok. — Widziałeś olbrzymy i ich mamuty?

— Ha! — krzyknął Tormund, nim Jon zdążył jej odpowiedzieć. — Wrona się zakochała! Chce się ożenić!

— Z olbrzymką?

Rik Długa Włócznia wybuchnął śmiechem.

— Nie, z mamucicą! — ryknął Tormund. — Ha!

Ygritte podjechała do Jona, gdy kazał swemu wierzchowcowi zwolnić do stępa. Twierdziła, że jest trzy lata starsza od niego, choć była o pół stopy niższa. Bez względu jednak na wiek, była z niej twarda dziewczyna. Gdy pojmali ją w Wąwozie Pisków, Kamienny Wąż nazwał ją „włóczniczką". Mimo że jej ulubioną bronią był krótki łuk z rogu i czardrewna, ta nazwa świetnie do niej pasowała. Przypominała mu nieco jego młodszą siostrę Aryę, choć Arya była młodsza i zapewne chudsza. Ygritte zawsze nosiła tyle skór i futer, że trudno było określić, czy jest szczupła czy pulchna.

— Czy znasz pieśń *Ostatni olbrzym*? — zapytała Ygritte. — Żeby ją zaśpiewać jak trzeba, konieczny jest niższy głos niż mój — dodała, nie czekając na odpowiedź. — Ooooooch, jestem ostatnim z olbrzymów, do cna wymarł cały mój lud sławny — zaczęła.

Tormund Zabójca Olbrzyma wyszczerzył zęby w uśmiechu.

— Ostatnim z wielkich górskich olbrzymów, którzy światem władali niedawno — ryknął, szeroko otwierając ośnieżone usta.

Rik Długa Włócznia przyłączył się do chóru.

— Och, mali ludzie ukradli me lasy, skradli rzeki oraz górskie stoki.

— Przegrodzili doliny me murem i z ryb wszystkie okradli potoki — zaśpiewali Ygritte i Tormund godnymi olbrzymów głosami.

Synowie Tormunda, Toregg i Dormund, również przyłączyli swe basowe głosy do chóru, a po nich zrobiła to jego córka Munda i cała reszta. Ludzie walili do taktu włóczniami w skórzane tarcze. Po chwili śpiewał już cały hufiec wojowników.

*W kamiennych salach ognie swe palą,*
*nad ostrymi się trudzą włóczniami.*
*A ja chodzę samotny po górach*
*nie zostało mi nic poza łzami.*
*W świetle słońca ścigają mnie z psami,*
*nocą w łowach im służą pochodnie.*
*Bo gdy ludzie tak mali pragną stać się większymi,*
*wzrost olbrzyma traktują jak zbrodnię.*
*Oooooooch, jestem OSTATNIM z olbrzymów,*
*lecz niedługo już zamknę powieki.*
*Zapamiętajcie pieśń moją, bo gdy mnie już nie będzie,*
*wszystkie pieśni umilkną na wieki.*

Kiedy piosenka się skończyła, po policzkach Ygritte spływały łzy.

— Czemu płaczesz? — zapytał Jon. — To była tylko pieśń. Na świecie są jeszcze setki olbrzymów. Sam je przed chwilą widziałem.

— Och, setki — odwarknęła gniewnie. — Nic nie wiesz, Jonie Snow. Nic... JON!

Odwrócił się, słysząc nagły łopot skrzydeł. Przed oczyma ujrzał niebieskoszare pióra, a w twarz wbiły mu się ostre szpony. Przeszył go straszliwy, gwałtowny ból. W głowę uderzały go lotki. Zobaczył dziób, nie miał jednak czasu zasłonić się ręką ani sięgnąć po broń. Zatoczył się do tyłu. Stopa wysunęła mu się ze strzemienia, a jego koń spłoszył się gwałtownie. Jon zleciał z siodła. Orzeł nadal wczepiał się w jego twarz, szarpiąc ją szponami i tłukąc skrzydłami, wrzeszcząc i dziobiąc. Świat przewrócił się do góry nogami w chaosie piór, końskiego ciała i krwi. Potem Jon uderzył o ziemię.

Gdy odzyskał przytomność, leżał twarzą w śniegu, czując smak błota i krwi, a Ygritte klęczała nad nim, trzymając w dłoni kościany sztylet. Nadal słyszał szum skrzydeł, choć orła nigdzie nie było widać. Połowę jego świata przesłaniała ciemność.

— Moje oko — stęknął, ogarnięty nagłą paniką. Uniósł dłoń do twarzy.

— To tylko krew, Jonie Snow. Nie trafił w oko. Rozdarł ci trochę skórę i to wszystko.

Twarz ogarniał mu pulsujący ból. Prawym okiem widział, że Tormund stoi nad nimi, wrzeszcząc wniebogłosy. Otarł krew z lewego oka i nagle usłyszał tętent kopyt, krzyki oraz stukot starych, suchych kości.

— Worku Kości, odwołaj swoją piekielną wronę! — ryczał Tormund.

— To jest piekielna wrona! — Grzechocząca Koszula wskazał na Jona. — Krwawi na błocie jak niewierny pies! — Orzeł wylądował na pękniętej czaszce olbrzyma, która służyła dzikiemu jako hełm. — Przyszedłem po niego.

— No to chodź — rzucił Tormund — ale lepiej z mieczem w dłoni, bo ja swój z pewnością wyjmę. Może to ja ugotuję twoje kości i będę szczał do twojej czaszki. Ha!

— Kiedy cię przekłuję i wypuszczę z ciebie powietrze, zrobisz się mniejszy niż dziewczynka. Zejdź mi z drogi, bo inaczej usłyszy o tym Mance.

Ygritte wstała.

— A więc to Mance po niego posłał?

— Przecież tak powiedziałem, nie? Podnoś go na te czarne giry.

Tormund popatrzył na Jona z zasępioną miną.

— Jeśli to Mance cię wzywa, to lepiej idź.

Ygritte pomogła mu wstać.

— Krwawi jak zarżnięty dzik. Zobaczcie, co Orell zrobił z jego słodką twarzą.

*Czy ptak może nienawidzić?* Jon zabił Orella, lecz część jaźni dzikiego żyła jeszcze w orle. Złociste oczy spoglądały na niego z zimną furią.

— Już idę — powiedział Jon. Prawe oko wciąż zalewała mu krew, a jego policzek był jedną wielką plamą bólu. Kiedy go dotknął, pobrudził sobie krwią czarną rękawicę. — Pomóżcie mi złapać konia.

Chodziło mu nie tyle o wierzchowca, ile o Ducha, lecz wilkora nigdzie nie było widać. *Pewnie jest teraz wiele mil stąd i rozdziera gardło jakiemuś łosiowi.* Może zresztą tak było lepiej.

Gdy Jon podszedł do konia, ten znowu się spłoszył, z pewnością przerażony widokiem krwi na jego twarzy. Młodzieniec uspokoił go jednak kilkoma cichymi słowami i wreszcie udało mu się zbliżyć na tyle, by chwycić za wodze. Kiedy wskoczył na siodło, zakręciło mu się w głowie. *Będę musiał opatrzyć tę ranę* — pomyślał. *Ale nie teraz. Niech król za Murem zobaczy, co zrobił ze mną jego orzeł.* Otworzył i zamknął prawą dłoń, a potem sięgnął po Długi Pazur, przewiesił go sobie przez ramię i podjechał kłusem do Lorda Kości i jego towarzyszy.

Ygritte czekała razem z nimi, siedząc na koniu z nieustępliwą miną.

— Jadę z wami.

— Uciekaj stąd. — Kości tworzące napierśnik Grzechoczącej Koszuli zastukały głośno. — Wysłali mnie tylko po wronę renegata.

— Wolna kobieta jeździ, gdzie chce — odcięła się Ygritte.

Wiatr zasypywał śniegiem oczy Jona. Czuł, że krew zamarza mu na twarzy.

— Pójdziemy na piechotę czy pojedziemy?

— Pojedziemy — odparł Lord Kości.

Galop był straszliwy. Pędzili dwie mile wzdłuż brnącej przez śnieżycę kolumny, przemknęli przez skupisko naładowanych wozów i sforsowali Mleczną Wodę w miejscu, gdzie rzeka zataczała wielką pętlę na wschód. Rzeczne płycizny pokrywał cienki lód, który przy każdym kroku pękał pod końskimi kopytami. Dopiero dziesięć jardów od brzegu wyszli na głębszą wodę. Wydawało się, że na wschodnim brzegu śnieg sypie jeszcze gęściej. Zaspy też były tu głębsze. *Nawet wicher jest zimniejszy.* Do tego zapadała już noc.

Mimo zasłony śniegu łatwo było rozpoznać zarysy wielkiego, białego wzgórza, które majaczyło za drzewami. *Pięść Pierwszych Ludzi.* Jon usłyszał wrzask krążącego w przestworzach orła. Siedzący na żołnierskiej sośnie kruk popatrzył na nich z głośnym *quork*. *Czyżby Stary Niedźwiedź ruszył już do ataku?* Zamiast szczęku stali i świstu strzał Jon słyszał jednak tylko cichy chrzęst śniegu pod kopytami swego wierzchowca.

Bez słowa okrążyli wzgórze, zmierzając ku południowemu stokowi, gdzie najłatwiej było się na nie wspiąć. U jego podstawy Jon ujrzał martwego konia, na wpół pogrzebanego w śniegu. Wnętrzności wypełzały z jego brzucha niczym zamarznięte węże, a jednej nogi brakowało. *Wilki* — pomyślał w pierwszej chwili Jon, był jednak w błędzie. Wilki zwykły zjadać swe ofiary.

Na stoku walało się więcej końskich trupów o powykrzywianych groteskowo nogach i ślepych oczach wpatrujących się w śmierć. Dzicy obleźli je niczym muchy, zdzierając z nich siodła, uzdy, juki i zbroje, a także rąbiąc martwe zwierzęta kamiennymi toporami.

— Na górę — rozkazał Grzechocząca Koszula. — Mance czeka na szczycie.

Pod pierścieniowym murem zsiedli z koni, by przecisnąć się przez nierówną szczelinę między kamieniami. Na zaostrzone paliki, którymi Stary Niedźwiedź zabezpieczył wszystkie wejścia, nadziany był trup brązowego, kudłatego konika. *Próbował się wydostać na zewnątrz, nie wejść do środka.* Po jeźdźcu nigdzie nie było śladu.

Dalej było coraz gorzej. Jon nigdy w życiu nie widział różowego śniegu. Wiatr szarpał jego ciężką baranicą. Kruki przelatywały z jednego końskiego trupa na drugiego. *Czy to dzikie ptaki czy nasze?* Jon nie potrafił odpowiedzieć na to pytanie. Zastanawiał się, gdzie jest teraz biedny Sam. I czym jest.

Pod butami chrzęściła mu skorupa zamarzniętej krwi. Dzicy odarli zabite konie ze wszystkiego. Zerwali im nawet podkowy. Kilku przerzucało odnalezione juki w poszukiwaniu żywności i broni. Jon minął jednego z psów Chetta, czy raczej jego szczątki, leżące w błotnistej kałuży na wpół zamarzniętej krwi.

Na drugim końcu obozu kilka namiotów stało jeszcze. Tam właśnie znaleźli Mance'a Raydera. Pod płaszczem z czarnej wełny łatanym czerwonym jedwabiem nosił czarną kolczugę i futrzane spodnie, a na głowie miał wielki hełm z brązu i żelaza, ozdobiony na skroniach kruczymi skrzydłami. Był z nim Jarl i Harma Psi Łeb, a także Styr oraz Varamyr Sześć Skór ze swymi wilkami i cieniokotem.

Mance obrzucił Jona zimnym, złowrogim spojrzeniem.

— Co ci się stało w twarz?

— Orell próbował wydziobać mu oko — wyjaśniła Ygritte.

— To jego pytałem. Czyżby stracił język? Może powinienem mu go wyciąć. To oszczędzi nam dalszych kłamstw.

Magnar Styr wydobył długi nóż.

— Myślę sobie, że chłopak będzie widział jaśniej, kiedy zostanie mu tylko jedno oko.

— Chcesz je zachować, Jon? — zapytał król za Murem. — Jeśli tak, to powiedz mi, ilu ich było. Tym razem spróbuj powiedzieć prawdę, bękarcie z Winterfell.

Jonowi zaschło w gardle.

— Mój panie... o co...

— Nie jestem twoim panem — warknął Mance. — A o co pytam, powinno być jasne. Twoi bracia zginęli. Ilu ich było?

Jona nadal dręczył ból, a śnieg nie przestawał sypać. Trudno mu było myśleć. „Musisz spełnić wszystkie ich polecenia". Tak powiedział mu Qhorin.

— Było nas trzystu — wykrztusił, choć słowa więzły mu w gardle.

— Nas? — zapytał ostrym tonem Mance.

— Ich. Było ich trzystu. — *Półręki powiedział „wszystkie polecenia". To dlaczego czuję się jak tchórz?* — Dwustu z Czarnego Zamku i stu z Wieży Cieni.

— Ta piosenka jest prawdziwsza od tej, którą zaśpiewałeś w moim namiocie. — Mance popatrzył na Harmę Psi Łeb. — Ile koni znaleźliście?

— Więcej niż sto — odparła potężnie zbudowana kobieta — ale mniej niż dwieście. Na wschodzie pod śniegiem leżą dalsze trupy. Trudno powiedzieć, ile ich jest.

Za jej plecami stał mężczyzna, który trzymał w rękach tyczkę z psią głową, tak świeżą, że wciąż jeszcze płynęła z niej krew.

— Nie trzeba było mnie okłamywać, Jonie Snow — odezwał się Mance.

— Wiem... wiem o tym.

Co mógł powiedzieć?

Król dzikich przyjrzał się jego twarzy.

— Kto tu dowodził? Mów prawdę. Czy to był Rykker? Smallwood? Na pewno nie Wythers, on jest zbyt słabowity. Do kogo należał ten namiot?

*Powiedziałem zbyt wiele.*

— Nie znaleźliście jego ciała?

Harma żachnęła się, buchając z nozdrzy mroźną wzgardą.

— Ależ durnie z tych czarnych wron.

— Jeśli jeszcze raz odpowiesz mi pytaniem, oddam cię Lordowi Kości — zapowiedział Mance Rayder, podchodząc do Jona. — Kto tu dowodził?

*Jeszcze jeden krok* — pomyślał młodzieniec. *Tylko o stopę bliżej.* Przesunął dłoń w stronę rękojeści Długiego Pazura. *Jeśli będę trzymał język za zębami...*

— Jeśli sięgniesz po ten bastardowy miecz, to zetnę ci twój łeb, nim zdążysz wydobyć broń z pochwy — zagroził Mance. — Zaczynam już tracić do ciebie cierpliwość, wrono.

— Powiedz to — nalegała Ygritte. — Ktokolwiek to był, i tak już nie żyje.

Wykrzywił twarz tak bardzo, że pękła skorupa zamarzniętej krwi na policzku. *To zbyt trudne* — pomyślał zrozpaczony Jon. *Jak mam udawać renegata, nie stając się nim?* Qhorin mu tego nie powiedział. Drugi krok zawsze jednak jest łatwiejszy od pierwszego.

— Stary Niedźwiedź.

— Ten staruch? — W głosie Harmy dało się słyszeć niedowierzanie. — Przybył tu osobiście? Kto w takim razie dowodzi w Czarnym Zamku?

— Bowen Marsh.

Tym razem Jon odpowiedział natychmiast. „Musisz spełnić wszystkie ich polecenia".

Mance wybuchnął śmiechem.

— To znaczy, że wojna jest wygrana. Bowen znacznie lepiej zna się na liczeniu mieczy niż na robieniu z nich użytku.

— Dowódcą był Stary Niedźwiedź — ciągnął Jon. — To wzgórze jest wysokie i dobrze umocnione, a on jeszcze je wzmocnił.

Wykopał doły i umieścił w nich pale, zgromadził zapasy żywności i wody. Był gotowy na...

— ...moje przyjście? — dokończył Mance Rayder. — Tak, to prawda. Gdybym był na tyle głupi, by szturmować to wzgórze, miałbym szczęście, tracąc tylko pięciu ludzi na każdą zabitą wronę. — Zacisnął mocno usta. — Ale kiedy umarli chodzą, mury, pale i miecze nic nie znaczą. Z umarłymi nie da się walczyć, Jonie Snow. Nikt nie wie tego nawet w połowie tak dobrze jak ja. — Podniósł wzrok ku ciemniejącemu niebu. — Możliwe, że wrony pomogły nam, nawet o tym nie wiedząc. Zastanawiałem się, dlaczego nie spotkały nas żadne ataki. Niemniej mamy do pokonania jeszcze trzysta mil, a robi się coraz zimniej. Varamyrze, każ swoim wilkom obwąchać okolicę. Nie chcę, żeby zaskoczyły nas upiory. Mój Lordzie Kości, wzmocnij dwukrotnie wszystkie patrole i dopilnuj, żeby wszyscy mieli pochodnie i krzesiwa. Styrze, Jarlu, wyruszycie z pierwszym brzaskiem.

— Mance — nalegał Grzechocząca Koszula. — Chcę dostać parę wronich kości.

Ygritte zasłoniła sobą Jona.

— Nie można zabić człowieka za to, że skłamał, by chronić tych, co byli jego braćmi.

— Nadal nimi są — oznajmił Styr.

— Nieprawda — sprzeciwiła się Ygritte. — Nie zabił mnie, chociaż mu kazali. I wykończył Półrękiego, wszyscy to widzieliśmy.

Oddech Jona zamieniał się w mgłę w mroźnym powietrzu. *Jeśli go okłamię, natychmiast się zorientuje.* Spojrzał Mance'owi Rayderowi prosto w oczy, otwierając i zamykając poparzoną dłoń.

— Noszę płaszcz, który mi dałeś, Wasza Miłość.

— Płaszcz z baraniej skóry! — zawołała Ygritte. — I nocą często pod nim tańcujemy!

Jarl zarechotał. Nawet Harma Psi Łeb uśmiechnęła się głupkowato.

— Czy tak to wygląda? — zapytał łagodniejszym tonem Mance Rayder. — Między tobą a nią?

Za Murem łatwo było zgubić drogę. Jon nie wiedział już, gdzie leży honor, a gdzie wstyd, co jest dobre, a co złe. *Ojcze, wybacz mi.*

— Tak — odpowiedział.

Mance skinął głową.

— To dobrze. W takim razie pojedziecie rano oboje z Jarlem i Styrem. Nie chcę rozdzielać dwóch serc, które biją jak jedno.

— Dokąd mamy jechać? — zapytał Jon.

— Za Mur. Pora już, byś dowiódł swej wierności czymś więcej niż słowami, Jonie Snow.

Magnar nie był zadowolony.

— A po co mi wrona?

— Zna Straż i zna Mur — wyjaśnił Mance — a Czarny Zamek z pewnością zna lepiej niż jakikolwiek łupieżca. Zrobisz z niego użytek albo jesteś głupcem.

Styr skrzywił się.

— Serce wciąż może mieć czarne.

— To wyrwij mu je. — Mance zwrócił się w stronę Grzechoczącej Koszuli. — Mój Lordzie Kości, kolumna za wszelką cenę musi iść naprzód. Jeśli dotrzemy do Muru przed Mormontem, zwycięstwo będzie nasze.

— Będą iść — zapewnił Grzechocząca Koszula ochrypłym z gniewu głosem.

Mance skinął głową i oddalił się. Harma i Sześć Skór szli obok niego, a trzy wilki i cieniokot Varamyra podążały z tyłu. Jon i Ygritte zostali z Jarlem, Grzechoczącą Koszulą i magnarem. Dwaj starsi dzicy spoglądali na Jona z ledwie skrywaną złością.

— Słyszałeś, wyruszamy o świcie — odezwał się Jarl. — Weź ze sobą tyle żywności, ile tylko zdołasz, bo nie będziemy mieli czasu na polowanie. Zrób też coś z tą swoją gębą, wrono. Paskudnie krwawisz.

— Zrobię — zapewnił Jon.

— Lepiej, żeby to nie było kłamstwo, dziewczyno — ostrzegł Ygritte Grzechocząca Koszula. Jego oczy lśniły pod czaszką olbrzyma.

Jon wyciągnął Długi Pazur.

— Znikaj stąd, bo dostaniesz to samo, co Qhorin.

— Tym razem nie masz wilka do pomocy, chłopcze.

Grzechocząca Koszula sięgnął po miecz.

— Jesteś tego pewien? — zapytała ze śmiechem Ygritte.

Na kamieniach muru pierścieniowego siedział Duch. Zjeżył białą sierść i choć nie wydawał z siebie żadnego głosu, w jego ciemnoczerwonych ślepiach lśniła zapowiedź krwi. Lord Kości cofnął powoli dłoń od rękojeści, odsunął się o krok i odszedł z przekleństwem na ustach.

Gdy Jon i Ygritte zjeżdżali z Pięści, Duch podążał u ich boku. Dopiero gdy przechodzili przez Mleczną Wodę, Jon poczuł się na tyle bezpiecznie, by powiedzieć:

— Nie prosiłem, żebyś dla mnie kłamała.

— Nie kłamałam — odparła. — Po prostu nie powiedziałam wszystkiego.

— Powiedziałaś...

— ...że często pieprzymy się pod twoim płaszczem. Ale nie mówiłam, kiedy zaczęliśmy. — Jej uśmiech był niemal nieśmiały. — Znajdź dziś dla Ducha jakieś inne miejsce do spania, Jonie Snow. Jak mówił Mance, czyny są prawdziwsze od słów.

# SANSA

— Nowa suknia? — zapytała głosem, w którym nieufność mieszała się z zaskoczeniem.

— Piękniejsza niż wszystko, co w życiu nosiłaś, pani — zapewniła stara kobieta, mierząc biodra Sansy powiązanym w supły sznurkiem. — Cała z jedwabiu i myrijskich koronek, a podszyta atłasem. Będziesz w niej wyglądała bardzo pięknie. Kazała ją uszyć sama królowa.

— Która królowa?

Margaery nie była jeszcze królową Joffa, była jednak przedtem królową Renly'ego. A może chodziło o Królową Cierni? Albo...

— Królowa regentka, oczywiście.

— Królowa Cersei?

— Nie kto inny. Zaszczyca mnie swymi zamówieniami już od wielu lat. — Kobieta zmierzyła sznurkiem wewnętrzną stronę nogi Sansy. — Jej Miłość powiedziała, że jesteś już kobietą i nie powinnaś się ubierać jak dziewczynka. Unieś rękę.

Sansa wykonała polecenie. Rzeczywiście potrzebowała nowej sukni. W ostatnim roku urosła trzy cale, a do tego większość jej garderoby zniszczył dym z materaca, który próbowała spalić tego dnia, gdy po raz pierwszy zakwitła.

— Masz biust tak samo piękny jak królowa — stwierdziła kobieta, otaczając sznurkiem piersi Sansy. — Nie powinnaś go tak ukrywać.

Zaczerwieniła się na te słowa. Kiedy ostatnim razem jeździła konno, nie zdołała zasznurować kurtki, a chłopiec stajenny, który pomagał jej dosiąść konia, gapił się na nią bezwstydnie. Dorośli mężczyźni też czasem zerkali na jej piersi, a niektóre z jej bluzek zrobiły się tak ciasne, że ledwie mogła w nich oddychać.

— A jaki będzie miała kolor? — zapytała krawcową.

— To już zostaw mnie, pani. Na pewno ci się spodoba. Dostaniesz też bieliznę i rajtuzy, spódnice, opończe i płaszcze, wszystko, czego potrzebuje... piękna, młoda dama ze szlachetnego rodu.

— A czy będą gotowe na ślub króla?

— Och, prędzej, znacznie prędzej. Jej Miłość nalega. Mam sześć krawcowych i dwanaście uczennic. Odłożyłyśmy na bok wszystkie inne zadania. Wiele dam będzie nam to miało za złe, ale taki był rozkaz królowej.

— Podziękuj uprzejmie Jej Miłości za tę troskliwość — rzekła grzecznie Sansa. — Jest dla mnie za dobra.

— Jej Miłość jest nadzwyczaj szczodra — zgodziła się krawcowa. Następnie zabrała swe rzeczy i wyszła.

*Ale dlaczego to robi?* — zastanawiała się Sansa, gdy już została sama. Zaniepokoiło ją to. *Idę o zakład, że ta suknia to pomysł Margaery albo jej babci.*

Margaery nadal traktowała ją z nienaganną uprzejmością. Jej

obecność wszystko zmieniła. Towarzyszące jej damy również były miłe dla Sansy. Już od bardzo dawna nie mogła się cieszyć towarzystwem innych kobiet i niemal zapomniała, jakie to przyjemne. Lady Leonette uczyła ją gry na harfie, a lady Janna powtarzała wszystkie najciekawsze plotki. Merry Crane zawsze opowiadała zabawne historyjki, a mała lady Bulwer przypominała jej Aryę, choć nie była taka wojownicza.

Sansie dorównywały wiekiem kuzynki Elinor, Alla i Megga, pochodzące z młodszej gałęzi rodu Tyrellów.

— Róże z dołu krzaka — zażartowała Elinor, która była gibka i dowcipna. Megga była pulchna i hałaśliwa, Alla zaś nieśmiała i ładna, lecz to Elinor rządziła całą trójką, jako że była już dojrzałą panną, a Megga i Alla nadal pozostawały dziewczynkami.

Kuzynki zaprzyjaźniły się z Sansą tak serdecznie, jakby znały się całe życie. Spędzały długie popołudnia na szyciu i rozmowach przy cytrynowych ciastkach i winie z miodem, wieczorami grały w płytki, śpiewały razem w zamkowym sepcie... a do tego często jedną czy dwie z nich spotykał zaszczyt dzielenia łoża z Margaery i mogły wtedy przeszeptać pół nocy. Alla miała piękny głos i jeśli się ją ładnie poprosiło, grała na harfie i śpiewała pieśni o rycerzach i utraconej miłości. Megga nie umiała śpiewać, za to uwielbiała się całować. Wyznała, że czasem bawią się z Allą w całowanie, ale to nie to samo, co całować się z mężczyzną, a tym bardziej z królem. Sansa zastanawiała się, co by powiedziała Megga na całowanie się z Ogarem. Pamiętała, jak przyszedł do niej w noc bitwy, cuchnący winem i krwią. *Pocałował mnie, groził, że mnie zabije, i kazał mi dla siebie śpiewać.*

— Król Joffrey ma takie piękne usta — plotła dalej Megga — och, biedna Sanso, jak bardzo musiało ci krwawić serce, kiedy go utraciłaś. Och, jakże musiałaś płakać!

*Płakałam przez Joffreya częściej, niż ci się zdaje* — chciała powiedzieć, w pobliżu jednak nie było Butterbumpsa, który zagłuszyłby jej głos, zacisnęła więc mocno wargi i trzymała język za zębami.

Jeśli chodzi o Elinor, obiecano ją młodemu giermkowi, synowi lorda Ambrose'a. Mieli się pobrać, gdy tylko zdobędzie ostrogi.

Nosił jej wstążkę podczas bitwy nad Czarnym Nurtem, gdzie zabił myrijskiego kusznika i zbrojnego w służbie Mullendore'ów.

— Alyn powiedział, że jej wstążka uczyniła go nieustraszonym. — ciągnęła Megga. — Mówił, że jej imię było dla niego okrzykiem bojowym. Czyż to nie rycerskie? Chciałabym, żeby pewnego dnia jakiś wojownik nosił moją wstążkę i usiekł stu ludzi.

Elinor kazała jej być cicho, miała jednak zadowoloną minę.

*To dzieci* — pomyślała Sansa. *Wszystkie są jeszcze głupiutkimi dziewczątkami, nawet Elinor. Nigdy nie widziały bitwy, nie widziały, jak umiera człowiek. Nic nie wiedzą.* Ich marzenia wypełniały pieśni i opowieści, tak samo jak marzenia Sansy, nim Joffrey ściął głowę jej ojcu. Litowała się nad nimi i zazdrościła im.

Margaery była jednak inna. Mimo całej swej słodyczy i delikatności miała też w sobie coś z babci. Poprzedniego dnia zabrała Sansę na polowanie z sokołami. Sansa po raz pierwszy od czasu bitwy znalazła się poza miastem. Trupy pochowano już albo spalono, lecz na Błotnistej Bramie pełno było śladów po uderzeniach taranów lorda Stannisa, a na obu brzegach Czarnego Nurtu widać było kadłuby rozbitych statków. Ich maszty sterczały z płycizn niczym czarne, wychudłe palce. Po rzece pływał tylko płaskodenny prom, który przewiózł je na drugi brzeg, a gdy dotarły do królewskiego lasu, znalazły tam jedynie popioły, węgiel drzewny i spalone drzewa. Na bagnach nad zatoką roiło się jednak od wodnego ptactwa i kobuz Sansy upolował trzy kaczki, a sokół wędrowny Margaery złapał czaplę w locie.

— Willas ma najlepsze ptaki w całych Siedmiu Królestwach — powiedziała jej Margaery, gdy na krótką chwilę zostały same. — Czasami poluje z orłem. Zobaczysz to, Sanso. — Uścisnęła jej dłoń. — Siostro.

*Siostro.* Sansa marzyła kiedyś o takiej siostrze jak Margaery, pięknej, delikatnej i obdarzonej wszelkimi łaskami. Arya nie była siostrą, która by jej odpowiadała. *Jak mogę pozwolić, żeby moja siostra wyszła za Joffreya?* — pomyślała i nagle oczy zaszły jej łzami.

— Margaery, błagam cię — odezwała się. — Nie wolno ci tego

robić. — Trudno jej było wydusić z siebie słowa. — Nie wychodź za niego. On cię skrzywdzi.

— Nie sądzę. — Margaery uśmiechnęła się z pewną siebie miną. — To bardzo odważne z twojej strony, że mnie ostrzegasz, ale nie masz się czego obawiać. Joff jest zepsuty i próżny, nie wątpię też, że rzeczywiście jest tak okrutny, jak mówisz, ale ojciec przed wyrażeniem zgody na to małżeństwo zmusił go, by przyjął Lorasa w poczet swej Gwardii Królewskiej. Najwspanialszy rycerz w Siedmiu Królestwach będzie mnie strzegł we dnie i w nocy, tak jak książę Aemon strzegł Naerys. To znaczy, że nasze lwiątko będzie musiało być grzeczne, nieprawdaż? — Roześmiała się. — Chodź, słodka siostro — powiedziała — pościgamy się do rzeki. Nasi stróże dostaną szału.

Nie czekając na odpowiedź, wbiła pięty w boki wierzchowca i umknęła.

*Jest taka odważna* — pomyślała Sansa, pędząc za nią galopem. Mimo to nadal nie opuszczały jej wątpliwości. Wszyscy się zgadzali, że ser Loras jest wielkim rycerzem, Joffrey miał jednak na swe rozkazy całą resztę Gwardii Królewskiej, a do tego złote i czerwone płaszcze. W późniejszym wieku będzie dowodził całymi armiami. To prawda, że Aegon Niegodny nigdy nie skrzywdził królowej Naerys, być może ze strachu przed ich bratem Smoczym Rycerzem... ale gdy inny członek Gwardii Królewskiej zakochał się w jednej z jego metres, król kazał ściąć ich oboje.

*Ser Loras jest Tyrellem* — powtarzała sobie Sansa. *A tamten rycerz był tylko Toyne'em. Jego bracia nie mieli armii i mogli go pomścić co najwyżej własnymi mieczami.* Im dłużej jednak się nad tym zastanawiała, tym bardziej opuszczała ją pewność. *Joff może się powstrzymać przez kilka księżyców, być może nawet przez rok, ale prędzej czy później pokaże pazurki, a gdy to się stanie...* Kraj może mieć drugiego Królobójcę. Tym razem wojna wybuchnie wewnątrz miasta. Ludzie z lwem i ludzie z różą wypełnią rynsztoki strugami krwi.

Dziwiła się, że Margaery tego nie widzi. *Jest starsza ode mnie i powinna być mądrzejsza. Ponadto jej ojciec, lord Tyrell, na pewno wie, co robi. To tylko głupie obawy.*

Gdy oznajmiła ser Dontosowi, że wyjeżdża do Wysogrodu, by wyjść za Willasa Tyrella, była przekonana, że ten ucieszy się i poczuje ulgę. On jednak złapał ją gwałtownie za ramię.

— Nie wolno ci tego robić! — zawołał ochrypłym od grozy i wina głosem. — Powiadam ci, że Tyrellowie to tylko Lannisterowie z kwiatami. Błagam cię, zapomnij o tym szaleństwie, pocałuj swojego Floriana i obiecaj, że postąpisz tak, jak planowaliśmy. W noc ślubu Joffreya, to już niedługo, załóż srebrną siatkę na włosy, tak jak ci powiedziałem. Potem uciekniemy.

Spróbował ją pocałować w policzek.

Wyśliznęła się z jego objęć i odsunęła od niego.

— Nie. Nie zgadzam się. To się nie może udać. Kiedy byłam gotowa uciekać, nie chciałeś mnie zabrać. Teraz już cię nie potrzebuję.

Dontos wpatrywał się w nią z ogłupiałą miną.

— Przecież wszystko już załatwiłem, słodziutka. Statek, który zawiezie cię do domu, i łódź, którą dotrzesz na statek. Twój Florian postarał się o to wszystko dla swej słodkiej Jonquil.

— Przykro mi, że zadałeś sobie tyle trudu — odparła — ale już nie potrzebuję łodzi i statków.

— Tu chodzi o twoje bezpieczeństwo.

— Będę bezpieczna w Wysogrodzie. Willas mnie obroni.

— Ale on cię nie zna — nie ustępował Dontos — i nie będzie cię kochał. Jonquil, Jonquil, otwórz swe słodkie oczy. Tym Tyrellom wcale na tobie nie zależy. Chcą się ożenić z twoimi prawami.

— Moimi prawami?

Na chwilę straciła orientację.

— Słodziutka, jesteś dziedziczką Winterfell.

Znowu ją złapał, błagając, by tego nie robiła. Wyrwała się mu i zostawiła go chwiejącego się na nogach pod drzewem sercem. Od tej pory nie chodziła już do bożego gaju.

Nie zapomniała jednak jego słów. *Dziedziczka Winterfell* — myślała, leżąc nocą w łożu. *Chcą się ożenić z twoimi prawami.* Dorastała, mając trzech braci, i nigdy nie spodziewała się, że odziedziczy jakiekolwiek prawa, skoro jednak Bran i Rickon nie żyli... *To nie ma znaczenia. Jest jeszcze Robb. To już dorosły mężczyzna, niedługo się ożeni i spłodzi syna. Zresztą Willas Tyrell odziedziczy Wysogród, to po co mu Winterfell?*

Czasami szeptała jego imię do poduszki, po to tylko, by usłyszeć jego brzmienie.

— Willas, Willas, Willas.

W końcu było to równie dobre imię jak Loras. Nawet brzmiało podobnie. Mniejsza o nogę. Willas zostanie lordem Wysogrodu, a ona będzie jego panią.

Wyobrażała sobie, jak siedzą w ogrodzie, trzymając na kolanach szczeniaki, albo słuchają grającego na lutni minstrela, płynąc barką wycieczkową w dół Manderu. *Jeśli dam mu synów, może mnie pokocha.* Nada im imiona Eddard, Brandon i Rickon, i wychowa ich na takich wielkich wojowników jak ser Loras. *I nauczę ich nienawidzić Lannisterów.* W marzeniach Sansy jej dzieci wyglądały tak samo jak bracia, których utraciła. Czasami widziała nawet dziewczynkę podobną do Aryi.

Nie potrafiła jednak zatrzymać wizji Willasa na długo. Jej wyobraźnia uparcie zmieniała go w ser Lorasa, młodego, pięknego i pełnego gracji. *Nie wolno ci tak o nim myśleć* — skarciła samą siebie. *Bo w przeciwnym razie, kiedy się spotkacie, ujrzy w twych oczach zawód i jak będzie się wtedy mógł z tobą ożenić, wiedząc, że to jego brata kochasz?* Ciągle sobie powtarzała, że Willas Tyrell jest od niej dwa razy starszy i do tego kulawy. Niewykluczone też, że podobnie jak jego ojciec był gruby i miał czerwoną twarz. Ładny czy brzydki, mógł jednak być jedynym obrońcą, jakiego będzie w życiu miała.

Pewnego razu przyśniło się jej, że to nadal ona wychodzi za Joffa, nie Margaery. W noc poślubną Joff zmienił się jednak w kata Ilyna Payne'a. Obudziła się z drżeniem. Nie chciała, by Margaery wycierpiała to samo, co ona, bała się jednak myśli, że Tyrellowie zerwą zaręczyny. *Ostrzegałam ją. Powiedziałam prawdę o nim.* Być może Margaery jej nie uwierzyła. Joff zawsze grał przy niej idealnego rycerza, tak jak niegdyś przy Sansie. *Wkrótce pozna jego prawdziwą naturę. Po ślubie, a może nawet przedtem.* Obiecała sobie, że gdy następnym razem pójdzie do septu, zapali świecę dla Matki Na

Górze i poprosi ją, by obroniła Margaery przed okrucieństwem Joffreya. Może zapali też drugą dla Wojownika, za Lorasa.

Gdy krawcowa brała z niej ostatnią miarę, Sansa postanowiła, że włoży nową suknię na uroczystość w Wielkim Sepcie Baelora. *Na pewno dlatego Cersei kazała ją dla mnie uszyć. Nie chce, żebym brzydko wyglądała na ślubie.* Właściwie powinna na ucztę weselną włożyć drugą suknię, sądziła jednak, że wystarczy któraś z jej starych. Nie chciałaby poplamić nowej jedzeniem albo winem. *Muszę zabrać ją ze sobą do Wysogrodu.* Chciała się pięknie zaprezentować Willasowi Tyrellowi. *Nawet jeśli Dontos miał rację i chodzi mu nie o mnie, a o Winterfell, to i tak może mnie jeszcze pokochać.* Oplotła się mocno ramionami, zastanawiając się, kiedy suknia będzie gotowa. Nie mogła się już doczekać, kiedy ją włoży.

# ARYA

Deszcz zaczął się i skończył, niebo jednak częściej było szare niż niebieskie, a we wszystkich strumieniach było pełno wody. Rankiem trzeciego dnia Arya zauważyła, że mech porasta nie tę stronę drzew.

— Jedziemy nie w tym kierunku, co trzeba — oznajmiła Gendry'emu, gdy mijali szczególnie omszały wiąz. — Na południe. Ten trakt prowadzi na południe.

*Jechaliśmy na południe cały dzień* — chciała mu powiedzieć. *I wczoraj też, kiedy trzymaliśmy się tego koryta strumienia.* Wczoraj jednak nie przyglądała się zbyt uważnie, nie miała więc pewności.

— Chyba zabłądziliśmy — dodała cicho. — Nie trzeba się było oddalać od rzeki. Wystarczyłoby jechać wzdłuż niej.

— Rzeka ciągle meandruje — zauważył Gendry. — Założę się, że po prostu jedziemy krótszą drogą. Jakąś tajną, zbójecką ścieżką. Cytryn, Tom i reszta żyją tu już od lat.

Była to prawda. Arya przygryzła wargę.

— Ale mech...

— Przy takiej wilgoci mech niedługo wyrośnie nam z uszu — poskarżył się Gendry.

— Tylko z południowego ucha — upierała się Arya. Nie miało sensu przekonywać Byka o czymkolwiek. Był on jednak jedynym prawdziwym przyjacielem, jaki jej pozostał. Gorąca Bułka ich opuścił.

— Sharna mówi, że przydam się jej do pieczenia chleba — oznajmił w dniu, gdy ruszali w drogę. — Zresztą dość już mam deszczu, odcisków od siodła i ciągłego strachu. Tu jest ale i króliki, a chleb będzie lepszy, kiedy to ja będę go piekł. Sama się przekonasz, kiedy wrócisz. No bo wrócisz, prawda? Po wojnie? — Nagle przypomniał sobie, z kim rozmawia. — Pani — dodał, czerwieniejąc na twarzy.

Arya nie sądziła, by wojna miała się kiedykolwiek skończyć, skinęła jednak głową.

— Przepraszam, że cię wtedy pobiłam — powiedziała. Gorąca Bułka był głupi i tchórzliwy, ale towarzyszył jej już od Królewskiej Przystani i przyzwyczaiła się do niego. — Złamałam ci nos.

— Cytrynowi też — zauważył z uśmiechem Gorąca Bułka. — To było niezłe.

— Cytryn tak nie sądzi — odparła ponurym tonem Arya. Czas już było odjeżdżać. Gdy Gorąca Bułka zapytał, czy może pocałować jaśnie panią w rękę, wymierzyła mu kuksańca. — Nie mów tak na mnie. Ty jesteś Gorąca Bułka, a ja jestem Arry.

— Tutaj nie jestem Gorącą Bułką. Sharna nazywa mnie „Chłopcem", tak samo jak drugiego chłopca. Będzie się nam okropnie myliło.

Nie spodziewała się, że będzie tak za nim tęskniła. Trochę jednak pocieszała ją bliskość Harwina. Opowiedziała mu o jego ojcu Hullenie, którego znalazła umierającego przy stajniach w Czerwonej Twierdzy, w dniu swej ucieczki.

— Zawsze powtarzał, że umrze w stajni — westchnął Harwin — ale wszyscy sądziliśmy, że zabije go jakiś złośliwy ogier, nie stado lwów.

Arya opowiedziała mu też o Yorenie i ich ucieczce z Królewskiej Przystani, a także o wielu rzeczach, które od tego czasu się wydarzyły. Przemilczała jednak chłopca stajennego, którego przeszyła Igłą, i wartownika, któremu poderżnęła gardło, by uciec z Harrenhal. Gdyby powiedziała o tym Harwinowi, to byłoby prawie tak, jakby powiedziała ojcu, a za nic w świecie nie chciałaby, żeby ojciec się o tym dowiedział.

Nie wspomniała też o Jaqenie H'gharze i długu trzech śmierci, który jej spłacił. Żelazną monetę, którą jej dał, schowała za pasem, czasem jednak wyjmowała ją nocą i przypominała sobie, jak jego twarz stopiła się i zmieniła, gdy przesunął przed nią dłonią.

— *Valar morghulis* — szeptała pod nosem. — Ser Gregor, Dunsen, Polliver, Raff Słodyczek, Łaskotek i Ogar, ser Ilyn, ser Meryn, królowa Cersei, król Joffrey.

Harwin powiedział jej, że z dwudziestu ludzi z Winterfell, których jej ojciec wysłał z Berikiem Dondarrionem, zostało tylko sześciu, a do tego rozpierzchli się oni na cztery wiatry.

— To była pułapka, pani. Lord Tywin wysłał Górę na Czerwone Widły z ogniem i mieczem, żeby wywabić twojego pana ojca. Chciał, żeby lord Eddard sam wyruszył na zachód, by rozprawić się z Gregorem Clegane'em. Gdyby to zrobił, zginąłby albo dostał się do niewoli i można by go wymienić za Krasnala, który był wtedy więźniem twej pani matki. Tyle że Królobójca nic nie wiedział o planie lorda Tywina i gdy usłyszał, że jego brata pojmano, zaatakował twojego ojca na ulicach Królewskiej Przystani.

— Pamiętam — odpowiedziała Arya. — Zabił Jory'ego.

Jory zawsze się do niej uśmiechał albo powtarzał jej, żeby nie kręciła się pod nogami.

— To prawda — zgodził się Harwin. — A twój ojciec złamał nogę, gdy zwalił się na niego koń. Dlatego lord Eddard nie mógł pojechać na zachód. Wysłał lorda Berica, który wziął dwudziestu swoich ludzi i dwudziestu ludzi z Winterfell, w tym również mnie. Byli też inni. Thoros i ser Raymun Darry oraz ich ludzie, ser Gladden Wylde i lord nazwiskiem Lothar Mallery. Gregor jednak zasadził się na nas przy Brodzie Komedianta. Jego ludzie ukryli się na obu brzegach. Kiedy przeprawialiśmy się przez rzekę, uderzyli na nas od przodu i od tyłu. Widziałem, jak Góra zabił Raymuna Darry'ego jednym uderzeniem tak straszliwym, że odciął mu rękę w łokciu i za jednym zamachem uśmiercił też jego konia. Gladden Wylde zginął wtedy razem z nim, a lord Mallery został stratowany i utonął. Lwy otoczyły nas ze wszystkich stron. Myślałem, że już po nas, lecz Alyn zaczął wykrzykiwać rozkazy i przywrócił porządek w naszych szeregach. Ci z nas, którzy nadal trzymali się w siodle, skupili się wokół Thorosa i przebili na swobodę. Rankiem było nas stu dwudziestu, a z zapadnięciem zmierzchu zostało najwyżej czterdziestu. Do tego lord Beric został poważnie ranny. Nocą Thoros wyciągnął mu z piersi odłamek kopii długi na stopę. Dziurę, która została, zalał gotującym winem. Wszyscy byliśmy pewni, że jego lordowska mość nie dożyje świtu, Thoros jednak całą noc modlił się razem z nim przy ognisku i gdy wzeszło słońce, lord Beric nadal żył i był silniejszy niż przedtem. Minęły dwa tygodnie, nim był w stanie dosiąść konia, lecz jego odwaga dodała nam sił. Powiedział nam, że wojna nie skończyła się dla nas przy Brodzie Komedianta. To był dopiero początek i każdy z tych, którzy tam padli, zostanie dziesięciokrotnie pomszczony. Walki zdążyły już przetoczyć się obok nas. Ludzie Góry byli tylko strażą przednią zastępu lorda Tywina. Przekroczyli Czerwone Widły i uderzyli na dorzecze, paląc wszystko, co spotkali na swej drodze. Było nas tak mało, że mogliśmy jedynie nękać ich tyły, powtarzaliśmy sobie jednak, że dołączymy do wojsk króla Roberta, gdy ten wyruszy na zachód, by zmiażdżyć bunt lorda Tywina. Potem jednak dowiedzieliśmy się, że król Robert nie żyje i lord Eddard również, a na Żelaznym Tronie zasiadł pomiot Cersei Lannister. Cały świat przewrócił się dla nas do góry nogami. Królewski namiestnik wysłał nas po to, byśmy porachowali się z wyjętymi spod prawa bandytami, ale teraz to my zostaliśmy wyjęci spod prawa, a królewskim namiestnikiem był lord Tywin. Niektórzy mówili, że powinniśmy się poddać, ale lord Beric nie chciał nawet o tym słyszeć. Powiedział, że nadal jesteśmy królewskimi ludźmi, tak samo jak ci, których masakrują lwy. Skoro nie mogliśmy już walczyć za Roberta, powinniśmy walczyć za nich, dopóki wszyscy nie zginiemy. Tak też zrobiliśmy, ale wtedy wydarzyło się coś dziwnego. Każdego człowieka, którego straciliśmy, zastępowało dwóch nowych. Była wśród nich garstka rycerzy i giermków, więcej jednak było nisko urodzonych ludzi, parobków, skrzypków, oberżystów, służących i szewców, a nawet dwóch septonów. Przyłączali się do nas najróżniejsi mężczyźni, a także kobiety, dzieci, psy...

— Psy? — zdziwiła się Arya.

— Tak — potwierdził z uśmiechem Harwin. — Jeden z naszych chłopaków trzyma najwredniejsze psiska, jakie widziałaś w życiu.

— Chciałabym mieć takiego psa — odezwała się tęsknie. — Psa na lwy.

Miała kiedyś wilkorzycę, Nymerię, ale przepędziła ją kamieniami, żeby nie zabili jej ludzie królowej. *Czy wilkor mógłby pokonać lwa?* — zadała sobie pytanie.

Po południu znowu się rozpadało. Deszcz lał długo, lecz na szczęście ludzie lorda Berica wszędzie mieli potajemnych przyjaciół, nie musieli więc rozbijać obozu na otwartej przestrzeni ani szukać schronienia pod gałęziami drzew, jak często zdarzało się jej robić z Gorącą Bułką i Gendrym.

Nocą skryli się w spalonej, opuszczonej wiosce. Przynajmniej wydawało się, że wioska jest opuszczona, lecz gdy nagle Jack Szczęściarz zagrał na swym myśliwskim rogu dwa krótkie sygnały i jeden długi, z ruin oraz ukrytych piwniczek wyszli najróżniejsi ludzie. Mieli ale, suszone jabłka i trochę czerstwego jęczmiennego chleba, a banici przywieźli gęś, którą zastrzelił po drodze Anguy, kolacja przypominała więc niemal ucztę.

Gdy Arya ogryzała ze skrzydła ostatni kawałek mięsa, jeden z wieśniaków zwrócił się nagle w stronę Cytryna Cytrynowego Płaszcza.

— Niecałe dwa dni temu byli tu ludzie, którzy szukali Królobójcy — oznajmił.

Cytryn prychnął pogardliwie.

— Lepiej niech go poszukają w Riverrun. W najgłębszych lochach, gdzie panuje przyjemna wilgoć.

Nos Cytryna wyglądał jak rozkwaszone jabłko, czerwony i spuchnięty, a on sam był w paskudnym nastroju.

— Nie — sprzeciwił się inny wieśniak. — On uciekł.

Królobójca. Arya poczuła, że włoski na karku stają jej dęba. Wstrzymała oddech, żeby lepiej słyszeć.

— Czy to może być prawda? — zdziwił się Tom Siódemka.

— Nie wierzę w to — sprzeciwił się jednooki mężczyzna w zardzewiałej przyłbicy. Inni banici zwali go Jackiem Szczęściarzem, choć utrata oka nie wydawała się Aryi zbyt szczęśliwym wydarzeniem. — Widziałem te lochy na własne oczy. Jak mógł stamtąd zwiać?

Wieśniacy wzruszyli tylko ramionami.

— Jeśli Królobójca wyrwał się na wolność, wilki utoną we krwi — stwierdził Zielonobrody, głaszcząc się po szarozielonym zaroście. — Trzeba zawiadomić Thorosa. Pan Światła pokaże mu Lannistera w płomieniach.

— Tu jest bardzo ładne ognisko — wtrącił z uśmiechem Anguy.

Zielonobrody ryknął śmiechem i wymierzył mu kuksańca w ucho.

— Czy ja wyglądam na kapłana, Łuczniku? Kiedy Pello z Tyrosh patrzy w ogień, płomienie przypalają mu brodę.

Cytryn strzelił głośno palcami.

— Lord Beric bardzo by się uradował, gdyby udało mu się złapać Jaime'a Lannistera — stwierdził.

— Ale czyby go powiesił, Cytryn? — zapytała jedna z miejscowych kobiet. — Szkoda by było powiesić takiego urodziwego mężczyznę.

— Najpierw proces! — zawołał Anguy. — Przecież wiesz, że lord Beric zawsze najpierw urządza im proces. — Rozciągnął usta w uśmiechu. — Dopiero potem ich wiesza.

Wszyscy wybuchnęli śmiechem. Tom przebiegł palcami po strunach harfy i zaczął cicho śpiewać.

*Bracia z królewskiego lasu*
*banda ludzi wyjętych spod prawa.*
*W głębi lasu mieli swój zamek,*
*gdzie świeża i zielona jest trawa.*
*Każdy musiał im oddać swe złoto,*

*rękę każda oddała im panna,*
*Och, bracia z królewskiego lasu,*
*straszliwych banitów kompania...*

Arya usiadła w suchym i ciepłym kąciku między Gendrym i Harwinem. Przez pewien czas słuchała piosenek, po czym zamknęła oczy i zapadła w sen. Śnił się jej dom, nie Riverrun, ale Winterfell. Nie był to jednak dobry sen. Stała samotnie pod zamkiem, po kolana w błocie. Widziała przed sobą szare mury, lecz gdy próbowała dotrzeć do bram, każdy krok wydawał się trudniejszy od poprzedniego, a zamek bladł przed nią, aż w końcu przypominał raczej dym niż granit. Były tam też wilki, wychudłe, szare zwierzęta, które wędrowały między drzewami, krążąc wokół niej z błyskiem w ślepiach. Gdy tylko na nie spojrzała, przypominała sobie smak krwi.

Rankiem zjechali z traktu, by ruszyć skrótem przez pola. Porywisty wiatr unosił w górę zeschłe, brązowe liście, które wirowały wokół kopyt ich koni, tym razem jednak nie padało. Gdy słońce wyszło zza chmury, zrobiło się tak jasno, że Arya musiała postawić kaptur, żeby zasłonić sobie oczy.

Nagle ściągnęła wodze.

— Jedziemy w niewłaściwym kierunku!

Gendry jęknął głośno.

— Co jest, znowu mech?

— Spójrz na słońce — zażądała. — Zmierzamy na południe! — Wyciągnęła z juków mapę, żeby im to pokazać. — Nie powinniśmy się oddalać od Tridentu. Zobacz. — Rozwinęła mapę na nodze. Spoglądali już na nią wszyscy. — Zobacz, Riverrun leży tutaj, między rzekami.

— Tak się składa, że wszyscy dobrze wiemy, gdzie leży Riverrun — odezwał się Jack Szczęściarz.

— Nie jedziemy tam — oznajmił bez ogródek Cytryn.

*Byłam już prawie na miejscu* — pomyślała Arya. *Trzeba było pozwolić, żeby zabrali konie. Mogłam tam dojść na piechotę.* Nagle przypomniała sobie swój sen i przygryzła wargę.

— Nie miej takiej zbolałej miny, dziecko — pocieszał ją Tom Siedem Strun. — Nic złego ci się nie stanie. Masz na to moje słowo.

— Słowo kłamcy!

— Nikt cię nie okłamał — sprzeciwił się Cytryn. — Niczego ci nie obiecywaliśmy. Nie my zdecydujemy, co się z tobą stanie.

Przywódcą nie był tu jednak Cytryn ani Tom, lecz Tyroshijczyk, Zielonobrody. Arya zwróciła się w jego stronę.

— Zabierzcie mnie do Riverrun, a z pewnością nie minie was nagroda — powiedziała zdesperowana.

— Maleńka — odpowiedział Tyroshijczyk — wieśniak może ugotować w swym garnku zwykłą wiewiórkę, ale kiedy złapie złotą, oddaje ją swojemu lordowi, bo inaczej pożałuje.

— Nie jestem wiewiórką — nie ustępowała Arya.

— Jesteś — odparł ze śmiechem Zielonobrody. — Małą, złotą wiewiórką, która jedzie na spotkanie z lordem błyskawicą, czy tego chce, czy nie. On już będzie wiedział, co z tobą zrobić. Idę o zakład, że odeśle cię do twojej pani matki, tak jak tego pragniesz.

Tom Siedem Strun skinął głową.

— Tak, to podobne do lorda Berica. Potraktuje cię sprawiedliwie, przekonasz się.

*Lord Beric Dondarrion.* Arya przypomniała sobie wszystko, co słyszała o nim w Harrenhal od Lannisterów i Krwawych Komediantów. Lord Beric, leśna zjawa. Lord Beric, którego zabił Vargo Hoat, a przedtem ser Amory Lorch i dwukrotnie Góra, Która Jeździ. *Jeżeli nie odeśle mnie do domu, może ja też go zabiję.*

— Dlaczego muszę jechać do lorda Berica? — zapytała cicho.

— Wozimy do niego wszystkich wysoko urodzonych jeńców — wyjaśnił.

*Jeńców.* Arya zaczerpnęła tchu, by uspokoić duszę. Spokojna jak stojąca woda. Zerknęła na siedzących na koniach banitów i nagle odwróciła głowę wierzchowca. *A teraz szybka jak wąż* — pomyślała, wbijając pięty w boki rumaka. Przemknęła między Zielonobrodym a Jackiem Szczęściarzem. Ujrzała w przelocie zdumioną twarz Gendry'ego, którego klacz usunęła się jej z drogi, a potem wydostała się na otwartą przestrzeń.

Północ czy południe, wschód czy zachód, w tej chwili było jej wszystko jedno. Drogę do Riverrun znajdzie później, gdy tylko zgubi ścigających. Pochyliła się w siodle, zmuszając konia do cwału. Banici przeklinali i krzyczeli do niej, każąc jej wracać. Nie słuchała ich, gdy jednak obejrzała się za siebie, zobaczyła, że pędzi za nią czterech ludzi. Anguy, Harwin i Zielonobrody galopowali obok siebie, a Cytryn został nieco z tyłu. Jego wielki żółty płaszcz powiewał na wietrze.

— Szybki jak jeleń — krzyknęła do ucha wierzchowcowi. — Biegnij, biegnij.

Mknęła przez porośnięte brązowym zielskiem pola, przez sięgającą pasa trawę i sterty zeschłych liści, wzbijanych w powietrze przez kopyta jej konia. Nagle po lewej stronie zobaczyła las. Tam będę mogła ich zgubić. Skrajem pola biegł wyschnięty rów, lecz koń przeskoczył go, nie zwalniając kroku, po czym zapuścił się między wiązy, cisy i brzozy. Zerknęła za siebie i zobaczyła, że Anguy i Harwin nadal ścigają ją zawzięcie, lecz Zielonobrody został z tyłu, a Cytryna już wcale nie widziała.

— Szybciej — powtarzała wierzchowcowi — możesz biec szybciej, możesz.

Przemknęła między dwoma wiązami, nie zważając na to, od której strony porasta je mech. Przeskoczyła zbutwiałą kłodę i ominęła ogromne zwalone drzewo, najeżone połamanymi konarami. Potem wspięła się na łagodne wzgórze i zjechała z niego po drugiej stronie, zwalniając i znowu zwiększając prędkość. Spod uderzających o krzemienie kopyt strzelały skry. Na szczycie pagórka znowu spojrzała za siebie. Harwin wyprzedził nieco Anguya, lecz obaj wciąż mknęli szybko. Zielonobrody został już daleko z tyłu.

Drogę przegrodził jej strumień. Wjechała prosto do wody, choć pełno w niej było mokrych, brązowych liści. Niektóre z nich przylepiły się do końskich nóg. Na drugim brzegu poszycie było gęstsze, a liczne korzenie i kamienie utrudniały jazdę. Musiała zwolnić, choć nadal utrzymywała tempo tak szybkie, jak tylko się odważyła. Ujrzała przed sobą następne wzgórze, tym razem bardziej strome. Znowu w górę i ponownie w dół. *Czy ten las ciągnie się daleko?* —

zadała sobie pytanie. Wiedziała, że ma szybszego wierzchowca. Ukradła ze stajen Harrenhal jednego z najlepszych koni Roose'a Boltona. W takim terenie jego szybkość nie zdawała się jednak na nic. *Muszę wrócić na pola. Muszę znaleźć drogę.* Zamiast tego trafiła na wydeptaną przez zwierzynę ścieżkę. Choć była wąska i wyboista, ułatwiła jej nieco zadanie. Arya mknęła przed siebie jak szalona, a gałęzie smagały ją po twarzy. Jedna z nich zaczepiła o kaptur i zerwała go dziewczynce z głowy. Przez pół uderzenia serca bała się, że ją schwytali. W pewnej chwili z krzaków wypadła lisica, przerażona jej obłąkaną ucieczką. Ścieżka zaprowadziła Aryę do drugiego strumienia. A może to był ten sam? Czyżby zatoczyła łuk? Nie miała czasu się nad tym zastanawiać. Słyszała już przedzierające się przez chaszcze konie jej prześladowców. Ciernie drapały ją po twarzy niczym koty, które ścigała w Królewskiej Przystani. Z gałęzi olchy eksplodowały pierzchające wróble. Drzewa rosły tu jednak coraz rzadziej i w pewnej chwili zostawiła las za sobą. Przed nią ciągnęły się płaskie pola, porośnięte chwastami i dziką pszenicą, wilgotne i stratowane. Arya kopnęła konia, ponownie zmuszając go do cwału. *Biegnij* — pomyślała. *Biegnij do Riverrun, do domu.* Czy ich zgubiła? Zerknęła za siebie i zobaczyła, że Harwin jest już tylko sześć jardów za nią i wciąż się zbliża. *Nie* — pomyślała. *Tylko nie on, to niesprawiedliwe.*

Gdy zrównał się z nią i złapał jej wierzchowca za uzdę, oba konie były już spienione i ledwie mogły biec dalej. Arya również dyszała ciężko. Zrozumiała, że to koniec.

— Jeździsz jak człowiek z północy, pani — pochwalił ją Harwin, zatrzymując oba rumaki. — Tak samo jak twoja ciotka. Lady Lyanna. Ale mój ojciec był koniuszym.

Obrzuciła go pełnym urazy spojrzeniem.

— Myślałam, że jesteś człowiekiem mojego ojca.

— Lord Eddard nie żyje, pani. Należę teraz do lorda błyskawicy i do moich braci.

— Jakich braci?

Arya nie przypominała sobie, by stary Hullen miał więcej niż jednego syna.

— Anguya, Cytryna, Toma Siódemki, Jacka, Zielonobrodego i całej reszty. Nie życzymy twemu bratu Robbowi źle, pani... ale nie dla niego walczymy. On ma własną armię i wielu możnych lordów ugięło przed nim kolana. Prostaczkowie mają tylko nas. — Przyjrzał się jej uważnie. — Rozumiesz, co ci powiedziałem?

— Tak.

Zrozumiała przynajmniej tyle, że Harwin nie jest człowiekiem Robba, a ona jest jego jeńcem. *Trzeba było zostać z Gorącą Bułką. Moglibyśmy zabrać tę łódź i popłynąć do Riverrun.* Lepiej jej było, kiedy była Gołąbkiem. Gołąbka nikt nie wziąłby do niewoli, podobnie jak Nan albo Łasicy czy sieroty Arry'ego. *Byłam wilczycą, a teraz znowu zostałam jakąś głupią młodą damą* — pomyślała.

— Pojedziesz spokojnie czy muszę cię związać i przerzucić przez koński grzbiet? — zapytał Harwin.

— Pojadę spokojnie — odparła ponurym głosem. *Na razie.*

# SAMWELL

Sam postawił, łkając, następny krok. *To już ostatni, naprawdę ostatni. Nie mogę iść dalej. Nie mogę.* Jego nogi poruszyły się jednak znowu. Jedna, a potem druga. Zrób krok, a po nim następny. *Wcale nie są moje* — pomyślał. *Należą do kogoś innego. To ktoś inny idzie. Na pewno nie ja.*

Kiedy spuścił wzrok, zobaczył, jak brną przez zwały śniegu, pokraczne i niezgrabne. Pamiętał, że jego buty były kiedyś czarne, lecz śnieg oblepił je grubą warstwą, zamieniając je w bezkształtne, białe bryły. Dwie szpotawe stopy z lodu.

Śnieżyca nie chciała się uspokoić. Zaspy sięgały Samowi powyżej kolan, a pokrywająca jego nogi skorupa wyglądała jak para białych nagolenników. Wlókł się ciężko, krok za krokiem. Wielki plecak, który dźwigał, nadawał mu wygląd jakiegoś monstrualnego garbusa. Był też zmęczony, bardzo zmęczony. *Nie mogę już iść dalej. Matko, zmiłuj się, nie mogę.*

Co czwarty albo piąty krok musiał sobie poprawiać pas. Miecz zgubił na Pięści, lecz pochwa nadal mu ciążyła. Miał dwa noże, obsydianowy sztylet, który dostał od Jona, i stalowy, którym kroił mięso. Wszystko to ważyło sporo, a do tego Sam miał wielki, okrągły kałdun i pas łatwo opadał mu aż do kostek, bez względu na to, jak mocno go zaciskał. Kiedyś spróbował zapiąć go nad brzuchem, lecz wtedy zawędrował mu aż pod pachy. Grenn uśmiał się jak głupi na ten widok, a Edd Cierpiętnik oznajmił:

— Znałem kiedyś człowieka, który nosił miecz na łańcuchu na szyi, tak jak ty. Pewnego dnia potknął się i wbił sobie rękojeść w nos.

Sam także się potykał. Pod śniegiem kryły się kamienie, korzenie, a gdzieniegdzie ziały głębokie dziury. Trzy dni temu Czarny Bernarr wdepnął w taką dziurę i złamał sobie nogę w kostce. A może to było cztery dni temu albo... szczerze mówiąc, Sam nie wiedział, ile czasu minęło. Lord dowódca wsadził potem Bernarra na konia.

Sam postawił, łkając, następny krok. Czuł się tak, jakby spadał, a nie szedł. Spadał bez końca w dół i nie mógł dotrzeć do ziemi. *Muszę się zatrzymać. To za bardzo boli. Strasznie przemarzłem i jestem zmęczony. Muszę się przespać, tylko chwilę przespać przy ognisku i zjeść kawałek czegoś, co nie będzie zamarznięte.*

Wiedział jednak, że jeśli się zatrzyma, umrze. Wszyscy o tym wiedzieli, ta garstka, która pozostała. Kiedy uciekli z Pięści, było ich pięćdziesięciu, może więcej, lecz niektórzy zgubili się w śniegu, kilku rannych wykrwawiło się na śmierć... i czasami z tyłu kolumny dobiegały krzyki, a raz również przeraźliwy wrzask. Kiedy go usłyszał, natychmiast rzucił się do ucieczki. Przebiegł dwadzieścia albo trzydzieści jardów, tak szybko, jak tylko zdołał. Jego na wpół odmrożone stopy wzbijały w górę obłoki śniegu. Gdyby miał więcej siły w nogach, biegłby do tej pory. *Idą za nami, ciągle za nami idą i wybierają nas jednego po drugim.*

Sam postawił, łkając, następny krok. Marzł już od tak dawna, że zapomniał, co to znaczy ciepło. Miał na sobie trzy pary rajtuz, a pod podwójną bluzą z owczej wełny dwie warstwy bielizny. Na to nałożył gruby pikowany płaszcz, który osłaniał go przed zimną stalą kolczugi. Na pancerz narzucił luźną opończę, a na to wszystko płaszcz potrójnej grubości zapinany pod szyją na kościany guzik. Jego kaptur opadał Samowi na czoło. Dłonie osłaniały mu grube futrzane rękawice o jednym palcu nałożone na cieńsze, z wełny i skóry. Dolną połowę jego twarzy zasłaniał szczelnie szalik, a na uszy, pod kapturem, nasadził sobie obcisłą czapkę obszytą baranim futrem. Mimo to nadal było mu zimno. Zwłaszcza w stopy. W tej chwili w ogóle już ich nie czuł, lecz jeszcze wczoraj bolały go tak bardzo, że ledwie mógł na nich stać, nie mówiąc już o chodzeniu. Przy każdym kroku miał ochotę krzyczeć. Czy to rzeczywiście było wczoraj? Nie pamiętał. Nie spał, odkąd uciekli z Pięści, od chwili, gdy usłyszał róg. Chyba że idąc. Czy można jednak chodzić przez sen? Sam tego nie wiedział albo może zapomniał.

Postawił następny krok. Ze wszystkich stron otaczał go sypiący gęsto śnieg. Czasem padał z białego nieba, a czasem z czarnego, tylko to różniło teraz dzień od nocy. Chłopak niósł go na swych ramionach niby kolejny płaszcz. Śnieg gromadził się na plecaku, przez co jeszcze trudniej było go dźwigać. Sama dręczył straszliwy ból w krzyżu. Czuł się tak, jakby ktoś wbił mu tam nóż i poruszał nim przy każdym kroku. Jego ramiona przygniatał ciężar kolczugi. Oddałby niemal wszystko, żeby tylko móc ją zdjąć, bał się jednak to zrobić. Zresztą musiałby najpierw ściągnąć płaszcz i opończę, a wtedy zabiłoby go zimno.

*Gdybym tylko miał więcej sił…* Był jednak słaby i narzekanie w niczym mu nie pomoże. Słaby i tłusty, tak bardzo tłusty, że ledwie mógł udźwignąć własny ciężar, nie wspominając już o kolczudze. Miał wrażenie, że stal zdziera mu skórę z barków, choć chroniły ją liczne warstwy tkaniny i podszewki. Pozostał mu jedynie płacz, a kiedy płakał, łzy zamarzały na policzkach.

Następny krok. Stawiał stopy tam, gdzie pokrywająca śnieg skorupa pękła już pod nogami tych, którzy szli przed nim. Tylko dzięki temu mógł się posuwać do przodu. Po obu stronach widać było skryte za milczącymi drzewami pochodnie, które rozjaśniały padający śnieg słabą, pomarańczową łuną. Kiedy odwrócił głowę, widział, jak mkną bezgłośnie przez las, klucząc i podskakując. *Pierścień ognia Starego Niedźwiedzia* — przypomniał sobie. *Biada tym, którzy go opuszczą.* Kiedy szedł, wydawało mu się, że ściga pochodnie, one jednak również miały nogi, dłuższe i silniejsze niż nogi Sama, był więc bez szans, by je dogonić.

Wczoraj błagał o to, by pozwolili mu nieść żagiew, nawet jeśli musiałby iść poza kolumną, ze wszystkich stron otoczony przez ciemność. Pragnął ognia, marzył o nim. *Gdybym miał ogień, nie musiałbym tak marznąć.* Ktoś jednak przypomniał mu, że pierwszego dnia niósł jedną z pochodni, ale upuścił ją w śnieg i ogień zgasł. Sam niczego takiego nie pamiętał, nie wątpił jednak, że było tak naprawdę. Był za słaby, by trzymać rękę w górze przez dłuższy czas. Czy to Edd przypomniał mu o tej pochodni czy Grenn? Tego również nie pamiętał. *Jestem gruby, słaby i bezużyteczny. Nawet mój rozum zamarzł.* Postawił następny krok.

Szalik, którym owinął sobie nos i usta, pokrywały teraz smarki. Zrobił się tak sztywny, że Sam bał się, iż przymarzł mu do twarzy. Nawet oddychanie przychodziło mu z trudem. Powietrze było tak zimne, że bolały go od niego płuca.

— Matko, zmiłuj się — mamrotał cichym, ochrypłym głosem za zamarzniętą maską. — Matko, zmiłuj się, Matko, zmiłuj się, Matko, zmiłuj się. — Przy każdym słowie modlitwy stawiał następny krok, brnąc przez śnieg. — Matko, zmiłuj się, Matko, zmiłuj się, Matko, zmiłuj się.

Jego własna matka przebywała tysiące mil na południe stąd, z jego siostrami i małym Dickonem, bezpieczna w twierdzy Horn Hill. *Nie słyszy mnie, tak samo jak Matka Na Górze.* Wszyscy septonowie zgadzali się, że Matka jest miłosierna, lecz za Murem Siedmiu nie miała żadnej władzy. To była domena starych bogów, bezimiennych bogów drzew, wilków i śniegu.

— Zmiłujcie się — szeptał do każdego, kto mógł go usłyszeć, starych bogów czy nowych, albo nawet demonów. — Och, zmiłujcie, zmiłujcie się nade mną.

*Maslyn też błagał o zmiłowanie.* Dlaczego nagle sobie o tym przypomniał? Nie chciał o tym pamiętać. Nieszczęśnik zatoczył się do tyłu, wypuścił miecz i prosił o litość. Zerwał nawet z dłoni grubą, czarną rękawicę i wyciągnął ją przed siebie, jakby była stalową rękawicą rycerza. Nie przestawał domagać się krzykiem pardonu, lecz upiór złapał go za gardło i uniósł nad ziemię, omal nie urywając mu głowy. *Trupy nie znają litości, a Inni... nie, nie mogę o tym myśleć, nie myśl, nie pamiętaj, tylko idź, tylko idź, tylko idź.*

Postawił, łkając, następny krok.

Zahaczył czubkiem stopy o ukryty pod śniegiem korzeń, potknął się i upadł ciężko na jedno kolano. Uderzył się tak mocno, że aż przygryzł sobie język. W ustach poczuł smak krwi, cieplejszej niż cokolwiek, co pił od czasu ucieczki z Pięści. *To już koniec* — pomyślał. Gdy się przewrócił, nie miał sił podnieść się z powrotem. Złapał mocno za gałąź, próbując podciągnąć się w górę, lecz sztywne nogi nie chciały go utrzymać. Kolczuga była za ciężka, a on za gruby, zbyt słaby i zanadto zmęczony.

— Wstawaj, Świnka — warknął ktoś, przechodząc obok, lecz Sam nie zwrócił na niego uwagi. *Po prostu położę się w śniegu i zamknę oczy.* Taka śmierć nie byłaby najgorsza. Z pewnością nie będzie mu już zimniej, a po chwili przestanie czuć ból w krzyżu i w barkach, tak jak nie czuł już stóp. *Nie będą też mogli twierdzić, że umarłem pierwszy.* Na Pięści poległy setki ludzi. Ginęli wszędzie wokół niego. Od tej pory zmarło też wielu następnych. Widział to na własne oczy. Puścił z drżeniem drzewo i osunął się w śnieg. Wiedział, że jest on zimny i wilgotny, ale przez grube warstwy ubrania prawie wcale tego nie czuł. Wpatrywał się w białe niebo, a płatki śniegu opadały mu na brzuch, pierś i powieki. *Śnieg pokryje mnie niczym gruby biały koc. Będzie mi pod nim ciepło, a kiedy mnie wspomną, będą musieli przyznać, że zginąłem jak człowiek z Nocnej Straży. Naprawdę. Wykonałem zadanie. Nikt nie może powiedzieć, że złamałem przysięgę. Jestem grubasem, mięczakiem i tchórzem, ale wykonałem zadanie.*

Był odpowiedzialny za kruki. Dlatego właśnie zabrali go ze sobą. Mówił im, że nie chce jechać, powtarzał wszystkim, że jest wielkim tchórzem. Maester Aemon był już jednak bardzo stary, a do tego ślepy i krukami musiał się zająć Sam. Lord dowódca wydał mu rozkazy tego samego dnia, gdy rozbili obóz na Pięści.

— Nie jesteś wojownikiem. Obaj o tym wiemy, chłopcze. Gdyby nas zaatakowano, nie próbuj udowadniać, że jest inaczej. Wchodziłbyś nam tylko w paradę. Masz wysłać wiadomość. Nie przybiegaj też do mnie z pytaniem, co ma być w liście. Napisz go własnoręcznie i wyślij jednego ptaka do Czarnego Zamku, a drugiego do Wieży Cieni. — Stary Niedźwiedź wskazał skrytym w rękawicy palcem prosto na twarz Sama. — Nic mnie nie obchodzi, czy będziesz tak się bał, że aż narobisz w portki, i czy przez mury będzie przełazić z wyciem tysiąc żądnych twojej krwi dzikich. Masz wysłać te ptaki, bo przysięgam, że jeśli tego nie zrobisz, będę cię ścigał przez wszystkie siedem piekieł i będzie z tobą marnie.

Kruk Mormonta pokiwał wtedy głową.

— Marnie, marnie, marnie — zakrakał.

Sam rzeczywiście czuł się marnie. Żałował, że nie jest silniejszy i odważniejszy, nie umie władać mieczem, że nie był lepszym synem dla ojca i lepszym bratem dla Dickona oraz dziewczynek. Żałował też tego, że umrze, ale na Pięści zginęli ludzie więcej warci od niego, dobrzy, prawdziwi mężczyźni, nie kwiczący, spasieni chłoptasie, tacy jak on. Przynajmniej jednak Stary Niedźwiedź nie będzie go ścigał w piekle. *Wysłałem ptaki. Przynajmniej to mi się udało.* Napisał listy z góry, krótkie i proste wiadomości mówiące o ataku na Pięść Pierwszych Ludzi. Potem schował je bezpiecznie w torbie na dokumenty, mając nadzieję, że mu się nie przydadzą.

Kiedy zabrzmiały rogi, Sam spał. Z początku myślał, że to tylko sen, gdy jednak otworzył oczy, na obóz sypał śnieg, a czarni bracia łapali za łuki, włócznie i biegli w stronę muru pierścieniowego. W pobliżu stał tylko Chett, dawny zarządca maestera Aemona, który na twarzy miał pełno czyraków, a na szyi wielki liszaj. Sam nigdy nie widział na niczyim obliczu strachu tak wielkiego, jak ten, który pojawił się na gębie Chetta, gdy między drzewami poniósł się trzeci sygnał.

— Pomóż mi wysłać ptaki — poprosił go, ale drugi zarządca odwrócił się tylko i uciekł, ściskając w dłoni sztylet. Musi się zająć psami — przypomniał sobie Sam. Zapewne lord dowódca jemu też wydał jakieś rozkazy.

Schowane w rękawicach palce miał zesztywniałe i niezgrabne, a do tego cały dygotał z zimna, znalazł jednak torbę i wydobył z niej listy. Kruki darły się jak opętane, a gdy otworzył klatkę z ptakami z Czarnego Zamku, jeden z nich pofrunął mu prosto w twarz. Uciekły jeszcze dwa, nim Sam zdołał wreszcie któregoś złapać. Choć miał rękawice, ptak podziobał go do krwi. Mimo to chłopak zdołał go utrzymać przez chwilę i przytwierdzić do jego nogi maleńki zwój pergaminu. Róg zdążył już umilknąć, po Pięści jednak niosły się wydawane krzykiem rozkazy i szczęk stali.

— Leć! — zawołał Sam, wyrzucając kruka w powietrze.

Ptaki z Wieży Cieni darły się i tłukły skrzydłami tak strasznie, że bał się otworzyć drzwiczki. Zrobił to jednak i tym razem złapał pierwszego kruka, który próbował ucieczki. Po chwili ptak leciał już przez sypiący śnieg, niosąc wiadomość o ataku.

Gdy Sam zrobił to, co do niego należało, skończył się ubierać zesztywniałymi ze strachu palcami. Włożył pelerynę, opończę i płaszcz z kapturem, a potem zapiął pas do miecza, zapiął go bardzo mocno, żeby się nie zsunął. Następnie znalazł plecak i wepchnął do środka wszystkie swoje rzeczy: bieliznę na zmianę, suche skarpetki, obsydianowe groty strzał i włóczni, które dał mu Jon, a także stary róg, pergamin, inkaust, gęsie pióra, mapy, które rysował, i twardą jak kamień czosnkową kiełbasę, którą zabrał ze sobą z Muru. Zawiązał troki plecaka i włożył go sobie na grzbiet. *Lord dowódca powiedział, żebym nie biegł na mur pierścieniowy* — przypomniał sobie. *Ale nie miałem też pędzić do niego.* Zaczerpnął głęboko tchu i zdał sobie sprawę, że nie ma pojęcia, co robić dalej.

Pamiętał, że zagubiony dreptał w kółko, i jak zwykle w podobnych sytuacjach narastał w nim strach. Słychać było ujadanie psów i kwiczenie koni, śnieg jednak tłumił dźwięki, które wydawały się bardzo odległe. Sam sięgał wzrokiem tylko na jakieś trzy jardy. Nie widział nawet żagwi, które płonęły na niskim kamiennym murze otaczającym szczyt wzgórza. *Czy pochodnie mogły zgasnąć?* Bał się nawet o tym myśleć. *Róg zabrzmiał trzykrotnie. Trzy długie sygnały znaczą Inni.* Białe widma chodzące po lesie, zimne cienie, potwory z opowieści. Kiedy był mały, słuchając o nich, drżał i piszczał ze strachu. Złaknione krwi monstra dosiadające olbrzymich lodowych pająków...

Wyciągnął niezgrabnie miecz i powlókł się ciężko przez śnieg. Obok niego przebiegł szczekający pies. Zobaczył też kilku ludzi z Wieży Cieni, wielkich, brodatych mężczyzn z toporami i długimi na osiem stóp włóczniami. W ich pobliżu czuł się bezpieczniej, pobiegł więc za nimi do muru. Kiedy zobaczył płonące na murze pochodnie, przeszył go dreszcz ulgi.

Czarni bracia stali z mieczami i włóczniami w dłoniach, wpatrzeni w padający śnieg. Wzdłuż ich szeregu jechał konno ser Mallador Locke w ośnieżonym hełmie. Sam trzymał się z tyłu, szukając Grenna albo Edda Cierpiętnika. *Jeśli muszę zginąć, to lepiej u boku przyjaciół* — pomyślał wtedy. Otaczali go jednak wyłącznie nieznajomi, ludzie z Wieży Cieni, którymi dowodził zwiadowca zwany Blane'em.

— Idą — odezwał się któryś z braci.

— Nałóż — rozkazał Blane i z kołczanów wydobyto dwadzieścia czarnych strzał, by umieścić je na takiej samej liczbie cięciw.

— Dobrzy bogowie, są ich setki — usłyszał czyjś cichy głos.

— Naciągnij — rozkazał Blane. — Czekaj — dodał nagle. Sam nic nie widział i nie chciał widzieć. Ludzie z Nocnej Straży stali za pochodniami, unosząc naciągnięte łuki i czekając, aż coś pojawi się na mrocznym, śliskim, ośnieżonym stoku. — Czekaj — powtarzał Blane. — Czekaj, czekaj.

— Wypuść — rozkazał nagle.

Strzały pomknęły ze świstem w ciemność.

Z gardeł stojących na murze pierścieniowym mężczyzn wyrwał się ochrypły krzyk radości, który jednak szybko zamarł.

— Nie zatrzymali się, panie — poinformował Blane'a jeden z ludzi.

— Jest ich więcej! — zawołał drugi. — Patrzcie, wyłażą z lasu.

— Bogowie, zmiłujcie się, czołgają się — dodał trzeci. — Są już prawie na murze!

Sam cofał się już. Drżał niczym ostatni liść na drzewie, gdy nadejdzie wichura, nie tylko ze strachu, lecz również z zimna. Tej nocy było bardzo zimno. *Jeszcze zimniej niż teraz. Ten śnieg wydaje się niemal ciepły. Czuję się już lepiej. Musiałem tylko trochę odpocząć. Może za chwilę wystarczy mi sił, żeby wstać. Za chwilę.*

Obok jego głowy przeszedł koń, kudłaty, siwy zwierzak o ośnieżonej grzywie i pokrytych lodem kopytach. Sam śledził go wzrokiem. Ze śnieżycy wyłonił się następny. Prowadził go mężczyzna odziany w czerń. Kiedy zobaczył leżącego na drodze chłopaka, przeklął go i ominął szerokim łukiem. *Szkoda, że nie mam konia* — pomyślał leżący. *Gdybym go miał, dałbym sobie radę. Mógłbym siedzieć w siodle, a nawet trochę się zdrzemnąć.* Większość wierzchowców stracili jednak na Pięści, a te, które im zostały, niosły zapasy żywności, pochodnie i rannych. Sam nie był ranny. *Jestem tylko tłustym mięczakiem, największym tchórzem w całych Siedmiu Królestwach.*

Naprawdę był okropnym tchórzem. Lord Randyll, jego ojciec, zawsze mu to powtarzał i miał rację. Sam był jego dziedzicem, lecz nie okazał się godny tego zaszczytu. Dlatego ojciec odesłał go na Mur. Jego młodszy brat Dickon odziedziczy ziemie i zamek Tarlych, a także wielki miecz Jad Serca, który lordowie Horn Hill nosili z dumą już od stuleci. Zastanowił się, czy Dickon uroni łzę nad bratem, który zginął gdzieś w śniegu poza granicą świata. *Dlaczego miałby to zrobić? Nad tchórzem nie warto płakać.* Słyszał, jak ojciec powtarzał to matce, jakieś pół setki razy. Stary Niedźwiedź również o tym wiedział.

— Płonące strzały — ryknął lord dowódca owej nocy na Pięści, wyłaniając się z mroku na swym koniu. — Podpalcie je! — Dopiero wtedy zauważył drżącego Sama. — Tarly! Zmiataj stąd! Miałeś się zająć krukami.

— Wy… wy… wysłałem już wiadomości.

— Dobrze.

— Dobrze, dobrze — powtórzył siedzący na ramieniu Mormonta kruk. Odziany w futra i stal lord dowódca wydawał się olbrzymi. Oczy za czarną zasłoną hełmu gorzały wściekle.

— Tutaj tylko zawadzasz. Wracaj do klatek. Nie chcę cię nigdzie szukać, jeśli będę musiał wysłać następną wiadomość. Przygotuj ptaki. — Nie czekając na odpowiedź, zawrócił konia i pokłusował wzdłuż pierścienia, krzycząc: — Ogień! Poczęstujcie ich ogniem!

Samowi nie trzeba było powtarzać tego dwa razy. Wrócił do ptaków, tak szybko, jak tylko mogły go ponieść tłuste nogi. *Powinienem napisać list zawczasu, żeby wysłać kruki najszybciej, jak tylko można* — pomyślał. Zapalenie małego ogniska, by ogrzać zamarznięty inkaust, zajęło mu więcej czasu, niżby należało. Potem usiadł na kamieniu z gęsim piórem i pergaminem w ręku, by napisać listy.

*Zaatakowali nas pośród zimna i śniegu, ale odparliśmy ich za pomocą płonących strzał* — naskrobał, słysząc głos Thorena Smallwooda, który powtarzał:

— Nałóż, naciągnij… wypuść.

Świst strzał brzmiał słodko jak modlitwa matki.

— Palcie się, wy martwe skurwysyny, palcie — zaśpiewał z chichotem Dywen. Bracia krzyczeli z radości i przeklinali szpetnie.

*Jesteśmy bezpieczni* — pisał dalej. *Zostaniemy na Pięści Pierwszych Ludzi.*

Sam miał nadzieję, że jego bracia są lepszymi łucznikami od niego. Odłożył pierwszy list i wziął w rękę następną czystą kartę.

*Nadal walczymy na Pięści pośród gęstego śniegu* — pisał, słysząc czyjś krzyk: „Ciągle idą". *Wynik wciąż jest niepewny.*

— Włócznie — zawołał ktoś. Mógł to być ser Mallador, lecz Sam nie dałby na to słowa. *Upiory zaatakowały nas na Pięści, gdy zaczął padać śnieg, ale odparliśmy je ogniem* — pisał dalej. Odwrócił głowę. Za zasłoną sypiącego śniegu widział tylko wielkie ognisko, które płonęło pośrodku obozu. Ludzie na koniach krążyli wokół niego bez chwili wytchnienia. Sam wiedział, że to odwód, gotowy zmiażdżyć wszystko, co przedrze się przez mur pierścieniowy. Uzbroili się w pochodnie zamiast mieczy i zapalali je po kolei.

*Zewsząd otaczają nas upiory* — napisał, gdy usłyszał krzyki dobiegające z północnego stoku. *Nadchodzą i z północy, i z południa. Nie powstrzymują ich włócznie ani miecze, a tylko ogień.*

— Wypuść, wypuść, wypuść — rozległ się w mroku czyjś głos.

— Cholernie wielki — odezwał się drugi.

— Olbrzym! — stwierdził trzeci.

— Niedźwiedź, niedźwiedź! — upierał się czwarty.

Zakwiczał jakiś koń, a psy zaczęły ujadać. Słychać było tak wiele krzyków, że Sam nie potrafił już rozróżnić poszczególnych głosów. Pisał coraz szybciej, list za listem. *Martwi dzicy i olbrzym albo może niedźwiedź otoczyli nas ze wszystkich stron.* Słyszał odgłos stali uderzającej o drewno. To mogło znaczyć tylko jedno. *Upiory przedarły się przez mur pierścieniowy. Walki toczą się wewnątrz obozu.* Dwunastu braci przemknęło konno obok niego, jadąc w stronę wschodniego muru. Każdy jeździec trzymał w ręku płonącą żagiew. *Lord dowódca Mormont stawił im czoło ogniem. Zwyciężyliśmy. Zwyciężamy. Bronimy się. Przebijamy się przez okrążenie i wycofujemy na Mur. Jesteśmy uwięzieni na Pięści i wróg naciska na nas mocno.*

Z mroku wypadł jeden z ludzi z Wieży Cieni, który padł u stóp Sama. Nim skonał, zdołał się doczołgać na odległość stopy od ogniska.

*Przegraliśmy* — napisał Sam. *Bitwa przegrana. Wszyscy jesteśmy zgubieni.*

Dlaczego musiał pamiętać o ataku na Pięść? Chciał o nim zapomnieć. Spróbował przypomnieć sobie matkę, swoją siostrę Talię albo Goździk, tę dziewczynę z Twierdzy Crastera. Ktoś potrząsał go za ramię.

— Wstawaj — odezwał się czyjś głos. — Sam, nie możesz tu zasnąć. Wstawaj. Musisz iść.

*Nie spałem. Wspominałem.*

— Zostaw mnie — zażądał. Jego słowa zamarzały w zimnym powietrzu. — Nic mi nie jest. Chcę tylko odpocząć.

— Wstawaj. — To był głos Grenna, gniewny i ochrypły. Przyjaciel majaczył nad Samem. Jego czarny strój pokrywała skorupa śniegu. — Stary Niedźwiedź powiedział, że nie wolno nam odpoczywać. Umrzesz tu.

— Grenn. — Uśmiechnął się. — Nie, naprawdę jest mi tu dobrze. Możesz iść dalej. Dogonię cię, jak tylko trochę odpocznę.

— Nie dogonisz. — Gęstą, brązową brodę Grenna wszędzie wokół ust pokrywała warstewka lodu, która nadawała mu wygląd posiwiałego starca. — Zamarzniesz albo dopadną cię Inni. Sam, wstawaj!

Sam przypomniał sobie, że nocą przed opuszczeniem Muru Pyp jak zwykle drażnił się z Grennem, mówiąc, że jest z niego znakomity materiał na zwiadowcę, bo jest za głupi, żeby się bać. Grenn zaprzeczał temu gwałtownie, aż zdał sobie sprawę, co mówi. Był krępy, barczysty i silny — ser Alliser Thorne przezwał go „Żubrem", tak jak Sama przezwał „ser Świnką", a Jona „lordem Snow" — zawsze jednak traktował Sama uprzejmie. *Ale tylko dzięki Jonowi. Gdyby nie Jon, żaden z nich by mnie nie polubił.* A teraz Jon zaginął w Wąwozie Pisków razem z Qhorinem Półrękim. Zapewne nie żył. Sam zapłakałby nad nim, lecz te łzy również by zamarzły. Zresztą ledwie mógł teraz rozchylić powieki.

Obok nich zatrzymał się wysoki brat z pochodnią. Przez cudowną chwilę Sam czuł na twarzy ciepło.

— Zostaw go — powiedział mężczyzna do Grenna. — Jeśli nie mogą iść, to znaczy, że już po nich. Zachowaj siły dla siebie, Grenn.

— Wstanie — upierał się zwiadowca. — Trzeba mu tylko pomóc.

Mężczyzna oddalił się, zabierając ze sobą błogosławione ciepło. Zwiadowca spróbował postawić Sama na nogi.

— To boli — poskarżył się grubas. — Przestań, Grenn. Nie ciągnij mnie za ramię. Przestań.

— Jesteś za ciężki, do cholery. — Zwiadowca wsadził mu ręce pod pachy, stęknął głośno i podniósł grubasa. Gdy jednak tylko go puścił, chłopak z powrotem klapnął na ziemię. Grenn wymierzył mu solidnego kopniaka, wzbijając w powietrze obłoczki śniegu. — Wstawaj! — Kopnął go po raz drugi. — Wstań i idź. Musisz iść.

Sam przewrócił się na bok i zwinął w ciasną kulę, by osłonić się przed kopniakami. Przez całą tę wełnę, skórę i stal prawie nic nie czuł, lecz i tak były bolesne. *Myślałem, że Grenn to mój przyjaciel.*

*Przyjaciół nie powinno się kopać. Czemu nie zostawią mnie w spokoju? Chcę odpocząć, to wszystko, odpocząć i trochę się przespać, a może trochę umrzeć.*

— Jeśli weźmiesz pochodnię, ja poniosę grubasa.

Coś nagle dźwignęło go w górę. Stracił kontakt z miękkim, słodkim śniegiem i uniósł się w zimne powietrze. Jedna ręka podtrzymywała jego kolana, a druga plecy. Sam uniósł głowę i zamrugał powiekami. Tuż obok ujrzał twarz, szeroką i grubo ciosaną. Płaski nos, małe, ciemne oczka oraz brązowa broda, gęsta i splątana. Znał ją, lecz minęła chwila, nim sobie przypomniał, kto to jest. Paul. Mały Paul. Lód topniał od ciepła pochodni i woda zalewała Samowi oczy.

— Dasz radę go nieść? — usłyszał pytanie Grenna.

— Dźwigałem kiedyś cielaka, który był cięższy od niego. Niosłem go do matki, żeby się napił mleka.

Przy każdym kroku Małego Paula głowa Sama podskakiwała w górę i w dół.

— Przestań — mamrotał. — Nie jestem dzieckiem. Jestem mężczyzną z Nocnej Straży. — Całym jego ciałem targało łkanie. — Pozwól mi umrzeć.

— Cicho, Sam — odezwał się Grenn. — Oszczędzaj siły. Myśl o siostrach i bracie. O maesterze Aemonie. O tym, co najbardziej lubisz jeść. Zaśpiewaj sobie jakąś piosenkę, jeśli chcesz.

— Na głos?

— W głowie.

Znał setki piosenek, lecz jakoś nie potrafił sobie żadnej przypomnieć. Z jego pamięci znikły wszystkie słowa.

— Nie znam żadnych piosenek, Grenn. Kiedyś znałem, ale wszystkie zapomniałem.

— Znasz — zapewnił go Grenn. — Na przykład *Niedźwiedź i dziewica cud*. Wszyscy ją znają. Był sobie niedźwiedź, wierz, jeśli chcesz, czarno-brązowy, kudłaty zwierz!

— Nie, tylko nie tę — błagał Sam. Na zgniłym ciele niedźwiedzia, który przyszedł na Pięść, nie było ani jednego włoska. Nie chciał myśleć o niedźwiedziach. — Proszę cię, Grenn, nic nie śpiewaj.

— W takim razie pomyśl o swoich krukach.

— Nigdy nie były moje. — *To były kruki lorda dowódcy, kruki Nocnej Straży.* — Były własnością Czarnego Zamku i Wieży Cieni.

Mały Paul zmarszczył brwi.

— Chett powiedział, że będę mógł sobie wziąć kruka Starego Niedźwiedzia, tego, który gada. Schowałem dla niego żarcie i inne rzeczy. — Potrząsnął głową. — Ale zapomniałem o tym. Zostawiłem wszystko tam, gdzie to ukryłem. — Wlókł się powoli naprzód, a przy każdym oddechu z jego ust buchała biała para. — A czy mógłbym dostać jednego z twoich kruków? — zapytał nagle. — Tylko jednego. Nie pozwolę Larkowi go zjeść.

— Wszystkie odleciały — odpowiedział Sam. — Przykro mi. — *Tak bardzo przykro.* — Lecą teraz na Mur.

Wypuścił ptaki, gdy usłyszał kolejny sygnał rogu, nakazujący braciom dosiadać koni. *Dwa krótkie sygnały i jeden długi. To znaczy „na koń"*. Nie było jednak powodu, by wsiadali na wierzchowce, chyba żeby mieli opuścić Pięść, a to znaczyło, że bitwa jest przegrana. Dopadł go strach tak przemożny, że ledwie zdołał otworzyć klatki. Dopiero gdy ostatni kruk zniknął w śnieżycy, zdał sobie sprawę, że zapomniał wysłać napisane przez siebie wiadomości.

— Nie — pisnął. — O, nie, o, nie.

Śnieg wciąż padał, a rogi grały: ahuuu, ahuuu, ahuuuuuuuuuu; na koń, na koń, na koń. Zobaczył, że dwa kruki przysiadły na pobliskim kamieniu, i popędził w ich stronę, lecz ptaki odleciały leniwie w sypiący śnieg. Uciekły w przeciwnych kierunkach. Pobiegł za jednym z nich, buchając z nosa gęstą białą parą. Nagle potknął się i zauważył, że od muru pierścieniowego dzieli go tylko dziesięć stóp.

Potem... pamiętał przełażące przez kamienie trupy. Z twarzy i gardeł sterczały im niezliczone strzały. Niektóre nosiły kolczugi, a inne były prawie zupełnie nagie... większość stanowili dzicy, lecz była też garstka odzianych w wyblakłą czerń. Pamiętał, jak jeden z ludzi z Wieży Cieni przebił włócznią biały, miękki brzuch upiora. Choć grot wyszedł plecami, stwór zachwiał się tylko, wspiął ciężko po drzewcu, pochwycił głowę brata w czarne dłonie i kręcił nią tak mocno, aż z ust nieszczęśnika popłynęła krew. Sam był prawie pewien, że wtedy właśnie jego pęcherz nie wytrzymał po raz pierwszy.

Nie pamiętał, jak uciekał, musiał jednak to zrobić, gdyż nagle znalazł się przy ognisku na drugim końcu obozu, razem ze starym ser Ottynem Wythersem i garstką łuczników. Ser Ottyn klęczał w śniegu, wpatrując się w chaos wokół nich. Wtem pozbawiony jeźdźca koń kopnął go w twarz. Łucznicy nie zwrócili na to uwagi, zajęci wypuszczaniem płonących strzał do krążących w mroku cieni. Sam zauważył, że jeden z upiorów oberwał i wkrótce pochłonęły go płomienie, za nim jednak zmierzało tuzin następnych, a także wielki, blady stwór, który z pewnością był niedźwiedziem. Wkrótce łucznikom zabrakło strzał.

Potem Sam znalazł się na koniu. Wierzchowiec nie należał do niego, nie pamiętał też, by na niego wsiadał. Może to był ten sam, który zmienił twarz ser Ottyna w krwawą masę. Rogi nie przestawały grać, kopnął więc konia i skierował go w stronę dźwięku.

Pośrodku rzezi, chaosu i śnieżycy znalazł Edda Cierpiętnika, który siedział na swym koniku, dzierżąc w dłoni włócznię z czarnym sztandarem.

— Sam — odezwał się giermek na jego widok — czy mógłbyś mnie obudzić? Śni mi się straszliwy koszmar.

Coraz więcej ludzi dosiadało koni. Rogi wzywały ich: *ahuuu, ahuuu, ahuuuuuuuuuuuuuuuuuu.*

— Przedarli się przez zachodni mur, panie — krzyknął Thoren Smallwood do Starego Niedźwiedzia, usiłując zapanować nad wierzchowcem. — Wyślę odwody...

— NIE! — ryknął Mormont ile sił w płucach, by przekrzyczeć rogi. — Odwołaj wszystkich, musimy się przebić. — Stanął w strzemionach. Jego czarny płaszcz łopotał na wietrze, a zbroja lśniła w blasku płomieni. — Klin! — ryknął. — Sformujcie klin i ruszamy! Po południowym stoku, a potem na wschód!

— Panie, na południowym stoku jest ich pełno!

— Inne są zbyt strome — odparł Mormont. — Musimy...

Jego koń zakwiczał nagle i stanął dęba, omal nie zrzucając go z siodła. Z sypiącego śniegu wychynął niedźwiedź. Sam zlał się po raz drugi. *Byłem pewien, że nie została już we mnie ani kropla.* Zwierzę było martwe, blade i zgniłe. Zlazło z niego całe futro i skóra, a połowa prawej przedniej łapy spłonęła aż do kości. Mimo to nadal parło naprzód. Żywe były tylko jego oczy. *Jaskrawoniebieskie, tak jak mówił Jon.* Lśniły niczym zamarznięte gwiazdy. Thoren Smallwood rzucił się do ataku. Jego wielki miecz lśnił w blasku ognia pomarańczowoczerwonym blaskiem. Jednym cięciem niemal całkowicie ściął łeb potwora. Potem niedźwiedź urwał głowę jemu.

— NAPRZÓD! — krzyknął lord dowódca, zawracając konia.

Gdy dotarli do pierścienia, gnali już pełnym cwałem. Sam zawsze dotąd bał się skakać konno przez przeszkody, kiedy jednak ujrzał przed sobą niski kamienny mur, zrozumiał, że nie ma wyboru. Kopnął wierzchowca i zamknął z głośnym jękiem oczy. Konik przeskoczył mur, jakimś cudem przeskoczył. Jeździec pędzący po jego prawej stronie zwalił się na ziemię przy akompaniamencie brzęku stali, trzasku pękających skór i końskiego kwiku. Natychmiast dopadły go upiory. Wyłom się zamykał. Pomknęli na łeb na szyję w dół stoku pośród wyciągających się ku nim czarnych dłoni, płonących niebieskim ogniem oczu i sypiącego śniegu. Konie potykały się i przewracały na ziemię, ludzie spadali z siodeł, pochodnie tańczyły w powietrzu, topory i miecze rąbały martwe ciała, a Samwell Tarly łkał, rozpaczliwie trzymając się konia. Nie wiedział dotąd, że ma tyle siły.

Jechał w samym środku klina uciekających i ze wszystkich stron otaczali go bracia. Przez pewien czas uciekającym towarzyszył pies, który zbiegał po śnieżnym stoku razem z końmi, nie zdołał jednak dotrzymać im kroku. Upiory nie schodziły im z drogi. Nawet gdy padały stratowane, próbowały jeszcze łapać za miecze, strzemiona i końskie nogi. Sam widział, jak jeden z nich rozpruł koniowi brzuch prawą dłonią, lewą trzymając się siodła.

Wtem znaleźli się między drzewami. Jego wierzchowiec przemknął przez zamarznięty strumień. Odgłosy rzezi zostały za nim. Odwrócił się. Z ulgi aż zaparło mu dech w piersiach… lecz nagle z krzaków wyskoczył jakiś mężczyzna w czerni, który ściągnął go z konia. Sam nie zauważył, kto to był, gdyż napastnik natychmiast wskoczył na siodło i pocwałował w mrok. Próbował go ścigać, lecz potknął się o korzeń i runął na twarz. Leżał tam, płacząc jak małe dziecko, aż do chwili, gdy znalazł go Edd Cierpiętnik.

To było ostatnie spójne wspomnienie, jakie zachował z Pięści Pierwszych Ludzi. Później, wiele godzin później, stał, drżąc pośród reszty ocalałych braci. Połowa z nich miała konie, a połowa musiała iść pieszo. Od Pięści dzieliło ich już wiele mil, Sam jednak nie pamiętał, w jaki sposób tu dotarli. Dywen prowadził pięć jucznych koni, obładowanych żywnością, olejem i pochodniami. Trzy z nich jeszcze żyły. Stary Niedźwiedź kazał podzielić ładunek między wszystkich, by utrata jednego konia i niesionych przezeń zapasów nie stała się dla nich zbyt wielką katastrofą. Zabrał wierzchowce zdrowym mężczyznom i oddał je rannym, a potem zorganizował kolumnę pieszych, każąc strzec jej przodu i tyłu ludziom z żagwiami. *Muszę tylko iść* — powtarzał sobie Sam, stawiając pierwszy krok ku domowi. Nim jednak minęła godzina, zaczął już zostawać z tyłu...

Zorientował się, że teraz kolumna również ich wyprzedziła. Pamiętał, że Pyp kiedyś mu mówił, iż Mały Paul jest najsilniejszym człowiekiem w Straży. *To na pewno prawda, skoro potrafi mnie udźwignąć.* Mimo to śnieg był coraz głębszy, a grunt coraz bardziej zdradziecki i kroki Paula z każdą chwilą stawały się krótsze. Mijali ich kolejni jeźdźcy, ranni, którzy kierowali na Sama otępiałe, wyprane z ciekawości spojrzenia. Towarzyszyli im ludzie z pochodniami.

— Zostajecie z tyłu — ostrzegł ich jeden z nich. — Nikt nie będzie na ciebie czekał, Paul — poparł go drugi. — Zostaw świnię umarłym.

— Obiecał, że dostanę ptaka — upierał się Mały Paul, mimo że Sam nic takiego nie mówił. *To nie moje kruki.* — Chcę mieć ptaka, który mówi i je ziarno z mojej ręki.

— Cholerny przygłup — rzucił człowiek z pochodnią, po czym odjechał.

Po dłuższej chwili Grenn zatrzymał się nagle.

— Zostaliśmy sami — stwierdził ochrypłym głosem. — Nie widzę innych pochodni. Czy to była tylna straż?

Mały Paul nie potrafił mu odpowiedzieć. Opadł ze stęknięciem na kolana i z drżeniem ramion położył delikatnie Sama na śniegu.

— Nie dam rady nieść cię dalej. Chętnie bym ci pomógł, ale nie mam siły.

Dygotał gwałtownie.

Wiatr szumiał pośród drzew, sypiąc im w twarze delikatnym śniegowym pyłem. Zimno było tak straszliwe, że Sam czuł się jak nagi. Poszukał wzrokiem innych pochodni, lecz wszystkie znikły. Została tylko ta, którą niósł Grenn. Jej płomienie przypominały jasnopomarańczowy jedwab. Sam widział za ich zasłoną otaczającą ich ciemność. *Wkrótce się wypali* — pomyślał. *A my jesteśmy sami, bez jedzenia, przyjaciół i ognia.*

Mylił się jednak. Bynajmniej nie byli sami.

Śnieg zsunął się z cichym, wilgotnym szelestem z niższych konarów wielkiego, zielonego drzewa strażniczego. Grenn odwrócił się gwałtownie, unosząc pochodnię.

— Kto idzie?

Z mroku wychynął koński łeb. Sam poczuł przez chwilę ulgę, potem jednak zobaczył samego konia. Warstewka szronu pokrywała go niczym zamarznięty pot, a z rozprutego brzucha wysuwały się sztywne, czarne wnętrzności. Dosiadał go jeździec biały jak lód. W głębi gardła chłopaka zrodziło się skomlenie. Bał się tak bardzo, że mógłby się znowu zlać, gdyby nie to, że wypełnił go chłód tak potężny, że pęcherz zamarzł mu na kość. Inny zsunął się z gracją z siodła i stanął na śniegu. Był szczupły jak miecz, a barwę miał mlecznobiałą. Kiedy się ruszał, po jego zbroi przebiegały dziwne fale, a pokrywająca świeżo spadły śnieg skorupa nie pękała pod jego stopami.

Mały Paul wydobył topór o długiej rękojeści, który dźwigał na plecach.

— Co zrobiłeś temu koniowi? To był koń Mawneya.

Sam sięgnął po miecz, lecz jego pochwa była pusta. Poniewczasie przypomniał sobie, że zgubił oręż na Pięści.

— Uciekaj stąd! — Grenn postąpił krok naprzód, wyciągając przed siebie pochodnię. — Uciekaj albo spłoniesz.

Zamachnął się głownią.

Wokół miecza Innego zapłonęła blada, niebieska łuna. Ruszył w stronę Grenna i ciął z szybkością błyskawicy. Gdy klinga koloru błękitnego lodu otarła się o płomienie, w uszy Sama wbił się ostry jak igła pisk. Końcówka żagwi spadła na bok i zniknęła pod głęboką zaspą, a ogień zgasł natychmiast. Grennowi został tylko krótki patyk. Zwiadowca z przekleństwem na ustach cisnął nim w Innego. Mały Paul rzucił się do ataku, wymachując toporem.

Strach, który ogarnął Sama, był gorszy niż wszystko, co chłopak czuł do tej pory, a Samwell Tarly znał wszystkie rodzaje strachu.

— Matko, zmiłuj się — łkał, zapominając w swym przerażeniu o starych bogach. — Ojcze, ratuj mnie, och, och...

Jego palce znalazły sztylet i zacisnął na nim dłoń.

Upiory były powolne i niezgrabne, Inny jednak poruszał się lekko jak śnieg na wietrze. Uchylił się przed toporem Małego Paula, po jego zbroi przebiegły fale, a kryształowy miecz poruszył się, obrócił, prześliznął między żelaznymi pierścieniami kolczugi, przebił stroje ze skóry i wełny, a potem ciało i kość. Sztych wynurzył się z pleców z dźwiękiem *sssssssssss*.

— Och — odezwał się Paul, gdy topór wysunął mu się z palców. Nadziany na miecz mężczyzna próbował złapać swego zabójcę rękami, choć jego krew spływała, dymiąc, po ostrzu. Niemal mu się udało, nim padł na ziemię. Jego ciężar wyrwał z rąk Innego niezwykły, jasny miecz.

*Zrób to. Przestań płakać i walcz, ty dzieciuchu. Walcz, tchórzu.* Słyszał głos ojca, Allisera Thorne'a, swego brata Dickona i małego Rasta. *Tchórz, tchórz, tchórz.* Chichotał histerycznie, zastanawiając się, czy zrobią z niego upiora, wielkiego, tłustego, białego upiora, który wiecznie będzie się potykał o własne martwe stopy? *Zrób to, Sam.* Czy to był Jon? Jon nie żył. *Potrafisz to zrobić, potrafisz, zrób to.* Ruszył ciężko naprzód, co chwila się przewracając, częściej leżąc na ziemi, niż biegnąc. Zamknął oczy i wyciągnął na oślep przed siebie sztylet, który ściskał w obu dłoniach. Usłyszał trzask przypominający dźwięk wydawany przez lód, który pęka pod ludzką stopą, a potem pisk tak przenikliwy i ostry, że aż zatoczył się do tyłu i zwalił się ciężko na tyłek, zasłaniając dłońmi opatulone uszy.

Kiedy otworzył oczy, zbroja Innego spływała strumyczkami po jego nogach, a jasnoniebieska krew parowała z sykiem, ściekając po czarnym sztylecie ze smoczego szkła, który sterczał mu z gardła. Stwór uniósł białe jak kość dłonie, próbując wyrwać nóż, lecz gdy tylko jego palce dotknęły obsydianu, buchał z nich dym.

Sam przetoczył się na bok, wybałuszając oczy. Inny kurczył się, zmieniał w kałużę. Po dwudziestu uderzeniach serca jego ciało zniknęło, obrócone w delikatną, białą mgiełkę. Pod spodem kryły się przypominające mleczne szkło kości, jasne i lśniące. One jednak również topniały. Na koniec został tylko sztylet, spowity w obłok pary, jakby był żywą, pocącą się istotą. Grenn nachylił się, by go podnieść, lecz natychmiast wypuścił go z dłoni.

— Matko, ale zimny.

— Obsydian. — Sam dźwignął się na kolana. — Mówią na niego smocze szkło. Smocze szkło! Smocze!

Chichotał, płakał i zgiął się wpół, by zwymiotować swą odwagę na śnieg.

Grenn podniósł go na nogi, sprawdził tętno Małego Paula i zamknął jego oczy, po czym ponownie złapał za sztylet. Tym razem udało mu się go utrzymać.

— Weź go sobie — powiedział Sam. — Nie jesteś takim tchórzem jak ja.

— Taki z ciebie tchórz, co to zabił Innego. — Grenn wskazał nożem przed siebie. — Popatrz tam, za drzewami. Różowe światło. Wstaje świt, Sam. Świt. To na pewno wschód. Jeśli ruszymy w tę stronę, powinniśmy dogonić Mormonta.

— Skoro tak mówisz. — Sam kopnął lewą stopą w drzewo, by strącić z niej śnieg. Potem prawą. — Spróbuję. — Krzywiąc się, postawił krok. — Będę się bardzo starał.

Postawił następny.

# TYRION

Łańcuch z dłoni lśnił złocistym blaskiem na aksamitnej bluzie barwy ciemnego wina. Gdy lord Tywin wszedł do komnaty, natychmiast otoczyli go lordowie Tyrell, Redwyne i Rowan. Przywitał wszystkich po kolei, zamienił po cichu słówko z Varysem, ucałował pierścień wielkiego septona oraz policzek Cersei, uścisnął dłoń wielkiego maestera Pycelle'a i zasiadł na królewskim miejscu, u szczytu długiego stołu, między córką a bratem.

Tyrion zajął dawne miejsce Pycelle'a u przeciwległego końca stołu. Na krześle ułożono mu stos poduszek, by mógł spoglądać ojcu prosto w oczy. Wygnany Pycelle musiał usiąść obok Cersei, odsuwając się od karła tak daleko, jak tylko było to możliwe bez zajmowania królewskiego miejsca. Wielki maester był chwiejącym się na nogach szkieletem, wspierającym się ciężko na zakrzywionej lasce. Zamiast wspaniałej białej brody cienką, kurzą szyję porastało tylko trochę białych włosków. Tyrion spoglądał na niego bez śladu wyrzutów sumienia.

Pozostali musieli ścigać się o miejsca: lord Mace Tyrell, krzepki, mocno zbudowany mężczyzna o kręconych, brązowych włosach i brodzie w kształcie łopaty, usianej licznymi nitkami siwizny; Paxter Redwyne z Arbor, zgarbiony i chudy, o łysinie otoczonej kosmykami pomarańczowych włosów; Mathis Rowan, lord Goldengrove, wygolony, spocony grubas; wielki septon, wątły mężczyzna o podbródku porośniętym białym kosmatym zarostem. *Zbyt wiele obcych twarzy* — pomyślał Tyrion. *Za dużo nowych graczy. Kiedy gniłem w łożu, gra zmieniła oblicze i nikt nie chce mnie zapoznać z nowymi zasadami.*

Och, lordowie byli dla niego uprzejmi, choć dostrzegał, jak wielką przykrość sprawia im jego widok.

— Z tym łańcuchem to był sprytny pomysł — pochwalił go wesołym głosem Mace Tyrell.

— To prawda, to prawda, lord Wysogrodu przemawia w imieniu nas wszystkich — zgodził się z nim lord Redwyne, kiwając głową. Jego ton również był bardzo radosny.

*Powiedzcie to ludziom z miasta* — pomyślał z goryczą Tyrion. *Powiedzcie to tym cholernym minstrelom, z ich pieśniami o duchu Renly'ego.*

Najcieplej przywitał go stryj Kevan, który posunął się nawet do tego, że pocałował go w policzek.

— Lancel opowiedział mi o twojej odwadze, Tyrionie — rzekł. — Ma o tobie bardzo pochlebne zdanie.

*Tym lepiej dla niego. Inaczej miałbym o nim do powiedzenia kilka rzeczy.* Zmusił się do uśmiechu.

— Mój dobry kuzyn jest dla mnie zbyt łaskawy. Mam nadzieję, że jego rana już się goi?

Ser Kevan zmarszczył brwi.

— Jednego dnia wydaje się silniejszy, ale następnego... niepokoi mnie to. Twoja siostra często przesiaduje przy jego łożu, by podnieść go na duchu i modlić się za niego.

*Ale czy modli się o jego życie czy o śmierć?* Cersei bezwstydnie wykorzystała kuzyna zarówno w łożu, jak i poza nim i z pewnością miała nadzieję, że Lancel zabierze tę małą tajemnicę do grobu, jako że wrócił jej ojciec i chłopak przestał być jej potrzebny. Czy jednak posunie się do tego, by go zamordować? Patrząc dziś na Cersei, nikt by nie podejrzewał, że potrafi być tak bezlitosna. Promieniała urokiem. Flirtowała z lordem Tyrellem, omawiając z nim szczegóły uczty weselnej Joffreya, komplementowała lorda Redwyne'a, wychwalając męstwo jego bliźniaków, burkliwego lorda Rowana zasypywała żarcikami i uśmiechami, a wielkiego septona deklaracjami pobożności.

— Czy zaczniemy od przygotowań do ślubu? — zapytała, gdy lord Tywin zajął miejsce.

— Nie — odpowiedział ich ojciec. — Od wojny. Varysie.

Eunuch uśmiechnął się słodko.

— Mam dla was wspaniałe wieści. Wczoraj o świcie nasz dzielny lord Randyll zaskoczył Robetta Glovera pod Duskendale i odciął mu drogę odwrotu w głąb lądu. Straty po obu stronach były poważne, lecz na koniec wierni nam ludzie zwyciężyli. Dotarła do nas wiadomość, że zginął ser Helman Tallhart, a wraz z nim tysiąc ludzi. Robett Glover prowadzi okrwawione niedobitki w stronę Harrenhal i nawet mu się nie śni, że spotka po drodze dzielnego ser Gregora i jego mężnych wojowników.

— Chwała bogom! — zawołał Paxter Redwyne. — To wielkie zwycięstwo króla Joffreya!

*A co miał z tym wspólnego Joffrey?* — pomyślał Tyrion.

— I z pewnością straszliwa klęska północy — dodał Littlefinger. — Niemniej jednak nie poniósł jej sam Robb Stark. Młody Wilk nadal pozostaje niepokonany w polu.

— Co nam wiadomo o planach i posunięciach Starka? — zapytał Mathis Rowan, który nigdy nie owijał w bawełnę.

— Uciekł do Riverrun z łupami, porzucając zamki, które zdobył na zachodzie — oznajmił lord Tywin. — Nasz kuzyn, ser Daven, zbiera w Lannisporcie resztki armii swego poległego ojca. Gdy będzie gotowy, połączy siły z ser Forleyem Presterem przy Złotym Zębie. Gdy tylko młody Stark ruszy na północ, ser Forley i ser Daven uderzą na Riverrun.

— Jesteś pewien, że lord Stark zamierza ruszyć na północ? — zapytał lord Rowan. — Mimo że w Fosie Cailin siedzą żelaźni ludzie?

— Czy jest coś bardziej bezsensownego niż król bez królestwa? — odezwał się Mace Tyrell. — Nie ulega wątpliwości, że chłopak musi porzucić dorzecze, ponownie połączyć siły z Roose'em Boltonem i uderzyć wszystkimi siłami na Fosę Cailin. Tak ja bym postąpił.

Tyrion musiał ugryźć się w język, by nie powiedzieć, że Robb Stark wygrał przez jeden rok więcej bitew niż lord Wysogrodu przez dwadzieścia lat. Reputacja Tyrella opierała się na jednym nierozstrzygającym zwycięstwie nad Robertem Baratheonem pod Ashford. Bitwę właściwie wygrała przednia straż lorda Tarly'ego, nim jeszcze główne siły dotarły na pole walki. Oblężenie Końca Burzy, którym rzeczywiście dowodził Mace Tyrell, ciągnęło się cały rok i nie przyniosło żadnego rezultatu, a po bitwie nad Tridentem lord Wysogrodu pokornie pochylił chorągwie przed Eddardem Starkiem.

— Powinienem napisać do Robba Starka ostry list — odezwał

się Littlefinger. — Słyszałem, że jego człowiek Bolton zrobił z mojej wielkiej komnaty stajnię dla kozłów. To naprawdę skandaliczne zachowanie.

Ser Kevan Lannister odchrząknął.

— Jeśli już mowa o Starkach... Balon Greyjoy, który każe się teraz tytułować królem wysp i północy, napisał do nas list, w którym proponuje warunki sojuszu.

— Powinien złożyć nam hołd — warknęła Cersei. — Jakim prawem tytułuje się królem?

— Prawem podboju — odparł lord Tywin. — Król Balon zacisnął na Przesmyku palce dusiciela. Dziedzice Robba Starka nie żyją. Winterfell padło, a żelaźni ludzie trzymają w rękach Fosę Cailin, Deepwood Motte i większą część Kamiennego Brzegu. Drakkary króla Balona panują nad morzem zachodzącego słońca i jeśli go sprowokujemy, mogą zagrozić Lannisportowi, Pięknej Wyspie, a nawet Wysogrodowi.

— A jeśli przystaniemy na ten sojusz? — zapytał lord Mathis Rowan. — Jakie są jego warunki?

— Mamy uznać go za króla i oddać mu wszystkie ziemie na północ od Przesmyku.

Lord Redwyne parsknął śmiechem.

— A czy na północ od Przesmyku jest coś, czego mógłby pragnąć zdrowy na umyśle człowiek? Jeśli Greyjoy chce nam dać miecze i żagle w zamian za śnieg i kamienie, to sądzę, iż powinniśmy się zgodzić i uważać, że mamy szczęście.

— To prawda — poparł go Mace Tyrell. — Tak ja bym postąpił. Niech król Balon załatwi się z ludźmi z północy, podczas gdy my porachujemy się ze Stannisem.

Twarz lorda Tywina nie zdradzała jego uczuć.

— Jest jeszcze Lysa Arryn. Wdowa po Jonie Arrynie, córka Hostera Tully'ego i siostra Catelyn Stark... której mąż przed śmiercią spiskował ze Stannisem Baratheonem.

— Och — odezwał się z wesołością w głosie Mace Tyrell — kobiety nie nadają się do prowadzenia wojen. Uważam, że powinniśmy zostawić ją w spokoju. Nic nam nie zrobi.

— Zgadzam się — wtrącił Redwyne. — Lady Lysa nie przyłączyła się do walk ani nie dopuściła się żadnej otwartej zdrady.

Tyrion poruszył się nerwowo.

— Zamknęła mnie w celi i chciała skazać na śmierć — zauważył z pewną dozą irytacji. — Nie wróciła też do Królewskiej Przystani, by złożyć hołd Joffowi, tak jak jej rozkazano. Panowie, dajcie mi ludzi, a policzę się z Lysą Arryn.

Nie przychodziło mu do głowy nic, co sprawiłoby mu większą radość, pomijając być może uduszenie Cersei. Czasem wciąż mu się śniły podniebne cele Orlego Gniazda. Budził się wtedy zlany zimnym potem.

Mace Tyrell uśmiechnął się jowialnie, Tyrion wyczuwał jednak jego pogardę.

— Lepiej zostaw walkę wojownikom — oznajmił lord Wysogrodu. — Ludzie warci więcej od ciebie potracili potężne armie w Górach Księżycowych albo pod Krwawą Bramą. Znamy twą wartość, panie. Nie ma potrzeby kusić losu.

Tyrion wyprostował się wściekły na poduszkach, lecz jego ojciec zaczął mówić, nim zdołał udzielić ostrej odpowiedzi.

— Przeznaczyłem dla Tyriona inne zadania. Sądzę, że klucz do Orlego Gniazda ma lord Petyr.

— Och, mam go — zgodził się Littlefinger. — Między nogami. — W jego szarozielonych oczach lśniły figlarne ogniki. — Panowie, jeśli pozwolicie, wyruszę do Doliny, by zdobyć rękę Lysy Arryn. Gdy już zostanę jej małżonkiem, oddam wam Dolinę Arrynów, nie przelewając ani kropli krwi.

Lord Rowan miał niepewną minę.

— Czy lady Lysa zechce cię za męża?

— Nieraz już miała mnie w swym łożu, lordzie Mathisie, i jakoś nigdy się nie uskarżała.

— Łoże to co innego niż ślub — zauważyła Cersei. — Nawet taka głupia krowa jak Lysa Arryn powinna rozumieć tę różnicę.

— Oczywiście. Dotąd nie uchodziłoby, żeby córka Riverrun poślubiła człowieka o tak niskiej pozycji jak ja. — Littlefinger rozpostarł dłonie. — Teraz jednak... związek między panią Orlego

Gniazda a lordem Harrenhal nie jest już tak niewyobrażalny, nieprawdaż?

Tyrion zauważył spojrzenie, które wymienili ze sobą Paxter Redwyne i Mace Tyrell.

— To mogłoby być do przyjęcia — stwierdził lord Rowan — jeśli jesteś pewien, że potrafisz dopilnować, by ta kobieta dochowała wierności Królewskiej Miłości.

— Mości panowie — odezwał się wielki septon — nadeszła jesień i wszyscy ludzie o dobrych sercach zmęczyli się już wojną. Jeśli lord Baelish potrafi przywrócić Dolinę w obręb królewskiego pokoju bez dalszego rozlewu krwi, bogowie z pewnością go pobłogosławią.

— Ale czy rzeczywiście potrafi? — nie ustępował lord Redwyne. — Panem Orlego Gniazda jest teraz syn Jona Arryna. Lord Robert.

— To jeszcze mały chłopiec — uspokajał go Littlefinger. — Dopilnuję, by wyrósł na najwierniejszego poddanego króla Joffreya i serdecznego przyjaciela nas wszystkich.

Tyrion przyjrzał się szczupłemu mężczyźnie o spiczastej bródce i bezczelnych, szarozielonych oczach. *Tytuł lorda Harrenhal jest pozbawiony znaczenia? Pocałuj mnie w dupę, ojcze. Nawet jeśli nigdy nie postawi nogi w swym zamku, jego nowa pozycja uczyniła to małżeństwo możliwym i on wiedział o tym od samego początku.*

— Nie brak nam wrogów — odezwał się ser Kevan Lannister. — Jeśli uda się wyłączyć Orle Gniazdo z wojny, to tym lepiej dla nas. Sądzę, że powinniśmy się przekonać, ile potrafi osiągnąć lord Petyr.

Tyrion wiedział z wieloletniego doświadczenia, że ser Kevan jest w radzie strażą przednią swego brata. Nigdy nie przychodził mu do głowy żaden pomysł, który nie nasunął się najpierw lordowi Tywinowi. *Wszystko ustalono z góry* — skonkludował. *Ta dyskusja jest tylko na pokaz.*

Owce głośnym bekiem wyraziły zgodę, nieświadome tego, jak zręcznie je ostrzyżono. Sprzeciw mógł wyrazić jedynie Tyrion.

— Jak korona spłaci swe długi bez lorda Petyra? Jest naszym

czarodziejem od monety. Nie mamy nikogo, kto zdołałby go zastąpić.

Littlefinger uśmiechnął się.

— Nasz mały przyjaciel jest dla mnie zbyt łaskawy. Jak zwykł mawiać król Robert, ja tylko liczę miedziaki. Każdy sprytny kupiec potrafiłby dokonać tego samego… a Lannister, pobłogosławiony złotym dotykiem Casterly Rock, z pewnością mnie prześcignie.

— Lannister? — zapytał Tyrion, którego nagle dopadły złe przeczucia.

Usiane złotymi cętkami oczy lorda Tywina spojrzały w różnobarwne oczy jego syna.

— Jestem przekonany, że świetnie się nadajesz do tego zadania.

— W rzeczy samej! — zgodził się z entuzjazmem ser Kevan. — Nie wątpię, że będziesz znakomitym starszym nad monetą, Tyrionie.

Lord Tywin ponownie zwrócił się w stronę Littlefingera.

— Jeśli Lysa Arryn zgodzi się wziąć ciebie za męża i wróci w obręb królewskiego pokoju, przywrócimy lordowi Robertowi tytuł namiestnika wschodu. Kiedy będziesz mógł odpłynąć?

— Jutro, jeśli wiatr będzie mi sprzyjał. Za łańcuchem kotwiczy braavoska galera, na którą przewożą teraz towary łodziami. Nazywa się „Król Merlingów". Omówię sprawę przewozu z jej kapitanem.

— Ominie cię królewski ślub — zauważył Mace Tyrell.

Petyr Baelish wzruszył ramionami.

— Pływy i oblubienice nie czekają na nikogo, panie. Gdy już zaczną się jesienne sztormy, podróż stanie się znacznie bardziej ryzykowna. Gdybym utonął, moje szanse w zalotach nie byłyby zbyt wielkie.

Lord Tyrell zachichotał.

— To prawda. W takim razie nie zwlekaj.

— Niech bogowie czuwają nad tobą — dodał wielki septon. — Cała Królewska Przystań będzie się modlić o twój sukces.

Lord Redwyne uszczypnął się w nos.

— Czy możemy wrócić do sprawy sojuszu z Greyjoyem? Uważam, że za jego zawarciem przemawia wiele argumentów. Drakkary żelaznych ludzi wzmocniłyby moją flotę. W ten sposób zdobylibyśmy siły wystarczające, by uderzyć na Smoczą Skałę i położyć kres pretensjom Stannisa Baratheona.

— Drakkary króla Balona mają w tej chwili inne zajęcia — wskazał uprzejmie lord Tywin. — Podobnie jak my. Greyjoy żąda za ten sojusz połowy królestwa, co jednak oferuje nam w zamian? Będzie walczył ze Starkami? I tak już to robi. Czemu mielibyśmy płacić za coś, co daje nam za darmo? W mojej opinii najlepiej będzie, jeśli w sprawie lorda Pyke nie uczynimy nic. Z czasem może się przed nami otworzyć lepsza opcja, która nie zmusi króla do oddania połowy królestwa.

Tyrion z uwagą obserwował ojca. *Coś przed nami ukrywa.* Przypomniał sobie ważne listy, które pisał lord Tywin owej nocy, gdy zażądał od niego Casterly Rock. *Co wtedy powiedział? Niektóre bitwy wygrywają miecze i włócznie, a inne gęsie pióra i kruki...* Tyrion zadał sobie pytanie, kto jest tą „lepszą opcją" i jakiej ceny zażądał.

— Może powinniśmy przejść do sprawy ślubu — zaproponował ser Kevan.

Wielki septon omówił przygotowania w Wielkim Sepcie Baelora, a Cersei plany uczty weselnej. Tysiąc gości będzie ucztowało w sali tronowej, a znacznie więcej na dziedzińcach. Zewnętrzny i środkowy dziedziniec nakryje się jedwabnym namiotem i ustawi się na nich stoły z jadłem i ale dla wszystkich tych, którzy nie zmieszczą się w komnacie.

— Wasza Miłość — odezwał się wielki maester Pycelle — jeśli chodzi o liczbę gości... przyleciał kruk ze Słonecznej Włóczni. Do Królewskiej Przystani zmierza trzystu Dornijczyków, którzy mają nadzieję przybyć tu przed dniem ślubu.

— Jaką drogą zmierzają? — warknął Mace Tyrell. — Nie prosili o pozwolenie na przejście przez moje ziemie.

Tyrion zauważył, że szyja lorda Wysogrodu nabrała ciemnoczerwonej barwy. Dornijczycy i wysogrodzianie nigdy nie darzyli się miłością, od stuleci toczyli ze sobą niezliczone pograniczne wojny, a nawet gdy panował pokój, wypuszczali się na łupieżcze wyprawy w góry Pogranicza. Ta wrogość straciła nieco na ostrości, gdy Dorne weszło w skład Siedmiu Królestw... lecz potem dornijski książę zwany Czerwoną Żmiją okaleczył podczas turnieju młodego dziedzica Wysogrodu. *To może być drażliwa sprawa* — pomyślał karzeł, zastanawiając się, jak sobie poradzi z nią jego ojciec.

— Książę Doran przybywa na zaproszenie mojego syna — oznajmił spokojnie lord Tywin — nie tylko po to, by wziąć udział w uroczystościach, lecz również po miejsce w tej radzie i sprawiedliwość za zamordowanie jego siostry Elii i jej dzieci, której odmówił mu Robert.

Tyrion uważnie obserwował twarze lordów Tyrella, Redwyne'a i Rowana, zastanawiając się, czy któryś z nich okaże się na tyle odważny, by rzec: „Ależ lordzie Tywinie, czy to nie ty zaniosłeś ich ciała Robertowi, owinięte w lannisterskie płaszcze?". Żaden z nich się nie odezwał, lecz łatwo można było wyczytać te słowa z ich twarzy. *Redwyne'a guzik to obchodzi, ale Rowan wygląda tak, jakby miał się porzygać.*

— Kiedy król poślubi twoją Margaery, a Myrcella księcia Trystane'a, wszyscy staniemy się jednym wielkim rodem — przypomniał Mace'owi Tyrellowi ser Kevan. — Pora zapomnieć o dawnych sporach. Czyż nie tak, mój panie?

— Mówimy o ślubie mojej córki...

— I mojego wnuka — przerwał mu stanowczo lord Tywin. — To z pewnością nie miejsce na dawne kłótnie?

— Z Doranem Martellem nie dzieli mnie żadna kłótnia — nie ustępował lord Tyrell, choć w jego tonie wyraźnie słyszało się niechęć. — Jeśli chce przejść przez Reach w pokoju, wystarczy, że poprosi mnie o pozwolenie.

*Marne szanse* — pomyślał Tyrion. *Przedostanie się przez góry Szlakiem Kości, zawróci na wschód nieopodal Summerhall i ruszy dalej królewskim traktem.*

— Trzystu Dornijczyków nie zakłóci naszych planów — zapewniła Cersei. — Zbrojnych będziemy mogli ugościć na dziedzińcach, dla lordów i szlachetnie urodzonych rycerzy wciśnie się dodatkowe ławy do sali tronowej, a książę Doran dostanie honorowe miejsce na podwyższeniu.

*Nie obok mnie* — wyczytał Tyrion w oczach Mace'a Tyrella, lord Wysogrodu skinął jednak krótko głową.

— Może przejdziemy do przyjemniejszych kwestii — zaproponował lord Tywin. — Pora podzielić owoce zwycięstwa.

— Cóż mogłoby być słodsze? — odezwał się Littlefinger, który połknął już swój owoc, Harrenhal.

Każdy lord czegoś żądał: tego zamku i tamtej wioski, ziem, małej rzeczki, lasu, praw opiekuna jakichś osieroconych w bitwie dzieci. Na szczęście, owoców było pod dostatkiem i dla nikogo nie zabrakło sierot ani zamków. Varys przygotował listy. Pod należącymi do Stannisa i jego Pana Światła chorągwiami z gorejącym sercem poległo czterdziestu siedmiu pomniejszych lordów i sześciuset dziewiętnastu rycerzy, a także kilka tysięcy nisko urodzonych zbrojnych. Wszyscy zostali uznani za zdrajców. Ich spadkobierców wydziedziczono, a ziemie i zamki przyznano tym, którzy okazali się wierniejsi.

Najbogatsze żniwo zebrał Wysogród. *Ten ci dopiero ma apetyt* — pomyślał Tyrion, spoglądając na wielkie brzuszysko Mace'a Tyrella, który zażądał wszystkich ziem i zamków lorda Alestera Florenta, swego własnego chorążego, który wykazał się wyjątkowo złym wyczuciem, popierając najpierw Renly'ego, a potem Stannisa. Lord Tywin z radością spełnił jego prośbę. Jasną Wodę ze wszystkimi jej ziemiami i dochodami przyznano drugiemu synowi lorda Tyrella, ser Garlanowi, który w ten sposób w mgnieniu oka stał się wielkim lordem. Jego starszy brat miał, rzecz jasna, odziedziczyć sam Wysogród.

Mniejsze majątki ziemskie przyznano lordowi Rowanowi, a także zachowano je dla lorda Tarly'ego, lady Oakheart, lorda Hightowera i innych szlachetnie urodzonych panów, którzy nie byli obecni. Lord Redwyne prosił tylko o trzydziestoletnie zwolnienie z podatków, które Littlefinger i jego winni faktorzy nałożyli na niektóre z najlepszych win z Arbor. Gdy spełniono jego życzenie, oznajmił, że czuje się usatysfakcjonowany, i zaproponował, by posłać po beczułkę złotego arborskiego, żeby mógł wznieść toast na cześć dobrego króla Joffreya oraz jego mądrego i łaskawego namiestnika. W tym momencie Cersei straciła cierpliwość.

— Joff potrzebuje mieczy, nie toastów — warknęła. — W jego królestwie wciąż roi się od kandydatów na uzurpatorów i samozwańczych królów.

— Sądzę, że to już nie potrwa długo — wtrącił obłudnym tonem Varys.

— Zostało nam do omówienia jeszcze kilka spraw. — Ser Kevan zajrzał do swych papierów. — Ser Addam odnalazł kilka kryształów z korony wielkiego septona. Nie ulega wątpliwości, że złodzieje wyrwali je, a potem przetopili złoto.

— Nasz Ojciec Na Górze wie o ich winie i osądzi wszystkich — oznajmił nabożnie wielki septon.

— Z pewnością — zgodził się lord Tywin. — Niemniej jednak na królewskim weselu musisz coś nosić na głowie. Cersei, wezwij swych złotników, trzeba zamówić nową koronę. — Nie czekając na odpowiedź, zwrócił się w stronę Varysa: — Masz jakieś raporty?

Eunuch wyciągnął z rękawa pergamin.

— Nieopodal Paluchów widziano krakena. — Zachichotał. — Nie Greyjoya, tylko prawdziwego. Zaatakował ibbeński statek wielorybniczy i wciągnął go pod wodę. Na Stopniach doszło do walk. Wybuch nowej wojny między Tyrosh a Lys wydaje się prawdopodobny. Oba miasta liczą na to, że pozyskają Myr jako sojusznika. Marynarze z Morza Nefrytowego opowiadają, że w Qarthu wykluł się trójgłowy smok, któremu dziwuje się całe miasto...

— Nie interesują mnie smoki ani krakeny, niezależnie od tego, ile mają głów — przerwał mu lord Tywin. — Czy twoi szeptacze dowiedzieli się czegoś o synu mojego brata?

— Niestety, nasz ukochany Tyrek zniknął bez śladu. Biedny, dzielny chłopak.

Varys mówił tak, jakby był bliski łez.

— Tywinie — odezwał się ser Kevan, nim namiestnik zdążył dać wyraz łatwo dostrzegalnemu niezadowoleniu — część złotych płaszczy, która zdezerterowała podczas bitwy, wróciła do koszar. Liczą na to, że przywrócimy ich do służby. Ser Addam pyta, co ma z nimi począć.

— Ich tchórzostwo mogło narazić życie Joffa — odezwała się natychmiast Cersei. — Skażmy ich na śmierć.

— Z pewnością na to zasłużyli, Wasza Miłość — przyznał z westchnieniem Varys. — Nikt nie może temu zaprzeczyć. Być może jednak rozsądniej byłoby wysłać ich do Nocnej Straży. Ostatnio dotarły do nas z Muru niepokojące wieści. Dzicy się przebudzili...

— Dzicy, krakeny i smoki. — Mace Tyrell zachichotał. — Czy jest jeszcze ktoś, kto się nie przebudził?

Lord Tywin zignorował te słowa.

— Dezerterzy powinni stać się nauczką dla pozostałych. Złamcie ich kolana młotami. Drugi raz już nie uciekną. Ani oni, ani nikt, kto zobaczy, jak żebrzą na ulicach.

Przesunął wzrokiem wzdłuż stołu, by sprawdzić, czy ktoś jest innego zdania.

Tyrion przypomniał sobie, jak był na Murze i jadł kraby z lordem Mormontem i jego oficerami. Przypomniał sobie również obawy Starego Niedźwiedzia.

— Moglibyśmy złamać kolana tylko niektórym, żeby posłużyli jako przykład. Chociażby tym, którzy zabili ser Jacelyna. Resztę lepiej byłoby wysłać do Bowena Marsha. Straż jest tragicznie osłabiona. Jeśli Mur padnie...

— ...dzicy zaleją północ — dokończył za niego ojciec. — A Starkowie i Greyjoyowie będą mieli na głowie jeszcze jednego wroga. Wygląda na to, że nie chcą już być poddanymi Żelaznego Tronu, jakim więc prawem zwracają się do niego o pomoc? Król Robb i król Balon roszczą sobie prawa do północy, niech więc jej bronią, jeśli zdołają. A jeśli nie, ten Mance Rayder może się nawet okazać użytecznym sojusznikiem. — Lord Tywin popatrzył na brata. — Jest coś jeszcze?

Ser Kevan potrząsnął głową.

— To już wszystko. Panowie, Jego Miłość król Joffrey z pewnością chciałby podziękować wam wszystkim za waszą mądrość i dobre rady.

— Chcę pomówić na osobności z moimi dziećmi — oznajmił lord Tywin, gdy wszyscy wstali. — Z tobą też, Kevanie.

Pozostali członkowie rady pożegnali się posłusznie. Varys wyszedł pierwszy, a Tyrell i Redwyne na końcu. Gdy w komnacie zostało tylko czworo Lannisterów, ser Kevan zamknął drzwi.

— Mam być starszym nad monetą? — zapytał Tyrion wysokim, pełnym napięcia głosem. — Czyj to był pomysł?

— Lorda Petyra — odparł jego ojciec. — Niemniej dobrze byłoby, gdyby skarb znalazł się w rękach Lannistera. Obawiasz się, że nie poradzisz sobie z tym zadaniem?

— Obawiam się pułapki — wyznał Tyrion. — Littlefinger jest podstępny i ambitny. Nie ufam mu. Ty też nie powinieneś.

— Przeciągnął Wysogród na naszą stronę... — zaczęła Cersei.

— ...i sprzedał ci Neda Starka, wiem o tym. Nas sprzeda równie łatwo. Pieniądz w nieodpowiednich rękach jest równie niebezpieczny jak miecz.

Stryj Kevan popatrzył na niego dziwnie.

— Z pewnością nie dla nas. Złoto Casterly Rock...

— ...wydobywa się z ziemi. Littlefinger tworzy swoje z niczego, jednym skinieniem dłoni.

— Ty nie posiadasz tak użytecznych umiejętności, słodki bracie — wtrąciła Cersei ociekającym złością głosem.

— Littlefinger to kłamca...

— ...i do tego jest czarny, powiedziała wrona o kruku.

Lord Tywin walnął otwartą dłonią w stół.

— Dość tego! Nie chcę już słyszeć tych gorszących sprzeczek. Oboje jesteście Lannisterami i będziecie się stosownie do tego zachowywać.

Ser Kevan odchrząknął.

— Wolałbym, żeby Orlim Gniazdem władał Petyr Baelish niż jakiś inny zalotnik lady Lysy. Yohn Royce, Lyn Corbray, Horton Redfort... wszystko to są niebezpieczni ludzie, każdy na swój sposób. Littlefinger może i jest sprytny, ale brak mu szlachetnego urodzenia i umiejętności władania bronią. Lordowie Doliny nigdy nie zaakceptują takiego seniora. — Popatrzył na brata i gdy lord Tywin skinął głową, ponownie podjął przemowę. — Nie można też zapominać, że lord Petyr raz za razem dowodził swej wierności. Nie dalej jak wczoraj zawiadomił nas o spisku Tyrellów, którzy zamierzają zaprosić Sansę Stark z „wizytą" do Wysogrodu, by tam wydać ją za najstarszego syna lorda Mace'a, Willasa.

— Littlefinger was o tym zawiadomił? — Tyrion oparł się o stół. — Nie nasz starszy nad szeptaczami? To bardzo interesujące.

Cersei popatrzyła z niedowierzaniem na ich stryja.

— Sansa jest moją zakładniczką. Nigdzie nie pojedzie bez mojej zgody.

— Zgody, którą musisz wyrazić, jeśli poprosi cię o to lord Tyrell — wskazał ich ojciec. — Gdybyś mu odmówiła, oznajmiłabyś wszem wobec, że mu nie ufamy. Mógłby się poczuć urażony.

— No i co z tego?

*Cholerna idiotka* — pomyślał Tyrion.

— Słodka siostro — tłumaczył cierpliwie — jeśli obrazisz Tyrella, Redwyne, Tarly, Rowan i Hightower obrażą się wraz z nim. Mogą też zacząć się zastanawiać, czy Robb Stark nie okaże się bardziej uległy.

— Nie chcę, by róża i wilkor spoczęły w jednym łożu — oznajmił lord Tywin. — Musimy temu zapobiec.

— W jaki sposób? — zapytała Cersei.

— Przez małżeństwo. W pierwszej kolejności twoje.

Było to tak nieoczekiwane, że przez chwilę Cersei gapiła się tylko na niego zdumiona. Potem jej twarz poczerwieniała, jakby ją spoliczkował.

— Nie. Nie znowu. Nie zgadzam się.

— Wasza Miłość — odezwał się uprzejmie ser Kevan — jesteś młodą kobietą, nadal piękną i płodną. Z pewnością nie chcesz spędzić reszty swych dni w samotności? Ponadto nowe małżeństwo raz na zawsze położyłoby kres pogłoskom o kazirodztwie.

— Dopóki pozostajesz niezamężna, pozwalasz Stannisowi rozpowszechniać te obrzydliwe pomówienia — oznajmił córce lord Tywin. — Musisz wziąć sobie nowego męża i urodzić mu dzieci.

— Troje w zupełności wystarczy. Jestem królową Siedmiu Królestw, nie rozpłodową klaczą! Królową regentką!

— Jesteś moją córką i zrobisz to, co ci każę.

Zerwała się z miejsca.

— Nie będę słuchała tych...

— Będziesz, jeśli chcesz mieć coś do powiedzenia w sprawie wyboru swego nowego męża — przerwał jej spokojnie lord Tywin.

Zawahała się, a potem usiadła. Tyrion zrozumiał, że uznała się za pokonaną, mimo że oznajmiła głośno:

— Nie wyjdę za mąż po raz drugi!

— Wyjdziesz i wydasz na świat potomstwo. Każde dziecko, które urodzisz, uczyni Stannisa jeszcze większym kłamcą. — Wydawało się, że spojrzenie ich ojca przykuło ją do krzesła. — Mace Tyrell, Paxter Redwyne i Doran Martell są ożenieni z młodszymi kobietami, które zapewne ich przeżyją. Żona Balona Greyjoya jest już stara i słabuje na zdrowiu, ale ten związek skazałby nas na sojusz z Żelaznymi Wyspami, a nadal nie jestem pewien, czy to rozsądny pomysł.

— Nie — powtarzała Cersei, rozchylając zbielałe wargi. — Nie, nie, nie.

Tyrion nie mógł stłumić uśmiechu, który pojawił się na jego wargach na myśl o wysłaniu siostry na Pyke. *Kiedy miałem już zamiar zrezygnować z modlitw, jakiś słodki bóg dał mi taki prezent.*

— Oberyn Martell mógłby się nadać, ale Tyrellowie przyjęliby to bardzo niechętnie — ciągnął lord Tywin. — Musimy więc wybierać spośród synów. Mam nadzieję, że nie sprzeciwiasz się myśli o małżeństwie z mężczyzną młodszym od ciebie?

— Sprzeciwiam się myśli o każdym małżeństwie...

— Myślałem o bliźniakach Redwyne, Theonie Greyjoyu, Quentynie Martellu i wielu innych. To jednak nasz sojusz z Wysogrodem był mieczem, który złamał Stannisa. Powinno się go zahartować i uczynić silniejszym. Ser Loras przywdział biel, a ser Garlan poślubił kobietę z rodu Fossowayów, zostaje jednak najstarszy syn, ten, którego zamierzają ożenić z Sansą Stark.

*Willas Tyrell.* Tyrion poczuł złośliwą przyjemność na widok bezradnej furii Cersei.

— To ten kaleka — stwierdził.

Ich ojciec przeszył go lodowatym spojrzeniem.

— Willas jest dziedzicem Wysogrodu. Wszyscy się zgadzają, że to spokojny i dworny młodzieniec, który lubi czytać książki i spoglądać w gwiazdy. Jego pasją jest też hodowla zwierząt. Należą do niego najwspanialsze psy, sokoły i rozpłodowe ogiery w Siedmiu Królestwach.

*Świetnie dobrana para* — pomyślał Tyrion. *Cersei również pasjonuje się rozpłodowymi ogierami.* Litował się nad biednym Willasem Tyrellem i nie wiedział, czy śmiać się z siostry, czy płakać nad nią.

— Osobiście wybrałbym dziedzica Tyrellów — zakończył lord Tywin — ale jeśli wolisz innego, wysłucham twoich argumentów.

— To wielka łaskawość z twej strony, ojcze — rzekła Cersei z lodowatą uprzejmością. — Stawiasz mnie przed bardzo trudnym wyborem. Z kim wolę dzielić łoże, ze starą kałamarnicą czy z kalekim psiarczykiem? Będę potrzebowała kilku dni na zastanowienie. Czy mogę już odejść?

*Jesteś królową* — chciał jej powiedzieć Tyrion. *To on powinien cię prosić o pozwolenie.*

— Idź — zgodził się ich ojciec. — Pomówimy o tym później, gdy już się uspokoisz. Pamiętaj o swych obowiązkach.

Cersei wyszła sztywno z pokoju. Łatwo było zauważyć, że jest wściekła. *Mimo to w końcu zrobi to, czego chce ojciec.* Tak samo było w przypadku Roberta. *Nie można jednak zapominać o Jaimie.* Gdy Cersei wychodziła za mąż po raz pierwszy, ich brat był znacznie młodszy. Z drugim małżeństwem może się nie pogodzić równie łatwo. Istniało wysokie prawdopodobieństwo, że pechowy Willas Tyrell zapadnie na nagły, śmiertelny przypadek miecza w brzuchu, co raczej zaszkodziłoby sojuszowi między Wysogrodem a Casterly Rock. *Powinienem coś powiedzieć, ale właściwie co? Ojcze, to za naszego brata chce wyjść.*

— Tyrionie.

Uśmiechnął się z rezygnacją.

— Czy słyszę herolda wzywającego mnie w szranki?

— Twoją słabością jest skłonność do kurew — zaczął lord Tywin bez zbędnych wstępów. — Niewykluczone jednak, że jest w tym trochę mojej winy. Wzrostem nie przerastasz małego chłopca i łatwo mi przychodzi zapomnieć, że w rzeczywistości jesteś dojrzałym mężczyzną i czujesz wszystkie niższe męskie potrzeby. Najwyższy już czas, byś się ożenił.

*Byłem już żonaty. Czyżbyś o tym zapomniał?* Tyrion wykrzywił usta w grymasie. Dźwięk, który się z nich wyrwał, był w połowie śmiechem, a w połowie warknięciem.

— Czy bawi cię perspektywa małżeństwa?

— Wyobraziłem sobie tylko, jaki ze mnie będzie kurewsko przystojny pan młody.

Całkiem jednak możliwe, że żona była dokładnie tym, czego potrzebował. Jeśli wniesie mu w wianie ziemie i twierdzę, może znajdzie jakieś miejsce na świecie z dala od dworu Joffreya... a także Cersei i ich ojca.

Z drugiej strony była jednak Shae. *To się jej nie spodoba, nawet jeśli przysięga, że wystarczy jej, iż jest moją dziwką.*

Ten argument z pewnością jednak nie wpłynąłby na jego ojca. Tyrion wyprostował się na krześle.

— Chcesz mnie ożenić z Sansą Stark — stwierdził. — Czy Tyrellowie nie uznają tego za afront, jeśli sami żywią zakusy na tę dziewczynę?

— Lord Tyrell nie poruszy tej sprawy przed ślubem Joffreya. Jeśli Sansa wyjdzie za mąż przedtem, jak będzie się mógł obrazić, skoro nie wtajemniczył nas w swe zamiary?

— To prawda — zgodził się ser Kevan. — A jeśli oferujemy Cersei jego Willasowi, z pewnością załagodzi to wszelkie pretensje.

Tyrion potarł obolały kikut nosa. Blizna często swędziała go okropnie.

— Jego Miłość królewski śmierdziel zamienił życie Sansy w jedno pasmo udręki już od dnia śmierci jej ojca, a teraz, gdy wreszcie uwolniła się od Joffreya, chcesz wydać ją za mnie. To wydaje się szczególnie okrutne. Nawet jak na ciebie, ojcze.

— A dlaczego? Czyżbyś zamierzał się nad nią znęcać? — zapytał jego ojciec bardziej z zaciekawieniem niż z niepokojem. — Nie chodzi mi o szczęście tej dziewczyny i ty również nie powinieneś się nim przejmować. Nasze sojusze na południu mogą być mocne jak Casterly Rock, musimy jednak odzyskać północ, a kluczem do północy jest Sansa Stark.

— To jeszcze dziecko.

— Twoja siostra przysięga, że to dziecko już zakwitło. To znaczy, że jest kobietą i może wyjść za mąż. Musisz zabrać jej dziewictwo, by nikt nie mógł utrzymywać, że małżeństwa nie skonsumowano. Jeśli chcesz, możesz potem zaczekać rok albo dwa, nim znowu weźmiesz ją do łoża. To twoje mężowskie prawo.

*Jedyną kobietą, której w tej chwili potrzebuję, jest Shae* — pomyślał. *A Sansa jest jeszcze dzieckiem, bez względu na to, co mówisz.*

— Jeśli chodzi ci o to, by nie oddać jej Tyrellom, to czemu nie zwrócisz jej matce? Być może to przekona Robba Starka do ugięcia kolan.

Lord Tywin przeszył go wzgardliwym spojrzeniem.

— Jeśli wyślemy ją do Riverrun, matka wyda ją za jakiegoś Blackwooda albo Mallistera, żeby scementować sojusze swego syna nad Tridentem. A jeśli odeślemy ją na północ, nim księżyc się odmieni, zostanie żoną jakiegoś Manderly'ego albo Umbera. Niemniej jednak tu na dworze jest równie niebezpieczna, czego dowodzi ta sprawa z Tyrellami. Musi wyjść za Lannistera, i to szybko.

— Mężczyzna, który poślubi Sansę Stark, może zażądać w jej imieniu Winterfell — wtrącił jego stryj Kevan. — Nie przyszło ci to do głowy?

— Jeśli nie chcesz tej dziewczyny, oddam ją któremuś z twoich kuzynów — oznajmił jego ojciec. — Kevanie, czy uważasz, że stan zdrowia Lancela pozwala na ślub?

Ser Kevan zawahał się.

— Jeśli przyprowadzimy dziewczynę do jego łoża, może wypowiedzieć słowa... ale skonsumować małżeństwo, nie... zasugerowałbym jednego z bliźniaków, tylko że Starkowie trzymają obu w Riverrun. Mają też chłopaka Genny Tiona, który również mógłby się nadać.

Tyrion pozwolił im na tę wymianę zdań. Wiedział, że urządzili ją wyłącznie na jego użytek. *Sansa Stark* — pomyślał. Sansa o łagodnym głosie i słodkim zapachu, która kochała jedwabie, pieśni, dworskie obyczaje i wysokich, dzielnych rycerzy o przystojnych twarzach. Czuł się tak, jakby wrócił na most z okrętów i pokład kołysał mu się pod nogami.

— Prosiłeś mnie o nagrodę za twe zasługi w bitwie — przypomniał mu z naciskiem lord Tywin. — To jest twoja szansa, Tyrionie, zapewne najlepsza, jaką kiedykolwiek otrzymasz. — Zabębnił niecierpliwie palcami w blat. — Miałem kiedyś nadzieję ożenić twojego brata z Lysą Tully, ale Aerys wcielił Jaime'a do swojej Gwardii Królewskiej, nim zdążyłem załatwić tę sprawę. Kiedy zasugerowałem lordowi Hosterowi, że Lysa mogłaby wyjść za ciebie, odpowiedział, że pragnie dla swej córki całego mężczyzny.

*I dlatego wydał ją za Jona Arryna, który mógłby być jej dziadkiem.* Biorąc pod uwagę, kim stała się z czasem Lysa Arryn, Tyrion czuł raczej radość niż gniew.

— Kiedy zaoferowałem cię Dorne, odpowiedziano mi, że to obelga — ciągnął lord Tywin. — W późniejszych latach otrzymałem podobne odpowiedzi od Yohna Royce'a i Leytona Hightowera. Na koniec upadłem tak nisko, że zasugerowałem, iż mógłbyś się ożenić z tą dziewczyną Florentów, którą Robert rozdziewiczył w ślubnym łożu swego brata, ale jej ojciec wolał oddać ją jednemu ze swych domowych rycerzy. Jeśli nie chcesz Sansy, znajdę dla ciebie inną żonę. Gdzieś w królestwie z pewnością znajdzie się jakieś paniątko, które chętnie rozstanie się z córką w zamian za przyjaźń Casterly Rock. Lady Tanda proponowała mi Lollys...

Tyrion zadrżał zatrwożony.

— Wolę go sobie odciąć i oddać kozicom.

— W takim razie otwórz oczy. Dziewczyna jest młoda, dojrzała, łagodna, pochodzi z jednego z najlepszych rodów i wciąż jest dziewicą. Do tego nie jest brzydka. Dlaczego się wahasz?

*No właśnie, dlaczego?*

— To taki mój kaprys. Wiem, że to brzmi dziwnie, ale wolałbym mieć żonę, która mnie pragnie.

— Jeśli sądzisz, że te twoje kurwy cię pragną, to jesteś jeszcze większym głupcem, niż mi się zdawało — skontrował lord Tywin. — Rozczarowujesz mnie, Tyrionie. Sądziłem, że będziesz zadowolony z tego związku.

— Tak, wszyscy wiemy, jak ważne jest dla ciebie moje zadowolenie, ojcze. Mówisz, klucz do północy? Nad północą panują teraz Greyjoyowie, a król Balon ma córkę. Dlaczego Sansa Stark, a nie ona?

Spojrzał w zimne, zielone oczy ojca, usiane jasnymi plamkami złota.

Lord Tywin złączył palce w piramidkę pod brodą.

— Balon Greyjoy myśli w kategoriach łupieżcy, nie władcy. Niech się nacieszy jesienną koroną i przetrwa północną zimę. Jego poddani z pewnością go nie pokochają. Kiedy przywieziesz do domu wnuka Eddarda Starka, by zażądać jego dziedzictwa, zarówno lordowie, jak i prostaczkowie powstaną, by posadzić go na tronie przodków. Mam nadzieję, że jesteś w stanie spłodzić potomstwo?

— Tak sądzę — obruszył się Tyrion. — Przyznaję jednak, że nie potrafię tego udowodnić. Aczkolwiek nikt nie może mi zarzucić, że nie próbowałem. Rozsiewałem swe małe nasienie tak często, jak tylko zdołałem...

— W rowach i rynsztokach — dokończył za niego lord Tywin — i na pospolitej ziemi, gdzie wyrastają tylko bękarcie chwasty. Czas już, byś założył własny ogród. — Wstał. — Zapewniam cię, że nigdy nie dostaniesz Casterly Rock, ale jeśli poślubisz Sansę Stark, jest całkiem możliwe, że zdobędziesz Winterfell.

*Tyrion Lannister, lord protektor Winterfell.* Ta perspektywa przeszyła go dziwnym dreszczem.

— Wszystko to brzmi bardzo pięknie, ojcze — zaczął powoli — mam jednak wrażenie, że w twoim sitowiu kryje się wielki, brzydki karaluch. Zakładam, że Robb Stark jest tak samo zdolny spłodzić potomstwo jak ja. Do tego poprzysiągł poślubić córkę płodnych Freyów. A gdy Młody Wilk spłodzi szczenięta, potomstwo Sansy nie odziedziczy nic.

Lord Tywin nie przejął się tym.

— Robb Stark nie spłodzi żadnych dzieci z córką płodnych Freyów. Masz na to moje słowo. Jest pewna wiadomość. Nie uznałem jednak za stosowne podzielić się nią z radą, choć z pewnością nasi szlachetni lordowie wkrótce i tak ją usłyszą. Młody Wilk wziął sobie za żonę najstarszą córkę Gawena Westerlinga.

Przez chwilę Tyrion nie wierzył własnym uszom.

— Złamał przysięgę? — zapytał zdumiony. — Zrezygnował z Freyów w zamian za...

Zabrakło mu słów.

— Szesnastoletnią dziewczynę imieniem Jeyne — dokończył ser Kevan. — Lord Gawen proponował mi ją kiedyś dla Willema albo Martyna, ale musiałem mu odmówić. Gawen to dobry człowiek, ale jego żoną jest Sybell Spicer. Nie powinien był się z nią żenić. Westerlingowie zawsze mieli więcej honoru niż rozsądku. Dziadek lady Sybell był handlarzem szafranem i pieprzem, niewiele lepiej urodzonym od tego przemytnika, którego trzyma Stannis. A jej babcią była jakaś kobieta, którą przywiózł sobie ze wschodu. Przerażająca stara baba. Podobno była jakąś kapłanką. Mówili na nią *maegi*. Jej prawdziwego imienia nikt nie potrafił wymówić. Połowa Lannisportu chodziła do niej po lekarstwa, eliksiry miłosne i tak dalej. — Wzruszył ramionami. — Oczywiście dawno już nie żyje. Muszę też przyznać, że Jeyne wyglądała na słodkie dziecko, chociaż widziałem ją tylko raz. Ale z taką wątpliwą krwią...

Tyrion, który kiedyś ożenił się z kurwą, nie był w stanie podzielać grozy, którą czuł jego stryj na myśl o małżeństwie z dziewczyną, której pradziadek handlował goździkami. Mimo to... Ser Kevan powiedział „słodkie dziecko", ale wiele trucizn również miało słodki smak. W żyłach Westerlingów płynęła stara krew, ich ród miał jednak więcej dumy niż potęgi. Nie zdziwiłby się, gdyby się dowiedział, że lady Sybell wniosła do małżeństwa więcej majątku niż jej szlachetnie urodzony małżonek. Kopalnie Westerlingów wyczerpały się już przed wielu laty, najlepsze ziemie sprzedali albo stracili, a Turnia była raczej ruiną niż twierdzą. *Ale romantyczną ruiną. Wyrasta z morza w bardzo spektakularny sposób.*

— To mnie zaskoczyło — musiał wyznać Tyrion. — Sądziłem, że Robb Stark ma więcej rozsądku.

— To szesnastoletni chłopak — wskazał lord Tywin. — W tym wieku rozsądek nie znaczy wiele wobec żądzy, miłości i honoru.

— Złamał przysięgę, okrył wstydem sojusznika, nie dotrzymał solennej obietnicy. Gdzie w tym honor?

— Postawił honor dziewczyny wyżej od własnego — wyjaśnił ser Kevan. — Gdy już ją rozdziewiczył, nie widział innego wyjścia.

— Lepiej byłoby dla niej, gdyby zostawił ją z bękartem w brzuchu — stwierdził bez ogródek Tyrion. Westerlingowie mogli stracić wszystko, ziemie, zamek, a nawet życie. *Lannister zawsze płaci swe długi.*

— Jeyne Westerling jest córką swej matki — zauważył lord Tywin — a Robb Stark synem swego ojca.

Tyrion spodziewał się, że zdrada Westerlingów bardziej rozgniewa jego ojca. Lord Tywin nie tolerował u swych wasali niewierności. Gdy był jeszcze prawie chłopcem, wyciął w pień dumnych Reyne'ów z Castamere i starożytny ród Tarbecków z Tarbeck Hall. Minstrele ułożyli o tym dosyć ponurą pieśń. Po kilku latach, gdy lord Farman z Pięknego Zamku stał się krnąbrny, lord Tywin wysłał mu posłańca z lutnią zamiast listu. Gdy lord Farman usłyszał w swej komnacie *Deszcze Castamere*, nie sprawiał mu już więcej kłopotów. Jakby mało było pieśni, zamki Reyne'ów i Tarbecków nadal stały puste jako nieme świadectwo losu czekającego tych, którzy gardzą potęgą Casterly Rock.

— Turnia leży niedaleko od Tarbeck Hall i Castamere — wskazał Tyrion. — Można by sądzić, że Westerlingowie wybiorą się tam i wyciągną nauczkę z tego widoku.

— Być może już to zrobili — zauważył lord Tywin. — Zapewniam cię, że dobrze pamiętają, jaki los spotkał Castamere.

— Czyżby Westerlingowie i Spicerowie byli tak głupi, że uwierzyli, iż wilk może pokonać lwa?

Czasami, co prawda bardzo rzadko, wydawało się, że lord Tywin naprawdę może się uśmiechnąć. Choć nigdy tego nie robił, sama zapowiedź wyglądała przerażająco.

— Najwięksi głupcy często okazują się mądrzejsi od tych, którzy się z nich śmieją — stwierdził. — Poślubisz Sansę Stark, Tyrionie. I to niebawem.

## CATELYN

Przynieśli trupy na ramionach i ułożyli je przed podwyższeniem. W oświetlonej pochodniami komnacie zapadła taka cisza, że Catelyn słyszała wyjącego na drugim końcu zamku Szarego Wichra. *Czuje zapach krwi* — pomyślała. *Nawet przez kamienne mury i drewniane drzwi, mimo nocy i deszczu, potrafi wyczuć woń śmierci i zagłady.*

Stała przy tronie po lewej stronie Robba. Przez chwilę czuła się tak, jakby patrzyła na własnych synów, Brana i Rickona. Ci chłopcy byli znacznie starsi, lecz skurczyli się po śmierci. Nadzy i mokrzy, wydawali się bardzo maleńcy i trudno było sobie przypomnieć, jak wyglądali za życia.

Blondyn próbował zapuścić brodę. Policzki i podbródek pokrywał mu brzoskwiniowy meszek. Niżej ziała czerwona rana, którą zostawił na jego gardle nóż. Długie złote włosy nadal były mokre, jakby wyciągnięto go z kąpieli. Wyglądało na to, że zginął bez walki, być może podczas snu. Jego ciemnowłosy kuzyn walczył o życie. Na ramionach miał czerwone szramy w miejscach, gdzie osłaniał się przed uderzeniami broni, a krew wciąż sączyła się powoli z kłutych ran, które pokrywały jego piersi, brzuch i plecy niczym wiele pozbawionych języków ust. Deszcz jednak wymył go niemal do czysta.

Przed przyjściem do komnaty Robb nałożył koronę. Brąz lśnił w świetle pochodni ciemnym blaskiem. Gdy spoglądał na trupy, oczy skryły mu cienie. *Czy on też widzi Brana i Rickona?* Mogłaby się rozpłakać, lecz zabrakło jej już łez. Martwi chłopcy zbledli po długim uwięzieniu, a do tego obaj mieli jasną cerę i na tle ich gładkiej, białej skóry krew wydawała się szokująco czerwona. Nie można było na nią patrzeć. *Czy, kiedy zabiją Sansę, też położą ją nago przed Żelaznym Tronem? Czy jej skóra też będzie taka biała, jej krew taka czerwona?* Na zewnątrz słychać było nieustanny szum deszczu i niespokojne wycie wilka.

U prawego boku Robba stał jej brat Edmure. Jedną dłoń trzymał na oparciu siedzenia ich ojca, a twarz wciąż miał zapuchniętą od snu. Obudzili go tak samo jak ją, waląc w drzwi pośrodku nocy, i wyrwali brutalnie ze snów. *Czy to były dobre sny, bracie? Czy śniło ci się słońce, śmiech i dziewczęce pocałunki? Modlę się, by tak było.* Jej sny były mroczne i pełne grozy.

Komnatę wypełniali kapitanowie i lordowie chorążowie Robba, niektórzy w zbroi i z orężem, inni rozczochrani i w nocnych koszulach. Byli wśród nich ser Raynald i jego wuj ser Rolph, Robb uznał jednak za stosowne oszczędzić swej królowej tego brzydkiego widoku. *Turnia leży niedaleko od Casterly Rock* — przypomniała sobie Catelyn. *Możliwe, że Jeyne bawiła się z tymi chłopcami, kiedy byli dziećmi.*

Spoglądała na zwłoki giermków Tiona Freya i Willema Lannistera, czekając, aż jej syn coś powie.

Nim Robb oderwał wzrok od zakrwawionych trupów, minęło bardzo wiele czasu.

— Smalljonie — odezwał się — powiedz swojemu ojcu, żeby ich przyprowadził.

Smalljon Umber odwrócił się bez słowa. Jego kroki niosły się echem w wielkiej kamiennej sali.

Gdy Greatjon wprowadził więźniów, Catelyn zauważyła, że niektórzy odsuwają się od nich, jakby zdradą można się było zarazić przez dotyk, spojrzenie albo kaszlnięcie. Więźniowie i strażnicy wyglądali bardzo podobnie: rośli mężczyźni o gęstych brodach i długich włosach. Dwaj ludzie Greatjona zostali ranni, podobnie jak trzech ich jeńców. Różnili się od siebie tylko tym, że jedni mieli włócznie, a drudzy puste pochwy. Wszyscy ubrani byli w kolczugi albo koszule z naszytymi pierścieniami, ciężkie buciory i grube wełniane płaszcze bądź futra. „Północ jest twarda, zimna i nie zna litości". Tak powiedział jej Ned, gdy po raz pierwszy przybyła do Winterfell, tysiąc lat temu.

— Pięciu — stwierdził Robb, gdy więźniowie stanęli przed nim, mokrzy i milczący. — Czy to wszyscy?

— Było ich ośmiu — mruknął Greatjon. — Dwóch zabiliśmy, a trzeci jest umierający.

Robb przyjrzał się twarzom więźniów.

— Potrzeba było was ośmiu, żeby zabić dwóch bezbronnych giermków.

— Zamordowali też dwóch moich ludzi, żeby dostać się do wieży — wtrącił Edmure Tully. — Delpa i Elwooda.

— To nie było morderstwo, ser — sprzeciwił się lord Rickard Karstark, którego sznury krępujące nadgarstki nie zbijały z tropu bardziej niż krew, która spływała mu po twarzy. — Każdy, kto stanie między ojcem a jego zemstą, sam domaga się śmierci.

Jego słowa zabrzmiały w uszach Catelyn twardo i okrutnie jak łoskot werbla. W gardle miała sucho jak na pustyni. *To moje dzieło. Ci dwaj chłopcy zginęli po to, żeby moje córki mogły żyć.*

— Widziałem śmierć twoich synów, tej nocy w Szepczącym Lesie — oznajmił Robb lordowi Karstarkowi. — Tion Frey nie zabił Torrhena. Willem Lannister nie pozbawił życia Eddarda. Jak możesz zwać to zemstą? To było szaleństwo i krwawa zbrodnia. Twoi synowie zginęli honorowo na placu boju, z mieczami w dłoniach.

— Ale zginęli — odparł Rickard Karstark, nie ustępując ani o cal. — Powalił ich Królobójca. Ci dwaj byli z jego rodu. Krew można zmyć tylko krwią.

— Krwią dzieci? — Robb wskazał na trupy. — Ile mieli lat? Dwanaście, trzynaście? Byli giermkami.

— W każdej bitwie giną giermkowie.

— Giną w walce. Tion Frey i Willem Lannister oddali swe miecze w Szepczącym Lesie. Byli zamkniętymi w celi jeńcami, spali, nie mieli broni… to chłopcy. Spójrz na nich!

Lord Karstark wolał patrzeć na Catelyn.

— Niech twoja matka na nich patrzy — rzucił. — Jest tak samo winna ich śmierci jak ja.

Catelyn oparła dłoń na oparciu tronu syna. Wydawało się jej, że komnata wiruje wokół niej. Miała wrażenie, że zaraz zwymiotuje.

— Moja matka nie miała z tym nic wspólnego — rzucił gniewnie Robb. — Ty to uczyniłeś. Popełniłeś morderstwo. Dopuściłeś się zdrady.

— Jak może być zdradą zabijać Lannisterów, kiedy nie jest zdradą ich wypuszczać? — zapytał ostrym tonem Karstark. — Czy Wasza Miłość zapomniał, że toczymy wojnę z Casterly Rock? Na wojnie zabija się wrogów. Czy ojciec cię tego nie nauczył, chłopcze?

— Chłopcze?

Greatjon zdzielił Rickarda Karstarka zakutą w stal pięścią. Więzień padł na kolana.

— Zostaw go!

W głosie Robba pobrzmiewał ton rozkazu. Umber odsunął się o krok od jeńca.

Lord Karstark wypluł wybity ząb.

— Tak, lordzie Umber, zostaw mnie królowi. On zdrowo mnie zbeszta, a potem wypuści. Tak właśnie nasz król północy postępuje ze zdrajcami. — Uśmiechnął się, odsłaniając zakrwawione zęby. — A może raczej powinienem cię zwać królem, który stracił północ, Wasza Miłość?

Greatjon wyrwał włócznię stojącemu obok zbrojnemu i uniósł ją w górę.

— Pozwól mi go przebić, panie. Daj mi rozpruć mu brzuch, żebyśmy zobaczyli, jaki kolor mają jego bebechy.

Drzwi komnaty otworzyły się z trzaskiem i do środka wpadł Blackfish. Z jego płaszcza i hełmu spływała woda. Szli za nim zbrojni Tullych. Na zewnątrz niebo przeszywały błyskawice, a o kamienie Riverrun bębnił rzęsisty, czarny deszcz. Ser Brynden zdjął hełm i opadł na jedno kolano.

— Wasza Miłość — rzekł tylko, lecz jego złowrogi ton zdradzał bardzo wiele.

— Wysłucham ser Bryndena na osobności, w komnacie audiencyjnej. — Robb wstał z tronu. — Greatjonie, zatrzymaj tu lorda Karstarka, dopóki nie wrócę. Pozostałych siedmiu powieś.

Umber opuścił włócznię.

— Nawet zabitych?

— Tak. Nie chcę, żeby tacy jak oni zapaskudzili rzeki mojego wuja. Niech karmią wrony.

Jeden z więźniów padł na kolana.

— Łaski, panie. Nikogo nie zabiłem. Tylko stałem przy drzwiach i patrzyłem, czy nie idą strażnicy.

Robb zastanawiał się chwilę.

— Czy wiedziałeś, co zamierza lord Rickard? Widziałeś, jak wyciągnięto noże? Słyszałeś krzyki, wrzaski, błaganie o litość?

— Tak, ale nie brałem w tym udziału. Ja tylko patrzyłem, przysięgam...

— Lordzie Umber — zdecydował Robb — ten człowiek tylko patrzył. Powieś go ostatniego, żeby popatrzył, jak umierają jego towarzysze. Matko, wuju, proszę ze mną.

Odwrócił się. Ludzie Greatjona otoczyli więźniów i wyprowadzili ich z komnaty, opuszczając włócznie. Na zewnątrz uderzył grom, tak głośno, że wydawało się, iż to zamek wali się im na głowy. *Czy to odgłos upadającego królestwa?* — zastanowiła się Catelyn.

W komnacie audiencyjnej było ciemno, przynajmniej jednak drugi gruby mur tłumił huk piorunów. Sługa przyniósł lampę oliwną. Chciał ją zapalić, lecz Robb kazał mu zostawić lampę i odejść. Były tu stoły i krzesła, ale tylko Edmure usiadł, a i on podniósł się natychmiast, gdy się tylko zorientował, że pozostali stoją. Robb zdjął koronę i położył ją na stole przed sobą.

Blackfish zatrzasnął drzwi.

— Karstarkowie odeszli.

— Wszyscy?

Czy to gniew, czy rozpacz nadała głosowi Robba ten ochrypły ton? Nawet Catelyn nie była tego pewna.

— Wszyscy zdolni do walki ludzie — odparł ser Brynden. — Została garstka służby i markietanek, którzy opiekują się rannymi. Wypytaliśmy tylu z nich, ilu było potrzeba, by poznać prawdę. Zaczęli opuszczać zamek o zmierzchu, najpierw pojedynczo i dwójkami, a potem w większych grupach. Rannym i służącym nakazano dorzucać opału do ognisk, żeby nikt się nie zorientował, ale kiedy zaczęło padać, to straciło znaczenie.

— Czy mają się spotkać gdzieś poza Riverrun? — zapytał Robb.

— Nie. Rozproszyli się. Wyruszyli na łowy. Lord Karstark przysiągł, że odda rękę swej dziewiczej córki każdemu, bez względu na jego urodzenie, kto przyniesie mu głowę Królobójcy.

*Bogowie, bądźcie łaskawi.* Catelyn znowu dopadły mdłości.

— Prawie trzystu jeźdźców zniknęło w mroku, a wraz z nimi dwa razy więcej wierzchowców. — Robb potarł skronie w miejscu, gdzie korona zostawiła ślad na miękkiej skórze nad uszami. — Straciliśmy całą karholdzką jazdę.

*Przeze mnie. Przeze mnie, niech bogowie mi wybaczą.* Catelyn nie musiała być żołnierzem, by zrozumieć, że Robb znalazł się w potrzasku. Na razie panował nad dorzeczem, lecz jego królestwo ze wszystkich stron otaczali wrogowie. Ze wszystkich stron poza wschodem, gdzie Lysa siedziała na szczycie swej wyniosłej góry. Nawet Trident nie był bezpieczny od chwili, gdy lord Przeprawy wycofał swą wierność. *A teraz straciliśmy też Karstarków...*

— Wieści o tym, co się stało, nie mogą się wydostać z Riverrun — odezwał się jej brat Edmure. — Lord Tywin z pewnością... Lannisterowie zawsze podkreślają, że płacą swoje długi. Matko, zmiłuj się, kiedy o tym usłyszy.

*Sansa.* Catelyn zacisnęła dłoń tak mocno, że wbiła sobie paznokcie w delikatną skórę.

Robb przeszył Edmure'a lodowatym spojrzeniem.

— Chcesz, żebym został nie tylko mordercą, lecz również kłamcą, wuju?

— Nie musimy kłamać. Wystarczy, że nic nie powiemy. Pochowajmy chłopców i trzymajmy język za zębami, dopóki wojna się nie skończy. Willem był synem ser Kevana Lannistera i bratankiem lorda Tywina. Tion był synem lady Genny i Freyem. Musimy się postarać, by ta wiadomość nie dotarła też do Bliźniaków, aż do chwili...

— Gdy będziemy mogli przywrócić zamordowanych do życia? — zapytał ostro Brynden Blackfish. — Prawda uciekła razem z Karstarkami, Edmure. Za późno już na takie gierki.

— Jestem winien ich ojcom prawdę — oznajmił Robb. — I sprawiedliwość. Ją też. — Popatrzył na koronę, na ciemny połysk brązu i pierścień żelaznych mieczy. — Lord Rickard złamał mój rozkaz. Zdradził mnie. Nie mam innego wyboru, jak go skazać. Bogowie wiedzą, co uczyni piechota Karstarków, która towarzyszy Roose'owi Boltonowi, kiedy się dowie, że straciłem jej seniora jako zdrajcę. Musimy ostrzec Boltona.

— W Harrenhal był też dziedzic lorda Karstarka — przypomniał mu ser Brynden. — Najstarszy syn, ten, którego Lannisterowie pojmali nad Zielonymi Widłami.

— Harrion. Ma na imię Harrion. — Robb roześmiał się z goryczą. — Król powinien znać imiona swych wrogów, nieprawdaż?

Blackfish obrzucił go chytrym spojrzeniem.

— Jesteś pewien, że młody Karstark stanie się teraz twoim wrogiem?

— A jakie ma wyjście? Zabiję jego ojca. Z pewnością mi za to nie podziękuje.

— Kto wie? Bywają synowie, którzy nienawidzą swych ojców. Jednym uderzeniem uczynisz go lordem Karholdu.

Robb potrząsnął głową.

— Nawet gdyby Harrion był tego rodzaju człowiekiem, nie mógłby otwarcie wybaczyć zabójcy swego ojca. Jego właśni ludzie zwróciliby się przeciwko niemu. To są ludzie z północy, wuju. Północ pamięta.

— W takim razie ułaskaw go — zaproponował Edmure Tully.

Robb popatrzył na niego z nieskrywanym niedowierzaniem. Twarz Edmure'a poczerwieniała pod tym spojrzeniem.

— Chciałem powiedzieć, daruj mu życie. Wcale nie podoba mi się to bardziej niż tobie, panie. Zabił też moich ludzi. Biedny Delp dopiero niedawno doszedł do siebie po ranie, którą zadał mu ser Jaime. Karstarka trzeba ukarać. Zakuj go w łańcuchy.

— Jako zakładnika? — zapytała Catelyn. Tak mogłoby być najlepiej.

— Tak, jako zakładnika! — Jej brat uznał tę luźno rzuconą propozycję za zgodę. — Powiedz jego synowi, że dopóki zachowa wierność, jego ojcu nic się nie stanie. W przeciwnym razie... nie możemy już liczyć na Freyów, nawet gdybym zgodził się ożenić ze wszystkimi córkami lorda Waldera, a do tego nosić jego lektykę. Jeśli stracimy również Karstarków, jaka nadzieja nam zostanie?

— Jaka nadzieja... — Robb wypuścił powietrze z płuc i odgarnął włosy z oczu. — Nie mamy żadnych wiadomości od ser Rodrika z północy ani odpowiedzi od Waldera Freya na naszą nową propozycję. Jedyną reakcją Orlego Gniazda jest milczenie. — Zwrócił się w stronę matki. — Czy twoja siostra nigdy nam nie odpowie? Ile razy muszę do niej pisać? Nie wierzę, by żaden z ptaków do niej nie dotarł.

Catelyn zdała sobie sprawę, iż jej syn szuka pocieszenia, chce od niej usłyszeć, że wszystko będzie dobrze. Jej król musiał jednak znać prawdę.

— Ptaki do niej dotarły, choć jeśli ją zapytasz, może temu zaprzeczyć. Nie licz na jej pomoc, Robb. Lysa nigdy nie była odważna. Kiedy byłyśmy małe, chowała się, skoro tylko coś przeskrobała. Być może sądziła, że nasz pan ojciec zapomni się na nią pogniewać, jeśli jej od razu nie znajdzie. Teraz jest taka sama. Uciekła z Królewskiej Przystani w najbezpieczniejsze miejsce, jakie zna, i siedzi na swojej górze, licząc na to, że wszyscy o niej zapomną.

— Rycerze z Doliny mogliby zmienić losy wojny — stwierdził Robb. — Ale jeśli nie chce walczyć, to trudno. Prosiłem tylko o to, żeby otworzyła przed nami Krwawą Bramę i dała nam w Gulltown statki, które zabiorą nas na północ. Przejście górskim traktem byłoby trudne, ale nie aż tak, jak przebijanie się przez Przesmyk. Gdybym wylądował w Białym Porcie, mógłbym zajść Fosę Cailin od flanki i w pół roku przegnać żelaznych ludzi z pomocy.

— To niemożliwe, panie — stwierdził Blackfish. — Cat ma rację. Lady Lysa jest zbyt tchórzliwa, by wpuścić do Doliny armię. Jakąkolwiek armię. Krwawa Brama pozostanie zamknięta.

— Więc niech ją Inni porwą — zaklął zdesperowany Robb. — I cholernego Rickarda Karstarka też. I Theona Greyjoya, Waldera Freya, Tywina Lannistera i całą resztę tej bandy. Dobrzy bogowie, dlaczego ktokolwiek miałby chcieć zostać królem? Kiedy wszyscy krzyczeli: „król północy, król północy", powiedziałem sobie... przysiągłem przed sobą, że będę dobrym władcą, honorowym jak ojciec, silnym, sprawiedlliwym, wiernym wobec przyjaciół i odważnym wobec wrogów... a teraz nie potrafię nawet odróżnić jednych od drugich. Dlaczego to wszystko tak się pogmatwało? Lord Rickard walczył u mego boku w pół tuzinie bitew. Jego synowie zginęli za mnie w Szepczącym Lesie. Tion Frey i Willem Lannister byli moimi wrogami. A teraz muszę dla nich zabić ojca moich nieżyjących przyjaciół. — Popatrzył na wszystkich po kolei. — Czy Lannisterowie podziękują mi za głowę lorda Rickarda? Albo Freyowie?

— Nie podziękują — odpowiedział szczery jak zawsze Brynden Blackfish.

— Tym bardziej powinieneś darować mu życie i zachować go jako zakładnika — nalegał Edmure.

Robb wyciągnął obie ręce, uniósł ciężką koronę z żelaza i brązu, a potem włożył ją sobie na głowę. Nagle znowu stał się królem.

— Lord Rickard musi umrzeć.

— Ale dlaczego? — sprzeciwił się Edmure. — Sam powiedziałeś...

— Wiem, co powiedziałem, wuju. To jednak nie zmienia tego, co muszę uczynić. — Czarne miecze korony kontrastowały ostro z jasną skórą jego czoła. — W bitwie sam mógłbym zabić Tiona i Willema, ale to nie była bitwa. Spali w swych łożach, nadzy i bezbronni, w celi, w której ja ich umieściłem. Rickard Karstark zabił nie tylko Freya i Lannistera. Zabił mój honor. Policzę się z nim o świcie.

Gdy wstał dzień, szary i chłodny, burza przeszła już w uporczywy deszcz. Mimo to w bożym gaju zebrał się tłum. Lordowie dorzecza i ludzie z północy, wysoko i nisko urodzeni, rycerze, najemnicy i chłopcy stajenni, wszyscy stali między drzewami, by ujrzeć zakończenie złowrogiego tańca tej nocy. Edmure wydał rozkazy i pod drzewem sercem ustawiono katowski pniak. Na zgromadzonych padał deszcz i liście. Ludzie Greatjona przeprowadzili lorda Rickarda Karstarka przez tłum. Ręce nadal miał związane. Jego ludzie wisieli już na wysokich murach Riverrun. Kołysali się na długich sznurach, a ich ciemniejące twarze omywał deszcz.

Obok pniaka czekał Długi Lew, lecz Robb wziął z jego rąk topór i kazał mu się odsunąć.

— To moje zadanie — stwierdził. — Ginie na mój rozkaz i musi zginąć z mojej ręki.

Lord Rickard Karstark pochylił sztywno głowę.

— Za tyle ci dziękuję. Ale za nic więcej. — Ubrał się na śmierć w długą, czarną, wełnianą opończę ozdobioną białym słońcem jego rodu. — W moich żyłach płynie krew Pierwszych Ludzi, tak samo jak w twoich, chłopcze. Dobrze byłoby, gdybyś o tym pamiętał. Nadano mi imię na cześć twojego dziadka. Podniosłem chorągwie przeciw królowi Aerysowi dla twojego ojca i przeciw królowi Joffreyowi dla ciebie. Pod Oxcross, w Szepczącym Lesie i w Bitwie Obozów walczyłem u twego boku i byłem z lordem Eddardem nad Tridentem. Starkowie i Karstarkowie są kuzynami.

— Ale to pokrewieństwo nie przeszkodziło ci mnie zdradzić — zauważył Robb. — I nie ocali cię teraz. Klęknij, mój panie.

Catelyn wiedziała, że lord Rickard mówił prawdę. Karstarkowie pochodzili od Karlona Starka, młodszego syna władcy Winterfell, który przed tysiącem lat pokonał zbuntowanego lorda i w nagrodę za dzielność przyznano mu ziemie. Zamek, który wybudował, nazywał się Karl's Hold, lecz wkrótce stał się Karholdem, a Starkowie z Karholdu przerodzili się w Karstarków.

— Zarówno w oczach starych, jak i nowych bogów — oświadczył lord Rickard jej synowi — nikt nie jest przeklęty bardziej od zabójcy krewnych.

— Klękaj, zdrajco — powtórzył Robb. — Czy muszę im kazać, żeby położyli twoją głowę na pniaku?

Lord Karstark ukląkł.

— Bogowie cię osądzą, tak jak ty osądziłeś mnie.

Położył głowę na pniaku.

— Rickardzie Karstark, lordzie Karholdu. — Robb uniósł ciężki topór w obu dłoniach. — Na oczach bogów i ludzi ogłaszam, że jesteś winny morderstwa i zdrady stanu. Skazuję cię we własnym imieniu i własną ręką odbiorę ci życie. Czy chcesz powiedzieć ostatnie słowo?

— Zabij mnie i bądź przeklęty. Nie jesteś moim królem!

Topór uderzył. Ciężki i dobrze naostrzony, zabił jednym ciosem, potrzeba jednak było trzech, by odrąbać głowę skazańca od ciała. Do tego czasu i żywych, i umarłego pokryły plamy krwi. Robb odrzucił z niesmakiem topór i zwrócił się bez słowa w stronę drzewa serca. Stał, drżąc, z na wpół zaciśniętymi dłońmi, a po policzkach spływał mu deszcz. *Bogowie, wybaczcie mu* — modliła się bezgłośnie Catelyn. *Jest jeszcze chłopcem i nie miał innego wyboru.*

Tego dnia nie widziała już syna. Deszcz padał przez cały ranek, smagając taflę rzek i zmieniając trawę bożego gaju w błoto i kałuże. Blackfish zebrał stu ludzi i ruszył w pościg za Karstarkami, nikt jednak nie liczył na to, że sprowadzi z powrotem wielu.

— Modlę się tylko o to, żebym nie musiał ich powiesić — powiedział, odjeżdżając. Później Catelyn udała się do samotni ojca, by znowu posiedzieć przy łożu lorda Hostera.

— To już nie potrwa długo — ostrzegł ją maester Vyman, gdy przyszła tam po południu. — Opuszczają go resztki sił, choć wciąż stara się walczyć.

— Nigdy nie dawał za wygraną — zauważyła. — Słodki uparciuch.

— Tak — zgodził się maester — ale w tej bitwie nie może zwyciężyć. Czas już, by odłożył miecz i tarczę. Czas, by się poddał.

*Czas, by się poddał* — pomyślała. By zawarł pokój. Czy maester mówił o jej ojcu czy o synu?

O zmierzchu odwiedziła ją Jeyne Westerling. Młoda królowa weszła nieśmiało do samotni.

— Lady Catelyn, nie chciałam ci przeszkadzać...

— Zawsze jesteś tu mile widziana, Wasza Miłość.

Catelyn była zajęta szyciem, odłożyła jednak igłę.

— Proszę cię, mów mi Jeyne. Nie podoba mi się Wasza Miłość.

— Ale to twój tytuł. Usiądź, proszę, Wasza Miłość.

— Jeyne.

Usiadła przy kominku i nerwowo wygładziła spódnicę.

— Jak sobie życzysz. W czym mogę ci pomóc, Jeyne?

— Chodzi o Robba — odparła dziewczyna. — Jest taki nieszczęśliwy, taki... taki wściekły i niepocieszony. Nie wiem, co robić.

— Trudno jest pozbawić człowieka życia.

— Wiem. Mówiłam mu, że powinien skorzystać z usług kata. Kiedy lord Tywin skazuje kogoś na śmierć, musi tylko wydać rozkaz. Tak jest łatwiej, nie sądzisz?

— Tak — zgodziła się Catelyn — ale mój pan mąż uczył swych synów, że zabójstwo nigdy nie powinno być łatwe.

— Och. — Królowa Jeyne przesunęła językiem po wargach. — Robb cały dzień nic nie jadł. Kazałam Rollamowi, żeby przyniósł mu pyszną kolację, żeberka dzika, duszoną cebulę i ale. W ogóle jej nie tknął. Cały ranek siedział i pisał list. Powiedział, żebym mu nie przeszkadzała, ale kiedy skończył, spalił pergamin. A teraz siedzi i patrzy na mapy. Pytałam go, czego tam szuka, ale mi nie odpowiedział. Chyba mnie w ogóle nie słyszał. Nawet się nie przebrał. Cały dzień nosi mokre, zakrwawione ubranie. Chcę być dla niego dobrą żoną, naprawdę chcę, ale nie wiem, jak mu pomóc. Pocieszyć go, poprawić mu humor. Nie potrafię odgadnąć, czego mu trzeba. Proszę cię, pani, jesteś jego matką, powiedz mi, co mam zrobić.

*Powiedz mi, co mam zrobić.* Catelyn mogłaby prosić o to samo, gdyby jej ojciec był w stanie jej odpowiedzieć. Lord Hoster stał już jednak na progu śmierci, a jej Ned nie żył. *Bran i Rickon też nie żyją, a matka i Brandon zmarli przed wielu laty.* Został jej tylko Robb. Robb i słabnąca nadzieja na odzyskanie córek.

— Czasami najlepiej jest nic nie robić — zaczęła powoli. — Kiedy przybyłam do Winterfell, było mi przykro za każdym razem, gdy Ned szedł do bożego gaju siedzieć pod drzewem sercem. Wiedziałam, że to drzewo kryje w sobie cząstkę jego duszy, jakiś jej fragment, do którego nigdy nie dotrę. Wkrótce jednak zrozumiałam, że bez tego fragmentu nie byłby Nedem. Jeyne, dziecko, poślubiłaś północ, tak samo jak ja... a na północy czasem nadchodzą zimy. — Spróbowała się uśmiechnąć. — Bądź cierpliwa. Bądź wyrozumiała. On cię kocha i potrzebuje. Wkrótce do ciebie wróci. Może jeszcze dziś w nocy. Czekaj na niego. To wszystko, co mogę ci radzić.

Młoda królowa słuchała jej jak urzeczona

— Tak zrobię — zapowiedziała, gdy Catelyn skończyła. — Będę na niego czekała. — Wstała z krzesła. — Muszę już wracać. Może mnie szukał. Sprawdzę to. Ale jeśli nadal siedzi nad mapami, będę cierpliwa.

— Świetnie — pochwaliła ją Catelyn, gdy jednak dziewczyna była już przy drzwiach, przyszło jej do głowy coś innego. — Jeyne — zawołała ją — Robb potrzebuje od ciebie jeszcze jednego, choć może na razie o tym nie wiedzieć. Król musi mieć dziedzica.

Dziewczyna uśmiechnęła się na te słowa.

— Matka mówi mi to samo. Przyrządza dla mnie napój z ziół, mleka i *ale*, który ma zwiększyć moją płodność. Piję go co rano. Powtarzam Robbowi, że na pewno urodzę mu bliźniaki. Eddarda i Brandona. To mu się chyba spodobało. Próbujemy prawie codziennie, pani. Czasami nawet dwa razy albo więcej. — Dziewczyna zarumieniła się bardzo ładnie. — Obiecuję, że wkrótce zajdę w ciążę. Co noc modlę się o to do Matki Na Górze.

— Bardzo dobrze. Wesprę cię własnymi modlitwami. Do starych bogów i do nowych.

Po wyjściu dziewczyny Catelyn wróciła do ojca i wygładziła rzadkie białe włosy na jego czole.

— Eddarda i Brandona — westchnęła cicho. — A może z czasem również Hostera. Chciałbyś tego?

Nie odpowiedział jej, nie liczyła jednak na to. Dźwięk jego oddechu mieszał się z odgłosem bębniącego o dach deszczu. Catelyn pomyślała o Jeyne. Wydawało się, że dziewczyna ma dobre serce, tak jak powiedział Robb. *I dobre biodra, co może być ważniejsze.*

# JAIME

Po dwóch dniach jazdy raz jedną, raz drugą stroną królewskiego traktu dotarli do szerokiego pasa zniszczenia, całych mil spalonych pól i sadów, gdzie pnie martwych drzew sterczały z ziemi niczym łucznicze cele. Mosty również spalono, a strumienie wezbrały po jesiennych deszczach, musieli więc jechać wzdłuż brzegów w poszukiwaniu brodów. Nocami słychać było wycie wilków, nie zauważyli jednak żadnych ludzi.

W Stawie Dziewic nad zamkiem na wzgórzu wciąż powiewał czerwony łosoś lorda Mootona, lecz mury miejskie były opustoszałe, bramy rozbite, a połowa domów i sklepów spalona albo splądrowana. Nie spotkali tam nic żywego poza kilkoma zdziczałymi psami, które pierzchły, słysząc, że się zbliżają. Staw, któremu miasteczko zawdzięczało swą nazwę, gdzie — zgodnie z legendą — Florian Błazen po raz pierwszy ujrzał kąpiącą się z siostrami Jonquil — pełen był gnijących trupów, a woda w nim zmieniła się w mętną, szarozieloną zupę.

Jaime zaczął na ten widok śpiewać.

— Sześć dziewic kąpało się w źródlanym stawie...

— Co ty wyprawiasz? — zapytała Brienne.

— Śpiewam *Sześć dziewic w stawie*. Na pewno znasz tę piosenkę. One też były bardzo wstydliwe, podobnie jak ty. Ale pewnie trochę ładniejsze.

— Cicho bądź — warknęła dziewka, spoglądając na niego z miną, która sugerowała, że chętnie zostawiłaby go w tym stawie razem z trupami.

— Proszę cię, Jaime — błagał go kuzyn Cleos. — Lord Mooton poprzysiągł wierność Riverrun. Lepiej nie wyciągajmy go z zamku. A w ruinach mogą się kryć też inni wrogowie...

— Jej czy nasi? To nie to samo, kuzynku. Mam chętkę sprawdzić, czy dziewka potrafi się posługiwać tym swoim mieczem.

— Jeśli się nie uciszysz, nie będę miała innego wyboru, tylko cię zakneblować, Królobójco.

— Rozkuj mi ręce, a będę udawał niemowę przez całą drogę do Królewskiej Przystani. To chyba uczciwa propozycja, dziewko?

— Brienne! Mam na imię Brienne!

Wrony zerwały się do lotu, przestraszone nagłym hałasem.

— Chcesz się wykąpać, Brienne? — Wybuchnął śmiechem. — Jesteś dziewicą, a tu jest staw. Umyję ci plecy.

Często szorował plecy Cersei, gdy byli jeszcze dziećmi w Casterly Rock.

Dziewka odwróciła głowę konia i oddaliła się kłusem. Jaime i ser Cleos podążyli za nią, opuszczając popioły Stawu Dziewic. Pół mili od miasteczka na świat zaczęła wracać zieleń. Ucieszyło to Jaime'a. Spalona ziemia zanadto przypominała mu Aerysa.

— Jedzie drogą na Duskendale — mruknął ser Cleos. — Bezpieczniej byłoby trzymać się wybrzeża.

— Bezpieczniej, ale wolniej. Osobiście jestem za Duskendale, kuzynku. Szczerze mówiąc, znudziło mnie już twoje towarzystwo. *Może i jesteś w połowie Lannisterem, ale w ogóle nie przypominasz mojej siostry.*

Nigdy nie potrafił znieść długiego rozstania z Cersei. Już w dzieciństwie zakradali się nawzajem do swych łóżek, by spać w objęciach. Nawet w macicy. Na długo przed tym, nim jego siostra dojrzała, a on został mężczyzną, widywali ogiery i klacze na polu albo psy i suki w psiarniach i bawili się w to samo. Kiedyś przyłapała ich na tym przyboczna matki... nie pamiętał, co właściwie robili, przeraziło to jednak lady Joannę. Odesłała dziewczynę, przeniosła sypialnię Jaime'a na drugi koniec Casterly Rock, wystawiła strażnika przed sypialnią Cersei i zapowiedziała im, że nie wolno już więcej tego robić, bo inaczej nie będzie miała innego wyboru, jak naskarżyć panu ojcu. Nie musieli jednak się bać. Niedługo potem umarła, wydając na świat Tyriona. Jaime ledwie pamiętał, jak wyglądała.

Niewykluczone, że Stannis Baratheon i Starkowie wyrządzili mu przysługę. Rozpowszechnili opowieść o kazirodztwie po całych Siedmiu Królestwach, nie zostało więc już nic do ukrycia. *Dlaczego nie miałbym otwarcie poślubić Cersei i co noc dzielić z nią łoża? Smoki zawsze żeniły się ze swoimi siostrami.* Septonowie, lordowie i prostaczkowie przez stulecia przymykali oko na praktyki Targaryenów. Mogą zrobić to samo dla rodu Lannisterów. Rzecz jasna, zrujnuje to pretensje Joffreya do korony, ale w ostatecznym rozrachunku to miecze zdobyły Żelazny Tron dla Roberta i miecze będą mogły utrzymać na nim Joffreya, bez względu na to, z czyjego nasienia się zrodził. *Kiedy już odeślemy Sansę Stark matce, będziemy mogli ożenić go z Myrcellą. To pokazałoby Siedmiu Królestwom, że Lannisterowie stoją ponad ich prawami, tak samo jak bogowie i Targaryenowie.*

Jaime postanowił, że zwróci Sansę i młodszą dziewczynkę również, jeśli tylko uda się ją odnaleźć. Wątpliwe, by odzyskał w ten sposób utracony honor, ale myśl, że dochowa wiary, choć wszyscy spodziewają się po nim zdrady, wypełniała go nieopisaną wesołością.

Gdy mijali pole stratowanej pszenicy i niski kamienny murek, Jaime usłyszał nagle z tyłu cichy świst, jakby stado ptaków poderwało się do lotu.

— Kryj się! — krzyknął, przywierając do końskiej szyi. Wierzchowiec zakwiczał i stanął dęba, gdy strzała wbiła mu się w zad. Obok przemknęły następne pociski. Jaime zauważył, że ser Cleos zwalił się z siodła. Stopa uwięzła mu w strzemieniu. Jego koń spłoszył się i pociągnął za sobą krzyczącego głośno Freya. Głowa ser Cleosa obijała się o ziemię.

Wałach Jaime'a pognał ociężale przed siebie, rżąc i parskając z bólu. Dosiadający go jeździec wyciągnął szyję, rozglądając się za Brienne. Utrzymała się w siodle. Jedna strzała sterczała jej z pleców, a druga z uda, wydawało się jednak, że dziewczyna nie czuje bólu. Wyciągnęła miecz i zatoczyła konno pełen krąg, wypatrując łuczników.

— Za murem — zawołał Jaime, zawracając ślepą na jedno oko szkapę w stronę napastników. Wodze zaplątały się w jego cholerne łańcuchy, a w powietrzu znowu gęsto było od strzał. — Na nich! — krzyknął, kopiąc wałacha, by pokazać Brienne, jak to się robi. Stara chabeta wykrzesała skądś siły i nagle popędzili przez pole, wzbijając w górę obłoki plew. Jaime ledwie zdążył pomyśleć: *Lepiej, żeby dziewka pognała za mną, nim się zorientują, że atakuje ich nieuzbrojony człowiek zakuty w łańcuchy.* Wtem usłyszał za plecami tętent kopyt.

— Wieczorny Dwór! — krzyknęła, gdy jej koń od pługa przebiegł ciężko obok niego. W ręku trzymała swój ciężki miecz. — Tarth! Tarth!

Kilka ostatnich strzał przemknęło bez szkody obok nich. Potem wrogowie rzucili się do ucieczki, tak jak zawsze robili to pozbawieni wsparcia łucznicy w obliczu szarży rycerzy. Brienne ściągnęła wodze przed murem. Gdy Jaime ją doścignął, wszyscy napastnicy zniknęli już w odległym o dwadzieścia jardów lesie.

— Opuściła cię ochota do walki?

— Uciekali.

— To najlepszy moment, by ich zabić.

Schowała miecz.

— Czemu rzuciłeś się do szarży?

— Łucznicy są nieustraszeni tylko wtedy, gdy chowają się za murami i strzelają z daleka do rycerzy. Kiedy ci ich atakują, uciekają. Wiedzą, co się stanie, jeśli ich dopadną. Swoją drogą, masz strzałę w plecach. I drugą w nodze. Musisz mi pozwolić opatrzyć swoje rany.

— Ty masz to zrobić?

— A któż by inny? Kiedy ostatnio widziałem kuzyna Cleosa, służył swojemu rumakowi jako pług. Przypuszczam jednak, że powinniśmy go odnaleźć. W końcu jest czymś w rodzaju Lannistera.

Kiedy znaleźli Cleosa, wciąż był zaplątany w strzemię. Jedna strzała sterczała mu z prawego ramienia, a druga z piersi, to jednak ziemia go zabiła. Czubek jego głowy był miękki w dotyku i pokryty krwią. Jaime czuł kawałki zdruzgotanej kości, które poruszały się pod skórą przy dotyku.

Brienne uklękła i powstrzymała jego dłoń.

— Jest jeszcze ciepły.

— Niedługo ostygnie. Chcę dostać jego konia i ubranie. Dość już mam łachmanów i pcheł.

— Był twoim kuzynem — zaprotestowała wstrząśnięta dziewka.

— Był — zgodził się Jaime. — Nie obawiaj się, mam pod dostatkiem kuzynów. Muszę też zabrać jego miecz. Będziesz potrzebowała kogoś, kto zmieni cię na warcie.

— Możesz stać na straży bez broni. — Wstała.

— Przykuty do drzewa? Może i mógłbym. A może mógłbym się dogadać z następną grupą bandytów i pozwolić im poderżnąć ci tę grubą szyję, dziewko.

— Nie dam ci broni. A na imię mam...

— ...Brienne. Wiem. Przysięgnę, że nie zrobię ci krzywdy. Może to ukoi twoje dziewczyńskie obawy.

— Twoje przysięgi nie mają wartości. Aerysowi też przysięgałeś.

— O ile mi wiadomo, nie upiekłaś nikogo w zbroi. Poza tym oboje chcemy, bym dotarł cały i zdrowy do Królewskiej Przystani. Mam rację?

Przykucnął obok Cleosa i zaczął mu zdejmować pas do miecza.

— Odsuń się od niego. Natychmiast.

Jaime miał już tego dość. Dość jej podejrzeń i obelg, jej krzywych zębów, szerokiej, piegowatej gęby i rzadkich, zwisających w strąkach włosów. Ignorując jej protesty, złapał za rękojeść miecza, przytrzymał trupa stopą i pociągnął. Gdy oręż wysuwał się z pochwy, Jaime obracał się już wokół osi, by zatoczyć nim szeroki, śmiercionośny łuk. Stal uderzyła o stal z głośnym, przenikającym aż do kości szczękiem. Brienne w jakiś sposób zdążyła wydobyć broń na czas. Jaime wybuchnął śmiechem.

— Bardzo dobrze, dziewko.

— Oddaj miecz, Królobójco.

— Och, oddam ci go.

Zerwał się na nogi i runął do ataku. Oręż ożył w jego dłoniach. Brienne odskoczyła do tyłu, parując jego cios, lecz podążył za nią. Gdy odbijała jedno uderzenie, natychmiast wyprowadzał następne. Miecze całowały się, oddalały od siebie i znowu całowały. Krew Jaime'a śpiewała. Do tego właśnie został stworzony. Nigdy nie czuł się tak żywy jak wtedy, gdy walczył, gdy każdy cios mógł oznaczać śmierć. *Mam skute ręce i dziewka może nawet przez pewien czas stawiać mi opór.* Łańcuchy zmuszały go do trzymania miecza w obu dłoniach, choć rzecz jasna oręż ser Cleosa znacznie ustępował ciężarem i zasięgiem prawdziwemu dwuręcznemu mieczowi. Co to jednak miało za znaczenie? Broń jego kuzyna była wystarczająco długa, by położyć kres życiu całej tej Brienne z Tarthu.

Od góry, z dołu, z wyrzutem rąk znad głowy, zasypywał ją deszczem stali. Z lewej, z prawej, na odlew, uderzał tak mocno, że skry tryskały ze spotykających się mieczy, z dołu, z boku, znad głowy, ani na chwilę nie przestawał atakować, podchodził do niej i przesuwał się w bok, uderzał i podchodził, podchodził i uderzał, ciął i rąbał, coraz szybciej, szybciej i szybciej...

...aż wreszcie cofnął się zdyszany o krok i pozwolił, by sztych jego miecza opadł ku ziemi, dając jej chwilę wytchnienia.

— Nieźle — przyznał. — Jak na dziewkę.

Zaczerpnęła głęboko powietrza w płuca, lecz nie spuszczała z niego wzroku.

— Nie chcę ci zrobić krzywdy, Królobójco.

— Nie mów, że potrafisz.

Zamachnął się mieczem nad głową i ponownie rzucił do ataku, grzechocząc łańcuchami.

Jaime nie wiedział, jak długo trwała walka. Może minuty, a może godziny. Gdy miecze się budziły, czas spał. Zmusił ją do odwrotu od trupa kuzyna, ścigał ją po drodze, zagonił między drzewa. W pewnej chwili potknęła się na korzeniu, którego nie zauważyła. Myślał, że już po niej, lecz zamiast się przewrócić, opadła na jedno kolano, ani na moment nie wypadając z rytmu. Uniosła błyskawicznie miecz, by sparować cios, który rozprułby ją od ramienia aż po pachwinę, a potem to ona zaczęła uderzać, raz za razem, aż wreszcie udało się jej podnieść.

Taniec trwał. Jaime osaczył ją pod dębem, zaklął szpetnie, gdy wymknęła się w bok, podążył za nią przez płytki strumyk pełen opadłych z drzew liści. Stal szczękała, śpiewała, dźwięczała, iskrzyła i zgrzytała. Kobieta zaczęła przy każdym uderzeniu chrząkać niczym maciora, lecz mimo to wciąż nie mógł jej dosięgnąć. Tak jakby otaczała ją żelazna klatka, która powstrzymywała wszystkie ciosy.

— Całkiem nieźle — przyznał, zatrzymując się na chwilę, by zaczerpnąć tchu. Zaczął ją zachodzić od prawej.

— Jak na dziewkę?

— Powiedzmy, jak na giermka. Zielonego. — Parsknął ochrypłym, zdyszanym śmiechem. — No, chodź, no, chodź, słodziutka, muzyka jeszcze gra. Czy mogę cię prosić o ten taniec, pani?

Chrząknęła głośno i runęła do ataku, wymachując mieczem. Teraz to Jaime musiał się osłaniać przed ciosami oręża. Po jednym z nich miecz otarł się o jego czoło i krew zalała mu prawe oko. *Niech Inni ją porwą i Riverrun razem z nią!* Jego umiejętności zgniły i zardzewiały w tym cholernym lochu, a łańcuchy też mu zbytnio nie pomagały. Jedno oko miał bezużyteczne, ramiona bolały go od nieustannych wstrząsów, a nadgarstki od ciężaru łańcuchów, kajdan i miecza. Z każdym uderzeniem jego oręż wydawał się cięższy. Jaime wiedział, że nie macha nim już tak szybko jak przedtem ani nie unosi go tak wysoko.

*Jest silniejsza ode mnie.*

Ta świadomość przeszyła go dreszczem. Rzecz jasna, Robert też miał więcej siły niż on. Biały Byk Gerald Hightower również, w swych najlepszych dniach, podobnie jak ser Arthur Dayne. Spośród żywych siłą przerastał go Greatjon Umber, zapewne Silny Dzik z Crakehall, z pewnością obaj Clegane'owie. Siła Góry była czymś nieludzkim. To nie miało znaczenia. Dzięki szybkości i zręczności Jaime był w stanie pokonać każdego z nich. To jednak była kobieta. Wielka krowa, lecz mimo to... to jej powinno brakować sił.

Ale to ona zepchnęła go z powrotem do strumienia.

— Poddaj się! — krzyczała. — Rzuć miecz!

Stopa Jaime'a omsknęła się na śliskim kamieniu. Poczuł, że pada, zdołał jednak zamienić upadek w desperacki wypad. Sztych jego miecza otarł się o jej zasłonę i wbił w górną część uda. Zakwitł czerwony kwiat. Jaime miał tylko chwilę na to, by nacieszyć się widokiem jej krwi, nim grzmotnął kolanem o skałę. Ból go oślepił. Brienne runęła na niego, nogą odtrącając miecz na bok.

— PODDAJ SIĘ!

Uderzył barkiem w jej nogi, przewracając ją na siebie.

Przetoczyli się, kopiąc się nawzajem i okładając pięściami, aż wreszcie usiadła na nim okrakiem. Zdołał wyszarpnąć jej sztylet zza pasa, lecz nim zdążył zatopić go w jej brzuchu, złapała go za nadgarstek i uderzyła jego rękami o kamień tak mocno, że wydawało mu się, iż wyrwała mu kończynę ze stawu. Drugą dłonią naciskała jego twarz.

— Poddaj się! — Zanurzyła mu głowę pod wodę i przytrzymała ją tam. — Poddaj się! — Splunął jej wodą w twarz. Uderzenie, plusk i ponownie znalazł się pod wodą, wierzgając bezsilnie nogami i usiłując zaczerpnąć oddechu. I znowu go wyciągnęła. — Poddaj się albo cię utopię!

— I złamiesz przysięgę? — warknął. — Tak jak ja?

Puściła go i wpadł z pluskiem do wody.

Las wypełnił się ochrypłym śmiechem.

Brienne dźwignęła się ciężko. Poniżej pasa pokrywały ją błoto i krew, ubranie miała potargane, a twarz czerwoną. *Wygląda tak, jakby przyłapali nas na pierdoleniu, nie na walce.* Jaime poczołgał się po dnie na płyciznę i otarł skutymi dłońmi krew z oka. Po obu stronach strumyka stali uzbrojeni mężczyźni. *Nic dziwnego, robiliśmy tyle hałasu, że moglibyśmy obudzić smoka.*

— Cóż za szczęśliwe spotkanie, przyjaciele — zawołał do nich miłym głosem. — Przepraszam, jeśli zakłóciłem wam spokój. Właśnie karciłem żonę.

— Coś mi się zdaje, że to ona karciła ciebie.

Mężczyzna, który wypowiedział te słowa, był gruby i silnie zbudowany, a nosal jego żelaznego półhełmu nie do końca ukrywał brak nosa.

Jaime zdał sobie nagle sprawę, że to nie są bandyci, którzy zabili ser Cleosa. Otaczały ich szumowiny z całego świata: smagli Dornijczycy, jasnowłosi Lyseńczycy, Dothrakowie z dzwoneczkami w warkoczach, kudłaci Ibbeńczycy i czarni jak węgiel ludzie z Wysp Letnich w płaszczach z piór. Znał ich. *Dzielni Kompanioni.*

— Mam sto jeleni... — zdołała wykrztusić Brienne.

— Weźmiemy to sobie na początek, pani — odparł podobny do trupa mężczyzna w wystrzępionym skórzanym płaszczu.

— A potem weźmiemy sobie twoją pizdę — dodał beznosy. — Nie może być tak paskudna jak inne części twojego ciała.

— Odwróć ją na brzuch i zgwałć w dupę, Rorge — poradził dornijski włócznik, który owinął sobie wokół hełmu czerwony jedwabny pas materiału. — W ten sposób nie będziesz musiał na nią patrzeć.

— Mam ją pozbawić przyjemności patrzenia na mnie? — oburzył się beznosy. Pozostali ryknęli śmiechem.

Choć dziewka była brzydka i uparta, zasługiwała na lepszy los niż zgwałcenie przez taką bandę.

— Kto jest tu dowódcą? — zapytał głośno Jaime.

— Ten zaszczyt przypada mnie, ser Jaime. — Oczy trupa otaczały czerwone obwódki, a jego włosy były rzadkie i suche. Przez bladą skórę twarzy i dłoni dało się dostrzec ciemnoniebieskie żyłki. — Urswyck jestem. Zwany Urswyckiem Wiernym.

— Wiesz, z kim rozmawiasz?

Najemnik pochylił głowę.

— Żeby oszukać Dzielnych Kompanionów, potrzeba czegoś więcej niż broda i ogolona głowa.

*Chciałeś powiedzieć Krwawych Komediantów.* Jaime nie darzył ich sympatią większą niż Gregora Clegane'a czy Amory'ego Lorcha. Jego ojciec zwał ich wszystkich psami i tak jak psom kazał im nękać wybraną przez siebie zwierzynę i napełniać jej serca strachem.

— Jeśli mnie znasz, Urswyck, wiesz, że nie minie cię nagroda. Lannister zawsze płaci swe długi. A jeśli chodzi o dziewkę, jest szlachetnie urodzona i można za nią wziąć niezły okup.

Najemnik uniósł głowę.

— Naprawdę? To bardzo szczęśliwie się składa.

W uśmiechu Urswycka pojawił się wyraz chytrości, który zaniepokoił Jaime'a.

— Słyszałeś mnie. Gdzie jest kozioł?

— Parę godzin drogi stąd. Z pewnością ucieszy się na twój widok, ale nie radzę zwać go kozłem prosto w oczy. Lord Vargo jest niesłychanie drażliwy na punkcie swej godności.

*A odkąd to ten śliniący się dzikus ma godność?*

— Będę o tym pamiętał, kiedy go zobaczę. A czego właściwie jest lordem?

— Harrenhal. Obiecano mu ten zamek.

*Harrenhal? Czyżby mój ojciec postradał zmysły?*

— Chcę się uwolnić od tych łańcuchów.

Chichot Urswycka brzmiał sucho jak zgniatany papier.

Coś tu jest bardzo nie w porządku. Jaime niczym nie zdradzał niepokoju. Uśmiechnął się tylko.

— Czy powiedziałem coś zabawnego?

Beznosy wyszczerzył zęby w uśmiechu.

— Nie widziałem nic śmieszniejszego od czasu, gdy Kąsacz odgryzł cycki tej sepcie.

— Ty i twój ojciec przegraliście zbyt wiele bitew — wyjaśnił Dornijczyk. — Musieliśmy zamienić lwie skóry na wilcze futra.

Urswyck rozpostarł dłonie.

— Timeon chciał powiedzieć, że Dzielni Kompanioni nie służą już rodowi Lannisterów. Przeszliśmy na służbę u Roose'a Boltona i króla północy.

Jaime obdarzył go zimnym, pełnym wzgardy uśmiechem.

— A ludzie mówią, że to ja mam gówno zamiast honoru.

Urswyckowi nie przypadła do gustu ta uwaga. Na jego znak dwaj Komedianci złapali Jaime'a za ramiona i Rorge zdzielił go zakutą w stal pięścią w żołądek. Jeniec zgiął się wpół, stękając głośno z bólu.

— Stójcie, nie może mu się stać krzywda! — zawołała dziewka. — Wysłała nas lady Catelyn. To wymiana jeńców. Jest pod moją opieką...

Rorge uderzył go po raz drugi, wybijając mu powietrze z płuc. Brienne skoczyła po miecz, który leżał w strumieniu, lecz Komedianci schwytali ją, nim zdążyła go złapać. Była tak silna, że dopiero czterech mężczyzn zdołało ją poskromić.

Obrzęknięta, zakrwawiona twarz dziewki z pewnością wyglądała bardzo podobnie do twarzy Jaime'a. Do tego Brienne straciła dwa zęby, co w żadnej mierze nie poprawiło jej urody. Dwoje potykających się, broczących krwią jeńców poprowadzono przez las ku koniom. Brienne utykała z powodu rany w udzie, którą zadał jej w strumieniu. Jaime'owi zrobiło się jej żal. Nie wątpił, że dzisiejszej nocy dziewczyna straci dziewictwo. Ten beznosy sukinsyn z pewnością ją zaliczy, a kilku innych również może się skusić.

Dornijczyk związał ich plecami do siebie na grzbiecie konia od pługa. Pozostali Komedianci rozebrali tymczasem Cleosa Freya do naga, by podzielić się jego dobytkiem. Rorge wygrał okrwawioną opończę, na której polach widniały dumne herby Lannisterów i Freyów. I w lwach, i w wieżach widać było dziury od strzał.

— Mam nadzieję, że się cieszysz, dziewko — wyszeptał Jaime do Brienne. Kaszlnął, spluwając krwią. — Gdybyś dała mi broń, nigdy by nas nie dostali. — Nie odpowiedziała. *Jest uparta jak osioł* — pomyślał. *Ale odważna.* Tego nie mógł jej odmówić. — Kiedy rozbijemy obóz na noc, zgwałcą cię, i to więcej niż raz — ostrzegł ją. — Rozsądniej byłoby nie stawiać oporu. Jeśli spróbujesz z nimi walczyć, stracisz coś więcej niż parę zębów.

Poczuł, że plecy Brienne zesztywniały.

— Czy tak właśnie byś postąpił, gdybyś był kobietą?

*Gdybym był kobietą, byłbym Cersei.*

— Gdybym był kobietą, zmusiłbym ich, żeby mnie zabili. Ale nią nie jestem. — Kopnął konia, zmuszając go do przejścia w kłus. — Urswyck! Chodź zamienić ze mną słówko!

Podobny do trupa najemnik w podartym skórzanym płaszczu ściągnął na chwilę wodze, pozwalając, by jeńcy go dogonili.

— Czego ode mnie chcesz, ser? Tylko uważaj na język, bo znowu cię skarcę.

— Czy lubisz złoto? — zapytał Jaime.

Urswyck skierował na niego poczerwieniałe oczy.

— Przyznaję, że bywa z niego pewien pożytek.

Jaime uśmiechnął się do niego znacząco.

— Całe złoto Casterly Rock. Po co zostawiać je kozłowi? Czemu nie miałbyś zabrać nas do Królewskiej Przystani i samemu zgarnąć okup? Za nią również, jeśli chcesz. Dziewczyna powiedziała mi kiedyś, że Tarth jest zwany Szafirową Wyspą.

Dziewka poruszyła się niespokojnie na te słowa, nie powiedziała jednak nic.

— Masz mnie za sprzedawczyka?

— Oczywiście. Za kogóż by innego?

Urswyck rozważał tę propozycję przez pół uderzenia serca.

— Królewska Przystań leży daleko stąd, a w niej twój ojciec. Lord Tywin może mieć do nas pretensję za sprzedanie Harrenhal lordowi Boltonowi.

*Jest bystrzejszy, niżby się zdawało.* Przed chwilą Jaime wyobraził sobie, jak pięknie będzie to wyglądało, gdy powiesi tego nędznika, wypchawszy mu najpierw kieszenie złotem.

— Dogadam się z ojcem. Załatwię ci królewskie ułaskawienie, obejmujące wszystkie zbrodnie, jakie popełniłeś. A nawet tytuł rycerski.

— Ser Urswyck — mruknął najemnik, ciesząc się tym dźwiękiem. — Moja kochana żona byłaby bardzo dumna, gdyby to usłyszała. Gdybym tylko jej nie zabił. — Westchnął. — A co z dzielnym lordem Vargo?

— Czy mam ci zaśpiewać linijkę *Deszczów Castamere*? Kozioł przestanie być taki dzielny, kiedy dopadnie go mój ojciec.

— A jak to zrobi? Czy ma takie długie ręce, że może sięgnąć za mury Harrenhal i wyrwać nas stamtąd?

— Jeśli to będzie konieczne. — Monstrualne zamczysko króla Harrena raz już zdobyto i w razie potrzeby można je będzie zdobyć po raz drugi. — Czy jesteś aż takim głupcem, że wierzysz, iż kozioł może pokonać lwa?

Urswyck pochylił się w siodle i spoliczkował go leniwie. Jego niedbała bezczelność bolała bardziej niż sam cios. *Nie boi się mnie* — zrozumiał Jaime. Przeszył go dreszcz.

— Słyszałem już wystarczająco dużo, Królobójco. Musiałbym być doprawdy wielkim głupcem, by wierzyć w obietnice takiego wiarołomcy jak ty.

Kopnął konia i pogalopował naprzód.

*Aerys* — pomyślał ze złością Jaime. *Wszystko zawsze wraca do Aerysa.* Kołysał się w rytm ruchów konia, żałując, że nie ma miecza.

*Jeszcze lepsze byłyby dwa miecze. Jeden dla dziewki i jeden dla mnie. Zginęlibyśmy, ale zabralibyśmy ze sobą do piekła połowę tych nędzników.*

— Dlaczego powiedziałeś mu, że Tarth to Szafirowa Wyspa? — wyszeptała Brienne, gdy Urswyck oddalił się poza zasięg słuchu. — Teraz pomyśli, że mój ojciec ma mnóstwo klejnotów.

— Lepiej módl się o to, by w to uwierzył.

— Czy każde słowo, które wychodzi z twoich ust, musi być kłamstwem, Królobójco? Tarth jest zwany Szafirową Wyspą z powodu swych błękitnych wód.

— Krzycz trochę głośniej, dziewko. Urswyck cię chyba nie usłyszał. Im prędzej się dowiedzą, jak niewielki okup można za ciebie dostać, tym wcześniej zacznie się gwałt. Wyrucha cię każdy mężczyzna w tej bandzie, ale co ci to w końcu przeszkadza? Zamknij oczy, rozłóż nogi i wyobrażaj sobie, że wszyscy są lordem Renlym.

Na szczęście zamknęła na pewien czas usta.

Gdy znaleźli Vargo Hoata, słońce skłaniało się już ku zachodowi. Kozioł plądrował mały sept w towarzystwie dwunastu swych Dzielnych Kompanionów. Barwione szyby w oknach wybito, a drewniane rzeźby bogów wywleczono w światło słońca. Na piersi Matki siedział najtłustszy Dothrak, jakiego Jaime widział w życiu, który wydłubywał jej chalcedonowe oczy sztychem sztyletu. Z konaru pobliskiego rozłożystego kasztana zwisał głową na dół chudy, łysiejący septon. Trzech Dzielnych Kompanionów używało go jako celu do strzelania z łuku. Jeden z nich musiał być niezły, gdyż z obu oczu zabitego sterczały strzały.

Kiedy najemnicy zauważyli Urswycka i jego jeńców, rozległy się krzyki w pół tuzinie różnych języków. Kozioł siedział przy ognisku, jedząc nadzianego na patyk, na wpół upieczonego ptaka. Tłuszcz i krew spływały mu po palcach oraz długiej, pozlepianej brodzie. Wytarł paluchy o bluzę i wstał.

— Królobójco — oznajmił — jesteś moim jeńcem.

— Panie, jestem Brienne z Tarthu — zawołała dziewka. — Lady Catelyn Stark rozkazała mi doprowadzić ser Jaime'a do Królewskiej Przystani, do jego brata.

Kozioł obrzucił ją pozbawionym zainteresowania spojrzeniem.

— Uciscie ją — wyseplenił.

— Wysłuchaj mnie — błagała Brienne, gdy Rorge przecinał więzy łączące ją z Jaime'em — w imieniu króla północy, króla, któremu służycie, wysłuchaj mnie, proszę...

Rorge ściągnął ją z konia i zaczął kopać.

— Uważaj, żebyś nie połamał jej kości — zawołał Urswyck. — Dziewka ma końską gębę, ale jest warta tyle szafirów, ile sama waży.

Dornijczyk Timeon i obrzydliwie cuchnący Ibbeńczyk ściągnęli Jaime'a z siodła i popchnęli go brutalnie w stronę ogniska. Mógłby bez większego trudu złapać rękojeść jednego z ich mieczy, wrogów było jednak zbyt wielu, a jego nadal skuwały kajdany. Zapewne zdołałby powalić jednego albo dwóch, ale potem by zginął. Nie czuł się jeszcze gotowy umierać, a już z pewnością nie dla Brienne z Tarthu.

— To scęsny dzień — mówił Vargo Hoat. Z jego szyi zwisał łańcuch z monet najróżniejszego kształtu, bitych i odlewanych. Widniały na nich podobizny królów, czarodziejów, bogów, demonów i najrozmaitszych baśniowych bestii.

*Monety z każdego kraju, w którym walczył* — przypomniał sobie Jaime. Kluczem do tego człowieka była chciwość. *Jeśli zdradził raz, może zdradzić po raz drugi.*

— Lordzie Vargo, postąpiłeś głupio, porzucając służbę u mojego ojca, lecz nie jest jeszcze za późno, by to naprawić. Wiesz, że dobrze ci za mnie zapłaci.

— Och, tak — odparł Vargo Hoat. — Otsymam od niego połowę złota Casterly Rock. Najpierw jednak musę mu wysłać wiadomość.

Powiedział coś w swym syczącym, kozim języku.

Urswyck walnął jeńca w plecy, a błazen w zielono-różowym stroju podciął pod nim nogi. Gdy Jaime padł na ziemię, jeden z łuczników złapał łączący jego nadgarstki łańcuch i wyprostował mu siłą ręce. Gruby Dothrak odłożył nóż i wyciągnął z pochwy długi zakrzywiony *arakh*, piekielnie ostry, podobny do kosy miecz, który uwielbiali władcy koni.

*Chcą mnie przestraszyć.* Błazen z chichotem skoczył na jego plecy, a Dothrak ruszył niespiesznie w jego stronę. *Kozioł chce, żebym zlał się w portki i błagał go o zmiłowanie. Nie sprawię mu tej satysfakcji.* Był Lannisterem z Casterly Rock, lordem dowódcą Gwardii Królewskiej i żaden najemnik nie zmusi go do krzyku.

Blask słońca odbijał się w ostrzu *arakha*, który uderzył tak szybko, że niemal nie sposób było tego dostrzec. I Jaime krzyknął.

# ARYA

Mała, kwadratowa warownia była w połowie ruiną, podobnie jak wysoki, siwy rycerz, który w niej mieszkał. Był taki stary, że nie rozumiał ich pytań. Bez względu na to, co do niego mówili, uśmiechał się tylko i mamrotał:

— Obroniłem most przed ser Maynardem. Miał rude włosy i czarny charakter, ale nie zdołał mnie pokonać. Sześć ran mi zadał, nim go zabiłem. Sześć!

Maester, który się nim opiekował, był na szczęście młody. Gdy stary rycerz zasnął już w swym fotelu, odprowadził wszystkich na bok.

— Obawiam się, że szukacie ducha — powiedział. — Przyleciał do nas ptak. Dawno temu, będzie pół roku. Lannisterowie złapali lorda Berica w pobliżu Oka Bogów. Powiesili go.

— To prawda, powiesili, ale Thoros odciął go, zanim umarł. — Złamany nos Cytryna nie był już taki czerwony i opuchnięty, zrastał się jednak krzywo, co nadawało jego twarzy koślawy wygląd. — Jego lordowską mość trudno jest zabić.

— I chyba też trudno znaleźć — zauważył maester. — Pytaliście Panią Liści?

— Zapytamy ją — zapewnił Zielonobrody.

Następnego ranka, gdy przejeżdżali przez położony za twierdzą kamienny mostek, Gendry zainteresował się, czy to o ten most walczył staruszek. Nikt nie znał odpowiedzi na to pytanie.

— Pewnie tak — stwierdził Jack Szczęściarz. — Nie widzę tu żadnego innego mostu.

— Gdyby ułożono o tym pieśń, wiedzielibyśmy na pewno — stwierdził Tom Siedem Strun. — Jedna dobra pieśń i wszyscy by wiedzieli, kim był ser Maynard i dlaczego tak bardzo chciał przejść przez ten most. Biedny, stary Lychester mógłby być sławny jak Smoczy Rycerz, gdyby tylko miał tyle rozsądku, by trzymać minstrela.

— Synowie lorda Lychestera zginęli podczas buntu Roberta — mruknął Cytryn. — Niektórzy walczyli po jednej stronie, a inni po drugiej. Od tej pory ma źle w głowie. Żadna cholerna pieśń nic na to nie pomoże.

— Kim jest ta Pani Liści, o której mówił maester? — zapytała Arya Anguya.

Łucznik uśmiechnął się.

— Zobaczysz.

Po trzech dniach, gdy jechali przez żółty las, Jack Szczęściarz wyjął róg i zagrał na nim jeden sygnał, inny niż poprzednio. Ledwie dźwięk zdążył wybrzmieć, z konarów drzew zrzucono sznurowe drabinki.

— Spętajcie konie i włazimy na górę — polecił Tom, na wpół śpiewając te słowa. Czekała tam na nich ukryta wśród gałęzi wioska — labirynt sznurowych mostów i omszałych chatek schowanych za czerwono-złotymi ścianami. Zaprowadzono ich do Pani Liści, chudej jak patyk białowłosej kobiety, która miała na sobie wełniany strój.

— Nie możemy już tu zostać długo — powiedziała im. — Nadeszła jesień. Dziewięć dni temu hayfordzkim traktem przemknął tuzin wilków. Polowali na kogoś. Gdyby spojrzeli w górę, mogliby nas zauważyć.

— Nie widziałaś lorda Berica? — zapytał Tom Siedem Strun.

— On nie żyje — oznajmiła kobieta zrozpaczonym głosem. — Góra wbił mu sztylet w oko. Tak nam mówił żebrzący brat, który słyszał o tym z ust naocznego świadka.

— To stara opowieść i do tego fałszywa — uspokoił ją Cytryn. — Lorda błyskawicę nie tak łatwo zabić. Ser Gregor może i wybił mu oko, ale od tego się nie umiera. Zapytaj Jacka.

— No, ja nie umarłem — zgodził się jednooki Jack Szczęściarz. — Mojego ojca powiesił pomocnik szeryfa służący lordowi Piperowi, mojego brata Wata wysłali na Mur, a innych braci zabili mi Lannisterowie. Oko to drobiazg.

— Przysięgasz, że on żyje? — Kobieta złapała Cytryna za ramię. — Niech cię bogowie błogosławią, Cytryn, to najlepsza wiadomość, jaką słyszeliśmy od pół roku. Niech Wojownik go broni i tego czerwonego kapłana też.

Następnej nocy znaleźli schronienie w strawionym pożarem sepcie, w spopielonej wiosce o nazwie Sallydance. Z okien z barwionego szkła zostały jedynie okruchy, a postarzały septon, który ich przywitał, skarżył się, że rabusie zabrali nawet kosztowne szaty Matki, pozłacaną lampę Staruchy i srebrną koronę Ojca.

— Odrąbali też piersi Dziewicy, mimo że były tylko z drewna — mówił. — I oczy, oczy były z agatu, lazurytu i macicy perłowej. Wydłubali je nożami. Niech Matka zmiłuje się nad nimi wszystkimi.

— Czyja to robota? — zapytał Cytryn Cytrynowy Płaszcz. — Komediantów?

— Nie — odparł septon. — To byli ludzie z północy, dzikusy, które czczą drzewa. Mówili, że szukają Królobójcy.

Arya usłyszała go i przygryzła wargę. Czuła, że spogląda na nią Gendry. Rozgniewało ją to i zawstydziło.

W krypcie pod septem, pośród pajęczyn, korzeni i roztrzaskanych beczek po winie, mieszkało dwunastu ludzi, żaden z nich jednak nie miał pojęcia, gdzie jest Beric Dondarrion. Nawet ich przywódca, który nosił poczerniałą od sadzy zbroję, a na płaszczu miał wyszytą prostą błyskawicę. Zielonobrody wybuchnął śmiechem, widząc, że Arya gapi się na tego człowieka.

— Lord błyskawica jest wszędzie i nigdzie, chuda wiewiórko.

— Nie jestem wiewiórką — obruszyła się. — Niedługo zostanę kobietą. Będę miała jedenaście lat.

— No to uważaj, żebym się z tobą nie ożenił!

Spróbował połaskotać ją pod brodą, lecz odepchnęła jego łapę.

Tej nocy Cytryn i Gendry grali w płytki z gospodarzami, a Tom Siedem Strun śpiewał głupawą piosenkę o Brzuchatym Benie i gęsi wielkiego septona. Anguy pozwolił Aryi spróbować wystrzelić ze swego łuku, lecz bez względu na to, jak mocno przygryzała wargę, nie udało się jej naciągnąć cięciwy.

— Potrzebny ci lżejszy łuk, pani — stwierdził piegowaty łucznik. — Jeśli w Riverrun mają wysuszone drewno, może ci taki zrobię.

Tom usłyszał go i przerwał pieśń.

— Jesteś młodym durniem, Łuczniku. Jeżeli pojedziemy do Riverrun, to tylko po okup za nią. Nie będziesz miał czasu robić łuków. Ciesz się, jeśli uda ci się ocalić własną skórę. Lord Hoster wieszał już banitów, nim jeszcze zacząłeś się golić. A ten jego syn... zawsze powtarzam, że nie można ufać człowiekowi, który nienawidzi muzyki.

— To nie muzyki nienawidzi, tylko ciebie, ty głąbie — sprostował Cytryn.

— Ale bez powodu. Dziewka była chętna zrobić z niego mężczyznę. Czy to moja wina, że wypił za dużo, żeby sobie poradzić?

Cytryn parsknął przez złamany nos.

— Czy to ty ułożyłeś o tym piosenkę czy jakiś inny cholerny dupek zakochany w brzmieniu własnego głosu?

— Zaśpiewałem ją tylko raz — poskarżył się Tom. — Kto zresztą mówi, że była o nim? Była o rybie.

— O zwisającej rybie — dodał ze śmiechem Anguy.

Aryi nie obchodziło, o czym opowiadają głupie piosenki Toma. Zwróciła się w stronę Harwina.

— O co chodzi z tym okupem?

— Bardzo nam potrzebne konie, pani. A także zbroje. Miecze, tarcze, włócznie. Wszystko, co można kupić za pieniądze. I ziarno pod siew. Nadchodzi zima, pamiętasz? — Ujął ją pod brodę. — Nie będziesz pierwszym szlachetnie urodzonym jeńcem, za którego weźmiemy okup. I mam nadzieję, że nie ostatnim.

Było to prawdą. Arya wiedziała, że rycerzy ciągle bierze się do niewoli i zwalnia za okup, a niekiedy zdarza się to również kobietom. *Co się jednak stanie, jeśli Robb nie zapłaci żądanej ceny?* Nie była sławnym rycerzem, a od królów oczekiwano, że będą stawiali interesy królestwa wyżej od dobra własnych sióstr. A co powie jej pani matka? Czy będzie ją jeszcze chciała po tym wszystkim, co zrobiła? Arya przygryzła wargę w zamyśleniu.

Następnego dnia dotarli na wzgórze zwane Wysokim Sercem. Było tak wyniosłe, że Aryi zdawało się, iż z jego szczytu widzi pół świata. Wierzchołek otaczał pierścień ogromnych, jasnych pniaków, wszystko, co pozostało po kręgu potężnych ongiś czardrzew. Arya i Gendry okrążyli wzgórze, by je policzyć. Było ich trzydzieści jeden, niektóre z nich tak szerokie, że mogłyby jej służyć jako łoże.

Tom Siedem Strun wyjaśnił jej, że Wysokie Serce było świętym miejscem dzieci lasu i utrzymują się tu jeszcze resztki ich magii.

— Temu, kto tu śpi, nie może się stać nic złego — oznajmił minstrel. Arya pomyślała, że to z pewnością prawda. Wzgórze było bardzo wysokie, a otaczająca je okolica zupełnie płaska. Żaden wróg nie zdołałby zbliżyć się do niego niepostrzeżenie.

Tom mówił też, że miejscowi prostaczkowie unikają wzgórza, gdyż podobno straszą na nim duchy dzieci lasu, które zginęły tu, gdy andalski król zwany Erregiem Zabójcą Krewnych ściął gaj. Arya wiedziała co nieco o dzieciach lasu i o Andalach, nie bała się jednak duchów. Kiedy była małą dziewczynką, często chowała się w kryptach Winterfell, by bawić się w przybądź do mojego zamku albo w potwory i dziewice pośród spoczywających na tronach kamiennych królów.

Mimo to nocą włoski na karku stanęły jej dęba. Zasnęła, lecz wkrótce obudziła ją burza. Wiatr zerwał z niej koc i zaniósł go między krzaki. Kiedy za nim pobiegła, usłyszała głosy.

Przy dogasającym ognisku siedzieli Tom, Cytryn i Zielonobrody. Rozmawiali z maleńką kobietą, o stopę niższą od Aryi i starszą od Starej Niani. Była przygarbiona i pokryta zmarszczkami, a wspierała się na czarnej, sękatej lasce. Jej białe włosy były tak długie, że niemal sięgały ziemi. Gdy targał nimi wiatr, otaczały jej głowę delikatnym obłokiem. Skóra staruszki była jeszcze bielsza, koloru mleka, a oczy wydawały się Aryi czerwone, choć patrząc z krzaków, nie mogła być tego pewna.

— Starzy bogowie budzą się i nie dają mi spać — mówiła kobieta. — Śnił mi się cień o gorejącym sercu, który zamordował złotego jelenia. Śnił mi się człowiek, który nie miał twarzy. Czekał na kołyszącym się na wietrze moście, a na jego ramieniu siedziała utopiona wrona z wodorostami zwisającymi ze skrzydeł. Śniła mi się wzburzona rzeka i kobieta, która była rybą. Unosiła się martwa z prądem, a na policzkach miała czerwone łzy, ale kiedy otworzyła oczy, och, obudziłam się przerażona. Śniło mi się to wszystko i wiele innych rzeczy. Czy masz dla mnie dary, którymi zapłacisz za moje sny?

— Sny — poskarżył się Cytryn Cytrynowy Płaszcz — co za pożytek ze snów? Kobiety-ryby i utopione wrony. Ostatniej nocy też miałem sen. Całowałem się z karczemną dziewką, którą kiedyś znałem. Czy mi za to zapłacisz, starucho?

— Dziewka nie żyje — wysyczała kobieta. — Teraz całują ją tylko robaki. Daj mi pieśń albo idźcie stąd — dodała, zwracając się do Toma Siedem Strun.

Minstrel zagrał dla niej cichą i smutną piosenkę. Arya słyszała tylko urywki słów, choć wydawało się jej, że skądś zna melodię. *Założę się, że Sansa wiedziałaby, co to jest.* Jej siostra znała wszystkie pieśni. Umiała nawet trochę grać i śpiewała słodkim głosem. *Ja potrafię tylko głośno wykrzykiwać słowa.*

Rankiem nigdzie nie było małej, białowłosej kobiety. Arya zapytała Toma Siedem Strun, czy na Wysokim Sercu nadal mieszkają dzieci lasu. Minstrel zachichotał.

— Widziałaś ją, co?

— Czy była duchem?

— A czy duchy skarżą się, że łupie je w stawach? Nie, to tylko stara karlica. Co prawda, jest bardzo dziwna i ma złe oko. Wie rzeczy, których nie powinna wiedzieć, i czasem mówi o nich tym, których wygląd jej się spodoba.

— A czy twój wygląd jej się spodobał? — zapytała z powątpiewaniem Arya.

Minstrel wybuchnął śmiechem.

— Przynajmniej mój głos. Ale zawsze każe mi śpiewać tę samą cholerną pieśń. Nie mówię, że jest zła, ale znam inne, równie dobre. — Potrząsnął głową. — Ważne jest to, że złapaliśmy trop. Idę o zakład, że niedługo zobaczysz Thorosa i lorda błyskawicę.

— Jeśli jesteście ich ludźmi, to czemu się przed wami ukrywają?

Tom Siedem Strun zatoczył oczyma na te słowa, lecz Harwin udzielił jej odpowiedzi.

— Nie nazwałbym tego ukrywaniem, pani, ale to prawda, że lord Beric ciągle pozostaje w ruchu i rzadko wyjawia komukolwiek swe plany. W ten sposób nikt nie może go zdradzić. Z pewnością ma już setki zaprzysiężonych ludzi, być może tysiące, ale nie miałoby sensu, żebyśmy wszyscy włóczyli się za nim. Objedlibyśmy do cna okolicę albo wyrżnąłby nas w bitwie jakiś większy zastęp. Podzieleni na małe grupki, możemy uderzać w dziesiątkach miejsc jednocześnie i znikać, nim wróg zdąży się zorientować. A jeśli któregoś z nas złapią i wezmą na spytki, no cóż, bez względu na to, co mu zrobią, nie może im powiedzieć, gdzie znaleźć lorda Berica. — Zawahał się. — Wiesz, co to znaczy być wziętym na spytki?

Arya skinęła głową.

— Nazywali to łaskotaniem. Polliver, Raff i cała reszta.

Opowiedziała im o wiosce nad Okiem Boga, gdzie pojmano ją z Gendrym, i o pytaniach, które zadawał Łaskotek. „Czy w wiosce jest ukryte złoto? Srebro, klejnoty? Czy jest tu więcej żywności? Gdzie się podział lord Beric? Kto z mieszkańców wioski mu pomagał? W którą stronę się udał, odjeżdżając? Ilu ludzi ma ze sobą? Ilu rycerzy? Ilu łuczników? Ilu miało konie? Jaką mieli broń? Ilu było rannych? Jak mówiłeś, dokąd pojechali?". Gdy tylko o tym pomyślała, znowu usłyszała krzyki i poczuła smród krwi, odchodów oraz przypalanego ciała.

— Zawsze zadawał te same pytania — oznajmiła z powagą banitom — ale każdego dnia łaskotał inaczej.

— Żadne dziecko nie powinno tak cierpieć — stwierdził Harwin, kiedy skończyła. — Dotarły do nas wieści, że Góra stracił połowę ludzi pod Kamiennym Młynem. Może ten Łaskotek spływa teraz Czerwonymi Widłami, a twarz ogryzają mu ryby. A jeśli nie, cóż, to kolejna zbrodnia, za którą odpowiedzą. Słyszałem, jak jego lordowska mość mówił, że ta wojna zaczęła się wtedy, gdy namiestnik wysłał go, by wymierzył królewską sprawiedliwość Gregorowi Clegane'owi i tym właśnie zamierza ją zakończyć. — Poklepał Aryę po plecach, by ją uspokoić. — Lepiej wsiadaj na konia, pani. Od Żołędziowego Dworu dzieli nas cały dzień jazdy, ale za to wieczorem będziemy mieli dach nad głową i ciepłą strawę.

Droga była długa, gdy jednak zapadał zmierzch, przejechali strumień w bród i dotarli do Żołędziowego Dworu z jego kamiennymi murami kurtynowymi i wielkim dębowym donżonem. Pan warowni odjechał na wojnę wraz ze świtą swego seniora, lorda Vance'a, a bramy pod jego nieobecność zamknięto i zaryglowano. Jego pani żona była jednak starą przyjaciółką Toma Siedem Strun. Anguy mówił, że kiedyś byli kochankami. Łucznik często teraz jechał obok Aryi. Był jej bliższy wiekiem niż wszyscy pozostali oprócz Gendry'ego i opowiadał jej zabawne historyjki z Dornijskiego Pogranicza. Nie dała się jednak nabrać. *Nie jest mi przyjacielem. Trzyma się blisko mnie po to, żeby mieć mnie na oku. Nie chcą, bym znowu uciekła.* No cóż, Arya też potrafiła mieć oczy otwarte. Nauczył ją tego Syrio Forel.

Lady Smallwood miło przywitała banitów, choć strasznie na nich nakrzyczała za to, że zabrali na wojnę małą dziewczynkę. Gdy Cytrynowi wymknęło się, że Arya jest szlachetnie urodzona, rozgniewała się jeszcze bardziej.

— Kto ubrał to biedne dziecko w łachy Boltonów? — zapytała ich. — To godło... wielu ludzi powiesi ją w pół uderzenia serca tylko za to, że nosi na piersi obdartego ze skóry człowieka.

Natychmiast zaprowadziła Aryę na górę i wepchnęła do balii, by wymoczyć ją w gorącej wodzie. Służące lady Smallwood szorowały dziewczynkę tak mocno, że wydawało się jej, iż to ją zaraz obedrą ze skóry. Wrzuciły nawet do wody jakieś paskudztwo o słodkiej, kwiatowej woni.

Potem kazały jej nałożyć dziewczęce ubranie: brązowe, wełniane pończochy i cienkie, lniane giezło, a na to jasnozieloną suknię, na której gorseciku wyszyto brązową nicią żołędzie. Można je było też znaleźć na obrąbku.

— Moja cioteczna babka jest septą w domu Matki w Starym Mieście — wyjaśniła lady Smallwood, gdy dziewczęta zasznurowywały suknię na plecach Aryi. — Odesłałam tam córkę, gdy tylko zaczęła się wojna. Kiedy wróci, te rzeczy na pewno będą już na nią za małe. Lubisz tańczyć, dziecko? Moja Carellen to znakomita tancerka. Umie też pięknie śpiewać. A co ty najbardziej lubisz robić?

Zaszurała stopą w sitowiu.

— Pracować igłą.

— To bardzo uspokaja, prawda?

— Nie, jeśli robić to na mój sposób.

— Nie? Mnie zawsze uspokajało. Moja cioteczna babka zawsze powtarza, że bogowie każdemu z nas dali jakieś dary i talenty i powinniśmy robić z nich użytek. Każda czynność może być modlitwą, jeśli wykonujemy ją tak dobrze, jak tylko potrafimy. Czyż to nie piękna myśl? Pamiętaj o tym, kiedy następnym razem złapiesz za igłę. Czy pracujesz z nią codziennie?

— Kiedyś pracowałam, ale zgubiłam Igłę. Nowa nie jest już taka dobra.

— W takich czasach jak obecne wszyscy musimy się zadowalać tym, co mamy. — Lady Smallwood przyjrzała się uważnie gorsecikowi sukni. — Wreszcie wyglądasz tak, jak powinna wyglądać młoda dama.

*Nie jestem damą* — chciała jej powiedzieć Arya. *Jestem wilczycą.*

— Nie wiem, kim jesteś, dziecko — mówiła kobieta. — Może to i lepiej, bo obawiam się, że jesteś kimś ważnym. — Wygładziła jej kołnierz. — W takich czasach jak obecne lepiej jest być kimś pozbawionym znaczenia. Gdybyś tylko mogła zostać ze mną. To jednak nie byłoby bezpieczne. Mam mury, ale brakuje mi ludzi, by je obsadzić.

Westchnęła.

Gdy Aryę wreszcie umyto, wyczesano i ubrano, w komnacie podawano już kolację. Gendry spojrzał na dziewczynkę tylko raz i parsknął śmiechem tak gwałtownym, że aż wino trysnęło mu nosem. Harwin musiał zdzielić go w ucho, żeby się uspokoił. Posiłek był prosty, ale sycący: baranina z grzybami, ciemny chleb, pudding z grochu i pieczone jabłka z żółtym serem. Gdy już wszystko zjedzono i odesłano służbę, Zielonobrody zniżył głos, by zapytać panią, czy ma jakieś wieści o lordzie błyskawicy.

— Wieści? — Uśmiechnęła się. — Byli tu przed niespełna dwoma tygodniami. A razem z nimi tuzin innych ludzi, którzy pędzili stado owiec. Ledwie mogłam uwierzyć własnym oczom. Thoros podarował mi trzy na znak wdzięczności. Jedną właśnie dziś zjedliście.

— Thoros zaganiał owce?

Anguy ryknął głośnym śmiechem.

— Przyznaję, że wyglądało to dziwnie, ale zapewniał, że jako kapłan umie się opiekować owieczkami.

— A zwłaszcza je strzyc — skwitował z chichotem Cytryn Cytrynowy Płaszcz.

— Ktoś mógłby o tym ułożyć wspaniałą pieśń.

Tom szarpnął strunę swej harfy.

Lady Smallwood przeszyła go złowrogim spojrzeniem.

— Lepiej, żeby nie był to ktoś, kto rymuje „Beric" z „kleryk". Ani ktoś, kto śpiewał „Och, połóż się, słodka dzieweczko, na trawie" połowie dojarek z okręgu i zostawił dwie z nich z wielkimi brzuchami.

— To było „Daj mi wypić twą urodę" — bronił się Tom. — Dojarki zawsze chętnie słuchają tej piosenki. Pewna szlachetnie urodzona dama też, o ile dobrze sobie przypominam. Śpiewam po to, by sprawić przyjemność słuchaczom.

Rozdęła nozdrza.

— W dorzeczu pełno jest dziewcząt, którym sprawiłeś przyjemność, i wszystkie muszą pić herbatkę z ruty. Można by pomyśleć, że mężczyzna w twoim wieku potrafi się spuszczać na brzuch. Niedługo zaczną cię zwać Tomem Siedmiu Synów.

— Tak się składa, że tę liczbę przekroczyłem już przed wielu laty — skontrował Tom. — I są to wszystko świetne chłopaki o głosach jak słowiki.

Ta rozmowa wyraźnie nie sprawiała mu przyjemności.

— Czy jego lordowska mość mówił, dokąd się wybiera, pani? — zapytał Harwin.

— Lord Beric nikomu nie zdradza swych planów, ale w pobliżu Kamiennego Septu i w Trzygroszowym Lesie panuje głód. — Pociągnęła łyk wina. — Powinniście się dowiedzieć, że miałam też mniej miłych gości. Do moich bram załomotała banda wyjących wilków. Myśleli, że mogę ukrywać tu Jaime'a Lannistera.

Tom przestał brzdąkać.

— A więc to prawda? Królobójca jest na wolności?

Lady Smallwood obrzuciła go wzgardliwym spojrzeniem.

— Nie sądzę, by go szukali, gdyby siedział skuty łańcuchami w podziemiach Riverrun.

— I co im powiedziałaś, pani? — zainteresował się Jack Szczęściarz.

— Że ser Jaime leży nagi w moim łożu, ale tak go wymęczyłam, iż nie ma siły zejść na dół. Jeden z nich miał czelność nazwać mnie kłamczuchą, więc posłaliśmy im na pożegnanie kilka bełtów. Mam wrażenie, że pojechali w stronę Blackbottom Bend.

Arya poruszyła się nerwowo na krześle.

— A co to byli za ludzie z północy?

Lady Smallwood sprawiała wrażenie zdziwionej tym, że dziewczynka się odezwała.

— Nie podali mi swych imion, dziecko, ale byli odziani na czarno, a na piersi wszyscy mieli wyszyte białe słońce.

Białe słońce na czarnym tle było herbem lorda Karstarka. To byli ludzie Robba — pomyślała Arya. Zastanawiała się, czy są jeszcze blisko. Jeśli wymknie się banitom i odszuka tych ludzi, może zabiorą ją do Riverrun...

— A czy mówili, jak Lannisterowi udało się uciec? — zapytał Cytryn.

— Mówili — potwierdziła lady Smallwood. — Ale nie uwierzyłam w ani jedno słowo. Twierdzili, że uwolniła go lady Catelyn.

To zdumiało Toma tak bardzo, że aż zerwał strunę.

— Nie gadaj — obruszył się. — To szaleństwo.

*To nieprawda* — pomyślała Arya. *To nie może być prawda.*

— Też tak pomyślałam — zgodziła się lady Smallwood. I wtedy Harwin przypomniał sobie o Aryi.

— Takie rozmowy nie są dla twoich uszu, pani.

— Nie, chcę to usłyszeć.

Banici byli jednak nieustępliwi.

— Czmychaj stąd, mała wiewiórko — zawołał Zielonobrody. — Idź się pobawić na podwórku, jak grzeczna, młoda dama. Musimy porozmawiać.

Arya wyszła rozgniewana z komnaty. Trzasnęłaby drzwiami, gdyby nie były takie ciężkie. Nad Żołędziowym Dworem zapadła już ciemność. Na murach płonęło kilka pochodni i na tym koniec. Bramy zameczku były zamknięte i zaryglowane. Obiecała Harwinowi, że nie będzie już próbowała ucieczki, to jednak było przed tym, nim zaczęli powtarzać kłamstwa o jej matce.

— Arya? — Gendry wyszedł za nią. — Lady Smallwood powiedziała, że mają tu kuźnię. Chcesz ją obejrzeć?

— Jak sobie życzysz.

Nie miała nic innego do roboty.

— Czy to jest ten sam Thoros, który mieszkał w zamku w Królewskiej Przystani? — zapytał Gendry, gdy przechodzili obok psiarni. — Czerwony kapłan, grubas z ogoloną głową?

— Tak mi się zdaje.

Arya nie przypominała sobie, by kiedykolwiek rozmawiała z Thorosem w Królewskiej Przystani, znała go jednak. Czerwony kapłan i Jalabhar Xho byli najbarwniejszymi postaciami na dworze Roberta, a Thoros był do tego bliskim przyjacielem króla.

— Na pewno mnie nie pamięta, ale często przychodził do naszej kuźni. — Kuźni Smallwoodów nie używano już od dłuższego czasu, ale kowal rozwiesił swe narzędzia równo na ścianie. Gendry zapalił świecę, postawił ją na kowadle i ujął w rękę parę szczypiec. — Mój mistrz zawsze łajał go za te płonące miecze. Mówił, że nie powinno się tak traktować dobrej stali. Ale ten Thoros nigdy nie potrzebował dobrej stali. Maczał jakiś tani miecz w dzikim ogniu i podpalał. Mój mistrz mówił, że to tylko alchemiczna sztuczka, ale konie się tego bały i niektórzy co bardziej zieloni rycerze również.

Wykrzywiła twarz, próbując sobie przypomnieć, czy jej ojciec kiedykolwiek wspominał o Thorosie.

— Nie najlepszy z niego kapłan, prawda?

— Nie najlepszy — przyznał Gendry. — Mistrz Mott opowiadał, że Thoros potrafił przepić nawet króla Roberta. Twierdził, że dobrali się jak w korcu maku. Dwóch żarłoków i ochlapusów.

— Nie powinieneś nazywać króla ochlapusem.

Być może król Robert rzeczywiście pił za dużo, ale był przyjacielem jej ojca.

— Mówiłem o Thorosie. — Sięgnął ku niej szczypcami, jakby chciał ją uszczypnąć w twarz, lecz Arya odtrąciła je na bok. — Uwielbiał uczty i turnieje. Dlatego król Robert tak bardzo go lubił. I ten Thoros był odważny. Gdy uczyniono wyłom w murach Pyke, on pierwszy wpadł do środka. Walczył jednym z tych płonących mieczy i za każdym uderzeniem podpalał żelaznych ludzi.

— Chciałabym mieć płonący miecz.

Aryi przychodziło do głowy mnóstwo ludzi, których chętnie by podpaliła.

— Mówiłem ci, że to tylko sztuczka. Dziki ogień niszczy stal. Mój mistrz po każdym turnieju sprzedawał Thorosowi nowy miecz i za każdym razem strasznie się targowali o cenę. — Gendry zawiesił szczypce na miejscu i wziął w rękę ciężki młot. — Mistrz Mott powiedział, że czas już, bym zrobił pierwszy miecz. Dał mi słodki kawałek stali, a ja wiedziałem, jak chcę go ukształtować. Ale potem zjawił się Yoren i wziął mnie do Nocnej Straży.

— Jeśli zechcesz, będziesz mógł robić miecze dla Robba, kiedy dotrzemy do Riverrun — zapewniła Arya.

— Riverrun. — Odłożył młot i przyjrzał się jej. — Wyglądasz teraz inaczej. Jak porządna dziewczynka.

— Chyba raczej jak dąb. Tyle na mnie tych głupich żołędzi.

— Ale ładny. Ładny dąb. — Podszedł bliżej i powąchał ją. — To dziwne, ale nawet pachniesz ładnie.

— Za to ty śmierdzisz.

Pchnęła go na kowadło i rzuciła się do ucieczki, Gendry jednak zdążył ją złapać za ramię. Podcięła go nogą, lecz pociągnął ją za sobą i potoczyli się oboje po klepisku kuźni. Był bardzo silny, ale ona była szybsza. Za każdym razem, gdy próbował ją przytrzymać, wyrywała się i wymierzała mu kuksańca. Śmiał się tylko z jej ciosów, co doprowadzało ją do szału. Wreszcie złapał jedną dłonią za oba jej nadgarstki, a drugą zaczął łaskotać. Kopnęła go kolanem między nogi i znowu się wyrwała. Oboje byli usmarowani ziemią, a jeden rękaw tej głupiej żołędziowej sukni się urwał.

— Teraz już nie wyglądam tak ładnie — krzyknęła.

Kiedy wrócili do komnaty, Tom śpiewał pieśń.

*Piernaty wielkie mam i miękkie*
*i na nich cię ułożę,*
*Odzieję w żółty jedwab cię,*
*koronę ci nałożę.*
*Ty będziesz moją ukochaną,*
*ja będę twoim mężem.*
*Dam ci bezpieczny, ciepły dom*
*i obronię cię swym orężem.*

Harwin spojrzał na nich tylko raz i wybuchnął śmiechem, a Anguy rozciągnął swą głupią, piegowatą gębę w uśmiechu.

— Czy to aby na pewno szlachetnie urodzona dama? — zapytał. Cytryn Cytrynowy Płaszcz zdzielił jednak Gendry'ego w głowę.

— Jak chcesz się bić, to bij się ze mną! To tylko dziewczynka, i to o połowę młodsza od ciebie! Puszczaj ją, słyszysz?

— To ja zaczęłam — ujęła się za nim Arya. — Gendry tylko gadał.

— Zostaw chłopaka, Cytryn — wtrącił Harwin. — Jestem pewien, że to Arya zaczęła. W Winterfell było tak samo.

Tom mrugnął do niej znacząco, śpiewając:

*Ach, jak śmiała się i uśmiechała*
*panna drzewna.*

*Wymknęła mu się, mówiąc tak,*
*piernatów mi nie trzeba.*
*Ze złotych liści suknię wdzieję*
*i zwiążę włosy macierzanką,*
*I będziesz moim leśnym kochankiem,*
*a ja twą leśną kochanką.*

— Nie mam sukni z liści — rzekła lady Smallwood z czułym uśmieszkiem — ale po Carellen zostało jeszcze kilka innych, które mogą się nadać. Chodź, dziecko, pójdziemy na górę i poszukamy czegoś dla ciebie.

Było jeszcze gorzej niż poprzednim razem. Lady Smallwood uparła się, że Arya musi wziąć drugą kąpiel, a do tego przyciąć i uczesać włosy. Potem nałożyła jej liliową suknię wyszywaną maleńkimi perełkami. Miała ona jednak pewną zaletę. Była tak delikatna, że z pewnością nie nadawała się do konnej jazdy. Dlatego przy śniadaniu lady Smallwood dała Aryi spodnie, pas, bluzę i brązowy kaftan z jeleniej skóry nabijany żelaznymi ćwiekami.

— To były rzeczy mojego syna — oznajmiła. — Umarł, kiedy miał siedem lat.

— Przykro mi, pani. — Arya poczuła nagle litość połączoną ze wstydem. — Przepraszam też, że podarłam tę suknię w żołędzie. Była ładna.

— Tak, dziecko. Ty też jesteś ładna. Bądź dzielna.

# DAENERYS

Pośrodku placu Dumy stała fontanna z czerwonej cegły. Woda w niej pachniała siarką, a w jej centrum umieszczono monstrualną harpię z kutego brązu, wysoką na dwadzieścia stóp. Miała twarz kobiety o pozłacanych włosach, oczach z kości słoniowej i ostrych zębach z tego samego materiału. Z jej ciężkich piersi tryskała żółta woda. Zamiast rąk, z tułowia wyrastały skrzydła nietoperza albo smoka, nogi miała orle, a z tyłu widać było kręty, jadowity ogon skorpiona.

*Harpia Ghis* — pomyślała Dany. Jeśli dobrze pamiętała, Ghis upadło pięć tysięcy lat temu. Jego legiony rozbiła potęga młodej Valyrii, potężne, ceglane mury zburzono, ulice i budynki smoczy ogień obrócił w popiół, a pola zasiano solą, siarką i czaszkami. Bogowie Ghis dawno nie żyli, podobnie jak jego lud. Ser Jorah mówił, że ci Astaporczycy są tylko kundlami. Nawet ghiscarskiego języka niemal zapomniano. W niewolniczych miastach posługiwano się starovalyriańskim najeźdźców, czy raczej tym, co uczynili z tej mowy tubylcy.

Mimo to symbol Starego Imperium przetrwał tu do dziś, choć ten potwór z brązu dzierżył w pazurach ciężki łańcuch, na którego obu końcach zwisały otwarte kajdany. *Harpia Ghis miała w szponach błyskawicę. To jest harpia Astaporu.*

— Każ westeroskiej kurwie spuścić wzrok — poskarżył się handlarz niewolników Kraznys mo Nakloz niewolnicy, która przemawiała w jego imieniu. — Handluję mięsem, nie metalem. Ten brąz nie jest na sprzedaż. Każ jej patrzeć na żołnierzy. Nawet ślepe, fioletowe oczy zachodnich barbarzyńców z pewnością potrafią dostrzec, jak wspaniałe są moje stworzenia.

Starovalyriański Kraznysa był straszliwie wypaczony przez charakterystyczny, warczący akcent Ghis, a do tego zaśmiecony wyrażeniami pochodzącymi z żargonu handlarzy niewolników. Dany rozumiała go całkiem nieźle, lecz mimo to uśmiechnęła się tylko i popatrzyła ze zdziwieniem na młodą niewolnicę, jakby zastanawiała się, co właściwie przed chwilą powiedziano.

— Dobry Pan Kraznys pyta cię, czy nie są wspaniali?

Dziewczynka władała językiem powszechnym całkiem biegle, jak na kogoś, kto nigdy nie był w Westeros. Miała nie więcej niż dziesięć lat, płaską, okrągłą twarz, smagłą skórę i złote oczy Naathan. Jej rodaków zwano „Ludźmi Pokoju". Wszyscy się zgadzali, że są najlepszymi niewolnikami.

— Mogą wystarczyć na moje potrzeby — odpowiedziała Dany. Ser Jorah poradził jej, by podczas pobytu w Astaporze mówiła wyłącznie po dothracku i w języku powszechnym. Mój niedźwiedź jest bystrzejszy, niż mogłoby się zdawać — pomyślała.

— Powiedz mi, jak wygląda ich szkolenie — zażądała.

— Podobają się kobiecie z Westeros, ale nie chce ich wychwalać, żeby nie zawyżać ceny — oznajmiła swemu panu tłumaczka. — Pyta, jak się ich szkoli.

Kraznys mo Nakloz pokiwał głową. Pachniał tak, jakby wykąpał się w malinach, a jego nastroszona rudoczarna broda lśniła, natłuszczona olejem. *Ma większe piersi ode mnie* — pomyślała Dany. Dostrzegała je przez cienki jedwab barwy morskiej zieleni, z którego uszyto jego oblamowany złotem tokar. Szata spowijała tułów i jedno ramię. Chodząc, lewą ręką podtrzymywał tokar, a w prawej trzymał krótki skórzany bicz.

— Czy wszystkie westeroskie świnie są ciemnymi ignorantami? — poskarżył się. — Cały świat wie, że Nieskalani są mistrzami włóczni, tarczy i krótkiego miecza. — Uśmiechnął się szeroko do Dany. — Powiedz jej, czego chce się dowiedzieć, niewolnico, byle szybko. Dzień jest upalny.

*To przynajmniej nie jest kłamstwem.* Za nimi stała para starannie dobranych dziewcząt, które trzymały nad ich głowami pasiasty jedwabny baldachim, lecz nawet w jego cieniu Dany kręciło się lekko w głowie, a Kraznys pocił się obficie. Plac Dumy prażył się w promieniach słońca już od świtu. Nawet przez grube podeszwy sandałów czuła ciepło czerwonych cegieł, na których stała. Powietrze migotało od wzbijających się z nich fal gorąca. Otaczające plac schodkowe piramidy wyglądały wskutek tego jak zrodzone ze snu.

Jeśli jednak Nieskalani czuli gorąco, nie okazali tego po sobie. *Stoją tak, jakby sami byli zrobieni z cegły.* Tysiąc eunuchów wymaszerowalo z koszar, by mogła ich sobie obejrzeć. Ustawili się w dziesięciu stuosobowych szeregach przed fontanną i jej wielką harpią z brązu. Stali sztywno na baczność, wbijając przed siebie kamienne spojrzenia. Nie mieli na sobie nic poza białymi płóciennymi przepaskami biodrowymi oraz stożkowatymi hełmami z brązu, zakończonymi ostrym szpikulcem długości jednej stopy. Kraznys rozkazał im odłożyć włócznie i tarcze, a także zdjąć pasy oraz pikowane tuniki, żeby królowa Westeros mogła lepiej sobie obejrzeć ich szczupłe, twarde ciała.

— Wybiera się ich w młodym wieku, zwracając uwagę na wielkość, szybkość i siłę — podjęła niewolnica. — Rozpoczynają szkolenie, mając pięć lat. Codziennie ćwiczą od świtu aż do zmierzchu, dopóki nie nauczą się władać krótkim mieczem, tarczą i trzema włóczniami. Ich szkolenie jest bardzo rygorystyczne, Wasza Miłość. Przeżywa je tylko jeden chłopiec na trzech. Powszechnie o tym wiadomo. Wśród Nieskalanych krąży powiedzenie, że w dniu, gdy zdobywają spiczasty hełm, najgorsze mają za sobą, jako że żadna służba nie mogłaby być trudniejsza od ich szkolenia.

Kraznys mo Nakloz podobno nie znał ani słowa w języku powszechnym, kiwał jednak głową, jakby słuchał uważnie. Od czasu do czasu szturchał niewolnicę końcem bicza.

— Powiedz jej, że stali tutaj dzień i noc bez jedzenia i wody. Powiedz jej, że jeśli im rozkażę, będą tak stali, aż padną trupem ze zmęczenia i gdy dziewięciuset dziewięćdziesięciu dziewięciu będzie już leżało na cegłach, tysięczny nadal będzie stał bez ruchu, dopóki nie przyjdzie po niego śmierć. Taka jest ich odwaga. Powiedz jej to.

— Ja nazwałbym to szaleństwem, nie odwagą — oznajmił Arstan Białobrody, gdy poważna, mała tłumaczka zakończyła przemowę. Zastukał końcówką laski w cegły, *tap*, *tap*, jakby pragnął podkreślić swe niezadowolenie. Stary giermek nie chciał płynąć do Astaporu, nie podobał mu się też pomysł zakupienia armii niewolników. Królowa powinna wysłuchać wszystkich stron, nim podejmie decyzję, dlatego Dany zabrała go ze sobą na plac Dumy. Nie chodziło jej o własne bezpieczeństwo. Do tego wystarczali bracia krwi. Ser Joraha Mormonta zostawiła na pokładzie „Baleriona", żeby strzegł jej ludzi i smoków. Nie postąpiłaby rozsądnie, pozwalając im latać swobodnie nad miastem. Na świecie pełno było ludzi, którzy z chęcią zabiliby je tylko po to, by móc się zwać smokobójcami.

— Co powiedział ten śmierdzący staruch? — zapytał handlarz tłumaczki. Kiedy przełożyła mu jego słowa, uśmiechnął się i rzekł:

— Wytłumacz tym dzikusom, że my zwiemy to posłuszeństwem. Zdarzają się ludzie silniejsi, szybsi i bardziej rośli niż Nieskalani. Nieliczni mogą im nawet dorównać biegłością we władaniu mieczem, włócznią i tarczą. Nigdzie jednak między morzami nie znajdzie takich, którzy przerastaliby ich posłuszeństwem.

— Owce także są posłuszne — zauważył Arstan, gdy przetłumaczono te słowa. On również mówił trochę po valyriańsku, choć nie tak dobrze jak Dany, lecz podobnie jak ona ukrywał ten fakt.

Gdy przetłumaczono te słowa, Kraznys mo Nakloz odsłonił w uśmiechu wielkie, białe zęby.

— Wystarczy jedno moje słowo, a te owce wypuszczą na cegły jego śmierdzące flaki — stwierdził. — Ale tego nie mów. Powiedz im, że te stworzenia bardziej przypominają psy niż owce. Czy w tych całych Siedmiu Królestwach jedzą psy, czy raczej konie?

— Wolą świnie i krowy, czcigodny.

— Wołowina. Fuj. To dobre dla niemytych dzikusów.

Ignorując ich wszystkich, Dany ruszyła powoli wzdłuż szeregu żołnierzy-niewolników. Trzymające baldachim dziewczęta szły tuż za nią, by dać jej cień, tysiąc stojących na placu ludzi nie otrzymało jednak takiej osłony. Ponad połowa Nieskalanych miała miedziane skóry i migdałowe oczy Dothraków albo Lhazareńczyków, widziała jednak w szeregach również ludzi z Wolnych Miast, jasnoskórych Qartheńczyków, mieszkańców Wysp Letnich o hebanowych obliczach oraz innych, których pochodzenia nie potrafiła się domyślić. Niektórzy mieli też bursztynową cerę, taką samą jak Kraznys mo Nakloz, oraz szczeciniaste, rudoczarne włosy, charakterystyczne dla starożytnych mieszkańców Ghis, którzy zwali się synami harpii. *Sprzedają nawet swych rodaków.* Nie powinno jej to dziwić. Dothrakowie postępowali tak samo, gdy *khalasar* spotykał się z *khalasarem* w morzu trawy.

Niektórzy żołnierze byli wysocy, inni niscy. Oceniała, że są w wieku od czternastu do dwudziestu lat. Policzki mieli gładkie, a oczy — czarne czy brązowe, niebieskie, szare czy bursztynowe — miały taki sam wyraz. *Wszyscy są jak jeden mężczyzna* — pomyślała Dany, nagle jednak przypomniała sobie, że w ogóle nie są mężczyznami. Miała przed sobą eunuchów.

— Dlaczego ich kastrujecie? — zapytała Kraznysa za pośrednictwem niewolnicy. — Zawsze słyszałam, że pełni mężczyźni są silniejsi od eunuchów.

— To prawda, że wykastrowany za młodu eunuch nigdy nie dorówna brutalną siłą waszym westeroskim rycerzom — przyznał Kraznys mo Nakloz, kiedy mu przetłumaczono pytanie. — Byk również jest silny, ale na arenach codziennie zabija się byki. Trzy dni temu na Arenie Jothiela dokonała tego dziewięcioletnia dziewczynka. Powiedz jej, że Nieskalani mają coś lepszego niż siła. Mają dyscyplinę. Walczymy na sposób Starego Imperium. To są legiony Starego Ghis narodzone na nowo, bezwzględnie posłuszne, niezachwianie wierne i zupełnie pozbawione strachu.

Dany cierpliwie wysłuchała przekładu.

— Nawet najodważniejszy mężczyzna boi się śmierci i okaleczenia — zauważył Arstan, kiedy dziewczynka skończyła.

Kraznys uśmiechnął się znowu, gdy mu to przetłumaczono.

— Powiedz temu staruchowi, że śmierdzi szczynami i musi się wspierać na kiju, żeby się nie przewrócić.

— Naprawdę, czcigodny?

Dźgnął ją końcem bicza.

— Nie, nie naprawdę. Jesteś dziewczynką czy kozą, żeby pytać o takie głupoty? Powiedz mu, że Nieskalani nie są mężczyznami. Że śmierć nie znaczy dla nich nic, a okaleczenie jeszcze mniej. — Zatrzymał się przed krępym żołnierzem, który wyglądał na Lhazareńczyka, i zamachnął się gwałtownie biczem, zostawiając na miedzianym policzku krwawą pręgę. Eunuch zamrugał, stał jednak bez ruchu, krwawiąc obficie.

— Mam cię uderzyć jeszcze raz? — zapytał Kraznys.

— Jeśli czcigodny sobie życzy.

Dany trudno było udawać, że nic nie rozumie. Położyła dłoń na ramieniu Kraznysa, nim zdążył unieść bicz po raz drugi.

— Powiedz Dobremu Panu, że widziałam już, jak silni są jego Nieskalani i jak odważnie znoszą ból.

Gdy przełożono jej słowa na valyriański, Kraznys zachichotał.

— Powiedz tej głupiej dziwce z zachodu, że odwaga nie ma tu nic do rzeczy.

— Dobry Pan mówi, że to nie odwaga, Wasza Miłość.

— Powiedz, żeby otworzyła te swoje kurewskie oczy.

— Uprzejmie prosi, byś przyjrzała się temu uważnie, Wasza Miłość.

Kraznys podszedł do następnego eunucha, wysokiego młodzieńca o niebieskich oczach i lnianych włosach Lyseńczyka.

— Twój miecz — zażądał. Eunuch ukląkł i podał mu oręż, rękojeścią do przodu. Był to krótki miecz, służący raczej do zadawania pchnięć niż do cięcia, lecz mimo to jego klinga wyglądała na ostrą jak brzytwa.

— Stój — rozkazał Kraznys.

— Czcigodny.

Eunuch stanął bez ruchu i Kraznys mo Nakloz przejechał powoli mieczem po jego tułowiu, zostawiając cienką, czerwoną linię, która przecinała brzuch i biegła dalej między żebrami. Potem wbił sztych miecza pod wielką różową brodawkę sutkową i zaczął powoli piłować.

— Co on robi? — zapytała Dany dziewczynkę, gdy po piersi eunucha spłynęła krew.

— Każ tej krowie przestać ryczeć — zażądał Kraznys, nie czekając na tłumaczenie. — To mu zbytnio nie zaszkodzi. Mężczyźni nie potrzebują sutków, a eunuchowie tym bardziej.

Brodawka sutkowa zawisła na pasemku skóry. Kraznys odciął ją i spadła na cegły, zostawiając na piersi czerwone, krwawiące obficie oko. Eunuch nawet nie drgnął, aż do chwili, gdy Kraznys oddał mu miecz, trzymając go rękojeścią do przodu.

— Masz, skończyłem z tobą.

— Ta osoba cieszy się, że okazała się użyteczna.

Kraznys ponownie zwrócił się w stronę Dany.

— Rozumiesz, oni nie czują bólu.

— Jak to możliwe? — zapytała za pośrednictwem tłumaczki.

— Wino odwagi — wyjaśnił. — To nie jest prawdziwe wino. Robi się je z wilczej jagody, larw krwiuch, korzeni czarnego lotosu i wielu sekretnych składników. Od dnia kastracji piją je przy każdym posiłku i z każdym mijającym rokiem czują coraz mniej. Dzięki temu są nieustraszeni w bitwie. Nie boją się też tortur. Powiedz dzikusce, że Nieskalani nie zdradzą jej tajemnic. Może kazać im pełnić straż na swej radzie i nawet w swej sypialni, nie przejmując się tym, co usłyszą. W Yunkai i Meereen chłopcom często usuwa się jądra, ale zostawia członka. Podobne stworzenie nie jest płodne, lecz nierzadko zachowuje zdolność wzwodu. Mogą z tego wyniknąć tylko kłopoty. My usuwamy również penisa, nie zostawiając nic. Nieskalani są najczystszymi stworzeniami na świecie. — Ponownie obdarzył Dany i Arstana szerokim, białym uśmiechem. — Słyszałem, że w Królestwach Zachodzącego Słońca mężczyźni składają uroczyste śluby nakazujące im zachować czystość i nie płodzić dzieci, by mogli żyć jedynie swymi obowiązkami. Czy to prawda?

— Prawda — odpowiedział Arstan, gdy przetłumaczono mu pytanie. — Jest wiele podobnych zakonów. Maesterzy z Cytadeli, septonowie i septy, którzy służą Siedmiu, milczące siostry, które zajmują się zmarłymi, Gwardia Królewska i Nocna Straż...

— Nieszczęśnicy — warknął handlarz niewolników, wysłuchawszy tłumaczenia. — Mężczyźni nie są stworzeni do takiego losu. Każdy głupiec musi widzieć, że ich życie jest jedną wielką udręką pokusy, i większość z pewnością ulega swej niższej naturze. Z naszymi Nieskalanymi sprawy mają się inaczej. Biorą ze swymi mieczami ślub, któremu wasi zaprzysiężeni bracia nigdy nie dorównają. Nie może ich skusić żadna kobieta ani mężczyzna.

Dziewczynka oddała zasadniczy sens jego przemowy, używając jednak oględnych sformułowań.

— Istnieją jeszcze inne pokusy oprócz cielesnych — sprzeciwił się Arstan Białobrody, kiedy skończyła.

— Nie dla Nieskalanych. Grabież nie pociąga ich bardziej niż gwałt. Nie posiadają nic poza swoimi mieczami. Nie pozwalamy im nawet nosić imion.

— Nie mają imion? — Dany zmarszczyła brwi, spoglądając na małą tłumaczkę. — Czy Dobry Pan powiedział prawdę? Rzeczywiście nie noszą imion?

— Tak, Wasza Miłość.

Kraznys podszedł do Ghiscarczyka, który mógłby być jego wyższym, szczuplejszym bratem, i wskazał biczem na mały dysk z brązu na pasie leżącym u jego stóp.

— To jest jego imię. Zapytaj westeroską kurwę, czy umie czytać ghiscarskie glify. — Gdy Dany przyznała, że tego nie potrafi, handlarz zwrócił się w stronę Nieskalanego. — Jak się nazywasz? — zapytał.

— Imię tej osoby brzmi Czerwona Pchła, czcigodny.

Dziewczynka powtórzyła tę wymianę zdań w języku powszechnym.

— A jak brzmiało wczoraj?

— Czarny Szczur, czcigodny.

— A przedwczoraj?

— Brązowa Pchła, czcigodny.

— A jeszcze poprzedniego dnia?

— Ta osoba nie pamięta, czcigodny. Może Niebieska Ropucha. Albo Niebieski Robak.

— Powiedz jej, że wszystkie ich imiona są takie — rozkazał dziewczynce Kraznys. — To przypomina im, że sami w sobie są jedynie robactwem. Pod koniec służby dyski wrzuca się do skrzyni i o świcie rozlosowuje się je na nowo.

— To kolejny obłęd — zauważył Arstan, gdy tego wysłuchał. — Jak ktokolwiek może co dnia zapamiętać nowe imię?

— Ci, którzy tego nie potrafią, są eliminowani podczas szkolenia, tak samo jak ci, którzy nie są w stanie biec cały dzień z pełnym ekwipunkiem na plecach, wspiąć się ciemną nocą na górę, przejść po rozżarzonych węglach albo zabić niemowlęcia.

Dany z pewnością wykrzywiła w tej chwili usta. *Czy to zauważył, czy jest tak samo ślepy, jak okrutny?* Odwróciła się pośpiesznie, starając się zamienić twarz w maskę aż do chwili, gdy usłyszy tłumaczenie. Dopiero wtedy pozwoliła sobie zadać pytanie:

— A czyje dzieci zabijają?

— Żeby zdobyć spiczasty hełm, Nieskalany musi iść na targ niewolników ze srebrną marką, znaleźć jakieś płaczące niemowlę i odebrać mu życie na oczach matki. W ten sposób upewniamy się, że nie ma w nich nawet śladu słabości.

Dany poczuła się słabo. *To upał* — przekonywała samą siebie.

— Wyrywacie dziecko z ramion matki, zabijacie je na jej oczach i płacicie za jej ból srebrną monetą?

Usłyszawszy tłumaczenie, Kraznys mo Nakloz roześmiał się w głos.

— Cóż za miękka, płaczliwa idiotka. Powiedz westeroskiej kurwie, że marka jest dla właściciela dziecka, nie dla matki. Nieskalanym nie wolno kraść. — Popukał się biczem w nogę. — Powiedz jej, że tę próbę przechodzą prawie wszyscy. Trzeba przyznać, że psy są dla nich trudniejsze. W dzień kastracji dajemy każdemu chłopcu szczeniaka. Pod koniec pierwszego roku musi go udusić. Tych, którzy tego nie potrafią, zabija się i rzuca na pożarcie ocalałym psom. Przekonaliśmy się, że to bardzo skuteczna lekcja.

Słuchając tego, Arstan Białobrody stukał w cegły końcem laski. *Tap, tap, tap.* Dany zauważyła, że odwrócił wzrok, jakby nie mógł już dłużej patrzeć na Kraznysa.

— Dobry Pan mówi, że pokusy cielesne i pieniężne nic dla tych eunuchów nie znaczą — powiedziała dziewczynce Dany — ale gdyby jakiś mój wróg obiecał im wolność za to, że mnie zdradzą…

— Powiedz, że natychmiast by go zabili i przynieśli jej jego głowę — odparł handlarz. — Inni niewolnicy mogą kraść i gromadzić złoto, licząc na to, że kupią sobie wolność, ale Nieskalani nie przyjęliby jej, nawet gdyby ta niewyrośnięta kobyła oferowała im ją w prezencie. Poza służbą nie mają żadnego życia. Są żołnierzami i niczym więcej.

— Właśnie żołnierzy potrzebuję — przyznała Dany.

— Powiedz, że ma szczęście, iż trafiła do Astaporu. Zapytaj, jak wielką armię chce kupić.

— A ilu Nieskalanych macie na sprzedaż?

— W pełni wyszkolonych jest osiem tysięcy. Powinna się dowiedzieć, że sprzedajemy ich wyłącznie grupami. Tysiącami albo centuriami. Kiedyś sprzedawaliśmy też dziesiątkami, jako strażników domowych, ale to się nie sprawdziło. Dziesięciu to za mało. Kontaktują się z innymi niewolnikami, a nawet z wolnymi ludźmi i z czasem zapominają, kim są. — Kraznys zaczekał, aż jego słowa zostaną przełożone na język powszechny, po czym wznowił przemowę. — Żebracza królowa musi zrozumieć, że takie cuda nie są tanie. W Yunkai i Meereen można nabyć żołnierzy-niewolników tańszych niż ich miecze, lecz Nieskalani są najwspanialszą piechotą na świecie i w każdego z nich włożono wiele lat szkolenia. Powiedz jej, że są jak valyriańska stal, rozklepywana i kuta całymi latami, aż staje się mocniejsza i bardziej elastyczna niż jakikolwiek metal na świecie.

— Znam valyriańską stal — stwierdziła Dany. — Zapytaj Dobrego Pana, czy Nieskalani mają własnych oficerów.

— Musi wyznaczyć im swoich. Uczymy ich słuchania, nie myślenia. Jeśli chodzi jej o rozum, niech kupi sobie skrybów.

— A ich ekwipunek?

— Dołączamy miecz, tarczę, włócznię, sandały i pikowaną tunikę — odpowiedział Kraznys. — No i oczywiście spiczasty hełm. Będą nosili taką zbroję, jaką im każe nosić, ale musi się o nią postarać sama.

Dany nie przychodziły już do głowy żadne inne pytania. Popatrzyła na Arstana.

— Przeżyłeś na świecie wiele lat, Białobrody. Co mi powiesz teraz, gdy już ich zobaczyłeś?

— Powiem „nie", Wasza Miłość — odparł bez namysłu mężczyzna.

— Dlaczego? — zapytała. — Możesz mówić swobodnie.

Była przekonana, że wie, co może jej rzec Arstan, chciała jednak, by mała niewolnica usłyszała jego słowa i powtórzyła je później Kraznysowi mo Nakloz.

— Moja królowo — zaczął — w Siedmiu Królestwach już od tysiącleci nie było niewolników. Zarówno starzy, jak i nowi bogowie uważają niewolnictwo za ohydę. Za zło. Gdybyś wylądowała w Westeros na czele niewolniczej armii, wielu dobrych ludzi stanęłoby do walki z tobą tylko z tego powodu. To wielce zaszkodzi twojej sprawie i honorowi twego rodu.

— Ale muszę mieć jakąś armię — sprzeciwiła się Dany. — Młody Joffrey nie odda mi Żelaznego Tronu tylko dlatego, że uprzejmie go o to poproszę.

— Gdy nadejdzie dzień, że wzniesiesz swe sztandary, połowa Westeros opowie się po twojej stronie — obiecał Białobrody. — Twojego brata Rhaegara wciąż wspomina się z wielką miłością.

— A mojego ojca? — zapytała Dany.

Stary zawahał się, nim jej odpowiedział.

— O królu Aerysie ludzie również pamiętają. Zapewnił królestwu wiele lat pokoju. Wasza Miłość nie potrzebuje niewolników. Magister Illyrio może zapewnić ci bezpieczeństwo, nim smoki dorosną, i będzie wysyłał tajnych posłańców za wąskie morze, żeby wybadać, czy da się przeciągnąć na twoją stronę wielkich lordów.

— Tych samych, którzy zostawili mojego ojca na pastwę Królobójcy i uklękli przed uzurpatorem Robertem?

— Nawet ci, którzy ugięli kolan, mogą w swych sercach pragnąć powrotu smoków.

— Mogą — powtórzyła Dany. To było bardzo śliskie słowo. W każdym języku. Ponownie zwróciła się w stronę Kraznysa mo Nakloz i jego małej niewolnicy.

— Muszę starannie rozważyć tę sprawę.

Handlarz wzruszył ramionami.

— Powiedz jej, żeby myślała szybko. Jest wielu innych kupujących. Zaledwie przed trzema dniami pokazałem tych samych Nieskalanych królowi korsarzy, który ma ochotę kupić wszystkich.

— Korsarz chciał tylko stu, czcigodny — wskazała mała niewolnica.

Dźgnął ją końcem bicza.

— Korsarze to notoryczni kłamcy. Kupi wszystkich. Powiedz jej to.

Dany wiedziała, że jeśli w ogóle kupi Nieskalanych, to z pewnością więcej niż stu.

— Przypomnij swemu Dobremu Panu, z kim ma do czynienia. Powiedz mu, że jestem Daenerys Zrodzona w Burzy, Matka Smoków, Niespalona, prawowita władczyni Siedmiu Królestw Westeros. W moich żyłach płynie krew Aegona Zdobywcy i starożytnej Valyrii.

Jej słowa nie poruszyły pulchnego, wyperfumowanego handlarza niewolników, nawet przełożone na jego brzydki język.

— Stare Ghis władało już imperium, gdy Valyrianie jeszcze pieprzyli się z owcami — warknął do biednej dziewczynki. — Jesteśmy synami harpii. — Wzruszył ramionami. — Szkoda strzępić języka na gadanie z babami. Wszędzie są takie same, na wschodzie i na zachodzie. Nie potrafią podjąć decyzji, dopóki się ich nie dopieści, nie obsypie pochlebstwami i nie napcha słodyczami. Ale trudno, taki już widać mój los. Powiedz tej kurwie, że jeśli potrzebny jej przewodnik po naszym pięknym mieście, Kraznys mo Nakloz z przyjemnością odda jej tę usługę... i inne usługi również, jeśli jest w niej więcej z kobiety, niż na to wygląda.

— Dobry Pan Kraznys z wielką przyjemnością pokaże ci Astapor, nim podejmiesz decyzję, Wasza Miłość — oznajmiła tłumaczka.

— Poczęstuję ją psimi móżdżkami i pysznym gulaszem z czerwonych ośmiornic i nienarodzonych szczeniąt.

Otarł wargi.

— Można tu dostać wiele smakowitych dań.

— Powiedz jej, jak pięknie wyglądają piramidy nocą — warknął handlarz niewolników. — Powiedz, że będę zlizywał miód z jej piersi albo pozwolę jej zlizywać go z moich, jeśli woli.

— Astapor najpiękniej wygląda po zmierzchu, Wasza Miłość — przetłumaczyła dziewczynka. — Dobrzy Panowie zapalają na każdym tarasie jedwabne latarnie i wszystkie piramidy jarzą się różnobarwnymi światłami. Po Robaku pływają statki wycieczkowe. Rozlega się na nich cicha muzyka i wszystkie zawijają na małe wysepki, na których można znaleźć jedzenie, wino i inne przyjemności.

— Zapytaj ją, czy chciałaby zobaczyć nasze areny — dodał Kraznys. — Na dziś wieczór zapowiedziano ciekawą rozrywkę na Arenie Douquora. Niedźwiedź i trzech małych chłopców. Jednego wytarza się w miodzie, drugiego we krwi, a trzeciego w cuchnących rybach. Będzie się mogła zakładać o to, którego niedźwiedź pożre pierwszego.

*Tap, tap, tap* — usłyszała znowu Dany. Twarz Arstana Białobrodego nic nie wyrażała, ale laska dawała wyraz trawiącej go wściekłości. *Tap, tap, tap.* Zmusiła się do uśmiechu.

— Mam na pokładzie „Baleriona" własnego niedźwiedzia — oznajmiła dziewczynce. — I jeśli do niego nie wrócę, może z łatwością mnie pożreć.

— Widzisz — zauważył Kraznys, gdy przetłumaczono mu te słowa — tu również nie decyduje kobieta, ale ten mężczyzna, do którego ucieka. Jak wszędzie!

— Podziękuj Dobremu Panu za jego wyrozumiałość oraz cierpliwość i powiedz mu, że starannie rozważę wszystko, czego się tu dowiedziałam — zakończyła Dany. Pozwoliła, by Arstan Białobrody ujął ją pod ramię i poprowadził do lektyki. Z obu jej boków szli Aggo i Jhogo, którzy kołysali się na krzywych nogach, jak wszyscy władcy koni, gdy byli zmuszeni chodzić po ziemi, niczym zwykli śmiertelnicy.

Zasępiona Dany wspięła się do lektyki i skinęła na Arstana, każąc mu usiąść obok siebie. Człowiek w jego wieku nie powinien chodzić pieszo w takim upale. Gdy ruszyli w drogę, nie zasunęła kotar. Miasto z czerwonej cegły prażyło się w bezlitosnych promieniach słońca i każdy powiew był cenny, nawet jeśli niósł ze sobą drobny, czerwony pył. *Poza tym muszę wszystko sobie obejrzeć.*

Astapor był dziwnym miastem, nawet dla kogoś, kto był w Domu Pyłu i kąpał się w Macicy Świata pod Matką Gór. Czerwona cegła pokrywała nie tylko plac, lecz także wszystkie ulice. Zbudowano z niej również schodkowe piramidy, wpuszczone głęboko w ziemię areny otoczone pierścieniami siedzeń, fontanny o przesyconej siarką wodzie, mroczne lochy na wino oraz otaczające to wszystko starożytne mury. *Tak wiele cegieł* — pomyślała. *A wszystkie są stare i obracają się w pył.* Drobny czerwony kurz był wszędzie, wypełniał rynsztoki przy każdym podmuchu. Nic dziwnego, że tak wiele astaporskich kobiet zasłaniało twarze. Ceglany pył drażnił oczy bardziej niż piasek.

— Z drogi! — krzyczał podążający przed lektyką Jhogo. — Z drogi, jedzie Matka Smoków!

Gdy jednak wydobył wielki bicz ze srebrną rączką, który dostał od Dany, i chciał strzelić nim w powietrzu, wychyliła się z lektyki i zabroniła mu tego.

— Nie w tym miejscu, krwi mojej krwi — powiedziała w jego języku. — Te cegły zbyt często już słyszały trzask biczów.

Gdy rankiem opuszczali port, ulice były prawie zupełnie opustoszałe, a i teraz przebywało na nich niewiele więcej ludzi. Minął ich słoń, dźwigający na grzbiecie lektykę z drewnianej kraty. Nagi chłopiec z obłażącą skórą siedział w suchym, ceglanym rynsztoku, dłubiąc w nosie i wpatrując się posępnie w łażące po ulicy mrówki. Na odgłos kopyt uniósł głowę i rozdziawił usta, widząc kolumnę konnych strażników, którzy minęli go kłusem z cichym śmiechem, wzbijając w górę obłoki czerwonego pyłu. Wszyte w ich płaszcze z żółtego jedwabiu miedziane dyski lśniły niczym słońca, lecz ich bluzy były uszyte z haftowanego płótna, a poniżej pasa mieli sandały i plisowane płócienne spódniczki. Mężczyźni nie nosili nakryć głowy, a rudoczarne włosy mieli wysmarowane olejem i zaczesane w fantastyczne kształty: rogi, skrzydła, miecze, a nawet uściśnięte dłonie. Wyglądali jak banda demonów zbiegłych z siódmego piekła. Nagi chłopiec obserwował ich przez pewien czas, podobnie jak Dany, wkrótce jednak zbrojni zniknęli i dzieciak ponownie zajął się mrówkami oraz dłubaniem w nosie.

*To stare miasto* — pomyślała. *Ale nie jest już tak ludne, jak w dniach swej chwały. Nie może się równać z Qarthem, Pentos ani Lys.*

Lektyka zatrzymała się nagle na skrzyżowaniu, żeby przepuścić karawanę niewolników, którzy przecięli im drogę, poganiani batem nadzorcy. Dany zauważyła, że nie są to Nieskalani, lecz zwyczajni ludzie o jasnobrązowych skórach i czarnych włosach. Były wśród nich kobiety, ale nie widziała dzieci. Wszyscy byli nadzy. Jechało za nimi dwoje Astaporczyków na białych osłach, mężczyzna w czerwonym jedwabnym tokarze i zawoalowana kobieta, cała obleczona w niebieski jedwab przyozdobiony płatkami lazurytu. W rudoczarne włosy wpięła sobie grzebień z kości słoniowej. Mężczyzna szeptał coś do niej ze śmiechem, nie zwracając uwagi na Dany, podobnie jak jego niewolnicy i nadzorca, trzymający w ręku zakrzywiony bicz o pięciu ogonach przysadzisty Dothrak, który na muskularnej piersi dumnie nosił wytatuowaną harpię i łańcuchy.

— Z cegieł i krwi jest Astapor — wyszeptał siedzący u jej boku Białobrody — i z cegieł i krwi lud jego.

— Co mówisz? — zapytała zaciekawiona Dany.

— To stary wiersz, którego nauczył mnie maester, gdy byłem mały. Nie miałem pojęcia, jak wiele w nim prawdy. Cegły Astaporu są czerwone od krwi niewolników, którzy je wypalają.

— Potrafię w to uwierzyć — odparła Dany.

— W takim razie odpłyń stąd, nim twe serce również zamieni się w cegłę. Zrób to jeszcze dziś, z wieczornym odpływem.

*Gdybym tylko mogła* — pomyślała.

— Ser Jorah mówi, że muszę zdobyć w Astaporze armię.

— Ser Jorah sam handlował niewolnikami, Wasza Miłość — przypomniał jej stary giermek. — Błagam cię, kup sobie armię najemników. Ludzie, którzy walczą dla pieniędzy, nie mają honoru, ale przynajmniej nie są niewolnikami. Znajdziesz swoją armię w Pentos, Braavos albo Myr.

— Mój brat odwiedził prawie wszystkie Wolne Miasta. Magistrzy i archontowie częstowali go winem i obietnicami, lecz jego dusza konała z głodu. Mężczyzna, który całe życie je z żebraczej miski, nie może pozostać mężczyzną. Zakosztowałam już tego w Qarthu i to wystarczy. Nie przybędę do Pentos z żebraczą miską w ręku.

— Lepiej przybyć jako żebrak niż jako właściciel niewolników — upierał się Arstan.

— Powiedział ten, kto nigdy nie był ani jednym, ani drugim. — Dany rozwarła nozdrza. — Czy wiesz, co to znaczy być sprzedanym, giermku? Ja wiem. Mój brat oddał mnie khalowi Drogo w zamian za obietnicę złotej korony. No cóż, Drogo ukoronował go złotem, choć nie w taki sposób, jak tego pragnął Viserys, a ja... mój słońce i gwiazdy zrobił ze mnie królową, ale gdyby był innym człowiekiem, sprawy mogłyby wyglądać znacznie gorzej. Myślisz, że zapomniałam, co to znaczy się bać?

Białobrody pochylił głowę.

— Wasza Miłość, nie chciałem cię urazić.

— Obrażają mnie tylko kłamstwa, nigdy szczere rady. — Poklepała Arstana po pokrytej wątrobowymi plamami dłoni, by go uspokoić. — Mam temperament smoka, to wszystko. Nie powinieneś się tego obawiać.

— Postaram się to zapamiętać — odparł z uśmiechem Białobrody.

*Ma dobrą twarz i kryje się w nim wielka siła* — pomyślała Dany. Nie potrafiła pojąć, dlaczego ser Jorah tak bardzo mu nie ufa. *A może jest po prostu zazdrosny o to, że znalazłam sobie drugiego mężczyznę, z którym mogę rozmawiać?* Jej myśli nieoczekiwanie wróciły do nocy na pokładzie „Baleriona", kiedy wygnany rycerz ją pocałował. *Nie powinien był tego robić. Jest ode mnie trzy razy starszy, za nisko urodzony i nie udzieliłam mu pozwolenia. Prawdziwy rycerz nie pocałowałby królowej bez jej zgody.* Od tej pory uważała, by nigdy nie zostać z ser Jorahem sam na sam. Na pokładzie statku zawsze towarzyszyły jej służące Irri i Jhiqui, a niekiedy również bracia krwi. *Chce mnie pocałować po raz drugi. Widzę to w jego oczach.*

Dany nie potrafiła oblec swych pragnień w słowa, lecz pocałunek Joraha obudził w niej coś, co było uśpione od czasu śmierci Droga, który był jej słońcem i gwiazdami. Leżąc na wąskiej koi, zastanawiała się nieraz, jakby to było, gdyby obok niej zamiast służącej spoczywał mężczyzna. Ta myśl okazała się bardziej ekscytująca, niżby należało. Niekiedy zamykała oczy i śniła o nim, lecz w snach jej kochankiem nigdy nie był Jorah Mormont, lecz ktoś młodszy i przystojniejszy, choć jego twarz zawsze skrywał cień.

Pewnego razu, udręczona tak, że nie mogła zasnąć, Dany wsunęła sobie dłoń między nogi. Westchnęła głośno, czując, jak bardzo jest wilgotna. Ledwie ważąc się oddychać, zaczęła poruszać palcami między dolnymi wargami, bardzo powoli, by nie obudzić leżącej obok Irri, aż wreszcie znalazła czułe miejsce i zatrzymała się tam. Z początku dotykała się lekko i nieśmiało, potem coraz szybciej, lecz ulga, której pragnęła, wciąż się jej wymykała. W końcu jej smoki zaczęły się wiercić, a jeden z nich wrzasnął głośno. Irri obudziła się i zorientowała, co się dzieje.

Dany poczuła, że jej twarz robi się czerwona, lecz Irri po ciemku z pewnością tego nie zauważyła. Służąca bez słowa położyła dłoń na jej piersi, a potem pochyliła się i ujęła sutkę w usta. Druga dłoń powędrowała po miękkiej krzywiźnie brzucha Dany, przesunęła się przez porośnięty srebrnozłotym puchem wzgórek i zaczęła się poruszać między jej udami. Minęło tylko parę chwil, a Dany wyprężyła gwałtownie nogi, jej piersi zafalowały, a całe ciało zadrżało. Krzyknęła głośno, a może to był Drogon. Irri nie odezwała się ani słowem. Gdy było po wszystkim, natychmiast zwinęła się w kłębek i zasnęła.

Nazajutrz cała ta sprawa wydała się Dany tylko snem. Co mógł mieć z tym wspólnego ser Jorah? *To Droga pragnę, mojego słońca i gwiazd* — powtarzała sobie. *Nie Irri i nie ser Joraha, ale Droga.* Jej mąż jednak nie żył. Była przekonana, że te pragnienia umarły razem z nim na czerwonym pustkowiu, lecz jeden zdradziecki pocałunek wystarczył, by przywrócić je do życia. *Nie powinien był mnie całować. Posunął się za daleko, a ja na to pozwoliłam. To nie może się już powtórzyć.* Zacisnęła mocno usta i potrząsnęła głową. Dzwoneczek w jej warkoczu zadźwięczał cicho.

Bliżej zatoki miasto wyglądało ładniej. Wzdłuż brzegu wznosiły się wielkie ceglane piramidy. Największa z nich miała czterysta stóp wysokości. Ich szerokie tarasy porastały najrozmaitsze drzewa, pnącza i kwiaty, a wiatr niósł tu miły zapach zieleni. Nad bramą górowała kolejna gigantyczna harpia, tym razem wykonana z wypalanej, czerwonej gliny. Obracała się już w pył, a z ogona skorpiona pozostał jedynie kikut. Wykuty z żelaza łańcuch, który trzymała w glinianych szponach, przerdzewiał już doszczętnie. Nad wodą było chłodniej, a szum uderzających o zbutwiałe pale fal wywierał dziwnie uspokajające wrażenie.

Aggo pomógł Dany wysiąść z lektyki. Silny Belwas siedział na potężnym słupie, ogryzając wielki, brązowy, pieczony udziec.

— To psina — oznajmił radośnie na widok Dany. — W Astaporze mają dobrą psinę, mała królowo. Chcesz trochę?

Podsunął jej mięso, rozciągając w uśmiechu zatłuszczone usta.

— To bardzo miło z twojej strony, Belwasie, ale dziękuję.

W innych miejscach i czasach Dany jadała psie mięso, teraz jednak przywodziło jej ono na myśl Nieskalanych i ich głupie szczeniaki. Ominęła masywnego eunucha i weszła po trapie na pokład „Baleriona".

Ser Jorah Mormont stał na pokładzie.

— Wasza Miłość — rzekł, pochylając głowę. — Przyszli tu handlarze niewolników. Było ich trzech, ale mieli za towarzystwo tuzin skrybów i drugie tyle niewolników na posyłki. Obejrzeli sobie każdy cal naszych ładowni i spisali wszystko, co w nich mamy. — Odprowadził ją na rufę. — Ilu mężczyzn mają na sprzedaż?

— Ani jednego. — Czy gniewała się na Mormonta, czy na to miasto z jego przygnębiającym upałem, smrodem, potem i rozsypującymi się cegłami? — Sprzedają eunuchów, nie mężczyzn. Eunuchów zbudowanych z cegły, tak samo jak reszta Astaporu. Czy mam sobie kupić osiem tysięcy ceglanych eunuchów o martwych oczach, które nigdy się nie poruszają? Eunuchów, którzy zabijają niemowlęta, żeby zdobyć spiczasty hełm, i duszą własne psy? Nie mają nawet imion. Dlatego nie zwij ich mężczyznami, ser.

— *Khaleesi* — zaczął, przestraszony jej furią. — Nieskalanych wybiera się w chłopięcym wieku i szkoli…

— Nasłuchałam się już wystarczająco wiele o ich szkoleniu.

Dany czuła, że w oczach wzbierają jej łzy, nagłe i niechciane. Uniosła gwałtownie rękę i spoliczkowała mocno ser Joraha. Gdyby nie to, z pewnością by się rozpłakała. Mormont dotknął uderzonego policzka.

— Jeśli rozgniewałem moją królową…

— Rozgniewałeś, ser, i to bardzo. Gdybyś naprawdę był moim rycerzem, nigdy nie sprowadziłbyś mnie do tego ohydnego chlewu.

*Gdybyś naprawdę był moim rycerzem, z pewnością byś mnie nie pocałował, nie patrzył tak na moje piersi ani…*

— Jak Wasza Miłość rozkaże. Powiem kapitanowi Groleo, żeby

przygotował się do wyruszenia z wieczornym odpływem. Poszukamy jakiegoś chlewu, który będzie mniej ohydny.

— Nie. — Groleo obserwował ich z kasztelu dziobowego. Załoga również się przyglądała. Białobrody, jej bracia krwi, Jhiqui, wszyscy zamarli w bezruchu na dźwięk policzka. — Chcę odpłynąć już teraz, a nie z wieczornym odpływem. Chcę pożeglować jak najdalej stąd, ani razu nie oglądając się za siebie. Ale nie mogę tego zrobić, prawda? Mają tu na sprzedaż osiem tysięcy ceglanych eunuchów i muszę wymyślić jakiś sposób, który pozwoli mi ich kupić.

Odwróciła się i zeszła pod pokład.

Za rzeźbionymi drewnianymi drzwiami kapitańskiej kajuty czekały niespokojne smoki. Drogon uniósł głowę i wrzasnął przeraźliwie. Z nozdrzy buchnęły mu pasemka białego dymu. Viserion pofrunął ku niej i spróbował usiąść jej na ramieniu, jak zwykł to robić, gdy był mniejszy.

— Nie — zaprotestowała Dany, próbując strącić go delikatnie. — Jesteś już na to za duży, słodziutki.

Smok jednak owinął swój biało-złoty ogon wokół jej ramienia i wbił czarne pazury w tkaninę rękawa, przytulając się do niej mocno. Opadła bezradnie na wielki, obity skórą fotel kapitana Groleo, chichocząc niepowstrzymanie.

— Kiedy wyszłaś, wpadły w szał, *khaleesi* — poinformowała ją Irri. — Viserion oskrobał pazurami drzwi, zobacz. A gdy przyszli ludzie handlarzy niewolników, Drogon chciał uciec. Kiedy złapałam go za ogon, by go powstrzymać, odwrócił się i mnie ugryzł.

Pokazała Dany ślady zębów na dłoni.

— A czy któryś z nich próbował ogniem utorować sobie drogę na wolność?

Tego Dany bała się najbardziej.

— Nie, *khaleesi*. Drogon raz zionął płomieniem, ale w powietrze. Ludzie handlarzy niewolników bali się podejść do niego bliżej.

Pocałowała Irri w pokąsaną przez Drogona dłoń.

— Przykro mi, że sprawił ci ból. Smoki nie są stworzone do przebywania w małej kajucie.

— Są w tym podobne do koni — zauważyła Irri. — I do jeźdźców. Konie kwiczą przeraźliwie tam na dole, *khaleesi*, waląc kopytami w drewniane ściany. Słyszę je. Jhiqui mówi, że stare kobiety i małe dzieci również zawodzą głośno, kiedy cię nie ma. Nie lubią tego wodnego wozu. Nie lubią czarnego, słonego morza.

— Wiem o tym — odparła Dany. — Naprawdę wiem.

— Moja *khaleesi* jest smutna?

— Tak — przyznała Dany. *Smutna i zagubiona.*

— Czy mam sprawić *khaleesi* przyjemność?

Dany odsunęła się od niej.

— Nie, Irri, nie musisz tego robić. To, co zdarzyło się tej nocy, kiedy się obudziłaś... nie jesteś moją nałożnicą. Wyzwoliłam cię, pamiętasz? Nie...

— Jestem służącą Matki Smoków — odparła dziewczyna. — Sprawić przyjemność mojej *khaleesi* to dla mnie wielki zaszczyt.

— Nie chcę tego — nie ustępowała. — Naprawdę nie chcę. — Odwróciła się gwałtownie. — Zostaw mnie. Pragnę być sama. Muszę się zastanowić.

Gdy Dany wróciła na pokład, nad wodami Zatoki Niewolniczej zapadał już zmierzch. Oparła się o reling, spoglądając na Astapor. *Stąd mógłby niemal wydawać się piękny* — pomyślała. Na górze zapalały się już gwiazdy, a na dole jedwabne latarnie, zgodnie z obietnicą tłumaczki Kraznysa. Ceglane piramidy spowił migotliwy blask. *Ale poniżej, na ulicach, placach i arenach jest ciemno. A największy mrok panuje w koszarach, gdzie jakiś chłopiec karmi resztkami szczeniaka, którego dostał wtedy, gdy zabrano mu męskość.*

Za jej plecami rozległy się ciche kroki.

— *Khaleesi*. — Jego głos. — Czy mogę pomówić z tobą szczerze?

Dany nie odwróciła się. Nadal nie była w stanie na niego spojrzeć. Gdyby to zrobiła, mogłaby go znowu spoliczkować. Albo się rozpłakać. Albo go pocałować. Nie wiedząc, co jest słuszne, co jest błędem, a co szaleństwem.

— Mów, co masz do powiedzenia, ser.

— Kiedy Aegon Smok wylądował na brzegach Westeros, królowie Doliny, Skały i Reach nie oddali mu dobrowolnie swych koron. Jeśli chcesz zasiąść na Żelaznym Tronie, musisz go zdobyć w taki sam sposób jak on, stalą i smoczym ogniem. A to znaczy, że nim osiągniesz swój cel, będziesz musiała splamić ręce krwią.

*Krew i ogień* — pomyślała Dany. To była dewiza rodu Targaryenów. Znała ją całe życie.

— Krew wrogów przeleję z radością, ale krew niewinnych to coś zupełnie innego. Oferują mi osiem tysięcy Nieskalanych. Osiem tysięcy zabitych niemowląt. Osiem tysięcy uduszonych psów.

— Wasza Miłość — odparł Jorah Mormont. — Widziałem Królewską Przystań tuż po splądrowaniu. Wtedy również mordowano niemowlęta, tak samo jak starców i bawiące się dzieci. Zgwałcono tyle kobiet, że nie sposób ich policzyć. W każdym mężczyźnie drzemie dzika bestia, a kiedy dać mu miecz albo włócznię i wysłać go na wojnę, ta bestia zaczyna się budzić ze snu. Wystarczy zapach krwi, żeby ocknęła się na dobre. Nigdy jednak nie słyszałem, by ci Nieskalani gwałcili kobiety, wyrżnęli mieszkańców zdobytego miasta, czy choćby oddawali się rabunkowi, chyba że na wyraźny rozkaz tych, którzy nimi dowodzą. Może rzeczywiście są zbudowani z cegieł, tak jak mówisz, ale od chwili, gdy ich kupisz, będą zabijali tylko te psy, które ty im wskażesz. A o ile sobie przypominam, jest trochę psów, których śmierci pragniesz.

*Psów uzurpatora.*

— To prawda. — Dany popatrzyła na delikatne, barwne światła, pozwalając, by pieściła ją lekka, słona bryza. — Skoro już mowa o plądrowaniu miast, to powiedz mi, dlaczego Dothrakowie nigdy nie splądrowali Astaporu? — Wyciągnęła rękę. — Spójrz na te mury. Zobacz, w ilu miejscach zaczynają się już sypać. Tutaj i tutaj. Czy widzisz strażników na tych wieżach? Bo ja nie. Czy się ukrywają, ser? Widziałam dzisiaj tych synów harpii, tych dumnych, szlachetnie urodzonych wojowników. Ubierają się w płócienne spódniczki, a jedyną rzeczą, która wygląda w nich naprawdę groźnie, są włosy. Nawet nieliczny *khalasar* mógłby rozbić ten cały Astapor niczym orzech i wydłubać ukryte w środku zgniłe jądro. Powiedz mi, dlaczego ta obrzydliwa harpia nie siedzi teraz przy alei bogów w Vaes Dothrak, razem z całą masą innych ukradzionych bogów?

— Masz smoczy wzrok, *khaleesi*. Łatwo to zauważyć.

— Prosiłam o odpowiedź, nie o komplement.

— Istnieją dwa powody. Masz rację, że dzielni obrońcy Astaporu to tylko plewy. Stare nazwiska i grube sakiewki przebrane za ghiscarskie plagi, żeby udawać, że nadal władają rozległym imperium. Każdy z nich jest wysokiej rangi oficerem. W dni świąteczne toczą na arenach pozorowane wojny, chcąc udowodnić, jacy z nich zdolni dowódcy, ale w tych wojnach giną tylko eunuchowie. Niemniej jednak każdy najeźdźca, który pragnie złupić Astapor, zdaje sobie sprawę, że będzie miał do czynienia z Nieskalanymi. Handlarze niewolników mogą skierować do obrony miasta cały garnizon. Dothrakowie unikali starcia z Nieskalanymi od czasu, gdy zostawili swe warkocze pod bramami Qohoru.

— A drugi powód? — zapytała Dany.

— Któż chciałby napadać na Astapor? — odpowiedział pytaniem ser Jorah. — Meereen i Yunkai są jego rywalami, ale nie wrogami, Valyria uległa zagładzie, we wschodnich krainach mieszkają Ghiscarczycy, a za wzgórzami leży Lhazar. Owczarze, jak zwą ich twoi Dothrakowie, są wyjątkowo mało wojowniczym ludem.

— Tak — zgodziła się — ale na północ od niewolniczych miast ciągnie się Morze Dothraków, na którym żyją dwa tuziny potężnych khalów, najbardziej na świecie lubiących plądrować bogate grody i sprzedawać ich mieszkańców w niewolę.

— Tak, ale gdzie mieliby ich sprzedawać? Jaki pożytek z niewolników, jeśli zabije się tych, którzy nimi handlują? Valyria już nie istnieje, Qarth leży za czerwonym pustkowiem, a Dziewięć Wolnych Miast tysiące mil na zachód stąd. Możesz też być pewna, że synowie harpii hojnie obdarowują każdego przechodzącego tędy khala, podobnie jak magistrzy z Pentos, Norvos i Myr. Wiedzą, że jeśli ugoszczą władców koni obficie i obsypią ich darami, Dothrakowie wkrótce ruszą w dalszą drogę. To tańsze niż walka i nieporównanie pewniejsze.

*Tańsze niż walka.* Gdybyż tylko dla niej mogło to być tak łatwe. Przyjemnie byłoby pożeglować do Królewskiej Przystani ze smokami i dać młodemu Joffreyowi kufer złota, żeby się stamtąd wyniósł.

— *Khaleesi?* — odezwał się ser Jorah, gdy milczała przez długi czas. Dotknął lekko jej łokcia.

Dany strąciła jego rękę wzruszeniem ramion.

— Viserys kupiłby tylu Nieskalanych, na ilu starczyłoby mu pieniędzy. Ale powiedziałeś mi kiedyś, że jestem podobna do Rhaegara…

— Pamiętam, Daenerys.

— Wasza Miłość — poprawiła go. — Książę Rhaegar prowadził do walki wolnych ludzi, nie niewolników. Białobrody mówi, że mój brat sam pasował własnych giermków, a także wielu innych rycerzy.

— Nie było większego zaszczytu, niż zostać pasowanym przez księcia Smoczej Skały.

— A powiedz mi, co mówił, kiedy dotykał czyjegoś barku mieczem? „Idź i zabijaj słabych?". Czy idź i ich broń? Czy nad Tridentem wszyscy ci dzielni ludzie, o których mówił Viserys i którzy zginęli pod naszymi sztandarami ze smokiem, oddali swe życie dlatego, że wierzyli w sprawę Rhaegara, czy dlatego, że im za to zapłacił?

Dany zwróciła się w stronę Mormonta i skrzyżowała ramiona, czekając na odpowiedź.

— Moja królowo — odpowiedział powoli wygnany rycerz — wszystko, co mówisz, jest prawdą. Ale Rhaegar poniósł nad Tridentem klęskę. Przegrał bitwę i wojnę, stracił królestwo i życie. Jego krew spłynęła rzeką razem z rubinami z jego napierśnika, a uzurpator Robert przejechał po jego trupie, by ukraść Żelazny Tron. Rhaegar walczył dzielnie, Rhaegar walczył szlachetnie, Rhaegar walczył honorowo. I Rhaegar zginął.

# BRAN

W krętych górskich dolinach, przez które szli, nie było żadnych dróg. Przestrzeń między szarymi, kamiennymi szczytami wypełniały spokojne, błękitne jeziora, długie, głębokie i wąskie, oraz zielony półmrok bezkresnych sosnowych borów. Gdy opuścili wilczy las i wkroczyli między stare wzgórza, rdzawe i złote barwy jesiennych liści stały się rzadszym widokiem, a zniknęły całkowicie, kiedy pagórki ustąpiły miejsca prawdziwym górom. Majaczyły teraz nad nimi ogromne, szarozielone drzewa strażnicze, a także niezliczone świerki, jodły i żołnierskie sosny. Podszycie lasu było tu rzadkie, a ziemię zaścielały ciemnozielone igły.

Gdy zgubili drogę, co zdarzyło im się raz albo dwa, musieli jedynie zaczekać na zimną, pogodną noc, podczas której chmury nie zasłaniały nieba. Wystarczyło tylko podnieść wzrok, by zobaczyć na firmamencie Lodowego Smoka. Osha powiedziała mu kiedyś, że błękitna gwiazda w jego oku wskazuje północ. Bran zadał sobie pytanie, gdzie teraz może być dzika dziewczyna. Wyobraził sobie, że siedzi bezpiecznie w Białym Porcie z Rickonem i Kudłaczem, zajadając z grubym lordem Manderlym węgorze i inne ryby oraz gorący pasztet z krabów. Albo może grzali się przy ogniach Greatjona w Ostatnim Domostwie. Życie Brana przerodziło się ostatnio w niekończący się szereg zimnych dni spędzanych na grzbiecie Hodora, który dźwigał go w koszu przez górskie stoki.

— W górę i w dół — wzdychała niekiedy po drodze Meera — a potem w dół i w górę. I znowu w górę i w dół. Nienawidzę tych twoich głupich gór, książę Branie.

— Wczoraj mówiłaś, że je kochasz.

— Kocham, kocham. Pan ojciec opowiadał mi o górach, ale wtedy jeszcze żadnej nie widziałam. Kocham je bardziej, niż to można wyrazić słowami.

Bran spojrzał na nią z ukosa.

— Ale przed chwilą mówiłaś, że ich nienawidzisz.

— Czemu to miałoby się wykluczać?

Wyciągnęła rękę, chcąc uszczypnąć go w nos.

— Dlatego, że to co innego — nie ustępował. — Jak noc i dzień albo lód i ogień.

— Jeśli lód może parzyć — oznajmił Jojen swym pełnym namaszczenia głosem — to miłość i nienawiść mogą zawrzeć małżeństwo. Góry czy bagna, co za różnica. Ziemia jest jedna.

— Jedna — zgodziła się jego siostra — ale za bardzo pomarszczona.

Górskie doliny rzadko biegły z północy na południe, często więc musieli wędrować długie mile w niewłaściwym kierunku, a niekiedy również zawracać tą samą drogą, którą przyszli.

— Gdybyśmy szli królewskim traktem, bylibyśmy już na Murze — przypominał Reedom Bran. Chciał odnaleźć trójoką wronę, żeby nauczyć się latać. Mówił to chyba z pół setki razy, aż wreszcie Meera zaczęła się z nim drażnić, powtarzając te słowa razem z nim.

— Gdybyśmy szli królewskim traktem, nie bylibyśmy też tacy głodni — zaczął argumentować wtedy. Pośród wzgórz nie brakowało im jedzenia. Meera była znakomitą łowczynią, a jeszcze lepiej łapała ryby w potokach swym trójzębem na żaby. Bran lubił obserwować ją przy tym zajęciu. Podziwiał jej szybkość, to, jak uderzała trójzębem i wyciągała z wody srebrzystego pstrąga. Polował też dla nich Lato. Wilkor prawie każdego dnia opuszczał ich o zachodzie słońca, lecz zawsze wracał przed świtem i często przynosił wiewiórkę albo zająca.

W górach potoki były jednak mniejsze i bardziej lodowate, a zwierzyny mniej. Meera nadal polowała i łowiła ryby, kiedy tylko mogła, ale stało się to teraz trudniejsze. Również Lato nie każdej nocy znajdował zdobycz. Często kładli się spać z pustymi brzuchami.

Jojen jednak uparcie twierdził, że powinni się trzymać z dala od wszystkich dróg.

— Tam, gdzie są drogi, można spotkać wędrowców — powtarzał tym swoim głosem. — A wędrowcy mają oczy, żeby widzieć, i usta, żeby powtarzać opowieść o kalekim chłopcu, jego olbrzymie i wilku, który im towarzyszy.

Nikt nie potrafił być tak uparty jak Jojen. Dlatego musieli wlec się przez głuszę, co dzień wspinając się nieco wyżej i docierając trochę dalej na północ.

Niektóre dni były deszczowe, niektóre wietrzne, a raz złapał ich grad z deszczem tak gwałtowny, że nawet Hodor krzyczał przerażony. W pogodne dni często wydawało się im, że są jedynymi żywymi istotami na świecie.

— Czy nikt tu nie mieszka? — zapytała pewnego dnia Meera Reed, gdy mijali granitową wyniosłość, wielką jak Winterfell.

— Są tu ludzie — odpowiedział Bran. — Umberowie siedzą głównie na wschód od królewskiego traktu, ale latem wypasają owce na halach. Na zachód od gór, nad Lodową Zatoką, mieszkają Wullowie, a za nami, pośród wzgórz, Harclayowie. Tu, w górach, żyją Knottowie, Liddle'owie i Norreyowie, a nawet trochę Flintów.

Matka matki jego ojca pochodziła z górskich Flintów. Stara Niania powiedziała kiedyś, że to przez jej krew Bran tak bardzo lubił się wspinać. Ta jego prababcia umarła jednak na wiele lat przed tym, nim narodził się Bran, czy nawet jego ojciec.

— Wullowie? — zapytała Meera. — Jojen, czy jakiś Wull nie towarzyszył ojcu na wojnie?

— Theo Wull. — Jojen dyszał ciężko, zmęczony wspinaczką. — Mówili na niego Wiadrowy.

— To przez ich herb — wyjaśnił Bran. — Trzy brązowe wiadra na błękitnym polu z obwódką z białych i szarych pól. Lord Wull przyjechał kiedyś do Winterfell, żeby złożyć hołd i porozmawiać z ojcem. Miał na tarczy wiadra. Tyle że on nie jest prawdziwym lordem. A właściwie to jest, ale mówią na niego po prostu Wull. Są jeszcze Knott, Norrey i Liddle. W Winterfell tytułowaliśmy ich lordami, ale ich właśni ludzie tego nie robią.

Jojen Reed zatrzymał się, by zaczerpnąć oddechu.

— Jak myślisz, czy ci górale wiedzą, że tu jesteśmy?

— Wiedzą. — Bran widział, jak ich obserwowali, nie na własne oczy, lecz oczyma Laty, które były bystrzejsze i prawie nic nie umykało ich uwadze. — Nie będą nas niepokoić, jeżeli nie spróbujemy ukraść ich kóz albo koni.

Tak też się stało. Tylko raz natknęli się na jednego z górali, gdy nagły lodowaty deszcz zmusił ich do poszukania schronienia. Znalazł je Lato, który wywęszył płytką jaskinię ukrytą pod szarozielonymi konarami wyniosłego drzewa strażniczego. Gdy jednak Hodor pochylił się, by przejść pod skalnym nawisem, Bran zauważył w głębi groty pomarańczową łunę i zdał sobie sprawę, że nie są sami.

— Wejdźcie i ogrzejcie się — zawołał męski głos. — Osłony przed deszczem wystarczy dla wszystkich.

Dał im placki owsiane, krwawą kiszkę i łyk ale ze swego bukłaka, nie przedstawił się im jednak ani nie pytał o ich imiona. Bran doszedł do wniosku, że to z pewnością Liddle. Futro z wiewiórek miał spięte zapinką ze złota i brązu, którą ukształtowano na podobieństwo szyszki, a Liddle'owie nosili szyszkę na białej połowie swych zielono-białych tarcz.

— Daleko jeszcze do Muru? — zapytał go Bran, gdy czekali, aż przestanie padać.

— Jeśli lecieć prosto jak kruk, to niedaleko — odparł Liddle, o ile rzeczywiście nim był. — Ale jak ktoś nie ma skrzydeł, to trochę dalej.

— Idę o zakład, że już byśmy tam byli... — zaczął Bran.

— ...gdybyśmy szli królewskim traktem — dokończyła razem z nim Meera.

Liddle wyjął nóż i zaczął strugać patyk.

— Kiedy w Winterfell był Stark, dziewica mogła wędrować królewskim traktem w sukni na dzień imienia i nikt jej nie zaczepił, a podróżnicy znajdowali ogień, chleb i sól w wielu gospodach i warowniach. Teraz jednak noce są zimniejsze, a drzwi zawarte. W wilczym lesie grasują kałamarnice, a królewskim traktem jeżdżą obdarci ze skóry ludzie, którzy wypytują o obcych.

Reedowie wymienili spojrzenia.

— Obdarci ze skóry? — zapytał Jojen.

— Chłopaki bękarta. Tego, co to nie żył, a teraz znowu żyje. Podobno płacą srebrem za wilcze skóry, a może nawet złotem za słówko o innych, co to też wstali z grobu. — Mówiąc te słowa, popatrzył na Brana i Latę, który leżał obok niego. — A jeśli chodzi o Mur — ciągnął — to ja bym tam nie szedł. Stary Niedźwiedź zabrał Straż do nawiedzanego lasu, a wróciły tylko jego kruki i prawie żaden nie przyniósł listu. Moja matka mawiała: „czarne skrzydła, czarne słowa", ale wydaje mi się, że jeszcze gorzej jest, gdy ptaki latają w milczeniu. — Wsadził swój kijek w ognisko. — Kiedy w Winterfell był Stark, wszystko wyglądało inaczej. Ale stary wilk nie żyje, a młody wybrał się na południe grać o tron. Zostały nam tylko duchy.

— Wilki wrócą — zapewnił go z powagą Jojen.

— A skąd to wiesz, chłopcze?

— Śniłem o tym.

— A mnie czasem śni się moja mama, co to ją pochowałem dziewięć lat temu, ale kiedy się budzę, znowu jej nie ma.

— Są sny i sny, panie.

— Hodor — potwierdził Hodor.

Noc spędzili razem, gdyż deszcz przestał padać dopiero długo po zmierzchu. Tylko Lato miał ochotę opuścić jaskinię. Gdy ogień przygasł już i żarzyły się tylko węgielki, Bran mu na to pozwolił. Wilkorowi wilgoć nie przeszkadzała tak bardzo jak ludziom, a do tego wzywała go noc. Światło księżyca odbijało się w mokrych drzewach srebrzystym blaskiem i malowało szare górskie szczyty bielą. Sowy pohukiwały i przelatywały bezgłośnie z gałęzi na gałąź, a po górskich stokach spacerowały białe kozy. Bran zamknął oczy i pogrążył się w wilczym śnie, w woniach i dźwiękach nocy.

Gdy rankiem się obudzili, ogień zgasł, a Liddle'a już nie było. Zostawił jednak dla nich kiszkę i dwanaście placków owsianych, ładnie zawiniętych w zielone i białe szmatki. Niektóre placki były z orzeszkami sosnowymi, a inne z jeżynami. Bran zjadł po jednym i nie potrafił zdecydować, które smakują mu bardziej. Pewnego dnia, gdy do Winterfell wrócą Starkowie, zaprosi tam Liddle'ów i odwdzięczy się im stokrotnie za każdy orzeszek i jeżynę.

Droga była dziś nieco łatwiejsza, a około południa zza chmur wyszło słońce. Bran siedział w koszu na plecach Hodora i czuł się niemal zadowolony. W pewnej chwili zapadł w drzemkę, uśpiony miarowym krokiem potężnego chłopca stajennego i cichym nuceniem, którym czasami Hodor dodawał sobie podczas marszu animuszu. Obudziła go Meera, dotykając lekko jego ramienia.

— Spójrz — powiedziała, wskazując na niebo trójzębem. — Orzeł.

Bran uniósł głowę i ujrzał ptaka, który rozpostarł nieruchome skrzydła, szybując na wietrze. Śledził wzrokiem wznoszącego się coraz wyżej orła, zastanawiając się, jak by to było, gdyby umiał z taką łatwością unosić się nad światem. *To jeszcze lepsze od wspinaczki.* Próbował sięgnąć do orła, porzucić swe głupie, kalekie ciało i wznieść się ku niebu, by połączyć się z ptakiem, tak jak łączył się z Latą. *Zielone oczy potrafiły to robić. Ja też powinienem to umieć.* Próbował raz za razem, aż wreszcie orzeł zniknął w złocistej, popołudniowej mgiełce.

— Odleciał — mruknął rozczarowany.

— Zobaczymy jeszcze inne — pocieszyła go Meera. — Tu jest ich dużo.

— Pewnie masz rację.

— Hodor — odezwał się Hodor.

— Hodor — zgodził się Bran.

Jojen kopnął szyszkę.

— Hodor chyba lubi, jak ktoś mówi jego imię.

— To nie jest jego prawdziwe imię — wyjaśnił Bran. — To tylko takie słowo, które powtarza. Stara Niania powiedziała mi, że naprawdę ma na imię Walder. Była babcią jego babci, czy coś w tym rodzaju. — Zasmuciło go wspomnienie o Starej Niani. — Myślisz, że żelaźni ludzie ją zabili? — Nie widział w Winterfell jej ciała. Jak się nad tym zastanowić, nie zauważył zwłok żadnej kobiety. — Nigdy nie zrobiła nikomu krzywdy, nawet Theonowi. Tylko opowiadała historie. Theon nie skrzywdziłby kogoś takiego, prawda?

— Niektórzy ludzie krzywdzą innych tylko dlatego, że mogą — zauważył Jojen.

— I to nie Theon zamordował ludzi z Winterfell — dodała Meera. — Wśród zabitych było zbyt wielu żelaznych ludzi. — Przełożyła trójząb do drugiej ręki. — Zapamiętaj historie Starej Niani,

Bran. Zapamiętaj jej głos i to, w jaki sposób je opowiadała. Dopóki tego nie zapomnisz, jej część będzie żyła w tobie.

— Zapamiętam to wszystko — obiecał. Przez długi czas wspinali się potem bez słowa krętą, wydeptaną przez zwierzynę ścieżką, która prowadziła przez szeroką przełęcz między dwiema kamienistymi turniami. Stoki wokół nich porastały mizerne żołnierskie sosny. Daleko z przodu Bran widział lodowaty połysk spadającego z góry strumienia. Złapał się na tym, że wsłuchuje się w oddech Jojena i chrzęst sosnowych igieł pod stopami Hodora. — A czy wy znacie jakieś opowieści? — zapytał nagle Reedów.

Meera parsknęła śmiechem.

— Trochę znamy.

— Trochę — potwierdził jej brat.

— Hodor — dodał Hodor, nie przestając nucić.

— Moglibyście jakąś opowiedzieć po drodze — zaproponował Bran. — Hodor lubi opowieści o rycerzach. Ja też.

— Na Przesmyku nie ma rycerzy — zauważył Jojen.

— Powyżej poziomu wody — poprawiła go siostra. — W bagnie za to jest pełno martwych.

— To prawda — zgodził się Jojen. — Andalów i żelaznych ludzi, Freyów i innych głupców, wszystkich tych dumnych wojowników, którzy próbowali podbić Szarą Wodę. Żadnemu z nich nie udało się jej odszukać. Wjeżdżali na Przesmyk i nie potrafili odnaleźć wyjścia. Prędzej czy później włazili na jakieś bagno i te ciężkie, stalowe zbroje wciągały ich pod wodę.

Na myśl o utopionych rycerzach Brana przeszły ciarki. Nie miał jednak nic przeciwko temu. Lubił ciarki.

— Był jeden taki rycerz — zaczęła Meera. — W roku fałszywej wiosny. Zwali go Rycerzem Roześmianego Drzewa. Mógł nawet być wyspiarzem.

— Albo i nie. — Twarz Jojena pokrywały zielone plamy cienia. — Jestem pewien, że książę Bran słyszał tę opowieść już ze sto razy.

— Nie — zaprzeczył. — Nie słyszałem. A nawet gdybym słyszał, to nic nie szkodzi. Stara Niania często opowiadała nam historie, które już znaliśmy, ale jeśli były dobre, wcale nam to nie przeszkadzało. Zawsze mawiała, że stare opowieści są jak dawni przyjaciele, których trzeba od czasu do czasu odwiedzać.

— To prawda. — Meera niosła tarczę na plecach, czasem odsuwając trójzębem przegradzającą jej drogę gałąź. Kiedy Bran pomyślał już, że jednak nie usłyszy tej historii, zaczęła mówić. — Był raz sobie ciekawski chłopak, który mieszkał na Przesmyku. Był niski, jak wszyscy wyspiarze, ale za to bystry, odważny i silny. Od dziecka uczył się polować, łapać ryby i wspinać na drzewa. Poznał też całą magię naszego ludu.

Bran był prawie pewien, że nigdy nie słyszał tej opowieści.

— Czy miał zielone sny, tak jak Jojen?

— Nie — zaprzeczyła Meera — ale potrafił oddychać błotem i żywić się liśćmi, a także jednym szeptanym słowem zmieniać ziemię w wodę, a wodę w ziemię. Umiał też rozmawiać z drzewami, tkać słowa i sprawiać, że zamki pojawiały się i znikały.

— Chciałbym opanować takie umiejętności — odezwał się żałośnie Bran. — Kiedy spotka się z drzewnym rycerzem?

Meera wykrzywiła twarz.

— Prędzej, jeśli pewien książę będzie siedział cicho.

— Tylko pytałem.

— Chłopak znał magię wysp — ciągnęła — pragnął jednak czegoś więcej. Wiesz, że nasi rodacy rzadko zapuszczają się daleko od domu. Jesteśmy niewysokim ludem, a nasze zwyczaje wydają się niektórym dziwaczne. Dlatego duzi ludzie nie zawsze odnoszą się do nas przyjaźnie. Ten chłopak był jednak wyjątkowo śmiały i pewnego dnia, gdy już osiągnął wiek męski, postanowił, że opuści rodzinne strony i odwiedzi Wyspę Twarzy.

— Nikt nie odwiedza Wyspy Twarzy — sprzeciwił się Bran. — Tam mieszkają zieloni ludzie.

— To właśnie ich chciał odszukać. Dlatego przywdział koszulę obszytą łuskami z brązu, taką jak moja, zabrał skórzaną tarczę oraz trójząb, takie jak moje, i powiosłował małą skórzaną łódką w górę Zielonych Wideł.

Bran zamknął oczy, próbując sobie wyobrazić mężczyznę w takiej łódce. W jego umyśle wyspiarz wyglądał bardzo podobnie do Jojena, tyle że był starszy, silniejszy i ubrany jak Meera.

— Przepłynął obok Bliźniaków nocą, żeby nie napadli go Freyowie, a kiedy dotarł do Tridentu, wyszedł na brzeg, zarzucił sobie łódkę na ramiona i ruszył dalej na piechotę. Podróż trwała wiele dni, lecz w końcu dotarł do Oka Boga, spuścił łódkę na wodę i popłynął na Wyspę Twarzy.

— Czy spotkał tam zielonych ludzi?

— Tak — odparła Meera — ale to już inna historia i nie ja powinnam opowiadać. Mój książę prosił o rycerzy.

— Zieloni ludzie też są dobrzy.

— Są — zgodziła się, ale nie powiedziała już na ich temat nic więcej. — Nasz bohater spędził na wyspie całą zimę, lecz gdy nadeszła wiosna, usłyszał zew szerokiego świata i zrozumiał, że pora odejść. Skórzana łódka leżała tam, gdzie ją zostawił, pożegnał się więc i popłynął w stronę brzegu. Wiosłował i wiosłował, aż wreszcie ujrzał odległe wieże górującego nad wodą zamku. W miarę jak się zbliżał, wieże zdawały się coraz wyższe, aż wreszcie pojął, że to z pewnością największe zamczysko na całym świecie.

— Harrenhal! — domyślił się natychmiast Bran. — To był Harrenhal.

Meera uśmiechnęła się.

— Być może. Pod murami ujrzał wielobarwne namioty, kolorowe chorągwie łopoczące na wietrze oraz rycerzy w zbrojach, którzy dosiadali koni, również zakutych w pancerze. Poczuł woń pieczystego, usłyszał śmiechy i trąby heroldów. Miał się zacząć wielki turniej i rycerze z całego kraju zjechali, by stanąć w szranki. Przybył sam król i jego syn, smoczy książę. Zjawiły się też Białe Miecze, by przyjąć w swe szeregi nowego członka. Był obecny lord burzy i lord róż. Wielki lew ze skały pokłócił się z królem i nie przyjechał, lecz zjawiło się wielu jego chorążych i rycerzy. Wyspiarz nigdy w życiu nie widział takich wspaniałości. Wiedział też, że druga taka okazja może już mu się nie nadarzyć. Jakąś częścią jaźni gorąco zapragnął wziąć w tym wszystkim udział.

Bran świetnie znał to uczucie. Kiedy był mały, marzył jedynie o tym, by zostać rycerzem. To jednak było, zanim spadł i stracił władzę w nogach.

— Gdy turniej się zaczął, jako królowa miłości i piękna wystąpiła córka lorda wielkiego zamku. Jej korony przysięgło bronić pięciu rycerzy, czterech jej braci z Harrenhal i jej sławny stryj, biały rycerz z Gwardii Królewskiej.

— A czy była piękna?

— Była — potwierdziła Meera, potykając się o kamień — ale znalazłoby się kilka od niej piękniejszych. Jedną z nich była żona smoczego księcia, która przywiozła ze sobą dwanaście dam dworu. Wszyscy rycerze błagali je o wstążki, które chcieli owiązać wokół swych kopii.

— To chyba nie będzie jedna z tych miłosnych opowieści? — zapytał podejrzliwym głosem Bran. — Te Hodor lubi znacznie mniej.

— Hodor — zgodził się Hodor.

— Najbardziej podobają mu się te, w których rycerze walczą z potworami.

— Czasami to właśnie rycerze są potworami, Bran. Gdy mały wyspiarz szedł sobie spokojnie przez pole, ciesząc się ciepłym, wiosennym dniem i nie wadząc nikomu, napadło na niego trzech giermków. Mieli najwyżej po piętnaście lat, lecz mimo to wszyscy byli wyżsi od niego. Uważali, że to ich świat i on nie ma prawa w nim przebywać. Zabrali mu trójząb, przewrócili na ziemię i zaczęli kopać, przezywając go od żaboli.

— Czy to byli Walderowie?

Mały Walder Frey z pewnością mógłby zrobić coś takiego.

— Żaden z nich mu się nie przedstawił, lecz zapamiętał sobie dobrze ich twarze, by móc później wywrzeć na nich zemstę. Kiedy próbował wstać, przewracali go znowu, a gdy zwinął się w kłębek na ziemi, kopali go. Nagle jednak usłyszeli ryk.

— Kopiecie człowieka mojego ojca! — zawyła wilczyca.

— Czworonożna czy dwunożna?

— Dwunożna — odparła Meera. — Rzuciła się na giermków z turniejowym mieczem w dłoni i przepędziła ich. Wyspiarz był zakrwawiony i posiniaczony, więc zabrała go do swego legowiska, żeby oczyścić jego rany i obandażować je płótnem. Tam spotkała swych braci: dzikiego wilka, który był przywódcą watahy, spokojnego wilka i szczeniaka, który był najmłodszy z całej czwórki. Wieczorem w Harrenhal wyprawiono ucztę na cześć otwarcia turnieju. Wilczyca uparła się, że chłopak musi na nią pójść. Był szlachetnie urodzony i miał takie samo prawo do miejsca na ławie, jak inni goście. Tej wilczycy trudno było się sprzeciwiać, wyspiarz pozwolił więc, by młody szczeniak znalazł mu odpowiedni strój i wybrał się do wielkiego zamku. Jadł i pił pod dachem Harrena razem z wilkami i wieloma ich zaprzysiężonymi ludźmi, kurhannikami, łosiami, niedźwiedziami i trytonami. Smoczy książę zaśpiewał pieśń tak smutną, że wilcza dziewczyna pociągała nosem, ale kiedy jej najmłodszy brat zaczął się z niej wyśmiewać, że płacze, wylała mu wino na głowę. Przemówił czarny brat, który prosił rycerzy, by wstępowali do Nocnej Straży. Lord burzy przepił rycerza od czaszek i pocałunków w pojedynku na puchary wina. Wyspiarz widział, jak dziewczyna o roześmianych, fioletowych oczach tańczyła z białym mieczem, czerwonym wężem, lordem gryfów, a na koniec ze spokojnym wilkiem… ale dopiero wtedy, gdy dziki wilk powiedział jej, by zajęła się jego bratem, który jest zbyt nieśmiały, żeby wstać z ławy. Wyspiarz tymczasem wypatrzył w rozbawionym tłumie trzech giermków, którzy go napadli. Jeden służył rycerzowi od wideł, drugi rycerzowi od jeżozwierza, a trzeci rycerzowi, który miał na opończy dwie wieże, herb świetnie znany wszystkim wyspiarzom.

— Freyowie — rzucił Bran. — Freyowie z Przeprawy.

— Tak samo wtedy, jak i teraz — zgodziła się. — Wilcza dziewczyna również ich zauważyła i pokazała swym braciom. Szczeniak zaproponował: „Mógłbym ci znaleźć konia i jakąś zbroję, która będzie na ciebie pasowała”. Nasz bohater podziękował mu, lecz nie udzielił żadnej odpowiedzi. Serce miał rozdarte. Wyspiarze są niżsi niż większość ludzi, ale nie ustępują im dumą. Chłopak nie był rycerzem. Nikt z jego rodaków nim nie jest. Częściej siedzimy w łodziach niż na koniach, a nasze dłonie są stworzone do wioseł, nie do kopii. Choć bardzo pragnął zemsty, bał się, że zrobi z siebie durnia i okryje wstydem swój lud. Spokojny wilk zaoferował mu miejsce w namiocie, lecz nim położył się spać, wyspiarz uklęknął na brzegu jeziora, skierował wzrok tam, gdzie za horyzontem kryła się Wyspa Twarzy, i odmówił modlitwę do starych bogów północy oraz Przesmyku...

— Ojciec nigdy ci o tym nie opowiadał? — zdziwił się Jojen.

— To Stara Niania opowiadała historie. Meero, mów dalej, nie możesz przerwać w takim miejscu.

Hodor wyraźnie był tego samego zdania.

— Hodor — zgodził się. — Hodor hodor hodor hodor.

— No cóż — uległa Meera — jeśli chcesz usłyszeć resztę...

— Chcę. Mów.

— Rycerze mieli się potykać całe pięć dni — zaczęła. — Urządzono też wielką walkę zbiorową dla siedmiu zespołów, zawody łucznicze i zawody w rzucaniu toporami, wyścigi konne oraz konkurs minstreli...

— Mniejsza z tym wszystkim. — Bran poruszył się niecierpliwie w koszu na plecach Hodora. — Opowiedz mi o turnieju.

— Jak sobie życzysz, mój książę. Królową miłości i piękna była córka lorda zamku. Broniło jej czterech braci i stryj, ale wszyscy czterej synowie Harrenhal zostali pokonani już pierwszego dnia. Ich pogromcy przez krótką chwilę nosili laury zwycięzców, lecz potem oni również zostali pokonani. Tak się złożyło, że pod koniec pierwszego dnia miejsce wśród zwycięzców wywalczył rycerz od jeżozwierza, a rankiem drugiego dnia zatriumfowali również rycerz od wideł i rycerz od dwóch wież. Późnym popołudniem drugiego dnia, gdy cienie zrobiły się długie, w szrankach pojawił się jednak tajemniczy rycerz.

Bran pokiwał głową z mądrą miną. W turniejach często brali udział tajemniczy rycerze. Ich twarze skrywały hełmy, a tarcze mieli jednobarwne bądź ozdobione jakimś niezwykłym herbem. Niekiedy byli to sławni mistrzowie w przebraniu. Smoczy Rycerz zwyciężył kiedyś w turnieju jako Rycerz Łez, by uczynić swą siostrę królową miłości i piękna w miejsce kochanki króla. Barristan Śmiały przywdziewał zbroję tajemniczego rycerza dwukrotnie, za pierwszym razem w wieku dziesięciu lat.

— Założę się, że to był ten mały wyspiarz.

— Nikt tego nie wiedział — odparła Meera. — Tajemniczy rycerz był jednak niewysoki i zakuty w niedopasowaną zbroję skleconą z niedobranych fragmentów. Na tarczy miał drzewo serce starych bogów, białe czardrzewo z roześmianą czerwoną twarzą.

— A może przybył z Wyspy Twarzy? — zastanawiał się Bran. — Czy był zielony? — W opowieściach Starej Niani strażnicy mieli ciemnozieloną skórę i liście zamiast włosów. Czasami mieli też na głowach poroża, lecz Bran nie potrafił sobie wyobrazić, jak w takim razie tajemniczy rycerz mógłby nałożyć hełm. — Założę się, że przysłali go starzy bogowie.

— Niewykluczone. Tajemniczy rycerz pochylił kopię przed królem i ruszył na koniec szranków, gdzie miało swe namioty pięciu zwycięzców. Wiecie, którym z nich rzucił wyzwanie.

— Rycerzowi od jeżozwierza, rycerzowi od wideł i rycerzowi od bliźniaczych wież. — Bran słyszał wystarczająco wiele opowieści, by się tego domyślić. — Mówiłem, że to był ten mały wyspiarz.

— Kimkolwiek był, starzy bogowie użyczyli siły jego ramieniu. Pierwszy padł rycerz od jeżozwierza, po nim rycerz od wideł, a na koniec rycerz od dwóch wież. Żaden z nich nie był zbytnio lubiany i dlatego prostaczkowie gorąco oklaskiwali Rycerza Roześmianego Drzewa, jak wkrótce nazwano nowego zwycięzcę. Gdy pokonani przeciwnicy chcieli wykupić konie i zbroje, Rycerz Roześmianego Drzewa odpowiedział im grzmiącym głosem spod hełmu: „Nauczcie swych giermków honoru. To wystarczy". Gdy tylko pokonani rycerze skarcili surowo giermków, odzyskali rumaki i zbroje. Tak oto modlitwa małego wyspiarza spotkała się z odzewem... zielonych ludzi, starych bogów czy dzieci lasu, któż może to wiedzieć.

Po chwili zastanowienia Bran doszedł do wniosku, że opowieść mu się podobała.

— I co się stało potem? Czy Rycerz Roześmianego Drzewa zwyciężył w turnieju i poślubił księżniczkę?

— Nie — odpowiedziała Meera. — Nocą w wielkim zamku lord

burzy oraz rycerz od czaszek i pocałunków przysięgli, że go zdemaskują. Król namawiał też innych rycerzy, by rzucili mu wyzwanie, ogłaszając, że ten, kto kryje twarz pod tym hełmem, nie jest mu przyjacielem. Rankiem jednak, gdy heroldzi zadęli w trąby, a król zasiadł na swym miejscu, pojawiło się tylko dwóch zwycięzców. Rycerz Roześmianego Drzewa zniknął. Król bardzo się gniewał i wysłał nawet na poszukiwania swego syna, smoczego księcia, znaleziono jednak jedynie wiszącą na drzewie pomalowaną tarczę. W turnieju zwyciężył ostatecznie smoczy książę.

— Och. — Bran zastanawiał się chwilę nad tym, co usłyszał. — To była dobra opowieść, ale to trzech złych rycerzy powinno go napaść, a nie ich giermkowie. Wtedy mały wyspiarz mógłby wszystkich zabić. Z tym okupem to było głupie. I tajemniczy rycerz powinien zwyciężyć w turnieju, pokonując wszystkich rywali, a potem uczynić wilczą dziewczynę królową miłości i piękna.

— Została nią — odparła Meera. — Ale to smutniejsza opowieść.

— Jesteś pewien, że nigdy nie słyszałeś tej historii, Bran? — zapytał raz jeszcze Jojen. — Pan ojciec nigdy ci jej nie opowiadał?

Bran potrząsnął głową. Robiło się już późno. Góry rzucały długie cienie, których czarne palce zapuszczały się między sosny. *Jeśli mały wyspiarz mógł odwiedzić Wyspę Twarzy, to może mnie też się uda.* Wszystkie opowieści zgadzały się, że zieloni ludzie dysponują niezwykłymi magicznymi mocami. Może sprawią, że znowu będzie mógł chodzić, albo nawet uczynią z niego rycerza. *Zrobili to dla małego wyspiarza, choć tylko na jeden dzień* — pomyślał. *Jeden dzień by mi wystarczył.*

# DAVOS

W żadnej celi nie powinno być tak ciepło.

Co prawda, panowała tu ciemność. Przez prastarą, żelazną kratę przedostawał się do środka migotliwy pomarańczowy blask pochodni zatkniętej na korytarzu, lecz w tylnej połowie celi było zupełnie ciemno. Przesycała ją też wilgoć, czego należało się spodziewać na takiej wyspie jak Smocza Skała, gdzie morze zawsze było niedaleko. Były tu również szczury, tyle, ile powinno ich być w każdym szanującym się lochu, a nawet trochę więcej.

Davos nie mógł się jednak uskarżać na zimno. W gładkich kamiennych korytarzach biegnących pod potężnym zamczyskiem zawsze było ciepło, a często też słyszał, że im głębiej zejść pod ziemię, tym robi się goręcej. Miał wrażenie, że znajduje się głęboko pod zamkiem, a gdy przyciskał dłoń do ściany celi, często wydawała mu się ciepła. Być może stare legendy mówiły prawdę i Smoczą Skałę rzeczywiście zbudowano z kamieni pochodzących z piekła.

Gdy go tu zawleczono, trawiła go choroba. Kaszel, który dręczył go od czasu bitwy, wciąż się nasilał. Zaczęła się też gorączka. Wargi pokryły mu krwawiące pęcherze, a panujące w celi ciepło nie powstrzymywało dreszczy. *Nie pociągnę już długo* — myślał wtedy. *Umrę tu, w tej ciemnicy.*

Wkrótce się przekonał, że mylił się w tej sprawie, tak jak i w wielu innych. Niewyraźnie przypominał sobie delikatne dłonie, stanowczy głos i spoglądającego nań z góry młodego maestera Pylosa. Dostał do picia gorący wywar z czosnku oraz makowe mleko, które pomogło na bóle i dreszcze. Od maku chciało mu się spać, a kiedy spał, przystawiano mu pijawki, które wysysały złą krew. Tak przynajmniej sądził, gdyż po przebudzeniu zauważył ślady na ramionach. Po niedługim czasie kaszel ustał, a pęcherze zniknęły. W rosole, który pił, pływały teraz kawałki ryby, marchwi i cebuli. Pewnego dnia zdał sobie sprawę, że nie czuł się tak dobrze od chwili, gdy „Czarna Betha" rozpadła się pod nim, a on wpadł do rzeki.

Pilnowało go dwóch strażników. Jeden był szeroki w barach, przysadzisty i miał wielkie, mocne dłonie. Nosił skórzaną brygantynę nabijaną żelaznymi ćwiekami. Raz dziennie przynosił Davosowi miskę owsianki. Czasami słodził ją miodem albo dolewał odrobinę mleka. Drugi strażnik był starszy, przygarbiony i pożółkły na twarzy. Miał przetłuszczone, brudne włosy i krostowatą skórę. Ubierał się w dublet z białego aksamitu z wyszytym złotą nicią na piersi pierścieniem gwiazd. Ubiór nie pasował na niego. Był za krótki i zarazem zbyt luźny, a do tego brudny i rozdarty. Ten strażnik przynosił Davosowi talerze z mięsem i tłuczonymi ziemniakami albo zupę rybną, a pewnego razu nawet pół pasztetu z minoga. Ten ostatni był tak tłusty, że Davos nie zdołał go utrzymać w żołądku, niemniej jednak więźniowie w lochach rzadko dostawali podobne smakołyki.

Do lochów nie docierało światło słońca ani księżyca. W grubych kamiennych murach nie było okien. Jedynie strażnicy pozwalali mu odróżnić dzień od nocy. Żaden z nich nie odzywał się do niego ani słowem, choć Davos wiedział, że nie są niemi, gdyż w chwili zmiany warty niekiedy wymieniali kilka szorstkich słów. Nie podali mu też swych imion, nadał im więc własne. Niskiego i silnego nazwał Owsianką, a starego i przygarbionego Minogiem. Mierzył upływ dni posiłkami, które mu przynosili, oraz pochodniami, które zmieniali pod jego celą.

W ciemności człowiek czuje się samotny i tęskni za brzmieniem ludzkiego głosu. Davos próbował rozmawiać ze strażnikami, gdy tylko przynosili mu posiłek albo zmieniali wiadro. Wiedział, że pozostaną głusi na prośby o wolność lub zmiłowanie, zadawał więc im pytania, na które pewnego dnia mogliby mu odpowiedzieć.

— Jakie są wieści o wojnie? — pytał. — Czy król dobrze się czuje? — Wypytywał też o swego syna Devana, księżniczkę Shireen i Salladhora Saana. — Jaka jest pogoda? — próbował się dowiedzieć. — Czy zaczęły się już jesienne sztormy? Czy po wąskim morzu pływają jeszcze statki?

Bez względu jednak na to, o co pytał, nigdy mu nie odpowiadali, choć czasami Owsianka przyglądał mu się uważnie i przez pół uderzenia serca Davosowi wydawało się, że strażnik zaraz się odezwie. Z Minogiem nigdy nie uzyskał nawet tyle. *Nie jestem dla niego człowiekiem, a tylko kamieniem, który je, sra i mówi* — pomyślał Davos. Doszedł do wniosku, że Owsiankę lubi znacznie bardziej. On przynajmniej sprawiał wrażenie, że wie, iż Davos żyje. Wyczuwało się też w nim jakąś osobliwą dobroć. Davos podejrzewał, że strażnik karmi szczury i dlatego jest ich tu tak wiele. Pewnego razu zdawało mu się, że słyszy, jak Owsianka przemawia do nich jak do dzieci. Być może jednak był to tylko sen.

*Nie pozwolą mi umrzeć* — zrozumiał. *Mają jakiś powód, by mnie utrzymać przy życiu.* Wolał nie myśleć, co to może być za powód. Lord Sunglass również siedział przez pewien czas w celach pod Smoczą Skałą, podobnie jak synowie ser Hubarda Rambtona. Wszyscy skończyli na stosie. *Lepiej by było, gdybym oddał się morzu* — myślał, spoglądając na płonącą po drugiej stronie krat pochodnię. *Albo pozwolił, żeby statek przepłynął obok, a ja umarł na tej skale. Wolałbym karmić kraby niż płomienie.*

Pewnej nocy, gdy kończył kolację, poczuł, że zalała go dziwna fala gorąca. Podniósł wzrok i ujrzał ją stojącą za kratami. U gardła miała swój wielki rubin, a jej oczy lśniły jasno jak pochodnia, w której blasku była skąpana.

— Melisandre — rzekł ze spokojem, którego nie czuł.

— Cebulowy rycerzu — odpowiedziała mu z równym opanowaniem, jakby spotkali się przypadkiem na schodach albo na dziedzińcu i wymieniali uprzejme pozdrowienia. — Czy dobrze się czujesz?

— Lepiej niż jeszcze niedawno.

— Brak ci czegoś?

— Mojego króla. Mojego syna. — Odsunął miskę na bok i wstał. — Przyszłaś mnie spalić?

Jej niezwykłe czerwone oczy spoglądały na niego spoza krat.

— To złe miejsce, nieprawdaż? Ciemne i obrzydliwe. Nie dociera tu światło dobrego słońca ani jasnego księżyca. — Wskazała dłonią płonącą na ścianie pochodnię. — To wszystko, co stoi między tobą a ciemnością, cebulowy rycerzu. Ten mały ogień, ten dar R'hllora. Czy mam go zgasić?

— Nie. — Podszedł do krat. — Proszę.

Nie sądził, by mógł wytrzymać sam w nieprzeniknionym mroku, mając za towarzystwo jedynie szczury.

Kobieta w czerwieni rozciągnęła wargi w uśmiechu.

— Widzę, że jednak pokochałeś ogień.

— Potrzebuję tej pochodni.

Otwierał i zamykał dłonie. *Nie będę jej błagał. Nie będę.*

— Jestem do niej podobna, ser Davosie. Obie jesteśmy narzędziami R'hllora. Służymy tylko jednemu celowi. Rozpraszamy ciemność. Wierzysz w to?

— Nie. — Być może powinien skłamać i powiedzieć jej to, co chciała usłyszeć, był jednak przyzwyczajony mówić prawdę. — Jesteś matką ciemności. Widziałem to pod Końcem Burzy, gdy urodziłaś ją na moich oczach.

— Czyżby dzielny ser Cebula aż tak się przestraszył ulotnego cienia? Nie obawiaj się. Cienie mogą żyć jedynie wtedy, gdy zrodzi je światło, a ognie króla płoną teraz tak słabo, że nie ośmielę się nic z niego zaczerpnąć, by stworzyć kolejnego syna. To mogłoby go zabić. — Melisandre podeszła bliżej. — Ale z innym mężczyzną... mężczyzną, którego ognie nadal palą się jasno... jeśli naprawdę chcesz pomóc sprawie swego króla, przyjdź pewnej nocy do mojej komnaty. Mogłabym dać ci rozkosz, której nigdy nie znałeś, a dzięki ogniowi twego życia stworzyłabym...

— Monstrum. — Davos odsunął się od niej. — Nie chcę mieć z tobą nic wspólnego, pani. Ani z tobą, ani z twoim bogiem. Niech Siedmiu mnie broni.

Melisandre westchnęła.

— Nie obronili Guncera Sunglassa. Modlił się do nich trzy razy dziennie i nosił na tarczy siedmioramienną gwiazdę, ale gdy R'hllor wyciągnął po niego swą dłoń, jego modlitwy przerodziły się w krzyki i spłonął. Po co trzymać się tych fałszywych bogów?

— Czciłem ich całe życie.

— Całe życie, Davosie Seaworth? Równie dobrze mógłbyś powiedzieć „tak było wczoraj". — Potrząsnęła ze smutkiem głową. —

Nigdy nie bałeś się mówić prawdy królom. Czemu okłamujesz sam siebie? Otwórz oczy, dobry rycerzu.

— A co twoim zdaniem powinienem zobaczyć?

— To, jak urządzony jest świat. Prawda otacza cię zewsząd i łatwo jest ją dostrzec. Noc jest ciemna i pełna strachów, a dzień jasny, piękny i pełen nadziei. Jedno jest czarne, a drugie białe. Istnieją lód i ogień. Nienawiść i miłość. Gorycz i słodycz. Pierwiastek męski i żeński. Ból i przyjemność. Zima i lato. Dobro i zło. — Zbliżyła się o krok. — Śmierć i życie. Wszędzie napotkasz przeciwieństwa. Wszędzie toczy się wojna.

— Wojna? — zapytał Davos.

— Wojna — potwierdziła. — Jest dwóch bogów, cebulowy rycerzu. Nie siedmiu, nie jeden, nie stu i nie tysiąc. Dwóch! Sądzisz, że przemierzyłam pół świata po to, by posadzić jeszcze jednego próżnego króla na jeszcze jednym czczym tronie? Wojna toczy się od początku czasu i, nim się skończy, wszyscy ludzie będą musieli opowiedzieć się po którejś ze stron. Po jednej stronie jest R'hllor, Pan Światła, Serce Ognia, Bóg Płomieni i Cienia. Naprzeciwko niego stoi Wielki Inny, którego imienia nie wolno wymieniać, Pan Ciemności, Dusza Lodu, Bóg Nocy i Strachu. Nie chodzi o wybór między Baratheonami a Lannisterami czy między Greyjoyami a Starkami. Musimy wybrać śmierć albo życie. Ciemność albo światło. — Dotknęła krat celi szczupłymi, białymi dłońmi. Wydawało się, że wielki rubin u jej gardła pulsuje własnym blaskiem. — Odpowiedz mi, ser Davosie Seaworth, odpowiedz mi szczerze. Czy twoje serce płonie promienną jasnością R'hllora? Czy może jest czarne, zimne i pełne robactwa?

Wsunęła rękę między kraty i położyła dłoń na jego piersi, jakby chciała wyczuć prawdę przez ciało, wełnę i garbowaną skórę.

— Moje serce — odparł z namysłem Davos — jest pełne wątpliwości.

Melisandre westchnęła.

— Ach, Davosie. Dobry rycerz mówi prawdę aż do samego końca, nawet w swej chwili ciemności. Dobrze, że mnie nie okłamałeś, bo przejrzałabym twe kłamstwo. Słudzy Innego często maskują swe czarne serce jaskrawym światłem. Dlatego R'hllor dał swoim kapłanom moc rozpoznawania fałszu. — Odsunęła się nieco od krat. — Czemu chciałeś mnie zabić?

— Odpowiem ci, jeśli mi powiesz, kto mnie zdradził.

Mógł to być jedynie Salladhor Saan, lecz mimo to Davos wciąż modlił się o inną odpowiedź.

Kobieta w czerwieni roześmiała się.

— Nikt cię nie zdradził, cebulowy rycerzu. Ujrzałam twoje zamiary w płomieniach.

*W płomieniach.*

— Jeśli widzisz w tych płomieniach przyszłość, to jak to się stało, że spłonęliśmy na Czarnym Nurcie? Oddałaś moich synów ogniowi... moi synowie, mój statek, moi ludzie... wszystko spłonęło...

Melisandre potrząsnęła głową.

— Krzywdzisz mnie, cebulowy rycerzu. To nie były moje ognie. Gdybym była z wami, wasza bitwa skończyłaby się inaczej. Jego Miłość otaczali jednak niedowiarkowie, a jego duma okazała się silniejsza od wiary. Spotkała go straszliwa kara, nauczył się jednak czegoś na tym błędzie.

*Czy moi synowie byli jedynie nauczką dla króla?* Davos zacisnął usta.

— W waszych Siedmiu Królestwach trwa teraz noc — ciągnęła kobieta w czerwieni — ale wkrótce znowu wzejdzie słońce. Wojna trwa dalej, Davosie Seaworth, i niektórzy niedługo się przekonają, że nawet z dogasającego węgielka może powstać wielki pożar. Stary maester patrzył na Stannisa i widział w nim tylko człowieka. Ty widzisz w nim króla. Obaj jesteście w błędzie. On jest wybrańcem Pana, wojownikiem ognia. Widziałam, jak dowodził walką przeciw ciemności. Widziałam to w płomieniach. Płomienie nie kłamią. W przeciwnym razie nie byłoby cię tutaj. Napisano to również w proroctwie. Gdy popłynie krew czerwonej gwiazdy i zbiorą się ciemności, Azor Ahai narodzi się ponownie pośród dymu i soli, by obudzić śpiące w kamieniu smoki. Krwawiąca gwiazda pojawiła się i odeszła, a Smocza Skała jest wyspą dymu i soli. Stannis Baratheon jest ponownie narodzonym Azorem Ahai! — Jej czerwone oczy rozbłysły niczym bliźniacze ognie. Wydawało się, że zaglądają w głąb jego duszy. — Nie wierzysz mi. Nawet w tej chwili wątpisz w prawdę R'hllora... lecz mimo to dobrze mu się przysłużyłeś i będziesz mu służył nadal. Zostawię cię tu, byś mógł rozważyć wszystko, co ci powiedziałam. A ponieważ R'hllor jest źródłem wszelkiego dobra, zostawię ci również pochodnię.

Odeszła z uśmiechem, zamiatając szkarłatnymi spódnicami. Został po niej tylko zapach. I pochodnia. Davos usiadł na podłodze celi i otoczył kolana ramionami. Padał na niego migotliwy blask pochodni. Gdy ucichły kroki Melisandre, słychać było jedynie tupot szczurzych łapek. *Lód i ogień* — pomyślał. *Czerń i biel. Ciemność i światło.* Nie mógł zaprzeczyć mocy jej boga. Widział cień, który wyłonił się z macicy Melisandre. Ponadto kapłanka wiedziała o rzeczach, o których nie powinna wiedzieć. *Ujrzała moje zamiary w płomieniach.* Dobrze było się dowiedzieć, że Salla go nie sprzedał, lecz myśl o tym, że kobieta w czerwieni szpieguje go za pomocą swych ogni, zaniepokoiła Davosa bardziej, niż potrafił to wyrazić słowami. *Co to właściwie miało znaczyć, że dobrze się przysłużyłem jej bogu i będę mu służył nadal?* To również mu się nie spodobało.

Podniósł wzrok i spojrzał na pochodnię. Wpatrywał się w nią przez długi czas, ani razu nie mrugając. Płomienie wciąż tańczyły i migotały. Próbował zajrzeć za nie, przeniknąć wzrokiem ognistą zasłonę i zobaczyć, co mieszka za nią... nie dostrzegł jednak nic oprócz ognia i po pewnym czasie oczy zaszły mu łzami.

Oślepiony przez boga, zmęczony Davos zwinął się na słomie i zapadł w sen.

Po trzech dniach — w przybliżeniu, Owsianka przyszedł w tym czasie trzy razy, a Minóg dwa — Davos usłyszał pod celą jakieś głosy. Usiadł natychmiast i przycisnął ucho do ściany, nasłuchując dźwięków szarpaniny. To było coś nowego, jakaś zmiana w jego niezmiennym świecie. Hałas dobiegał z lewej, gdzie schody prowadziły w światło dnia. Słyszał głos mężczyzny, który krzyczał i błagał.

— ...szaleństwo! — mówił nieznajomy, gdy się pojawił w polu jego widzenia. Prowadziło go między sobą dwóch strażników z ognistymi sercami na piersiach. Przed nimi szedł Owsianka, który pobrzękiwał pękiem kluczy, a z tyłu podążał ser Axell Florent. — Axellu — błagał zrozpaczony więzień — przez wzgląd na miłość, jaką jesteś mi winien, wypuść mnie! Nie możecie tego zrobić, nie jestem zdrajcą. — Był to starszy mężczyzna, wysoki i szczupły. Miał srebrnosiwe włosy, spiczastą bródkę i pociągłą, szlachetną twarz, zastygłą w wyrazie strachu. — Gdzie jest Selyse, gdzie królowa? Żądam, byście pozwolili mi się z nią zobaczyć. Niech Inni porwą was wszystkich! Puśćcie mnie!

Strażnicy nie zwracali uwagi na jego krzyki.

— Tutaj? — zapytał Owsianka, zatrzymując się przed celą. Davos podniósł się z podłogi. Przez chwilę zastanawiał się, czy nie rzucić się na nich, kiedy otworzą drzwi, to jednak równałoby się szaleństwu. Było ich zbyt wielu, strażnicy mieli miecze, a Owsianka był silny jak byk.

Ser Axell skinął krótko głową.

— Niech zdrajcy nacieszą się swym towarzystwem.

— Nie jestem zdrajcą! — wrzasnął więzień, gdy Owsianka otwierał drzwi. Choć był ubrany w prosty kubrak z szarej wełny i czarne spodnie, przemawiał jak szlachetnie urodzony. *Tu pochodzenie w niczym mu nie pomoże* — pomyślał Davos.

Owsianka otworzył szeroko celę, ser Axell raz jeszcze skinął głową i strażnicy cisnęli więźnia do środka. Mężczyzna potknął się. Runąłby na bladą, arystokratyczną twarz, gdyby Davos go nie złapał. Nieznajomy natychmiast mu się wyrwał i powlókł ku drzwiom, lecz zatrzaśnięto mu je tuż przed nosem.

— Nie — krzyknął, wykrzywiając bladą, arystokratyczną twarz. — Nieeeee. — Jego nogi nagle straciły całą siłę. Osunął się na podłogę, chwytając się żelaznych krat. Ser Axell, Owsianka i strażnicy odwrócili się już i ruszyli w drogę powrotną. — Nie możecie tego zrobić! — krzyknął więzień do ich pleców. — Jestem królewskim namiestnikiem!

Dopiero wtedy Davos go poznał.

— Jesteś Alester Florent.

Mężczyzna odwrócił się.

— Kim...?

— Ser Davos Seaworth.

Lord Alester zamrugał powiekami.

— Seaworth... cebulowy rycerz. Chciałeś zamordować Melisandre.

Davos nie próbował temu zaprzeczać.

— Pod Końcem Burzy miałeś na sobie czerwono-złotą zbroję z inkrustowanymi lazurytem kwiatami na napierśniku — zauważył, wyciągając rękę, by pomóc współwięźniowi wstać.

Lord Alester strzepnął z ubrania brudną słomę.

— Muszę... muszę cię przeprosić za mój wygląd, ser. Straciłem swe kufry, gdy nasz obóz zdobyli Lannisterowie. Uciekłem tylko ze zbroją na plecach i pierścieniami na palcach.

*Nadal ma te pierścienie* — zauważył Davos, który nie miał nawet wszystkich palców.

— Z pewnością jakiś kuchcik albo chłopiec stajenny paraduje teraz po Królewskiej Przystani w moim rozciętym aksamitnym wamsie i ozdobionym klejnotami płaszczu — gadał dalej lord Alester. — No, ale wszyscy wiedzą, że wojnie zawsze towarzyszą okropności. Z pewnością ty również poniosłeś straty.

— Straciłem statek z całą załogą i czterech synów — odparł Davos.

— Niech... Niech Pan Światła przeprowadzi ich przez ciemność do lepszego świata — wyszeptał nowy więzień.

*Niech Ojciec osądzi ich sprawiedliwie, a Matka obdarzy łaską* — pomyślał Davos. Zachował jednak swą modlitwę dla siebie. Na Smoczej Skale nie było teraz miejsca dla Siedmiu.

— Mój syn jest bezpieczny w Jasnej Wodzie — ciągnął lord — ale straciłem na „Furii" bratanka. Ser Imry'ego, syna mojego brata Ryama.

To ser Imry Florent wprowadził na oślep całą flotę na Czarny Nurt, nie zwracając uwagi na małe kamienne wieże zbudowane przy ujściu rzeki. Davos z pewnością nigdy go nie zapomni.

— Mój syn Maric był wiosłomistrzem twego bratanka. — Przypomniał sobie chwilę, gdy po raz ostatni widział spowitą w dziki ogień „Furię". — Czy słyszałeś o jakichś ocalonych z tego statku?

— „Furia" spłonęła i poszła na dno razem z całą załogą — stwierdził jego lordowska mość. — Twój syn i mój bratanek zginęli, a wraz z nimi mnóstwo innych dobrych ludzi. Tego dnia przegraliśmy wojnę, ser.

*Ten człowiek jest pokonany.* Davos przypomniał sobie, jak Melisandre mówiła o węgielkach, które dają początek wielkim pożarom. *Nic dziwnego, że tu trafił.*

— Jego Miłość nigdy się nie podda, panie.

— To szaleństwo, szaleństwo. — Lord Alester znowu usiadł na podłodze, jakby nawet chwila stania była dla niego zbyt wielkim wysiłkiem. — Stannis Baratheon nigdy nie zasiądzie na Żelaznym Tronie. Czy to zdrada powiedzieć prawdę? Gorzką prawdę, ale prawdę. Stracił całą flotę poza lyseńskimi okrętami, a Salladhor Saan ucieknie, gdy tylko zobaczy pierwszy lannisterski żagiel. Większość lordów, którzy popierali Stannisa, przeszła na stronę Joffreya albo zginęła...

— Nawet lordowie wąskiego morza? Ci, którzy przysięgali wierność Smoczej Skale?

Lord Alester machnął z rezygnacją dłonią.

— Lord Celtigar dostał się do niewoli i ugiął kolana. Monford Velaryon zginął razem ze swym okrętem, Sunglassa spaliła kobieta w czerwieni, a lord Bar Emmon ma piętnaście lat, jest tłusty i chorowity. To są twoi lordowie wąskiego morza. Stannisowi zostały tylko siły rodu Florentów, a przeciw niemu zgromadziła się cała moc Wysogrodu, Słonecznej Włóczni i Casterly Rock, a teraz również większość lordów burzy. Jedyna nadzieja to zawarcie pokoju, który może jeszcze coś uratować. To wszystko, co chciałem zrobić. Dobrzy bogowie, jak mogą nazywać to zdradą!

Davos spoglądał na niego z góry, marszcząc czoło.

— Co właściwie uczyniłeś, panie?

— To nie była zdrada. W żadnym wypadku nie zdrada. Kocham Jego Miłość tak samo jak inni jego poddani. Moja bratanica jest jego królową. Dochowałem mu wierności, choć mądrzejsi ode mnie ludzie uciekli. Jestem jego namiestnikiem. Jak królewski namiestnik może być zdrajcą? Chciałem tylko uratować nasze życie i... honor... tak jest. — Oblizał wargi. — Napisałem list. Salladhor Saan przysięgał, że ma człowieka, który może go dostarczyć do Królewskiej Przystani, do lorda Tywina. Jego lordowska mość... jest rozsądnym człowiekiem, a moje warunki... warunki były korzystne... bardziej niż korzystne.

— A jak wyglądały, panie?

— Strasznie tu brudno — zauważył nagle lord Alester. — I ten odór... co to za odór?

— Wiadro. — Davos wskazał na nie ręką. — Nie mamy tu wychodka. Jak wyglądały te warunki?

Jego lordowska mość wpatrywał się z przerażeniem w wiadro.

— Lord Stannis miał się zrzec pretensji do Żelaznego Tronu i wycofać wszystko, co powiedział o nieprawym pochodzeniu Joffreya, pod warunkiem że zostanie ponownie przyjęty w obręb królewskiego pokoju i zatwierdzony jako lord Smoczej Skały i Końca Burzy. Ja przysiągłem uczynić to samo w zamian za zwrot Jasnej Wody i naszych ziem. Myślałem... że lord Tywin dostrzeże zalety tej propozycji. Musi jeszcze uporać się ze Starkami i z żelaznymi ludźmi. Zaproponowałem, że dla przypieczętowania umowy Shireen poślubi brata Joffreya, Tommena. — Potrząsnął głową. — Warunki... nie mamy szansy na lepsze. Nawet ty z pewnością to rozumiesz?

— Tak — zgodził się Davos — nawet ja. — Jeśli Stannis nie spłodzi syna, takie małżeństwo oznaczałoby, że Smocza Skała i Koniec Burzy przypadną pewnego dnia Tommenowi. Lordowi Tywinowi z pewnością by się to spodobało. A tymczasem Lannisterowie zatrzymaliby Shireen jako zakładniczkę, by mieć pewność, że Stannis nie wznieci już żadnych buntów. — A co rzekł Jego Miłość, gdy przedstawiłeś mu te warunki?

— Zawsze jest przy nim kobieta w czerwieni i... obawiam się, że z jego głową nie wszystko jest w porządku. Całe to gadanie o kamiennym smoku... obłęd, powiadam ci, czysty obłęd. Czy niczego się nie nauczyliśmy z losów Aeriona Jasnego Płomienia, dziewięciu magów i alchemików? Z tego, co wydarzyło się w Summerhall?

Z tych marzeń o smokach nigdy nie wynikło nic dobrego. Powiedziałem to Axellowi. Mój sposób był lepszy. A Stannis dał mi swą pieczęć, dał prawo sprawowania rządów. Namiestnik przemawia głosem króla.

— Nie w tej sprawie. — Davos nie był dworakiem i nie próbował łagodzić swych słów. — Stannis nie jest w stanie się poddać, dopóki będzie wiedział, że jego pretensje są słuszne. Nie cofnie też słów, które powiedział o Joffreyu, jeżeli wierzy w ich prawdziwość. A jeśli chodzi o to małżeństwo, Tommen zrodził się z tego samego kazirodztwa, co Joffrey. Jego Miłość prędzej pozwoli, by Shireen zginęła, niż wyda ją za kogoś takiego.

Na czole Florenta pulsowała żyłka.

— Nie ma wyboru.

— Mylisz się, panie. Może postanowić zginąć jako król.

— I my razem z nim? Czy tego właśnie pragniesz, cebulowy rycerzu?

— Nie. Jestem jednak człowiekiem króla i nie zawrę pokoju bez jego zgody.

Lord Alester wpatrywał się w niego bezradnie przez dłuższą chwilę, po czym zalał się łzami.

# JON

Ostatnia noc była ciemna i bezksiężycowa, lecz choć raz niebo pozostawało bezchmurne.

— Idę na wzgórze poszukać Ducha — oznajmił Jon stojącym u wylotu jaskini Thennom. Przepuścili go z cichym mruknięciem.

*Tyle gwiazd* — myślał, wlokąc się pod górę między sosnami, jodłami i jesionami. Gdy był jeszcze chłopcem w Winterfell, maester Luwin nauczył go rozpoznawać gwiazdy. Jon poznał nazwy dwunastu domów nieba i imiona ich władców; potrafił odszukać siedmiu wędrowców, którzy byli świętością dla Wiary; był starym przyjacielem Lodowego Smoka, Cieniokota, Księżycowej Panny i Miecza Poranka. Wszystkie te nazwy dzielił z Ygritte, były też jednak takie, które brzmiały tu inaczej. *Patrzymy na te same gwiazdy, a widzimy zupełnie inne rzeczy.* Królewska Korona była dla niej Kołyską, Ogier Rogatym Lordem, a czerwony wędrowiec, którego septonowie uważali za poświęconego swemu Kowalowi, nazywał się tu Złodziejem. Ygritte zapewniała, że gdy Złodziej jest w gwiazdozbiorze Księżycowej Panny, przynosi szczęście mężczyznom, którzy próbują ukraść kobietę.

— Tak jak tej nocy, kiedy mnie ukradłeś. Złodziej świecił wtedy jasno na niebie.

— Wcale cię nie ukradłem — sprzeciwił się. — Nie wiedziałem, że jesteś dziewczyną, aż do chwili, gdy przystawiłem ci nóż do gardła.

— Jeśli zabijesz człowieka niechcący, będzie tak samo martwy jak wtedy, gdy zrobisz to celowo — nie ustępowała Ygritte. Jon nigdy w życiu nie widział nikogo równie upartego, poza być może swoją młodszą siostrą Aryą. *Czy jest jeszcze moją siostrą?* — zadał sobie pytanie. *Czy w ogóle kiedykolwiek nią była?* Nigdy nie był Starkiem, a jedynie pozbawionym matki bękartem lorda Eddarda, który nie miał większych praw do miejsca w Winterfell niż Theon Greyjoy. A nawet to stracił. Gdy człowiek z Nocnej Straży wypowiedział swe słowa, wyrzekał się dawnej rodziny, zamieniając ją na nową. Ale Jon Snow utracił również i tych braci.

Tak jak się tego spodziewał, znalazł Ducha na wzgórzu. Biały wilk nigdy nie wył, lecz mimo to coś go ciągnęło na szczyty. Siadał tam na zadzie i wpijał się w gwiazdy czerwonymi ślepiami, a z pyska buchała mu biała mgiełka.

— Czy ty też im nadajesz jakieś nazwy? — zapytał Jon. Opadł na jedno kolano i podrapał wilkora po gęstym, białym futrze na szyi. — Zając? Łania? Wilczyca?

Duch polizał go po twarzy, dotykając szorstkim językiem strupów na ranach pozostawionych przez szpony orła. *Ptak naznaczył nas obu* — pomyślał chłopak.

— Duch — powiedział cicho — rankiem przechodzimy na drugą stronę. Tu nie ma schodów ani klatki podnoszonej na wyciągu. Nie mam jak cię przenieść. Musimy się rozstać. Rozumiesz?

W mroku czerwone oczy wilkora wydawały się czarne. Szturchnął pyskiem szyję Jona, milczący jak zawsze. Jego oddech był gorącą mgiełką. Dzicy zwali Jona Snow wargiem, lecz jeśli rzeczywiście nim był, to marnym. Nadal nie potrafił przywdziać wilczej skóry, tak jak Orell przywdziewał skórę swego orła. Kiedyś śniło mu się, że jest Duchem i spogląda z góry na dolinę Mlecznej Wody, w której Mance Rayder zgromadził swych ludzi, i ten sen okazał się prawdą. Teraz jednak nie spał i zostały mu tylko słowa.

— Nie możesz pójść ze mną — rzekł Jon, ujmując łeb wilka w dłonie i spoglądając mu głęboko w oczy. — Musisz iść do Czarnego Zamku. Rozumiesz? Do Czarnego Zamku. Potrafisz go znaleźć? Trafisz do domu? Idź wzdłuż lodu, cały czas na wschód, w stronę słońca, a na pewno tam dotrzesz. W Czarnym Zamku cię poznają i może twój widok będzie dla nich ostrzeżeniem. — Myślał o tym, żeby napisać list i dać go Duchowi, nie miał jednak inkaustu, pergaminu ani gęsiego pióra, a do tego ryzyko, że go złapią, było zbyt wielkie. — Spotkamy się w Czarnym Zamku, ale musisz tam dotrzeć samodzielnie. Przez pewien czas będziemy polować osobno. Osobno.

Wilkor wyrwał się z uścisku Jona, stawiając uszy. Nagle zerwał się do biegu. Przemknął przez chaszcze i przeskoczył zwalone drzewo, pędząc jak biała błyskawica. *Pobiegł do Czarnego Zamku?* — zastanawiał się Jon. *Czy ściga zająca?* Chciałby to wiedzieć. Obawiał się, że może się okazać równie kiepskim wargiem jak zaprzysiężonym bratem i szpiegiem.

Jego wyblakłymi czarnymi szatami targał wiatr, niosący ze sobą woń sosnowych igieł. Na południu majaczył Mur, wysoki i ciemny, olbrzymi cień przesłaniający gwiazdy. Pagórkowaty teren nasuwał mu podejrzenie, że znajdują się gdzieś między Wieżą Cieni a Czarnym Zamkiem, zapewne bliżej tej pierwszej. Podążali na południe przez wiele dni, omijając głębokie jeziora, które ciągnęły się w wąskich dolinach niczym cienkie, długie palce, z obu stron otoczone porośniętymi sosnowym lasem wzgórzami o skalnych graniach. W takim terenie jeźdźcy poruszali się powoli, lecz za to łatwo im było zbliżyć się do Muru niepostrzeżenie.

*To idealna okolica dla dzikich łupieżców* — pomyślał. *Takich jak my. Jak ja.*

Za Murem leżało Siedem Królestw i wszystko, czego poprzysiągł strzec. Wypowiedział słowa, przysiągł na życie i honor. Powinien teraz stać tam na warcie. Powinien unosić róg do ust, by wezwać Nocną Straż do broni. Nie miał jednak rogu. Zapewne bez trudu mógłby ukraść jeden z tych, które należały do dzikich, lecz co by mu to dało? Nawet gdyby w niego zadął, nikt by go nie usłyszał. Mur miał trzysta mil długości, a liczebność Straży tragicznie spadła. Opuszczono wszystkie twierdze poza trzema i Jon mógł być jedynym bratem w promieniu czterdziestu mil. Jeśli jeszcze był bratem...

*Trzeba było spróbować zabić Mance'a Raydera na Pięści, nawet jeśli miałoby to mnie kosztować życie.* Tak właśnie postąpiłby Qhorin Półręki. Jon jednak się zawahał i szansa umknęła. Następnego dnia odjechał z magnarem Styrem, Jarlem oraz ponad setką wybranych Thennów i łupieżców. Powtarzał sobie, że tylko czeka na odpowiedni moment, by wymknąć się i popędzić do Czarnego Zamku. Ten moment nigdy jednak nie nadszedł. Większość nocy spędzali w opustoszałych wioskach dzikich, a Styr zawsze wyznaczał do pilnowania koni tuzin swych Thennów, Jarl obserwował Jona podejrzliwie, Ygritte zaś nigdy nie odchodziła daleko, we dnie czy w nocy.

*Dwa serca, które biją jak jedno.* Drwiące słowa Mance'a Raydera niosły się w głowie młodzieńca gorzkim echem. Jon rzadko czuł się tak zdezorientowany. *Nie mam wyboru* — powiedział sobie, gdy po raz pierwszy wśliznęła się pod skóry, którymi przykrywał się w nocy. *Jeśli jej odmówię, zrozumie, że jestem kłamcą. Gram rolę, którą kazał mi grać Półręki.*

Ciało Jona odgrywało ją z radością. Jego wargi stykały się z jej wargami, jego dłoń wsuwała się pod jej koszulę z jeleniej skóry, żeby dotknąć piersi, a jego męskość sztywniała, gdy przez ubranie pocierała o nią swój wzgórek. *Moja przysięga* — pomyślał, wspominając boży gaj, w którym ją wypowiedział, dziewięć wielkich, białych czardrzew rosnących w kręgu, ich czerwone rzeźbione twarze, które patrzyły i słuchały. Jej palce rozsznurowywały już jednak jego spodnie, jej język wsuwał się do jego ust, jej dłoń zagłębiała się w jego bieliznę, by wyprowadzić go na zewnątrz. Nie widział już czardrzew, a jedynie Ygritte. Ugryzła go w szyję, a on wtulił twarz w jej gęste rude włosy. *Szczęście* — pomyślał. *Przynosi szczęście. Jest pocałowana przez ogień.*

— Czy to nie jest dobre? — zapytała, wprowadzając go w głąb siebie. Była tam zupełnie wilgotna. Z pewnością nie był jej pierwszym, lecz nic go to nie obchodziło. Jego przysięga, jej dziewictwo, wszystko to straciło znaczenie. Liczyło się tylko jej ciepło, jej usta, palce, którymi szczypała jego brodawkę piersiową. — Czy to nie słodkie? — zapytała tym razem. — Nie tak szybko, och, powoli, tak, tak. Tutaj, tutaj, tak, słodko, słodko. Nic nie wiesz, Jonie Snow, ale ja ci wszystko pokażę. Teraz mocniej. Taaaak.

*To tylko rola* — przekonywał się później. *Gram rolę. Musiałem zrobić to raz, żeby dowieść, że złamałem przysięgę. Zdobyć jej zaufanie.* To nie musiało się już więcej powtórzyć. Nadal pozostawał człowiekiem z Nocnej Straży i synem Eddarda Starka. Zrobił to, co trzeba było zrobić, dowiódł tego, czego należało dowieść.

Ten dowód okazał się jednak bardzo przyjemny, a potem Ygritte zasnęła obok niego z głową na jego piersi i to również było słodkie, niebezpiecznie słodkie. Ponownie pomyślał o czardrzewach i słowach, które przed nimi wypowiedział. *To zdarzyło się tylko raz. Nie było innego wyjścia. Nawet ojciec się kiedyś potknął. Zapomniał o przysiędze małżeńskiej i spłodził bękarta.* Jon poprzysiągł sobie, że z nim będzie tak samo. *To się już nie powtórzy.*

Tej samej nocy powtórzyło się jeszcze dwa razy, a potem znowu rano, kiedy obudziła go i przekonała się, że jest twardy. Dzicy otwierali już oczy i kilku z nich z pewnością zauważyło, co się dzieje pod stertą futer. Jarl zawołał, żeby się pośpieszyli, bo inaczej wyleje na nich wiadro wody. *Jak na parzące się psy* — pomyślał potem Jon. Czy tym właśnie się stał? *Jestem człowiekiem z Nocnej Straży* — upierał się cichy głos w głębi jego jaźni, z każdą nocą stawał się on jednak nieco słabszy, a gdy Ygritte całowała jego uszy albo gryzła w szyję, Jon nie słyszał go w ogóle. *Czy tak właśnie było z ojcem?* — zadał sobie pytanie. *Czy był tak samo słaby jak ja i dlatego okrył się hańbą w łożu mojej matki?*

Wtem zdał sobie sprawę, że coś wchodzi na wzgórze za jego plecami. Przez pół uderzenia serca myślał, że może to wrócił Duch, lecz wilkor nigdy nie robił tyle hałasu. Jednym gładkim ruchem wydobył Długi Pazur, okazało się jednak, że to tylko któryś z Thennów, barczysty mężczyzna w hełmie z brązu.

— Chodź. Magnar czeka.

Ludzie z Thennu mówili w starym języku i większość z nich znała tylko kilka słów powszechnego.

Jona mało obchodziły pragnienia magnara, nie miało jednak sensu spierać się z kimś, kto ledwie go rozumiał. Ruszył za dzikim na dół.

Wylot jaskini był szczeliną w skale, tak wąską, że z trudem mieścił się w niej koń. Szczelinę na wpół przesłaniała żołnierska sosna. Grota wychodziła na północ, dzięki czemu z Muru nie było widać płonącego wewnątrz ogniska. Nawet gdyby dziś w nocy szczytem Muru przejeżdżał patrol, bracia nie zauważyliby nic poza wzgórzami, sosnami i lodowatym blaskiem gwiazd odbijającym się w częściowo zamarzniętym jeziorze. Mance Rayder dobrze zaplanował ten atak.

Korytarz opadał dwadzieścia stóp w dół, po czym przechodził w grotę tak obszerną, jak Wielka Komnata Winterfell. Wśród kolumn płonęły ogniska, których dym czernił kamienne sklepienie. Konie spętano pod ścianą, obok płytkiej sadzawki. Pośrodku znajdował się otwór prowadzący do drugiej jaskini na dole, która mogła być jeszcze większa, choć po ciemku trudno to było określić. Jon słyszał cichy szum, jakby gdzieś poniżej płynął podziemny strumień.

Magnarowi towarzyszył Jarl. Mance mianował ich obu współdowódcami. Jon już wcześniej zauważył, że Styr nie jest z tego zbyt zadowolony. Mance Rayder nazwał ciemnowłosego młodzieńca „ulubieńcem" Val, która była siostrą Dalii, jego królowej. Czyniło to

Jarla szwagrem króla za Murem. Magnar był wyraźnie wściekły, że musi dzielić się władzą. Przywiódł ze sobą stu Thennów, pięć razy więcej ludzi niż Jarl, i często zachowywał się tak, jakby był tu samodzielnym dowódcą. Jon jednak wiedział, że to młodszy mężczyzna przeprowadzi ich przez lód. Choć Jarl nie mógł mieć więcej niż dwadzieścia lat, był łupieżcą już od ośmiu i wielokrotnie wyruszał za Mur z takimi ludźmi jak Alfyn Wronobójca i Płaczka, a ostatnio z własną bandą.

Magnar nie owijał w bawełnę.

— Jarl ostrzegał mnie przed wronami, które patrolują Mur. Powiedz mi wszystko, co wiesz o tych patrolach.

*Powiedz mi, nie nam wyboru* — zauważył Jon. *Mimo że Jarl stoi tuż obok niego.* Z wielką chęcią nie wykonałby tego obcesowego żądania, wiedział jednak, że Styr zabiłby go za najdrobniejszą nielojalność i Ygritte razem z nim, za to, że jest jego kobietą.

— Każdy patrol składa się z czterech ludzi, dwóch zwiadowców i dwóch budowniczych — odpowiedział. — Budowniczowie mają uważać na szczeliny, topnienie lodu i inne usterki, a zwiadowcy wypatrują wrogów. Jeżdżą na mułach.

— Na mułach? — Bezuchy mężczyzna zmarszczył brwi. — Muły są powolne.

— Powolne, ale pewniej stąpają na lodzie. Patrole często poruszają się szczytem Muru, a poza okolicami Czarnego Zamku biegnących tamtędy ścieżek nie posypywano żwirem już od wielu lat. Te muły hoduje się we Wschodniej Strażnicy i są specjalnie szkolone do tego zadania.

— Często poruszają się szczytem Muru? Nie zawsze?

— Nie. Co czwarty patrol jeździ dołem, żeby szukać szczelin w podstawie Muru albo podkopów.

Magnar skinął głową.

— Nawet w dalekim Thennie słyszeliśmy opowieść o Arsonie Lodowym Toporze i jego tunelu.

Jon również ją słyszał. Podkop Arsona Lodowego Topora sięgał już połowy grubości Muru, gdy trafili nań zwiadowcy z Nocnego Fortu. Zamiast przeszkadzać kopiącemu w pracy, zamknęli po prostu wylot tunelu lodem, śniegiem i kamieniami. Edd Cierpiętnik zapewniał, że jeśli mocno przycisnąć ucho do Muru, nadal można usłyszeć tłukącego toporem Arsona.

— Kiedy wyruszają te patrole? Jak często?

Jon wzruszył ramionami.

— To zależy. Słyszałem, że lord dowódca Qorgyle zwykł wysyłać je co trzeci dzień z Czarnego Zamku do Wschodniej Strażnicy i co drugi dzień z Czarnego Zamku do Wieży Cieni. W tych czasach Straż była jednak liczniejsza. Lord dowódca Mormont woli zmieniać liczbę patroli i dzień, w którym je wysyła, żeby trudniej było przewidzieć ich ruchy. Czasami kieruje nawet większy oddział do jednego z porzuconych zamków na dwa tygodnie albo na cały księżyc.

Jon wiedział, że to jego stryj był pomysłodawcą tej taktyki. Najważniejsze było pozbawić nieprzyjaciela pewności.

— A czy w Kamiennych Drzwiach jest teraz załoga? — zapytał Jarl. — I w Szarej Warcie?

*A więc jesteśmy między tymi dwiema twierdzami, tak?* Jon starannie ukrył swe myśli.

— Kiedy opuszczałem Mur, ludzie byli tylko we Wschodniej Strażnicy, Czarnym Zamku i Wieży Cieni. Nie mam pojęcia, co Bowen Marsh albo ser Denys mogli postanowić później.

— Ile wron zostało w zamkach? — dopytywał się Styr.

— Pięćset w Czarnym Zamku, dwieście w Wieży Cieni i może ze trzysta we Wschodniej Strażnicy.

Jon powiększył ich liczbę o trzystu ludzi. Gdyby tylko było to takie łatwe...

Jarl nie dał się jednak nabrać.

— Kłamie — oznajmił Styrowi. — Albo uwzględnił tych, których stracili na Pięści.

— Wrono — ostrzegł go magnar — nie bierz mnie za Mance'a Raydera. Jeśli mnie okłamiesz, wyrwę ci język.

— Nie jestem wroną i nikt nie będzie zwał mnie kłamcą. Jon zgiął palce ręki, w której zwykł trzymać miecz.

Magnar Thennu przeszył go spojrzeniem zimnych, szarych oczu.

— Wkrótce się dowiemy, ilu ich jest — stwierdził po chwili. — Możesz odejść. Jeśli będę ci chciał zadać jeszcze jakieś pytania, wyślę po ciebie.

Jon pokłonił się sztywno i odszedł. *Gdyby wszyscy dzicy byli podobni do Styra, łatwiej byłoby ich zdradzić.* Thennowie nie przypominali innych wolnych ludzi. Magnar twierdził, że jest ostatnim z Pierwszych Ludzi, i władał żelazną ręką. Thenn był niewielką krainą. Ta górska dolina kryła się pośród wysuniętych najdalej na północ szczytów Mroźnych Kłów. Ze wszystkich stron otaczali ją jaskiniowcy, Rogostopi, olbrzymy i klany kanibali znad zamarzniętych rzek. Ygritte mówiła, że Thennowie są groźnymi wojownikami, a magnar jest dla nich bogiem. Jon potrafił w to uwierzyć. W przeciwieństwie do Jarla, Harmy i Grzechoczącej Koszuli Styr cieszył się u swych ludzi absolutnym posłuchem. Ta dyscyplina z pewnością była jednym z powodów, dla których Mance właśnie jego wyznaczył do wyprawy za Mur.

Wszędzie widział Thennów, którzy siedzieli na hełmach z brązu wokół ognisk. *Gdzie się podziała Ygritte?* Znalazł jej rzeczy leżące razem z jego rzeczami, ale samej dziewczyny nigdzie nie było widać.

— Wzięła pochodnię i poszła w tę stronę — powiedział mu Grigg Kozioł, wskazując pochodnią w głąb jaskini.

Jon ruszył w tamtym kierunku i znalazł się w mrocznej, głębiej położonej części groty. *Nie może jej tu być* — pomyślał, wędrując przez labirynt kolumn i stalaktytów, gdy nagle usłyszał jej śmiech. Skierował się w stronę dźwięku, lecz po dziesięciu krokach dotarł do ściany z różowo-białego wapienia. Zdziwiony, wrócił tą samą drogą, którą przyszedł, i wypatrzył mroczny otwór pod mokrą kamienną wyniosłością. Ukląkł, wytężył słuch i usłyszał słaby plusk wody.

— Ygritte?

— Tu jestem — dobiegł go jej niosący się słabym echem głos.

Jon musiał przeczołgać się dwanaście kroków, by dotrzeć do większej groty. Gdy znowu stanął prosto, minęła jeszcze chwila, nim jego oczy przyzwyczaiły się do półmroku. Ygritte przyniosła pochodnię, nie było tu jednak żadnego innego źródła światła. Stała przy małym wodospadzie, który wypływał ze skalnej szczeliny, tworząc dużą czarną sadzawkę. Pomarańczowożółte płomienie odbijały się w jasnozielonej tafli.

— Co tu robisz? — zapytał.

— Usłyszałam plusk wody. Chciałam zobaczyć, jak głęboko sięga ta jaskinia. — Wyciągnęła rękę, w której trzymała pochodnię. — Tam jest korytarz, który schodzi dalej w dół. Przeszłam nim sto kroków, a potem zawróciłam.

— Kończy się ślepo?

— Nic nie wiesz, Jonie Snow. Ciągnie się, ciągnie i ciągnie. W tych wzgórzach są setki jaskiń, a głęboko pod ziemią wszystkie łączą się ze sobą. Jest tu nawet przejście pod waszym Murem. Droga Gorne'a.

— Gorne'a — powtórzył Jon. — Gorne był królem za Murem.

— Tak — zgodziła się Ygritte. — Razem ze swym bratem Gendelem, trzy tysiące lat temu. Przeprowadzili przez te jaskinie zastęp wolnych ludzi i Straż o niczym nie wiedziała. Ale gdy wyszli na powierzchnię, napadły na nich wilki z Winterfell.

— Stoczono bitwę — przypomniał sobie Jon. — Gorne zabił króla północy, ale syn poległego podniósł chorągiew ojca, włożył na głowę jego koronę i powalił zabójcę.

— A szczęk mieczy obudził wrony w ich zamkach. Wyjechały całe w czerni i zaatakowały wolnych ludzi od tyłu.

— Tak. Gendel na południu miał króla, na wschodzie Umberów, a na północy Straż. On również zginął.

— Nic nie wiesz, Jonie Snow. Wcale nie zginął. Przebił się przez szeregi wron i poprowadził swych ludzi na północ, choć wilki ścigały ich zajadle. Tyle że Gendel nie znał jaskiń tak dobrze jak Gorne i skręcił w niewłaściwym kierunku. — Poruszyła pochodnią w przód i w tył, aż cienie podskoczyły gwałtownie. — Zapuszczał się coraz głębiej, a kiedy próbował zawrócić, korytarze, które wydawały się znajome, miały na końcu skałę zamiast nieba. Wkrótce jego pochodnie zaczęły gasnąć jedna po drugiej, aż wreszcie zewsząd otoczyła ich ciemność. Ludzi Gendela nigdy już więcej nie widziano, lecz w cichą noc słychać, jak dzieci dzieci ich dzieci łkają pod wzgórzami, nadal szukając drogi powrotu. Posłuchaj. Czy je słyszysz?

Jon słyszał tylko spadającą na dół wodę i ciche buzowanie płomieni.

— A czy to przejście pod Murem również zaginęło?

— Niektórzy go szukali, ale ci, którzy schodzą głęboko, natrafiają na dzieci Gendela, a one zawsze są głodne. — Uśmiechnęła się i wetknęła ostrożnie pochodnię w skalną szczelinę, po czym podeszła do niego. — W ciemności nie ma nic do jedzenia poza mięsem — wyszeptała, gryząc go w szyję.

Jon wtulił twarz we włosy dziewczyny, wypełniając nos jej zapachem.

— Mówisz jak Stara Niania, kiedy opowiadała Branowi o potworach.

Szturchnęła go w ramię.

— Jestem staruszką, tak?

— Jesteś starsza ode mnie.

— Starsza i mądrzejsza. Nic nie wiesz, Jonie Snow.

Odsunęła się od niego i zrzuciła z siebie kamizelkę z króliczego futra.

— Co ty robisz?

— Pokazuję ci, jaka jestem stara. — Rozwiązała koszulę z jeleniej skóry, zrzuciła ją i ściągnęła wszystkie trzy wełniane podkoszulki jednocześnie przez głowę. — Chcę, żebyś mnie wreszcie zobaczył.

— Nie powinniśmy…

— Powinniśmy. — Piersi dziewczyny podskoczyły, gdy stanęła na jednej nodze, żeby ściągnąć but, a potem przeskoczyła na drugą, żeby zdjąć drugi. Jej sutki były wielkimi różowymi kręgami. — Ty też — powiedziała, ściągając spodnie z baraniej skóry. — Jeśli chcesz patrzeć, musisz też pokazywać. Nic nie wiesz, Jonie Snow.

— Wiem, że cię pragnę — usłyszał własne słowa. Zapomniał o wszystkich przysięgach i honorze. Stała przed nim naga jak w dzień imienia, a on był twardy niczym otaczająca ich skała. Był już w niej pół setki razy, lecz zawsze pod futrem, gdy otaczali ich inni. Nigdy dotąd nie widział, jaka jest piękna. Nogi miała szczupłe, ale muskularne, a włosy w miejscu ich połączenia miały jaskrawszą barwę niż na głowie. *Czy to znaczy, że przynoszą jeszcze więcej szczęścia?* Przyciągnął ją do siebie. — Kocham twój zapach — mówił. — Kocham twoje rude włosy. Kocham twoje usta i to, jak mnie całujesz. Kocham twój uśmiech. Kocham twoje cycki. — Pocałował je, najpierw jeden, a potem drugi. — Kocham twoje chude nogi i to, co jest między nimi.

Uklęknął, by pocałować ją lekko we wzgórek, lecz Ygritte rozsunęła nieco nogi i zobaczył ukrytą wewnątrz różowość. Pocałował ją również i poczuł jej smak. Westchnęła cicho.

— Jeśli kochasz mnie tak bardzo, to czemu jesteś jeszcze ubrany? — wyszeptała. — Nic nie wiesz, Jonie Snow. Nic... och. Och. OCHCHCH.

Potem zachowywała się niemal nieśmiało, o ile w przypadku Ygritte w ogóle było to możliwe.

— To, co zrobiłeś — zaczęła, gdy leżeli razem na stercie ubrań. — Ustami. — Zawahała się. — Czy... czy to właśnie lordowie robią na południu swym damom?

— Nie sądzę. — Co prawda, nikt nigdy nie mówił Jonowi, co robią lordowie swym damom. — Ja tylko... chciałem cię tam pocałować, to wszystko. Chyba ci się to spodobało.

— Tak... trochę. Nikt cię tego nie uczył?

— Nikogo przed tobą nie było — wyznał. — Jesteś pierwsza.

— Dziewica — drażniła się z nim. — Jesteś dziewicą.

Uszczypnął ją figlarnie w bliższą sutkę.

— Byłem człowiekiem z Nocnej Straży. — *Byłem.* Kim był teraz? Nie chciał się nad tym zastanawiać. — A czy ty byłaś dziewicą?

Ygritte wsparła się na łokciu.

— Mam dziewiętnaście lat, jestem włóczniczką, do tego pocałowaną przez ogień. Jak mogłabym być dziewicą?

— Kto to był?

— Chłopak na święcie, pięć lat temu. Przyjechał pohandlować ze swoimi braćmi i miał włosy takie jak moje, pocałowane przez ogień, więc myślałam, że przyniesie mi szczęście, ale okazał się słaby. Kiedy wrócił, żeby mnie ukraść, Długa Włócznia złamał mu rękę i przegonił go. Więcej już nie próbował, ani razu.

— A więc to nie był Długa Włócznia?

Jon poczuł ulgę. Lubił Długą Włócznię z jego niełądną twarzą i przyjaznym zachowaniem. Wymierzyła mu kuksańca.

— To wstrętne. Czy spałbyś z własną siostrą?

— Długa Włócznia nie jest twoim bratem.

— Jest z mojej wioski. Nic nie wiesz, Jonie Snow. Prawdziwy mężczyzna kradnie kobietę z daleka, żeby wzmocnić klan. Kobiety, które śpią z braćmi, ojcami albo klanowymi kuzynami, obrażają bogów, a ci przeklinają je słabymi, chorowitymi dziećmi. Nawet potworami.

— Craster żeni się ze swymi córkami — wskazał Jon.

Zdzieliła go po raz kolejny.

— W Crasterze jest więcej z was niż z nas. Jego ojciec był wroną. Ukradł kobietę z Białegodrzewa, ale potem uciekł z powrotem na Mur. Poszła kiedyś do Czarnego Zamku, żeby pokazać wronie syna, ale bracia zadęli w rogi i przepędzili ją. W żyłach Crastera płynie czarna krew. Wisi nad nim straszliwa klątwa. — Przesunęła sobie delikatnie palcami po brzuchu. — Kiedyś się bałam, że ty zrobisz to samo. Uciekniesz na Mur. W ogóle nie wiedziałeś, co robić, kiedy mnie ukradłeś.

Jon usiadł.

— Ygritte, nie ukradłem cię.

— Ukradłeś. Zeskoczyłeś z góry i zabiłeś Orella, a potem przystawiłeś mi nóż do gardła, nim zdążyłam wydobyć topór. Myślałam, że mnie wtedy weźmiesz albo zabijesz, albo może i jedno, i drugie, ale tego nie zrobiłeś. A kiedy ci opowiedziałam historię o Baelu Bardzie i o tym, jak zerwał różę z Winterfell, pomyślałam, że wtedy to już na pewno mnie zerwiesz, ale nadal tego nie zrobiłeś. Nic nie wiesz, Jonie Snow. — Uśmiechnęła się do niego nieśmiało. — Ale może już czegoś się uczysz.

Jon zauważył, że nagle wokół niej zamigotało światło. Rozejrzał się wokół.

— Lepiej wstawajmy. Pochodnia prawie się już wypaliła.

— Czyżby wrona bała się dzieci Gendela? — zapytała z uśmiechem Ygritte. — Zapuściliśmy się tylko kawałek pod ziemię i jest jeszcze coś, czego od ciebie chcę, Jonie Snow. — Obaliła go na ubrania i usiadła na nim okrakiem. — Czy...

Zawahała się.

— Czy co? — zapytał, gdy pochodnia zaczęła dogasać.

— Czy zrobiłbyś to jeszcze raz? — wybuchła. — Ustami? Lordowski pocałunek? A ja... ja mogłabym zobaczyć, czy tobie też się to spodoba.

Gdy pochodnia zgasła, Jona Snow nic już nie obchodziło.

Potem poczucie winy wróciło, znacznie już jednak słabsze. *Jeśli to takie złe, to czemu bogowie uczynili to tak przyjemnym?*

Kiedy skończyli, w grocie zapadła już nieprzenikniona ciemność. Widać było tylko słaby blask bijący z korytarza prowadzącego do wyżej położonej jaskini, w której płonęło około dwudziestu ognisk. Obijali się o siebie, próbując się ubrać w ciemności. Ygritte potknęła się i wpadła do stawu. Wrzasnęła głośno, przerażona zimnem wody. Gdy Jon parsknął śmiechem, wciągnęła go za sobą. Siłowali się i pluskali w ciemności, a gdy znowu znalazła się w jego ramionach, okazało się, że wcale jeszcze nie skończyli.

— Jonie Snow — powiedziała, gdy już zostawił w niej swe nasienie — nie ruszaj się teraz, słodki. Lubię cię czuć w sobie. Nie wracajmy do Styra i Jarla. Zejdźmy na dół i przyłączmy się do dzieci Gendela. Nie chcę już nigdy opuszczać tej jaskini, Jonie Snow. Nigdy w życiu.

# DAENERYS

— Wszystkich? — W głosie małej niewolnicy zabrzmiała niepewność. — Wasza Miłość, czy bezwartościowe uszy tej osoby źle słyszą?

Przez romboidalne szybki okien z grubego, barwionego szkła, wprawionych w pochyłe, trójkątne ściany, do środka przedostawało się chłodne, zielone światło, a przez otwarte drzwi tarasu napływał powiew, niosący ze sobą z ogrodu woń owoców i kwiatów.

— Twoje uszy dobrze słyszały — odparła Dany. — Chcę kupić wszystkich. Powtórz to, proszę, Dobrym Panom.

Nałożyła dziś qartheńską suknię. Ciemnofiołkowy jedwab podkreślał fioletową barwę jej oczu, a krój odsłaniał lewą pierś. Dany popijała cierpkie daktylowe wino z wysokiego srebrnego pucharu, słuchając, jak Dobrzy Panowie z Astaporu naradzają się cicho między sobą. Nie potrafiła rozróżnić wszystkich słów, słyszała jednak w ich głosach chciwość.

Każdemu z ośmiu handlarzy towarzyszyło dwoje albo troje przybocznych niewolników... choć najstarszy z Grazdanów miał ich sześcioro. By nie uchodzić za żebraczkę, Dany przyprowadziła własną świtę: Irri i Jhiqui w spodniach z piaskowego jedwabiu i malowanych kamizelkach, starego Białobrodego i potężnego Belwasa oraz swych braci krwi. Ser Jorah stał za nią, pocąc się w zielonej opończy, na której wyhaftowano czarnego niedźwiedzia Mormontów. Zapach jego potu stanowił przyziemną odpowiedź na woń słodkich perfum, którymi zlewali się Astaporczycy.

— Wszystkich? — warknął Kraznys mo Nakloz, który pachniał dziś brzoskwiniami. Mała niewolnica powtórzyła to słowo w powszechnym języku Westeros. — Tysięcy mamy osiem. Czy o to jej chodzi, gdy mówi „wszystkich”? Jest też sześć centurii, które wejdą w skład dziewiątego tysiąca. Czy je również chciałaby kupić?

— Chciałabym — odpowiedziała Dany, gdy przełożono jej to pytanie. — Osiem tysięcy, sześć centurii... i tych chłopców, którzy jeszcze nie ukończyli szkolenia. Nie zdobyli spiczastych hełmów.

Kraznys zwrócił się ku swym towarzyszom. Po raz kolejny naradzili się między sobą. Tłumaczka powiedziała Dany, jak każdy z nich się nazywa, trudno jednak było odróżnić ich od siebie. Czterej handlarze mieli na imię Grazdan, zapewne na cześć Grazdana Wielkiego, który w zaraniu dziejów założył Stare Ghis. Wszyscy wyglądali podobnie: tędzy, krępi mężczyźni o bursztynowej skórze, szerokich nosach i ciemnych oczach. Włosy mieli czarne, ciemnorude bądź też w charakterystycznym dla Ghiscarczyków dziwacznym połączeniu obu tych kolorów. Wszystkich spowijały *tokary*. Strój ten mogli nosić jedynie wolno urodzeni mężczyźni z Astaporu.

Dany dowiedziała się od kapitana Groleo, że o statusie mężczyzny świadczy obrębek *tokaru*. W chłodnej zielonej komnacie na szczycie piramidy było obecnych dwóch handlarzy w *tokarach* o srebrnym obrębku, pięciu miało złoty, a jeden, najstarszy z Grazdanów, pysznił się obrębkiem z wielkich, białych pereł, które stukały cicho o siebie, gdy wiercił się na fotelu albo poruszał ręką.

— Nie możemy sprzedać niewyszkolonych chłopców — mówił jeden z Grazdanów ze srebrnym obrębkiem.

— Jeśli starczy jej złota, możemy — sprzeciwił się grubszy mężczyzna, którego *tokar* miał złoty obrębek.

— Nie są Nieskalanymi. Nie zabili jeszcze swoich osesków. Jeśli padną w bitwie, okryją nas wstydem. Nawet jeśli jutro wykastrujemy pięć tysięcy nowych chłopców, minie dziesięć lat, nim będziemy mogli ich sprzedać. Co powiemy następnemu nabywcy, który przybędzie po Nieskalanych?

— Że musi zaczekać — odparł grubas. — Lepsze złoto w sakiewce niż złoto w przyszłości.

Dany pozwoliła im się spierać. Popijała cierpkie wino daktylowe, pilnie bacząc, by jej twarz zachowała wyraz nieświadomości. *Będę miała wszystkich, bez względu na cenę* — powiedziała sobie. W mieście było około stu handlarzy niewolników, lecz najwięksi to ci, których miała przed sobą. Gdy chodziło o sprzedaż nałożnic, robotników rolnych, skrybów, rzemieślników i nauczycieli, ci ludzie byli rywalami, lecz w sprawie szkolenia i sprzedaży Nieskalanych ich przodkowie zawarli ze sobą przymierze. „Z cegieł i krwi jest Astapor, i z cegieł i krwi lud jego".

Ich decyzję ogłosił w końcu Kraznys.

— Powiedz jej, że dostanie osiem tysięcy, jeśli ma wystarczająco wiele złota. I sześć centurii też, jeśli tego chce. Powiedz jej, że jeśli wróci za rok, dostanie jeszcze dwa tysiące.

— Za rok będę już w Westeros — odpowiedziała Dany, wysłuchawszy tłumaczenia. — Potrzebuję ich teraz. Nieskalani są dobrze wyszkoleni, lecz mimo to wielu zginie w bitwach. Potrzebuję chłopców po to, by podnieśli miecze, które wypadną im z rąk. — Odstawiła wino i nachyliła się nad dziewczynką. — Powiedz Dobrym Panom, że chcę nawet tych, którzy jeszcze mają swoje szczeniaki. Powiedz, że za wykastrowanego wczoraj chłopca zapłacę tyle samo, co za Nieskalanego w spiczastym hełmie.

Dziewczynka przetłumaczyła jej słowa, lecz odpowiedź nadal brzmiała „nie".

Poirytowana Dany zmarszczyła brwi.

— Proszę bardzo. Powiedz im, że zapłacę podwójnie, pod warunkiem, że dostanę wszystkich.

— Podwójnie?

Grubas w szacie obszytej złotem omal się nie zapluł.

— Ta mała kurwa rzeczywiście jest głupia — stwierdził Kraznys mo Nakloz. — Radzę zażądać potrójnej ceny. Jest tak zdesperowana, że zapłaci i tyle. Zażądajmy nawet dziesięciokrotnej, tak jest.

Wysoki Grazdan ze spiczastą brodą mówił w języku powszechnym, choć nie tak dobrze jak mała niewolnica.

— Wasza Miłość — warknął. — Westeros bogate, to prawda, ale ty jeszcze nie królowa. Może nigdy nie będziesz królowa. Nawet Nieskalani mogą przegrać bitwy ze strasznymi stalowymi rycerzami z Siedmiu Królestw. Przypominam, że Dobrzy Panowie z Astaporu nic nie sprzedają za obietnice. Czy wystarczy u ciebie złota i towarów, żeby zapłacić za tylu eunuchów?

— Znasz odpowiedź lepiej ode mnie, Dobry Panie — odpowiedziała Dany. — Twoi ludzie obejrzeli sobie moje statki i zapisali wszystkie kawałki bursztynu i dzbany szafranu. Ile mam?

— Wystarczy, żeby kupić tysiąc — odparł Dobry Pan z pogardliwym uśmieszkiem. — Ale powiedziałaś, że płacisz podwójnie. To znaczy, że możesz dostać pięć centurii.

— Za tę ładną koronę mogłabyś kupić jeszcze jedną — dodał grubas po valyriańsku. — Koronę z trzema smokami.

Dany zaczekała na tłumaczenie jego słów.

— Moja korona nie jest na sprzedaż. — Kiedy Viserys sprzedał koronę ich matki, opuściły go resztki radości, zostawiając jedynie gniew. — Nie sprzedam też moich ludzi ani ich dobytku i koni. Możecie jednak dostać statki. Wielką kogę „Balerion" oraz galery „Vhagar" i „Meraxes". — Ostrzegła Groleo i pozostałych kapitanów, że może do tego dojść, choć sprzeciwiali się gorąco. — Trzy dobre statki z pewnością są warte więcej niż garstka nędznych eunuchów.

Gruby Grazdan odwrócił się w stronę pozostałych i handlarze ponownie odbyli cichą naradę.

— Dwa tysiące — oznajmił na koniec spiczastobrody, odwracając się w jej stronę. — To zbyt wielu, ale Dobrzy Panowie są szczodrzy, a twoja sytuacja jest ciężka.

Dwa tysiące nie mogło wystarczyć do tego, co zamierzała uczynić. *Potrzebuję wszystkich.* Dany wiedziała, jak musi teraz postąpić, choć nawet daktylowe wino nie zdołało zmyć z jej ust smaku goryczy. Zastanawiała się całą noc i nie znalazła innego wyjścia. *To jedyna możliwość.*

— Dajcie mi wszystkich, a dostaniecie smoka.

Stojąca obok Jhiqui wciągnęła głośno powietrze w płuca. Kraznys uśmiechnął się do swych towarzyszy.

— A nie mówiłem? Nie ma rzeczy, której by nam nie dała.

Białobrody spoglądał na nią z szokiem i niedowierzaniem. Chuda, pokryta wątrobowymi plamami dłoń, w której trzymał laskę, drżała gwałtownie.

— Nie. — Opadł przed nią na jedno kolano. — Wasza Miłość,

błagam cię, zdobądź tron z pomocą smoków, nie niewolników. Nie wolno ci...

— To tobie nie wolno mnie pouczać. Ser Jorahu, odprowadź Białobrodego.

Mormont złapał brutalnie starego giermka za łokieć, podniósł go na nogi i wyprowadził na taras.

— Powiedz Dobrym Panom, że przepraszam za to zakłócenie — oznajmiła Dany małej niewolnicy. — Przekaż im, że czekam na odpowiedź.

Znała ją już jednak, dostrzegała ją w błysku ich oczu i w uśmiechach, za którymi próbowali ją skryć. Astaporczycy mieli tysiące eunuchów i jeszcze więcej czekających na kastrację chłopców, lecz na całym szerokim świecie były tylko trzy żywe smoki. A Ghiscarczycy pożądają smoków. Jak mogliby ich nie pożądać? Gdy świat był młody, Stare Ghis pięciokrotnie toczyło wojnę z Valyrią i za każdym razem ponosiło straszliwą klęskę. Dlatego, że imperium nie miało smoków.

Najstarszy Grazdan poruszył się w fotelu. Jego perły zastukały cicho.

— Tego, którego sami sobie wybierzemy — dodał cienkim, twardym głosem. — Ten czarny jest największy i najzdrowszy.

— Nazywa się Drogon — wyjaśniła, kiwając głową.

— Cały twój dobytek poza koroną i strojem królowej, który pozwolimy ci zatrzymać. Trzy statki. I Drogon.

— Zgoda — odpowiedziała w języku powszechnym.

— Zgoda — potwierdził stary Grazdan w silnie akcentowanym valyriańskim. Inni powtórzyli za nim to słowo.

— Zgoda — przetłumaczyła mała niewolnica. — I zgoda, i zgoda, osiem razy zgoda.

— Nieskalani szybko się nauczą waszego barbarzyńskiego języka — zapewnił Kraznys mo Nakloz, gdy wszystko już uzgodniono — ale do tego czasu będziesz potrzebowała niewolnicy, żeby z nimi rozmawiać. Przyjmij tę dziewczynkę jako dar od nas, symbol zawartej umowy.

— Z chęcią — zgodziła się Dany.

Niewolnica przetłumaczyła słowa ich obojga. Jeśli obeszło ją, że dano ją w prezencie, nic po sobie nie okazała.

Arstan Białobrody również trzymał język za zębami, gdy Dany mijała go na tarasie. Zszedł bez słowa po schodach, słyszała jednak, jak jego laska stuka o czerwone cegły. Nie miała do niego pretensji o okazywany gniew. Postąpiła obrzydliwie. *Matka Smoków sprzedała swe najsilniejsze dziecko.* Na samą myśl o tym robiło się jej niedobrze.

Gdy jednak zeszli na plac Dumy i stanęli na gorących czerwonych cegłach między piramidą handlarzy niewolników a koszarami eunuchów, Dany zwróciła się w stronę staruszka.

— Białobrody — zaczęła — pragnę, byś mi doradzał, i nie powinieneś się bać mówić ze mną otwarcie... kiedy jesteśmy sami. Nigdy jednak nie sprzeciwiaj mi się przy obcych. Zrozumiano?

— Tak, Wasza Miłość — zgodził się z przygnębieniem.

— Nie jestem dzieckiem — dodała. — Jestem królową.

— Nawet królowe mogą się mylić. Astaporczycy oszukali cię, Wasza Miłość. Smok jest wart więcej niż armia. Aegon udowodnił to przed trzystu laty na Polu Ognia.

— Wiem, co udowodnił Aegon. Ja również zamierzam dowieść paru rzeczy. — Odwróciła się od niego, spoglądając na dziewczynkę, która czekała potulnie obok lektyki. — Masz jakieś imię czy musisz codziennie wyciągać z beczki nowe?

— To dotyczy tylko Nieskalanych — odpowiedziała dziewczynka. Nagle zdała sobie sprawę, że pytanie zadano po starovalyriańsku. Wybałuszyła szeroko oczy. — Och.

— Masz na imię Och?

— Nie. Wasza Miłość, wybacz mi ten wybuch. Twoja niewolnica ma na imię Missandei, ale...

— Missandei nie jest już niewolnicą. Wyzwalam cię. Pojedziesz ze mną w tej lektyce. Chcę z tobą porozmawiać. — Rakharo pomógł im wsiąść i Dany zaciągnęła zasłony, by osłonić je przed pyłem i upałem. — Jeśli nie zechcesz mnie opuścić, zostaniesz jedną z moich służących — zaczęła, gdy ruszyli. — Zatrzymam cię u swego boku, żebyś przemawiała w moim imieniu, tak jak przemawiałaś w imieniu Kraznysa. Jeśli jednak masz ojca albo matkę, do których wolałabyś wrócić, możesz porzucić służbę u mnie, kiedy tylko zapragniesz.

— Ta osoba zostanie — odparła dziewczynka. — Ta osoba... ja... nie mam dokąd pójść. Ta... z chęcią będę ci służyła.

— Mogę obdarzyć cię wolnością, ale nie zapewnię ci bezpieczeństwa — ostrzegła ją Dany. — Muszę przemierzyć cały świat i stoczyć kilka wojen. Będą ci groziły głód, choroby i śmierć.

— *Valar morghulis* — odpowiedziała Missandei po starovalyriańsku.

— Wszyscy muszą umrzeć — zgodziła się Dany — ale módlmy się, by nie nastąpiło to zbyt szybko. — Położyła się na poduszkach i ujęła rękę dziewczynki. — Czy ci Nieskalani naprawdę nie znają strachu?

— Naprawdę, Wasza Miłość.

— Teraz służysz mnie. Czy rzeczywiście nie czują bólu?

— Wino odwagi niszczy podobne uczucia. Piją je wiele lat wcześniej, nim zabiją oseska.

— I są posłuszni?

— Posłuszeństwo to wszystko, co znają. Jeśli powiesz im, że mają przestać oddychać, przyjdzie im to łatwiej, niż złamać twój rozkaz.

Dany skinęła głową.

— A gdy już mi nie będą potrzebni?

— Wasza Miłość?

— Kiedy już wygram wojnę i odzyskam tron, który należał do mego ojca, moi rycerze schowają miecze i wrócą do swych twierdz, do żon, dzieci i matek... do swojego życia. Tylko że ci eunuchowie nie mają własnego życia. Co mam zrobić z ośmioma tysiącami eunuchów, kiedy nie będę już musiała toczyć żadnych bitew?

— Nieskalani są znakomitymi strażnikami i wartownikami, Wasza Miłość — odparła Missandei. — A na takie doświadczone oddziały łatwo będzie znaleźć kupca.

— Mówią mi, że w Westeros nie handluje się ludźmi, zarówno mężczyznami, jak i kobietami.

— Z całym szacunkiem, Wasza Miłość, Nieskalani nie są mężczyznami.

— Jeśli ich komuś odsprzedam, to skąd mam wiedzieć, czy nie wykorzysta ich przeciwko mnie? — zapytała z naciskiem Dany. — Czy zrobią to? Będą walczyli przeciwko mnie, a nawet wyrządzą mi krzywdę?

— Jeśli ich pan im rozkaże. Oni nie zadają pytań, Wasza Miłość. Wszystkie pytania z nich wypalono. Wykonują tylko rozkazy. — Zrobiła zakłopotaną minę. — Gdy już... gdy już nie będą ci potrzebni... Wasza Miłość może im rozkazać upaść na własne miecze.

— I zrobią nawet to?

— Tak. — Głos Missandei nabrał delikatnego tonu. — Wasza Miłość.

Dany uścisnęła jej dłoń.

— Ale wolałabyś, żebym nie wydawała takiego rozkazu. Dlaczego? Czemu ci na nich zależy?

— Tej osobie nie... mnie... Wasza Miłość...

— Odpowiedz mi.

Dziewczynka spuściła oczy.

— Trzej z nich byli kiedyś moimi braćmi, Wasza Miłość.

*W takim razie mam nadzieję, że twoi bracia są równie odważni i bystrzy jak ty.* Dany oparła się o poduszkę. Lektyka niosła ją na „Baleriona". Wróci na jego pokład po raz ostatni, by zaprowadzić porządek w swoim świecie. *Wracam też do Drogona.* Zacisnęła usta w geście nieustępliwości.

Noc była długa, ciemna i wietrzna. Dany jak zwykle nakarmiła swe smoki, przekonała się jednak, że sama nie ma apetytu. Płakała przez chwilę, samotna w kajucie, potem osuszyła łzy na czas wystarczający, by odbyć kolejną kłótnię z kapitanem.

— Magistra Illyria tu nie ma — musiała mu wreszcie oznajmić — a nawet gdyby był, i tak nie przekonałby mnie do zmiany zdania. Potrzebuję Nieskalanych bardziej niż tych statków. Nie chcę już słyszeć na ten temat nic więcej...

Gniew wypalił z niej żal i strach, przynajmniej na kilka godzin.

Potem wezwała do kajuty swych braci krwi i ser Joraha. To byli jedyni ludzie, którym naprawdę ufała.

Chciała się trochę przespać, żeby rankiem być wypoczęta, lecz godzina miotania się na koi w dusznej kajucie przekonała ją, że to beznadziejne. Za drzwiami znalazła Agga, który umocowywał w łuku nową cięciwę w świetle kołyszącej się olejowej lampy. Rakharo siedział ze skrzyżowanymi nogami tuż obok niego, ostrząc *arakh* osełką. Powiedziała obu, żeby robili to dalej, i wyszła na pokład, by zaczerpnąć chłodnego, nocnego powietrza. Załoga zostawiła ją w spokoju, zajęta swymi obowiązkami, ale ser Jorah podszedł po chwili do niej i oparł się o reling. *Nigdy nie jest daleko* — pomyślała. *Za dobrze zna moje nastroje.*

— *Khaleesi.* Powinnaś się zdrzemnąć. Możesz być pewna, że jutro czeka cię trudny, upalny dzień. Będzie ci potrzebna siła.

— Pamiętasz Eroeh? — zapytała go.

— Tę lhazareńską dziewczynę?

— Gwałcili ją, lecz powstrzymałam ich i wzięłam ją pod swą opiekę. Ale gdy mój słońce i gwiazdy umarł, Mago wziął ją sobie z powrotem, wykorzystał i zabił. Aggo powiedział, że to było jej przeznaczone.

— Pamiętam — potwierdził ser Jorah.

— Byłam sama przez bardzo długi czas, Jorahu. Miałam tylko brata. Byłam taka mała i przerażona. Viserys powinien był mnie chronić, ale tylko mnie krzywdził i przez niego bałam się jeszcze bardziej. Nie powinien tego robić. Był nie tylko moim bratem, lecz również moim królem. Po co bogowie stworzyli królów i królowe, jeśli nie po to, by bronili tych, którzy nie potrafią robić tego sami?

— Niektórzy królowie sami się tworzą. Na przykład Robert.

— On nie był prawdziwym królem — odparła wzgardliwie Dany. — Nie zaprowadził sprawiedliwości. Sprawiedliwość... po to właśnie są królowie.

Ser Jorah nie potrafił na to odpowiedzieć. Uśmiechnął się tylko i dotknął leciutko jej włosów. To wystarczyło.

Nocą śniło się jej, że jest Rhaegarem i jedzie na bitwę nad Tridentem. Nie dosiadała jednak konia, lecz smoka. Czekający na nią po drugiej stronie rzeki zbuntowani żołnierze uzurpatora mieli zbroje z lodu, lecz skąpała ich w smoczym ogniu i rozpuścili się, zamieniając Trident w ogromny, rwący potok. Jakaś drobinka jej jaźni wiedziała, że to sen, inną jej część ogarnął jednak zachwyt. Tak właśnie miało być. *Tamto to był tylko koszmar, z którego dopiero teraz się obudziłam.*

Ocknęła się nagle w ciemnej kajucie, wciąż jeszcze oblana triumfalnym rumieńcem. Wydawało się jej, że „Balerion" obudził się razem z nią. Słyszała ciche poskrzypywanie desek, plusk uderzającej o kadłub wody, odgłos kroków na pokładzie powyżej. A także coś jeszcze.

Ktoś był z nią w kajucie.

— Irri? Jhiqui? Gdzie jesteście? — Służące nie odpowiedziały. Było zbyt ciemno, by mogła cokolwiek zobaczyć, słyszała jednak ich oddechy. — Jorahu, czy to ty?

— Śpią — odpowiedział kobiecy głos. — Wszyscy śpią. — Była bardzo blisko. — Nawet smoki potrzebują snu.

*Stoi tuż nade mną.*

— Kto tu jest? — Dany wpatrzyła się w ciemność. Miała wrażenie, że dostrzega jakiś cień, najbledszy zarys sylwetki. — Czego ode mnie chcesz?

— Pamiętaj. Żeby dotrzeć na północ, trzeba zmierzać na południe. Żeby znaleźć się na zachodzie, powinno się podążać na wschód. Żeby iść naprzód, należy się cofać, a żeby dotknąć światła, musi się przejść przez cień.

— Quaithe?

Dany zerwała się z koi i otworzyła szeroko drzwi. Wnętrze kajuty zalało bladożółte światło lampy. Irri i Jhiqui usiadły nagle.

— *Khaleesi?* — wyszeptała druga z dziewcząt, pocierając senne oczy. Viserion obudził się i otworzył paszczę. Jego ogień rozjaśnił nawet najciemniejsze zakamarki. Nigdzie nie było widać najmniejszego śladu kobiety w czerwonej, lakierowanej masce. — Źle się czujesz, *khaleesi*? — zapytała Jhiqui.

— To był tylko sen. — Dany potrząsnęła głową. — Coś mi się przyśniło, nic więcej. Wracajmy spać.

Choć jednak bardzo się starała, sen nie chciał już wrócić.

*Jeśli spojrzę za siebie, zginę* — pomyślała Dany rankiem, wchodząc do Astaporu przez bramy portowe. Wolała nie przypominać sobie, jak mała i pozbawiona znaczenia jest w rzeczywistości jej świta, by nie opuściła jej cała odwaga. Dosiadała dziś srebrzystej, odziana w spodnie z końskiego włosia i malowaną skórzaną kamizelkę. Talię opinał jej pas medalionowy z brązu. Dwa następne krzyżowały się na jej piersiach. Irri i Jhiqui splotły jej włosy w warkocz, zawieszając w nim maleńki srebrny dzwoneczek, który śpiewał o nieśmiertelnych z Qarthu, spalonych w swym Pałacu Pyłu.

Na wyłożonych czerwoną cegłą ulicach Astaporu było rankiem niemal tłoczno. Niewolnicy i służba stali w równych szeregach, a panowie i ich kobiety spoglądali ze swych schodkowych piramid. *Są podobni do Qartheńczyków* — pomyślała. *Chcą zobaczyć smoki, żeby móc opowiedzieć o nich swym dzieciom i dzieciom swych dzieci.* Zadała sobie pytanie, ilu z nich doczeka się dzieci.

Przed nią jechał Aggo z wielkim dothrackim łukiem. Po prawej stronie jej klaczy kroczył Silny Belwas, a po lewej Missandei. Z tyłu podążał ser Jorah Mormont w opończy i kolczudze, spoglądając groźnie na każdego, kto podszedł za blisko. Lektyki pilnowali Rakharo i Jhogo. Dany kazała zdjąć dach, żeby można było przykuć łańcuchy smoków do platformy. Jechały z nimi Irri i Jhiqui, które próbowały je uspokoić. Mimo to Viserion tłukł wściekle ogonem, a z jego nozdrzy buchał gniewnie dym. Rhaegal również wyczuwał, że coś jest nie w porządku. Trzykrotnie próbował zerwać się do lotu, lecz ściągał go w dół ciężki łańcuch, który trzymała w ręku Jhiqui. Drogon zwinął się w kulę, podciągając ciasno skrzydła i ogon. Tylko czerwony blask oczu świadczył, że smok nie śpi.

Reszta jej ludzi szła za nią. Groleo i pozostali kapitanowie ze swymi załogami oraz osiemdziesięciu trzech Dothraków, wszystko, co pozostało ze stu tysięcy, które składały się ongiś na *khalasar* Droga. Najstarszych i najsłabszych umieściła pośrodku kolumny, razem z karmiącymi matkami, ciężarnymi kobietami, małymi dziewczynkami oraz chłopcami zbyt młodymi, by zaczesywać włosy w warkocz. Reszta — jej tak zwani wojownicy — jechała z tyłu, prowadząc swe żałosne stado, około stu wychudłych koni, które zdołały przeżyć wędrówkę przez czerwone pustkowia i czarne, słone morze.

*Powinnam mieć chorągiew* — pomyślała, prowadząc swą bandę obdartusów brzegami krętej rzeki Astaporu. Zamknęła na chwilę oczy, by sobie wyobrazić, jak będzie ona wyglądała: łopoczący na wietrze czarny jedwab, a na nim wyszyty czerwoną nicią trójgłowy smok rodu Targaryenów, zionący złotymi płomieniami. Chorągiew godna Rhaegara. Na brzegach rzeki panował dziwny spokój. Astaporczycy zwali ją Robakiem. Była szeroka, kręta i ospale toczyła swe wody. Pełno na niej było lesistych wysepek. Dany zauważyła bawiące się na jednej z nich dzieci, które biegały pośród pięknych marmurowych posągów. Na innej dwoje kochanków całowało się w cieniu wysokich, zielonych drzew, bezwstydnie jak Dothrakowie na weselu. Nie mieli ubrania, Dany nie wiedziała więc, czy są niewolnikami czy wolnymi ludźmi.

Plac Dumy ze swą wielką harpią z brązu był za mały, żeby pomieścić wszystkich kupionych przez nią Nieskalanych. Dlatego zgromadzono ich na placu Kar, naprzeciwko głównej bramy Astaporu, by mogli wymaszerować z miasta, gdy tylko Daenerys przejmie nad nimi władzę. Tu nie było posągów z brązu, a jedynie ogromna drewniana platforma, na której łamano kołem, obdzierano ze skóry i wieszano zbuntowanych niewolników.

— Dobrzy Panowie umieszczają ich tutaj, żeby nowy niewolnik po wejściu do miasta to właśnie zobaczył najpierw — wyjaśniła jej Missandei, gdy już dotarli na plac.

Na pierwszy rzut oka Dany wydawało się, że mają pręgowaną skórę niczym zorsy z Jogos Nhai. Potem kazała srebrzystej podjechać bliżej i dojrzała nagie czerwone mięso pod pasami rojącej się czerni. *Muchy. Muchy i czerwie.* Niewolników obdarto ze skóry tak, jak obiera się jabłko, długim, krętym pasem. Jednemu z mężczyzn muchy pokrywały rękę od palców aż po łokieć. Spod ich warstwy przeświecała czerwień i biel. Dany zatrzymała się obok niego.

— Co on takiego zrobił? — zapytała dziewczynkę.

— Podniósł rękę przeciw swemu właścicielowi.

Zrobiło się jej niedobrze. Zawróciła srebrzystą i ruszyła kłusem ku środkowi placu, gdzie czekała armia, za którą tak słono zapłaciła. Stały tam niezliczone szeregi jej kamiennych półludzi o ceglanych sercach, osiem tysięcy sześciuset w spiczastych hełmach z brązu noszonych przez w pełni wyszkolonych Nieskalanych oraz jakieś pięć tysięcy dalszych, którzy stali z tyłu z gołymi głowami. Wszyscy jednak mieli włócznie i krótkie miecze. Zauważyła, że ci, których ulokowano na samym końcu, są jeszcze chłopcami, stali jednak prosto i nieruchomo, tak samo jak reszta.

Przywitał ją Kraznys mo Nakloz i wszyscy jego kompani. Za nimi stały grupki innych szlachetnie urodzonych Astaporczyków, którzy popijali wino ze srebrnych pucharów. Krążyli między nimi niewolnicy, roznoszący na tacach oliwki, wiśnie i figi. Najstarszy Grazdan zasiadał w lektyce trzymanej przez czterech rosłych, miedzianoskórych niewolników. Wokół placu krążyło sześciu konnych lansjerów, powstrzymujących tłumy, które przyszły obejrzeć to widowisko. Promienie słońca odbijały się oślepiającym blaskiem we wszytych w ich płaszcze miedzianych dyskach, Dany nie mogła jednak nie zauważyć, jak bardzo niespokojne są ich konie. *Boją się smoków. I słusznie.*

Kraznys rozkazał jednemu ze swych niewolników pomóc jej zsiąść z siodła. Sam miał zajęte obie dłonie. Jedną podtrzymywał *tokar*, a w drugiej trzymał ozdobny bicz.

— Oto oni. — Popatrzył na Missandei. — Powiedz jej, że należą do niej... jeśli może za nich zapłacić.

— Może — zapewniła dziewczynka.

Ser Jorah wydał chrapliwym głosem rozkaz i przyniesiono towary. Sześć bel tygrysich skór i trzysta bel pięknego, delikatnego jedwabiu. Dzbany szafranu, mirry, pieprzu, curry i kardamonu, maska z onyksu, dwanaście nefrytowych małp, baryłki czerwonego, czarnego i zielonego inkaustu, szkatułkę rzadkich czarnych ametystów, szkatułkę pereł, beczułkę drylowanych oliwek faszerowanych czerwiami, dwanaście beczułek marynowanych ślepców jaskiniowych, wielki mosiężny gong wraz z młotkiem służącym do wydobywania z niego dźwięku, siedemnaścioro oczu z kości słoniowej oraz wielką skrzynię pełną ksiąg w nieznanych Dany językach. I więcej, i więcej, i więcej. Jej ludzie ustawiali to wszystko przed handlarzami.

Gdy dokonywano zapłaty, Kraznys mo Nakloz uraczył Dany kilkoma ostatnimi słowami rady na temat traktowania jej żołnierzy.

— Są jeszcze zieloni — oznajmił jej za pośrednictwem Missandei. — Powiedz kurwie z Westeros, że jeśli jest rozsądna, pozwoli im szybko posmakować krwi. Po drodze znajdzie wiele małych, łatwych do splądrowania miast. Wszystkie zdobyte łupy będą należały tylko do niej, gdyż Nieskalani nie pożądają złota ani klejnotów. A gdyby wzięła jeńców, wystarczy garstka strażników, by odprowadzić ich do Astaporu. Za zdrowych damy dobrą cenę. I kto wie? Za dziesięć lat część chłopców, których nam przyśle, może również zostać Nieskalanymi. W ten sposób wszyscy skorzystamy.

W końcu zabrakło już towarów, które można by dodać do stosu. Dothrakowie ponownie dosiedli koni.

— To wszystko, co zdołaliśmy udźwignąć. Reszta czeka na was na statkach. Wielka ilość bursztynu, wina i czarnego ryżu. Dostaniecie też same statki. Zostaje tylko...

— ...smok — dokończył za nią Grazdan ze spiczastą brodą, który przemawiał w łamanym języku powszechnym.

— A smok jest tutaj. — Ser Jorah i Belwas podeszli razem z nią do lektyki, na której Drogon i jego bracia wygrzewali się w promieniach słońca. Jhiqui odpięła jeden koniec łańcucha i wręczyła go Dany. Gdy ta szarpnęła mocno, smok podniósł głowę i zasyczał, rozkładając czarno-szkarłatne skrzydła. Kraznys mo Nakloz uśmiechnął się szeroko, gdy padł na niego ich cień.

Dany podała mu koniec łańcucha, a on w zamian wręczył jej bicz. Jego rękojeść wykonano z czarnej smoczej kości, zdobnie rzeźbionej i inkrustowanej złotem. Zwisało z niej dziewięć długich, cienkich rzemieni, zakończonych pozłacanymi szponami. Złotą gałkę ukształtowano na podobieństwo kobiecej głowy o ostrych zębach z kości słoniowej. Kraznys zwał ten bicz „palcami harpii".

Dany obróciła przedmiot w dłoniach. *Jest bardzo lekki, a spoczywa na nim taki ciężar.*

— To znaczy, że dokonało się? Czy należą już do mnie?

— Dokonało się — potwierdził, ciągnąc mocno za łańcuch, by wywlec Drogona z lektyki.

Dany dosiadła srebrzystej. Czuła, jak serce łomocze jej w piersi. Ogarnął ją rozpaczliwy strach. *Czy tak właśnie postąpiłby mój brat?* Zastanawiała się, czy książę Rhaegar też się tak bał, gdy ujrzał na drugim brzegu Tridentu zastępy uzurpatora zgromadzone pod powiewającymi na wietrze chorągwiami.

Stanęła w strzemionach i uniosła wysoko nad głowę palce harpii, by wszyscy Nieskalani mogli je zobaczyć.

— Dokonało się! — krzyknęła ile sił w płucach. — Należycie do mnie! — Wbiła pięty w boki klaczy i pogalopowała w tę i we w tę przed pierwszym szeregiem, unosząc wysoko palce harpii. — Należycie teraz do smoka! Zapłaciłam za was! Dokonało się! Dokonało!

Zauważyła, że stary Grazdan gwałtownie odwrócił posiwiałą głowę. *Słyszy, że mówię po valyriańsku.* Pozostali handlarze niewolników nie zwracali na nią uwagi. Skupili się wokół Kraznysa i smoka, udzielając głośnych rad. Choć Astaporczyk szarpał łańcuch ze wszystkich sił, Drogon nawet nie drgnął. Z jego otwartej paszczy buchał szary dym. Wyginał szyję i prostował ją gwałtownie, próbując ukąsić Kraznysa w twarz.

*Pora przekroczyć Trident* — pomyślała Dany, zawracając srebrzystą. Jej bracia krwi podążali tuż za nią.

— Masz trudności — zauważyła.

— Nie chce iść — poskarżył się Kraznys.

— Nie bez powodu. Smok nie jest niewolnikiem. — Z całej siły smagnęła handlarza biczem po twarzy. Kraznys krzyknął i zatoczył się do tyłu. Krew spływała mu po policzkach czerwonymi strumieniami, wsiąkając w uperfumowaną brodę. Palce harpii jednym uderzeniem rozdarły połowę twarzy na strzępy, Dany nie traciła jednak czasu na podziwianie swego dzieła. — Drogon — zaśpiewała głośno i radośnie, zapominając o wszelkim strachu. — *Dracarys.*

Czarny smok rozpostarł z rykiem skrzydła.

Lanca kłębiącego się, ciemnego ognia uderzyła Kraznysa prosto w twarz. Oczy handlarza stopiły się od gorąca, spływając po policzkach. Olej w jego włosach i brodzie rozgorzał płomieniem tak gwałtownym, że przez chwilę nosił ognistą koronę, dwukrotnie wyższą od jego głowy. Nagły smród zwęglonego mięsa przytłumił nawet woń perfum, tak jak jego wrzaski zdawały się zagłuszać wszystkie inne dźwięki.

Potem plac Kar eksplodował krwawym chaosem. Dobrzy Panowie wrzeszczeli, chwiali się na nogach i odpychali nawzajem na boki, potykając się o własne *tokary*. Drogon poleciał niemal leniwie w stronę Kraznysa, poruszając czarnymi skrzydłami. Kiedy po raz drugi zionął ogniem w handlarza niewolników, Irri i Jhiqui odpięły Viseriona oraz Rhaegala i nagle w powietrzu unosiły się trzy smoki. Gdy Dany odwróciła głowę, zobaczyła, że jedna trzecia dumnych, ozdobionych rogami demonów wojowników Astaporu usiłuje utrzymać się na grzbiecie przerażonych wierzchowców, a druga podobna liczebnie grupa ucieka z jasnym błyskiem lśniącej miedzi. Jakiemuś mężczyźnie udało się wyciągnąć miecz, ale bicz Jhoga owinął się mu wokół szyi i położył kres jego krzykom. Inny stracił rękę po ciosie *arakha* Rakhara i odjechał, chwiejąc się w siodle i broczą krwią. Aggo spokojnie nakładał strzały na cięciwę i wysyłał je w stronę *tokarów*, nie zważając na różnice między srebrnymi, złotymi i zwykłymi obrębkami. Silny Belwas również wydobył *arakh* i rzucił się do szarży, wymachując orężem.

— Włócznie! — krzyknął któryś z Astaporczyków. To był Grazdan, stary Grazdan w ciężkim od pereł *tokarze*. — Nieskalani! Brońcie nas, powstrzymajcie ich, brońcie swoich panów! Włócznie! Miecze!

Gdy Aggo przeszył mu usta strzałą, trzymający lektykę niewolnicy rzucili się do ucieczki, porzucając go bezceremonialnie na ziemi. Staruszek podczołgał się do pierwszego szeregu eunuchów, zostawiając na cegłach kałużę krwi. Nieskalani nawet nie spojrzeli, jak konał. Wszystkie szeregi nadal stały spokojnie.

I nie poruszyły się. *Bogowie wysłuchali moich modlitw.*

— Nieskalani! — Dany przemknęła galopem przed nimi. Jej srebrno-złoty warkocz powiewał za nią, a dzwoneczek dźwięczał przy każdym kroku konia. — Zabijcie Dobrych Panów, zabijcie żołnierzy, zabijcie każdego, kto nosi *tokar* albo trzyma w ręku bicz, ale nie skrzywdźcie żadnego dziecka poniżej dwunastego roku życia i uwolnijcie z łańcuchów wszystkich niewolników, których zobaczycie. — Uniosła palce harpii nad głowę... a potem odrzuciła je na bok. — Wolność! — zaśpiewała. — *Dracarys! Dracarys!*

— *Dracarys!* — odpowiedzieli i było to najsłodsze słowo, jakie słyszała w życiu. — *Dracarys! Dracarys!*

Wszędzie wokół handlarze niewolników uciekali i łkali, skomleli i ginęli, a przesycone pyłem powietrze pełne było włóczni i ognia.

# SANSA

Rankiem, gdy miała otrzymać nową suknię, służące wypełniły balię Sansy gorącą wodą i wyszorowały dziewczynę od stóp do głów, aż zrobiła się zupełnie różowa. Przyboczna Cersei osobiście przycięła jej paznokcie, wyszczotkowała kasztanowate włosy i ufryzowała je tak, że opadały na plecy w miękkich lokach. Przyniosła też tuzin ulubionych pachnideł królowej. Sansa wybrała ostro-słodką woń, w której pod zapachem kwiatów ukrywała się nuta cytryny. Służąca nabrała na palec odrobinę pachnidła i dotknęła nim skóry Sansy za uszami i pod brodą, a potem na obu sutkach.

Z krawcową przybyła sama Cersei, która przyglądała się, jak ubierają dziewczynę w nową suknię. Bielizna była jedwabna, lecz samą suknię uszyto z brokatu barwy kości słoniowej oraz srebrnogłowiu, z obszyciem ze srebrzystego atłasu. Gdy Sansa opuściła ręce, końce długich, rozciętych rękawów prawie dotykały podłogi. Nie było wątpliwości, że to suknia kobiety, nie małej dziewczynki. Dekolt gorsecika sięgał niemal brzucha. Głębokie rozcięcie zasłaniały zdobne myrijskie koronki szarego koloru. Spódnice były długie i obfite, a talia tak ciasna, że gdy służące sznurowały suknię,

Sansa musiała wstrzymać oddech. Przyniosły jej też nowe pantofelki z szarej jeleniej skóry, które obejmowały jej stopy ciasno niczym kochankowie.

— Jesteś bardzo piękna, pani — stwierdziła krawcowa, gdy było już po wszystkim.

— Och tak, naprawdę? — Sansa zachichotała i zawirowała wokół osi, zamiatając spódnicą. — Och, jestem.

Nie mogła się doczekać, aż Willas zobaczy ją w tym stroju. *Pokocha mnie, na pewno, musi mnie pokochać... zapomni o Winterfell, kiedy mnie zobaczy. Dopilnuję, by tak się stało.*

Królowa Cersei przyjrzała się jej krytycznie.

— Chyba przydałoby się kilka klejnotów. Tych księżycowych kamieni, które dał jej Joffrey.

— Natychmiast, Wasza Miłość — odpowiedziała jej przyboczna.

Gdy kamienie księżycowe zawisły na szyi i w uszach Sansy, królowa skinęła głową.

— Tak. Bogowie byli dla ciebie łaskawi, Sanso. Jesteś piękną dziewczyną. To niemal wstrętne oddawać twą słodką niewinność temu gargulcowi.

— Jakiemu gargulcowi? — zdziwiła się Sansa. Czyżby mówiła o Willasie? *Skąd się dowiedziała?* Nie wiedział o tym nikt oprócz niej, Margaery i Królowej Cierni... och, i Dontosa, ale on się nie liczył.

Cersei Lannister zignorowała jej pytanie.

— Płaszcz — rozkazała i kobiety natychmiast go przyniosły. Długi płaszcz z białego aksamitu, ciężki od pereł. Wyszyto na nim srebrną nicią straszliwego wilkora. Sansa popatrzyła na niego, ogarnięta nagłym lękiem.

— To kolory twojego ojca — stwierdziła Cersei, gdy służące mocowały jej płaszcz pod szyją cienkim srebrnym łańcuszkiem.

*Płaszcz panny.* Sansa uniosła dłoń ku gardłu. Zerwałaby go z siebie, gdyby się tylko odważyła.

— Ładniejsza jesteś z zamkniętymi ustami, Sanso — skarciła ją Cersei. — Chodź już, septon czeka. I goście weselni też.

— Nie — zaprotestowała dziewczyna. — Nie.

— Tak. Jesteś podopieczną korony. Ponieważ twego brata wyjęto spod prawa jako zdrajcę, prawa ojcowskie wobec ciebie przejął król. Znaczy to, że może dysponować twoją ręką, jak uzna za stosowne. Poślubisz mojego brata Tyriona.

*Moje prawa* — pomyślała zrozpaczona. Błazen Dontos wcale nie był takim wielkim błaznem. Potrafił dostrzec prawdę. Sansa odsunęła się od królowej.

— Nie zrobię tego.

*Mam wyjść za Willasa, mam być panią Wysogrodu, proszę...*

— Rozumiem twoją niechęć. Płacz, jeśli musisz. Na twoim miejscu zapewne powyrywałabym sobie z głowy wszystkie włosy. Nie ulega wątpliwości, że mój brat jest małym, odrażającym krasnalem, niemniej jednak wyjdziesz za niego.

— Nie możecie mnie zmusić.

— Oczywiście, że możemy. Pójdziesz dobrowolnie i wypowiesz słowa przysięgi, jak przystoi damie, albo będziesz się wyrywała, wrzeszczała i zrobisz z siebie widowisko dla chłopców stajennych, ale tak czy inaczej, odbędzie się i ślub, i pokładziny. — Królowa otworzyła drzwi. Czekali za nimi ser Meryn Trant i ser Osmund Kettleblack w białych łuskowych zbrojach Gwardii Królewskiej. — Odprowadźcie lady Sansę do septu — rozkazała im. — Zanieście ją, jeśli będziecie musieli, ale postarajcie się nie podrzeć sukni. Kosztowała bardzo dużo.

Sansa próbowała uciekać, lecz przyboczna królowej złapała ją, nim zdążyła pokonać pierwszy jard. Ser Meryn Trant obrzucił dziewczynę spojrzeniem, pod którym aż skuliła się ze strachu, lecz Kettleblack dotknął jej niemal delikatnie.

— Rób, co ci każą, słodziutka. Nie będzie tak źle. Wilki powinny być odważne, prawda?

Odważne. Sansa zaczerpnęła głęboko tchu. *Tak, jestem córką Starków. Potrafię być odważna.* Wszyscy gapili się na nią, tak jak owego dnia na dziedzińcu, kiedy ser Boros Blount ściągnął z niej ubranie. To Krasnal uratował ją wówczas od pobicia, ten sam mężczyzna, który czekał na nią teraz. *Nie jest taki zły jak reszta* — powiedziała sobie.

— Pójdę.

Cersei uśmiechnęła się.

— Wiedziałam, że będziesz rozsądna.

Sansa nie potrafiła sobie potem przypomnieć, jak opuszczała komnatę, schodziła po schodach czy przemierzała dziedziniec. Całą jej uwagę pochłaniało stawianie kroku za krokiem. Ser Meryn i ser Osmund szli po obu jej bokach w płaszczach tak samo białych jak ten, który nosiła ona. Brakowało im tylko pereł i wilkora, herbu jej ojca. Na schodach zamkowego septu czekał na nią sam Joffrey. W karmazynowo-złotych szatach prezentował się wspaniale, a na głowie miał koronę.

— Jestem dzisiaj twoim ojcem — oznajmił.

— Nie jesteś — wybuchła. — Nigdy nim nie będziesz.

Twarz mu pociemniała.

— Jestem. Jestem twoim ojcem i mogę cię wydać, za kogo tylko zechcę. Za każdego. Jeśli ci rozkażę, wyjdziesz za świniopasa i będziesz z nim spała w chlewie. — W jego zielonych oczach zalśniła wesołość. — Albo może oddam cię Ilynowi Payne. Czy wolałabyś jego?

Jej serce zabiło gwałtownie.

— Wasza Miłość, proszę cię — błagała. — Jeśli kiedykolwiek kochałeś mnie choć trochę, nie każ mi wychodzić za swego...

— ...wuja? — Tyrion Lannister wszedł do septu. — Wasza Miłość — zwrócił się do Joffreya — czy raczyłbyś pozwolić mi na chwilkę rozmowy z lady Sansą?

Król chciał odmówić, lecz matka przeszyła go ostrym spojrzeniem. Oboje odsunęli się o kilka stóp.

Tyrion miał na sobie wams z czarnego aksamitu wyszywany w złote spirale oraz sięgające powyżej kolan buty, które dodawały mu trzy cale wzrostu. Z jego szyi zwisał łańcuch z rubinami i lwimi głowami. Przecinająca mu twarz blizna była jednak świeża i czerwona, a zamiast nosa miał ohydny strup.

— Wyglądasz bardzo pięknie, Sanso — powiedział jej.

— To miło, że tak mówisz, panie.

Nie wiedziała, co więcej mogłaby rzec. *Czy mam powiedzieć, że jest przystojny? Weźmie mnie za głupią albo za kłamczuchę*. Spuściła wzrok, trzymając język za zębami.

— Pani, nie tak powinno się prowadzić pannę młodą na ślub. Przykro mi z tego powodu. Przepraszam też za zaskoczenie i tajemnicę. Mój pan ojciec uważał to za konieczne z przyczyn państwowych. W przeciwnym razie przyszedłbym do ciebie wcześniej, tak jak tego pragnąłem. — Podszedł bliżej. — Wiem, że nie prosiłaś o to małżeństwo. Ja również nie. Gdybym jednak się na nie nie zgodził, wydaliby cię za mojego kuzyna Lancela. Być może wolałabyś jego. Jest bliższy ci wiekiem i ładniej wygląda. Jeśli tego pragniesz, powiedz mi, a zakończę tę farsę.

*Nie chcę żadnego Lannistera* — miała ochotę powiedzieć. *Chcę Willasa. Chcę mieć Wysogród, szczenięta i synów o imionach Eddard, Bran i Rickon.* Potem jednak przypomniała sobie, co powiedział jej Dontos w bożym gaju. *Tyrell czy Lannister, co za różnica, nie chodzi im o mnie, lecz o moje prawa.*

— Jesteś dla mnie bardzo dobry, panie — rzekła pokonana. — Jestem podopieczną tronu i moim obowiązkiem jest wyjść za tego, kogo wskaże mi król.

Skierował na nią spojrzenie różnobarwnych oczu.

— Wiem, że nie jestem mężem, o jakim marzą młode dziewczęta, Sanso — rzekł cicho. — Nie jestem też jednak Joffreyem.

— Nie jesteś — zgodziła się. — Pamiętam, że byłeś dla mnie dobry.

Tyrion podał jej krótką dłoń o tępo zakończonych palcach.

— No to chodź. Spełnijmy swój obowiązek.

Wsunęła palce w jego dłoń i powiódł ją do małżeńskiego ołtarza, gdzie czekał stojący między Matką a Ojcem septon, który miał połączyć ze sobą ich losy. Zobaczyła Dontosa w błazeńskim stroju, który gapił się na nią wytrzeszczonymi oczyma. Byli również obecni ser Balon Swann i ser Boros Blount, obleczeni w biel Gwardii Królewskiej, nie było jednak ser Lorasa. *Nie ma tu nikogo z Tyrellów* — zdała sobie nagle sprawę. Nie brakowało jednak innych świadków. Stawili się eunuch Varys, ser Addam Marbrand, lord Philip Foote, ser Bronn, Jalabhar Xho i kilkunastu innych. Lord Gyles kasłał, lady Ermesande ssała pierś, a ciężarna córka lady Tandy łkała z bliżej niewyjaśnionych powodów. *Niech sobie płacze* — pomyślała Sansa. *Być może, nim dzień się skończy, będę robiła to samo.*

Uroczystość minęła jej jak we śnie. Sansa uczyniła wszystko, czego od niej wymagano. Były modlitwy, przysięgi i śpiewy, zapalono wysokie świece i rozbłysło sto tańczących świateł, z których łzy w jej oczach zrobiły tysiąc. Na szczęście nikt nie zauważył, że płakała, stojąc spowita w barwy ojca, a jeśli nawet ktoś to dostrzegł, to udawał, że nic nie widzi. Niemal w mgnieniu oka doszli do chwili zmiany płaszczy.

Rolę lorda Eddarda Starka grał Joffrey jako ojciec królestwa. Gdy objął jej ramiona, by rozpiąć zapinkę płaszcza, Sansa stała sztywno jak kopia. Jedna z jego dłoni zatrzymała się na jej piersi i uścisnęła ją lekko. Potem zapinka się otworzyła i Joff zdjął z niej płaszcz panny z zamaszystym, królewskim gestem oraz szerokim uśmiechem.

Jego wuj miał ze swoim zadaniem więcej trudności. Płaszcz żony, który trzymał w rękach, był wielki i ciężki. Uszyto go z karmazynowego aksamitu, na którym wyhaftowano liczne lwy, a złoty, atłasowy obrębek był wyszywany rubinami. Nikt nie wpadł na to, żeby przynieść stołek, i wszyscy widzieli, że Tyrion jest półtorej stopy niższy od swej przyszłej żony. Gdy podszedł do niej od tyłu, Sansa poczuła mocne szarpnięcie za spódnicę. *Chce, żebym uklękła* — zrozumiała z nagłym rumieńcem. Poczuła się upokorzona. To nie tak powinno wyglądać. Tysiąc razy marzyła o swym ślubie i zawsze wyobrażała sobie, że stojący za nią pan młody będzie wysoki i silny, że zarzuci jej na ramiona płaszcz swej opieki i pocałuje ją czule w policzek, pochylając się, by zamknąć zapinkę.

Poczuła drugie szarpnięcie, tym razem bardziej zdecydowane. *Nie zrobię tego. Dlaczego miałabym oszczędzać jego uczucia, kiedy nikt nie dba o moje?*

Karzeł pociągnął ją po raz trzeci. Zacisnęła uparcie usta, udając, że nic nie zauważa. Ktoś za ich plecami zachichotał. *Królowa* — pomyślała Sansa, nie miało to jednak znaczenia. Wszyscy się już śmiali, a Joffrey najgłośniej.

— Dontosie, padnij na ręce i kolana — rozkazał król. — Mojemu wujowi trzeba pomóc wdrapać się na jego przyszłą żonę.

Tak oto pan mąż ubrał ją w płaszcz rodu Lannisterów, stojąc na plecach błazna.

Gdy Sansa się odwróciła, karzeł patrzył na nią, zaciskając usta, a jego twarz była tak samo czerwona jak jej płaszcz. Zawstydziła się nagle swego uporu. Wygładziła spódnice i uklękła przed nim, by ich głowy znalazły się na tym samym poziomie.

— Tym pocałunkiem ślubuję ci miłość i biorę cię sobie za pana i męża.

— Tym pocałunkiem ślubuję ci miłość — odpowiedział ochrypłym głosem karzeł — i biorę sobie ciebie za panią i żonę.

Pochylił się i ich wargi zetknęły się na chwilę.

*Jest taki brzydki* — pomyślała Sansa, gdy ich twarze zbliżyły się do siebie. *Jeszcze brzydszy od Ogara.*

Septon wzniósł wysoko swój kryształ, by padło na nich tęczowe światło.

— Na oczach bogów i ludzi — zaczął — uroczyście ogłaszam, że Tyrion z rodu Lannisterów i Sansa z rodu Starków są mężem i żoną, jednym ciałem, jednym sercem, jedną duszą, teraz i na wieki, i niech przeklęty będzie ten, kto stanie między nimi.

Musiała przygryźć wargę, żeby się nie rozpłakać.

Uczta weselna miała się odbyć w Małej Komnacie. Zaproszono na nią może z pięćdziesięciu gości, głównie członków świty i sojuszników Lannisterów, a także tych, którzy byli na samym ślubie. Tam Sansa ujrzała wreszcie Tyrellów. Margaery obrzuciła ją bardzo smutnym spojrzeniem, a drepcząca chwiejnie między Lewym a Prawym Królowa Cierni nie spojrzała na nią ani razu. Elinor, Alla i Megga sprawiały wrażenie zdeterminowanych, by jej nie poznać. *Moje przyjaciółki* — pomyślała z goryczą Sansa.

Jej mąż pił dużo, a jadł bardzo mało. Słuchał uważnie, gdy ktoś wznosił toast, i niekiedy kiwał krótko głową na znak uznania, lecz poza tym jego twarz wyglądała jak wykuta z kamienia. Wydawało się, że uczta ciągnie się bez końca, Sansa jednak nie spróbowała żadnej potrawy. Z niecierpliwością wyczekiwała zakończenia, lecz zarazem bała się go straszliwie. Po uczcie przyjdzie kolej na pokładziny. Mężczyźni zaniosą ją do łoża, rozbierając po drodze i rzucając sprośne żarty na temat losu, jaki ją tam czeka. Kobiety w ten sam sposób potraktują Tyriona. Dopiero po tym, gdy cisną ich oboje nagich w pościel, będą mogli zostać sami, ale nawet wtedy goście będą stali pod drzwiami, głośno wykrzykując rubaszne rady. Kiedy Sansa była małą dziewczynką, pokładziny wydawały się jej bardzo frywolne i ekscytujące, teraz jednak czuła tylko strach. Nie sądziła, by zdołała znieść chwilę, kiedy zedrą z niej ubranie, i była pewna, że zaleje się łzami, gdy usłyszy pierwszy zbereźny żart.

Gdy muzycy zaczęli grać, dotknęła nieśmiało dłoni Tyriona.

— Mój panie, czy poprowadzimy tańce?

Wykrzywił usta.

— Chyba daliśmy im już dziś wystarczająco wiele powodów do śmiechu, nie sądzisz?

— Jak uważasz, mój panie.

Cofnęła dłoń.

Zamiast nich tańce poprowadzili Joffrey i Margaery. *Jak potwór może tańczyć tak pięknie?* — zastanawiała się Sansa. Często marzyła o tym, jak będzie tańczyła na swym weselu i wszystkie spojrzenia skupią się na niej i na jej przystojnym małżonku. W tych wizjach wszyscy byli uśmiechnięci. *Nawet mój mąż się nie uśmiecha.*

Inni goście wkrótce dołączyli na parkiecie do króla i jego narzeczonej. Elinor tańczyła ze swym młodym giermkiem, a Megga z księciem Tommenem. Lady Merryweather, myrijska piękność o czarnych włosach i wielkich, ciemnych oczach, pląsała tak prowokująco, że wkrótce wszyscy mężczyźni w komnacie spoglądali na nią. Lord i lady Tyrell poruszali się spokojniej. Ser Kevan Lannister poprosił do tańca lady Jannę Fossoway, siostrę lorda Tyrella. Merry Crane wyszła na parkiet z wygnanym księciem Jalabharem Xho, który w swym stroju z piór wyglądał olśniewająco. Cersei Lannister tańczyła najpierw z lordem Redwyne, potem z lordem Rowanem, a na koniec z własnym ojcem, który poruszał się z płynną gracją, bez śladu uśmiechu na twarzy.

Sansa siedziała z dłońmi na kolanach, spoglądając na królową, która pląsała, śmiała się i kręciła blond czupryną. *Oczarowała wszystkich* — pomyślała w otępieniu. *Jakże jej nienawidzę.* Odwróciła wzrok, by popatrzeć, jak Księżycowy Chłopiec tańczy z Dontosem.

— Lady Sanso. — Ser Garlan Tyrell zatrzymał się obok podwyższenia. — Czy zechcesz mnie zaszczycić? Czy twój mąż się zgodzi?

Krasnal przymrużył różnobarwne oczy.

— Moja pani może tańczyć, z kim tylko zechce.

Być może powinna zostać u boku swego męża, lecz okropnie chciała tańczyć... a ser Garlan był bratem Margaery, Willasa i jej Rycerza Kwiatów.

— Teraz rozumiem, dlaczego zwą cię Garlanem Dzielnym, panie — rzekła, biorąc go za rękę.

— Jesteś dla mnie bardzo łaskawa, pani. Tak się składa, że ten przydomek nadał mi mój brat Willas, żeby mnie bronić.

— Bronić?

Popatrzyła na niego zdumiona.

Ser Garlan wybuchnął śmiechem.

— Obawiam się, że był ze mnie tłusty chłopak, a mamy już grubego stryja, którego zwą Garthem Sprośnym. Dlatego Willas uderzył pierwszy, choć najpierw zagroził mi Garlanem Spasionym, Garlanem Obrzydliwym i Garlanem Gargulcem.

To było tak zabawne i głupie, że bez względu na wszystko Sansa musiała się roześmiać. Potem poczuła niedorzeczną wdzięczność. Ten śmiech w jakiś sposób obudził w niej nadzieję, choć tylko na krótką chwilę. Uśmiechnęła się i pozwoliła, by zawładnęła nią muzyka. Zatopiła się w krokach, w dźwięku fletu, piszczałek i harfy, w rytmie bębna... a od czasu do czasu również w ramionach ser Garlana, gdy zbliżali się w tańcu do siebie.

— Moja pani żona bardzo się o ciebie niepokoi — rzekł cicho przy jednej z takich okazji.

— Lady Leonette jest za słodka. Powiedz jej, że czuję się dobrze.

— Panna młoda na weselu powinna czuć się lepiej niż dobrze — odparł ze współczuciem w głosie. — Wydawało się, że jesteś bliska łez.

— Łez radości, ser.

— Twe oczy zadają kłam twemu językowi. — Ser Garlan odwrócił ją i przyciągnął blisko siebie. — Pani, widziałem, jak spoglądasz na mojego brata. Loras jest przystojny i rycerski i wszyscy bardzo go kochamy... ale twój Krasnal będzie lepszym mężem. Sądzę, że jest większym człowiekiem, niżby się zdawało.

Muzyka rozdzieliła ich, nim Sansa zdołała wymyślić jakąś odpowiedź. Naprzeciwko niej znalazł się spocony Mace Tyrell o czerwonej twarzy, a po nim lord Merryweather i książę Tommen.

— Ja też chcę się ożenić — oznajmiło małe, pulchne książątko, które miało tylko dziewięć lat. — Jestem wyższy od wuja!

— Wiem o tym — zapewniła chłopca Sansa na krótko przed kolejną zmianą partnerów. Ser Kevan powiedział jej, że jest piękna, Jalabhar Xho wyszeptał jakieś słowa w letnim języku, którego nie rozumiała, a lord Redwyne życzył jej wielu tłustych dzieci i długich lat radości. Potem znalazła się w tańcu oko w oko z Joffreyem.

Zesztywniała, gdy dotknął jej dłoni, król jednak wzmocnił uścisk i przyciągnął ją bliżej.

— Niepotrzebnie tak się smucisz. Mój wuj to brzydki karzełek, ale będziesz jeszcze miała mnie.

— Masz się ożenić z Margaery!

— Król może mieć też inne kobiety. Kurwy. Tak jak mój ojciec i jeden z Aegonów. Trzeci albo czwarty. Miał mnóstwo kurew i bękartów. — Gdy wirowali w rytm muzyki, Joffrey złożył na jej twarzy wilgotny pocałunek. — Mój wuj przyprowadzi cię do mojego łoża, kiedy tylko mu rozkażę.

Potrząsnęła głową.

— Nie zrobi tego.

— Zrobi albo każę go ściąć. Ten król Aegon miał każdą kobietę, której zapragnął, czy to pannę, czy mężatkę.

Na szczęście nadszedł czas na kolejną zmianę. Jej nogi zamieniły się jednak w drewno i lord Rowan, ser Tallad oraz giermek Elinor z pewnością uznali ją za marną tancerkę. Potem wróciła do ser Garlana i taniec na szczęście się skończył.

Ulga Sansy trwała jednak krótko. Gdy tylko muzyka wybrzmiała, rozległy się słowa Joffreya:

— Pora na pokładziny! Zdejmijmy z niej ubranie! Zobaczymy, co wilczyca ma do zaoferowania mojemu wujowi!

Inni mężczyźni poparli go głośnym krzykiem.

Jej karłowaty mąż podniósł powoli wzrok znad pucharu.

— Nie będzie żadnych pokładzin.

Joffrey złapał Sansę za ramię.

— Będą, jeśli ja tak rozkażę.

Krasnal uderzył sztyletem w stół. Nóż wbił się z drżeniem w blat.

— W takim razie własną żonę będziesz musiał obsłużyć drewnianym kutasem, bo przysięgam, że cię wykastruję.

Zszokowani goście umilkli. Sansa odsunęła się od Joffreya, ten jednak trzymał ją mocno i rękaw sukni się rozdarł. Nikt tego nie usłyszał. Królowa Cersei podbiegła do ojca.

— Słyszałeś, co powiedział?

Lord Tywin wstał z miejsca.

— Sądzę, że możemy sobie darować pokładziny. Tyrionie, jestem pewien, że nie chciałeś grozić królewskiej osobie.

Sansa zauważyła, że po twarzy jej męża przebiegł spazm wściekłości.

— Przepraszam — rzekł. — To był kiepski żart, panie.

— Powiedziałeś, że mnie wykastrujesz! — wściekał się Joffrey.

— To prawda, Wasza Miłość — przyznał Tyrion — ale tylko dlatego, że zazdrościłem ci twej królewskiej męskości. Moja jest taka mała i skurczona. — Wykrzywił twarz w lubieżnym uśmieszku. — A jeśli każesz mi wyciąć język, nie zostanie mi już nic, czym mógłbym zadowolić słodką żonę, którą mi dałeś.

Z ust ser Osmunda Kettleblacka wyrwał się śmiech. Ktoś inny zachichotał. Joff jednak się nie śmiał i lord Tywin też nie.

— Wasza Miłość — oznajmił. — Widzisz przecież, że mój syn jest pijany.

— Jestem — potwierdził Krasnal — ale nie aż tak, żebym nie mógł sam się zająć własnymi pokładzinami. — Zeskoczył z podwyższenia i złapał brutalnie Sansę. — Chodź, żono, pora rozbić twą bramę. Chcę się zabawić w przybądź do mojego zamku.

Pokraśniała na twarzy Sansa opuściła razem z nim Małą Komnatę. *Jaki mam wybór?* Tyrion chodził jak kaczka, zwłaszcza gdy mu się śpieszyło, tak jak teraz. Bogowie okazali się łaskawi i ani Joffrey, ani nikt inny za nimi nie poszedł.

Na noc poślubną użyczono im wietrznej sypialni, wysoko w Wieży Namiestnika. Tyrion zamknął za nimi drzwi kopniakiem.

— Na kredensie stoi karafka dobrego złotego arborskiego, Sanso. Czy zechciałabyś napełnić mi kielich?

— Czy to rozsądne, panie?

— Nic nigdy nie było rozsądniejsze. Rozumiesz, nie jestem naprawdę pijany. Ale zamierzam się upić.

Sansa napełniła kielichy im obojgu. *Jeśli ja również się upiję, to będzie dla mnie łatwiejsze.* Przysiadła na brzegu wielkiego łoża z baldachimem i trzema długimi haustami wychyliła połowę pucharu. Wino z pewnością było przednie, czuła się jednak zbyt podenerwowana, by poczuć jego smak. Zakręciło się jej od niego w głowie.

— Chcesz, żebym się rozebrała, panie?

— Tyrionie. — Uniósł głowę. — Mam na imię Tyrion, Sanso.

— Tyrionie. Panie. Czy mam zdjąć suknię, czy chcesz sam mnie rozebrać?

Pociągnęła kolejny łyk wina.

Krasnal odwrócił się od niej.

— Kiedy brałem ślub po raz pierwszy, byliśmy tylko my dwoje, pijany septon i stadko świń, które były naszymi jedynymi świadkami. Na weselnej uczcie zjedliśmy jednego ze świadków. Tysha karmiła mnie skwarkami, a ja zlizywałem tłuszcz z jej palców. Kiedy rzuciliśmy się do łoża, oboje śmialiśmy się głośno.

— Byłeś już kiedyś żonaty? Zapomniałam o tym.

— Nie zapomniałaś. Nigdy o tym nie słyszałaś.

— Kto to był, panie?

Sansa mimo woli poczuła zainteresowanie.

— Lady Tysha. — Wykrzywił usta w grymasie. — Z rodu Silverfistów. W herbie mają jedną złotą monetę i sto srebrnych, na krwawym prześcieradle. Nasze małżeństwo trwało bardzo krótko... no, ale przecież ja też jestem bardzo niski.

Sansa wbiła wzrok we własne dłonie, nie odzywając się ani słowem.

— Ile masz lat, Sanso? — zapytał po chwili Tyrion.

— Z odmianą księżyca skończę trzynaście — odpowiedziała.

— Bogowie, zmiłujcie się. — Karzeł wypił następny łyk wina. — No cóż, od gadania nie zrobisz się starsza. Przejdziemy do rzeczy, pani? Jeśli tego chcesz.

— Chcę tylko sprawić przyjemność mojemu mężowi.

To go wyraźnie rozgniewało.

— Ukrywasz się za uprzejmością, jakby była murem zamkowym.

— Uprzejmość jest zbroją damy — odparła Sansa. Tego zawsze uczyła ją septa.

— Jestem twoim mężem. Możesz zdjąć tę zbroję.

— I ubranie?

— To też. — Wskazał na nią kielichem wina. — Pan ojciec rozkazał mi skonsumować małżeństwo.

Zaczęła się rozbierać drżącymi dłońmi. Wydawało się jej, że ma na dłoniach dziesięć kciuków i wszystkie z nich są złamane. Mimo to uporała się w jakiś sposób ze sznurówkami i guzikami. Płaszcz, suknia, pas i jedwabna koszulka opadły na podłogę. Na koniec Sansa wysunęła się z bielizny. Jej ręce i nogi pokryła gęsia skórka. Wbiła wzrok w posadzkę, zbyt nieśmiała, by patrzeć na Tyriona, gdy jednak podniosła spojrzenie, zauważyła, że gapi się na nią. Wydawało się jej, że w jego zielonym oku dostrzega głód, a w czarnym wściekłość. Nie wiedziała, czego boi się bardziej.

— Jesteś jeszcze dzieckiem — stwierdził.

Zakryła piersi dłońmi.

— Już dojrzałam.

— Jesteś jeszcze dzieckiem — powtórzył — a mimo to cię pragnę. Boisz się tego, Sanso?

— Tak.

— Ja też. Wiem, że jestem brzydki...

— Nie, panie...

Zerwał się nagle.

— Nie kłam, Sanso. Jestem mały, pokraczny i naznaczony blizną, ale... — widziała, że szuka odpowiednich słów — ...w łożu, gdy zgasną świece, jestem zbudowany nie gorzej od innych mężczyzn. Po ciemku jestem Rycerzem Kwiatów. — Pociągnął łyk wina. — Jestem szczodry. Odpłacam lojalnością za lojalność. Dowiodłem, że nie jestem tchórzem. Przewyższam też większość ludzi bystrością. To z pewnością coś znaczy. Potrafię nawet być dobry. Obawiam się, że u Lannisterów to rzadkość, ale wiem, że znajdę gdzieś w sobie tę cechę. Mógłbym... mógłbym być dla ciebie dobrym mężem.

*Boi się równie mocno jak ja* — zrozumiała Sansa. Być może powinno to nastawić ją do niego przychylniej, tak się jednak nie stało. Czuła jedynie litość, a litość to śmierć pożądania. Patrzył na nią, czekając, by coś powiedziała, ją jednak opuściły wszystkie słowa. Mogła tylko stać naga i dygotać.

Gdy Tyrion Lannister wreszcie zrozumiał, że nie doczeka się odpowiedzi, wypił resztę wina.

— Rozumiem — rzekł z goryczą. — Chodź do łoża, Sanso. Musimy spełnić obowiązek.

Wykonała polecenie, świadoma jego spojrzenia. Na stoliku przy łożu płonęła wonna woskowa świeca, a w pościel wrzucono płatki róży. Gdy jednak zaczęła unosić kołdrę, żeby się przykryć, powiedział:

— Nie.

Usłuchała go, choć drżała z zimna. Czekała z zamkniętymi oczyma. Po chwili usłyszała, jak jej mąż zdejmuje buty. Potem rozległ się szelest ściąganego ubrania. Kiedy wskoczył na łoże i dotknął ręką jej piersi, nie mogła się nie wzdrygnąć. Leżała z zamkniętymi oczyma, naprężając wszystkie mięśnie, bojąc się tego, co nadejdzie za chwilę. Czy znowu jej dotknie? Pocałuje? Czy powinna rozchylić dla niego nogi? Nie wiedziała, czego się od niej oczekuje.

— Sanso. — Cofnął rękę. — Otwórz oczy.

Obiecała mu posłuszeństwo, rozchyliła więc powieki. Siedział nagi u jej stóp. W miejscu złączenia nóg, z gąszczu skłębionych, żółtych włosów sterczała twarda męskość — jedyny fragment jego ciała, który był prosty.

— Pani — zaczął — jesteś naprawdę piękna, ale... nie mogę tego zrobić. Niech szlag trafi mojego ojca. Możemy zaczekać. Do odmiany księżyca, do przyszłego roku czy nawet do nadejścia wiosny, jak długo będzie trzeba. Do czasu, gdy poznasz mnie lepiej i być może zaczniesz mi trochę ufać.

Jego uśmiech zapewne miał ją uspokoić, lecz z uwagi na brak nosa nadawał mu jeszcze bardziej groteskowy i złowieszczy wygląd.

*Patrz na niego* — powtarzała sobie Sansa. *Patrz na swojego męża, na całą jego postać. Septa Mordane mówiła, że wszyscy mężczyźni są piękni. Spróbuj dostrzec jego urodę.* Wpatrywała się w skarłowaciałe nogi, guzowate, zwierzęce czoło, zielone i czarne oko, czerwony kikut nosa, krzywą różową bliznę oraz gęstwę czarno-żółtych włosów, która stanowiła brodę. Nawet jego męskość była brzydka, gruba, pokryta żyłami i zakończona bulwiastą, fioletową główką. *Tak nie powinno być, to niesprawiedliwe, czym zgrzeszyłam, że bogowie ukarali mnie w taki sposób?*

— Na honor Lannistera — oznajmił Krasnal. — Nie tknę cię, dopóki tego nie zapragniesz.

Musiała zebrać całą odwagę, jaką w sobie miała, by spojrzeć w jego różnobarwne oczy i powiedzieć:

— A jeśli nigdy tego nie zapragnę, panie?

Jego usta wykrzywiły się nagle, jakby go spoliczkowała.

— Nigdy?

Szyja tak jej zesztywniała, że ledwie mogła skinąć głową.

— No cóż — odparł — po to właśnie bogowie stworzyli kurwy dla takich krasnali jak ja.

Zacisnął krótkie, tępo zakończone palce w pięść i zlazł z łoża.

# ARYA

Kamienny Sept był największym miastem, jakie Arya widziała od czasu Królewskiej Przystani. Harwin mówił, że jej ojciec wygrał tu sławną bitwę.

— Ludzie obłąkanego króla polowali na Roberta, żeby go złapać, nim zdąży się połączyć z twoim ojcem — opowiadał, gdy jechali w stronę bramy. — Był ranny i opiekowała się nim grupka przyjaciół. Królewski namiestnik lord Connington zdobył miasto z potężnym oddziałem i zaczął przeszukiwać wszystkie domy. Nim jednak zdołał znaleźć Roberta, lord Eddard i twój dziadek dotarli do miasta i przystąpili do szturmu. Lord Connington bronił się wściekle. Walczono na ulicach i w zaułkach, a nawet na dachach, a wszyscy septonowie bili w dzwony, by prostaczkowie wiedzieli, że muszą zaryglować drzwi. Kiedy zabrzmiały dzwony, Robert opuścił kryjówkę, żeby przyłączyć się do boju. Powiadają, że zabił owego dnia sześciu ludzi. Jednym z nich był Myles Mooton, sławny rycerz, niegdyś giermek księcia Rhaegara. Zabiłby też namiestnika, ale nie spotkali się w boju. Connington jednak ranił poważnie twojego dziadka Tully'ego i zabił ser Denysa Arryna, pupilka Doliny. Potem zrozumiał, że bitwa jest przegrana i uciekł tak szybko, jakby był jednym z gryfów, które nosił na tarczy. To starcie nazwano potem Bitwą Dzwonów. Robert zawsze powtarzał, że to twój ojciec ją wygrał, nie on.

Według Aryi wygląd miasteczka świadczył, iż niedawno również toczono w nim walki. Bramę miejską wykonano ze świeżego drewna, a leżący pod murami stos poczerniałych desek dowodził, co się stało ze starą.

Wejście do Kamiennego Septu było zawarte na głucho, gdy jednak kapitan bramy zobaczył, kim są przybysze, otworzył przed nimi boczną furtę.

— Jak u was z żywnością? — zapytał Tom, gdy wjeżdżali do środka.

— Lepiej, niż było. Łowca przyprowadził stado owiec, kupcy przywożą trochę towarów zza Czarnego Nurtu. Na południe od rzeki plonów nie spalono. Oczywiście, nie brak takich, którzy chcieliby nam zabrać to, co mamy. Jednego dnia wilki, następnego Komedianci. Ci, którzy nie szukają żywności, polują na łupy albo kobiety do zgwałcenia, a ci, którym nie chodzi o złoto albo dziewki, ścigają cholernego Królobójcę. Powiadają, że wymknął się z rąk lordowi Edmure'owi.

— Lordowi Edmure'owi? — Cytryn zmarszczył brwi. — To znaczy, że lord Hoster nie żyje?

— Nie żyje albo jest umierający. Myślisz, że Lannister ucieka w stronę Czarnego Nurtu? Łowca przysięga, że tędy najszybciej można dotrzeć do Królewskiej Przystani. — Kapitan nie czekał na odpowiedź. — Wziął swoje psy, żeby powęszyły. Jeśli ser Jaime jest w okolicy, znajdą go. Widziałem, jak te jego pieski rozszarpały niedźwiedzia. Myślisz, że polubią smak lwiej krwi?

— Ogryziony trup na nic nikomu się nie zda — zauważył Cytryn. — I Łowca świetnie o tym wie, niech go szlag.

— Kiedy nadciągnęli tu ludzie z zachodu, zgwałcili żonę i siostrę Łowcy, puścili z dymem jego plony, zeżarli połowę owiec, a drugą połowę wybili tylko po to, żeby zrobić mu na złość. Zarżnęli też sześć jego psów i cisnęli mu je do studni. Ogryziony trup w zupełności go zadowoli. I mnie też.

— Lepiej niech tego nie robi — ostrzegł Cytryn. — To wszystko, co mam do powiedzenia. Lepiej niech tego nie robi, a ty jesteś cholernym durniem.

Arya jechała między Harwinem a Anguyem ulicami, na których kiedyś walczył jej ojciec. Widziała stojący na wzgórzu sept, a poniżej solidną warownię z szarego kamienia, która wydawała się zdecydowanie za mała, jak na tak duże miasto. Co trzeci mijany przez nich dom był wypaloną skorupą, nie widziała też nigdzie żadnych ludzi.

— Czy wszyscy mieszkańcy zginęli?

— Po prostu są bojaźliwi.

Anguy wskazał jej dwóch stojących na dachu łuczników i kilku chłopców o usmarowanych sadzą twarzach, którzy przycupnęli w ruinach piwiarni. Nieco dalej piekarz otworzył okiennice i krzyknął coś do Cytryna. Brzmienie jego głosu wywabiło z ukrycia dalszych ludzi. Kamienny Sept wracał powoli do życia.

Na znajdującym się w samym środku miasta rynku stała fontanna o kształcie skaczącego do góry pstrąga. Tryskająca z niej woda wypełniała płytką sadzawkę. Kobiety napełniały w niej wiadra i dzbany. W odległości kilku stóp z poskrzypujących pali zwisało dwanaście żelaznych klatek. *Wronie klatki* — zrozumiała Arya. Wrony jednak znajdowały się na zewnątrz, pluskały się w wodzie albo przycupnęły na prętach. W środku siedzieli ludzie. Cytryn ściągnął wodze, krzywiąc wściekle twarz.

— Co to ma znaczyć?

— Sprawiedliwość — odparła jedna ze stojących przy fontannie kobiet.

— Zabrakło wam konopnego sznura?

— Czy zrobiono to na rozkaz ser Wilberta? — zapytał Tom.

Jakiś mężczyzna roześmiał się z goryczą.

— Lwy zabiły ser Wilberta już rok temu. Wszyscy jego synowie są z Młodym Wilkiem. Obrastają w tłuszcz na zachodzie. Myślicie, że obchodzą ich tacy jak my? To Szalony Łowca złapał te wilki.

*Wilki.* Aryę przeszył dreszcz. *Ludzie Robba i ojca.* Coś przyciągnęło ją do krat. W klatkach było tak mało miejsca, że więźniowie nie mogli usiąść ani się odwrócić. Stali nago, wystawieni na słońce, wiatr i deszcz. W pierwszych trzech klatkach były trupy. Siwe wrony wyżarły im oczy, Aryi wydawało się jednak, że zwłoki wpatrują się w nią pustymi oczodołami. Czwarty mężczyzna poruszył się, gdy go mijała. Jego wystrzępiona broda była gęsta od krwi i much, które poderwały się do lotu, gdy przemówił, krążąc wokół jego głowy.

— Wody — wychrypiał. — Proszę... wody...

Człowiek w następnej klatce otworzył oczy na ten dźwięk.

— Tutaj — odezwał się. — Tutaj jestem. — Był stary, brodę miał siwą, a głowę łysą i pokrytą plamami od starości.

Za starcem znajdował się kolejny trup, wielki, rudobrody mężczyzna, który lewe ucho i skroń miał owiązane gnijącym, szarym bandażem. Najgorzej wyglądało jednak to, co miał między nogami. Nie zostało tam nic poza zaskorupiałą, brązową dziurą, w której roiło się od czerwi. W następnej klatce siedział grubas. Wronia klatka była tak okrutnie ciasna, że trudno się było domyślić, w jaki sposób zdołano go wepchnąć do środka. Żelazo wpiło mu się boleśnie w brzuch. Kawałki ciała wylewały się na zewnątrz między kratami. Po wielu dniach przypiekania się na słońcu od stóp do głów pokrywała go jaskrawa czerwień. Kiedy poruszył cielskiem, klatka zakołysała się i zaskrzypiała. Arya zauważyła białe pasy w miejscach, gdzie kraty osłaniały jego ciało przed słońcem.

— Czyimi ludźmi byliście? — zapytała.

Na dźwięk jej głosu grubas otworzył oczy. Skóra wokół nich była tak zaczerwieniona, że wyglądały jak jajka na twardo pływające w talerzu krwi.

— Wody... pić...

— Czyimi? — nie ustępowała.

— Nie zwracaj na nich uwagi, chłopcze — rzekł mieszczanin. — To nie twoja sprawa. Ruszaj w swoją drogę.

— Co oni zrobili? — zapytała.

— Zabili ośmiu ludzi pod Wodospadem Akrobaty — padła odpowiedź. — Szukali Królobójcy, ale jego tam nie było, więc zadowolili się gwałtami i morderstwami. — Wskazał kciukiem na trupa, który zamiast męskości miał czerwie. — To ten gwałcił. A teraz ruszaj w swoją drogę.

— Łyczek — wołał grubas. — Zmiłuj się, chłopcze, tylko łyczek. — Starzec wyciągnął rękę, by złapać za kratę. Klatka zakołysała się gwałtownie. — Wody — wydyszał mężczyzna, który miał w brodzie muchy.

Popatrzyła na ich brudne włosy, pozlepiane brody, przekrwione oczy i wyschnięte, spękane, krwawiące wargi. *Wilki* — pomyślała znowu. Takie jak ja. Czy to była jej wataha? *Jak mogli być ludźmi Robba?* Miała ochotę uderzyć ich, sprawić im ból. Chciało się jej płakać. Wydawało się, że wszyscy, żywi i martwi, spoglądają na nią. Starzec wcisnął między kraty trzy palce.

— Wody — bełkotał. — Wody.

Zeskoczyła z konia. *Nic mi nie zrobią, są umierający.* Wyjęła z bagażu kubek i podeszła do fontanny.

— Co ty robisz, chłopcze? — warknął mieszczanin. — To nie twoja sprawa.

Uniosła kubek do rybiego pyska. Woda spływała jej po palcach i po rękawie, lecz Arya nie ruszyła się z miejsca, dopóki naczynie się nie wypełniło. Kiedy ruszyła w stronę klatek, mieszczanin spróbował ją powstrzymać.

— Zostaw ich, chłopcze…

— Ona jest dziewczynką — odparł Harwin. — Daj jej spokój.

— Tak jest — zgodził się Cytryn. — Lord Beric nie lubi, jak skazuje się ludzi na śmierć z pragnienia. Czemu ich nie powiesiliście, jak nakazuje przyzwoitość?

— W tym, co zrobili nad Wodospadem Akrobaty, nie było nic przyzwoitego — warknął mieszczanin.

Szczeliny między prętami krat były zbyt małe, by przecisnąć między nimi kubek, pomogli jej jednak Harwin i Gendry. Postawiła nogę na złączonych dłoniach Harwina, skoczyła na ramiona Gendry'ego i złapała za kraty na szczycie klatki. Grubas odwrócił twarz ku górze i przycisnął policzek do żelaza, a Arya wylała na niego wodę. Wsysał ją chciwie i pozwalał, by spływała mu po głowie, policzkach i dłoniach. Potem zlizał wilgoć z krat. Oblizałby też palce Aryi, gdyby ich szybko nie cofnęła. Nim napoiła w ten sam sposób dwóch następnych, zdążył się już zebrać tłum.

— Szalony Łowca się o tym dowie — zagroził jakiś mężczyzna. — To mu się nie spodoba.

— A to spodoba mu się jeszcze mniej. — Anguy zdjął łuk, wyjął z kołczana strzałę, nałożył ją na cięciwę i wystrzelił. Grubas zadrżał, gdy grot wbił mu się między podbródki, lecz klatka nie pozwoliła mu upaść. Dwa następne pociski zakończyły życie pozostałych więźniów. Na placu słychać było jedynie plusk spadającej wody i bzyczenie much.

*Valar morghulis* — pomyślała Arya.

Po wschodniej stronie rynku stała skromna gospoda o bielonych ścianach i powybijanych oknach. Połowa jej dachu niedawno spłonęła, lecz dziurę załatano. Nad drzwiami wisiał drewniany szyld, na którym wymalowano nadgryzioną brzoskwinię. Zsiedli z koni w odchodzących skośnie od budynku stajniach i Zielonobrody głośnym rykiem wezwał chłopców stajennych.

Dorodna, rudowłosa karczmarka zawyła z radości na ich widok, po czym natychmiast zaczęła im dogadywać.

— Czy to Zielonobrody, czy raczej Siwobrody? Matko, zmiłuj się, kiedy zdążyłeś się tak postarzeć? Cytryn, czy to ty? Wciąż nosisz ten swój nędzny płaszcz? Wiem, dlaczego nigdy go nie pierzesz. Boisz się, że szczyny się spiorą i przekonamy się, że w rzeczywistości jesteś rycerzem Gwardii Królewskiej! I Tom Siódemka, ten stary, niewyżyty kozioł! Przyjechałeś zobaczyć swojego syna? Spóźniłeś się, pojechał z tym cholernym Łowcą. Tylko nie próbuj mi wmawiać, że nie jest twój.

— Nie ma mojego głosu — sprzeciwił się słabo Tom.

— Ale za to ma twój nochal. I inne części też, sądząc z tego, co gadają dziewczyny. — Zauważyła Gendry'ego i uszczypnęła go w policzek. — Spójrzcie tylko na tego młodego byczka. Poczekajcie, aż Alyce zobaczy te ramiona. Och, i czerwieni się jak dziewica. No, Alyce sobie z tym poradzi, chłopcze. Możesz mi wierzyć.

Arya nigdy w życiu nie widziała, by Gendry tak się czerwienił.

— Ruta, daj Bykowi spokój. To dobry chłopak — wziął go w obronę Tom Siódemka. — Potrzebujemy od ciebie tylko bezpiecznego noclegu.

— Mów za siebie, minstrelu.

Anguy objął młodą, wysoką dziewkę, tak samo piegowatą jak on.

— Mamy łoża — zapewniła rudowłosa Ruta. — Tego „Pod Brzoskwinią" nigdy nie brakowało. Najpierw jednak wszyscy wejdziecie do balii. Kiedy poprzednio spaliście pod moim dachem, nanieśliście tu pcheł. — Szturchnęła Zielonobrodego w pierś. — Twoje były zielone. Chcecie jeść?

— Jeśli możesz nam coś dać, nie powiemy „nie" — przyznał Tom.

— A kiedy to powiedziałeś na coś „nie", Tom? — zarżała kobieta. — Upiekę dla twoich przyjaciół trochę baraniny, a dla ciebie starego, zeschłego szczura. Nie zasługujesz nawet na to, ale jeśli wydusisz z siebie parę piosenek, może się złamię. Zawsze litowałam się nad upośledzonymi. No, chodźcie, chodźcie. Cass, Lanna, stawiajcie gary na ogień. Jyzene, pomóż mi zdjąć z nich te łachy, je też będziemy musiały wygotować.

Spełniła wszystkie swe groźby. Arya próbowała im powiedzieć, że w Żołędziowym Dworze, niespełna dwa tygodnie temu, wykąpano ją aż dwa razy, ale rudowłosa kobieta nie chciała o tym słyszeć. Dwie dziewki służebne wniosły ją siłą na schody, spierając się głośno, czy jest chłopcem czy dziewczynką. Wygrała ta, która miała na imię Helly, druga musiała więc przynieść gorącej wody i wyszorować plecy Aryi sztywną, kłującą szczotką, która omal nie zdarła jej skóry. Potem dziewczyny ukradły ubrania, które dała jej lady Smallwood, i ubrały ją jak jedną z lalek Sansy, w len i koronki. Kiedy skończyły, mogła wreszcie zejść na dół coś zjeść.

Gdy usiadła w głównej sali, w tych głupich, dziewczyńskich ubraniach, przypomniała sobie, czego uczył ją Syrio Forel. Patrzeć tak, żeby widzieć prawdę. Kiedy to zrobiła, zobaczyła więcej dziewek służebnych, niż mogła ich potrzebować jakakolwiek oberża, do tego w większości młodych i ładnych. A po zmierzchu „Pod Brzoskwinią" pojawiło się mnóstwo mężczyzn, którzy nie siedzieli długo w sali, nawet wtedy, gdy Tom wyjął harfę i zaczął śpiewać *Sześć dziewic w stawie*. Drewniane schody były stare i strome i okropnie skrzypiały, kiedy któryś z gości prowadził na górę dziewczynę.

— Założę się, że to burdel — wyszeptała do Gendry'ego.

— Nawet nie wiesz, co to jest burdel.

— Wiem — nie ustępowała. — To tak jak gospoda, tylko z dziewczynami.

Znowu poczerwieniał.

— Co w takim razie tu robisz? — zapytał. — Burdel to nie miejsce dla cholernej, szlachetnie urodzonej damy. Wszyscy o tym wiedzą.

Jedna z dziewczyn przysiadła na ławie obok niego.

— Kto jest szlachetnie urodzoną damą? Ten chudzielec? — popatrzyła na Aryę i wybuchnęła śmiechem. — A ja jestem królewską córką.

Arya wiedziała, kiedy z niej drwią.

— Nieprawda.

— To całkiem możliwe. — Dziewczyna wzruszyła ramionami i suknia ześliznęła się jej z jednego ramienia. — Mówią, że król Robert pieprzył się z moją matką, kiedy tu był. Co prawda, ze wszystkimi innymi dziewczynami też, ale Leslyn mówi, że moja mamuśka podobała mu się najbardziej.

Arya pomyślała, że dziewczyna faktycznie ma takie same włosy jak stary król — niezwykle gęstą, czarną jak węgiel czuprynę. *To o niczym nie świadczy. Włosy Gendry'ego wyglądają identycznie. Mnóstwo ludzi ma czarne włosy.*

— Nazywam się Dzwonka — powiedziała Gendry'emu. — To na cześć bitwy. Założę się, że potrafiłabym uderzyć i w twój dzwon. Masz na to ochotę?

— Nie — odburknął.

— Założę się, że masz. — Przesunęła dłonią po jego ramieniu. — Dla przyjaciół Thorosa i lorda błyskawicy jestem za darmo.

— Powiedziałem, że nie.

Gendry wstał i oddalił się w noc.

Dzwonka zwróciła się w stronę Aryi.

— Nie lubi dziewczyn?

Arya wzruszyła ramionami.

— Po prostu jest głupi. Lubi tylko polerować hełmy i wykuwać miecze.

— Och.

Dzwonka poprawiła suknię, zakrywając ramię, i poszła pogadać z Jackiem Szczęściarzem. Po chwili siedziała już na jego kolanach, chichocząc i popijając z nim wino z jednego kielicha. Zielonobrody miał dwie dziewczyny, po jednej na każdej nodze. Anguy zniknął z piegowatą dziewką. Cytryna również nie było już w sali. Tom Siedem Strun siedział przy kominku, śpiewając *Dziewczęta, które kwitną na wiosnę*. Arya miała w kielichu rozcieńczone wodą wino, na które pozwoliła jej rudowłosa kobieta. Nasłuchiwała przy tym uważnie. Po drugiej stronie placu martwi mężczyźni gnili we wronich klatkach, lecz „Pod Brzoskwinią" wszyscy się weselili. Odnosiła jednak wrażenie, że niektórzy śmieją się zbyt głośno.

To mogłaby być odpowiednia chwila, żeby wymknąć się i ukraść konia, nie sądziła jednak, by cokolwiek jej to dało. Dotarłaby najwyżej do miejskiej bramy. *Ten kapitan na pewno by mnie nie przepuścił, a nawet gdyby to zrobił, dogoniłby mnie Harwin albo ten Łowca ze swoimi psami.* Żałowała, że nie ma już mapy, na której mogłaby zobaczyć, jak daleko jest z Kamiennego Septu do Riverrun.

Kiedy opróżniła kielich, zaczęła ziewać. Gendry nie wrócił. Tom Siedem Strun śpiewał *Dwa serca, które biją jak jedno*, pod koniec każdej zwrotki całując inną dziewczynę. W kącie przy oknie Cytryn i Harwin cicho rozmawiali z rudowłosą Rutą.

— ...spędziła noc w celi Jaime'a — mówiła kobieta. — Ona i ta druga dziewka, ta, która zabiła Renly'ego. Wszyscy troje razem, a rankiem lady Catelyn wypuściła go z miłości.

Zachichotała gardłowo.

*To nieprawda* — pomyślała Arya. *Nie zrobiłaby tego.* Poczuła się smutna, rozgniewana i samotna zarazem. Obok niej usiadł jakiś staruszek.

— Ale z ciebie ładna, mała brzoskwinia. — Jego oddech cuchnął prawie tak samo paskudnie jak trupy w klatkach, a świńskie oczka wędrowały lubieżnie po całej jej postaci. — Jak ma na imię moja słodka brzoskwinka?

Na pół uderzenia serca zapomniała, kim powinna tu być. Nie była żadną brzoskwinią, ale nie mogła też być Aryą Stark, nie tutaj, nie dla jakiegoś śmierdzącego pijaka, którego nie znała.

— Zostaw ją. — Gendry położył ciężką łapę na ramieniu staruszka i uścisnął go mocno. — To moja siostra.

Mężczyzna odwrócił się, gotów wszcząć sprzeczkę, zreflektował się jednak, widząc rozmiary Gendry'ego.

— Twoja siostra, tak? Co z ciebie za brat? Ja na pewno bym nie przyprowadził swojej siostry „Pod Brzoskwinię".

Wstał z ławy i oddalił się, mamrocząc pod nosem, w poszukiwaniu nowej przyjaciółki.

— Czemu to powiedziałeś? — Arya zeskoczyła z ławy. — Nie jesteś moim bratem.

— To prawda — warknął gniewnie. — Cholerny kmiotek nie może być krewnym szlachetnie urodzonej damy.

Zaskoczyła ją wściekłość w jego głosie.

— Nie o to mi chodziło.

— O to. — Usiadł na ławę, ściskając w obu dłoniach kielich. — Idź sobie. Chcę w spokoju wypić to wino. Potem może poszukam tej czarnowłosej dziewczyny i zadzwonię w jej dzwon.

— Ale...

— Powiedziałem, idź sobie, pani.

Arya odwróciła się błyskawicznie i zostawiła go. *To głupi, uparty bękart i tyle.* Mógł sobie dzwonić w tyle dzwonów, w ile tylko zechce. Nic jej to nie obchodziło.

Ich sypialnia znajdowała się na górze, tuż pod okapem. Być może „Pod Brzoskwinią" rzeczywiście nie brakowało łóż, dla takich jak oni znalazło się jednak tylko jedno. Ale za to duże. Zajmowało prawie całą izbę. Wydawało się, że wszyscy swobodnie się pomieszczą na wypchanym stęchłą słomą materacu, w tej chwili jednak Arya miała go tylko dla siebie. Jej prawdziwe ubranie wisiało na kołku wbitym w ścianę, między rzeczami Gendry'ego i Cytryna. Zdjęła len i koronki, ściągnęła bluzę przez głowę, weszła na łoże i zagrzebała się pod kocami.

— Królowa Cersei — wyszeptała do poduszki. — Król Joffrey, ser Ilyn, ser Meryn. Dunsen, Raff i Polliver. Łaskotek, Ogar i ser Gregor Góra.

Lubiła czasami zamieniać kolejność imion. To pomagało jej zapamiętać, kim są i co uczynili. *Może niektórzy z nich już nie żyją* — pomyślała. *Może siedzą gdzieś w żelaznych klatkach i wrony wydziobują im oczy.*

Sen nadszedł szybko, gdy tylko zamknęła powieki. Śniły się jej wilki, które łaziły po wilgotnym lesie pełnym woni deszczu, zgnilizny i krwi. Tyle że we śnie były to dobre zapachy i Arya wiedziała, że nie ma się czego bać. Była silna, szybka i gwałtowna, a ze wszystkich stron otaczali ją bracia i siostry z jej watahy. Osaczyli wspólnie przestraszonego konia, rozdarli mu gardło i najedli się do syta. A kiedy zza chmur wysunął się księżyc, uniosła łeb i zawyła.

Gdy jednak wstał dzień, obudziło ją ujadanie psów.

Usiadła, ziewając. Po jej lewej stronie budził się powoli Gendry, a po prawej chrapał głośno Cytryn Cytrynowy Płaszcz. Szczekanie jednak zagłuszało go niemal całkowicie. Tych psów jest co najmniej pół setki. Wyczołgała się spod koców i przeskoczyła nad Cytrynem, Tomem i Jackiem Szczęściarzem, żeby dotrzeć do okna. Gdy otworzyła szeroko okiennice, do środka napłynęły wiatr, wilgoć i chłód. Dzień był szary i zachmurzony. Na placu roiło się od psów, które szczekały, biegały w kółko, warczały i wyły. W sforze były wielkie czarne mastify, chude wilczarze, czarno-białe owczarki oraz psy, których Arya nie znała, kudłate, moręgowate bestie o długich, żółtych zębiskach. Między gospodą a fontanną siedziało na koniach dwunastu jeźdźców, którzy przyglądali się, jak mieszczanie otwierają klatkę grubasa i ciągną go za ręce. Po chwili wielkie cielsko runęło na ziemię. Psy rzuciły się na nie natychmiast, wyrywając wielkie kawały mięsa.

Arya usłyszała śmiech jednego z jeźdźców.

— To twój nowy zamek, ty cholerny lannisterski skurwysynu — powiedział. — Trochę przyciasny dla takich ja ty, ale nie bój się, wciśniemy cię do środka.

Przygarbiony więzień siedział obok niego. Ręce mocno związano mu konopnym sznurem. Niektórzy z mieszczan ciskali w niego gnojem, lecz nawet się nie wzdrygnął.

— Zgnijesz w tej klatce — krzyczał do niego strażnik. — Wrony wydziobią ci ślepia, a my wydamy to twoje lannisterskie złoto! A kiedy wrony wykonają już swoją robotę, wyślemy to, co zostanie, twojemu cholernemu bratu. Chociaż wątpię, żeby cię poznał.

Hałas obudził połowę przebywających „Pod Brzoskwinią" gości. Gendry wcisnął się w okno obok Aryi, a Tom stanął za nimi, nagi jak w dzień imienia.

— Co to za cholerne wrzaski? — poskarżył się leżący na łożu Cytryn. — Człowiek nie może się nawet chwilę przespać.

— Gdzie Zielonobrody? — zapytał go Tom.

— W łóżku z Rutą — odparł Cytryn. — A co się stało?

— Lepiej go znajdź. I Łucznika też. Wrócił Szalony Łowca. Przywiózł nowego więźnia do klatek.

— Lannistera — wtrąciła Arya. — Słyszałam, jak mówili, że to Lannister.

— Czyżby złapali Królobójcę? — zainteresował się Gendry.

Rzucony kamień uderzył więźnia w policzek. Mężczyzna odwrócił głowę. *To nie Królobójca* — przemknęło jej przez głowę, gdy ujrzała jego twarz. Bogowie w końcu wysłuchali jej modlitw.

# JON

Gdy dzicy wyprowadzili konie z jaskini, Ducha już pod nią nie było. *Czy zrozumiał to, co mu mówiłem o Czarnym Zamku?* Jon zaczerpnął haust chłodnego, porannego powietrza i pozwolił sobie na odrobinę nadziei. Niebo na wschodzie tuż nad horyzontem było różowe, a nieco wyżej jasnoszare. Na południu ciągle widniał Miecz Poranka. Jasna, biała gwiazda w jego rękojeści płonęła niczym diament świtu, a czerń i szarość mrocznej puszczy znowu zmieniała się w zieleń i złoto, czerwień i kolor rdzy. Nad żołnierskimi sosnami, dębami, jesionami i drzewami strażniczymi górował Mur. Przez oblepiającą jego powierzchnię ziemię i piasek prześwitywał jasny lód.

Magnar wysłał tuzin jeźdźców na zachód, a drugi tuzin na wschód, nakazując im wspiąć się na najwyższe wzgórze, jakie znajdą, i wypatrywać zwiadowców w lesie albo patrolu na Murze. Thennowie zabrali rogi z okuciami z brązu, by móc ostrzec swych towarzyszy, jeśli ujrzą Straż. Inni dzicy podążali za Jarlem, w tym również Jon i Ygritte. To miała być godzina chwały młodego łupieżcy.

Często powiadano, że Mur ma siedemset stóp wysokości, Jarl jednak znalazł miejsce, w którym był on wyższy, a zarazem niższy.

Nad drzewami górowała pionowa ściana lodu przypominająca ogromne urwisko. Na jej szczycie widać było wyrzeźbione przez wiatr blanki, które sięgały wysokości co najmniej ośmiuset, a gdzieniegdzie nawet dziewięciuset stóp. Gdy jednak podjechali bliżej, Jon zdał sobie sprawę, że to złudzenie. Gdzie tylko było to możliwe, Brandon Budowniczy układał swe ogromne kamienie podstawne na szczytach wzgórz, a w tej okolicy wyniosłości były wysokie i strome.

Słyszał kiedyś, jak jego stryj Benjen mówił, że na wschód od Czarnego Zamku Mur jest mieczem, ale na zachód wężem. Była to prawda. Lodowa bariera wspinała się tu na wysokie wzgórze, opadała w dolinę, wchodziła przez jakieś trzy mile po ostrej jak nóż granitowej grani, biegła po wyszczerbionych wierzchołkach, opadała w jeszcze głębszą dolinę, a potem znowu wznosiła się w górę, przeskakując ze wzgórza na wzgórze tak daleko, jak okiem sięgnąć, aż ku górzystemu zachodowi.

Jarl postanowił zaatakować odcinek lodu biegnący wzdłuż grani. Choć szczyt Muru majaczył tu około ośmiuset stóp nad ziemią, dobrą jedną trzecią jego wysokości stanowiły ziemia i kamień, nie lód. Stok był zbyt stromy, żeby mogły się nań wdrapać konie, prawie tak samo niedostępny jak Pięść Pierwszych Ludzi, znacznie jednak łatwiejszy do sforsowania niż pionowa ściana samego Muru. Ponadto grań porastał gęsty bór, dzięki czemu łatwo się było na niej ukryć. Ongiś bracia w czerni codziennie wyruszali do lasu z siekierami w rękach, by wycinać włażące na Mur drzewa, te czasy dawno już jednak minęły i puszcza sięgała tu aż do lodu.

Zapowiadał się zimny, wilgotny dzień, a pod Murem było jeszcze chłodniej z uwagi na jego niezliczone tony lodu. Im bardziej się doń zbliżali, tym bardziej ociągali się Thennowie. *Żaden z nich nigdy nie widział Muru* — zrozumiał Jon. *Nawet magnar. Boją się go.* W Siedmiu Królestwach mawiano, że Mur to koniec świata. *Z tej strony to również jest prawdą.* Wszystko zależało od miejsca, w którym się stało.

*A gdzie ja stoję?* Nie znał odpowiedzi na to pytanie. Żeby zostać z Ygritte, musiałby stać się dzikim do szpiku kości. A gdyby ją porzucił, by wrócić do swych obowiązków, magnar mógłby wyciąć mu serce. Gdyby zaś zabrał ją ze sobą... zakładając, że zgodziłaby się na to, co nie było bynajmniej pewne, nie mógłby raczej sprowadzić jej do Czarnego Zamku, by zamieszkała wśród braci. Dezerter i dzika nie znaleźliby schronienia nigdzie w Siedmiu Królestwach. *Pewnie moglibyśmy poszukać dzieci Gendela. Ale one prędzej by nas zjadły, niż przyjęły.*

Jon zauważył, że łupieżcy Jarla nie boją się Muru. *Wszyscy z nich już to kiedyś robili.* Gdy zsiedli z koni pod granią, Jarl wywołał niektórych z nich po imieniu i wkrótce wokół niego zebrało się jedenastu mężczyzn. Wszyscy byli młodzi. Najstarszy nie mógł mieć więcej niż dwadzieścia pięć lat, a dwaj byli młodsi od Jona, ale szczupli i muskularni. Ich znamionujący siłę wygląd przywodził mu na myśl Kamiennego Węża, brata, którego Półręki wysłał na piechotę, gdy ścigał ich Grzechocząca Koszula.

Dzicy przygotowywali się w samym cieniu Muru. Wokół jednego ramienia i piersi owinęli sobie długie konopne liny i mocno zasznurowali dziwaczne buty z miękkiej jeleniej skóry. Z ich szpiców sterczały ostre kolce, u Jarla i dwóch innych zrobione z żelaza, u kilku innych z brązu, lecz u większości z kawałków kości. U jednego biodra zwisały im kamienne młotki o małych główkach, a u drugiego skórzane torby z hakami. Jako czekany służyły im poroża o zaostrzonych łopatach, przymocowane do drewnianych rękojeści paskami niewyprawionej skóry. Jedenastu wspinaczy i Jarl podzielili się na trzy czteroosobowe grupy.

— Mance obiecał miecz każdemu członkowi grupy, która pierwsza dotrze na szczyt — oznajmił Jarl. Jego oddech zamarzał w powietrzu. — Południowy miecz z wykutej w zamku stali. I wasze imiona w pieśni, którą o tym ułoży, to również. Czegóż więcej może pragnąć wolny człowiek? Do góry! Ostatnich wezmą Inni!

*Niech Inni wezmą ich wszystkich* — pomyślał Jon, przyglądając się, jak włażą po stromym stoku i znikają między drzewami. Dzicy nie wspinali się na Mur po raz pierwszy, czy nawet sto pierwszy. Patrole natykały się na wspinaczy dwa albo trzy razy do roku, a zwiadowcy czasami znajdowali u jego stóp trupy tych, którym się nie powiodło. Na wschodnim wybrzeżu łupieżcy często budowali łodzie, by przemknąć się przez Zatokę Fok, a na zachodzie schodzili w czarną otchłań Rozpadliny, żeby okrążyć Wieżę Cieni, lecz pomiędzy jego końcami jedynym sposobem na pokonanie Muru było wspiąć się na niego i wielu łupieżców tak właśnie czyniło. *Ale wraca ich mniej* — pomyślał z posępną dumą Jon. Wspinacze, chcąc nie chcąc, musieli zostawiać wierzchowce za Murem i wielu młodszych, początkujących łupieżców zaczynało od tego, że kradli pierwsze konie, które znaleźli. Wtedy podnoszono alarm, wysyłano kruki i Nocna Straż często łapała i wieszała dzikich, nim zdążyli się wymknąć z łupami oraz ukradzionymi kobietami. Jon wiedział, że Jarl nie popełni tego błędu, nie był jednak pewien Styra. *Magnar jest władcą, nie łupieżcą. Może nie znać zasad.*

— Tam są — odezwała się Ygritte. Jon podniósł wzrok i zobaczył pierwszego ze wspinaczy, który wydostał się już ponad poziom drzew. Był to Jarl. Znalazł wsparte o Mur drzewo strażnicze i kazał swym ludziom wejść po nim. *Nie powinni byli pozwolić, żeby las podszedł tak blisko Muru. Dzicy pokonali już trzysta stóp, a jeszcze nawet nie dotknęli lodu.*

Obserwował wspinacza, który przeszedł ostrożnie z drzewa na Mur, wyrąbując sobie uchwyt czekanem, a potem przeskakując na lód. Owiązana wokół pasa lina łączyła go z drugim członkiem grupy, który nadal właził na drzewo. Powoli, krok za krokiem, Jarl piął się coraz wyżej. Tam, gdzie nie było naturalnych punktów zaczepienia, wyrąbywał sobie uchwyty dla nóg zaostrzonymi szpicami butów. Gdy znalazł się dziesięć stóp nad drzewem strażniczym, zatrzymał się na wąskiej, lodowej półce, odpiął czekan, wyjął młot i wbił w szczelinę żelazny hak. Drugi dziki przeszedł tymczasem na lód, podczas gdy trzeci docierał już do wierzchołka drzewa.

Pozostałe grupy nie miały do pomocy tak fortunnie ulokowanych drzew i wkrótce Thennowie zaczęli się zastanawiać, czy nie zabłądziły, wspinając się na grań. Nim pojawili się ich pierwsi wspinacze, zespół Jarla wszedł już na lód w komplecie i pokonał dobre osiemdziesiąt stóp. Czwórki wspinały się w odległości około dwudziestu stóp od siebie, Jarl pośrodku. Po prawej szedł zespół prowadzony przez Grigga Kozła, którego łatwo było rozpoznać z dołu dzięki długiemu blond warkoczowi. Wspinaczy po lewej prowadził bardzo chudy mężczyzna imieniem Errok.

— Ależ powoli lezie — poskarżył się głośno magnar, unosząc w górę głowę. — Czyżby zapomniał o wronach? Powinien się wspinać szybciej, bo inaczej nas zauważą.

Jon z trudem utrzymał język za zębami. Aż za dobrze pamiętał Wąwóz Pisków i wspinaczkę w blasku księżyca z Kamiennym Wężem. Owej nocy wiele razy ze strachu serce podchodziło mu do gardła. Pod koniec całe ręce i nogi miał obolałe, a palce na wpół odmrożone. *A to był kamień, nie lód.* Kamień był twardy, lód nawet w najlepszych chwilach był zdradzieckim podłożem, a w takie dni jak ten, gdy Mur płakał, ciepło dłoni wspinacza mogło wystarczyć, by się stopił. Potężne bloki mogły być wewnątrz zamarznięte na kość, lecz zewnętrzną powierzchnię miały śliską, ociekającą strumykami wody i pełną obszarów zmurszałego lodu, pod który dostało się powietrze. *Cokolwiek by powiedzieć o tych dzikich, na pewno nie brakuje im odwagi.*

Niemniej jednak Jon miał nadzieję, że obawy Styra okażą się uzasadnione. *Jeśli bogowie są łaskawi, napatoczy się patrol, który położy temu kres.*

— Mury nie zapewnią ci bezpieczeństwa — tłumaczył mu kiedyś ojciec, gdy spacerowali po szańcach Winterfell. — Mur jest tylko tak silny, jak ludzie, którzy go bronią.

Dzicy mieli pewnie ze stu dwudziestu ludzi, lecz wystarczyłoby czterech obrońców, by przepędzić ich kilkoma celnymi strzałami i być może wiadrem kamieni.

Nie pojawiło się jednak czterech obrońców, ani nawet jeden. Słońce wspinało się po niebie, a dzicy wspinali się na Mur. Czwórka Jarla zachowała przewagę aż do południa, gdy jego ludzie natrafili na plamę niepewnego lodu. Jarl owinął linę wokół wyrzeźbionej przez wiatr wyrośli, lecz gdy wsparł na niej swój ciężar, wyszczerbiony sopel odłamał się nagle i runął w dół, a dziki razem z nim. Na wspinającą się za nim trójkę posypały się kawały lodu wielkie jak głowa mężczyzny. Mimo to wspinacze nie puścili się ściany, a haki wytrzymały i Jarl zatrzymał się gwałtownie na końcu liny.

Nim jego grupa odzyskała równowagę po tym wypadku, Grigg Kozioł niemal już ją dogonił. Czwórka Erroka nadal była daleko z tyłu. Powierzchnia, na którą się wspinali, sprawiała wrażenie gładkiej i pozbawionej szczelin, okazało się jednak, że pokrywa ją warstwa topniejącego lodu, która lśni wilgotno w promieniach słońca. Odcinek Grigga był ciemniejszy i widać było na nim długie poziome półki tam, gdzie bloki nie przylegały do siebie idealnie, a także szczeliny i pęknięcia, a nawet kominy biegnące wzdłuż pionowych spoin. Wiatr i woda wytrawiły tam otwory tak wielkie, że mógł się w nich ukryć człowiek.

Jarl wkrótce kazał swym ludziom wznowić wspinaczkę. Jego czwórka szła niemal łeb w łeb z czwórką Grigga, a grupa Erroka podążała pięćdziesiąt stóp za nimi. Czekany z jelenich poroży rąbały lód, zrzucając na drzewa deszcz lśniących okruchów. Kamienne młotki wbijały głęboko w lód haki, do których przywiązywano liny. Wspinaczom zabrakło żelaznych haków, nim jeszcze pokonali połowę drogi. Potem musieli używać zrobionych z rogu i zaostrzonych kości. Wszyscy kopali mocno, wbijając kolce swych butów w twardy, nieustępliwy lód. Uderzali raz i drugi, trzeci i czwarty, by stworzyć jeden punkt zaczepienia. *Nogi na pewno do cna im zdrętwiały* — pomyślał Jon po czterech godzinach. *Jak długo mogą to wytrzymać?* Przyglądał się temu tak samo niespokojnie jak magnar, który w każdej chwili spodziewał się usłyszeć odległy jęk rogu Thennów. Rogi jednak milczały. Nocnej Straży nigdzie nie było widać.

Po sześciu godzinach Jarl ponownie wyprzedził Grigga Kozła i jego przewaga wciąż się powiększała.

— Ulubieniec Mance'a koniecznie chce dostać ten miecz — mruknął magnar, osłaniając oczy. Słońce stało już wysoko na niebie, a górna trzecia część Muru wydawała się z dołu krystalicznie niebieska. Światło odbijało się w niej tak jasno, że od patrzenia na nią bolały oczy. Czwórki Jarla i Grigga były ledwie widoczne w tej plamie blasku, lecz grupa Erroka nadal wspinała się w cieniu. Zamiast iść w górę, ostatnia czwórka przesuwała się w bok, w kierunku odległego o jakieś pięćset stóp komina. Przyglądając się, jak pełzną w tamtą stronę, Jon usłyszał nagły trzask, który zdawał się nieść wzdłuż całego Muru. Potem rozległ się krzyk. Jeszcze później w powietrzu zaroiło się od odłamków lodu i spadających z wrzaskiem ludzi. Od Muru oderwał się gruby na stopę kwadrat lodu o boku pięćdziesięciu stóp, który spadł, zleciał, poleciał w dół, zgarniając wszystko, co stało na jego drodze. Niektóre kawałki potoczyły się między drzewami i spadły aż do podstawy wzgórza. Jon przewrócił Ygritte na ziemię, by ją osłonić. Jeden z Thennów oberwał w twarz bryłą lodu, która złamała mu nos.

Kiedy spojrzeli w górę, zobaczyli, że Jarl i jego grupa zniknęli. Ludzie, liny, haki i wszystko. Powyżej poziomu sześciuset stóp nie zostało nic. W miejscu, gdzie przed połową uderzenia serca wisieli wspinacze, w Murze ziała wielka rana. Lód lśnił w słońcu, biały i gładki niczym gładzony marmur. Znacznie niżej widać było czerwoną plamę w miejscu, gdzie ktoś roztrzaskał się o lodową narośl.

*Mur broni się sam* — pomyślał Jon, pomagając Ygritte wstać z ziemi.

Jarla znaleźli na drzewie. Nadział się na ułamaną gałąź, nadal połączony liną z trzema ludźmi, którzy spoczywali poniżej. Jeden z nich żył jeszcze, lecz miał połamane nogi i kręgosłup, jak również większość żeber.

— Łaski — wyszeptał, gdy do niego podeszli. Jeden z Thennów roztrzaskał mu głowę wielkim kamiennym buzdyganem. Magnar wydał rozkazy i jego ludzie zaczęli zbierać drewno na stos.

W chwili gdy Grigg Kozioł dotarł na szczyt Muru, zabici już płonęli. Kiedy dołączyła do niego czwórka Erroka, z Jarla i jego grupy zostały tylko kości i popiół.

Słońce chyliło się ku zachodowi, wspinacze nie tracili więc czasu. Rozwinęli długie pętle, którymi się otoczyli, związali wszystkie kawałki razem i rzucili jeden koniec liny w dół. Perspektywa pięćsetstopowej wspinaczki po niej napełniła serce Jona strachem, Mance jednak zaplanował to lepiej. Łupieżcy, których Jarl zostawił na dole, wydobyli ze skrzyni potężną drabinę o konopnych szczeblach grubości ramienia mężczyzny. Następnie przywiązali ją do rzuconej przez wspinaczy liny. Errok, Grigg i ich ludzie wciągnęli drabinę na szczyt, przybili ją tam hakami i ponownie opuścili sznur, by umocować drugą drabinę. W sumie było ich pięć.

Gdy wszystkie były już na miejscu, magnar wydał krótki rozkaz w starym języku i pięciu Thennów zaczęło się wspinać jednocześnie. Nawet po drabinie nie było to łatwe. Ygritte przez chwilę przyglądała się ich wysiłkom.

— Nienawidzę tego Muru — oznajmiła cichym, gniewnym głosem. — Czujesz, jaki jest zimny?

— Zbudowano go z lodu — wskazał Jon.

— Nic nie wiesz, Jonie Snow. Ten mur zbudowano z krwi.

Ciągle jej pragnął. O zachodzie słońca bowiem dwóch Thennów spadło z drabin i zabiło się. Na tym jednak był koniec. Gdy Jon wdrapał się na szczyt, dochodziła północ. Znowu pojawiły się gwiazdy, a Ygritte dygotała z wysiłku po wspinaczce.

— O mało co bym spadła — mówiła ze łzami w oczach. — Dwa razy. Trzy. Mur próbował mnie zrzucić. Czułam to.

Jedna łza wyciekła jej z oka i spłynęła powoli po policzku.

— Najgorsze za nami — zapewnił ją Jon, starając się, by w jego głosie zabrzmiała nuta pewności. — Nie bój się.

Spróbował objąć ją ramieniem.

Ygritte walnęła go otwartą dłonią w pierś, tak mocno, że zabolało go nawet przez wełnę, kolczugę i utwardzaną skórę.

— Nie bałam się. Nic nie wiesz, Jonie Snow.

— To czemu płaczesz?

— Nie ze strachu! — Kopnęła gwałtownie piętą lód, odłamując spory okruch. — Płaczę dlatego, że nie znaleźliśmy Rogu Zimy. Otworzyliśmy pół setki grobów i wypuściliśmy na świat pół setki cieni, ale nie znaleźliśmy Rogu Joramuna, który pozwoliłby nam zburzyć tę zimną ohydę!

# JAIME

Jego ręka płonęła.

Na długo po tym, jak zgasili pochodnię, którą przypalili krwawiący kikut, po wielu dniach, ciągle jeszcze czuł ogień, który wbiegł mu po ramieniu, i poruszające się w płomieniach palce, palce, których już nie miał.

Bywał już ranny, nigdy jednak w taki sposób. Nie miał pojęcia, że może istnieć tak potworny ból. Chwilami na jego wargach pojawiały się nieproszone modlitwy, których nauczył się jako dziecko, by potem o nich zapomnieć, modlitwy, które po raz pierwszy odmawiał z Cersei, klęcząc w sepcie w Casterly Rock. Niekiedy nawet płakał, aż do chwili, gdy usłyszał śmiech Komediantów. Wtedy oczy mu wyschły, a serce umarło. Modlił się o to, by gorączka wypaliła łzy. *Teraz wiem, jak się czuł Tyrion, kiedy się z niego wyśmiewali.*

Gdy spadł z siodła po raz drugi, przywiązali go mocno do Brienne z Tarthu, ponownie każąc im dzielić ze sobą konia. Pewnego dnia zamiast plecami do siebie związali ich twarzą w twarz.

— Kochankowie — westchnął głośno Shagwell. — Cóż za piękny widok. Byłoby okrucieństwem rozdzielać dobrego rycerza i jego damę. — Z jego ust wyrwał się charakterystyczny, wysoki i przenikliwy śmiech. — Ach, ale kto tu jest rycerzem, a kto damą?

*Gdybym miał rękę, zaraz byś się przekonał* — pomyślał Jaime. Ramiona go bolały, a nogi miał odrętwiałe od sznurów, lecz po chwili straciło to znaczenie. Jego świat skurczył się do pulsującego bólu w fantomowej dłoni i przyciśniętej do jego ciała Brienne. *Przynajmniej jest ciepła* — pocieszał się, choć oddech dziewki cuchnął tak samo paskudnie jak jego własny.

Jego dłoń zawsze była między nimi. Urswyck zawiesił mu ją na sznurku na szyi, tak że opadała na jego pierś, obijając się o biust Brienne. Jaime to odzyskiwał, to znowu tracił przytomność. Prawe oko zamknęła mu opuchlizna, a rana, którą otrzymał od Brienne podczas ich potyczki, paprała się, najwięcej cierpień przysparzała mu jednak ręka. Z kikuta sączyły się krew i ropa, a przy każdym kroku konia fantomową dłoń przeszywał ostry ból.

Gardło miał tak obolałe, że nie mógł nic jeść, pił jednak wino, gdy mu je dawali, albo wodę, kiedy nie dostawał nic innego. Pewnego razu podali mu kubek, który natychmiast wychylił z drżeniem. Dzielni Kompanioni ryknęli śmiechem tak głośnym i ochrypłym, że aż zabolały go od niego uszy.

— Pijesz końskie szczyny, Królobójco — oznajmił mu Rorge. Jaime był tak spragniony, że i tak je przełknął, potem jednak wszystko zwymiotował. Kazali Brienne zmyć wymiociny z jego brody, tak samo jak zmusili ją do umycia go, kiedy zanieczyścił się w siodle.

Pewnego zimnego, wilgotnego poranka, gdy poczuł się nieco silniejszy, zawładnął nim obłęd. Sięgnął lewą dłonią po miecz Dornijczyka i wyszarpnął go niezgrabnie z pochwy. *Niech mnie zabiją* — pomyślał. *Przynajmniej zginę z mieczem w dłoni.* Nic to jednak nie dało. Shagwell tańczył zgrabnie, przeskakując z nogi na nogę, gdy Jaime próbował go dosięgnąć. Zataczał się, wymachując orężem jak szalony, lecz błazen wirował, podskakiwał i umykał, aż wreszcie wszyscy Komedianci ryknęli śmiechem, obserwując daremne wysiłki Jaime'a. Gdy potknął się o kamień i padł na kolana, błazen podskoczył do niego i złożył na czubku jego głowy wilgotny pocałunek.

Potem Rorge odepchnął Shagwella na bok i wytrącił kopniakiem miecz z bezwładnych palców Jaime'a, który próbował raz jeszcze unieść broń.

— To było zabawne, Królobójco — odezwał się Vargo Hoat — ale jeśli spróbujes jesce raz, kazę ci uciąć drugą rękę albo moze nogę.

Jaime leżał potem na plecach i wpatrywał się w nocne niebo, starając się nie czuć bólu, który wbiegał w górę po jego prawym ramieniu za każdym razem, gdy próbował nim poruszyć. Noc była dziwnie piękna. Księżyc osiągnął fazę wdzięcznego sierpa, a Jaime odnosił wrażenie, że nigdy w życiu nie widział tylu gwiazd. Królewska Korona stała w zenicie, rozpoznawał też stającego dęba Ogiera i Łabędzia. Księżycowa Panna, nieśmiała jak zawsze, kryła się za sosną. *Jak taka noc może być piękna?* — pytał sam siebie. *Dlaczego gwiazdy chcą spoglądać z góry na kogoś takiego jak ja?*

— Jaime — wyszeptała Brienne tak cicho, że wydawało mu się to snem. — Jaime, co robisz?

— Umieram — odpowiedział jej równie cicho.

— Nie — sprzeciwiła się — nie, musisz żyć.

O mało się nie roześmiał.

— Przestań mnie pouczać, co mam robić, dziewko. Umrę, jeśli będę miał na to ochotę.

— Czy jesteś aż taki tchórzliwy?

Wstrząsnęło nim to słowo. Był Jaime'em Lannisterem, rycerzem Gwardii Królewskiej, Królobójcą. Nikt nigdy nie nazwał go tchórzem. Z innymi obelgami często się spotykał. Zwano go wiarołomcą, kłamcą, mordercą. Ludzie mówili, że jest okrutny, zdradliwy i zuchwały, ale nigdy tchórzliwy.

— A cóż innego mogę zrobić, jeśli nie umrzeć?

— Żyć — odpowiedziała. — Żyć, walczyć i dokonać zemsty.

Powiedziała to jednak zbyt głośno. Rorge usłyszał jej głos, jeśli nawet nie słowa, podszedł do związanej i kopnął ją, krzycząc głośno, żeby zamknęła tę cholerną gębę, jeśli nie chce stracić języka.

*Tchórzliwy* — pomyślał Jaime, gdy Brienne próbowała stłumić jęki. *Ucięli mi rękę, w której trzymałem miecz. Czy tylko tym byłem? Ręką, która trzyma miecz? Dobrzy bogowie, czy to prawda?*

Dziewka miała rację. Nie mógł umrzeć. Czekała na niego Cersei. Będzie go potrzebowała. Tak samo jak Tyrion, brat, który kochał go za kłamstwo. Czekali na niego również wrogowie. Młody Wilk, który pokonał go w Szepczącym Lesie i zabił otaczających go ludzi, Edmure Tully, który zakuł go w łańcuchy i zamknął w ciemnicy, ci Dzielni Kompanioni.

Gdy nadszedł ranek, zmusił się do jedzenia. Dali mu papkę z owsa dla koni, lecz mimo to przełknął każdą łyżkę. O zmierzchu również zjadł posiłek, i następnego dnia też. *Żyj* — powtarzał sobie stanowczo, gdy zbierało mu się na wymioty. *Żyj dla Cersei i dla Tyriona. Żyj dla zemsty. Lannister zawsze płaci swe długi.* Brakująca dłoń bolała go dokuczliwie, a kikut śmierdział. *Gdy dotrę do Królew-*

*skiej Przystani, każę sobie wykuć nową dłoń, dłoń ze złota. Pewnego dnia rozerwę nią gardło Vargo Hoata.*

Dni i noce zlewały się ze sobą w mgiełce bólu. Spał w siodle, przyciśnięty do Brienne, a nos miał pełen smrodu gnijącej ręki. Potem, nocą, spoczywał na twardym gruncie, uwięziony w koszmarze na jawie. Choć był słaby, zawsze przywiązywali go do drzewa. Świadomość, że boją się go aż tak bardzo, nawet gdy jest w takim stanie, stała się dla niego złowrogim pocieszeniem.

Brienne zawsze przywiązywali obok niego. Leżała jak wielka martwa krowa i nie odzywała się ani słowem. *Dziewka zbudowała wewnątrz siebie fortecę. Wkrótce ją zgwałcą, ale nie zdołają dotknąć tego, co kryje się za murem.* Mury Jaime'a runęły jednak w gruzy. Zabrali mu rękę, rękę, w której trzymał miecz, a bez niej był niczym. Z tej drugiej nie miał żadnego pożytku. Odkąd nauczył się chodzić, lewa ręka służyła mu jedynie do trzymania tarczy. To prawa uczyniła go rycerzem i mężczyzną.

Pewnego dnia podsłuchał, że Urswyck powiedział coś o Harrenhal. Przypomniał sobie, że tam właśnie zmierzają. Roześmiał się w głos i Timeon smagnął go w twarz długim cienkim biczem. Rana krwawiła, lecz w porównaniu z ręką ból był niemal niezauważalny.

— Z czego się śmiałeś? — zapytała go szeptem dziewka, gdy nadeszła noc.

— W Harrenhal dali mi biały płaszcz — odpowiedział również szeptem. — Na wielkim turnieju Whenta. Chciał pokazać wszystkim swe ogromne zamczysko i wspaniałych synów. Ja również pragnąłem coś wszystkim zademonstrować. Miałem dopiero piętnaście lat, ale tego dnia nikt nie mógł mnie pokonać. Aerys nigdy mi nie pozwalał startować w turniejach. — Znowu się roześmiał. — Odesłał mnie. Ale teraz wracam.

Komedianci usłyszeli śmiech. Tym razem to na Jaime'a posypały się razy i kopniaki. Ich również prawie nie czuł, aż do chwili, gdy Rorge nadepnął mu ciężkim buciorem na kikut. Wtedy zemdlał.

Następnej nocy postanowili w końcu zabrać się do dzieła. Trzej z najgorszych, Shagwell, beznosy Rorge i gruby Dothrak Zollo, ten, który uciął mu rękę. Zollo i Rorge spierali się po drodze, który z nich załapie się pierwszy. Zdawało się nie podlegać dyskusji, że błazen będzie ostatni. Shagwell zasugerował, że powinni zrobić to jednocześnie, biorąc ją od przodu i od tyłu. Zollowi i Rorge'owi spodobał się ten pomysł, potem jednak zaczęli się spierać o to, komu przypadnie przód, a komu tył.

*Ją również uczynią kaleką, tyle że wewnątrz, gdzie tego nie widać.*

— Dziewko — wyszeptał, gdy Zollo i Rorge obrzucali się przekleństwami — pozwól im wziąć sobie ciało, a sama wycofaj się głęboko. W ten sposób wszystko skończy się szybciej i sprawisz im mniej przyjemności.

— Nie znajdą przyjemności w tym, co ode mnie dostaną — wyszeptała wyzywająco.

*Głupia, uparta, odważna suka.* Wiedział, że ją za to zabiją. *A co mnie to właściwie obchodzi? Gdyby nie jej upór, nadal miałbym rękę.*

— Pozwól im to zrobić, a sama skryj się wewnątrz — usłyszał jednak własny szept. Tak właśnie postąpił, gdy Starkowie ginęli na jego oczach, lord Rickard piekł się w swej zbroi, a jego syn Brandon dusił się, usiłując go uratować. — Myśl o Renlym, jeśli go kochałaś. Myśl o Tarthu, górach i morzach, jeziorach i wodospadach, czy co tam macie na tej Szafirowej Wyspie, myśl…

Rorge wygrał już jednak spór.

— Jesteś najbrzydszą kobietą, jaką w życiu widziałem — oznajmił Brienne — ale niech ci się nie zdaje, że nie mogę cię jeszcze oszpecić. Chcesz mieć taki nos jak mój? Jak będziesz się stawiać, to go dostaniesz. Dwoje oczu to też za dużo. Jeden krzyk, a wydłubię jedno i każę ci je zeżreć, a potem powyrywam ci te jebane zęby, jeden po drugim.

— Och, zrób to, Rorge — błagał go Shagwell. — Bez zębów będzie wyglądała zupełnie jak moja kochana matka. — Zachichotał. — A ją zawsze bardzo chciałem wyruchać w dupę.

Jaime parsknął śmiechem.

— To ci dopiero zabawny błazen. Mam dla ciebie zagadkę, Shagwell. Co cię obchodzi, czy będzie krzyczała? Och, zaczekaj, wiem. SZAFIRY! — wrzasnął tak głośno, jak tylko mógł.

Rorge zaklął szpetnie i znowu kopnął go w kikut. Jaime zawył.

*Nie wiedziałem, że na świecie jest tyle bólu* — zdążył jeszcze pomyśleć, nim zemdlał. Trudno mu było ocenić, jak długo był nieprzytomny, gdy jednak ból uwolnił go ze swych objęć, zobaczył Urswycka i samego Vargo Hoata.

— Nie wolno jej tknąć — darł się kozioł, opryskując Zolla deszczem śliny. — Musi być dziewicą, wy durnie! Jest warta worek safirów!

Od tej pory Hoat co noc wystawiał obok nich wartowników, by chronili ich przed jego własnymi ludźmi.

Dwie noce minęły im w milczeniu, nim wreszcie dziewka zdobyła się na odwagę i wyszeptała:

— Jaime? Dlaczego krzyknąłeś?

— Chodzi ci o to, dlaczego krzyknąłem „szafiry"? Zastanów się, dziewko. Czy ta banda by się przejęła, gdybym krzyknął „gwałcą"?

— Nie musiałeś w ogóle krzyczeć.

— Nawet z nosem nie wyglądasz zbyt ładnie. A poza tym chciałem usłyszeć, jak kozioł powie „safiry". — Zachichotał. — Masz szczęście, że jestem takim okropnym kłamcą. Człowiek honoru wyznałby im prawdę o Szafirowej Wyspie.

— Mimo to dziękuję ci, ser.

Znowu poczuł pulsujący ból w dłoni.

— Lannister zawsze płaci swe długi — rzekł, zaciskając zęby. — To było za rzekę i za te kamienie, które rzuciłaś na Robina Rygera.

Kozioł chciał efektownie wprowadzić Jaime'a przez bramę, kazał mu więc zsiąść z konia całą milę przed Harrenhal. Owiązano go w pasie sznurem, a drugim skrępowano nadgarstki Brienne. Końce obu postronków były przymocowane do gałki miecza Vargo Hoata i musieli wlec się obok siebie za pasiastym zorsem Qohorika.

Jaime'a na nogach utrzymywał gniew. Płótno na jego kikucie było poszarzałe i śmierdziało ropą, a fantomowe palce przy każdym kroku przeszywał straszliwy ból. *Jestem silniejszy, niż im się zdaje* — powtarzał sobie. *Nadal jestem Lannisterem. Nadal jestem rycerzem Gwardii Królewskiej.* Dotrze do Harrenhal, a potem do Królewskiej Przystani. Będzie żył. *I spłacę im dług z nawiązką.*

Gdy zbliżali się do przypominających urwiska murów monstrualnego zamczyska Harrena Czarnego, Brienne uścisnęła jego ramię.

— Zamek jest w rękach lorda Boltona. Boltonowie są chorążymi Starków.

— Boltonowie obdzierają swych wrogów żywcem ze skóry.

Jaime przypominał sobie przynajmniej tyle na temat człowieka z północy. Tyrion wiedziałby o lordzie Dreadfort wszystko, co tylko można wiedzieć, jego brat był jednak tysiąc mil stąd, razem z Cersei. *Nie mogę umrzeć, dopóki Cersei żyje* — powiedział sobie. *Zginiemy razem, tak jak razem przyszliśmy na świat.*

Położone za murami podzamcze całkowicie strawiły płomienie. Zostały z niego tylko popiół i poczerniałe kamienie. Nad jeziorem, gdzie w roku fałszywej wiosny lord Whent urządził swój wielki turniej, niedawno obozowało wiele ludzi i koni. Gdy mijali zdewastowany teren, na ustach Jaime'a pojawił się gorzki uśmiech. Tam, gdzie kiedyś uklęknął przed królem, by złożyć mu śluby, ktoś wykopał latrynę. *Nawet mi się nie śniło, jak szybko słodycz zamieni się w gorycz. Aerys nie pozwolił mi się nacieszyć nawet tą jedną nocą. Zaszczycił mnie, a potem na mnie napluł.*

— Chorągwie — zauważyła Brienne. — Obdarty ze skóry człowiek i bliźniacze wieże. To zaprzysiężeni ludzie króla Robba. Tam nad wieżą bramną powiewa wilkor. Szary na białym tle.

Jaime uniósł głowę.

— To rzeczywiście ten cholerny wilk — przyznał. — A po obu jego stronach widać ludzkie głowy.

Wokół zgromadzili się żołnierze, służba i markietanki, którzy obrzucali ich drwiącymi okrzykami. Jakaś łaciata suka biegła za nimi przez obóz, szczekając i warcząc, aż wreszcie jeden z Lyseńczyków nadział ją na kopię i pogalopował na przód kolumny.

— Niosę chorągiew Królobójcy — zawołał, potrząsając martwym psem nad głową Jaime'a.

Mury Harrenhal były tak grube, że brama przypominała kamienny tunel. Vargo Hoat wysłał przodem dwóch swoich Dothraków, by zawiadomili lorda Boltona o ich przybyciu, na zewnętrznym dziedzińcu roiło się więc od ciekawskich. Gapie schodzili z drogi chwiejącemu się na nogach Jaime'owi. Otaczający jego pas sznur szarpał go do przodu, gdy tylko zwalniał kroku.

— Oddaję ci Królobójcę — oznajmił Vargo Hoat swym sepleniącym, bełkotliwym głosem. Włócznia dźgnęła Jaime'a w krzyż, obalając go na ziemię.

Instynktownie wyciągnął przed siebie ręce, by złagodzić upadek. Kiedy kikut uderzył o grunt, ogarnął go paraliżujący ból, Jaime zdołał jednak jakimś cudem podnieść się na jedno kolano. Przed sobą widział szerokie kamienne schody, które prowadziły do jednej z kolosalnych okrągłych baszt Harrenhal. Z góry spoglądało na niego pięciu rycerzy i człowiek z północy, on jasnooki, odziany w wełnę i futro, a oni zakuci w stal, z bliźniaczymi wieżami na opończach.

— Familia Freyów — zauważył Jaime. — Ser Danwell, ser Aenys, ser Hosteen. — Znał z widzenia synów lorda Waldera. W końcu jego ciotka poślubiła jednego z nich. — Moje kondolencje.

— Z jakiego powodu, ser? — zapytał ser Danwell Frey.

— Z powodu syna waszego brata, ser Cleosa — odparł Jaime. — Towarzyszył nam, ale bandyci naszpikowali go strzałami. Urswyck i jego zgraja zagrabili jego rzeczy, a ciało zostawili wilkom.

— Panowie! — zawołała Brienne. — Widziałam wasze chorągwie. Wysłuchajcie mnie przez wzgląd na waszą przysięgę!

— Kto to mówi? — zainteresował się ser Aenys Frey.

— Mamka Lannistera — odparł Vargo Hoat.

— Jestem Brienne z Tarthu, córka lorda Selwyna Gwiazdy Wieczornej. Przysięgłam wierność rodowi Starków, tak samo jak wy.

Ser Aenys splunął jej pod nogi.

— Tyle zostało z naszych przysiąg. Zaufaliśmy słowu Robba Starka, a on odpłacił nam zdradą.

*A to ciekawe.* Jaime odwrócił się, by zobaczyć, jak Brienne zareaguje na to oskarżenie, dziewka była jednak uparta jak muł z wędzidłem w pysku.

— Nic nie wiem o żadnej zdradzie. — Szarpnęła krępujące jej ręce więzy. — Lady Catelyn rozkazała mi oddać Lannistera jego bratu w Królewskiej Przystani...

— Kiedy ich znaleźliśmy, próbowała go utopić — przerwał jej Urswyck Wierny.

Poczerwieniała na twarzy.

— Zapomniałam się w gniewie, ale z pewnością bym go nie zabiła. Jeśli zginie, Lannisterowie zgładzą córki mojej pani.

— A co to nas obchodzi? — zapytał obojętnym tonem ser Aenys.

— Sprzedajmy go do Riverrun — zaproponował ser Danwell.

— Casterly Rock ma więcej złota — sprzeciwił się jeden z braci.

— Zabijmy go! — zawołał drugi. — Jego głowa za głowę Neda Starka!

Odziany w szaro-różowy strój Shagwell Błazen wykonał salto, zatrzymując się u podstawy schodów.

— Był sobie lew, który tańcował z niedźwiedziem, ojej, ojej... — zaśpiewał.

— Cisa, błaźnie. — Vargo Hoat wymierzył mu kuksańca. — Królobójca nie pójdzie do niedźwiedzia. Nalezy do mnie.

— Jeśli umrze, nie będzie należał do nikogo. — Roose Bolton mówił tak cicho, że ludzie milkli, żeby go słyszeć. — Nie zapominaj też, panie, że nie jesteś lordem Harrenhal, dopóki nie wymaszeruję na północ.

Gorączka nie tylko przyprawiła Jaime'a o zawroty głowy, lecz również uczyniła go nieustraszonym.

— Czyżby to był lord Dreadfort? Słyszałem, że przed moim ojcem umykałeś z podkulonym ogonem. Kiedy przestałeś uciekać, panie?

Milczenie Boltona było stokroć bardziej złowrogie niż pogróżki zapluwającego się Vargo Hoata. Jego bezbarwne jak poranna mgła oczy więcej ukrywały, niż zdradzały. Jaime'owi nie spodobał się ich widok. Przypominały mu ten dzień w Królewskiej Przystani, kiedy Ned Stark znalazł go siedzącego na Żelaznym Tronie.

— Straciłeś rękę — stwierdził wreszcie lord Dreadfort, wydymając wargi.

— Nie — zaprzeczył Jaime. — Wisi na mojej szyi.

Roose Bolton wyciągnął rękę, zerwał sznurek i rzucił dłoń Hoatowi.

— Zabierz to. Ten widok mnie obraża.

— Wyślę ją jego panu ojcu. Napiszę mu, ze musi nam zapłacić

sto tysięcy złotych smoków, bo w pseciwnym razie odeślemy mu Królobójcę kawałacek po kawałecku. A kiedy już psyśle nam złoto, oddamy ser Jaime'a Karstarkowi i dostaniemy tez dziewcynę!

Dzielni Kompanioni ryknęli głośnym śmiechem.

— To znakomity plan — stwierdził Roose Bolton takim samym tonem, jakim mógłby rzec towarzyszowi przy stole „to znakomite wino" — ale lord Karstark nie da już wam swej córki. Król Robb skrócił go o głowę za zdradę i morderstwo. A jeśli chodzi o lorda Tywina, to przebywa on w Królewskiej Przystani i pozostanie tam aż do nowego roku, kiedy to jego wnuk weźmie sobie za żonę córkę Wysogrodu.

— Winterfell — sprzeciwiła się Brienne. — Chciałeś powiedzieć Winterfell. Król Joffrey jest zaręczony z Sansą Stark.

— Już nie. Bitwa nad Czarnym Nurtem zmieniła wszystko. Róża i lew połączyły siły, by rozbić zastęp Stannisa Baratheona i spopielić jego flotę.

*Ostrzegałem cię, Urswyck* — pomyślał Jaime. *I ciebie też, koźle. Ten, kto stawia na przeciwników lwów, traci coś więcej niż sakiewkę.*

— Są jakieś wieści o mojej siostrze? — zapytał.

— Czuje się dobrze. Tak samo jak twój... siostrzeniec. — Bolton przerwał na moment, nim wypowiedział to ostatnie słowo. Ta pauza znaczyła „wiem". — Twój brat również żyje, choć został ranny podczas bitwy. — Skinął na ponurego człowieka z północy odzianego w nabijaną ćwiekami brygantynę. — Odprowadź ser Jaime'a do Qyburna. I rozwiąż tej kobiecie ręce. Wybacz nam, proszę, pani — dodał, gdy sznur krępujący nadgarstki Brienne został przecięty na dwoje. — W tych trudnych czasach niełatwo jest odróżnić przyjaciół od wrogów.

Brienne potarła wewnętrzną powierzchnię nadgarstka, w miejscu, gdzie sznur otarł jej skórę aż do krwi.

— Panie, ci ludzie próbowali mnie zgwałcić.

— Naprawdę? — Lord Bolton skierował spojrzenie jasnych oczu na Vargo Hoata. — Nie jestem z tego zadowolony. Ani z tego, ani z ręki ser Jaime'a.

Na każdego Dzielnego Kompaniona na dziedzińcu przypadało

pięciu ludzi z północy i drugie tyle Freyów. Kozioł może i nie był zbyt bystry, ale do pięciu liczyć potrafił. Nie powiedział nic.

— Zabrali mi miecz i zbroję... — skarżyła się dalej Brienne.

— Tu nie będziesz potrzebowała zbroi, pani — zapewnił ją lord Bolton. — W Harrenhal jesteś pod moją opieką. Amabel, znajdź dla lady Brienne jakieś odpowiednie pokoje. Walton, zajmij się natychmiast ser Jaime'em.

Nie czekając na odpowiedź, odwrócił się i wszedł po schodach, zamiatając obszytym futrem płaszczem. Jaime zdążył jedynie zamienić szybkie spojrzenie z Brienne, nim odprowadzono ich w przeciwne strony.

W umieszczonych pod ptaszarnią komnatach maestera czekał na niego siwowłosy mężczyzna o ojcowskim wyglądzie zwany Qyburnem, który wessał głośno powietrze w płuca, gdy zdjął bandaż z kikuta ręki.

— Aż tak źle? Czy umrę?

Qyburn dotknął rany palcem. Zmarszczył nos, gdy trysnęła ropa.

— Nie. Ale gdyby minęło jeszcze kilka dni... — Rozciął rękaw Jaime'a. — Zakażenie się rozprzestrzeniło. Czujesz, jakie miękkie jest ciało? Będę musiał to wszystko wyciąć. Najbezpieczniej byłoby amputować całą rękę.

— Wtedy ty umrzesz — ostrzegł go Jaime. — Oczyść i zaszyj kikut. Podejmę to ryzyko.

Qyburn zmarszczył brwi.

— Mógłbym zostawić ci ramię, amputować rękę w łokciu, ale...

— Jeśli utniesz mi chociaż kawałek, lepiej urżnij mi też drugą, bo inaczej potem cię uduszę.

Qyburn popatrzył mu w oczy. To, co w nich zobaczył, odebrało mu chęć do dyskusji.

— Proszę bardzo. Usunę tylko zgniłe ciało, nic więcej. Spróbuję wypalić zakażenie wrzącym winem oraz okładami z pokrzywy, nasienia gorczycy i pleśni z chleba. Może to wystarczy. To twoja decyzja. Będzie ci potrzebne makowe mleko...

— Nie.

Nie miał zamiaru pozwolić, by go uśpiono. Mógłby się obudzić bez ręki, bez względu na to, co powiedział maester.

— Będzie bolało — sprzeciwił się zaskoczony Qyburn.

— Będę krzyczał.

— Bardzo bolało.

— Będę krzyczał bardzo głośno.

— Czy wypijesz chociaż trochę wina?

— A czy wielki septon czasem się modli?

— Tego nie jestem pewien. Przyniosę wino. Połóż się, muszę przywiązać ci rękę.

Za pomocą miski i ostrego noża Qyburn oczyścił ranę, podczas gdy Jaime popijał wzmocnione wino, oblewając się nim obficie. Jego lewa dłoń nie potrafiła nawet znaleźć ust. Miało to też jednak pewne zalety. Broda przesiąknęła mu winem, którego zapach tłumił smród ropy.

Nic jednak nie mogło mu pomóc, gdy nadeszła pora, by zeskrobać zgniłe ciało. Jaime krzyczał i raz za razem walił w stół pięścią. Ponownie zawył, gdy Qyburn wylał na resztki jego kikuta wrzące wino. Bez względu na wszystkie swe przysięgi i obawy, stracił na moment przytomność. Kiedy się ocknął, maester zszywał mu ranę katgutem.

— Zostawiłem kawałek skóry, który zakryje ci nadgarstek.

— Robiłeś to już przedtem — wymamrotał słabo Jaime. Czuł w ustach smak krwi. Ugryzł się w język.

— Ten, kto służy Vargo Hoatowi, wie wszystko o kikutach. On zostawia je za sobą wszędzie.

Jaime pomyślał, że Qyburn nie wygląda na potwora. Był szczupły, mówił cichym głosem i miał ciepłe, brązowe oczy.

— Jak to się stało, że maester przyłączył się do Dzielnych Kompanionów?

— Cytadela odebrała mi łańcuch. — Qyburn odłożył igłę. — Powinienem też coś zrobić z tą raną nad okiem. Jest paskudnie zaczerwieniona.

Jaime zamknął oczy i pozwolił, by wino i Qyburn wykonali swoją robotę.

— Opowiedz mi o bitwie.

Jako opiekun kruków z Harrenhal, Qyburn pierwszy poznał wieści.

— Lord Stannis znalazł się między twoim ojcem a ogniem. Powiadają, że Krasnal podpalił rzekę.

Jaime wyobraził sobie zielone płomienie, strzelające ku niebu wyżej niż najwyższe wieże, i płonących ludzi, którzy krzyczeli na ulicach. Już raz mi się to przyśniło. Wydało mu się to niemal zabawne, lecz nie miał z kim się podzielić tym żartem.

— Otwórz oko. — Qyburn umoczył szmatkę w ciepłej wodzie i zmył nią zakrzepłą krew. Powieka była obrzmiała, lecz Jaime przekonał się, że może ją trochę uchylić. Majaczyła nad nim twarz maestera. — Gdzie otrzymałeś tę ranę? — zapytał Qyburn.

— To podarunek od dziewki.

— Gwałtowne zaloty, panie?

— Ta dziewka jest większa ode mnie i brzydsza od ciebie. Lepiej zajmij się nią również. Ciągle utyka na tę nogę, w którą ją drasnąłem.

— Zapytam o nią. Kim jest dla ciebie ta kobieta?

— Moją opiekunką.

Jaime musiał się roześmiać, nie zważając na ból.

— Utrę trochę ziół, które będziesz mógł domieszać do wina, żeby zbić gorączkę. Wróć do mnie jutro. Przystawię ci do tego oka pijawkę, by wyssała złą krew.

— Pijawkę. Cudownie.

— Lord Bolton bardzo lubi pijawki — odparł sztywno Qyburn.

— Tak — rzucił Jaime. — To mnie nie dziwi.

# TYRION

Za Królewską Bramą nie zostało nic poza błotem, popiołami i kawałkami spalonych kości, lecz mimo to w cieniu miejskich murów mieszkali już ludzie, a inni sprzedawali tu ryby z taczek i beczek. Jadący konno Tyrion czuł na sobie ich spojrzenia, zimne, gniewne i wrogie. Nikt nie odważył się do niego przemówić ani zagrodzić mu drogi. Bali się Bronna, który jechał obok niego w czarnej, naoliwionej kolczudze. *Gdybym był sam, ściągnęliby mnie z konia i rozwalili mi głowę brukowcem, tak jak Prestonowi Greenfieldowi.*

— Wracają szybciej niż szczury — poskarżył się. — Raz już ich wypaliliśmy. Można by pomyśleć, że to będzie dla nich nauczką.

— Daj mi kilka tuzinów złotych płaszczy, a wytłukę wszystkich — zapowiedział Bronn. — Martwi już nie wrócą.

— Nie, lecz ich miejsce zajmą inni. Zostaw ich w spokoju... ale jeśli znowu zaczną stawiać budy pod samym murem, zburz je natychmiast. Bez względu na to, co sądzą ci durnie, wojna jeszcze się nie skończyła. — Ujrzał przed sobą Błotnistą Bramę. — Dość się już napatrzyłem. Wrócimy jutro z cechmistrzami, żeby skonsultować z nimi plany.

Westchnął. *No cóż, to ja puściłem z dymem większą część tych ruder. To pewnie sprawiedliwe, że teraz muszę je odbudować.*

To zadanie miało przypaść jego stryjowi, lecz solidny, spokojny, niestrudzony ser Kevan Lannister nie był sobą od chwili, gdy z Riverrun przyleciał kruk z wiadomością o zamordowaniu jego syna. Bliźniaczy brat Willema, Martyn, również był jeńcem Robba Starka, a ich najstarszy brat Lancel ciągle leżał w łożu. Jego rana ropiała i nie chciała się goić. Ser Kevan stracił jednego syna, a dwóm następnym groziło śmiertelne niebezpieczeństwo. Sparaliżowały go żałoba i strach. Lord Tywin zawsze polegał na bracie, teraz jednak nie miał innego wyboru, jak zwrócić się do karłowatego syna.

Koszty odbudowy miały ich zrujnować, na to jednak nie można było nic poradzić. Królewska Przystań była najważniejszym portem w kraju. Mogło z nią rywalizować jedynie Stare Miasto. Ruch na rzece trzeba było przywrócić, i to jak najszybciej. *Skąd mam wytrzasnąć te cholerne pieniądze?* Niemal żałował, że nie ma już z nimi Littlefingera, który przed dwoma tygodniami pożeglował na północ. *On śpi z Lysą Arryn i włada razem z nią Doliną, a ja muszę sprzątać bałagan, który po sobie zostawił.* Cieszył się jednak z tego, że ojciec wyznaczył mu jakieś ważne zadanie. *Nie zrobi mnie dziedzicem Casterly Rock, ale gdy tylko może, korzysta z moich usług* — pomyślał Tyrion, gdy kapitan złotych płaszczy gestem kazał im przejechać przez Błotnistą Bramę.

Nad znajdującym się po jej drugiej stronie placem targowym nadal dominowały Trzy Kurwy, nie miały teraz jednak nic do roboty. Odtoczono stąd wszystkie głazy i beczki ze smołą. Na wielkie drewniane konstrukcje wspinały się dzieci, które siadały na ramionach trebuszy niczym odziane w wełnę małpy, wrzeszcząc do siebie jak szalone.

— Przypomnij mi, żebym polecił ser Addamowi umieścić tu trochę złotych płaszczy — powiedział Bronnowi Tyrion, gdy jechali między dwiema machinami. — Jakiś głupi chłopak spadnie na ziemię i złamie sobie kark. — Na górze rozległ się krzyk. Gruda gnoju eksplodowała na bruku stopę przed nimi. Klacz Tyriona stanęła dęba, omal nie zrzucając go z siodła. — Albo nie — dodał, gdy już zapanował nad koniem. — Niech francowate bachory roztrzaskają się o kamienie niczym przejrzałe melony.

Był w ponurym nastroju, i to nie tylko dlatego, że kilku uliczników próbowało obrzucić go łajnem. Małżeństwo było dla niego źródłem nieustannej udręki. Sansa Stark nadal pozostawała dziewicą i wydawało się, że wie o tym połowa zamku. Kiedy rankiem siodłali konie, słyszał, jak dwóch chłopców stajennych chichocze za jego plecami. Mógł sobie niemal wyobrazić, że konie również z niego rżą. Ryzykował własną skórę, by uniknąć rytuału pokładzin, licząc na to, że zachowa prywatność swej sypialni. Ta nadzieja szybko jednak zgasła. Albo Sansa była tak głupia, że zwierzyła się jednej ze swych pokojówek, a wszystkie szpiegowały dla Cersei, albo winny był Varys i jego ptaszki.

Co to zresztą za różnica? Tak czy inaczej, wszyscy się z niego śmiali. Jedyną osobą w Czerwonej Twierdzy, której to małżeństwo nie wydawało się zabawne, była jego pani żona.

Sansa z każdym dniem cierpiała coraz bardziej. Tyrion z radością przebiłby się przez otaczający dziewczynę mur uprzejmości, by przynieść jej pocieszenie, nie było to jednak możliwe. Żadne słowa nie sprawią, że stanie się w jej oczach piękny. *Albo że przestanę być Lannisterem.* Dali mu ją za żonę na całe życie, a ona go nienawidziła.

Kolejnym źródłem udręki były noce, które spędzali wspólnie w wielkim łożu. Nie był już w stanie spać nago, jak miał dotąd w zwyczaju. Jego żona była zbyt dobrze wychowana, by powiedzieć mu choć jedno nieuprzejme słowo, nie potrafił jednak znieść odrazy, która pojawiała się w jej oczach, gdy tylko spojrzała na jego ciało. Kazał Sansie również zakładać nocną koszulę. *Pożądam jej* — zdał sobie sprawę. *Chcę dostać Winterfell, lecz pragnę również jej, dziecka, kobiety, kimkolwiek właściwie jest. Chcę dać jej pocieszenie. Chcę usłyszeć jej śmiech. Chcę, by przyszła do mnie z własnej woli, przyniosła mi swe radości, swe smutki i swą żądzę.* Wykrzywił usta w gorzkim uśmiechu. *No jasne. Równie dobrze mógłbym zapragnąć być wysoki jak Jaime albo silny jak ser Gregor Góra.*

Mimo woli pomyślał o Shae. Nie chciał, by dowiedziała się od kogoś innego, kazał więc Varysowi, by w noc przed ślubem przyprowadził ją do niego. Znowu spotkali się w pokojach eunucha, lecz gdy Shae zaczęła rozwiązywać sznurówki jego kaftana, złapał ją za nadgarstki i odepchnął od siebie.

— Zaczekaj — rzekł — jest coś, o czym musisz usłyszeć. Jutro mam poślubić…

— …Sansę Stark, wiem.

Na chwilę zapomniał języka w gębie. Nawet Sansa jeszcze o tym nie wiedziała.

— Skąd? Varys ci powiedział?

— Jakiś paź mówił o tym ser Talladowi, kiedy prowadziłam Lollys do septu. Dowiedział się od służącej, która podsłuchała rozmowę ser Kevana z twoim ojcem. — Wysunęła się z jego uścisku i zdjęła suknię przez głowę. Jak zwykle, pod spodem była zupełnie naga. — Nic mnie to nie obchodzi. To tylko mała dziewczynka. Zrobisz jej dzieciaka i wrócisz do mnie.

Jakąś częścią jaźni liczył na mniejszą obojętność. *Miałeś nadzieję, ale teraz wiesz lepiej, karle* — zadrwił z siebie z goryczą. *Shae jest jedyną miłością, na jaką możesz liczyć w życiu.*

Na Błotnistej Drodze było tłoczno, lecz żołnierze i mieszczanie ustępowali z drogi Krasnalowi i eskortującym go ludziom. Po ulicy biegały dzieci o zapadniętych oczach. Niektóre spoglądały na niego z niemym błaganiem, a inne żebrały głośno. Tyrion wydobył z mieszka wielką garść miedziaków i cisnął je w górę. Dzieci rzuciły się na nie, przepychając się i krzycząc. Tym, które będą miały szczęście, uda się dziś kupić kawałek czerstwego chleba. Tyrion nigdy w życiu nie widział na targowiskach takiego tłoku. Choć Tyrellowie dostarczali do miasta mnóstwo żywności, ceny nadal były szokująco wysokie. Sześć miedziaków za melon, srebrny jeleń za korzec ziarna, smok za wołowy połeć albo sześć chudych prosiaków. Mimo to kupujących nie brakowało. Wychudzeni mężczyźni i wynędzniałe kobiety tłoczyli się wokół wszystkich wozów oraz straganów, podczas gdy inni, jeszcze bardziej obdarci, spoglądali na nich posępnie z wylotów zaułków.

— Tędy — odezwał się Bronn, gdy dotarli do podstawy Haka. — Jeśli nadal chcesz...

— Chcę.

Wyprawa nad rzekę stwarzała dogodną wymówkę. Tyrion musiał dziś załatwić również coś innego. Nie cieszyła go ta perspektywa, nie miał jednak innego wyjścia. Oddalili się od Wielkiego Wzgórza Aegona i zagłębili w labirynt pomniejszych uliczek, które wiły się u podstawy wzgórza Visenyi. Bronn jechał przodem. Tyrion obejrzał się raz czy dwa, by sprawdzić, czy nikt ich nie śledzi, widział jednak tylko typową dla tej dzielnicy hołotę: okładającego konia furmana, staruszkę opróżniającą nocnik przez okno, dwóch chłopaków walczących na kije, trzy złote płaszcze eskortujące więźnia... wszyscy wyglądali niewinnie, lecz każdy z nich mógł się stać jego zgubą. Varys wszędzie miał swoich szpicli.

Skręcili za róg, potem za następny i przedostali się powoli przez grupę tłoczących się u studni kobiet. Bronn poprowadził go krętym zaułkiem, potem drugim i pod zburzoną bramą. Przedarli się przez rumowisko pozostałe po spalonym budynku i wprowadzili konie na niskie kamienne schody. Nędzne zabudowania tłoczyły się tu ciasno. Bronn zatrzymał się u wylotu kolejnego zaułka, który był tak wąski, że dwóch ludzi nie mogłoby nim jechać konno obok siebie.

— Są tu dwa zakręty, a potem ślepy koniec. Szynk jest w piwnicy ostatniego domu.

Tyrion zeskoczył z konia.

— Dopilnuj, żeby nikt nie wszedł ani nie wyszedł, dopóki nie wrócę. To nie potrwa długo.

Wsunął rękę pod płaszcz, by się upewnić, że złoto nie zniknęło z ukrytej kieszeni. Trzydzieści smoków. *To cholerna fortuna dla kogoś takiego jak on.* Poczłapał pośpiesznie w głąb zaułka, pragnąc jak najprędzej z tym skończyć.

Winny szynk wyglądał ponuro. Był ciemny i wilgotny, ściany miał białe od saletry, a do tego był tak niski, że Bronn musiałby się schylać, żeby nie uderzyć głową o krokwie. Tyrion Lannister nie miał takiego problemu. O tej porze w głównej izbie nie było nikogo poza kobietą o martwym spojrzeniu, która siedziała na stołku za szynkwasem z nieheblowanej deski.

— Na zapleczu — oznajmiła, wręczając mu kielich kwaśnego wina.

W drugim pomieszczeniu było jeszcze mroczniej. Na niskim stole, obok dzbana wina, migotała świeca. Siedzący przy niej mężczyzna nie wyglądał groźnie. Był niski — choć dla Tyriona wszyscy byli wysocy — miał rzedniejące, brązowe włosy, różowe policzki i niewielki brzuszek, który rozciągał zapinany na kościane guziki kaftan z jeleniej skóry. W miękkich dłoniach trzymał dwunastostrunową drewnianą harfę, groźniejszą niż jakikolwiek miecz.

Tyrion usiadł naprzeciwko niego.

— Symonie Srebrny Języku.

Mężczyzna pochylił wyłysiałą na czubku głowę.

— Lordzie namiestniku.

— Bierzesz mnie za kogoś innego. Mój pan ojciec jest królewskim namiestnikiem. Obawiam się, że król już mnie nie potrzebuje.

— Jestem pewien, że znowu wypłyniesz. Nie brak ci talentów. Słodka lady Shae mówi mi, że niedawno się ożeniłeś. Szkoda, że nie wysłałeś po mnie wcześniej. Śpiewać na twym weselu byłoby dla mnie zaszczytem.

— Ostatnie, czego potrzeba mojej żonie, to więcej pieśni. A jeśli chodzi o Shae, obaj wiemy, że nie jest damą. Byłbym ci wdzięczny, gdybyś nigdy już nie wypowiedział jej imienia na głos.

— Wedle rozkazu, namiestniku — odparł Symon.

Gdy Tyrion widział go poprzednio, wystarczyło ostre słowo, by minstrela zalał zimny pot, wydawało się jednak, że od tej pory znalazł gdzieś odwagę. *Zapewne w tym dzbanie.* Niewykluczone też, że winny był sam Tyrion. *Groziłem mu, ale z tych gróźb nic nie wynikło, i teraz sądzi, że nie gryzę.* Westchnął.

— Słyszałem, że jesteś bardzo zdolnym minstrelem.

— Jesteś nadzwyczaj uprzejmy, panie.

Tyrion uśmiechnął się do niego.

— Chyba pora już, byś zaznajomił ze swą muzyką wolne miasta. W Braavos, Pentos i Lys bardzo kochają pieśni i są szczodrzy dla tych, którzy zdobędą ich uznanie. — Pociągnął łyk wina. Było paskudne, ale mocne. — Najlepszy byłby objazd wszystkich dziewięciu miast. Nie chciałbym nikogo pozbawiać radości, jaką daje twój śpiew. Rok w każdym z nich powinien wystarczyć. — Sięgnął pod płaszcz, gdzie ukrył złoto. — Port zamknięto, będziesz więc musiał pojechać do Duskendale. Mój człowiek Bronn znajdzie dla ciebie konia. Będę zaszczycony, jeśli pozwolisz, bym zapłacił za twój przejazd…

— Ależ, panie — sprzeciwił się minstrel — nigdy nie słyszałeś, jak śpiewam.

Poruszył zręcznie palcami po strunach harfy i piwnicę wypełniła cicha muzyka. Symon zaczął pieśń.

*Jechał przez miejskie ulice*
*ze wzgórza na wysokości.*

*Po bruku, przez kręte zaułki*
*jechał do kobiecej czułości.*
*Była jego skarbem sekretnym*
*jego wstydem i nadzieją ratunku.*
*A twierdza i łańcuch były niczym*
*wobec jej pocałunków.*

— Jest tego więcej — oznajmił, gdy muzyka umilkła. — Och, znacznie więcej. Chyba najbardziej podoba mi się refren. Bo od złotych dłoni zawsze chłodem wionie, a dotyk kobiety jest ciepły...

— Wystarczy. — Tyrion wysunął spod płaszcza pustą dłoń. — Tej pieśni nie chcę usłyszeć już nigdy więcej.

— Nigdy? — Symon Srebrny Język odłożył harfę i pociągnął łyk wina. — No, ale każdy ma swoją pieśń, jak mawiał mój stary mistrz, kiedy uczył mnie grać. Może innym spodoba się bardziej. Na przykład królowej. Albo twojemu panu ojcu.

Tyrion potarł bliznę, którą miał na nosie.

— Mój ojciec nie ma czasu dla minstreli, a moja siostra nie jest taka hojna, jak mogłoby się zdawać. Mądry człowiek potrafi zarobić na milczeniu więcej niż na pieśni.

Nie mógłby już wyrazić tego jaśniej.

Symon szybko pojął sens jego słów.

— Przekonasz się, że cena, której żądam, nie jest wysoka, panie.

— Słyszę to z przyjemnością. — Tyrion obawiał się, że trzydzieści złotych smoków nie wystarczy. — Słucham.

— Na uczcie weselnej króla Joffreya ma się odbyć turniej minstreli.

— Będą też żonglerzy, błazny i tańczące niedźwiedzie.

— Tylko jeden tańczący niedźwiedź, panie — poprawił go Symon, który najwyraźniej śledził przygotowania Cersei ze znacznie większym zainteresowaniem niż Tyrion — ale aż siedmiu minstreli. Galyeon z Cuy, Bethany Pięknopalca, Aemon Costayne, Alaric z Eysen, Hamish Harfiarz, Collio Quaynis i Orland ze Starego Miasta będą rywalizowali o pozłacaną lutnię ze srebrnymi strunami... dziwi mnie jednak, że nie zaproszono śpiewaka, który z całą pewnością jest lepszy od nich wszystkich.

— Pozwól mi zgadnąć. Symona Srebrnego Języka?

Minstrel uśmiechnął się skromnie.

— Jestem gotów dowieść prawdziwości mych przechwałek przed królem i dworem. Hamish jest już stary i często zapomina, o czym śpiewa. I Collio z tym absurdalnym tyroshijskim akcentem! Będziesz miał szczęście, jeśli zrozumiesz co trzecie słowo.

— Wesele zaplanowała moja słodka siostra. Nawet gdybym zdołał załatwić ci zaproszenie, mogłoby to dziwnie wyglądać. Siedem królestw, siedem przysiąg, siedem wyzwań, siedemdziesiąt siedem potraw... ale ośmiu minstreli? Co by sobie pomyślał wielki septon?

— Nie sprawiasz na mnie wrażenia zbyt pobożnego, panie.

— Nie chodzi o pobożność. Pewnych form należy przestrzegać.

Symon pociągnął łyk wina.

— Ale z drugiej strony... życie minstrela jest pełne niebezpieczeństw. Wykonujemy swój fach w piwiarniach i winnych szynkach, gdzie słuchają nas pijani awanturnicy. Gdyby jednemu z wybranej przez twą siostrę siódemki przytrafił się jakiś wypadek, mam nadzieję, że będzie mi dane zająć jego miejsce.

Uśmiechnął się, bardzo z siebie zadowolony.

— Sześciu minstreli to z pewnością liczba równie niefortunna jak ośmiu. Wypytam o zdrowie tej siódemki. Gdyby okazało się, że któryś z nich jest niedysponowany, mój człowiek Bronn cię znajdzie.

— Bardzo się cieszę, panie. — Symon mógłby na tym poprzestać, lecz zakręciło mu się w głowie od triumfu. — Zaśpiewam na weselu króla Joffreya — dodał. — Jeśli rzeczywiście zostanę wezwany na dwór, z pewnością zechcę, by król usłyszał moje najlepsze kompozycje, pieśni, które wykonywałem już tysiąc razy i które bez wątpienia zdobędą poklask. Gdybym jednak zamiast tego występował w jakimś nędznym winnym szynku... no cóż, to byłaby znakomita okazja, by wypróbować mój nowy utwór. Bo od złotych dłoni zawsze chłodem wionie, a dotyk kobiety jest ciepły.

— To nie będzie konieczne — zapewnił go Tyrion. — Masz moje słowo jako Lannistera, że Bronn wkrótce cię odszuka.

— Bardzo się cieszę, panie.

Łysiejący, brzuchaty minstrel ponownie złapał za harfę.

Bronn czekał z końmi u wylotu zaułka.

— Kiedy mam go zabrać do Duskendale? — zapytał, gdy już pomógł Tyrionowi wspiąć się na siodło.

— Nigdy. — Tyrion zawrócił wierzchowca. — Daj mu trzy dni, a potem zawiadom go, że Hamish Harfiarz złamał rękę. Powiedz mu, że nie może się pokazać na dworze w takich łachach i trzeba natychmiast załatwić mu nowy strój. Pójdzie z tobą bez ociągania. — Skrzywił się. — Pewnie zechcesz zachować sobie jego język. Jak rozumiem, jest zrobiony ze srebra. Reszta nigdy nie powinna się znaleźć.

Bronn wyszczerzył zęby w uśmiechu.

— Znam taką garkuchnię w Zapchlonym Tyłku, w której robią świetną michę gulachu. Słyszałem, że dodają do niego wszystkie rodzaje mięsa.

— Dopilnuj, żebym nigdy tam nie jadł.

Tyrion spiął konia, zmuszając go do kłusa. Potrzebna mu była kąpiel, i to jak najgorętsza.

Odmówiono mu jednak nawet tej skromnej przyjemności. Gdy tylko wrócił do swych komnat, Podrick Payne poinformował go, że został wezwany do Wieży Namiestnika.

— Jego lordowska mość chce się z tobą widzieć. Namiestnik. Lord Tywin.

— Pamiętam, kto jest namiestnikiem, Pod — warknął Tyrion. — Straciłem nos, nie rozum.

Bronn parsknął śmiechem.

— Nie odgryź chłopakowi głowy.

— Niby dlaczego? I tak na nic mu się nie przydaje.

Tyrion zastanawiał się, co znowu takiego zrobił. *Czy raczej, czego nie zrobiłem.* Wezwania od lorda Tywina zawsze miały ukryte żądło. Ojciec z pewnością nigdy nie wysyłał po niego po to, by zjeść z nim kolację albo wychylić kielich wina.

Gdy po paru chwilach wszedł do samotni ojca, usłyszał czyjś głos:

— ...wiśniowe drewno na pochwy, obite czerwoną skórą i ozdobione szeregiem małych ćwieków z czystego złota w kształcie lwich główek. Być może z oczyma z granatów...

— Z rubinów — przerwał mu lord Tywin. — Granaty nie mają takiego ognia.

Tyrion odchrząknął.

— Wzywałeś mnie, panie?

Jego ojciec podniósł wzrok.

— Tak. Popatrz na to. — Na stole między nimi leżał zwój impregnowanej tkaniny, a lord Tywin trzymał w ręku wielki miecz. — To prezent ślubny dla Joffreya — oznajmił synowi. We wpadającym przez romboidalne szybki świetle klinga migotała czarno-czerwonym blaskiem. Gdy lord Tywin poruszył mieczem, by przyjrzeć się ostrzu, gałka i garda zapłonęły złotym ogniem. — Ciągle słychać to głupie gadanie o magicznym mieczu Stannisa, uznałem więc, że Joffrey również powinien mieć coś nadzwyczajnego. Królowi przystoi królewska broń.

— Ten miecz jest stanowczo za duży dla Joffa — zauważył Tyrion.

— Dorośnie do niego. Zobacz, jak jest wyważony.

Podał mu oręż rękojeścią do przodu.

Miecz był znacznie lżejszy, niż się Tyrion spodziewał. Kiedy odwrócił go w dłoni, przekonał się dlaczego. Tylko z jednego metalu można było wykuć klingi tak cienkie, a zarazem wystarczająco mocne, by dało się nimi walczyć. Łatwo też było rozpoznać zmarszczki, charakterystyczną cechę stali, którą tysiące razy rozklepywano i kuto.

— Valyriańska stal?

— Tak — odparł lord Tywin tonem głębokiej satysfakcji.

*Nareszcie, ojcze?* Miecze z valyriańskiej stali były rzadkie i drogie, lecz na całym świecie zostały ich jeszcze tysiące, a w samych Siedmiu Królestwach być może około dwustu. Jego ojca zawsze irytował fakt, że żaden z nich nie jest własnością rodu Lannisterów. Dawni królowie Skały posiadali taki oręż, lecz ich wielki miecz

Jasny Ryk zaginął, gdy drugi król Tommen zabrał go ze sobą do Valyrii na swą szaleńczą wyprawę. Nigdy nie wrócił, podobnie jak stryj Gery, najmłodszy i najbardziej lekkomyślny z braci jego ojca, który jakieś osiem lat temu wyruszył na poszukiwanie zaginionego miecza.

Lord Tywin przynajmniej trzykrotnie podejmował próby zakupu valyriańskich mieczy od pomniejszych, zubożałych rodów, lecz jego propozycje zawsze spotykały się ze stanowczą odprawą. Paniątka chętnie rozstałyby się z córkami, gdyby jakiś Lannister poprosił o ich rękę, lecz do starych skarbów rodzinnych były bardzo przywiązane.

Tyrion zastanawiał się, skąd wziął się metal na ten miecz. Niektórzy mistrzowie płatnerscy potrafili obrabiać valyriańską stal, lecz tajemnica jej produkcji zaginęła, gdy na dawną Valyrię spadła zagłada.

— Ma dziwne kolory — zauważył, obracając miecz w blasku słońca. Valyriańska stal była na ogół tak ciemnoszara, że wydawała się niemal czarna. W tym przypadku również było to prawdą, lecz między fałdami szarości prześwitywała równie ciemna czerwień. Obie barwy stykały się, w żadnym miejscu nie mieszając się ze sobą. Każda zmarszczka była wyraźnie odrębna niczym fale nocy i krwi bijące o jakiś stalowy brzeg. — Jak udało ci się uzyskać takie kolory? Nigdy w życiu nie widziałem nic podobnego.

— Ja również, panie — przyznał płatnerz. — Wyznaję, że te kolory nie wyglądają tak, jak tego pragnąłem, i nie sądzę, by udało mi się je zduplikować. Twój pan ojciec prosił o karmazynową barwę waszego rodu i tym właśnie kolorem próbowałem nasycić metal. Valyriańska stal jest jednak uparta. Powiadają, że te stare miecze mają pamięć i nie zmieniają się łatwo. Użyłem pięćdziesięciu różnych zaklęć i niekiedy udawało mi się uzyskać jaśniejszą czerwień, lecz po chwili kolor ciemniał, zupełnie jakby miecz wypijał z niego słońce. Jak widzisz, niektóre fałdy w ogóle nie chciały przyjąć czerwieni. Jeśli szlachetni panowie nie są zadowoleni, spróbuję rzecz jasna znowu, tyle razy, ile tylko zażądacie, ale…

— Nie ma potrzeby — odparł lord Tywin. — Ten kolor będzie w sam raz.

— Karmazynowy miecz mógłby ładnie błyszczeć w promieniach słońca, ale, szczerze mówiąc, te kolory bardziej mi się podobają — stwierdził Tyrion. — Jest w nich jakieś złowrogie piękno... i dzięki nim ten miecz jest jedyny w swoim rodzaju. Podejrzewam, że drugiego takiego nie ma na całym świecie.

— Jeden jest.

Płatnerz pochylił się nad stołem i odwinął z impregnowanej tkaniny drugi podobny oręż.

Tyrion odłożył miecz Joffreya i wziął w rękę ten drugi. Oba były jeśli nie bliźniakami, to przynajmniej bliskimi kuzynami. Ten był grubszy i cięższy, o pół cala szerszy i trzy cale dłuższy, miał jednak taki sam szlachetny kształt i niepowtarzalną barwę, przywodzącą na myśl fale krwi i nocy. Wzdłuż jego klingi biegły trzy głębokie bruzdy sięgające od rękojeści aż po sztych. Na mieczu przeznaczonym dla króla były tylko dwie. Rękojeść miecza Joffa była znacznie kunsztowniej zdobiona. Poprzeczne pręty gardy ukształtowano na podobieństwo lwich łap o odsłoniętych pazurach z rubinów, oba oręże miały jednak rękojeści z pięknie wykończonej czerwonej skóry i złote gałki w kształcie lwich głów.

— Wspaniały. — Nawet w niewprawnych rękach Tyriona broń wydawała się żywa. — Nigdy nie trzymałem w ręku lepiej wyważonego miecza.

— Jest przeznaczony dla mojego syna.

*Nie muszę pytać dla którego.* Tyrion odłożył miecz Jaime'a na stół, obok tego, który miał dostać w prezencie Joffrey. Zadał sobie pytanie, czy Robb Stark pozwoli jego bratu kiedykolwiek wziąć w rękę tę broń. *Nasz ojciec z pewnością sądzi, że tak. W przeciwnym razie nie kazałby wykuć tego miecza.*

— Wykonałeś dobrą robotę, mistrzu Mott — oznajmił płatnerzowi lord Tywin. — Zapłaci ci mój zarządca. Pamiętaj, że na pochwach muszą być rubiny.

— Będę pamiętał, panie. Jesteś nadzwyczaj hojny. — Mężczyzna zawinął miecze w tkaninę, wziął je pod pachę i opadł na jedno kolano. — To zaszczyt służyć królewskiemu namiestnikowi. Dostarczę miecze dzień przed ślubem.

— Pamiętaj o tym.

Gdy strażnicy wyprowadzili już płatnerza, Tyrion wspiął się na krzesło.

— A więc Joff i Jaime dostaną miecze, a dla karła nie ma nawet sztyletu. Czy tak to wygląda, ojcze?

— Stali wystarczyło na dwa miecze, nie trzy. Jeśli potrzebujesz sztyletu, weź sobie jakiś ze zbrojowni. Robert zostawił nam w spadku przynajmniej setkę. Gerion dał mu w prezencie ślubnym pozłacany sztylet o rękojeści z kości słoniowej i gałce ozdobionej szafirem. Połowa posłów, którzy odwiedzali dwór, próbowała potem wkupić się w łaski Jego Miłości, oferując mu zdobione drogimi kamieniami noże i inkrustowane srebrem miecze.

Tyrion uśmiechnął się.

— Bardziej by się ucieszył, gdyby sprezentowali mu własne córki.

— Z pewnością. Zawsze używał tylko myśliwskiego noża, który dostał od Jona Arryna, kiedy był jeszcze mały. — Lord Tywin machnął ręką na znak lekceważenia dla króla Roberta i wszystkich jego noży. — Co znalazłeś nad rzeką?

— Błoto — odparł Tyrion — i trochę martwych zwierząt, których nikomu nie chciało się pochować. Nim otworzymy port, trzeba będzie wybagrować Czarny Nurt, wydobyć albo rozbić zatopione statki. Trzy czwarte nabrzeży portowych wymaga remontu. Niektóre z nich zapewne trzeba będzie rozebrać i zbudować na nowo. Cały rybny targ uległ zniszczeniu, a zarówno Rzeczna, jak i Królewska Brama popękały od ciosów taranów Stannisa i powinno się je wymienić. Drżę na myśl o kosztach.

*Jeśli rzeczywiście srasz złotem, ojcze, znajdź wychodek i bierz się do roboty* — miał ochotę powiedzieć. Był na to jednak zbyt rozsądny.

— Znajdziesz potrzebne złoto.

— Znajdę? A gdzie? Mówiłem ci już, że skarbiec świeci pustkami. Jeszcze nie zdążyliśmy zapłacić alchemikom za cały dziki ogień ani kowalom za mój łańcuch, a Cersei już się zobowiązała, że korona pokryje połowę kosztów ślubu Joffa. Siedemdziesiąt siedem cholernych dań, tysiąc gości, pasztet pełen gołębi, minstrele, żonglerzy…

— Ekstrawagancja bywa użyteczna. Musimy całemu królestwu zademonstrować potęgę i bogactwo Casterly Rock.

— W takim razie może Casterly Rock powinno za to zapłacić.

— A dlaczego? Widziałem księgi Littlefingera. Dochody korony są dziesięciokrotnie wyższe niż za Aerysa.

— Podobnie jak wydatki. Robert szastał pieniędzmi tak samo jak swym kutasem. Littlefinger zaciągnął bardzo wysokie pożyczki. Między innymi u ciebie. To prawda, że dochody są znaczne, ale ledwie wystarczają, by pokryć lichwiarskie odsetki. Czy zgodzisz się umorzyć dług, jaki korona zaciągnęła u rodu Lannisterów?

— Nie mów głupstw.

— W takim razie może wystarczy siedem dań. Trzystu gości zamiast tysiąca. Jak rozumiem, ślub bez tańczącego niedźwiedzia również jest ważny.

— Tyrellowie uznaliby nas za skąpców. Chcę mieć i ślub, i odbudowę nabrzeża. Jeśli nie potrafisz za to zapłacić, przyznaj się, a znajdę starszego nad monetą, który sobie poradzi z tym zadaniem.

Tyrion nie miał zamiaru znosić hańby, którą byłaby dymisja po tak krótkim czasie.

— Znajdę ci te pieniądze.

— Znajdziesz — zgodził się jego ojciec — a skoro już o tym mówimy, znajdź też łoże swej żony.

*A więc pogłoski dotarły nawet do niego.*

— Dziękuję, znalazłem je. To ten mebel między oknem a kominkiem. Ma baldachim z aksamitu i materac wypchany gęsim puchem.

— Cieszę się, że o tym wiesz. Być może powinieneś też spróbować odnaleźć kobietę, która je z tobą dzieli.

*Kobietę? Chyba raczej dziecko.*

— Czy to pająk szeptał ci w ucho, czy muszę za to podziękować swej słodkiej siostrze? — Biorąc pod uwagę, co się wyprawiało w pościeli Cersei, można by było sądzić, że okaże ona choć tyle przyzwoitości, by nie interesować się jego łożem. — Powiedz mi, jak to się dzieje, że wszystkie służące Sansy są na usługach Cersei? Mam już dość tego, że szpiegują mnie w mojej własnej sypialni.

— Jeśli nie lubisz służących swej żony, oddal je i zastąp takimi, które bardziej ci będą odpowiadały. Masz takie prawo. Martwi mnie dziewictwo twojej żony, nie usługujące jej dziewczyny. Dziwi mnie taka... delikatność. Z kurwami jakoś nie miewasz trudności. Czyżby córka Starków była inaczej zbudowana?

— Co cię tak nagle interesuje, gdzie wsadzam kutasa? — warknął Tyrion. — Sansa jest za młoda.

— Jest wystarczająco dorosła, by po śmierci brata zostać panią Winterfell. Odbierz jej dziewictwo, a zbliżysz się o krok do zdobycia północy. Zrób jej dziecko, a cel zostanie osiągnięty. Czy muszę ci przypominać, że małżeństwo, którego nie skonsumowano, może zostać rozwiązane?

— Przez wielkiego septona albo Radę Wiary. Nasz obecny wielki septon to tresowana foka, która ładnie szczeka na rozkaz. Już prędzej moje małżeństwo rozwiąże Księżycowy Chłopiec.

— Być może powinienem był wydać Sansę za Księżycowego Chłopca. On pewnie wiedziałby, co z nią zrobić.

Tyrion zacisnął dłonie na ramionach fotela.

— Nie życzę już sobie słyszeć nic więcej na temat dziewictwa mojej żony. Skoro jednak mówimy o małżeństwie, to jak to się dzieje, że nic nie słychać o planowanym ślubie mojej siostry? Jeśli dobrze sobie przypominam...

— Mace Tyrell odrzucił moją propozycję wydania Cersei za jego dziedzica Willasa — przerwał mu lord Tywin.

— Nie chce naszej słodkiej Cersei?

To znacznie poprawiło nastrój Tyriona.

— Kiedy mu o tym wspomniałem po raz pierwszy, lord Tyrell wydawał się przychylnie usposobiony — ciągnął jego ojciec. — Następnego dnia wszystko się zmieniło. To przez tę starą babę. Niemiłosiernie tyranizuje syna. Varys twierdzi, że powiedziała mu, iż twoja siostra jest za stara i zanadto zużyta dla tego jej wspaniałego jednonogiego wnuka.

— Cersei z pewnością była zachwycona — stwierdził ze śmiechem Tyrion.

Lord Tywin przeszył go lodowatym spojrzeniem.

— Cersei o niczym nie wie. I się nie dowie. Lepiej dla nas wszystkich będzie uznać, że tej propozycji nigdy nie było. Pamiętaj o tym, Tyrionie. Tej propozycji nigdy nie było.

— Jakiej propozycji?

Tyrion podejrzewał, że lord Tyrell pożałuje swej odmowy.

— Twoja siostra musi wyjść za mąż. Pytanie tylko za kogo? Mam kilka pomysłów... — Nim zdążył je przedstawić, rozległo się pukanie do drzwi. Strażnik wetknął głowę do komnaty i zapowiedział wielkiego maestera Pycelle'a. — Może wejść — wyraził zgodę lord Tywin.

Pycelle wspierał się na lasce. Zatrzymał się na chwilę, by przeszyć Tyriona mrożącym krew w żyłach spojrzeniem. Wspaniała ongiś broda, którą ktoś mu w tajemniczych okolicznościach zgolił, odrastała rzadka i kosmata, odsłaniając brzydkie, różowe brodawki, które wisiały mu na szyi.

— Lordzie namiestniku — rzekł starzec i pokłonił się tak nisko, jak tylko był w stanie to zrobić, nie przewracając się. — Z Czarnego Zamku przyleciał kolejny ptak. Być może powinniśmy porozmawiać na osobności?

— To nie będzie konieczne. — Lord Tywin wskazał wielkiemu maesterowi fotel. — Tyrion może zostać.

*Oooooch, mogę?* Tyrion potarł nos i czekał.

Pycelle odchrząknął i w następstwie tego rozkasłał się gwałtownie.

— List pochodzi od tego samego Bowena Marsha, który przysłał poprzedni. Pisze, że lord Mormont nadesłał wiadomość o dzikich, którzy w wielkiej liczbie zmierzają na południe.

— Ziemie na północ od Muru nie mogą wyżywić wielkiej liczby ludzi — oznajmił stanowczo lord Tywin. — To ostrzeżenie nie jest nowością.

— To ostatnie jest, panie. Mormont przysłał ptaka z nawiedzanego lasu, by zawiadomić Marsha, że go zaatakowano. Od tego czasu wróciło więcej kruków, lecz żaden z nich nie przyniósł listu. Ten Bowen Marsh obawia się, że lord Mormont zginął wraz ze wszystkimi swymi ludźmi.

Tyrion polubił starego Jeora Mormonta z jego małomównością i gadającym ptakiem.

— Czy to pewne? — zapytał.

— Niepewne — przyznał Pycelle — ale żaden z ludzi Mormonta dotąd nie wrócił. Marsh obawia się, że zabili ich dzicy i że wkrótce mogą zaatakować sam Mur. — Sięgnął dłonią pod szatę i wydobył papier. — To jest ten list, panie. Prośba skierowana do wszystkich pięciu królów. Domaga się tylu ludzi, ilu tylko możemy mu przysłać.

— Pięciu królów? — warknął poirytowany ojciec Tyriona. — W Westeros jest tylko jeden król. Ci durnie w czerni mogliby o tym pamiętać, jeśli chcą, by Jego Miłość ich wysłuchał. W odpowiedzi zawiadom ich, że Renly nie żyje, a pozostali to zdrajcy i uzurpatorzy.

— Na pewno z radością się o tym dowiedzą. Mur leży na końcu świata i wieści często docierają tam z opóźnieniem. — Pycelle pokiwał głową w górę i w dół. — A co mam napisać Marshowi w sprawie ludzi, o których prosi? Czy zwołamy radę...

— Nie ma potrzeby. Nocna Straż to banda złodziei, morderców i nisko urodzonych prostaków, przychodzi mi jednak na myśl, że przy odpowiedniej dyscyplinie można by z nimi coś zdziałać. Jeśli Mormont rzeczywiście nie żyje, czarni bracia będą musieli wybrać nowego lorda dowódcę.

Pycelle obrzucił Tyriona chytrym spojrzeniem.

— To wspaniała myśl, panie. Mam nawet znakomitego kandydata. To Janos Slynt.

Tyrionowi nie spodobało się to w najmniejszym stopniu.

— Czarni bracia sami sobie wybierają dowódcę — przypomniał im. — Lord Slynt jest nowy na Murze. Wiem o tym, bo sam go tam wysłałem. Dlaczego mieliby wybrać jego, a nie kogoś z tuzina bardziej doświadczonych ludzi?

— Dlatego — odparł jego ojciec tonem, który sugerował, że uważa Tyriona za głupca — że jeśli nie zagłosują tak, jak im każemy, Mur prędzej się roztopi, nim wyślemy im choć jednego człowieka.

*Tak, to poskutkuje.* Tyrion przesunął się do przodu.

— Janos Slynt to nieodpowiedni kandydat, ojcze. Lepszy byłby komendant z Wieży Cieni albo Wschodniej Strażnicy.

— Komendant z Wieży Cieni jest Mallisterem z Seagardu. Wschodnią Strażnicą dowodzi żelazny człowiek.

Ton lorda Tywina świadczył niedwuznacznie, że żaden z nich nie odpowiada jego celom.

— Janos Slynt jest synem rzeźnika — przypomniał z naciskiem ojcu Tyrion. — Sam mi powiedziałeś...

— Pamiętam, co ci powiedziałem. Czarny Zamek to nie Harrenhal, a Nocna Straż to nie królewska rada. Jest odpowiednie narzędzie do każdego zadania i odpowiednie zadanie dla każdego narzędzia.

Tyriona zalał gniew.

— Lord Janos to pusta zbroja, która sprzeda się temu, kto najwięcej zapłaci.

— Uważam to za jego zaletę. Któż mógłby zapłacić więcej od nas? — Zwrócił się w stronę Pycelle'a. — Wyślij kruka. Napisz, że król Joffrey wielce się zasmucił wieścią o śmierci lorda dowódcy Mormonta, lecz z wielkim żalem stwierdza, iż na razie nie może im wysłać żadnych ludzi, gdyż w kraju nadal roi się od buntowników i uzurpatorów. Zasugeruj im, że sprawy mogą wyglądać inaczej, gdy tron będzie bezpieczny... pod warunkiem, że król będzie miał pełne zaufanie do przywództwa straży. Na zakończenie poproś Marsha, by przekazał wyrazy najserdeczniejszego uznania Jego Miłości jego wiernemu przyjacielowi i słudze lordowi Janosowi Slyntowi.

— Tak, panie. — Pycelle raz jeszcze pokiwał starczą głową. — Uczynię tak, jak namiestnik rozkazał. Z wielką radością.

*Trzeba mu było ściąć łeb, nie brodę* — pomyślał Tyrion. *A Slynta wysłać popływać razem z jego kumplem Allarem Deemem.* Dobrze przynajmniej, że z Symonem Srebrnym Językiem nie powtórzył już podobnie głupiego błędu. *Widzisz, ojcze?* — miał ochotę zawołać. *Widzisz, jak szybko się uczę?*

# SAMWELL

Na stryszku kobieta hałaśliwie wydawała na świat dziecko, a na dole przy ogniu leżał umierający mężczyzna. Samwell Tarly nie był pewien, co napełnia go większym strachem.

Przykryli biednego Bannena stosem futer i dołożyli do ognia mnóstwo opału, on jednak powtarzał ciągle:

— Zimno mi. Proszę. Tak mi zimno.

Sam próbował napoić go zupą cebulową, Bannen jednak nie był w stanie nic przełknąć. Cały płyn spływał mu po wargach i podbródku.

— Już po nim. — Craster popatrzył na rannego obojętnie, rozszarpując zębami kiełbasę. — Lepiej byłoby dla niego, gdybyś wbił mu nóż w pierś, zamiast wlewać mu zupę do gardła, jeśli mnie o to pytasz.

— Nie pamiętam, żeby ktoś cię pytał. — Gigant miał najwyżej pięć stóp wzrostu (naprawdę nazywał się Bedwyck), był jednak wojowniczym człowieczkiem. — Zabójco, czy prosiłeś Crastera o radę?

Sam skulił się, słysząc to miano, potrząsnął jednak głową. Wypełnił łyżkę zupą, uniósł ją do ust Bannena i spróbował wsunąć mu między zęby.

— Prosiliśmy tylko o żywność i ogień — mówił Gigant. — A ty skąpisz nam nawet żywności.

— Cieszcie się, że nie poskąpiłem wam ognia. — Craster był tęgim mężczyzną, a wydawał się jeszcze grubszy z uwagi na śmierdzące, wystrzępione baranie skóry, które nosił na sobie dzień i noc. Miał szeroki, płaski nos i opadający kącik ust. Brakowało mu jednego ucha. Choć skołtunione włosy i splątana broda posiwiały mu tak bardzo, że były już prawie białe, jego twarde, sękate dłonie wciąż wyglądały na wystarczająco silne, by zadać ból. — Dałem wam wszystko, co mogłem, ale wrony zawsze są głodne. Gdybym nie był bogobojnym człowiekiem, dawno już bym was przegnał. Wydaje ci się, że potrzebuję takich jak ten, który zdycha na moim klepisku? Wydaje ci się, że potrzebuję tu tylu gąb, konusie? — Dziki splunął. — Wrony. Pytam cię, kiedy to czarny ptak przyniósł do czyjegoś domu coś dobrego? Nigdy. Nigdy.

Z kącika ust Bannena znowu pociekła zupa. Sam starł ją mankietem rękawa. Oczy zwiadowcy były otwarte, ale nic nie widziały.

— Zimno mi — powtórzył słabym głosem. Być może maester potrafiłby go uratować, oni jednak nie mieli maestera. Przed dziewięcioma dniami Kedge Białe Oko amputował zmasakrowaną stopę Bannena. Popłynęło tyle ropy i krwi, że Samowi zrobiło się niedobrze, było już jednak za późno. — Zimno mi — powtórzyły pobladłe usta.

W pomieszczeniu było około dwudziestu obdartych czarnych braci, którzy przykucnęli na klepisku albo siedzieli na grubo ciosanych ławach, popijając tę samą cienką cebulową zupkę albo żując kawały sucharów. Paru wyglądało na poważniej rannych niż Bannen. Fornio od wielu dni majaczył, a z barku ser Byama sączyła się ohydna, żółta ropa. Gdy opuszczali Czarny Zamek, Brązowy Bernarr miał pełne worki myrijskiego ognia, balsamu gorczycowego, wrotyczu, maku, jaskra i innych ziół leczniczych. Nawet słodkiego snu, który przynosił dar bezbolesnej śmierci. Brązowy Bernarr poległ jednak na Pięści i nikt nie miał wówczas głowy do tego, by szukać lekarstw maestera Aemona. Hake również znał się trochę na ziołach jako kucharz, on jednak zaginął. Ocalali zarządcy musieli więc robić dla rannych, co tylko mogli, to znaczy niewiele. *Tu przynajmniej jest sucho i mogą się ogrzać przy ogniu. Ale potrzebują więcej jedzenia.*

Wszyscy go potrzebowali. Ludzie narzekali już od wielu dni. Karl Szpotawa Stopa bez przerwy powtarzał, że Craster ma gdzieś ukrytą spiżarnię. Garth ze Starego Miasta zaczął mu wtórować, gdy tylko nie słyszał go lord dowódca. Sam zastanawiał się nad tym, czyby nie spróbować wyżebrać czegoś bardziej odżywczego choćby dla rannych, nie miał jednak odwagi. Oczy Crastera były zimne i złe, a gdy tylko dziki spoglądał na Sama, jego dłonie drżały lekko, jakby chciał zacisnąć je w pięści. *Czy wie, że rozmawiałem z Goździk, kiedy byliśmy tu poprzednio?* — zastanawiał się grubas. *Czy powiedziała mu, że obiecałem ją stąd zabrać? Czy zmusił ją do tego biciem?*

— Zimno mi — powtarzał Bannen. — Proszę. Zimno mi.

Choć wnętrze dworu Crastera było ciepłe i pełne dymu, Samowi również dokuczał chłód. *I zmęczenie. Jestem taki zmęczony.* Powinien się wyspać, lecz gdy tylko zamknął oczy, śnił mu się sypiący śnieg i umarli o czarnych dłoniach oraz jaskrawoniebieskich oczach, którzy wlekli się ku niemu ociężale.

Na stryszku Goździk wydała z siebie drżące łkanie, które poniosło się echem po długim, niskim, pozbawionym okien pomieszczeniu.

— Przyj — powtarzała jedna ze starszych żon Crastera. — Mocniej. Mocniej. Krzycz, jeśli ci to pomoże.

Goździk jej usłuchała. Rozdarła się tak głośno, że Sam aż się wzdrygnął.

Craster odwrócił głowę i spojrzał w tamtą stronę spode łba.

— Dość już mam tych wrzasków — zawołał. — Dajcie jej szmatę między zęby albo wejdę na górę i dam jej posmakować swej ręki.

Sam wiedział, że Craster jest gotowy spełnić groźbę. Miał dziewiętnaście żon, lecz żadna z nich nie ważyła się mu sprzeciwić, gdy już zaczął wchodzić na tę drabinę. Czarni bracia również nie protestowali, kiedy przedwczorajszej nocy stłukł jedną z młodszych dziewcząt. Co prawda, niektórzy szemrali.

— Zabije ją — zaniepokoił się Garth z Greenaway. Karl Szpotawa Stopa roześmiał się tylko na te słowa.

— Jeśli nie chce tej małej ślicznotki, mógłby ją oddać mnie — stwierdził. Czarny Bernarr mruczał przekleństwa cichym, gniewnym głosem, a Alan z Rosby wstał i wyszedł na dwór, by tego wszystkiego nie słuchać.

— Jego dach, jego prawo — przypomniał im zwiadowca Ronnel Harclay. — Craster jest przyjacielem Straży.

*Przyjacielem* — pomyślał Sam, słuchając stłumionych krzyków Goździk. Craster był brutalem, który żelazną ręką władał swymi żonami i córkami, lecz jego twierdza była dla nich azylem.

— Zamarznięte wrony — zadrwił, gdy dowlekli się do jego dworu, garstka tych, którzy przeżyli śnieg, upiory i straszliwy mróz. — I stado też nie takie wielkie jak to, co poleciało na północ.

Mimo to dał im miejsce na klepisku, dach, który chronił przed śniegiem, i ogień, przy którym mogli się wysuszyć, a jego żony przyniosły im w kubkach gorące wino, żeby zrobiło im się cieplej w brzuchach. Choć zwał ich „cholernymi wronami", dał im również jeść, aczkolwiek był to skromny posiłek.

*Jesteśmy jego gośćmi* — powtarzał sobie Sam. *Goździk należy do niego. To jego córka i żona. Jego dach, jego prawo.*

Gdy po raz pierwszy ujrzał dwór Crastera, Goździk błagała go o pomoc i Sam pożyczył jej czarny płaszcz, żeby mogła ukryć brzuch, gdy szła na spotkanie z Jonem Snow. *Rycerze powinni bronić kobiet i dzieci.* Wśród czarnych braci było niewielu rycerzy, ale mimo to… *Wszyscy wymawiamy słowa przysięgi* — myślał Sam. *Jestem tarczą, która osłania krainę człowieka.* Nawet dzika kobieta pozostawała kobietą. *Powinniśmy jej pomóc.* Goździk bała się o swoje dziecko. Obawiała się, że okaże się chłopcem. Craster wychowywał córki na swe żony, lecz w jego dworze nie było mężczyzn ani chłopców. Goździk powiedziała Jonowi, że Craster oddaje synów bogom. *Jeśli bogowie są łaskawi, dadzą jej córkę* — modlił się.

Ze stryszka dobiegł stłumiony krzyk Goździk.

— Już niedługo — mówiła kobieta. — Jeszcze jedno pchnięcie. Och, widzę jego głowę.

*Jej* — myślał zrozpaczony Sam. *Jej głowę, jej.*

— Zimno mi — odezwał się słabym głosem Bannen. — Proszę. Tak mi zimno.

Sam odłożył miskę i łyżkę, rzucił futro na umierającego i cisnął do ognia następny patyk. Goździk krzyknęła przenikliwie i zaczęła dyszeć. Craster gryzł twardą, czarną kiełbasę. Oznajmił, że kiełbasa jest tylko dla niego i jego żon, a nie dla Straży.

— Baby — poskarżył się Craster. — Jak one wrzeszczą... Miałem kiedyś tłustą maciorę, która urodziła ośmioro prosiąt i nawet nie chrząknęła. — Nie przestając żuć, odwrócił głowę i popatrzył pogardliwie na Sama. — Była prawie tak samo gruba jak ty, chłopcze. Zabójco.

Ryknął śmiechem.

Tego już było dla Sama zbyt wiele. Oddalił się od dołu z ogniem, gramoląc się niezgrabnie nad ludźmi, którzy spali, kucali albo umierali na ubitym klepisku. Od dymu, krzyków i jęków zrobiło mu się słabo. Pochylił głowę, przeszedł między jelenimi skórami, które służyły w domu Crastera jako drzwi, i wyszedł na dwór.

Było pochmurne popołudnie, wystarczająco jednak jasne, by oślepić go po panującym wewnątrz półmroku. Gdzieniegdzie na konarach okolicznych drzew oraz na złoto-rdzawych wzgórzach widniały jeszcze plamy śniegu, było ich jednak znacznie mniej niż przedtem. Śnieżyca już minęła, a dni, które spędzili w Twierdzy Crastera, były... no, może nie ciepłe, ale już nie tak przerażająco zimne. Sam słyszał ciche kap, kap, kap wody ściekającej z sopli, które zwisały z krytego grubą warstwą darni dachu. Zaczerpnął z drżeniem powietrza w płuca i rozejrzał się wokół.

Na zachód od niego Ollo Obcięta Ręka i Tim Stone karmili i poili ich ocalałe konie.

Z wiatrem od dworu inni bracia zarzynali i obdzierali ze skóry zwierzęta, które uznano za zbyt słabe, by mogły iść dalej. Włócznicy i łucznicy pełnili straż za ziemnymi wałami, które były dla Crastera jedyną obroną przed tym, co kryło się w lesie. Z tuzina płonących w zagłębieniach ognisk biły ku niebu grube wstęgi niebieskoszarego dymu. Sam słyszał odległe echa toporów, które uderzały w głębi lasu. Oddział drwali zbierał opał, by ogniska mogły płonąć przez całą noc. Noce były straszne. Robiło się wtedy ciemno. I zimno.

Gdy przebywali u Crastera, nie atakowały ich upiory ani Inni. Gospodarz zapewniał, że nic im tu nie grozi.

— Bogobojny człowiek nie musi się obawiać takich jak oni. Powiedziałem to Mance'owi Rayderowi, kiedy przyszedł tu węszyć, ale nie chciał mnie słuchać, tak samo jak wy, wrony, z waszymi mieczami i cholernymi ogniskami. Kiedy nadejdzie białe zimno, w niczym wam one nie pomogą. Pomogą wam tylko bogowie. Lepiej wkupcie się w ich łaski.

Goździk również wspominała o białym zimnie. Powiedziała im też, jakie ofiary składa Craster swym bogom. Kiedy Sam o tym usłyszał, zapragnął go zabić. *Za Murem prawa nie obowiązują* — powtórzył sobie. *A Craster jest przyjacielem Straży.*

Zza dworu-lepianki dobiegł ochrypły krzyk. Sam poszedł zobaczyć, co się dzieje. Pod nogami miał topniejący śnieg i miękkie błoto, które według Edda Cierpiętnika powstało z gówna Crastera. Było jednak gęstsze niż gówno i wsysało buty Sama tak mocno, że aż poczuł, iż jeden z nich zsuwa mu się z nogi.

Za ogrodem warzywnym i pustą owczarnią dwunastu czarnych braci strzelało z łuków do celu, który zrobili sobie z drewna i słomy. Szczupły, jasnowłosy zarządca, którego zwano Słodkim Donnelem, trafił z pięćdziesięciu jardów niemal w sam jego środek.

— Pokaż coś lepszego, staruszku — zawołał.

— Pokażę. — Siwobrody, przygarbiony Ulmer o pomarszczonej skórze i opadających rękach stanął na stanowisku i wyciągnął strzałę z kołczana, który miał u pasa. Za młodu był banitą, członkiem osławionego Bractwa z Królewskiego Lasu. Twierdził, że przeszył kiedyś strzałą dłoń Białego Byka z Gwardii Królewskiej, by skraść pocałunek dornijskiej księżniczki. Ukradł jej również klejnoty oraz szkatułkę złotych smoków, ale to pocałunkiem przechwalał się, kiedy był wstawiony.

Naciągnął cięciwę, gładko jak letni jedwab i wypuścił strzałę, która wbiła się o dobry cal bliżej środka celu niż strzała Donnela Hilla.

— I co ty na to, chłopcze? — zapytał, wracając do grupy.

— Nieźle — przyznał z niechęcią młodszy mężczyzna. — Ale pomógł ci boczny wiatr. Kiedy ja strzelałem, był silniejszy.

— To trzeba było wziąć na niego poprawkę. Masz dobre oko i pewną rękę, ale żeby przewyższyć człowieka z królewskiego lasu, będziesz potrzebował czegoś więcej. To Strzelec Dick nauczył mnie posługiwać się łukiem, a na świecie nigdy nie było lepszego łucznika. Opowiadałem ci o starym Dicku?

— Tylko ze trzysta razy.

Każdy człowiek w Czarnym Zamku słyszał opowieści Ulmera o wielkiej bandzie ludzi wyjętych spod prawa; o Simonie Toynie, Uśmiechniętym Rycerzu, Oswynie Długiej Szyi Trzykrotnie Powieszonym, Wendzie Białej Łani, Strzelcu Dicku, Brzuchatym Benie i całej reszcie. Szukając ratunku, Słodki Donnel rozejrzał się wokół i zauważył stojącego w błocie Sama.

— Zabójco — zawołał. — Chodź, pokaż nam, jak zabiłeś Innego.

Wyciągnął ku niemu wysoki, cisowy łuk.

Sam zaczerwienił się.

— To nie była strzała, to był sztylet, smocze szkło...

Wiedział, co się stanie, jeśli weźmie w rękę łuk. W ogóle nie trafi w cel. Strzała przeleci nad wałem i zniknie między drzewami. A potem usłyszy śmiech.

— Wszystko jedno — stwierdził Alan z Rosby, który również był świetnym łucznikiem. — Wszyscy chcemy zobaczyć, jak strzela Zabójca. Prawda, chłopaki?

Sam nie był w stanie stawić czoła ich drwiącym uśmiechom, złośliwym żarcikom i pogardzie wypisanej w oczach. Odwrócił się, by odejść tą samą drogą, którą przyszedł, lecz jego prawa noga głęboko zapadła się w błoto i kiedy spróbował ją wyrwać, zsunął mu się but. Żeby go wyrwać, musiał uklęknąć. Uszy wypełniał mu gromki rechot. Choć miał na nogach wiele skarpetek, gdy wreszcie uciekł, woda dotarła już do palców jego stóp. *Jestem bezwartościowy* — pomyślał przygnębiony. *Mój ojciec miał rację. Nie mam prawa żyć, gdy tak wielu odważnych ludzi zginęło.*

Grenn zajmował się ogniskiem rozniecanym na południe od bramy. Rozebrał się do pasa i rąbał drwa. Twarz miał czerwoną z wysiłku, a skórę zlewał mu pot. Uśmiechnął się jednak na widok sapiącego ciężko Sama.

— Inni zabrali ci but, Zabójco?

*On też?*

— To było błoto. Proszę, nie nazywaj mnie tak.

— Dlaczego? — Grenn był szczerze zdziwiony. — To dobry przydomek i uczciwie sobie na niego zasłużyłeś.

Pyp zawsze naśmiewał się z Grenna, twierdząc, że jest on tępy jak buzdygan, Sam więc wytłumaczył mu wszystko cierpliwie.

— To tak, jakbyś nazwał mnie tchórzem, tylko w innych słowach — mówił, stojąc na lewej nodze, a prawą wciskając z powrotem w ubłocony but. — Drwią ze mnie tak samo, jak drwią z Bedwycka, nazywając go Gigantem.

— Ale on nie jest gigantem — zauważył Grenn — a Paul nigdy nie był mały. No, może kiedy był dzieckiem u piersi, ale potem to już nie. Ty naprawdę zabiłeś Innego, więc to nie jest to samo.

— Ja tylko... wcale... Bałem się!

— Nie bardziej ode mnie. To tylko Pyp gada, że jestem za głupi, żeby czuć strach. Boję się tak samo jak każdy. — Grenn pochylił się, podniósł narąbane drwa i rzucił je w ogień. — Zawsze bałem się Jona, kiedy musiałem z nim walczyć. Był strasznie szybki i machał mieczem tak, jakby miał zamiar mnie zabić. — Świeże, wilgotne drewno buchało gęstym dymem, nim zajęło się płomieniami. — Ale nigdy nic nie mówiłem. Czasem sobie myślę, że wszyscy tylko udają odważnych, a wcale naprawdę tacy nie są. Może to dzięki udawaniu stajemy się odważni. Nie wiem. Niech cię nazywają Zabójcą. Komu to przeszkadza?

— Nie lubiłeś, kiedy ser Alliser nazywał cię Żubrem.

— Chciał powiedzieć, że jestem wielki i głupi. — Grenn podrapał się po brodzie. — Ale jeśli Pyp miał ochotę tak na mnie mówić, to mógł. Albo ty czy Jon. Żubr to silne i groźne zwierzę, więc to nie takie złe przezwisko, a ja jestem duży i robię się coraz większy. Czy nie wolisz być Samem Zabójcą niż ser Świnką?

— Dlaczego nie mogę być po prostu Samwellem Tarlym? — Klapnął ciężko na wilgotną kłodę, której Grenn nie porąbał jeszcze na szczapy. — To smocze szkło zabiło Innego. Nie ja, smocze szkło.

Opowiedział im o wszystkim. Wiedział, że niektórzy z nich mu nie wierzą. Dirk pokazał mu swój sztylet i stwierdził:

— Mam żelazo. Na co mi szkło? — Czarny Bernarr i trzej Garthowie nie kryli, że powątpiewają w całą jego opowieść, a Rolley z Sisterton oznajmił bez ogródek:

— Pewnie dziabnąłeś jakiś szeleszczący krzak i okazało się, że to Mały Paul w nim srał. Dlatego musiałeś wymyślić to kłamstwo.

Dywen i Edd Cierpiętnik okazali jednak zainteresowanie, a potem kazali Samowi i Grennowi powtórzyć wszystko lordowi dowódcy. Mormont wysłuchał opowieści z zasępioną miną, zadając szczegółowe pytania. Był zbyt ostrożny z natury, by odrzucić coś, co mogłoby mu zapewnić przewagę. Zapytał Sama o smocze szkło w jego plecaku, choć nie było go wiele. Gdy tylko grubas myślał o skarbczyku, który Jon odkrył pod Pięścią, zbierało mu się na płacz. Były tam klingi sztyletów, groty włóczni i co najmniej dwieście albo trzysta grotów do strzał. Jon zrobił sztylety dla siebie, Sama i lorda dowódcy Mormonta. Dał też Samowi grot włóczni, stary, zniszczony róg oraz garstkę grotów strzał. To było wszystko.

Dlatego mieli teraz wyłącznie sztylet Mormonta oraz ten, który Sam dał Grennowi, a także dziewiętnaście strzał i długą włócznię z twardego drewna, wyposażoną w grot ze smoczego szkła. Włócznię wartownicy przekazywali sobie kolejno, a strzały Mormont rozdzielił między najlepszych łuczników. Mamroczący Bill, Garth Szare Pióro, Ronnel Harclay, Słodki Donnel Hill i Alan z Rosby dostali po trzy, a Ulmer cztery. Niemniej, nawet gdyby za każdym razem trafiali w cel, wkrótce zostałyby im tylko płonące strzały, tak jak pozostałym. Na Pięści wystrzelili ich setki, nie powstrzymało to jednak upiorów.

*To nie wystarczy* — pomyślał Sam. Otaczające dwór Crastera pochyłe wały z błota i topniejącego śniegu z pewnością nie były skuteczną obroną przeciw upiorom, które wdrapały się na znacznie bardziej strome stoki Pięści i sforsowały mur pierścieniowy. A tutaj zamiast trzystu ustawionych w zdyscyplinowanym szyku braci znajdą tylko czterdziestu jeden obdartych niedobitków, w tym dziewięciu tak ciężko rannych, że nie byli w stanie walczyć. Do Twierdzy Crastera dowlokło się ich czterdziestu czterech, choć z Pięści uciekło z górą sześćdziesięciu, od tego czasu trzech kolejnych zmarło z ran, a Bannen miał wkrótce do nich dołączyć.

— Myślisz, że upiory odeszły? — zapytał Grenna Sam. — Czemu nas nie wykończyły?

— Przychodzą tylko wtedy, kiedy jest zimno.

— Tak — zgodził się Sam — ale czy to zimno sprowadza upiory, czy upiory wywołują zimno?

— Kogo to obchodzi? — Grenn uderzył siekierą i wióry pofrunęły w powietrze. — Ważne, że chodzą ze sobą w parze. Hej, skoro już wiemy, że smocze szkło je zabija, to może nie przyjdą w ogóle. Może to one się nas teraz boją!

Sam chętnie by w to uwierzył, wydawało mu się jednak, że dla umarłych strach nie ma żadnego znaczenia, podobnie jak ból, miłość czy obowiązek. Ścisnął nogi dłońmi, pocąc się pod grubymi warstwami wełny, skóry i futra. To prawda, że biały stwór, którego spotkali w lesie, stopił się po uderzeniu sztyletem… ale Grenn zakładał, że smocze szkło działa również na upiory. *Nie wiemy tego* — pomyślał Sam. *Nic właściwie nie wiemy. Szkoda, że nie ma tu Jona.* Lubił Grenna, ale z nim nie można było rozmawiać o takich sprawach. *Jon nie nazywałby mnie Zabójcą. I mógłbym z nim pomówić o dziecku Goździk.* Jon jednak odjechał z Qhorinem Półrękim i od tej pory już o nim nie słyszano. *On też miał sztylet ze smoczego szkła, ale czy wpadł na to, żeby zrobić z niego użytek? Czy leży teraz zimny i martwy w jakimś parowie… albo, jeszcze gorzej, czy chodzi martwy?*

Nie potrafił zrozumieć, dlaczego bogowie mieliby zabrać Jona Snow i Bannena, a zostawić takiego tchórza i ofermę jak on. Powinien był zginąć na Pięści, gdzie trzy razy zlał się w portki ze strachu, a do tego zgubił miecz. W lesie na pewno by nie przeżył, gdyby nie napatoczył się Mały Paul, który był gotów go nieść. *Chciałbym, żeby to wszystko okazało się snem. Wtedy mógłbym się obudzić.* To by było piękne. Znalazłby się z powrotem na Pięści, a wszyscy bracia byliby razem z nim, nawet Jon i Duch. Albo, jeszcze lepiej, obudziłby się w Czarnym Zamku, za Murem, i zszedłby do jadalni po miskę gęstej manny gotowanej przez Trzypalcego Hobba. Wrzuciłby sobie do niej wielką łychę masła i jeszcze odrobinkę miodu. Na samą myśl o tym zaburczało mu w pustym brzuchu.

— Snow.

Sam podniósł wzrok na ten dźwięk. Kruk lorda dowódcy Mormonta krążył nad ogniskiem, machając wielkimi czarnymi skrzydłami.

— Snow — krakało ptaszysko. — Snow, snow.

Tam, gdzie przylatywał kruk, szybko zjawiał się też Mormont. Lord dowódca wyjechał konno spomiędzy drzew. Po obu jego bokach jechali stary Dywen i Ronnel Harclay, zwiadowca o lisiej twarzy, który zastąpił Thorena Smallwooda. Włócznicy przy bramie zapytali, kto idzie.

— A kto może iść, do siedmiu piekieł? — odburknął Mormont. — Czy Inni zabrali wam oczy?

Przejechał między słupami bramy ozdobionymi czaszkami barana i niedźwiedzia, a potem ściągnął wodze, uniósł pięść i zagwizdał. Kruk przyleciał do niego.

— Panie — usłyszał Sam głos Ronnela Harclaya — mamy tylko dwadzieścia dwa wierzchowce. Wątpię, czy choć połowa z nich dotrze do Muru.

— Wiem o tym — mruknął Mormont. — Ale i tak musimy odjechać. Craster postawił sprawę jasno. — Popatrzył na zachód, gdzie słońce przesłaniała ławica ciemnych chmur. — Bogowie dali nam chwilę wytchnienia, jak długo jednak ona potrwa? — Mormont zeskoczył z siodła i rzucił kruka w powietrze. — Tarly! — ryknął, ujrzawszy Sama.

— Ja?

Sam podniósł się niezgrabnie.

— Ja? — Kruk wylądował na głowie starego. — Ja?

— Nazywasz się Tarly? Masz tu brata? Tak, ty. Zamknij gębę i chodź ze mną.

— Z tobą?

Jego słowa przerodziły się w pisk.

Lord dowódca Mormont przeszył go morderczym spojrzeniem.

— Jesteś człowiekiem z Nocnej Straży. Postaraj się nie robić w bieliznę za każdym razem, gdy na ciebie spojrzę. Powiedziałem, chodź. — Błoto mlaskało pod jego buciorami. Sam musiał wyciągać nogi, by za nim nadążyć. — Myślałem o tym twoim smoczym szkle.

— Nie jest moje — sprzeciwił się Sam.

— No to o smoczym szkle Jona Snow. Jeśli rzeczywiście potrzeba nam sztyletów z tego materiału, to dlaczego mamy tylko dwa? Każdy człowiek z Nocnej Straży powinien taki dostawać, gdy tylko wypowie słowa.

— Nie wiedzieliśmy...

— Nie wiedzieliśmy! Kiedyś musieliśmy wiedzieć. Nocna Straż zapomniała o prawdziwym celu swego istnienia, Tarly. Nie buduje się muru wysokiego na siedemset stóp po to, żeby powstrzymać odzianych w skóry dzikusów przed kradzieżą kobiet. Mur miał osłaniać krainę człowieka... i to nie przed dzikimi, którzy, jak się nad tym zastanowić, również są ludźmi. Minęło zbyt wiele lat, Tarly, zbyt wiele stuleci i tysiącleci. Zapomnieliśmy o prawdziwym wrogu. A teraz wrócił, a my nie wiemy, jak z nim walczyć. Czy smocze szkło rzeczywiście pochodzi od smoków, jak opowiadają prostaczkowie?

— M... maesterzy tak nie sądzą — wyjąkał Sam. — Twierdzą, że powstaje w ogniach ziemi. Nazywają je obsydianem.

Mormont prychnął lekceważąco.

— Równie dobrze mogą je sobie zwać cytrynowym ciastkiem. Jeśli rzeczywiście zabija, tak jak twierdzisz, chcę go dostać więcej.

Sam potknął się.

— Jon znalazł więcej na Pięści. Setki grotów strzał i włóczni...

— Mówiłeś mi o tym. W niczym nam to teraz nie pomoże. Żeby dotrzeć do Pięści, musielibyśmy mieć broń, której nie będziemy mieli, dopóki nie dotrzemy do cholernej Pięści. A zostają jeszcze dzicy. Musimy znaleźć smocze szkło w jakimś innym miejscu.

Wydarzyło się tak wiele, że Sam niemal zapomniał o dzikich.

— Dzieci lasu używały broni ze smoczego szkła — stwierdził. — One by wiedziały, gdzie znaleźć obsydian.

— Dzieci lasu do cna wyginęły — zauważył Mormont. — Połowę zabili Pierwsi Ludzie mieczami z brązu, a potem Andalowie dokończyli roboty żelazem. Czemu szklany sztylet miałby...

Stary Niedźwiedź przerwał nagle, gdy spomiędzy zawieszonych w drzwiach jelenich skór wyłonił się Craster. Dziki uśmiechnął się, odsłaniając zepsute, brązowe zęby.

— Mam syna.

— Syna — zakrakał kruk Mormonta. — Syna, syna, syna.

— Bardzo się z tego cieszę — oznajmił lord dowódca z kamienną twarzą.

— Tak? Ja się ucieszę dopiero wtedy, gdy pójdziesz sobie stąd ze swoją bandą.

— Gdy tylko nasi ranni odzyskają siły...

— Silniejsi już nie będą, stara wrono, i obaj o tym wiemy. Tym, którzy umrą, a sam też wiesz, którzy to, poderżnij gardła i tyle. Albo zostaw ich, jeśli brak ci odwagi, a ja sam się z nimi załatwię.

— Thoren Smallwood twierdził, że jesteś przyjacielem Straży... — oburzył się lord dowódca Mormont.

— To prawda — zgodził się Craster. — Dałem wam wszystko, co mogłem dać, a teraz dziewczyna zwaliła mi na głowę kolejną wrzeszczącą gębę do wyżywienia.

— Moglibyśmy go zabrać — rozległ się czyjś pisk.

Craster odwrócił głowę. Przymrużył oczy. Splunął pod nogi Sama.

— Co powiedziałeś, Zabójco?

Sam otworzył i zamknął usta.

— Ja... ja tylko... jeśli go nie chcesz... gęby do wykarmienia... bo nadchodzi zima... to... to moglibyśmy go zabrać i...

— Mojego syna. Moją krew. Wydaje ci się, że oddam go wronom?

— Pomyślałem tylko...

*Nie masz synów. Zostawiasz ich w lesie. Goździk mi to powiedziała. Dlatego masz tylko żony i córki, które wyrastają na żony.*

— Cicho bądź, Sam — rozkazał lord dowódca Mormont. — Dość już powiedziałeś. A nawet za wiele. Wracaj do środka.

— P... panie...

— Do środka!

Poczerwieniały na twarzy Sam przeszedł przez jelenie skóry, wracając do mrocznego wnętrza budynku. Mormont podążył za nim.

— Czy jesteś aż tak głupi? — zapytał stary zdławionym z gniewu głosem. — Nawet gdyby Craster dał nam dziecko, i tak by umarło, zanim byśmy dotarli do Muru. Noworodek jest nam tak samo potrzebny jak więcej śniegu. Czy masz w tych swoich wielkich cyckach mleko, żeby go karmić? A może masz zamiar zabrać i matkę?

— Chciała z nami pojechać — szepnął Sam. — Błagała mnie...

Mormont uniósł rękę.

— Nie chcę już więcej o tym słyszeć, Tarly. Mówiłem ci wiele razy, żebyś trzymał się z dala od żon Crastera.

— Ona jest jego córką — sprzeciwił się słabo Sam.

— Idź, zajmij się Bannenem. I to szybko, zanim wpadnę w złość.

— Tak jest, lordzie dowódco.

Sam oddalił się z drżeniem.

Gdy jednak wrócił do ognia, Gigant zakrywał już płaszczem głowę Bannena.

— Mówił, że jest mu zimno — wyjaśnił człowieczek. — Mam nadzieję, że poszedł gdzieś, gdzie jest ciepło.

— Jego rana... — zaczął Sam.

— W dupę z jego raną. — Dirk trącił trupa nogą. — Był ranny w stopę. Znałem u nas w wiosce jednego gościa, co stracił stopę. Dożył dziewięćdziesięciu czterech lat.

— Zimno — tłumaczył Sam. — Nie dostał ciepła.

— Nie dostał jeść — sprzeciwił się Dirk. — Nie tak, jak trzeba. Ten bękart Craster zagłodził go na śmierć.

Sam rozejrzał się niespokojnie wokół, lecz Craster nie wrócił jeszcze do budynku. Gdyby tu był, mogłoby się zrobić nieprzyjemnie. Dziki nienawidził bękartów, choć zwiadowcy twierdzili, że sam pochodzi z nieprawego łoża i jakaś dawno już zmarła wrona spłodziła go z dziką kobietą.

— Craster musi wykarmić swoich — sprzeciwił się Gigant. — Wszystkie te kobiety. Dał nam tyle, ile tylko mógł.

— Nie wierz w to, do cholery. Kiedy tylko stąd odjedziemy, wytoczy skądś beczułkę pitnego miodu i będzie go zagryzał szynką. My będziemy konali z głodu w śniegu, a on się będzie z nas śmiał. To tylko cholerny dziki i tyle. Żaden z nich nie jest przyjacielem Straży. — Kopnął trupa Bannena. — Jeśli mi nie wierzycie, zapytajcie jego.

Spalili zwłoki zwiadowcy o zachodzie słońca, na stosie, który przedtem ułożył Grenn. Tim Stone i Garth ze Starego Miasta wynieśli trupa z budynku, a potem zakołysali nim dwukrotnie i cisnęli w płomienie. Bracia podzielili się jego ubraniami, bronią, zbroją i całym dobytkiem. W Czarnym Zamku Nocna Straż urządzała swym braciom uroczyste pogrzeby, nie byli jednak w Czarnym Zamku. *A kości nie wracają jako upiory.*

— Nazywał się Bannen — zaczął lord dowódca Mormont, gdy trupa ogarnęły płomienie. — Był odważnym człowiekiem i dobrym zwiadowcą. Przybył do nas z... skąd właściwie przybył?

— Z okolic Białego Portu — zawołał ktoś.

Mormont skinął głową.

— Przybył do nas z Białego Portu i zawsze spełniał swój obowiązek. Dotrzymywał przysięgi najlepiej, jak potrafił, wyruszał na dalekie wyprawy i walczył dzielnie. Nigdy już nie ujrzymy drugiego takiego jak on.

— A teraz jego warta się skończyła — zaśpiewali bracia poważnym chórem.

— A teraz jego warta się skończyła — powtórzył Mormont.

— Skończyła — krzyknął jego kruk. — Skończyła.

Oczy Sama zaszły od dymu łzami. Dręczyły go mdłości. Gdy spojrzał w ogień, wydało mu się, że Bannen usiadł i zacisnął pięści, jakby chciał walczyć z pochłaniającymi go płomieniami, trwało to jednak tylko chwilę. Potem wszystko przesłoniły kłęby dymu. Najgorszy był jednak zapach. Gdyby był to obrzydliwy smród, Sam mógłby to jakoś wytrzymać, ale jego płonący brat pachniał zupełnie jak pieczona wieprzowina. Chłopakowi podeszła do ust ślina, a to było tak okropne, że gdy tylko ptak wrzasnął: „Skończyła", Sam pobiegł za budynek i zwymiotował do latryny. Edd Cierpiętnik znalazł go klęczącego w błocie.

— Szukasz robaków, Sam? Czy po prostu źle się poczułeś?

— Źle się poczułem — przyznał chłopak słabym głosem, ocierając usta grzbietem dłoni. — Ten zapach...

— Nie spodziewałem się, że Bannen będzie tak ładnie pachniał. — Głos Edda brzmiał tak samo ponuro jak zawsze. — Miałem ochotę odkroić sobie plasterek. Gdybyśmy mieli trochę sosu jabłkowego, pewnie bym to zrobił. Wieprzowina najlepiej smakuje w sosie jabłkowym. — Edd rozwiązał sznurówki spodni i wyciągnął kutasa. — Lepiej nie umieraj, Sam, bo mogę się nie powstrzymać. Z ciebie na pewno byłoby więcej skwarków niż z Bannena, a dla mnie skwarki zawsze stanowiły pokusę nie do odparcia. — Westchnął, gdy jego mocz trysnął na ziemię, żółty i parujący. — Słyszałeś, że wyruszamy z pierwszym brzaskiem, czy będzie słońce czy śnieg? Tak powiedział Stary Niedźwiedź.

*Czy będzie słońce czy śnieg.* Sam zerknął niespokojnie na niebo.

— Śnieg? — pisnął. — Je... jedziemy? Wszyscy?

— No, nie wszyscy. Niektórzy będą musieli iść na piechotę. — Otrzepał kutasa. — Dywen twierdzi, że powinniśmy się nauczyć jeździć na martwych koniach, tak jak Inni. Mówi, że w ten sposób zaoszczędzilibyśmy na paszy. Ile w końcu może zeżreć zdechły koń? — Edd zawiązał troki. — Nie za bardzo mi się podoba ten pomysł. Kiedy już dowiedzą się, jak zagonić do roboty martwe konie, przyjdzie kolej na nas. Najpewniej to ja będę pierwszy. „Edd, śmierć nie usprawiedliwia już nieróbstwa. Nie leż tak. Wstawaj i łap za włócznię. Masz dziś w nocy wartę". Ale może nie powinienem się tym tak gryźć. Najpewniej zginę, nim odkryją ten sposób.

*Najpewniej wszyscy zginiemy, i to szybciej, niż byśmy chcieli* — pomyślał Sam, dźwigając się niezgrabnie.

Gdy Craster dowiedział się, że jego nieproszeni goście jutro odjeżdżają, zrobił się niemal sympatyczny, o ile w jego przypadku było to możliwe.

— Najwyższy czas — stwierdził. — To nie jest miejsce dla was. Mimo to pożegnam was, jak należy, ucztą. No, posiłkiem. Moje żony mogą upiec te konie, co to je zarżnęliście. Znajdę też trochę piwa i chleba. — Odsłonił w uśmiechu brązowe zęby. — Nie ma nic lepszego niż piwo i konina. Jeśli na koniach nie da się jeździć, trzeba je zjeść. Zawsze tak mówiłem.

Żony i córki Crastera rozstawiły niskie ławy i długie stoły zrobione z kłód. Gotowały też i podawały jedzenie. Nie licząc Goździk, Sam ledwie mógł je od siebie odróżnić. Niektóre były stare, inne młode, a jeszcze inne były tylko dziewczynkami, choć większość z nich była nie tylko żonami, lecz również córkami Crastera, i wszystkie wyglądały podobnie. Zajmowały się swoją pracą, rozmawiały cicho ze sobą i nigdy nie odzywały się do ludzi w czerni.

Craster miał tylko jedno krzesło. Zasiadał na nim, odziany w pozbawiony rękawów kubrak z baraniej skóry. Jego grube ramiona porastały białe włosy, a na jednym nadgarstku miał skręconą bransoletę ze złota. Lord dowódca Mormont zajął miejsce na początku ławy po jego prawej stronie. Bracia z trudem wcisnęli się na ławy, choć dwunastu pozostało na zewnątrz, by strzec bramy i pilnować ognisk.

Sam znalazł sobie miejsce między Grennem a Ossem Sierotą. W brzuchu mu burczało. Przypalona konina ociekała tłuszczem, gdy żony Crastera obracały rożny nad dołem, w którym płonął ogień. Gdy poczuł zapach i do ust znowu podeszła mu ślinka, przypomniał sobie o Bannenie. Chociaż był głodny, wiedział, że zwymiotuje, jeśli spróbuje przełknąć choć kawałeczek. Jak mogli zjeść biedne, wierne koniki, które tak długo ich dźwigały? Gdy żony Crastera przyniosły cebulę, złapał jedną chciwie. Połowa warzywa była czarna i zgniła, odciął ją więc sztyletem i pochłonął dobrą część, mimo że była na wpół surowa. Był też chleb, lecz zaledwie dwa bochny. Gdy Ulmer poprosił o więcej, jedna z kobiet potrząsnęła tylko głową. Wtedy właśnie zaczęły się kłopoty.

— Dwa bochny? — poskarżył się siedzący z tyłu Karl Szpotawa Stopa. — Chyba zgłupiałyście. Potrzeba nam więcej chleba!

Lord dowódca Mormont przeszył go twardym spojrzeniem.

— Bierzcie, co wam dano, i bądźcie wdzięczni. Wolelibyście siedzieć pod gołym niebem i żreć śnieg?

— Wkrótce i tak nas to czeka. — Karl nie przestraszył się gniewu Starego Niedźwiedzia. — Wolałbym zjeść to, co Craster ukrył, lordzie dowódco.

Gospodarz przymrużył oczy.

— Dałem wam już wystarczająco wiele. Muszę wykarmić kobiety.

Dirk nadział na sztylet kawałek koniny.

— Tak jest. Czyli przyznajesz, że masz ukrytą spiżarnię. Jak inaczej mógłbyś przetrwać zimę?

— Jestem bogobojnym człowiekiem... — zaczął Craster.

— Jesteś skąpcem — przerwał mu Karl. — I kłamcą.

— Szynki — odezwał się Garth ze Starego Miasta przepojonym czcią głosem. — Kiedy ostatnio tędy przejeżdżaliśmy, były tu świnie. Założę się, że ukrył gdzieś szynki. Wędzone i solone szynki, a do tego boczek.

— Kiełbasy — dodał Dirk. — Te długie, czarne są twarde jak kamień. Można je przechowywać latami. Idę o zakład, że w jakiejś piwnicy wisi ich setka.

— Owies — zasugerował Ollo Obcięta Ręka. — Jęczmień i ziarna kukurydzy.

— Ziarno — odezwał się kruk Mormonta, łopocząc skrzydłami. — Ziarno, ziarno, ziarno, ziarno, ziarno.

— Dość tego — zawołał lord dowódca Mormont, przekrzykując ochrypłe wrzaski ptaka. — Uciszcie się. To szaleństwo.

— Jabłka — ciągnął Garth z Greenaway. — Całe beczki chrupiących jesiennych jabłek. Są tu jabłonie. Widziałem je.

— Suszone jagody. Kapusta. Sosnowe orzeszki.

— Ziarno. Ziarno. Ziarno.

— Solona baranina. Ma tu owczarnię. Schował całe beczułki baraniny. Idę o zakład, że schował.

Craster sprawiał wrażenie gotowego nadziać ich wszystkich na rożen. Lord dowódca Mormont wstał z ławy.

— Cisza. Nie chcę już więcej słyszeć takiego gadania.

— To zatkaj sobie uszy chlebem, starcze. — Karl Szpotawa Stopa dźwignął się z miejsca, odpychając się dłońmi od stołu. — Chyba że już zeżarłeś swoją cholerną okruszynę.

Sam zauważył, że Stary Niedźwiedź poczerwieniał na twarzy.

— Zapomniałeś, do kogo mówisz? Siedź, jedz i bądź cicho. To rozkaz.

Nikt się nie odzywał. Nikt się nie ruszał. Wszyscy spoglądali na lorda dowódcę i rosłego zwiadowcę o szpotawej stopie, którzy wpatrywali się w siebie nad stołem. Samowi wydawało się, że Karla opuściła odwaga i zwiadowca usiądzie, choć z niechęcią...

...gdy nagle Craster wstał, ściskając w dłoni wielki czarny topór, który podarował mu Mormont w podzięce za gościnę.

— Nie — warknął. — Nie usiądziesz. Nikt, kto zwie mnie skąpcem, nie będzie spał pod moim dachem ani jadł za moim stołem. Wynoś się, kaleko. I ty, i ty, i ty. — Wskazał kolejno toporem na Dirka i obu Garthów. — Idźcie spać na zimnie z pustymi brzuchami albo...

— Cholerny bękart! — warknął jeden z Garthów, Sam nie zauważył który.

— Kto nazwał mnie bękartem?! — ryknął Craster, lewą ręką zmiatając ze stołu talerze, mięso i kubki z winem, a prawą unosząc topór.

— Wszyscy o tym wiedzą — odpowiedział Karl.

Dziki poruszył się tak szybko, że Sam nie wierzył własnym oczom. Skoczył na stół z toporem w dłoni. Jedna z kobiet krzyknęła, a Garth z Greenaway i Oss Sierota wyciągnęli noże. Karl zatoczył się do tyłu i potknął o ser Byama, który leżał ranny na podłodze. W jednej chwili Craster biegł w jego stronę, a z jego ust sypały się przekleństwa. W następnej z ust popłynęła mu krew. Dirk złapał go za włosy, szarpnął głowę do tyłu i jednym długim cięciem poderżnął mu gardło. Potem popchnął go mocno. Dziki runął naprzód i padł twarzą na dół na ser Byama, który krzyknął z bólu, a Craster utopił się we własnej krwi i wypuścił topór z ręki. Dwie jego żony zawodziły, trzecia przeklinała, a czwarta rzuciła się na Słodkiego Donnela, próbując wydrapać mu oczy. Obalił ją na podłogę. Lord dowódca stał nad trupem Crastera z twarzą pociemniałą z gniewu.

— Bogowie nas przeklną — krzyknął. — Nie ma ohydniejszej zbrodni niż morderstwo popełnione przez gościa w domu gospodarza. Zgodnie z prawem gościnności...

— Za Murem prawa nie obowiązują, starcze. Zapomniałeś o tym? — Dirk złapał za rękę jedną z żon Crastera i przycisnął jej do szyi okrwawiony sztylet. — Pokaż mi, gdzie chował żarcie, albo zrobię z tobą to samo, co z nim, kobieto.

— Puść ją. — Mormont postąpił krok w jego stronę. — Zapłacisz za to głową, ty…

Garth z Greenaway przeciął mu drogę, a Ollo Obcięta Ręka odciągnął go do tyłu. Obaj mieli w dłoniach noże.

— Trzymaj język za zębami — ostrzegł Ollo, lecz lord dowódca, zamiast go usłuchać, złapał za sztylet. Ollo miał tylko jedną rękę, był jednak szybki. Wyrwał się z uścisku Mormonta, wbił mu nóż w brzuch i wyszarpnął czerwone ostrze. Wtedy rozpętało się piekło.

Później, znacznie później, Sam siedział ze skrzyżowanymi nogami na podłodze, trzymając na kolanach głowę Mormonta. Nie pamiętał, jak tam się znalazł. Nie przypominał sobie prawie nic z tego, co wydarzyło się od chwili, gdy Stary Niedźwiedź oberwał nożem. Pamiętał, że Garth z Greenaway zabił Gartha ze Starego Miasta, ale nie wiedział dlaczego. Rolley z Sisterton zleciał ze stryszku i złamał sobie kark chwilę po tym, jak wszedł tam po drabince, żeby dobrać się do żon Crastera. Grenn…

Grenn krzyczał i policzkował go, a potem uciekł razem z Gigantem, Eddem Cierpiętnikiem i kilkoma innymi. Craster nadal leżał na ser Byamie, lecz ranny rycerz już nie jęczał. Czterej ludzie w czerni siedzieli na ławie, szarpiąc zębami kawały przypalonej koniny, a Ollo spółkował na stole z płaczącą kobietą.

— Tarly. — Gdy Stary Niedźwiedź się odezwał, z ust na brodę wyciekła mu strużka krwi. — Tarly, uciekaj. Uciekaj.

— Dokąd, panie? — Jego głos był bezbarwny i pozbawiony życia. *Nie boję się.* To było dziwne uczucie. — Nie mam dokąd pójść.

— Na Mur. Idź na Mur. Zaraz.

— Zaraz — zaskrzeczał kruk. — Zaraz. Zaraz.

Ptak przeszedł z ramienia starca na jego pierś i wyrwał mu włos z brody.

— Musisz. Musisz im opowiedzieć.

— O czym mam im opowiedzieć, panie? — zapytał uprzejmie Sam.

— O wszystkim. O Pięści. O dzikich. O smoczym szkle. O tym, co wydarzyło się tutaj. O wszystkim. — Oddychał już bardzo płytko, a jego głos przerodził się w szept. — Powiedz mojemu synowi. Jorahowi. Powiedz mu, żeby przywdział czerń. To moje życzenie. Ostatnie życzenie.

— Życzenie? — Kruk uniósł głowę z błyskiem w czarnych oczkach. — Ziarno? — zapytał.

— Nie ma ziarna — wydyszał słabo Mormont. — Powiedz Jorahowi. Wybaczam mu. Mojemu synowi. Proszę. Idź.

— To za daleko — sprzeciwił się Sam. — Nie dotrę do Muru, panie. — Był bardzo zmęczony. Chciał tylko zasnąć. Spać, spać i nigdy się nie obudzić. Wiedział, że jeśli zostanie tu dłużej, Dirk, Ollo Obcięta Ręka albo Karl Szpotawa Stopa wpadną w złość i spełnią jego życzenie tylko po to, żeby zobaczyć, jak będzie umierał. — Wolę zostać z tobą. Zobacz, już się nie boję. Ani ciebie, ani... ani niczego.

— A powinieneś — usłyszał kobiecy głos.

Stały nad nimi trzy żony Crastera. Dwie były wychudłymi staruszkami, których nie znał, między nimi stała jednak opatulona w skóry Goździk i ściskała w rękach zawiniątko z brązowych i białych futer. Z pewnością kryło się w nim jej dziecko.

— Nie wolno nam rozmawiać z żonami Crastera — oznajmił im Sam. — Wydano nam rozkazy.

— Z tym już koniec — odparła staruszka stojąca po prawej.

— Najczarniejsze wrony zeszły do piwnicy, żeby nażreć się do syta — poinformowała go druga — albo są na stryszku z młodymi dziewczynami. Niedługo wrócą. Lepiej, żeby cię tu wtedy nie było. Konie uciekły, ale Dyah złapała dwa.

— Obiecałeś, że mi pomożesz — przypomniała mu Goździk.

— Obiecałem, że Jon ci pomoże. On jest odważny i umie walczyć, ale pewnie już nie żyje. Ja jestem tchórzem. I grubasem. Popatrz, jaki jestem gruby. Poza tym lord Mormont jest ranny. Nie widzicie? Nie mogę tak zostawić lorda dowódcy.

— Dziecko — powiedziała druga kobieta — stara wrona odeszła przed tobą. Spójrz.

Głowa Mormonta nadal spoczywała na jego kolanach, lecz otwarte oczy wpatrywały się w pustkę, a wargi już się nie poruszały. Kruk uniósł głowę i zaskrzeczał głośno, po czym popatrzył na Sama.

— Ziarno?

— Nie ma ziarna. On nie ma ziarna. — Sam zamknął oczy Staremu Niedźwiedziowi. Chciał odmówić jakąś modlitwę, lecz do głowy przychodziło mu tylko: — Matko, zmiłuj się. Matko, zmiłuj się. Matko, zmiłuj się.

— Twoja matka w niczym ci tu nie pomoże — odezwała się staruszka z lewej. — Ten martwy starzec też nie. Zabierz jego miecz i to wielkie, ciepłe futro. Możesz też wziąć jego konia, jeśli go znajdziesz. I uciekaj.

— Dziewczyna nie kłamie — dodała druga z kobiet. — To moja córka i kiedy była mała, wybiłam jej kłamstwa z głowy. Powiedziałeś, że jej pomożesz. Zabieraj ją, i to szybko.

— Szybko — odezwał się kruk. — Szybko szybko szybko.

— Dokąd? — nie ustępował zdziwiony Sam. — Dokąd mam ją zabrać?

— Gdzieś, gdzie jest ciepło — odpowiedziały chórem obie staruszki.

Goździk płakała.

— Mnie i dziecko. Proszę. Będę dla ciebie żoną, tak jak dla Crastera. Proszę, ser wrono. On jest chłopcem, tak jak mówiła Nella. Jeśli ty go nie weźmiesz, oni to zrobią.

— Oni? — zapytał Sam. Kruk uniósł głowę i powtórzył: — Oni. Oni. Oni.

— Bracia chłopca — wyjaśniła kobieta z lewej. — Synowie Crastera. Nadciąga białe zimno, wrono. Czuję je w kościach. Moje biedne, stare kości nie kłamią. Synowie zaraz tu przyjdą.

# ARYA

Jej oczy przyzwyczaiły się już do ciemności. Gdy Harwin zdjął jej z głowy kaptur, czerwonawy blask wypełniający wnętrze pustego wzgórza oślepił ją tak, że Arya zamrugała jak jakaś głupia sowa.

Na samym środku klepiska wykopano wielki dół na ogień. Płomienie wzbijały się z trzaskiem ku pokrytemu plamami dymu sufitowi. Ściany składały się w połowie ze skały, a w połowie z ziemi. Wielkie białe korzenie przenikały przez nie niczym tysiąc bladych, wijących się powoli węży. Na jej oczach spomiędzy tych korzeni wychodzili ludzie, którzy wyłaniali się z mroku, żeby przyjrzeć się jeńcom, wyłazili z wylotów czarnych jak smoła tuneli, wyskakiwali ze szpar i szczelin po wszystkich stronach. W pewnym miejscu, po przeciwnej stronie ogniska, korzenie tworzyły coś w rodzaju schodów, prowadzących do zagłębienia, w którym siedział jakiś człowiek, niemal niewidoczny w plątaninie korzeni czardrzewa.

Cytryn zdjął kaptur Gendry'emu.

— Co to za miejsce? — zapytał chłopak.

— Stare i dobrze ukryte. Azyl, do którego nie przychodzą wilki ani lwy.

*Wilki ani lwy.* Po skórze Aryi przebiegły ciarki. Przypomniała sobie swój sen, smak krwi, który poczuła, gdy urwała mężczyźnie rękę.

Choć ognisko było wielkie, jaskinia znacznie przewyższała je rozmiarami. Trudno było określić, gdzie ma początek, a gdzie koniec. Tunele równie dobrze mogły mieć tylko dwie stopy długości, jak ciągnąć się dwie mile. Arya widziała mężczyzn, kobiety i małe dzieci. Wszyscy przyglądali się jej nieufnie.

— To nasz czarodziej, chuda wiewiórko — oznajmił Zielonobrody. — Wreszcie usłyszysz odpowiedzi.

Wskazał na ognisko, przy którym Tom Siedem Strun rozmawiał z wysokim, chudym mężczyzną odzianym we fragmenty starych zbroi, nałożone na podarte różowe szaty. *To nie może być Thoros z Myr.* Arya pamiętała czerwonego kapłana jako grubasa o gładkiej twarzy i lśniącej łysinie. Ten człowiek miał obwisłą twarz i głowę porośniętą siwymi, skołtunionymi włosami. Coś, co powiedział Tom, kazało mu na nią spojrzeć i Arya sądziła, że za chwilę do niej podejdzie. Potem jednak pojawił się Szalony Łowca, który wepchnął swego jeńca na oświetlony obszar, i zapomniano o niej i o Gendrym.

Łowca okazał się krępym mężczyzną w połatanym stroju z brązowej skóry. Łysiał już, miał słabo zaznaczony podbródek i był swarliwy. W Kamiennym Sepcie bała się, że rozerwie na strzępy Cytryna i Zielonobrodego, którzy podeszli do niego przy wronich klatkach i oznajmili, że jego jeniec należy do lorda błyskawicy. Ze wszystkich stron otaczały ich węszące i warczące psy, Tom Siódemka uspokoił je jednak swą muzyką, Ruta wyszła do nich z fartuchem pełnym kości i tłustej baraniny, a Cytryn wskazał na Anguya, który stał w oknie burdelu z gotowym do strzału łukiem. Szalony Łowca przeklął ich wszystkich, zwąc lizusami, w końcu jednak zgodził się zabrać swego jeńca na sąd do lorda Berica.

Związali mu nadgarstki konopnym sznurem, zarzucili pętlę na szyję i naciągnęli worek na głowę, lecz mimo to nadal promieniowała od niego aura groźby. Arya wyczuwała ją nawet po drugiej stronie jaskini. Thoros — jeśli to rzeczywiście był on — spotkał strażnika i więźnia w połowie drogi do ogniska.

— Jak udało ci się go pojmać? — zapytał kapłan.

— Psy go wywęszyły. Spał pijany pod wierzbą, jeśli potrafisz w to uwierzyć.

— Zdradzony przez własnych pobratymców. — Thoros zwrócił się w stronę więźnia i zerwał mu z głowy kaptur. — Witaj w naszej skromnej komnacie, psie. Nie jest taka wspaniała jak sala tronowa Roberta, ale za to towarzystwo jest lepsze.

Migotliwe płomienie pokryły poparzoną twarz Sandora Clegane'a pomarańczowymi cieniami. Wyglądał jeszcze okropniej niż w świetle dnia. Gdy pociągnięto za sznur, którym skrępowano mu ręce, posypały się płatki skrzepłej krwi. Ogar wykrzywił usta w grymasie.

— Znam cię — powiedział do Thorosa.

— Kiedyś mnie znałeś. W turniejach często przeklinałeś mój płonący miecz, jako że pokonałem cię nim trzykrotnie.

— Thoros z Myr. Kiedyś goliłeś sobie głowę.

— Na znak pokory serca. W rzeczywistości jednak moje serce było pełne próżności. Poza tym zgubiłem w lesie brzytwę. — Kapłan poklepał się po brzuchu. — Jestem czymś mniej niż kiedyś, a zarazem czymś więcej. Rok spędzony w głuszy wytapia z człowieka tłuszcz. Szkoda tylko, że nigdzie nie mogę znaleźć krawca, który zmniejszyłby mi skórę. Mógłbym znowu wyglądać młodo i ładne dziewczęta obsypywałyby mnie pocałunkami.

— Tylko ślepe, kapłanie.

Banici ryknęli śmiechem, nikt jednak nie śmiał się głośniej od samego Thorosa.

— To prawda. Nie jestem już jednak fałszywym kapłanem, którego znałeś. Pan Światła przebudził się w moim sercu. Po długim śnie do życia budzi się wiele mocy i wiele z nich wędruje teraz po kraju. Widziałem je w płomieniach.

Na Ogarze nie wywarło to wrażenia.

— W dupie mam twoje płomienie. I ciebie też. — Popatrzył na resztę zgromadzonych. — Jak na świętego męża, obracasz się w dziwnym towarzystwie.

— To moi bracia — odparł po prostu Thoros.

Cytryn Cytrynowy Płaszcz przepchnął się przez tłum. Tylko on i Zielonobrody byli wystarczająco wysocy, by patrzeć Ogarowi prosto w oczy.

— Uważaj, jak szczekasz, psie. Twoje życie jest w naszych rękach.

— To lepiej zetrzyjcie sobie gówno z palców. — Ogar ryknął śmiechem. — Od jak dawna ukrywacie się w tej dziurze?

Anguy Łucznik oburzył się na oskarżenie o tchórzostwo.

— Zapytaj kozła, czy się ukrywaliśmy, Ogarze. Zapytaj swojego brata. Zapytaj lorda pijawkę. Posmakowaliśmy krwi ich wszystkich.

— Ta banda? Nie rozśmieszaj mnie. Wyglądacie raczej na świniopasów niż żołnierzy.

— Niektórzy z nas byli świniopasami — przyznał niski mężczyzna, którego Arya nie znała. — Inni garbarzami, minstrelami albo murarzami. To jednak było przed wojną.

— Kiedy opuszczaliśmy Królewską Przystań, byliśmy ludźmi z Winterfell, ludźmi z Darry i ludźmi z Blackhaven. Ludźmi Mallerych i ludźmi Wylde'ów. Byliśmy rycerzami, giermkami i zbrojnymi, lordami i ludźmi z gminu. Łączył nas jedynie wspólny cel. — Głos pochodził od mężczyzny, który siedział między korzeniami czardrzewa w połowie wysokości groty. — Stu dwudziestu ludzi wyruszyło wymierzyć twemu bratu królewską sprawiedliwość. — Mówiący zaczął schodzić na dół po plątaninie korzeni. — Stu dwudziestu dzielnych, wiernych ludzi, którymi dowodził głupiec w gwiaździstym płaszczu. — Był chudy jak szczapa, miał na sobie wystrzępiony czarny płaszcz usiany gwiazdami oraz żelazny napierśnik, powgniatany w setce bitew. Większość twarzy zasłaniała mu gęsta rudoblond czupryna. Tylko nad lewym uchem, gdzie otrzymał kiedyś cios w głowę, miał niewielką łysinę. — Zginęło już z górą osiemdziesięciu ludzi z tej kompanii, lecz miecze, które wypadły im z dłoni, podnieśli inni. — Kiedy już znalazł się na dole, banici usunęli mu się z drogi. Arya zauważyła, że brak mu jednego oka. Ciało wokół oczodołu było pomarszczone i pokryte bliznami, a szyję otaczał pierścień poczerniałej skóry. — Dzięki ich pomocy walczymy dalej, najlepiej jak potrafimy, za Roberta i za królestwo.

— Za Roberta? — wychrypiał z niedowierzaniem Sandor Clegane.

— Wysłał nas Ned Stark — wyjaśnił Jack Szczęściarz, który na głowie miał przyłbicę — ale kiedy wydawał nam rozkazy, siedział na Żelaznym Tronie, więc nie byliśmy jego ludźmi, tylko ludźmi Roberta.

— Robert jest teraz królem robaków. Czy kryjecie się pod ziemią dlatego, że chcecie dotrzymać mu towarzystwa?

— Król nie żyje — przyznał chudy rycerz — ale my ciągle pozostajemy królewskimi ludźmi, choć jego chorągiew straciliśmy u Brodu Komedianta, kiedy zaskoczyli nas rzeźnicy twojego brata.

— Dotknął pięścią piersi. — Roberta zamordowano, ale jego dziedzina żyje i my jej bronimy.

— A po co? — Ogar prychnął ze wzgardą. — Czy to jest twoja matka czy twoja kurwa, Dondarrion?

Dondarrion? Beric Dondarrion był przystojny. Zakochała się w nim przyjaciółka Sansy Jeyne Poole. Nawet ona nie mogłaby być tak ślepa, by twierdzić, że ten mężczyzna jest urodziwy. Gdy jednak Arya przypatrzyła mu się uważnie, dostrzegła na spękanej emalii napierśnika resztki rozwidlonej fioletowej błyskawicy.

— Skały, drzewa i rzeki, oto, z czego składa się ta cała dziedzina — ciągnął Ogar. — Czy skał trzeba bronić? Robert by tak nie sądził. Jeśli nie mógł czegoś wyruchać, wypić albo z tym walczyć, szybko się tym nudził. Wami też by się znudził, wy... dzielni kompanioni.

Pod wydrążonym wzgórzem zapłonęło oburzenie.

— Jeszcze raz nas tak nazwiesz, psie, a połkniesz własny język. Cytryn wydobył miecz.

Ogar spojrzał z pogardą na oręż.

— To ci dopiero odwaga. Straszyć stalą związanego jeńca. Czemu mnie nie rozwiążesz? Zobaczymy, czy wtedy będziesz dzielny. — Zerknął na stojącego za nim Szalonego Łowcę. — A co z tobą? Czy zostawiłeś całą śmiałość w psiarniach?

— Nie, ale szkoda, że nie zostawiłem ciebie we wroniej klatce. — Łowca wyciągnął nóż. — Może jeszcze to zrobię.

Ogar roześmiał mu się prosto w oczy.

— Jesteśmy tu braćmi — oznajmił Thoros z Myr. — Świętymi braćmi, którzy poprzysięgli wierność królestwu, naszemu bogu i sobie nawzajem.

— Bractwo bez chorągwi. — Tom Siódemka uderzył w strunę. — Rycerze wydrążonego wzgórza.

— Rycerze? — W ustach Clegane'a to słowo brzmiało jak drwina. — Dondarrion jest rycerzem, ale reszta to najnędzniejsza banda wyjętych spod prawa banitów i wyrzutków, jakich w życiu widziałem. Sram ludźmi więcej wartymi od was.

— Każdy rycerz może pasować kogoś na rycerza — stwierdził chudzielec, który kiedyś był Berikiem Dondarrionem — i każdy, którego tu widzisz, poczuł na ramieniu dotyk miecza. Jesteśmy zapomnianym bractwem.

— Wypuśćcie mnie, a ja też o was zapomnę — wychrypiał Clegane. — Ale jeśli macie zamiar mnie zamordować, to zróbcie to szybko, niech was szlag. Zabraliście mi miecz, konia i złoto, więc odbierzcie mi też życie i koniec... ale oszczędźcie mi tego świątobliwego bełkotu.

— Wkrótce zginiesz, psie — zapowiedział Thoros — ale to nie będzie morderstwo, lecz sprawiedliwość.

— Tak jest — zgodził się Szalony Łowca — ale i tak będzie to los lepszy niż to, na co sobie zasłużyłeś za wszystko, co uczynili podobni tobie. Nazywacie siebie lwami. W Sherrer i u Brodu Komedianta gwałcono sześcio- i siedmioletnie dziewczynki, a dzieci u piersi przecinano mieczami na pół na oczach ich matek. Żaden lew nigdy nie zabijał w tak okrutny sposób.

— Nie było mnie w Sherrer ani u Brodu Komedianta — odpowiedział Ogar. — Oskarżajcie o te zabite dzieci kogoś innego.

— Czy zaprzeczasz temu, że ród Clegane'ów zbudowano na trupach dzieci? — zapytał Thoros. — Widziałem, jak położyli księcia Aegona i księżniczkę Rhaenys przed Żelaznym Tronem. Zamiast tych brzydkich psów powinniście mieć w herbie dwoje zakrwawionych niemowląt.

Ogar wykrzywił usta w grymasie.

— Bierzecie mnie za mojego brata? Czy zbrodnią jest urodzić się Clegane'em?

— Morderstwo jest zbrodnią.

— Kogo zamordowałem?

— Lorda Lothara Mallery i ser Gladdena Wylde'a — oznajmił Harwin.

— Moich braci Listera i Lennocksa — dodał Jack Szczęściarz.

— Gospodarza Becka i syna młynarza Mudge'a z Donnelwood — zawołała ukryta w cieniach staruszka.

— Wdowę po Merrimanie, która kochała tak słodko — dorzucił Zielonobrody.

— Septonów z Mulistego Stawu.

— Ser Andreya Charltona. Jego giermka Lucasa Roote'a. Wszystkich mężczyzn, kobiety i dzieci z Fieldstone oraz Mysiego Młyna.

— Lorda i lady Deddings, którzy byli bardzo bogaci.

— Alyna z Winterfell — wyliczał dalej Tom Siedem Strun — Jotha Quickbow, Małego Matta i jego siostrę Randę, Ryna Kowadło. Ser Ormonda. Ser Dudleya. Pate'a z Mory, Pate'a z Lancewood, Starego Pate'a i Pate'a z Gaju Shermera. Ślepego Wyla Strugacza. Gospodynię Maerie. Maerie Kurwę. Beccę Piekarkę. Ser Raymuna Darry'ego, lorda Darry'ego i młodego lorda Darry'ego. Bękarta z Bracken. Willa Strzelca. Harsleya. Gospodynię Nollę...

— Dość tego. — Twarz Ogara była napięta z gniewu. — To tylko hałas. Te imiona nic nie znaczą. Kim oni wszyscy byli?

— Ludźmi — odparł lord Beric. — Wielkimi i małymi, młodymi i starymi. Dobrymi i złymi ludźmi, których Lannisterowie nadziali na włócznie albo rozpruli ich brzuchy mieczami.

— To nie mój miecz rozpruł ich brzuchy. Każdy, kto mnie o to oskarża, jest cholernym kłamcą.

— Służysz Lannisterom z Casterly Rock — wskazał Thoros.

— Kiedyś im służyłem. Tak samo jak tysiące innych ludzi. Czy każdy z nas jest winien zbrodni innych? — Clegane splunął. — Może rzeczywiście jesteście rycerzami. Kłamiecie jak rycerze, więc może mordujecie też jak oni.

Cytryn i Jack Szczęściarz zaczęli na niego krzyczeć, lecz Dondarrion uniósł rękę, nakazując im być cicho.

— Mów, co masz do powiedzenia, Clegane.

— Rycerz to miecz i koń. Reszta: śluby, święte oleje i jedwabne wstążki dam to tylko ozdóbki przywiązane do miecza. Być może miecz owiązany wstążkami wygląda ładniej, ale zabija równie skutecznie. Wsadźcie sobie w dupę te wszystkie ozdóbki. Razem z mieczami. Jestem taki sam jak wy. Jedyna różnica polega na tym, że nie ukrywam prawdy o sobie. Zabijcie mnie, ale nie mówcie, że jestem mordercą, kiedy powtarzacie sobie nawzajem, że wasze gówno nie śmierdzi. Słyszeliście?

Arya przemknęła obok Zielonobrodego tak szybko, że jej nawet nie zauważył.

— Jesteś mordercą! — wrzasnęła. — Zabiłeś Mycaha, nie mów, że to nieprawda. Zamordowałeś go!

Ogar wbił w nią wzrok, nie poznając jej.

— A kim był ten Mycah, chłopcze?

— Nie jestem chłopcem! Ale Mycah nim był. Był chłopakiem od rzeźnika, a ty go zabiłeś. Jory powiedział, że przeciąłeś go prawie na pół, a on nigdy nawet nie miał miecza.

Czuła, że wszyscy na nią patrzą, kobiety, dzieci i mężczyźni, którzy zwali się rycerzami wydrążonego wzgórza.

— Kim ona jest? — zapytał ktoś.

Odpowiedzi udzielił im Ogar.

— Do siedmiu piekieł. Młodsza siostra. Dzieciak, który wrzucił do rzeki piękny mieczyk Joffa. — Roześmiał się chrapliwie. — Czy nie wiesz, że nie żyjesz?

— Nie, to ty nie żyjesz — odwarknęła.

Harwin wziął Aryę za rękę, żeby ją odprowadzić na bok.

— Dziewczynka oskarżyła cię o morderstwo — oznajmił lord Beric. — Czy zaprzeczasz, że zabiłeś chłopaka od rzeźnika zwanego Mycahem?

Ogar wzruszył ramionami.

— Byłem zaprzysiężonym obrońcą Joffreya. Chłopak zaatakował księcia krwi.

— To kłamstwo! — krzyknęła Arya, próbując się wyrwać Harwinowi. — To ja uderzyłam Joffreya i wrzuciłam do rzeki Lwią Łapę. Mycah uciekł, tak jak mu kazałam.

— Czy widziałeś, jak chłopak zaatakował księcia Joffreya? — zapytał Ogara lord Beric Dondarrion.

— Usłyszałem o tym z książęcych ust. Nie do mnie należy kwestionowanie słów książąt. — Clegane wskazał na Aryę. — Siostra tej dziewczynki powiedziała to samo, stojąc przed waszym wspaniałym Robertem.

— Sansa to kłamczucha — zawołała Arya. Ponownie zawładnęła nią wściekłość na siostrę. — To nie było tak, jak mówiła. Nie tak.

Thoros odciągnął lorda Berica. Obaj mężczyźni zaczęli rozmawiać szeptem. *Muszą go zabić* — myślała wrząca gniewem Arya. *Modliłam się o jego śmierć, modliłam się setki razy.*

Beric Dondarrion ponownie zwrócił się w stronę Ogara.

— Zostałeś oskarżony o morderstwo, lecz nikt tutaj nie wie, czy to oskarżenie jest prawdą, czy fałszem. Dlatego nie jesteśmy w stanie cię osądzić. Może to uczynić jedynie Pan Światła. Skazuję cię na próbę walki.

Ogar zmarszczył podejrzliwie brwi, jakby nie wierzył własnym uszom.

— Jesteś głupcem czy szaleńcem?

— Ani jednym, ani drugim. Jestem sprawiedliwym lordem. Dowiedź swej niewinności z mieczem w dłoni, a będziesz mógł odejść swobodnie.

— Nie — krzyknęła Arya, nim Harwin zdążył zakryć jej usta. *Nie mogą tego zrobić. Zwrócą mu wolność.* Wszyscy wiedzieli, że Ogar jest śmiertelnie groźnym wojownikiem. *Wyśmieje ich* — pomyślała.

Tak też się stało. Przeciągły, ochrypły rechot odbijał się echem od ścian jaskini. Ociekał wręcz pogardą.

— A kto będzie ze mną walczył? — Popatrzył na Cytryna. — Ten bohater w żółtym jak szczyny płaszczu? Nie. A może ty, Łowco? Nieraz już kopałeś psy. Spróbuj zrobić to samo ze mną. — Zauważył Zielonobrodego. — Ty jesteś dość duży, Tyroshijczyku. Podejdź bliżej. A może chcecie, żeby dziewczynka sama ze mną walczyła? — Znowu się roześmiał. — No, prędzej, który chce umrzeć?

— Będziesz walczył ze mną — oznajmił lord Beric Dondarrion.

Arya przypomniała sobie wszystkie opowieści. *Nie można go zabić* — myślała, czepiając się resztek nadziei. Szalony Łowca przeciął sznury krępujące ręce Sandora Clegane'a.

— Będę potrzebował miecza i zbroi.

Ogar potarł krwawiący nadgarstek.

— Zwrócimy ci miecz, ale za zbroję musi ci służyć twoja niewinność — oznajmił lord Beric.

Clegane wykrzywił usta.

— Moja niewinność przeciwko twojemu napierśnikowi. Czy tak to ma wyglądać?

— Ned, pomóż mi zdjąć napierśnik.

Gdy lord Beric wypowiedział imię jej ojca, Arya dostała gęsiej skórki, ten Ned był jednak tylko chłopcem, jasnowłosym giermkiem, który mógł mieć dziesięć, najwyżej dwanaście lat. Podszedł szybko do lorda z Pogranicza i otworzył zapinki, które przytwierdzały do jego piersi poobijaną stal. Podszewka napierśnika zbutwiała od potu i starości. Gdy tylko metal oderwano od piersi, spadła na ziemię. Gendry głośno wessał powietrze w płuca.

— Matko, zmiłuj się.

Pod skórą lorda Berica ostro rysowały się żebra. Tuż nad lewą brodawką sutkową na jego piersi zaznaczał się pomarszczony krater. Kiedy się odwrócił, by poprosić o miecz i tarczę, Arya zobaczyła na jego plecach identyczną bliznę. *Kopia przeszyła go na wylot.* Ogar również to zauważył. Czy się boi? Arya chciała, żeby przed śmiercią bał się tak samo jak Mycah.

Ned podał lordowi Bericowi pas z mieczem oraz długą, czarną opończę. Powinno się ją zakładać na zbroję, na nagim ciele zwisała więc luźno, lecz za to wyszyto na niej rozwidloną fioletową błyskawicę jego rodu. Beric wyciągnął miecz i oddał pas giermkowi.

Thoros przyniósł pas Ogara.

— Czy pies ma honor? — zapytał kapłan. — Żeby nie przyszło ci do głowy wyrąbać sobie drogę na wolność albo wziąć jakieś dziecko jako zakładnika... Anguy, Dennet, Kyle, przeszyjcie go strzałami na pierwszą oznakę zdrady.

Dopiero gdy wszyscy trzej łucznicy nałożyli strzały na cięciwy, Thoros wręczył Clegane'owi pas.

Ogar wyszarpnął miecz i odrzucił pochwę. Szalony Łowca podał mu jego dębową tarczę, nabijaną żelaznymi ćwiekami i ozdobioną trzema czarnymi psami Clegane'ów na żółtym tle. Ned przyniósł lordowi Bericowi tarczę, tak porąbaną i poobijaną, że fioletowa błyskawica i gwiazdy były niemal niewidoczne.

Gdy jednak Ogar postawił pierwszy krok w stronę przeciwnika, powstrzymał go Thoros z Myr.

— Najpierw odmówimy modlitwę. — Zwrócił się ku ognisku i uniósł ramiona. — Panie Światła, spójrz na nas z góry.

— Panie Światła, broń nas — zaśpiewali w odpowiedzi wypełniający jaskinię członkowie bractwa bez chorągwi.

— Panie Światła, osłaniaj nas w ciemności.

— Panie Światła, oświetl nas blaskiem swej twarzy.

— Zapal między nami swój płomień, R'hllorze — mówił czerwony kapłan. — Pokaż nam prawdę bądź fałsz, które kryją się w tym człowieku. Powal go, jeśli jest winny, albo dodaj siły jego mieczowi, jeśli nie ma w nim winy. Panie Światła, obdarz nas mądrością.

— Albowiem noc jest ciemna — zaśpiewali zgromadzeni, Harwin i Anguy tak samo głośno, jak cała reszta — i pełna strachów.

— Ta jaskinia też jest ciemna — zauważył Ogar — ale to ja jestem tu strachem. Mam nadzieję, że twój bóg jest słodki, Dondarrion, bo niedługo się z nim spotkasz.

Lord Beric bez śladu uśmiechu na twarzy przesunął ostrzem miecza po wnętrzu swej lewej dłoni i opuścił powoli broń. Z rany popłynęła ciemna krew, która zbroczyła stal.

A potem miecz zapłonął.

Arya usłyszała, że Gendry szepcze słowa modlitwy.

— Obyś zgorzał w siedmiu piekłach — zaklął Ogar. — I Thoros razem z tobą. — Obrzucił spojrzeniem czerwonego kapłana. — Kiedy z nim skończę, zajmę się tobą, Myrijczyku.

— Każdym słowem dowodzisz swej winy, psie — zripostował Thoros. Cytryn, Zielonobrody i Jack Szczęściarz obrzucili Clegane'a groźbami i przekleństwami. Lord Beric czekał bez słowa, spokojny jak stojąca woda. Na lewym ramieniu trzymał tarczę, a w prawej dłoni ściskał płonący miecz. *Zabij go* — myślała Arya. *Proszę cię, musisz go zabić.* Jego podświetlona od dołu twarz wyglądała jak śmiertelna maska, a brakujące oko było raną o barwie gniewnej czerwieni. Miecz płonął od sztychu aż po gardę, wydawało się jednak, że Dondarrion nie czuje ciepła. Stał tak nieruchomo, jakby był wykuty z kamienia.

Kiedy jednak Ogar rzucił się do ataku, okazało się, że potrafi być szybki.

Gorejący miecz skoczył na spotkanie zimnemu. Płomienie ciągnęły się za nim niczym wstążki, o których mówił Ogar. Stal brzęknęła o stal. Po sparowaniu pierwszego cięcia Clegane uderzył po raz drugi, lecz tym razem lord Beric zablokował go tarczą. Od potężnego ciosu w powietrze pofrunęły wióry. Ogar walił mocno i szybko, z dołu i z góry, z prawej i z lewej, lecz Dondarrion odbijał wszystkie ciosy. Płomienie tańczyły wokół klingi jego miecza, pozostawiając za nim w powietrzu czerwone i żółte duchy. Każdy ruch lorda Berica rozpalał je coraz jaśniej, aż wreszcie wydawało się, że lorda błyskawicę otoczyła ognista klatka.

— Czy to dziki ogień? — zapytała Gendry'ego Arya.

— Nie. To coś innego. To...

— ...magia? — dokończyła za niego, gdy Ogar się cofnął. Lord Beric przeszedł teraz do ataku, wypełniając powietrze sznurami ognia i zmuszając wyższego przeciwnika do odwrotu. Clegane odbił tarczą zadany z góry cios i jeden z malowanych psów stracił głowę. Ogar zripostował i Dondarrion zasłonił się tarczą, a potem wyprowadził ognistą kontrę. Bractwo banitów głośno zagrzewało do walki swego wodza.

— Jest twój! — słyszała Arya. — Na niego! Na niego!

Clegane sparował cios zadany w głowę, krzywiąc się wściekle, gdy jego twarz musnął żar płomieni. Stęknął głośno, zaklął i zachwiał się na nogach.

Lord Beric nie pozwolił mu na chwilę wytchnienia. Naciskał mocno. Jego ramię nie spoczywało ani na moment. Miecze uderzały o siebie, oddalały się i znowu uderzały, z tarczy z błyskawicą sypały się drzazgi, a płomienie pocałowały psy po raz pierwszy, drugi i trzeci. Ogar przesunął się w prawo, lecz Dondarrion zablokował go szybkim krokiem w bok i zmusił do odwrotu... w stronę posępnego, czerwonego ogniska, które huczało w dole. Clegane cofał się aż do chwili, gdy poczuł żar za plecami. Zerknął szybko przez ramię i zobaczył, co ma za sobą. Omal nie kosztowało go to głowy, kiedy lord Beric wyprowadził szybki atak.

Arya widziała białka oczu Sandora Clegane'a, który przebijał się uporczywie naprzód. Trzy kroki naprzód i dwa do tyłu, ruch w lewo zablokowany przez lorda Berica, dwa kroki naprzód i jeden do tyłu, brzęk i brzęk. Wielkie dębowe tarcze zatrzymywały kolejne ciosy. Brudne, ciemne włosy Ogara przylepiały się do czoła od potu. *To pot od wina* — pomyślała Arya, przypominając sobie, że pojmano go pijanego. Miała wrażenie, że dostrzega w jego oczach początki strachu. *Przegra* — powtarzała sobie uradowana, gdy płonący miecz lorda Berica uderzał raz za razem. Jednym szalonym atakiem lord błyskawica odzyskał wszystko, co zabrał mu Ogar, ponownie spychając Clegane'a na sam brzeg dołu. *Zginie, zginie, zginie.* Stanęła na palcach, żeby lepiej widzieć.

— Cholerny skurwysyn! — krzyknął Ogar, gdy poczuł, że ogień muska mu uda. Rzucił się do ataku, coraz mocniej wymachując ciężkim orężem. Liczył na to, że zmiażdży niższego przeciwnika brutalną siłą, złamie miecz, roztrzaska tarczę albo utnie rękę. Płomienie zasłon Dondarriona skakały mu jednak do oczu, a gdy Ogar odskoczył od nich gwałtownie, noga ugięła się pod nim i opadł na jedno kolano. Lord Beric natychmiast runął do ataku. Jego miecz przeciął ze świstem powietrze, ciągnąc za sobą proporce ognia. Dyszący z wysiłku Clegane akurat na czas uniósł tarczę nad głowę. Jaskinię wypełnił głośny trzask pękającej dębiny.

— Tarcza mu się pali — rzekł Gendry cichym głosem. Arya zauważyła to w tym samym momencie. Płomienie ogarnęły obłażącą żółtą farbę i pochłonęły trzy czarne psy.

Sandor Clegane odpowiedział ryzykownym kontratakiem, który pozwolił mu wstać z klęczek. Dopiero gdy lord Beric cofnął się o krok, Ogar zorientował się, że ogień, który widzi tak blisko swej twarzy, pochodzi z jego własnej tarczy. Z krzykiem odrazy uderzył gwałtownie mieczem w płonącą dębinę, kończąc dzieło jej zniszczenia. Tarcza pękła na dwie części. Jeden płonący fragment poleciał na bok, lecz drugi uparcie trzymał się jego przedramienia. Wysiłki próbującego się go pozbyć Ogara rozniecały tylko płomienie. Ogień ogarnął jego rękaw i po chwili płonęło już całe lewe ramię.

— Załatw go! — dopingował Zielonobrody lorda Berica. Inne głosy zaczęły skandować: — Winny! — Arya krzyczała razem z resztą. — Winny, winny, zabij go, winny!

Gładko jak letni jedwab, lord Beric zbliżył się do przeciwnika, by zadać mu śmiertelny cios. Ogar wydał z siebie ochrypły krzyk, uniósł miecz w obu dłoniach i uderzył nim z całej siły. Lord Beric z łatwością zablokował cios...

— Nieeeee — krzyknęła Arya.

...ale płonący miecz złamał się wpół i zimna stal Ogara wbiła się w ciało lorda Berica w miejscu, gdzie szyja łączyła się z tułowiem, sięgając aż do mostka. Trysnęła czarna, gorąca krew.

Sandor Clegane odskoczył do tyłu, cały w płomieniach. Zerwał z siebie resztki tarczy i odrzucił je z przekleństwem na bok, a potem potoczył się po ziemi, by zdusić ogarniający rękę ogień.

Kolana ugięły się powoli pod lordem Berikiem, jakby chciał się modlić. Gdy jednak otworzył usta, popłynęła z nich tylko krew. Kiedy runął twarzą na ziemię, z jego ciała wciąż sterczał miecz. Krew wsiąkła w grunt. Pod wydrążonym wzgórzem nie było słychać żadnego dźwięku poza cichym buzowaniem płomieni oraz skowytem, który wydał z siebie Ogar, próbując wstać. Arya mogła myśleć jedynie o Mycahu i o wszystkich głupich modlitwach, w których prosiła o śmierć Ogara. *Jeśli bogowie istnieją, to dlaczego lord Beric nie wygrał?* Przecież wiedziała, że Ogar jest winny.

— Proszę — wychrypiał Sandor Clegane, tuląc rękę do ciała. — Jestem poparzony. Pomóżcie mi. Niech mi ktoś pomoże. — Z jego oczu płynęły łzy. — Proszę.

Arya spoglądała na niego zdumiona. *Płacze jak małe dziecko* — pomyślała.

— Melly, zajmij się jego oparzeniami — rozkazał Thoros. — Cytryn, Jack, pomóżcie mi z lordem Berikiem. Ned, ty lepiej też chodź z nami.

Czerwony kapłan wyrwał miecz Ogara z ciała powalonego lorda i wbił go w nasiąkniętą krwią ziemię. Cytryn wsunął wielkie dłonie pod pachy Dondarriona, a Jack Szczęściarz złapał go za nogi. Zanieśli go na drugą stronę ogniska, do jednego z ciemnych tuneli. Thoros i mały Ned poszli za nimi. Szalony Łowca splunął.

— Mówię wam, że powinniśmy zabrać go do Kamiennego Septu i wsadzić do wroniej klatki.

— Tak — zgodziła się Arya. — Zamordował Mycaha. Daję słowo.

— Cóż za gniewna wiewiórka — wyszeptał Zielonobrody.

Harwin westchnął.

— R'hllor uznał go za niewinnego.

— Kto to jest Rulor?

Nie potrafiła nawet wymówić tego słowa.

— Pan Światła. Thoros uczył nas…

Nie obchodziło jej, czego ich uczył Thoros. Wyszarpnęła z pochwy sztylet Zielonobrodego i uciekła, nim jego właściciel zdążył ją złapać. Gendry również spróbował ją pochwycić, ale dla niego zawsze była za szybka.

Tom Siedem Strun i jakaś kobieta pomagali Ogarowi wstać. Na widok jego ramienia Aryi zaparło dech w piersiach. W miejscu osłoniętym przez rzemień tarczy widać było różowy pasek, lecz poza nim skóra była czerwona i spękana. Krwawiła od łokcia aż po nadgarstek. Gdy spojrzał jej w oczy, jego usta wykrzywiły się w nagłym grymasie.

— Aż tak bardzo pragniesz mojej śmierci? To zabij mnie, mała wilczyco. Pchnij mnie tym sztyletem. To czystsze niż ogień.

Clegane spróbował się podnieść, lecz gdy się poruszył, od ręki odpadł mu kawałek spalonego ciała. Ugięły się pod nim kolana. Tom złapał go za zdrową kończynę i podtrzymał.

*Jego ręka* — pomyślała Arya. *I jego twarz.* Ale to był Ogar. Zasługiwał na to, by spłonąć w ognistym piekle. Nóż w jej dłoni stał się nagle zbyt ciężki. Uścisnęła go mocniej.

— Zabiłeś Mycaha — powtórzyła po raz kolejny, chcąc sprawdzić, czy ośmieli się temu zaprzeczyć. — Powiedz im, że to zrobiłeś.

— Zrobiłem. — Tym razem grymas ogarnął całą jego twarz. — Doścignąłem go na koniu i przeciąłem wpół, śmiejąc się głośno. Przyglądałem się też, jak pobili twoją siostrę do krwi i ścięli głowę twojemu ojcu.

Cytryn złapał ją za nadgarstek i wyrwał jej sztylet. Kopnęła go, ale nie chciał jej oddać noża.

— Idź do piekła, Ogarze — krzyknęła na Sandora Clegane'a w bezsilnym, beznadziejnym gniewie. — Idź do piekła!

— Już tam był — wyszeptał głos ledwie silniejszy od szeptu.

Gdy Arya się odwróciła, ujrzała, że stoi za nią lord Beric Dondarrion. Okrwawioną dłonią trzymał się barku Thorosa.

# CATELYN

*Niech królowie zimy zachowają dla siebie swe chłodne, podziemne krypty* — pomyślała Catelyn. Siła Tullych brała się z rzeki i do niej też wracali, gdy ich życie dobiegało kresu.

Ułożyli lorda Hostera na kruchej drewnianej łódce, odzianego w lśniącą, srebrną, płytowo-łuskową zbroję. Pod nim rozpostarli płaszcz w niebiesko-czerwone pasy. Hełm, który ułożyli przy jego głowie, zdobił pstrąg pokryty łuskami ze srebra i brązu. Na piersi spoczywał malowany drewniany miecz. Palce zmarłego zaciśnięto wokół rękojeści. Wychudłe dłonie kryły się w łuskowych, stalowych rękawicach, dzięki którym mógł niemal znowu wydawać się silny. U jego lewego boku leżała masywna tarcza ze wzmocnionej żelazem dębiny, a u prawego myśliwski róg. Resztę łodzi wypełniało wyrzucone na brzeg drewno, szczapy na podpałkę, kawałki pergaminu oraz obciążające łódź kamienie. Na dziobie powiewała chorągiew, skaczący pstrąg Riverrun.

Łódź pogrzebową spychało na wodę siedmiu ludzi, by uczcić siedem twarzy boga. Jednym z nich był Robb, senior lorda Hostera. Towarzyszyli mu lord Bracken, Blackwood, Vance i Mallister, ser Marq Piper... i Kulawy Lothar Frey, który przybył z Bliźniaków z oczekiwaną odpowiedzią. Jego eskortę stanowiło czterdziestu żołnierzy, którymi dowodził Walder Rivers, najstarszy z bękartów lorda Waldera, surowy, siwowłosy mężczyzna, uchodzący za straszliwego wojownika. Swym przybyciem, które nastąpiło kilka godzin po odejściu lorda Hostera, wprawili Edmure'a w szał.

— Waldera Freya powinno się obedrzeć ze skóry i poćwiartować! — wrzeszczał. — Przysłał nam jako posłów kalekę i bękarta. Nie mów mi, że to nie miała być obelga.

— Nie wątpię, że lord Walder starannie wybrał swych emisariuszy — odpowiedziała. — To była złośliwość, małostkowa zemsta, ale nie zapominaj, z kim masz do czynienia. Ojciec zwał go lordem Freyem Spóźnialskim. To człowiek wybuchowy, zazdrosny, a nade wszystko pyszny.

Na szczęście, jej syn miał więcej rozsądku od jej brata. Robb przywitał Freyów z wielką uprzejmością, znalazł dla eskorty miejsce w koszarach i po cichu poprosił ser Desmonda Grella o odstąpienie miejsca, by Lotharowi mógł przypaść zaszczyt pomocy w wyprawieniu lorda Hostera w ostatnią podróż. *Mój syn posiadł mądrość większą, niż przystoi jego wiekowi.* Ród Freyów mógł porzucić sprawę króla północy, ale lord Przeprawy pozostawał najpotężniejszym z chorążych Riverrun, a Lothar przybył tu jako jego przedstawiciel.

Siedmiu mężczyzn spuściło lorda Hostera z wodnych schodów, wstępując po stopniach do rzeki, gdy unoszono bramę. Lothar Frey, tęgi człowiek o obwisłym ciele, dyszał ciężko, kiedy wpychali łódkę w nurt. Jason Mallister i Tytos Blackwood kierowali jej dziobem, stojąc po pierś w wodzie.

Catelyn przyglądała się temu z murów, czekając cierpliwie, tak jak robiła to już wiele razy. Na dole wartki i dziki Kamienny Nurt wbijał się niczym włócznia w szerokie Czerwone Widły. Jego niebieskobiały prąd mącił muliste, czerwonobrązowe wody potężniejszej rzeki. Nad wodami wisiała poranna mgła, delikatna jak babie lato i wstążki wspomnień.

*Czekają na niego Bran i Rickon* — pomyślała ze smutkiem Catelyn. *Tak jak kiedyś ja na niego czekałam.*

Smukła łódka wymknęła się spod czerwonego kamiennego łuku Wodnej Bramy, nabierając szybkości, gdy porwał ją Kamienny Nurt, który poniósł ją we wzburzone wody punktu zlania się rzek. Kiedy wypłynęła poza wysokie mury zamku, wiatr wypełnił jej kwadratowy żagiel i Catelyn ujrzała słońce odbijające się w hełmie ojca. Ster łodzi lorda Hostera Tully'ego utrzymał kurs i stateczek popłynął spokojnie środkiem rzeki ku wschodzącemu słońcu.

— Teraz — odezwał się jej stryj. Jej brat Edmure — który teraz naprawdę został lordem Edmure'em; ile czasu będzie potrzebowała, by się do tego przyzwyczaić? — nałożył strzałę na cięciwę. Jego giermek dotknął pochodnią drzewc tuż za grotem. Edmure zaczekał, aż ogień się rozpali, po czym uniósł wielki łuk, przyciągnął cięciwę aż do ucha i wypuścił strzałę, która pomknęła w górę z niskim brzękiem. Catelyn śledziła jej lot oczyma i sercem, aż do chwili, gdy pocisk wpadł z sykiem do wody, dość daleko za łódką lorda Hostera. Edmure zaklął cicho.

— To wiatr — tłumaczył się, nakładając drugą strzałę. — Jeszcze raz.

Żagiew pocałowała nasączoną olejem szmatkę znajdującą się tuż za grotem i drzewce ogarnęły płomienie. Edmure uniósł łuk, naciągnął go i wypuścił strzałę. Pomknęła wysoko i daleko. Za daleko. Wpadła do rzeki dwanaście jardów przed łódką i ogień zgasł natychmiast. Twarz Edmure'a zalał rumieniec, jaskrawy jak jego broda.

— Jeszcze raz — rozkazał, wyjmując z kołczana trzecią strzałę. *Jest napięty jak cięciwa jego łuku* — pomyślała Catelyn.

Ser Brynden z pewnością również to zauważył.

— Pozwól, niech ja to zrobię, panie — zaproponował.

— Dam sobie radę — nie ustępował Edmure. Pozwolił im zapalić strzałę, uniósł łuk, zaczerpnął głęboko tchu i naciągnął cięciwę. Wydawało się, że waha się przez długą chwilę, podczas gdy ogień pełzł z trzaskiem wzdłuż drzewc. W końcu Edmure wystrzelił. Strzała pomknęła w górę, zatoczyła łuk, opadając w dół... i pogrążyła się z sykiem w wodzie, tuż za wydętym żaglem.

Chybił niewiele, najwyżej o piędź, niemniej jednak chybił.

— Niech to Inni porwą! — zaklął jej brat. Łódź znalazła się już niemal poza zasięgiem łuku, odpływając z prądem przez nadrzeczne mgły. Edmure bez słowa podał łuk stryjowi.

— Szybko — rozkazał ser Brynden. Nałożył strzałę, zaczekał na żagiew, naciągnął cięciwę i wystrzelił, nim jeszcze Catelyn zdążyła się upewnić, czy pocisk się zapalił... gdy jednak pomknął w górę, ujrzała ciągnący się za nim pomarańczowy proporzec płomieni. Łódka zniknęła już we mgle. Opadająca strzała również w niej się pogrążyła... lecz tylko na uderzenie serca. Potem, niczym nadzieja, zakwitł czerwony kwiat. Żagle stanęły w płomieniach, które rozświetliły mgłę różowopomarańczowym blaskiem. Przez chwilę Catelyn widziała wyraźnie zarysy spowitej ogniem łódki.

*Patrz na mnie, mała Cat* — usłyszała jego szept.

Catelyn wyciągnęła na oślep rękę, szukając dłoni brata, Edmure odsunął się jednak od niej i stanął w najwyższym punkcie murów. Jej dłoń uścisnął zamiast niego Brynden, oplatając swe silne palce wokół jej palców. Razem patrzyli, jak mały ogień robi się coraz mniejszy, a łódka niknie w oddali.

Po chwili przestali ją widzieć... nadal płynęła w dół rzeki albo rozpadła się i zatonęła. Ciężar zbroi wciągnie lorda Hostera w dół, by spoczął wśród miękkiego mułu dna rzeki. Tully'owie mieli tam swój wieczny dwór, a ich dworzanami były ławice ryb.

Gdy tylko płonąca łódka zniknęła im z oczu, Edmure sobie poszedł. Catelyn miała ochotę go objąć, choćby na chwilę, poświęcić godzinę, noc albo cykl księżyca na to, by pomówić o zmarłym i oddać się żałobie. Wiedziała jednak, że to nie jest odpowiedni moment. Był teraz lordem Riverrun i otoczyli go jego rycerze, którzy składali szeptem kondolencje i obiecywali wierność, odgradzając go murem od czegoś tak mało istotnego, jak żałoba siostry. Edmure udawał, że słucha, lecz w ogóle nie słyszał ich słów.

— To nie hańba chybić — rzekł cicho jej stryj. — Edmure powinien o tym usłyszeć. Tego dnia, gdy mój pan ojciec popłynął w dół rzeki, Hoster również chybił.

— Za pierwszym razem. — Catelyn była wtedy za mała, żeby o tym pamiętać, lecz lord Hoster często jej o tym opowiadał. — Druga strzała trafiła w żagiel.

Westchnęła. Edmure nie był taki silny, jak by się zdawało. Śmierć była dla ich ojca wybawieniem, lecz mimo to jej brat przeżył ją bardzo ciężko.

Nocą, gdy sobie wypił, rozpłakał się nad tym, czego nie zdążył zrobić i powiedzieć. Mówił jej, zalany łzami, że zamiast wyruszać na bitwę przy brodach, powinien był zostać u łoża ojca.

— Powinienem być z nim, tak jak ty — mówił. — Czy na koniec powiedział coś o mnie? Mów prawdę, Cat. Czy o mnie pytał?

Ostatnie słowo lorda Hostera brzmiało „ruta", lecz Catelyn nie potrafiła zdobyć się na to, by powiedzieć o tym jego synowi.

— Wyszeptał twoje imię — skłamała, a jej brat skinął z wdzięcznością głową i pocałował ją w rękę. *Gdyby nie próbował utopić w kielichu żalu i poczucia winy, może udałoby mu się wystrzelić celnie* — pomyślała z westchnieniem. Tego również nie odważyła się powiedzieć na głos.

Blackfish sprowadził ją z murów. Robb stał na dole ze swymi chorążymi i młodą królową. Gdy tylko zobaczył Catelyn, objął ją bez słowa.

— Lord Hoster wyglądał szlachetnie jak król, pani — wyszeptała Jeyne. — Żałuję, że nie miałam okazji go poznać.

— A ja, że nie miałem okazji poznać go lepiej — dodał Robb.

— On również by tego pragnął — odparła Catelyn. — Riverrun i Winterfell dzieli od siebie zbyt wiele mil.

*Wygląda też na to, że Riverrun i Orle Gniazdo dzieli od siebie zbyt wiele gór, rzek i armii.* Lysa nie odpowiedziała na jej list.

Królewska Przystań również milczała. Catelyn miała nadzieję, że Brienne i ser Cleos dotarli tymczasem do miasta ze swym jeńcem. Niewykluczone nawet, że Brienne ruszyła już w drogę powrotną z dziewczynkami. *Ser Cleos przysięgał, że powie Krasnalowi, by wysłał kruka, gdy tylko zamiana zostanie dokonana. Przysięgał!* Krukom nie zawsze udawało się dotrzeć do celu. Jakiś łucznik mógł strącić ptaka i upiec go sobie na kolację. List, który przyniósłby ulgę jej sercu, mógł leżeć przy popiołach jakiegoś ogniska, razem ze stertą kruczych kości.

Wielu ludzi czekało, by złożyć Robbowi wyrazy współczucia, Catelyn usunęła się więc cierpliwie na bok, gdy lord Jason Mallister,

Greatjon i ser Rolph Spicer rozmawiali po kolei z królem. Gdy jednak zjawił się Lothar Frey, pociągnęła syna za rękaw. Robb odwrócił się i zaczekał na to, co będzie miał do powiedzenia Lothar.

— Wasza Miłość. — Lothar Frey był tłustym, trzydziestoparoletnim mężczyzną o blisko osadzonych oczach, spiczastej bródce i ciemnych włosach, które opadały w lokach na ramiona. Z powodu wykręconej przy porodzie nogi zwano go Kulawym Lotharem. Od dwunastu lat służył swemu ojcu jako zarządca. — Przykro nam, że zakłócamy twoją żałobę, ale czy moglibyśmy prosić dziś wieczorem o audiencję?

— Przyznam ją wam z przyjemnością — zgodził się Robb. — Nigdy nie było moim zamiarem sianie między nami wrogości.

— Ani ja nie chciałam stać się jej przyczyną — dodała królowa Jeyne.

Lothar Frey uśmiechnął się.

— Rozumiem to, tak samo jak mój pan ojciec. Kazał mi powiedzieć, że sam też był kiedyś młodzieńcem i dobrze pamięta, co to znaczy stracić serce dla czyjejś urody.

Catelyn bardzo wątpiła, by lord Walder powiedział coś w tym rodzaju albo by kiedykolwiek stracił serce dla czyjejś urody. Lord Przeprawy przeżył siedem żon i poślubił teraz ósmą, zawsze jednak powtarzał, że służą mu one wyłącznie do grzania łoża i płodzenia dzieci. Niemniej jednak słowa były uprzejme i nie wypadało jej wyrażać sprzeciwu. Robb również tego nie uczynił.

— Twój ojciec jest nadzwyczaj łaskawy — stwierdził. — Z niecierpliwością oczekuję naszej rozmowy.

Lothar pokłonił się, ucałował dłoń królowej i odszedł. Wokół zgromadziło się już kilkunastu innych ludzi, pragnących zamienić słówko z królem. Robb porozmawiał z każdym z nich, dziękując im bądź uśmiechając się do nich. Dopiero gdy ostatni sobie poszedł, zwrócił się ponownie do Catelyn.

— Musimy o czymś porozmawiać. Pójdziesz ze mną?

— Jak Wasza Miłość rozkaże.

— To nie był rozkaz, mamo.

— W takim razie uczynię to z przyjemnością.

Po powrocie do Riverrun syn traktował ją uprzejmie, lecz rzadko chciał z nią rozmawiać. Nie mogła go winić o to, że lepiej się czuje ze swą młodą królową. *Przy Jeyne się uśmiecha, a ja nie mogę mu zaoferować nic poza żałobą.* Wydawało się, że lubi towarzystwo braci swej żony, młodego Rollama, który był jego giermkiem, i ser Raynalda, który nosił jego chorągiew. *Zastępują mu tych, których utracił* — zrozumiała Catelyn, obserwując ich razem. *Rollam zajął miejsce Brana, a Raynald to w części Theon, a w części Jon Snow.* Tylko w towarzystwie Westerlingów Robb uśmiechał się i radował jak chłopiec, którym był. Przy pozostałych zawsze grał rolę króla północy i pochylał głowę pod ciężarem korony nawet wtedy, gdy jej nie nosił.

Robb pocałował delikatnie żonę, obiecał, że odwiedzi ją w jej komnatach, i oddalił się z panią matką, prowadząc ją w stronę bożego gaju.

— Lothar był dla mnie miły. To dobry znak. Potrzebujemy Freyów.

— To jeszcze nie znaczy, że ich dostaniemy.

Skinął głową. Serce zabiło jej z żalu, gdy ujrzała jego ponurą minę i przygarbione plecy. *Przygniata go korona* — pomyślała. Tak bardzo chce być dobrym królem, odważnym, honorowym i mądrym, ale to zbyt wielki ciężar dla chłopca. Robb robił, co mógł, lecz ciosy i tak sypały się na niego jeden po drugim. Kiedy dotarła doń wiadomość o bitwie pod Duskendale, gdzie lord Randyll Tarly rozbił Robetta Glovera i ser Helmana Tallharta, można by się spodziewać, że wybuchnie gniewem. On jednak wytrzeszczył tylko oczy w niemym niedowierzaniu.

— Duskendale nad wąskim morzem? Po co tam szli? — Potrząsnął głową w zdumieniu. — Straciłem jedną trzecią piechoty z powodu Duskendale?

— Mój zamek zajęli żelaźni ludzie, a teraz Lannisterowie pojmali mojego brata — stwierdził Galbart Glover ochrypłym z rozpaczy głosem. Robett Glover przeżył bitwę, lecz wkrótce potem wzięto go do niewoli nieopodal królewskiego traktu.

— Nie na długo — obiecał mu jej syn. — Oferuję im na wymianę Martyna Lannistera. Lord Tywin będzie musiał się zgodzić, ze względu na brata.

Martyn był synem ser Kevana, bliźniaczym bratem Willema, którego zamordował lord Karstark. Catelyn wiedziała, że wspomnienie tych morderstw wciąż dręczy jej syna. Trzykrotnie zwiększył liczebność pilnujących Martyna wartowników, lecz mimo to nadal bał się o jego bezpieczeństwo.

— Trzeba było wymienić Królobójcę na Sansę, kiedy mnie o to prosiłaś — odezwał się Robb, kiedy szli galerią. — Gdybym zaproponował, że wydam ją za Rycerza Kwiatów, Tyrellowie mogliby opowiedzieć się po naszej stronie, zamiast poprzeć Joffreya. Powinienem był na to wpaść.

— Głowę zaprzątały ci bitwy. I słusznie. Nawet król nie może myśleć o wszystkim.

— Bitwy — mruknął Robb, prowadząc ją pod drzewa. — Wygrałem wszystkie, a mimo to z jakiegoś powodu przegrywam wojnę. — Podniósł wzrok, jakby spodziewał się znaleźć odpowiedź wypisaną na niebie. — Żelaźni ludzie zajęli Winterfell i Fosę Cailin. Ojciec, Bran i Rickon nie żyją. Być może Arya również. A teraz jeszcze umarł twój ojciec.

Nie mogła dopuścić do tego, by pogrążył się w rozpaczy. Zbyt dobrze poznała smak tego napoju.

— Był umierający już od dłuższego czasu. Nie mogłeś mu w niczym pomóc. Popełniłeś błędy, Robb, lecz który król się ich ustrzegł? Ned byłby z ciebie dumny.

— Mamo, jest coś, o czym musisz się dowiedzieć.

Jej serce zatrzymało się na chwilę. *To coś, co nim wstrząsnęło. Coś, o czym boi się mi powiedzieć.* Przychodziła jej do głowy tylko Brienne i jej misja.

— Czy chodzi o Królobójcę?

— Nie. O Sansę.

*Nie żyje* — pomyślała natychmiast Catelyn. *Brienne się nie powiodło, Jaime zginął, a Cersei z zemsty zabiła moją słodką dziewczynkę.* Przez chwilę ledwie mogła mówić.

— Czy… czy już jej nie ma, Robb?

— Nie ma? — Miał zdumioną minę. — Czy nie żyje? Och, mamo, nie, nie to, nie skrzywdzili jej, nie w ten sposób, ale... nocą przyleciał ptak, lecz nie mogłem się zdobyć na to, żeby ci o tym powiedzieć, nie do chwili, gdy wysłaliśmy twego ojca na spoczynek. — Robb ujął jej dłoń. — Wydali ją za Tyriona Lannistera.

Catelyn zacisnęła palce.

— Za Krasnala.

— Tak.

— Przysiągł, że wymieni ją za swego brata — wymamrotała. — I ją, i Aryę. Mieliśmy je odzyskać, gdy tylko oddamy jego drogocennego Jaime'a. Przysiągł to przed całym dworem. Jak mógł się z nią ożenić, jeśli powiedział coś takiego w obliczu bogów i ludzi?

— Jest bratem Królobójcy. Ma wiarołomstwo we krwi. — Robb musnął palcami gałkę miecza. — Gdybym tylko mógł mu ściąć ten brzydki łeb. Sansa zostałaby wtedy wdową i byłaby wolna. Nie widzę innego wyjścia. Zmusili ją do wypowiedzenia przysięgi przed septonem i przywdziania karmazynowego płaszcza.

Catelyn przypomniała sobie pokręconego karzełka, którego pojmała w gospodzie na skrzyżowaniu dróg i zabrała ze sobą aż do Orlego Gniazda.

— Szkoda, że nie pozwoliłam Lysie wypchnąć go przez Księżycowe Drzwi. Moja biedna, słodka Sansa... jak ktokolwiek mógł jej zrobić coś takiego?

— Chodziło o Winterfell — wyjaśnił natychmiast Robb. — Po śmierci Brana i Rickona Sansa została moją dziedziczką. Jeśli coś mi się stanie...

Uścisnęła mocno jego dłoń.

— Nic ci się nie stanie. Nic. Nie mogłabym tego znieść. Zabrali mi Neda i twoich słodkich braci. Sansę wydano za mąż, Arya zaginęła, mój ojciec nie żyje... jeśli coś ci się stanie, popadnę w obłęd, Robb. Jesteś wszystkim, co mam. Wszystkim, co ma północ.

— Jeszcze nie zginąłem, mamo.

Catelyn nagle zawładnął paraliżujący strach.

— Wojen nie trzeba toczyć do ostatniej kropli krwi. — Sama

wyraźnie słyszała desperację w swym głosie. — Nie byłbyś pierwszym królem, który ugiął kolana. Ani nawet pierwszym Starkiem.

Zacisnął usta.

— Nie. Nigdy.

— Nie ma w tym żadnego wstydu. Balon Greyjoy ugiął kolana przed Robertem, gdy jego bunt zakończył się klęską, a Torrhen Stark przed Aegonem Zdobywcą, by uratować swą armię przed ogniem.

— A czy Aegon zabił ojca króla Torrhena? — Wyszarpnął dłoń z jej uścisku. — Powiedziałem, nigdy.

*Teraz gra rolę chłopca, nie króla.*

— Lannisterowie nie potrzebują północy. Zażądają hołdów i zakładników, to wszystko... a bez względu na to, co uczynimy, Krasnal i tak zatrzyma Sansę, będą więc mieli zakładniczkę. Zapewniam cię, że żelaźni ludzie okażą się bardziej nieubłaganym wrogiem. Jeśli Greyjoyowie chcą mieć nadzieję utrzymania północy, nie mogą pozostawić przy życiu ani jednego potomka rodu Starków, który mógłby podważyć ich prawa. Brana i Rickona zamordował Theon, muszą więc tylko zabić ciebie... i Jeyne. Myślisz, że lord Balon pozwoli jej żyć, by wydała na świat twych dziedziców?

Twarz Robba była zupełnie zimna.

— Czy dlatego właśnie uwolniłaś Królobójcę? Żeby zawrzeć pokój z Lannisterami?

— Zrobiłam to dla Sansy... i dla Aryi, jeśli jeszcze żyje. Wiesz o tym. Ale jeśli żywiłam też odrobinę nadziei na to, że kupię w ten sposób pokój, to czy to było takie złe?

— Było — odparł. — Lannisterowie zabili mojego ojca.

— Myślisz, że o tym zapomniałam?

— Nie wiem. A zapomniałaś?

Catelyn nigdy nie uderzyła w gniewie żadnego ze swych dzieci, mało jednak zabrakło, by spoliczkowała w tej chwili Robba. Z trudem uzmysłowiła sobie, jak bardzo przerażony i samotny z pewnością się czuje.

— Jesteś królem północy i wybór należy do ciebie. Proszę cię jedynie o to, byś zastanowił się nad tym, co powiedziałam. Minstrele są bardzo dobrego zdania o królach, którzy giną dzielnie w bitwach, lecz twoje życie jest warte więcej niż pieśń. Przynajmniej dla mnie, ja bowiem ci je dałam. — Opuściła głowę. — Czy mogę już odejść?

— Możesz.

Odwrócił się i wyciągnął miecz. Nie miała pojęcia, co zamierza z nim zrobić. Nie było tu żadnego wroga, nikogo, z kim mógłby walczyć. Tylko ona i on, wysokie drzewa i spadłe liście. *Nie każdą walkę da się wygrać mieczem* — chciała mu powiedzieć, obawiała się jednak, że król jest głuchy na takie słowa.

Po wielu godzinach, gdy siedziała, szyjąc, w sypialni, przybiegł mały Rollam Westerling z wezwaniem na kolację. To dobrze — pomyślała z ulgą Catelyn. Po ich kłótni nie była pewna, czy syn zechce ją widzieć.

— Jesteś sumiennym giermkiem — pochwaliła z powagą Rollama. *Bran byłby taki sam.*

Robb zachowywał się za stołem chłodno, a Edmure był opryskliwy, lecz wszystko to z nawiązką nadrabiał Kulawy Lothar. Był wzorem uprzejmości. Wspominał ciepło lorda Hostera, z delikatnością złożył Catelyn kondolencje z powodu śmierci Brana i Rickona, pochwalił Edmure'a za zwycięstwo pod Kamiennym Młynem i podziękował Robbowi za „szybką, pewną sprawiedliwość", którą wymierzył Rickardowi Karstarkowi. Bękarci brat Lothara, Walder Rivers, był jednak zupełnie inny. Ponury, skwaszony mężczyzna o podejrzliwym obliczu starego lorda Waldera odzywał się rzadko, skupiając uwagę na mięsie i miodzie, które przed nim postawiono.

Gdy wypowiedziano już wszystkie puste słówka, królowa i inni Westerlingowie podziękowali uprzejmie, uprzątnięto resztki kolacji i Lothar Frey odchrząknął.

— Nim przejdziemy do rzeczy, muszę wspomnieć o jeszcze jednej sprawie — zaczął z namaszczeniem. — Obawiam się, że jest poważna. Miałem nadzieję, iż to nie mnie przypadnie w udziale przekazać wam te wieści, wygląda jednak na to, że nie mam innego wyjścia. Mój pan ojciec otrzymał list od swoich wnuków.

Catelyn była tak zaprzątnięta własną żałobą, że niemal zapomniała o dwóch Freyach, których zgodziła się wziąć na wychowanie. *Tylko nie to* — pomyślała. *Matko, zmiłuj się, ile jeszcze ciosów zdołamy znieść?* Wiedziała skądś, że następne słowa, które usłyszy, wbiją w jej serce kolejny nóż.

— Tych, którzy przebywają w Winterfell? — zapytała. — Moich podopiecznych?

— Tak. Waldera i Waldera. Obecnie jednak znajdują się oni w Dreadfort, pani. Z żalem zawiadamiam cię, że doszło do bitwy. Winterfell spłonęło.

— Spłonęło?

W głosie Robba brzmiało niedowierzanie.

— Twoi północni lordowie próbowali odebrać je żelaznym ludziom. Gdy Theon Greyjoy zrozumiał, że stracił zdobycz, puścił zamek z dymem.

— Nic nie słyszeliśmy o żadnej bitwie — zauważył ser Brynden.

— Przyznaję, że moi bratankowie to mali chłopcy, byli jednak na miejscu. List napisał Duży Walder, choć jego kuzyn również umieścił pod nim swój podpis. Zgodnie z ich relacją walka była krwawa. Poległ wasz kasztelan. Nazywał się chyba ser Rodrik?

— Ser Rodrik Cassel — wymamrotała oszołomiona Catelyn. *Kochany, odważny, wierny staruszek.* Widziała go oczyma wyobraźni, jak szarpie białe wąsiska.

— A co z resztą naszych ludzi?

— Obawiam się, że wielu wyrżnęli żelaźni ludzie.

Robb zaniemówił z gniewu. Walnął pięścią w stół i odwrócił twarz, by Freyowie nie ujrzeli jego łez.

Zauważyła je jednak jego matka. *Świat z dnia na dzień staje się coraz mroczniejszy.* Pomyślała o córeczce ser Rodrika Beth, o niestrudzonym maesterze Luwinie i wesołym septonie Chayle'u, o trudzącym się w kuźni Mikkenie, Farlenie i Palii z psiarni, o Starej Niani i głupkowatym Hodorze. Serce wypełniał jej ból.

— Błagam, nie wszystkich.

— Nie wszystkich — zapewnił Kulawy Lothar. — Kobiety i dzieci się ukryły, a wraz z nimi również Walder i Walder. Ponieważ Winterfell legło w gruzach, syn lorda Boltona zaprowadził ocalonych do Dreadfort.

— Syn Boltona? — zapytał z napięciem w głosie Robb.

— Mam wrażenie, że to bękart — wtrącił Walder Rivers.

— Chyba nie Ramsay Snow? Czy lord Roose ma jeszcze jakiegoś innego bękarta? — Robb skrzywił wściekle twarz. — Ten Ramsay był potworem i mordercą i zginął śmiercią tchórza. Tak mi przynajmniej doniesiono.

— Nic mi na ten temat nie wiadomo. Podczas wojny zawsze panuje straszliwe zamieszanie. Jest mnóstwo fałszywych meldunków. Mogę ci jedynie powiedzieć, iż moi bratankowie utrzymują, że to ten bękart Boltona uratował kobiety i dzieci z Winterfell. Wszyscy, którzy ocaleli, są bezpieczni w Dreadfort.

— Theon — odezwał się nagle Robb. — Co się stało z Theonem Greyjoyem? Czy go zabito?

Kulawy Lothar rozpostarł dłonie.

— Tego również nie wiem, Wasza Miłość. Walder i Walder nic nie piszą o jego losie. Być może lord Bolton potrafi ci odpowiedzieć, jeśli otrzymał jakąś wiadomość od tego swojego syna.

— Z pewnością nie omieszkamy go o to zapytać — stwierdził ser Brynden.

— Widzę, że wszyscy jesteście zrozpaczeni. Przykro mi, że dałem wam nowy powód do żałoby. Być może powinniśmy odłożyć naszą rozmowę do jutra. Ta sprawa może zaczekać, aż dojdziecie do siebie...

— Nie — sprzeciwił się Robb. — Chcę to załatwić jak najszybciej.

Jej brat Edmure skinął głową.

— Ja również. Czy przywiozłeś odpowiedź na naszą propozycję, panie?

— Przywiozłem. — Lothar uśmiechnął się. — Pan ojciec kazał mi przekazać Waszej Miłości, że zgodzi się na małżeństwo, które odnowi sojusz między naszymi rodami, i ponownie złoży hołd wierności królowi północy, pod warunkiem, iż Jego Królewska Miłość osobiście, prosto w oczy, przeprosi go za zniewagę, jaką wyrządził rodowi Freyów.

Przeprosiny nie były wysoką ceną, lecz Catelyn ogromnie nie spodobał się ten małostkowy warunek.

— Jestem z tego zadowolony — zaczął ostrożnie Robb. — Nigdy nie było moją intencją spowodowanie między nami rozłamu, Lotharze. Freyowie dzielnie walczyli za moją sprawę i chciałbym, żeby wrócili w moje szeregi.

— Jesteś zbyt łaskawy, Wasza Miłość. Skoro akceptujesz ten warunek, jestem upoważniony zaoferować lordowi Tully'emu rękę mojej siostry, lady Roslin. To szesnastoletnia panna, najmłodsza córka mojego pana ojca i lady Bethany z rodu Rosbych, jego szóstej żony. Ma łagodną naturę i dar do muzyki.

Edmure poruszył się niespokojnie na krześle.

— Czy nie lepiej byłoby, gdybyśmy się najpierw spotkali...

— Spotkacie się na ślubie — oznajmił krótko Walder Rivers. — Chyba że lord Tully wolałby najpierw policzyć jej zęby?

Edmure powstrzymał złość.

— Jeśli chodzi o zęby, uwierzę wam na słowo, ale miło by było ujrzeć jej twarz, nim wezmę ją za żonę.

— Musisz się zgodzić teraz, panie — odpowiedział Walder Rivers. — W przeciwnym razie oferta mojego ojca zostanie wycofana.

Kulawy Lothar rozpostarł dłonie.

— Mój brat jest prostolinijny, jak każdy żołnierz, jego słowa są jednak prawdą. Mój pan ojciec życzy sobie, by małżeństwo zawarto natychmiast.

— Natychmiast?

W głosie Edmure'a brzmiało takie przygnębienie, że przez głowę Catelyn przeniknęła niegodna myśl, iż być może jej brat zamierzał zerwać zaręczyny, gdy tylko nastanie pokój.

— Czy lord Walder zapomniał, że mamy wojnę? — zapytał ostrym tonem Brynden Blackfish.

— Bynajmniej — odparł Lothar. — Dlatego właśnie nalega, by małżeństwo zawarto natychmiast, ser. Na wojnie ludzie giną, nawet młodzi i silni. Co się stanie z naszym sojuszem, jeśli lord Edmure polegnie, nim pojmie Roslin za żonę? Nie można też zapominać o wieku mojego ojca. Przekroczył już dziewięćdziesiątkę i zapewne nie doczeka końca walk. Gdyby wydał bezpiecznie swą kochaną

Roslin za mąż, nim zabiorą go bogowie, uspokoiłoby to jego szlachetne serce. Mógłby wtedy umrzeć ze świadomością, że dziewczyna ma silnego męża, który da jej miłość i opiekę.

*Wszyscy chcemy, żeby lord Walder umarł szczęśliwy.* Catelyn cała ta sprawa podobała się coraz mniej.

— Mój brat właśnie stracił ojca. Potrzebny mu czas na odbycie żałoby.

— Roslin to wesoła dziewczyna — odparł Lothar. — Ona najlepiej pomoże lordowi Edmure'owi w godzinie smutku.

— A mój ojciec przestał ostatnio lubić długie zaręczyny — dodał bękart Walder Rivers. — Nie mam pojęcia dlaczego.

Robb przeszył go lodowatym spojrzeniem.

— Rozumiem, co chcesz powiedzieć, Rivers. Czy możemy was na chwilę przeprosić?

— Jak Wasza Miłość sobie życzy.

Kulawy Lothar wstał, a jego bękarci brat pomógł mu wyjść z komnaty.

Edmure był wściekły.

— Niemal otwarcie stwierdzili, że moje obietnice są bezwartościowe. Czemu miałbym pozwolić, żeby ta stara łasica wybierała mi żonę? Lord Walder ma jeszcze inne córki poza tą Roslin. I wnuczki też. Powinien dać mi prawo wyboru, tak samo jak tobie. Jestem jego seniorem. Powinien nie posiadać się z radości, że jestem gotów poślubić którąkolwiek z nich.

— To pyszny człowiek, a my zraniliśmy jego dumę — wskazała Catelyn.

— Niech Inni porwą jego dumę! Nie pozwolę, żeby zawstydzał mnie w moim własnym zamku. Moja odpowiedź brzmi „nie".

Robb obrzucił go znużonym spojrzeniem.

— Nie wydam ci rozkazu. Nie w takiej sprawie. Jeśli jednak odmówisz, lord Frey uzna to za kolejną zniewagę i stracimy wszelkie szanse, by go ugłaskać.

— Nie wiesz tego na pewno — nie ustępował Edmure. — Frey chciał wydać za mnie którąś ze swych córek już od dnia moich narodzin. Nie pozwoli, by podobna szansa wyślizgnęła mu się z tych chciwych łap. Kiedy Lothar przyniesie mu naszą odpowiedź, zgodzi się na zaręczyny... z córką, którą sam sobie wybiorę.

— Być może z czasem — przyznał Brynden Blackfish. — Czy jednak możemy sobie pozwolić na to, by czekać, aż Lothar kilka razy obróci między naszymi zamkami z propozycjami i kontrpropozycjami?

Robb zacisnął dłonie w pięści.

— Muszę wrócić na północ. Moi bracia nie żyją, Winterfell spalono. Moich ludzi wyrżnięto... tylko bogowie wiedzą, co kombinuje ten bękart Boltona albo czy Theon jeszcze żyje i przebywa na wolności. Nie mogę tu siedzieć, czekając na ślub, do którego albo dojdzie, albo nie.

— Musi do niego dojść — stwierdziła Catelyn, choć nie czuła się z tego powodu zadowolona. — Tak samo jak ty, nie mam ochoty wysłuchiwać obelg i skarg Waldera Freya, bracie, nie mam jednak wyboru. Bez tego ślubu sprawa Robba będzie przegrana. Edmure, musimy się zgodzić.

— My? — zapytał z irytacją. — Jakoś nie widzę, byś miała ochotę zostać dziewiątą lady Frey, Cat.

— Ósma lady Frey żyje i ma się dobrze, o ile mi wiadomo — odparła. *Na szczęście.* Znając lorda Waldera, w przeciwnym razie bardzo łatwo mogłoby dojść i do tego.

— Jestem ostatnim człowiekiem w Siedmiu Królestwach, który ma prawo mówić innym, z kim powinni się żenić, bratanku — stwierdził Blackfish. — Niemniej jednak przypominam sobie, że zapewniałeś, iż jesteś gotów zadośćuczynić nam za bitwę przy brodach.

— Myślałem o jakimś innym zadośćuczynieniu. Pojedynku na miecze z Królobójcą. Siedmiu latach pokuty w charakterze żebrzącego brata. Pływaniu w morzu zachodzącego słońca ze związanymi nogami. — Edmure zauważył, że nikt się nie uśmiecha, i wyrzucił ręce w górę. — Niech Inni porwą was wszystkich! Proszę bardzo, ożenię się z tą dziewką. Jako zadośćuczynienie.

# DAVOS

Lord Alester podniósł raptownie wzrok.

— Głosy — rzekł. — Słyszysz, Davosie? Ktoś po nas idzie.

— To Minóg — stwierdził były przemytnik. — Zbliża się pora kolacji.

Wczoraj Minóg przyniósł im połowę wołowego pasztetu z boczkiem, a do tego dzban pitnego miodu. Na samą myśl o tym Davosowi zaburczało w brzuchu.

— Nie, to więcej niż jeden człowiek.

*Ma rację.* Davos słyszał co najmniej dwa głosy i coraz głośniejsze kroki. Wstał i podszedł do kraty.

Lord Alester strzepnął słomę z ubrania.

— Król wysłał po mnie. Albo królowa. Tak, Selyse nigdy by nie pozwoliła, żeby jej krewniak tu gnił.

Pod celą pojawił się Minóg z pękiem kluczy w ręku. Tuż za nim szedł ser Axell Florent, eskortowany przez czterech zbrojnych. Wszyscy zatrzymali się pod pochodnią, czekając, aż Minóg wybierze odpowiedni klucz.

— Axell — odezwał się lord Alester. — Dobrzy bogowie. Czy to król po mnie wysłał czy królowa?

— Nikt po ciebie nie wysyłał, zdrajco — warknął ser Axell.

Lord Alester wzdrygnął się gwałtownie, jak spoliczkowany.

— Nie! Przysięgam, że nie dopuściłem się zdrady. Czemu nie chcecie mnie wysłuchać? Gdyby Jego Miłość pozwolił mi wytłumaczyć…

Minóg wepchnął w zamek wielki, żelazny klucz, obrócił go i otworzył celę. Zardzewiałe zawiasy skrzypnęły na znak protestu.

— Chodź — rozkazał strażnik Davosowi.

— Dokąd? — Więzień popatrzył na ser Axella. — Powiedz mi prawdę, ser, czy chcecie mnie spalić?

— Wysłano po ciebie. Dasz radę iść?

— Dam.

Davos wyszedł z celi. Gdy drzwi znowu się zatrzasnęły, z ust lorda Alestera wyrwał się krzyk rozpaczy.

— Zabierz pochodnię — rozkazał strażnikowi ser Axell. — Zostawimy zdrajcę w ciemnościach.

— Nie — błagał jego brat. — Axellu, proszę cię, nie zabieraj światła... bogowie, zmiłujcie się...

— Bogowie? Jest tylko R'hllor i Inny.

Ser Axell wskazał gwałtownym ruchem na pochodnię. Jeden ze zbrojnych wyciągnął ją z uchwytu i pierwszy ruszył schodami.

— Czy prowadzicie mnie do Melisandre? — zapytał Davos.

— Ona również tam będzie — odparł ser Axell. — Nigdy nie oddala się od króla. Ale to sam Jego Miłość po ciebie wysłał.

Davos uniósł dłoń ku piersi, gdzie kiedyś na rzemyku wisiał skórzany mieszek, który przynosił mu szczęście. *Zgubiłem go* — pomyślał. *Razem z kostkami czterech palców.* Jego dłonie wciąż jednak były wystarczająco długie, by mógł je zacisnąć na szyi kobiety, zwłaszcza tak cienkiej, jak jej szyja.

Szli ciągle w górę, wspinając się gęsiego po krętych schodach. Zbudowane z szarego, szorstkiego kamienia mury były chłodne w dotyku. Światło pochodni podążało przed nimi i cienie maszerowały po ścianach obok nich. Na trzecim łuku minęli żelazną bramę, która otwierała się w ciemność, a na piątym następną. Davos domyślał się, że są już blisko powierzchni, a być może nawet ponad nią. Następne drzwi, które napotkali, były zrobione z drewna, oni jednak pięli się wciąż w górę. W grubych murach widziało się teraz otwory strzelnicze, lecz do środka nie wpadał przez nie blask słońca. Na zewnątrz panowała noc.

Gdy ser Axell otworzył ciężkie drzwi i gestem rozkazał mu przez nie przejść, Davosa bolały już nogi. Przed sobą ujrzał wysoki łuk kamiennego mostu, który biegł nad pustką do masywnej centralnej wieży znanej jako Kamienny Bęben. Między podtrzymującymi dach łukami dął uporczywy wiatr od morza. Davos czuł zapach słonej wody. Zaczerpnął głęboko tchu, wypełniając płuca czystym, zimnym powietrzem. *Wietrze i wodo, dodajcie mi sił* — pomodlił się. Na dziedzińcu rozpalono ogromne nocne ognisko, barierę dla krążących po nocy strachów. Zebrali się wokół niego ludzie królowej, wyśpiewujący peany do swego nowego, czerwonego boga.

Gdy znaleźli się na środku mostu, ser Axell zatrzymał się niespodziewanie. Na jego krótki gest towarzyszący mu ludzie oddalili się poza zasięg słuchu.

— Gdyby to zależało ode mnie, spaliłbym cię razem z moim bratem Alesterem — oznajmił Davosowi. — Obaj jesteście zdrajcami.

— Mów sobie, co chcesz. Nigdy bym nie zdradził króla Stannisa.

— Zrobiłbyś to. Zrobisz. Widzę to w twojej twarzy. I widziałem to w płomieniach. R'hllor pobłogosławił mnie tym darem, podobnie jak lady Melisandre. Ukazuje mi przyszłość w ogniu. Stannis Baratheon zasiądzie na Żelaznym Tronie. Widziałem to. Wiem też, co trzeba przedsięwziąć. Jego Miłość musi mnie mianować swoim namiestnikiem, na miejsce mojego brata, zdrajcy. Powiesz mu to.

*Czyżby?* Davos zachował milczenie.

— Królowa nalegała na moją nominację — ciągnął ser Axell. — Nawet twój przyjaciel z Lys, pirat Saan, mówi to samo. Ułożyliśmy we dwóch pewien plan. Ale Jego Miłość nie chce podjąć działania. Klęska stała się czarnym robakiem, który gryzie jego duszę. To my, którzy go miłujemy, musimy wskazać mu drogę. Jeśli rzeczywiście jesteś tak oddany jego sprawie, jak utrzymujesz, przemytniku, dołączysz swój głos do naszych. Powiedz mu, że jestem jedynym namiestnikiem, jakiego mu potrzeba. Przekonaj go o tym, a dopilnuję, byś dostał nowy statek, gdy pożeglujemy.

*Statek.* Davos przyjrzał się twarzy rozmówcy. Ser Axell miał wielkie uszy Florentów, przypominające uszy królowej. Wyrastały z nich, podobnie jak z nozdrzy, kępki szorstkich włosów. Jeszcze więcej było ich pod podwójnym podbródkiem. Nos miał szeroki, czoło wypukłe, a blisko osadzone oczy spoglądały na niego wrogo. *Sam powiedział, że chętniej dałby mi stos niż statek, gdybym jednak wyświadczył mu tę przysługę...*

— Jeśli zamyślasz mnie zdradzić — ciągnął ser Axell — to nie zapominaj, proszę, że przez wiele lat byłem kasztelanem Smoczej Skały. Garnizon należy do mnie. Zapewne nie mogę cię spalić bez zgody króla, zawsze jednak może cię spotkać upadek. — Złapał mięsistą łapą za kark Davosa i pchnął go mocno do sięgającej pasa balustrady. Potem popchnął byłego przemytnika nieco silniej, zmuszając go do spojrzenia na dziedziniec. — Słyszałeś mnie?

— Słyszałem — odparł Davos. *I ty śmiesz zwać mnie zdrajcą?*

Ser Axell puścił go.

— To świetnie. — Uśmiechnął się. — Jego Miłość czeka. Musimy się śpieszyć.

Na samym szczycie Kamiennego Bębna, w wielkiej, okrągłej sali zwanej Komnatą Malowanego Stołu, znaleźli Stannisa Baratheona. Król stał za meblem, któremu komnata zawdzięczała swą nazwę. Potężny drewniany blat wyrzeźbiono i pomalowano na kształt Westeros, tak jak wyglądało ono w czasach Aegona Zdobywcy. Obok króla ustawiono żelazny piecyk, w którym czerwonopomarańczowym blaskiem płonęły węgle. Cztery wysokie, ostrołukowe okna wychodziły na północ, południe, wschód i zachód. Za nimi widać było noc i gwiaździste niebo. Davos słyszał szum wiatru i odległe dźwięki morza.

— Wasza Miłość — odezwał się ser Axell — przyprowadziłem cebulowego rycerza, tak jak rozkazałeś.

— Widzę.

Stannis miał na sobie szarą, wełnianą bluzę, ciemnoczerwony płaszcz oraz zwykły pas z czarnej skóry, przy którym zwisały miecz i sztylet. Na głowę włożył czerwono-złotą koronę, której szpicom nadano kształt płomieni. Jego wygląd przyprawił Davosa o szok. Król wydawał się dziesięć lat starszy niż wtedy, gdy pożegnał się z nim w Końcu Burzy, by pożeglować na bitwę, która przyniosła klęskę im obu. W krótko przystrzyżonej brodzie Stannisa widać było wiele siwych włosów. Stracił na wadze co najmniej dwa kamienie. Nigdy nie był tęgim mężczyzną, teraz jednak kości sterczały pod jego skórą niczym włócznie pragnące się wyrwać na zewnątrz. Nawet korona wydawała się za duża na jego głowę. Oczy stały się niebieskimi kałużami lśniącymi w głębokich jamach, a pod skórą wyraźnie rysowały się zarysy czaszki.

Gdy jednak zobaczył Davosa, na jego ustach wykwitł blady uśmiech.

— A więc morze zwróciło mi mojego rycerza od ryb i cebuli.

— Zwróciło, Wasza Miłość.

*Czy w ogóle wie, że siedziałem w jego lochu?* Davos opadł na jedno kolano.

— Wstań, ser Davosie — rozkazał Stannis. — Było mi ciebie brak, ser. Potrzebuję dobrej rady, a ty zawsze mi nią służyłeś. Powiedz mi, jaka jest kara za zdradę?

To słowo zawisło w powietrzu. *Jest straszne* — pomyślał Davos. Czy miał potępić swego współwięźnia? A może siebie? *Królowie znają odpowiedź na to pytanie lepiej niż ktokolwiek inny.*

— Zdradę? — wykrztusił wreszcie słabym głosem.

— A jak inaczej to nazwać, gdy ktoś sprzeciwia się swemu królowi i próbuje skraść tron, który prawnie mu się należy? Pytam cię po raz drugi, jaka jest zgodnie z prawem kara za zdradę?

Davos nie miał innego wyboru, jak odpowiedzieć.

— Śmierć — rzekł. — Karą za zdradę jest śmierć, Wasza Miłość.

— Zawsze tak było. Nie jestem... nie jestem okrutnikiem, ser Davosie. Znasz mnie. Znasz mnie od dawna. To nie ja wprowadziłem to prawo. Zawsze tak było, jeszcze za czasów Aegona, a nawet przedtem. Daemon Blackfyre, bracia Toyne, Sępi Król, wielki maester Hareth... zdrajcy zawsze płacili życiem... nawet Rhaenyra Targaryen. Była córką jednego króla i matką dwóch następnych, a mimo to zginęła śmiercią zdrajczyni za to, że próbowała zagarnąć koronę, która należała się jej bratu. To prawo, Davosie. Prawo. Nie okrucieństwo.

— Tak, Wasza Miłość. — *Nie mówi o mnie.* Davos ulitował się nad swym współwięźniem, który siedział teraz sam w ciemnej celi. Wiedział, że powinien trzymać język za zębami, czuł się jednak zmęczony i było mu ciężko na sercu. — Panie, lord Florent nie zamierzał cię zdradzić — usłyszał własne słowa.

— Czyżby przemytnicy zwali to inaczej? Uczyniłem go namiestnikiem, a on chciał sprzedać moje prawa za miskę grochu. Był nawet gotów oddać im Shireen. Zamierzał wydać moje jedyne dziecko za bękarta zrodzonego z kazirodztwa. — Głos króla był ochrypły z gniewu. — Mój brat miał dar budzenia lojalności. Nawet u wrogów. Pod Summerhall wygrał trzy bitwy w ciągu jednego dnia i sprowadził lordów Grandisona i Cafferena do Końca Burzy jako jeńców. Ich chorągwie wywiesił w komnacie w charakterze trofeów. Białe jelonki Cafferena były splamione krwią, a śpiący lew Grandisona rozdarty niemal na dwoje. A mimo to często siadywali pod tymi chorągwiami, by całą noc pić i ucztować z Robertem. Zabierał ich nawet na łowy. Kiedy zobaczyłem, jak rzucają toporami na dziedzińcu, powiedziałem mu: „Ci ludzie chcieli cię oddać Aerysowi, byś spłonął żywcem. Nie powinieneś dawać im do ręki broni". Robert tylko się roześmiał. Ja wtrąciłbym Grandisona i Cafferena do lochu, on natomiast zrobił z nich swych przyjaciół. Lord Cafferen zginął pod zamkiem Ashford. Powalił go Randyll Tarly, gdy walczył za Roberta. Lord Grandison został ranny nad Tridentem i rok później zmarł. Mój brat zdobył ich miłość, a ja potrafię skłonić ludzi tylko do zdrady. Nawet własną rodzinę. Brata, dziadka, kuzynów, dobrego wuja...

— Wasza Miłość — odezwał się ser Axell. — Błagam cię, daj mi szansę dowieść, że nie wszyscy Florentowie są tak chwiejni.

— Ser Axell chciałby, bym ponownie ruszył na wojnę — wyjaśnił Davosowi król Stannis. — Lannisterowie sądzą, że jestem już pokonany. Opuścili mnie prawie wszyscy zaprzysiężeni lordowie. Nawet lord Estermont, ojciec mojej matki, ugiął kolana przed Joffreyem. Garstka wiernych ludzi, która jeszcze przy mnie pozostała, utraciła odwagę. Trawią swe dni na pijaństwie oraz hazardzie i liżą rany jak zbite kundle.

— Bitwa ponownie rozpali ich serca, Wasza Miłość — zapewnił ser Axell. — Porażka to choroba, na którą lekarstwem jest zwycięstwo.

— Zwycięstwo. — Król wykrzywił usta w grymasie. — Są zwycięstwa i zwycięstwa, ser. Przedstaw swój plan ser Davosowi. Chciałbym usłyszeć, co on powie na twą propozycję.

Ser Axell zwrócił się w stronę Davosa z miną podobną do tej, jaką zapewne miał na twarzy dumny lord Belgrave tego dnia, gdy król Baelor Błogosławiony rozkazał mu umyć pokryte wrzodami stopy żebraka. Wykonał jednak polecenie.

Plan, który ułożyli ser Axell i Salladhor Saan, był prosty. Kilka godzin żeglugi od Smoczej Skały leżała Szczypcowa Wyspa, starożytna, otoczona przez morskie fale siedziba rodu Celtigarów. Lord Ardrian Celtigar walczył na Czarnym Nurcie pod sztandarem z gorejącym sercem, gdy jednak dostał się do niewoli, nie tracąc czasu, przeszedł na stronę Joffreya. Od tej pory przebywał w Królewskiej Przystani.

— Z pewnością boi się gniewu Jego Miłości i nie śmie się zbliżyć do Smoczej Skały — oznajmił ser Axell. — I słusznie. Zdradził prawowitego króla.

Ser Axell chciał użyć floty Salladhora Saana oraz ludzi ocalonych z Czarnego Nurtu — Stannis nadal miał na Smoczej Skale około tysiąca pięciuset żołnierzy, w tym ponad połowę Florentów — by wywrzeć zemstę na lordzie Celtigarze. Szczypcowa Wyspa miała tylko niewielki garnizon, a w zamku ponoć pełno było myrijskich dywanów, volanteńskiego szkła, złotej i srebrnej zastawy, wysadzanych klejnotami pucharów i wspaniałych sokołów. Był tam też topór z valyriańskiej stali, róg, który wzywał z głębin potwory, szkatuły pełne rubinów i tyle wina, że człowiek nie wypiłby go nawet przez sto lat. Choć Celtigar pokazywał światu twarz skąpca, nigdy nie skąpił grosza na własne wygody.

— Zamek powinniśmy puścić z dymem, a ludzi wyrżnąć — zakończył ser Axell. — Obrócimy Szczypcową Wyspę w pełne popiołów i kości pogorzelisko, odpowiednie mieszkanie dla siwych wron. W ten sposób całe królestwo ujrzy, jaki los czeka tych, którzy oddają się Lannisterom.

Stannis bez słowa wysłuchał recytacji ser Axella, zgrzytając powoli zębami.

— Sądzę, że można by tego dokonać — stwierdził, gdy Florent skończył. — Ryzyko jest niewielkie. Dopóki lord Redwyne nie wypłynął z Arbor, Joffrey wciąż nie ma żadnej floty. Łupy mogłyby nam zapewnić na pewien czas wierność tego lyseńskiego pirata Salladhora Saana. Szczypcowa Wyspa sama z siebie nie ma wartości, lecz jej upadek uświadomiłby lordowi Tywinowi, że moja sprawa nie jest jeszcze przegrana. — Król popatrzył na Davosa. — Mów prawdę, ser. Co sądzisz o propozycji ser Axella?

*Mów prawdę, ser.* Davos przypomniał sobie mroczną celę, którą dzielił z lordem Alesterem, wspomniał Minoga i Owsiankę. Pomyślał o słowach, które usłyszał od ser Axella na moście nad dziedzińcem. *Statek albo pchnięcie, co mam wybrać?* To jednak Stannis go pytał.

— Wasza Miłość — zaczął z namysłem. — Sądzę, że to szaleństwo... i tchórzostwo.

— Tchórzostwo? — niemal krzyknął ser Axell. — Nikt nie będzie zwał mnie tchórzem w obecności króla.

— Cisza — rozkazał Stannis. — Ser Davosie, mów dalej. Chcę, byś wyjaśnił swe stanowisko.

Davos spojrzał na ser Axella.

— Twierdzisz, że powinniśmy pokazać królestwu, iż jeszcze nie przegraliśmy. Zadać cios. Wznowić wojnę... ale z kim mamy walczyć? Na Szczypcowej Wyspie nie znajdziemy Lannisterów.

— Znajdziemy tam zdrajców — odparł ser Axell — chociaż niewykluczone, że potrafiłbym wskazać paru bliżej domu. Nawet w tej komnacie.

Davos zignorował ten atak.

— Nie wątpię, że lord Celtigar ugiął kolana przed młodym Joffreyem. Jest starym, zmęczonym człowiekiem i pragnie jedynie dokonać swych dni w zamku, popijając dobre wino z wysadzanych klejnotami pucharów. — Ponownie zwrócił się w stronę Stannisa. — A mimo to przybył na twe wezwanie, panie. Dał ci swych ludzi i statki. Stał u twego boku pod Końcem Burzy, gdy ciągnął na nas lord Renly, i jego okręty pożeglowały w górę Czarnego Nurtu. Jego ludzie walczyli i zabijali za ciebie. Płonęli za ciebie. To prawda, że Szczypcowa Wyspa jest słabo broniona. Są tam tylko kobiety, dzieci i starcy. A dlaczego tak jest? Dlatego, że ich mężowie, synowie i ojcowie polegli na Czarnym Nurcie. Zginęli u wioseł albo z mieczami w dłoniach, walcząc pod twoimi chorągwiami. A ser Axell chce, żebyśmy napadli na domy, które opuścili, zgwałcili wdowy i wymordowali dzieci. Ci prostaczkowie nie są zdrajcami...

— Są — upierał się ser Axell. — Nie wszyscy ludzie Celtigara zginęli na Czarnym Nurcie. Setki dostały się do niewoli i ugięły kolana razem z nim.

— Razem z nim — powtórzył Davos. — To jego ludzie. Poprzysięgli mu wierność. Jaki mieli wybór?

— Każdy zawsze ma wybór. Mogli nie klęknąć. Niektórzy tak postąpili i zapłacili za to życiem. Zginęli jako wierni poddani.

— Niektórzy ludzie są silniejsi od innych.

Davos wiedział, że to nieprzekonująca odpowiedź. Stannis Baratheon był człowiekiem o żelaznej woli, który nie rozumiał słabości innych i jej nie wybaczał. *Przegrywam* — pomyślał zdesperowany.

— Każdy ma obowiązek dochować wierności prawowitemu królowi, nawet jeśli lord, któremu służy, okaże się zdrajcą — oznajmił Stannis niedopuszczającym sprzeciwu tonem.

Davosa ogarnęła nagle desperacka odwaga, lekkomyślność bliska szaleństwu.

— Tak jak ty dochowałeś wierności królowi Aerysowi, gdy twój brat wzniósł chorągwie, Wasza Miłość? — wygarnął.

Zapadła pełna szoku cisza.

— Zdrada! — krzyknął po chwili ser Axell, wyszarpując sztylet zza pasa. — Wasza Miłość dopuścił się obrazy majestatu prosto w oczy!

Davos słyszał, jak Stannis zgrzyta zębami. Na czoło wystąpiła mu niebieska, obrzmiała żyła.

— Schowaj nóż, ser Axellu. I zostaw nas samych.

— Jeśli Wasza Miłość sobie życzy...

— Życzę sobie, żebyś wyszedł — oznajmił Stannis. — Zejdź mi z oczu i przyślij tu Melisandre.

— Wedle rozkazu.

Ser Axell schował nóż, pokłonił się i ruszył ku drzwiom, gniewnie stukając butami o posadzkę.

— Zawsze nadużywałeś mojej cierpliwości — ostrzegł Davosa Stannis, gdy już zostali sami. — Mogę ci skrócić język równie łatwo jak palce, przemytniku.

— Jestem twoim człowiekiem, Wasza Miłość. Mój język również należy do ciebie i możesz z nim zrobić, co tylko zechcesz.

— Masz rację — zgodził się król spokojniejszym już tonem. —

A ja chcę, żeby twój język mówił prawdę, nawet jeśli zdarza się, że to gorzki napój. Aerys? Gdybyś tylko wiedział... to była trudna decyzja. Moja krew albo mój senior. Brat albo król. — Wykrzywił twarz. — Widziałeś kiedyś Żelazny Tron? Zadziory na oparciu, wstęgi wygiętej stali, ostre sztychy mieczy i noży, zbitych i stopionych w jedną masę? Nie siedzi się na nim wygodnie, ser. Aerys kaleczył się tak często, że ludzie przezwali go królem Strupem, a Maegor Okrutny został zamordowany na tym tronie. Niektórzy opowiadają, że przez ten tron. Zasiadanie na nim nie należy do przyjemności. Często zadaję sobie pytanie, dlaczego moi bracia tak rozpaczliwie go pragnęli.

— A dlaczego ty go pragniesz? — zapytał go Davos.

— Nie chodzi o moje pragnienia. Tron należy do mnie, gdyż jestem dziedzicem Roberta. Tak mówi prawo. Po mnie musi go odziedziczyć moja córka, chyba że Selyse da mi wreszcie syna. — Przebiegł lekko trzema palcami po pokrywającym blat lakierze, gładkim i pociemniałym ze starości. — Jestem królem i to, czy tego chcę, nie ma tu nic do rzeczy. Muszę spełnić obowiązek wobec córki. Wobec królestwa. A nawet wobec Roberta. Wiem, że miał dla mnie niewiele miłości, był jednak moim bratem. Ta lannisterska kobieta przyprawiła mu rogi i zrobiła z niego błazna. Być może nawet go zamordowała, tak jak zamordowała Jona Arryna i Neda Starka. Za takie zbrodnie trzeba wymierzyć sprawiedliwość. Zaczynając od Cersei i jej ohydnego pomiotu. Ale tylko zaczynając. Zamierzam oczyścić dwór. Robert powinien to uczynić już po Tridencie. Ser Barristan powiedział mi kiedyś, że początkiem zgnilizny, która przeżarła rządy Aerysa, był Varys. W żadnym wypadku nie wolno było ułaskawiać eunucha. I Królobójcy też nie. Robert powinien był przynajmniej pozbawić Jaime'a białego płaszcza i wysłać go na Mur, tak jak radził lord Stark. On jednak posłuchał Jona Arryna. Ja byłem wówczas oblegany w Końcu Burzy i nikt mnie nie pytał o zdanie. — Odwrócił się gwałtownie i przeszył Davosa twardym, przenikliwym spojrzeniem. — Mów prawdę. Dlaczego chciałeś zamordować lady Melisandre?

*A więc wie o tym.* Davos nie mógł go okłamać.

— Na Czarnym Nurcie spłonęło czterech moich synów. Oddała ich płomieniom.

— Krzywdzisz ją. To nie ona wywołała te pożary. Przeklinaj Krasnala, piromantów i tego głupiego Florenta, który wprowadził moją flotę prosto w pułapkę. Albo przeklinaj mnie za moją upartą dumę, za to, że odesłałem ją wtedy, gdy była mi najbardziej potrzebna. Ale nie przeklinaj Melisandre. Ona służy mi wiernie.

— Maester Cressen służył ci wiernie. Zabiła go, tak samo jak ser Cortnaya Penrose'a i twojego brata Renly'ego.

— Nie wygaduj głupstw — zbeształ go król. — To prawda, że widziała śmierć Renly'ego w płomieniach, ale nie jest jej winna bardziej ode mnie. Kapłanka cały czas była ze mną. Twój Devan może to potwierdzić. Zapytaj go, jeśli wątpisz w me słowa. Melisandre oszczędziłaby Renly'ego, gdyby tylko mogła. To ona nalegała, bym spotkał się z nim, dał mu ostatnią szansę zejścia ze ścieżki zdrady. I to ona przekonała mnie, bym po ciebie wysłał, gdy ser Axell chciał cię oddać R'hllorowi. — Uśmiechnął się półgębkiem. — Dziwi cię to?

— Tak. Wie, że nie jestem jej przyjacielem ani przyjacielem jej czerwonego boga.

— Za to jesteś moim. O tym również wie. — Skinął na Davosa, każąc mu podejść bliżej. — Chłopak zachorował. Maester Pylos przystawia mu pijawki.

— Chłopak? — Davos natychmiast pomyślał o swym Devanie, królewskim giermku. — Mój syn, panie?

— Devan? To dobry chłopiec. Jest w nim dużo z ciebie. Mówiłem o bękarcie Roberta, tym, którego przywieźliśmy z Końca Burzy.

*O Edricu Stormie.*

— Rozmawiałem z nim w Ogrodzie Aegona.

— Ona tego chciała. Widziała to. — Stannis westchnął. — Czy chłopak cię oczarował? Ma ten dar. Odziedziczył go po ojcu. Wie, że jest królewskim synem, ale woli nie pamiętać, iż jest bękartem. Uwielbia Roberta, tak samo jak Renly, kiedy był mały. Gdy tylko mój królewski brat odwiedzał Koniec Burzy, bawił się w czułego ojca. Były też podarunki... miecze, kucyki i obszyte futrem płaszcze.

Wszystko to pochodziło od eunucha. Chłopak zasypywał Czerwoną Twierdzę swymi podziękowaniami, a Robert śmiał się i pytał Varysa, co mu wyśle w tym roku. Renly był nie lepszy. Pozostawił wychowanie chłopaka kasztelanom i maesterom. Wszyscy oni ulegli jego urokowi. Penrose wolał zginąć, niż mi go oddać. — Król znowu zazgrzytał zębami. — Wciąż mnie to gniewa. Jak mógł sądzić, że skrzywdzę tego chłopca? Przecież wybrałem Roberta. Gdy nadszedł ten trudny dzień, postawiłem krew wyżej niż honor.

*Ani razu nie wymienił jego imienia.* To bardzo zaniepokoiło Davosa.

— Mam nadzieję, że młody Edric wkrótce wróci do zdrowia.

Stannis zbył jego troskę machnięciem ręki.

— To tylko przeziębienie, nic więcej. Kaszle, ma dreszcze i gorączkę. Maester Pylos wkrótce sobie z tym poradzi. Rozumiesz, chłopiec sam w sobie nie ma znaczenia, ale w jego żyłach płynie krew mojego brata. Ona mówi, że królewska krew ma w sobie moc.

Davos nie musiał pytać, kim jest „ona".

Stannis dotknął Malowanego Stołu.

— Spójrz na to, cebulowy rycerzu. Oto moje królestwo. Moje Westeros. — Przesunął dłonią nad stołem. — Całe to gadanie o Siedmiu Królestwach to czyste szaleństwo. Aegon zrozumiał to trzysta lat temu, gdy stał tu, gdzie my stoimy teraz. Pomalowali ten stół na jego rozkaz. Zaznaczyli na nim rzeki i zatoki, wzgórza i góry, zamki, miasta i targowe miasteczka, jeziora, bagna i lasy... nie uwzględnili jednak granic. To jest jedno królestwo i powinien nim władać jeden król.

— Jeden król — zgodził się Davos. — Jeden król znaczy pokój.

— Zaprowadzę w Westeros sprawiedliwość. Ser Axell wie o sprawiedliwości równie mało jak o wojnie. Szczypcowa Wyspa na nic by mi się nie przydała... a poza tym byłby to zły uczynek, tak jak mówiłeś. Celtigar musi osobiście zapłacić za swą zdradę. Stanie się to, gdy wreszcie zasiądę na tronie. Każdy zbierze to, co zasiał, od najpotężniejszego lorda aż po najnędzniejszego ulicznika. Zapewniam cię, że niektórzy stracą coś więcej niż koniuszki palców.

Moje królestwo przez nich krwawi, a tego nie daruję. — Król Stannis odwrócił się od stołu. — Na kolana, cebulowy rycerzu.

— Wasza Miłość?

— Za twą cebulę i ryby uczyniłem cię kiedyś rycerzem. Za to mam zamiar dać ci tytuł lorda.

Za to? Davos nic nie rozumiał.

— Wystarcza mi, że jestem twoim rycerzem, Wasza Miłość. Nie umiem zachowywać się po lordowsku.

— I bardzo dobrze. Zachowywać się po lordowsku to znaczy kłamać. Dobrze sobie zapamiętałem tę lekcję. A teraz klękaj. Twój król ci rozkazuje.

Davos ukląkł, a Stannis wydobył miecz. Melisandre nazwała go Światłonoścą, czerwonym mieczem bohaterów, wydobytym z ognia, który pochłonął siedmiu bogów. Gdy oręż wysunął się z pochwy, w komnacie pojaśniało. Stal lśniła blaskiem raz pomarańczowym, raz żółtym, a raz czerwonym. Powietrze wokół niego migotało. Żaden klejnot nigdy nie lśnił tak jasno. Gdy jednak Stannis dotknął ramienia Davosa, okazało się, że Światłonośca w dotyku niczym nie różni się od innych mieczy.

— Ser Davosie z rodu Seaworthów — zapytał król — czy jesteś moim oddanym i wiernym lennikiem, teraz i na zawsze?

— Jestem, Wasza Miłość.

— I czy przysięgasz wiernie mi służyć przez wszystkie swe dni, udzielać mi szczerych rad i słuchać mnie bez zastrzeżeń, bronić moich praw i mojego królestwa przeciw wszystkim nieprzyjaciołom w wielkich bitwach i małych potyczkach, osłaniać moich poddanych i karać moich wrogów?

— Przysięgam, Wasza Miłość.

— W takim razie, Davosie Seaworth, wstań z klęczek jako lord Deszczowego Lasu, admirał wąskiego morza i królewski namiestnik.

Przez chwilę Davos był zbyt oszołomiony, by móc się poruszyć. *Dziś rano obudziłem się w jego lochu.*

— Wasza Miłość, nie możesz... nie jestem godzien być królewskim namiestnikiem.

— Nikt nie jest godniejszy od ciebie.

Stannis schował Światłonoścę, podał Davosowi rękę i pomógł mu wstać.

— Jestem nisko urodzony — przypomniał mu Davos. — Niedawno byłem przemytnikiem. Twoi lordowie nie będą mnie słuchali.

— W takim razie mianujemy nowych lordów.

— Ale... ja nie umiem czytać... ani pisać...

— Maester Pylos będzie czytał za ciebie. A jeśli chodzi o pisanie, to mojego poprzedniego namiestnika kosztowało ono głowę. Żądam od ciebie tylko tego, co dawałeś mi dotąd. Uczciwości. Wierności. Służby.

— Z pewnością znalazłby się ktoś odpowiedniejszy... jakiś wielki lord...

Stannis żachnął się pogardliwie.

— Ten chłopak, Bar Emmon? Mój niewierny dziadek? Celtigar mnie opuścił, nowy Velaryon ma sześć lat, a nowy Sunglass pożeglował do Volantis, kiedy spaliłem jego brata. — Skinął dłonią w gniewnym geście. — To prawda, że zostało mi kilku dobrych ludzi. Ser Gilbert Farring nadal utrzymuje dla mnie Koniec Burzy z dwoma setkami wiernych ludzi. Lord Morrigen, bękart z Nocnej Pieśni, młody Chyttering, mój kuzyn Andrew... żadnemu z nich nie ufam jednak tak jak tobie, mój lordzie Deszczowego Lasu. Ty będziesz moim namiestnikiem. To ciebie chcę mieć w bitwie u mego boku.

*Następna bitwa będzie końcem nas wszystkich* — pomyślał Davos. *Lord Alester miał pod tym względem rację.*

— Wasza Miłość prosił mnie o uczciwą radę. Powiadam ci uczciwie... brak nam sił, by stoczyć jeszcze jedną bitwę z Lannisterami.

— Jego Miłość mówił o największej bitwie — rozległ się kobiecy głos z silnym wschodnim akcentem. Melisandre stała w drzwiach, odziana w czerwone jedwabie i migotliwe atłasy. W dłoniach trzymała nakryty srebrny półmisek. — Te małe wojny to tylko bójki niesfornych dzieci w porównaniu z tym, co nadejdzie. Ten, którego imienia nie wolno wypowiadać, gromadzi swą moc, Davosie Seaworth, a jest ona straszliwa, zła i potężna ponad wszelkie wyobrażenie. Wkrótce nadejdzie zimno i noc, która nie ma końca. — Postawiła srebrny półmisek na Malowanym Stole. — Chyba że wierni ludzie znajdą w sobie odwagę, by stanąć z nim do walki. Ludzie, którzy mają serca z ognia.

Stannis popatrzył na półmisek.

— Pokazała mi to w płomieniach, lordzie Davosie.

— Widziałeś to, panie?

Stannis Baratheon nie okłamałby go w podobnej sprawie.

— Na własne oczy. Po bitwie, gdy ogarnęła mnie rozpacz, lady Melisandre poprosiła mnie, bym spojrzał na płonący na kominku ogień. Komin miał silny ciąg i z ognia wzbijały się w górę drobinki popiołu. Wbiłem w nie wzrok, czując się jak głupi, kazała mi jednak wpatrzyć się głębiej i... popiół był biały, a choć wznosił się w górę z prądem powietrza, nagle wydało mi się, że spada. Śnieg, pomyślałem. Potem iskry zatańczyły wkoło i przerodziły się w krąg pochodni. Patrzyłem przez ogień na jakieś wysokie wzgórze wznoszące się nad lasem. Węgielki stały się odzianymi w czerń ludźmi, ukrytymi za zasłoną pochodni, a w śniegu poruszały się jakieś kształty. Choć ogień był gorący, poczułem zimno tak straszliwe, że aż zadrżałem. Potem obraz zniknął i ogień znowu stał się ogniem. To, co widziałem, było jednak prawdą, postawiłbym na to moje królestwo.

— Uczyniłeś to — wskazała Melisandre.

Przekonanie brzmiące w głosie króla przeraziło Davosa aż do szpiku kości.

— Wzgórze w lesie... kształty na śniegu... nic z tego nie rozumiem...

— To znaczy, że walka już się zaczęła — wyjaśniła Melisandre. — Piasek przesypuje się przez klepsydrę szybciej. Czas ludzi na ziemi dobiega już niemal końca. Musimy działać śmiało, bo inaczej wszelka nadzieja zginie. Westeros musi się zjednoczyć pod berłem prawowitego króla, księcia, którego obiecano, lorda Smoczej Skały i wybrańca R'hllora.

— Jeśli rzeczywiście nim jestem, to R'hllor dokonał dziwnego wyboru. — Król skrzywił się, jakby posmakował czegoś obrzydliwego. — Dlaczego ja, a nie moi bracia? Renly i jego brzoskwinia. Widzę w snach sok cieknący mu z ust i krew tryskającą z gardła. Gdyby wykonał swój braterski obowiązek, zmiażdżylibyśmy lorda Tywina. Nawet Robert byłby dumny z takiego zwycięstwa. Robert... — Stannis zgrzytnął gwałtownie zębami. — On również mi się śni. Jak się śmieje. Pije. Przechwala. W tym właśnie był najlepszy. W tym i w walce. Nigdy nie przewyższyłem go w niczym. Pan Światła powinien zrobić swym wojownikiem Roberta. Dlaczego ja?

— Dlatego, że jesteś sprawiedliwym mężem — wyjaśniła Melisandre.

— Sprawiedliwy mąż. — Stannis dotknął palcem nakrytego półmiska. — Z pijawkami.

— Tak — potwierdziła Melisandre — ale muszę powtórzyć ci raz jeszcze, że nie tędy droga.

— Przysięgłaś, że to poskutkuje.

Na twarzy króla malował się gniew.

— Poskutkuje... i nie poskutkuje.

— Więc jak będzie?

— I tak, i tak.

— Wypowiadaj się jaśniej, kobieto.

— Gdy ognie wypowiedzą się jaśniej, ja również to uczynię. W płomieniach kryje się prawda, lecz nie zawsze łatwo jest ją ujrzeć. — Wielki rubin, który miała u gardła, spijał blask dobywający się z piecyka. — Daj mi chłopca, Wasza Miłość. To pewniejszy sposób. Lepszy. Daj mi chłopca, a obudzę kamiennego smoka.

— Już ci powiedziałem „nie".

— Cóż znaczy jeden chłopiec z nieprawego łoża wobec wszystkich chłopców i dziewcząt w Westeros. Wobec wszystkich dzieci, jakie kiedykolwiek się narodzą we wszystkich królestwach świata.

— Jest niewinny.

— Gdyby nie splugawił twego małżeńskiego łoża, z pewnością doczekałbyś się już własnych synów. Okrył cię wstydem.

— Robert okrył mnie wstydem. Nie ten chłopak. Moja córka go polubiła. A w jego żyłach płynie moja krew.

— Krew twojego brata — wskazała Melisandre. — Krew króla. Tylko królewska krew może obudzić kamiennego smoka.

Stannis zazgrzytał zębami.

— Nie chcę już więcej o tym słyszeć. Czasy smoków minęły. Targaryenowie niejeden raz próbowali je ożywić i zrobili z siebie błaznów albo trupy. Plama jest jedynym błaznem, jakiego potrzebujemy na tej zapomnianej przez bogów skale. Masz pijawki. Rób, co do ciebie należy.

Melisandre pochyliła sztywno głowę.

— Jak mój król rozkaże.

Sięgnęła prawą ręką do lewego rękawa i sypnęła do piecyka garść jakiegoś proszku. Węgielki zasyczały głośno. Gdy ogarnął je jasny płomień, kobieta w czerwieni wzięła ze stołu półmisek i podała go królowi. Davos przyglądał się, jak uniosła pokrywkę. W środku leżały trzy wielkie czarne pijawki, opite krwią.

*Krwią chłopca* — zrozumiał cebulowy rycerz. Królewską krwią.

Stannis wyciągnął rękę i zacisnął palce na jednej z nich.

— Powiedz imię — poleciła Melisandre.

Pijawka wiła się w królewskim uścisku, próbując przyssać się do jednego z jego palców.

— Uzurpator — rzekł Stannis. — Joffrey Baratheon.

Gdy cisnął pijawkę w ogień, zwinęła się pośród węgli niczym jesienny liść i spłonęła. Król złapał drugą.

— Uzurpator — oznajmił, tym razem głośniej. — Balon Greyjoy.

Rzucił ją lekko na piecyk. Ciało pijawki pękło i z sykiem eksplodowała z niej dymiąca krew.

Do dłoni króla trafiła ostatnia pijawka. Tym razem przyglądał się przez chwilę, jak wije się pomiędzy jego palcami.

— Uzurpator — powiedział wreszcie. — Robb Stark.

Cisnął pijawkę w płomienie.

# JAIME

Łaźnia Harrenhal była ciemnym, parnym pomieszczeniem o niskim suficie. Stało w niej mnóstwo wielkich kamiennych wanien. Gdy wprowadzono Jaime'a do środka, okazało się, że w jednej z nich siedzi Brienne, która szorowała sobie ramię z zapamiętałością bliską gniewu.

— Nie tak mocno, dziewko — zawołał. — Zedrzesz sobie skórę.

Odrzuciła szczotkę i zakryła cycki dłońmi wielkimi jak łapska Gregora Clegane'a. Małe, spiczaste pączki, które tak bardzo pragnęła ukryć, wyglądałyby bardziej naturalnie na jakiejś dziesięcioletniej dziewczynce niż na jej szerokiej, muskularnej piersi.

— Co ty tu robisz? — zapytała.

— Lord Bolton nalega, bym spożył z nim kolację, nie chciał jednak zaprosić moich pcheł. — Jaime pociągnął lewą ręką za rękaw strażnika. — Pomóż mi się wydostać z tych śmierdzących łachmanów. — Jedną ręką nie mógł nawet rozwiązać sobie spodni. Mężczyzna nie miał zbyt zadowolonej miny, wykonał jednak polecenie. — A teraz nas zostaw — rozkazał Jaime, gdy jego ubranie leżało już na stosie na mokrej kamiennej podłodze. — Pani z Tarthu nie życzy sobie, by takie szumowiny jak ty gapiły się na jej cycki. — Wskazał kikutem na usługującą Brienne kobietę o ostrej, wąskiej twarzy. — Ty też. Zaczekaj na zewnątrz. Tu są tylko jedne drzwi, a dziewka jest za duża, żeby mogła się wymknąć przez komin.

Nawyk posłuszeństwa był głęboko zakorzeniony. Kobieta wyszła na zewnątrz tuż za strażnikiem, zostawiając ich samych w łaźni. Wanny w stylu Wolnych Miast były tak wielkie, że mogłoby się w nich pomieścić sześciu, siedmiu ludzi. Jaime wdrapał się, powoli i niezgrabnie, do tej, w której siedziała dziewka. Oczy miał otwarte, choć mimo pijawek Qyburna wokół prawego wciąż utrzymywała się opuchlizna. Czuł się tak, jakby miał sto dziewięć lat, to znaczy znacznie lepiej niż w chwili przybycia do Harrenhal.

Brienne odsunęła się od niego jak najdalej.

— Są tu jeszcze inne wanny.

— Ta mi się podoba. — Z wielką ostrożnością zanurzył się po podbródek w gorącej wodzie. — Nie obawiaj się, dziewko. Twoje uda mają fioletowo-zieloną barwę i nie interesuje mnie to, co masz między nimi. — Prawą rękę musiał oprzeć o brzeg wanny, jako że Qyburn ostrzegał go, by nie zamoczył bandaża. Czuł, jak z jego nóg odpływa napięcie, lecz w głowie nadal mu się kręciło. — Wyciągnij mnie, jeśli zemdleję. Żaden Lannister nigdy nie utopił się w kąpieli. Nie mam zamiaru być pierwszy.

— A co mnie to obchodzi, jeśli zginiesz?

— Złożyłaś solenną przysięgę. — Uśmiechnął się, widząc, jak na grubą, białą kolumnę jej szyi wpełza rumieniec. Odwróciła się do niego plecami. — Nadal jesteś nieśmiałą dziewicą? Co masz takiego, czego twoim zdaniem nie widziałem?

Sięgnął po szczotkę, którą upuściła, ujął ją w palce i zaczął się szorować od niechcenia. Nawet to przychodziło mu z trudnością. *Lewą rękę mam zupełnie do niczego.*

Niemniej jednak zaskorupiały brud zmywał się z jego skóry, a woda robiła się coraz ciemniejsza. Dziewka odwróciła się do niego plecami. Mięśnie jej potężnych barków były mocno napięte.

— Czy aż tak bardzo przeszkadza ci widok mojego kikuta? — zapytał Jaime. — Powinnaś się cieszyć. Straciłem rękę, którą zabiłem króla. Rękę, którą wyrzuciłem z wieży małego Starka. Rękę, którą wsuwałem między nogi mojej siostrze, żeby się zrobiła wilgotna. — Podsunął jej kikut pod nos. — Nic dziwnego, że Renly zginął, jeśli ty go strzegłaś.

Zerwała się na równe nogi, jakby ją uderzył, rozchlapując wokół gorącą wodę. Kiedy wychodziła z wanny, Jaime zauważył między jej nogami kępę gęstych blond włosów. Brienne była znacznie bardziej włochata od jego siostry. Jego kutas poruszył się pod wodą, w niedorzeczny sposób reagując na ten widok. *Teraz już wiem na pewno, że za długo przebywałem z dala od Cersei.* Odwrócił wzrok, zakłopotany reakcją własnego ciała.

— To było niegodne — wymamrotał. — Jestem rozgoryczonym kaleką. Wybacz mi, dziewko. Niewielu jest mężczyzn, którzy potrafiliby mnie strzec tak dobrze jak ty.

Owinęła swą nagość w ręcznik.

— Drwisz ze mnie?

To znowu obudziło w nim gniew.

— Czy jesteś tępa jak buzdygan? To były przeprosiny. Zmęczyły mnie wieczne kłótnie z tobą. Może zawarlibyśmy rozejm?

— Rozejmy opierają się na zaufaniu. Chcesz, żebym zaufała...

— Wiem, Królobójcy. Wiarołomcy, który zamordował biednego, smętnego Aerysa Targaryena. — Jaime prychnął pogardliwie. — To nie z powodu Aerysa czuję żal, tylko z powodu Roberta. Na uczcie koronacyjnej rzekł mi: „Słyszałem, że przezwali cię Królobójcą. Postaraj się, żeby nie przeszło ci to w nawyk". Potem ryknął śmiechem. Jak to się dzieje, że nikt nie nazywa Roberta wiarołomcą? Rozdarł królestwo na strzępy, ale to ja mam gówno zamiast honoru.

— Robert uczynił to z miłości.

Po nogach Brienne ściekała woda, która tworzyła u jej stóp kałużę.

— Robert uczynił to dla zaspokojenia urażonej dumy, dla cipy i ładnej buzi.

Jaime zacisnął pięść... czy raczej zacisnąłby ją, gdyby miał dłoń. Jego ramię przeszył ból, okrutny jak śmiech Roberta.

— Chciał ratować królestwo — nie ustępowała.

*Ratować królestwo.*

— Czy wiesz, że mój brat podpalił Czarny Nurt? Dziki ogień pali się na wodzie. Aerys kąpałby się w nim, gdyby się odważył. Wszyscy Targaryenowie byli obłąkani na punkcie ognia. — Jaime'owi kręciło się w głowie. *Tu jest za gorąco, a we krwi mam jeszcze truciznę, pozostałą po gorączce. Nie jestem sobą.* Wsunął się do wody aż po podbródek. — Splugawiłem biały płaszcz... tego dnia miałem na sobie złotą zbroję, ale...

— Złotą zbroję?

Jej głos wydawał się słaby i odległy.

Jaime unosił się w morzu gorąca i wspomnień.

— Kiedy namiestnik z tańczącymi gryfami w herbie przegrał Bitwę Dzwonów, Aerys go wygnał. — *Dlaczego opowiadam o tym temu niedorzecznemu, brzydkiemu dziecku?* — Zdał sobie w końcu sprawę, że Robert nie jest zwykłym wyjętym spod prawa lordem, którego będzie mógł bez trudu zmiażdżyć, lecz największą groźbą, z jaką zetknął się ród Targaryenów od czasów Daemona Blackfyre'a. Król w nieuprzejmych słowach przypomniał Lewynowi Martellowi, że ma w ręku Elię, i wysłał go, by przejął dowództwo nad dziesięcioma tysiącami Dornijczyków, którzy podążali królewskim traktem. Jon Darry i Barristan Selmy pojechali do Kamiennego Septu, by zebrać jak najwięcej ludzi gryfowego namiestnika, a książę Rhaegar wrócił z południa i przekonał Aerysa, żeby zapomniał o dumie i wezwał mojego ojca. Z Casterly Rock nie wrócił jednak żaden kruk i król przestraszył się jeszcze bardziej. Wszędzie dopatrywał się zdrajców, a Varys zawsze usłużnie wskazywał mu tych, którzy umknęli jego uwadze. Jego Miłość rozkazał alchemikom rozmieścić pod całą Królewską Przystanią skrytki z dzikim ogniem. Pod Septem Baelora i pod ruderami w Zapchlonym Tyłku, pod stajniami i magazynami, pod wszystkimi siedmioma bramami, a nawet w piwnicach samej Czerwonej Twierdzy. Wszystko to zrobiła w największej tajemnicy garstka mistrzów piromantów. Nie ufali nawet własnym akolitom. Królowa już od wielu lat przymykała na wszystko oczy, a Rhaegar zajął się zbieraniem armii. Nowy namiestnik Aerysa, ten od buzdyganu i sztyletu, nie był jednak zupełnym głupcem i, widząc, że Rossart, Belis i Garigus co chwila odwiedzają króla, zaczął coś podejrzewać. Miał na imię Chelsted, lord Chelsted. — Przypomniał to sobie nagle, w trakcie opowieści. — Miałem go za tchórza, lecz w dniu, gdy wreszcie stawił czoło Aerysowi, znalazł gdzieś odwagę. Zrobił, co tylko mógł, żeby go odwieść od owego zamiaru. Przekonywał go, żartował, groził, a na koniec błagał. Kiedy nic nie pomogło, zerwał łańcuch i cisnął go na podłogę. Aerys spalił go za to żywcem i powiesił łańcuch na szyi Rossarta, swego ulubionego piromanty. Tego, który upiekł lorda Rickarda Starka w jego własnej zbroi. A ja cały ten czas stałem zakuty w biały pancerz u stóp Żelaznego Tronu, nieruchomy jak trup, strzegąc mojego króla i jego słodkich tajemnic. Rozumiesz, wszyscy moi zaprzysiężeni bracia byli daleko, ale mnie Aerys lubił zawsze trzymać pod ręką. Nie ufał mi, gdyż byłem synem swego ojca. Chciał, żeby Varys mógł mieć mnie na oku dzień i noc. Dlatego słyszałem wszystko. — Przypomniał sobie, jak lśniły oczy Rossarta, gdy piromanta rozwijał swe mapy, by pokazać, gdzie trzeba umieścić „substancję". Garigus i Belis byli tacy sami. — Rhaegar spotkał się z Robertem nad Tridentem. Wiesz, co się tam wydarzyło. Gdy wieści o tym dotarły na dwór, Aerys odesłał królową na Smoczą Skałę, razem z księciem Viserysem. Księżna Elia również chciała popłynąć, ale jej zabronił. Skądś przyszło mu do głowy, że książę Lewyn z pewnością zdradził Rhaegara nad Tridentem, sądził jednak, że potrafi zmusić Dorne do zachowania wierności, pod warunkiem, że zatrzyma przy sobie Elię i Aegona. Słyszałem, jak mówił Rossartowi: „Zdrajcy chcą zdobyć moje miasto, ale ja oddam im tylko zgliszcza. Niech Robert zostanie królem zwęglonych kości i pieczonego mięsa". Targaryenowie zawsze palą swych zmarłych, zamiast chować ich w ziemi, a Aerys chciał mieć największy stos pogrzebowy w historii swego rodu, choć, szczerze mówiąc, nie sądzę, by naprawdę wierzył, że zginie. Podobnie jak Aerion Jasny Płomień przed nim, był przekonany, że ogień go przeobrazi... że narodzi się na nowo jako smok i obróci wrogów w popiół. Ned Stark gnał już na południe z przednią strażą Roberta, ale wojska mojego ojca dotarły do miasta pierwsze. Pycelle przekonał króla, że jego namiestnik zachodu przybył go bronić. Dlatego Aerys otworzył bramy. Ten jedyny raz powinien był posłuchać Varysa i właśnie wtedy go zignorował. Mój ojciec nie mieszał się do wojny, wspominając wszystkie krzywdy, które wyrządził mu Aerys. Chciał, by ród Lannisterów znalazł się po stronie zwycięzców. Po Tridencie podjął decyzję. Mnie przypadł obowiązek obrony Czerwonej Twierdzy, wiedziałem jednak, że sprawa jest przegrana. Napisałem do Aerysa z prośbą o upoważnienie do negocjacji. Mój człowiek przyniósł mi w odpowiedzi królewski rozkaz. „Jeśli nie jesteś zdrajcą, przynieś mi głowę swego ojca". Aerys nie chciał nawet słyszeć o kapitulacji. Mój wysłannik powiedział mi, że jest z nim lord Rossart. Wiedziałem, co to znaczy. Kiedy znalazłem Rossarta, był ubrany jak zwykły zbrojny i biegł ku bocznej bramie. Jego wykończyłem najpierw. Potem zabiłem Aerysa, nim zdążył znaleźć innego posłańca, który zaniósłby wiadomość piromantom. Po kilku dniach wytropiłem pozostałych i ich również załatwiłem. Belis oferował mi złoto, a Garigus błagał ze łzami o zmiłowanie. No cóż, miecz jest bardziej miłosierny od ognia, nie sądzę jednak, by Garigus docenił łaskę, którą mu wyświadczyłem.

Woda już wystygła. Gdy Jaime otworzył oczy, zauważył, że spogląda na kikut. *Ta ręka uczyniła mnie Królobójcą*. Kozioł ograbił go z chwały i z hańby. *Co mi zostało? Kim teraz jestem?*

Dziewka wyglądała śmiesznie. Przyciskała do skąpych cycków ręcznik, spod którego wystawały grube białe nogi.

— Czyżbyś zaniemówiła od mojej opowieści? Przeklnij mnie, pocałuj albo nazwij kłamcą. Zrób coś.

— Jeśli to prawda, to dlaczego nikt o tym nie wie?

— Rycerze Gwardii Królewskiej przysięgają strzec tajemnic króla. Chciałabyś, żebym złamał przysięgę? — Jaime wybuchnął śmiechem. — Myślisz, że szlachetny lord Winterfell chciał słuchać moich wątpliwych usprawiedliwień? Taki honorowy człowiek jak on? Wystarczyło, by na mnie spojrzał i już uznał mnie za winnego. — Jaime podniósł się chwiejnie. Po piersi spłynęła mu zimna woda. — Jakim prawem wilk miałby osądzać lwa? Jakim prawem?

Ogarnęło go gwałtowne drżenie. Wychodząc z wanny, uderzył kikutem o jej brzeg.

Jego ciało przeszył straszliwy ból… i nagle łaźnia zawirowała. Brienne złapała go, nim zdążył upaść. Jej pokryte gęsią skórką ramię było zimne i mokre, była jednak silna i bardziej delikatna, niż się spodziewał. *Jest delikatniejsza niż Cersei* — pomyślał, gdy pomagała mu wyjść z wanny. Nogi gięły się pod nim niczym kutas, który nie chce stanąć.

— Straże! — usłyszał krzyk dziewki. — Królobójca!

*Jaime* — pomyślał. *Mam na imię Jaime.*

Gdy odzyskał przytomność, leżał na mokrej posadzce. Strażnicy, dziewka i Qyburn stali wokół niego z zatroskanymi mina-mi. Brienne była naga, wydawało się jednak, że na moment o tym zapomniała.

— Gorąca kąpiel czasem ma takie działanie — tłumaczył im maester Qyburn. *Nie, nie jest już maesterem. Zabrali mu łańcuch.* — Nadal ma we krwi truciznę, a do tego jest niedożywiony. Czym go karmiliście?

— Robakami, szczynami i szarymi rzygami — odpowiedział Jaime.

— Sucharami, wodą i owsianką — skorygował go strażnik. — Ale on prawie nic nie je. Co mamy z nim zrobić?

— Wyszorujcie go i ubierzcie. Jeśli będzie trzeba, zanieście go do Królewskiego Stosu — odparł Qyburn. — Lord Bolton koniecznie chce zjeść z nim dziś kolację. Zostało niewiele czasu.

— Przynieście dla niego czyste ubranie — zażądała Brienne. — Ja go umyję i ubiorę.

Pozostali ochoczo zostawili jej to zadanie. Podnieśli go z podłogi i posadzili na kamiennej ławie pod ścianą. Brienne poszła po swój ręcznik i wróciła ze sztywną szczotką, by dokończyć szorowania. Jeden ze strażników dał jej brzytwę, którą przycięła Jaime'owi brodę. Po chwili wrócił Qyburn z wełnianą bielizną, czystymi, czarnymi wełnianymi portkami, luźną, zieloną bluzą oraz skórzaną kurtką sznurowaną od przodu. Jaime'owi przestało się już kręcić w głowie, nadal jednak czuł się równie niezgrabny. Zdołał się ubrać tylko dzięki pomocy dziewki.

— Przydałoby się jeszcze srebrne zwierciadło.

Komediancki maester przyniósł czyste ubranie również dla Brienne: poplamioną, różową suknię z atłasu oraz lnianą halkę.

— Przykro mi, pani. To jedyne kobiece stroje w Harrenhal, które nie są na ciebie za małe.

Na pierwszy rzut oka było widać, że suknię uszyto dla kogoś, kto był węższy w ramionach, miał krótsze nogi i znacznie większe piersi. Piękne myrijskie koronki nie ukrywały pokrywających skórę Brienne siniaków. Zważywszy na wszystko razem, dziewka wyglądała w tym stroju śmiesznie. *Jest szersza w barach ode mnie i ma też grubszą szyję* — zauważył Jaime. *Nic dziwnego, że woli się ubierać w kolczugę*. Poza tym w różowym nie było jej do twarzy. Przyszedł mu do głowy tuzin złośliwych uwag, tym razem jednak zachował je dla siebie. Lepiej jej nie gniewać. Jedną ręką na pewno jej nie pokona.

Qyburn przyniósł również manierkę.

— Co to jest? — zapytał Jaime, gdy pozbawiony łańcucha maester podsunął mu ją do ust.

— Lukrecja maczana w occie, z miodem i goździkami. To doda ci sił i rozjaśni w głowie.

— Przynieś mi eliksir, od którego wyrastają nowe ręce — zażądał Jaime. — Oto, czego mi trzeba.

— Wypij to — poleciła Brienne bez śladu uśmiechu na twarzy. Posłuchał jej.

Minęło pół godziny, nim poczuł się wystarczająco silny, by stanąć. Po ciemnej, ciepłej i wilgotnej łaźni powietrze na dworze było ostre jak wymierzony policzek.

— Jego lordowska mość z pewnością już go szuka — oznajmił Qyburnowi strażnik. — I jej również. Czy będę musiał go nieść?

— Mogę chodzić. Brienne, posłuż mi ramieniem.

Jaime uczepił się jej i pozwolił, by poprowadzili go przez dziedziniec do ogromnej, wietrznej komnaty, jeszcze większej niż sala tronowa w Królewskiej Przystani. Pod ścianami, co jakieś dziesięć stóp, rozmieszczono olbrzymie paleniska. Było ich więcej, niż był w stanie policzyć, lecz w żadnym z nich nie rozpalono ognia i wewnątrz panował przenikliwy chłód. Drzwi i schodów, które kończyły się dwie galerie wyżej, strzegło dwunastu odzianych w futra włóczników. Pośrodku tej ogromnej, pustej przestrzeni, za ustawionym na koźle stołem otoczonym całymi akrami gładkiej, łupkowej posadzki, siedział lord Dreadfort, któremu towarzyszył jedynie podczaszy.

— Panie — odezwała się Brienne, gdy zatrzymali się przed nim.

Oczy Roose'a Boltona były jaśniejsze niż łupek, lecz ciemniejsze niż mleko, a jego głos delikatny niczym pajęczyna.

— Cieszę się, że odzyskałeś już siły i możesz mi towarzyszyć, ser. Usiądź, proszę, pani. — Wskazał na leżące na stole ser, chleb, zimne mięsa i owoce. — Wolicie czerwone czy białe wino? Obawiam się, że nie jest nadzwyczajne. Ser Amory niemal całkowicie osuszył piwnice lady Whent.

— Mam nadzieję, że go za to zabiłeś. — Jaime szybko usiadł na wskazanym miejscu, by lord Bolton nie zauważył, jaki jest słaby. — Białe wino jest dla Starków. Dobry Lannister pije tylko czerwone.

— Ja wolę wodę — oznajmiła Brienne.

— Elmarze, czerwone wino dla ser Jaime'a, wodę dla lady Brienne i hipokras dla mnie.

Lord Bolton skinął dłonią na strażników, rozkazując im odejść. Mężczyźni oddalili się bez słowa.

Jaime z przyzwyczajenia sięgnął po wino prawą ręką. Trącił kikutem puchar, który zachwiał się, wylewając na czysty lniany bandaż krople jaskrawoczerwonego trunku. Musiał złapać kielich lewą ręką, żeby się nie przewrócił, Bolton jednak udał, że nie zauważa jego niezgrabności. Lord Dreadfort wziął w rękę suszoną śliwkę i zjadł ją małymi kąskami.

— Poczęstuj się śliwką, ser Jaime. Są bardzo słodkie i ułatwiają pracę kiszek. Lord Vargo zabrał je z jakiejś gospody, zanim ją spalił.

— Moje kiszki pracują całkiem nieźle, kozioł nie jest lordem, a twoje śliwki interesują mnie znacznie mniej niż twoje zamiary.

— Wobec ciebie? — Na ustach lorda Boltona pojawił się blady uśmieszek. — Jesteś niebezpieczną zdobyczą, ser. Gdzie tylko się zjawisz, siejesz niezgodę. Nawet tutaj, w moim szczęśliwym domu Harrenhal. — Jego głos był tylko o jeden ton głośniejszy od szeptu. — I, jak się zdaje, również w Riverrun. Czy wiesz, że Edmure Tully zaoferował w nagrodę za pojmanie ciebie tysiąc złotych smoków?

*Tylko tyle?*

— Moja siostra zapłaci dziesięć razy więcej.

— Naprawdę? — Znowu ten uśmiech. Pojawił się na mgnienie oka i równie szybko zniknął. — Dziesięć tysięcy smoków to ogromna suma. Rzecz jasna, nie można też zapominać o propozycji lorda Karstarka, który zaoferował rękę swej córki człowiekowi, który przyniesie mu twoją głowę.

— A twój kozioł oczywiście zrozumiał to na odwrót — wtrącił Jaime.

Bolton zachichotał cicho.

— Czy wiedziałeś, że Harrion Karstark był tu jeńcem, gdy zdobyliśmy zamek? Oddałem mu wszystkich ludzi z Karholdu, którzy byli z nami, i wysłałem go razem z Gloverem. Mam nadzieję, że w Duskendale nie stało mu się nic złego... bo w przeciwnym razie Alys Karstark będzie jedynym ocalałym potomkiem lorda Rickarda. — Wybrał sobie kolejną śliwkę. — Na szczęście dla ciebie, nie potrzebuję żony. Będąc w Bliźniakach, poślubiłem lady Waldę Frey.

— Piękną Waldę?

Jaime próbował niezgrabnie przytrzymać chleb kikutem, by urwać go lewą ręką.

— Grubą Waldę. Lord Frey oferował mi w posagu tyle srebra, ile będzie ważyła panna młoda, dokonałem więc wyboru stosownie do tego. Elmarze, ułam trochę chleba ser Jaime'owi.

Chłopiec urwał z końcówki bochna kawał wielkości pięści i wręczył go gościowi. Brienne sama urwała sobie chleb.

— Lordzie Bolton — odezwała się. — Słyszałam, że zamierzasz oddać Harrenhal Vargo Hoatowi.

— Takiej ceny zażądał — odparł lord Bolton. — Lannisterowie nie są jedynymi ludźmi, którzy płacą swe długi. Tak czy inaczej, muszę szybko opuścić ten zamek. Edmure Tully ma poślubić w Bliźniakach lady Roslin Frey i mój król żąda, bym był obecny na ślubie.

— Edmure? — zdziwił się Jaime. — Nie Robb Stark?

— Jego Miłość król Robb ma już żonę. — Bolton wypluł sobie pestkę w dłoń i odłożył ją na bok. — Córkę Westerlingów z Turni. Słyszałem, że ma na imię Jeyne. Z pewnością ją znasz, ser. Jej ojciec jest chorążym twego ojca.

— Mój ojciec ma całe mnóstwo chorążych, a większość z nich ma córki.

Jaime sięgnął po puchar, próbując sobie przypomnieć tę Jeyne. Westerlingowie byli starym rodem, który miał więcej dumy niż znaczenia.

— To nie może być prawda — upierała się Brienne. — Król

Robb poprzysiągł poślubić córkę Freyów. Nigdy nie złamałby słowa…

— Jego Miłość jest szesnastoletnim chłopcem — zauważył łagodnym tonem Roose Bolton. — Byłbym wdzięczny, gdybyś nie kwestionowała moich słów, pani.

Jaime'owi było niemal żal Robba Starka. *Wygrał wojnę na polu bitwy, a przegrał ją w sypialni. Biedny głupiec.*

— A co lord Walder na to, że otrzyma na kolację pstrąga zamiast wilka? — zapytał.

— Och, pstrąg to smakowity kąsek. — Bolton wskazał bladym palcem na podczaszego. — Chociaż mój biedny Elmar jest zrozpaczony. Miał poślubić Aryę Stark, ale mój dobry ojciec Frey nie miał innego wyboru, jak zerwać zaręczyny, gdy tylko król Robb go zdradził.

— Czy są jakieś wieści o Aryi Stark? — Brienne pochyliła się na krześle. — Lady Catelyn bała się… czy dziewczynka jeszcze żyje?

— Och, żyje — zapewnił lord Dreadfort.

— Jesteś tego pewien, panie?

Roose Bolton wzruszył ramionami.

— To prawda, że Arya Stark na pewien czas zaginęła, ale teraz ją odnaleziono. Dopilnuję, by wróciła bezpiecznie na północ.

— Ona i jej siostra — nalegała Brienne. — Tyrion Lannister obiecał, że odda za swego brata obie dziewczynki.

To wyraźnie rozbawiło lorda Dreadfort.

— Pani, czy nikt ci tego nie powiedział? Lannisterowie kłamią.

— Czyżbyś chciał znieważyć honor mojego rodu? — Jaime ujął w jedyną dłoń nóż do sera. — Zaokrąglony, tępy koniec — zauważył, przesuwając palcem po ostrzu — ale i tak wbije ci się w oko.

Na czoło wystąpił mu pot. Mógł jedynie mieć nadzieję, że nie widać po nim, jaki jest słaby.

Na ustach lorda Boltona znowu pojawił się charakterystyczny uśmieszek.

— Śmiało przemawiasz, jak na człowieka, który potrzebuje pomocy, by ułamać sobie chleba. Przypominam ci, że ze wszystkich stron otaczają nas moi strażnicy.

— Ze wszystkich stron w odległości pół mili. — Jaime rozejrzał się po ogromnej sali. — Nim do nas dobiegną, będziesz martwy jak Aerys.

— Nie jest godne rycerza grozić gospodarzowi nad jego serem i oliwkami — zganił go lord Dreadfort. — Na północy nadal uważamy prawa gościnności za święte.

— Jestem tu jeńcem, nie gościem. Twój kozioł uciął mi rękę. Jeśli sądzisz, że zapomnę o tym dzięki paru śliwkom, to popełniasz straszliwy błąd.

To nie przypadło lordowi Boltonowi do gustu.

— Być może popełniam. Być może powinienem oddać cię w ślubnym prezencie Edmure'owi Tully'emu... albo ściąć ci głowę, tak jak twoja siostra Eddardowi Starkowi.

— Nie radziłbym. Casterly Rock ma długą pamięć.

— Moje mury dzielą od twojej skały trzy tysiące mil gór, morza i bagien. Wrogość Lannisterów mało znaczy dla Boltonów.

— Za to ich przyjaźń mogłaby znaczyć wiele.

Jaime sądził, że wie już, w jaką grę grają. *Ale czy dziewka również się tego domyśla?* Bał się na nią spojrzeć, by to sprawdzić.

— Nie jestem pewien, czy rozsądny człowiek chciałby mieć takich przyjaciół jak wy. — Roose Bolton skinął na chłopca. — Elmarze, odkrój gościom po kawałku pieczeni.

Brienne została obsłużona w pierwszej kolejności, nie tknęła jednak jedzenia.

— Panie — zaczęła — ser Jaime miał być wymieniony za córki lady Catelyn. Musisz nas zwolnić, byśmy mogli ruszyć w dalszą drogę.

— Kruk, który przyleciał z Riverrun, przyniósł wiadomość o ucieczce, nie o wymianie. A jeśli pomogłaś jeńcowi wymknąć się z więzów, jesteś winna zdrady, pani.

Rosła dziewka zerwała się z krzesła.

— Służę lady Stark.

— A ja królowi północy. Albo królowi, który stracił północ, jak zwą go teraz niektórzy. A ten król nigdy nie miał zamiaru oddawać ser Jaime'a Lannisterom.

— Siadaj i jedz, Brienne — polecił jej Jaime, gdy Elmar położył przed nim kawał ciemnej, krwistej pieczeni. — Gdyby Bolton zamierzał nas zabić, nie marnowałby na nas swych śliwek, co naraża na wielkie niebezpieczeństwo jego kiszki.

Wbił wzrok w pieczeń i zdał sobie sprawę, że jedną ręką w żaden sposób nie zdoła jej pokroić. *Jestem teraz mniej wart niż dziewczynka* — pomyślał. *Kozioł wyrównał rachunek, chociaż wątpię, by lady Catelyn mu podziękowała, jeśli Cersei zwróci jej bachory w podobnym stanie.* Skrzywił się na tę myśl. *Idę o zakład, iż winą za to również obciążą mnie.*

Roose Bolton kroił metodycznie mięso. Po jego talerzu spływała krew.

— Lady Brienne, czy zechcesz usiąść, jeśli powiem ci, że mam nadzieję wysłać ser Jaime'a w dalszą drogę, tak jak tego pragniecie ty i lady Stark?

— Zwolnisz nas? — Dziewka usiadła, choć w jej głosie pobrzmiewała nieufność. — To dobrze, panie.

— Rzeczywiście dobrze. Niemniej jednak lord Vargo stworzył mi pewną... trudność. — Skierował jasne oczy na Jaime'a. — Czy wiesz, dlaczego Hoat uciął ci rękę?

— Lubi to robić. — Spowijający kikut Jaime'a bandaż pełen był plam od krwi i wina. — Nogi też ucina z przyjemnością. Wygląda na to, że nie potrzebuje powodów.

— Mimo to miał pewien motyw. Hoat jest sprytniejszy, niżby się na pozór zdawało. Nikt nie może dowodzić przez dłuższy czas ludźmi takimi jak Dzielni Kompanioni, jeśli nie ma choć odrobiny rozumu. — Lord Bolton nadział kawałek mięsa na czubek sztyletu, włożył go sobie do ust, przeżuł z namysłem i przełknął. — Lord Vargo zdradził ród Lannisterów, ponieważ zaoferowałem mu Harrenhal, nagrodę wartą tysiąc razy więcej niż wszystko, co mógłby otrzymać z rąk lorda Tywina. Jest w Westeros obcy, nie wiedział więc, że przynęta jest zatruta.

— Mówisz o klątwie Harrena Czarnego? — zadrwił Jaime.

— O klątwie Tywina Lannistera. — Bolton uniósł kielich i Elmar napełnił go bez słowa. — Nasz kozioł powinien był zapytać Tarbeców i Reyne'ów. Oni by go ostrzegli, jak twój pan ojciec postępuje ze zdrajcami.

— Nie ma żadnych Tarbecków ani Reyne'ów — wskazał Jaime.

— O to właśnie mi chodziło. Lord Vargo z pewnością liczył na to, że lord Stannis zatriumfuje pod Królewską Przystanią i zatwierdzi go jako lorda Harrenhal na znak wdzięczności za jego niewielki wkład w upadek rodu Lannisterów. — Bolton zachichotał sucho. — Obawiam się, że o Stannisie Baratheonie również nie wie zbyt wiele. Ten człowiek mógłby dać mu Harrenhal w zamian za jego usługi... lecz otrzymałby od niego również pętlę za swe zbrodnie.

— Pętla to i tak lepszy los niż to, co spotka go z rąk mojego ojca.

— On również już to zrozumiał. Stannis został rozbity, a Renly nie żyje i tylko zwycięstwo Starków może go uratować przed zemstą lorda Tywina, a szanse na to z każdym dniem stają się coraz mniejsze.

— Król Robb wygrał wszystkie bitwy — wtrąciła Brienne, uparcie wierna w słowach i w czynach.

— Wygrał wszystkie bitwy, ale stracił Freyów, Karstarków, Winterfell i północ. Szkoda, że wilk jest taki młody. Szesnastoletni chłopcy zawsze wierzą, że są nieśmiertelni i niezwyciężeni. Sądzę, że starszy mężczyzna ugiąłby kolana. Po wojnie zawsze nastaje pokój, a razem z nim ułaskawienia... przynajmniej dla Robbów Starków. Nie dla takich jak Vargo Hoat. — Bolton znowu zademonstrował swój uśmieszek. — Obie strony korzystały z jego usług, ale żadna nie uroni nad nim łzy. Dzielni Kompanioni nie walczyli w bitwie nad Czarnym Nurtem, lecz mimo to w niej zginęli.

— Wybacz mi, ale nie czuję żalu.

— Nie litujesz się nad naszym nieszczęsnym, skazanym kozłem? Ach, ale bogowie z pewnością się nad nim ulitowali... w przeciwnym razie czemuż oddaliby mu ciebie? — Bolton przełknął kolejny kęs mięsa. — Karhold jest mniejszym i skromniejszym zamkiem niż Harrenhal, ale za to leży poza zasięgiem lwich pazurów. Po ożenku z Alys Karstark Hoat mógłby naprawdę zostać lordem. Gdyby zdołał wyciągnąć z twojego ojca trochę złota, to bardzo dobrze, lecz bez względu na to, ile zapłaciłby mu lord Tywin, i tak oddałby cię lordowi Rickardowi, który oferował mu dziewczynę i bezpieczny azyl. By jednak cię sprzedać, musiał cię najpierw zachować, a w dorzeczu pełno jest takich, którzy chętnie by mu cię ukradli. Glover i Tallhart zostali rozbici pod Duskendale, lecz resztki ich oddziału krążą jeszcze po okolicy. Maruderów wyrzyna Góra. Na południe i wschód od Riverrun grasuje tysiąc ludzi Karstarków, którzy cię szukają. Gdzie indziej można spotkać ludzi Darrych, którzy zostali bez lorda i znaleźli się poza prawem, watahy czworonożnych wilków oraz grupy banitów lorda błyskawicy. Dondarrion z radością powiesiłby ciebie i kozła na tym samym drzewie. — Lord Dreadfort wytarł z talerza część krwi kawałkiem chleba. — Harrenhal był jedynym miejscem, w którym lord Vargo mógł cię bezpiecznie przetrzymywać, tu jednak moi ludzie i Freyowie ser Aenysa mają wielką przewagę liczebną nad jego Dzielnymi Kompanionami. Z pewnością obawiał się, że mogę cię odesłać do Riverrun, do ser Edmure'a... albo, co gorsza, oddać cię ojcu. Okaleczając cię, chciał usunąć groźbę, jaką stanowił twój miecz, zdobyć makabryczny symbol, który wyśle twemu ojcu, i uczynić cię mniej wartościowym dla mnie. Jest moim człowiekiem, tak jak ja jestem człowiekiem króla Robba. Dlatego jego zbrodnia jest moją zbrodnią, a przynajmniej może ją za taką uznać twój ojciec. Na tym właśnie polega ta... drobna trudność, o której mówiłem.

Wbił w Jaime'a nieruchome spojrzenie. W jego jasnych oczach widniał wyraz zimnego oczekiwania.

*Rozumiem.*

— Chcesz, bym uwolnił cię od winy. Powiedział ojcu, że ten kikut to nie twoja robota. — Jaime wybuchnął śmiechem. — Panie, odeślij mnie do Cersei, a zaśpiewam pieśń tak słodką, jak tylko tego zapragniesz. Wszyscy się dowiedzą, jak dobrze mnie traktowałeś. — Wiedział, że jeśli Bolton usłyszy inną odpowiedź, natychmiast odda go kozłowi. — Gdybym miał rękę, dałbym ci to na piśmie. Opisałbym, jak okaleczył mnie najemnik, którego do Westeros sprowadził mój własny ojciec, a ocalił szlachetny lord Bolton.

— Uwierzę ci na słowo, ser.

*Nieczęsto to słyszę.*

— Jak szybko będziemy mogli odjechać? I jak chcesz mnie przeprowadzić między wszystkimi tymi wilkami, bandytami i Karstarkami?

— Odjedziesz, gdy Qyburn powie, że jesteś wystarczająco silny. Dostaniesz liczną eskortę doborowych ludzi pod dowództwem mojego kapitana, Waltona. Mówią na niego Nagolennik. To żołnierz o niezachwianej wierności. On odprowadzi cię bezpiecznie do Królewskiej Przystani.

— Pod warunkiem, że lady Catelyn otrzyma w zamian swe córki — sprzeciwiła się dziewka. — Panie, przyda się nam opieka twego człowieka Waltona, ale za dziewczynki ja jestem odpowiedzialna.

Lord Dreadfort spojrzał na nią bez zainteresowania.

— Nie musisz już się przejmować dziewczynkami, pani. Lady Sansa została żoną karła i tylko bogowie mogą ich rozdzielić.

— Jego żoną? — zapytała przerażona Brienne. — Krasnala? Przecież... przysiągł przed całym dworem, przed bogami i ludźmi...

*Jest taka niewinna.* Szczerze mówiąc, Jaime był prawie tak samo zaskoczony, choć ukrył to lepiej. *Sansa Stark. Być może na twarzy Tyriona znowu zagości uśmiech.* Pamiętał, jak szczęśliwy był jego brat ze swą małą córką zagrodnika... choć tylko przez dwa tygodnie.

— To, co Krasnal przysiągł czy czego nie przysiągł, nie ma teraz znaczenia — odrzekł lord Bolton. — A już zwłaszcza dla ciebie. — Dziewka wyglądała niemal na urażoną. Być może, gdy lord Bolton wezwał skinieniem strażników, w końcu poczuła stalowe zęby pułapki. — Ser Jaime wyruszy do Królewskiej Przystani, obawiam się jednak, że nic nie mówiłem o tobie. Nie byłoby uczciwe, gdybym pozbawił lorda Vargo obojga jego jeńców. — Lord Dreadfort wziął sobie kolejną suszoną śliwkę. — Na twoim miejscu, pani, mniej bym się martwił o Starków, a więcej o szafiry.

# TYRION

Za jego plecami, w szeregach czekających po drugiej stronie drogi złotych płaszczy, zarżał niecierpliwie koń. Tyrion słyszał też kaszel lorda Gylesa. Nie prosił o Gylesa, podobnie jak o ser Addama czy Jalabhara Xho, jego pan ojciec był jednak zdania, że Doran Martell może się poczuć urażony, jeśli na drugi brzeg Czarnego Nurtu przeprowadzi go jedynie karzeł.

*Joffrey powinien osobiście przywitać gości* — myślał, czekając. *Tyle że z pewnością wszystko by popsuł.* Król ostatnio często powtarzał kawały o Dornijczykach, które usłyszał od zbrojnych Mace'a Tyrella. „Ilu Dornijczyków potrzeba, żeby podkuć konia? Dziewięciu. Jeden kuje, a ośmiu podnosi zwierzę". Tyrion z jakiegoś powodu nie sądził, by Doranowi Martellowi wydało się to zabawne.

Chorągwie łopotały nad głowami jeźdźców, którzy wyłonili się z żywego, zielonego lasu długą, zakurzoną kolumną. Od miejsca, w którym się teraz znajdowali, aż do rzeki pozostały jedynie nagie, poczerniałe drzewa, dziedzictwo jego bitwy. *Za dużo jest tych chorągwi* — pomyślał kwaśno. Kopyta zbliżających się koni wzbijały w powietrze tumany popiołu, tak jak niedawno przednia straż Tyrellów, która rozbiła wojska Stannisa uderzeniem z flanki. *Wygląda na to, że Martell przyprowadził ze sobą połowę dornijskich lordów.* Próbował wmówić sobie, że może z tego wyniknąć coś dobrego, lecz jego wysiłki spełzły na niczym.

— Ile chorągwi naliczyłeś? — zapytał Bronna.

Najemnik osłonił dłonią oczy.

— Osiem... nie, dziewięć.

Tyrion odwrócił się w siodle.

— Pod, chodź tu. Opisz mi herby, które widzisz, i powiedz, do jakich rodów należą.

Podrick Payne podjechał bliżej na swym wałachu. Dzierżył w ręku królewską chorągiew, wielkiego rogacza i lwa, które Joffrey miał w herbie, chwiejąc się pod jej ciężarem. Bronn trzymał sztandar Tyriona, złotego lannisterskiego lwa na karmazynowym tle.

*Jest coraz wyższy* — pomyślał Tyrion, gdy Pod stanął w strzemionach, żeby lepiej widzieć. *Wkrótce przerośnie mnie o głowę, tak jak wszyscy.* Chłopak na jego polecenie pilnie studiował dornijską heraldykę, był jednak jak zawsze niespokojny.

— Nic nie widzę. Wiatr za mocno nimi porusza.

— Bronn, powiedz chłopakowi, co widzisz.

Niedawny najemnik wystroił się dziś jak rycerz. Miał nowy wams i płaszcz, z wyszytym na piersi płonącym łańcuchem.

— Czerwone słońce na pomarańczowym tle — zawołał — z włócznią w plecach.

— Martellowie — odpowiedział natychmiast Podrick Payne z wyraźną ulgą na twarzy. — Ród Martellów ze Słonecznej Włóczni, panie. Książę Dorne.

— Ten herb poznałby nawet mój koń — zauważył z przekąsem Tyrion. — Opisz mu następny, Bronn.

— Fioletowa flaga z żółtymi kulami.

— Z cytrynami? — zapytał z nadzieją Pod. — Fioletowe pole usiane cytrynami. Ród Daltów? Z... z Cytrynowego Lasu.

— Możliwe. A teraz wielki czarny ptak na żółtym tle. Ma w szponach coś różowego albo białego. Trudno to określić, bo wiatr łopocze sztandarem.

— Sęp Blackmontów trzymający w szponach niemowlę — odparł Pod. — Ród Blackmontów z Blackmont, ser.

Bronn wybuchnął śmiechem.

— Znowu czytałeś książki? Stracisz od tego oko do miecza, chłopcze. Widzę też czaszkę. Czarna chorągiew.

— Koronowana czaszka rodu Manwoodych, kość i złoto na czarnym tle. — Z każdą poprawną odpowiedzią Pod stawał się pewniejszy siebie. — Manwoody'owie z Królewskiego Grobu.

— Trzy czarne pająki?

— To skorpiony, ser. Ród Qorgyle'ów z Piaskowca, trzy czarne skorpiony na czerwonym tle.

— Czerwień i żółć, oddzielone zygzakowatą linią.

— Płomienie Hellholtu. Ród Ullerów.

Tyrion był pod wrażeniem. *Chłopak wcale nie jest głupi, trzeba go tylko ośmielić.*

— Mów dalej, Pod — zachęcał go. — Jeśli poznasz wszystkie, dam ci coś w prezencie.

— Pasztet z czerwonymi i czarnymi plasterkami — kontynuował Bronn. — Pośrodku jest złota dłoń.

— Ród Allyrionów z Bożejłaski.

— Czerwony kurczak pożerający węża. Tak to przynajmniej wygląda.

— Gargalenowie ze Słonego Brzegu. To kuroliszek. Przepraszam, ser. Nie kurczak. Czerwony kuroliszek z czarnym wężem w dziobie.

— Znakomicie! — zawołał Tyrion. — Jeszcze jeden, chłopcze.

Bronn popatrzył na zbliżających się Dornijczyków.

— Ostatnie to złote pióro na zielonej szachownicy.

— Gęsie pióro Jordayne'ów z Tor, ser.

Tyrion roześmiał się w głos.

— Dziewięć. Dobra robota. Sam nie potrafiłbym wymienić wszystkich.

Nie było to prawdą, Tyrion chciał jednak dać chłopakowi jakiś powód do dumy. To było mu bardzo potrzebne.

*Wygląda na to, że Martell sprowadził ze sobą wspaniałe towarzystwo.* Żaden z wymienionych przez Poda rodów nie był mały czy pozbawiony znaczenia. Królewskim traktem zbliżało się dziewięciu największych lordów Dorne albo ich dziedzice. Z jakiegoś powodu Tyrion nie sądził, by pokonali taki szmat drogi tylko po to, by obejrzeć tańczącego niedźwiedzia. Chcieli im coś przekazać. *I to mi się nie podoba.* Zadał sobie pytanie, czy wysłanie Myrcelli do Słonecznej Włóczni nie było błędem.

— Panie — odezwał się nieśmiało Pod — nie ma lektyki.

Tyrion odwrócił gwałtownie głowę. Chłopak miał rację.

— Doran Martell zawsze podróżuje w lektyce — ciągnął giermek. — Rzeźbionej lektyce z jedwabnymi draperiami ozdobionymi słońcami.

Tyrion również o tym słyszał. Książę Doran miał już ponad pięćdziesiąt lat i cierpiał na podagrę. *Może chciał podróżować szybciej* — przekonywał sam siebie. *Albo bał się, że lektyka będzie zbyt kuszącym celem dla bandytów bądź też okaże się zbyt uciążliwa na wysokich przełęczach Szlaku Kości. A może podagra dokucza mu ostatnio mniej?*

Skąd więc wzięły się te złe przeczucia?

Nie mógł już dłużej znieść czekania.

— Chorągwie w górę — warknął. — Wyjedziemy im na spotkanie.

Kopnął konia. Bronn i Pod ruszyli u jego boków. Gdy Dornijczycy zobaczyli, że się zbliżają, spięli swe wierzchowce i pognali ku nim. Ich chorągwie falowały na wietrze, a u bogato zdobionych siodeł mieli okrągłe metalowe tarcze, jakich zwykli używać. Wielu dźwigało też wiązki krótkich, służących do rzucania, włóczni albo refleksyjne dornijskie łuki, z których tak biegle strzelali z siodeł.

Jak zauważył pierwszy król Daeron, były trzy rodzaje Dornijczyków. Morscy Dornijczycy, którzy zamieszkiwali wybrzeża, piaskowi Dornijczycy z pustyń i długich dolin rzecznych oraz skalni Dornijczycy, którzy budowali swe twierdze na szczytach i przełęczach Gór Czerwonych. Morscy Dornijczycy mieli w żyłach najwięcej rhoynijskiej krwi, a skalni najmniej.

W świcie Dorana widziało się przedstawicieli wszystkich trzech odmian. Morscy Dornijczycy mieli gibką postać, gładką, oliwkową cerę oraz długie, czarne włosy, które powiewały na wietrze. Skóra piaskowych była jeszcze ciemniejsza. Ich twarze spaliło na brąz gorące dornijskie słońce. Największym wzrostem i najjaśniejszą karnacją cechowali się skalni Dornijczycy, synowie Andalów i Pierwszych Ludzi o brązowych lub blond włosach i twarzach, które zamiast opalać się na słońcu, pokrywały się piegami albo rumieńcem.

Lordowie mieli na sobie szaty z jedwabiu i atłasu z wysadzanymi klejnotami pasami oraz bufiastymi rękawami. Ich zbroje były szczodrze pokryte emalią oraz inkrustowane polerowaną miedzią, błyszczącym srebrem i miękkim, czerwonym złotem. Dosiadali koni rdzawokasztanowatych i złocistych, a także kilku białych jak śnieg. Wszystkie wierzchowce były smukłe i szybkie, miały długie szyje i wąskie, piękne głowy. Legendarne piaskowe rumaki z Dorne były mniejsze od prawdziwych rycerskich wierzchowców i nie zdołałyby udźwignąć ciężaru rycerza w pełnej zbroi, powiadano jednak, że potrafią biec niestrudzenie przez cały dzień, noc i następny dzień.

Wódz Domijczyków dosiadał czarnego jak grzech ogiera o grzywie i ogonie koloru ognia. Wysoki, szczupły i pełen gracji, sprawiał wrażenie urodzonego w siodle. Z ramion spływał mu płaszcz z jasnoczerwonego jedwabiu, a koszulę miał wyszywaną szeregami nachodzących na siebie miedzianych dysków, które błyszczały niczym tysiąc nowych grosików. Na czole wysokiego, pozłacanego hełmu lśniło miedziane słońce, a gładzoną, metalową powierzchnię okrągłej tarczy, którą miał na plecach, zdobiło drugie, przeszyte włócznią — herb rodu Martellów.

*Nosi słońce Martellów, ale jest za młody o dziesięć lat* — pomyślał Tyrion, ściągając wodze. *A do tego jest zbyt sprawny i zanadto gwałtowny.* Zrozumiał już, z kim ma do czynienia. *Ilu Dornijczyków potrzeba, żeby wywołać wojnę?* — zadał sobie pytanie. *Tylko jednego.* Nie miał jednak innego wyboru, niż się uśmiechnąć.

— Cóż za radosne spotkanie, szlachetni lordowie. Doszły nas wieści, że nadciągacie, i Jego Miłość król Joffrey rozkazał mi przywitać was w jego imieniu. Mój pan ojciec, królewski namiestnik, również przesyła pozdrowienia. — Udał, że jest zbity z tropu. — Który z was jest księciem Doranem?

— Zdrowie nie pozwoliło mojemu bratu opuścić Królewskiej Włóczni. — Książątko zdjęło hełm. Jego twarz była posępna i poorana bruzdami, a pod cienkimi, łukowatymi brwiami lśniły wielkie oczy, czarne i błyszczące niczym kałuże nafty. Tylko kilka nitek siwizny mąciło czerń gładkich włosów, które rzedniały na czole, tworząc dwa symetryczne zakola. *To z całą pewnością morski Dornijczyk.* — Książę Doran wysłał mnie, bym zajął jego miejsce w radzie króla Joffreya, jeśli Jego Miłość raczy się zgodzić.

— Jego Miłość będzie bardzo zaszczycony, jeśli radą służyć mu zechce wojownik tak sławny jak książę Oberyn z Dorne — rzekł Tyrion. *To znaczy, że rynsztoki spłyną krwią.* — Twoi szlachetni towarzysze również są tu mile widziani.

— Pozwól, że cię im przedstawię, mości Lannister. Ser Deziel Dalt z Cytrynowego Lasu. Lord Tremond Gargalen. Lord Harmen Uller i jego brat ser Ulwyck. Ser Ryon Allyrion i jego naturalny syn ser Daemon Sand, bękart z Bożejłaski. Lord Dagos Manwoody, jego brat ser Myles, jego synowie Mors i Dickon. Ser Arron Qorgyle. Niech nikt też nie myśli, że zaniedbuję damy. Myria Jordayne, dziedziczka Tor. Lady Larra Blackmont, jej córka Jynessa, jej syn Perros. — Wskazał szczupłą dłonią na kruczowłosą kobietę, która jechała z tyłu kolumny, wzywając ją skinieniem. — A to jest Ellaria Sand, moja faworyta.

Tyrion stłumił jęk. *Jego faworyta i do tego pochodząca z nieprawego łoża. Jeśli zechce ją zabrać na ślub, Cersei dostanie szału.* Gdyby posadziła ją gdzieś z tyłu, w ciemnym kącie sali, naraziłaby się na gniew Czerwonej Żmii. A jeśli umieści ją przy honorowym stole, u boku Martella, obrażą się wszystkie inne damy zasiadające na podwyższeniu. *Czyżby książę Doran chciał sprowokować kłótnię?*

Książę Oberyn zawrócił konia i spojrzał na swój orszak.

— Ellario, lordowie i damy, panowie rycerze, spójrzcie, jak bardzo miłuje nas król Joffrey. Jego Miłość był tak uprzejmy, że przysłał nam swego wuja Krasnala, by odprowadził nas na jego zamek.

Bronn parsknął śmiechem. Tyrion, chcąc nie chcąc, również musiał udać wesołość.

— Nie jestem sam, dostojni panowie. Podobna misja przerosłaby możliwości takiego małego człowieczka jak ja. — Jego świta już się zbliżyła, teraz więc na niego przyszła kolej, by ich przedstawić. — Pozwólcie, bym wam zaprezentował ser Flementa Braxa, dziedzica Hornvale. Lorda Gylesa z Rosby. Ser Addama Marbranda, lorda dowódcę Straży Miejskiej. Jalabhara Xho, księcia Doliny Czerwonych Kwiatów. Ser Harysa Swyfta, który poprzez małżeństwo jest dobrym ojcem mojego stryja Kevana. Ser Merlona Crakehalla. Ser Philipa Foote'a i ser Bronna znad Czarnego Nurtu, dwóch bohaterów naszej niedawnej bitwy z buntownikiem Stannisem Baratheonem. A na koniec mojego giermka, młodego Podricka z rodu Payne'ów.

Wszystkie te imiona brzmiały pięknie, lecz świta Tyriona nie mogła się równać sławą i znaczeniem z kompanią, która towarzyszyła księciu Oberynowi, i obaj świetnie o tym wiedzieli.

— Mości Lannister — odezwała się lady Blackmont — mamy za sobą długą, piaszczystą drogę i bardzo by się nam przydały odpoczynek oraz posiłek. Czy możemy już jechać do miasta?

— Natychmiast, pani.

Tyrion obrócił głowę konia i wydał polecenie ser Addamowi Marbrandowi. Złote płaszcze, które tworzyły większą część jego honorowej eskorty, zawróciły wierzchowce na rozkaz swego dowódcy i kolumna ruszyła w stronę rzeki oraz leżącej za nią Królewskiej Przystani.

*Oberyn Nymeros Martell* — mamrotał pod nosem Tyrion, jadąc za gościem. *Czerwona Żmija z Dorne. Co, do siedmiu piekieł, mam z nim począć?*

Co prawda, znał go jedynie z opowieści... budziły one jednak grozę. Gdy książę Oberyn miał szesnaście lat, przyłapano go w łożu z faworytą starego lorda Yronwooda, potężnie zbudowanego mężczyzny, który słynął z waleczności i wybuchowego temperamentu. Doszło do pojedynku, choć ze względu na młody wiek i szlachetne urodzenie księcia walczono tylko do pierwszej krwi. Obaj przeciwnicy odnieśli rany i wymogi honoru zostały zaspokojone. Jednakże książę Oberyn szybko wrócił do zdrowia, a rany lorda Yronwooda zaczęły się paprać i w końcu przywiodły go do śmierci. Ludzie szeptali potem, że Oberyn walczył zatrutym mieczem. Od tej pory zarówno przyjaciele, jak i wrogowie zwali go Czerwoną Żmiją.

Było to jednak wiele lat temu. Szesnastoletni chłopiec przerodził się w czterdziestoparoletniego mężczyznę, a jego legenda nabrała znacznie mroczniejszych barw. Oberyn odwiedził Wolne Miasta, gdzie wyuczył się rzemiosła truciciela, a jeśli wierzyć pogłoskom, również jeszcze bardziej złowrogich sztuk. Studiował w Cytadeli i doszedł aż do sześciu ogniw w łańcuchu maestera, nim poczuł się znudzony. Był żołnierzem na Spornych Ziemiach po drugiej stronie wąskiego morza. Najpierw służył w Drugich Synach, a potem założył własną kompanię. Jego turnieje, bitwy, pojedynki, konie, przyjemności cielesne... powiadano, że sypia zarówno z kobietami, jak i z mężczyznami. Podobno miał w całym Dorne mnóstwo córek z nieprawego łoża. Zwano je bękarcimi żmijkami. O ile Tyrionowi było wiadomo, książę Oberyn nigdy nie spłodził syna.

Rzecz jasna, okaleczył też dziedzica Wysogrodu.

*W całych Siedmiu Królestwach nie ma człowieka, który byłby mniej pożądanym gościem na ślubie córki Tyrellów* — pomyślał Tyrion. Przysłanie księcia Oberyna do Królewskiej Przystani, podczas gdy w mieście wciąż przebywał lord Mace Tyrell, dwaj jego synowie oraz tysiące ich zbrojnych, było prowokacją równie niebezpieczną jak sam książę Oberyn. *Nieostrożne słowo, żart rzucony w niewłaściwym momencie, krzywe spojrzenie, to wystarczy, by nasi szlachetni sojusznicy rzucili się sobie do gardeł.*

— Już się kiedyś spotkaliśmy — oznajmił lekkim tonem dornijski książę, jadąc u boku Tyriona królewskim traktem. Wokół widzieli tylko spopielone pola i wypalone szkielety drzew. — Ale nie spodziewam się, byś o tym pamiętał. Byłeś wówczas jeszcze mniejszy niż teraz.

Tyrionowi nie spodobał się drwiący ton jego głosu, nie miał jednak zamiaru pozwolić, by Dornijczyk go sprowokował.

— A kiedy to było, panie? — zapytał z nutą uprzejmego zainteresowania.

— Och, wiele, wiele lat temu, gdy Dorne władała moja matka, a twój pan ojciec był namiestnikiem innego króla.

*Nie tak bardzo innego, jak ci się zdaje* — pomyślał Tyrion.

— Odwiedziłem wtedy Casterly Rock z moją matką, jej małżonkiem i moją siostrą Elią. Miałem czternaście, może piętnaście lat. Elia była o rok starsza. Twój brat i siostra mieli osiem, dziewięć lat, o ile dobrze sobie przypominam, a ty dopiero co się urodziłeś.

*Osobliwa pora na wizytę.* Matka Tyriona umarła, wydając go na świat, Martellowie zastali więc Skałę pogrążoną w głębokiej żałobie. Zwłaszcza jego ojca. Lord Tywin rzadko mówił o swej żonie, Tyrion jednak słyszał, jak jego stryjowie opowiadali o łączącej ich miłości. W tamtych czasach jego ojciec był namiestnikiem Aerysa i wielu ludzi mawiało, że lord Tywin włada Siedmioma Królestwami, ale lady Joanna rządzi lordem Tywinem.

— Po jej śmierci nie był już tym samym człowiekiem, Krasnalu — powiedział mu kiedyś stryj Gery. — Jego najlepsza część umarła wraz z nią.

Gery był najmłodszym z czterech synów lorda Tytosa Lannistera i ulubionym stryjem Tyriona. Teraz jednak zaginął gdzieś za morzem, a przyczyną śmierci lady Joanny był sam Tyrion.

— I czy spodobało ci się Casterly Rock, panie?

— Nieszczególnie. Twój ojciec cały czas nas ignorował. Rozkazał ser Kevanowi, by zadbał o nasze rozrywki. W izbie, którą nam dali, były piernaty i myrijskie dywany, ale za to nie było tam okien. Powtarzałem Elii, że jest tam ciemno jak w lochu. Wasze niebo było zbyt szare, wasze wino za słodkie, wasze kobiety zanadto cnotliwe, a wasze potrawy przesadnie mdłe... największym rozczarowaniem okazałeś się jednak ty sam.

— Dopiero co się urodziłem. Czego się po mnie spodziewałeś?

— Monstrualności — wyjaśnił czarnowłosy książę. — Byłeś mały, lecz obrosłeś już wielką sławą. Kiedy przyszedłeś na świat, przebywaliśmy w Starym Mieście i wszyscy mówili tylko o tym, że królewskiemu namiestnikowi urodził się potwór, i o tym, co taki omen może oznaczać dla królestwa.

— Z pewnością głód, zarazę i wojnę. — Tyrion uśmiechnął się kwaśno. — To zawsze są głód, zaraza i wojna. Och, i jeszcze zima, i długa noc, która nigdy się nie skończy.

— To wszystko i jeszcze upadek twego ojca — dodał książę Oberyn. — Słyszałem wówczas, jak jakiś żebrzący brat mówił, iż lord Tywin uczynił się większym od króla Aerysa, a nad królem mogą stać jedynie bogowie. Byłeś klątwą, karą, która miała go nauczyć, że nie jest lepszy od innych ludzi.

— Staram się, ale on nie chce przyjąć tej nauki. — Tyrion westchnął. — Mów dalej, proszę. Uwielbiam ciekawe opowieści.

— I nic dziwnego, bo krążyły o tobie przeróżne. Mówiono, że masz kręty, sztywny ogon, jak u świni. Twoja głowa była ponoć monstrualnie wielka, półtora raza większa od tułowia. Urodziłeś się z gęstymi czarnymi włosami, brodą, złym okiem i lwimi pazurami. Zęby miałeś tak długie, że nie mogłeś zamknąć ust, a między nogami nosiłeś dziewczęce części na równi z chłopięcymi.

— Nie sądzisz, że życie byłoby znacznie prostsze, gdyby ludzie mogli się pierdolić sami ze sobą? Przypominam też sobie kilka okazji, gdy pazury i zęby mogłyby się okazać bardzo przydatne. Niemniej jednak zaczynam rozumieć naturę tej skargi.

Bronn zachichotał cicho, lecz Oberyn uśmiechnął się tylko.

— Pewnie w ogóle byśmy cię nie zobaczyli, gdyby nie twoja słodka siostra. Nigdy nie pokazywano cię w komnacie ani przy stole, choć nocami słyszeliśmy czasem zawodzące gdzieś w czeluściach Skały niemowlę. Muszę przyznać, że miałeś piekielnie donośny głos. Potrafiłeś się pruć godzinami i nie uspokajało cię nic poza kobiecym cyckiem.

— Tak się składa, że to nadal jest prawdą.

Tym razem książę Oberyn parsknął śmiechem.

— Widzę, że łączą nas wspólne upodobania. Lord Gargalen powiedział mi kiedyś, że pragnie zginąć z mieczem w dłoni, a ja rzekłem mu na to, że wolałbym w tej chwili trzymać w ręku pierś.

Tyrion musiał się uśmiechnąć.

— Mówiłeś coś o mojej siostrze?

— Cersei obiecała Elii, że cię nam pokaże. Na dzień przed naszym odpłynięciem, gdy nasza matka zajęta była rozmową z twoim ojcem, Cersei i Jaime zaprowadzili nas do waszego pokoju dziecinnego. Mamka próbowała nas przegnać, ale twoja siostra na to nie pozwoliła. Powiedziała jej: „To moja krew, a ty jesteś tylko mleczną krową i nie będziesz mi rozkazywać. Bądź cicho albo powiem ojcu, żeby uciął ci język. Krowa nie potrzebuje języka. Wystarczą jej wymiona".

— Jej Miłość już od najmłodszych lat była czarująca — zauważył Tyrion, rozbawiony myślą, że jego siostra tak ochoczo przyznała się do łączącego ich pokrewieństwa. *Bogowie wiedzą, że później już to się jej nie zdarzało.*

— Cersei nawet rozwinęła twoje pieluchy, żebyśmy mogli sobie lepiej cię obejrzeć — ciągnął dornijski książę. — Rzeczywiście jedno oko miałeś złe, a głowę porastał ci czarny meszek. Mogła też być nieco większa niż zwykle... ale nie zauważyliśmy ogona ani brody, zębów ani pazurów, a między nogami tylko maleńkiego, różowego kutasika. Po wszystkich tych cudownych szeptach Zguba Lorda Tywina okazała się po prostu paskudnym, czerwonym niemowlakiem o skarłowaciałych nogach. Elia wydała nawet z siebie ten dźwięk, który zawsze wydają młode dziewczęta na widok niemowląt, jestem pewien, że go słyszałeś. Tak samo reagują na puszyste kotki i wesołe szczeniaczki. Jestem przekonany, że miała ochotę pokarmić cię sama, mimo że byłeś taki brzydki. Kiedy stwierdziłem, iż kiepski z ciebie potwór, twoja siostra odpowiedziała: „Zabił moją matkę" i pociągnęła cię za kutasika tak mocno, że bałem się, iż ci go urwie. Zacząłeś się drzeć, ale Cersei puściła cię dopiero wtedy, gdy twój brat Jaime powiedział: „Zostaw go, to go boli". Odpowiedziała mu wtedy: „No i co z tego? Wszyscy mówią, że i tak wkrótce umrze. Nie powinien żyć nawet tak długo".

Słońce nad nimi świeciło jasno i dzień był ciepły, jak na jesień, lecz gdy Tyrion Lannister usłyszał te słowa, nagle zrobiło mu się zimno. *Moja słodka siostra.* Podrapał bliznę, którą miał na nosie, i zademonstrował Dornijczykowi próbkę swojego „złego oka". *Po co mi to opowiedział? Czy chce mnie sprawdzić, czy po prostu ciągnie mnie za kutasa tak jak Cersei, bo chce usłyszeć mój krzyk?*

— Nie zapomnij powtórzyć tej opowieści mojemu ojcu. Będzie nią zachwycony tak samo jak ja. Zwłaszcza tą wzmianką o ogonie. Faktycznie miałem ogon, ale kazał mi go obciąć.

Książę Oberyn musiał zachichotać.

— Od naszego poprzedniego spotkania stałeś się zabawniejszy.

— To prawda. Ale wolałbym stać się wyższy.

— Skoro już mówimy o zabawie, zarządca lorda Bucklera opowiedział mi coś bardzo dziwnego. Twierdził, że nałożyłeś podatek na prywatne kabzy kobiet.

— To podatek od kurewstwa — odburknął poirytowany Tyrion. *I to mój cholerny ojciec wpadł na ten pomysł.* — Tylko grosik za każdy, hmm... akt. Królewski namiestnik doszedł do wniosku, że to poprawi morale w mieście.

*I pokryje koszty ślubu Joffreya.* Nie ma potrzeby dodawać, że całą winą za to obciążono Tyriona, jako starszego nad monetą. Bronn poinformował go, że na ulicach nazywają tę opłatę „karlim grosikiem". „Rozkładaj nogi dla Półmężczyzny", krzyczano w burdelach i winnych szynkach, jeśli wierzyć najemnikowi.

— Postaram się, żeby w mojej kabzie nigdy nie zabrakło grosików. Nawet książę musi płacić podatki.

— Dlaczego miałbyś chodzić na kurwy? — Popatrzył na jadącą z innymi kobietami Ellarię Sand. — Czyżbyś zmęczył się po drodze swą faworytą?

— W żadnym wypadku. Zbyt wiele mamy ze sobą wspólnego. — Książę Oberyn wzruszył ramionami. — Tak się jednak składa, że nigdy nie mieliśmy na spółkę pięknej blondynki i Ellaria czuje się zainteresowana. Znasz może podobne stworzenie?

— Jestem żonatym mężczyzną. — *Chociaż nie skonsumowałem małżeństwa.* — Nie odwiedzam już kurew.

*Chyba że chcę, by je powieszono.*

Oberyn zmienił nagle temat.

— Słyszałem, że na uczcie weselnej króla mają podać siedemdziesiąt siedem dań.

— Jesteś głodny, książę?

— Już od dłuższego czasu, chociaż to nie jedzenia mi brakuje. Powiedz mi, kiedy otrzymam sprawiedliwość?

— Sprawiedliwość. — *A więc po to tu przyjechał. Powinienem był się tego domyślić.* — Byłeś blisko ze swą siostrą.

— W dzieciństwie byliśmy nierozłączni, zupełnie jak twój brat i siostra.

*Bogowie, mam nadzieję, że nie.*

— Wszyscy byliśmy zajęci wojnami i ślubami, książę Oberynie, i obawiam się, że nie mieliśmy czasu zbadać sprawy morderstw popełnionych przed szesnastu laty, nawet tak okropnych jak tamte. Zrobimy to rzecz jasna, gdy tylko będzie to możliwe. Jeśli Dorne udzieli nam pomocy w przywróceniu królewskiego pokoju, z pewnością przyśpieszy to początek śledztwa, które mój pan ojciec…

— Karle — przerwał mu Czerwona Żmija zdecydowanie mniej

serdecznym tonem — oszczędź mi tych lannisterskich łgarstw. Masz nas za owce czy za głupców? Mój brat nie jest krwiożerczym człowiekiem, a mimo to nie zaznał snu od szesnastu lat. Jon Arryn odwiedził Słoneczną Włócznię rok po tym, jak Robert zasiadł na tronie, i możesz być pewien, że wypytaliśmy go dokładnie. Jego i stu innych ludzi. Nie przyjechałem tu na jakąś komediancką farsę zwaną śledztwem. Przybyłem po sprawiedliwość za zamordowanie Elii i jej dzieci i zamierzam ją otrzymać. Zacznę od tego wielkiego bydlaka Gregora Clegane'a... ale sądzę, że na nim nie skończę. Przed śmiercią Monstrum Które Jeździ wyzna mi, kto mu wydał rozkazy. Zapewnij o tym, proszę, swego pana ojca. — Uśmiechnął się. — Pewien stary septon powiedział kiedyś, że jestem żywym dowodem dobroci bogów. Czy wiesz dlaczego, Krasnalu?

— Nie wiem — przyznał z nieufnością w głosie Tyrion.

— Gdyby bogowie byli okrutni, to ja byłbym pierworodnym dzieckiem mojej matki, a Doran trzecim. Widzisz, ja jestem krwiożerczy. A teraz będziecie mieli do czynienia ze mną, nie z moim cierpliwym, ostrożnym, cierpiącym na podagrę bratem.

Tyrion widział blask słońca odbijający się w wodach Czarnego Nurtu pół mili przed nimi, a także lśniący na murach, wieżach i wzgórzach leżącej za rzeką Królewskiej Przystani. Zerknął przez ramię na błyszczącą kolumnę, która podążała za nimi królewskim traktem.

— Przemawiasz jak człowiek, który ma za sobą wielką armię — zauważył — a naliczyłem tu tylko ze trzystu ludzi. Czy widzisz to miasto na północ od rzeki?

— Tę kupę gnoju, którą zwiecie Królewską Przystanią?

— Zgadza się.

— Nie tylko widzę, lecz również czuję jej zapach.

— Powąchaj uważnie, panie. Wypełnij tą wonią swój nos. Przekonasz się, że pół miliona ludzi śmierdzi mocniej niż trzystu. Czujesz zapach złotych płaszczy? Jest ich prawie pięć tysięcy. Zaprzysiężonych ludzi mojego ojca będzie pewnie ze dwadzieścia tysięcy. A są jeszcze róże. Róże pachną bardzo słodko, nieprawdaż? Zwłaszcza gdy jest ich tak wiele. Pięćdziesiąt, sześćdziesiąt, siedemdziesiąt tysięcy róż przebywa w mieście bądź obozuje pod jego murami. Nie wiem dokładnie, ile ich u nas zostało. W każdym razie więcej, niż potrafię policzyć.

Martell wzruszył ramionami.

— W dawnym Dorne, nim jeszcze poślubiliśmy Daerona, mawiano, że wszystkie kwiaty kłaniają się słońcu. Jeśli róże spróbują mi przeszkadzać, z radością je stratuję.

— Tak jak stratowałeś Willasa Tyrella?

Dornijczyk nie zareagował tak, jak oczekiwał tego Tyrion.

— Niecałe pół roku temu otrzymałem list od Willasa. Łączy nas upodobanie do pięknych koni. Nigdy nie miał mi za złe tego, co wydarzyło się w szrankach. Trafiłem go prosto w napierśnik, ale gdy spadał, noga uwięzła mu w strzemieniu i koń zwalił się na niego. Przysłałem mu potem maestera, ale zdołał jedynie uratować chłopakowi nogę. Kolana nie dało się już uzdrowić. Jeśli ktoś jest winien, to jego głupi ojciec. Willas Tyrell był zielony niczym jego opończa i w żadnym wypadku nie powinien walczyć z takimi przeciwnikami. Tłusty Kwiat zmusił go do udziału w turniejach w zbyt młodym wieku. Chciał z niego zrobić drugiego Leo Długiego Ciernia, a w efekcie otrzymał kalekę.

— Niektórzy twierdzą, że ser Loras już teraz jest lepszy niż Leo Długi Cierń w swych najlepszych latach — zauważył Tyrion.

— Mała róża Renly'ego? Wątpię w to.

— Wątp sobie, jeśli chcesz, ale ser Loras pokonał już wielu dobrych rycerzy, w tym również mojego brata Jaime'a.

— Pod słowem „pokonał" rozumiesz „wysadził z siodła na turnieju". Jeśli chcesz mnie nastraszyć, powiedz mi, kogo zabił w boju.

— Na przykład ser Robara Royce'a i ser Emmona Cuya. Ludzie powiadają też, że dokonał niezwykle bohaterskich czynów nad Czarnym Nurtem, walcząc u boku ducha lorda Renly'ego.

— Ci sami ludzie, którzy zaobserwowali te bohaterskie czyny, widzieli również ducha? — zapytał Dornijczyk z cichym śmieszkiem.

Tyrion zmierzył go przeciągłym spojrzeniem.

— Chataya na Jedwabnej ma kilka dziewcząt, które mogą odpowiadać twoim potrzebom. Dancy ma włosy koloru miodu, a Marei białozłote. Radziłbym, żebyś cały czas trzymał którąś z nich przy sobie, panie.

— Cały czas? — Dornijczyk uniósł wąskie, czarne brwi. — A to dlaczego, mój dobry Krasnalu?

— Mówiłeś, że chcesz zginąć z piersią w dłoni.

Tyrion pogalopował w stronę barek, które czekały na nich na południowym brzegu Czarnego Nurtu. Miał już po dziurki w nosie dornijskiego humoru. *Szkoda, że ojciec nie wysłał Joffreya. On zapytałby księcia Oberyna, czy wie, jaka jest różnica między Dornijczykiem a krowim plackiem.* Uśmiechnął się mimo woli. Koniecznie musi być obecny przy tym, jak Czerwoną Żmiję przedstawią królowi.

# ARYA

Mężczyzna na dachu zginął pierwszy. Przykucnął obok komina w odległości dwustu jardów od nich i w poprzedzającym świt półmroku był jedynie niewyraźnym cieniem, gdy jednak niebo zaczęło jaśnieć, poruszył się, przeciągnął i wstał. Strzała Anguya trafiła go prosto w pierś. Stoczył się bezwładnie ze stromego, krytego dachówką dachu i spadł na ziemię przed drzwiami septoru.

Komedianci wystawili tam dwóch wartowników, lecz oślepił ich blask pochodni i nie mogli przeniknąć wzrokiem otaczającej ich ciemności. Banici podczołgali się blisko i Kyle oraz Notch wypuścili strzały jednocześnie. Jeden ze strażników oberwał w szyję, a drugi w brzuch. Ten ostatni wypuścił pochodnię i ogarnęły go płomienie. Gdy jego ubranie stanęło w ogniu, zaczął wrzeszczeć i szlag trafił zaskoczenie. Thoros wydał krzykiem rozkaz i banici runęli do szturmu.

Arya przyglądała się temu, siedząc na koniu na szczycie lesistej grani górującej nad septorem, młynem, browarem, stajniami oraz pełnym chwastów, spalonych drzew i błota pustkowiem, które je otaczało. Większość gałęzi była już bezlistna, a nieliczne suche, brązowe liście, które czepiały się jeszcze niektórych z nich, nie zasłaniały Aryi widoku. Lord Beric zostawił z nimi na straży Bezbrodego Dicka i Mudge'a. Była wściekła, że kazano jej pozostać z tyłu, jakby była jakimś głupim dzieckiem. Dobrze chociaż, że Gendry'emu również nie pozwolono wziąć udziału w walce. Nie miała jednak zamiaru się sprzeciwiać. To była bitwa, a podczas bitwy trzeba słuchać rozkazów.

Na wschodnim horyzoncie jaśniała złoto-różowa łuna, a w górze zza niskich, niesionych wiatrem chmur wyglądał księżyc w kwadrze. Dął zimny wicher. Arya słyszała szum wody i poskrzypywanie wielkiego drewnianego koła wodnego. Poranne powietrze pachniało deszczem, lecz nie spadła jeszcze ani jedna kropla. Płonące strzały przeszyły mgłę, ciągnąc za sobą blade wstążki ognia, po czym wbiły się w drewniane ściany septoru. Kilka wpadło do środka przez wybite okna i po chwili zza roztrzaskanych okiennic buchnęły pierwsze smużki dymu.

Dwaj Komedianci wybiegli razem z septoru, trzymając w rękach topory. Anguy i inni łucznicy już na nich czekali. Jeden z najemników zginął natychmiast. Drugi zdołał się uchylić i strzała wbiła mu się w bark. Biegł dalej, chwiejąc się na nogach, dopóki nie trafiły go dwa następne pociski, tak szybko jeden po drugim, że Arya nie wiedziała, który był pierwszy. Długie drzewce przebiły napierśnik tak łatwo, jakby był zrobiony z jedwabiu, nie ze stali. Mężczyzna runął ciężko na ziemię. Anguy miał strzały wyposażone nie tylko w klinowate groty, lecz również w spiczaste, które potrafiły przebić nawet grubą zbroję. *Muszę się nauczyć strzelać z łuku* — pomyślała Arya. Uwielbiała walkę na miecze, przekonała się jednak, że łuki również mają swoje zalety.

Płomienie ogarnęły już zachodnią ścianę septoru, a z wybitego okna buchał gęsty dym. Przez inne okno głowę wysunął myrijski kusznik, który wystrzelił i pochylił się, by ponownie naładować kuszę. Słyszała też odgłosy walki dobiegające ze stajni, krzyki mieszające się z kwikiem koni i brzękiem stali. *Zabijcie wszystkich* —

myślała z wściekłością, przygryzając wargi tak mocno, że aż poczuła smak krwi. *Wszystkich co do jednego.*

Kusznik pojawił się znowu, lecz gdy tylko zdążył wystrzelić, obok jego głowy przemknęły trzy strzały. Jedna z nich obiła się z grzechotem o hełm. Myrijczyk zniknął razem z kuszą. Arya dostrzegała już płomienie za kilkoma oknami na piętrze. Dym mieszał się z poranną mgłą, wypełniając powietrze czarno-białym oparem. Anguy i inni łucznicy podczołgali się bliżej.

Wtem septor eksplodował Komediantami, którzy wyroili się z niego niczym rozgniewane mrówki. Najpierw na zewnątrz wypadło dwóch Ibbeńczyków, którzy wysoko unosili brązowe, pokryte futrem tarcze. Za nimi biegł Dothrak z wielkim, zakrzywionym *arakhem* i dzwoneczkami we włosach, a potem trzech volanteńskich najemników pokrytych groźnie wyglądającymi tatuażami. Inni wyłazili przez okna i zeskakiwali na ziemię. Arya widziała mężczyznę, który oberwał strzałą w pierś w tej samej chwili, gdy przełożył nogę przez parapet i słyszała jego krzyk, kiedy spadał na dół. Dym był coraz gęstszy. W powietrzu pełno było wystrzeliwanych przez obie strony strzał i bełtów. Watty runął na ziemię z głośnym stęknięciem. Łuk wysunął mu się z rąk. Gdy Kyle nakładał na cięciwę kolejną strzałę, mężczyzna w czarnej kolczudze przebił mu brzuch włócznią. Usłyszała krzyk lorda Berica. Reszta jego bandy wypadła z rowów i spomiędzy drzew ze stalowym orężem w dłoniach. Arya zauważyła powiewający na wietrze jaskrawożółty płaszcz Cytryna. Koń banity stratował człowieka, który zabił Kyle'a. Thoros i lord Beric byli wszędzie. Ich miecze zamieniły się w wir ognia. Czerwony kapłan rąbał skórzaną tarczę, aż rozprysła się w drzazgi. W tej samej chwili jego koń kopnął przeciwnika w twarz. Dothrak runął z wrzaskiem na lorda błyskawicę. Płonący miecz skoczył na spotkanie *arakhowi*. Klingi pocałowały się, rozdzieliły i znowu pocałowały. Wtem włosy Dothraka ogarnęły płomienie. Chwilę później już nie żył. Zauważyła również Neda, który walczył u boku lorda błyskawicy. *To niesprawiedliwe. Jest tylko trochę starszy ode mnie. Mnie też powinni pozwolić walczyć.*

Bitwa nie trwała zbyt długo. Dzielni Kompanioni, którzy jeszcze trzymali się na nogach, wkrótce zginęli albo rzucili miecze. Dwóch Dothraków zdołało dobiec do koni i uciec, lecz tylko dlatego, że pozwolił im na to lord Beric.

— Niech zaniosą wiadomość do Harrenhal — rzekł, trzymając w dłoni płonący miecz. — To zapewni lordowi pijawce i jego kozłowi kilka kolejnych bezsennych nocy.

Jack Szczęściarz, Harwin i Merrit z Księżycowego Miasta wdarli się do płonącego septoru w poszukiwaniu jeńców. Po kilku chwilach wyprowadzili z dymu i płomieni ośmiu brązowych braci. Jeden z nich był tak słaby, że Merrit musiał go sobie przerzucić przez ramię. Był wśród nich również septon, przygarbiony i łysiejący, na szarych szatach miał jednak czarną kolczugę.

— Schował się pod schodami do piwnicy — oznajmił Jack, kaszląc donośnie.

Thoros uśmiechnął się na jego widok.

— Ty jesteś Utt.

— Septon Utt. Boży mąż.

— Który to bóg chciałby mieć coś wspólnego z takimi jak ty? — warknął Cytryn.

— Zgrzeszyłem — zawodził septon. — Wiem, wiem. Wybacz mi, Ojcze. Och, jak straszliwie zgrzeszyłem.

Arya pamiętała septona Utta z Harrenhal. Shagwell Błazen opowiadał, że po zabójstwie kolejnego chłopca zawsze płakał i modlił się o wybaczenie. Czasem kazał nawet innym Komediantom, by go biczowali. Wszyscy uważali to za niesłychanie zabawne.

Lord Beric wepchnął miecz do pochwy, gasząc płomienie.

— Przyznajcie umierającym dar łaski, a reszcie zwiążcie ręce i nogi — rozkazał. — Czeka ich sąd.

Tak też zrobiono. Sądy nie trwały długo. Z grupy banitów występowali kolejni ludzie, którzy opowiadali o zbrodniach Dzielnych Kompanionów: łupieniu wsi i miasteczek, paleniu plonów, gwałceniu i mordowaniu kobiet, okaleczaniu i torturowaniu mężczyzn. Kilku wspominało również o porwanych przez Utta chłopcach. Septon cały czas płakał i się modlił.

— Jestem słabą trzciną — wyznał lordowi Bericowi. — Modlę

się do Wojownika o siłę, ale bogowie uczynili mnie słabym. Miejcie litość dla mej słabości. Chłopcy, słodcy chłopcy... nie chciałem ich skrzywdzić.

Septon Utt wkrótce zadyndał na wysokim wiązie, kołysząc się powoli, nagi jak w dzień imienia. Inni Dzielni Kompanioni podążyli w jego ślady. Kilku próbowało stawiać opór. Wierzgali i wyrywali się, gdy pętla zaciskała się im na szyi. Jeden z kuszników krzyczał: „Jestem żołnierz, jestem żołnierz" z silnym myrijskim akcentem, drugi zaproponował, że pokaże im, gdzie jest ukryte złoto, a trzeci przekonywał ich, że będzie wspaniałym banitą. Wszystkich po kolei rozebrano, związano i powieszono. Tom Siedem Strun zagrał dla nich tren na harfie, a Thoros błagał Pana Światła, by piekł ich dusze w ogniu aż po kres czasu.

*Komedianckie drzewo* — pomyślała Arya, spoglądając na wisielców. Ich blade skóry nabrały w blasku płonącego septoru barwy posępnej czerwieni. Zlatywały się już przybywające nie wiadomo skąd wrony. Słuchając, jak kraczą i skrzeczą do siebie, zadała sobie pytanie, co mówią. Nie bała się septona Utta tak bardzo jak Rorge'a, Kąsacza i paru innych, którzy wciąż przebywali w Harrenhal, lecz mimo to cieszyła się z jego śmierci. Powinni byli powiesić też Ogara albo uciąć mu głowę. Zamiast tego, ku jej oburzeniu, banici opatrzyli poparzone ramię Sandora Clegane'a, oddali mu miecz, konia i zbroję, a potem wypuścili na wolność w odległości kilku mil od wydrążonego wzgórza. Zabrali mu tylko złoto.

Septor wkrótce zawalił się z hukiem w dymie i płomieniach. Strawione ogniem ściany nie mogły już podtrzymać ciężkiego, krytego dachówką dachu. Ośmiu brązowych braci przyglądało się temu z rezygnacją. Najstarszy z nich, który nosił na rzemieniu na szyi mały żelazny młotek, symbol służby Kowalowi, wyjaśnił, że zostało ich tylko tylu.

— Przed wojną było nas czterdziestu czterech i prowadziliśmy bogate gospodarstwo. Mieliśmy dwanaście mlecznych krów i byka, sto uli, winnicę i sad jabłkowy. Ale gdy przyszły lwy, zabrały nam wino, mleko i miód, zarżnęły krowy i puściły winnicę z dymem. Potem... straciłem już rachubę gości. Ten fałszywy septon był tylko ostatnim z nich. Najgorszy był jeden potwór. Oddaliśmy mu całe nasze srebro, ale był pewien, że ukrywamy gdzieś złoto, więc jego ludzie zabijali nas jednego po drugim, by zmusić brata przełożonego do mówienia.

— A jak ocalało was ośmiu? — zapytał Anguy Łucznik.

— Wstyd mi — odpowiedział starzec. — To przeze mnie. Gdy na mnie przyszła kolej umrzeć, zdradziłem im, gdzie jest złoto.

— Bracie — oznajmił mu Thoros z Myr — powinieneś się wstydzić tylko tego, że nie wyjawiłeś im tego natychmiast.

Banici schronili się na noc w browarze nad rzeczką. Ich gospodarze zdołali ukryć w podziemnej skrytce pod podłogą stajni trochę jedzenia, spożyli więc wspólnie prostą kolację: owsiany chleb, cebulę i cienki kapuśniak smakujący lekko czosnkiem. Arya znalazła w zupie kawałek marchewki i uznała, że ma szczęście. Bracia nie pytali banitów o imiona. *Wiedzą* — pomyślała. Jak mogliby nie wiedzieć? Lord Beric miał na napierśniku, tarczy i płaszczu błyskawicę, a Thoros nosił czerwone szaty, czy raczej to, co z nich zostało. Jeden z braci, młody nowicjusz, był na tyle śmiały, że poprosił czerwonego kapłana, by dopóki przebywa pod ich dachem, nie modlił się do swego fałszywego boga.

— Pocałujcie nas w dupę — oburzył się Cytryn Cytrynowy Płaszcz. — To również i nasz bóg, a wy zawdzięczacie nam życie, do cholery. Zresztą, co w nim fałszywego? Może wasz Kowal potrafi naprawić złamany miecz, ale czy uzdrowi człowieka?

— Dość tego, Cytryn — rozkazał mu lord Beric. — Pod ich dachem będziemy przestrzegać ich zasad.

— Słońce nie przestanie świecić, jeśli opuścimy modlitwę albo dwie — zgodził się ze spokojem Thoros. — Ja wiem o tym najlepiej.

Lord Beric nic nie jadł. Arya nigdy nie widziała, żeby to robił, choć od czasu do czasu wypijał kielich wina. Wydawało się też, że nigdy nie sypia. Jego jedyne oko niekiedy się zamykało, jakby ze zmęczenia, lecz gdy ktoś się do niego odezwał, otwierało się natychmiast. Lord z Pogranicza nadal miał na sobie czarny, postrzępiony płaszcz i powgniatany napierśnik z wymalowaną obłażącą emalią błyskawicą. Nie zdejmował go nawet wtedy, gdy się kładł.

Matowoczarna stal ukrywała straszliwą ranę, którą zadał mu Ogar, tak jak gruby wełniany szalik zasłaniał ciemny pierścień, który miał na gardle. Nic jednak nie mogło zamaskować wielkiego wgniecenia na skroni, jaskrawoczerwonej dziury, którą miał zamiast oka, ani przebijającego spod twarzy zarysu czaszki.

Arya spoglądała na niego nieufnie, przypominając sobie wszystko, co opowiadano o nim w Harrenhal. Wydawało się, że lord Beric wyczuł jej obawy, jako że odwrócił głowę i wezwał ją do siebie skinieniem.

— Boisz się mnie, dziecko?

— Nie. — Przygryzła wargę. — Tylko że... hmm... myślałam, że Ogar cię zabił, ale...

— To była tylko rana — wtrącił Cytryn Cytrynowy Płaszcz. — Co prawda, straszliwa, ale Thoros ją uleczył. Nigdy nie było lepszego uzdrowiciela.

Lord Beric spojrzał na Cytryna z dziwnym wyrazem w zdrowym oku. Drugie nie miało żadnego wyrazu. Wypełniały je bliznowata tkanka i zakrzepła krew.

— Nigdy nie było — zgodził się ze znużeniem w głosie. — Cytryn, chyba już pora na zmianę warty. Bądź tak uprzejmy i zajmij się tym.

— Tak jest.

Mężczyzna oddalił się w wietrzną noc, zamiatając wielkim żółtym płaszczem.

— Nawet odważni ludzie często wolą być ślepi, gdy boją się coś zobaczyć — rzekł Lord Beric, gdy Cytryn już sobie poszedł. — Thorosie, ile już razy przywoływałeś mnie z powrotem?

Czerwony kapłan pochylił głowę.

— To R'hllor cię przywołuje, panie. Pan Światła. Ja jestem tylko jego narzędziem.

— Ile razy? — nie ustępował lord Beric.

— Sześć — odparł z niechęcią Thoros. — A za każdym razem jest coraz trudniej. Zrobiłeś się nieostrożny, panie. Czyżby śmierć była aż tak słodka?

— Słodka? Nie, przyjacielu. Nie jest słodka.

— W takim razie czemu tak ją kusisz? Lord Tywin dowodzi z tyłów. Lord Stannis również. Gdybyś był rozsądny, brałbyś z nich przykład. Siódma śmierć może oznaczać koniec dla nas obu.

Lord Beric dotknął się nad lewym uchem, gdzie w skroni ziała mu dziura.

— Tu właśnie ser Burton Crakehall rozbił mi hełm i czaszkę uderzeniem buzdygana. — Zdjął szalik, odsłaniając czarny siniak, który biegł wokół szyi. — Ten znak zostawiła mi mantykora pod Grzmiącym Wodospadem. Lorch pojmał biednego pszczelarza i jego żonę, sądząc, że to moi ludzie, a potem rozgłosił wszem wobec, że powiesi oboje, jeśli nie oddam się w jego ręce. A kiedy to zrobiłem, i tak ich powiesił, a mnie między nimi. — Dotknął palcem czerwonej dziury po oku. — A tutaj Góra wbił mi sztylet pod zasłonę hełmu. — Na jego ustach wykwitł znużony uśmieszek. — A teraz zginąłem po raz trzeci z rąk rodu Clegane'ów. Można by pomyśleć, że w końcu się czegoś nauczę...

Arya wiedziała, że to miał być żart, Thoros jednak się nie śmiał. Położył dłoń na ramieniu lorda Berica.

— Nie gryź się tym już.

— Jak mogę się gryźć czymś, co ledwie pamiętam? Miałem kiedyś zamek na Pograniczu. Była też kobieta, którą poprzysiągłem poślubić. Dzisiaj nie potrafiłbym już znaleźć drogi do tego zamku ani powiedzieć ci, jakiego koloru miała włosy. Kto mnie pasował na rycerza, stary przyjacielu? Jakie były moje ulubione potrawy? Czasami wydaje mi się, że urodziłem się na tej cholernej trawie w jesionowym gaju, z ustami wypełnionymi smakiem ognia i dziurą w piersi. Czy jesteś moją matką, Thorosie?

Arya wbiła wzrok w myrijskiego kapłana, w jego kudłatą czuprynę, różowe łachmany i fragmenty starej zbroi. Policzki pokrywał mu siwy zarost, a poniżej podbródka zwisała luźna skóra. Nie przypominał czarodziejów z opowieści Starej Niani, lecz mimo to...

— Czy potrafiłbyś przywrócić życie człowiekowi, któremu ścięto głowę? — zapytała. — Nie musiałbyś tego robić sześć razy. Wystarczyłby raz.

— Nie władam magią, dziecko. Tylko się modlę. Za pierwszym

razem jego lordowska mość miał dziurę w piersi i usta pełne krwi. Wiedziałem, że nie ma nadziei. Dlatego, gdy jego biedna, rozdarta pierś przestała się poruszać, dałem mu na pożegnanie pocałunek dobrego boga. Wypełniłem usta ogniem i wdmuchnąłem płomienie do jego płuc, serca i duszy. To się nazywa ostatni pocałunek. Wiele razy widziałem, jak starzy kapłani udzielali go zmarłym sługom Pana, a nawet sam to robiłem raz czy dwa, gdyż należy to do kapłańskich obowiązków. Nigdy jednak dotąd nie widziałem, by zmarły zadrżał nagle, gdy wypełnił go ogień, a potem otworzył oczy. To nie ja go wskrzesiłem, pani. Pan to uczynił. R'hllor ma jeszcze dla niego jakieś zadanie. Życie jest ciepłem, ciepło jest ogniem, a ogień jest u Boga i tylko u Boga.

Arya poczuła, że jej oczy zaszły łzami. Thoros wypowiedział mnóstwo słów, pojęła jednak, że wszystkie one miały znaczyć „nie".

— Twój ojciec był dobrym człowiekiem — odezwał się lord Beric. — Harwin dużo mi o nim opowiadał. Przez wzgląd na jego pamięć chętnie zrezygnowałbym z okupu za ciebie, gdyby nie to, że tak rozpaczliwie potrzebujemy złota.

Przygryzła wargę. *To pewnie prawda.* Wiedziała, że zabrane Ogarowi złoto oddał Zielonobrodemu i Łowcy, rozkazując im kupić żywność na południe od Manderu.

— Poprzednie plony spłonęły, te utoną, a wkrótce nadejdzie zima — mówił, gdy wyruszali w drogę. — Prostaczkowie potrzebują ziarna, a my mieczy i wierzchowców. Zbyt wielu moich ludzi musi na podjezdkach, koniach pociągowych i mułach ruszać do walki z wrogami dosiadającymi bojowych rumaków.

Arya nie wiedziała jednak, ile Robb będzie gotów za nią zapłacić. Był teraz królem, nie chłopcem z topniejącym śniegiem we włosach, którego zostawiła w Winterfell. A jeśli dowie się o wszystkim, co zrobiła, o tym chłopcu stajennym, wartowniku z Harrenhal i tak dalej…

— A co będzie, jeśli mój brat nie zechce zapłacić okupu?

— Skąd ci to przyszło do głowy? — zapytał lord Beric.

— No — zaczęła Arya — włosy mam rozczochrane, paznokcie brudne, a stopy stwardniałe. — Robbowi to by zapewne nie przeszkadzało, ale jej matce i owszem. Lady Catelyn zawsze chciała, by Arya była podobna do Sansy. Żeby śpiewała i tańczyła, szyła i przestrzegała zasad uprzejmości. Na samą myśl o tym spróbowała przyczesać włosy palcami, były jednak tak splątane i skłębione, że udało się jej jedynie część z nich wyrwać. — Zniszczyłam tę suknię, którą dała mi lady Smallwood, i nie umiem szyć tak dobrze. — Przygryzła wargę. — Chciałam powiedzieć, nie umiem szyć za dobrze. Septa Mordane zawsze powtarzała, że mam łapy jak kowal.

Gendry ryknął głośnym śmiechem.

— Te mięciutkie maleństwa? — zawołał. — Nie potrafiłabyś nawet utrzymać w nich młota.

— Potrafiłabym, gdybym chciała — odwarknęła.

Thoros zachichotał.

— Twój brat zapłaci, dziecko, nie bój się.

— Tak, ale co będzie, jeśli nie zapłaci — upierała się.

Lord Beric westchnął.

— Wyślę cię na jakiś czas do lady Smallwood albo może do mojego zamku Blackhaven. Jestem jednak pewien, że to nie będzie konieczne. Nie jest w mojej mocy zwrócić ci ojca, podobnie jak w mocy Thorosa, mogę jednak przynajmniej dopilnować, byś wróciła bezpiecznie w objęcia matki.

— Przysięgasz? — zapytała. Yoren również obiecywał, że zabierze ją do domu, ale dał się zabić i tyle.

— Na honor rycerza — odparł z powagą lord błyskawica.

Gdy Cytryn wrócił do browaru, padał deszcz. Banita mamrotał pod nosem przekleństwa, patrząc na wodę, która ściekała z jego żółtego płaszcza na podłogę. Anguy i Jack Szczęściarz siedzieli przy drzwiach, grając w kości. Choć czasem zmieniali rodzaj gry, jednooki Jack w żadnej z nich nie miał szczęścia. Tom Siedem Strun ponownie założył strunę do harfy i zaśpiewał *Matczyne łzy*, *Kiedy żona Willuma była mokra*, *Lord Harte ruszył na bój w dzień deszczowy*, a na koniec *Deszcze Castamere*.

*A kim to jesteś, rzekł dumny lord,*
*że muszę ci się kłaniać?*

*Jedynie kotem innej maści,*
*takiego jestem zdania.*
*W płaszczu czerwonym albo złotym*
*lew zawsze ma pazury.*
*Lecz moje równie ostre są*
*i sięgną twojej skóry.*
*Tak gadał ten lord Castamere*
*tęgiego zgrywając zucha.*
*Dziś w jego zamku płacze deszcz*
*którego nikt nie słucha.*
*Dziś w jego zamku płacze deszcz*
*i nie ma kto go słuchać.*

W końcu Tomowi zabrakło deszczowych piosenek i odłożył harfę. Potem słychać już było tylko odgłos kropel bębniących o dach browaru. Gra w kości się skończyła i Arya, stojąc najpierw na jednej, a potem na drugiej nodze, wysłuchała utyskiwania Merrita, który skarżył się, że jego koń zgubił podkowę.

— Mógłbym ci go podkuć — zaproponował nagle Gendry. — Byłem tylko uczniem, ale mistrz mówił, że mam rękę stworzoną do młota. Umiem podkuwać konie, naprawiać rozdarte kolczugi i wyklepywać zbroje. Założę się, że potrafiłbym też zrobić miecz.

— Do czego zmierzasz, chłopcze? — zapytał Harwin.

— Będę waszym kowalem. — Gendry padł na jedno kolano przed lordem Berikiem. — Przydam ci się, panie, jeśli zechcesz mnie przyjąć. Umiem robić narzędzia i noże, a kiedyś nawet wyklepałem całkiem niezły hełm. Ukradł mi go jeden z ludzi Góry, kiedy wzięli nas do niewoli.

Arya przygryzła wargę. *On również chce mnie opuścić.*

— Lepiej by dla ciebie było, gdybyś służył lordowi Tully'emu w Riverrun — stwierdził lord Beric. — Nie mam ci z czego płacić.

— Nikt mi nigdy nie płacił. Chcę tylko dostać kuźnię, wyżywienie i jakieś miejsce, gdzie mógłbym spać. To mi wystarczy, panie.

— Kowal znajdzie zatrudnienie prawie wszędzie. Zdolny płatnerz tym bardziej. Czemu chcesz przystać do nas?

Gendry wykrzywił swą głupią gębę, myśląc intensywnie.

— Pod wydrążonym wzgórzem powiedziałeś, że jesteście ludźmi króla Roberta i braćmi. To mi się spodobało. Tak samo to, że urządziliście Ogarowi sąd. Lord Bolton po prostu wieszał ludzi albo ścinał im głowy, a lord Tywin i ser Amory byli tacy sami. Wolę zostać kowalem u was.

— Mamy mnóstwo zbroi, które trzeba naprawić, panie — przypomniał lordowi Bericowi Jack. — Większość zdarliśmy z zabitych i którędy weszła śmierć, tam zostały dziury.

— Chyba zgłupiałeś, chłopcze — odezwał się Cytryn. — Jesteśmy wyjętymi spod prawa banitami. Większość z nas to nisko urodzona hołota, pomijając jego lordowską mość. Niech ci się też nie zdaje, że to będzie tak, jak w tych głupich piosenkach Toma. Nie skradniesz pocałunków żadnym księżniczkom ani nie będziesz startował w turniejach w kradzionej zbroi. Jeśli się do nas przyłączysz, skończysz z szyją w pętli albo zatkną twój łeb nad jakąś zamkową bramą.

— Z wami zrobią to samo — wskazał Gendry.

— To prawda — zgodził się radosnym tonem Jack Szczęściarz. — Wrony czekają nas wszystkich. Panie, chłopak wygląda na odważnego, a my potrzebujemy tego, co może nam dać. Jack radzi go przyjąć.

— I to zaraz — zgodził się z chichotem Harwin — zanim minie gorączka i wróci mu rozsądek.

Przez usta lorda Berica przemknął blady uśmieszek.

— Thorosie, podaj mi miecz.

Tym razem lord błyskawica nie zapalił swego oręża, a tylko dotknął nim lekko ramienia Gendry'ego.

— Gendry, czy przysięgasz przed bogami i ludźmi bronić tych, którzy nie potrafią bronić się sami, opiekować się kobietami i dziećmi, słuchać dowódców, seniora i króla, walczyć dzielnie, gdy będzie to potrzebne, i wykonywać wszelkie zlecone ci zadania, jakkolwiek by były trudne, upokarzające bądź niebezpieczne?

— Przysięgam, panie.

Lord z Pogranicza przełożył miecz z jego prawego ramienia na lewe.

— Wstań, ser Gendry, rycerzu wydrążonego wzgórza, i bądź przywitany wśród członków naszego bractwa — rzekł.

Od drzwi dobiegł ochrypły śmiech.

Ściekał z niego deszcz. Poparzoną rękę obandażowano mu liśćmi i płótnem, a następnie przywiązano ją mocno do piersi prostym temblakiem ze sznura. Dawniejsze poparzenia na twarzy lśniły czarnym, wilgotnym blaskiem w świetle ich małego ogniska.

— Pasujesz nowych rycerzy, Dondarrion? — warknął intruz. — Powinienem cię za to znowu zabić.

Lord Beric popatrzył na niego chłodno.

— Miałem nadzieję, że już cię nie zobaczymy, Clegane. Jak ci się udało nas znaleźć?

— To nie było trudne. Ten cholerny dym widać aż w Starym Mieście.

— A co się stało z moimi wartownikami?

Clegane wykrzywił usta.

— Tymi dwoma ślepcami? Może ich zabiłem. I co mi za to zrobicie?

Anguy nałożył strzałę na cięciwę, a Notch podążył w jego ślady.

— Czy tak bardzo pragniesz śmierci, Sandorze? — zapytał Thoros. — Chyba jesteś szalony albo pijany, jeśli zdecydowałeś się nas śledzić.

— Pijany deszczem? Nie zostawiliście mi złota nawet na jeden kielich wina, skurwysyny.

Anguy naciągnął cięciwę.

— Jesteśmy banitami, a banici kradną. Mówią o tym pieśni. Jeśli ładnie poprosisz Toma, to ci jakąś zaśpiewa. Ciesz się, że cię nie zabiliśmy.

— Tylko spróbuj, Łuczniku. Zabiorę ci kołczan i wepchnę strzały w tę twoją piegowatą dupkę.

Anguy uniósł łuk, lecz lord Beric powstrzymał go skinieniem dłoni, nim zdążył wystrzelić.

— Po co tu przyjechałeś, Clegane?

— Chcę odzyskać to, co należy do mnie.

— Twoje złoto?

— A cóż by innego? Możesz być pewien, że nie chodziło mi o to, żeby zobaczyć twoją gębę, Dondarrion. Jesteś teraz jeszcze brzydszy ode mnie. A do tego zostałeś rycerzem-rabusiem.

— Dałem ci kwit — oznajmił ze spokojem lord Beric. — Obietnicę zapłaty po wojnie.

— Twoim papierem podtarłem sobie dupę. Chcę dostać złoto.

— Nie mamy go. Wysłałem je na południe z Zielonobrodym i Łowcą, żeby kupili za Manderem zboże.

— Żeby wykarmić tych, którym spaliliście plony — dodał Gendry.

— Ach, więc tak teraz mówicie? — Sandor Clegane ponownie wybuchnął śmiechem. — Tak się składa, że ja zamierzałem je wykorzystać w tym samym celu. Nakarmić bandę brzydkich wieśniaków i ich francowatych bachorów.

— Kłamiesz — rzucił Gendry.

— Widzę, że chłopak jest wyszczekany. Czemu wierzycie jemu, a nie mnie? Chyba nie przez tę moją gębę? — Clegane zerknął na Aryę. — Ją również zrobisz rycerzem, Dondarrion? Jako pierwszą ośmioletnią dziewczynkę w dziejach?

— Mam dwanaście lat — skłamała głośno Arya — i mogłabym zostać rycerzem, gdybym tylko zechciała. Mogłam też cię zabić, ale Cytryn zabrał mi nóż.

Nadal gniewało ją to wspomnienie.

— Poskarż się Cytrynowi, nie mnie. A potem podkul ogon pod siebie i zmykaj. Czy wiesz, co psy robią wilkom?

— Następnym razem cię zabiję. I twojego brata też.

— Nie. — Przymrużył ciemne oczy. — Jego nie zabijesz. — Spojrzał z powrotem na lorda Berica. — A może zrobiłbyś rycerzem mojego konia? Nigdy nie sra w komnatach i nie kopie więcej niż inne. Zasłużył sobie na to. Chyba że jego też chcesz ukraść.

— Lepiej właź na tego konia i uciekaj — ostrzegł go Cytryn.

— Odjadę tylko ze złotem. Wasz bóg orzekł, że jestem niewinny.

— Pan Światła zwrócił ci życie — oznajmił Thoros z Myr. — Nie ogłosił cię Baelorem Błogosławionym narodzonym na nowo.

Czerwony kapłan wydobył miecz. Arya zauważyła, że Jack i Merrit uczynili to samo. Lord Beric nadal trzymał w ręku oręż, którym pasował Gendry'ego. Może tym razem go zabiją.

Usta Ogara znowu zadrżały gwałtownie.

— Jesteście zwykłymi złodziejami.

Cytryn spojrzał na niego spode łba.

— Twoi przyjaciele lwy wpadają do wioski, zabierają wszystko, co nadaje się do jedzenia, i każdą monetę, którą znajdą, a nazywają to furażowaniem. Wilki czynią to samo. Czemu mielibyśmy być inni? Nikt cię nie obrabował, psie. Po prostu zostałeś sfurażowany.

Sandor Clegane przyjrzał się po kolei ich twarzom, jakby chciał dobrze wszystkie zapamiętać. Potem oddalił się w ciemność i deszcz tą samą drogą, którą przyszedł, nie odzywając się już ani słowem. Banici czekali w niepewności...

— Lepiej pójdę sprawdzić, co zrobił z naszymi wartownikami.

Harwin wyjrzał ostrożnie przez drzwi, by się upewnić, że Ogar nie czai się w pobliżu, po czym ruszył w drogę.

— Skąd ten cholerny skurczybyk wziął tyle złota? — zapytał Cytryn Cytrynowy Płaszcz, chcąc rozproszyć napięcie.

Anguy wzruszył ramionami.

— Wygrał turniej namiestnika w Królewskiej Przystani. — Wyszczerzył zęby w uśmiechu. — Ja też zdobyłem tam niezły mająteczek, ale potem poznałem Dancy, Jayde i Alayayę. One mnie nauczyły, jak smakuje pieczony łabędź i jak się kąpać w winie z Arbor.

— Przesrałeś wszystko, prawda? — zapytał ze śmiechem Harwin.

— Nie wszystko. Kupiłem sobie te buty i ten piękny sztylet.

— Trzeba było kupić trochę ziemi i zrobić z jednej z tych dziewczyn od pieczonego łabędzia uczciwą kobietę — stwierdził Jack Szczęściarz. — Zbierać mnóstwo rzepy i płodzić mnóstwo synów.

— Wojowniku, broń! Miałbym zamienić złoto na rzepę? Cóż za marnotrawstwo!

— Lubię rzepę — sprzeciwił się poirytowany Jack. — Z chęcią bym trochę zjadł, najlepiej tłuczonej.

Thoros z Myr nie zwracał uwagi na ich pogwarki.

— Ogar stracił coś więcej niż kilka mieszków monet — mówił. — Stracił pana i psiarnię. Nie może wrócić do Lannisterów, Młody Wilk z pewnością go nie przyjmie, a brat również nie przywitałby go miło. Mam wrażenie, że to złoto było wszystkim, co mu zostało.

— Niech to szlag — mruknął Watty Młynarz. — Na pewno przyjdzie zamordować nas we śnie.

— Nie. — Lord Beric schował miecz. — Sandor Clegane chętnie by nas wszystkich zabił, ale nie we śnie. Anguy, jutro pojedziesz w tylnej straży z Bezbrodym Dickiem. Jeśli zobaczysz, że Clegane nadal za nami węszy, ustrzel jego konia.

— To dobry koń — zaprotestował Anguy.

— Tak jest — poparł go Cytryn. — To jeźdźca powinniśmy zabić, do cholery. Koń nam się przyda.

— Zgadzam się z Cytrynem — dorzucił Notch. — Pozwól mi wypuścić w psa kilka strzał. To go odstraszy.

Lord Beric potrząsnął głową.

— Clegane obronił swe życie pod wydrążonym wzgórzem. Nie odbiorę mu go.

— Jego lordowska mość jest mądry — oznajmił pozostałym Thoros. — Bracia, próba walki jest święta. Słyszeliście, jak prosiłem R'hllora, by ją rozstrzygnął, i widzieliście, jak jego gorejący palec złamał miecz lorda Berica w chwili, gdy miał on zadać ostatni cios. Wygląda na to, że Pan Światła ma jeszcze jakieś zadanie dla Ogara Joffreya.

Harwin wkrótce wrócił do browaru.

— Puddingfoot smacznie sobie spał, ale nic mu się nie stało.

— Zaczekaj, aż się do niego dobiorę — warknął Cytryn. — Wytnę mu w brzuchu drugi otwór do srania. Mogliśmy wszyscy przez niego zginąć.

Nocą spali niespokojnie. Wiedzieli, że Sandor Clegane czai się gdzieś w pobliżu. Arya położyła się przy ognisku, lecz choć było jej ciepło i wygodnie, sen nie chciał nadejść. Leżąc pod płaszczem, wyjęła monetę, którą dał jej Jaqen H'ghar, i zacisnęła wokół niej palce. Czuła się dzięki niej silna. Kiedy ją trzymała, przypominała sobie, jak była duchem Harrenhal. Mogła wówczas zabijać szeptem.

Jaqena nie było już jednak przy niej. Opuścił ją. *Gorąca Bulka też mnie porzucił, a teraz Gendry chce zrobić to samo.* Lommy zginął, Yoren zginął, Syrio Forel zginął, nawet jej ojciec zginął, a Jaqen dał jej głupi żelazny grosik, a potem się ulotnił.

— *Valar morghulis* — wyszeptała, zaciskając pięść tak mocno, że twarde brzegi pieniążka wpijały się jej w skórę dłoni. — Ser Gregor, Dunsen, Polliver, Raff Słodyczek, Łaskotek i Ogar. Ser Ilyn, ser Meryn, król Joffrey, królowa Cersei.

Próbowała sobie wyobrazić, jak będą wyglądali po śmierci, trudno jej było jednak przypomnieć sobie ich twarze. Wyraźnie widziała Ogara i jego brata Górę, nigdy też nie zapomni Joffreya ani jego matki... ale Raff, Dunsen i Polliver zacierali się już w jej pamięci. To samo dotyczyło nawet Łaskotka, który miał bardzo pospolitą twarz.

Sen w końcu przyszedł, lecz ciemną nocą Arya obudziła się, czując świerzbienie. Ogień dopalił się już do węgielków. Przy drzwiach stał Mudge, a na dworze spacerował drugi wartownik. Deszcz przestał padać i słyszała wycie wilków. *Jest ich tak dużo* — pomyślała. *I są tak blisko.* Wydawało się, że otaczają stajnię ze wszystkich stron. *Mam nadzieję, że zjedzą Ogara.* Przypomniała sobie, co mówił o wilkach i psach.

Rankiem septon Utt nadal dyndał na drzewie, lecz brązowi bracia trudzili się na deszczu z łopatami, kopiąc płytkie groby dla pozostałych ofiar. Lord Beric podziękował za nocleg i posiłek, a potem wręczył im mieszek srebrnych jeleni, żeby pomóc w odbudowie. Harwin, Ludzki Luke i Watty Młynarz ruszyli na zwiady, lecz nie znaleźli żadnych wilków ani psów.

Gdy Arya dociągnęła popręg, Gendry podszedł do niej i powiedział, że mu przykro. Wsunęła stopę w strzemię i skoczyła na siodło, żeby spoglądać na niego z góry, a nie z dołu. *Mogłeś robić miecze w Riverrun, dla mojego brata* — pomyślała. Na głos powiedziała jednak:

— Jeśli chcesz zostać jakimś głupim wyjętym spod prawa rycerzem i dać się powiesić, to proszę bardzo. Co mnie to obchodzi? Brat zapłaci za mnie okup i będę sobie siedziała w Riverrun.

Na szczęście dzień nie był deszczowy i choć raz jechali szybko.

# BRAN

Wieża wznosiła się na wyspie i w spokojnej, błękitnej wodzie widać było jej bliźniacze odbicie. Kiedy powiał wiatr, tafla jeziora pokrywała się zmarszczkami, które ścigały się nawzajem niczym rozbawieni chłopcy. Brzeg gęsto porastały dęby i na ziemi pełno było spadłych żołędzi. Za drzewami leżała wioska, czy raczej to, co z niej zostało.

To była pierwsza osada, na którą się natknęli, odkąd wyszli spomiędzy wzgórz. Meera ruszyła na zwiady, by się upewnić, że wśród ruin nikt się nie czai. Prześlizgując się między dębami i jabłoniami z siecią i trójzębem w dłoniach, spłoszyła trzy czerwone jelenie, które umknęły przez zarośla. Gdy Lato zauważył ruch, natychmiast rzucił się w pościg. Bran śledził wzrokiem gnającego swobodnymi susami wilkora. Przez moment niczego nie pragnął tak mocno, jak włożyć jego skórę i pobiec razem z nim, lecz Meera machała już na nich, każąc iść za sobą. Odwrócił się z niechęcią od Laty i kazał Hodorowi ruszyć naprzód. Jojen szedł obok nich.

Bran wiedział, że odtąd aż po Mur ciągną się porośnięte trawą tereny; leżące odłogiem pola, niskie pofałdowane wzgórza, górskie łąki i nizinne mokradła. Będzie im tu znacznie łatwiej wędrować niż w górach, które zostawili za sobą, lecz tak rozległa otwarta przestrzeń niepokoiła Meerę.

— Czuję się naga — wyznała. — Tu nie ma się gdzie ukryć.

— Do kogo należy ta ziemia? — zapytał Brana Jojen.

— Do Nocnej Straży — odpowiedział chłopiec. — To jest Dar.

Nowy Dar. Na północ od niego leży Dar Brandona. — Nauczył go tego maester Luwin. — Brandon Budowniczy nadał czarnym braciom ziemie ciągnące się na obszarze siedemdziesięciu pięciu mil od Muru. Żeby zapewniały im… utrzymanie i wyżywienie. — Czuł się dumny z tego, że zapamiętał te słowa. — Niektórzy maesterzy utrzymują, że to był jakiś inny Brandon, a nie Budowniczy, ale to i tak jest Dar Brandona. Po paru tysiącleciach Mur odwiedziła dobra królowa Alysanne na swym smoku Srebrnoskrzydłym. Pomyślała sobie, że Nocna Straż jest bardzo dzielna, i przekonała starego króla, żeby podwoił obszar należących do niej ziem, aż do stu pięćdziesięciu mil od Muru. To właśnie był Nowy Dar. — Zatoczył dłonią łuk. — To wszystko.

Bran widział, że w wiosce od wielu lat nikt nie mieszkał. Wszystkie domy popadły w ruinę, nawet gospoda. Nigdy nie była zbyt imponująca, teraz jednak został z niej tylko kamienny komin i dwie sypiące się ściany. Wokół rosło kilkanaście jabłoni, jedna z nich tam, gdzie ongiś była główna izba karczmy. Jej podłogę pokrywała warstwa wilgotnych, brązowych liści oraz zgniłych jabłek. Powietrze przesycał ich zapach, mdła woń jabłecznika, która była niemal nie do wytrzymania. Meera dźgnęła kilka owoców trójzębem, szukając takich, które nadawałyby się jeszcze do jedzenia, wszystkie jednak były zbrązowiałe i robaczywe.

Było to spokojne miejsce, ciche i piękne, Bran miał jednak wrażenie, że w pustej gospodzie jest coś smutnego. Wydawało się, że i Hodor to czuje.

— Hodor? — pytał z dezorientacją w głosie. — Hodor? Hodor?

— Ziemia jest tu dobra. — Jojen wziął w rękę garść gleby, rozcierając ją między palcami. — Wioska, gospoda, mocna warownia na wyspie, wszystkie te jabłonie… gdzie się podziali ludzie, Bran? Dlaczego opuścili takie miejsce?

— Bali się dzikich — wyjaśnił chłopiec. — Oni przechodzą przez Mur albo przez góry, żeby napadać, kraść i porywać kobiety. Stara Niania mówiła, że jeśli kogoś złapią, robią sobie z jego czaszki czarę, z której piją krew. Nocna Straż nie jest już tak silna jak w czasach Brandona czy królowej Alysanne i dlatego częściej udaje im się przedostać. Na okolice położone najbliżej Muru napadali tak często, że prostaczkowie przenieśli się na południe, w góry albo na ziemie Umberów na wschód od królewskiego traktu. Ludzie Greatjona też czasem padają ofiarą napadów, ale nie tak często jak ci, którzy mieszkali w Darze.

Jojen Reed odwrócił powoli głowę, wsłuchując się w muzykę, którą słyszał tylko on.

— Musimy się tu skryć. Nadchodzi burza. I to wielka.

Bran popatrzył na niebo. Był piękny jesienny dzień, słoneczny i prawie ciepły, lecz na zachodzie rzeczywiście widać było ciemne chmury i wydawało się, że wiatr się wzmaga.

— Gospoda ma tylko dach i dwie ściany — wskazał. — Powinniśmy się schować w warowni.

— Hodor — odezwał się Hodor. Być może był tego samego zdania.

— Nie mamy łodzi, Bran — wskazała Meera, grzebiąc machinalnie trójzębem w liściach.

— Jest tu grobla. Kamienna grobla ukryta pod wodą. Moglibyśmy tam dojść na piechotę.

Oni by mogli. On musiałby jechać na plecach Hodora. Ale w ten sposób przynajmniej uniknąłby przemoczenia. Reedowie popatrzyli na siebie.

— Skąd o tym wiesz? — zapytał Jojen. — Byłeś już tu kiedyś, książę?

— Nie. Opowiadała mi o tym Stara Niania. Na warowni jest złota korona, widzicie? — Uniósł rękę, by wskazać na gmach. Wysoko na jego murach widać było plamy obłażącej złotej farby. — Spała tu królowa Alysanne. Dlatego na jej cześć pomalowali blanki na złoto.

— Grobla? — Jojen przyjrzał się jezioru. — Jesteś tego pewien?

— Tak — odparł Bran.

Meera znalazła jej początek z łatwością, gdy tylko zorientowała się, gdzie trzeba szukać. Kamienna droga szerokości trzech stóp wiodła prosto do jeziora. Dziewczyna przeprowadziła ich tamtędy krok za krokiem, ostrożnie badając drogę trójzębem. Widzieli miejsce, w którym grobla znowu wynurza się z wody, przechodząc w krótkie kamienne schody prowadzące do drzwi warowni.

Wejście na groblę, schody i drzwi znajdowały się w prostej linii, co sprawiało wrażenie, że sama grobla również biegnie po prostej. Tak jednak nie było. Pod wodą przebiegała zygzakiem, pokonując jedną trzecią obwodu wyspy, a potem zawracając. Zakręty były zdradzieckie, a długa trasa sprawiała, że każdy, kto zbliżał się z lądu, był przez znaczącą chwilę wystawiony na ostrzał siedzących w wieży łuczników. Ponadto ukryte kamienie były śliskie i pokryte szlamem. Hodor dwukrotnie omal się nie przewrócił. Nim odzyskał równowagę, krzyczał przeraźliwie: „HODOR!". Za drugim razem Bran bardzo się przestraszył. Gdyby sługa wleciał do jeziora, niosąc go w koszu, mógłby się utopić, zwłaszcza gdyby Hodor wpadł w panikę i zapomniał, że niesie Brana, co czasami mu się zdarzało. *Może trzeba było zostać w gospodzie, pod jabłonią* — pomyślał. Było już jednak na to za późno.

Na szczęście trzeciego razu nie było, a woda w najgłębszym miejscu sięgała Hodorowi tylko do pasa, choć Reedowie zanurzyli się w niej po pierś. Wkrótce znaleźli się na wyspie i weszli po schodach do warowni. Drzwi trzymały się mocno, choć grube dębowe deski wypaczyły się z biegiem lat i nie można ich już było zamknąć szczelnie. Gdy Meera otworzyła je szeroko, zardzewiałe żelazne zawiasy zaskrzypiały przeraźliwie. Nadproże było niskie.

— Schyl się, Hodor — rozkazał Bran. Chłopiec stajenny posłuchał go, lecz nie pochylił się wystarczająco nisko, by uchronić jeźdźca przed uderzeniem głową w futrynę.

— To bolało — poskarżył się Bran.

— Hodor — odparł Hodor, prostując się.

Znaleźli się w mrocznym pomieszczeniu, tak małym, że ledwie się w nim zmieścili. Wbudowane w wewnętrzną ścianę wieży schody wiodły w lewą stronę ku górze, a w prawą na dół. Przybyszy dzieliła od nich żelazna krata. Bran uniósł głowę i tuż nad sobą zobaczył drugą. *Otwór machikułu.* Cieszył się, że nie ma tam nikogo, kto mógłby wylać na nich wrzący olej.

Zamek zamknięto na klucz, lecz kraty były już czerwone od rdzy. Hodor złapał za drzwi po lewej i pociągnął za nie, stękając z wysiłku. Nic to nie dało. Potem spróbował pchać, z podobnym skutkiem. Potrząsał kratami i kopał je z głośnym grzechotem, tłukł wielką dłonią w zawiasy, aż powietrze wypełniło się płatkami rdzy, żelazne drzwi nie chciały jednak puścić. Te drugie, które prowadziły do piwnicy, okazały się równie nieustępliwe.

— Nie da się tu wejść — stwierdziła Meera ze wzruszeniem ramion.

Machikuł znajdował się tuż nad głową Brana. Chłopiec usiadł prosto w koszu Hodora, wyciągnął ręce i złapał za kratę, by sprawdzić, co się da zrobić. Kiedy za nią szarpnął, spadła z sufitu i posypał się na nich deszcz rdzy oraz odłamków kamienia.

— HODOR! — wrzasnął chłopiec stajenny. Ciężka żelazna krata walnęła w głowę Brana, w to samo miejsce, gdzie przed chwilą uderzył się o nadproże, a potem runęła z hukiem na podłogę u stóp Jojena. Meera parsknęła śmiechem.

— Spójrz tylko, mój książę. Jesteś silniejszy od Hodora.

Bran zaczerwienił się.

Gdy zamykająca otwór machikułu krata zniknęła, Hodor mógł podsadzić na górę Jojena i Meerę. Potem wyspiarze złapali Brana za ręce i podnieśli go. Trudniej było wciągnąć na górę Hodora. Był za ciężki, żeby Reedowie mogli go podnieść tak jak młodego Starka. W końcu Bran kazał mu przynieść trochę dużych kamieni. Na wyspie ich nie brakowało i olbrzymi sługa wkrótce zgromadził stos na tyle wielki, że wdrapawszy się na niego, mógł złapać za kruszące się brzegi otworu i dźwignąć się w górę.

— Hodor — wydyszał radośnie, uśmiechając się do nich.

Znaleźli się w labiryncie małych pokoików, ciemnych i pustych. Meera badała go tak długo, aż wreszcie znalazła drogę prowadzącą na schody. Im wyżej się wspinali, tym jaśniej tam się robiło. Na drugim piętrze w grubym murze zewnętrznym umieszczono otwory strzelnicze, na trzecim były prawdziwe okna, a czwarte, najwyższe, wypełniała duża, okrągła komnata. Z trzech stron widać było łukowe drzwi, prowadzące na małe kamienne balkony.

Po czwartej znajdował się wychodek, którego ściek prowadził prosto do jeziora.

Gdy weszli na dach, niebo było już całkowicie zachmurzone, a chmury na zachodzie zupełnie czarne. Wiatr był tak silny, że unosił płaszcz Brana i furkotał nim głośno.

— Hodor — skomentował ten hałas Hodor.

Meera zakręciła się wkoło.

— Patrząc na świat z tak wysoka, czuję się prawie jak olbrzymka.

— Na Przesmyku są drzewa dwukrotnie wyższe od tej wieży — przypomniał jej brat.

— Tak, ale wokół nich rosną inne drzewa tej samej wysokości — spierała się z nim Meera. — Świat na Przesmyku jest ciasny, a niebo znacznie mniejsze. Tutaj... czujesz ten wiatr, bracie? Widzisz, jaki wielki zrobił się świat?

Rzeczywiście, można stąd było daleko sięgnąć wzrokiem. Na południu widać było wzgórza, a za nimi szaro-zielone góry. Z pozostałych stron, tak daleko, jak okiem sięgnąć, otaczały ich pofałdowane równiny Nowego Daru.

— Miałem nadzieję, że zobaczymy stąd Mur — poskarżył się rozczarowany Bran. — To było głupie. Jesteśmy jeszcze jakieś sto pięćdziesiąt mil od niego. — Gdy tylko o tym wspomniał, natychmiast poczuł się zmęczony i zziębnięty. — Jojen, co zrobimy, kiedy już tam dojdziemy? Stryj często mi opowiadał, jaki wielki jest Mur. Ma siedemset stóp wysokości, a u podstawy jest taki gruby, że bramy w nim przypominają biegnące przez lód tunele. Jak mamy się przez niego przedostać, żeby odnaleźć tę trójoką wronę?

— Słyszałem, że wzdłuż całego muru stoją opuszczone zamki — odpowiedział mu Jojen. — Nocna Straż zbudowała te fortece, ale potem je porzuciła. W jednej z nich możemy znaleźć przejście.

Stara Niania nazywała je „zamkami duchów". Maester Luwin kazał kiedyś Branowi nauczyć się nazw wszystkich wzniesionych wzdłuż Muru fortów. Było to trudne zadanie, gdyż było ich aż dziewiętnaście, choć nigdy nie obsadzono załogą więcej niż siedemnastu naraz. Na uczcie, którą wyprawiono w Winterfell na cześć króla Roberta, Bran wyrecytował przed swym stryjem Benjenem wszystkie nazwy, ze wschodu na zachód, a potem z zachodu na wschód. Benjen Stark roześmiał się w głos.

— Znasz je lepiej ode mnie, Bran — powiedział. — Być może to ty powinieneś być pierwszym zwiadowcą. Ja mógłbym zostać tu zamiast ciebie.

To jednak było jeszcze przed jego upadkiem z wieży. Gdy Bran ocknął się jako kaleka, Benjen odjechał już do Czarnego Zamku.

— Stryj mi mówił, że gdy trzeba było porzucić fortecę, zawsze zamykano bramy lodem i kamieniami — sprzeciwił się Bran.

— W takim razie będziemy musieli otworzyć je na nowo — stwierdziła Meera.

Zaniepokoiły go te słowa.

— Nie powinniśmy tego robić. Z drugiej strony mogłyby się przedostać złe stwory. Powinniśmy pójść do Czarnego Zamku i poprosić lorda dowódcę, żeby pozwolił nam przejść.

— Wasza Miłość — odezwał się Jojen — musimy unikać Czarnego Zamku z tych samych powodów, co królewskiego traktu. Są tam setki ludzi.

— Ludzi z Nocnej Straży — przypomniał mu Bran. — Wszyscy złożyli przysięgę, że nie będą się mieszać do wojen i takich rzeczy.

— Tak — zgodził się Jojen — ale wystarczy jeden człowiek gotów ją złamać i sprzedać twoją tajemnicę żelaznym ludziom albo bękartowi Boltona. Nie mamy też pewności, czy Straż pozwoli nam przejść. Może nas zatrzymać albo odesłać.

— Ale mój ojciec był przyjacielem Nocnej Straży, a mój stryj jest pierwszym zwiadowcą. Mógłby nawet wiedzieć, gdzie mieszka trójoka wrona. W Czarnym Zamku jest też Jon. — Bran miał nadzieję, że znowu zobaczy Jona i ich stryja. Podczas swej ostatniej wizyty w Winterfell czarni bracia mówili, że Benjen Stark zaginął na wyprawie zwiadowczej, lecz do tej pory z pewnością zdążył już wrócić. — Założę się, że Straż dałaby nam nawet konie — dodał.

— Cicho. — Jojen osłonił oczy dłonią i spojrzał w stronę zachodzącego słońca. — Popatrz. Tam coś jest… chyba jeździec. Widzisz go?

Bran również osłonił dłonią oczy, lecz mimo to i tak musiał je przymrużyć. Z początku nie widział nic, potem jednak jego uwagę przyciągnął jakiś ruch. Najpierw myślał, że to Lato, tak jednak nie było. *Człowiek na koniu.* Był zbyt daleko, żeby mogli dostrzec jakieś szczegóły.

— Hodor? — Chłopiec stajenny również osłonił sobie oczy ręką, patrzył jednak w niewłaściwym kierunku. — Hodor?

— Nie śpieszy mu się — zauważyła Meera. — Wydaje mi się jednak, że zmierza do tej wioski.

— Lepiej schowajmy się w środku, zanim nas zobaczy — zaproponował Jojen.

— W pobliżu wioski jest Lato — sprzeciwił się Bran.

— Lacie nic się nie stanie — zapewniła Meera. — To tylko jeden człowiek na zmęczonym koniu.

Gdy schodzili na niższe piętro, o kamień uderzały już pierwsze wielkie krople. Skryli się w samą porę, gdyż po krótkiej chwili deszcz rozpadał się na dobre. Nawet za grubymi murami słyszeli, jak siecze powierzchnię jeziora. Siedzieli na podłodze w wielkim okrągłym pomieszczeniu, a wokół nich zapadał zmrok. Z wychodzącego na północ balkonu widać było opuszczoną wioskę. Meera podczołgała się tam na brzuchu, by wyjrzeć na zewnątrz i zobaczyć, co się stało z jeźdźcem.

— Schronił się w ruinach gospody — poinformowała ich, kiedy wróciła. — Wygląda na to, że rozpalił ogień na kominku.

— Może też byśmy to zrobili — zaproponował Bran. — Zimno mi. Na dole widziałem połamane meble. Hodor mógłby je porąbać na szczapy i ogrzalibyśmy się przy ogniu.

Chłopcu stajennemu spodobał się ten pomysł.

— Hodor — powiedział z nadzieją.

Jojen potrząsnął głową.

— Ogień wywołuje dym, a dym bijący z tej wieży byłby widoczny z daleka.

— Pod warunkiem, że byłoby komu go zobaczyć — sprzeciwiła się jego siostra.

— W wiosce jest człowiek.

— Tylko jeden.

— Jeden niewłaściwy człowiek wystarczy, by zdradzić Brana jego wrogom. Mamy jeszcze połowę tej kaczki, którą upiekliśmy wczoraj. Zjedzmy ją i połóżmy się spać. Rankiem ten człowiek ruszy w drogę, a my zrobimy to samo.

Jojen jak zwykle postawił na swoim. Meera podzieliła kaczkę między ich czworo. Złapała ją wczoraj w sieć, gdy spłoszony ptak próbował poderwać się z bagna. Na zimno kaczka nie była już taka smaczna jak wczoraj, gdy jedli ją gorącą i chrupiącą prosto z rożna, lecz przynajmniej nie położą się spać głodni. Bran i Meera podzielili się piersią, Jojen dostał udko, a Hodor pożarł skrzydło i nogę, mamrocząc „Hodor" i po każdym kęsie zlizując tłuszcz z palców. Tym razem na Brana przyszła kolej, by opowiedzieć historię, usłyszeli więc od niego o innym Brandonie Starku, zwanym Brandonem Żeglarzem, który pożeglował za morze zachodzącego słońca.

Gdy kaczka była zjedzona, a opowieść dobiegła końca, robiło się już ciemno, a deszcz nie przestawał padać. Bran zastanawiał się, jak daleko zapuścił się Lato i czy udało mu się upolować któregoś z tych jeleni.

Wieżę wypełnił szary mrok, który powoli przechodził w ciemność. Hodora ogarnął niepokój. Chłopiec stajenny przez chwilę chodził w kółko pod ścianą, przy każdym obrocie zatrzymując się, by zajrzeć do wychodka, jakby zapomniał, co tam się znajduje. Jojen stał przy północnym balkonie, ukryty w cieniu, i wyglądał w deszczową noc. Gdzieś na północy uderzyła błyskawica, która rozświetliła na moment wnętrze wieży. Hodor podskoczył w górę, skowycząc ze strachu. Bran doliczył do ośmiu, czekając na grzmot. Kiedy ten nadszedł, chłopiec stajenny krzyknął:

— Hodor!

*Mam nadzieję, że Lato się nie przestraszył* — pomyślał Bran. Psy w psiarniach Winterfell zawsze bały się burzy z piorunami, tak samo jak Hodor. *Powinienem do niego pójść, żeby go uspokoić...*

Znowu nadeszła błyskawica. Tym razem zdążył doliczyć tylko do sześciu.

— Hodor! — wrzasnął znowu Hodor. — HODOR! HODOR! Złapał za miecz, jakby chciał walczyć z burzą.

— Cicho, Hodor — odezwał się Jojen. — Bran, powiedz mu, żeby nie krzyczał. Możesz mu zabrać ten miecz, Meero?

— Mogę spróbować.

— Hodor, cicho — uspokajał go Bran. — Nie krzycz. Starczy już tego głupiego hodorowania. Siadaj.

— Hodor?

Oddał spokojnie miecz Meerze, lecz jego twarz była maską dezorientacji.

Jojen ponownie spojrzał w ciemność. Wszyscy usłyszeli, jak wessał gwałtownie powietrze w płuca.

— Co się stało? — zapytała Meera.

— W wiosce są ludzie.

— Ten, którego widzieliśmy przedtem?

— Inni ludzie. Uzbrojeni. Widziałem topór i włócznie. — Głos Jojena nigdy nie brzmiał tak chłopięco. — Zobaczyłem ich w świetle błyskawicy. Wędrowali między drzewami.

— Ilu ich było?

— Bardzo wielu. Więcej, niż mogłem zliczyć.

— Mieli konie?

— Nie.

— Hodor. — W głosie chłopca stajennego słychać było strach. — Hodor. Hodor.

Bran również trochę się bał, choć nie chciał się do tego przyznawać przy Meerze.

— Co będzie, jeśli tu przyjdą?

— Nie przyjdą. — Usiadła obok niego. — Po co mieliby tu przychodzić?

— Żeby się schronić przed burzą — wyjaśnił Jojen złowrogim głosem. — Chyba żeby się skończyła. Meero, czy mogłabyś zejść na dół i zaryglować drzwi?

— Nie potrafiłam ich nawet zamknąć. Drewno jest strasznie wypaczone. Zresztą i tak nie przedostaną się przez te żelazne bramy.

— Mogą się przedostać. Mogliby wyważyć zamek albo zawiasy. Albo wspiąć się przez otwór machikułu, tak jak my.

Niebo znowu rozjaśniła błyskawica. Hodor zaskomlał. Potem nad jeziorem przetoczył się grzmot.

— HODOR! — ryczał chłopiec stajenny, zasłaniając sobie uszy i biegając w kółko w ciemności. — HODOR! HODOR! HODOR!

— NIE! — wrzasnął na niego Bran. — NIE WOLNO HODOROWAĆ!

Nic to nie dało.

— HOOOODOR! — jęczał olbrzymi sługa. Meera spróbowała go złapać i uspokoić, był jednak za silny. Zrzucił ją z siebie od niechcenia. — HOOOOOODOOOOOOOR! — wrzasnął, gdy błyskawica ponownie przeszyła niebo. Nawet Jojen zaczął krzyczeć, krzyczeć na Brana i Meerę, żeby go uspokoili.

— Cicho! — zawołał Bran piskliwym, przerażonym głosem. Sięgnął po nogę przebiegającego obok Hodora, sięgnął, sięgnął...

Sługa zachwiał się i zamknął usta. Potrząsnął powoli głową z boku na bok, osunął się na podłogę i usiadł na niej ze skrzyżowanymi nogami. Kiedy zabrzmiał grom, wydawało się, że prawie tego nie usłyszał. Wszyscy czworo siedzieli w ciemnej wieży, ledwie ważąc się oddychać.

— Bran, co zrobiłeś? — wyszeptała Meera.

— Nic. — Chłopiec potrząsnął głową. — Nie wiem.

Wiedział. *Sięgnąłem do niego, tak samo jak do Laty.* Przez pół uderzenia serca był Hodorem. Przestraszył się tego.

— Nad jeziorem coś się dzieje — oznajmił Jojen. — Chyba widziałem, jak jakiś człowiek wskazywał na wieżę.

*Nie będę się bał.* Był księciem Winterfell, synem Eddarda Starka, prawie dorosłym mężczyzną, i do tego wargiem, a nie jakimś dzieciuchem jak Rickon. *Lato by się nie bał.*

— To pewnie tylko Umberowie — stwierdził. — Albo może Knottowie, Norreyowie czy Flintowie, którzy zjechali z gór, albo nawet bracia z Nocnej Straży. Czy mieli czarne płaszcze, Jojen?

— W nocy wszystkie płaszcze są czarne, Wasza Miłość. Błyskawica trwała zbyt krótko, bym zdążył się zorientować, w co byli ubrani.

— Gdyby to byli czarni bracia, mieliby konie, prawda? — zapytała ostrożna Meera.

Branowi przyszło do głowy coś innego.

— To nie ma znaczenia — oznajmił z pewnością w głosie. — Nie mogliby się do nas dostać, nawet gdyby chcieli. Chyba żeby mieli łódź albo wiedzieli o grobli.

— Grobla! — Meera zmierzwiła włosy Brana i pocałowała go w czoło. — Nasz słodki książę! On ma rację, Jojen. Oni na pewno nie wiedzą o grobli. A nawet gdyby wiedzieli, nie trafiliby tu w deszczową noc.

— Ale noc kiedyś się skończy. Jeśli zostaną tu do rana... — Jojen nie musiał mówić nic więcej. — Dorzucają drew do ognia, który rozpalił ten pierwszy człowiek — dodał po paru chwilach. Niebo rozświetliła kolejna błyskawica. W jej blasku wszyscy czworo rzucili na ściany pomieszczenia ostre cienie. Hodor kołysał się w przód i w tył, nucąc pod nosem.

Bran poczuł w tym momencie jasności strach Laty. Zamknął dwoje oczu i otworzył trzecie. Skóra chłopca spłynęła z niego niby płaszcz. Zostawił wieżę za sobą...

...i znalazł się na deszczu. Przycupnął w listowiu z brzuchem pełnym jeleniego mięsa, gdy niebo nad jego głową przeszywały błyski i huki. Woń zgniłych jabłek i mokrych liści niemal całkowicie tłumiła zapach człowieka, potrafił jednak wyczuć również i tę woń. Słyszał brzęk i szelest twardej skóry, widział wędrujących między drzewami ludzi. Jeden człowiek z kijem przeszedł tuż obok niego. Naciągnięta na głowę skóra czyniła go ślepym i głuchym. Wilk ominął go szerokim łukiem, przemykając za ociekającym wodą krzakiem głogu i pod nagimi gałęziami jabłoni. Słyszał ich głosy, a przez woń deszczu, liści i konia przebił się ostry, czerwony odór przerażenia...

# JON

Na ziemi pełno było sosnowych igieł i opadłych z drzew liści. Zielono-brązowy dywan wciąż był wilgotny po niedawnych ulewach. Ze wszystkich stron otaczały ich wysokie dęby o nagich konarach, wyniosłe drzewa strażnicze oraz niezliczone żołnierskie sosny. Na wzgórzu przed nimi wznosiła się kolejna okrągła wieża, starożytna i opustoszała. Porastająca jej mury gruba warstwa zielonego mchu sięgała niemal samego szczytu.

— Kto wybudował taki wielki kamienny gmach? — zapytała go Ygritte. — Jakiś król?

— Nie. Po prostu ludzie, którzy tu mieszkali.

— A co się z nimi stało?

— Umarli albo odeszli.

Dar Brandona od tysiącleci zamieszkiwali rolnicy, gdy jednak Nocna Straż osłabła, zostało mniej rąk do orania pól, opiekowania się pszczołami i dbania o sady. Dlatego wiele pól i zamków pochłonęła głusza. W Nowym Darze były kiedyś wioski i warownie, których podatki, płacone w naturze i robociźnie, pomagały wykarmić i ubrać Nocną Straż. One jednak również prawie wszystkie opustoszały.

— Musieli być głupi, jeśli porzucili taki zamek — stwierdziła Ygritte.

— To tylko wieża. Mieszkało tu kiedyś jakieś paniątko z rodziną i garstką zaprzysiężonych ludzi. Gdy nadchodzili łupieżcy, zapalali na dachu ogień. W Winterfell są trzy razy wyższe wieże.

Popatrzyła na niego, jakby podejrzewała, że zmyśla.

— Jak ludzie mogli budować tak wysoko, jeśli nie mieli olbrzymów, którzy podnosiliby kamienie?

Legendy mówiły, że Brandon Budowniczy korzystał z pomocy olbrzymów przy budowie Winterfell, Jon nie chciał jednak mącić jej w głowie.

— Ludzie potrafią budować znacznie wyżej. W Starym Mieście stoi wieża wyższa od Muru.

Widział, że mu nie uwierzyła. *Gdybym mógł jej pokazać Winterfell... podarować jej kwiat ze szklarni, zaprosić na ucztę w Wielkiej Komnacie, zaprowadzić do kamiennych królów na ich tronach. Moglibyśmy wykąpać się w gorących źródłach i kochać się pod drzewem sercem, na oczach starych bogów.*

To było słodkie marzenie... ale Winterfell nigdy nie będzie należało do niego. Było własnością jego brata, króla północy. Był Snowem, nie Starkiem. Bękartem, wiarołomcą i renegatem...

— Może potem zamieszkalibyśmy w tej wieży? — odezwała się. — Chciałbyś tego, Jonie Snow? Potem?

*Potem.* To słowo było jak uderzenie włócznią. *Po wojnie. Po podboju. Po tym, jak dzicy przedrą się przez Mur...*

Jego pan ojciec wspominał kiedyś, że chciałby mianować nowych lordów i osiedlić ich w opuszczonych warowniach, czyniąc z nich tarczę przeciw dzikim. By ten plan można było zrealizować, Straż musiałaby odstąpić znaczną część Daru, jego stryj Benjen był jednak zdania, że lorda dowódcę można by do tego przekonać, pod warunkiem że nowi lordowie płaciliby podatki Czarnemu Zamkowi, a nie Winterfell.

— To jednak marzenie na czas wiosny — powiedział wówczas lord Eddard. — Nawet obietnica ziemi nie zwabi ludzi na północ, gdy zbliża się zima.

*Gdyby zima nadeszła i minęła szybciej, ustępując miejsca wiośnie, ja również mógłbym zostać wybrany i objąć jedną z tych wież w imieniu ojca.* Lord Eddard jednak nie żył, jego brat Benjen zaginął bez śladu, a tarcza, o której obaj marzyli, nigdy nie miała zostać wykuta.

— Te ziemie należą do Straży — stwierdził.

Rozdęła nozdrza.

— Nikt tu nie mieszka.

— Bo wasi łupieżcy wszystkich przegnali.

— To znaczy, że ci ludzie byli tchórzami. Jeśli zależało im na tej ziemi, powinni zostać i walczyć.

— Może mieli już dość walki. Dość ryglowania drzwi co noc i zastanawiania się, czy Grzechocząca Koszula albo ktoś w jego rodzaju wyłamie te drzwi i porwie ich żony. Dość tego, że kradziono im plony i wszystko, co mieli wartościowego. Łatwiej było przenieść się tam, gdzie łupieżcy nie docierają.

*Ale jeśli Mur upadnie, w zasięgu łupieżców znajdzie się cała północ.*

— Nic nie wiesz, Jonie Snow. Zabiera się córki, nie żony. To wy kradniecie. Zabraliście cały świat i zbudowaliście Mur, żeby nie dopuścić do niego wolnych ludzi.

— Naprawdę? — Czasami Jon zapominał, jak wiele w niej z dzikiej, szybko mu jednak o tym przypominała. — A jak to się stało?

— Bogowie stworzyli ziemię dla wszystkich ludzi. Gdy jednak nadeszli królowie ze swymi koronami i stalowymi mieczami, oznajmili, że cała należy do nich. Mówili: „To moje drzewa. Nie wolno wam jeść tych jabłek. To mój strumień. Nie wolno wam łowić w nim ryb. To mój las. Nie wolno w nim polować. Moja ziemia, moja woda, mój zamek, moja córka, trzymajcie ręce z dala od nich, bo je wam odrąbię, ale jeśli przede mną klękniecie, to może pozwolę wam trochę powąchać". Nazywacie nas złodziejami, ale złodziej przynajmniej musi być odważny, sprytny i szybki. Klękacz musi tylko klękać.

— Harma i Worek Kości nie przychodzili po ryby i jabłka. Kradli miecze i topory. Przyprawy, jedwabie i futra. Zabierali wszystkie monety, pierścienie i wysadzane klejnotami kielichy, które zdołali znaleźć, a o każdej porze roku porywali kobiety, żeby je zabrać za Mur.

— No i co z tego? Wolałabym, żeby ukradł mnie jakiś silny mężczyzna, niż żeby ojciec oddał mnie słabeuszowi.

— Tak mówisz teraz, ale skąd możesz to wiedzieć? Co by się stało, gdyby ukradł cię ktoś, kogo byś nienawidziła?

— Musiałby być szybki, sprytny i odważny. To znaczy, że jego synowie również byliby silni i bystrzy. Czemu miałabym nienawidzić kogoś takiego?

— Może nigdy by się nie mył i śmierdział jak niedźwiedź.

— To wepchnęłabym go do strumienia albo wylała na niego wiadro wody. Zresztą mężczyźni nie powinni pachnieć jak kwiaty.

— A co jest złego w kwiatach?

— Nic, jeśli jest się pszczołą. Do łoża wolę coś takiego. Ygritte spróbowała go złapać za spodnie.

Jon chwycił ją za nadgarstek.

— A gdyby mężczyzna, który cię ukradł, za dużo pił? — nie ustępował. — Gdyby był brutalny albo okrutny? — Zacisnął uchwyt, by podkreślić swe słowa. — Gdyby był silniejszy od ciebie i lubił bić cię do krwi?

— Poderżnęłabym mu gardło, kiedy by spał. Nic nie wiesz, Jonie Snow.

Wykręciła się jak węgorz i wyrwała z jego uścisku.

*Jedno wiem. Wiem, że jesteś dzika do szpiku kości.* Czasami łatwo mu było o tym zapomnieć, kiedy śmiali się razem albo całowali. Potem jednak któreś z nich mówiło albo robiło coś, co mu przypominało o dzielącym ich światy murze.

— Mężczyzna może mieć na własność kobietę albo może mieć nóż — mówiła Ygritte — ale nie jedno i drugie. Każda mała dziewczynka uczy się tego od matki. — Uniosła wyzywająco podbródek i potrząsnęła gęstymi, rudymi włosami. — A nikt nie może mieć na własność ziemi, tak samo jak nieba i morza. Wam, klękaczom, wydaje się, że może, ale Mance pokaże wam, że jest inaczej.

Była to śmiała przechwałka, brzmiała jednak pusto. Jon obejrzał się za siebie, by się przekonać, że magnara nie ma w zasięgu słuchu. Errok, Wielki Czyrak i Konopny Dan podążali kilka jardów za nimi, lecz nie zwracali na nich uwagi. Wielki Czyrak uskarżał się na bolącą dupę.

— Ygritte — odezwał się cicho Jon — Mance nie ma szans wygrać tej wojny.

— Wygra ją! — upierała się. — Nic nie wiesz, Jonie Snow. Nigdy nie widziałeś, jak się biją wolni ludzie!

Dzicy bili się jak bohaterowie albo jak demony, zależnie od tego, kto o tym opowiadał, wszystko jednak w końcu sprowadzało się do jednego. *Walczą z zuchwałą brawurą, gdyż każdy z nich pragnie chwały dla siebie.*

— Nie wątpię, że wszyscy jesteście bardzo dzielni, ale w bitwie dyscyplina zawsze weźmie górę nad odwagą. Prędzej czy później Mance przegra, tak jak przegrali wszyscy królowie za Murem. A gdy to się stanie, zginiecie. Wszyscy z was zginą.

Ygritte wyglądała na tak rozgniewaną, że bał się, iż go uderzy.

— Wszyscy z nas — poprawiła go z naciskiem. — Ty również, Jonie Snow. Nie jesteś już wroną. Przysięgłam, że nią nie jesteś, więc lepiej, żebyś nie był. — Pchnęła go na pień drzewa i pocałowała przy wszystkich w usta, w samym środku nierównej kolumny. Jon słyszał, jak Grigg Kozioł zachęca ją, by posunęła się dalej. Ktoś inny roześmiał się głośno. Mimo to Jon odwzajemnił pocałunek. Gdy wreszcie odsunęli się od siebie, Ygritte miała zaczerwienioną twarz. — Jesteś mój — wyszeptała. — Mój, a ja twoja. Jeśli zginiemy, to trudno. Wszyscy muszą umrzeć, Jonie Snow. Ale najpierw żyjemy.

— Tak — odparł ochrypłym głosem. — Najpierw żyjemy.

Uśmiechnęła się na te słowa, pokazując Jonowi krzywe zęby, które z jakiegoś powodu pokochał. *Dzika do szpiku kości* — pomyślał znowu, czując nagły smutek i ucisk w żołądku. Zgiął palce ręki, w której trzymał miecz, zastanawiając się, jak by zareagowała Ygritte, gdyby wiedziała, co się kryje w jego sercu. Czyby go zdradziła, gdyby jej powiedział, że nadal jest synem Neda Starka i człowiekiem z Nocnej Straży? Miał nadzieję, że nie, lecz nie odważył się podjąć takiego ryzyka. Życie zbyt wielu ludzi zależało od tego, czy uda mu się w jakiś sposób dotrzeć do Czarnego Zamku przed magnarem... zakładając, że zdoła uciec od dzikich.

Zeszli z południowej ściany Muru przy Szarej Warcie, którą porzucono już przed dwustu laty. Część potężnych kamiennych schodów zawaliła się przed stuleciem, lecz mimo to zejście i tak było znacznie łatwiejsze od wejścia. Potem Styr poprowadził ich w głąb Daru, by uniknąć często wędrujących wzdłuż Muru patroli Straży. Grigg Kozioł pomógł im wyminąć kilka zamieszkanych wiosek, które tu jeszcze zostały. Poza kilkoma rozsianymi po okolicy okrągłymi wieżami, które wznosiły się ku niebu niczym kamienne palce, nie widzieli żadnych oznak ludzkiej obecności. Szli poprzez zimne, wilgotne wzgórza i wietrzne równiny, niezauważeni przez nikogo.

Półręki powiedział mu: „Musisz spełnić wszystkie ich polecenia. Bądź ich towarzyszem, jedz i walcz razem z nimi, tak długo, jak będzie to konieczne". Towarzyszył im przez wiele mil, dzielił się z nimi chlebem i solą, a z Ygritte nawet kocami, lecz mimo to nadal mu nie ufali. Thennowie dniem i nocą nie spuszczali go z oka, wypatrując najmniejszych oznak zdrady. Nie miał szans na ucieczkę, a wkrótce miało już być za późno.

„Walcz razem z nimi". Tak powiedział mu Qhorin, nim Długi Pazur odebrał mu życie, lecz na razie do tego nie doszło. *Kiedy przeleję krew brata, będę zgubiony. Przejdę za Mur na dobre i nie będzie już dla mnie powrotu.*

Codziennie, gdy odpoczywali po marszu, magnar wzywał go do siebie, by zadawać mu dociekliwe pytania na temat Czarnego Zamku, jego garnizonu i umocnień. Jon kłamał, gdy tylko się odważył, a w kilku przypadkach udał niewiedzę, lecz jego słów słuchali również Grigg Kozioł i Errok, a oni wiedzieli wystarczająco wiele, by zmusić go do ostrożności. Zbyt oczywiste kłamstwo zdradziłoby go niechybnie.

Prawda wyglądała jednak straszliwie. Czarny Zamek nie miał żadnych umocnień poza samym Murem. Nie było tam nawet drewnianych palisad ani ziemnych wałów. Sam „zamek" był jedynie skupiskiem wież i donżonów. Do tego dwie trzecie z nich sypało się już w gruzy. Jeśli zaś chodzi o garnizon, Stary Niedźwiedź zabrał ze sobą na wyprawę dwustu ludzi. Czy ktoś z nich wrócił? Jon tego nie wiedział. W zamku zostało może ze czterystu, lecz większość z nich stanowili budowniczowie i zarządcy, a nie zwiadowcy.

Thennowie byli doświadczonymi wojownikami, do tego bardziej zdyscyplinowanymi od typowych dzikich. Z pewnością właśnie dlatego Mance zlecił im to zadanie. Wśród obrońców Czarnego Zamku byli zaś ślepy maester Aemon, jego na wpół ślepy zarządca Clydas, jednoręki Donal Noye, zapijaczony septon Cellador, Głuchy Dick Follard, kucharz Trzypalcy Hobb, stary ser Wynton Stout, a także Halder, Ropucha, Pyp, Albett i reszta chłopaków, którzy ćwiczyli z Jonem. A dowodził nimi Bowen Marsh o czerwonej twarzy, tłusty lord zarządca, który pełnił obowiązki kasztelana pod nieobecność lorda Mormonta. Edd Cierpiętnik czasami zwał Marsha „Starym Granatem", co pasowało do niego równie dobrze jak „Stary Niedźwiedź" do Mormonta.

— To właśnie jest człowiek, którego chciałbyś mieć przed sobą, gdy ciągną na ciebie wrogowie — mawiał Edd charakterystycznym dla siebie ponurym głosem. — On ich policzy w mgnieniu oka. Ten człowiek liczy jak demon.

*Jeśli magnarowi uda się wziąć Czarny Zamek z zaskoczenia, nastąpi krwawa rzeź. Chłopcy zginą zamordowani w łóżkach, nim zdążą się zorientować, że ktoś ich atakuje.* Jon musiał ich ostrzec, jak jednak miał to zrobić? Nigdy nie wysyłano go na polowanie ani na poszukiwanie żywności. Nie stał też sam na warcie. Bał się również o Ygritte. Nie mógł jej zabrać ze sobą, jeśli ją jednak zostawi, czy magnar każe jej odpowiedzieć za jego zdradę? *Dwa serca, które biją jak jedno...*

Co noc spali na tych samych skórach. Zasypiał z jej głową na piersi i rude włosy łaskotały go w podbródek. Zapach dziewczyny stał się częścią jego jaźni. Jej krzywe zęby, jej pierś w jego dłoni, smak jej ust... wszystko to było dla niego nadzieją i rozpaczą. Zastanawiał się często, czy jego pan ojciec również darzył tak mieszanymi uczuciami jego matkę, kimkolwiek była. *Ygritte zastawiła pułapkę, a Mance Rayder mnie w nią wepchnął.*

Każdy dzień, który spędzał z dzikimi, czynił czekające go zadanie trudniejszym. Będzie musiał znaleźć jakiś sposób, by zdradzić tych ludzi, a kiedy to zrobi, zginą. Nie chciał ich przyjaźni, podobnie jak nie chciał miłości Ygritte. Mimo to... Thennowie mówili w starym języku i rzadko odzywali się do Jona, lecz z łupieżcami Jarla, ludźmi, którzy wdrapali się na Mur, sprawy wyglądały inaczej. Jon mimo woli poznawał ich coraz lepiej: chudego, cichego Erroka, towarzyskiego Grigga Kozła, chłopaków Quorta i Bodgera, powroźnika Konopnego Dana. Najtrudniejszy z nich był Del, młodzieniec o końskiej twarzy, bliski wiekiem Jonowi, który opowiadał rozmarzonym głosem o dzikiej dziewczynie, którą zamierzał ukraść.

— Przynosi szczęście, jak twoja Ygritte. Jest pocałowana przez ogień.

Jon musiał przygryzać język. Nie chciał nic wiedzieć o dziewczynie Dela, o matce Bodgera, o nadmorskiej osadzie, z której pochodził Henk Hełm, o tym, że Grigg pragnął odwiedzić zielonych ludzi na Wyspie Twarzy, ani o tym, jak łoś zagonił Chwytną Stopę na drzewo. Nie chciał słuchać o czyraku na dupie Wielkiego Czyraka, o tym, ile może wypić ale Kamienny Kciuk, ani o tym, jak braciszek Quorta błagał go, by nie szedł z Jarlem. Choć Quort nie mógł mieć więcej niż czternaście lat, ukradł już sobie żonę i jego dziecko było w drodze.

— Może urodzi się w jakimś zamku, jak lord! — przechwalał się chłopak. Bardzo mu się podobały „zamki", które mijali po drodze, to znaczy wieże strażnicze.

Jon zastanawiał się, gdzie się teraz podziewa Duch. Czy poszedł do Czarnego Zamku, czy też uganiał się po lesie z watahą wilków? Nie wyczuwał wilkora, nawet w snach. Było to tak, jakby odcięto jakąś część niego. Czuł się samotny, choć u jego boku spała Ygritte. Nie chciał umierać sam.

Po południu drzewa zaczęły się przerzedzać. Szli na wschód lekko pofałdowaną równiną. Trawa sięgała im do pasa, a kępy dzikiej pszenicy kołysały się łagodnie w rzadkich podmuchach wiatru. Dzień był ciepły i pogodny, lecz przed zmierzchem na zachodzie zaczęły się gromadzić chmury. Wkrótce przesłoniły pomarańczowe słońce. Lenn oznajmił, że zbliża się paskudna burza. Jego matka była leśną wiedźmą i wszyscy łupieżcy przyznawali, że ma dar przepowiadania pogody.

— Niedaleko stąd jest wioska — oznajmił magnarowi Grigg Kozioł. — Jakieś dwie, trzy mile. Powinniśmy się w niej schronić.

Styr zgodził się natychmiast.

Gdy dotarli na miejsce, było już zupełnie ciemno i burza rozszalała się na dobre. Wioska leżała nad jeziorem i opuszczono ją tak dawno, że większość domów się zawaliła. Nawet mała drewniana gospoda, która kiedyś musiała być dla wędrowców radosnym widokiem, miała tylko dwie ściany i brakowało jej dachu. *To raczej marne schronienie* — pomyślał przygnębiony Jon. Gdy tylko uderzała błyskawica, widział w jej świetle stojącą na wyspie na jeziorze okrągłą wieżę, lecz bez łodzi nie mieli szans do niej dotrzeć.

Errok i Del podczołgali się do ruin, by je zbadać. Del wrócił niemal natychmiast. Styr zatrzymał kolumnę i wysłał przodem dwunastu swych Thennów, którzy oddalili się truchtem z włóczniami w dłoniach. Jon również już widział blask ognia, podświetlający na czerwono komin gospody. *Nie jesteśmy sami.* Strach zwinął się w jego brzuchu niczym wąż. Usłyszał rżenie konia, a potem krzyki. „Bądź ich towarzyszem, jedz i walcz razem z nimi". Tak mu nakazał Qhorin.

Walka już się jednak skończyła.

— Był tylko jeden — zawołał Errok, kiedy wrócił. — Staruszek z koniem.

Magnar wykrzyknął rozkazy w starym języku. Około dwudziestu jego Thennów rozeszło się na wszystkie strony, by stanąć na warcie wokół wioski, inni zaczęli przeszukiwać domy, by się upewnić, że nikt nie ukrył się pośród chwastów i zwalonych kamieni, a reszta wcisnęła się do pozbawionej dachu gospody, starając się dopchnąć jak najbliżej ognia. Gałęzie, którymi palił na kominku staruszek, dawały więcej dymu niż ognia, lecz po wędrówce przez rzęsistą ulewę nawet odrobina ciepła sprawiała im radość. Dwaj Thennowie rzucili nieznajomego na ziemię i przeszukiwali teraz jego rzeczy. Jeden trzymał konia, a trzej okradali juki.

Jon oddalił się. Pod jego nogą mlasnęło zgniłe jabłko. *Styr go zabije.* Magnar zapowiedział to już w Szarej Warcie. Wszyscy klękacze, których spotkają, będą musieli zginąć, by nie podnieśli alarmu. „Bądź ich towarzyszem, jedz i walcz razem z nimi". Czy to znaczyło, że musi się biernie przyglądać, jak poderżną staruszkowi gardło?

W pobliżu skraju wioski Jon stanął twarzą w twarz z jednym z wystawionych przez Styra wartowników. Thenn warknął coś w starym języku i wskazał włócznią na gospodę. *Wracaj tam, gdzie twoje miejsce* — domyślił się Jon. *Tylko gdzie ono było?*

Poszedł nad jezioro i odkrył prawie suche miejsce pod ścianą niemal całkowicie zawalonej lepianki. Tam właśnie znalazła go Ygritte, gdy siedział wpatrzony w smagane ulewą jezioro.

— Znam to miejsce — oznajmił, gdy spoczęła obok niego. — Ta wieża... kiedy znowu uderzy błyskawica, popatrz na jej szczyt i powiedz mi, co widzisz.

— Jak sobie życzysz — zgodziła się. — Paru Thennów opowiada, że słyszeli tam jakieś hałasy. Mówią, że to były krzyki.

— Grzmoty.

— Mówili, że krzyki. Może to były duchy.

Posępna warownia rzeczywiście wyglądała na nawiedzaną. Stała na skalistej wyspie otoczonej sieczonym deszczem jeziorem, a jej czarny kształt był ciemniejszą plamą na tle burzy.

— Moglibyśmy tam zajrzeć — zasugerował. — Bardziej mokrzy już się raczej nie zrobimy.

— Pływać? Podczas burzy? — Rozbawił ją ten pomysł. — Czy chcesz mnie w ten sposób namówić, żebym zdjęła ubranie, Jonie Snow?

— A czy muszę cię jeszcze do tego namawiać? — żartował. — A może po prostu nie umiesz pływać?

Jon pływał świetnie. Nauczył się tej sztuki w dzieciństwie, w wielkiej fosie Winterfell.

Ygritte wymierzyła mu kuksańca w ramię.

— Nic nie wiesz, Jonie Snow. Dowiedz się, że jestem w połowie rybą.

— W połowie rybą, w połowie kozą, w połowie koniem... jest w tobie za dużo tych połów, Ygritte. — Potrząsnął głową. — Jeśli to rzeczywiście to miejsce, o którym myślę, nie musielibyśmy pływać. Moglibyśmy tam dojść.

Odsunęła się i przyjrzała mu uważnie.

— Chodzić po wodzie? Co to za południowe czary?

— To nie cza... — zaczął, lecz nagle w taflę jeziora uderzyła potężna błyskawica. Na pół uderzenia serca na świecie zrobiło się jasno jak w południe. Huk był tak głośny, że Ygritte wciągnęła głośno powietrze w płuca i zasłoniła uszy.

— Przyjrzałaś się? — zapytał Jon, gdy grom ucichł, a noc znowu zrobiła się czarna. — Widziałaś?

— Są żółte — stwierdziła. — Czy o to ci chodziło? Niektóre z tych pionowych kamieni na górze są żółte.

— Mówimy na nie blanki. Dawno temu pomalowano je na złoty kolor. To Korona Królowej.

Wieża znowu stała się czarnym, ledwie widocznym kształtem.

— Mieszkała tu królowa? — zapytała Ygritte.

— Zatrzymała się tu na jedną noc. — Opowiadała mu o tym Stara Niania, lecz maester Luwin potwierdził potem większość szczegółów jej relacji. — Alysanne, żona króla Jaehaerysa Pojednawcy. Zwą go Starym Królem, bo panował bardzo długo, ale kiedy zasiadł na Żelaznym Tronie, był jeszcze młody. Lubił wówczas podróżować po całym królestwie. Kiedy przybył do Winterfell, towarzyszyła mu królowa, sześć smoków i połowa jego dworu. Król musiał omówić różne sprawy z namiestnikiem północy i Alysanne poczuła się znudzona. Dlatego dosiadła swego smoka Srebrnoskrzydłego i poleciała na północ zobaczyć Mur. Ta wioska jest jednym z miejsc, w których się zatrzymała. Potem prostaczkowie pomalowali szczyt warowni na podobieństwo złotej korony, którą nosiła, gdy się u nich zatrzymała.

— Nigdy nie widziałam smoka.

— Nikt nie widział. Ostatni z nich dokonał życia co najmniej sto lat temu. To jednak wydarzyło się dawniej.

— Mówisz, że to była królowa Alysanne?

— Potem nazwano ją dobrą królową Alysanne. Jednemu z zamków na Murze również nadano nazwę na jej cześć. Bramie Królowej. Przed jej wizytą zwał się Śnieżną Bramą.

— Gdyby była taka dobra, kazałaby rozebrać ten Mur.

*Nie* — pomyślał. *Mur broni królestwa. Przed Innymi... i przed tobą i twoimi pobratymcami, słodziutka.*

— Miałem już kiedyś przyjaciela, który marzył o smokach. Był karłem. Powiedział mi, że...

— JONIE SNOW! — Jeden z Thennów zatrzymał się nad nimi z zasępioną twarzą. — Magnar chce.

Jon pomyślał, że to może być ten sam człowiek, który go znalazł pod grotą w noc poprzedzającą wspinaczkę na Mur, nie był jednak tego pewien. Wstał. Ygritte poszła z nim. Styrowi nigdy się to nie podobało, lecz gdy tylko próbował ją odesłać, przypominała mu, że jest wolną kobietą, a nie klękaczką, i chodzi tam, gdzie chce.

Magnar stał pod drzewem, które wyrastało z podłogi głównej izby gospody. Jeniec klęczał przed kominkiem, otoczony kręgiem drewnianych włóczni i mieczy z brązu. Patrzył na zbliżającego się Jona, lecz nie odezwał się ani słowem. Deszcz spływał po ścianach i uderzał w nieliczne liście, które jeszcze trzymały się gałęzi. Z kominka buchał gęsty dym.

— On musi umrzeć — oznajmił magnar Styr. — Zrób to, wrono.

Mężczyzna nie odzywał się ani słowem. Patrzył tylko na stojącego między dzikimi Jona. Pośród deszczu i dymu, rozświetlanego jedynie blaskiem ognia, z pewnością nie mógł dostrzec, że chłopak jest cały odziany w czerń, pomijając baranicę. *A może to widzi?*

Jon wyciągnął z pochwy Długi Pazur. Deszcz spłynął po stali, a blask ognia odbił się w klindze ciemnopomarańczową łuną. *Taki mały ogień będzie kosztował go życie.* Przypomniał sobie, co powiedział Qhorin Półręki, gdy zauważyli ognisko w Wąwozie Pisków. „Tu, w górach, ogień znaczy życie, ale może też oznaczać śmierć". To jednak było wysoko w Mroźnych Kłach, w głuszy za Murem, gdzie nie obowiązywało prawo. Teraz znajdowali się w Darze chronionym przez Nocną Straż i potęgę Winterfell. Człowiek powinien móc rozpalić tu ogień, nie płacąc za to życiem.

— Czemu się wahasz? — zapytał Styr. — Zabij go.

Jeniec nadal się nie odzywał. Mógłby powiedzieć: „Łaski" albo: „Zabraliście mi konia, pieniądze i żywność, pozwólcie mi chociaż zachować życie" bądź też: „Nie, błagam, nie zrobiłem wam nic złego". Mógłby powiedzieć tysiąc różnych rzeczy, płakać albo wzywać bogów. Żadne słowa nie mogły go jednak uratować. Być może o tym wiedział, zachował więc milczenie, spoglądając na Jona z oskarżeniem i błaganiem w oczach. „Musisz spełnić wszystkie ich polecenia. Bądź ich towarzyszem, jedz i walcz razem z nimi...". Ten człowiek nie stawiał jednak oporu. Miał pecha, to wszystko. Kim był, skąd tu przybył, dokąd chciał dojechać na swej żałosnej chabecie z łukowatym grzbietem... nic z tego nie miało znaczenia.

*Jest stary* — przekonywał się Jon. *Ma pięćdziesiąt, może sześćdziesiąt lat. Żył dłużej niż większość ludzi. Thennowie i tak go zabiją. Nie uratuje go żadne moje słowo ani czyn.* Długi Pazur wydawał się cięższy niż ołów, tak ciężki, że nie był w stanie go podnieść. Mężczyzna wpatrywał się w niego oczyma wielkimi i czarnymi jak studnie. *Wpadnę w te oczy i utonę.* Magnar również na niego patrzył, z niemal dotykalną nieufnością. *Ten człowiek jest już trupem. Co za różnica, czyja ręka go zabije?* Wystarczy jedno cięcie, szybkie i czyste. Długi Pazur wykuto z valyriańskiej stali. *Jak Lód.* Jon przypomniał sobie inną śmierć, klęczącego dezertera, jego głowę, która potoczyła się na bok, jaskrawą plamę krwi na śniegu... miecz ojca, słowa ojca, twarz ojca...

— Zrób to, Jonie Snow — nalegała Ygritte. — Musisz to zrobić, by udowodnić, że nie jesteś wroną, ale jednym z wolnych ludzi.

— Staruszka, który siedział sobie spokojnie przy ogniu?

— Orell też siedział przy ogniu i wykończyłeś go bez wahania. — Przeszyła go twardym spojrzeniem. — Mnie też chciałeś wtedy zabić, dopóki nie zobaczyłeś, że jestem kobietą. A przecież spałam.

— To było co innego. Byliście żołnierzami... wartownikami.

— Tak jest, a wy nie chcieliście, żeby ktoś was zobaczył. My też nie chcemy. To jest to samo. Zabij go.

Odwrócił się plecami do jeńca.

— Nie.

Magnar podszedł bliżej, wysoki, zimny i groźny.

— Kazałem ci go zabić. To ja wydaję tutaj rozkazy.

— Rozkazujesz Thennom — sprzeciwił się Jon — nie wolnym ludziom.

— Nie widzę tu wolnych ludzi, tylko wronę i wronią żonę.

— Nie jestem wronią żoną! — Ygritte wyciągnęła nóż. Postawiła trzy szybkie kroki, złapała staruszka za włosy, odciągnęła mu głowę do tyłu i poderżnęła gardło od ucha do ucha. Mężczyzna nie krzyknął nawet w chwili śmierci. — Nic nie wiesz, Jonie Snow! — krzyknęła, rzucając mu okrwawiony nóż pod nogi.

Magnar powiedział coś w starym języku. Być może rozkazał Thennom zabić Jona. Chłopak nigdy już nie miał się dowiedzieć, jak było naprawdę. Z nieba uderzył piorun, oślepiająca, niebieskobiała błyskawica, która trafiła w szczyt wieży na jeziorze. Czuli zapach jej furii. Gdy nadszedł grom, jego łoskot wstrząsnął nocą.

I skoczyła między nich śmierć.

Oślepiony błyskawicą Jon nic nie widział w ciemności, zauważył jednak cień, który skoczył w górę, a pół uderzenia serca później usłyszał krzyk. Pierwszy Thenn zginął tak samo jak jeniec. Z jego rozprutego gardła trysnęła krew. Potem blask zgasł, sylwetka odskoczyła, warcząc, w bok i drugi wojownik runął na ziemię. Słychać było przekleństwa, krzyki i wycie bólu. Wielki Czyrak zatoczył się do tyłu, przewracając trzech stojących za nim mężczyzn. *Duch* — pomyślał Jon w chwili szaleństwa. *Duch przeskoczył Mur.* Potem jednak błyskawica zamieniła noc w dzień i zobaczył wilka, który stał na piersi Dela. Z pyska ściekała mu czarna krew. Szary. Jest szary.

Razem z grzmotem nadeszła ciemność. Thennowie próbowali trafić włóczniami przebiegającego między nimi wilka. Kobyła zabitego mężczyzny stanęła dęba, przerażona odorem rzezi, uderzając kopytami na wszystkie strony. Jon Snow nadal miał w ręku Długi Pazur. Natychmiast zrozumiał, że lepsza szansa już się nie nadarzy.

Ciął mieczem pierwszego z mężczyzn, którzy zwrócili się w stronę wilka, odepchnął na bok drugiego i zamachnął się na trzeciego. Pośród obłędu usłyszał, jak ktoś wykrzyknął jego imię, nie wiedział jednak, czy to Ygritte, czy magnar. Thenn, który usiłował zapanować nad kobyłą, nie zdążył go zauważyć. Długi Pazur był lekki jak piórko. Jon ciął dzikiego mieczem przez łydkę i poczuł, jak ostrze wbiło się w kość. Gdy mężczyzna padł na ziemię, klacz rzuciła się do ucieczki, Jon zdążył jednak złapać ją za grzywę i skoczyć na jej grzbiet. Czyjaś dłoń złapała go za kostkę. Uderzył mieczem w dół i zobaczył, jak twarz Bodgera znika w kałuży krwi. Kobyła stanęła dęba, młócąc kopytami. Jedno z nich trafiło w skroń któregoś z Thennów. Rozległ się głośny trzask.

Potem rzucili się do ucieczki. Jon nawet nie próbował kierować koniem. Mógł jedynie uczepić się go rozpaczliwie, gdy mknęli przez błoto, deszcz i pioruny. Mokra trawa smagała mu twarz. Obok jego ucha przemknęła włócznia. *Jeśli koń się potknie i złamie nogę, dopadną mnie i zabiją* — pomyślał. Starzy bogowie jednak mu sprzyjali i klacz się nie potknęła. Czarną kopułę nieba przeszyła błyskawica. Nad równinami przetoczył się grom. Krzyki ucichły za jego plecami.

Po długich godzinach przestało padać. Jon był sam w morzu wysokiej czarnej trawy. W prawym udzie czuł głęboki, pulsujący ból. Gdy na nie spojrzał, zauważył ze zdziwieniem, że z tyłu nogi sterczy mu strzała. *Kiedy to się zdarzyło?* Pociągnął za drzewce, lecz grot ugrzązł głęboko w mięśniu i próba jego wydobycia wywołała potworny ból. Spróbował cofnąć się myślą do szaleństwa, które wybuchło w gospodzie, pamiętał jednak tylko bestię, wychudzoną, szarą i straszliwą. *Była za duża na zwykłego wilka. To na pewno był wilkor.* Nigdy nie widział, by jakieś zwierzę poruszało się tak szybko. *Jak szary wicher...* Czyżby Robb wrócił na północ?

Jon potrząsnął głową. Nie potrafił odpowiedzieć na to pytanie. Zbyt trudno było mu myśleć... o wilku, o jeńcu, Ygritte i tym, co się wydarzyło...

Zsunął się niezgrabnie z końskiego grzbietu. Zraniona noga ugięła się pod nim i musiał stłumić krzyk. *To będzie straszne.* Musiał jednak wyjąć strzałę i zwlekanie z pewnością nie przyniesie mu nic dobrego. Zacisnął dłoń wokół pierzyska, zaczerpnął głęboko tchu i popchnął strzałę naprzód. Stęknął, a potem zaklął. Ból był tak okropny, że musiał przestać. *Krwawię jak zarzynana świnia* — pomyślał. Nie mógł jednak nic na to poradzić, dopóki nie wydobędzie strzały. Skrzywił się i spróbował raz jeszcze... lecz wkrótce zatrzymał się, dygocząc z bólu. *Jeszcze raz.* Tym razem krzyknął, lecz kiedy skończył, grot sterczał już z przodu uda. Jon rozciągnął zakrwawiony materiał spodni, by mieć lepszy uchwyt, wykrzywił wściekle twarz i powoli przeciągnął strzałę przez nogę, ułamawszy wcześniej pióra. Nie miał pojęcia, jak udało mu się przy tym nie zemdleć.

Leżał potem na ziemi, ściskając strzałę i krwawiąc bez słowa, zbyt słaby, by się poruszyć. Po chwili zdał sobie sprawę, że jeśli się nie zmusi do działania, może się wykrwawić na śmierć. Podczołgał się do płytkiego strumienia, z którego piła wodę klacz, obmył udo zimną wodą i owiązał je sobie mocno pasem materiału oderwanym od płaszcza. Umył również strzałę, obracając ją w dłoniach. Czy miała szare czy białe pióra? Ygritte używała do swych strzał jasno-szarych gęsich piór. *Czy wystrzeliła do mnie, kiedy uciekałem?* Nie mógł mieć do niej pretensji. Zastanawiał się, czy celowała w konia. Gdyby klacz zginęła, byłby zgubiony.

— Całe szczęście, że zasłoniłem ją nogą — wymamrotał.

Odpoczął przez chwilę, by kobyła mogła się spokojnie popaść. Nie oddalała się od niego zbytnio i całe szczęście, gdyż z ranną nogą nie byłby w stanie jej złapać. Ledwie zdołał się podnieść i wdrapać na jej grzbiet. *Jak udało mi się jej dosiąść przedtem, z mieczem w ręku, bez siodła i strzemion?* To było kolejne pytanie, na które nie potrafił odpowiedzieć.

W oddali rozległ się cichy grom, lecz nad jego głową chmury już rzedniały. Jon przeszukał wzrokiem niebo, znalazł Lodowego Smoka i zawrócił klacz na północ, w kierunku Muru i Czarnego Zamku. Wbił pięty w boki konia zabitego człowieka i skrzywił się wściekle, gdy mięśnie uda przeszył mu pulsujący ból. *Wracam do domu* — pomyślał. Jeśli jednak było to prawdą, dlaczego czuł się tak przygnębiony?

Jechał aż do świtu, a gwiazdy spoglądały na niego z góry niczym oczy.

# DAENERYS

Dothraccy zwiadowcy wszystko jej opisali, Dany jednak chciała zobaczyć to na własne oczy. Ser Jorah Mormont ruszył z nią konno przez brzozowy las. Potem wspięli się na pochyłą grań z piaskowca.

— Nie podjeżdżaj bliżej — ostrzegł ją na szczycie.

Dany ściągnęła wodze i spojrzała na pola, gdzie obozowała zagradzająca jej drogę yunkajska armia. Białobrody nauczył ją oceniać liczebność wojsk nieprzyjaciela.

— Pięć tysięcy — stwierdziła po chwili.

— Też tak sądzę. — Ser Jorah wyciągnął rękę. — Ci na flankach to najemnicy. Kopijnicy i konni łucznicy, z mieczami i toporami do walki z bliska. Na lewym skrzydle są Drudzy Synowie, a na prawym Wrony Burzy. Obie kompanie mają po około pięciuset żołnierzy. Widzisz proporce?

Yunkajska harpia zamiast łańcucha trzymała w szponach bicz i żelazną obrożę, najemnicy jednak wywiesili pod chorągwiami miasta, któremu służyli, własne sztandary: po prawej stronie cztery wrony między skrzyżowanymi błyskawicami, a po lewej złamany miecz.

— Środek obsadzili sami Yunkai'i — zauważyła Dany. Ich oficerowie z oddali niczym się nie różnili od astaporskich. Mieli wysokie, lśniące hełmy i płaszcze wyszywane błyszczącymi miedzianymi dyskami. — Czy żołnierze, którymi dowodzą, to niewolnicy?

— W znacznej części. Nie mogą się jednak równać z Nieskalanymi. Yunkai słynie ze szkolenia niewolników do łoża, nie wojowników.

— I co powiesz? Czy możemy pokonać tę armię?

— Z łatwością — zapewnił ser Jorah.

— Ale nie bez strat. — W dzień upadku miasta w cegły Astaporu wsiąkło mnóstwo krwi, lecz tylko niewiele z niej należało do jej ludzi. — Moglibyśmy wygrać tu bitwę, ale za taką cenę nie zdobędziemy miasta.

— Ryzyko istnieje zawsze, *khaleesi*. Astapor niczego się nie obawiał i był wystawiony na atak. Ludzie z Yunkai otrzymali ostrzeżenie.

Dany zastanowiła się nad tym. Armia handlarzy niewolników wydawała się nieliczna w porównaniu z jej zastępem, lecz najemnicy dosiadali koni. Zbyt długo towarzyszyła Dothrakom, by nie nauczyć się zdrowego respektu wobec tego, co konni wojownicy potrafią uczynić z piechotą. *Nieskalani mogą wytrzymać ich szarżę, ale moich wyzwoleńców wyrżną.*

— Handlarze niewolników lubią gadać — stwierdziła. — Wyślij im wiadomość, że wysłucham ich dziś wieczorem w moim namiocie. Zaproś też dowódców kompanii najemników. Ale nie jednocześnie. Wrony Burzy w południe, a Drugich Synów dwie godziny później.

— Jak sobie życzysz — odparł ser Jorah. — Ale jeśli nie przyjdą...

— Przyjdą. Będą chcieli zobaczyć smoki i usłyszeć, co mam do powiedzenia. Co bystrzejsi zechcą też ocenić moje siły. — Zawróciła srebrzystą klacz. — Będę ich oczekiwała w moim namiocie.

Wracającą Dany odprowadzało ciemnoszare niebo i silny wiatr. Głęboki wykop, który miał otaczać jej obóz, był już w połowie gotowy, a w lesie pełno było Nieskalanych, którzy ścinali brzozowe konary, by zrobić z nich zaostrzone pale. Eunuchowie nie mogli spać w nieufortyfikowanym obozie. Tak przynajmniej twierdził Szary Robak. Był teraz przy nich i nadzorował pracę. Dany zatrzymała się na chwilę, by z nim porozmawiać.

— Yunkai gotuje się do bitwy.

— Bardzo dobrze, Wasza Miłość. Te osoby łakną krwi.

Gdy rozkazała Nieskalanym, by wybrali spośród siebie oficerów, przygniatającą większość głosów w wyborach na najstarszego rangą otrzymał Szary Robak. Rozkazała ser Jorahowi nauczyć go wszystkiego, co powinien wiedzieć o dowodzeniu. Wygnany rycerz mówił, że jak dotąd młody eunuch okazał się twardy, lecz sprawiedliwy, niestrudzony i obdarzony bezbłędnym okiem do szczegółów.

— Mądrzy Panowie wysłali przeciw nam armię niewolników.

— Niewolnik w Yunkai uczy się drogi siedmiu westchnień i szesnastu miejsc przyjemności, Wasza Miłość. Nieskalani uczą się drogi trzech włóczni. Twój Szary Robak ma nadzieję ci to zademonstrować.

Jednym z pierwszych posunięć Dany po upadku Astaporu była likwidacja zwyczaju nadawania Nieskalanym co dzień nowego imienia. Większość z tych, którzy urodzili się wolni, wróciła do swych dawnych imion. Przynajmniej ci, którzy jeszcze je pamiętali. Inni przybrali imiona bohaterów lub bogów bądź też wybrali dla siebie nazwy broni, klejnotów, a nawet kwiatów. Niektórzy z żołnierzy Dany nosili teraz miana, które brzmiały dla niej bardzo dziwnie. Szary Robak pozostał jednak Szarym Robakiem. Gdy zapytała go dlaczego, odpowiedział jej:

— To imię przyniosło tej osobie szczęście. To, z którym się

urodziła, było przeklęte. Została z nim niewolnikiem. Szary Robak to imię, które ta osoba wylosowała dnia, gdy Daenerys Zrodzona w Burzy dała jej wolność.

— Jeśli dojdzie do bitwy, niech Szary Robak wykaże się nie tylko odwagą, lecz również mądrością — oznajmiła mu. — Oszczędźcie wszystkich niewolników, którzy będą uciekali albo rzucą broń. Im mniej ich zginie, tym więcej będzie się potem mogło do nas przyłączyć.

— Ta osoba to zapamięta.

— Wiem, że zapamięta. Bądź w południe w moim namiocie. Chcę, żeby wszyscy moi oficerowie byli obecni, gdy będę rozmawiała z kapitanami najemników.

Dany spięła srebrzystą i pomknęła do obozu.

Za zbudowanymi przez Nieskalanych umocnieniami stały równe szeregi namiotów. Jej namiot, wysoki i złocisty, stał w samym środku. Obok jej obozu znajdował się drugi, pięć razy większy i pełen chaosu. Nie było tam rowów, namiotów, wartowników ani lin do przywiązywania koni. Ci, którzy mieli konie albo muły, spali obok nich, bojąc się, by zwierząt nie skradziono. Między hordami kobiet, dzieci i starców wałęsały się swobodnie kozy, owce i wygłodzone psy. Dany zostawiła Astapor w rękach rady byłych niewolników, którą kierowali uzdrowiciel, uczony i kapłan. Była przekonana, że to mądrzy i sprawiedliwi ludzie, lecz mimo to dziesiątki tysięcy mieszkańców wolały podążyć za nią do Yunkai, zamiast zostać w Astaporze. *Dałam im miasto, ale większość z nich bała się je przyjąć.*

Zastęp obdartych wyzwoleńców znacznie przerastał liczebnością jej armię, był jednak dla niej raczej ciężarem niż wzmocnieniem. Może jeden na stu miał osła, wielbłąda albo wołu, większość dźwigała broń zrabowaną ze zbrojowni handlarzy niewolników, lecz tylko jeden na dziesięciu był wystarczająco silny, by walczyć, a żadnego z nich tego nie uczono. Mijane obszary ogałacali do cna niczym szarańcza. Mimo to Dany nie potrafiła się zdobyć na to, by ich porzucić, co radzili jej ser Jorah i bracia krwi. *Powiedziałam im, że są wolni. Nie mogę im teraz oznajmić, że nie wolno im się do mnie przyłączyć.* Spojrzała na bijący z ognisk dym i stłumiła westchnienie. Miała najlepszą piechotę na świecie, ale miała też najgorszą.

Przed wejściem do jej namiotu stał Arstan Białobrody. Nieopodal na trawie siedział ze skrzyżowanymi nogami Silny Belwas, zajadając figi z czary. Podczas marszu na nich spadał obowiązek dbania o jej bezpieczeństwo. Uczyniła Jhoga, Agga i Rakhara nie tylko swymi braćmi krwi, lecz również *ko* i w tej chwili bardziej ich potrzebowała jako dowódców jej Dothraków niż jako osobistych strażników. Jej *khalasar* był maleńki, zaledwie trzydziestu kilku konnych wojowników, w większości nienoszących jeszcze warkoczy chłopców oraz przygarbionych staruszków. Była to jednak jej cała konnica i nie ważyła się nigdzie ruszyć bez nich. Nieskalani mogli być najlepszą piechotą na świecie, jak twierdził ser Jorah, potrzebowała też jednak zwiadowców.

— Yunkai dostanie wojnę — oznajmiła Dany Białobrodemu, gdy już weszli do środka. Irri i Jhiqui wyłożyły cały namiot dywanami, a Missandei zapaliła laseczkę kadzidła, by nadać przesyconemu pyłem powietrzu słodszy zapach. Drogon i Rhaegal zasnęły na poduszkach, zwinięte wokół siebie, Viserion jednak przycupnął na brzegu jej pustej wanny.

— Missandei, w jakim języku mówią ci Yunkai'i? Po valyriańsku?

— Tak, Wasza Miłość — odpowiedziało dziecko. — To inny dialekt niż ten, którym mówią w Astaporze, ale wystarczająco podobny, żeby dało się go zrozumieć. Handlarze niewolników każą się tytułować Mądrymi Panami.

— Mądrymi? — Dany usiadła na poduszce ze skrzyżowanymi nogami. Viserion rozpostarł biało-złote skrzydła i pofrunął do niej. — Zobaczymy, jacy są mądrzy — stwierdziła, drapiąc pokrytą łuskami główkę smoka tuż za rogami.

Ser Jorah Mormont wrócił po godzinie. Towarzyszyło mu trzech kapitanów Wron Burzy. Na polerowanych hełmach nosili czarne pióra i utrzymywali, że są sobie równi honorem i władzą. Gdy Irri i Jhiqui nalewały wino, Dany przyjrzała się im uważnie. Prendahl na Ghezn był krępym Ghiscarczykiem o szerokiej twarzy i ciemnych, siwiejących włosach, Sallor Łysy miał na jasnym qartheńskim policzku krzywą bliznę, a Daario Naharis wyglądał ekstrawagancko nawet jak na Tyroshijczyka. Brodę miał przystrzyżoną w trójząb i ufarbowaną na niebiesko. Taki sam kolor miały jego oczy i kręcone, opadające na kołnierz włosy. Spiczaste wąsiki pomalował sobie na złoto. Wszystkie jego stroje były w różnych odcieniach żółci. Spod kołnierza i mankietów wylewały mu się fale myrijskich koronek koloru masła, wams miał wyszywany mosiężnymi medalionami o kształcie mleczów, a sięgające ud skórzane buty zdobiły ornamenty ze złota. Rękawiczki z miękkiego, żółtego zamszu zatknął sobie za pas spleciony z pozłacanych pierścieni, a paznokcie pociągnął niebieską emalią.

W imieniu najemników przemawiał jednak Prendahl na Ghezn.

— Lepiej by było dla ciebie, gdybyś poprowadziła swoją hołotę gdzie indziej — oznajmił. — Astapor zdobyłaś dzięki zdradzie, ale Yunkai nie upadnie tak łatwo.

— Pięćset Wron Burzy przeciw dziesięciu tysiącom moich Nieskalanych — skontrowała Dany. — Jestem tylko młodą dziewczyną i nic nie wiem o wojnie, ale wydaje mi się, że to spora przewaga.

— Wrony Burzy nie będą walczyły same — sprzeciwił się Prendahl.

— Wrony Burzy w ogóle nie będą walczyły. Uciekną na pierwsze uderzenie pioruna. Być może powinniście zmykać już teraz. Słyszałam, że najemnicy słyną z niewierności. Co wam da lojalność, jeśli Drudzy Synowie przejdą na moją stronę?

— Tak się nie stanie — zapewnił nieporuszony Prendahl. — A nawet gdyby, nie miałoby to znaczenia. Drudzy Synowie są niczym. Walczymy u boku dzielnych ludzi z Yunkai.

— Walczycie u boku nałożników uzbrojonych we włócznie. — Gdy odwróciła głowę, dwa dzwoneczki w jej warkoczu zadźwięczały cicho. — Gdy bitwa już się rozpocznie, nie próbujcie prosić pardonu. Jeśli jednak przyłączycie się do mnie, zatrzymacie złoto, które dali wam Yunkai'i, a do tego dostaniecie udział w łupach i jeszcze hojniejsze nagrody później, gdy już zdobędę tron. Jeśli będziecie walczyć za Mądrych Panów, waszą zapłatą będzie śmierć. Wydaje się wam, że Yunkai otworzy bramy, gdy moi Nieskalani będą was wyrzynać pod murami?

— Kobieto, twoje słowa są głupie jak ryk osła.

— Kobieto? — Zachichotała. — Czy chciałeś mnie obrazić? Odwzajemniłabym ci się tym samym, gdybym cię miała za mężczyznę. — Spojrzała mu prosto w oczy. — Jestem Daenerys Zrodzona w Burzy z rodu Targaryenów, Niespalona, Matka Smoków, *khaleesi* jeźdźców Droga i królowa Siedmiu Królestw Westeros.

— Jesteś tylko kurwą władcy koni — odparł Prendahl na Ghezn. — Kiedy zmiażdżymy twoje oddziały, każę ci się parzyć z moim ogierem.

Silny Belwas wyciągnął *arakh*.

— Jeśli mała królowa rozkaże, Silny Belwas odda jej jego brzydki język.

— Nie, Belwasie. Obiecałam tym ludziom bezpieczeństwo. — Uśmiechnęła się. — Powiedz mi, czy Wrony Burzy są niewolnikami czy wolnymi ludźmi?

— Jesteśmy bractwem wolnych ludzi — odparł Sallor.

— Świetnie. — Dany wstała. — Przekaż swym braciom to, co powiedziałam. Być może niektórzy z nich będą woleli ucztę złota i chwały od uczty śmierci. Czekam na waszą odpowiedź do jutra.

Kapitanowie Wron Burzy wstali jak jeden mąż.

— Nasza odpowiedź brzmi „nie" — oznajmił Prendahl na Ghezn. Jego towarzysze wyszli za nim z namiotu... lecz Daario Naharis obejrzał się na nią i pochylił głowę w uprzejmym pożegnaniu.

Po dwóch godzinach przybył dowódca Drugich Synów. Był sam. Okazał się bardzo wysokim Braavosem o jasnozielonych oczach i krzaczastej, rudozłotej brodzie, która sięgała mu niemal do pasa. Na imię miał Mero, lecz kazał się zwać Bękartem Tytana.

Mero wychylił jednym haustem kielich wina, otarł usta grzbietem dłoni i uśmiechnął się lubieżnie do Dany.

— Mam wrażenie, że kiedyś wyruchałem twoją bliźniaczą siostrę. To było w domu rozkoszy w moim rodzinnym mieście. A może to byłaś ty?

— Nie sądzę. Z pewnością zapamiętałabym tak wspaniałego mężczyznę.

— To prawda. Żadna kobieta nigdy nie zapomniała Bękarta Tytana. — Braavos podsunął kielich Jhiqui. — A może tak zdjęłabyś te łachy i usiadła mi na kolanach? Jeśli mnie zadowolisz, może przejdę z Drugimi Synami na twoją stronę.

— Jeśli to zrobisz, może nie każę cię wykastrować.

Rosły mężczyzna ryknął śmiechem.

— Dziewczynko, jedna kobieta próbowała mnie kiedyś wykastrować zębami. Teraz nie ma zębów, a mój miecz jest długi i gruby jak zawsze. Czy mam ci go pokazać?

— Nie ma potrzeby. Obejrzę go sobie, jak utną ci go moi eunuchowie. — Dany pociągnęła łyk wina. — To prawda, że jestem tylko młodą dziewczyną i nic nie wiem o wojnie. Wytłumacz mi, jak zamierzasz pokonać dziesięć tysięcy Nieskalanych, mając tylko pięciuset ludzi. Takiemu niewiniątku jak ja wydaje się, że to znaczna przewaga.

— Drudzy Synowie spotykali się już z liczniejszym wrogiem i zwyciężali.

— Drudzy Synowie spotykali się z liczniejszym wrogiem i uciekali. Na przykład pod Qohorem, gdzie Trzy Tysiące okryły się chwałą. Czyżbyś temu przeczył?

— To było wiele lat temu, nim jeszcze dowództwo nad Drugimi Synami objął Bękart Tytana.

— A więc to tobie zawdzięczają odwagę? — Dany spojrzała na ser Joraha. — Kiedy zacznie się bitwa, tego człowieka zabij w pierwszej kolejności.

Wygnany rycerz uśmiechnął się.

— Z przyjemnością, Wasza Miłość.

— Oczywiście — dodała, zwracając się do Mera — możecie znowu uciec. Nie będziemy was zatrzymywać. Zabierzcie yunkijskie złoto i zmykajcie.

— Gdybyś kiedyś widziała Tytana z Braavos, głupia dziewczyno, wiedziałabyś, że on ma nogi przykute do podłoża i nie może uciekać.

— W takim razie zostańcie i walczcie za mnie.

— Rzeczywiście warto za ciebie walczyć — przyznał Braavos. — Z chęcią pozwoliłbym ci pocałować mój miecz, gdybym tylko był wolny. Przyjąłem jednak yunkajskie pieniądze i dałem święte słowo.

— Pieniądze można zwrócić — wskazała. — Ja zapłacę wam znacznie więcej. Muszę zdobyć też inne miasta, a na drugim końcu świata czeka na mnie królestwo. Jeśli będziecie mi wiernie służyć, Drudzy Synowie nigdy już nie będą musieli szukać innego kontraktu.

Braavos pociągnął się za gęstą, rudą brodę.

— Znacznie więcej i może jeszcze pocałunek, hę? Albo coś więcej niż pocałunek? Dla takiego wspaniałego mężczyzny jak ja?

— Być może.

— Myślę, że spodobałby mi się smak twojego języka.

Wyczuwała gniew ser Joraha. *Mojemu czarnemu niedźwiedziowi nie podoba się ta rozmowa o całowaniu.*

— Zastanów się nad tym, co ci powiedziałam. Czy mogę liczyć na to, że jutro otrzymam odpowiedź?

— Możesz. — Bękart Tytana wyszczerzył zęby w uśmiechu. — A czy ja mogę liczyć na to, że otrzymam dzban tego świetnego wina? Chciałbym nim poczęstować moich kapitanów.

— Mogę ci dać nawet beczkę. Pochodzi z piwnic Dobrych Panów z Astaporu i mam go całe wozy.

— W takim razie daj mi wóz na dowód swego uznania.

— Masz spore pragnienie.

— Wszystko we mnie jest spore. Mam też wielu braci. Bękart Tytana nie pije sam, *khaleesi*.

— Dostaniesz wóz, jeśli obiecasz, że wypijesz za moje zdrowie.

— Zgoda! — zagrzmiał. — I zgoda, i zgoda! Wzniesiemy za ciebie trzy toasty, a gdy wzejdzie słońce, dostaniesz od nas odpowiedź.

Gdy jednak Mero wyszedł, Arstan Białobrody powiedział jej:

— Ten człowiek ma złą reputację, nawet w Westeros. Nie daj się zwieść jego zachowaniu, Wasza Miłość. Dzisiaj wypije trzy toasty za twoje zdrowie, a jutro cię zgwałci.

— Tym razem dziadek ma rację — zgodził się ser Jorah. — Drudzy Synowie to stara, niepozbawiona honoru kompania, ale pod dowództwem Mera stali się niewiele lepsi od Dzielnych Kompanionów. Ten człowiek jest niebezpieczny nie tylko dla wrogów, lecz również dla pracodawców. Dlatego właśnie się tu znalazł. W Wolnych Miastach nikt już nie chce go wynająć.

— Nie chodzi mi o jego reputację, a o jego pięciuset konnych. A co z Wronami Burzy, czy możemy mieć nadzieję?

— Nie — odparł bez ogródek ser Jorah. — Ten Prendahl jest z pochodzenia Ghiscarczykiem. Zapewne miał w Astaporze rodzinę.

— Szkoda. No cóż, może nie będziemy musieli walczyć. Zobaczymy, co mają do powiedzenia Yunkai'i.

Posłowie z Yunkai przybyli, gdy słońce już zachodziło — pięćdziesięciu mężczyzn na wspaniałych, karych rumakach i jeden na wielkim białym wielbłądzie. Hełmy mieli dwukrotnie wyższe niż głowy, by nie zgniotły dziwacznych splotów nasmarowanych olejem włosów, które kryły się pod nimi. Lniane spódniczki i bluzy ufarbowali na ciemnożółto, a w płaszcze powszywali miedziane dyski.

Człowiek na wielbłądzie przedstawił się jako Grazdan mo Eraz. Był szczupły i żylasty, a w uśmiechu odsłaniał białe zęby, zupełnie jak Kraznys, nim Drogon spalił mu twarz. Włosy miał uczesane w sterczący z czoła róg jednorożca, a *tokar* obszyty złotymi myrijskimi koronkami.

— Starożytne i wspaniałe jest Yunkai, królowa miast — oznajmił, gdy Dany zaprosiła go do namiotu. — Nasze mury są mocne, nasza szlachta dumna i waleczna, a nasz plebs nie zna strachu. W naszych żyłach płynie krew starożytnego Ghis, którego imperium było już stare, gdy Valyria była jeszcze dzieckiem w kołysce. Postąpiłaś mądrze, zgadzając się na rozmowy, *khaleesi*. Nie znajdziesz tu łatwego łupu.

— Świetnie. Moi Nieskalani łakną walki.

Popatrzyła na Szarego Robaka, który skinął głową.

Grazdan wzruszył z rozmachem ramionami.

— Jeśli pragniesz krwi, to krew popłynie. Słyszałem, że wyzwoliłaś swych eunuchów. Wolność jest potrzebna Nieskalanemu jak kapelusz karpiowi. — Uśmiechnął się do Szarego Robaka, lecz eunuch równie dobrze mógłby być wykuty z kamienia. — Tych, którzy przeżyją, znowu obrócimy w niewolników, by z ich pomocą odebrać Astapor hołocie. Możesz być pewna, że z ciebie również zrobimy niewolnicę. W Lys i Tyrosh są domy rozkoszy, których klienci hojnie by zapłacili za zażycie przyjemności z ostatnią z Targaryenów.

— Cieszę się, że wiesz, kim jestem — rzekła spokojnie Dany.

— Szczycę się swą znajomością dzikiego, nierozumnego zachodu. — Grazdan rozpostarł dłonie w pojednawczym geście. — Czemuż jednak mielibyśmy przemawiać do siebie tak ostro? To prawda, że dopuściłaś się w Astaporze licznych okrucieństw, ale Yunkai'i nie są mściwym ludem. Nie dzieli nas żaden spór, Wasza Miłość. Po co miałabyś wytracać swych ludzi na naszych potężnych murach, gdy będziesz potrzebowała każdego z nich, by odzyskać tron ojca w dalekim Westeros? Yunkai życzy ci powodzenia w tym przedsięwzięciu. Na dowód prawdziwości tych słów przynoszę ci dar. — Klasnął w dłonie i dwaj ludzie z jego eskorty wnieśli do namiotu ciężką cedrową szkatułę o okuciach z brązu i złota. Ustawili ją u stóp Daenerys. — Pięćdziesiąt tysięcy marek w złocie — oznajmił spokojnie Grazdan. — Należy do ciebie. To gest przyjaźni Mądrych Panów z Yunkai. Złoto oddane dobrowolnie jest chyba lepsze od zrabowanego kosztem przelewu krwi? Dobrze ci radzę, Daenerys Targaryen, przyjmij tę szkatułę i odejdź.

Dany podniosła wieko małą, obleczoną w pantofelek stopą. Zgodnie ze słowami posła w środku pełno było złotych monet. Wyjęła ze szkatuły całą garść i pozwoliła, by wysypały się jej przez palce. Były przeważnie nowo wybite i lśniły jaskrawo. Na jednej stronie miały schodkową piramidę, a na drugiej harpię Ghis.

— Bardzo ładne. Ciekawe, ile takich szkatuł znajdę w waszym mieście, kiedy je już zdobędę?

Zachichotał.

— Ani jednej, bo nigdy tego nie dokonasz.

— Ja również mam dla was dar. — Zatrzasnęła szkatułę. —

Trzy dni. Rankiem trzeciego dnia wypuśćcie za mury swych niewolników. Wszystkich. Każdy mężczyzna, kobieta i dziecko otrzyma broń i tyle żywności, ubrań, monet i innych dóbr, ile zdoła udźwignąć. Będą mogli wybrać sobie, co zechcą, z dobytku swych panów, jako zapłatę za lata służby. Gdy wszyscy niewolnicy już odejdą, otworzycie bramy i pozwolicie moim Nieskalanym przeszukać miasto, by się upewnili, że nikt nie został w nim wbrew swej woli. Jeśli to zrobicie, Yunkai nie zostanie spalone ani splądrowane, a żadnemu z waszych ludzi nic się nie stanie. Mądrzy Panowie otrzymają pokój, którego pragną, i dowiodą, że rzeczywiście są mądrzy. Co powiesz na to?

— Że jesteś szalona.

— Czyżby? — Dany wzruszyła ramionami. — *Dracarys.*

Smoki natychmiast zareagowały. Rhaegal syknął i buchnął dymem, Viserion kłapnął szczękami, a Drogon wypuścił z siebie czerwono-czarny płomień. Ogień musnął *tokar* Grazdana i jedwab w pół uderzenia serca zaczął się palić. Złote marki posypały się po dywanie, gdy poseł potknął się o szkatułę, wykrzykując przekleństwa i tłukąc wściekle dłonią we własne ramię. Po chwili Białobrody wylał na niego dzban wody, by ugasić płomienie.

— Obiecałaś mi bezpieczeństwo! — krzyknął yunkajski poseł.

— Czy wszyscy Yunkai'i tak rozpaczają nad przypalonym *tokarem*? Kupię ci nowy... pod warunkiem, że przed upływem trzech dni zwolnicie wszystkich niewolników. W przeciwnym razie Drogon obdarzy cię cieplejszym pocałunkiem. — Zmarszczyła nos. — Zanieczyściłeś się. Zabierz to złoto i idź powtórzyć Mądrym Panom moje słowa.

Grazdan mo Eraz wskazał ją palcem.

— Pożałujesz swej arogancji, kurwo. Zapewniam cię, że te małe jaszczurki cię nie uratują. Jeśli zbliżą się do Yunkai choć na trzy mile, wypełnimy niebo strzałami. Wydaje ci się, że tak trudno jest zabić smoka?

— Trudniej niż handlarza niewolników. Trzy dni, Grazdanie. Przekaż im to. Pod koniec trzeciego dnia będę w Yunkai, bez względu na to, czy otworzycie przede mną bramy czy nie.

Gdy Yunkai'i opuścili obóz, było już zupełnie ciemno. Zapowiadała się ponura noc, bezksiężycowa i bezgwiezdna. Z zachodu wiał zimny, niosący wilgoć wiatr. *Wspaniała, ciemna noc* — pomyślała Dany. Wszędzie wokół płonęły ogniska, małe pomarańczowe gwiazdy rozsiane po wzgórzach i polach.

— Ser Jorahu — odezwała się. — Wezwij moich braci krwi. — Usiadła na stercie poduszek, by oczekiwać ich przybycia. Smoki skupiły się wokół niej. — Godzina po północy będzie w sam raz — oznajmiła, gdy wszyscy już się stawili.

— Tak, *khaleesi* — odparł Rakharo. — W sam raz do czego?

— Do natarcia.

Ser Jorah Mormont skrzywił się wściekle.

— Powiedziałaś najemnikom...

— Że chcę usłyszeć ich odpowiedź jutro. Nic im nie obiecywałam na dzisiaj. Wrony Burzy będą się kłócić o moją propozycję. Drudzy Synowie upiją się winem, które dałam Merowi. A Yunkai'i sądzą, że mają trzy dni. Zaskoczymy ich pod osłoną ciemności.

— Z pewnością wysłali zwiadowców.

— Którzy w mroku zobaczą tylko setki płonących ognisk — wskazała Dany. — Albo w ogóle nic.

— *Khaleesi* — odezwał się Jhogo. — Zajmę się tymi zwiadowcami. To nie są jeźdźcy, tylko handlarze niewolników na koniach.

— Masz rację — przyznała. — Sądzę, że powinniśmy zaatakować z trzech stron. Szary Robaku, twoi Nieskalani uderzą na nich z prawej i lewej flanki, a moi *ko* poprowadzą konnicę i wbiją klin w środek. Niewolnicy z pewnością nie oprą się konnym Dothrakom. — Uśmiechnęła się. — Ale przecież jestem tylko młodą dziewczyną i nic nie wiem o wojnie. Co o tym sądzicie, panowie?

— Sądzę, że jesteś siostrą Rhaegara Targaryena — odparł ser Jorah ze smutnym uśmieszkiem.

— Tak — zgodził się Arstan Białobrody — i królową.

Dopracowanie wszystkich szczegółów zajęło jeszcze godzinę. *Teraz zaczyna się prawdziwe niebezpieczeństwo* — pomyślała Dany, gdy jej kapitanowie rozeszli się do swych oddziałów. Mogła się jedynie modlić o to, by ciemności ukryły przed wrogiem jej przygotowania.

Tuż przed północą wystraszyła się porządnie, gdy ser Jorah wdarł się do namiotu mimo protestów Silnego Belwasa.

— Nieskalani złapali jednego z najemników, gdy próbował się zakraść do obozu.

— Szpieg?

Przeraziło ją to. Jeśli złapali jednego, ilu mogło się im wymknąć?

— Twierdzi, że przyniósł ci dary. To ten żółty błazen z niebieskimi włosami.

*Daario Naharis.*

— Ach, ten. W takim razie wysłucham go.

Gdy wygnany rycerz przyprowadził najemnika, zadała sobie pytanie, czy mogłoby istnieć dwóch bardziej różnych mężczyzn. Tyroshijczyk miał cerę jasną, a ser Jorah smagłą; najemnik był smukły, a rycerz muskularny; pierwszy miał bujne loki, a drugi łysiał, lecz mimo to Naharis był gładkoskóry, tam gdzie Mormont był włochaty. Do tego jej rycerz ubierał się skromnie, a przy najemniku paw wydawałby się bezbarwny. Na tę wizytę włożył jednak na żółte szaty gruby czarny płaszcz. Przez ramię przerzucił sobie ciężki worek.

— *Khaleesi* — krzyknął. — Przynoszę ci dary i dobre wieści. Wrony Burzy należą do ciebie. — Kiedy się uśmiechał, w ustach błyszczał mu złoty ząb. — I Daario Naharis również!

Dany popatrzyła na niego z powątpiewaniem. Jeśli Tyroshijczyk przyszedł tu na przeszpiegi, te słowa mogły być jedynie desperacką próbą ratowania skóry.

— A co na to mówią Prendahl na Ghezn i Sallor?

— Niewiele. — Daario odwrócił worek i na dywany wysypały się głowy Sallora Łysego oraz Prendahla na Ghezn. — To moje dary dla smoczej królowej.

Viserion powąchał sączącą się jeszcze z szyi Prendahla krew i wypuścił z siebie strumień ognia, który trafił umarłego prosto w twarz, przypalając i przypiekając bezkrwiste policzki. Drogon i Rhaegal poruszyły się, czując zapach pieczonego mięsa.

— Ty to zrobiłeś? — zapytała Dany, której zebrało się na mdłości.

— Nie kto inny.

Jeśli Daario Naharis obawiał się smoków, dobrze ukrywał swój lęk. Poświęcał im nie więcej uwagi, niż gdyby były trojgiem kociąt bawiących się myszą.

— Dlaczego?

— Dlatego, że jesteś taka piękna. — Dłonie miał wielkie i silne, a w jego twardych, niebieskich oczach i wielkim, haczykowatym nosie było coś, co sugerowało gwałtowność jakiegoś wspaniałego, drapieżnego ptaka. — Prendahl gadał za dużo i mówił zbyt mało. — Jego strój, choć bogaty, był mocno znoszony, a buty pokrywały mu plamy soli. Widziała też, że brzegi jego płaszcza są wystrzępione. — A Sallor dłubał sobie w nosie, jakby jego smarki były złotem.

Stał z rękami skrzyżowanymi w nadgarstkach, a dłońmi wspartymi na uchwytach oręży. U jego lewego biodra wisiał zakrzywiony dothracki *arakh*, a u prawego myrijski sztylet. Ich rękojeści były parą identycznych złotych kobiet, nagich i wyuzdanych.

— Czy biegle się posługujesz tą piękną bronią? — zapytała go Dany.

— Prendahl i Sallor powiedzieliby, że tak, gdyby umarli mogli mówić. Nie uznaję żadnego dnia za przeżyty, jeśli nie kochałem się z kobietą, nie zabiłem wroga i nie spożyłem smakowitego posiłku... a dni, które przeżyłem, są niezliczone jak gwiazdy na niebie. Śmierć zadana przeze mnie jest dziełem sztuki. Wielu akrobatów i tańczących na węglach błagało bogów o to, by uczynili ich choćby w połowie tak szybkimi i w jednej czwartej pełnymi gracji jak ja. Wymieniłbym ci imiona wszystkich ludzi, których zabiłem, ale zanim bym skończył, twoje smoki urosłyby do rozmiarów zamków, mury Yunkai rozsypałyby się w żółty pył, a zima by nadeszła, skończyła się i znowu nadeszła.

Dany roześmiała się. Przypadły jej do gustu przechwałki tego Daario Naharisa.

— Wyjmij miecz i przysięgnij mi wierność.

Daario w mgnieniu oka wydobył z pochwy *arakh*. Jego hołd był równie horrendalny jak wszystko, co robił. Pokłonił się tak nisko, że jego twarz niemal dotknęła palców jej stóp.

— Mój miecz należy do ciebie. Moje życie należy do ciebie. Moja miłość należy do ciebie. Moja krew, moje ciało, moje pieśni, wszystko to jest twoje. Żyję i umieram na twój rozkaz, piękna królowo.

— W takim razie żyj — odparła Dany — i walcz dziś za mnie.

— To nie byłoby rozsądne, moja królowo. — Ser Jorah przeszył Daaria zimnym, twardym spojrzeniem. — Lepiej zatrzymaj go pod strażą, dopóki bitwa nie będzie wygrana.

Po chwili zastanowienia potrząsnęła głową.

— Jeśli da nam Wrony Burzy, zaskoczenie będzie pewne.

— A jeśli cię zdradzi, zaskoczenie spełznie na niczym.

Dany ponownie spojrzała na najemnika. Obdarzył ją takim uśmiechem, że zaczerwieniła się i odwróciła wzrok.

— Nie zrobi tego.

— Skąd wiesz?

Spojrzała na kawały przypalonego mięsa, które smoki pożerały kawałek po kawałku.

— Nazwałabym to dowodem jego szczerości. Daario Naharis, przygotuj swe Wrony Burzy do uderzenia na yunkajskie tyły w tej samej chwili, gdy rozpocznie się mój atak. Czy zdołasz wrócić bezpiecznie?

— Jeśli mnie zatrzymają, powiem, że poszedłem na zwiady, ale nic nie zauważyłem.

Tyroshijczyk wstał, pokłonił się i wyszedł.

Ser Jorah Mormont został w namiocie.

— Wasza Miłość — zaczął prosto z mostu — to był błąd. Nic nie wiemy o tym człowieku...

— Wiemy, że jest wielkim wojownikiem.

— Chciałaś powiedzieć, wielkim samochwałą.

— Da nam Wrony Burzy.

*I ma niebieskie oczy.*

— Pięciuset najemników, których wierność nie jest pewna.

— W czasach takich jak te niczyja wierność nie jest pewna —

przypomniała mu Dany. *A mnie czekają jeszcze dwie zdrady, za złoto i z miłości.*

— Daenerys, jestem od ciebie trzy razy starszy — nie ustępował ser Jorah. — Wiem, jak fałszywi potrafią być ludzie. Tylko niewielu z nich zasługuje na zaufanie i Daario Naharis do nich nie należy. Nawet jego broda ma fałszywy kolor.

Rozgniewały ją jego słowa.

— Podczas gdy ty masz uczciwą brodę. Czy to właśnie chcesz mi zasugerować? Czy jesteś jedynym mężczyzną, któremu mogę zaufać?

Zesztywniał.

— Tego nie powiedziałem.

— Powtarzasz mi to codziennie. Pyat Pree to kłamca, Xaro intrygant, Belwas samochwała, Arstan skrytobójca... wydaje ci się, że wciąż jestem naiwną dziewicą, która nie potrafi dostrzec w twych słowach drugiego dna?

— Wasza Miłość...

Nie dała mu dojść do słowa.

— Byłeś dla mnie najlepszym przyjacielem, jakiego znałam, lepszym bratem niż Viserys. Jesteś pierwszym w mojej Gwardii Królowej dowódcą mojej armii, moim najbardziej zaufanym doradcą i prawą ręką. Szanuję cię, poważam i darzę sympatią, ale cię nie pragnę, Jorahu Mormont, i mam już dosyć tego, że próbujesz ode mnie odepchnąć wszystkich mężczyzn na świecie, bym musiała polegać jedynie na tobie. Tak być nie może. W ten sposób nie zyskasz mojej miłości.

Gdy Dany zaczęła mówić, Mormont poczerwieniał, kiedy jednak skończyła, jego twarz znowu zrobiła się blada. Stał nieruchomo jak kamień.

— Jak moja królowa rozkaże — oznajmił, krótko i zimno.

Dany miała wystarczająco wiele ciepła dla nich obojga.

— Rozkaże. Zajmij się swymi Nieskalanymi, ser. Masz bitwę do wygrania.

Kiedy wyszedł, Dany rzuciła się na poduszki obok Drogona, Viseriona i Rhaegala. Nie chciała potraktować ser Joraha tak ostro, lecz swą nieustanną podejrzliwością obudził w końcu w niej smoka.

*Wybaczy mi* — powtarzała sobie. *Jestem jego królową.* Zadała sobie pytanie, czy trafnie oceniła Daaria. Poczuła się nagle bardzo samotna. Mirri Maz Duur zapowiedziała, że Dany nigdy już nie urodzi żywego dziecka. *Ród Targaryenów skończy się na mnie.* Zasmuciła ją ta myśl.

— Wy musicie być moimi dziećmi — powiedziała smokom. — Moimi trzema gwałtownymi dziećmi. Arstan mówił, że smoki żyją dłużej niż ludzie, zostaniecie więc na świecie, kiedy ja już umrę.

Drogon wykręcił długą szyję, by uszczypnąć ją w dłoń. Zęby miał bardzo ostre, lecz podczas zabawy nigdy nie przebijał jej skóry. Dany wybuchnęła śmiechem i zaczęła turlać smokiem we wszystkie strony, aż ryknął głośno i uderzył ogonem niczym biczem. *Jest dłuższy, niż był* — zauważyła. *A jutro będzie jeszcze dłuższy. Rosną teraz szybko, a gdy już staną się duże, będę miała skrzydła.* Dosiadając smoka, będzie mogła poprowadzić swych ludzi do walki, tak jak w Astaporze. Na razie jednak były za małe, by udźwignąć jej ciężar.

Po północy nad jej obozem zapadła cisza. Dany została w namiocie razem ze służącymi. Strzegli jej Arstan Białobrody i Silny Belwas. *Najtrudniejsze jest oczekiwanie.* Siedząc w namiocie z pustymi rękami, podczas gdy bitwa toczyła się bez niej, Dany czuła się niemal tak, jakby znowu była dzieckiem.

Godziny płynęły w żółwim tempie. Nawet gdy Jhiqui rozmasowała jej ramiona, Dany była zbyt niespokojna, by mogła zasnąć. Missandei zaproponowała, że zaśpiewa jej kołysankę Ludzi Pokoju, Dany potrząsnęła jednak głową.

— Przyprowadź mi Arstana — poleciła.

Gdy staruszek przyszedł, leżała zwinięta pod skórą *hrakkara*, której stęchły zapach przypominał jej Droga.

— Nie mogę spać, gdy ludzie za mnie giną, Białobrody — rzekła. — Opowiedz mi coś jeszcze o mym bracie Rhaegarze, jeśli łaska. Podobała mi się ta historia, którą usłyszałam od ciebie na statku, o tym, jak postanowił, że musi zostać wojownikiem.

— Wasza Miłość jest bardzo łaskawa.

— Viserys mówił, że nasz brat zwyciężył w wielu turniejach.

Arstan pochylił z szacunkiem białą głowę.

— Nie godzi się, bym zaprzeczał słowom Jego Miłości...

— Ale? — przerwała mu ostro Dany. — Powiedz mi. To rozkaz.

— Książę Rhaegar z pewnością był waleczny, rzadko jednak wstępował w szranki. Nigdy nie kochał muzyki mieczy, tak jak Robert albo Jaime Lannister. To było coś, co musiał zrobić, zadanie, które postawił przed nim świat. Wykonywał je dobrze, gdyż wszystko robił dobrze. Leżało to w jego naturze. Nie sprawiało mu to jednak przyjemności. Ludzie powiadali, że kochał swą harfę znacznie bardziej niż kopię.

— Ale z pewnością wygrał jakieś turnieje? — zapytała rozczarowana Dany.

— W latach młodości Jego Miłość spisał się bardzo dzielnie w turnieju w Końcu Burzy, pokonując lorda Steffona Baratheona, lorda Jasona Mallistera, Czerwoną Żmiję z Dorne oraz tajemniczego rycerza, który okazał się osławionym Simonem Toyne'em, hersztem banitów z królewskiego lasu. Złamał tego dnia dwanaście kopii w walce z ser Arthurem Dayne'em.

— Ale czy został zwycięzcą?

— Nie, Wasza Miłość. Ten zaszczyt przypadł innemu rycerzowi z Gwardii Królewskiej, który w finałowej walce wysadził księcia Rhaegara z siodła.

Dany nie chciała słuchać o wysadzeniu Rhaegara z siodła.

— Ale w jakich turniejach mój brat zwyciężył?

— Wasza Miłość. — Staruszek zawahał się. — Wygrał największy turniej ze wszystkich.

— A który? — zapytała Dany.

— Ten, który urządził lord Whent w Harrenhal, nad brzegami Oka Boga, w roku fałszywej wiosny. To było pamiętne wydarzenie. Poza regularnym turniejem urządzono drużynową walkę zbiorową w starym stylu, w której uczestniczyło siedem zespołów rycerzy, zawody łucznicze i w rzucaniu toporami, wyścigi konne, turniej minstreli, przedstawienie komediantów, a także wiele uczt i zabaw. Lord Whent był bogaty i szczodry. Obiecane przez niego wysokie nagrody przyciągnęły wielu uczestników. Do Harrenhal przybył nawet twój królewski ojciec, który od wielu lat nie opuszczał Czerwonej Twierdzy. W tym turnieju brali udział najwięksi lordowie i najlepsi rycerze w Siedmiu Królestwach, a książę Smoczej Skały pokonał ich wszystkich.

— To przecież był ten turniej, po którym ukoronował Lyannę Stark na królową miłości i piękna! — zawołała Dany. — Była tam jego żona, księżna Elia, a mimo to mój brat przyznał koronę córce Starków i potem ukradł ją narzeczonemu. Jak mógł to zrobić? Czy Dornijka traktowała go aż tak źle?

— Nie do mnie należy zgadywać, co działo się w sercu twego brata, Wasza Miłość. Księżna Elia była dobrą i pełną gracji kobietą, choć jej zdrowie zawsze było delikatne.

Dany ciaśniej owinęła się lwią skórą.

— Viserys powiedział kiedyś, że to była moja wina, bo urodziłam się zbyt późno. — Zaprzeczała wówczas temu gwałtownie. Pamiętała, że posunęła się nawet do tego, że zarzuciła Viserysowi, iż to on jest winien, gdyż nie urodził się dziewczynką. Pobił ją okrutnie za tę zniewagę. — Twierdził, że gdybym urodziła się na czas, Rhaegar ożeniłby się ze mną, nie z Elią, i sprawy potoczyłyby się inaczej. Gdyby mój brat był szczęśliwy ze swą żoną, nie potrzebowałby córki Starków.

— Być może, Wasza Miłość. — Białobrody umilkł na chwilę. — Nie jestem jednak pewien, czy Rhaegar w ogóle potrafił być szczęśliwy.

— Przedstawiasz go jako strasznego ponuraka — sprzeciwiła się Dany.

— Nie ponuraka, ale... książę Rhaegar miał w sobie pewną melancholię, poczucie...

Stary giermek znowu się zawahał.

— Powiedz to... — nalegała. — Poczucie...

— ...zagłady. Urodził się pośród żałoby, moja królowo, i ten cień wisiał nad nim przez całe życie.

Viserys opowiadał jej o narodzinach Rhaegara tylko raz. Być może ta historia napawała go zbyt wielkim smutkiem.

— To cień Summerhall nad nim wisiał, prawda?

— Tak. A mimo to Summerhall było ulubionym miejscem księcia. Jeździł tam od czasu do czasu, mając za towarzystwo jedynie swą harfę. Nie było przy nim wówczas nawet rycerzy Gwardii Królewskiej. Lubił spać w ruinach, pod księżycem i gwiazdami, a kiedy wracał, zawsze przywoził ze sobą pieśń. Każdy, kto słuchał, jak grał na wysokiej harfie o srebrnych strunach i śpiewał o zmierzchach, łzach i śmierci królów, miał wrażenie, że Rhaegar śpiewa o sobie i o tych, których kocha.

— A co z uzurpatorem? Czy on również grał smutne pieśni?

Arstan zachichotał.

— Robert? On lubił piosenki, przy których mógł się śmiać, im sprośniejsze, tym lepiej. Śpiewał tylko wtedy, gdy był pijany i najczęściej były to *Beczułka ale*, *Pięćdziesiąt cztery baryłki* albo *Niedźwiedź i dziewica cud*. Robert był bardzo...

Jej smoki jak jeden podniosły głowy i ryknęły.

— Konie! — Dany zerwała się na nogi, zaciskając dłonie na lwiej skórze. Z dworu dobiegł ryk Silnego Belwasa, a potem inne głosy i tętent licznych wierzchowców. — Irri, zobacz, kto...

Poła namiotu odsunęła się i do środka wszedł ser Jorah Mormont. Był pokryty pyłem i plamami krwi, lecz poza tym nic mu się nie stało. Wygnany rycerz opadł na jedno kolano przed Dany.

— Wasza Miłość, przynoszę ci zwycięstwo — rzekł. — Wrony Burzy przeszły na naszą stronę, niewolnicy poszli w rozsypkę, a Drudzy Synowie byli za bardzo pijani, żeby walczyć, tak jak przewidywałaś. Zginęło około dwustu ludzi, głównie Yunkai'i. Niewolnicy rzucili włócznie i uciekli, a najemnicy poddali się. Wzięliśmy kilka tysięcy jeńców.

— A jakie ponieśliśmy straty?

— Najwyżej tuzin ludzi.

Dopiero teraz pozwoliła sobie na uśmiech.

— Wstań, mój dobry, dzielny niedźwiedziu. Czy Grazdan dostał się do niewoli? A Bękart Tytana?

— Grazdan pojechał do Yunkai przekazać twoje warunki. — Ser Jorah wstał. — Mero uciekł, gdy tylko zdał sobie sprawę, że

Wrony Burzy zdradziły. Wysłałem ludzi w pogoń za nim. Powinni wkrótce go dopaść.

— Znakomicie — stwierdziła Dany. — Oszczędźcie wszystkich, którzy zechcą przysiąc mi wierność, czy to najemników, czy niewolników. Jeśli wystarczająco wielu Drugich Synów zgodzi się do nas przyłączyć, zostawcie kompanię nienaruszoną.

Następnego dnia pokonali dziewięć mil drogi dzielących ich od Yunkai. Miasto zbudowano z żółtej, nie z czerwonej cegły, lecz poza tym niczym się nie różniło od Astaporu. Były tu takie same kruszące się mury, wysokie schodkowe piramidy oraz górująca nad miejską bramą wielka harpia. Na murach i na wieżach roiło się od kuszników i procarzy. Ser Jorah i Szary Robak rozmieścili jej siły, Irri i Jhiqui rozbiły namiot, a Dany usiadła i zaczęła czekać.

Rankiem trzeciego dnia brama miejska otworzyła się i wyłonił się z niej długi szereg niewolników. Dany dosiadła srebrzystej, by ich przywitać. Gdy przechodzili obok niej, Missandei mówiła im, że zawdzięczają wolność Daenerys Zrodzonej w Burzy, Niespalonej, królowej Siedmiu Królestw Westeros i Matce Smoków.

— *Mhysa!* — krzyknął do niej jakiś mężczyzna o śniadej skórze. Niósł na barana dziecko, małą dziewczynkę, która wykrzykiwała cienkim głosikiem to samo słowo. — *Mhysa! Mhysa!*

Dany popatrzyła na Missandei.

— Co oni wołają?

— To znaczy „matko" po ghiscarsku, w starym, czystym języku.

Dany poczuła lekkość w piersi. *Nigdy nie urodzę żywego dziecka* — przypomniała sobie. Uniosła drżącą rękę. Być może się uśmiechnęła. Z pewnością tak, gdyż mężczyzna wyszczerzył radośnie zęby i powtórzył swój okrzyk. Podjęli go inni.

— *Mhysa!* — wołali. — *Mhysa! MHYSA!* — Wszyscy uśmiechali się do niej, wyciągali ręce, klękali przed nią. — *Maela* — wołali jedni. — *Aelalla* — krzyczeli inni. — *Qathei. Tato.*

Bez względu jednak na język, znaczenie było zawsze takie samo. *Matko. Nazywają mnie matką.*

Krzyki przybierały na sile, podejmowane przez coraz to nowych ludzi. Po chwili stały się tak głośne, że spłoszyły jej klacz, która cofnęła się, potrząsając łbem i zamiatając srebrnosiwym ogonem. Hałas stał się tak potężny, że wydawało się, iż wstrząsnął żółtymi murami Yunkai. Z bramy wychodzili wciąż nowi niewolnicy, którzy przyłączali się do chóru. Biegli ku niej, przepychając się i potykając. Chcieli dotknąć jej dłoni, pogłaskać grzywę jej wierzchowca, ucałować jej stopy. Nieszczęśni bracia krwi Dany nie mogli powstrzymać wszystkich. Nawet Silny Belwas stękał i warczał zatrwożony.

Ser Jorah nalegał, by się oddaliła, Dany przypomniała sobie jednak sen, który miała w Domu Nieśmiertelnych.

— Nie zrobią mi krzywdy — uspokoiła go. — To moje dzieci, Jorahu. — Roześmiała się, wbiła pięty w końskie boki i ruszyła w stronę tłumu. Dzwoneczki w jej włosach grały słodką pieśń zwycięstwa. Jechała kłusem, potem galopem, a później cwałem. Wyzwoleni niewolnicy rozstępowali się przed nią.

— Matko — krzyczało sto, tysiąc, dziesięć tysięcy gardeł. — Matko — śpiewali, dotykając palcami jej nóg. — Matko, matko, matko!

# ARYA

Gdy Arya zauważyła majaczące w oddali wysokie wzgórze, lśniące złocistym blaskiem w promieniach popołudniowego słońca, natychmiast je poznała. Wrócili na Wysokie Serce.

O zmierzchu dotarli na szczyt i rozbili obóz w miejscu, gdzie nie mogło ich spotkać nic złego. Arya obeszła wokół krąg czardrzewowych pniaków razem z giermkiem lorda Berica, Nedem. Zatrzymali się na tym, który zwracał się w stronę niknącego już za horyzontem słońca. Widziała stąd szalejącą na północy burzę, lecz wierzchołek Wysokiego Serca wyrastał ponad deszcz. Nie wyrastał jednak ponad wiatr, który dął tu tak mocno, jakby ktoś szarpał ją od tyłu za płaszcz. Gdy się odwróciła, nie zauważyła jednak nikogo.

*Duchy* — przypomniała sobie. *Na Wysokim Sercu straszy.*

Rozpalili na szczycie wielkie ognisko i Thoros z Myr usiadł przed nim ze skrzyżowanymi nogami, wpatrując się intensywnie w płomienie, jakby na całym świecie nie istniało nic innego.

— Co on robi? — zapytała Neda Arya.

— Czasem widzi w płomieniach różne rzeczy — wyjaśnił jej giermek. — Przeszłość. Przyszłość. Coś, co dzieje się daleko stąd.

Przymrużyła powieki, usiłując wypatrzyć w ogniu to, co widział tam czerwony kapłan, lecz oczy zaszły jej łzami i po chwili odwróciła wzrok. Gendry również obserwował Thorosa.

— Naprawdę widzisz tam przyszłość? — zapytał po chwili.

Thoros odwrócił z westchnieniem wzrok od ognia.

— Nie tym razem. Czasami jednak Pan Światła zsyła mi wizje.

Gendry nie wyglądał na przekonanego.

— Mistrz mi mówił, że jesteś pijakiem i szarlatanem, najgorszym kapłanem na świecie.

— Cóż za nieuprzejme słowa. — Thoros zachichotał. — Prawdziwe, ale nieuprzejme. Kim był ten twój mistrz? Czy cię znam, chłopcze?

— Byłem uczniem mistrza płatnerskiego Tobho Motta ze Stalowej. Kupowałeś od niego miecze.

— To prawda. Brał za nie dwa razy więcej, niż były warte, a potem beształ mnie za to, że je palę. — Thoros ryknął śmiechem. — Twój mistrz miał rację. Nie byłem wzorem świętości. Urodziłem się jako najmłodszy z ośmiorga rodzeństwa i ojciec oddał mnie do Czerwonej Świątyni. Nie była to droga, którą sam bym dla siebie wybrał. Odmawiałem modlitwy i recytowałem zaklęcia, lecz zdarzało się również, że zakradałem się do kuchni po smakołyki, a od czasu do czasu znajdowano w moich łóżkach dziewczęta. Strasznie psotne dziewczęta. Nie miałem pojęcia, skąd się tam brały. Obdarzono mnie jednak talentem do języków. A gdy spoglądałem w płomienie, no cóż, od czasu do czasu coś w nich dostrzegałem. Mimo to mieli ze mną więcej kłopotów niż pożytku i w końcu wysłali mnie do Królewskiej Przystani, bym niósł światło Pana opętanemu przez Siedmiu Westeros. Król Aerys tak kochał ogień, że uznali go za potencjalnego konwertytę. Niestety, jego piromanci znali lepsze sztuczki ode mnie. Za to król Robert mnie polubił. Gdy po raz pierwszy stanąłem do walki zbiorowej z płonącym mieczem w dłoni, koń Kevana Lannistera stanął dęba i zrzucił go na ziemię. Jego Miłość śmiał się tak mocno, że bałem się, iż dostanie przepukliny. — Czerwony kapłan uśmiechnął się na to wspomnienie. — Twój mistrz miał jednak rację. Nie powinno się tak traktować miecza.

— Ogień pochłania. — Lord Beric stał za nimi. W jego głosie brzmiało coś, co kazało Thorosowi natychmiast zamilknąć. — Pochłania, a kiedy się dopali, nie zostaje nic. Absolutnie nic.

— Bericu. Mój słodki przyjacielu. — Kapłan dotknął przedramienia lorda błyskawicy. — Co chciałeś mi powiedzieć?

— Nic, czego nie mówiłbym już przedtem. Sześć razy, Thorosie? To za dużo.

Odwrócił się gwałtownie.

Nocą wiatr zawodził prawie jak wilk. Gdzieś na zachodzie słychać też było prawdziwe wilki, które udzielały mu lekcji. Na warcie stali Notch, Anguy i Merrit z Księżycowego Miasta. Ned, Gendry i wielu innych spało już smacznie, gdy Arya wypatrzyła za linią koni małą, jasną postać wspartą na sękatej lasce. Rzadkie białe włosy kobiety powiewały na wietrze. Nie mogła mieć więcej niż trzy stopy wzrostu. Jej oczy lśniły w blasku ogniska jak ślepia wilka Jona. *On też był duchem.* Arya podkradła się bliżej i uklękła w krzakach.

Karlica usiadła nieproszona przy ogniu, obok lorda Berica, Thorosa oraz Cytryna i skierowała ku nim spojrzenie gorejących jak węgle oczu.

— Węgielek i Cytryna znowu zaszczycili mnie wizytą. A razem z nimi Jego Miłość Lord Trupów.

— To pechowe miano. Prosiłem cię, byś tak do mnie nie mówiła.

— To prawda. Ale bije od ciebie świeży smród śmierci, panie. — Kobiecie pozostał tylko jeden ząb. — Dajcie mi wina albo sobie pójdę. Moje kości są stare i kiedy wieje wiatr, bolą mnie stawy, a tu, na górze, wiatr wieje zawsze.

— Damy ci srebrnego jelenia za twoje sny, pani — rzekł lord

Beric z uprzejmą powagą. — I drugiego, jeśli masz dla nas jakieś wieści.

— Nie zjem srebrnego jelenia ani nie zdołam go dosiąść. Bukłak wina za moje sny, a za wieści pocałunek tego wielkiego głąba w żółtym płaszczu. — Zachichotała. — Wilgotny pocałunek, z języczkiem. Czekałam już zbyt długo, zbyt długo. Jego usta będą smakowały cytrynami, a moje kośćmi. Jestem za stara.

— Tak — poskarżył się Cytryn. — Za stara na wino i pocałunki. Ode mnie możesz najwyżej oberwać płazem miecza, starucho.

— Włosy wychodzą mi garściami i nikt mnie nie całował od tysiąca lat. Trudno jest być tak starą. No cóż, w takim razie dajcie mi pieśń. Pieśń Toma Siódemki za moje wieści.

— Dostaniesz pieśń Toma — obiecał lord Beric i podał jej bukłak.

Karlica pociągnęła spory łyk, aż wino spłynęło jej po podbródku. Potem opuściła naczynie i otarła usta grzbietem pomarszczonej dłoni.

— Kwaśne wino za kwaśne wieści. To by nawet pasowało — rzekła. — Król nie żyje. Czy to dla was wystarczająco kwaśne?

Serce podeszło Aryi do gardła.

— Który król, starucho? — warknął Cytryn.

— Mokry. Król krakenów, panowie. Wyśniłam jego śmierć i zginął, a teraz żelazne kałamarnice walczą ze sobą. Aha, lord Hoster też umarł, ale o tym już wiecie, prawda? W komnacie królów siedzi dręczony gorączką kozioł. Lada chwila dopadnie go wielki pies.

Staruszka pociągnęła drugi potężny haust, wyciskając wino z bukłaka.

*Wielki pies.* Czy chodziło o Ogara? A może o jego brata, Górę Która Jeździ? Arya nie była tego pewna. Obaj mieli taki sam herb, trzy czarne psy na żółtym polu. Połowa ludzi, o których śmierć się modliła, należała do ser Gregora Clegane'a: Polliver, Dunsen, Raff Słodyczek, Łaskotek i sam ser Gregor. *Może lord Beric powiesi ich wszystkich.*

— Śnił mi się wilk, który wył na deszczu, lecz nikt nie słyszał jego żałoby — mówiła karlica. — Śnił mi się taki hałas, że myśłałam, iż głowa mi pęknie, bębny i rogi, piszczałki i krzyki, ale najsmutniejszy był dźwięk małych dzwoneczków. Śniła mi się dziewczyna na uczcie. We włosach miała fioletowe węże, z których kłów skapywał jad. Potem przyśniła mi się znowu. Widziałam, jak zabija straszliwego olbrzyma w śnieżnym zamku. — Odwróciła nagle głowę i uśmiechnęła się prosto do ukrytej w mroku Aryi. — Przede mną się nie ukryjesz, dziecko. Chodź tutaj.

Po karku dziewczynki przebiegło dotknięcie zimnych palców. *Strach tnie głębiej niż miecze* — powtórzyła sobie. Wstała i podeszła ostrożnie do ognia, stąpając lekko na palcach, w każdej chwili gotowa do ucieczki.

Karlica omiotła ją spojrzeniem ciemnoczerwonych oczu.

— Widzę cię — wyszeptała. — Widzę cię, wilcze dziecko. Dziecko krwi. Myślałam, że to jego lordowska mość cuchnie śmiercią... — Jej drobnym ciałem wstrząsnęło straszliwe łkanie. — Postąpiłaś okrutnie, przychodząc na moje wzgórze, okrutnie. Nasyciłam się już żałobą w Summerhall. Nie potrzebuję twojej. Uciekaj stąd, serce mroku. A kysz!

W jej głosie pobrzmiewał strach tak wielki, że Arya cofnęła się o krok, zastanawiając się, czy kobieta jest obłąkana.

— Nie strasz dziecka — zaprotestował Thoros. — Dziewczynka nie zrobiła nic złego.

Cytryn Cytrynowy Płaszcz dotknął palcem złamanego nosa.

— Nie bądź tego taki cholernie pewien.

— Jutro stąd odjedzie razem z nami — zapewnił karlicę lord Beric. — Zabierzemy ją do Riverrun, do jej matki.

— Nie — sprzeciwiła się kobieta. — Nie zabierzecie. Nad rzekami panuje teraz czarna ryba. Jeśli szukacie jej matki, musicie pojechać do Bliźniaków. Ma tam się odbyć ślub. — Znowu zachichotała. — Popatrz w swe ognie, różowy kapłanie, a to zobaczysz. Tylko nie tutaj, tutaj nie ujrzysz nic. To miejsce nadal należy do starych bogów... ich moc trwa tu jeszcze, tak samo jak ja, skurczona i słaba, ale wciąż żywa. A oni nie kochają płomieni. Dąb pamięta żołądź, żołądź śni o dębie, a w obu żyje pniak. Nie zapomnieli o Pierwszych Ludziach, którzy przyszli tu z ogniem w pięściach. —

Wypiła resztę wina czterema długimi łykami, odrzuciła bukłak i wskazała laską na lorda Berica. — Zapłać mi natychmiast. Chcę usłyszeć pieśń, którą mi obiecałeś.

Cytryn obudził śpiącego pod futrem Toma Siedem Strun i przyciągnął go do ogniska, ziewającego, z harfą w ręku.

— Ta sama pieśń, co poprzednio? — zapytał minstrel.

— Och, tak. Pieśń mojej Jenny. Czy jest jakaś inna?

Gdy Tom zaczął śpiewać, karlica zamknęła oczy. Kołysała się w przód i w tył, szepcząc słowa i płacząc. Thoros ujął mocno Aryę za rękę i odciągnął ją na bok.

— Niech się nacieszy pieśnią w spokoju — powiedział. — To wszystko, co jej zostało.

*Nie zrobiłabym jej krzywdy* — pomyślała dziewczynka.

— O co chodziło z tymi Bliźniakami? Moja matka jest w Riverrun, prawda?

— Niedawno tam była. — Czerwony kapłan potarł podbródek. — Mówiła coś o ślubie. Zobaczymy. Gdziekolwiek by była, lord Beric ją znajdzie.

Niedługo później rozwarło się niebo. Uderzyły błyskawice, nad wzgórzami przetoczył się huk gromów, a woda lunęła z góry gęstymi strugami. Karlica zniknęła równie nagle, jak się pojawiła, a banici zebrali gałęzie i sklecili z nich proste schronienia.

Deszcz padał przez całą noc, a rankiem Ned, Cytryn i Watty Młynarz obudzili się przeziębieni. Watty nie mógł utrzymać w żołądku śniadania, młody Ned zaś miał gorączkę i drżał, a jego skóra była wilgotna w dotyku. Pół dnia jazdy na północ stąd znajdowała się opuszczona wioska i Notch zasugerował lordowi Bericowi, że lepiej by było, gdyby przeczekali w niej najgorsze deszcze. Wspięli się na siodła i zjechali z wysokiego wzgórza.

Ulewa nie chciała się skończyć. Jechali lasami i polami, przeprawiając się w bród przez wezbrane strumienie, których wody sięgały końskich brzuchów. Arya postawiła kaptur płaszcza i zgarbiła się w siodle, przemoczona i drżąca, lecz zdeterminowana nie okazać słabości. Merrit i Mudge zaczęli wkrótce kasłać równie paskudnie jak Watty, a biedny Ned z każdą milą cierpiał coraz bardziej.

— Kiedy włożę hełm, deszcz bębni o stal i boli mnie od tego głowa — skarżył się. — Ale kiedy go zdejmę, włosy robią mi się mokre i przylepiają się do twarzy i ust.

— Masz nóż — podpowiedział mu Gendry. — Jeśli włosy aż tak ci przeszkadzają, to ogol sobie ten cholerny łeb.

*Nie lubi Neda.* Aryi giermek wydał się sympatyczny. Był może trochę nieśmiały, ale dobroduszny. Zawsze słyszała, że Dornijczycy są niscy i smagli, mają czarne włosy i małe, czarne oczka, Ned jednak miał duże, niebieskie oczy, tak ciemne, że wydawały się niemal fioletowe. Włosy miał jasnoblond, raczej popielate niż miodowe.

— Od jak dawna jesteś giermkiem lorda Berica? — zapytała, chcąc mu pomóc zapomnieć o dręczących go dolegliwościach.

— Wziął mnie na pazia, kiedy zaręczył się z moją ciotką. — Chłopak kaszlnął. — Miałem wtedy siedem lat. Kiedy skończyłem dziesięć, zrobił mnie giermkiem. Zdobyłem kiedyś nagrodę za trafianie kopią w pierścienie.

— Nie umiem walczyć kopią, ale na miecze z pewnością bym cię pokonała — pochwaliła się Arya. — Zabiłeś już kogoś?

— Mam dopiero dwanaście lat — odpowiedział zdziwiony.

*Ja zabiłam chłopca, kiedy miałam osiem* — omal nie powiedziała dziewczynka. Powstrzymała się jednak w ostatniej chwili.

— Ale brałeś już udział w bitwach?

— Tak. — Nie wydawało się, żeby był z tego szczególnie dumny. — Byłem przy Brodzie Komedianta. Kiedy lord Beric wpadł do rzeki, wyciągnąłem go na brzeg, żeby się nie utopił, a potem strzegłem go z mieczem w ręku. Ale nie musiałem z nikim walczyć. Sterczała z niego złamana kopia, więc nikt nas nie niepokoił. Kiedy się przegrupowaliśmy, Zielony Gergen pomógł mi wciągnąć jego lordowską mość na konia.

Arya przypomniała sobie chłopca stajennego w Królewskiej Przystani. Potem był strażnik, któremu poderżnęła gardło w Harrenhal, i ludzie ser Amory'ego z tej warowni nad jeziorem. Nie wiedziała, czy liczą się też Weese i Chiswyck, a także ci, którzy zginęli z powodu zupy łasicowej... nagle zrobiło się jej bardzo smutno.

— Mój ojciec też się nazywał Ned — powiedziała.

— Wiem. Widziałem go na turnieju namiestnika. Chciałem podejść i z nim porozmawiać, ale nie wiedziałem, co powiedzieć. — Ned zadrżał pod mokrym, jasnofioletowym płaszczem. — Byłaś na tym turnieju? Widziałem tam twoją siostrę. Ser Loras Tyrell dał jej różę.

— Opowiadała mi o tym. — Wydawało się, że to tak dawno temu. — Jej przyjaciółka Jeyne Poole zakochała się w twoim lordzie Bericu.

— Był obiecany mojej ciotce. — Ned miał zażenowaną minę. — Ale to było, jeszcze zanim...

*Zginął?* — pomyślała, gdy głos chłopaka utonął w krępującej ciszy. Błoto mlaskało pod kopytami ich koni.

— Pani? — odezwał się wreszcie Ned. — Masz brata nieprawego pochodzenia... Jona Snow?

— Jest na Murze z Nocną Strażą. — *Może powinnam pojechać na Mur, a nie do Riverrun? Jona nie będzie obchodziło, kogo zabiłam i czy czeszę włosy...* — Jon przypomina mnie z wyglądu, chociaż jest bękartem. Lubił mierzwić mi włosy i nazywać „siostrzyczką". — Aryi brakowało go najbardziej z całego rodzeństwa. Zasmuciła ją już sama myśl o nim. — Skąd wiesz o Jonie?

— Jest moim mlecznym bratem.

— Bratem? — Arya go nie zrozumiała. — Ale ty jesteś z Dorne. Jak możecie być z Jonem jednej krwi?

— Mlecznym bratem. Nie krewnym. Moja pani matka nie miała mleka, kiedy byłem mały, więc musiała mnie karmić Wylla.

Arya nadal nic z tego nie pojmowała.

— Kto to jest Wylla?

— Matka Jona Snow. Nigdy ci o niej nie opowiadał? Służyła u nas długie lata. Od czasów jeszcze przed moim urodzeniem.

— Jon Snow nie znał swej matki. Nie wiedział nawet, jak miała na imię. — Obrzuciła Neda podejrzliwym spojrzeniem. — Znasz ją? Naprawdę? — *Czy sobie ze mnie żartuje?* — Jeśli kłamiesz, dostaniesz w nos.

— Wylla była moją mamką — powtórzył z powagą. — Przysięgam na honor mojego rodu.

— Masz ród? — To było głupie. Był giermkiem, oczywiście, że musiał mieć ród. — Kim właściwie jesteś?

— Pani? — Ned miał zawstydzoną minę. — Jestem Edric Dayne, lord… lord Starfall.

Jadący za nimi Gendry jęknął głośno.

— Lordowie i damy — oznajmił z niesmakiem. Arya zerwała z pobliskiej gałęzi zeschłe dzikie jabłko i cisnęła nim weń. Owoc odbił się od jego twardego, byczego łba.

— Aj — poskarżył się. — To bolało. Która to dama rzuca w ludzi jabłkami?

— Niedobra dama — odparła nagle skruszona Arya. Ponownie zwróciła się w stronę Neda. — Wybacz mi, panie. Nie wiedziałam, kim jesteś.

— To moja wina, pani.

Był bardzo uprzejmy.

*Jon ma matkę. Wylla, nazywa się Wylla.* Musi to zapamiętać, żeby mu powtórzyć, kiedy znów się spotkają. Zastanawiała się, czy dalej będzie ją nazywał „siostrzyczką". *Nie jestem już małą dziewczynką. Będzie musiał wymyślić coś innego.* Może po powrocie do Riverrun napisze do Jona list, żeby przekazać mu to, czego się dowiedziała od Neda Dayne'a.

— Był kiedyś Arthur Dayne — przypomniała sobie. — Ten, którego nazywali Mieczem Poranka.

— Mój ojciec był starszym bratem ser Arthura. Lady Ashara była moją ciotką, ale jej nie znałem. Rzuciła się do morza ze szczytu Miecza z Jasnego Kamienia, nim jeszcze się narodziłem.

— Dlaczego zrobiła coś takiego? — zapytała zdziwiona Arya.

Ned miał niepewną minę. Może bał się, że w niego też ciśnie jabłkiem.

— Pan ojciec nigdy ci o niej nie opowiadał? — zapytał. — O lady Asharze Dayne ze Starfall?

— Nie. Czy znał ją?

— To było, nim jeszcze Robert został królem. Spotkała twojego ojca i jego braci w Harrenhal w roku fałszywej wiosny.

— Och. — Arya nie była w stanie nic więcej powiedzieć. — Ale dlaczego skoczyła do morza?

— Miała złamane serce.

Sansa westchnęłaby i uroniła łzę nad prawdziwą miłością, Arya jednak pomyślała, że to głupota. Ale nie mogła powiedzieć tego Nedowi, nie o jego ciotce.

— A czy ktoś je złamał?

Zawahał się.

— Może nie powinienem...

— Mów.

Popatrzył na nią zażenowany.

— Moja ciotka Allyria mówi, że lady Ashara i twój ojciec zakochali się w sobie w Harrenhal.

— Nieprawda. Mój ojciec kochał moją panią matkę.

— Jestem pewien, że kochał, pani, ale...

— Jest jedyną kobietą, którą kochał.

— A tego bękarta to na pewno znalazł pod liściem kapusty — wtrącił Gendry.

Arya żałowała, że nie ma drugiego jabłka, którym mogłaby zdzielić go w gębę.

— Mój ojciec miał honor — rzuciła gniewnie. — A zresztą nie mówiliśmy do ciebie. Dlaczego nie wrócisz do Kamiennego Septu zadzwonić w głupi dzwon tej dziewczyny?

Gendry zignorował jej słowa.

— Twój ojciec przynajmniej wychował swojego bękarta, nie tak jak mój. Nie wiem nawet, jak miał na imię. Pewnie był jakimś śmierdzącym pijakiem, tak jak inni, których matka sprowadzała do domu w piwiarni. Kiedy była na mnie zła, zawsze mówiła: „Gdyby twój ojciec tu był, zbiłby cię do krwi". To wszystko, co o nim wiem. — Splunął. — No cóż, gdyby tu teraz był, to może ja bym go zbił do krwi. Ale on pewnie nie żyje, tak samo jak twój ojciec, więc co to ma za znaczenie, kto z kim spał?

Dla Aryi miało to znaczenie, choć nie potrafiła powiedzieć dlaczego. Ned próbował ją przepraszać za to, że wyprowadził ją z równowagi, nie chciała go jednak słuchać. Wbiła pięty w końskie boki i zostawiła ich obu. Anguy Łucznik jechał kilka jardów przed nimi.

— Dornijczycy kłamią, prawda? — zapytała, gdy go dogoniła.

— Słyną z tego. — Mężczyzna uśmiechnął się. — Oczywiście, oni mówią to samo o nas, Pogranicznikach. W czym kłopot? Ned to dobry chłopak...

— To głupi kłamczuch.

Arya zjechała ze ścieżki, przeskoczyła zbutwiałą kłodę i przejechała płytki strumyk, ignorując wołających ją banitów. *Chcą mi powiedzieć następne kłamstwa.* Pomyślała, czyby nie spróbować od nich uciec, było ich jednak zbyt wielu i za dobrze znali okolicę. Po co uciekać, jeśli i tak ją złapią?

Na koniec podjechał do niej Harwin.

— Dokąd się wybierasz, pani? Nie powinnaś się oddalać. W tych lasach są wilki i jeszcze gorsze stworzenia.

— Nie boję się — odparła. — Ten chłopak Ned mówił...

— Wiem. Opowiedział mi o tym. Lady Ashara Dayne. To stara historia. Słyszałem ją kiedyś w Winterfell, kiedy miałem tyle lat, co ty teraz. — Ujął jej konia za uzdę i zawrócił go stanowczo. — Wątpię, by było w tym coś z prawdy. Ale jeśli nawet, to co? Kiedy Ned poznał tę dornijską damę, jego brat Brandon żył jeszcze i to on był zaręczony z lady Catelyn, więc na honorze twojego ojca nie ma plamy. Nic nie rozgrzewa krwi tak jak turniej, może więc nocą w namiocie wyszeptano trochę słów, kto to wie? Słowa, pocałunki, może nawet coś więcej, cóż w tym złego? Nadeszła wiosna, a przynajmniej tak się im zdawało, i żadne z nich nie było obiecane innemu.

— Ale ona się zabiła — zauważyła niepewnym głosem Arya. — Ned mówi, że skoczyła z wieży do morza.

— To prawda — przyznał Harwin, prowadząc ją z powrotem do grupy — ale idę o zakład, że zrobiła to z żalu. Straciła brata, Miecz Poranka. — Potrząsnął głową. — Zostawmy to, pani. Wszyscy oni już nie żyją. Zostawmy to... i proszę cię, kiedy wrócimy do Riverrun, nic nie mów matce.

Wioska była w miejscu, o którym mówił Notch. Skryli się w szarej kamiennej stajni. Została na niej tylko połowa dachu, było to jednak o połowę więcej niż w jakimkolwiek innym budynku w wiosce. *To nie jest wioska. To tylko czarne kamienie i stare kości.*

— Czy to Lannisterowie zabili mieszkańców? — zapytała Arya, pomagając Anguyowi wycierać konie.

— Nie. — Wyciągnął rękę. — Popatrz, jak grubo mech porasta kamienie. Nikt nie ruszał ich już od dłuższego czasu. A z tej ściany wyrasta drzewo, widzisz? Tę wioskę puszczono z dymem już dawno temu.

— A kto to zrobił? — zapytał Gendry.

— Hoster Tully. — Notch był chudym, przygarbionym, siwym mężczyzną, który urodził się w tych stronach. — To była wioska lorda Goodbrooka. Gdy Riverrun opowiedziało się po stronie Roberta, Goodbrook dochował wierności królowi. Dlatego lord Tully ruszył na niego z ogniem i mieczem. Po Tridencie syn Goodbrooka zawarł pokój z Robertem i lordem Hosterem, ale zabitym w niczym to nie pomogło.

Zapadła cisza. Gendry popatrzył dziwnie na Aryę, po czym odwrócił się i zajął szczotkowaniem konia. Deszcz nie przestawał padać.

— Powinniśmy rozpalić ogień — oznajmił Thoros. — Noc jest ciemna i pełna strachów. I do tego mokra, hę? Stanowczo za mokra.

Jack Szczęściarz porąbał przegrodę jednego z boksów na suche szczapy, a Notch i Merrit zebrali słomę na rozpałkę. Thoros osobiście rozniecił iskrę, a Cytryn osłaniał ogień swym wielkim, żółtym płaszczem, aż rozpalił się na dobre. Wkrótce w stajni zrobiło się niemal gorąco. Czerwony kapłan usiadł przed ogniem ze skrzyżowanymi nogami, pożerając wzrokiem płomienie, tak samo jak na Wysokim Sercu. Arya obserwowała go uważnie. W pewnej chwili jego wargi się poruszyły. Wydawało się jej, że słyszała, jak wymamrotał „Riverrun". Cytryn chodził, kaszląc, w tę i we w tę, a Tom Siódemka ściągnął buty i masował sobie stopy.

— Chyba oszalałem, jeśli chcę wracać do Riverrun — utyskiwał minstrel. — Tully'owie nigdy nie przynosili szczęścia staremu Tomowi. To Lysa wygnała mnie na górski trakt, na którym księżycowi ludzie zabrali mi złoto, konia, a do tego ubranie. Rycerze w Dolinie po dziś dzień opowiadają sobie o tym, jak podszedłem do Krwawej Bramy, osłaniając swą nagość jedynie harfą. Nim otworzyli bramę, kazali mi śpiewać *Chłopca w dzień imienia* i *Króla bez odwagi*. Jedyną pociechą było dla mnie to, że trzej z nich umarli ze śmiechu. Nigdy już nie wróciłem do Orlego Gniazda, a *Króla bez odwagi* nie zaśpiewam za całe złoto Casterly...

— Lannisterowie — odezwał się nagle Thoros. — Czerwone i złote ognie.

Zerwał się raptownie i podszedł do lorda Berica. Cytryn i Tom bez zwłoki ruszyli ku nim. Arya nie słyszała, co mówią, lecz minstrel co chwila zerkał na nią, a Cytryn w pewnej chwili rozgniewał się tak bardzo, że aż walnął pięścią w ścianę. Wtedy właśnie lord Beric wezwał ją skinieniem. To było ostatnie, na co miałaby ochotę, ale Harwin dotknął dłonią jej pleców i pchnął ją naprzód. Postawiła dwa kroki i zawahała się porażona lękiem.

— Panie.

Czekała na słowa lorda Berica.

— Ty jej powiedz — rozkazał Thorosowi lord błyskawica.

Czerwony kapłan przykucnął obok niej.

— Pani — zaczął. — Pan zesłał mi wizję Riverrun. Wyglądało jak wyspa w morzu płomieni, które były skaczącymi lwami o długich karmazynowych pazurach. I jak ryczały! Morze Lannisterów, pani. Riverrun niedługo zostanie zaatakowane.

Arya czuła się tak, jakby ktoś uderzył ją w brzuch.

— Nie!

— Słodziutka — rzekł Thoros — płomienie nie kłamią. Czasami odczytuję je błędnie, jako że jestem tylko ślepym głupcem. Tym razem jednak chyba się nie mylę. Lannisterowie wkrótce obiegną Riverrun.

— Robb ich pokona. — Miała zaciętą minę. — Pokona ich tak samo jak poprzednio.

— Twojego brata może tam nie być — wskazał Thoros. — I matki też. Nie widziałem ich w płomieniach. Ślub, o którym mówiła staruszka, ślub w Bliźniakach... ona ma swoje sposoby zdobywania wiedzy. Czardrzewa szepczą jej do ucha, kiedy śpi. Jeśli powiedziała, że twoja matka pojechała do Bliźniaków...

Arya zwróciła się w stronę Toma i Cytryna.

— Gdybyście mnie nie złapali, już dawno bym tam była. Byłabym w domu.

Lord Beric zignorował jej wybuch.

— Pani — zaczął z pełną znużenia uprzejmością — czy poznałabyś brata swego dziadka? Ser Bryndena, zwanego Blackfishem? A czy on by ciebie poznał?

Przygnębiona Arya potrząsnęła głową. Słyszała, jak jej matka opowiadała o ser Bryndenie Blackfishu, ale kiedy widziała go na własne oczy, była za mała, by go zapamiętać.

— Małe szanse, by Blackfish zapłacił dobrą sumę za dziewczynkę, której nie zna — stwierdził Tom. — Ci Tully'owie to skwaszona, podejrzliwa zgraja. Na pewno pomyśli, że chcemy mu sprzedać fałszywy towar.

— Przekonamy go — nie ustępował Cytryn Cytrynowy Płaszcz. — Ona albo Harwin. Riverrun leży najbliżej. Mówię wam, że powinniśmy ją tam zabrać, wziąć złoto i uwolnić się od niej raz na zawsze.

— A jeśli lwy capną nas, kiedy będziemy w zamku? — zapytał Tom. — Nic nie sprawiłoby im większej radości, niż powiesić jego lordowską mość w klatce na szczycie Casterly Rock.

— Nie dam się złapać — oznajmił lord Beric. Ostatnie słowo zawisło niewypowiedziane w powietrzu. *Żywcem.* Wszyscy je usłyszeli, nawet Arya, mimo że nie wyszło z jego ust. — Niemniej jednak nie możemy jechać tam na oślep. Chcę się dowiedzieć, gdzie są armie. Zarówno wilki, jak i lwy. Sharna będzie coś wiedziała na ten temat, a maester lorda Vance'a będzie wiedział więcej. Do Żołędziowego Dworu nie jest daleko. Lady Smallwood udzieli nam na pewien czas schronienia. Będziemy mogli wysłać zwiadowców, którzy...

Jego słowa uderzały w jej uszy niczym łoskot bębna. Arya nie mogła już znosić tego dłużej. Chciała Riverrun, nie Żołędziowego Dworu. Chciała matki i Robba, nie lady Smallwood czy jakiegoś wuja, którego nigdy w życiu nie widziała na oczy. Odwróciła się i pobiegła w stronę wyjścia. Harwin próbował ją złapać za ramię, lecz wymknęła mu się, szybka jak wąż.

Na dworze wciąż padał deszcz, a na zachodzie widać było odległe błyskawice. Arya biegła tak szybko, jak tylko mogła. Nie miała pojęcia, dokąd ucieka, wiedziała tylko, że chce być sama, daleko od wszystkich głosów, od czczych słów i złamanych obietnic. *Chciałam tylko dotrzeć do Riverrun.* To była jej wina. Niepotrzebnie zabierała z Harrenhal Gendry'ego i Gorącą Bułkę. Lepiej by było, gdyby uciekła sama. Wtedy banici na pewno by jej nie złapali i byłaby teraz z Robbem i matką. *Oni nie byli moją watahą. Gdyby nią byli, nie zostawiliby mnie.* Przebiegła przez kałużę błotnistej wody. Ktoś wołał ją po imieniu, zapewne Harwin albo Gendry, lecz jego głos zagłuszył huk gromu, który nadszedł pół uderzenia serca po błyskawicy. *Lord błyskawica* — pomyślała gniewnie. Może i nie mógł umrzeć, ale za to z pewnością potrafił kłamać.

Gdzieś z lewej strony zarżał koń. Arya oddaliła się od stajni najwyżej o pięćdziesiąt jardów, lecz mimo to przemokła już do suchej nitki. Wypadła zza rogu, licząc na to, że omszałe ściany zapewnią jej osłonę przed deszczem, i omal nie wpadła na jednego z wartowników. Na jej ramieniu zacisnęła się zakuta w stalową rękawicę dłoń.

— To boli — zaprotestowała, próbując się wyrwać. — Puść mnie. Miałam zamiar wrócić...

— Wrócić? — Śmiech Sandora Clegane'a brzmiał jak chrobot żelaza zgrzytającego o kamień. — Całuj mnie w dupę, wilcza dziewczynko. Jesteś moja.

Potrzebował tylko jednej ręki, żeby podnieść ją w górę i, nie zważając na jej wściekłe wierzganie, wsadzić na czekającego konia. Padający na nich zimny deszcz zagłuszył krzyki dziewczynki. Arya mogła myśleć jedynie o pytaniu, które kiedyś jej zadał: „Czy wiesz, co psy robią wilkom?".

# DODATEK

# KRÓLOWIE I ICH DWORY

# KRÓL NA ŻELAZNYM TRONIE

JOFFREY BARATHEON, Pierwszy Tego Imienia, trzynastoletni chłopiec, najstarszy syn króla Roberta I Baratheona i królowej Cersei z rodu Lannisterów

— jego matka, KRÓLOWA CERSEI, królowa regentka i protektorka królestwa
  — zaprzysiężeni ludzie Cersei:
    — SER OSFRYD KETTLEBLACK, młodszy brat ser Osmunda Kettleblacka z Gwardii Królewskiej
    — SER OSNEY KETTLEBLACK, młodszy brat ser Osmunda i ser Osfryda
— jego siostra, KSIĘŻNICZKA MYRCELLA, dziewięcioletnia dziewczynka, podopieczna księcia Dorana Martella w Słonecznej Włóczni
— jego brat, KSIĄŻĘ TOMMEN, ośmioletni chłopiec, pierwszy w linii sukcesji do Żelaznego Tronu
— jego dziadek, TYWIN LANNISTER, lord Casterly Rock, namiestnik zachodu i królewski namiestnik

— jego stryjowie i kuzyni ze strony ojca:
— brat jego ojca, STANNIS BARATHEON, zbuntowany lord Smoczej Skały, używający tytułu król Stannis Pierwszy
— córka Stannisa, SHIREEN, jedenastoletnia dziewczynka
— brat jego ojca {RENLY BARATHEON}, zbuntowany lord Końca Burzy, zamordowany w samym środku swej armii
— brat jego babki, SER ELDON ESTERMONT
— syn ser Eldona, SER AEMON ESTERMONT
— syn ser Aemona, SER ALYN ESTERMONT
— jego wujowie i kuzyni ze strony matki:
— brat jego matki, SER JAIME LANNISTER, zwany KRÓLOBÓJCĄ, jeniec w Riverrun
— brat jego matki, TYRION LANNISTER, zwany KRASNALEM, ranny w bitwie nad Czarnym Nurtem
— giermek Tyriona, PODRICK PAYNE
— kapitan straży Tyriona, SER BRONN ZNAD CZARNEGO NURTU, były najemnik
— konkubina Tyriona, SHAE, markietanka, obecnie służąca jako pokojówka Lollys Stokeworth
— brat jego dziadka, SER KEVAN LANNISTER
— syn ser Kevana, SER LANCEL LANNISTER, dawniej giermek króla Roberta, ranny w bitwie nad Czarnym Nurtem, bliski śmierci
— brat jego dziadka {TYGETT LANNISTER), zmarły na francę
— syn Tygetta, TYREK LANNISTER, giermek zaginiony podczas wielkich zamieszek
— żona Tyreka, LADY ERMESANDE HAYFORD, niemowlę
— jego rodzeństwo z nieprawego łoża, bękarty króla Roberta
— MYA STONE, dziewiętnastoletnia dziewczyna, służąca lorda Nestora Royce'a w Księżycowych Bramach
— GENDRY, uczeń kowalski, zbieg ukrywający się w dorzeczu, nieświadomy swego dziedzictwa
— EDRIC STORM, jedyny oficjalnie uznany bękart króla Roberta, podopieczny swego stryja Stannisa na Smoczej Skale

— jego Gwardia Królewska:
— SER JAIME LANNISTER, lord dowódca
— SER MERYN TRANT
— SER BALON SWANN
— SER OSMUND KETTLEBLACK
— SER LORAS TYRELL, Rycerz Kwiatów
— SER ARYS OAKHEART

— jego mała rada:
— LORD TYWIN LANNISTER, królewski namiestnik
— SER KEVAN LANNISTER, starszy nad prawami
— LORD PETYR BAELISH, zwany LITTLEFINGEREM, starszy nad monetą
— VARYS, eunuch, zwany PAJĄKIEM, starszy nad szeptaczami
— LORD MACE TYRELL, starszy nad okrętami
— WIELKI MAESTER PYCELLE

— jego dwór i domownicy.
— SER ILYN PAYNE, królewski kat
— LORD HALLYNE PIROMAN, mądrość Cechu Alchemików
— KSIĘŻYCOWY CHŁOPIEC, błazen i trefniś
— ORMOND ZE STAREGO MIASTA, królewski harfiarz i bard
— DONTOS HOLLARD, błazen i pijak, dawniej rycerz, zwany SER DONTOSEM CZERWONYM
— JALABHAR XHO, książę Doliny Czerwonych Kwiatów, wygnaniec z Wysp Letnich
— LADY TANDA STOKEWORTH
— jej córka, FALYSE, żona ser Balmana Byrcha
— jej córka, LOLLYS, trzydziestoczteroletnia kobieta, niezamężna i słaba na umyśle, ciężarna wskutek gwałtu
— jej uzdrowiciel i doradca, MAESTER FRENKEN
— LORD GYLES ROSBY, stary, schorowany mężczyzna
— SER TALLAD, młody, obiecujący rycerz
— LORD MORROS SLYNT, giermek, najstarszy syn byłego dowódcy Straży Miejskiej

— JOTHOS SLYNT, jego młodszy brat, giermek
— DANOS SLYNT, jeszcze młodszy, paź
— SER BOROS BLOUNT, były rycerz Gwardii Królewskiej, usunięty za tchórzostwo przez królową Cersei
— JOSMYN PECKLEDON, giermek, bohater bitwy nad Czarnym Nurtem
— SER PHILIP FOOTE, uczyniony lordem Pogranicza za odwagę podczas bitwy nad Czarnym Nurtem
— SER LOTHOR BRUNE, nazwany LOTHOREM JABŁKOŻERCĄ za swe czyny podczas bitwy nad Czarnym Nurtem, dawniej wolny w służbie lorda Baelisha
— inni lordowie i rycerze z Królewskiej Przystani:
— MATHIS ROWAN, lord Goldengrove
— PAXTER REDWYNE, lord Arbor
— bliźniaczy synowie lorda Paxtera, SER HORAS I SER HOBBER, o przezwiskach HORROR I BOBER
— uzdrowiciel lorda Redwyne'a, MAESTER BALLABAR
— ARDRIAN CELTIGAR, lord Szczypcowej Wyspy
— LORD ALESANDER STAEDMON, zwany GROSZOLUBEM
— SER BONIFER HASTY, zwany DOBRYM, sławny rycerz
— SER DONNEL SWANN, dziedzic Stonehelmu
— SER RONNET CONNINGTON, zwany CZERWONYM RONNETEM, rycerz z Gniazda Gryfów
— AURANE WATERS, bękart z Driftmarku
— SER DERMOT Z DESZCZOWEGO LASU, sławny rycerz
— SER TIMON SKROBIMIECZ

— ludzie z Królewskiej Przystani:
— Straż Miejska („złote płaszcze")
— {SER JACELYN BYWATER, zwany ŻELAZNĄ RĘKĄ}, dowódca Straży Miejskiej, zabity przez własnych ludzi podczas bitwy nad Czarnym Nurtem
— SER ADDAM MARBRAND, dowódca Straży Miejskiej, następca ser Jacelyna
— CHATAYA, właścicielka drogiego burdelu

— ALAYAYA, jej córka
— DANCY, MAREI, JAYDE, dziewczyny Chatayi
— TOBHO MOTT, mistrz płatnerski
— IRONBELLY, kowal
— HAMISH HARFIARZ, sławny minstrel
— COLLIO QUAYNIS, tyroshijski minstrel
— BETHANY PIĘKNOPALCA, kobieta-minstrel
— ALARIC Z EYSEN, minstrel, który podróżował po odległych krajach
— GALEON Z CUY, minstrel słynący z długości swych pieśni
— SYMON SREBRNY JĘZYK, minstrel

Na chorągwi króla Joffreya widnieje jeleń w koronie, herb Baratheonów, czarny na złotym tle, oraz lew Lannisterów, złoty na karmazynowym tle, zwrócone ku sobie.

# KRÓL PÓŁNOCY

## KRÓL TRIDENTU

ROBB STARK, lord Winterfell, król północy i król Tridentu, najstarszy syn Eddarda Starka, lorda Winterfell, i lady Catelyn z rodu Tullych

— jego wilkor, SZARY WICHER

— jego matka, LADY CATELYN z rodu Tullych, wdowa po lordzie Eddardzie Starku

— jego rodzeństwo:

— jego siostra, KSIĘŻNICZKA SANSA, dwunastoletnia dziewczyna, przetrzymywana w Królewskiej Przystani

— wilkorzyca Sansy {DAMA}, zabita w zamku Danych

— jego siostra, KSIĘŻNICZKA ARYA, dziesięcioletnia dziewczynka, zaginiona i uważana za zmarłą

— wilkorzyca Aryi, NYMERIA, zaginiona w pobliżu Tridentu

— jego brat, KSIĄŻĘ BRANDON, zwany BRANEM, dziedzic Winterfell i północy, dziewięcioletni chłopiec, uważany za zmarłego
  — wilkor Brana, LATO
  — towarzysze i opiekunowie Brana:
    — MEERA REED, szesnastoletnia dziewczyna, córka lorda Howlanda Reeda ze Strażnicy nad Szarą Wodą
    — JOJEN REED, jej brat, trzynastoletni chłopak
    — HODOR, słaby na umyśle chłopiec stajenny wzrostu siedmiu stóp
— jego brat, KSIĄŻĘ RICKON, czteroletni chłopiec, uważany za zmarłego
  — wilkor Rickona, KUDŁACZ
  — towarzyszka i opiekunka Rickona:
    — OSHA, wzięta do niewoli dzika kobieta, która służyła w Winterfell jako pomywaczka
— jego przyrodni brat, JON SNOW, zaprzysiężony brat z Nocnej Straży
  — wilkor Jona, DUCH

— jego stryjowie i ciotki:
  — starszy brat jego ojca {BRANDON STARK}, zabity na rozkaz króla Aerysa II Targaryena
  — siostra jego ojca {LYANNA STARK}, zmarła w górach Dorne podczas buntu Roberta
  — młodszy brat jego ojca, BENJEN STARK, człowiek z Nocnej Straży, zaginiony za Murem
— jego wujowie, ciotki i kuzyni od strony matki
  — młodsza siostra jego matki, LYSA ARRYN, pani Orlego Gniazda i wdowa po lordzie Jonie Arrynie
    — ich syn, ROBERT ARRYN, lord Orlego Gniazda
  — młodszy brat jego matki, SER EDMURE TULLY, dziedzic Riverrun
  — brat jego dziadka, SER BRYNDEN TULLY, zwany BLACKFISHEM

— jego zaprzysiężeni ludzie i towarzysze walki:
— jego giermek, OLYVAR FREY
— SER WENDEL MANDERLY, drugi syn lorda Białego Portu
— PATREK MALLISTER, dziedzic Seagardu
— DACEY MORMONT, najstarsza córka lady Maege Mormont i dziedziczka Wyspy Niedźwiedziej
— JON UMBER, zwany SMALLJONEM, dziedzic Ostatniego Domostwa
— DONNEL LOCKE, OWEN NORREY, ROBIN FLYNT, ludzie z północy

— jego lordowie chorążowie, kapitanowie i dowódcy:
— (z armią Robba na Ziemiach Zachodnich)
— SER BRYNDEN TULLY, zwany BLACKFISHEM, dowódca zwiadowców
— JON UMBER, zwany GREATJONEM, dowódca straży przedniej
— RICKARD KARSTARK, lord Karholdu
— GALBART GLOVER, pan Deepwood Motte
— MAEGE MORMONT, pani Wyspy Niedźwiedziej
— {SER STEVRON FREY}, najstarszy syn lorda Waldera Freya i dziedzic Bliźniaków, zabity pod Oxcross
— najstarszy syn ser Stevrona, SER RYMAN FREY
— syn ser Rymana, CZARNY WALDER FREY
— MARTYN RIVERS, bękarci syn lorda Waldera Freya

— (z zastępem Roose'a Boltona w Harrenhal)
— ROOSE BOLTON, lord Dreadfort
— SER AENYS FREY, SER JARED FREY, SER HOSTEEN FREY, SER DANWELL FREY
— ich przyrodni bękarci brat, RONEL RIVERS
— SER WYLIS MANDERLY, dziedzic Białego Portu
— SER KYLE CONDON, rycerz w jego służbie
— RONNEL STOUT
— VARGO HOAT z Wolnego Miasta Qohor, kapitan kompanii najemników, zwanej Dzielnymi Kompanionami

— jego porucznik, URSWYCK, zwany Wiernym
— jego porucznik, SEPTON UTT
— TIMEON Z DORNE, RORGE, IGGO, GRUBY ZOLLO, KASACZ, TOGG JOTH z Ibbenu, PYG, TRZYPALCA NOGA, jego ludzie
— QYBURN, pozbawiony łańcucha maester parający się niekiedy nekromancją, jego uzdrowiciel

— (z północną armią atakującą Duskendale)
— ROBETT GLOVER z Deepwood Motte
— SER HELMAN TALLHART z Torrhen's Square
— HARRION KARSTARK, jedyny ocalały syn lorda Rickarda Karstarka, dziedzic Karholdu

— (jadą na północ z kośćmi lorda Eddarda)
— HALLIS MOLLEN, kapitan straży Winterfell
— JACKS, QUENT, SHADD, jego ludzie

— jego lordowie chorążowie i kasztelani, na północy:
— WYMAN MANDERLY, lord Białego Portu
— HOWLAND REED, lord Strażnicy nad Szarą Wodą, wyspiarz
— MORS UMBER, zwany WRONOJADEM, i HOTHER UMBER, zwany KURWISTRACHEM, stryjowie Greatjona Umbera, wspólnie piastujący funkcję kasztelana Ostatniego Domostwa
— LYESSA FLINT, pani Wdowiej Strażnicy
— ONDREW LOCKE, lord Starego Zamku, starzec
— {CLEY CERWYN}, lord Cerwyn, czternastoletni chłopiec, zabity w bitwie pod Winterfell
— jego siostra, JONELLE CERWYN, trzydziestodwuletnia panna, obecnie lady Cerwyn
— {LEOBALD TALLHART}, młodszy brat ser Helmana, kasztelan Torrhen's Square, zabity w bitwie pod Winterfell
— żona Leobalda, BERENA z rodu Hornwoodów

— syn Leobalda, BRANDON, czternastoletni chłopiec
— syn Leobalda, BEREN, dziesięcioletni chłopiec
— syn ser Helmana {BENFRED}, zabity przez żelaznych ludzi na Kamiennym Brzegu
— córka ser Helmana, EDDARA, dziewięcioletnia dziewczynka, dziedziczka Torrhen's Square

— LADY SYBELLE, żona Robetta Glovera, jeniec Ashy Greyjoy w Deepwood Motte
— syn Robetta, GAWEN, trzyletni chłopiec, prawowity dziedzic Deepwood Motte, jeniec Ashy Greyjoy
— córka Robetta, ERENA, roczne niemowlę, jeniec Ashy Greyjoy w Deepwood Motte
— LARENCE SNOW, bękarci syn lorda Hornwooda, podopieczny Galbarta Glovera, trzynastoletni chłopak, jeniec Ashy Greyjoy w Deepwood Motte

Chorągiew króla północy wygląda tak samo, jak przed tysiącami lat: szary wilkor Starków z Winterfell biegnący po białym lodowym polu.

# KRÓL NA WĄSKIM MORZU

STANNIS BARATHEON, Pierwszy Tego Imienia, drugi syn lorda Steffona Baratheona i lady Cassany z rodu Estermontów, dawniej lord Smoczej Skały

— jego żona, KRÓLOWA SELYSE z rodu Florentów
— KSIĘŻNICZKA SHIREEN, ich jedyne dziecko, jedenastoletnia dziewczynka
— jej głupkowaty błazen, PLAMA
— jego bratanek z nieprawego łoża, EDRIC STORM, dwunastoletni chłopiec, bękarci syn króla Roberta i Deleny Florent
— jego giermkowie, DEVAN SEAWORTH i BRYEN FARRING
— jego dwór i domownicy:
— LORD ALESTER FLORENT, lord Jasnej Wody i królewski namiestnik, stryj królowej
— SER AXELL FLORENT, kasztelan Smoczej Skały i przywódca ludzi królowej, stryj królowej
— LADY MELISANDRE Z ASSHAI, zwana KOBIETĄ W CZER-

WIENI, kapłanka R'hllora, Pana Światła, Boga Płomieni i Cienia
— MAESTER PYLOS, uzdrowiciel, nauczyciel i doradca
— SER DAVOS SEAWORTH, zwany CEBULOWYM RYCERZEM, a niekiedy KRÓTKORĘKIM, były przemytnik
— jego żona LADY MARYA, córka cieśli
— ich siedmiu synów:
— {DALE}, zaginiony na Czarnym Nurcie
— {ALLARD}, zaginiony na Czarnym Nurcie
— {MATTHOS}, zaginiony na Czarnym Nurcie
— {MARIC}, zaginiony na Czarnym Nurcie
— DEVAN, giermek króla Stannisa
— STANNIS, dziewięcioletni chłopiec
— STEFFON, sześcioletni chłopiec
— SALLADHOR SAAN z Wolnego Miasta Lys, samozwańczy Książę Wąskiego Morza i lord Czarnej Zatoki, dowódca „Valyrianina" i floty jego siostrzanych galer
— MEIZO MAHR, eunuch na jego służbie
— KHORANE SATHMANTES, kapitan jego galery „Taniec Shayali"
— „OWSIANKA" i „MINÓG", dwaj strażnicy więzienni

— jego lordowie chorążowie:
— MONTERYS VELARYON, Lord Pływów i władca Driftmarku, sześcioletni chłopiec
— DURAM BAR EMMON, lord Ostrego Przylądka, piętnastoletni chłopak
— SER GILBERT FARRING, kasztelan Końca Burzy
— LORD ELWOOD MEADOWS, zastępca ser Gilberta
— MAESTER JURNE, doradca i uzdrowiciel ser Gilberta
— LORD LUCOS CHYTTERING, zwany MAŁYM LUCOSEM, szesnastoletni chłopak
— LESTER MORRIGEN, lord Wroniego Gniazda

— jego rycerze i zaprzysiężeni ludzie:

— SER LOMAS ESTERMONT, wuj króla
    — jego syn, SER ANDREW ESTERMONT
— SER ROLLAND STORM, zwany BĘKARTEM Z NOCNEJ PIEŚNI, syn z nieprawego łoża zmarłego lorda Bryena Carona
— SER PARMEN CRANE, zwany PARMENEM FIOLETOWYM, jeniec w Wysogrodzie
— SER ERREN FLORENT, młodszy brat królowej Selyse, jeniec w Wysogrodzie
— SER GERALD GOWER
— SER TRISTON Z TALLY HILL, dawniej na służbie lorda Guncera Sunglassa
— LEWYS, zwany RYBACZKĄ
— OMER BLACKBERRY

Król Stannis wybrał sobie na herb gorejące serce Pana Światła — czerwone serce otoczone pomarańczowymi promieniami na żółtym tle. W jego wnętrzu umieszczono czarnego jelenia w koronie, herb rodu Baratheonów.

# KRÓLOWA ZA WODĄ

DAENERYS TARGARYEN, Pierwsza Tego Imienia, *khaleesi* Dothraków, zwana DAENERYS ZRODZONĄ W BURZY, NIESPALONĄ i MATKĄ SMOKÓW, jedyna ocalała dziedziczka króla Aerysa II Targaryena, wdowa po Drogu, *khalu* Dothraków

— jej dorastające smoki, DROGON, VISERION, RHAEGAL
— jej Gwardia Królowej:
 — SER JORAH MORMONT, wygnany rycerz, ongiś lord Wyspy Niedźwiedziej
 — JHOGO, *ko* i brat krwi, bicz
 — AGGO, *ko* i brat krwi, łuk
 — RAKHARO, *ko* i brat krwi, *arakh*
 — SILNY BELWAS, eunuch, dawniej niewolnik walczący na arenach Meereen
  — jego wiekowy giermek, BIAŁOBRODY, człowiek z Westeros
— jej służące:
 — IRRI, piętnastoletnia Dothraczka

— JHIQUI, czternastoletnia Dothraczka
— GROLEO, kapitan wielkiej kogi „Balerion", pentoshijski żeglarz na służbie Illyrio Mopatisa

— jej nieżyjący bliscy:
— {RHAEGAR}, jej brat, książę Smoczej Skały i dziedzic Żelaznego Tronu, zabity przez Roberta Baratheona nad Tridentem
— {RHAENYS}, córka Rhaegara i Elii z Dorne, zamordowana podczas splądrowania Królewskiej Przystani
— {AEGON}, syn Rhaegara i Elii z Dorne, zamordowany podczas splądrowania Królewskiej Przystani
— {VISERYS}, jej brat, każący się tytułować królem Viserysem, Trzecim Tego Imienia, zwany ŻEBRACZYM KRÓLEM, zabity w Vaes Dothrak przez khala Drogo
— {DROGO}, jej mąż, wielki *khal* Dothraków, niepokonany w walce, zmarł z powodu rany
— {RHAEGO}, jej martwo urodzony syn z *khalem* Drogo, zabity w macicy matki przez Mirri Maz Duur

— jej znani wrogowie:
— KHAL PONO, dawniej *ko* Droga
— KHAL JHAQO, dawniej *ko* Droga
— MAGGO, jego brat krwi
— NIEŚMIERTELNI Z QARTHU, grupa czarnoksiężników
— PYAT PREE, qartheński czarnoksiężnik
— ZASMUCENI, qartheńska gildia skrytobójców

— jej niepewni sojusznicy, dawni i obecni:
— XARO XHOAN DAXOS, magnat handlowy z Qarthu
— QUAITHE, nosząca maskę władczyni cieni z Asshai
— ILLYRIO MOPATIS, magister z Wolnego Miasta Pentos, który zaaranżował jej małżeństwo z *khalem* Drogo

— w Astaporze:
— KRAZNYS MO NAKLOZ, bogaty handlarz niewolników

— jego niewolnica, MISSANDEI, dziesięcioletnia dziewczynka wywodząca się z Ludzi Pokoju z Naathu
— GRAZDAN MO ULLHOR, stary handlarz niewolników, bardzo bogaty
— jego niewolnik, CLEON, rzeźnik i kucharz
— SZARY ROBAK, eunuch, jeden z Nieskalanych

— w Yunkai:
— GRAZDAN MO ERAZ, poseł i szlachcic
— MERO Z BRAAVOS, zwany BĘKARTEM TYTANA, kapitan Drugich Synów, wolnej kompanii
— BRĄZOWY BEN PLUMM, sierżant w Drugich Synach, najemnik niepewnego pochodzenia
— PRENDAHL NA GHEZN, ghiscarski najemnik, kapitan Wron Burzy, wolnej kompanii
— SALLOR ŁYSY, qartheński najemnik, kapitan Wron Burzy
— DAARIO NAHARIS, ekstrawagancki tyroshijski najemnik, kapitan Wron Burzy

— w Meereen:
— OZNAK ZO PAHL, bohater miasta

Chorągwią Targaryenów jest sztandar Aegona Zdobywcy i założonej przez niego dynastii: trójgłowy smok, czerwony na czarnym tle.

# KRÓL WYSP I PÓŁNOCY

BALON GREYJOY, Dziewiąty Tego Imienia Od Czasów Szarego Króla, każący się tytułować królem Żelaznych Wysp i północy, Król Morza i Skały, Syn Morskiego Wichru, Lord Kosiarz Pyke

— jego żona, KRÓLOWA ALANNYS z rodu Harlawów
— ich dzieci:
 — {RODRIK}, ich najstarszy syn, zabity w Seagardzie podczas buntu Greyjoyów
 — {MARON}, ich drugi syn, zabity w Pyke podczas buntu Greyjoyów
 — ASHA, ich córka, kapitan „Czarnego Wichru" i zdobywczyni Deepwood Motte
 — THEON, ich najmłodszy syn, kapitan „Morskiej Dziwki" i przez krótki czas książę Winterfell
  — giermek Theona, WEX PYKE, bękart przyrodniego brata lorda Botleya, niemy dwunastoletni chłopak
  — załoga Theona, ludzie z „Morskiej Dziwki":

— URZEN, MARON BOTLEY, zwany RYBIM WĄSEM, STYGG, GEVIN HARLAW, CADWYLE

— jego bracia:
- — EURON, zwany WRONIM OKIEM, kapitan „Ciszy", osławiony, wyjęty spod prawa pirat i rozbójnik
- — VICTARION, lord kapitan Żelaznej Floty, kapitan „Żelaznego Zwycięstwa"
- — AERON, zwany MOKRĄ CZUPRYNĄ, kapłan Utopionego Boga

— jego domownicy w Pyke:
- — MAESTER WENDAMYR, uzdrowiciel i doradca
- — HELYA, ochmistrzyni zamku

— jego wojownicy i zaprzysiężeni ludzie:
- — DAGMER, zwany ROZCIĘTĄ GĘBĄ, dowódca „Pijącego Pianę"
- — BLUETOOTH, kapitan drakkaru
- — ULLER, SKYTE, wioślarze i wojownicy
- — ANDRIK NIEUŚMIECHNIĘTY, mężczyzna olbrzymiego wzrostu
- — QARL, zwany QARLEM PANIENKĄ, pozbawiony zarostu, lecz śmiertelnie groźny

— ludzie z Lordsportu:
- — OTTER GIMPKNEE, właściciel oberży i burdelu
- — SIGRIN, cieśla okrętowy

— jego lordowie chorążowie:
- — SAWANE BOTLEY, lord Lordsportu na Pyke
- — LORD WYNCH z Iron Holt na Pyke
- — STONEHOUSE, DRUMM i GOODBROTHER ze Starej Wyk
- — LORD GOODBROTHER, SPARR, LORD MERLYN i LORD FARWYND z Wielkiej Wyk

— LORD HARLAW z Harlaw
— VOLMARK, MYRE, STONETREE i KENNING z Harlaw
— ORKWOOD I TAWNEY z Orkmontu
— LORD BLACKTYDE z Blacktyde
— LORD SALTCLIFFE i LORD SUNDERLY z Saltcliffe

# RÓŻNE RODY, DUŻE I MAŁE

## RÓD ARRYNÓW

Arrynowie pochodzą od królów Góry i Doliny, jednego z najstarszych i najczystszych rodów andalskiej szlachty. Ród Arrynów nie wziął udziału w wojnie pięciu królów, lecz wycofał swe siły, by bronić Doliny Arrynów. Ich herbem jest księżyc i sokół, biały na jasnobłękitnym tle. Dewiza Arrynów brzmi Wysoko Jak Honor.

ROBERT ARRYN, lord Orlego Gniazda, Obrońca Doliny, namiestnik wschodu, chorowity ośmioletni chłopiec
- — jego matka, LADY LYSA z rodu Tullych, trzecia żona lorda Jona Arryna, byłego namiestnika królewskiego, i wdowa po nim, siostra Catelyn Stark
- — ich domownicy:
  - — MARILLION, młody, przystojny minstrel, ulubieniec lady Lysy
  - — MAESTER COLEMON, doradca, uzdrowiciel i nauczyciel

— SER MARWYN BELMORE, kapitan straży

— MORD, brutalny strażnik więzienny

— jego lordowie chorążowie, rycerze i świta:

— LORD NESTOR ROYCE, wielki zarządca Doliny i kasztelan Księżycowych Bram, z młodszej gałęzi rodu Royce'ów

— syn lorda Nestora, SER ALBAR

— córka lorda Nestora, MYRANDA

— MYA STONE, dziewczyna na jego służbie, naturalna córka króla Roberta I Baratheona

— LORD YOHN ROYCE, zwany SPIŻOWYM YOHNEM, lord Runestone, ze starszej gałęzi rodu Royce'ów, kuzyn lorda Nestora

— najstarszy syn lorda Yohna, SER ANDAR

— drugi syn lorda Yohna {SER ROBAR}, rycerz Tęczowej Gwardii Renly'ego Baratheona, zabity pod Końcem Burzy przez ser Lorasa Tyrella

— najmłodszy syn lorda Yohna {SER WAYMAR}, człowiek z Nocnej Straży, zaginiony za Murem

— SER LYN CORBRAY, zalotnik lady Lysy

— MYCHEL REDFORT, jego giermek

— LADY ANYA WAYNWOOD

— najstarszy syn i dziedzic lady Anyi, SER MORTON, zalotnik lady Lysy

— drugi syn lady Anyi, SER DONNEL, Rycerz Bramy

— EON HUNTER, lord Longbow Hall, starzec i zalotnik lady Lysy

— HORTON REDFORT, lord Redfort

## RÓD FLORENTÓW

Florentowie z Jasnej Wody są chorążymi Tyrellów, mimo że mają lepsze od nich prawa do Wysogrodu z uwagi na więzy pokrewieństwa z rodem Gardenerów, dawnymi królami Reach. Po wybuchu wojny pięciu królów lord Alester Florent w ślad za Tyrellami opowiedział się za królem Renlym, lecz jego brat ser Axell wybrał króla Stannisa, któremu służył od lat jako kasztelan Smoczej Skały. Ich bratanica Selyse była i jest żoną króla Stannisa. Gdy Renly zginął pod Końcem Burzy, Horentowie jako pierwsi z chorążych Renly'ego przeszli z całymi siłami do Stannisa. Florentowie w herbie mają lisią głowę otoczoną wieńcem kwiatów.

ALESTER FLORENT, lord Jasnej Wody
— jego żona, LADY MELARA z rodu Crane'ów
— ich dzieci:

— ALEKYNE, dziedzic Jasnej Wody
— MELESSA, żona lorda Randylla Tarly'ego
— RHEA, żona lorda Leytona Hightowera
— jego rodzeństwo:
— SER AXELL, kasztelan Smoczej Skały
— {SER RYAM}, zginął po upadku z konia
— córka ser Ryama, KRÓLOWA SELYSE, żona króla Stannisa Baratheona
— najstarszy syn i dziedzic ser Ryama {SER IMRY}, dowodził flotą Stannisa Baratheona na Czarnym Nurcie, zaginiony razem z „Furią"
— drugi syn ser Ryama, SER ERREN, jeniec w Wysogrodzie
— SER COLIN
— córka ser Colina, DELENA, żona SER HOSMANA NORCROSSA
— syn Deleny, EDRIC STORM, bękart króla Roberta I Baratheona, dwunastoletni chłopiec
— syn Deleny, ALESTER NORCROSS, ośmioletni chłopiec
— syn Deleny, RENLY NORCROSS, dwuletni chłopiec
— syn ser Colina, MAESTER OMER, na służbie w Starym Dębie
— syn ser Colina, MERRELL, giermek w Arbor
— jego siostra, RYLENE, żona ser Rycherda Crane'a

## RÓD FREYÓW

Potężni, bogaci i liczni Freyowie są chorążymi rodu Tullych. Poprzysięgli służbę Riverrun, lecz nie zawsze pilnie wypełniali ten obowiązek. Gdy Robert Baratheon starł się z Rhaegarem Targaryenem nad Tridentem, Freyowie zjawili się dopiero po bitwie i od tej pory lord Hoster Tully zawsze zwał lorda Waldera „lordem Freyem Spóźnialskim". Lord Frey poparł pretensje króla północy tylko pod warunkiem, że Robb Stark zgodzi się po wojnie poślubić którąś z jego córek lub wnuczek. Powiadają, że Walder Frey jest jedynym lordem w Siedmiu Królestwach, który mógłby wystawić armię z własnych lędźwi.

Po wybuchu wojny pięciu królów Robb Stark zdobył poparcie lorda Waldera, przysięgając poślubić jedną z jego córek albo wnuczek. Dwóch wnuków lorda Waldera oddano na wychowanie do Winterfell.

WALDER FREY, lord Przeprawy

— jego dziedzice po pierwszej żonie {LADY PERRZE z rodu Royce'ów}:

— {SER STEVRON}, ich najstarszy syn, zmarł po bitwie pod Oxcross
— żona {Corenna Swann, zmarła na wyniszczającą chorobę}
— najstarszy syn Stevrona, SER RYMAN, dziedzic Bliźniaków
— syn Rymana, EDWYN, ożeniony z Janyce Hunter
— córka Edwyna, WALDA, ośmioletnia dziewczynka
— syn Rymana, WALDER, zwany CZARNYM WALDEREM
— syn Rymana, PETYR, zwany PETYREM PRYSZCZEM
— żona Mylenda Caron
— córka Petyra, PERRA, pięcioletnia dziewczynka
— żona {Jeyne Lydden, zmarła po upadku z konia}
— syn Stevrona, AEGON, półgłówek zwany DZWONECZKIEM
— córka Stevrona {MAEGELLE, zmarła w połogu), mąż ser Dafyn Vance
— córka Maegelle, MARIANNE, dziewica
— syn Maegelle, WALDER VANCE, giermek
— syn Maegelle, PATREK VANCE
— żona {Marsella Waynwood}, zmarła w połogu
— syn Stevrona, WALTON, żona Deana Hardyng
— syn Waltona, STEFFON, zwany SŁODKIM
— córka Waltona, WALDA, zwana PIĘKNĄ WALDĄ
— syn Waltona, BRYAN, giermek
— SER EMMON, żona Genna z rodu Lannisterów
— syn Emmona, SER CLEOS, żona Jeyne Darry
— syn Cleosa, TYWIN, jedenastoletni giermek
— syn Cleosa, WILLEM, dziewięcioletni paź w Ashemarku
— syn Emmona, SER LYONEL, żona Melesa Crakehall
— syn Emmona, TION, w niewoli w Riverrun
— syn Emmona, WALDER, zwany CZERWONYM WALDEREM, czternastoletni chłopak, giermek w Casterly Rock

— SER AENYS, żona {Tyana Wylde, zmarła w połogu)
— syn Aenysa, AEGON ZRODZONY Z KRWI, człowiek wyjęty spod prawa
— syn Aenysa, RHAEGAR, żona Jeyne Beesbury
— syn Rhaegara, ROBERT, trzynastoletni chłopiec
— córka Rhaegara, WALDA, dziesięcioletnia dziewczynka, zwana BIAŁĄ WALDĄ
— syn Rhaegara, JONOS, ośmioletni chłopiec
— PERRIANE, mąż ser Leslyn Haigh
— syn Perriane, SER HARYS HAIGH
— syn Harysa, WALDER HAIGH, czteroletni chłopiec
— syn Perriane, SER DONNEL HAIGH
— syn Perriane, ALYN HAIGH, giermek

— po drugiej żonie {LADY CYRENNIE z rodu Swannów}:
— SER JARED, ich najstarszy syn, żona {Alys Frey}
— syn Jareda, SER TYTOS, żona Zhoe Blanetree
— córka Tytosa, ZIA, czternastoletnia dziewczyna
— syn Tytosa, ZACHERY, dwunastoletni chłopiec, uczy się w sepcie w Starym Mieście
— córka Jareda, KYRA, mąż ser Garse Goodbrook
— syn Kyry, WALDER GOODBROOK, dziewięcioletni chłopiec
— córka Kyry, JEYNE GOODBROOK, sześcioletnia dziewczynka
— SEPTON LUCEON, służący w Wielkim Sepcie Baelora w Królewskiej Przystani

— po trzeciej żonie {LADY AMAREI z rodu Crakehallów}:
— SER HOSTEEN, ich najstarszy syn, żona Bellena Hawick
— syn Hosteena, SER ARWOOD, żona Ryella Royce
— córka Arwooda, RYELLA, pięcioletnia dziewczynka
— bliźniaczy synowie Arwooda, ANDROW i ALYN, trzyletni chłopcy
— LADY LYTHENE, mąż lord Lucias Vypren

— córka Lythene, ELYANA, mąż ser Jon Wylde
— syn Elyany, RICKARD WYLDE, czteroletni chłopiec
— syn Lythene, SER DAMON VYPREN
— SYMOND, żona Betharios z Braavos
— syn Symonda, ALESANDER, minstrel
— córka Symonda, ALYX, siedemnastoletnia panna
— syn Symonda, BRADAMAR, dziesięcioletni chłopiec, oddany na wychowanie do Braavos Oro Tendyrisowi, tamtejszemu kupcowi
— SER DANWELL, żona Wynafrei Whent
— {wiele poronień i martwo urodzonych dzieci}
— MERRETT, żona Mariya Darry
— córka Merretta, AMEREI, zwana AMI, szesnastoletnia wdowa, mąż {ser Pate znad Niebieskich Wideł}
— córka Merretta, WALDA, zwana GRUBĄ WALDĄ, piętnastoletnia żona lorda Roose'a Boltona
— córka Merretta, MARISSA, trzynastoletnia panna
— syn Merretta, WALDER, zwany MAŁYM WALDEREM, siedmioletni chłopiec, wzięty do niewoli w Winterfell, gdzie przebywał jako podopieczny lady Catelyn Stark
— {SER GEREMY, utonął}, żona Carolei Waynwood
— syn Geremy'ego, SANDOR, dwunastoletni chłopiec, giermek ser Donnela Waynwooda
— córka Geremy'ego, CYNTHEA, dziewięcioletnia dziewczynka, podopieczna lady Anyi Waynwood
— SER RAYMUND, żona Beony Beesbury
— syn Raymunda, ROBERT, szesnastoletni chłopiec szkolący się w Cytadeli Starego Miasta
— syn Raymunda, MALWYN, piętnastoletni chłopiec, uczeń alchemika w Lys
— bliźniacze córki Raymunda, SERRA i SARRA, czternastoletnie panny
— córka Raymunda, CERSEI, sześcioletnia dziewczynka zwana PSZCZÓŁKĄ

— po czwartej żonie {LADY ALYSSIE z rodu Blackwoodów}:
— LOTHAR, ich najstarszy syn, zwany KULAWYM LOTHAREM, żona Leonella Lefford
— córka Lothara, TYSANE, siedmioletnia dziewczynka
— córka Lothara, WALDA, czteroletnia dziewczynka
— córka Lothara, EMBERLEI, dwuletnia dziewczynka
— SER JAMMOS, żona Sallei Paege
— syn Jammosa, WALDER, zwany DUŻYM WALDEREM, ośmioletni chłopiec wzięty do niewoli w Winterfell, gdzie przebywał jako podopieczny lady Catelyn Stark
— bliźniaczy synowie Jammosa, DICKON i MATHIS, pięcioletni chłopcy
— SER WHALEN, żona Sylwa Paege
— syn Whalena, HOSTER, dwunastoletni chłopiec, giermek ser Damona Paege'a
— córka Whalena, MERIANNE, zwana MERRY, jedenastoletnia dziewczynka
— LADY MORYA, mąż ser Flement Brax
— syn Moryi, ROBERT BRAX, dziewięcioletni chłopiec, oddany na wychowanie do Casterly Rock, gdzie służy jako paź
— syn Moryi, WALDER BRAX, sześcioletni chłopiec
— syn Moryi, JON BRAX, trzyletni chłopiec
— TYTA, zwana TYTĄ DZIEWICĄ, dwudziestodziewięcioletnia panna

— po piątej żonie {LADY SARYI z rodu Whentów}:
— bez potomstwa

— po szóstej żonie {LADY BETHANY z rodu Rosbych}:
— SER PERWYN, ich najstarszy syn
— SER BENFREY, żona Jyanna Frey, kuzynka
— córka Benfreya, DELLA, zwana GŁUCHĄ DELLĄ, trzyletnia dziewczynka
— syn Benfreya, OSMUND, dwuletni chłopiec

— MAESTER WILLAMEN, na służbie w Longbow Hall
— OLYVAR, giermek służący Robbowi Starkowi
— ROSLIN, szesnastoletnia panna

— po siódmej żonie {LADY ANNARZE z rodu Farringów}:
— ARWYN, czternastoletnia panna
— WENDEL, ich najstarszy syn, trzynastoletni chłopiec, oddany na wychowanie do Seagardu jako paź
— COLMAR, obiecany Wierze, jedenastoletni chłopiec
— WALTYR, zwany TYREM, dziesięcioletni chłopiec
— ELMAR, uprzednio zaręczony z Aryą Stark, dziewięcioletni chłopiec
— SHIREI, sześcioletnia dziewczynka

— jego ósma żona, LADY JOYEUSE z rodu Erenfordów
— jak dotąd bez potomstwa

— naturalne dzieci lorda Waldera z rozmaitymi matkami:
— WALDER RIVERS, zwany WALDEREM BĘKARTEM
— syn Waldera Bękarta, SER AEMON RIVERS
— córka Waldera Bękarta, WALDA RIVERS
— MAESTER MELWYS, na służbie w Rosby
— JEYNE RIVERS, MARTYN RIVERS, RYGER RIVERS, RONEL RIVERS, MELLARA RIVERS i inni.

# RÓD LANNISTERÓW

Lannisterowie z Casterly Rock pozostają najważniejszą siłą wspierającą pretensje króla Joffreya do Żelaznego Tronu. Chełpią się pochodzeniem od Lanna Sprytnego, legendarnego spryciarza z Ery Herosów. Złoto Casterly Rock i Złotego Zęba uczyniło z nich najbogatszy z wielkich rodów. Ich herbem jest złoty lew na karmazynowym polu, a dewiza brzmi *Słuchajcie Mojego Ryku!*

TYWIN LANNISTER, lord Casterly Rock, namiestnik zachodu, Tarcza Lannisportu, namiestnik królewski
— jego syn, SER JAIME, zwany KRÓLOBÓJCĄ, bliźniaczy brat królowej Cersei, lord dowódca Gwardii Królewskiej, namiestnik wschodu, jeniec w Riverrun
— jego córka, KRÓLOWA CERSEI, bliźniacza siostra Jaime'a, wdowa po królu Robercie I Baratheonie, królowa regentka sprawująca rządy w imieniu swego syna Joffreya

— jej syn, KRÓL JOFFREY BARATHEON, trzynastoletni chłopiec
— jej córka, KSIĘŻNICZKA MYRCELLA BARATHEON, dziewięcioletnia dziewczynka, podopieczna księcia Dorana Martella w Dorne
— jej syn, KSIĄŻĘ TOMMEN BARATHEON, os'mioletni chłopiec, dziedzic Żelaznego Tronu
— jego karłowaty syn, TYRION, zwany KRASNALEM albo PÓŁMĘŻCZYZNĄ, ranny i naznaczony blizną podczas bitwy nad Czarnym Nurtem
— jego rodzeństwo:
— SER KEVAN, najstarszy brat lorda Tywina
— żona ser Kevana, DORNA z rodu Swyftów
— ich syn, SER LANCEL, dawniej giermek króla Roberta, ranny i bliski śmierci
— ich syn, WILLEM, bliźniaczy brat Martyna, giermek, jeniec w Riverrun
— ich syn, MARTYN, bliźniaczy brat Willema, jeniec Robba Starka
— ich córka, JANEI, dwuletnia dziewczynka
— GENNA, jego siostra, żona ser Emmona Freya
— ich syn, SER CLEOS FREY, jeniec w Riverrun
— ich syn, SER LYONEL
— ich syn, TION FREY, giermek, jeniec w Riverrun
— ich syn, WALDER, zwany CZERWONYM WALDEREM, giermek w Casterly Rock
— {SER TYGETT}, jego drugi brat, zmarł na francę
— wdowa po Tygetcie, DARLESSA z rodu Marbrandów
— syn Tygetta, TYREK, giermek króla, zaginiony
— {GERION}, jego najmłodszy brat, zaginiony na morzu
— bękarcia córka Geriona, JOY, jedenastoletnia dziewczynka

— jego kuzyn {SER STAFFORD LANNISTER}, brat zmarłej lady Joanny, zabity pod Oxcross
— córki ser Stafforda, CERENNA i MYRIELLE

— syn ser Stafforda, SER DAVEN
— jego kuzyni:
— SER DAMION LANNISTER, żona lady Shiera Crakehall
— jego syn, SER LUCION
— jego córka, LANNA, mąż lord Antario Jast
— MARGOT, mąż lord Titus Peake

— jego domownicy:
— MAESTER CREYLEN, uzdrowiciel, nauczyciel i doradca
— VYLARR, kapitan straży
— LUM i CZERWONY LESTER, strażnicy
— WAT BIAŁOZĘBY, minstrel
— SER BENEDICT BROOM, dowódca zbrojnych

— jego lordowie chorążowie:
— DAMON MARBRAND, lord Ashemarku
— SER ADDAM MARBRAND, jego syn i dziedzic
— ROLAND CRAKEHALL, lord Crakehall
— jego brat {SER BURTON CRAKEHALL}, zabity przez lorda Berica Dondarriona i jego ludzi
— jego syn i dziedzic, SER TYBOLT CRAKEHALL
— jego drugi syn, SER LYLE CRAKEHALL, zwany SILNYM DZIKIEM, jeniec w zamku Pinkmaiden
— jego najmłodszy syn, SER MERLON CRAKEHALL
— {ANDROS BRAX}, lord Hornvale, utonął podczas bitwy obozów
— jego brat {SER RUPERT BRAX}, zabity pod Oxcross
— jego najstarszy syn, SER TYTOS BRAX, obecnie lord Hornvale, jeniec w Bliźniakach
— jego drugi syn {SER ROBERT BRAX}, zginął w bitwie u brodów
— jego trzeci syn, SER FLEMENT BRAX, obecnie dziedzic
— {LORD LEO LEFFORD}, utonął pod Kamiennym Młynem
— REGENARD ESTREN, lord Wyndhall, jeniec w Bliźniakach
— GAWEN WESTERLING, lord Turni, jeniec w Seagardzie

— jego żona, LADY SYBELL z rodu Spicerów
— jej brat, SER ROLPH SPICER
— jej kuzyn, SER SAMWELL SPICER
— ich dzieci:
— SER RAYNALD WESTERLING
— JEYNE, szesnastoletnia panna
— ELEYNA, dwunastoletnia dziewczyna
— ROLLAM, dziewięcioletni chłopiec
— LEWYS LYDDEN, lord Głębokiej Jaskini
— LORD ANTARIO JAST, jeniec w zamku Pinkmaiden
— LORD PHILIP PLUMM
— jego synowie, SER DENNIS PLUMM, SER PETER PLUMM i SER HARWYN PLUMM, zwany TWARDYM KAMIENIEM
— QUENTEN BANEFORT, lord Banefort, jeniec lorda Jonosa Brackena
— jego rycerze i kapitanowie:
— SER HARYS SWYFT, dobry ojciec ser Kevana Lannistera
— syn ser Harysa, SER STEFFON SWYFT
— córka ser Steffona, JOANNA
— córka ser Harysa, SHIERLE, mąż ser Melwyn Sarsfield
— SER FORLEY PRESTER
— SER GARTH GREENFIELD, jeniec w Raventree Hall
— SER LYMOND VIKARY, jeniec w Wayfarer's Rest
— LORD SELMOND STACKSPEAR
— jego syn, SER STEFFON STACKSPEAR
— jego młodszy syn, SER ALYN STACKSPEAR
— TERRENCE KENNING, lord Kayce
— SER KENNOS Z KAYCE, rycerz w jego służbie
— SER GREGOR CLEGANE, Góra Która Jeździ
— POLLIVER, CHISWYCK, RAFF SŁODYCZEK, DUNSEN i ŁASKOTEK, żołnierze w jego służbie
— {SER AMORY LORCH}, rzucony na pożarcie niedźwiedziowi przez Vargo Hoata po upadku Harrenhal

## RÓD MARTELLÓW

Dorne jako ostatnie z Siedmiu Królestw poprzysięgło wierność Żelaznemu Tronowi. Krew, obyczaje i historia różnią je od pozostałych królestw. Gdy wybuchła wojna pięciu królów, Dorne nie przyłączyło się do niej. Po zaręczynach Myrcelli Baratheon z księciem Trystane'em Słoneczna Włócznia poparła króla Joffreya i zwołała chorągwie. Na sztandarze Martellów widnieje czerwone słońce przebite złotą włócznią. Ich dewiza brzmi Niezachwiani, Nieugięci, Niezłomni.

DORAN NYMEROS MARTELL, lord Słonecznej Włóczni, książę Dorne
- — jego żona, MELLARIO z Wolnego Miasta Norvos
- — ich dzieci:
  - — KSIĘŻNICZKA ARIANNE, ich najstarsza córka, dziedziczka Słonecznej Włóczni
  - — KSIĄŻĘ QUENTYN, ich starszy syn

— KSIĄŻĘ TRYSTANE, ich młodszy syn, zaręczony z Myrcellą Baratheon

— jego rodzeństwo:

— jego siostra {KSIĘŻNA ELIA}, żona księcia Rhaegara Targaryena, zabita podczas splądrowania Królewskiej Przystani

— ich dzieci:

— córka Elii {KSIĘŻNICZKA RHAENYS}, dziewczynka zamordowana podczas splądrowania Królewskiej Przystani

— syn Elii {KSIĄŻĘ AEGON}, niemowlę zamordowane podczas splądrowania Królewskiej Przystani

— jego brat, KSIĄŻĘ OBERYN, zwany CZERWONĄ ŻMIJĄ

— faworyta księcia Oberyna, ELLARIA SAND

— nieślubne córki księcia Oberyna, OBARA, NYMERIA, TYENE, SARELLA, ELIA, OBELLA, DOREA, LOREZA, zwane BĘKARCIMI ŻMIJKAMI

— towarzysze księcia Oberyna:

— HARMEN ULLER, lord Hellholtu

— brat Harmena, SER ULWYCK ULLER

— SER RYON ALLYRION

— naturalny syn ser Ryona, SER DAEMON SAND, bękart z Bożejłaski

— DAGOS MANWOODY, lord Królewskiego Grobu

— synowie Dagosa, MORS i DICKON

— brat Dagosa, SER MYLES MANWOODY

— SER ARRON QORGYLE

— SER DEZIEL DALT, rycerz z Cytrynowego Lasu

— MYRIA JORDAYNE, dziedziczka Tor

— LARRA BLACKMONT, pani Blackmont

— jej córka, JYNESSA BLACKMONT

— jej syn, PERROS BLACKMONT, giermek

— jego domownicy:

— AREO HOTAH, norvoshijski najemnik, kapitan straży

— MAESTER CALEOTTE, doradca, uzdrowiciel i nauczyciel

— jego lordowie chorążowie:
- — HARMEN ULLER, lord Hellholtu
- — EDRIC DAYNE, lord Starfall
- — DELONNE ALLYRION, pani Bożejłaski
- — DAGOS MANWOODY, lord Królewskiego Grobu
- — LARRA BLACKMONT, pani Blackmont
- — TREMOND GARGALEN, lord Słonego Brzegu
- — ANDERS YRONWOOD, lord Yronwood
- — NYMELLA TOLAND

# RÓD TULLYCH

Lord Edmyn Tully z Riverrun jako jeden z pierwszych lordów dorzecza poprzysiągł wierność Aegonowi Zdobywcy. Zwycięski Aegon nagrodził go, czyniąc Tullych seniorami całego dorzecza. Herbem Tullych jest skaczący pstrąg, srebrny na polu pokrytym czerwono-niebieskimi zmarszczkami. Ich dewiza brzmi Rodzina, Obowiązek, Honor.

HOSTER TULLY, lord Riverrun
- — jego żona {LADY MINISA z rodu Whentów}, zmarła przy porodzie
- — ich dzieci:
  - — CATELYN, wdowa po lordzie Eddardzie Starku z Winterfell
    - — jej najstarszy syn, ROBB STARK, lord Winterfell, król północy i król Tridentu
    - — jej córka, SANSA STARK, dwunastoletnia panna, jeniec w Królewskiej Przystani

— jej córka, ARYA STARK, dziesięcioletnia dziewczynka, zaginiona od roku
— jej syn, BRANDON STARK, ośmioletni chłopiec, uważany za zmarłego
— jej syn, RICKON STARK, czteroletni chłopiec, uważany za zmarłego
— LYSA, wdowa po Jonie Arrynie z Orlego Gniazda
— jej syn, ROBERT, lord Orlego Gniazda i Obrońca Doliny, chorowity siedmioletni chłopiec
— SER EDMURE, jego jedyny syn, dziedzic Riverrun
— przyjaciele i towarzysze ser Edmure'a:
— SER MARQ PIPER, dziedzic Pinkmaiden
— LORD LYMOND GOODBROOK
— SER RONALD VANCE, zwany ZŁYM, oraz jego bracia, SER HUGO, SER ELLERY i KIRTH
— PATREK MALLISTER, LUCAS BLACKWOOD, SER PERWYN FREY, TRISTAN RYGER, SER ROBERT PAEGE
— jego brat, SER BRYNDEN, zwany BLACKFISHEM
— jego domownicy:
— MAESTER VYMAN, doradca, uzdrowiciel i nauczyciel
— SER DESMOND GRELL, dowódca zbrojnych
— SER ROBIN RYGER, kapitan straży
— DŁUGI LEW, ELWOOD, DELP, strażnicy
— UTHERYDES WAYN, zarządca Riverrun
— RYMUND RYMOPIS, minstrel
— jego lordowie chorążowie:
— JONOS BRACKEN, lord Kamiennego Płotu
— JASON MALLISTER, lord Seagardu
— WALDER FREY, lord Przeprawy
— CLEMENT PIPER, lord Zamku Pinkmaiden
— KARYL VANCE, lord Wayfarer's Rest
— NORBERT VANCE, lord Atranty
— THEOMAR SMALLWOOD, lord Żołędziowego Dworu
— jego żona, LADY RAVELLA z rodu Swannów

— ich córka, CARELLEN
— WILLIAM MOOTON, lord Stawu Dziewic
— SHELLA WHENT, pozbawiona dziedzictwa pani Harrenhal
— SER HALMON PAEGE
— TYTOS BLACKWOOD, lord Raventree

## RÓD TYRELLÓW

Tyrellowie zdobyli znaczenie jako namiestnicy królów Reach, którzy władali żyznymi równinami położonymi na południowy zachód od Dornijskiego Pogranicza i Czarnego Nurtu, aż po brzegi morza zachodzącego słońca. Po kądzieli pochodzą od Gartha Zielonorękiego, króla ogrodnika Pierwszych Ludzi, który nosił koronę z pnączy i kwiatów i zamienił swą krainę w kwitnący ogród. Gdy król Mern IX, ostatni z dynastii Gardenerów, zginął na Polu Ognia, jego namiestnik Harlen Tyrell poddał Wysogród Aegonowi Zdobywcy i poprzysiągł mu wierność. Aegon przyznał mu zamek oraz panowanie nad Reach. Herbem Tyrellów jest złota róża na trawiastozielonym polu, a ich dewiza brzmi Zbieramy Siły.

Lord Mace Tyrell na początku wojny pięciu królów poparł Renly'ego Baratheona i oddał mu rękę swej córki Margaery. Po śmierci Renly'ego Wysogród zawarł sojusz z rodem Lannisterów, a Margaery została zaręczona z królem Joffreyem.

MACE TYRELL, lord Wysogrodu, namiestnik południa, Obrońca Pogranicza i Wielki Marszałek Reach

— jego żona, LADY ALERIE z rodu Hightowerów ze Starego Miasta

— ich dzieci:

— WILLAS, ich najstarszy syn, dziedzic Wysogrodu

— SER GARLAN, zwany DZIELNYM, ich drugi syn

— jego żona, LADY LEONETTE z rodu Fossowayów

— SER LORAS, RYCERZ KWIATÓW, ich najmłodszy syn, zaprzysiężony rycerz Gwardii Królewskiej

— MARGAERY, ich córka, piętnastoletnia wdowa, zaręczona z królem Joffreyem I Baratheonem

— towarzyszki i damy dworu Margaery:

— jej kuzynki, MEGGA, ALLA i ELINOR TYRELL

— narzeczony Elinor, ALYN AMBROSE, giermek

— LADY ALYSANNE BULWER, ośmioletnia dziewczynka

— MEREDYTH CRANE, zwana MERRY

— TAENA Z MYR, żona LORDA ORTONA MERRYWEATHERA

— LADY ALYCE GRACEFORD

— SEPTA NYSTERICA, siostra Wiary

— jego owdowiała matka, LADY OLENNA z rodu Redwyne'ów, zwana KRÓLOWĄ CIERNI

— strażnicy lady Olenny, ARRYK i ERRYK, zwani LEWYM i PRAWYM

— jego siostry:

— LADY MINA, żona Paxtera Redwyne'a, lorda Arbor

— ich dzieci:

— SER HORAS REDWYNE, bliźniaczy brat Hobbera, noszący przezwisko HORROR

— SER HOBBER REDWYNE, bliźniaczy brat Horasa, noszący przezwisko BOBER

— DESMERA REDWYNE, szesnastoletnia dziewczyna

— LADY JANNA, żona ser Jona Fossowaya

— jego stryjowie i kuzyni:
— jego stryj, GARTH, zwany SPROŚNYM, lord seneszal Wysogrodu
— bękarci synowie Gartha, GARSE I GARRETT FLOWERS
— jego stryj, SER MORYN, lord dowódca Straży Miejskiej Starego Miasta
— syn Moryna {SER LUTHOR}, żona lady Elyn Norridge
— syn Luthora, SER THEODORE, żona lady Lia Serry
— córka Theodore'a, ELINOR
— syn Theodore'a, LUTHOR, giermek
— syn Luthora, MAESTER MEDWICK
— córka Luthora, OLENE, mąż ser Leo Blackbar
— syn Moryna, LEO, zwany LEO LENIWYM
— jego stryj, MAESTER GORMON, uczony z Cytadeli
— jego kuzyn {SER QUENTIN}, zginął pod Ashford
— syn Quentina, SER OLYMER, żona lady Lysa Meadows
— synowie Olymera, RAYMUND i RICKARD
— córka Olymera, MEGGA
— jego kuzyn, MAESTER NORMUND, na służbie w Blackcrown
— jego kuzyn {SER VICTOR}, zabity przez Uśmiechniętego Rycerza z Bractwa z Królewskiego Lasu
— córka Victora, VICTARIA, mąż {lord Jon Bulwer}, zmarł na letnią gorączkę
— ich córka, LADY ALYSANNE BULWER, ośmioletnia dziewczynka
— syn Victora, SER LEO, żona lady Alys Beesbury
— córki Leo, ALLA i LEONA
— synowie Leo, LYONEL, LUCAS i LORENT

— jego domownicy w Wysogrodzie:
— maester LOMYS, doradca, uzdrowiciel i nauczyciel
— IGON VYRWEL, kapitan straży
— SER VORTIMER CRANE, dowódca zbrojnych
— BUTTERBUMPS, błazen i trefniś, straszliwie otyły

— jego lordowie chorążowie:
  — RANDYLL TARLY, lord Horn Hill
  — PAXTER REDWYNE, lord Arbor
  — ARWYN OAKHEART, pani Starego Dębu
  — MATHIS ROWAN, lord Goldengrove
  — ALESTER FLORENT, lord Jasnej Wody, buntownik popierający Stannisa Baratheona
  — LEYTON HIGHTOWER, głos Starego Miasta, Lord Portu
  — ORTON MERRYWEATHER, lord Długiego Stołu
  — LORD ARTHUR AMBROSE
— jego rycerze i zaprzysiężeni ludzie:
  — SER MARK MULLENDORE, okaleczony podczas bitwy nad Czarnym Nurtem
  — SER JON FOSSOWAY, z Fossowayów pieczętujących się zielonym jabłkiem
  — SER TANTON FOSSOWAY, z Fossowayów pieczętujących się czerwonym jabłkiem

# BUNTOWNICY, WYRZUTKI I ZAPRZYSIĘŻENI BRACIA

## ZAPRZYSIĘŻENI BRACIA Z NOCNEJ STRAŻY

na wypadzie za Mur:

JEOR MORMONT, zwany STARYM NIEDŹWIEDZIEM, lord dowódca Nocnej Straży,

— JON SNOW, bękart z Winterfell, jego zarządca i giermek, zaginiony podczas wyprawy do Wąwozu Pisków

— DUCH, biały, milczący wilkor Jona

— EDDISON TOLLETT, zwany EDDEM CIERPIĘTNIKIEM, jego giermek

— THOREN SMALLWOOD, dowódca zwiadowców

— DYWEN, DIRK, CICHA STOPA, GRENN, BEDWYCK, zwany GIGANTEM, OLLO OBCIĘTA RĘKA, GRUBBS, BERNARR, zwany BRĄZOWYM BERNARREM, drugi BERNARR, zwany CZARNYM BERNARREM, TIM STONE, ULMER z KRÓLEWSKIEGO

LASU, GARTH, zwany SZARYM PIÓREM, GARTH Z GREENAWAY, GARTH ZE STAREGO MIASTA, ALAN Z ROSBY, RONNEL HARCLAY, AETHAN, RYLES, MAWNEY, zwiadowcy

— JARMEN BUCKWELL, dowódca zwiadowców

— BANNEN, KEDGE BIAŁE OKO, TUMBERJON, FORMO, GOADY, zwiadowcy

— SER OTTYN WYTHERS, dowódca tylnej straży

— SER MALADOR LOCKE, dowódca taborów

— DONNEL HILL, zwany SŁODKIM DONNELEM, jego giermek i zarządca

— HAKE, zarządca i kucharz

— CHETT, brzydki zarządca opiekujący się psami

— SAMWELL TARLY, gruby zarządca opiekujący się krukami, drwiąco przezywany SER ŚWINKĄ

— LARK, zwany SIOSTRZANINEM, jego kuzyn ROLLEY z SISTERTON, KARL SZPOTAWA STOPA, MASLYN, MAŁY PAUL, PILARZ, LEWORĘCZNY LEW, OSS SIEROTA, MAMROCZĄCY BILL, zarządcy

— {QHORIN PÓŁRĘKI}, dowódca zwiadowców z Wieży Cieni, zabity w Wąwozie Pisków

— {GIERMEK DALBRIDGE, EGGEN}, zwiadowcy zabici w Wąwozie Pisków

— KAMIENNY WĄŻ, zwiadowca i wspinacz, zaginiony w Wąwozie Pisków, dokąd wyruszył bez konia

— BLANE, prawa ręka Qhorina Półrękiego, dowódca ludzi z Wieży Cieni na Pięści Pierwszych Ludzi

— SER BYAM FLINT

w Czarnym Zamku:

BOWEN MARSH, lord zarządca i kasztelan

— MAESTER AEMON (TARGARYEN), uzdrowiciel i doradca, stuletni ślepiec

— jego zarządca, CLYDAS

— BENJEN STARK, pierwszy zwiadowca, zaginiony za Murem, uważany za zmarłego

— SER WYNTON STOUT, zwiadowca od osiemdziesięciu lat
— SER ALADALE WYNCH, PYPAR, GŁUCHY DICK FOLLARD, KUDŁATY HAL, CZARNY JACK BULWER, ELRON, MATTHAR, zwiadowcy
— OTHELL YARWYCK, pierwszy budowniczy
— ZAPASOWY BUT, MŁODY HENLY, HALDER, ALBETT, BARYŁA, PATE PLAMA ZE STAWU DZIEWIC, budowniczowie
— DONAL NOYE, zbrojmistrz, kowal i zarządca, jednoręki
— TRZYPALCY HOBB, zarządca i główny kucharz
— TIM SPLĄTANY JĘZYK, LUŹNY, MULLY, STARY HENLY, CUGEN, CZERWONY ALYN Z RÓŻANEGO LASU, JEREN, zwiadowcy
— SEPTON CELLADOR, zapijaczony duchowny
— SER ENDREW TARTH, dowódca zbrojnych
— RAST, ARRON, EMRICK, ATŁAS, SKOCZEK, rekruci w trakcie szkolenia
— CONWY, GUEREN, werbownicy

we Wschodniej Strażnicy:
COTTER PYKE, dowódca Wschodniej Strażnicy
— MAESTER HARMUNE, uzdrowiciel i doradca
— SER ALLISER THORNE, dowódca zbrojnych
— JANOS SLYNT, były dowódca Straży Miejskiej Królewskiej Przystani, przez krótki czas lord Harrenhal
— SER GLENDON HEWETT
— DAREON, zarządca i minstrel
— ŻELAZNY EMMETT, zwiadowca słynący z siły

w Wieży Cieni:
SER DENYS MALLISTER, dowódca Wieży Cieni
— jego zarządca i giermek, WALLACE MASSEY
— MAESTER MULLIN, uzdrowiciel i doradca

# BRACTWO BEZ CHORĄGWI

## KOMPANIA LUDZI WYJĘTYCH SPOD PRAWA

BERIC DONDARRION, lord Blackhaven, zwany LORDEM BŁYSKAWICĄ, o którego śmierci często napływają meldunki
- — jego prawa ręka, THOROS Z MYR, czerwony kapłan
- — jego giermek, EDRIC DAYNE, lord Starfall, dwunastoletni chłopiec
- — jego ludzie:
  - — CYTRYN, zwany CYTRYNOWYM PŁASZCZEM, dawny żołnierz
  - — HARWIN, syn Hullena, dawniej w służbie lorda Eddarda Starka z Winterfell
  - — ZIELONOBRODY, tyroshijski najemnik
  - — TOM Z SIEDMIU STRUMIENI, minstrel o wątpliwej reputacji, zwany TOMEM SIEDEM STRUN albo TOMEM SIÓDEMKĄ

— ANGUY ŁUCZNIK, mistrz łuku z Dornijskiego Pogranicza
— JACK SZCZĘŚCIARZ, poszukiwany mężczyzna o jednym oku
— SZALONY ŁOWCA, z Kamiennego Septu
— KYLE, NOTCH, DENNETT, łucznicy
— MERRIT Z KSIĘŻYCOWEGO MIASTA, WATTY MŁYNARZ, LUDZKI LUKE, MUDGE, BEZBRODY DICK, banici z jego bandy

— w gospodzie „Pod Klęczącym Mężczyzną":
— SHARNA, oberżystka, kucharka i położna
— jej mąż, zwany MĘŻEM
— CHŁOPIEC, wojenna sierota

— w burdelu „Pod Brzoskwinią" w Kamiennym Sepcie
— RUTA, rudowłosa właścicielka
— ALYCE, CASS, LANNA, JYZENE, HELLY, DZWONKA, niektóre z jej brzoskwiń

— w Żołędziowym Dworze, siedzibie rodu Smallwoodów:
— LADY RAVELLA, z domu Swann, żona lorda Theomara Smallwooda

— tu i ówdzie:
— LORD LYMOND LYCHESTER, starzec o słabującym umyśle, który ongiś powstrzymał na moście ser Maynarda
— jego młody opiekun, MAESTER ROONE
— duch z Wysokiego Serca
— Pani Liści
— septon z Sallydance

# DZICY ALBO WOLNI LUDZIE

MANCE RAYDER, król za Murem
— DALLA, jego ciężarna żona
— VAL, jej młodsza siostra

— jego wodzowie i kapitanowie:
— HARMA, zwana PSIM ŁBEM, dowódca jego przedniej straży
— LORD KOŚCI, drwiąco przezywany GRZECHOCZĄCĄ KOSZULĄ, wódz hufca wojowników
— YGRITTE, młoda włóczniczka z jego hufca
— RIK, zwany DŁUGĄ WŁÓCZNIĄ, członek jego hufca
— RAGWYLE, LENYL, członkowie jego hufca
— jego jeniec, JON SNOW, wrona-renegat
— DUCH, wilkor Jona, biały i milczący
— STYR, magnar Thennu
— JARL, młody łupieżca, kochanek Val
— GRIGG KOZIOŁ, ERROK, QUORT, BODGER, DEL, WIELKI CZYRAK, KONOPNY DAN, HENK HEŁM, LENN, CHWYTNA STOPA, KAMIENNY KCIUK, łupieżcy
— TORMUND, Król Miodu z Rumianego Dworu, zwany ZA-

BÓJCĄ OLBRZYMA, SAMOCHWAŁĄ, DMĄCYM W RÓG, ŁAMACZEM LODU, PIORUNOWĄ PIĘŚCIĄ, MĘŻEM NIEDŹWIEDZIC, MÓWIĄCYM Z BOGAMI i OJCEM ZASTĘPÓW, wódz hufca wojowników

— jego synowie, TOREGG WYSOKI, TORWYND POTULNY, DORMUND i DRYN, jego córka MUNDA

— {ORELL, zwany ORELLEM ORŁEM}, zmiennoskóry zabity przez Jona Snow w Wąwozie Pisków

— MAG MAR TUN DOH WEG, zwany MAGIEM MOCARNYM, olbrzym

— VARAMYR, zwany SZEŚĆ SKÓR, zmiennoskóry panujący nad trzema wilkami, cieniokotem i śnieżnym niedźwiedziem

— PŁACZKA, łupieżca i wódz hufca wojowników

— {ALFYN WRONOBÓJCA}, łupieżca zabity przez Qhorina Półrękiego z Nocnej Straży

CRASTER z Twierdzy Crastera, który nie klęka przed nikim

— GOŹDZIK, jego córka i żona, w zaawansowanej ciąży

— DYAH, PAPROTKA, NELLA, trzy z jego dziewiętnastu żon

# PODZIĘKOWANIA

Jeśli cegły nie są dobrze zrobione, mur się zawali.

Mur, który buduję, jest okropnie wielki i dlatego potrzebuję mnóstwa cegieł. Na szczęście znam wielu ludzi, którzy je produkują, a także posiadają sporo innych użytecznych umiejętności.

Po raz kolejny przekazuję wyrazy wdzięczności wszystkim wiernym przyjaciołom, którzy tak życzliwie pozwolili mi korzystać ze swej wiedzy (a niekiedy nawet z książek), by moje cegły były solidne i wyglądały jak trzeba — Sage Walker, która jest moim arcymaesterem, pierwszemu budowniczemu Carlowi Keimowi oraz Melindzie Snodgrass, koniuszemu.

I, jak zawsze, Parris.

Północ
LODOWY
BRZEG
Nawiedzony Las
MUR
Strażnica Cieni
Czarny Zamek
Wschodnia Strażnica
ZATOKA FOK
LODOWA ZATOKA
Wyspa Niedźwiedzia
Ostatnia Rzeka
Karhold
Wilczy Las
Dreadfort
N
Winterfell
Biały Nóż
Torrhen's Square
Królewski Trakt
KRAINA KURHANÓW
Biały Port
Wdowia Strażnica
Fosa Cailin
PRZESMYK
ZIMNA WODA
Strażnica nad Szarą Wodą
Trzy Siostry
Paluchy
Bliźniaki
Żelazne Wyspy
Seagard
Orle Gniazdo
DOLINA ARRYNÓW
Zielone Widły
Niebieskie Widły
Krwawa Brama
Rysował James Sinclair
Riverrun
Czerwone Widły

Południe
Trzy Siostry
Paluchy
Królewski Trakt
Żelazne Wyspy
Seagard
Zielone Widły
Niebieskie Widły
Orle Gniazdo
DOLINA ARRYNÓW
Pyke
Krwawa Brama
Trident
Gulltown
Czerwone Widły
Kamienny Nurt
Riverrun
Zatoka Krabów
Harrenhal
Oko Boga
Złoty Ząb
Królewski Trakt
Casterly Rock
Lannisport
Smocza Wyspa
Złoty Trakt
Królewska Przystań
Czarny Nurt
REACH
N
Królewski Las
Morski Trakt
Różany Trakt
Tarth
Mander
Koniec Burzy
ZATOKA ROZBITKÓW
Wysogród
Deszczowy Las
Pogranicze
Przylądek Gniewu
MORZE DORNÓW
Stare Miasto
Starfall
DORNE
Złamane Ramię
Słoneczna Włócznia
Arbor
Rysował James Sinclair

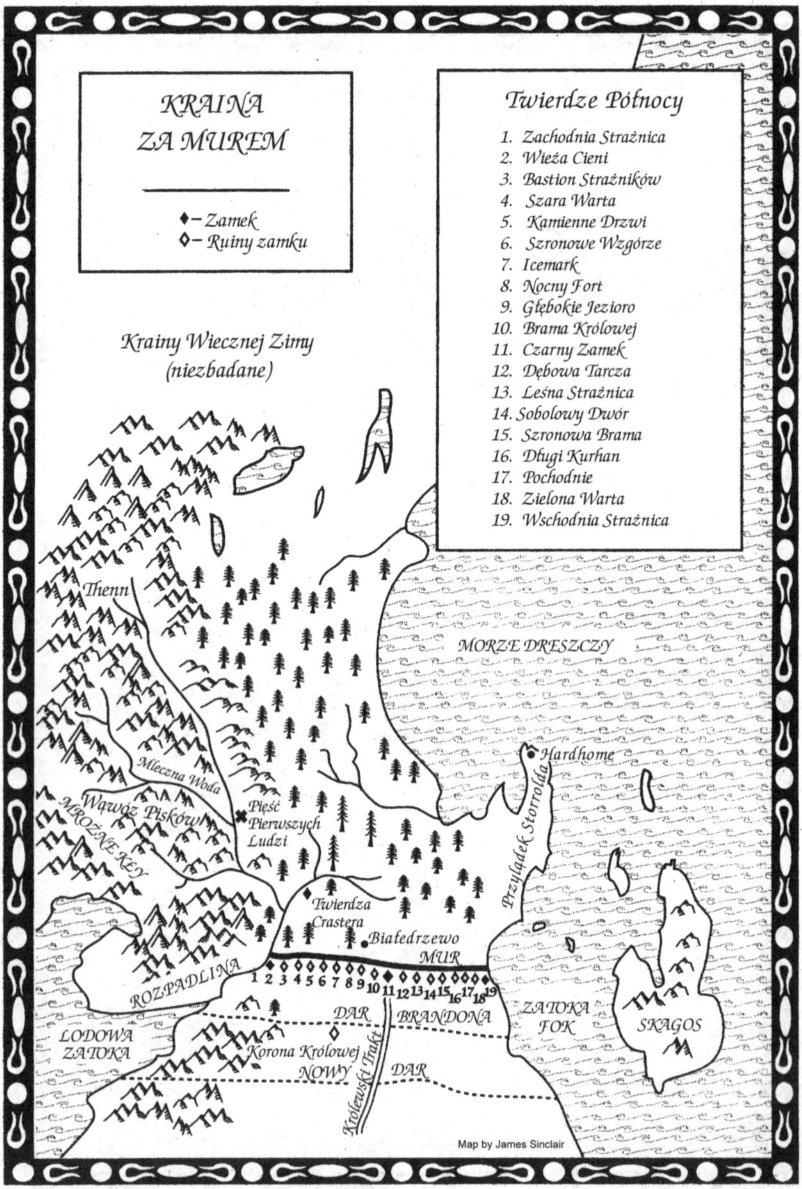
KRAINA
ZA MUREM
♦ – Zamek
◊ – Ruiny zamku
Twierdze Północy
1. Zachodnia Strażnica
2. Wieża Cieni
3. Bastion Strażników
4. Szara Warta
5. Kamienne Drzwi
6. Szronowe Wzgórze
7. Icemark
8. Nocny Fort
9. Głębokie Jezioro
10. Brama Królowej
11. Czarny Zamek
12. Dębowa Tarcza
13. Leśna Strażnica
14. Sobolowy Dwór
15. Szronowa Brama
16. Długi Kurhan
17. Pochodnie
18. Zielona Warta
19. Wschodnia Strażnica
Krainy Wiecznej Zimy
(niezbadane)
Thenn
MORZE DRESZCZY
Hardhome
Przylądek Storrolda
Mleczna Woda
Wąwóz Pisków
MROŹNE KŁY
Pięść Pierwszych Ludzi
Twierdza Crastera
Białedrzewo
MUR
ROZPADLINA
1 2 3 4 5 6 7 8 9 10 11 12 13 14 15 16 17 18 19
DAR BRANDONA
ZATOKA FOK
SKAGOS
LODOWA ZATOKA
Korona Królowej
NOWY DAR
Królewski Trakt
Map by James Sinclair

– Miasto
– Ruiny miasta
Skahazadhan
Meereen
Yankai
Mantarys
CZARNE URWISKO
ZATOKA NIEWOLNICZA
Tolos
Elyria
KRAINY DŁUGIEGO LATA
Wyspa Cedrów
Astapor
Robak
GHISCAR
DYMIĄCE MORZE
Oros
Tyria
Stare Ghis
ZATOKA ŻAŁOBY
CIEŚNINA GHISCARSKA
Valyria
Ghaen
Nowe Ghis
Westeros
QARTH I MORZE NEFRYTOWE
MORZE LETNIE
Wyspy Letnie
Wyspy Bazyliszkowe
Wyspa Toporowa
Zamettar
Wyspa Ropuch
Naath
Yeen
Wyspa Łez
Przylądek Bazyliszkowy
SOTH ORYOS
Map by James Sinclair

Kolejne tomy cyklu

**PIEŚŃ LODU I OGNIA**

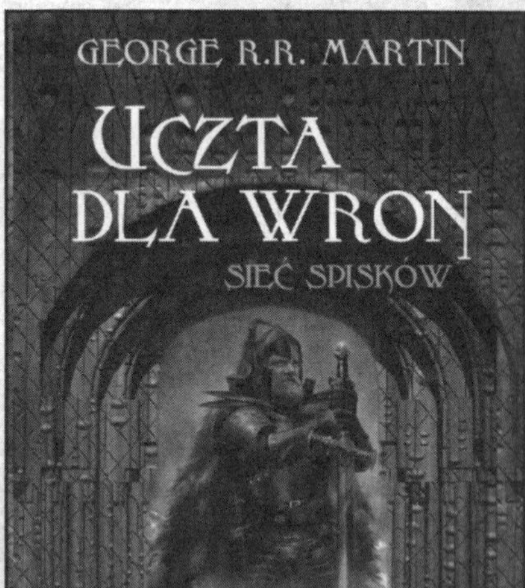


www.zysk.com.pl

Wiosną 1857 roku stary i zgorzkniały właściciel parowca „Fevre Dream", kapitan Abner Marsh, zabiera w rejs po Missisipi nader dziwnego pasażera. Zagadkowy bogacz i arystokrata, Joshua York, swym wyglądem i zachowaniem wzbudza niewytłumaczalny niepokój. Posiłki spożywa tylko nocą, wyłącznie w towarzystwie przyjaciół, którzy nigdy nie pojawiają się na pokładzie za dnia. W czasie postojów wychodzą na jaw dziwne zbrodnie, a trop każdorazowo wiedzie do Joshuy Yorka. Abner powoli domyśla się, kim lub czym mogą być jego niezwykli pasażerowie...

# Highly Desirable:
# The
# Zinkeisen Sisters
# & Their Legacy

Anna Zinkeisen, *The Artist's Daughter: Julia Heseltine*, circa 1960, oil on canvas.

# Highly Desirable: The Zinkeisen Sisters & Their Legacy

PHILIP KELLEWAY

Leiston Press
SUFFOLK

Printed and Published by Leiston Press

First published 2008
Reprinted 2016
Leiston Press
Unit 1 - 1b Masterlord Industrial Estate,
Leiston, Suffolk IP16 4JD



ISBN 978-1-911311-01-0

Typeset by Leiston Press

A CIP catalogue record for this book is available from the British Library



The publisher and author would like to thank the copyright holders for granting permission to reproduce works illustrated in this book. Every effort has been made to contact the holders of copyright material, and any omissions are inadvertent and will be corrected in future editions if the publisher and author are notified in writing.

## Contents

**Acknowledgements to the 2008 Edition**

As a child I recall visiting the White House in Badingham, Suffolk, where Doris Zinkeisen and her daughters Janet Johnstone and Anne Grahame Johnstone lived, and being greatly impressed by their work. In particular I remember that in the downstairs hallway hung Doris's 1929 self-portrait (Fig.9), a painting I instantly found myself drawn to and which remains one of my favourite works of art. I have longed for many years to find out more about Doris and Anna Zinkeisen, as well as their artistic descendants. For this opportunity to write about the Zinkeisen sisters and their daughters I am indebted to Doris's son, Captain E. M. G. Johnstone RN (Retd.), and his daughters Jemima and Charlotte, and also to Anna Zinkeisen's daughter, the artist Julia Heseltine and her son Tristan Sam Weller. Both Murray Johnstone and Julia Heseltine gave me access to the papers they hold and discussed numerous aspects of the Zinkeisen sisters' work with me. Julia also spoke freely to me about her own career, whilst Murray and his wife Elisabeth made my stays with them immensely enjoyable. I have received considerable help with researching and writing this book from many other quarters too.

A number of people read and commented on the manuscript, including Julia and Murray, as well as my former doctoral supervisor, Professor Ludmilla Jordanova, all of whom I cannot thank enough for taking the time to do so. Naturally any errors remaining in the book are entirely my own. An extra special thank you goes to my wife Elisabeth, for tolerating my nocturnal writing habits over the past couple of years. The following are scholars, curators, collectors, dealers, galleries, institutions, friends, and family (listed alphabetically) I would also like to thank variously for their assistance, hospitality, kindness, generosity, enthusiasm, and encouragement: the Lady Aberconway; Werner & Inge Bareither & their daughter Bianka; Glen Barnes & all the staff at Leiston Press; Sally Benton; Rachel & Jon Breed; Kevin Brown (Alexander Fleming Laboratory Museum); British Film Institute; Dr Marilisa Casturá; Simon Chaplin (Royal College of Surgeons of England); Keith Cunliffe (Moyse's Hall Museum, Bury St Edmunds); Lucinda Douglas-Menzies (Photographer); Karen & Mike Earl; Solveig Emerson; Zoë & Mike Galley; Bamber Gascoigne; Anna Gooch; Lucinda Gooch; Richard 'Mr Sloth' Gooch & Linda Caradus; Theo & Hester Gooch; Toby & Ruth Gooch; Hannah Green (Seven Stories: the Centre for Children's Books); Deborah Greenhalgh (Christopher Wood Gallery); Christina Grembowicz (Museum of the Order of St John); Alan Grundy (National Horseracing Museum, Newmarket); James Halsall (Diocesan Advisory Committee Secretary, Diocese of St Edmundsbury & Ipswich); Geoff & Cynthia Hassell; Tim, Mandy & Laura Hill; Jonathan Hubbard (Sergeant Metropolitan Police, New Scotland Yard); Noel James (Lacewing Fine Art);

Johnny & Katharine Jellicoe; John & Eugenie Kelleway; Martin & Jo Kelleway; Howell Lambert (Photographer); Paul Liss (Liss Fine Art Limited); Cindy McAbe (RAF Bentley Priory); MacConnal-Mason Fine Paintings; Dr James Mair; Bob Marchant (Queen Victoria Hospital Museum, East Grinstead); Annette & David Martin-Curtis; Sir Peter Micheal CBE; Lorraine Nabarro; Jamie & Miranda Napier; Staff at the National Portrait Gallery, London; Fr Ross Northing (Vicar of St Mary & St Giles, Stony Stratford); Marquis & Marchioness de Piro (Casa Rocca Piccola, Valetta, Malta); Olga Polizzi; Charlotte Powell (Museum of the Order of St John); Maryanne & Ken Richardson; Julian Royle; Emmanuel Schwartz (Conservateur des Peintures, École des Beaux-Arts); David Searle (Admin. Officer at the Metropolitan Police, New Scotland Yard); Anne & Mike 'Shep' Shepherd; Laure & Nils Van Minden; Vicky & Ed Vere Nicoll; Duncan Walker (Russell-Cotes Art Gallery & Museum, Bournemouth); Louise Walker (Deputy Manager, Hotel Tresanton, St Mawes, Cornwall); Josephine Walpole; Annette & Renert Walter; Roland & Silke Walter; Sylvia Walter; Makki & Stephanie Widjaja; Chris Wilkinson; Jen Young (British Red Cross Museum & Archives).

In addition to those listed above, I must thank Julie Taylor, Connie Breeze, Michelle Measures, indeed all the staff at the nursery my children attend, for the provision of peace of mind. *Highly Desirable: the Zinkeisen Sisters and their Legacy* is dedicated to my daughters, Eve Florence Kelleway and Hannah Odessa Kelleway.

**Acknowledgements to the 2016 Edition**

The second edition of this book is published in the year, which marks the fortieth and twenty-fifth anniversaries of the deaths of Anna Zinkeisen and Doris Zinkeisen respectively. Since 2008 select paintings by the Zinkeisen sisters were displayed in exhibitions, including *Women War Artists* at the Imperial War Museum in London (April 2011 – January 2012) and *Modern Scottish Women: Painters and Sculptors 1885-1965* held at the Scottish National Gallery of Modern Art in Edinburgh (November 2015 – June 2016). Paul Mayhew Fine Art also held an important exhibition showcasing paintings by the Zinkeisen sisters in London during 2009. All of these events have assisted in acquainting audiences with the work of these most unjustly neglected artists. The text of the second edition remains largely unchanged, although a few illustrations are replaced with improved images, wherever they were forthcoming. I reiterate my gratitude to all those who helped with the first edition of this book and extend my thanks to everyone who assisted me with this edition.

# Highly Desirable: The Zinkeisen Sisters & Their Legacy

## Introduction

The talented Scottish-born sisters, Doris Zinkeisen (1897-1991)[1] and Anna Zinkeisen (1901-1976), created quite a stir in the British art scene of the 1920s and 1930s. They produced stunning portraits, garnered praise and won medals for their exhibits at the Royal Academy and Paris Salon, and were given considerable coverage in the inter-war press. Yet despite their early fame, their art has fallen largely into obscurity and is ignored by art historians, even though they most certainly had a significant impact on British art, particularly between the two World Wars. This book traces the careers of the Zinkeisen sisters and evaluates their considerable output. It also examines how their descendants have similarly played an important part in Britain's artistic life. I will be discussing the entertaining children's book illustrations by Doris's twin daughters, Anne Grahame Johnstone (1928-1998) and Janet Johnstone (1928-1979), including those for *The Hundred and One Dalmatians* (1956) by Dodie Smith (1896-1990) and their pioneering work in the early days of children's television programming. I will also write about the paintings of Anna's daughter, Julia Heseltine (b. 1933), for example her transcendental landscapes of Suffolk and psychologically insightful portraits of contemporaneous worthies, such as the Poet Laureate Ted Hughes (1930-1998) and the historian and Conservative politician the Rt. Hon. Alan Clark (1928-1999). Significantly, the link between all these women artists is obfuscated by virtue of the fact that their surnames are different. It could be argued in general that this is refreshing and enables women artists of the same family to be regarded in their own right, but, at the same time, it may remove the impact their artistic creativity might wield, if they all used just one surname, by establishing a single point of reference for those interested in art.

One reason why traditional art historical discourse has overlooked the artistic

[1] Through repetition in obituaries, art dictionaries, and articles, Doris Zinkeisen's year of birth has been fixed at 1898, although her birth certificate gives her actual date of birth as July 31st 1897.

achievements of the Zinkeisen sisters possibly lies in the fact that they were both all-rounders and contributed to many fields. Their work defies pigeonholing, as it belongs in many categories, although this does not fully explain why their reputations have faded. Women artists in general seem to receive a raw deal, as far as art historical discourse goes, and it is only relatively recently that women artists have become a more important focus in writings on art.[2] I hope that this book will redirect people's gaze towards the artistically outstanding and historically significant work of this accomplished family, starting with the founders of the artistic dynasty, the Zinkeisen sisters. Most recently the sisters have been referred to in some writings on art, but never as important artists in their own right and more as part of a separate sphere of 'women's art', which somehow places their output and achievements beyond the mainstream of art history, to which they most certainly should belong.[3]

The paintings and design work I will be discussing should be of interest to many different readers, because collectively it covers such diverse areas as portraiture, landscape painting, equine studies, experimental surrealist art, 'romantic' genre scenes, still life paintings with flowers, and medical drawings. Both Anna and Doris undertook commercial artwork, such as creating posters for industry. Added to this is Doris's considerable design work for theatre and the film industry of the 1920s and 1930s. The sisters were also gifted horsewomen and noted beauties, facets of their personas, which were most certainly deployed through popular magazines and newspapers to help advertise their art. So how does one begin to evaluate the Zinkeisen artistic legacy? Where should the discussion begin?

This book looks well beyond the obvious decorative qualities and aesthetic appeal of Doris and Anna Zinkeisen's work and explores what their output tells us about the period in which it was created, about the artists, their patrons, and the art market in general. The book is divided into two parts: the first looks at the work of the Zinkeisen sisters, whilst the second focuses on their 'artistic dynasties'. In the latter, the paintings of Julia Heseltine and those of the Johnstone twins are evaluated in separate chapters. The first section differs from this second part, inasmuch as its chapters tend not to focus on one or the other of the Zinkeisen sisters in favour of an approach where distinct issues, or topics, are examined through a series of case studies. Because the Zinkeisen sisters were so prolific some kind of elimination process has to be deployed in order for anything meaningful to emerge from the discussions and to avoid unnecessary repetition in argument. I should admit that my choice is often governed by

[2] Recent writings on women artists include, for example: Nancy Heller, *Women Artists: An Illustrated History*, New York, 1987; Alicia Foster, *Tate Women Artists*, London, 2004; Frances Borzello, *A World of Our Own: Women as Artists*, London, 2000.

[3] See, for example: Liz Rideal (ed.), *Mirror Mirror: Self-portraits by Women Artists*, London, 2001, p.10, p.13, p.19, p.30, pp.66-67, p.78, pp.84-85; and Britta C. Dwyer, "Negotiating 'new' venues in art: Doris and Anna Zinkeisen in modernizing London", in: Karen E. Brown (ed.), *Women's Contributions to Visual Culture, 1918-1939*, Aldershot, 2008, pp.117-138.

personal preference, but is also dictated by the availability of other sources, such as written documents, and the generosity of public institutions and private collectors, who allowed me access to their treasures. The choice of examples I make still covers the work of the Zinkeisen sisters comprehensively.

In the first chapter I examine some of the self-portraits the Zinkeisen sisters painted, and also look at portraits the sisters completed of each other over the course of their lifetimes. Added to these representations will be the likenesses of the sisters captured by others, in particular, photographers. These images of the Zinkeisen sisters will help to demonstrate how they saw themselves, each other, and the means they used to portray themselves to the world at large.

Chapter Two explores the murals the Zinkeisen sisters were commissioned to paint for the Cunard Liner, RMS *Queen Mary*. These murals are arguably the most famous paintings by the sisters. I will, however, set the glamour of this transatlantic liner against an historical period of political, social, and economic unrest.

In Chapter Three I discuss the design work for the theatre and film industry. By virtue of the fact that Doris contributed the most in this area, her work is the main focus. This chapter is particularly important for it dovetails with the previous and subsequent chapters. Of particular note are the important thematic similarities between the murals on the *Queen Mary* and Doris's design work for the British inter-war film industry. This chapter also flows into some of the thoughts in the following chapter on portraiture, alluding here to how sitters are portrayed and glamorised.

Chapter Four addresses portraiture and assesses its importance within the oeuvres of the Zinkeisen sisters, particularly in the light of the praise this aspect of their work received in the inter-war press, although their post-war portraits will also be discussed. Included here are commissioned works and those of people from their immediate circle of friends and family. This chapter also, wherever possible, places the portraits in their settings, in order to understand who constituted their audience. Within the fourth chapter is a sub-section I refer to as a 'portrait' of World War II. This will include portraits, but my main aim in this part is to treat the war years as a significant period in the careers of the Zinkeisen sisters, when they each reassessed the personal aims and objectives of their art.

Portraits were normally painted for money and in Chapter Five I look at some of the other more commercial artistic activities of the Zinkeisen sisters. Both Anna and Doris received commissions from industry and Anna, in particular, provided numerous book and magazine illustrations. The paintings both artists completed for the United Steel Companies Limited and the Imperial Chemical Industries Limited (ICI) will be discussed. I also consider the contributions to design history made by the numerous posters and advertisements carried out by the sisters, for example, their LNER posters. Some of their work, for example, that for ICI is surrealist in style, which itself raises interesting questions about the period. Was the choice of style chosen for the artists, or did they feel it was an appropriate mode of expression. Moreover, why was it such a short-lived phase in their oeuvres?

The fifth chapter continues by taking a look at some of the other types of painting the Zinkeisen sisters were engaged in after the Second World War. Their art changes dramatically after the war and it is reasonable to search for answers as to why this occurred. As well as the portraits I examine in the fourth chapter, Anna focused her attention on perfecting her still life paintings of flowers, which were successful from a commercial point of view. Meanwhile, Doris cultivated a 'romantic' style of painting representing people in period settings, such as Regency scenes. These elegant works include, for example, numerous depictions of horses and carriages, couples dining, picnics, and dancers on stage. Did the sisters change their artistic modes of expression due to personal choice, or financial considerations, or maybe even a combination of the two?

Chapter Six is the first section of part two of the book, which demonstrates how the formidable artistic talents of Anna and Doris continued, and continues to this day, through their daughters. I begin by studying the work of the talented portraitist and landscape artist Julia Heseltine. After this chapter there is a further one about the illustrators Anne Grahame Johnstone and Janet Johnstone. There are separate conclusions to each part of the book, that is the first section on the Zinkeisen sisters and the second on their daughters, summing up what has been discussed. Illustrations are grouped together at the back of the book. In addition to the appendices there are footnotes giving a full list of sources.

# PART ONE

## Chapter One: Portraying the Self

Some of the most accomplished paintings created by the Zinkeisen sisters are their self-portraits and the portraits they completed of one another.[4] To these representations I will add some of the numerous photographs taken of the sisters.[5] The photograph portraits are important as they supplement our understanding of how the Zinkeisen sisters promoted themselves. In relation to this last point, I will be examining where some of these representations of the sisters were displayed. This will help to gain an understanding of just how prominent the Zinkeisens were, particularly in the 1920s and 1930s, and helps to consider systems of patronage and the ways in which artists promoted themselves and projected their art in the public domain. These points are important, as the pictures I will discuss never existed in isolation.[6] So what exactly are all these pictures of the Zinkeisen sisters for?

The numerous representations of the Zinkeisen sisters are linked with modes of publicity, artistic identity, self-fashioning, and autobiography.[7] An early portrait of Anna by the teenaged Doris was exhibited a few years after its creation at the Royal Academy Summer Exhibition of 1918.[8] By the time this portrait was exhibited both sisters were training at the Royal Academy Schools.[9] The display of this early work certainly helped to highlight Doris's precocious talents. Together with later entries to the Royal Academy Exhibition, this sign of artistic promise secured a growing interest in the sisters by the national press.

The Zinkeisen sisters were part of a small select band of women artists at the Royal Academy Schools. It seems that in 1921, in particular, they achieved a certain degree of notoriety. In that year the young women students collectively had their work hung in the Royal Academy, which aroused negative responses. The *Sunday Herald* featured a photograph of seven of the 'accused', including the Zinkeisen sisters, below which their 'crime' is outlined as having, "taken the place of matured painters".[10] What is particularly relevant to my story here is that a further national paper, the *Sunday Express*, chose to follow this story

[4] Two of their self-portraits are discussed in: Liz Rideal (ed.), *Mirror Mirror: Self-portraits by Women Artists*, London, 2001, pp.66-67, pp.84-85.

[5] Some of the photograph portraits of the Zinkeisen sisters are discussed in the following texts: Liz Rideal, *Double Take: Comparing the Art of Graphic and Photographic Portraiture*, King's Lynn, 1991, pp.44-45; Valerie Hill, *The Cazneaux Women*, Sydney, 2000, p.11, pp.72-74, p.91, p.107.

[6] For more on this point see: Ludmilla Jordanova, "The Body of the Artist", in: Anthony Bond & Joanna Woodall (ed.s), *Self Portrait: Renaissance to Contemporary*, London, 2005, pp.43-55.

[7] A good general discussion of all these points is given in, for example: Shearer West, *Portraiture*, Oxford, 2004, see especially Chapter Seven entitled, "Self-portraiture", pp.163-185.

[8] David Buckman, *Dictionary of Artists in Britain Since 1945*, Bristol, 1998, p.1327; See also Doris Zinkeisen's obituary in The Times, Friday January 11th, 1991. The portrait is also illustrated and mentioned in: Josephine Walpole, *Anna: A Memorial Tribute to Anna Zinkeisen*, London, 1978, pp.6-8.

[9] H. C. G. Matthew & Brian Harrison (ed.s), *Oxford Dictionary of National Biography*, Vol.60, Oxford, 2004, p.999.

[10] *Sunday Herald*, May 8th, 1921.

with an article focusing largely on the Zinkeisen sisters.[11] Below the headline, "Those Young Academisses", the reporter briefly explains how art circles were set "raging and seething" by the hanging committees decision to give such prominence to young women artists. Portrait photographs of the Zinkeisen sisters are included in the write up, alongside quotations about the demanding training at the Royal Academy Schools from Anna, who is described as, "the youngest, and surely the most ambitious pupil in the school". The chief aim of the reporter, Barbara Browning, seems to be to put the controversy into some kind of context and to demonstrate the hard work required by the women students. The article begins by asking: "Who are these flappers at the Academy Schools [...]?" But by the end the reader is reassured, that these are not dilettantes and that the term "flapper" is in no way appropriate. In general, the term "flapper" was used during the period of World War I and the 1920s to refer to women who were aggressively unconventional and avant-garde in their conduct and dress, but the reporter uses it loosely as a foil for the serious attitude of the students towards their art. This contrast between the perceived reality of the Zinkeisen sisters' art, with its apparent fashionability, and the actual hard graft of pursuing successful careers as artists, remains a constant source of tension when critically examining their work.

It is easy to be seduced by the painted portraits of the Zinkeisen sisters. From early on in their artistic careers it was clear that their aim was to please and charm the eye. The apparent effortlessness of their paintings bewitches the viewer, but how exactly does the young artist go about finding patrons upon whom to cast their spells? Both Doris and Anna happen to have been physically attractive and they used this to gain critical attention and to become what today might be classed as 'celebrities', a term I use here in a positive sense. Time and again their photograph portraits appeared in the newspapers and the popular magazines of the day. In 1923, for example, *The Sketch* magazine published a couple of photographs of Anna in one of their editions, in which the artist strikes fashionable poses. The caption for the photographs mentions that in that year, 1923, Anna had three paintings hung at the Royal Academy, including an excellent portrait of her talented sister, and goes on to mention Doris's design work for the *Insect Play*, to which I will return in a later chapter. A common trait of many of the early articles about the work of the Zinkeisen sisters is that they refer to both Anna and Doris. They appear as an artistically accomplished and exciting double act. The sisters were indeed close and undertook many things together, such as going on holiday, and they used their friendship as a clever marketing ploy to help advertise what I shall loosely describe as the Zinkeisen 'brand'. Indeed, Anna's self-portrait of 1923, as well as her portrait of Doris, were published in newspapers and magazines, in this way promoting their talents.

[11] *Sunday Express*, May 8th, 1921.

It is interesting to compare Anna's self-portrait of 1923 (Fig.1) with the portrait she produced in the same year of Doris (Fig.2), both of which are half portraits and exhibited at the Royal Academy.[12] Anna portrays herself in a smock before an imaginative and fanciful landscape. Is it possible to infer something about the artist from this strange and exotic backdrop? In what sorts of ways does it set the tone of the portrait? There are stylised trees in a park. A pair of deer graze on the left, whilst of particular note are the three small figures on the right, one dancing exuberantly behind a pair of contemplative, striding, monk-like figures. The upper part of this background is filled largely with an irregular terrace of houses. This veritable medley behind the actual likeness of Anna has a bearing on how the viewer responds to the sitter. It suggests fantasy, the city, the countryside, and, via the figures, a pull between the carefree and introspection. Anna's portrait of Doris from the same year is very different.

Apart from Doris's dated coiffure, the portrait still has a 'modern' feel to it. The background is in two bands of colour, a brownish-aubergine and a lively green. Behind Doris is a large vivid red pottery vase with a solitary stem of flowers. The sitter wears a short-sleeved black dress with numerous brown buttons down its front and her facial likeness is captured, as in the self-portrait, from a three-quarter angle. Anna's portrait of her sister strikes a very different chord with the viewer. The tone of Doris's likeness is perhaps less intimate, but there can be no doubt about the artist's skill at producing a painting with clever use of colour contrasts with clean lines, to create a feeling of cool and poised attitude. These two very different portraits reveal something about the characters of the sitters. A couple of further examples help to underline this point.

Anna's self portrait of 1925 (Fig.3) can be contrasted with the portrait she completed of her sister in 1926 (Fig.4). Again the different characters of the sisters are evident. The press described Anna's self portrait using adjectives such as, "striking" in *The Jewish Chronicle*, "capital" in *The Morning Post*, whilst elsewhere it was described as, "one of the most delicately strong and beautiful bits of painting in the exhibition" when it was hung at the Royal Academy in 1925, where it won a Silver Medal.[13] *The Daily Graphic* included a couple of photograph portraits of the sisters informing the public about Anna's self-portrait being on view, as well as Doris's portrait of the actress Elsa Lanchester (1902-1986), a portrait to which I will return in a later chapter.[14] The press photographs are quite revealing.

As is the case with her self-portrait of 1925, in Anna's press photograph the younger sister looks to be the sibling with a softer, more demure personality, whilst in Doris's press photograph, revealing her dramatic use of eyeliner, the

[12] Anna's 1923 self-portrait was incorrectly stored for many years. Fortunately it has been "rescued" and been restored recently by transferring it onto a new canvas.

[13] *The Jewish Chronicle*, 8th May, 1925; *The Morning Post*, 2nd May, 1925; Josephine Walpole, *Anna: A Memorial Tribute to Anna Zinkeisen*, London, 1978, p.10.

[14] *The Daily Graphic*, 6th May, 1925. For more on the portrait of Elsa Lanchester refer to the fourth chapter.

elder sister appears quite fiery and steely in temperament (Fig.5). Anna's portrait of Doris from 1926 is interesting, because magazine and press cuttings reveal that in its original format the dress was quite plain, but was later given a Gypsy-cum-Spanish twist, which completely changes the character of the portrait.[15] In Anna's painting, Doris has become the embodiment of the Carmen fantasy, most famously portrayed in the opera by Georges Bizet (1838-1875). Doris stands confidently with one arm akimbo and a white rose nonchalantly held in her right hand (although in the first version the rose is red), remembering, of course, the flower thrown provocatively at Don José by Carmen in Act I of Bizet's opera.[16] This painting was exhibited at the Royal Academy in 1926 and at the Paris Salon in 1927 with the title *Niphetos*, a reference to a white tea rose like the one Doris holds, a name, which derives from the Greek for snow.[17] Doris's approximation of a flamenco dress, together with the decorative shawl with a long fringe, enable Anna to associate her sister's character with that of the stereotypical Gypsy, particularly their impetuous, wild, and passionate natures.[18] The Gypsy theme is one to which Doris was later drawn in her own work, including that for films. For the moment I would like to continue to address the issue of portraiture and the representation of identity and character, as well as their promotion in the public domain.

In the 1920s Doris began to work for the theatre. Her first work was undertaken for the impresario and actor Sir Nigel Playfair (1874-1934), and in his book, *The Story of the Lyric Theatre Hammersmith* (1925), he mentions his first meeting with Doris.[19] She is described as still being a student at the Royal Academy Schools and Playfair comments, that it is she who sought him out:

> Doris Zinkeisen, then a student at the Royal Academy School and a pupil especially of Charles Sims, came to me unannounced with a portfolio of drawings under her arm just when I had undertaken the hazardous experiment of directing the fortunes of the Liverpool Repertory Company for a year. I was fortunate enough to be able to see at once that she had great talent for stage decoration, and merely required direction and experience to make a very good shot at success if she adopted it as a profession. I planted her at Liverpool in the scene-painter's shop, and told her to supervise all the scenery for all the plays. It was no easy undertaking. In the first place, Liverpool preferred old scenery to new; they were under the necessity of exercising the most rigid

[15] *Eve*, June 30th, 1926, p.734; *Sphere*, 8th-22nd May, 1926.

[16] Amanda Holden (ed.), *The New Penguin Opera Guide*, London, 2001, pp.96-97.

[17] *Royal Academy Exhibitions 1905-1970: A Dictionary of Artists and their Work in the Summer Exhibitions of the Royal Academy of Arts*, Vol. VI, Sherr-Zul, Wakefield, 1982, p.348.

[18] For more on the stereotyping of Gypsies see, for example: David Mayall, *Gypsy Identities 1500-2000: From Egipcyans and Moon-men to the Ethnic Romany,* London/ New York, 2004, pp.118-151; Nicholas Saul & Susan Tebbutt, *The Role of the Romanies: Images and Counter-Images of "Gypsies"/ Romanies in European Cultures, Liverpool University Press*, 2004, pp.159-177.

[19] Nigel Playfair, *The Story of the Lyric Theatre Hammersmith*, London, 1925, p.164.

economy, and the utmost they would allow her to do was to re-furbish their old stuff. However, Miss Zinkeisen set to work undaunted and some very queer effects she managed to produce! But she learnt a great deal about her job, as I think everybody who remembers "The Way of the World" (and especially the second act, representing a scene in St. James' Park), will acknowledge. Her violence (which is the proper though somewhat embarrassing accompaniment of extreme youth) is being toned down, and I think she will go far.[20]

This quotation from a book published in 1925 tells us what drive Doris had in her youth. She is proactive in making contact with Nigel Playfair, she hunts opportunities to display her art, knuckles down to work, and has a passionate temper to boot. A further quotation about Doris from an early memoir by the actor Sir John Gielgud (1904-2000) similarly provides an interesting insight into Doris's personality:

> Playfair had just discovered at Liverpool Doris Zinkeisen [...]. Miss Zinkeisen was very good-looking and wore exotic clothes. She was at that time engaged to James Whale, a tall young man with side-whiskers and suede shoes, who was stage-managing for Playfair at the Savoy. These two made a striking pair at the dances to which Playfair, with his charming hospitality, used to invite the company at Thurloe Lodge, a beautiful little house off the Brompton Road which he had just rebuilt, and which Zinkeisen had decorated for him in a very modern style.[21]

In this reflection Doris is beautiful and dresses in "exotic" clothing, *and* finds time between painting and designing for the stage to indulge in a little interior design too.[22] Her engagement to James Whale (1889-1957), the now legendary film director of what have now become Hollywood cult classics, such as *Frankenstein* (1931), *The Invisible Man* (1933), and *The Bride of Frankenstein* (1935), is something I will return to in a later chapter, but at the moment it is more pertinent to indicate that the notion of working to the full is, in actual fact, applicable to both Zinkeisens. In an article entitled, "Art as a *Trade*: The Zinkeisen sisters, Doris and Anna, turn their talents to good account", for the magazine *Eve* in 1926, the sisters are quoted as saying that they love painting for painting's sake, but are very interested in commercial art too. Doris is reported to have remarked that, "no one should despise the smaller jobs; you never know where they may lead", whilst Anna is quoted as having declared that: "You

---

[20] *Ibid.*

[21] John Guilgud, *Early Stages*, London, 1939, p.63.

[22] Giles Playfair describes in his biography of his father, Nigel, how the impresario "could not bear to live in ugly surroundings" and so bought Thurloe Lodge and had it rebuilt to become, "one of the show houses of London. Its beauties have been adequately and repeatedly described by most of the women's journals." See: Giles Playfair, *My Father's Son*, London, 1937, pp.54-55.

needn't cast aside your great ambitions and your dreams of pure Art because you work in an economic and competitive commercial world as well; the idea that the two things are incompatible is all wrong."[23] Returning to Anna's 1926 portrait of her sister, however, something of Doris's energetic and "exotic" character is definitely captured.

The 1926 portrait of Doris by Anna hung for many years in the dining room of Anna's marital home in London at No.8, St. Andrew's Place, on the edge of Regent's Park, which was part of a Regency terrace. In actual fact, after Anna married Captain [later Colonel] Guy R. N. Heseltine M.C. in 1928, the newly-weds moved in with Anna's parents. As part of the media frenzy to report anything of interest relating to the Cunard White Star liner, the R.M.S. *Queen Mary*, which was to be launched on September 26th, 1934, by none other than Her Majesty Queen Mary herself, the glossy magazine, *Homes and Gardens*, produced a feature on Anna's home, of course, making a point of the fact that Anna had created her panels for the ballroom of the Cunarder here.[24] One of the photographs in this feature, shows Anna's 1926 portrait of Doris over the fireplace, where it is a major feature and talking point (Fig.4).[25] In this prominent position the artistic accomplishments of the sisters are bound together, not just to the readers of *Homes and Gardens*, but to any potential clients, who may happen to visit the artist's home in St. Andrew's Place. The "double act" is again at work here. Readers of magazines and newspapers are constantly reminded that there are two talented Zinkeisen sisters.

*Homes and Gardens* points out how for sisters to have both made a name for themselves as painters is exceedingly rare: "In fact, the only example one can call to mind are those gifted artists, Anna and Doris Zinkeisen [...]".[26] Indeed, in the 1920s it is quite unusual for articles about one of the sisters not to mention the other in passing. A photograph portrait in *The Sketch* from 1926 is another good example of this (Fig.6). Doris's work for stage is mentioned in the write up below the photograph of Anna with three pale-blue and white jasper plaques. In 1924 Anna had modelled these bas-reliefs for Wedgwood, which were regarded at the time as being amongst the most original designs for that pottery since John Flaxman R.A. (1755-1826). In the photograph portrait, the smallest central plaque is called *Sun and Wind*, whilst those flanking it form a pair entitled *Adam* and *Eve*, which won a silver medal at the Paris Exposition of 1925.[27] One

[23] J.W.E., "Art as a *Trade*: The Zinkeisen sisters, Doris and Anna, turn their talents to good account", in: *Eve*, June 30th, 1926, p.734

[24] *Homes and Gardens*, May, 1936, p.447ff. The article's headline reads: "A Modern Artist's Home in London: Miss Anna Zinkeisen's house in Regent's Park, where some of the decorative panels for the *Queen Mary* were painted."

[25] *Ibid*. p.447.

[26] *Ibid*.

might have thought that this warranted an exclusive write up.

A further full-page portrait of Anna from *The Sketch* of 1927 (Fig.7) does give her exclusive coverage in the write-up beneath it. This particular photograph portrait by Vaughan and Freeman (*floruit* 1925–1932) was also used in an article headed, "An Alluring Woman Painter", about Anna published in *The Daily Chronicle*, which opines that: "One would never think that beneath this modish exterior a serious and forceful artist was concealed".[28] The main point of the article is to contrast the beautiful, smartly dressed artist with her latest sketches of the boxing match between London middle-weight Len Harvey (1907-1976) and the champion "Kid" Nitram (1904-), which were reproduced and written about in other papers and magazines too.[29] The photograph of Anna in *The Sketch* of 1927 has a similar glamorous tone to a portrait of her from the same year by Doris, as exhibited at the Royal Academy (Fig.8). In both the photograph and the oil painting Anna is surrounded by a luxurious cloak, although in the photograph she is in day wear, whilst in Doris's painting Anna has slipped into a shimmering evening dress. Doris's portrait was reproduced and referred to in a number of papers and magazines, such as *The Illustrated London News* and *The Sketch*.[30]

Doris's 1927 portrait of her sister is self-evidently glamorous, but at the same time, Doris has captured something of her younger sister's slightly demure character in the rendering of the face. For this reason I think that the overt sophistication of the clothing and fanciful pose contrasts rather awkwardly with Anna's innately reserved character. Indeed, Anna's self-portraits do better justice to this aspect of her personality. The flamboyance of Doris's portrait of Anna is really better suited to representations of herself, as can be seen in her self-portrait of 1929 (Fig.9).

Doris's 1929 self-portrait is now housed at the National Portrait Gallery in London. It was painted over a period of five weeks in Sydney, Australia, in the impromptu studio of her hotel bedroom whilst on a world tour with her husband, Captain Grahame Johnstone D.S.C., R.N.V.R. (d. 1946), whom Doris had married in 1927. Captain Johnstone was a company director with a Distinguished Service Cross for his role as a pilot in the Royal Naval Air Service during the 1914-1918 War and, after his widowed mother, Stella, née Fraser, remarried, he became a stepson to the eminent businessman and public servant Baron James Stevenson (1873-1926), who, amongst many other things, was on

[27] One ceramic historian, possibly understandably confused, erroneously writes in an article of 1930 that Doris designed the medallions for Wedgwood, again indicating how the names and reputations of the Zinkeisen sisters are bound together: H. Granville Fell, "Josiah Wedgwood: Master Potter, 1730-1795", in: *Apollo*, 12, 1930, pp.26-32, p.29.

[28] *The Daily Chronicle*, 30th January, 1928.

[29] See, for example: "Mariegold's Illustrator Meets the *Pugs*", in: *The Sketch*, February 8th, 1928, p.255; "Artist to Paint the Harvey-Nitram Fight", in: *The Daily Mail*, 31st January, 1928.

[30] *The Illustrated London News*, 7th May, 1927; *The Sketch*, 4th May, 1927.

the board of the whisky distillers, John Walker & Sons.[31] Recently the 1929 self-portrait was included in an exhibition at the National Portrait Gallery focusing on self-portraits by women artists, which was accompanied by an excellent catalogue.[32] In this provocative and captivating portrait Doris has described her own character perfectly. It is undeniably theatrical with its unusual pose. It is also overtly sexy. Her decorative shawl has slipped down her shoulder and reveals a glimpse of her elaborate lacy petticoat. She looks out of the canvas giving the viewer a confident and almost imperious look. With her perfectly applied makeup, Doris candidly captures her own sex appeal, which is not that of the sweet ingénue, but more of the femme fatale variety. This self-portrait attracted considerable attention.

Doris's visit to Australia and New Zealand in the late 1920s was recorded in the Antipodean press. Photographs of her with her husband were released, with Doris often in fashionable cloche hats (Fig.10). Whilst her husband's important job as a Director of John Walker & Sons whisky distillery is noted, it is really the beautiful and talented artist the press are interested in. During January 1929 the Australian *Sun* ran a large article about Doris under the heading, "Artist's Search for Beauty and Intelligence", accompanied by a couple of photographs, one showing her at work and another more glamorous portrait.[33] The following month the same newspaper reproduced the 1929 self-portrait in colour on its broadsheet-sized front cover and announced the painting was to be sent to the Royal Academy Exhibition in London.[34] The portrait was also exhibited at the Paris Salon in 1931, where it attracted attention and was featured in full colour on the front cover of one of France's most significant magazines, *L'Illustration* (Fig.11).[35] It was regarded by one critic as particularly un-English, especially due to the portrait's emphasis on the shawl.[36] Elsewhere Doris's attractive use of colour was highlighted.[37] So the portrait was seen as colourful

[31] Captain Johnstone wrote candidly about his adventures in the Royal Naval Air Service. See the Preface and Chapter IV: "The Flying Officer" in: *Naval Eight: A History of No.8 Squadron RNAS – Afterwards No.208 Squadron RAF – From its Formation in 1916 until the Armistice in 1918*, London (Signal Press Ltd.), 1931, p.1, pp.105-124. For further information on Baron Stevenson see, for example: H. Doubleday & Lord Howard de Waldon (ed.s), *The Complete Peerage: or a history of the House of Lords and all its members from the earliest times. Vol.XIII. Peers Created 1901-1938*, London, 1940, p.403; Ronald Blackburn Weir, *The History of the Distillers Company, 1887-1939: Diversification and Growth in Whisky and Chemicals*, Oxford, 1995, p.144, p.167, p.169, p.173, p.175, pp.215-220, pp.237-238, p.389.

[32] Liz Rideal, Whitney Chadwick, Frances Borzello, *Mirror Mirror: Self-portraits by Women Artists*, London, 2001, p.10, p.19, pp.66-67, p.78, p.84.

[33] The full title of the article which ran in a January edition of Australia's Sunday version of *The Sun* reads: "Will her Next Academy Picture be an Australian Girl? Artist's Search for Beauty and Intelligence: Next Picture for the Academy".

[34] *The Sun*, Sunday February 24th, 1929.

[35] *L'Illustration*, No.4601, 89e Année, 9 Mai, 1931.

[36] Jacques Baschet, "Le Salon de 1931", in: *L'Illustration*, No.4601, 89e Année, 9 Mai, 1931, pp.1-20, p.7: "Celui [Portrait] de Mme Zinkeisen est plus inscrit, avec des accents appuyés dans le châle qui ne sont pas tout à fait dans la manière anglaise, mais qui n'empêchent pas l'esprit de race de persister."
" The one [portrait] by Miss Zinkeisen is much noted, with its emphasis placed on the shawl, which isn't entirely typically English, but which doesn't detract from upholding its distinguished spirit."

[37] Sourced from *Le Lynx*:

and un-English, which were quite possibly qualities Doris was aiming for.

Certainly Doris's self-portrait of 1929 has elements in common with Anna's 1926 portrait of her sister, in particular the shawl with its suggestion of more 'exotic' Spanish-cum-Gypsy heritage. Indeed, both sisters shrouded the origins of their family name in mystery. In reality they were only remotely 'foreign' in terms of upbringing, but in Britain a family name like Zinkeisen did then especially stand out from the crowd. From early on disinformation about the Zinkeisen name is perpetuated. The Zinkeisen ancestry is described variously as French, Flemish, Austrian, and Bohemian.[38] The parents of Doris and Anna were Victor William Zinkeisen and Clara Bolton Charles (Fig.12). Both of Victor's parents, Theodor Victor Zinkeisen and his wife, Anna, were immigrants from Altenburg, now within the region of Thuringia in Eastern Germany, which they left in circa 1859.[39] The exact circumstances behind the move are not known, but it does coincide with a period of significant influx of people from Germany into Britain for economic and social reasons.[40] Both Victor and Theodor were well-to-do shippers and yarn merchants.[41] It also transpires that one of Doris and Anna's great-grandfathers was the eminent Professor of History Johann Wilhelm Zinkeisen (1803-1863), who also happened to have distinguished himself as a prominent Chief-Editor and Director of Berlin newspapers.[42]

The studied vagueness surrounding the family name had two purposes. Firstly it dissociated the genetically half Prussian Zinkeisen sisters from Germany, which due to two World Wars was not a popular country in Britain for much of the first half of the twentieth century. Indeed, Lieutenant Colonel Ian Victor Zinkeisen [known as Jack and Ivan], the brother of the artists, changed his surname to Bolton Charles, his mother's maiden name, apparently because of some hostile remarks about the alien-sounding Zinkeisen tag. This magnified his British identity by underscoring his ancestral heritage and remote links to the

"...il faut reconnaître que c'est la *note anglaise* qui tranche sur tout le reste avec le plus d'originalité séduisante. Impossible, par example, de trouver image plus vive et plus raffinée de couleur, que cette femme au châle noir à grandes fleurs par miss Doris Clase [*sic*] Zinkeisen (sale 22)..."

"...it must be acknowledged that the English contigent contrasted with all the rest with their attractive originality. It is impossible, for instance, to find a painting with such lively and more refined colour, than that of a woman with a black shawl with large flowers by Miss Doris Clare Zinkeisen (in Room 22)..."

[38] See, for example, the following: The Glasgow Record, 2nd June, 1923: "Flemish extraction"; Nigel Playfair, *The Story of the Lyric Theatre Hammersmith*, London, 1925, p.146: "Doris is a conspicuous example of a fruitful union of the influence of various countries. She is of very distant Belgian extraction, but born in Scotland, and has lived in England most of her life..."; *The Daily Mail*, Tuesday, May 3rd, 1938: "French, English, Flemish, and Austrian forebears"; Josephine Walpole, *Anna: A Memorial Tribute to Anna Zinkeisen*, London, 1978, p.7: "Her father's forebears were a Bohemian Family who had settled in the Clyde Valley over two hundred years ago"; Obituary of Doris Zinkeisen by Josephine Walpole in *The Guardian*, Tuesday January 8th, 1991, p.35: "...of Flemish extraction".

[39] Theodor Victor Zinkeisen's Naturalisation Papers are held by the National Archives at Kew: Ref. No. HO 1/109/4096. Theodor was granted permission to reside permanently in Britain in 1863, but the papers mention that he had already resided in the United Kingdom for upwards of three years and eleven months.

[40] For a detailed analysis, of this period of emigration from Germany to Britain see, for example: Panikos Panayi, *German Immigrants in Britain during the Nineteenth Century, 1815-1914*, Oxford, 1995.

[41] H. C. G. Matthew & Brian Harrison (ed.s), *Oxford Dictionary of National Biography*, Vol.60, Oxford, 2004, p.999. The Dictionary of National Biography erroneously describes Anna Zinkeisen's father as "a research

important Welsh nonconformist clergyman Thomas Charles of Bala (1755-1814), who was actively involved in the provision of cheap Bibles in Welsh to the poor, and also to the line of Thomas Bolton (1786-1835), the nephew of Admiral Horatio Nelson (1758-1805), who went on to become the 2nd Earl Nelson. Secondly, the mystery of the Zinkeisen origins 'romantically' linked the sisters with an entire émigré culture, which certainly would have helped the sisters to stand out of the crowd. Doris in particular appears to have capitalised on this, enhancing the effect through wearing 'exotic', eye-catching, and flamboyant clothes, as can be seen in many of the paintings and photographs of her, although both sisters were, of course, on a dual mission to be noticed and have their art noticed too. Being seen was a significant aspect to advertising the Zinkeisen 'brand' of glamour and whilst Doris was in the Antipodes she certainly turned heads.

Apart from the Australian and New Zealand press snapping pictures of Doris, she caught the eye of the Australian photographer, Harold Pierce Cazneaux (1878-1953). Cazneaux captured two striking likenesses of Doris, both of which testify to her alluring, statuesque beauty. The study of her head (Fig.13) wearing a stylish, close-fitting, woven cloche hat was used as the first photographic cover of *The Home: the Australian Journal of Quality* in February 1931.[43] The simplified leaf forms of Doris's hat are again boldly and visually reiterated in the background by the modernist textile, based on designs by Raoul Dufy (1877-1953), with its bold plant silhouette. Not only were Cazneaux's portraits of Doris superbly composed photographs, they captured the essence of a new, sophisticated, and creative kind of woman (Fig.14).[44] Although both of Cazneaux's portraits are characterised by a strangely arresting simplicity of line, it was her portrait wearing a cloche hat, which recently became the chosen icon to symbolise an exhibition entitled, "Thoroughly Modern Sydney: 1920s and 1930s Glamour and Style", held at the Museum of Sydney in July through to October 2006, and was also used on the museum's reusable cloth bags. Indeed, the photograph does capture something of the essence of a particular period in art, which can loosely be referred to as art deco.[45] At the same time, however, Cazneaux's photograph of Doris, along with other portraits of her and the self-portraits, testify to how the artist in her early years promoted and perpetuated a particular image of herself.

---

chemist". Official Census records from Scotland, as well as Anna Zinkeisen's and her brother, Ian Victor Zinkeisen's Birth certificates describe Victor William Zinkeisen's occupation as "Manufacturer and Merchant".

[42] See, for example, the entry for Johann Wilhelm Zinkeisen in: Walter Killy & Rudolf Vierhaus (ed.s), *Deutsche Biographische Enzyklopädie (DBE): Band 10: Thibaut-Zycha*, Munich, 1999. In an interview for the Canadian *Toronto Globe* on the 19th April, 1951, Anna comments that her father comes from a line of scholars, indicating that the family knew more than they were prepared to share with the public.

[43] For more about the Cazneaux photographs see: Valerie Hill, *The Cazneaux Women*, Sydney, 2000, p.11, pp.72-74, p.91, p.107.

[44] *Ibid.*

[45] This term is not easy to describe exactly. For a discussion of the difficulties in defining "art deco" see, for example: Alastair Duncan, *Art Deco*, London, 1997 [first published in 1988], pp.7-10.

The 1929 self-portrait of Doris remained in her possession throughout her life. According to Doris's son, Captain E. M. G. Johnstone RN (Retd.) (b. 1930), the painting hung in the main entrance hall by the staircase in the family home in London, No. 6 Chester Terrace, Regent's Park, where the family lived from 1930 until the house was struck by a German incendiary bomb during the Blitz in 1940.[46] In its prominent position at Chester Terrace, the self-portrait would have been seen by close family, friends, and also by some potential clients. Fortunately the portrait survived the Second World War and later hung in a similarly prominent position at the foot of the main staircase close to the front door of the family home in Suffolk, namely The White House in Badingham, near Framlingham, where Doris 'retired' in 1966 and which remained in the family until 1999. Despite the passage of time, the 1929 self-portrait has maintained its appeal. In fact its clean composition, combined with the sitter's avant-garde insouciance regarding her provocative brand of sexuality, today make it a particularly classic example of art deco painting. What is especially significant about this portrait and its sitter is how a particular kind of art is created and presented to the public. Indeed, in terms of promoting a 1920s and 1930s fashionable look, it can be stated with certainty, that Doris was not merely consuming that vogue, but was consciously generating it.

In the 1920s and 1930s Doris worked for the theatre and created numerous costume and scene designs for the British film industry. This aspect of her work will be dealt with in a later chapter, but the association Doris forged with what is still today commonly perceived to be a glamorous sector made her quite a celebrity. It must not be forgotten that the film industry was in its infancy at that time, so a whole raft of new jobs evolved. Doris did not just focus on costume designing, but in the early 1930s became what *The Daily Mail* described as a "personality creator".[47] Doris's role giving film stars makeovers is a most significant aspect of her artistic output and generated a great deal of additional interest in her and her work.[48] In subsequent chapters it will become increasingly clear how Doris was a significant arbiter of taste in Britain, especially where hair, clothes, and makeup are concerned. It is in this way that she can be understood as a purveyor in Britain of a particular kind of 1930s look, as opposed to merely being a slavish follower of fashion. She was actively engaged in generating an inter-war vogue in Britain, very much typified by her 1929 self-portrait. The downside to Doris's increasing involvement with the "glamour industry" is the difficulty any woman, generally speaking, would have in maintaining the sheen of youth, and Doris certainly had a strong streak of vanity

[46] I am most lucky to have had several meetings with Captain E. M. G. Johnstone at his home, as on the 3rd-4th April, 2007, and the 30th-31st July, 2007. As a matter of general interest, Captain E. M. G. Johnstone was born several months prematurely at the foot of the stairs overlooked by Doris's 1929 self-portrait after she inadvertently fell down the stairs, sending her into labour.

[47] *The Daily Mail*, 1st May, 1931. The headline of the article about Doris reads: "*Personality Creator*: Miss D. Zinkeisen's Task: Dressing and Grooming Film Stars".

[48] The third chapter deals with this point in more detail.

running through her.

Doris painted just two significant self-portraits (although one of these may in fact not be a self-portrait) after 1929 and produced just one further painting (as far as I can ascertain) of her sister. It has been suggested on a website dedicated to the history of the *Queen Mary*, that Doris included a playfully saucy 'self-portrait' in the guise of Venus (Fig.15) on one of the panels for the luxury ship.[49] This could be a knowing reference by Doris to the work of the great muralists of the past, who often included portraits of themselves as an overall part of the composition, as in, for example, the Venetian Giovanni Battista Tiepolo's (1692-1770) vast fresco of the four continents for the ceiling at the Bishop's Palace at Würzburg in Bavaria; in the more playful murals by Antonio Verrio (1639-1707) for the Heaven Room at Burghley House in Lincolnshire; or in Louis Laguerre's(1663-1721) murals of the state dining room at Blenheim Palace.[50] Clearly Doris's murals, although beautiful and significant artworks in their own right, were not of the same scale as those cited, but the insertion of a self-portrait indicates possible influences on her, if indeed the panel does include a self-portrait. Personally I am sceptical about the panel's description as a self-portrait on the grounds that it is physiognomicly too vague to be identified and there is no documentary evidence to support the claim, but I leave this open for the viewer to make up their own minds on the matter.[51]

A further self-portrait from the mid-1930s shows Doris on her horse and there is a compositionally similar one by Doris of Anna.[52] The focus of these portraits is really the horses, as the figures of the riders are too small to capture anything more than their general deportment. Horse riding was a passionate hobby of both Zinkeisen sisters, which included hunting with the Pytchley, and articles appeared in glossy magazines focusing on this aspect of their lives.[53] Doris's equine self-portrait is painted in loose, exuberant brush stokes, very different from her earlier work in oils from the 1920s. Also from around the same period is Anna's portrait of Doris in her riding gear (Fig.16). Once Anna had the honour of being regarded by Sir Walter Gilbey (1859-1945), a highly influential figure in British horse breeding and sports, as having a perfect seat on a horse.[54] Both sisters took part in the International Horse Show at Olympia, where Doris won many cups, such as the Champion Lady Hack three years running from 1932 to 1934.[55] They both also showed at other major horse events,

[49] The website is written and designed by *Queen Mary* enthusiasts Julian Hill, Bill Cwiklo, et al. and can be read and viewed at: www.sterling.rmplc.co.uk.

[50] John Somerville, *Burghley House: Guide to the Picture Collection*, 2000 [Eleventh Edition], p.22; Lady Victoria Leatham, Jon Culverhouse, & Eric Till, *Burghley House*, Derby, 2000, pp.52-53.

[51] See also Note 96

[52] Doris's portrait of Anna Zinkeisen on horseback appeared on the art market at a Christie's South Kensington sale (22.04.93). It is an undated work, but was probably painted in circa 1935.

[53] See, for example, the article about Doris and her horses in: *Country Life*, May 21st, 1938, p.67.

[54] Jane Kidd, *Gilbeys, Wine and Horses: A Biography*, Cambridge (Lutterworth Press), 1997.

[55] Mary Moore, "A New Trophy at the Royal Windsor Show", in: *Horse and Driving Magazine*, Sept/Oct, 1981, p.74.

for instance, at Richmond and at Islington.[56] Their interest in horses never faded, despite the fact that Doris had a serious riding accident in *circa* 1934. Her horse fell and rolled on her, crushing her pelvis and hospitalising her for a considerable time.[57] Anna's portrait of Doris in her riding attire is stylistically very different from Doris's equine portraits, particularly in the handling of the paint and indicates different artistic aims.

Doris's handling of paint appears expressive and loose, whilst Anna focuses on producing a more 'finished' result. Both styles of painting are, in my opinion, quite charming. Much later on in the mid 1940s, Anna produced a further self-portrait (Fig.17). In this painting Anna again uses crisp clean lines and it exudes skilful, precise draughtsmanship. Anna's treatment of light is beautiful, her composition uncluttered. Her likeness stands against a simple, warmly toned backdrop, against which her face appears luminously. Anna gives the painted surface a smooth finish. But I think it is the treatment of the background and the light in the mid 1940s self-portrait, in which Anna demonstrates her painting technique was moving in a new direction, particularly when you compare this painting with her earlier portraits.

Perhaps Anna's 1940s self-portrait is simply less 'showy' and more considered, reflective, and mature. It is also a portrait in which Anna is totally in control and true to herself. What I mean by this is that unlike her earlier self-portraits, this painting is unequivocally Anna the artist in her professional role. She wears a blue overall and her only props are a bundle of brushes and a St John Ambulance Brigade bracelet – a reference to her work at St Mary's Hospital, Paddington, during World War II as a volunteer in the St John Ambulance Brigade. This painting was purchased in 1986 by the National Portrait Gallery in London and used to advertise that museum's exhibition of self-portraits by women artists held between October 2001 and February 2002, also appearing on the front cover of the catalogue.[58] It was also used in the early 1990s in an exhibition at the National Portrait Gallery called "Double Take", in which photographic and graphic portraiture were compared. Anna's self-portrait from the 1940s was placed alongside a photograph of her working on her murals for the Cunard Liner, RMS *Queen Mary* by Madam Yevonde (1893-1975).[59]

After World War II, the sisters never appear to have painted each other, or produced any self-portraits. The fact that there are no paintings and self-portraits of the Zinkeisen sisters in late middle and old age is most significant and can possibly be attributed to the need to pursue remunerative commissions. Occasional photographs do, however, appear in the papers and magazines. Anna

[56] For further details about the Zinkeisen sisters and their passion for horses and riding see, for example: Marita Ross, "Two Sisters in Art: Doris and Anna Zinkeisen", in: *The Buenos Aires Herald*, 7th August, 1949.

[57] *Ibid.* See also: James Harding, *Cochran: A Biography*, London, 1988, p.168.

[58] Liz Rideal, Whitney Chadwick, Francis Borzello, *Mirror Mirror: Self-portraits by Women Artists*, London, 2001, p.10, p.13, p.30, p.78, pp.84-85.

[59] Liz Rideal, *Double Take: Comparing the Art of Graphic and Photographic Portraiture*, King's Lynn, 1991, pp.44-45.

tends to be photographed in a characteristically demure and workmanlike way, normally in an artist's smock, she avoids the lens of the camera and wields her brushes.[60] A rare photograph of Doris from the mid 1950s, as published in the specialist magazine *Art and Industry*, shows the artist elegantly attired wearing a fashionable hat with netting.[61] A much later photograph of Doris by Lucinda Douglas-Menzies (b.1956) dates from 1990, less than a year before she died at the age of 93 (Fig.18). The photograph was taken at Doris's home in Suffolk and was included in the photographer's exhibition of luminaries connected with East Anglia at the Minories Gallery in Colchester. Lucinda Douglas-Menzies remembers that her sitter was "quite formidable" and particularly recalled Doris's "eccentric use of eye-shadow".[62] Interestingly Doris wears her artist's smock, which, tied at the waist with a length of cord, resembles a habit. Her religion is clearly art and her most important vow is obedience to painting, which she pursued to the last. It is an arresting image precisely because it captures the power Doris still had in old age, through her strong pose with both arms akimbo, her proudly raised head, and her gaze fixed directly on the camera lens. With her "eccentric use of eye-shadow", she remains unashamedly the paragon of inter-war glamour, charmingly outré, defiant and extrovert to the end.

There are a few other paintings of the Zinkeisen sisters, as well as many more photographs I could have chosen to write about in this chapter, such as those by Dorothy Wilding (1893-1976), Howard Coster (1885-1959) and Frederick (a.k.a. "Fred") William Daniels (1892-1959). In addition, there are also dozens of press photographs, particularly from the 1920s and 1930s heyday of the Zinkeisen sisters, by photographers such as Joan Craven (*floruit* 1928-1932), although the paintings and photographs of the Zinkeisen sisters discussed above give a good sense of how the artists saw and promoted themselves. The exhibition and circulation in newspapers and magazines of the self-portraits and of the paintings the sisters made of each other also contributed to their early fame. By carefully hanging certain portraits in their homes the sisters again found a means to advertise their artistic skills to select clients. The fact that the Zinkeisen sisters did not paint each other or make self-portraits after World War II fixes our image of the artists in young adulthood, a significant period in their lives when both were honing their artistic talents and receiving considerable praise and honour. Because their work was admired from quite early on in their careers, the Zinkeisen sisters were able to attract important commissions, such as the murals for the RMS *Queen Mary*, which will be the focus of the following chapter.

[60] See, for example: Anna Zinkeisen, "An Artist looks at Hospital Walls", in: *Nursing Mirror*, May 12th, 1950, p.1; Victoria Ainsworth, "Women in Anglia: Portrait of a Lady", in: *The East Anglian Daily Times*, Thursday March 1st, 1973, p.6. A press photograph of Anna in a smock and pretending to put finishing touches to her famous portrait of HRH The Duke of Edinburgh was circulated throughout the world and is reproduced and mentioned in: Josephine Walpole, *Anna: A Memorial Tribute to Anna Zinkeisen*, London, 1978, pp.36-37.

[61] *Art and Industry*, No.57, 1954, p.176.

[62] Quoted from an email to the author from Lucinda Douglas-Menzies sent on Monday 20th August, 2007.

## Chapter Two: RMS *Queen Mary*

The murals Doris and Anna Zinkeisen were commissioned to paint for the RMS *Queen Mary* are possibly the most famous works the sisters undertook. The *Queen Mary* was launched on the 26th September, 1934, by her Majesty Queen Mary. For many years to come the ship remained one of the most magnificent and impressive ocean liners. She was a theatrical floating palace, who provided many top British artists with an opportunity to create spectacular and enormous works of art, bringing with them prestige from the ship's illustrious and well-heeled clientele. Indeed, the *Queen Mary* was a byword for glamour and sophistication, attracting famous movie stars, and in this way gained yet further lustre. Behind the scenes, however, there were considerable political machinations.

The construction of the *Queen Mary* is closely tied up with notions of British national pride during the Depression, a protracted period of tremendous economic and social hardship. Her existence ran counter to the general currents of mass unemployment, the decreasing use of Britain's resources, and the low levels of investment. By 1929 there was large-scale unemployment in most of Britain's heavy industries with one third of the workers in shipbuilding out of work.[63] The decline in the output of shipbuilding reached its lowest point in the early 1930s and gradually improved towards the end of the decade, although never reaching earlier levels of productivity.[64] Huge government subsidies were poured into projects like the building of the *Queen Mary* and her sister ship, RMS *Queen Elizabeth*, to ameliorate the situation by creating employment and cash flow for the Clydebank shipyard where the *Queen Mary* was built and in all the ancillary businesses.[65] As well as the economic and social factors behind the construction of ships like the *Queen Mary* was the desire for Britain to maintain her standing as a world power.

Prior to World War I, European powers competed for naval supremacy, particularly Britain and Germany. The launching of the first Dreadnought in 1907, a particular type of British battleship faster and with better-equipped armaments than any other hitherto, triggered Germany into a sinister race to surpass Britain.[66] Such cynical rivalry was replaced in the inter-war period by the desire for European powers to outdo each other in the construction of enormous luxury ocean liners, although, strictly speaking, this race had its

[63] John Stevenson & Chris Cook, *Britain in the Depression: Society and Politics*, 1929-1939, London & New York, 1999 [First pub. 1977], pp.65-67; C. L. Mowat, *Britain Between the Wars*, 1918-1940, London, 1968 [First pub. 1955], pp.273-274.

[64] John Stevenson & Chris Cook, *Britain in the Depression: Society and Politics*, 1929-1939, London & New York, 1999 [First pub. 1977], pp.19-20.

[65] James Steele, *Queen Mary*, London, 2005 [First pub. 1995], pp.23-25.

[66] James Joll, *Europe Since 1870*: An International History, 1990 [First pub. 1973], pp.176-178.

origins in the nineteenth century.[67] But, nevertheless, European shipbuilding of the late 1920s and early 1930s is notable for the launching of a series of luxury liners, such as the *Bremen* and *Europa* in Germany, the *Conte di Savoia* and *Rex* in Italy, and the *Normandie* in France. Although when initially launched in 1938, the *Queen Elizabeth* at 1,031 feet [314 metres] was the largest passenger ship to have been built, a record it held for many decades, it was the *Queen Mary*, which competed with the *Normandie* for the Blue Riband, a symbolic prize for the quickest North Atlantic crossing, sometimes referred to as 'the run'. This speed rivalry was associated with increased passenger numbers and remained important for national prestige and advertising purposes well into the late 1950s, when airlines took the bulk of transatlantic passengers.[68] In 1936 the *Queen Mary* won the Blue Riband from the *Normandie*, which won it back the following year. Then from August 1938 until July 1952 the *Queen Mary* held on to the Blue Riband, until surpassed by the SS *United States*. It is against this backdrop of socio-economic factors, coupled with nationalist rivalries, that the luxury interiors must be understood. Indeed, the following extract from an article published in 1936 in an important arts journal called *The Studio* underscores this point:

> A super liner is today not merely a ship but a floating emblem of national prestige. It has to compete in speed and size with the great ships designed by other countries, also with the object of being as large and swift as possible; and if its decoration is not exactly competitive, there is at all events an urge to make it as national as possible. Decoration, considered in this light is more than a minor emphasis of structure. It is a collection of works of art, a kind of exhibition, to prove that the nation excels in culture as well as marine engineering.
>
> Consequently, the Cunard White Star Line has enlisted the services of a large number of eminent British artists for the decoration of the *Queen Mary*. They are not of one school, nor have they all the same artistic ideals in common; but in their various ways they are typical of the nation.[69]

The luxury liners were fabulous feats of engineering, the *Queen Mary* being 1,019.5 feet [310.7 metres] long, creating vast palatial spaces to be decorated. As mentioned in the above quotation, top British artists were approached to come forward with designs and paintings to furnish the *Queen Mary*. Some large panels by Duncan Grant (1885-1978) were rejected by Cunard's directorate very shortly after they had been installed, despite the artist being an influential member of the intellectual Bloomsbury Group, which included, for example,

[67] James Steele, *Queen Mary*, London, 2005 [First pub. 1995], pp.12-18.
[68] James Steele, *Queen Mary*, London, 2005 [First pub. 1995], p.202, p.218.
[69] W. Gaunt, "Decoration for the *Queen Mary*: The new Cunard White Star liner forms a collection of typical British art", in: *The Studio*, No.111, 1936, pp.133-134, p.133.

such literary heavyweights as Virginia Woolf (1882-1941), Edward Morgan Forster (1879-1970), the biographer Lytton Stachey (1880-1932), and the economist John Maynard Keynes (1883-1946), and in spite of support from the eminent art historian Kenneth Clark (1903-1983), who was appointed director of the National Gallery between 1934 and 1945.[70] Success in receiving such prestigious and lucrative commissions was, therefore, never a foregone conclusion. It is a great shame that the individualistic artist Stanley Spencer (1891-1959) [knighted in 1958] rejected the chance to produce work for the *Queen Mary*, after his initial designs of some riveters at work were not well received.[71] Later his evident heartfelt interest in the making of ships can be seen in his pithy cycle of works from the 1940s of shipbuilding on Clydebank, where the *Queen Mary* was constructed at the shipyard of John Brown and Company.[72]

Amongst the women artists commissioned to produce works of art for the ocean liner were Laura Knight (1887-1970) [later awarded the title of Dame], and Vanessa Bell (1879-1961), another artist luminary of Bloomsbury Group fame. Both of these artists produced an 'Impressionist' painting to hang in one of the small private dining rooms, Knight's being a behind-the-scenes glance at a circus, whilst Bell's depicted an English park with a fountain and some people promenading. Amongst the most interesting paintings were two medium-sized nautical works for the cabin-class smoking room by Edward Wadsworth (1889-1949) in his very own idiosyncratic stylistic blend of Surrealism-cum-Metaphysical painting.[73] In one of Wadsworth's panels in particular, a hypnotic mixture of dream-like imagery with, for example, shells, an auger, and an anchor, all in illogical scale, are juxtaposed with architectural elements and a seascape. The murals done by each of the Zinkeisen sisters were, however, amongst the most ambitious works on board in terms of sheer scale and artistic audacity.

What the two Zinkeisen sisters were up to attracted attention from the press. For example, *The Sunday Mercury* ran a feature on the artistic endeavours of the sisters under the headline, "Sisters Beautify Giant Liner: Zinkeisens' Work on the Queen Mary".[74] This article includes photograph portraits of the sisters and gives the readers details of the extent to which the Zinkeisens were involved in producing work for the ship.

Anna Zinkeisen produced a series of stunning decorative murals on canvas for the ballroom representing the four seasons (Fig.19). In total she painted six

---

[70] Kenneth Clark, *Another Part of the Wood: A Self-portrait*, London, 1974, p.248; Dennis Farr, *English Art, 1870-1940*, Oxford, 1978, p.339.

[71] Neil Potter & Jack Frost, *The Mary: The Inevitable Ship*, London, 1963 [First pub. 1961], p.110-111.

[72] James Steele, *Queen Mary*, London, 2005 [First pub. 1995], p.99; Scottish Arts Council, *Stanley Spencer: War Artist on Clydeside*, Edinburgh, 1975.

[73] Jonathan Black, *Edward Wadsworth: Form, Feeling and Calculation: The Complete Paintings and Drawings*, London, 2005, pp.99-104.

[74] "Sisters Beautify Giant Liner: Zinkeisens' Work on the Queen Mary", in: *The Sunday Mercury*, 5th January, 1936.

panels for the ballroom, two of them being 11 feet by 9 feet, a further two were 9 feet by 7 feet, and there were two small works of 3 feet by 2 feet.[75] This work took her half a year, plus the time required to complete the finishing touches, even when occasionally helped by an assistant (Fig.20).[76] In an elaborate souvenir catalogue with tasteful gilt-coloured cover and full-colour plates of the art collection on board the *Queen Mary* produced in around 1936, one commentator writes of the ballroom that: "One remembers this room – everyone will – not because of any particular detail, but for its general atmosphere of *soigné* well-being; a most remarkable and exhilarating ensemble, planned and perfected by an artist who has been left alone to do with it as *joie de vivre* and deep interest moved her."[77] Indeed, Anna's work for the ballroom is an elegant and lively performance. One panel does, however, stand out from the rest.

Madame Yevonde (1893-1975), and other photographers, took shots of Anna Zinkeisen next to the mural depicting a couple reminiscent of Adam and Eve beneath a stylised weeping willow-cum-ash tree. This panel combines mythological Grecian-looking prancing horses with underwater elements. Madame Yevonde's photograph of Anna next to her mural, to which she is making final touches, was part of a series commissioned by the American magazine *Fortune* and published in June 1936.[78] Of note is how Anna is shown next to a small crowd of workmen doing other jobs on the ballroom. In interviews with Neil Potter and Jack Frost for their book about the *Queen Mary* first published in 1961, both Zinkeisen sisters recount how they went to Clydebank, coincidentally in fairly close proximity to their place of birth in the area around Kilcreggan, to do the finishing touches on their murals, finding it difficult and stressful because of the vast amount of commotion and general chaos on board, when both normally worked in absolute quiet.[79] Similar photographs of Anna appeared elsewhere, such as *The Times*, again with the same mural as the backdrop.[80] This decorative mural in particular, with "Adam's" unlikely pose and the horses floating in the ether with their long wavy manes, painted with simplified playfulness, seems to embody the best aspects of art deco. Most importantly, as is indicated in the quotation given earlier from the souvenir catalogue, the paintings Anna produced were *decorative* – remembering the origins of the term art deco come from the French *art décoratif*,

---

[75] *Ibid*.

[76] Neil Potter & Jack Frost, *The Mary: The Inevitable Ship*, London, 1963 [First pub. 1961], p.114. Reference to an assistant named Mr. Barnes is made in the following article: "A Modern Artist's Home in London: Miss Anna Zinkeisen's house in Regent's Park, where some of the decorative panels for the *Queen Mary* were painted", in: *Homes and Gardens*, May, 1936, p.448.

[77] H. M. Tomlinson & E. P. Leigh-Bennett, *RMS Queen Mary: A Noble Tribute to the Imagination of Man*, Cunard White Star Souvenir Catalogue, *circa* 1936.

[78] The article on RMS *Queen Mary* with photographs of Doris and Anna Zinkeisen at work on their murals appeared in: *Fortune*, June, 1936, pp.103-112. See also: *Liz Rideal, Double Take: Comparing the Art of Graphic and Photographic Portraiture*, King's Lynn, 1991, pp.44-45.

[79] Neil Potter & Jack Frost, *The Mary: The Inevitable Ship*, London, 1963 [First pub. 1961], pp.113-115.

[80] *The Times*, Wednesday, January 8th, 1936, p.14.

meaning decorative art - and intended to complement an entire ensemble.

Anna Zinkeisen was able to have a considerable say in how the rest of the ballroom was decorated. She specified that the parquet floors should on the whole be in pale, almost white wood. The stylised weeping willow from the panels was repeated on the shiny, oyster-coloured curtains she designed, which had gold and silver leaves to mirror the main colour scheme of the room.[81] Doris was also given a free rein in her designs and paintings for the verandah grill. This was one of the most exclusive public areas on the *Queen Mary*, serving as a restaurant, cocktail bar, and dance venue (Fig.21).

Doris's designs for the verandah grill on the aft of the Sun Deck are described in the 1936 souvenir catalogue as "most seductive".[82] More importantly, the same catalogue says that Doris's magic touch, "will be responsible for some very late nights here [in the verandah grill], and be extremely popular in consequence".[83] Silver and gold are again the dominant background colour for the pilasters, ceiling, and the railings around the raised areas. The light coloured parquet dance floor and pale furniture were chosen by Doris to stand out against the black carpet, and the deep-red velvet curtains speckled with shining stars. Doris also orchestrated the colour-change lighting, which changed with the tempo of the music. Her main mural for this room was 30 feet long and entitled "Entertainment", depicting a veritable panoply of circus animals, including a black panther and tiger in powerful, rhythmic poses, as well as brightly dressed clowns, dancers, and carnival revellers (Fig.22). Due to its considerable size, Doris rented a house in the country with a large drawing room and also was able to use a Bond Street gallery in London, but found the latter unsatisfactory, because the gallery's customers were constantly being introduced to her, and so interfered with her work.[84] It covered the only proper wall, the other three sides to the verandah grill being mainly windows, making it an ideal place from which to view the sunset on journeys to England from North America. Doris's main panel is a joyful and colourful tour de force and took her over three months to complete.[85] Its evocation of a theatrical jamboree was the visual signature tune of this particular venue and appeared as a reproduction on the à la carte menus.

The architectural historian James Steele in his recent, award-winning book on the *Queen Mary*, describes Doris's verandah grill as an unconventional art deco space, due to its design lacking sobriety and its rather risqué character.[86] James Steele also writes that, "the verandah grill most accurately represented the

[81] "Sisters Beautify Giant Liner: Zinkeisens' Work on the Queen Mary", in: *The Sunday Mercury*, 5th January, 1936; James Steele, *Queen Mary*, London, 2005 [First pub. 1995], p.100, p.107.
[82] H. M. Tomlinson & E. P. Leigh-Bennett, RMS *Queen Mary: A Noble Tribute to the Imagination of Man*, Cunard White Star Souvenir Catalogue, circa 1936.
[83] *Ibid.*
[84] Neil Potter & Jack Frost, *The Mary: The Inevitable Ship*, London, 1963 [First pub. 1961], p.113.
[85] *Ibid.*
[86] James Steele, *Queen Mary*, London, 2005 [First pub. 1995], p.87.

more progressive aspects of social sensibility in the 1930s."[87] This is a most interesting opinion, but I think the general point he is making runs far deeper. It must not be forgotten that in the 1920s and 1930s Doris was heavily involved in British theatre and film. This aspect of her career will be looked at in more detail in the next chapter. For now, it must suffice to say that the mural, in particular, *strongly* relates to this other realm of Doris's creative output, a point hitherto constantly overlooked. Indeed, the general *atmosphere* of the carnival theme and similar theatrical clothes to those to be seen in her "Entertainment" mural, appear in several of the films she designed décor and costumes for, such as, *Carnival* (1931), *The Blue Danube: A Rhapsody* (1932), and *A Night Like This* (1932) (Fig.23 & Fig.27). The mural can help gauge, at least in general, how the film costumes might have looked had they not been filmed in black and white. All in all this work in the film industry by Doris is sexually highly charged to the core. Her mural for the *Queen Mary* was also certainly regarded as provocative at the time, as Doris overheard some men commenting on it, "like a couple of schoolboys seeing their first nude."[88] There can be little doubt that Doris, in her use of the carnivalesque, was making a knowing reference to the eighteenth-century use of the masquerade as a theme in art and popular culture, where sexual frisson was an intrinsic part of dressing up.[89] Today the mural may not work quite in the same way, but at least a version of the "Entertainment" mural still exists.

It is a tremendous shame that so much of the effort expended on the creation of the *Queen Mary*, and other luxury liners like her, has been dissipated over the years. Maybe this speaks poignantly of the fallibility and transitoriness of all human endeavours. The Cunard White Star Liner *Queen Elizabeth*, for which Anna also produced murals, was launched in 1938, but after she was 'retired' in 1968, she was passed through the hands of several speculators, prior to her wreckage being scrapped in 1975.[90] Both the *Queen Elizabeth* and the *Queen Mary* were used as troopships during World War II.[91] During this period many of the interior features of the *Queen Mary* were spoiled, or else it was decided after the war to make significant changes.

Doris Zinkeisen agreed to restore her "Entertainment" mural, but when it arrived at her studio, it was clear to her, that she would have to begin afresh, as it was so filled with holes, it resembled, according to Doris, "a piece of lace", or some textile, "the mice had been at".[92] She was commissioned to redo the

---

[87] *Ibid.*

[88] Neil Potter & Jack Frost, *The Mary: The Inevitable Ship*, London, 1963 [First pub. 1961], p.114.

[89] For a detailed account of the eighteenth-century masquerade and its meanings see, for example: Terry Castle, *Masquerade and Civilisation: The Carnivalesque in eighteenth-century Culture and Fiction*, Stanford (California), 1986.

[90] See, for example: R. Galbraith, *Destiny's Daughter: The Tragedy of RMS Queen Elizabeth*, Vermont, 1988.

[91] D. A. Butler, *Warrior Queens: The Queen Mary and Queen Elizabeth in World War II*, Mechanicsburg, 2002.

[92] Neil Potter & Jack Frost, *The Mary: The Inevitable Ship*, London, 1963 [First pub. 1961], p.225.

mural, for which she had to use hinged stretchers to fit the canvas around two walls of her studio at 50 Albert Court, Kensington Gore, in London, where she lived from 1946 until she moved to Suffolk twenty years later. The redone mural took her over half a year to complete and her daughters assisted by 'filling in' the background. Doris had reserved the right to make alterations to the 'copy' of the mural. In the interim Doris's beloved pet, Pete the Poodle, who features in the first mural, had passed away, so was excluded in the updated version.[93] Doris also added the motif of a glamorous film actress surrounded by a circle of arc lights.[94] This clearly relates to her own interest in the film industry and adds a particular kind of sparkle for the restaurant's guests, who might have been expecting to rub shoulders with real movie stars. Anna's original murals for the *Queen Mary* were sadly removed and lost after the war.

The ballroom, where Anna's four-seasons murals were displayed, underwent several changes after World War II. Part of the room became a cinema and the remainder of it was combined with an adjoining space to create a new ballroom, albeit a smaller one. Anna was commissioned to produce two completely new murals for this ballroom, each being 25 feet long by 8 feet high. These were entitled, "The Chase", which used underwater themes and symbolism combined with hunting traditions, as in the playful representations of Mermaids wearing hunting jackets; and "Hunting Through the Ages", in which a representation of a woodland is peopled with numerous figures in hunting costumes from the past.[95] This new ballroom was turned into a boutique in 1953, although Anna's post-war murals remained in place until 1968, when the shop area was torn out and the murals "lost".

The *Queen Mary* has had a chequered history as a themed visitor attraction-cum-museum-cum-hotel and restaurant since it was dry-docked in Long Beach, California in 1968. Various stakeholders in the ship, including, at one time, the Walt Disney Company, have had their problems maintaining her, but she is currently still being run as a hotel and centrepiece for Long Beach. Both sets of Anna's murals are "lost", but Doris's post-war panels do survive. At various times they have been removed from their original location, in part due to the verandah grill's change of use and its extension into neighbouring areas to create added seating. Much of the original furniture has been auctioned off over the years and the room is a shell of its former self. A panel, which may be a self-portrait of Doris in the guise of Venus, used to hang above the bar area of the

[93] Pete the poodle's son, called Domey, was Doris's replacement and far more popular with the artist's son, as Pete was extremely fond of puncturing footballs! Many thanks to Captain E. M. G. Johnstone for this detail.
[94] James Steele writes that this was the idea was part of her brief, but Doris said that it was her improvement to the mural. Compare, for example: Neil Potter & Jack Frost, *The Mary: The Inevitable Ship*, London, 1963 [First pub. 1961], p.225; James Steele, *Queen Mary*, London, 2005 [First pub. 1995], p.196.
[95] "Queen Mary is Pre-war Self, But With Many New Features: Liner Glistens in Luxurious Newness and Has Spectacular Changes on Promenade Deck; New Bar Near Main Restaurant", in: *New York Herald Tribune: Paris Edition*, 29th July, 1947.
[96] This could be an unconscious self-portrait. Amongst the figures in the original murals, Doris "unconsciously" included a portrait of Her Majesty Queen Mary, which, because it was recognised by her son [later King

verandah grill, but is now an exhibit in a separate exhibition space about the history and art of the ship.[96] In its original location, the supposed self-portrait of Doris as Venus would have presided over the various festivities in the verandah grill and been a part of the fun, but in her new location the 'self-portrait' has lost its real function and looks rather forlorn, rather like an obscure, exotic preserved specimen of art deco exuberance, and quite out of sorts.[97] The fate of Anna and Doris's murals on the *Queen Mary*, with works being lost and altered, mirrors the fate of many of the films Doris was involved in. So much of the output of the inter-war British film industry has been lost, or sadly lies forgotten, but in the following chapter I will examine Doris's involvement in the British cinema, as well as her related work for the theatre and revue.

Edward VIII] on an inspection of the liner, Doris altered. For an account of this see: Neil Potter & Jack Frost, *The Mary: The Inevitable Ship*, London, 1963 [First pub. 1961], p.114.

[97] Art objects often "change" meaning when moved to new locations and for a discussion of this contentious issue see, for example: Charles Saumarez Smith, "Museums, Artefacts, and Meanings", in: Peter Vergo (ed.), *The New Museology*, London, 2000 [First pub. 1989], pp.6-21; see also chapter 13 about Canova's *Three Graces* of Malcolm Baker's, *Figured in Marble: The Making and Viewing of Eighteenth-century Sculpture*, London, 2000, pp.159-168.

## Chapter Three: Entertainment

In the 1920s both Anna and Doris became involved in designing costumes and sets for the theatre and for extravagant revues. Anna's work in this field was fairly limited, especially when compared to that of her elder sister. On one documented occasion, however, Doris was hospitalised after a riding accident, in which her pelvis was severely crushed and broken, and in order to complete costume designs for the film *Nell Gwyn* (1934), Doris "dictated" the designs to her sister to draw at her bedside.[98] Even including this isolated case of collaboration Anna, for an unknown reason, did not take to theatre design in the same way as her sister, so the focus of this chapter will, obviously, have to be Doris. Already in chapter two it was noted how Doris's important commission to paint a mural entitled "Entertainment" for the *Queen Mary* related to the carnival theme to be found in some of the films she undertook design work for. This chapter is like a bridge between the preceding and following ones, inasmuch as it will help to demonstrate just how important the links between the design work for the entertainments business and the paintings actually were, and, despite the fact that Anna was not prolific in the field of theatre and film design, this general statement also holds true to her, as will be seen later. Indeed, artistic inspiration appears to move in two directions. Doris both feeds the entertainments business with design ideas, which simultaneously provides her and her sister with ideas for their paintings and, in particular, informs how they choose to portray sitters in their inter-war portraits. Much of Doris's work involved providing costume designs. This type of work is important, precisely because it adds considerably to the enjoyment and popularity of theatre and film productions. The beauty of the costumes also plays a part in the characterisations and can add significantly to the plot. So what sort of work did Doris undertake for the entertainments business? Was her work important? I will begin by looking at Doris's inter-war work for theatre, followed by her film work. I will then go on to examine her post- World War II output for theatre.

### Doris and the Theatre in the 1920s and 1930s

Doris Zinkeisen was involved in over fifty stage productions.[99] For this reason I have found it impossible to be entirely comprehensive in my discussions of her stage design work, but I believe the choices I have made in my debate will give the reader a good understanding of her involvement in the theatre. When investigating Doris's theatrical design work, it quickly becomes apparent, that

[98] For references to the riding accident see: Marita Ross, "Two Sisters in Art: Doris and Anna Zinkeisen", in: *The Buenos Aires Herald*, 7th August, 1949. For a further reference to Doris's riding accident see: James Harding, *Cochran*, London, 1988, p.168.
[99] See Appendix C.

the people she was associated with, or the circles of professional and personal friendships she moved in, reads like a 'who's who' of the most distinguished and influential theatre people of their age. It includes, for example, such theatrical luminaries as the playwright, composer, and actor Noël Coward (1899-1973), the novelist Evelyn Waugh (1903-1966), the impresario Charles Cochran (1872-1951), the actress Elsa Lanchester (1902-1986), as well as the actor-turned-Hollywood director James Whale (1889-1957), to name-drop but a few. Doris's work for theatre also brought her into contact professionally with other stage designers, such as Rex Whistler (1905-1944), Gladys Calthrop (1894-1980), and Oliver Messel (1904-1978). This brief list is designed to indicate, that as far as her career in the theatre business is concerned, Doris was at the top of her profession, and this has not even taken her work for the British film industry into account. So what types of theatre production was Doris involved in?

Sir Nigel Playfair (1874-1934) gave Doris her initial opportunity to work in the theatre.[100] Some of her early work, it must be said, received mixed reviews. Amongst her first scene and costume designs were those for the premiere of *Body and Soul*, written in 1920 by Arnold Bennett (1867-1931). Bennett and Playfair had also been, it should be noted, business partners and since 1918 were part of a syndicate co-owning the lease of the Lyric Theatre in Hammersmith.[101] *Body and Soul* was first performed at the Liverpool Playhouse in February 1922 and transferred in September of the same year to the Euston Palace of Varieties in London, for which Playfair had recently acquired the tenancy.[102] Giles Playfair (1910-1996), Nigel's son, explained that his father "never had any belief in the opening play" and was, in actual fact, "dragooned" by Bennett into producing *Body and Soul*.[103] Doris's stage designs for this satirical play included a "surrealist" backcloth, described by Sir Nigel Playfair as, "patterned with crawling omnibuses standing on their hind legs", which "hit some of the critics most severely in the eye".[104] A further and possibly more important early production of note, for which Doris came up with designs for scenery and costumes, is *The Insect Play* written by the Czech brothers, Karel Čapek (1890-1938) and Josef Čapek (1887-1945) in 1921.

*The Insect Play* was a satire using insects and their various natures to comment on human society. Karel Čapek, in particular, became noted for his innovative plays: *R.U.R. [Rossum's Universal Robots]* of 1920 helped to introduce the Czech word *robota* [meaning work, compulsory service, and drudgery] into English and is an important work of science fiction, in which the robots develop human feelings and then fight against those who had put them

[100] Refer to Chapter One on how Doris landed the job as Playfair's key stage and costume designer.
[101] Nigel Playfair, *The Story of the Lyric Theatre Hammersmith*, London, 1925, pp.15-17.
[102] Margaret Drabble, *Arnold Bennett: A Biography*, London, 1974, pp.249-250, pp.272-273; Nigel Playfair, *The Story of the Lyric Theatre Hammersmith*, London, 1925, pp.144-145.
[103] Giles Playfair, *My Father's Son*, London, 1937, p.46.
[104] Nigel Playfair, *The Story of the Lyric Theatre Hammersmith*, London, 1925, p.145.

into subjection; and his play *The Makropulos Affair* (1923), which inspired the opera with the same title by Leoš Janáček (1854-1928), was a philosophical comedy about human longevity and a meditation on the meaning of life. *The Insect Play* caught Playfair's attention and he spent considerable time, expense, and effort to introduce it to a British audience. Doris's future career is intimately bound with her work on Playfair's production of Čapek's play.

*The Insect Play* was a huge hit in Prague. Legend also has it that when the play was produced in the United States of America, it helped the Czech playwrights to earn a hundred pounds per week, an enormous sum in the 1920s.[105] Such talk of gilded success spurred Nigel Playfair, Stephen Thomas (Playfair's stage director), and Doris to visit Prague to see the play on the first available flight, to find out more about the newest theatre sensation, and to seek inspiration for an English production. En route to Czechoslovakia they had some hair-raising adventures when their aeroplane, an expensive mode of transport in those days, came down in the Black Forest.[106] Undaunted and determined to complete their theatrical reconnaissance mission, the three British people continued on their journey by train, but not before Doris, in her most elegant travelling attire, had squelched her way in high heels - I assume some kindly gentleman carried her luggage - through marshy fields to reach a bus to take them to the nearest railway station. Many would have been traumatized by such an event and headed for home, but Doris remained undeterred and enthusiastic about her task.

According to Nigel Playfair, it was with her designs for *The Insect Play*, that Doris "first made her name" and "established herself", particularly with her costume designs, which he regarded amongst the best he had ever seen (Fig.24).[107] Despite what Playfair thought, the play did not take off and become a hit with British audiences. Much of the original play was lost in the translation by Playfair and Clifford Bax (1886-1962) and in adapting the work for an English audience, including the removal of witty improprieties.[108] The play's costly failure was a source of much annoyance and disappointment to Playfair.[109] Despite its short run of six weeks at the Regent Theatre, *The Insect Play* made heads turn and generated interest in some of the key people involved in its production, such as Doris, and, in particular, gave thespians like John Gielgud and Elsa Lanchester, who were at the beginning of their careers, a chance to shine.[110] At this point of her life in the 1920s, Doris was very much a part of a crowd of 'bright young things', including noteworthy actresses such as Elsa Lanchester, whose portrait Doris was to paint, and who would go on to do some

[105] *Ibid*. p.146.
[106] *Ibid*.
[107] *Ibid*. pp.145-150.
[108] John Gielgud, *Early Stages*, London, 1939, pp.63-65.
[109] Giles Playfair, *My Father's Son*, London, 1937, p.46.
[110] For more on Elsa Lanchester's rave reviews for her performance in this play see, for example: Elsa Lanchester, *Elsa Lanchester Herself*, London, 1983, p.75.

most important work in the creative and performing arts.

Nigel Playfair's son, Giles (1910-1996), remembered Doris, "as a constant visitor when we were in London and also when we were on holiday. My father liked 'Zinkie' as he used to call her, and enjoyed discussing his various plans with her".[111] A focus for quite a crowd of what I describe as 'bright young things' was the Cave of Harmony, established in 1921 at 107 Charlotte Street, although it moved shortly afterwards to a mews off Gower Street.[112] Nigel Playfair, by this time, was not, strictly speaking, a bright *young* thing, but he too became part of the crowd at the Cave of Harmony and Doris also attended to dance the night away with her boyfriend and one-time fiancé, James Whale. The Cave of Harmony was a nightclub run by the musician Harold Scott together with Elsa Lanchester, until around the time of her marriage in 1929 to the famous actor Charles Laughton (1899-1962). In retrospect the Cave of Harmony can be understood as an important meeting place in 1920s London. It attracted primarily a crowd of slightly outré Bohemian actors. These would put on risqué, avant-garde plays and cabarets, flouting censorship laws by insisting the venue was strictly private and those attending members. There was also an emphasis on dancing and illegal drinking (as it had no drink licence). All this determinedly louche and wild behaviour attracted, in turn, a more frivolous wealthy fast set of people. In all, this motley crowd constituted, not so much a well-cemented clique or unit, but an adventurous, permissive and liberal environment, receptive and tolerant to new ideas.

Elsa Lanchester and the then aspiring novelist Evelyn Waugh (1903-1966) were good friends during the Cave of Harmony years. Judging from what Waugh has to say of their friendship in his diaries, it had little to do with any literary interests, and more with having a drunken good time and behaving badly.[113] Others of particular note to frequent the Cave of Harmony include Aldous Huxley (1894-1963), whose 1923 novel *Antic Hay* refers obliquely to the bohemian venue, and H(erbert) G(eorge) Wells (1866-1946), who along with Nigel Playfair was an older enthusiast, but an equally important one in terms of their spheres of influence. Doris Zinkeisen was at the heart of this artistic buzz and it is remarkable just how much fantastic creative work grew from those links made at the Cave of Harmony.

James Whale went on to become a hugely influential Hollywood film director. The most famous film he directed is possibly *Frankenstein* (1931). This film's sequel, *The Bride of Frankenstein* (1935), was to include Elsa Lanchester

---

[111] Giles Playfair, *My Father's Son*, London, 1937, p.43.

[112] Elsa Lanchester, *Elsa Lanchester Herself*, London, 1983, pp.54-55, p.89; For an up-to-date definition of 'bright young things' see, for example: D. J. Taylor, *Bright Young People: The Rise and Fall of a Generation, 1918-1940*, London, 2007, pp.16-17, pp.34-51.

[113] Michael Davie (ed.), *The Diaries of Evelyn Waugh*, London, 1976, p.167, p.170, p.184. For more on Waugh, Lanchester and the Cave of Harmony see also, for example: Martin Stannard, *Evelyn Waugh: The Early Years 1903-1939*, London, 1986, p.90, pp.101-102; Elsa Lanchester, *Elsa Lanchester Herself*, London, 1983, pp.56-57; and Selina Hastings, *Evelyn Waugh: A Biography*, London, 1994, p.99, pp.117-118.

in the roles of Mary Shelley and as the Bride, the latter ending up as the performance, which, with bittersweet good fortune, overshadowed much of the actress's other work.[114]

A further significant artistic link to the Cave of Harmony years is Whale's screen adaptation of *The Invisible Man* (1933). Here the science fiction novel by H. G. Wells, published in 1897, was used as the original source and inspiration for the film. Doris and Whale would have met whilst both working for Playfair. Whale was the associate stage manager for Playfair's production of *Body and Soul*. Another play Doris and Whale both worked on together, she as scene and costume designer and he as the producer, was *Father Noah (Mystery of the Ark)* (1918) by Geoffrey Whitworth (1883-1951), but this was only a short one-act play performed just the once as a warm-up to the Expressionist drama, *The Man Who Ate the Popomack* (1922) by the Australian-born poet and journalist Walter James Turner (1884-1946) in aid of the Library Fund of the British Drama League on the 12th June, 1923 at the Savoy Theatre in London. They did work together again, once on a film in 1936, and on a play in the 1950s, which will be discussed later.

Doris Zinkeisen and James Whale obviously split up, as she went on to marry and have a family, whilst Whale (or "Whalebone", as she referred to him as) became resolutely homosexual. Whale's sexual proclivities need not have been an obstacle as they might just as easily have had a marriage of convenience and become yet another successful theatrical couple, in the mode of Cole Porter (1891-1964) and his wife Linda Lee Thomas (1919-1954), or indeed, like Charles Laughton and Elsa Lanchester. Despite their separation, the two of them remained on good terms, enduringly fond of each other, and stayed in contact, despite living on different continents. Elsa Lanchester wrote the following in her autobiography about Doris and Whale's relationship, referring to the period when she was engaged to take part in *The Bride of Frankenstein*:

> And I was happy to be working with James, of course. I thought back on the Cave of Harmony days, when he was a wonderful tango dancer. And he always danced with Zinkheisen (*sic*), a very beautiful and famous woman painter. James and she were engaged to be married, but at some point around the time when he was directing the play *Journey's End*, they parted. I don't think James Whale ever got over it. In Hollywood, James always had Zinkheisen's (*sic*) portrait at the end of his long dining room.[115]

Whatever sadness there may have been, the parting of ways certainly did not stifle their creativity and hard work. For Doris there were to be other

[114] Elsa Lanchester, *Elsa Lanchester Herself*, London, 1983, p.133.

[115] Elsa Lanchester, *Elsa Lanchester Herself*, London, 1983, p.133. It is a pity we don't know for certain if the portrait of Doris referred to is one of her self-portraits, or one of Whale's paintings, for he was an accomplished artist in his own right, and is known to have made at least one painting of her. For a reference to this see: James Curtis, *James Whale: A New World of Gods and Monsters*, Minneapolis, 2003, p.33.

reverberations from those 1920s Cave of Harmony years in the 1930s, indicating of what seminal importance that period was for her and so many of the 'bright young things'. For example, in 1932 Doris, amongst others, was engaged to design costumes for a stage adaptation of Evelyn Waugh's novel, *Vile Bodies* (1930).

It was difficult to obtain permission to stage *Vile Bodies*. Arthur Boscastle undertook the first dramatisation of Waugh's novel in 1931, but it failed to receive a license from the Lord Chamberlain and was, therefore, given just twelve private performances at the Arts Theatre Club in Hampstead. Dennis Bradley reworked the play and by removing any offensive material was able to secure a license for public viewing.[116] So for six weeks, from the 15th April, 1932, for 66 performances, *Vile Bodies* was seen at the Vaudeville as a play by a theatre-attending public. Waugh himself is said not to have liked the dramatisation of his novel, or the playwright Bradley, but it gave the young writer another opportunity for some publicity.[117] For Doris it may have been just a bit of fun to be involved in the Vaudeville production of *Vile Bodies*, remembering the link the writer and artist had with the Cave of Harmony. In truth, however, her provision of some costume designs for this play was not a terribly important commission for her. Already by the mid 1920s Doris had found favourable opportunities to design sets and costumes for another important set of theatre people, including the highly influential impresario Charles Blake Cochran (1872-1951)[knighted in 1948], and the internationally famous playwright, composer, and performer Noël Coward (1899-1973)[knighted in 1969].

The scene and costume designs Doris created for Cochran and Coward's revues are amongst her most important commissions. To a large extent these revues grew out of the music hall theatrical traditions. They were variety shows, consisting of a series of normally light entertainments, such as short plays, songs, chorus dances, and skits, often with a satirical eye on current affairs. In Cochran's hands the revue became a glittering spectacle, with superb entertainers, glamorous costumes, and lavish sets. Cochran had established a reputation for himself in the production of such revues since 1914 and in the mid 1920s he formed a partnership with Coward. Doris collaborated with them in the production of costumes and sets and also was involved in many of Cochran's other productions.

Just how Doris established contact with the Cochran-Coward duo is not recorded. Remembering how forward she was in making the first move to work with Playfair, it would be unsurprising if she had introduced herself to them. Doris found herself in exactly the right company and on several occasions Doris also hosted lavish parties at the Savoy on behalf of Cochran and paid by him, a

---

[116] Selina Hastings, *Evelyn Waugh: A Biography*, London, 1994, pp.256-257; Martin Stannard, *Evelyn Waugh: The Early Years 1903-1939*, London, 1986, p.286.
[117] *Ibid*.

procedure enabling the impresario to avoid inviting particular individuals he probably should have entertained, but wished to avoid. The demands of the revues, their large financial budgets, and their need for lavish displays allowed Doris's imagination to run riot. Most importantly, these revues were box-office gold and normally ran for many months. Amongst the revues produced by Cochran and largely written by Coward, with which Doris was also involved in the capacity of stage and costume designer, are: *On With the Dance*, which, in London, ran for 229 performances in 1925 and was the first of her design jobs for Cochran; *This Year of Grace!*, which, again in London, ran for 315 performances in 1928; and *Cochran's 1931 Revue*, which inexplicably ran for just 27 performances in London, even though it had a strong cast including a debut song-and-dance act by John Mills (1908-2005)[knighted in 1977], and included dance routines choreographed by George Balanchine (1904-1983), a major figure in ballet.[118] These are particularly interesting to note for the link with Coward, but Doris also produced scene and costume designs for many of Cochran's other shows.

The other Cochran productions Doris provided some designs for include, for example: *Still Dancing*, which ran for 114 performances in London in late 1925 and into the following year; *Cochran's Revue* of 1926, which ran for 148 performances, again in London, as are all the following performance running details; *One Dam Thing After Another* of 1927, which ran for 236 performances; *Dear Love* of late 1929 and early 1930, with 132 performances; *Cochran's 1930 Revue* with a staggering 245 performances; although *Ever Green*, which ran from late 1930 and into 1931, clocked up 254 performances. The revue *Streamline* ran for 178 performances in 1934 to 1935; and on top of these Cochran productions, Doris worked on yet further revues and plays.[119] I mention how many performances were staged of these productions to emphasise just how popular this type of entertainment was at that time. In actual fact, the two most popular stage productions Doris was involved with, as measured by the number of performances, were *Under Your Hat* of 1938 and 1939 with 514 performances to its credit, and *Waltzes From Vienna*, a production from the impresario Hassard Short (1877-1956), which ran in London for an entire year beginning in the Summer of 1931 for 607 performances, before moving to, for example, Bristol, and being staged 298 times under the title *The Great Waltz* on Broadway in the United States in 1934 to 1935.[120] These revues also provided many work opportunities for performing artists, writers, and further creative artists.

Future theatrical notables, such as the dancer and actress Tilly Losch (1903-

---

[118] See Appendix C. For more on the "failed" 1931 Revue see, for example: James Harding, *Cochran*, London, 1988, p.144.

[119] See Appendix C.

[120] A version of this production was turned into a film entitled *Waltzes from Vienna* (1934) by the director Alfred Hitchcock (1899-1980).

1975), the dancer, actress and singer Anna Neagle (1904-1986)[credited under her birth name, Marjorie Robertson], and John Mills, all trod the boards in revues, prior to achieving recognition in other areas, particularly in the film industry. Rex Whistler (1905-1944), Oliver Messel (1904-1978), Cecil Beaton (1904-1980), and the French Fauve painter André Derain (1880-1954), are just a few of the other creative people providing costume and stage designs for the same revues as Doris.[121] Some of Doris's designs were Regency and Victorian fantasies in a romantic vein (Fig.25). These are important to mention for they have a bearing on her stylish post World War II oil paintings of fanciful scenes in period settings. *Waltzes From Vienna* possibly deserves a special mention here, due to its extraordinarily long run, and because of its period costumes.

*Waltzes From Vienna* was a story about the conflict between the Viennese composers Johann Strauss the Elder (1804-1849) and his son Johann Strauss the Younger (1825-1899) integrated with their music and some dancing. The cheerful abandon of the music fitted the frivolous mood of Britain between the two World Wars. Lurking beneath all this apparent happiness there was most certainly a parallel being drawn in the musical between the state of the British Empire at that time and the music's embodiment of a most glorious epoch prior to the end of the Habsburg dynasty and the disintegration of the Austro-Hungarian Empire. This production was very much a part of a Viennese revival in the 1930s, where stories and music are set against a glittering Vienna before World War I.[122] Doris was also involved in a series of Viennese-themed British films, including *Goodnight, Vienna* (1932) and *Bitter Sweet* (1933), and the film *The Blue Danube: A Rhapsody* (1932) is also related to this type of film, although the backdrop shifts to Budapest. These films will be discussed more fully shortly, but returning to the stage production of *Waltzes From Vienna*, it is important to note that Doris's elegant dresses and military uniforms were frequently remarked upon in the press.

*The Sunday Despatch* wrote of *Waltzes From Vienna* that: "The star performer, of course, is Hassard Short, producer. He is closely followed by Doris Zinkeisen, who designed the costumes."[123] *The Tatler* referred to congratulations being "showered on Miss Doris Zinkeisen" at the première.[124] Other papers refer to "the sparkling gaiety of Miss Doris Zinkeisen's costumes"; "Doris Zinkeisen's delightful period costumes, so rich in colour and attractive of design"; "Doris Zinkeisen's most gorgeous dresses"; and "the fine range of costumes designed by Doris Zinkeisen, whose military creations are, to say the least, handsomely

---

[121] See Appendix C.

[122] For a brief write up of the Viennese theme as a trend in British cinema see, for example: Stephen Guy, "Calling All Stars: Musical Films in a Musical Decade", in: Jeffrey Richards (ed.), *The Unknown 1930s: An alternative history of the British Cinema, 1929-1939*, London, 1998, pp.99-118, pp.104-107.

[123] "Waltzes From Vienna", in: *The Sunday Despatch*, 23rd August, 1931.

[124] "Last Week's Première", in: *The Tatler*, No.1574, 26th August, 1931, p.351.

striking".[125] The costumes designed by Doris were evidently an important part of the theatrical spectacle and excited much comment and interest from all sorts of quarters.

Intriguingly Doris's stage sets and costume designs for a production of *The Taming of the Shrew* by William Shakespeare (1564-1616) at the New Theatre in London in 1937 inspired at least two oil paintings by the influential painter Walter Sickert (1860-1942), an artist who in his youth 'trod the boards' for several years and displayed his theatrical interests in many of his paintings.[126] One of these pictures shows the English stage and film actress Edith Evans (1888-1976) [created a Dame in 1946] in the role of Katharina being clutched by Leslie Banks (1890-1952), whilst the other gives a more general view of the stage, similar in many respects to Doris's own theatrical paintings.[127] Sickert's paintings give an impression of how Doris's designs might have looked for the theatregoers. The designs Doris came up with for *The Taming of the Shrew* and *Waltzes of Vienna*, were, however, fairly conventional when compared to some of her crazily artistic and extraordinarily risqué costume designs for the revues.

Cochran was a fantastic showman and excelled at publicity. An important 'trademark' of his revues was his use of a troupe of beautiful young women, who came to be known as Cochran's Young Ladies.[128] These Young Ladies were frequently required to appear on stage to dance and sing, or simply to parade and pose wearing the skimpiest of costumes, many designed by Doris. Already in 1926 Doris was interviewed about her inventive costume designs for revue girls by *The Evening News*, demonstrating her prominence as a stage designer, in an article featuring a portrait photograph of Doris looking like a well-groomed star, with a pale fur collar luxuriously hugging her neck.[129] As to her costume designs, exposed flesh, wacky hats, suspenders, and decorative tasselled nipple covers all became important concerns for Doris's creativity, and would later influence her mural for the *Queen Mary*. Such frivolous and playfully titillating costumes undoubtedly helped to sell the shows and make them such box-office successes, and Doris took this work extremely seriously.

The interviewer for *The Evening News* reports that: "When we talked about the way costumes are designed, Miss Zinkeisen became very professional". After a lengthy description of how Doris set about the design process she concludes: "I invariably go to the dressmaker and choose every one of the

[125] *Queen*, 26th August, 1931; *The Daily Telegraph*, 19th August, 1931; *The Yorkshire Post*, 18th August, 1931; *Performer*, 26th August, 1931.

[126] Rebecca Daniels, "Newly discovered photographic sources for Walter Sickert's theatre paintings of the 1930s", in: *The Burlington Magazine*, CXLVIII, April 2006, pp.272-276. Oddly Rebecca Daniels fails to mention Doris Zinkeisen in her discussion of the paintings by Sickert, which were inspired by her sets and costumes.

[127] *Ibid*. For further photographs of Doris's stage and costume designs for this production of *The Taming of the Shrew* see: Doris Zinkeisen, *Designing for the Stage*, London, 1938, p.45, pp.68-71; Charles B. Cochran, "Theatre Design", in: *The Studio*, No.125, 1943, pp.149-153, p.152.

[128] Sam Heppner, '*Cockie*', London, 1969, p.78, p.120, p.126, pp.213-214; James Harding, *Cochran*, London, 1988, p.114.

[129] A. D., "How Revue Girls are 'Dressed Up'", in: *The Evening News*, 26th July, 1926.

materials myself – even down to the buttons, the shoes, the gloves, wigs, colour of hair, and so on and, of course, when the make-up is fantastic I supervise that too; and I go to most of the fittings. It's great fun, but it's terribly hard labour!"[130] And her efforts were certainly well received.

The press coverage and reaction to Doris's dress designs for *Cochran's 1931* Revue give a good idea of the importance attributed to stage costumes and their influence on the fashion industry generally. An excellent collection of over seventy designs for theatrical costumes from the inter-war period by Doris is owned by the eminent businessman Sir Peter Michael CBE and is, at the time of writing, on display in the public areas of one of his luxury hotels, The Vineyard at Stockcross near Newbury.[131] Similar designs by Doris were occasionally sold as art works in the inter-war years.[132] Sir Peter Michael's collection, however, is of a more recent formation and it includes, amongst the more outlandish costumes, a few choice examples of Doris's designs in a similar vein to those, which *The Daily Mail* in an article about *Cochran's 1931 Revue* regards as helping to shape the design of evening frocks of the period: "Among the many new fashions that came not from the great Paris designers or from the Hollywood studios but from Mr. C. B. Cochran were the present long evening frocks and the moulded figure."[133] The article, featuring a glamorous portrait photograph of Doris Zinkeisen, announces that at the Manchester production of the 1931 revue, audiences will have the chance to see sixteen of Cochran's Young Ladies modelling the very latest in ankle-length evening gowns with flounced petticoats, as designed by Doris. It is important to point out how the article speaks to the patriotic within the reader, by highlighting how, if the new design is generally followed, "miles of British material" will be required, including "a special silk net made in Devonshire".[134] *The Sunday Chronicle* echoes the notion of Cochran's use of Doris's dress designs having a positive impact on the British textile industry. Indeed, the article states that Doris's latest dress design is not just an artistic, theatrical device to please the eye, but is "expected to help the trade in Lancashire materials and Nottingham lace".[135] Decline of the British textile sector and its corresponding unemployment in the late 1920s and early 1930s was a major concern and it is interesting to note from the above how the film and fashion sectors responded to this problem, by trying to stimulate some interest in British materials.[136] The articles attribute to Doris's

[130] *Ibid.*

[131] For further information on Sir Michael and The Vineyard at Stockcross go to: www.the-vineyard.co.uk

[132] For a reference to costume designs by Doris being sold in the late 1920s see, for example: Charles Baile de Laperrière (ed.), *The Society of Women Artists Exhibitors 1855-1996: A Dictionary of Artists and their Works in the Annual Exhibitions of the Society of Women Artists*, Calne, 1996, p.321.

[133] "Petticoats! (But Not Quite What You Think): Mr. Cochran Makes a New Stir", in: *The Daily Mail*, 17th January, 1931.

[134] *Ibid.*

[135] "Petticoats Again – But Different: Visions of Sea Foam White!", in: *The Sunday Chronicle*, 18th January, 1931.

[136] For more on the decline in the textile sector between 1929-1935 see, for example: John Stevenson and

costume designs an importance well beyond their seemingly 'trivial' realm of the stage and give them an economic and social significance.[137] For this reason Doris's reputation was considerable and her opinions on fashion sought after.[138]

Doris's enormous design output for the stage made her famous in theatrical circles, as well as a newsworthy commodity. The press turned to her for all sorts of advice. An amusing article, accompanied by a portrait photograph of Doris by Frederick Daniels, in *The Overseas Daily Mail* from 1932 asks Doris about how she stays slim.[139] In relation to her "patriotic" summer holiday spent in Cornwall it is reported that: "Miss Zinkeisen is one of the fortunate women who retain a perfect figure without taking the least trouble about her diet. Her daily breakfast of bacon and egg, and coffee with cream, her love of all rich foods, and her habit of drinking half a pint of cream a day while on holiday, make less lucky women sigh with envy. Riding is her only form of exercise, and she goes down into the country as often as possible for weekends during the hunting season."[140] This may seem to be trivial, but, in actual fact, it tells us a great deal about how Doris's particular 'look' and her lifestyle were sought after and generated interest from some of the general public. The same article refers to Doris as an artist and stage dress designer. Very soon, however, her work for the British film industry, especially in the 1930s, would cement her celebrity status. In this field too Doris excelled and was involved in some of the biggest film hits of their generation. Her experience of designing for the theatre helped her enormously in her work for films, although the artistic currents flowed freely in both directions.

## Doris and Designing for the Inter-war British Film Industry

Already in the 1920s Doris was designing costumes and sets for an early black-and-white silent film. It is absolutely certain Doris designed costumes for the 1926 film, *Nell Gwyn*, and she may have contributed work for other films in the 1920s, although this is difficult to state for certain, as not everyone involved in film productions was credited at that time.[141] Her designs for talkies of the 1930s, however, brought Doris considerable publicity and press attention. In this section I will consider what Doris contributed to the British inter-war film

Chris Cook, *Britain in the Depression: Society and Politics, 1929-1939*, London & New York, 1999 [First pub. 1977], pp.66-67, pp.70-71.

[137] For an interesting warning against trivialising fashion, albeit from a feminist perspective see, for example: Camille Paglia, *Sexual Personae: Art and Decadence from Nefertiti to Emily Dickinson*, London, 1992 [First pub. 1990], pp.31-32.

[138] For an example of Doris being asked by the press on how fashions will evolve during the 1930s see, for example: "What Shall We See in 1940", in: *The Daily Mail*, 31st December, 1930.

[139] "A Woman's London Diary", in: *The Overseas Daily Mail*, 13th August, 1932.

[140] *Ibid*.

[141] For further mention of Doris's designs for *Nell Gwyn* (1926) see, for example: Catharine MacLeod et al., *Painted Ladies: Women at the Court of Charles II*, London & New Haven, 2001, pp.234-235. For a vague reference to Doris's work in films "from 1923 to 1938", but without any details of which films, see: Brian

industry, but I will also explain what makes the films she was involved in significant to our understanding of the period and also in understanding her.

A vital aspect of Doris's work for the British film industry in the 1930s was to give young and talented starlets an image boost, by providing them with a complete makeover. This involved changing the actresses' style of dress, speech, hair, makeup, and general deportment. The director and producer Herbert Wilcox (1892-1977) commissioned most of the work Doris undertook in the film sector. Wilcox was quite a mover-and-shaker in the British film industry, although his name today is probably less well recognised than those of Hungarian-born Alexander Korda (1893-1956), originally Sándor Laszlo Kellner [knighted in 1942], and Alfred Hitchcock (1899-1980) [knighted in 1980], the latter moving from England in the late 1930s to the United States of America to become a Hollywood big shot. Korda produced memorable classics such as *The Private Life of Henry VIII* (1932) and *Rembrandt* (1936), whilst Hitchcock, during his early career in England, was already honing his skills as the master of suspense thrillers as in, for example, *The Man Who Knew Too Much* (1934) and *The Thirty-Nine Steps* (1935).

The films of Herbert Wilcox have not stood the test of time quite so well as those of Korda and Hitchcock, despite the fact that, in their day, they were amongst the most popular film releases. His particular strong points were historical dramas and musical romantic comedies. His overriding passion was for glamour and in the late 1920s and 1930s it was Doris to whom he often turned, in order to cast her artistic spell on his productions and generate beautiful, colourful, exotic, and imaginative illusions. Doris's contribution to films has not always been understood, possibly because access to Wilcox's films is not easy, with only a few readily obtainable on video and DVD. For example, one scholar of films, Sue Harper, alludes to the film design work of Doris Zinkeisen in her exuberantly entitled book, *Women in British Cinema: Mad, Bad and Dangerous to Know* (2000).[142] Unfortunately most of what she writes about Doris is misleading, to say the least.

In her brief résumé of Doris's costume designs for film, Sue Harper is consistently inaccurate. I do feel strongly that in order to make her book more polemical, confrontational, and provocative than is probably necessary, she either ignores facts, or distorts them for her own ends. In her hands, Doris's costume designs for films make no attempt at historical accuracy, construct bisexual female personae, and are often of a cross-dressing persuasion, which Harper claims Doris "specialised" in.[143] These opinions are quite frankly

McFarlane & Anthony Slide (ed.s), *The Encyclopedia of British Film*, London, 2003, p.753. An article from 1931 states that: "Her [Doris's] only previous association with films was her designs for Miss Dorothy Gish's costumes in *Nell Gwynn*". From: W.A.M., "Personality Creator: Miss D. Zinkeisen's Task: Dressing and Grooming Film Stars", in: *The Daily Mail*, 1st May, 1931.

[142] Sue Harper, *Women in British Cinema: Mad, Bad and Dangerous to Know*, London & New York, 2000, pp.213-214.

[143] *Ibid*.

incorrect.

Harper goes on to ponder what the costumes for Herbert Wilcox's two films about Queen Victoria, *Victoria the Great* (1937) and *Sixty Glorious Years* (1938), two of Wilcox's most popular and famous films, might have been like had Doris not emigrated, apparently, to the United States of America in 1936.[144] This is a most odd piece of scholarship, as Doris *did* in fact produce all the costume designs for the Victoria films and she never emigrated. Possibly the only really sensible thing Sue Harper says is that Doris's costumes do play a role in the narrative of the films, although she fails to elaborate adequately on this point.

The ways in which Doris's costumes contribute to the films are by helping to establish the characters portrayed by the actors, convey messages about social class, and impinge directly into the story line. These elements are all closely related. Key words for understanding the costumes are *glamour* and *escapism*, which also apply in general to the costume dramas Doris was involved in.

Doris made a detailed study of costumes of the past through the study of historical portraiture. This is particularly evident in her book, *Designing for the Stage*, first published in 1938 and reprinted in 1945 and 1948. Chapter seven, entitled "Period Costume", is particularly noteworthy here.[145] Doris warns designers against making period costumes look like fancy dress by examining closely the cut and shape of historical clothes and she emphasises that: "With so many wonderful contemporary portraits and pictures there should never be any excuse for incorrect silhouettes".[146] However, Doris's actual period costumes for film, as in the films about Queen Victoria, can be understood as 'romantic' evocations of the past, as opposed to slavish imitations of it. Indeed, in *Designing for the Stage*, Doris suggests that some exaggeration of period elements of historic costumes can be, "more effective and delightful when rather caricatured."[147] This point also applies to Doris's post-World War II paintings featuring characters in period settings, as we shall see. In general, the past in the films produced by Wilcox with Doris's costumes is to be understood as an exotic place to be mined for stories to entertain audiences, rather than educate them. Occasionally the past is used in Wilcox's films to highlight historical precedents for contemporary mores, especially in relation to sexual morality and social mobility.

The film historian Jeffrey Richards in his book, *The Age of the Dream Palace: Cinema and Society in Britain 1930-1939* (1984), sees the inter-war British film as being primarily about promoting ideology, more specifically he views the films produced in that period collectively as a powerful vehicle for

[144] *Ibid.*

[145] Doris Zinkeisen, *Designing for the Stage*, London, 1938, pp.48-55. Other chapters are also interesting in regard to period costume. See, for example, chapter ten on "Wigs and Hairdressing", and chapter eleven on "Shoes and Hats", pp.64-66.

[146] *Ibid.* p.50.

[147] *Ibid.* p.54.

"the maintenance of the hegemony of the ruling class".[148] This may be ostensibly true for much of the material Jeffrey Richards examines, but is not necessarily applicable to all films of the period 1930-1939, especially as his own theoretical framework is slightly slippery on the definition of what exactly constituted his hegemony. He dismisses all film producers, including Herbert Wilcox, as a somewhat vain crowd, who desired nothing more than to make piles of money and accrue honours, enabling them to become Establishment figures in their own right.[149] I cannot concur entirely with Jeffrey Richards's standpoint, although I find it entertaining and impossible to ignore, but how might his opinions be of use in connection with the films Doris worked on for Herbert Wilcox? This is a complex question requiring further elucidation.

Jeffrey Richards writes that: "The ruling class's view of 'reality' comes to constitute the primary 'reality' of the subordinate classes, and the ruling class sets the limits, both mental and structural, within which the subordinate classes live".[150] Writing in the 1950s about early cinema as a new means of cultural development, the art historian Arnold Hauser conceptualises his thoughts in terms of class:

> Film production owes its greatest successes to the realization that the mind of the petty bourgeois is the psychological meeting place of the masses [...]. The petty bourgeois attitude to life is typified by a thoughtless, uncritical optimism. It believes in the ultimate unimportance of social differences and, accordingly, wants to see films in which people simply walk out of one social stratum into another. For this middle class the cinema gives the fulfilment to the social romanticism which life never realizes and the lending libraries never realize so deceptively as the film with its illusionism. 'Everyone is the architect of his own fortune', that is its supreme belief and climbing the basic motif of the wish-fantasies which entice it into the cinema.[151]

The centrality of class in the above quotations is an interesting opening to a clearer understanding of Herbert Wilcox's films, particularly those in which Doris had a role to play. I do think, however, that some of the film projects Doris collaborated on are subversive in a subtle way and an intrinsic part of their glamour and escapism.

Entertainment value is a most important aspect to emphasise. Herbert Wilcox's first foray into the realms of silent film production was *The Wonderful*

[148] Jeffrey Richards, *The Age of the Dream Palace: Cinema and Society in Britain 1930-1939*, London, 1984, p.2, p.8, pp.323-324.
[149] *Ibid*. pp.44-45, p.323.
[150] *Ibid*. p.2. Jeffrey Richards's views are adopted by other writers on film history. See, for example: Sue Harper, *Picturing the Past: The Rise and Fall of the British Costume Film*, London, 1994, pp.50-51, p.55.
[151] Arnold Hauser, *The Social History of Art: Volume IV: Naturalism, Impressionism, the Film Age*, London & New York, 1999 [First pub. 1951], pp.239-240. For a good analysis of class issues in film see, for example: Stephen Shafer, *British Popular Films 1929-1939: The Cinema of Reassurance*, of particular interest is chapter six, "Inter-Class Romance: Social Escapism", pp.112-146.

*Story* (1922), about ordinary country people in the setting of a humble cottage. Although a success with the critics, this film was regarded as anything but *wonderful* by audiences and turned into a spectacular flop.[152] Wilcox accounted for this failure, by pointing out in his autobiography that it was a work of "stark realism", released into the economically depressed Britain of the early 1920s. To avoid such box office disasters Wilcox vowed not to pursue such realistic stories again, stating that: "Audiences have enough of that, and rationing and shortages were still with us. My objective now was escape entertainment of pleasant people in pleasant surroundings doing pleasant things, or highly coloured musical romance."[153] Doris's objectives for drama were pretty much identical to those of Wilcox. In *Designing for the Stage*, Doris wrote the following:

> I must confess that I have a strong leaning towards the old-fashioned theatre – the auditorium overloaded with rather swirling ornate decoration, the boxes a welter of garlands, cupids and red plush drapery. The proscenium is generally terrific in its glitter of gold and ornamentation mounting up to a glory of more cupids and almost invariably crowned with a pair of flying ladies blowing coach horns on either side of a more dignified seated lady, with rather richer curves, who is entrusted with the important duty of holding the masks of Tragedy and Comedy.
>
> This kind of decoration seems a far truer atmosphere for a theatre than the cold unyielding interior of some modern playhouses. Architects and interior decorators today seem, when entrusted with designing a theatre, to disregard completely the fact that it is **a house of entertainment** [my emphasis] and that the moment an audience enter a theatre they should be made conscious of feelings of suppressed excitement and anticipation before the curtain goes up.
>
> Theatres should be decorated with a view to creating this atmosphere and should not look like the interior of some large hotel, without any of the glamour and artificial gaiety so abundantly prevailing in the work of those bygone decorators, and I am certain that it is possible to preserve this spirit of the theatre in decoration and architecture, while employing modern treatment.[154]

Obviously Doris is writing here about theatre design, whilst the quotation from Wilcox's autobiography concerns film. Nevertheless, I think that both are in essence saying a very similar thing, by emphasising that films and theatre are essentially about *entertainment*.

Wilcox also alludes to escapism as an important factor in the box office success of his films, as opposed to social realism, which is, I think, parallel to Doris's desire to create particular moods, especially of "excitement" and

[152] Herbert Wilcox, *Twenty-five Thousand Sunsets*, London, 1967, pp.51-53.
[153] *Ibid.* p.53.
[154] Doris Zinkeisen, *Designing for the Stage*, London, 1938, p.9.

"anticipation", and also, coincidentally, tells us quite a lot about her work as a painter. Such concurrence is suggestive of a "school of thought" concerning entertainment, however problematic it may be in practice to specify its practitioners and tenets.

On this particular note, it is interesting to point out here that Nigel Playfair, for whom Doris worked early on in her career, wrote of the Lyric Theatre in Hammersmith that it was, "constructed to look like a theatre, and not like a Methodist Chapel or the inside of a watch – indeed, it is decorated in the best 1880 *baroque* manner"; and he goes on to say that, "the plays acted in it are intelligible (and even attractive), to certain sections of the public."[155] Commenting on the British theatre in general of the early twentieth century, Playfair commented in 1925 that: "During the war, and the miserable and unsettled period which followed it, the people rushed to it [the theatre] in vast numbers helter-skelter to escape from their own thoughts, which had become in many cases almost unbearable".[156] Once again, as in Doris's book and similar to Wilcox's views on cinema in his autobiography, the theatre is a place for escapism, fulfilling the needs of society at large. Playfair also wrote that his particular interests in theatre were unashamedly "mezzo-brow", as opposed to low-, or highbrow.[157] The importance of this is that although it refers to theatre, it relates closely to the views on the inter-war cinema mentioned earlier. So what type of entertainment and escapism was Wilcox producing with the help of others, such as Doris, and how does it relate to critiques of films of the 1930s?

Class is often a significant factor in the films from the 1930s produced, and sometimes also directed, by Herbert Wilcox and using the costume designs of Doris Zinkeisen. Particularly relevant examples include, for example, *Goodnight, Vienna* (1932), *The Queen's Affair* (1934), and *Nell Gwyn* (1934). The first of these, *Goodnight, Vienna*, is a Viennese romance and one of circa thirty British films produced in the 1930s with a similar backdrop.[158] Vienna is portrayed as a city of sophistication, luxury, café culture, and waltzing to fantastic music. In the musical romance *Goodnight, Vienna*, the male interest is the aristocratic character Captain Maximilian Schletoff played by the 1930s heartthrob Jack Buchanan (1890-1957). It is a great film with considerable humour and a particularly British aura of nonchalant panache, interspersed with some excellent songs by George Ponsford (1906-1976) and Eric Maschwitz

---

155 Nigel Playfair, *The Story of the Lyric Theatre Hammersmith*, London, 1925, p.5.

156 *Ibid*. p.xxix.

157 *Ibid*. pp.5-6.

158 Stephen Guy, "Calling All Stars: Musical Films in a Musical Decade", in: Jeffrey Richards (ed.), *The Unknown 1930s: An alternative history of the British cinema, 1929-1939*, London & New York, 1998, pp.99-118, p.105.

(1901-1969), such as "Living in Clover" and "Goodnight, Vienna".[159] He is head-over-heals in love with Viki, a poor flower girl of humble origins played by the then film starlet Anna Neagle (1904-1986) [made a Dame in 1969], whose likeness Doris also captured in the 1930s (Fig.26). Conflict arises when Captain Schletoff is required by his father to marry a well-placed Countess. The story is set in 1914 and confusion is caused when Schletoff goes to war having rejected his father's wishes. Viki meanwhile believes her beau to have abandoned her, unaware that a letter explaining the situation has been lost in a melee arising from the declaration of war. The film's storyline then skips to the end of the war, which has impoverished Schletoff, but has been kind to Viki, who has emerged as a star singer. They meet again in a shoe shop where Schletoff works as an assistant and eventually, after an initial angry response from Viki, who still believes she was cast aside, they are reunited. The reversal of their personal circumstances debunks earlier class issues, which are also amusingly portrayed in the film *The Queen's Affair*.

*The Queen's Affair* is a romantic comedy and begins with a take of New York City, in particular the skyscrapers of Manhattan. Here, in one of the most uncompromisingly modern cities of the world, the character Nadina, played by Anna Neagle, is introduced working as a shop assistant, only she is about to be informed, that she is to become Queen of the imaginary country of Syrocca, which her royal mother, the viewer later finds out, had left after eloping with a skiing instructor. Unfortunately Nadina's reign is curtailed immediately after her coronation, due to a revolution in her comically politically unstable country. Whilst in exile Nadina falls in love with Carl, played by the smooth Belgian-born actor Fernand Graavey (1904-1970), who had already partnered Anna Neagle in Wilcox's film adaptation of Coward's Viennese musical romance, *Bitter Sweet* (1933), for which Doris also created the costumes. Neither of the lovers is aware of the other's identity - Nadina now being a deposed Queen, and Carl the revolutionary leader, who had led the insurrection against her. Two parading palace guards provide comic sound bites of the political situation. After Nadina briefly resumes monarchical rule the guards declare that everything is, "All the same!"; but after the revolutionaries seize power they comment that, "Things are going from bad to worse!" Despite the fact that Graavey's character and the revolutionaries had called for, "seas of blood", "oceans and oceans of blood", and declared that Queen Nadina "must die", by the close of the film the two lovers are to marry and she is to be Queen, the revolutionary dictator her first elected president. This comic film encourages the audience to see the silliness of both dictatorial and monarchical systems of rule, the advantages of a stable

[159] For more on the film *Goodnight, Vienna* see, for example: Michael Marshall, *Top Hat and Tails: The Story of Jack Buchanan*, London, 1978, p.74; Rachel Low, *The History of the British Film 1929-1939: Film Making in 1930s Britain*, London & New York, 1997, pp.145-146; Stephen Guy, "Calling All Stars: Musical Films in a Musical Decade", in: Jeffrey Richards (ed.), *The Unknown 1930s: An alternative history of the British cinema, 1929-39*, London & New York, 1998, pp.99-118, pp.105-107. Note also that Eric Maschwitz was nominated in 1940 for an Oscar for his contribution to the screenplay of *Goodbye, Mr. Chips* (1939).

constitutional-type monarchy, to identify the fallibility of those in power, and the inconsequential nature of class. With a leading female character stepping back and forth between positions of obscurity and royalty, the precarious foundations of man-made social structures are exposed. Again in the costume drama *Nell Gwyn* the choice of historical subject matter ties in with *Goodnight, Vienna* and *The Queen's Affair*.

*Nell Gwyn* tells the story of the seventeenth-century actress Nell Gwyn (*circa* 1650-1687). The film follows her life's journey from humble orange seller, to comedienne (remembering that it was only in the early 1660s that the appearance of women on the English stage was sanctioned by royal licence, the women's roles hitherto having been played by men in drag), and on to a career as the royal mistress of Charles II (1630-1685). The relationship portrayed in the film between Nell, as played by Anna Neagle, and the King, played with great aplomb and skill by the superb and prolific actor Cedric Hardwicke (1893-1964) [knighted in 1934], is of a genuine and mutual nature, as opposed to an exploitative and cynical arrangement. Despite their differences in birth, the relationship between King and actress is about the meeting of equals. Fascinatingly the film was originally banned in the United States of America for a number of reasons, including the appearance of too much of Anna's bosom, and the immorality of the relationship. The American censors required, amongst many other requests, for the factual ending to be falsified and for Nell and the King to be represented married, or for Nell to be shown dying in squalor.[160] The latter ending was tacked on, but not starring Anna Neagle, along with a host of cuts, which Wilcox objected to, but felt powerless to do anything about. The 'purified' film was not a success in the United States, whilst the original 'sinful' version was an international hit. Clearly Nell's story held considerable appeal for cinemagoers, with the girl from an ordinary background infiltrating the upper echelons of society. But is all this merely escapist wish-fulfilment and "social romanticism", as the cultural historian Arnold Hauser put it, or could other factors at stake? Do these films celebrate the status quo of the class system in an uncritical way, or are they offering their viewers some kind of alternative?

Although the thoughts of cultural historians, like Jeffrey Richards and Arnold Hauser previously referred to, are applicable to the three films discussed above, other things can also be said of them. For example, the female protagonists tend to be tenacious and strong-willed. Nell Gwyn, Viki, and Nadina are hardly shrinking violets. Other Wilcox films Doris undertook costume designs for, such as the *Peg of Old Drury* (1935), loosely based on the life and times of the actress Peg Woffington (1720-1760), the exciting aviation drama *The King's Cup* (1933), and the two films on the life of Queen Victoria (1819-1901), *Victoria the Great* (1937), and *Sixty Glorious Years* (1938), again feature women with steely

---

160 Anna Neagle, *Anna Neagle Says 'There's Always Tomorrow': An Autobiography*, London, 1974, p.78; Herbert Wilcox, *Twenty-five Thousand Sunsets: The Autobiography of Herbert Wilcox*, London, 1967, pp.101-102.

determination.

The character Peg, as played by Anna Neagle, is shown as the type of woman who preferred male company, who is even prepared to duel with her ex-fiancé in order to settle scores. In *The King's Cup*, the heroine Betty Conway, played by the beautiful inter-war starlet Dorothy Bouchier (1909-1999) [aka Chili Bouchier], obtains a pilot's licence with tremendous aplomb in order to take part in, and nail-bitingly win, the King's Cup air race, and also to support her sweetheart, who acts as her mechanic, as he has lost his nerve for flying and taking part in the race in his own right.[161] Queen Victoria, acted by Neagle in both films, comes across as a woman of considerable intellect, political shrewdness and sound judgement. The film historian Sue Harper has commented negatively on the portrayal of the marriage between Victoria and Prince Albert (1819-1861), admirably played by the debonair Viennese-born actor Anton Walbrook (1896-1967), regarding it as too patriarchal and the Queen as too subservient to her consort. But these are myopic views, in my opinion, as the matrimonial relationship shown in the Victoria films has more to do with conveying a sense of how intelligent women have always successfully ruled their husbands, through gentle persuasion.[162] Class is undoubtedly a factor in these films from the 1930s. The strength and bravado of the women characters is, however, an equally remarkable and enticing feature of them, although this could be regarded as being in agreement with Hauser's comment that: "Everyone is the architect of his own fortune". Certainly for some individuals in the 1930s the wish-fantasies relating to class mobility as portrayed in the films of the period were made real, for a select few, who dared to imagine.

It could be argued that the relatively new film industry, and the entertainments business in general, had created a new kind of aristocracy, based on meritocratic principles and it is interesting to note how close the ties between the peerage and this new prominent social class became. Adèle Astaire (1898-1981), the dancing sister of the more famous Fred, married into a premier league aristocratic family, becoming Lady Charles Cavendish; the Viennese-born actress and dancer Tilly Losch (1903-1975), who starred in some Cochran revues Doris Zinkeisen had also been involved in, married the Earl of Carnarvon; the successful society dressmaker Lady Victor Paget (died 1947), whose business executed some of the dresses designed by Doris for the films *A Night Like This* (1932) and *Carnival* (1931), started as a Gaiety Girl of obscure origins, but retired from the stage after marrying the brother of the Marquis of Anglesey, a marriage causing outrage and was openly denounced at the time for debasing the blood of the aristocracy, which, nevertheless, did not put her off marrying into the peerage a second time, divorcing her first husband in order to marry the Earl

[161] This is an unusual film in that it is regarded as the only single-story film in motion picture history with four credited directors, namely Herbert Wilcox, Robert Cullen, Sir Alan Cobham, and Donald Macardle. See: David Quinlan, *British Sound Films: The Studio Years 1928-1959*, London, 1984, p.95.

[162] Sue Harper, *Women in British Cinema: Mad, Bad and Dangerous to Know*, London & New York, 2000, p.17-18.

of Drogheda; and the actress Jeanne Stuart (1908-2003), one of the cast of *Leap Year* (1932), another Wilcox film using Doris's dress designs, married secondly Baron Eugene de Rothschild of the Austrian branch of the banking dynasty. The modern glamour of the entertainments business attracted parts of the aristocracy. It also created a whole new sphere of economic activity and opportunity, rather like the computer industry of our own times, enabling highly motivated, able, and ambitious individuals from humble backgrounds, such as the directors Herbert Wilcox and James Whale, to achieve a previously unimaginable level of prominence and prosperity. In this way, the dream world of film and reality infuse one another with the intoxicating sense of possibility. But all the participants in the whole drama of theatre and film lived and worked in the real world, and through their film work were actively helping to change it, and not just concerned with maintaining the status quo.

I have already discussed the role of women in some of the films Wilcox produced using Doris' costume designs, but these films are not merely addressing women's status in society. Some of the films also refer to a new kind of sexual morality, which captures the happy-go-lucky essence of hedonistic abandonment of the inter-war jazz-age generation. How else can we account for the interest in historical women such as Peg Woffington [who in reality had numerous lovers, including David Garrick (1717-1779)], and Nell Gwyn? In *The Blue Danube: A Rhapsody* (1932), a musical film for which Doris produced costume designs and devised the storyline, the beautiful, though predatory, Countess Gabrielle, played by the German star Brigitte Helm (1908-1996), famous for her performance in *Metropolis* (1926) directed by the Viennese-born Fritz Lang (1890-1976), falls in love with the erotically alluring gypsy musician Sandor, performed by another Austrian, the Oscar-winning actor Joseph Schildkraut (1896-1964).[163]

*The Blue Danube: A Rhapsody* is a diverting, romantic tale on the nature of desire. For the wealthy Countess, Sandor is no more than a sexual conquest, but for him love has to be all embracing. He is thrown into a state of mental anguish, abandoning his gypsy way of life and his love, the radiant Yutka, played by Dorothy Bouchier, but pines for both. In this regard Sandor is the stereotypical gypsy, inclined to be impetuous, as is reflected in the sheer abandon of his music, which is deliberately used throughout the film to replace dialogue.[164] Filled with jealous indignation Yutka vanishes into the night, appearing later in the film as the wife of a wealthy military officer. Late on in the film Sandor comments to

[163] For more on Helm and Schilkraut see, for example: Peter Herzog & Gene Vazzana, *Brigitte Helm from Metropolis to Gold: Portrait of a Goddess*, New York, 1994; Joseph Schildkraut & Leo Lania, *My Father and I*, New York, 1959.

[164] For more on representations of gypsies in the arts see, for example: David Mayall, *Gypsy Identities 1500-2000: From Egipcyans and Moon-men to the Ethnic Romany*, London & New York, 2004, see especially chapter five, "Constructing the true Romany", pp.118-151; Nicholas Saul & Susan Tebbutt, *The Role of the Romanies: Images and Counter-Images of 'Gypsies'/ Romanies in European Cultures*, Liverpool, 2004, see especially Susan Tebbutt's chapter entitled "Disproportional Representation: Romanies and European Art", pp.159-177.

Yutka, that her life is, "So different, almost like the fairy princess of your dreams", emphasising it was her "courage", which brought about the change in her personal circumstances. Nevertheless she too is unhappy, but despite an opportunity to run away with Sandor, she mistakes a conversation he has with the Countess as a sign he still hankers after her, and resigns herself to a more conventional married life. The film's depiction of the precarious fate of love and its manifold vicissitudes, as symbolised by the wild and at times frenetic music played by the then popular Hungarian gypsy group Alfred Rode and his Royal Tzigane Band [which had already made an appearance in Wilcox' film *Carnival* (1931)] (Fig.27), creates an emotional landscape governed by natural instincts.[165] It is a very engaging film, although it failed to capture people's attention, possibly because it could do with considerable editing in order to tighten up the slightly meandering pace of the story, and it flopped everywhere, except Australia, where it had enough of a following for its production costs to be recouped.[166] A very different Wilcox film with Doris as costume designer, which contains a daring glance at 1930s, convention-defying sexual morality, is *Leap Year* (1932), about a one-night stand.

In the romantic comedy *Leap Year* the alluring and demurely enigmatic character Paula Zahren, played by the sophisticated-looking actress Anne Grey (1907-1987), repeatedly has her telephone calls incorrectly diverted to the phone of the character Sir Peter Traillon, played by Tom Walls (1883-1949). Walls was a popular character actor and one of the Aldwych farceurs, a group of actors associated with the Aldwych Theatre in London. *Leap Year* was one of several films Doris designed costumes for (Fig.28), which had members of the cast from the Aldwych gang and was produced by Herbert Wilcox, but directed by Tom Walls, also including, for example, the films *Thark* (1932), and *A Night Like This* (1932). The character Sir Peter is enamoured with the charming voice of his mystery caller and persuades her to dine with him that very night, which she agrees to do, only she refuses to give him her name. He is nervous about meeting his unseen date, but when she arrives, dressed in a superbly elegant fashion, he is totally smitten by her. They dine, they dance, they fall in love, and at the end of the evening they drive in the dark to a coastal hotel. The next morning he takes her to the railway station, but she still refuses to divulge her name. Four years lapse and Sir Peter is wretched, having been unsuccessful in his attempts to track down the mystery woman. By the end of the film he does find her and they agree to marry, but it turns out she had been married at the time of their one-night stand. An adulterous affair is again at the core of the film *Carnival* (1931).

*Carnival* is a visually gorgeous film set in Venice and based very loosely

[165] References to this film are made in, for example: Herbert Wilcox, *Twenty-five Thousand Sunsets: The Autobiography of Herbert Wilcox*, London, 1967, pp.138-139; Rachel Low, *The History of the British Film 1929-1939: Film Making in 1930s Britain*, London & New York, 1997, p.145.

[166] Rachel Low, *The History of the British Film 1929-1939: Film Making in 1930s Britain*, London and New York, 1997, p.145; Herbert Wilcox, *Twenty-five Thousand Sunsets: The Autobiography of Herbert Wilcox*, London, 1967, pp.138-139.

on the tragedy *Othello* by William Shakespeare (1564-1616), from which there are parallel scenes. The actor Matheson Lang (1879-1948) plays the character of an actor Silvio Steno, who is driven to the point of distraction by the possibility his beautiful actress wife Simonetta, played by Dorothy Bouchier, may have had a dalliance with the Count Andreas Scipio, acted by Joseph Schildkraut. By the end of the film Simonetta denies being unfaithful, although the film cleverly builds up the tension through intrigues, blackmail, and malicious gossip. During the film, however, the character Simonetta gives every indication she is amenable to Andreas' advances. She is also depicted as a slovenly mother, whose personal needs override those of her little son, who witnesses his mother abandoning him alone in the house to go to a fancy dress ball. It is here we find a spirit of rebellion against women as sole arbiters of the domestic sphere. It should not be forgotten either that World War I had created an imbalance in society in terms of the numbers of men and women, so it may be that the greater headcount of women helped to shift attitudes towards sex in wider society and established a market-place for romantic films.[167] Certainly many of the clothes designed by Doris for the above-mentioned films are quite racy and suggestive of a sexually confident new type of modern woman, and *Carnival* contains some of the most alluring costumes.

The films Doris was involved in were amongst the most popular films of their day.[168] Stars such as Tom Walls, Jack Buchanan, and Anna Neagle also contributed to the success of the films.[169] The actual technical process of filming added significantly to the story, visual experience, and emotions portrayed and almost all the camerawork in the Wilcox films mentioned above was completed by the distinguished Freddie Young (1902-1998), who between 1962 and 1970 was to win three Oscars for his work on *Lawrence of Arabia* (1962), *Doctor Zhivago* (1965), and *Ryan's Daughter* (1970), all directed by David Lean (1908-1991). Highlights of Freddie Young's cinematography for Wilcox's films of the 1930s include, for example, a fantastic café scene in *Bitter Sweet* in which the camera is twirled round on its axis to create a sense of giddy abandon, and the innovative use of colour film in *Carnival* for the numerous firework displays, to give an impression of the carnival's gaiety. The full importance of the cinematographer's art is a theme in its own right, so here I want to return to

[167] The famous actress Evelyn Laye (1900-1996) gives an interesting personal account of women's changing attitudes and roles in inter-war British society, referring to "surplus women" becoming sexually more free because: "They had too much horror and disillusion to forget [due to World War I]; not enough delight and romance to remember." See: Evelyn Laye, *Boo, to My Friends*, London, 1958, pp.70-71. The autobiography of the actress Elsa Lanchester gives an interesting insight into inter-war sexual morality amongst the Bohemian set. See: Elsa Lanchester, *Elsa Lanchester Herself*, London, 1983, pp.64-65. The most recent study of the changing roles of women in the inter-war period, though sadly missing detail on how the changes are represented in popular culture, is: Virginia Nicholson, *Singled Out: How Two Million Women Survived Without Men after the First World War*, London, 2007.

[168] John Sedgwick, "Cinema-going Preferences in Britain in the 1930s", in: Jeffrey Richards, *The Unknown 1930s: An alternative history of the British cinema, 1929-1939*, London & New York, 1998, pp.1-35, pp.24-35.

[169] *Ibid*. pp.16-19.

Doris's appealing costume designs.[170]

The fancy dress costumes worn by Joseph Schildkraut and Dorothy Bouchier in *Carnival* are sensational. He wears a shiny sequinned leotard and a "Napoleonic" hat of exaggerated proportions, whilst she wears a sumptuous costume, which the phrase "less is more" accurately describes, as the diaphanous material glittering with silver thread of the skirt is topped by a star-shaped bodice, of which two points rise up to just cover Bouchier's nipples (Fig.29). Doris designed similar costumes for the film *The Blue Danube: A Rhapsody*. Such work conveys the spectacle and fun of the balls represented and was later to inspire Doris's murals for the Cunard Line's magnificent ship *Queen Mary*.[171] The murals, therefore, nod in the direction of her work for the British film industry and are suggestive of that sector's glamour. As well as this, the murals convey a sense of the fun, glitter and the risqué atmosphere of the balls captured in Wilcox's films. Some of Doris's costumes for film err on the sexually louche side, although of course much of her output, as in, for example, the Victoria films, was historical in nature. Indeed, some of Doris's best work includes the historically caricatured nineteenth-century costume designs for *Mimi* (1935) (Fig.30), inspired by the tragic romance of the opera *La bohème* (premiered in 1896) by Giacomo Puccini (1858-1924). *Mimi* was directed by Paul L. Stein (1892-1951) and stared the acclaimed actress and singer Gertrude Lawrence (1898-1952)[172] – for whom Doris had already designed costumes in Cochran's 1933 production of the controversial musical *Nymph Errant* about a teenage girl trying to lose her virginity, by the American composer Cole Porter (1891-1964) after the story by James Laver (1899-1975) - and the American film actor and heart-throb Douglas Fairbanks Jnr. (1909-2000). A further excellent example of Doris's historical costumes, on this occasion creating a pastiche of the early 1900s, are those designed for her old friend James Whale's film *Show Boat* (1936), with an enormous cast including the musical comedy star Irene Dunne (1898-1990).[173] These costumes are visually pleasing, but there are many further appealing creations by Doris Zinkeisen.

In the film *A Night Like This*, an Aldwych gang comedy directed by Tom Walls, the nightclub dancer, played by Winifred Shotter (1904-1996), and the rest of her troupe all parade before their audience in sexually light-hearted, yet provocative clothing, much as could have been seen in some of the costumes Doris designed for revues (Fig.31 & Fig.23). It is this type of work, which generated a great deal of interest in Doris as a designer, and helped to popularise

[170] For further information regarding Freddie Young's work see, for example: Freddie Young & Peter Busby, *Seventy Light Years: An Autobiography*, London, 1999; Freddie Young & Paul Petzold, *The Work of the Motion Picture Cameraman*, London, 1972.

[171] Refer to previous chapter.

[172] For further references to Doris's designs for *Nymph Errant* and how Gertrude Lawrence demanded a change in costume shortly before the opening, despite having been to all the fittings see: Sheridan Morley, *Gertrude Lawrence*, London, 1981, p.100. Doris took on the job of designing for *Nymph Errant* at the last minute as Oliver Messel was unwell, see: James Harding, *Cochran*, London, 1988, pp.166-169.

[173] James Curtis, *James Whale: A New World of Gods and Monsters*, Minneapolis, 2003, p.272.

particular stars.

*The Daily Mirror* gave the film *Carnival* an excellent review, praising Doris, "for her clever designing of the theatrical costumes, settings and general décor", as was also echoed in other papers, such as *The Evening Standard*.[174] A review on the film *A Night Like This* in *The Daily Sketch* comments that: "Miss Doris Zinkeisen, whose costumes and décor are always a striking feature of British and Dominions productions, has had scope to exercise her flair for the piquant and the original in the cabaret scenes."[175] In articles by Herbert Wilcox, the director emphasises the importance of Doris's work. He states that: "Since my introduction of the grooming system under Doris Zinkeisen, there has been an incredible improvement in almost every British film".[176] In reference to the creation of film stars, a further Wilcox article speaks of Doris's important contribution to the transformation of Dorothy Bouchier: "Miss Zinkeisen saw at once that Dorothy had been doing her hair in the wrong way – that her screen clothes had not been suitably chosen. We cut the 'Chili' and substituted the more dignified 'Dorothy', which, combined with the Zinkeisen grooming, gave birth to a new talkie headliner."[177] Bouchier's transformation was also reported elsewhere in the press, as in *The Daily Mail*, under the heading "Personality Creator: Miss D. Zinkeisen's Task: Dressing and Grooming Film Stars", which included before and after photographs of Dorothy Bouchier.[178]

In her autobiography, Bouchier wrote of her transformation by Doris and its importance to that particular stage in her career.[179] For her role in *The Little Damozel* (1933), Anna Neagle too received a well-publicised Doris makeover described in *The Star* as an "apotheosis".[180] Neagle understood how Doris's costume designs could help a young actor's career, even if it upset some members of her family, in particular, one of her brothers, who felt some costumes to be excessively sexually provocative. In reference to the film *The Little Damozel*, Anna Neagle wrote the following in one of her autobiographies:

> In one scene I had to wear what was at the time a truly startling dress. Even by today's standards it might have raised a few eyebrows. It was made from transparent black net, with just a few sequins dotted about – in strategic places. Doris Zinkeisen designed it, so of course it was beautifully done. Oddly I didn't feel in the least uncomfortable in it; but then some of the costumes for the Cochran revues hadn't been exactly Victorian and I was used to people looking at a good deal of exposed Marjorie Robertson, even if Anna Neagle

[174] R. J. Whitley, "Big British Triumph", in: *The Daily Mirror*, 2nd April, 1931.
[175] "A Night Like This", in: *The Daily Sketch*, 18th March, 1932.
[176] Herbert Wilcox, "Can we make Film Stars in Great Britain?", in: *The Daily Film Renter*, 2nd January, 1933, p.30.
[177] Herbert Wilcox, "Wanted: British Film Stars", in: *Film Weekly*, 8th April, 1932.
[178] W.A.M., "Personality Creator: Miss D. Zinkeisen's Task: Dressing and Grooming Film Stars", in: *The Daily Mail*, 1st May, 1931.
[179] Chili Bouchier, *Shooting Star: The Last of the Silent Film Stars*, London, 1995, pp.70-71, p.75.
[180] "A Woman Designer", in: *The Star*, 21st September, 1932.

had been more decorously clad.

The moment the film was released The Dress appeared in every newspaper so the new 'Anna Neagle' got plenty of coverage in *that* sense.[181]

To further boost the popularity of the film, Neagle toured Britain appearing on stage in a song-and-dance routine prior to the screening and in the final song she wore Doris's daring dress (Fig.32). Herbert Wilcox wrote of this that: "Anna made a personal appearance in, at that time, an outrageously daring diaphanous dress designed by Doris Zinkeisen, and a great gasp went up when the audience saw her. [...] Anna repeated her success with personal appearances at all the big provincial centres, and the national press went overboard."[182]

The risqué costumes Doris created for Wilcox's films attracted considerable media interest and quite rightly so, for considerable thought went into creating them. In an article by Doris for *The Morning Post*, she writes about the factors she had to consider when designing costumes for films.[183] She contrasts the demands of stage and film designing stating: "It is this question of colour that makes one of the greatest differences between the two branches of the same art. For the stage spectacle the whole keynote is colour. For the screen spectacle actual colour is taken away and instead one is faced with the more subtle problem of producing in the minds of an audience an *effect* of colour."[184] Doris then goes on to discuss, in particular, her work for the film *Carnival*, and pays special attention to the ways in which she set about creating in the minds of the viewers "an impression of riotous brilliance" in the actual Venetian carnival scenes:

> To do this it is necessary to work with fabrics and with shades that will photograph in such a way that they produce an impression of perhaps quite different colours and materials. They are used to conjure up a vision of the actual shades as they would appear in real life.
>
> All this involves the careful use of proportions of shades and the use of sharp contrasts. Material is matched against material, blacks against whites – and the exact proportion of blacks and whites has to be watched. Metals, too, are contrasted with dull surfaces.[185]

Doris also writes that the costumes and sets she designs for the films, such as those in *Carnival*, are created "to build up the character of the part" being played. Doris goes on to state that: "in designing for the film it is not enough to produce

[181] Anna Neagle, *Anna Neagle Says 'There's Always Tomorrow'*, London, 1974, p.72.
[182] Herbert Wilcox, *Twenty-five Thousand Sunsets: The Autobiography of Herbert Wilcox*, London, 1967, p.98.
[183] Doris Zinkeisen, "The Arts and Wiles of Dress Designing for the Films", in: *The Morning Post*, 30th December, 1931.
[184] *Ibid.*
[185] *Ibid.*

an effective scene or set of costumes. You have to produce in the minds of the audience, by a hundred arts and wiles, the whole range of colours and the whole gamut of emotions."[186]

What is especially interesting about Doris's article about designing for films is how the final paragraphs shift in emphasis and give an insight into the relationship drawn earlier between theatre costume design and boosting the economically depressed textile centres of Britain. She moves away from discussing the actual process of designing and, instead, adopts a patriotic tone: "I have great faith in the future of British films, and I should like to help to make the perfect English film set in the English countryside". She reveals an interest in films from other countries, especially those of France, Germany, and the United States of America saying that Britain, "shall some day produce the finest films in the world!"[187] The films Doris worked on have, therefore, significance beyond their entertainment value, as behind her façade of apparent frivolity lay a steely commitment to her work and its wider audience. This is particularly relevant to the films about Queen Victoria, for which Doris designed the numerous historical costumes with the research assistance of Tom Heslewood (1868-1959), who was an advisor on costumes in other Wilcox productions, as well as in the theatre.[188] The film historian Jeffrey Richards has written about the Victoria films emphasising that Wilcox and the monarchy were in cahoots in the production of what he regards as highly political and patriotic morale boosters, particularly in the case of *Sixty Glorious Years* (1938), for which a great deal of cooperation from the Palace was forthcoming, as in the use of actual Royal residences.[189] As feel-good interwar propaganda, made at a time of political instability, the Victoria films work extremely well, with their evocation of a great Empire. It must not be forgotten, however, that films were not just cultural products, but were a part of the complex economic life of the nation.

The government did not overlook the economic importance and the cultural significance of the British film industry. Indeed, the Cinematograph Films Acts of 1927 and 1938 were both designed to stimulate the British film sector.[190] Although the parliamentary acts did contribute to the production of many substandard "quota quickies", the 1927 Act in particular also helped the British film industry to flourish in the 1930s. Prior to the 1927 Act only a very small percentage of films released in Britain were actually home grown. For example, in 1926 only 36 British films were released, accounting for only five per cent of

---

[186] *Ibid.*
[187] *Ibid.*
[188] Anna Neagle, *Anna Neagle Says 'There's Always Tomorrow: An Autobiography*, London, 1974, p.84.
[189] Jeffrey Richards, *The Age of the Dream Palace: Cinema and Society in Britain 1930-1939*, London, 1984, pp.264-269. For more on the cooperation from the Palace see, for example: Herbert Wilcox, *Twenty-five Thousand Sunsets: The Autobiography of Herbert Wilcox*, London, 1967, pp.120-121; Anna Neagle, *Anna Neagle Says 'There's Always Tomorrow: An Autobiography*, London, 1974, pp.104-110.
[190] For an excellent evaluation of the Cinematograph Films Acts see, for example: H. Mark Glancy, "Hollywood and Britain: MGM and the British 'Quota' Legislation", in: Jeffrey Richards (ed.), *The Unknown 1930s: An alternative history of the British cinema, 1929-39*, pp.57-72.

the films shown in Britain's cinemas. During the 1930s, however, an increasing number of British films were released accounting, for example, for 156 films, representing 24 per cent of 1932's releases, although Hollywood remained dominant.[191] The patriotic tone in Doris's newspaper article mentioned above makes full sense in the light of the government's intervention in the British film industry. All seemed to be agreed that a thriving film sector brought with it economic prosperity and a great deal of prestige for Britain and Doris Zinkeisen had been a significant contributor to the success of British films in the 1930s.

## During and After World War II

Doris ceased to be involved in the film industry in 1938, bowing out on a high note with costumes for the film *Sixty Glorious Years*.[192] Exactly why this is the case is not known for certain. Most of her design work for films was associated with the producer-director Herbert Wilcox, who may well have moved onto exploiting younger artistic talent. It is also probable that her life became busy in other ways, not least of all, because of the protracted war interrupting everybody's lives. During the war Doris joined the St John's Ambulance Brigade and helped as a nurse in the casualty wards at St Mary's Hospital, Paddington, as well as continuing to paint, including as an official war artist. It should also be pointed out that Doris's husband, Captain Grahame Johnstone, DSC, RNVR, died shortly after the war in 1946, leaving her to arrange domestic matters on her own and keep an eye on her children, who by then had grown into three demanding teenagers. Doris did continue to produce set and costume designs for stage productions during and after the war. It is noticeable, however, that her output slows down and that she retires completely from such work by the mid 1950s.[193] Having said this, it must be pointed out that many of the costume and sets designed by Doris during this period were artistically significant commissions.

Doris made important designs in 1944 for productions at the New Theatre in London, namely *Arms and the Man* (1894, pub. 1898) by George Bernard Shaw (1856-1950) and *Richard III* (1591, pub. 1597) by William Shakespeare,

[191] *Ibid*. p.59, pp.64-65.

[192] I have come across an article in *The Picture Show and Film Pictorial* (24/10/1942) relating how Doris was involved in designing costumes for an Ealing Studios film about Yugoslavia entitled "Chetnik". This film appears not to have been made, although a film with a similar title, "Chetniks" (1943), about Yugoslavia was made in the United States of America by the director Louis King (1898-1962), but Doris does not appear to have been involved in it. The article is interesting in as much as it refers to an appeal being made "in the papers by the Yugoslav Government asking those people who had been to Yugoslavia and brought back some of its lovely national costumes to lend them to the propaganda department, and the result of the appeal surpassed all expecations." Many costumes were sent in, including embroidered national costumes, which were to be loaned by Doris to create authentic film costumes, demonstrating the extraordinary lengths made to create 'accurate' costume details. It also suggests Doris was still sometimes approached to do work for films in the early 1940s, but either declined, or the projects did not take off.

[193] See Appendix C.

starring the great thespians Sybil Thorndike (1882-1976) [created Dame in 1931], Ralph Richardson (1902-1983) [knighted in 1947], and Laurence Olivier (1907-1989) [knighted in 1947 and made life peer in 1970].[194] Despite rationing on fabrics the costumes were a great success and, in relation to Arms and the Man, Olivier wrote that the production was, "economically but exquisitely set and costumed by Doris Zinkeisen".[195] The production of *Richard III* was revived in 1948, still with Olivier, but with the addition of the actors Peter Cushing (1913-1994) and Vivien Leigh (1913-1967), who was later to marry Olivier. It is reputed that Olivier was so enamoured with Doris's creation of a large prosthetic nose for his role as Richard III, that he kept it and used it in the 1955 film version of the play, in which Olivier played the title role and directed.[196] Around the same time as these legendary plays with Olivier were being produced during the mid 1940s, Doris also undertook some design work for ballet costumes and sets.[197]

In 1941 the choreographer and dancer Mona Inglesby (1918-2006) established the International Ballet, a company initially made up of just twenty-one dancers and a small orchestra of fifteen. The International Ballet lasted until 1953, when it folded due to financial pressures, but in the early years Doris designed some costumes and sets for the company.[198] An extensive collection of Doris's costume designs for the International Ballet are kept in the Houghton Library of Harvard College Library's Theatre Collection in Cambridge, Massachusetts, including those for *Aurora's Wedding*, *Giselle*, *Masque of Comus*, and *Planetomania*.[199] Charles B. Cochran regarded some of Doris's ballet designs as, "outstanding features of the presentations by the International Ballet".[200] But real post-war critical success came to Doris for her work on costume dramas.

[194] For some excellent photographs of Doris's costumes and sets for these productions see: John Vickers (with an introduction by John Burrell), *The Old Vic in Photographs*, London, 1947, pp.17-24 (*Arms and the Man*), pp.25-32 (*Richard III*). The green velvet doublet worn by Olivier in 1944 whilst playing the role of the villainous Richard III is held by the Theatre Museum Collection – a subsidiary of the Victoria and Albert Museum in London.

[195] Laurence Olivier, *Confessions of an Actor*, London, 1982, p.108.

[196] The personal reminiscences of Doris's son, Captain E. M. G. Johnstone RN (Retd). For references to Doris's assistance in the creation of Olivier's makeup for the film see, for example: Liz Rideal, *Mirror Mirror: Self-portraits by Women Artists*, London, 2001, p.66; David Buckman, *Dictionary of Artists in Britain since 1945*, Bristol, 1998, p.1327. Doris is not listed amongst the crew of the 1955 film of Richard III.

[197] Refer to Appendix C.

[198] For more on the International Ballet and Mona Inglesby see, for example, the obituary of Inglesby in *The Independent*, published 13th October 2006. See also www.ballet.co.uk.

[199] For more about these design sketches and for a full list of items held go to Harvard University Library's website. Call No. MS Thr 388. As an aside, it can be noted here that Doris's costume designs for *The House by the Bridge*, performed in the 1944-1945 season [see Appendix C] are held by the Special Collections of the University of Glasgow Library: Reference Code: GB 247 STA 2Fd 1.

[200] Charles B. Cochran, "Theatre Design", in: *The Studio*, No.125, 1943, pp.149-153, p.153. A more circumspect critique, although still very positive, especially in regards the settings, of Doris's designs for the ballet *Twelfth Night* can be found in: W. G. Raffé, "Decoration for English Ballet", in: *The Studio*, No.125, 1943, pp.82-85, pp.83-84. Raffé's article also includes photograph illustrations of Doris's costumes and décor for *Twelfth Night*. Raffé's chief criticism of Doris's costumes for this production of *Twelfth Night* is that he feels that some of the colours clashed.

With the musical *Lilac Time* performed in London in 1949 and performed elsewhere too, Doris was on familiar ground with a romantic love story based (very loosely) around the life of the great Austrian composer Franz Schubert (1797-1828) and set in Vienna, including variations of his music. *The Weekly Scotsman* describes Doris's décor and costumes as "most entrancing".[201] *The West London Observer* enthuses: "The settings by Doris Zinkeisen are magnificent, particularly those in the second act. The splendour of the 19th century dresses of the young girls and ladies is unbelievable".[202] And *The Morning Advertiser* declares that: "Schubert's delightful music is treated with the greatest possible respect both orchestrally and vocally and the bright and artistically-mingled colourings in the scenery and the costumes qualify them for inclusion among the most satisfactory examples of the decorative skill of Doris Zinkeisen".[203] When the musical was performed at Streatham the local paper declares the production, "will delight the eye because all the designs and dresses have been evolved by one of the theatre's most brilliant designers, Doris Zinkeisen."[204] Adulation for her work continued for several more years, but Doris's output had dramatically slowed since the interwar period.[205]

By 1954 Doris Zinkeisen was 57 years old and was probably tired of the demands of designing for the theatre. Clearly she still enjoyed the challenges of her work and must have taken genuine delight in being asked in 1952 to design décor and costumes for the play *Pagan in the Parlour*, the last directorial production by her old friend, the Hollywood director James Whale.[206] And in 1953 Doris was again in Noël Coward's orbit and was invited to make designs for his musical *After the Ball*.[207] But as with Coward's post-war career, Doris's too lacked the vigour and dynamism of the inter-war period and the demand for the kind of work she excelled at was simply lacking, particularly with the post war advent and growth of very new breeds of Kitchen Sink drama and art, with their emphases on social realism.[208]

Doris's theatrical design output was phenomenal and it may also be that her tremendous success in the inter-war period gave way to a sense of boredom and a feeling of having seen it all before. Doris appears to have been financially sound, so she must have wondered why she should continue with the grind of designing to deadlines and rushing around to attend fittings and dress rehearsals.

201 *The Weekly Scotsman*, March 3rd, 1949.

202 *The West London Observer*, March 4th, 1949.

203 *The Morning Advertiser*, March 7th, 1949.

204 *Streatham News*, September 7th, 1951.

205 See Appendix C.

206 James Curtis, *James Whale: A New World of Gods and Monsters*, Minneapolis, 2003, pp.372-373

207 Graham Payn and Sheridan Morley (ed.s), *The Noël Coward Diaries*, London, 1982, p.222, p.227.

208 The term 'kitchen sink drama' describes the shift in the 1950s away from the "middle-class" and "middle-brow" works of dramatists, such as Coward and Terence Rattigan (1911-1977), towards an emphasis on social realism and "working-class" subjects, as in the plays of John Osborne (1929-1994) and Arnold Wesker (born 1932). In painting the main Kitchen School artists were John Bratby, Derrick Greaves, and Edward Middleditch. See for example: J. Steyn & D. Cherry, "The Moment of Realism, 1952-1956", in: *Artscribe*, 35, 1982, pp.44-49; D. Sylvester, "The Kitchen Sink", in: *Encounter*, iii/15, 1954, pp.61-64.

Even long after Doris had retired from theatrical design she found inspiration for her paintings in the long association she had with the theatre. These paintings of theatrical scenes will be looked at later, but in the next chapter I discuss some of the stunning portraits painted by Doris and her sister Anna, many of which also have a correlation with the glamour of film and theatre.

# Chapter Four: Portraiture

This chapter is concerned with portraits painted by the Zinkeisen sisters. In the first chapter the self-portraits created by Anna and Doris were examined, together with the likenesses they painted of each other and the numerous photographs taken of them, many for use in newspapers and magazines. Such representations of the Zinkeisen sisters conveyed a sense of the identity and personalities of the artists. They also make it quite evident, that they were artists of high repute to warrant such media attention, which in turn fuelled additional interest in their work. Both sisters, for instance, aroused the public's curiosity and the media's approbation, especially during the 1920s and 1930s, for their portraits of the fashionable people of the moment and of wealthy high society. But before discussing the paintings I want to make a few general comments on portraiture.

To begin with I have to point out that each of the Zinkeisen sisters painted in excess of one hundred portraits over the course of their careers.[209] For this reason I have had to make difficult decisions about what to include and exclude. Some sort of elimination process had to be used for anything meaningful to emerge. In the main I have chosen works, which aroused comment from the media at the time of their creation. In other words, the sources have largely dictated my choices and the direction of the discussion. Some decisions I have made were difficult, because they went straight to the heart of the question, as to what actually constitutes a portrait[210]. I will press this point a little further.

Anna Zinkeisen's 1928 sketches and paintings of the Len Harvey - "Kid" Nitram boxing match fulfil a commonly associated requirement of portraiture to capture likenesses of sitters, but are simultaneously exciting "sporting" genre paintings (Fig.33). Moreover, Anna's Harvey-Nitram fighting scenes are a particular kind of document, recording a specific event. Portraiture can, therefore, touch upon numerous genres in painting, but is complex in other ways too. For example, in this chapter I will integrate the discussions of the portraits with concepts of social class, gender, patronage, and wherever possible I describe how the portraits were and, in many instances, still are hung. These concepts in turn imply the participation of an audience of some kind and spaces for the viewing of portraits, to which I will also turn my attention. I begin by discussing the early portraits by the Zinkeisen sisters of

[209] Josephine Walpole lists in excess of 140 portraits by Anna Zinkeisen in her book on the artist and freely admits her list is incomplete. See: Josephine Walpole, *Anna: A Memorial Tribute*, London, 1978, pp.71-72.
[210] For some excellent discussions defining portraiture see, for example: Shearer West, *Portraiture*, Oxford, 2004; Joanna Woodall (ed.), *Portraiture: Facing the Subject*, Manchester, 1997; Ludmilla Jordanova, *Defining Features: Scientific and Medical Portraits 1660-2000*, London, 2000.

glamorous women before turning my attention to the likenesses made during World War II, an event, or period, which I use as a convenient dividing point in the development of their art. In the third sub-section I will focus on their post war portraits.

## Sirens and Sophisticates

Doris and Anna Zinkeisen attracted considerable interest for their portraiture. Normally their portraits are of individuals, as opposed to group portraits, although they did occasionally produce these too. A good example of a group portrait by one of the sisters is Doris's ambitious painting "Major and Mrs Whitbread and their Children" (Fig.34), in which the wealthy family are depicted taking tea in the shade of a mature cedar before their very grand residence, Southill Park, Biggleswade, a composition inspired by eighteenth-century conversation pieces like those by Arthur Devis (1711-1787).[211] Interestingly amongst the almost two dozen portraits exhibited by the sisters at the Royal Academy between 1921 and 1940, only two appear to have been of men.[212]

The portraits of men by the Zinkeisen sisters from the early period of their output up to 1939 rarely attracted the media attention afforded their paintings of beautiful women.[213] This is a real shame, for many of them are extremely good, such as Anna's beautiful portraits from circa 1930 of the Serbian concert violinist Milan Yovanovitch Bratza (1904-1964)(Fig.35), who had settled in London after World War I, and that of Mr John Hogg (Fig.36), or Doris's 1936 likeness of James Whale (Fig.37).[214] The absence of press interest in the portraits of men may possibly be accounted for, at least in part, by the venues chosen for exhibition of such portraits, if indeed displayed to the general public at all - although the portrait of Bratza was exhibited at the Paris Salon in 1933. At the Royal Society of Portrait Painters, to which the sisters sent

[211] The portrait mentioned, "Major and Mrs Whitbread and their Children", is reproduced in an article about Doris by Simon Harcourt-Smith in the magazine *The Queen* (Nov. 16th, 1955, pp.88-89 & p.139). And for more on Devis and definitions of the conversation piece see, for example: Rose Harris, *The Conversation Piece in Georgian England*, London, 1965, exh. Cat. Kenwood House; Ellen G. D'Oench, *The Conversation Piece: Arthur Devis and his Contemporaries*, New Haven, 1980.

[212] *Royal Academy Exhibitors 1905-1970: A Dictionary of Artists and their Work in the Summer Exhibitions of the Royal Academy of Arts: Vol. VI: Sherr-Zul*, Wakefield, 1982, pp.348-349. In 1940 Doris submitted a portrait of her husband. Anna exhibited a painting entitled "Ivan", which appears to have been a fanciful portrait, probably of her brother Ian, and is described in *The Graphic* (07/05/1921) as follows: "There are many portraits painted exactly like Holbein's portrait of Queen Elizabeth, a striking example being one called "Ivan", by Miss A. K. Zinkeisen."

[213] A very rare example of an early portrait of a man completed before 1939 by one of the Zinkeisen sisters attracting media interest is the reproduction of Doris's likeness of Squadron-Leader Leslie DSC in an edition of *Apollo*. See: *Apollo*, 21, 1935, p.115.

[214] For a reference to the portrait of Whale see: James Curtis, *James Whale: A New World of Gods and Monsters*, Minneapolis, 2003, p.285, p.379.

many paintings, likenesses of men were exhibited, but the most prestigious venue was undoubtedly the Royal Academy, where press coverage was most likely to occur and reputations as serious artists could be made. The portraits of women submitted to the Royal Academy by the Zinkeisen sisters are always glamorous. As will be discussed further presently, it is not just the physical beauty and elegance of the sitters which draws the eye, but the attractive and unusual poses are also exciting features of the pictures. The modes of representation employed by the sisters in their Royal Academy exhibits to capture the likenesses of their sitters aroused some comment in the press. This, in turn, may have helped to advertise the skills of the artists and helped them to gain further commissions. Some early portrait exhibits were of people in the public eye, even though some have long since been forgotten, who were 'people of the moment' and just happened to mix in the same circles as the sisters, which again suggests a clever strategy for attracting public interest in both the artists and their sitters.

Doris's portrait of Elsa Lanchester was exhibited at the Royal Academy in 1925 and at the Paris Salon the following year (Fig.38). It is quite likely, however, that the painting was created around 1922, when the artist and sitter were both involved in theatre productions by Nigel Playfair, most notably *The Insect Play*. In her autobiography Elsa Lanchester teasingly refers to taking rooms at 43 Belsize Park Gardens in around 1922 where above her, "lived two lovely serene sisters, a sculptress and a painter."[215] This is most likely to be a reference to the Zinkeisen sisters as Anna at around that time was training at the sculpture department of the Royal Academy Schools and the two sisters appear to have, as is the manner of students, moved studios fairly frequently, including two separate addresses in Yeoman's Row between 1922 and 1923.[216] The portrait of Elsa Lanchester can be dated to a period when both artist and sitter were honing their talents as they trod the path towards artistic excellence. Although since 1999 the likeness of Elsa Lanchester has been a part of the National Portrait Gallery collection, it remained in the possession of Doris and her children and it hung for many years in the principal drawing room at the White House in Badingham, Suffolk. The portrait of Elsa Lanchester was the third painting Doris exhibited at the Royal Academy where it received a positive reception.

*The Jewish Chronicle* and *The Studio* referred to Doris's "arresting" portrait of Elsa Lanchester, whilst one article entitled "Women's Work at the Royal Academy" is effervescent with praise for the portrait, pointing out the

[215] Elsa Lanchester, *Elsa Lanchester Herself*, London, 1983, p.66.

[216] Between 1922 and 1923 the sisters moved from No. 10 to No. 16 Yeoman's Row, although I have been unable to clarify if the sisters did live at 43 Belsize Gardens, but the coincidence is too great to ignore the possibility. For a reference to the addresses in Yeoman's Row see: *Royal Academy Exhibitors 1905-1970: A Dictionary of Artists and their Work in the Summer Exhibitions of the Royal Academy of Arts: Vol.VI: Sherr-Zul*, Wakefield, 1982, p.348.

angular pose and describing it as, "a brilliant essay in the neo-medieval manner", the latter observation being pointed out elsewhere too, as in *The Daily Sketch*, which also describes the painting as "powerful".[217] Indeed, looking at the painting today, it is the sloping angle of the shoulders, the tilt of Elsa Lanchester's head, the raised arm with gesticulating hand, and the 'Elizabethan' pale skin contrasting with the wonderful lively frizz of red hair, which continue to make it a notable study.

Critics responded to the "medieval" influence of the portrait.[218] The mannered pose does indeed bear similarities to those to be seen in some mediaeval stained glass windows and illuminated manuscripts. Such artistic influences are evident in other areas of Doris's output too, most obviously in her Durham LNER (London and North Eastern Railway) poster discussed in more detail in the next chapter.[219] The angularity of the sitter's pose inspired by mediaeval art and the dark background with neoclassical architectural elements (difficult to discern in the much reduced reproduction) make this a peculiarly enigmatic painting. Indeed, the chiaroscuro of the portrait with its treatment of the white skin against the dark backdrop, give it a dramatic impact. In 1932 Doris exhibited a portrait of Vivien St George in a costume she had designed (Fig.39), albeit with a fashionable 1930s short crimped coiffure, at the Royal Academy, in which the sitter is painted before a darkly coloured architectural backdrop to contrast with the sitter's pale skin, a painting compositionally not dissimilar to the portrait of Elsa Lanchester and very much admired at the time. "The delicacy and execution of the hands are masterly and the pearly texture of the skin of her face and throat seemed to dwarf all the other portraits", raved one critic in *The Daily Express* when describing Doris's portrait of Vivien St George.[220] In many of Doris's portraits from the late 1920s and 1930s, however, the artist usually eschewed the use of dark colours in favour of an altogether brighter palette, although always mindful to avoid a riot of colours, favouring instead to focus on one or two tones to dominate the canvas.

In 1928 Doris exhibited a portrait of the American pianist Edythe Baker (1895-1965) at the Royal Academy (Fig.40).[221] It featured in 1928 on the front

[217] *The Jewish Chronicle*, 8th May, 1925; *The Daily Graphic*, 6th May, 1925; *The Studio*, August 1925; *The Yorkshire Post*, 8th May, 1925; *The Daily Sketch*, 2nd May, 1925. Note that the portrait was also reproduced in a number of places, including *The Studio* and in *The Sphere* (9th March, 1925).

[218] *Ibid*.

[219] See Chapter Five.

[220] *The Daily Express*, 30th April, 1932. The portrait of Vivien St George was described elsewhere as "an outstanding exhibit of this year's Academy" [*Dundee Advertiser*, 8th May, 1932], "clever" [*The Bolton Evening News*, 29th April, 1932], and as "one of the best" at the Royal Academy show [*Newcastle Journal*, 30th April, 1932]. The portrait of Vivien St George was also reproduced in the press, as in *The Observer* (1st May, 1932). The painting was put to auction at Christie's South Kensington on the 11th March, 2004 [unsold] with the title "Mrs Stanley Clarke".

[221] *Royal Academy Exhibitors 1905-1970: A Dictionary of Artists and their Work in the Summer Exhibitions of the Royal Academy of Arts: Vol.VI: Sherr-Zul*, Wakefield, 1982, p.349.

cover of an edition of the popular magazine *The Woman's Journal* and appeared elsewhere, as in *The Bystander* in 1929 after the painting was awarded a Bronze Medal at the Paris Salon, prefiguring later awards of Silver and Gold medals.[222] This painting is interesting to contrast and compare with the likeness of Elsa Lanchester. Both subjects were drawn from the theatre, so there was a likelihood visitors to the Royal Academy exhibitions would recognise, or at least be familiar with, the sitters. Today the name of Edythe Baker, like so many others, has fallen into obscurity, but in the 1920s and early 1930s, she was recognised for her inventive use of syncopation and uniquely stylish technique of ragtime piano playing. She featured alongside the Ziegfeld Follies, a theatrical and musical troupe based on the Parisian Folies Bergère performing in the extravagant American revues produced by Florenz Ziegfeld (1869-1932), as well as musical comedies on Broadway in New York. In 1927, however, she moved to London to appear on stage and ended up marrying into a wealthy banking dynasty and giving up performing.[223] Doris probably met the young pianist when she featured in the popular 1927 revue, *One Dam Thing After Another*, one of the many Cochran productions Doris produced designs for.[224] In the portrait of Edythe Baker, the sitter wears an unusual evening dress possibly designed by Doris.

The painting of Edythe Baker is far lighter and colourful than that of Elsa Lanchester, largely due to the pale backdrop and the vibrant orangey-red, shimmering velveteen of the 'mediaeval' dress. The neo-mediaeval of the costume with its eccentric scalloped-edged, hanging sleeves is playfully enhanced with the unusual pose, whilst the fashionable bob hairstyle emphasises the sitter's gamine appearance with its slightness of build. Many of Doris's portraits from this late 1920s period onwards are characterised by a similar use of colour. Only a few tones are permitted in order to lend the paintings an air of clean simplicity that curiously belies their theatricality.

Both Doris and Anna, especially in portraits of the 1920s and 1930s, reverted to using plain curtain backgrounds, as in the likeness of Edythe Baker. This creates a series of interesting shapes without interfering with the main task of painting an eye-catching likeness. It also demonstrates the skill of the artists in capturing folds and shadows. The background drapery can express indirectly the intimacy of an elegant boudoir. Alternatively, whether intentionally or inadvertently, the use of a sheet behind the sitters in portraits by the Zinkeisen sisters is suggestive of theatrical backcloths and curtains,

---

[222] *The Bystander*, 19th July, 1929. In 1930 Doris won a Silver medal and in 1934 she was awarded a Gold medal.

[223] For a full list of Edythe Baker's work for the 1920s New York stage see, for example, the Internet Broadway Database: www.ibdb.com.

[224] For a photograph of Edythe Baker in *One Dam Thing After Another* in a possible costume by Doris see: Raymond Mander & Joe Michenson, *Revue: A Story in Pictures*, London, 1971, illustration 120.

even when no specific performance is portrayed.[225] It may, of course, just be coincidence that the Zinkeisen sisters and some of their sitters were associated with theatre and film. In truth, however, the link the artists had with the entertainment business, particularly in the case of Doris, provided a metaphorical artistic dialogue between the practice of portraiture and the theatre, together with the influential new mass medium of film.

In Doris's 1931 article for *The Morning Post*, she explains how her pursuit of portraiture is of use in the design of costumes for films:

> I once painted the portrait of a woman whose personality was such that her own vivid colouring appeared even more brilliant. Her hair seemed brighter and her eyes even more blue than they actually were. I had to catch this feeling of intense and vivid colour - this sparkling appearance and personality.
>
> I chose to paint her against a nondescript background, wearing a silver frock and a black velvet cloak. I framed her fine head against a great white fox collar. And I found that the use of these colourless tones brought out her own vividness and created this impression far better than if I had dressed her in the richest colours obtainable. This experience I bring to bear in my settings for screen plays and the costumes for the men and women who act in them.[226]

The portrait described by Doris is almost certainly that of Mrs Irwin Buxton (Fig.41), a painting exhibited at the Royal Academy in 1930 and reproduced in the printed media.[227] It is a spectacular 3/4 length portrait exactly as Doris describes it.

The fashionable evening dress and cloak worn by Mrs Irwin Buxton are theatrical in a different way from the clothes worn by the professional entertainers such as Elsa Lanchester and Edythe Baker, which are more obviously costumes. Although the quotation from Doris's article above describes her portraiture influencing film costume design, I cannot help think when looking at the likeness of Mrs Irwin Buxton that the traffic of influence and inspiration worked both ways. Doris's use of contemporary dress in the portrait of Mrs Irwin Buxton was commented on at the time:

---

[225] The use of drapery in paintings has attracted some attention by art historians. See, for example: Anne Hollander, *Fabric of Vision: Dress and Drapery in Painting*, London, 2002; Gen Doy, *Drapery: Classicism and Barbarism in Visual Culture*, London & New York, 2002.

[226] Doris Zinkeisen, "The Arts and Wiles of Dress Designing for the Films", in: *The Morning Post*, 30th December, 1931.

[227] *Royal Academy Exhibitors 1905-1970: A Dictionary of Artists and their Work in the Summer Exhibitions of the Royal Academy of Arts: Vol:VI: Sherr-Zul*, Wakefield, 1982, p.349. The portrait of Mrs Irwin Buxton was reproduced in various magazines and newspapers, for example in *The Sphere* [17th May, 1930] and in *The Illustrated Sporting and Dramatic News* [10th May, 1930].

> The most perfect example of dress of today was in Doris Zinkeisen's magnificent portrait of "Mrs Irwin Buxton". Miss Zinkeisen is herself one of the best-dressed women of today, and has the courage of her convictions as to modern dress in her portraits.[228]

Despite the fact that the glamorous clothes worn by the sitter are contemporary, at the same time they are undeniably stagy and resemble the publicity photographs of women stars of stage and film, together with all their shiny perfection. Indeed, the silver dress worn by Mrs Irwin Buxton might be thought of as playing with the expression *the silver screen*. The pose closely resembles that of Doris's 1929 self-portrait and emphasises the sitter's generous bosom. Doris's portrait of Mrs Irwin Buxton is a creative tour de force, in which the sitter has become a 'star'. This evocation of the spirit of theatre and film is evident in other portraits by Doris of women without theatrical connections, as in "Mrs Roland Dangerfield" (Fig.42) from 1931 and "The Black Dress" (Fig.43) dated 1937, a portrait *thought* to be that of Helen Marjorie Watney, née Guthrie, the wife of a director at the brewers Watneys, Coombe and Reed.[229] So far I have only looked at paintings by Doris, but this trend towards enhancing the pleasure of viewing the portraits by creating compositions expressing the alluring chic and ambience of stage and cinema is evident in the early portraits of Anna Zinkeisen too.

At the Royal Academy exhibition of 1931 Anna exhibited three paintings, including the portraits of the actress Ursula Jeans (1906-1973) (Fig.44), which was also exhibited at the Paris Salon in 1932, and the society beauty Mrs Ralph St Hill (Fig.45).[230] In both portraits the strong poses and undeniable elegance of the dresses worn by the sitters are stagy. Ursula was, of course, an actress. Indeed, Ursula Jeans was from a truly theatrical family. Her husband was the actor Roger Livesey (1906-1979), whose brothers Barry and Jack were also actors. Ursula's sister-in-law Peggy Livesey was married to her boxer-

---

[228] Mary Gordon Craig, "Dress and the Royal Academy", in: *The Morning Post*, Friday 13th June, 1930.

[229] The portrait of Mrs Roland Dangerfield was one of three portraits of women by Doris exhibited at the Royal Academy in 1931 and was also exhibited at the Paris Salon in 1933. The sitter was called Marjorie, the daughter of a rector, who had married Roland Dangerfield (1897-1964), a prominent individual in the printing business. When it was exhibited again in Bradford Art Gallery *The Yorkshire Post* [19th March, 1932] praised it highly: "Taking portraiture first, as essentially the highest type of pictorial art, there is a work of remarkable distinction in Doris Zinkeisen's portrait of Mrs Roland Dangerfield. The draughtsmanship is superb – notice the hand and the sensitive modelling of the shoulder. The curious colour scheme, of steely greys and yellowish green, against high-pitched flesh tints, is so well maintained that there is no strident note in what is really a brilliant tour de force". The portrait of Mrs Dangerfield was put into an auction at Bonhams on 21st July, 1983 [lot 100] with the incorrect title and a description: "Bust of Mrs Graham Johnstone in Pink Evening Dress & Fur trimmed Grey Satin Opera Coat Seated by a Green Drape". The portrait possibly of Mrs Helen Marjorie Watney appeared on the art market on 9th May 1989 when it was put to auction at Phillips [lot 222] with the title, "The Black Dress".

[230] *Royal Academy Exhibitors 1905-1970: A Dictionary of Artists and their Work in the Summer Exhibitions of the Royal Academy of Arts: Vol.VI: Sherr-Zul*, Wakefield, 1982, p.348.

cum-actor brother Desmond Jeans (1903-1974), a leading star in the film *The Blue Danube: A Rhapsody* (1932), the script of which Doris Zinkeisen had written, and her sister Isabel Jeans (1891-1985) was another accomplished actress, who landed important parts in Alfred Hitchcock silents, such as *Downhill* (1927) and *Easy Virtue* (1928), as well as the film *Suspicion* (1941). Ursula Jeans has a fashionably crimped hairstyle and a dress embroidered with flowers sinuously entwining their way up the sitter's body, together with a matching shawl. Her gaze is quite challenging and she appears to confidently be making eye contact with the viewer. The sitter Mrs Ralph St Hill is not an actress, but the painting looks as if she could be. The painting resembles a still from a film.

Mrs Ralph St Hill calmly averts her gaze as if lost in a daydream. Her evening dress has a satiny shimmer and softly lies against her body in such a way as to 'expose' her contours. The fluid plunging arc of textile around her neck is repeated in the generous concentric curves of the sensual background drapery. Although Mrs Ralph St Hill's dress is contemporary, it has the semblance of theatrical artifice, elevating her to the status of a 'star'. Anna Zinkeisen's paintings of Ursula Jeans and Mrs Ralph St Hill appeared in the press and in the publicity press photograph published in *The News Chronicle* Anna is shown working on the portrait of Mrs Ralph St Hill with the sitter before her.[231] This style of painting was most popular at that time and a portrait exhibited with the title "The Dark Lady" (Fig.46) at the Royal Academy in 1938, and purchased on the first day by Nottingham Art Gallery, was hailed as: "One of the outstanding portraits at this year's Royal Academy", due to its "resolute drawing and sense of beauty".[232] A further 'starry' portrait from the 1930s by Anna Zinkeisen is of Consuela Kennedy (1907-1975) (Fig.47), which is today a part of the collection of the entrepreneur and art patron Sir Peter Michael and, at the time of writing, presides over the reception area of one of his luxury hotels, The Vineyard at Stockcross near Newbury in Berkshire.[233]

In the portrait of Consuela Kennedy the sitter wears an elegant black evening dress. It is interesting to compare and contrast Anna's portrait of Consuela Kennedy with Doris's painting entitled "The Black Dress", as both are dated 1937. Both of these gorgeous paintings evoke highly charged and

---

[231] Mrs Ralph St Hill's portrait is reproduced in, for example: *The News Chronicle*, 28th April, 1931; *The Daily Sketch*, 2nd May, 1931. Ursula Jeans' portrait is featured in, for example: *The Sketch*, 6th May, 1931.

[232] Adrian Bury, "Who's Who in British Portrait Painting", in: *The Studio*, Vol.116, No.545, August 1938, p.71ff.

[233] This painting was sold at Christie's British Art auction on 4th June, 1999 [lot 17], having previously failed to sell at Sotheby's Modern British and Irish Paintings, Drawings and Sculpture auction on 8th November, 1989 [lot 124]. Thankfully the portrait now has a beautiful home and is on display at the luxury hotel, The Vineyard at Stockcross near Newbury [www.the-vineyard.co.uk]. The portrait may have been exhibited at the Royal Institute of Oil Painters.

temperamental sexuality and the icy edginess of the femme fatale. The long black dresses give the women a particular 'dark beauty', which makes them desirable and dangerous. Black and white tones dominate both canvases, with points of colour interest added through the exotic and luxurious touch of a tiger-skin rug and red roses in the picture of Consuela Kennedy, and the yellow sofa and magenta scarf in the portrait entitled "The Black Dress". Both paintings are fabulous in their evocations of an inter-war vogue for luxury and could quite easily be stills from the type of romantic films Doris designed costumes for, particularly as they echo the strength of character portrayed by many of the female protagonists. The long, slinky evening gowns worn by Anna Neagle in *The Queen's Affair* (1934), Brigitte Helm in *The Blue Danube: A Rhapsody* (1932), Jeanne Stuart and Anne Grey in *Leap Year* (1932) have the same type of elegance exuded in the portraits of sirens and sophisticates by Anna and Doris (Fig.48). Indeed, it is likely that some of the sitters of Anna and Doris's portraits enjoyed the association with film and theatre. World War II, however, was to shatter all the determined gaiety of the inter-war period, captured so well in the enticing portraits of the Zinkeisen sisters, but the war would work its way into their practice of portraiture and provide them with very new subjects and opportunities.

Tides of Change:
The Zinkeisen Sisters and Portraiture During World War II

During the war there was not much demand for glamorous portraits of delicious temptresses to be painted by the Zinkeisen sisters as everyone clearly had far more pressing concerns. In many respects, on the level of the artistic development of the Zinkeisen sisters in particular, the war interrupted their careers, but was to push them into exploring new areas, which they otherwise might never have considered, and maybe fortuitously rescued their practice of portraiture from becoming stereotyped through repetition of the 'beautiful woman' theme. In this section I will explore the ways in which the portraits of the Zinkeisen sisters from the period of World War II can collectively be regarded as being part of a sobering period of reflection. The playfully seductive portraits of elegant beauties make way for more pithy and down-to-earth representations of men and women working diligently under the shadow of the extreme conditions of an awful war. Running through all of these is a profound sense of patriotism. Placed together with other representations of the war by the Zinkeisen sisters, the likenesses of people from this period form a portrait of the era, in the sense that they help to form a visual description, a very personal representation of their own engagement with the war and the people they encountered. I will look at some of these other representations from the period 1939-1945 by the Zinkeisen sisters alongside the portraits, as this is a useful exercise to help understand their wartime output.

During the Second World War both Zinkeisen sisters joined the St John Ambulance Brigade and worked as auxiliary nurses at St Mary's Hospital in Paddington. Even after the war the sisters maintained links with the Order of St John, Anna creating a pair of splendid, atmospheric oil paintings to be reproduced as recruitment posters (Fig.49).[234] Initially their involvement in a casualty department in a London hospital brought home the grim realities of the effects of war on civilians. One of the medical doctors working at St Mary's, Dr R. R. Willcox, records how frequent the threats of air attacks were: "After a few months the many day-time alarms - over 400 in London by Christmas 1940 - were replaced by regular, often single all-night attacks [...]".[235] An incendiary bomb also hit Doris's home in Chester Terrace during the Blitz air raids of 1940. The top two floors were destroyed and rendered the home uninhabitable. Large numbers of Doris's drawings were damaged and still bear the significant 'scars of war' through the water stains of the

[234] The paintings are kept by The Museum of the Order of St John in St John's Lane, London [www.sja.org.uk], and are reproduced in: Jonathan Riley-Smith, Hospitallers: *The History of the Order of St John*, London & Rio Grande (Ohio), 1999, p.144.
[235] Quoted in: Josephine Walpole, *Anna: A Memorial Tribute to Anna Zinkeisen*, London, 1978, pp.24-26, p.26.

firefighters' best efforts to extinguish the flames. The Johnstone family moved permanently to "Matts House", Thornby, Northamptonshire, a house they had previously rented prior to the war from the Wills cigarette magnate in order to hunt with the Pytchley Hounds. Commitments in London were met by using 16 Stourcliffe Street, between George Street and Edgeware Road as a pied-à-terre. Anna's home was similarly bombed. She and her family maintained their links with London, Anna for a while having the use a makeshift studio flat at St Mary's Hospital, whilst temporarily moving their main base to Earlywood Edge in Ascot, Berkshire and moving 'Grandmother' Clara Bolton Zinkeisen, the nanny, and daughter Julia to Northamptonshire.

When not on duty, Anna retired to her unused surgeons' changing rooms and operating theatre-cum-studio flat to paint and draw. Her experiences of working as a nurse are captured in her paintings from this period in her life. Some of these pictures were to tour Britain after the war in an exhibition designed to raise funds for St Mary's and were also displayed at two exhibitions, including one entitled "Art in Medicine" in 1953 at the Parson's Gallery.[236] As she learned more about the medical profession her interest in it grew. Anna began to paint and draw the nasty effects of war, such as actual shell and machine-gun wounds, as well as study preserved specimens of human limbs and organs with wounds from the First World War from the pathology collection of the Royal College of Surgeons, where, incidentally, a large number of her works from this period are kept.[237] Anna also became the official medical artist to the St Mary's Hospital.[238] A few doctors, such as the eminent surgeon Arthur Dickson Wright (1897-1976), father of the celebrity television chef Clarissa, Dr R. M. Handfield Jones and Dr Douglas Macleod (1901-1970), commissioned Anna to draw and paint items of specific interest to them, such as cerebral tumours in the case of Arthur Dickson Wright and a foetus and placenta for Dr Macleod (Fig.50).[239] Such pictures were exhibited and an article about the "Art in Medicine" exhibition at the Parson's Gallery suggested that, "there is a strange and compelling beauty in these landscapes of the physical interior, seen devoid of the painful associations of their subject matter".[240] In the same commentary it is suggested these pictures are to be

[236] For a write up of the exhibition at the Parson's Gallery see, for example: G. S. Whittet, "Art in Medicine: The Work of Anna Zinkeisen", in: *The Studio*, 147, 1954, pp.114-115. See also: Josephine Walpole, *Anna: A Memorial Tribute to Anna Zinkeisen*, London, 1978, pp.19-30.

[237] See the web-site of The Royal College of Surgeons of England and view the collection at: www.surgicat.rcseng.ac.uk

[238] Marita Ross, "Two Sisters in Art: Doris and Anna Zinkeisen", in: *The Buenos Aires Herald*, 7th August, 1949.

[239] Anna's pencil, ink, and pastel studies of cerebral tumours for Arthur Dickson Wright are now in the collection of The Royal College of Surgeons of England [RCSSC/P 570c], as is the drawing of a foetus and placenta for Dr Douglas Macleod [RCSSC/P 570b]. www.rcseng.ac.uk

[240] G. S. Whittet, "Art in Medicine: The Work of Anna Zinkeisen", in: *The Studio*, 147, 1954, pp.114-115, p.114.

associated with serious scientific research, as opposed to the more 'painterly' pursuits of fine art, for which aesthetic considerations are uppermost.[241]

Anna's interests in the medical profession led her to travel down to the Queen Victoria Hospital in East Grinstead, Sussex, to record the work of the pioneering plastic surgeon Dr Archibald McIndoe (1900-1960) [knighted in 1947], who worked on reconstructing and rehabilitating the severely burned aircrew of the Royal Air Force.[242] A number of Anna's paintings and drawings from this period were used to illustrate several important medical texts published after the war, amongst them *The Breast: Structure: Function: Disease* (1950) by Francis Donaldson Saner (1884-1975), *The Essentials of Modern Surgery* (1943) edited by R. M. Handfield Jones and A. E. Porritt, and also led on to a commission to provide illustrations for a general medical primer by Bethina Bennett entitled *Preparatory Anatomy and Physiology* (1949).[243]

In the acknowledgements to the specialist book, *The Breast: Structure: Function: Disease*, Saner writes that he is indebted to several artists for their illustrations, including, "Miss Anna Zinkeisen for her coloured drawings made in the operating theatre of the Royal Northern Hospital either during an operative exposure or immediately after removal of the particular specimen."[244] This is a most revealing remark, as it highlights the extent to which Anna was 'hands on' in her approach to this type of work and painted from 'life'. Seven of her coloured illustrations were used in the book (Fig.51), which was a collection of essays, each by experts in particular fields of study concerning medical conditions of the breast.[245] Anna's illustrations include examples of breast cancer. Other illustrations include benign tumours and fibrocystic disease.[246] Several of these original illustrations for Saner's book are now in the collection of The Royal College of Surgeons of England.

Anna's medical drawings and paintings from this period in her life are amongst the most important of her career, as they create a clear link between Anna and the scientific life of Britain in the mid twentieth century. Obviously her medical works lack some of the playful élan of her portraits representing

---

241 *Ibid.*

242 For further information on Dr Sir Archibald McIndoe see, for example: Emily Mayhew, *The Reconstruction of Warriors: Archibald McIndoe, The Royal Air Force and the Guinea Pig Club*, London, 2004; Leonard Mosley, *Faces from the Fire: The Biography of Sir Archibald McIndoe*, London, 1962; Hugh McLeave, *McIndoe: Plastic Surgeon*, London, 1961.

243 F. D. Saner, *The Breast: Structure: Function: Disease*, London, 1950; Bethina Bennett, *Preparatory Anatomy and Physiology*, London, 1949, second edition 1955; R. M. Handfield-Jones & A. E. Porritt (ed.s), *The Essentials of Modern Surgery*, Edinburgh, 1943, Reprinted in 1945, 1948, 1951, & 1953.

244 F. D. Saner, *The Breast: Structure: Function: Disease*, London, 1950, see "Acknowledgements" at the unpaged beginning of the book.

245 *Ibid.* For Anna Zinkeisen's illustrations for this book see: p.125 [fig.74], p.133 [figs. 82 & 83], p.138 [fig.85], p.147 [fig.93], p.179 [fig.109], p.185 [fig.115].

246 *Ibid.*

society beauties, because they are more serious and purposeful and intended for a different audience. Not all of her work focused on the grisly details of diseases and medical conditions. She also made some oil paintings of a more general nature showing surgeons and their teams in action.

"Operation in Progress" is one of a series of similar paintings (Fig.52). Three of such pictures represent eminent surgeons of their day, including Dr Dickson Wright, Sir Rodney Maingot (1893-1982), and Dr McIndoe, engrossed in their highly skilled work.[247] A pencil sketch representing Dr McIndoe at work is now in the collection of the Royal College of Surgeons of England, whilst the final painting (Fig.53) with representations of McIndoe, his theatre sister Jill Mullins, and anaesthetist John Hunter, once hung in the Imperial War Museum and was used in a History Edexcel GCSE examination in 1998 as a source to discuss in relation to experiences and events of World War II.[248] When the painting of Archibald McIndoe operating at East Grinstead was exhibited in 1953 it was described as, "a picture presented without overtones of melodrama and all the more impressive for that."[249] McIndoe had once tried unsuccessfully to purchase this painting for Queen Victoria Hospital in East Grinstead, where it would be an appropriate display.[250]

In the paintings of McIndoe operating at East Grinstead and "Operation in Progress" Anna, "extracts the intense concentration of effort in compositions that have all the hushed atmosphere of the scene."[251] Both seem to deliberately refer to the famous group portrait of surgeons, "The Anatomy Lesson of Dr Tulp" (1632), by Rembrandt (1606-1669). In Anna's paintings and that by Rembrandt the figures are grouped around a body, although in Rembrant's painting the surgeons are actually surrounding a corpse. In Anna's compositions she also includes medical students attentively observing the proceedings in the background. Although this feature cannot be regarded as melodrama, it does appear to bestow a sense of theatricality to the proceedings, with Anna possibly playing with the term *operating theatre*. Light is an important feature of Anna's paintings and all the figures are dressed in surgical clothing, including facemasks, which obscures the identities of those portrayed and the classification of the paintings as portraits. A further painting, this time of Dr Willcox leaning over a patient with a stethoscope could similarly be said to have ambiguous links with portraiture strictly

[247] Josephine Walpole, *Anna: A Memorial Tribute to Anna Zinkeisen*, London, 1978, p.72.
[248] For a reference to the painting of McIndoe operating see, for example: Hugh McLeave, *McIndoe: Plastic Surgeon*, London, 1961, pp.210-211. 1998 Edexcel Examination in History: Paper 2: Medicine Through Time: Schools History Project.
[249] G. S. Whittet, "Art in Medicine: The Work of Anna Zinkeisen", in: *The Studio*, 147, 1954, pp.114-115, p.115.
[250] Hugh McLeave, *McIndoe: Plastic Surgeon*, London, 1961, pp.210-211.
[251] G. S. Whittet, "Art in Medicine: The Work of Anna Zinkeisen", in: *The Studio*, 147, 1954, pp.114-115, p.115.

defined, as it was actually used without the doctor's name as a magazine illustration, poster, and was included in a fund-raising tour for St Mary's Hospital, even though the doctor portrayed is an actual likeness.[252] In paintings like "Operation in Progress", or that of McIndoe operating at East Grinstead the process of performing an operation is of more importance than any one particular likeness. With Anna's actual painting specifically of Archibald McIndoe, however, there can be little doubt about its description as a portrait.

The painting of McIndoe (Fig.54) is now part of the National Portrait Gallery's collection and was probably painted around 1944. It is a stunning likeness of a remarkable surgeon and hung for some time following the war at the Royal College of Surgeons of England, of which, incidentally, McIndoe became a vice president and had hoped to be elected as President.[253] It is said by one of McIndoe's early biographers, Hugh McLeave, to have been "painted in the dental wing at East Grinstead" through the gentle persuasion of his favourite and devoted theatre assistant Jill Mullins, a personal friend of Anna Zinkeisen.[254] Anna's portrait of McIndoe is truly superb on a number of levels.

Anna Zinkeisen captures something of the character of Dr McIndoe in her portrait. The sitter stares out of the canvas towards the viewer, but does not quite meet their gaze. McIndoe's glasses frame his eyes and focus attention on the intensity of his stare. He looks determined, yet sensitive.[255] This ties in with what is known of his skill at developing techniques, including saline baths to promote healing, and for treating and reconstructing horrendously burned airmen with appalling injuries like missing eyelids *and* finding ways to rehabilitate his patients into society by introducing them back to the world outside the hospital, where their scarred features had the potential to attract undesirable reactions from the general public. In other words, he worked on both the bodies and the minds of the wounded.

McIndoe's aftercare also included the finer details for helping patients in convalescence. For example, the renowned Ward Three, where his serious burn cases, who collectively became the Guinea Pig Club, recovered, was redecorated. Chintz curtains appeared and the walls were painted in pastel colours to cheer up the drab official brown tones, at a time of strict rationing, indicating a profound humanitarian interest in the minutiae of the

---

[252] Josephine Walpole, *Anna: A Memorial Tribute to Anna Zinkeisen*, London, 1978, p.26.

[253] Hugh McLeave, *McIndoe: Plastic Surgeon*, London, 1961, p.137, p.208, p.211, p.215.

[254] *Ibid*. p.137. The portrait is illustrated in black and white facing page 64.

[255] One biographer describes McIndoe as having a split personality to cater for the need to be humanitarian towards all, but total master of his complex surgical skills: "Those who met him outside the theatre and then watched him working could hardly believe it was the same person. The warmth and extrovert informality had disappeared; in its place was an icy robot of a man who seldom spoke, rarely smiled and did not resume his normal manner until the final stich was tied." See: Hugh McLeave, *McIndoe: Plastic Surgeon*, London, 1961, p.107.

psychological aspects of recovery.[256] It acknowledges the importance of surrounding environments to mental health. This area was also of interest to Anna Zinkeisen, who contributed some thoughts of her own in magazine articles on the desirability of decorating hospitals in an attractive way to help sooth the patients' woes and anxieties.[257] Returning to Anna's portrait of McIndoe, what strikes the viewer is how the light catches the side of the sitter's face and the way in which his shoulders are painted in glorious, confident swipes of white impasto. The way the portrait is handled compares well with Anna's self-portrait from around the same period, also at the National Portrait Gallery.[258] Both portraits exude a seriousness of tone absent from the charming, yet obviously more playful portraits of beautiful sophisticates.

McIndoe's white surgeon's robe is a most significant part of the painting, as it contrasts with the deep red behind the sitter and occupies almost half the canvas. Furthermore the robe's collar bears a resemblance in shape to the dog collars worn by Christian priests and is the colour of the garments worn by angels in traditional Christian imagery. These are most certainly deliberate Christian analogies on the part of Anna and an intriguing choice of visual metaphor to represent the surgeon. She could quite easily have chosen to paint McIndoe in a suit, casual clothing, or academic garb. For example, in the posthumous three-quarter length portrait of Dr Alexander Fleming (1881-1955)[knighted in 1944] Anna was commissioned to paint in circa 1957 for the boardroom of St Mary's Hospital in Paddington, where it still hangs to this day, the famous bacteriologist and discoverer of penicillin (1928) is represented not in his working clothes, but in academic gowns.[259] She seems, therefore, to be likening the significance and importance of McIndoe to that of a priest (or angel), by giving the portrait an unusual 'religious' twist. In so doing, Anna's painting leaves no doubt about McIndoe's important humanitarian contributions. This may reflect Anna's personal opinion of McIndoe, but it also corresponds to his reputation as a remarkable surgeon. Anna's portrait of McIndoe is a truly fantastic likeness in which she captures outward facial features and conveys something of the sitter's heroism and acclaimed achievements in medical advancement.[260] Whilst Anna was busy with her paintings and portraits to do with the practice of medicine and its personalities,

---

[256] *Ibid.* p.71, p.79.

[257] Anna Zinkeisen, "Anna Zinkeisen asks for something to look at on the Walls of our Hospitals", in: *The Studio*, 133, 1947, p.77; Anna Zinkeisen, "An Artist looks at Hospital Walls: Anna Zinkeisen ROI, RDI, makes some suggestions born of her practised eye for colour and form", in: *Nursing Mirror*, May 12th, 1950, p.1 & continued on p.4.

[258] Anna's self-portrait from the collection of the National Portrait Gallery is discussed in Chapter One.

[259] Despite being a posthumous portrait based on photographs of Fleming, it was regarded by the sitter's colleagues at the time of its unveiling as being a good likeness. See, for example: "Unveiling of Sir A. Fleming's Portrait: Hospital Ceremony", in: *The Times*, 27th March, 1958.

[260] For more on this idea of "scientific heroism" see: Ludmilla Jordanova, *Defining Features: Scientific and Medical Portraits 1660-2000*, London, 2000, pp.87-95.

her sister was also being kept occupied.

As well as nursing Doris was an official war artist for the St John Ambulance Brigade. One of Doris's more important assignments from this period was a series of small dioramas representing the work of the St John Ambulance Brigade and the British Red Cross Society in a three-dimensional format, not unlike the models she was used to producing when designing theatre sets.[261] These actual dioramas are now 'lost', although seven of Doris's sketches for them are held by the Museum of the Order of St John in London (Fig.55 & Fig.56). The sketches were obviously never really intended to be viewed in the same way as the dioramas, but they do give an indication as to what the finished and exhibited dioramas may have looked like and are interesting and evocative art works in their own right. Subjects represented in the sketches include: "London After an Air Raid", "Casualty Reception", "Knights of the Order of St John in a Medieval Hospital", "Night Air Raid in London", "Preparing Parcels for British Prisoners of War", "A Hospital Ward", and "A Forces Convalescent Home".[262] The dioramas - not the sketches shown - began a fund-raising tour of Britain in 1942, which continued for three years and raised in excess of £6000 [an enormous sum in the 1940s] in voluntary donations from the public for the work of the Joint War Organisation (JWO), an amalgamation of the British Red Cross Society and the Order of St John, in particular for their British Prisoner of War Fund. Such fund-raising activities are significant aspects of the contribution made by the Zinkeisen sisters towards the war effort.[263] *The Northamptonshire Evening Telegraph* gave the touring peep show a positive write up: "Miss Zinkeisen has contrived six scenes so detailed and accurate that one crouches spellbound before the little windows through which can be seen London in an air raid agony..."[264] Doris's dioramas were again brought back into active service after the war when they began another fund-raising and awareness tour of the country in May 1948. But Doris also completed some far more harrowing work.

[261] For the importance Doris attached to the making of theatre models see: Doris Zinkeisen, *Designing for the Stage*, London, 1938, Chapter Four: "Designing a Setting", pp.29-38.

[262] Two of Doris's designs for dioramas, "Preparing Parcels for British Prisoners of War" and "Hospital Ward", are reproduced in: Jonathan Riley-Smith, *Hospitallers: The History of the Order of St John*, London & Rio Grande (Ohio), 1999, p.142. All the sketches held by the Museum of the Order of St John were put on public display there during the first half of 1994.

[263] Anna's art contributions for appeals to raise money for St Mary's Hospital has already been mentioned, but during the war she also volunteered to produce signed portraits in coloured pencils in exchange for charitable funds. A nice example of such a pencil and coloured crayon portrait dated 1941 is held by The Museum of the Order of St John and represents Anne Powell in the hat and uniform of a lady staff officer of the St John Ambulance Brigade. See also: Josephine Walpole, *Anna: A Memorial Tribute to Anna Zinkeisen*, London, 1978, p.26.

[264] *The Northamptonshire Evening Telegraph*, 16th Sept. 1942. This article refers to just six dioramas, but there are seven sketches at the Museum of the Order of St John, whilst in a later 1948 tour, there appear to have been eight dioramas [Ref. 32: File on Zinkeisens at Museum of the Order of St John]. As yet there is some uncertainty as to how many dioramas there were and whether they all went on tour.

Towards the end of the war in the Spring and Summer of 1945 the Joint War Organisation (JWO) sent Doris to France and Belgium to record the wartime humanitarian services of medical staff there and the repatriation of prisoners.[265] Doris completed a series of at least twelve oil paintings during this interlude on the Continent, seven of which are held by the Imperial War Museum and five by the British Red Cross.[266] Doris was based in Brussels, where her studio occupied a room formerly used by the Gestapo for their carrier pigeons.[267] She travelled around by lorry and occasionally hitched lifts by plane from the RAF in order to witness and sketch the activities of the JWO. Sketches, often in oil paint, would normally then be taken back to her temporary studio to be worked up into paintings. Some of the paintings Doris made during this period of 1945 are extremely moving. It is fortunate that Doris's son, Captain E. M. G. Johnstone RN (Retd.), has kept some of the letters his mother wrote to his father during this trip to the Continent, about which she had clearly been given no proper briefing and had absolutely no idea what she was about to walk into.[268] I will make extensive quotations from these letters as they give an insight into how Doris thought about the scenes she witnessed and give extra weight to the documentary nature of her paintings from this time.

The picture "No 115 British General Hospital, Oostende: Unloading Wounded" (Fig.57) dated 1945 from the collection of the Imperial War Museum in London was painted on the Belgian coast. It has a pared down and restricted use of colour, typical of much of Doris's war paintings, as befits the

---

[265] Both the St John Ambulance and the British Red Cross hold the minutes of the 64th meeting of the Executive Committee of the Red Cross and St John Joint War Organisation on the 29th November 1944 in which it is explained how Doris had offered her services to the JWO, which they were happy to accept provided the Government Authorities gave their consent.

[266] The seven paintings held by the Imperial Museum are: "Human Laundry, Belsen: April 1945", "Major-General E. Phillips CBE DSO MC: Director of Medical Services, British Liberation Army", "Feeding Liberated Prisoners of War before they are flown Home, Brussels Air Port, 1945", "Belsen: April 1945", "Miss S. A. W. Wade RRC: Principal Matron, 101 British General Hospital, 1945", "No. 115 British General Hospital, Oostend: Unloading Wounded 1945", "Welfare Work in a Services Hospital, 1945". The five paintings held by the British Red Cross are: "Hospital Ward, Louvain", "Unloading an Ambulance Plane near Bruges", "Burning of Belsen Concentration Camp", "British Red Cross Relief Team issuing Gift Bags to Prisoners of War in Brussels before being returned Home", "Major-General George Lindsay: Commissioner of the British Red Cross Commission for North-West Europe from November 1944". Doris also produced many other paintings besides the ones in this series during the war period. For example, a further painting by Doris entitled "A WRNS Galley" is also held by the Imperial War Museum, but was produced towards the beginning of the war under the official direction of the Ministry of Information Artists' Advisory Committee. "A WRNS Galley" is reproduced in, for example: Ministry of Information Artists' Advisory Committee [with an introduction by Laura Knight], *Women: War Pictures by British Artists: Second Series: No.1*, Oxford, 1943, illustration 10.

[267] Marita Ross, "Two Sisters in Art: Doris and Anna Zinkeisen", in: *Buenos Aires Herald*, 7th August, 1949.

[268] The first surviving letter of the series is dated 10th April, 1945. In it Doris writes: "I am apparently here for 54 days – all very mysterious. Then I don't know what. I shall probably know more tomorrow and will let you know."

serious content of the picture. The ruined buildings to the right of the background possibly record actual war damage, but appear also to be artistic 'props' symbolising the injured people, the damaged lives, being unloaded on stretchers from the two military ambulances. This painting, along with several others from the series, was reproduced in the July Quarterly Review of the British Red Cross Society in 1946.

A further painting of the series, also held by the Imperial War Museum, is entitled "Feeding Liberated Prisoners of War before they are Flown Home: Brussels Airport" (Fig.58).[269] It corresponds to another painting, now in the collection of the Red Cross, depicting the British Red Cross relief team in Brussels issuing forlorn liberated prisoners of war with some supplies in the dark before being repatriated (Fig.59). The darkness of the painting held by the Red Cross, together with its depiction of overhead artificial lighting bestows the scene with a sense of almost oppressive forbidding as the figures shuffle around waiting to be herded to their next destination. These two paintings are truly interesting records as they focus on what might be considered to be the less war-like aspects of military conflict. The painting of liberated prisoners from the Imperial War Museum is less gloomy than the one at the Red Cross as Doris captures the sense of release for these servicemen, symbolised perhaps by the waiting planes and the one already taken off. But even here there seems to be almost a sense of subdued hush, pierced only by the aeroplane overhead, as the tired servicemen shuffle past the tables to collect their food before finding somewhere to sit. These are not picture-book illustrations of 'heroes' charging like madmen into battle, but capture the reality of ordinary, exhausted men, who had played their valiant part in the real-life drama of the Second World War. Doris's paintings from this period also speak volumes of the best efforts of the backup personnel, working round the clock to ease suffering and diligently manoeuvring vast numbers of people across large distances. Here is how Doris describes the prisoners of war in a letter home in April 1945:

> They [the prisoners of war] have been flown straight from Germany arriving here in a terrible state. They arrived at an airport where we were waiting to rescue them with all sorts of comforts and refreshments and one of the most popular contributions was a clean handkerchief. That always went with a swing. They most of them look simply ghastly. Poor things. My heart bled for them. Thin, poor, unshaven and terribly dirty most of them, and so grateful for anything. I just had to chuck what I was doing and help with

[269] This painting of "Feeding Liberated Prisoners of War before they are Flown Home, Brussels Air Port, 1945" was sadly damaged and its condition allowed to deteriorate in the hands of the Imperial War Museum. A letter held by the St John Ambulance Brigade dated 2nd July, 1958 by Doris Zinkeisen reveals how distressed she was at the condition of these wartime paintings.

them. They mostly seemed in a sort of dream, sitting and drinking their cups of tea and moving very slowly like old, old men.[270]

What Doris describes in her letter accords with what her paintings reveal. But although Doris was shocked at the state of the thin, dehumanised prisoners of war, she had yet worse scenes to encounter. Whilst on the Continent, Doris was also to visit Belsen concentration camp upon its liberation by the allied forces.

Visiting Belsen was amongst the most distressing experiences in Doris's life and she remained permanently emotionally scarred by recollections of the horrific scenes she had witnessed. Her son, Captain E.M.G. Johnstone RN (Retd.), recounts how even decades after the war, she would from time to time awake screaming in the night after revisiting the atrocities of Belsen in her nightmares. These scenes survive today in her paintings. One painting held by the British Red Cross shows a landscape scene with an ominous plume of dark smoke rising in the background (Fig.60). It looks moderately innocuous as a composition and subject, until, that is, the viewer learns that it represents the burning of the Belsen concentration camp, with a tank and flame thrower moving down a muddy track, and before realising the poles to the right are in actual fact gallows. Another eyewitness of the scene captured by Doris writes: "I watched Doris Zinkeisen, as she rapidly brushed in the first strokes on her canvas to record that scene. She finished the picture in a studio in the rue de la Charité in Brussels [...]. It had been so icy cold [in May?] that she had to paint with her gloves on [...]".[271] The Imperial War Museum, however, holds two oil paintings by Doris of the scenes she witnessed there, which are immediately hard-hitting (Fig.61 & Fig.62).[272] What these gruesome pictures cannot do, however, is to capture the dreadful stench of rotting flesh and typhus. I quote extensively below from one of Doris's letters from May 1945 as it describes what she saw first-hand at Belsen, which I think also sheds some light on how these particular paintings might be understood as reliable visual documents:

H.Qs. British Red Cross Commission
B. L. A.
24.5.45

Darling P.

I've just got back from Belsen and feel far too hurt and sore inside, too full of emotion to really write anything sensible, so you mustn't mind if

---

[270] Quotation from a letter by Doris Zinkeisen to her husband dated 22nd April, 1945. This letter, as are all subsequent ones referred to here, are in the collection of artist's son, Captain E.M.G. Johnstone RN (Retd.).

[271] Evelyn Bark, *No Time to Kill*, London (Robert Hale Ltd.), 1960, p.55.

[272] Doris's painting of corpses at Belsen is briefly mentioned in: M. R. D. Foot, *Art and War: Twentieth-Century Warfare as Depicted by War Artists*, London, 1990, p.194, p.196, and colour plate 46.

grammatically it is worse than usual.

I cannot describe how awful it was. Quite, quite awful. The people who are still alive are simply a skeleton with the skin stretched over it. Their eyes look completely dead. Their minds are also dead. Their babies look like bones with wet tissue paper over them.

When the British entered the camp there were 50,000 people of which 10,000 lay dead either stacked in heaps or still lying in the huts with the living. Those still alive had had no food or water for seven days, after a long period of semi-starvation.

The troops then supervised the carting away and burning of all the bodies by the S.S. and Gestapo women at the double where they were thrown into pits from anything like 800 to 1000 at a time in each pit.

The living were taken in ambulances by the medical boys to a big stables attached to the barracks, where rows and rows of tables had been arranged in the stalls without partitions. They were then laid on these tables and washed down by fat German nurses quite irrespective of age and sex. The contrast between the German fat and these bones is quite ridiculous. German doctors attended them under the British doctor in charge. This particular stage is going to be one of my pictures.

The ones who are not so far gone wander slowly and aimlessly about with a blanket round their shoulders or even over their heads with these great dark eye sockets peering distrustfully out at you. The dead smell is one I shall never get out of my nose. It's awful.

The burning of the camp though impressive made me sick. The smell of burning wood with the smell of death. They brought tanks along with flame throwers and sprayed the whole thing - There was an awful gallows 40ft high, it was still standing when I left, where the Germans used to string them up by their wrists.

The horrible crackling of those burning wooden huts seemed to eat into ones brain. I do hope eventually that I can satisfy myself that I have produced something that will give a semblance of the utter frightfulness, which no photography in the world can ever hope to penetrate...[273]

In the painting "Human Laundry, Belsen: April 1945", Doris deliberately contrasts the fat German women with the skeletons being washed down. The well nourished state of the Germans is also a fact Doris found quite irksome and at odds with the severe food rationing back in Britain. In a further letter from the 2nd June 1945 Doris reports that: "There is certainly no shortage of food in Germany. The fields are all growing crops madly and are full of stock,

[273] Letter by Doris Zinkeisen to her husband dated 24th May 1945 from the collection of Captain E. M. G. Johnstone RN (Retd.).

cattle, pigs, sheep, hens and geese so why should we go short of our rations at home to feed starving Europe."[274] In the same letter Doris, forever the adventurer, recounts flying with the pilot in the cockpit of a Dakota and seeing, "Hanover and the complete flattened out state it's in which gave me a great deal of pleasure", remembering of course that Doris's reaction has to be contextualised in the light of what she had already witnessed in the way of starving prisoners of war and the horrors of Belsen. Doris's paintings of medical teams at work, of liberated prisoners of war, and of Belsen collectively contribute to an understanding of the war and help to form a portrait of World War II, but she did produce some actual likenesses of specific individuals too.

Whilst on her artistic reconnaissance mission in mainland Europe, Doris painted a few portraits of some service personnel. Examples of these are the slightly dry and deadpan looking "Major-General E. Phillips: Director of Medical Services, British Liberation Army" (Fig.63) and the insightful "Miss Sally Wade, RRC: Principal Matron, 101 British General Hospital" (Fig.64). In a letter back home dated 8th June 1945, Doris writes about her portrait of Sally Wade: "I rather think they want me to paint the head of all the Matrons here which might be fun. I shall have to inspect her."[275] Clearly Sally Wade passed muster and Doris produced a strong portrait of her. In an earlier letter of the 2nd June Doris, who clearly thrived in male company, amusingly mentions how difficult she could find the nurses: "The doctors were also simply sweet and couldn't have been more helpful. I messed with them and not with the sisters, which I was rather dreading. I hate nurses en mass."[276]

Sally Wade, however, was no ordinary nurse, but a Principal Matron and quite clearly an exceptional woman working under extraordinary conditions and Doris captures something of the sitter's determined personality. Doris paints Sally Wade in her uniform to emphasise her role and the portrait's formality is reinforced through the decorations on her deep red cape. These decisions in choice of representation do, to a certain degree, close gender distinctions, as the men Doris paints during this time are also presented in their decorated uniforms, as in the portrait of Major-General Phillips. The sitter's unflattering glasses, practical hair, together with her plain and sturdy physical appearance make her appear to have a harsh and serious character. Sally Wade is by no means the usual fare to be seen in Doris's portraits of women, and for this reason the portrait stands out from amongst her oeuvre. The sitter is not a

[274] Letter dated 2nd June 1945 from Doris to her husband in the collection of Captain E. M. G. Johnstone RN (Retd.).

[275] Letter by Doris Zinkeisen to her husband dated 8th June, 1945 from the collection of Captain E. M. G. Johnstone (Retd.).

[276] Letter by Doris Zinkeisen to her husband dated 2nd June, 1945 from the collection of Captain E. M. G. Johnstone (Retd.). Most of the medical doctors would have been male at that time.

glamorous actress or beautiful socialite, but a strong woman making her important contribution to the war effort and looks like the type of person staff would respect and possibly be a little afraid of.

Before returning to Britain Doris displayed the paintings she had completed in her makeshift studio: "On Saturday I had a small show of my pictures up in my studio. I think they went down fairly well. Everybody seemed suitably impressed. [...] I think my pictures of Belsen made their mark."[277] Since then paintings from the series have been exhibited on-and-off at both the Imperial War Museum and the British Red Cross Museum. It should be pointed out, however, that the Zinkeisen sisters produced further wartime portraits. One particularly important commission from industry raises some interesting points around issues of how and why portraits are created and used.

In the 1940s ICI (Imperial Chemical Industries) commissioned a host of artists to create paintings for use in its advertising campaigns. Amongst the many pictures produced was an especially interesting series of fifty-six portraits by an array of artists, including Anna and Doris Zinkeisen. These portraits of named men and women represent the entire gamut of staff working for ICI, from manual labourers right the way through the spectrum of types of work to research scientists and managers, painted in their working environment, as opposed to domestic settings, or set against more general decorative backgrounds. Each portrait was used in various magazines and newspapers in Britain and abroad between September 1944 and March 1946 alongside explanations of who the sitter was and what part they played within ICI, together with details of their contributions to the war. This series of portrait advertisements followed an earlier ICI campaign from 1942, which similarly used paintings by well-respected and famous artists, including Christopher Richard Wynne Nevinson (1889-1946) and Edward Wadsworth (1889-1949), to promote the many facets and far-reaching industries of the ICI group of companies.[278] The portraits and their explanations were collected together in a catalogue and in the mid 1940s the paintings were sent on an extensive two-year tour around the regional art galleries of England and Scotland.[279] This really is an interesting series of portraits as collectively it works on several different levels simultaneously. Before looking at Anna and Doris's contributions to this series of portraits I would like to discuss briefly

---

[277] Letter from Doris Zinkeisen to her husband dated 2nd July, 1945 from the collection of Captain E. M. G. Johnstone RN (Retd.).

[278] For a write up of the earlier commissions of the early 1940s from ICI see, for example: Joyce Watkins, "The Advertiser as Art Patron: Imperial Chemical Industries Ltd.", in: *The Studio*, No.123, 1942, pp.107-111.

[279] ICI [With a forward by Lord McGowan], *Portraits of an Industry*, London (Lund Humphries & Co.), no date. For a reference to the exhibition see, for example: Henry Rushbury, "Industry as Art Patron", in: *Art and Industry*, No.49, 1950, pp.136-143, p.136.

how the commission came into existence in the first place, which will help to explain why portraits in particular were chosen over other genres of art.

By including men and women from all aspects of ICI's activities in the series of portraits the message put forward is that each individual working for the company is contributing labour of profound significance, whether it be stoking and controlling heat levels in furnaces, packaging products into cartons by hand, unloading coal from railway wagons, or the more cerebral demands of establishing a full-scale penicillin plant, or developing new chemicals. Moreover, we are informed through the write ups accompanying each portrait, that several of the people represented have worked for many years for ICI, frequently having followed parents into the industry, and often having children working in it too. The company presents itself in this way as a good, caring employer. But there are patriotic and economic forces at work in these portrait advertisements also.

In the forward to the catalogue of the ICI portraits Lord McGowan writes that: "Within these covers there are brought together, for the first time so far as I know, the portraits of a representative selection of the people on whom one of the basic industries of Britain depends for the efficiency of its production and for the research which is necessary to enable it to keep at least abreast, and often ahead of the best that our overseas competitors can achieve."[280] Lord McGowan also states that the portraits were intended to show the general public the workforce behind ICI and how their efforts, "benefited the nation in health or wealth, in peace as in war".[281]

A small, pared down version of the catalogue for the travelling exhibition has a forward by Sir Charles Tennyson, the chairman of the Central Institute of Art and Design, which adds to the points made above by Lord McGowan. Sir Charles Tennyson explains how ICI came to employ leading artists for their advertising campaigns, writing that it grew out of, "the fight which British science on the outbreak of war had to make against the tremendous world prestige enjoyed by Germany, as the result of years of energetic propaganda in a field where Great Britain had done virtually nothing."[282] He continues to say that: "British goodwill was further jeopardized when the falling-off of her international trade progressively weakened the contacts between Britain and the overseas world."[283] Sir Charles Tennyson adds that to ameliorate the situation ICI's public relations controller, Sidney Rogerson, embarked on his mission, "to raise the prestige of British research and the British chemical

[280] ICI [with a forward by Lord McGowan], *Portraits of an Industry*, London (Lund Humphries & Co.), no date.

[281] *Ibid.*

[282] Arts Council of Great Britain [with a forward by Sir Charles Tennyson], *Portraits of an Industry: An Exhibition of Paintings depicting the Personnel, Aspects and Services of the British Chemical Industry*, no place of publication or date, pp.1-2, p.1.

[283] *Ibid.*

industry throughout the world", by enlisting the help of some of Britain's finest artists.[284] Both Anna and Doris were invited to paint one portrait each as part of this patriotic advertising enterprise - although they did produce quite a number of other paintings for ICI advertisements, which will be alluded to in the next chapter.

Anna's painting for the ICI portrait series is of John Williams (Fig.65), a chemical engineer and manager at ICI's chemical works at Widnes and Runcorn, near Liverpool. In the background of the portrait is a glimpse of the Mersey and the chimneys and factories of industry, the landscape to which the sitter, so the write up informs us, has dedicated almost his entire life. Anna portrays John Williams as dependable and unflappable, qualities he was probably chosen for, in order to be in charge and lead a two thousand strong workforce. The commentary accompanying the portrait relates how the sitter is very much a pillar of the community, dedicating much of his spare time to working for the Widnes Borough Council and various community projects concerned with education and the welfare of young people. Anna perhaps makes John Williams appear self-effacing in his slightly stiff pose with clenched fists and sensible dark suit, but by placing the sitter before *his* native town, to which he was attached, Anna gets to the core of this individual. The commentary says John Williams was held in "affectionate regard" by the men "among whom and for whom he has worked for fifty years" and contributed towards improvements in both the "standards of life of the worker and in the efficiency of the industry".[285] Doris's painting for the ICI portrait series is equally insightful.

Doris portrays the research chemist Norman Haddock in a laboratory setting (Fig.66). Whether or not the sitter would normally have worn a suit and bow tie, as opposed to a laboratory coat (and maybe even safety glasses), is a moot point. It almost appears as though the extremely youthful looking Norman Haddock is wearing his 'Sunday best'. In his right hand he holds a Bunsen burner with a moderate flame to heat a round-bottomed flask of bubbling red solution suspended from a stand by clamps and attached to a fractionating column. Norman Haddock watches intently for a reaction to his experiment. The scientific apparatus beside the sitter and the shelves of glass jars containing chemicals in the background accord with expectations of what a research chemist might do professionally. Doris Zinkeisen has captured something of the introvert about the sitter, but as the accompanying commentary points out, it is the obsessive character of individuals like Norman Haddock, which results in new scientific advances useful to the chemical industry and end user alike. The commentary relating to the sitter in

---

[284] *Ibid*. p.2.

[285] ICI [with a forward by Lord McGowan], *Portraits of an Industry*, London (Lund Humphries & Co.), no date. Note there are no illustration or page numbers.

Doris's portrait tells us that sixty patents already stand in Norman Haddocks name, chiefly in the field of dyestuffs.[286] Added to this specialist contribution to chemical science, the sitter was part of a "pool of experts constituting the scientific reserve liable to be called on to solve any organic chemical problem in connection with the war", indicating the usefulness of the sitter's breadth of knowledge to humanity in general.[287]

The painting by Doris of Norman Haddock and that by Anna of John Williams were just two portraits from this most interesting series commissioned by ICI. Through this fascinating group of portraits a whole range of people are represented in the fine arts, instead of just the prominent members of society. The artists, however, were not chosen by the sitters, who also had no control on how the portraits were later used, although they clearly cooperated with the artists and ICI and may well have been proud to be part of such an unusual and prestigious commission. The resulting portraits are intriguing artworks in their own right, but also express a great deal about how an important, large business perceived itself, its economic significance and place in British society, as well as its impact on scientific research globally. For these reasons I think that the two pictures the Zinkeisen sisters made for the ICI portrait series are amongst their most relevant for an understanding of the period, even if the lustre and cultivated unconventional mien of their pre-war portraits is absent. In short, the portraiture of the Zinkeisen sisters had come of age. After the war, however, the sisters continued to develop their portraiture along quite different lines.

## Post War Portraits by the Zinkeisen Sisters

After World War II Britain rapidly became a very different place from its pre-war state, as the arts of the period readily testify. In the previous chapter, I alluded to the fact, that kitchen-sink drama and art began to take root in the 1950s. The Zinkeisen sisters remained utterly committed in their pursuit of art, but dealt with the changes in artistic styles and public taste in their own idiosyncratic ways. The sisters' war experiences are also most significant factors when assessing their later painting output.

What is particularly striking is how after 1940 Doris no longer exhibits at the Royal Academy of Arts in London.[288] It was from exhibiting portraits in particular at this venue that Doris attracted a great deal of critical acclaim from the press. Although she chose not to submit paintings for (or was rejected by) the prestigious Royal Academy Exhibitions, she continued to produce some

---

[286] *Ibid.*

[287] *Ibid.*

[288] *Royal Academy Exhibitors 1905-1970: A Dictionary of Artists and their Work in the Summer Exhibitions of the Royal Academy of Arts: Vol.VI:* Sherr-Zul, Wakefield, 1982, p.349.

fantastic likenesses. Her younger sister, however, did continue to exhibit at the Royal Academy after the war, including several portraits.[289] Exhibiting at the Royal Academy could also be a useful 'shop window'. One of Anna Zinkeisen's sitters, Anna Cumyn, recalled how it was seeing Anna's work at the Royal Academy, which made her select her to make her portrait: "One Summer in the early 1960s, my husband sent me off to London with instructions to find an artist and get my portrait painted. I made various enquiries, but what led me to Anna was a picture of hers hanging in the Spring Exhibition at the Academy."[290] Doris's indifference to exhibiting at the Royal Academy after the war is, to my mind, indicative of the sisters developing quite separate goals for their portraiture. Stylistically their portraits begin to diverge after the war too, whereas between the wars their portraits can often seem indistinguishable in terms of composition, colour use and application of paint. Why their styles changed has to be inferred in the absence of any direct statements from the sisters on the matter. Examining a selection of post-war portraits by the Zinkeisen sisters will help to define their distinct aims and objectives.

Portraitists have a terrible dilemma, inasmuch as they want to paint likenesses, but require commissions in order to do so successfully - from a commercial point of view. The prestige enjoyed by a portrait artist is bound up with all sorts of factors, not least of which is their perceived skill at capturing a likeness and who their sitters are. In 1955 Anna had the great fortune to be commissioned by the Royal Air Force Fighter Command to produce a portrait for their Headquarters at Bentley Priory in Stanmore, Middlesex, of HRH The Duke of Edinburgh (Fig.67), a highly prestigious task and opportunity. This particular commission is of seminal importance to Anna's post-war portraiture and because of her experiences of seeing the severely wounded pilots at East Grinstead she had a profound sense of the duties and risks involved in flying for the Royal Air Force, so understood its importance to the life of the nation and its significance to servicemen, which is physically embodied in the painting. As an aside, it is worth mentioning that Anna also painted further distinguished Air Force personnel, most notably a portrait of the Marshal of the Royal Air Force Sir Arthur Travers "Bomber" Harris (1892-1984), who became famous for organising bombing raids on German industrial targets, as well as Air Marshal Sir Edward Chilton (1906-1992) (Fig.68) and Air Chief Marshal Sir Denis Smallwood (1918-1997). In her portrait of HRH the Duke of Edinburgh, however, one of Anna's tasks is to project a particular kind of political leadership. Indeed, in the picture of HRH the Duke of Edinburgh wearing the clothing of a pilot to emphasise his ceremonial function, the RAF signal its authority and status through a symbolic association with the

[289] *Ibid*. p.348. The post war portraits exhibited by Anna include, "Marshal of the Royal Air Force: HRH The Duke of Edinburgh KG" in 1956, "Mrs Somerset de Chair" in 1959, and "Julia Heseltine" in 1962.
[290] Josephine Walpole, *Anna: A Memorial Tribute to Anna Zinkeisen*, London, 1978, p.55.

monarchy. A Meteor 7 aircraft is included in the background, because it was the model of plane in which The Duke completed some of his flying training. The canvas is dominated by the colour blue, with the RAF grey-blue of the clothing and the blue of the sky seeming to imply a unity between the pilot and the heavens. Fortunately the artist Julia Heseltine, daughter of Anna Zinkeisen, has kept amongst her late mother's papers, an insightful letter from Air Vice-Marshal G. P. Chamberlain CB, OBE to Anna outlining the brief of the commission. This is such a rare find that I quote the letter in its entirety below, because it tells us so much about the practice of portraiture at this level:

Headquarters Fighter Command,<br>
Royal Air Force,<br>
Bentley Priory,<br>
Stanmore,<br>
Middlesex.<br>
3rd June 1955

Dear Miss Zinkeisen,

This letter is in confirmation of the various points we discussed in our meetings on 22nd and 27th May and our telephone conversations of 24th May. Acting on behalf of the Trustees of the Fighter Command Central Fund, I am glad to be able to commission you to paint a picture of HRH The Duke of Edinburgh. I have the Duke's agreement to the picture being painted by you to show him in flying clothing. The Trustees require the picture size to be as nearly as possible 60" high by 40" wide so that it will be complementary to the picture you have already seen of Lord Trenchard by Frank Beresford.

2. The Fighter Command Central Fund Trustees, who deal with money in no way the property of the public, agree to pay approximately £470 (four hundred and seventy pounds) for painting this picture. The shortfall from the £500 (five hundred pounds) fee arises from my request to you to include the frame and picture lighting. You replied that you would prefer Fighter Command to obtain the frame and lighting and to deduct the cost from the £500 (five hundred pounds) fee. From contact with Rowley Gallery Ltd. Of 87 Campden Street, Kensington Church Street, W 8. from whom we procured the frame for the Lord Trenchard picture, I know that the cost of this is likely to be very close to £30 (thirty pounds).

3. Lt. Cdr. Michael Parker has written to my Commander-in-Chief confirming the Duke's agreement to this painting. He has, most disappointingly to you and to us, indicated that it may not be possible for you to have sittings before the Spring. Lt. Cdr. Parker now knows of our

disappointment, and I think there is some possibility at least that earlier sittings will prove to be possible; at any rate, I sincerely hope so. We have noted that you require a maximum of six sittings lasting not less than half-an-hour and not more than one hour each, also that you would complete this task in two months from the time that you can start work upon it.

4. I enclose single copies of each of the photographs taken at your request at Bovingdon on the afternoon of 27th May. I know that you will need to borrow such items as flying overalls, life saving waistcoat, helmet etc. so as to ensure that the colour and other details are correct. I shall gladly deal with such loans later on.

5. I enclose also the book of photographic copies of your paintings you lent me at our first interview. They are most interesting and we look forward to seeing how you propose to present the Duke of Edinburgh in the picture you will paint for us. My understanding is that the reproduction rights by all processes will be entirely ours.

Yours sincerely,
G. P. Chamberlain[291]

The above letter is packed with details about the commission. We find out about how the painting was to be part of a collection of portraits at the elegant Bentley Priory, parts of which were designed by the influential neoclassical architect Sir John Soane (1753-1837), and to be displayed specifically alongside a likeness of Lord Trenchard. In practice this does not appear to have happened. Instead, Anna's painting was installed in the Dining Room of the Officers' Mess, opposite a portrait of Her Majesty the Queen painted by Dennis Fields *circa* 1953. In this setting it has been on display for almost half a century, although during the second half of the 1970s a combination of severe dry rot and a fire resulted in the Officers' Mess being closed for extensive repairs, during which time most of the valuables at Bentley Priory were stored at RAF Quedgeley.[292] It is also a great shame that RAF Bentley Priory, which since 2000 has not been a headquarters, will cease to have any operational use with all its current independent units scheduled to be relocated to RAF Northolt during 2008, with the fate of the extensive art collection, including Anna Zinkeisen's portrait, undecided at the time of writing.

The letter from Air Vice-Marshal Chamberlain is quite involved, indicating a history of meetings and conversations with Anna concerning the

[291] Letter in the collection of the artist Julia Heseltine, daughter of Anna Zinkeisen.
[292] Flt Lt K. Winks, *An Illustrated History of RAF Bentley Priory*, RAF High Wycombe (Command Media Services), no date, p.20

commission, including a review of her previous work. Dimensions are stipulated, as are the dress of HRH The Duke of Edinburgh. Other interesting points raised by the letter include the details about sittings (Fig.69) and the loan of flying clothing to ensure the accuracy of the final painting. The reference to photographs from Bovingdon in all likelihood refers to pictures of planes taken at the now disused former RAF airfield in the Chilton Hills of Hertfordshire. Also of note is the financial side of the commission, with Anna to receive five hundred pounds minus the cost of a frame. This was a great deal of money in the mid 1950s and set the level of her portrait fees for the following decade (plus or minus several hundred pounds depending on size and the complexity of the composition).[293] Clearly the value of her labours had risen from pre-war levels, when her paintings (excluding murals) appear to have fetched anywhere between 75 and 150 guineas.[294] The final portrait is quite imposing and at the time of its completion received considerable publicity.

Anna's portrait of HRH the Duke of Edinburgh was exhibited at the Royal Academy in 1956.[295] Photographs of the painting with Anna standing beside it were released in the press worldwide (Fig.70).[296] Anna also received fan mail in relation to the portrait. For example, a Mrs Annabel Swainston of No.8 Sheldon Avenue in Highgate wrote on 8th May 1956 to express how much pleasure the portrait had given her: "I found myself returning to it again and again to enjoy its quality as a painting. It seemed to personify all one most hopes for in England. Steadfast and sure, looking out on a splendid if difficult future."[297] This is an interesting reflection from a member of the general public, although it is curious how for this one viewer the symbolic ceremonial function of HRH the Duke of Edinburgh is extended in this instance so as to

[293] I have an undated magazine article from an unknown 1960s source (judging by Anna's hairdo), which says that Anna's, "fees range between £350 and £1000, and she completes up to 12 a year". She is quoted to remark: "But I'm as poor as a church mouse."

[294] A guinea is the equivalent of 21 shillings, or £1.05. A newspaper article in *The Scotsman* dated 9th May 1938 indicates that Anna sold all three of her exhibits at the Royal Academy Summer Exhibition. "Spring" sold for 75 guineas, as did a portrait entitled "Dark Lady", which was purchased and is still held by Nottingham Art Gallery, and a further painting entitled "The White Cliffs of Dover" fetched 150 guineas. By way of comparison, the same article says that two paintings by the eminent and now much collected watercolourist Sir William Russell Flint (1880-1969) brought home 90 guineas apiece. An article in *The Daily Mail* on Tuesday 3rd May, 1938 recounts: "The artist who should be most pleased with herself is red-headed Anna Zinkeisen, the sister of the dark, exotic-looking Doris. For Anna Zinkeisen submitted three pictures called, respectively, "Spring", "The White Cliffs of Dover", and "The Dark Lady", pricing them at £75, £150, and £75, and all three were sold the first day." There is clearly some confusion over whether prices were in pounds or guineas and it must be remembered there would have been costs, such as for frames and possibly RA sale fees.

[295] *Royal Academy Exhibitors 1905-1970: A Dictionary of Artists and their Work in the Summer Exhibitions of the Royal Academy of Arts: Vol.VI: Sherr-Zul*, Wakefield, 1982, p.348.

[296] Josephine Walpole, *Anna: A Memorial Tribute to Anna Zinkeisen*, London, 1978, pp.36-37.

[297] This letter is amongst the papers in the collection of the artist Julia Heseltine, Anna Zinkeisen's daughter.

represent the entire nation and not just the physical embodiment of the RAF. A further interesting letter of appreciation comes from Air Chief Marshal Sir Dermot A. Boyle KCVO, KBE, CB, AFC dated 3rd May 1956, in which the portrait is better understood as a picture less about HRH the Duke of Edinburgh, and more concerned with the RAF: "I would like to send you my heartiest congratulations on the result you have achieved. I think it is a simply splendid picture of the Duke and having him in flying kit - which you have so truly represented - gives the picture a close association with the Royal Air Force."[298] There can be no doubt that this painting from RAF Bentley Priory is a true likeness, but it is precisely this realism, which was at odds with certain sectors of the art scene.

After Anna Zinkeisen's death in 1976 the dealer and art historian Josephine Walpole, at whose gallery in Suffolk the Zinkeisen sisters frequently exhibited their work, compiled a book entitled *Anna: A Memorial Tribute to Anna Zinkeisen* (1978). This is an unusual art history book, as it has no sustained commentary, but is instead a medley of short essays and, most importantly, letters. These letters are a real treasure trove as they are from a broad spectrum of people, who sat to have their portraits done by Anna between 1945 and her death. Through these letters the sitters tell us quite a lot about Anna's kind and sunny personality, how the portraits came to be painted and what the sitters thought about the portraits and the process of commissioning the art work, details so often unavailable for art historians. I would like to highlight just one of the letters from the politician and writer Somerset de Chair (1911-1995), which I found particularly revealing:

> Anna Zinkeisen was a painter of portraits in the classical tradition, and was particularly influenced by Vermeer (atmospheres flooded with light). She was perhaps over inclined to romanticise her sitters. She told me, when painting that splendid portrait of my third wife, Tessa, which was exhibited at the Academy and elsewhere, "She has moonlight in her brow." But the remarkable thing about the picture is the painting of the hands, and the treatment of the white fox fur over the lap of her black satin dress, with its bustle. She is holding in her hand, a small book of mine, on the page of which every word is legible. The late James Gunn, who was at the time President of the Academy, told me that one modern artist on the Selection Committee was so incensed with this accuracy that he threatened to resign if it were hung.[299]

---

[298] *Ibid.*

[299] Josephine Walpole, *Anna: A Memorial Tribute to Anna Zinkeisen*, London, 1978, p.60. The portrait of Mrs Somerset de Chair, which was exhibited at the Royal Academy in 1959, is illustrated on the opposite page.

The level of detail in Anna's portraits is often a factor the sitters enjoy and admire in her work and although the above quotation suggests Anna romanticised her sitters, most of them felt she had captured aspects of their personality.[300] What is especially significant about Somerset de Chair's comments above is how the 'accuracy' of her portraits was not received well by a more radical committee member at the Royal Academy. This perhaps suggests that some may have confused the mimetic quality of Anna's art with mere imitation, but this is to misunderstand her work, which is both about a likeness to nature *and* articulates strength of expression. Her commercially successful portraits are indeed extremely effective in communicating character using an uncluttered technique. In her pre-war paintings Anna could be stylistically radical, particularly in the unconventional poses she chose to portray her sitters, but this is absent in her work from the mid 1940s onwards, in which she self-consciously chose to increasingly draw attention to the inner truth about the sitters, no doubt coloured by her personal experiences and serious study of the human body during the war, whilst developing a characteristic formality in her choice of representation. A close look at a small, yet representative sample of her portraits will help to demonstrate how this works in practice.

In my opinion the portrait of the Right Reverend Dr Leslie Brown, Bishop of St Edmundsbury and Ipswich (1912-1999) is amongst Anna Zinkeisen's best post war paintings (Fig.71). This picture was originally hung alongside other portraits of Bishops of St Edmundsbury and Ipswich by the lofty staircase at the main Diocesan Office in Ipswich. In recent years, however, the Diocesan Office has been moved to a more cost-effective and modern building and the entire portrait collection, in part due to the large scale of the works being unsuitable for contemporary administrative environments, boxed up and mothballed until a suitable location has been found to display them once again.[301] The portrait by Anna of the Right Reverend Dr Leslie Brown was painted during his tenure between 1966 and 1978 as the Bishop of St Edmundsbury and Ipswich.[302] It is a formal portrait, which is interesting to contrast with the portrait from 1978 of the same sitter by Anna's daughter Julia Heseltine (Fig.72).[303]

Julia Heseltine's portrait of the Right Reverend Dr Leslie Brown was

[300] *Ibid*. See, for example, the comments in the letters on p.37, p.40, p.48, p.52, p.60.

[301] I thank Mr James Halsall, Secretary of the Diocesan Advisory Committee at the Diocesan Office, St Nicholas Centre, 4 Cutler Street, Ipswich for this information.

[302] Please note that the obituary of the Right Reverend Dr Leslie Brown by Alan Webster in *The Independent* (December 30th, 1999) gives his dates of tenure as Bishop of St Edmundsbury and Ipswich as 1966 and 1978, although the official Diocesan web site gives the dates 1966 to 1975.

[303] This portrait can be viewed on the Commission a Portrait website (www.commissionaportrait.com) and is also reproduced and mentioned in the following article: Josephine Walpole, "Famous Families in Art: The Zinkeisens", in: *Antiques Bulletin*, Issue 609, 22nd July – 11th August 1995, pp.10-12, p.10.

possibly intended for a domestic setting and is smaller than Anna's painting. In both portraits it is clear through their attire and also the wearing of a large crucifix that the sitter is a man of the cloth, although in Julia's painting there is a greater emphasis on informality, than in that by her mother. Anna's painting is probably best described as the official portrait, particularly as she highlights the sitter's position within Church hierarchy through the extremely formal inclusion of the bishopric's coat of arms in the top left of the canvas. Both artists attempt to capture the character of the sitter. In Julia's portrait the Bishop looks directly at the viewer, whilst in Anna's he slightly averts his gaze. Both portraits show an approachable, calm, yet slightly shy, or maybe reserved individual and Anna stresses the sitter's spirituality through the representation of a source of light on the top right of the canvas. Both portraits exude a sense of serenity, which is located in the character of the sitter.

The Right Reverend Dr Leslie Brown was not a man with naked ambitions to achieve positions of eminence within the Church. In fact he was a self-effacing man motivated to work amongst the poor of the world by his deeply felt faith.[304] His wife Winifred shared her husband's Christian zeal and was a quite remarkable woman in her own right, for as a medical practitioner she accompanied her husband on his missionary activities. The couple spent 14 years in Kerala, a region of South-Western India, where Winifred introduced medical care and family planning facilities for the poor, low-caste people of the area, whilst her husband devoted his attention to opening schools and churches, as well as teaching and training ministers of the future at Kerala United Theological Seminary in Trivandrum.[305] These years were followed by tenure of the position of Bishop of Uganda between 1953 and 1960, and Archbishop of Uganda, Rwanda and Burundi from 1961 to 1965. This period in East Africa was one of tremendous and sustained political upheaval for the whole region with the British withdrawing from Uganda in 1962, coinciding with Burundian and Rwandan independence, and the resumption of Tutsi and Hutu rivalry and massacre in the area.[306] Despite the obvious dangers, when in Africa Winifred continued to work as a medical practitioner, whilst her husband resumed his pastoral duties. Something of the Bishop's resilience and quiet tenacity comes through to the surface in both the portraits of him. This ability to capture the inner character of sitters is also evident in Anna

[304] See, for example, some of the Right Reverend Dr Leslie Brown's writings: Leslie & Winifred Brown, *The Christian Family*, Lutterworth, 1959; Leslie Brown, *God as Christians See Him*, Oxford, 1961; Leslie Brown, *Three Worlds: One World: Accont of a Mission*, London (Rex Collings Ltd), 1981; Leslie Brown, *The King and the Kingdom*, London & Oxford (Mowbray), 1988.

[305] Alan Webster, "Obituary: The Right Reverend Leslie Brown", in: *The Independent*, December 30th, 1999.

[306] *Ibid*. The Right Reverend Leslie Brown also wrote about East Africa. See, for example: Leslie Brown, *Ethiopian Episode*, London (Country Life), 1965; Leslie Brown, *East African Mountains and Lakes*, publisher, place, and date unknown.

Zinkeisen's portrait of Sir Robert Mark (born 1917) when Commissioner of the Metropolitan Police between 1972 and 1977 (Fig.73).

The portrait of Sir Robert Mark was painted in 1974. As is the case with the likeness of the Right Reverend Dr Leslie Brown, the portrait of Sir Robert Mark is a formal one, with a similar use of a crest in the top left-hand corner of the canvas. I chose this portrait because it captures a personality radically different from that of the Bishop of St Edmundsbury and Ipswich and helps to underline what I understand to be the particular strengths of Anna's practice as a portraitist. Again Anna eschews the use of novel poses and brushwork, as in some of her pre-war portraits, in favour of an uncluttered composition executed with a highly polished painted surface. And again the portrait is a formal one with the sitter's position expressed through his clothing.

It is interesting to contrast the loose-fitting and lofty Bishop's robes with the closefitting and belted Police Commissioner's uniform, both superbly rendered by Anna in oil paint. The portrait of Sir Robert Mark hangs on the fifth floor of the Metropolitan Police headquarters at New Scotland Yard in London in a large open-plan area outside the Briefing and Conference Rooms (Fig.74).[307] The painting of Sir Robert Mark is grouped together with further portraits of former Commissioners and a collection of Metropolitan Police memorabilia, including historic uniforms, kept in a sizeable glazed recess. This is a collection on view only to those working at New Scotland Yard, for obvious security reasons, and must give the Metropolitan Police a sense of its history. Sadly Anna's portrait of Sir Robert Mark has a frame, which covers the artist's name, disconcertingly obscuring her role in its creation. It is also behind glass, which tends to reflect the light, and makes viewing more difficult, but the Metropolitan Police obviously have far more pressing things to worry about than picture frames.

Sir Robert Mark is a particularly interesting Commissioner, inasmuch as he is probably the first person to have achieved the post by rising through all the ranks and because he questioned the police force's public accountability by highlighting publicly the problems he encountered with corrupt police officers, which he also wrote about.[308] Although forcing out corrupt police may have given rise to a feeling of distrust in the police service, Sir Robert Mark's purpose was to secure the opposite by demonstrating police accountability to the public, by removing those who abused its powers and acted as a law unto themselves. This was actually a brave, as well as difficult manoeuvre and in

---

[307] I sincerely thank Siobán Clark of Friends of the Metropolitan Police Historical Collection, as well as David Searle (Administration Officer) and Jonathan Hubbard (Sergeant) of the Commissioner's Private Office for their help with information about the painting.

[308] Robert Mark, *Policing a Perplexed Society*, London (Allen & Unwin), 1977; Robert Mark, *In the Office of Constable*, London (Fontana), 1979.

Anna's portrait of Sir Robert Mark there is a look of tough resilience about the sitter's rugged features and solid frame. Anna portrays a determined man not to be messed with.[309] But as well as painting the likenesses of tough Commissioners and key religious figures, Anna could still capture the charms of beautiful women.

I have already alluded to the portrait of Mrs Somerset de Chair, which was the only painting of a 'society beauty' Anna Zinkeisen exhibited at the Royal Academy during the post-war phase of her career, in 1959 to be precise - that is if I exclude the portrait of her daughter Julia Heseltine exhibited at that venue in 1962 from this particular categorisation.[310] Anna painted many similar types of portrait of society beauties, but I would like to highlight just one particularly excellent example for further discussion, namely the extremely appealing painting of Ann, Baroness Aberconway (Fig.75).[311] The portrait of The Lady Aberconway, as with all of Anna Zinkeisen's post-war portraits of society beauties, displays a complete shift in the artist's painting agenda when compared to the same type of subject matter from the 1930s.

In her earlier work Anna focused, in my opinion, quintessentially on the external beauty of her sitters, although some aspects of internal character are visible. In the 1930s Anna gave her portraits of beautiful women the glossy appearance and showy appeal of the film star. This is toned down in her later work. Maybe as an established artist commanding higher prices Anna could focus increasingly on what really mattered to her, namely producing deeper portraits with a real sense of personality.

Time and again sitters for her later portraits remark how Anna was interested in them as people and encouraged them to open up to her through casual dialogue in order to reveal their true selves.[312] The very fact that hardly any of the later society portraits were exhibited at venues such as the Royal Academy implies a decided lack of interest on Anna's part to attract publicity and patronage. These she had already attracted in the earlier phase of her career. In the later portraits Anna avoids the deliberate use of eye-catching poses and colour schemes, which renders much of her early work so readily identifiable, although these factors obviously remained important to her compositions. Anna's post-war portraits are altogether more considered. The handling of paint evolves and is visibly more carefully applied. Her medical

---

[309] Sir Robert Mark, one of the readers at Anna's memorial service, contributed a touching letter about his recollections of Anna and the sittings for the portrait in: Josephine Walpole, *Anna: A Memorial Tribute to Anna Zinkeisen*, London, 1978, p.39.

[310] *Royal Academy Exhibitors 1905-1970: A Dictionary of Artists and their Work in the Summer Exhibitions of the Royal Academy of Arts: Vol.VI: Sherr-Zul,* Wakefield, 1982, p.348.

[311] For further information on the Baron Aberconway and family see, for example: Charles Kidd, Christine Shaw, Morris Bierbrier, Lydia Collins (ed.s), *Debrett's Peerage and Baronetage*, Richmond, 2007, section P [The Peerage], pp.3-4.

[312] See the letters by post-war sitters collected in: Josephine Walpole, *Anna: A Memorial Tribute to Anna Zinkeisen*, London, 1978, pp.39-61.

drawings and paintings from the war years appear to have helped her later practice of portraiture. Look at Anna's careful and accurate rendering of flesh on jowls, necks and hands in the portraits discussed earlier of the Right Reverend Dr Leslie Brown, Bishop of St Edmundsbury and Ipswich and Sir Robert Mark, in which the underlying structures of the human body and the ageing process are readily apparent. And Anna's formula for capturing likenesses with true character is pared away further by having relatively plain backgrounds, as deliberate substitutes for her earlier reliance on drapery to stimulate visual interest, which might have become altogether too trite had she continued with it. The fruits of all this change in Anna's painting style are perfectly exemplified in her likeness from the 1950s of the Lady Aberconway.

Ann, Baroness Aberconway is the widow of the third Baron (1913-2003) and originally hails from the East Coast of the United States of America. The illustrated portrait is actually the second painting by Anna Zinkeisen of the sitter, the first being a head and shoulder study in a smaller format (Fig.76). In the later painting the viewer is presented with the vision of an ideal blonde beauty, with a slender frame, clear ivory skin, and a remarkably serene countenance. Anna clearly enjoyed painting this woman, who also became a good friend. The painting captures not just the external beauty of the sitter, but an inner radiance of intelligence mingled with sincere warmth.

The Lady Aberconway is set against a calming background of deep grey-blue tones. She is clearly a class act and requires no more than a ring and a broach to decorate her formal and simply tailored long black dress. This is a representation of a *smart* (used in every sense of the word), young, confident woman. Anna Zinkeisen's painting hangs alongside other family portraits by the main staircase at the family seat, Bodnant, in Tal-y-Cafn, near Colwyn Bay in North Wales. The painting is not on public display, although Bodnant Garden is a National Trust property, especially famed for its Rhododendrons, Azaleas, Magnolias, Camellias, and Hydrangeas, and is open to the public.[313] The Lady Aberconway's late husband had many corporate and industrial interests, but the aristocratic couple were also extremely committed to maintaining Bodnant Garden for future generations. Their horticultural interests led Lady Aberconway's late husband to become President of the prestigious Royal Horticultural Society between 1961 and 1984 and helping with the internationally renowned Chelsea Flower Show.[314] To be the wife of such a busy tycoon was also a demanding task for the Lady Aberconway, and I think that the way in which Anna Zinkeisen paints the Lady Aberconway captures the essence of a strong, yet charming woman. Anna's painting of Ann, Baroness Aberconway is, in my opinion, a veritable tour de force. Josephine

[313] For more information on the gardens see, for example: *The Garden at Bodnant*, Norwich (Jarrold Publishing), 2001.

[314] Refer to note 311.

Walpole's book, *Anna: A Memorial Tribute to Anna Zinkeisen* (1978) includes some further examples of this type of post-war portraiture by Anna, although I have a preference for the paintings of Mrs Somerset de Chair and of the Lady Aberconway, which I think are amongst her masterpieces. This kind of painting of society beauties, and official civic portraits of notable worthies, which Anna focused on, developed after her own fashion, and excelled at, were not the type of picture her sister, Doris, particularly wanted to paint after the war, despite having produced and exhibited stunning portraits in her earlier career. It is worth thinking about why this should have been the case.

Doris did paint portraits after the war, but never in the same quantities, or with the same level of concerted and committed professionalism as her sister. I have already pointed out that a painting, such as Doris's 1929 self-portrait, took her up to five weeks to complete.[315] The commitment and creative energy involved in producing such detailed compositions was, therefore, quite considerable. Maybe Doris did not need the money and so felt less need to exert herself in this domain. Sitters could also be quite difficult and demanding. Julia Heseltine recounts an instance of one of her mother's more awkward male sitters demanding to see his portrait before she was ready to reveal it to him. Finally the gentleman got up during one of the sittings and walked round the easel to have a look and rudely exclaimed that he found Anna's representation of his nose incorrect. As cool as a cucumber Anna is said to have raised a nearby mirror towards the man, inviting him to take a glance at his own reflection, and told him that her painting was entirely accurate. And Doris's son, Captain E. M. G. Johnstone RN (Retd.), tells of a lady, who had commissioned his mother to produce a sizeable group portrait of her family, who kept on interfering with the composition by requesting Doris to include disparate items, such as specific pieces of silver, or a favourite pet.[316] Maybe Doris was fed up with such prickly and fickle customers.

Commissions were to be had, as the career of Anna Zinkeisen testifies, and Doris did accept a few portrait requests, but no way near as many as her sister. For example, in 1954 Doris was asked to produce a portrait of the American film producer David Lewis (1903-1987), the long-term companion of James Whale, whose likeness Doris had already captured in 1936.[317] There is also a charming portrait from the 1950s of a director of Watneys, Coombe and Reed breweries and founder of the British Driving Society, Sanders Watney, together with his wife Marylian. The couple are depicted driving a

---

[315] See Chapter One: Portraying the Self. The time taken to complete the 1929 self-portrait is mentioned in the Australian edition of *The Sun* newspaper (Sunday February 24th, 1929).

[316] These stories were told to me by word of mouth by the artist Julia Heseltine and Captain E. M. G. Johnstone RN (Retd.) at our meetings during 2007.

[317] James Curtis, *James Whale: A New World of Gods and Monsters*, Minneapolis, 2003, p.379.

[318] This portrait is reproduced in: Marylian Watney, "The Cult of the Carriage", in: *Country Life*, July 18th, 1963, pp.132-133, p.132.

pair of chestnut horses and seated in the late Lord Lonsdale's Spider Phaeton.[318] Because Doris was no longer focusing her attention on portraiture, her post-war portraits exhibit very different signs of stylistic development to those of her sister. Doris did paint some really fantastic post-war likenesses. Doris could still paint with the care and attention to detail so readily visible in her popular and much commented upon early portraits, as exhibited at the Royal Academy, which had been such a generous publicity agent for her work. But Doris no longer exhibited portraits, or any other genres of painting for that matter, at the Royal Academy after 1940. I can only assume their publicity was no longer of importance to her. She had been through that publicity mill already so many times anyway. It is noticeable that during the 1960s in particular, that her portraits radically change in style. Her handling of paint becomes increasingly fluid and there is a disappearance of the forthright realism of her earlier output, in part, no doubt, due to personal taste, but also due to self-imposed time constraints and the demands of the art market.

Some of Doris's best post-war portraits were of family members. For example, her 1966 portrait of her son as a young naval officer has real panache (Fig.77). With vibrant brush strokes and confident looking poise Lieutenant E. M. G. Johnstone RN is seated in his impressive uniform before an imaginary coastal landscape.[319] This painting is reminiscent of the military portraits by Sir Joshua Reynolds (1723-1792) in its treatment of the uniform and background, including the rendering of the clouds.[320] It also happens to pair up rather well with Doris's earlier naval portrait from 1940 of her husband, Lieutenant Grahame Johnstone DSC, RNVR (Fig.78), which incidentally was the last painting she exhibited at the Royal Academy. There can be little doubt when looking at the painting of Doris's son that she was extremely proud of her son's achievement in having successfully become a naval officer. In one of those letters of 1945 to her husband back in England whilst painting in an official capacity in mainland Europe she already imagines her son as a naval commander, remembering he was just fifteen at the time of writing: "Darling how I am longing to see you again, just longing. Please come up and be with me for a few days, or even just two. I do hope you managed to find a good sort of Commander. They seem a bit rare. If only Moo was the right age, even he

[319] Some of the naval experiences, often hilarious, of Captain E. M. G. Johnstone RN (Retd.) can be read in: Commander R. Agar & Captain M. Johnstone (ed.s), *Hold Fast the Heritage: An anthology of experiences both afloat and ashore, spanning half a century from 1943 to 1993, by the Term of Naval Officers who joined the Royal Naval College together in September 1943*, Fontwell (Woodfield Publishing), 1994, pp.16-17, p.25, pp.52-53, pp.75-76, pp.101-102, pp.108-112, pp.125-127, pp.196-203, pp.251-253.

[320] See, for stylistic comparisons, Reynolds's portraits of the soldier John Burgoyne and his famous naval portrait of Augustus Keppel illustrated in: David Mannings, *Sir Joshua Reynolds: A Complete Catalogue of his Paintings: Plates*, New Haven & London, 2000, p.62, p.10.

[321] Extract from a letter by Doris Zinkeisen to her husband dated 2nd July, 1945, now in the collection of Captain E. M. G. Johnstone RN (Retd.).

might be a bit Troublesome!!"[321] 'Moo', it must be pointed out, is the affectionate nickname of Doris's son, whom she foresees as a naval officer. In fact all the children had such names, which they maintained amongst family in adulthood, with the twins Anne and Janet having the pet names 'Perni' / 'Anniepern' and 'Juni' / 'Juniper Janet' respectively. The next painting I would like to discuss is what must be described as a group portrait (not just a double portrait) of the twins together with their numerous pets (Fig.79), which is arguably a better example of Doris's later style of painting.[322]

The group portrait of Doris's daughters and their pets at their home in Badingham, Suffolk shows Janet standing beside the dun mare Victoria and the Irish Wolfhound Fionn. Anne is seated beneath a large tree with Bruno the brown Burmese on her lap and is coaxing Ming the white Siamese towards her, whilst Comus the cavalier dog plays at her feet. It must not be overlooked that Doris was an excellent portraitist of animals, as is evinced in her painting from the early 1970s of the racehorse Mill Reef, which won the famous annual Derby flat race at Epsom (Surrey) for three-year-old horses in 1971, now held by the collection of the British Sporting Art Trust at the National Horseracing Museum in Newmarket, Suffolk (Fig.80). Behind the twins and the numerous pets is The White House shrouded by its own ring of mature trees. This is a truly 'romantic' group portrait, which conjures up an idealised vision of the lives of the artists at the time of its execution in the early 1970s. It is also one of the most poignant works in the late oeuvre of Doris Zinkeisen, in the sense that the Arcadian scene represented was to be tragically shattered in 1979 when Janet died of asphyxiation when overcome by the fumes of a fire in the kitchen at The White House. Comparison between this picture and a similar type of family portrait by Doris from 1937 showing the artist's three young children on their ponies helps to demonstrate the changes, that had taken place in Doris's painting technique (Fig.81). Both might be loosely referred to as boldly impressionistic, but in the later group portrait, the application of paint is altogether more sketchy and there is a noticeable absence of confident fluid swooping brushstrokes, which, though not without its charms, produces a result visually less satisfying than in the earlier group portrait, precisely because it lacks the artistic vigour to be seen in her early work, although this is hardly surprising considering Doris was in her seventies at the time.

The later portraits by Doris, as in the example mentioned above, appear to refer back to her pre-war work, but in a stylistically simplified way. Unlike her sister Anna, Doris does not tend to go in for deep psychological dialogues in her post-war portraits. Indeed, there is no evidence to suggest that Doris had any enduring curiosity about the sitters she painted after the war, excepting friends and family, beyond their general appearance and the arrangements she

[322] This painting was recently sold on Friday 8th June, 2007 at a sale held by Mallams Fine Art Auctioneers in Oxford (lot 255).

could make with them in her compositions. This last comment is not designed to be a criticism of her work, only an observation. Doris's post-war career is very different from that of Anna. In Doris's later portraits, which at times appear to repeat (or refer to) her earlier pre-war compositions, she appears to deliberately, or is it sub-consciously, to refer to the inter-war period of her life, when she had such a glittering career, to a happy and more frivolous world, remote from the horrors of Belsen. In this way Doris was able to hide herself and her art behind an unserious façade, whilst remaining committed to it and in her own way rail against the changes in the art scene and in the demise of her own professional esteem as a portraitist, an area of her output, which had attracted considerable critical acclaim during her period of artistic over achievement in the 1920s and 1930s. This brings Doris's post-war portraiture close to concepts of nostalgia, which I believe is also evident in her other paintings of this period in her life, as will be seen in the following chapter.

Both of the Zinkeisen sisters produced stunning portraits during the course of their careers. It must not be forgotten, however, that portraiture was only one aspect of their artistic output. Running parallel to her career as a portraitist, Anna became well known for her flower paintings, murals, posters, and illustrations, whilst Doris, apart from her busy schedule as a theatre and film designer, found time to produce advertising posters and extremely appealing 'romantic' equine paintings and fanciful compositions of people in period settings. In the next chapter I will evaluate this other artistic output of the talented Zinkeisen sisters.

# Chapter Five: Painting for Money

Regardless of how 'art' may appear to its spectators, or how strong the urge to create paintings may be, all artists live in the real world and have bills to pay and the Zinkeisen sisters were not exempt from the day-to-day concerns of earning a livelihood. Portraiture was an important area of concern for the Zinkeisen sisters, but they were engaged in many other creative areas too. This chapter looks at the artistic 'bread and butter' work the Zinkeisen sisters produced as a dependable source of income. By referring to the work in this chapter as their 'bread and butter' paintings, I am not suggesting this type of work by the Zinkeisen sisters is of less merit than their portraiture, but it does help to contextualise the work as a parallel artistic domain where there was a steady demand for the talents of both Anna and Doris. Equally the term 'bread and butter' paintings does not imply the sisters treated the commissions less seriously than portraits, applied themselves less to the tasks at hand, or failed to enjoy the challenges of the work.

An article for the magazine *Eve* in 1926 outlines how the Zinkeisen sisters saw no conflict between the demands of fine art and the more prosaic demands to accept commercial work too.[323] In the feature it is asserted that: "posters pay - but, according to Miss Doris Zinkeisen, no one should despise the smaller jobs: you never know where they may lead."[324] As far as offers for work are concerned the Zinkeisen sisters were always open-minded and interested. Doris's bold attitude here in 1926 is especially pertinent for it was around this time, whilst designing advertisements for John Walker Whiskey Distilleries, that she met her future husband. In fact both the Zinkeisen sisters designed numerous posters, particularly in the earlier part of their artistic careers. I begin this chapter by examining their advertising poster designs, before considering their other commercial endeavours, such as book illustrations, murals, Anna's commercially successful oil paintings of flowers, and Doris's pictures of theatre and period scenes. Because the Zinkeisen sisters were so prolific being totally comprehensive is quite impossible, so I have endeavoured to discuss what I consider to be a representative sample of each category of artwork.

---

[323] J. W. E., "Art as a 'Trade': The Zinkeisen sisters, Doris and Anna, turn their talents to good account", in: *Eve*, June 30th, 1926, p.734.
[324] *Ibid*.

The Zinkeisen sisters were delighted to come up with poster designs for industry, including for the Imperial Chemical Industries (ICI), the United Steel Companies Limited, and the London and North Eastern Railway (LNER). These were interesting commissions, which indicate the role of big business as a significant patron of the arts, something perceived to be quite novel in the first half of the twentieth century.[325] Moreover, the art produced under such industrial patronage was intended to be exemplary of what the nation's artists could produce, rather than promoting makeshift hackwork.[326] In this way, it was perceived at the time, a bridge could be built between the demands of 'elevated' fine art and the requirements of industrial concerns and the commercial artist.[327] Any thoughts of the artists being put into a state of restricted servitude by vast corporations were to be understood as nonsense and certainly no worse than the demands placed upon the great masters of the past by the Church and systems of Court patronage. And many artists benefited, albeit in a way almost impossible to evaluate with any measure of certainty, by having their names placed alongside their advertising work in magazines and newspapers throughout the English-speaking world, including the Zinkeisen sisters.

I have already mentioned the "Portraits of an Industry" travelling exhibition of paintings done for ICI in the mid 1940s, to which the Zinkeisen sisters made contributions. Other business patrons also held such exhibitions. LNER held numerous displays in London of the posters they had commissioned. At the tenth of such shows staged at the New Burlington Galleries in 1932 one of Doris's posters for LNER's train service to Durham (Fig.82) is singled out from the many exhibits for a special mention in several newspaper and magazine reports. The Durham poster is described in *The Advertisers' Weekly* as "admirable" and "a work of imagination and quality", whilst *The Advertising World* describes it as amongst "the most striking posters seen at the LNER exhibition" and one "specially worth noting".[328] *The Times* newspaper points out the difficulties in designing advertisements for a railway company and gives Doris's poster a particularly warm reception:

> In relation to pictorial advertising a railway company has its advantages and its disadvantages as compared with other business organizations. The principal commodity that it has to "sell", that is to say, scenery, provides

[325] Henry Rushbury, "Industry as Art Patron", in: *Art and Industry*, 49, 1950, pp.136-143, p.136.
[326] Joyce Watkins, "The Advertiser as Art Patron: Imperial Chemical Industries Ltd.", in: *The Studio*, 123, 1942, pp.107-111, p.107, p.111.
[327] *Ibid*.
[328] *The Advertisers' Weekly*, March 24th, 1932, p.417; *The Advertising World*, Outdoor Publicity Supplement, April, 1932, p.255.

> excellent material for the poster designer, and it has not, as a rule, to overcome direct competition by shouting; but, on the other hand, it has not many obvious opportunities for ingenuity in design. That is why in this exhibition one welcomes such inventions as "Durham", in tenth-century style, by Miss Doris Zinkeisen...[329]

According to the same review the appeal of Doris's poster rests in its use of fresh subject matter.[330] Anna Zinkeisen also provided some fine posters for the LNER, for example her stunning design to advertise the rail service to Harrogate (Fig.83).[331]

Anna's Harrogate poster, like that by her sister for Durham, includes the artist's signature in the lower right hand corner, emphasising the design's value as a work of art and in this way it is presented not just as an anonymous example of commercial art. The brightly coloured Harrogate poster is particularly good fun and is evocative of inter-war 1930s stylishness. Anna's design captures the atmosphere of an English spa town, in the days when they were still fashionable destinations for the refined well heeled, with its suggestion of delightful architecture, public gardens, and elegance. Amongst the leisured upmarket clientele promenading in the Valley Gardens are a fashionably dressed middle-aged couple with their borzoi, a young sporty couple off to play tennis, and a gentleman returning from the golf course to meet his wife. A uniformed nanny flirts with a guard as she supervises her three charges. And all of the goings on are watched and commented upon by an elderly widow waving to the children, a pair of amusing bespectacled twin spinsters with stern disapproving countenances, and a retired couple. The range of age groups represented suggests that the delights of Harrogate are for all. What the general public thought of the Harrogate poster and other such advertisements designed by the Zinkeisen sisters at the time of their initial use is not documented. There is one exception, however, which concerns one of Doris's posters to advertise a theatre production she was involved in.

Doris Zinkeisen often was handed the task of producing advertising posters for plays and revues. More often than not these are quite conventional

[329] "Railway Posters: Designs at LNER Exhibition: Opening by Minister of Transport", in: *The Times*, 12th March, 1932.

[330] For further examples of LNER posters by the Zinkeisen sisters see the Science and Society Picture Library: www.scienceandsociety.co.uk

[331] Further information and examples of posters by the Zinkeisen sisters are found in: Oliver Green, *Underground Art: London Transport Posters 1908 to the Present*, London, 1990, p.83, p.144; Britta C. Dwyer, "Negotiating 'new' venues in art: Doris and Anna Zinkeisen in modernizing London", in: Karen E. Brown (ed.), *Women's Contributions to Visual Culture, 1918-1939*, Aldershot, 2008, pp.117-138, pp.125-129.

[332] See, for example Doris's early design for a poster advertising a production of Polly (1729) by John Gay (1685-1732) at the Kingsway Theatre from 1923: Bonhams Sale: *The Golden Age of the British Poster*, 9th May, 2007 (sale 15526), lot no.44.

art works displaying a generalised representation of an actor or performer in costume alongside the name of the play and theatre.[332] A poster by Doris advertising the 1925 Cochran revue *On With the Dance*, however, for which she also produced costume and scene designs, received unprecedented press coverage. The poster was used in London Underground stations and is an expression of the revue's sense of fun.[333] Between the title of the production is the representation of a young gentleman in top hat and tails exuberantly dancing together with a couple of women, whose skirts have swirled out and up from all their energetic carousing. By today's standards the poster seems perfectly innocuous, but it offended some.

The chief objection to Doris's *On With the Dance* poster came from Prebendary Carlile of the Church Army, who believed the advertisement to be "an incentive to prostitution".[334] He campaigned to have the poster removed from public places.[335] The objections confused Cochran and Doris, although the mini controversy probably helped to advertise the production still further.[336] Concerning the poster Doris is quoted as saying: "I admit [...] it is frolicsome. It was meant to be, but how anyone can read a sinister meaning into it is beyond my comprehension."[337] The level of press coverage for Doris's *On With the Dance* poster is untypical. Most of the posters and advertisements done by the Zinkeisen sisters did not receive such attention, even though some of them were extremely good, as in their interesting surrealist designs of the mid 1940s for the United Steel Companies Limited.

In the 1940s the Zinkeisen sisters produced a series of advertisements for both ICI and the United Steel Companies Limited using a surrealist style for publication in magazines and newspapers (Fig.84). These are especially noteworthy, but for the previous two decades Anna, in particular, had gained a

[332] See, for example Doris's early design for a poster advertising a production of Polly (1729) by John Gay (1685-1732) at the Kingsway Theatre from 1923: Bonhams Sale: *The Golden Age of the British Poster*, 9th May, 2007 (sale 15526), lot no.44.

[333] Unfortunately there is no copy of this poster at either the Mander and Mitchenson Theatre Collection (www.mander-and-mitchenson.co.uk), or in the V & A Theatre Collection (www.vam.ac.uk). It is, however, reproduced in *The Daily Sketch* (3rd October, 1925).

[334] "Objection to a Poster", in: *The Daily Mail*, 3rd October, 1925; "Poster Alleged to be Indecent: Prebendary Carlile's Objection", in: *The Westminster Gazette*, 3rd October, 1925.

[335] "Poster Protest: Prebendary Carlile and an Underground Picture", in: *The Evening Standard*, 2nd October, 1925.

[336] For Cochran's and Doris's surprise to the poster's objections see, for example: "Mr Cochran and the Church Army: Criticism of a Poster", in: *The Morning Post*, 3rd October, 1925; and "Storm over Poster by a Woman: Church Army Chief's Public Protest", in: *The Daily Graphic*, 3rd October, 1925.

[337] "Storm over Poster by a Woman: Church Army Chief's Public Protest", in: *The Daily Graphic*, 3rd October, 1925.

[338] Douglas Wilson, *This Present Age*, Sheffield Girth Brown Ltd. For United Steel Companies Ltd., 1946. A further limited edition book containing contributions by the Zinkeisen sisters, albeit not surrealist examples of their output, was produced for the United Steel Companies Ltd., which was entitled *Trade Winds* (1948) and appeared in an edition of just 150 copies signed by all the artists involved. These are extremely rare items and were probably distributed amongst important clients and the directorate of the United Steel Companies Ltd.

great deal of experience in doing such advertising commissions, albeit not in a surrealist style, for almost any conceivable product, as in the streamlined, aerodynamic drawing to promote a particular brand of underwear (Fig.85). The advertisements for the United Steel Companies Limited were collected together in a limited edition book entitled *This Present Age* (1946).[338] These advertisements constitute a radical artistic departure in the oeuvres of the Zinkeisen sisters. I question whether or not the sisters actually chose this style themselves, or whether it was specified under the terms of the commission. The reason for saying this is that, apart from a few advertisements, the sisters did not endeavour, to the best of my knowledge, to introduce surrealist elements into their other work. Also by the time the Zinkeisen sisters use this particular form of art, the surrealist movement had been fairly well established in Britain since the mid 1930s and was no longer cutting edge. They would have been familiar with the movement, not least of all from the exciting surrealist paintings made for the RMS *Queen Mary* by Edward Wadsworth (1889-1949), who produced numerous surrealist advertisements for ICI during the 1940s. Even if this particular series of paintings was not especially pioneering in terms of the history of the surrealist art movement in Britain, the use of this style in advertising is quite remarkable.

The surrealism of the Zinkeisen sisters functions rather like a collage. Their particular take on surrealism is founded in visual reality, only reinvented and distorted. At their core these surrealist advertisements are highly focused on the overall compositional effects. They come up with some clever and inventive ways to interweave a series of apparently incongruous images of objects and figures into a harmonious whole, whilst using surprising and sometimes illogical perspectives. It is entirely feasible that the need to incorporate so many ideas and impressions about the steel industry dictated the new stylistic departure for the sisters. How else were they going to include so many reflections on the steel industry in each of their pictures? Although at first glance these advertisements contain some strange juxtapositions, underlying the mental free association of imagery are positive, coherent, and well-structured messages about industry and how one aspect of industry is linked to another. Although a few surrealist advertisements by the Zinkeisen sisters, specifically some for ICI, were used anonymously, in those paintings produced for the United Steel Companies Limited advertising campaign the signatures are clearly visible and beneath the reproductions their names are reiterated in type. Each reproduced painting is accompanied by a text, which informs the reader about some aspect of the company. The economic and social importance to Britain of the United Steel Companies Limited are made clear in these declarations beneath the eye-catching paintings by the Zinkeisen sisters. As with the involvement by the sisters in the murals for the ocean liner RMS *Queen Mary*, the ICI portrait commissions, and not least of all Doris's contribution to the British film industry, once again the Zinkeisen sisters utilise their artistic skills for patriotic endeavours.

## Book and Magazine Illustrations

As well as portraits, posters, and advertisements the Zinkeisen sisters undertook book and magazine illustrations. The bulk of this work dates from the 1920s, 1930s, and 1940s. This is an area Anna was more concerned with than Doris.[339]

When required to, Doris could produce some excellent illustrations. The reproduced example of a dust jacket from 1925 (Fig.86) warrants a mention for its modernist idiom, clearly drawing inspiration from avant-garde painting of the early twentieth century, possibly the painting *Bathers* (circa 1898-1905) by Paul Cézanne (1839-1906). During the 1920s and 1930s, however, Doris was so busy with her theatrical work that there simply was no time left for creating such illustrations. Anna, however, although she gave theatre design a go in the late 1920s and 1930s never really focused on it for reasons unknown, so had time (and the financial incentive) to produce illustrations.[340]

During the late 1920s and 1930s Anna came close to having a permanent job, inasmuch as she was engaged to deliver a regular supply of weekly artwork for the popular magazine *The Sketch*, including drawings for its feature "Mariegold in Society". This was a light hearted glance at the goings on of debutantes, chaperoned daughters, as well as the great and the good, suggestive of a social whirl with an endless series of salon parties and a steady stream of other gatherings, with details on clothing worn and flowers displayed. Much of Anna's early illustration work is of this sort and it epitomises the apparent frivolity of the British upper class, by sometimes cocking a snook at conventionality, as in the reproduced examples of her work from 1926, which accompany cheeky updated nursery rhymes about chic modern women doing things their way (Fig.87 & Fig.88). This work contrasts very strongly with her later infinitely more serious work as a medical illustrator, as discussed previously. Her work for *The Sketch*, however, undoubtedly helped to bring in further commissions.

Good early examples of Anna's illustrations (Fig.89) are to be found in the two popular books of nonsense verse, *She-shanties* (1926) and *Plain Jane* (1927), the latter of which was fairly recently reissued as *Witty Ditties of the Twenties and the Story of Plain Jane* (1997).[341] These collections of verse were

[339] Compare Appendix B listing Doris's work on illustrations with Appendix E itemising Anna's output in this area.

[340] Compare Appendix D of Anna's theatre design work with that of Doris in Appendix C.

[341] Alan Patrick Herbert, *She-shanties*, London, 1926, reprinted twice in 1926 and again in 1928 and 1930; Alan Patrick Herbert, *Plain Jane*, London, 1927, reprinted as *Witty Ditties of the Twenties and the Story of Plain Jane*, Oxford (Past Times), 1997.

by the author and politician Alan Patrick Herbert (1890-1971) [knighted in 1945], who was a versatile writer. Herbert wrote novels, regular articles for the famous *Punch* magazine from the mid 1920s onwards, and produced libretti for numerous comic stage productions, including for *Riverside Nights* (1926), a revue produced by Doris Zinkeisen's former employer Nigel Playfair, as well as for Cochran's revue *Streamline* (1934-1935) and his production of the musical *Big Ben* (1946), for which Doris had made costume and scene designs. In the inter-wars period Herbert was part of a similar social set as the Zinkeisen sisters, which included Playfair and Cochran, and the actress Elsa Lanchester, who in her autobiography has fond reminiscences about the numerous gatherings and nude bathing escapades at the Thames-side house of Herbert and his wife Gwendolen (née Quilter).[342]

Most of the verses from She-shanties had appeared in *Punch*, as is also the case with those in *Plain Jane*, although that publication included work, which had previously appeared in *The Sketch, The London Mercury*, and in *The Atlantic Monthly*. These proved to be quite popular books with *She-shanties* being reprinted twice in 1926 and reissued in 1928 and again in 1930. Anna does not appear to have received any royalties from the additional print runs, but at least her pen and ink illustrations in a stylish 1920s mode were used throughout the two books and would have had a wide audience. This may have helped to promote Anna's name, although this is a very tricky point to quantify with any degree of accuracy.

Other illustrations were completed by Anna Zinkeisen for dust jackets and to adorn the inside pages of a number of popular romantic novels of their day[343]. These typically show young ladies in crinolines. It is noticeable that most of Anna's book illustration work was done in the 1920s and 1930s with just a sporadic output after 1945. By this time Anna was possibly too busy with portraits and her other painting activities to bother with such work, which would have been time consuming, particularly if many drawings were required, and perhaps not as financially rewarding as her other output. I would now like to turn my attention to Anna's other artistic output.

[342] Elsa Lanchester, *Elsa Lanchester Herself*, London, 1983, p.78; Reginald Pound, *A. P. Herbert: A Biography*, London, 1976, pp.82-86, p.105, pp.110-111, p.116, pp.120-121, p.143, p.224.
[343] See Appendix E.

Throughout her career Anna Zinkeisen enjoyed painting a wide variety of subject matter[344]. The illustrated example of a fun oil painting representing a troupe of dancing girls from the 1930s demonstrates how light-hearted Anna could be (Fig.90). The girls have sleek, elongated limbs and a sassy demeanour as they stride forwards with one arm akimbo in their shiny silver costumes.[345] The subject relates strongly to the type of theatre design work her sister, Doris, was doing at that time. Prints were made of this painting, but in what numbers is unrecorded. Anna also produced some interesting landscapes. These sometimes are imbued with a psychological twist, as in a snowy scene entitled "Solitude" of the early 1940s, where the starkness of the landscape with its skeletal trees is intended to conjure up feelings of loneliness.[346] Anna, however, did not produce large numbers of these sorts of picture, choosing instead to focus her attention on oil paintings of flowers.[347]

Anna appears to have begun painting flowers in a concerted way around 1940 and in 1943 she exhibited a painting entitled "Spring Flowers" at the Royal Academy exhibition. Her best-known flower painting is the "Coronation Bouquet" (Fig.91). This was a royal commission and is a large oil representation of the bouquet held by the reigning sovereign her Majesty Queen Elizabeth II at her coronation service at Westminster Abbey in 1953, one of the first of such royal events to be broadcast on television. The flower bouquet included, amongst others, lilies of the valley, orchids, and carnations. It was delivered to Anna's studio after the service and the resulting painting became widely known through reproductions as cards and prints.[348] The "Coronation Bouquet" was loaned by Her Majesty Queen Elizabeth for a special exhibition of Anna's work, consisting chiefly of numerous loan exhibits, particularly portraits, but with a good cross section of her work, held in London at the Galleries of the Federation of British Artists in Suffolk Street, Pall Mall East, between 4th April and 28th April 1962. This was a key exhibition of her paintings and generated considerable interest.

In relation to the exhibition Anna was invited onto several television

---

[344] Josephine Walpole's book includes a painting with a circus theme entitled "White Horses", as well as a charming painting/ portrait of the interior of a blacksmith's workshop, "Stanley Baxter: Champion Farrier of Suffolk": Josephine Walpole, *Anna: A Memorial Tribute to Anna Zinkeisen*, London, 1978, p.15, p.70.

[345] This painting was offered twice at auctions at Christie's South Kensington on the 14th May 2004 (unsold) and again on the 14th October 2004 with the incorrect title "The Olympians" (1927), which is an altogether different picture of fanciful figures in pseudo-hunting gear striding along with a large circular horn.

[346] The landscape entitled "Solitude" is reproduced in: *The Studio*, 123, 1942, p.87; and again in *The Studio*, 128, 1944, p.38. This landscape *may* relate to a painting exhibited at the Royal Academy in 1927 with the title "Snow".

[347] Posthumously in 1982 a white/ near white rose was introduced bearing the name Anna Zinkeisen. See: www.roselocator.com

[348] Josephine Walpole, *Anna: A Memorial Tribute to Anna Zinkeisen*, London, 1978, p.32.

shows, such as "Round and About" and "Tonight", which may have helped to acquaint more of the public with her work. A newspaper report on the exhibition says the following about Anna's flower paintings:

> These [Anna's flower paintings] are certainly brilliant performances, lucid, bold, designed with astonishing accuracy, strength and assurance. [...] The "show piece" is the really spectacular painting of the Queen's Coronation Bouquet of snow-white flowers, which Her Majesty has lent to the exhibition (No.9). But every shade of colour blazes from Anna Zinkeisen's flower pieces: here are the lily and the rose, the camellia, and a great sheaf of gorgeous autumn flowers.[349]

The same article ranks the Zinkeisen sisters as "among the best-known painters in England". Interestingly the reporter also stresses *accuracy* in his description of Anna's work. The "Coronation Bouquet" is undoubtedly a meticulously detailed painting and made more formal through the inclusion of a crest in the top right corner to emphasise the significance of this particular bunch of flowers. Anna's earlier flower paintings are mostly in this vein (Fig.92).

Three early flower paintings from the late 1940s are on display for patients at St Mary's Hospital, Paddington.[350] Mrs Edgar Lawley, wife of a former Chairman of the Board of Governers of St Mary's, presented one of these sizeable paintings (40"x 50") to the hospital. The two further flower pictures were possibly donations from the artist. Anna had promoted the use of pictures in hospitals for the psychological well being of patients. In one of Anna's articles about the decoration of hospitals she suggested landscapes and flower paintings were fitting distractions for such interiors.[351] It is, therefore, seemly that some of her work is still on display at St Mary's. It appears that these paintings were also released for sale as cards and posters.

Cards and printed reproductions of artwork were a small source of additional income for Anna. Unfortunately a sentimental painting entitled "Childhood" she was commissioned to produce by the famous children's toy company, the Hamlyn Group, which was immensely popular and mass-produced as a print and originally sold framed for eight guineas, had no royalty attached to it (Fig.93).[352] Royalties were payable elsewhere, however. A letter

---

[349] C. R. Cammell, "Anna Zinkeisen's 'One Woman Show'", in: *The New Daily*, 9th April, 1962.

[350] Please note that these paintings are difficult to see as they hang in areas inaccessible to general members of the public, such as the flower painting in the maternity ward.

[351] Anna Zinkeisen, "An Artist looks at Hospital Walls", in: *Nursing Mirror*, May 12th, 1950, p.1, p.4. One of Anna's flower paintings is illustrated on p.4.

[352] This, and other cheap prints of crying boys, has been regarded as cursed, after they were found in a spate of house fires. See: David Clarke, "The curse of the Crying Boy: Could a Kitch Print bring Fiery Disaster to its Owners?", in: *Fortean Times: the World of Strange Phenomena*, July 2008.

from 1st March 1957 from Royle Publications Limited to Anna is revealing on the subject of royalty payments.[353] The letter states that in 1955 one of Anna's religious paintings of a Madonna and Child was released as a card, probably for the Christmas market, in a multiple of fifty-three thousand, with a further ten thousand to be printed. The initial print run earned Anna £143-10-10d. A further card of a painting entitled "Swan Lake" brought in £54-3-4d, but more relevant here is my concern with flower paintings. The letter states: "With regard to the flower study for which St Mary's Hospital lent us the picture, we have already paid you a copyright fee of 50 guineas and the summer flowers design which is in hand at the moment - of which we hope to send you proofs shortly - we find that 50 guineas have already been paid to you for the copyright."[354] The paintings could, therefore, occasionally earn the artist money from sale of the original artwork and from its distribution in card and print formats.

Anna continued to paint flower pictures for the rest of her life and they appear to have produced a steady stream of income. They were sold at exhibitions and directly to patrons from her home. Anna Cumyn, who sat for a portrait by Anna Zinkeisen in the 1960s, recalled how people might be enticed to purchase a flower painting on a visit to the artist's home:

> Her house was fascinating and full of her work, notably some wonderful portraits of her daughter and a glorious arrangement of flowers in whites, which I always wished I had offered to buy since it had disappeared from her wall on a subsequent visit. It had looked so right where it was that I hadn't liked to suggest it![355]

At the last exhibition Anna showed her work in 1976 at the Suffolk gallery of Josephine Walpole, which was a "Family Exhibition", as it included works by the Zinkeisen sisters, Janet Johnstone and Anne Grahame Johnstone, Julia Heseltine and her sculptor husband Anthony Weller, her flower paintings quickly sold out. The later flower paintings were often less formal than her early ones. Vases were often banished and there was a strong preference for wild flowers, occasionally inspired by the hedgerows around the cottage in Burgh near Woodbridge in Suffolk, a home Anna purchased in the early 1960s. Anna spent as much time as possible in Suffolk and after the death of her husband, Colonel Guy Heseltine MC, who died on January 7th 1967, she moved her London address from a house at 14 Alexander Place in Kensington to a more convenient flat at 25 Cheyne Court, Flood Street, in Chelsea.

[353] The letter of 1st March 1957 to Anna from Royle Publications Limited is in the possession of the artist Julia Heseltine.
[354] *Ibid*.
[355] Josephine Walpole, *Anna: A Memorial Tribute to Anna Zinkeisen*, London, 1978, p.55.

Although Anna clearly enjoyed painting flowers she also relished the challenges of producing large-scale murals, whenever the opportunity arose.

The scale of murals meant that such commissions were invariably time consuming, even without all the lengthy preliminaries surrounding them. Around the time of Anna's important retrospective exhibition in April 1962 at the Galleries of the Federation of British Artists in Suffolk Street, Pall Mall East, she received instructions to produce designs for ceiling panels at the Royal Chapel at Windsor Great Park. These were intended to be a memorial for the late King George VI (1895-1952). Correspondence shows that negotiations about these panels began in the summer of 1962. Anna put aside and turned down some smaller commissions and duly focused her creative energies on the design of eighteen alternative schemes for the memorial constituting a total of around 160 full colour drawings for the 14 feet high panels, and in addition to these she completed one large-scale painting in oils to demonstrate how the finished work might look. Letters between Anna and the Reverend Edward Ward of the Royal Chapel from late 1962 and the first half of 1963 are tragicomic in the sense they reveal a catalogue of setbacks in obtaining decisions regarding the memorial.[356]

A letter to Anna of the 27th November 1962 from the Reverend Edward Ward runs as follows:

> You must be wondering what on earth is going on almost as much as I am. Although I warned you that these sort of negotiations could be infuriatingly slow, I did hope that things would move a little quicker. I had an abortive interview a fortnight ago when I pressed for some decision, which was quite maddening. The drawings were brought down here and a time arranged but when we went into the library to look at them, some wretched footman had packed them up and sent them up to London. I was assured I would have another interview as soon as possible. There was a lot of hedging but Queen Elizabeth "came clean" on Monday with the almost unbelievable news that Prince Philip had collected them to have another look and it was greatly feared that they have gone with his papers to Australia. She has asked me to write to you and apologize for this awful delay.[357]

By the 12th March 1963 Anna wrote to the Reverend Ward to express her concerns over the lack of a decision on the panels and reveals her anxiety about certain snippets of disinformation she had heard:

> ... I was rather shaken to hear, that an abstract was suggested by somebody!

[356] The cache of letters, concerning the murals, is in the private collection of Anna Zinkeisen's daughter, the artist Julia Heseltine.
[357] *Ibid.*

I have done a lot of work in connection with the last idea, viz., a sky and birds of the bible. Now what? I understood that the birds were to be naturalistic. I am getting a bit cross-eyed and tousle-haired over this now.[358]

By the 9th May 1963 the Reverend Ward was writing to Anna to inform her of a little progress regarding the panels:

> You will be glad to know that the first response could not be better. The Queen Mother was delighted and made no criticisms at all and I think the oil panel showed us both how lovely it is going to be.
>
> At the last moment the Queen was unable to come but should by now have had a chance to see the drawings and I am to meet her after church next Sunday to talk about them and, I hope, receive the green light to go ahead.[359]

The go ahead was finally forthcoming, but by the summer of 1964 Anna was still being kept in the dark as to when she should carry out her panels for the Royal Chapel. Then on the 8th July 1964 Lord Charles George Vivian Tryon (1906-1976), the Keeper of the Privy Purse at Buckingham Palace, was given the unfortunately bitter task of writing to Anna outlining that the entire memorial scheme was cancelled, due to the Queen Mother (1900-2002) changing her mind, for reasons unknown:

> As you know, it was Queen Elizabeth's intention that the suggested murals at the Royal Chapel, Windsor should be a memorial to the late King. The Queen has asked me to write and tell you that Queen Elizabeth has changed her mind, and does not wish to proceed with the idea of a memorial.[360]

There ensued a distasteful epistolary dialogue between Anna and the Palace officials over payment of the preliminary designs, which greatly shocked and offended Anna.[361] Although this was an abandoned scheme, I included it in my discussions, because it is testimony to how an artist must navigate their way around numerous obstacles and disappointments during the course of their careers. The saga of the "Birds of the Bible" panels has a pleasant conclusion, inasmuch as the completed oil painting of a design for King George VI's proposed memorial panels at the Royal Chapel at Windsor Great Park was 'recycled' and became Anna's tribute to her deceased husband

---

[358] *Ibid.*

[359] *Ibid.*

[360] *Ibid.*

[361] In the end Anna was paid £750, but the way the issue of payment for the works carried out was handled is something she found quite hurtful.

[362] For a list of some of Anna's murals see: Josephine Walpole, *Anna: A Memorial Tribute to Anna Zinkeisen*, London, 1978, p.72. See also pp.16-18.

and hangs at the Parish church of Burgh in Suffolk, where it was installed in 1969 and fills the blocked arch of the north doorway. The challenges of creating such murals, however, were always relished by Anna. They gave her the chance to work on a large scale and explore a variety of different themes, although they were often dependent on the setting, the role of the company or service she was creating murals for, as well as the preferences of committees.[362]

When Anna designed murals for the Refectory Club, off Mayfair's Park Lane in London during the mid 1950s, the setting dictated the themes to be painted. Below the offices of a large corporation, where the club was located, was an area with vaulted ceilings supported on columns and pilasters, which could be documented to the sixteenth century, but were probably centuries older. Anna produced a series of murals with a mediaeval theme, as dictated by the architecture.[363] For the Russell-Cotes Art Gallery and Museum in Bournemouth, for which Anna produced a large ceiling painting for the Morning Room in the late 1940s, Anna had more of a free rein, as far as the actual design was concerned, but had to compete with other artists to be awarded the work, although the prestige of her work for the *Queen Mary* undoubtedly helped her to obtain such commissions.[364]

The Russell-Cotes Art Gallery and Museum has kept much of the correspondence dealing with the competition to submit costs and designs for the ceiling painting to replace one destroyed by enemy air action.[365] The artists short-listed were Arthur Henry Andrews (1906-1966), Charles Simpson (1885-1971), and Anna Zinkeisen. All gave fairly similar estimates, A. H. Andrews asking £300 plus the cost of materials, and Charles Simpson asked for £500 plus the cost of materials. Anna initially pointed out in a letter to the Museum that she was paid £1800 for her work on the liner *Queen Mary*, which she says was 400 square feet in size - I assume this refers to the post-war work she carried out on the ship, rather than her work from the 1930s. She asked the museum to suggest a sum stating that: "The equivalent of this I am sure would be out of the question, which would amount to £800 for 180 square feet, therefore I suggest that you make me an offer." She later suggested she would create the ceiling painting for £250 plus materials. All the artists wanted to work on canvas, rather than produce frescos, and required the panels to be attached by the Museum. A letter of 8th December 1948 from the Museum to

---

[363] "Scot sets Mayfair talking", in: *The Sunday Mail*, 8th May, 1955. For an illustration of one panel from this series of murals see: Josephine Walpole, *Anna: A Memorial Tribute to Anna Zinkeisen*, London, 1978, p.18.

[364] When press releases were made about the ceiling painting at the Russell-Cotes Museum, Anna's work on the *Queen Mary* is always alluded to as well. See, for example: "Painting on a Ceiling", in: *Bournemouth Daily Echo*, Monday November 14th, 1949.

[365] I am greatly indebted to Duncan Walker, the Collections Officer at Russell-Cotes Art Gallery and Museum, for the information on the Morning Room ceiling painting. The following information on the ceiling is based on letters and documents held by the museum in Bournemouth.

Anna Zinkeisen runs:

> I am pleased to inform you that the Committee is prepared to commission you to carry out the painting on canvas of the Drawing Room ceiling, at an inclusive cost of Three Hundred Pounds (£300) - this sum to include all materials, expenses, cost of carriage here and fixing to the ceiling, and subject to the design being submitted to and approved by the Committee. It is understood this will include the copyright.[366]

Anna accepted the offer, but in an earlier note of October Anna had already expressed dissatisfaction with the ideas on subjects to paint, although there is no record available to say exactly what topics had been proposed by the Museum, but a postscript on a letter from the artist Charles Simpson suggests that the Museum's committee had vetoed anything in the "modernist style" in favour of a more "traditional" and "pictorial" ceiling painting: "... I am afraid that both the subjects you suggested would not appeal to me so I therefore feel that I could not undertake to do this work under those circumstances." She went on to comment that if the museum were to leave the design to her, but with their approval, she would be far happier to undertake the work. This appears to have come to pass.

In a letter of 24th February 1949 Anna was informed by Norman Silvester, the curator of the Russell-Cotes Art Gallery, that her submitted design had "passed the critical eye of the Committee", but went on to outline a series of criticisms:

> I am not quite sure that the design in colour will harmonise with the existing pattern on the coving.
>
> The design appears just a little lacking in exaggerated perspective necessary to produce the effect of a domed and higher ceiling. You will no doubt find many ways and means of obtaining this effect in the final work, possibly by reducing the tonal scale of the rather heavy cumulus clouds.
>
> I do not feel quite happy about the design of the simple convergent arch on the west side of the ceiling (marked W on the mount in pencil).
>
> You have portrayed the new-born Venus in her shell with a rather masculine head, but I realise that you were working against time when you were doing this, and that such niceties will be reserved for the final work.[367]

During March Anna was alarmed to read a press release, which suggested she would finish the ceiling painting by the close of the following month. Correspondence also suggests Anna was pestered by Norman Silvester, who

[366] *Ibid.*
[367] *Ibid.*

repeatedly insists on trying to visit Anna at her studio in London to view how the painting was coming along. The ceiling painting was finally completed and installed in September 1949, nine months after being given the commission, but at the end of the day the ceiling cost the Museum £400, with the committee agreeing to pay Anna for the additional costs she incurred creating the design.

The Zinkeisen ceiling at the Russell-Cotes Museum was not done in a radical style, its ornate and at times frivolous 'neo-rococo' style giving it a timeless appeal (Fig.94). It is unashamedly figurative and decorative, but is also an expression of Anna's sense of poetry with a charming, lyrical use of colour. Appropriately for the Morning Room, what Anna painted was a fantasy scene representing early dawn on Olympus. Anna's teenaged daughter Julia, provided the Museum with a description of the ceiling, which was used in printed publicity material after its unveiling, and begins:

> In the early Dawn, the Gods and Goddesses who live on Olympus, hover among the clouds just above the mountains awaiting word from Apollo to commence their daily journey up to the azure heights of Eternity. Aurora, Goddess of the Morning, already announces the coming light of the rising sun. She drives her golden chariot swiftly across the awakening sky, along the rosy highway of dawning day, drawn by Pegasus, the purest and swiftest of all heavenly horses, and heralded by Mercury, who flies beside her chariot, accompanying her on her sky-ward way[368].

The *Oxford Dictionary of National Biography* entry for Anna Zinkeisen incorrectly states that it was both she and her sister, Doris, who created the ceiling at the Russell-Cotes Art Gallery and Museum, when in fact it was Anna's work.[369] There is nothing from the surviving correspondence to suggest Doris had any hand in the ceiling. Interestingly Doris, who had done such marvellous murals for the *Queen Mary* Atlantic liner, avoided such commissions. The above details about Anna's various toings and froings with committees and individuals in relation to the Royal Chapel at Windsor Great Park and the Russell-Cotes Museum, as well as the time such commissions took up, perhaps indicate they may not have suited Doris, regardless of the financial rewards to be had from such work. Instead, Doris channelled her post-war painting endeavours in the direction of highly decorative canvases of figures in period settings and it is to these I will now turn my attention.

---

[368] For the rest of this story, as told by the 15 year old Julia, please refer to Appendix K.

[369] H. C. G. Matthew & Brian Harrison (ed.s), *Oxford Dictionary of National Biography*, Vol.60, Oxford, 2004, p.999.

Doris Zinkeisen was so adept at painting she could turn her attention to practically any subject. Although her inter-war paintings tended to focus on portraiture, she was occasionally attracted to other subjects, when not busy designing for the theatre and for the film business. Often holiday destinations are the subject of her paintings. Doris painted a wonderful series of pictures evocative of all the places she visited on her round the world trip in 1929, but closer to home, she found inspiration in the Cornish landscape, where she often went on holiday (Fig.95).

In 1934 Doris exhibited an oil painting landscape at the Royal Academy entitled "Mevagissey Harbour". A Cornish harbour scene (Fig.96) from the 1930s by Doris is now in the possession of Olga Polizzi, daughter of the famous hotel magnate Lord Charles Forte (1908-2007), who is an important hotelier in her own right and, at the time of writing, displays the Zinkeisen painting in the sitting room of her luxury, yet informal coastal hotel, Tresanton, in St Mawes, Cornwall.[370] This is a beautiful oil painting with a monochromatic use of colour dominated by blue, white, and grey, with just occasional flashes of brilliant colour for the boats. The tones used together with the geometric treatment of the subject, especially the buildings, are strongly suggestive of a cubist influence, specifically that of the father of cubism, Paul Cézanne. The illustrated example of one of Doris's early still lives also indicates a strong sense of modern flair, particularly through the inclusion of high-rise buildings in the background (Fig.97). But these types of painting were largely eschewed after 1945 when Doris developed a more decorative type of painting.

The focus of most of Doris's output after World War II was the theatre, or at least theatrical, with scenes of dancers, actors on stage, colourful ladies at Ascot, figures promenading or having romantic tête-à-têtes at Parisian cafes, although such subjects had appeared in some of her earlier work too. There are occasional digressions from these themes, such as the representation of the story of Edmund (841-869) (Fig.98), the King of East Anglia, who became a martyr and saint for refusing to deny his Christian faith, being tortured and beheaded by Viking invaders.[371] The tale of Edmund has been used as a symbol of English resistance against invaders, as well as for its message of Christian tenacity. This unusual painting is owned by St Edmundsbury Borough Council and displayed in the corridors of one of its offices in Bury St

[370] I would like to thank Olga Polizzi and Ms Louise Walker (Deputy Manger) at Tresanton for their help with information about this coastal scene by Doris Zinkeisen. Apparently the painting was purchased with the title "Petit France: A Harbour Scene", but looks uncannily like Mevagissey. Hotel Tresanton, St Mawes, Cornwall, TR2 5DR. www.tresanton.com

[371] For an excellent account of the legend of St Edmund see: Norman Scarfe, *Suffolk in the Middle Ages*, Woodbridge, 1986, pp.55-71.

Edmunds in Suffolk. On stylistic grounds it looks like one of Doris's later works and probably dates from after her move to Suffolk in 1966. It shows the wolf of legend guarding the head of Saint Edmund and is strikingly filmic in its sense of drama and use of ghoulish atmospheric light, but it is untypical of her work.

Doris became especially well known for her representation of elegant horses, and was especially adept at capturing their movement using clever arabesques of colour. The roots of these fanciful equine paintings, though extremely accurate in connection to the detailing of harnessing and the horse-drawn carriages, lie in her work for the British film industry in the 1930s (Fig.99). As with the post-war portraits, Doris uses her paintings of scenes in period settings to have a nostalgic look at the extremely productive golden period of her career between the wars and during the 1940s. Of course she still did undertake design work for the theatre well into the 1950s, but this stage of her career in no way matches her earlier outstanding levels of achievement in terms of output. Tellingly the family pets are often named after productions Doris undertook designs for, such as her grey horse Quaker Girl named after a musical, Comus the dog named after a Ballet production, and Victoria the pony named after a film, indicating just how important these productions had been for her on a personal, as well as professional level.[372] In some of the costume dramas Doris made designs for, such as *Victoria the Great* (1937) and *Sixty Glorious Years* (1938), there are significant scenes with horses and carriages. The latter film includes scenes in which an actual carriage used by Queen Victoria was filmed being pulled by Windsor Greys, loaned to the director Herbert Wilcox by King George VI, who had insisted: “If you propose showing Queen Victoria leaving Buckingham Palace for the drive to St Paul's Cathedral on the occasion of her Diamond Jubilee, would you mind using the Windsor Greys - any other horses would lack authenticity.”[373] It is in these films we find Doris's chief source of inspiration for her paintings of horses and carriages in period settings, an interest also triggered by her own enduring personal interest and expertise as an award-winning horsewoman.

The film *The Blue Danube: A Rhapsody* (1932) opens with a woodland scene and music being played by Gypsies, who are then approached by an elegantly attired couple, the woman played by the beautiful actress Brigitte Helm, on their immaculate mounts. These types of 'romantic' scene are captured in Doris's paintings after 1945 and as such, I feel they ought to be categorized as theatrical paintings, rather than purely as equine studies. Doris could, as seen previously, paint excellent portraits of horses, but this was a

[372] See Appendix C.

[373] King George VI's letter is quoted in: Anna Neagle, *Anna Neagle Says 'There's Always Tomorrow'*, London, 1974, p.104; Herbert Wilcox, *Twenty-five Thousand Sunsets: The Autobiography of Herbert Wilcox*, London, 1967, p.120.

minor part of her post war artistic oeuvre in terms of volume and I believe, although there is no statement from the artist on this point, that she wanted to capture something of the 'romantic' allure of horses. There are no actual figures to pin point exactly how many paintings Doris completed. It seems, however, that she had an impressively prodigious output, producing dozens of paintings every year, repeating similar themes, as if they were long-standing plays or popular revues to be performed over-and-over again. Anna occasionally created similar 'costume' paintings too, some of which were designs for railway posters in the 1930s, but she was never drawn to them to the same degree as Doris. Both the Zinkeisen sisters could be described as workaholics, spending most days engaged in painting whilst the daylight lasted. Doris's son recounts how art dominated his mother's and sisters' lives and how towards the end of a tea break they would all joke that, "The bell's gone: time to get to work".[374] Often when not painting Doris found it hard not to be creative and would make little line drawings on scraps of paper. Moreover, the products of her labours sold. She clearly had found a niche market for her paintings and continued to supply pictures until a few weeks before her death at ninety-three years of age. Doris's theatrical paintings are instantly recognisable from their form and colour. Unsurprisingly she captures the same appeal that costume dramas on stage or film have, where the past is exotic and a source of escapism, in the sense of being flights from everyday reality, which manifests itself in Doris's paintings in colourful costumes and an unrestrained ambience of elegance.

The theatrical paintings of Doris's later career were never envisioned by her to be avant-garde, besides which, she had already done plenty of experimental work in her younger years. Instead she focuses on what she knows she does well, horses and people in elegant costumes set against imaginative backdrops suggestive of town or country, depending on the subject, frequently with her bold handling of stylised skies with curvilinear clouds and enlivened through generous touches of impasto, all intended to entertain the viewer (Fig.100). The results are gratifyingly easy to live with, as they do not challenge viewers intellectually or offend their artistic sensibilities. There is something of the Fauve about these paintings in terms of colour and form, thinking in particular of an artist like Raoul Dufy (1877-1953), many of whose paintings inhabit the same social milieu of regattas and racecourses as those of Doris.[375] The metamorphosis of style and change in purpose of Doris's art went uncommented in the late 1940s and early 1950s, when she exhibited her latest paintings in London. The theatrical subject matter and style of her pictures, however, found instant appeal.

[374] Captain E. M. G. Johnstone told me the timekeeping story at one of our meetings.

[375] To see examples of Dufy's fanciful and romantic scenes of races and regattas see, for example: Alfred Werner, *Raoul Dufy*, London, 1970; Pierre Courthion, *Raoul Dufy*, Geneva, 1951.

An early exhibition entitled "Theatre and Other Paintings" held at The Fine Art Society in London's New Bond Street from 16th March to 8th April 1949 was reported in the press. The popular magazine *The Sketch* appreciatively referred to Doris's "grand colour sense" and included some reproductions of the paintings exhibited, including "The Woman with the Cigar".[376] Incidentally, the painting "The Woman with the Cigar" is now part of the collection of Sir Peter Michael and is, at the time of writing, on display in the restaurant of his luxury hotel, the Vineyard at Stockcross, near Newbury. This particular painting is a theatrical portrait of Katherine Dunham (1909-2006), a successful dancer, songwriter, and anthropologist with an African- and Native-American, as well as Caucasian ancestral heritage, who was particularly famous from the 1940s to the 1960s. She was highly influential due to her Dance Company and reached a wide audience through her popular world tours. Doris portrays her acting a part in a scene from the revue *Caribbean Rhapsody*, which Dunham had brought to Europe in the late 1940s, and specifically refers to the solo, "Woman with a Cigar", a role lifted from another one of her revues, in which Dunham plays a sizzling seductress. Doris portrays the exotic beauty revealing a great deal of leg whilst performing beside a strumming guitarist. The 1949 exhibition where this, and many other paintings by Doris were exhibited, was also reported on by *The Glasgow Herald*:

> Much pleasing theatrical glitter and colour are contained in a new show of paintings by Doris Zinkeisen at the Fine Art Society's galleries in Bond Street. Theatrical scenes, even when they are not engaging her attention as a designer of costume and décor have, of course, long been among Miss Zinkeisen's favourite subjects; she reproduces with admirable skill, not the penetrating, entirely unromantic studies of theatrical life which have been the work of various illustrious painters in the past, but the theatre as it seems to the audience, gaudy, glamorous, and unreal, illuminated with coloured lights and framed in the opulent folds of the curtain. Ballet dancers - not at all the mercilessly observed creatures of Degas, but the insubstantial forms seen from the stalls and the gallery - circus performers, the flamboyant figures of Spanish dancers appear in her pictures, the footlights shining on necks and arms, catching the frills and flounces. In these, and the costume drawings - for revue and ballet, for such celebrated productions as Sir Laurence Olivier's "Richard III" - there is much pleasure for the eye.[377]

In all the reviews of her later exhibited works the use of colour and sense

[376] *The Sketch*, March 30th, 1949, p.205. Here the performer is incorrectly named Kathleen Dunham.
[377] "Footlights and Flounces", in: *The Glasgow Herald*, 22nd March, 1949. There is also a good review in *The Scotsman* (21st March, 1949).

of romance are often remarked upon. These are regarded their particular strengths and makes the paintings enjoyable and saleable, with picture prices in the early 1950s of around two hundred guineas.[378] A write up in *The Studio* in 1954 states: "At the Fine Art Society Recent Paintings by Doris Zinkeisen provided a gaiety and charm that is absent from many exhibitions nowadays. Flower pieces, scenes of social life at the races, in the café, dancers dressing, actors on the stage, [...] all of these in bright colour and deft handling provided a degree of decorative impressionism that made them highly desirable 'props' for a domestic setting. One might wish that more artists would paint for the lounge instead of the cellar."[379] This is a fantastic, glowing review, which demonstrates a clear understanding of what Doris was hoping to achieve with her post-war paintings (Fig.101). For many artists to have their work described as "highly desirable" would be the ultimate accolade. The reviewer's comments also suggests Doris was tapping into what was absent in the art scene of the time. Often admirers of Doris's work have more than one of her paintings in their collections, as is perfectly exemplified in the extensive display of her paintings at the Casa Rocca Piccola in Valetta, Malta, the elegant seat of the Marquis and Marchioness de Piro, which is open to the public. At the Casa Rocca Piccola there are seven oil paintings by Doris in the Summer Dining Room and two further paintings by her and one by Anna in other rooms, as well as a cache of Doris's drawings in the reserve collection.[380] These paintings were amongst the current Marquis and Marchioness's numerous additions to the extensive art collection already in existence at the Casa Rocca Piccola. Doris's paintings found a perfect setting at the home of the Marquis and Marchioness de Piro, where their theatricality complements the showiness and stagy nature of what might be expected from an important Maltese stately home. The theatrical and escapist nature of her work did not go unnoticed by critics.

Reviews in the popular equestrian magazine *Horse and Hound*, concerning exhibitions held at the New Bond Street gallery of Frost and Reed in London in 1963 and 1964, refer to the stylised nature of Doris's paintings. Their theatricality is completely understood as their chief attraction and the source of their charm: "One longed to see these sparkling equipages used as the backcloth of a gay Regency revue or as murals brightening a bleak expanse of modern functional building. Meticulous accuracy in period accoutrements and

[378] For a reference to a painting entitled "A Country Drive" for sale with the Fine Art Society and priced 200 guineas, see: *The Sketch*, June 30th, 1954, p.609.

[379] G. S. Whittet, "London Commentary", in: *The Studio*, 148, 1954, pp.92-95, pp.93-94.

[380] For further information about the Marquis and Marchioness de Piro and their beautiful home go to: www.casaroccapiccola.com

costume, however, produces little atmosphere of reality. Here was a romantic world of sunshine and glamour without strain, sweat or even a summer zephyr to mar the theatrical panache of these glossy turnouts."[381] The comment about the paintings lacking an "atmosphere of reality" is particularly interesting. I do think that this is again precisely what Doris was intending to do and, furthermore, it is exactly this avoidance of "reality", which embodies Doris's commentary on "reality", albeit in an inverted way. What I mean by this last statement is that in not commenting on the actual world around her or adopting more modern styles to express herself in the theatrical paintings, Doris does in fact speak volumes about what she probably regarded as an absence of sophistication in the sometimes austere post-war British art scene - used broadly here to include literature, painting, and drama - epitomised by anti-elitism, social realism, Angry Young Men, and Kitchen Sink drama and art. Doris demonstrates through these theatrical paintings, that she is at odds with post-war society, which was totally different from the one Doris had grown up in.[382]

Many of Doris Zinkeisen's theatrical paintings were used as postcards and greetings cards. These would have provided a small income in addition to the sale of the original artworks. As well as selling paintings at exhibitions, Doris sold her work through select agents and art dealers, such as Geoff Hassell, who was based in Cheltenham. Like her sister, Doris also sold directly to clients from her home in Badingham, where the main hallway and staircase acted as a perfect domestic setting to showcase her work. An inner compulsion to paint resulted in Doris leading an extraordinarily productive life. As old age took its toll, especially those painted as an octogenarian, despite still being physically and mentally sprightly, the theatrical paintings she produced began to change stylistically. The very late works remain charming, but the level of detail decreases, the application of paint becomes somewhat haphazard at times, typified by occasional random messy blobs of paint, and her draughtsmanship becomes sloppy, as seen in the extraordinarily rubbery legs on horses and necks on figures, particularly evident when compared to her early work. These increasingly 'impressionist' paintings, however, remained pleasing to the eye and were eagerly purchased by Doris's enthusiasts. It would be unfair to judge Doris's artistic achievement on these late works alone, particularly as they constitute such a tiny part of her entire life's output. In the following conclusion I will draw together what I believe to be the chief artistic legacies of the Zinkeisen sisters.

---

381 Stella Walker, "A Romantic World of Sunshine and Glamour", in: *Horse and Hound*, April 25th, 1964. See also: Stella Walker, "Horses Past and Present: Colour and vitality the keynote at the recent exhibition of the work of Doris Zinkeisen in London", in: *Horse and Hound*, April 13th, 1963, p.9.

382 For more on Kitchen Sink school in British art of the 1950s see, for example: J. Steyn & D. Cherry, "The Moment of Realism, 1952-1956", in: Artscribe, 35, 1982, pp.44-49; D. Sylvester, "The Kitchen Sink", in: *Encounter*, iii/15, 1954, pp.61-64.

## Conclusion to Part One

The Zinkeisen sisters produced some outstanding paintings and other design work during the course of their busy careers. During the inter-wars period both sisters produced stunning portraits, including some remarkable self-portraits and likenesses of one another. These paintings have a strong sense of colour, as well as a deft handling of paint. Their ingenuity lies chiefly in their alluring compositions with their inventive and often dramatic poses. The early portraits by the Zinkeisen sisters ooze their very own sophisticated brand of mesmerising glamour. This quality created considerable interest in their work and resulted in a sizeable amount of newspaper and magazine coverage.

Media interest in the beautiful and talented sisters was undoubtedly intensified by, in particular, Doris's design work for the theatre and the newly emerging film industry. The sisters both gained from this association with the entertainments sector. Indeed, an important factor of the inter-wars work of the Zinkeisen sisters is how the worlds of fine art, fashion, theatre and film merge and can be seen to nourish and sustain each other in a mutually beneficial manner. Looking at their early portraits of sophisticates there is a definite parallel with the way 'stars' of film were portrayed with sex appeal. Indeed, the celebrity of some of the sitters painted by the Zinkeisen sisters helped to generate interest in their work, referring here to their portraits of 'celebrities' exhibited at the Royal Academy, where the sisters established their credentials as fine portraitists, whilst simultaneously attracting publicity. The early portraits by the Zinkeisen sisters often combine a tangible air of pep or languor, depending on the sitter, with a very British form of aristocratic nonchalance and hauteur. In these early works the sisters often demonstrate a genius for capturing the erotic mystique of the femme fatale, which is carried over by Doris into many of her theatrical costume designs. For Doris especially, the links with film and theatre ran deeply through her work and overshadowed her entire output, from her large-scale murals on RMS *Queen Mary*, right the way through to her later colourful and elegant paintings of horses and carriages. During and after World War II, Anna developed her painting in a very different way to Doris, expertly extricating herself from the apparent frivolity of the 1920s and 1930s, captured so well in some of her portraits. Instead Anna honed her portraiture skills, helped considerably by her wartime experiences and focus on medical drawings. Anna swept away the vestiges of her now old-fashioned 1930s vogue, which is currently popular again amongst 'art deco' fanatics, and replaced it with an altogether more psychologically penetrating look, though still maintaining considerable chic and panache.

Both sisters were highly regarded as artists during their lifetimes. Indeed, much of their work appears to have been quite lucrative. They were undoubtedly fashionable artists and because they lived in suitably fashionable areas they attracted and maintained a respectable clientele, possibly also aided by cultivating their interest in horses and hunting, traditionally the preserve and passion of the wealthy. Both sisters worked extremely hard to maintain their lifestyles and undertook vast amounts of 'commercial' work. Much of this artistic activity contributed to promoting them, thinking here of Anna's regular contributions to the popular magazine *The Sketch*, their numerous advertisements, and their stylish posters. Some of their advertisement work was designed to promote British industry at home and abroad. A patriotic vein can be traced in some of their other work, such as their important murals for the *Queen Mary*, a ship intended to provide employment and be a bold statement on Britain's standing in the world. There is also the stated intent for some of Doris's costume designs to help stimulate demand for textiles from Britain's ailing cloth industry during the economic depression of the late 1920s and 1930s. Neither of the sisters, however, was especially political, although Doris's post-war theatrical paintings suggest her experiences of seeing, smelling, hearing, and painting the nightmare of Belsen lingered in her mind, an event which she came to terms with in her art by focusing on beautiful subjects with pleasant associations for her, meaning they are not entirely apolitical, for their absence of social realism is reactionary, not least of all towards much post-war art production, and a criticism in itself.

What of the artistic legacy of the Zinkeisen sisters? How can it be evaluated? Doris and Anna have left behind some fantastic works of art. Their early portraits are extremely appealing for their impressions of 1920s and 1930s style. Doris's later portraits can be excellent, but she never focused on portraiture in the same way as her sister, who went on to produce some of her best work after World War II. The advertiser's art is difficult to say a great deal about: it was commissioned to do a specific task at a given moment. It has not endured in the same way as the portraits have, although it is often ingenious. Doris's work for the entertainments business remains of great interest for its associations with some of the great names of film and theatre. Alas, the films are sadly forgotten about on the whole, except amongst a coterie of film enthusiasts, even though they are in many cases exceedingly entertaining and stylish in a lasting way. It is a shame they are not easier to view. Doris's theatre and film design work not only influenced her own later paintings, but also attracted interest from an artist like Sickert and contributes significantly to our understanding of a particular inter-war vogue. The fact that I have been discussing the creative output of two successful women artists, hitherto critically neglected on the whole, is also worth bearing in mind as of particular interest, for female artists are frequently overlooked in art scholarship, even when their work is of the aesthetic quality and historical importance of the

Zinkeisen sisters. Their legacy has additional points of interest, inasmuch as a subsequent generation of women have followed their Zinkeisen forebears into art as a profession and made significant contributions of their own, although their links to Anna and Doris are not readily appreciated due to their differing surnames. Their stories will be told in the second part of this book.

# PART TWO
## Introduction

Doris and Anna Zinkeisen were extraordinarily talented artists. They accomplished a great deal during the course of their careers and left behind some significant paintings and designs, many of them touched with genius and now iconic for the period in which they were created. Any descendant of the formidable Zinkeisen sisters might find treading in the footsteps of their illustrious forebears quite a daunting prospect. In this section I will examine how Anna Zinkeisen's only child Julia Heseltine, and Doris Zinkeisen's twin daughters Anne Grahame Johnstone and Janet Johnstone, forged their own idiosyncratic styles of art. There are, of course, some role models to illustrate how the practice of art can run in families.

The history of art has a number of famous artist siblings and a smattering of entire families of artists. There are Raoul Dufy (1877-1953) and his brother Jean Dufy (1888-1964), whilst Lucien Pissarro (1863-1944) followed his father Camille (1830-1903) into a career as an artist. Further back in the history of art is the eighteenth- and early nineteenth-century Tischbein family and the sixteenth-century Cranach family of artists. This is merely an indication that there are many historical examples of talented artist families. Doris and Anna Zinkeisen are perhaps a little different from many such examples, inasmuch as they are *women* artists, whose female descendants have followed their footsteps into painting as a career. Interestingly the work of the descendants of the Zinkeisen sisters is easy to identify and tell apart, which is not always the case when looking at the output from artistic families. I will begin by looking at the outstanding artistic contributions being made by Julia Heseltine, followed by a chapter dedicated to the prolific illustrators Anne Grahame Johnstone and Janet Johnstone.

# Chapter Six: Julia Heseltine

From the very first breath the life of Julia Heseltine was subsumed by art. For the ambitious Anna motherhood was almost certainly secondary to painting. As soon as possible staff, such as a nanny for Julia and the trusty butler and housekeeping team Mr and Mrs Pratt, were employed to do the more mundane childcare and housekeeping tasks, thus freeing her from domestic drudgeries and enabling her to spend more time creating numerous paintings, particularly in the field of portraiture, which symbolise the era they were painted in. Nothing was allowed to stand in the way of Anna and artistic success. From birth, therefore, Julia was cocooned in an artistic environment. Fortunately Julia responded positively to the lead presented by her mother and indomitable 'Aunty Dee' [a.k.a. Doris Zinkeisen] and eventually also chose to enter the competitive, fickle, and insecure world of art.

Like Anna and Doris, Julia also sought opportunities for creative work beyond the easel, most notably by providing artistic designs for the film *Three Sisters* (1970), an adaptation of the play by the Russian dramatist Anton Chekhov (1860-1904) (Fig.102). This work brought Julia into contact with Laurence Olivier, who directed and acted in the film and was known to her Aunty Dee. This encounter also resulted in a commission to paint a portrait of the actress Joan Plowright, Olivier's wife. On the whole, however, Julia focused her energies and talents on painting. But how could Julia set herself apart from the renown and achievement of the Zinkeisen sisters? One route was to rebel and reinvent her own style and purpose for painting and, in so doing, address the concerns of her contemporaries, rather than be straitjacketed by those of her parents' generation, especially the emphasis on glamour.

The narrative of this chapter falls into four sections beginning with an examination of Julia's important role as a model. As muse for her mother, her husband the sculptor Anthony 'Tony' Weller, whom she married in 1962, and Aunty Dee, Julia inspired numerous works of art. These are vital for an understanding of Julia and how those around her saw and see her, which do not necessarily correspond with the image she has of herself. This section also suggests how we might think about Julia in the context of a highly creative community, albeit a familial one, and indicates how Julia's name and reputation has inseparable family associations, fixed by joint exhibitions with family members.

The second section deals primarily with what I dub Julia's artistic rebellion, namely her early biomorphic existentialist abstract paintings, an epithet I will explain in due course. In these pictures the viewer catches sight of how Julia was an active part of a new generation of artists with few stylistic affinities to the type of art her mother excelled at. I will follow this section with a discussion on Julia's more recent landscapes, which I think have grown out of her earlier abstract art. And finally I will examine Julia's portraits, for which she is probably best known. In my debates about the work of Julia Heseltine for the sake of clarity I have selected just a few choice examples to talk about and refer to in detail, because there are many paintings to choose from. This point is especially pertinent with regards Julia's role as muse, for there are numerous representations of her in the form of paintings and sculptures, of which I shall discuss but a few in detail in the following section.

## Julia Heseltine as Muse

Julia was used as a model time and again by members of her extraordinarily creative family. Anna Zinkeisen in particular appears to have painted her daughter repeatedly. Tony Weller, Julia's husband who died in 1993, made numerous sculptures of his wife. And Doris Zinkeisen also asked Julia to sit for her. Julia was a source of inspiration for these creative people and because she herself was familiar with, and understood, the practice of art, she would have been a most sympathetic model to work with. Some of the artworks representing Julia are visually quite stunning and reveal, in more senses than one, quite a lot about the sitter. What is especially important here is, that the likenesses of Julia were captured by members of her family, not primarily to be hung in their homes as part of some family portrait gallery, but were frequently intended for selling. Indeed, Julia was also the inspiration behind some of Anna's commercial artwork, as in the 1952 recruitment poster for St John Ambulance (Fig.49).[383]

Julia Heseltine, like her mother and Aunty Dee before her, happens to be an exceptionally beautiful woman with a slender physique and calm voice. She possesses a warm, open personality and loves to laugh. She is also entirely self-effacing regarding herself and her talents as an artist. A striking omission in the portraits of Julia is that none of those I have seen tell the viewer anything about her role as an artist, clearly such a central aspect of her persona. Nowhere is there a painted portrait of her wielding her brushes, or with the other accoutrements of her profession, such as, for example, an easel, although there are some published photographs of her in her studio, often making use of such typical modes of representation for artists (Fig.103). Indeed, the focus of

[383] The original oil painting for the poster is held by the Museum of the Order of St John, St John's Gate, St John's Lane, London (www.sja.org.uk). It is also reproduced in: Jonathan Riley-Smith, *Hospitallers: The History of the Order of St John*, London & Rio Grande, 1999, p.144. A similar representation of Julia as a hospital nurse is the painting "Night Duty", a version of which is held by Bradford City Art Gallery and Museum. Such portrayals are suggestive of compassion as a particularly female virtue.

the painted portraits representing Julia is her physical beauty.

Some of the portraits of Julia seem in essence to capture the ideal of beauty, as expected of the period of their creation, my point here being that notions of beauty are not static, but shift through the centuries and from generation to generation. For example, the voluptuous, languid, and bosomy women in the seventeenth-century portraits of Sir Peter Lely (1618-1680) are a far cry from the thin, sporty, flat-chested gamines of the 1920s and 1930s, as in some of the portraits by the Zinkeisen sisters (Fig.40 & Fig.43). I regard several of the portraits of Julia as 'iconic' for the era they represent, especially those painted around 1960, even though fashion and style are such intractable areas to define precisely. Although the portraits of Julia do capture something of her good-natured, serene, and unassuming personality, her character is of secondary importance to their emphasis on ideal beauty and her erotic allure. Indeed, although when these 'portraits' were originally sold, they may have been understood as identifiable likenesses, their subsequent emergence on the art market has divorced the identity of the sitter from the painting.

At Anna Zinkeisen's important exhibition of paintings at the Galleries of the Federation of British Artists in 1962 several of her portraits of Julia were amongst the displays. These include paintings with the titles, "Schoolgirl", "Julia Heseltine", "Julia and Starkey", "The Artist's Daughter", and "Girl in a Turban". The last two paintings were on loan from St Osyth's Priory in Essex where they were part of a collection owned at the time of the exhibition by Captain Somerset de Chair MP, who was amongst Anna's circle of friends. For Somerset de Chair, therefore, the painting with the title "Girl in a Turban" (Fig.104) would have been a recognisable portrait of Julia. Taken out of this specific context, however, the status of the painting as a likeness of a specified individual shifts, and it once more would appear to become a kind of embodiment of beauty. Judging by auction house records the painting has changed hands, most recently in 2006 in London at a sale at Bonhams, where the picture had acquired the title, "Portrait of a Bathed Lady".[384] The new title continues to mask Julia's identity.

At the time of Anna Zinkeisen's 1962 exhibition the portrait of her daughter, "Girl in a Turban", was picked out by the upmarket magazine *The Tatler* to advertise her show.[385] The identity of the sitter is not of interest to *The Tatler*, which uses it as an eye-catching advertisement. An in-depth article about the exhibition in *The New Daily* newspaper, however, although not revealing the sitter's identity, refers to the "Girl in a Turban" as "a fine painting" and notes the "beautiful body, lightly draped in white".[386] The same article has this to say about Anna's portraits of her daughter:

---

[384] Bonhams 20th Century British Art Sale held on the 28th November 2006, lot 50.

[385] *The Tatler*, 18th April, 1962, p.159.

[386] C. R. Cammell, "Anna Zinkeisen's One Woman Show", in: *The New Daily*, 9th April, 1962.

> Anna Zinkeisen's finest inspiration has been her daughter Julia, who is seen in many moods and poses, named and un-named. Certainly *The Artist's Daughter* (No 63) is one of the best paintings in the exhibition. "Here one seems to see the young woman of our time who has been through the lot - wars, blitzes, food rationing, queues, and hydrogen bomb tests. She paints her with her head leaning back wearily, with shadowed eyes, with hands folded listlessly against an artless black garment: an image of total resignation: yet of strength and beauty." I quote from the catalogue's introduction written by that distinguished man of letters, Somerset de Chair, two portraits of whom and one of whose wife are exhibited.
>
> In her daughter the painter found a lovely model and made the best of it. Julia is the *Schoolgirl* (No 52) looking straight at one, very serious, very fair. A little older, with hair a redder gold and bare shoulders, we see her in No 13, and again with her pet cat *Starkey* in No 15. These pictures are painted in precise detail in a clear, cold light. Julia is always wearing a black dress without ornament - only the hair is bright.[387]

The portrait of Julia, "Girl in a Turban", is very unlike the description of another portrait of her described above as "an image of total resignation", although this suggests Anna had captured something of Julia's interest during the 1950s and 1960s in existentialism, as will be discussed further presently.[388] Instead, in "Girl in a Turban" Julia is portrayed as incontrovertibly sexy and posed before a raunchy deep red backdrop and given an après-shower look. This is an especially interesting point, in my opinion, given the overtly sensual characteristics of the painting were conceived by a woman artist of her daughter. In this respect the painting might be thought of as slightly confounding any negative ideas along gender lines, in which women are subordinated to the role of erotic objects. Or can the artist and sitter, in this instance, be thought of as guilty and in some way complicit in subjecting women to the predatory 'male gaze'? Is Anna adopting male visual modes of expression? Anna's portrait of a "Girl in a Turban" is interesting to compare with Doris Zinkeisen's painting of Julia of *circa* 1958 (Fig.105).

Doris painted Julia on several separate occasions. In one portrait Julia is shown in profile. Julia's long blonde hair is pulled together in a ponytail to display a slender neck, giving her the streamlined look adopted from Doris's inter-war portraits. Here Julia is suave, her shoulders left bare above a pale loose wrap. A further portrait of Julia by her Aunty Dee relates strongly to Anna's "Girl in a Turban". In it Julia is set against an attractive pale copper/ malachite green backdrop. Julia wears a fantastic straw hat with an

---

[387] *Ibid.*

[388] The portrait of Julia referred to as "an image of total resignation", used to be in the collection of Somerset de Chair at St Osyth's Priory and is reproduced here as the frontispiece.

enormously broad brim. The rendering of this spectacular hat is contrasted with the smooth paintwork of much of the rest of the canvas through a lively use of impasto, as is also the case with the white cloth she clutches in modesty to her chest. Julia's attractive heavy use of kohl draws the viewer's gaze to her friendly and serene face. Although the painting is a portrait the identity of the sitter has been lost at subsequent sales of the painting, where it acquired the title "The Yellow Hat".[389] Again the sitter is less important than the representation of an ideal beauty. Arguably a little study in oils of Julia gyrating on a dance floor by Doris from *circa* 1960 is a better representation of the fun side of Julia's personality (Fig.106). The portraits of Julia by her late husband, Tony Weller, are very different from those by the Zinkeisen sisters.

Tony Weller created some engaging sculptures, a noteworthy example being his large-scale, 4.5 meter high pioneering "Christ in Majesty" (Fig.107), made in the 1960s in the then novel medium of fibreglass for the Church of St Mary and St Giles in Stony Stratford near Milton Keynes.[390] In this particular commission Weller's representation of the magically totemic risen Christ had the added task of symbolising the act of breathing new life into the amalgamation of two parishes, which took place between 1964 and 1968. Between such large commissions Weller also found time to make numerous sculptures of Julia (Fig.108 & Fig.109). Although some of Tony Weller's earlier sculptures were entirely abstract, the portraits of Julia are figurative. It is, of course, difficult to compare sculptures with paintings, as they are totally different modes of expression. Nevertheless, because Julia is the source of inspiration it is appropriate to take a brief glance at what the overriding similarities and differences are.

Rather surprisingly the portrait sculptures of Julia I have seen by Tony Weller are not as erotically alluring as those by the Zinkeisen sisters. There are various ways to account for this. Maybe, as her husband, he wanted to jealously guard and censor what was *his* from the public gaze, even if only on a subconscious level, especially as his representations of Julia were intended for public consumption, as in his bust of Julia exhibited at the Royal Academy exhibition of 1956, his very first exhibit at that venue.[391] This may be a slightly harsh assessment given that the portraits of Julia in oil paint on canvas use luscious colours to represent the sitter, whilst Tony Weller's sculptures work

[389] "The Yellow Hat" was sold at Sotheby's Modern British and Irish Paintings, Drawings, and Sculpture sale on the 5th April 2000, lot 159.

[390] Another important public commission was Weller's seven and a half feet high cold cast bronze sculpture for the Bowring Building in Tower Hill. The sculpture for St Mary and St Giles is described in Pevsner as, "the fine crucifix in fibreglass by Anthony Weller". See: Nikolaus Pevsner & Elizabeth Williamson & Geoffrey Brandwood, *Buckinghamshire*, London, 1994 (First pub. 1960), p.552.

[391] *Royal Academy Exhibitors 1905-1970: A Dictionary of Artists and their Work in the Summer Exhibitions of the Royal Academy of Arts*, Vol. VI, Sherr-Zul, Wakefield, 1982, p.251. This publication mentions that Anthony Weller, living at 10 Amberley Way, Morden, Surrey, exhibited a bust entitled "Julia" (Ref. No. 1278) in 1956, which I have understood to be of Julia Heseltine.

monochromatically, with a single hue relying on shadows over the contours and textures of the surface of the sculptures for their variance in tone. This works particularly well where outdoor sculptures are concerned due to the natural light. Such effects can be seen with regards a bronze sculpture by Tony Weller of a woman, modelled on Julia, with a dog situated in Avondale Square, just off the Old Kent Road in South London (Fig.110). This particular sculpture was commissioned by the City of London Corporation in 1962 and was designed to commemorate the redevelopment of the Avondale Square Estate, an early twentieth century development consisting of flats.

In the Avondale Square bronze of a woman and a dog and other representations of Julia, Tony Weller deliberately avoids eroticism, and instead focuses on his real strengths and interests, by capturing Julia's calm personality. Indeed in his portraits of Julia, Weller emphasises Julia's serenity, which for him appears to have been a particularly important aspect of her character. In so doing Tony captures in his portraits of Julia from the 1950s and 1960s a particular mode of existentialism, inasmuch as it is perfectly plain to see in them that Julia loves and is loved by Tony. That is the transcendental reality encoded in Tony Weller's sculptural portraits of Julia from this particular period of their relationship.

## Biomorphic Abstract Experiments in Painting

Julia Heseltine was able to train as an artist quite early on. Possessing a slight rebellious streak, Julia found herself expelled from school as a fourteen year old. Her parents overlooked her teenage transgression, a most heinous crime involving sneaking out of her boarding school and imbibing alcohol,[392] and sensibly allowed Julia to follow her own course and take up art full time. Initially Julia assisted her mother by helping with whatever commissions she was working on, particularly with tasks like completing backgrounds under instruction. Julia took classes at the Chelsea School of Commercial Art and attended the Byam Shaw Art School before training further at the Royal Academy Schools. At the latter Julia received art tuition as academically rigorous as in her mother's and Aunty Doris's time there. For example, there was an emphasis on drawing from plaster casts and models stuck in one pose during life classes, exercises that would continue for entire terms at a time. But her grounding here and from at home prepared Julia for a career as an artist and during this time in higher education she won the Médaille d'Argent at the Paris Salon. There remained, however, a rebellious compulsion deep within Julia to differentiate her work from that of her well-known mother and to capture the zeitgeist of her post-war generation. For this reason Julia largely

[392] It is interesting to note that 'imbibe' means both, to drink alcohol, and to absorb ideas or knowledge.

turned to abstract art to find a solution for her artistic needs. But how can I define those artistic needs? I begin by taking a look at an unusual 'portrait' of an old woman (Fig.111), which I think reaches to the heart of how Julia wished to assert her own artistic credentials and do something entirely different from her mother's generation of artists.

Julia's purest negation of the values embodied by the portraiture the Zinkeisen sisters had excelled at can be found in her picture of an old woman. This painting by Julia from 1959 is interesting to compare with Anna Zinkeisen's "The Dark Lady" (Fig.46) exhibited at the Royal Academy in 1938, both being pictorial essays on sophistication, with similar representations of hats with net veils, albeit with very different intentions. Julia deliberately paints the sitter with extraordinary colours and sharp brush stokes. This larger than life size picture is designed to do a number of things. The representation of an old woman in her finery is a parody of the glamour portrayed in the work of the Zinkeisen sisters and other society portraitists. Behind the painting's comedy lurks an essence of the banality of human existence and the shortness of the human life span, in comparison to that of the universe. In this painting Julia veritably assassinates the aims of 'traditional' portraiture by provoking the viewer into considering how ideas on beauty are perpetuated through it. Julia's painting of an old woman suggests there are no actual aesthetic values, only the artist's ability to shape a reality and create meaning. The crudity of this grotesque image, therefore, deals with some essential ideas about art and questions received wisdom on the nature of human existence.

Other abstract canvases Julia painted in the late 1950s and 1960s are similarly visually exciting and thought provoking. I describe them as existentialist, but of course existentialism is a complex trend in philosophy associated with many influential writers, such as Jean-Paul Sartre (1905-1980), Albert Camus (1913-1960), and Simone de Beauvoir (1908-1986), whose ideas do not necessarily correspond with one another.[393] So how does Julia's work from this period in her life tie in with it? I use the term existentialism here to refer to a loosely grouped together set of ideas about the nature of human existence. An important underlying theme is the ultimate inability for humanity to fully comprehend any aspect of its being in either scientific or idealistic terms. For Julia this represents an opportunity to question established aesthetic values, those given to her by her parent's generation, rather than submit passively to them. In her early works Julia explores the possibilities of representation through the medium of painting, choosing and creating her own definitions of art.

[393] For more on existentialism in art see, for example: Francis Morris (ed.), *Paris Post War: Art and Existentialism 1945-1955*, London, 1993; Arturo. B. Fallico, *Art and Existentialism*, Englewood Cliffs (Prentice Hall), New Jersey, 1962.

For some existentialists the universe is understood to be entirely purposeless, which supposedly triggered a post-war sense of pessimism and anxiety concerning European civilisation. This is possibly what Somerset de Chair had identified in a particular portrait of Julia, as mentioned previously. I maintain, however, that for Julia existentialism took on a more positive slant, as it meant she could fashion her own meanings about life. Julia's paintings from the late 1950s and 1960s generally eschew any sense of disillusionment with the world, though this does not necessarily apply where established values are concerned, and instead she explores the mystery of existence and, as such, might be thought of as embracing a quasi-religious existentialism.

Julia's abstract paintings appear to express something of the uncertainties of the post-war period, but they are life affirming simultaneously. The viewer is supposed to penetrate through the myriad of shapes and colours on Julia's canvases to glimpse a new reality. They might be understood as meditations on the mystery of Nature. During the second half of the 1960s Julia spent many months working on several series of paintings exploring the theme of the seasons, with "Autumn" (Fig.112) and "Summer" (Fig.113) from one of these sets of individual panels being accepted for exhibition at the Royal Academy in 1967.[394] Julia's other exhibits at the Royal Academy in the late 1960s, with the titles "Winter Landscape" exhibited in 1966, and "Forest" hung on the line during 1969, attest to an in-depth exploration of Nature as a theme.[395] It is in relation to Nature that Julia's abstract paintings can be described as biomorphic and an attestation of her interest in environmental issues concerning the impact of man on the world.

Julia's abstract paintings are compositionally complex, but within her ordering of pictorial space, though obscure, there are forms inspired by Nature. This is even the case in a painting such as "Winter" (Fig.114), which veers slightly towards geometric art, without becoming impersonally constructivist, and works in an allusive as opposed to imitative manner through its exploration of icy colour and the angularity of its form. A few of Julia's early paintings are entirely abstract (Fig.115). In these she liberates the compositions from aesthetic values by making them asymmetrical and lacking in recognisable forms, possibly by allowing chance to play a role in the making of the painting. The stimulus for these comes entirely from within the artist and not from the recognisable world. The suggestive references to Nature in Julia's paintings of the seasons, however, demonstrate how she recasts reality in a most subtle way. The viewer detects a tree, then the shape of a human head, before they morph once again into patterns of colour, awaiting again for us, the observers, to make what we will from them out of our hidden

---

[394] *Royal Academy Exhibitors 1905-1970: A Dictionary of Artists and their Work in the Summer Exhibitions of the Royal Academy of Arts*, Vol. IV, Hart-Lawl, Wakefield, 1979, p.41.

[395] *Ibid.*

unconscious. It is in this regard that Julia's early work can be regarded as biomorphic.

A continual source of fascination for her abstract paintings was the East Anglian landscape, especially that of Suffolk, where Julia spent much of her time at her mother's home, Looms Cottage [sometimes spelt Loams Cottage], in Burgh, near Grundisburgh and Woodbridge (Fig.116). Indeed, the series of panels communicating something of the essence of the seasons incorporate allusions intended to be evocative of the landscapes around Burgh. Other early Suffolk paintings from the 1960s focus on landscape features, such as hedgerows, and were completed at a time when agricultural policy was criticised for being unsympathetic to the historic landscape.[396] Although Julia's early landscape paintings were not necessarily consciously about conservation and green politics, their celebration of Nature brings to them a strong sense of an engagement with environmental issues. In her early landscapes Julia explores the mystery at the heart of all existence and she rejoices in Nature's power to constantly renew itself. This aspect of Julia's work probably comes close to the artist's concept of her own artistic raison d'être. The panels of the seasons are an almost pantheistic celebration of the natural environment and of life generally, which Julia here sees as the ultimate reality of existence, with its manifold processes of germination and growth, governed by an unknown mysterious force bound together with an unstoppable clock, unperturbed by, and essentially uninterested in, the insignificance of humanity. Julia's identification with Nature in her early work suggests the influence of prominent British Neo-Romantic[397] artists of the mid twentieth century, such as Graham Sutherland (1903-1980), John Piper (1903-1992), and especially Ivon Hitchens (1893-1979), with their leanings towards painting poetic topographical landscapes, often in a 'surrealist' pictorial idiom, although stylistically her work remains identifiably individualistic.[398]

Julia's existentialism as expressed in her paintings also permeates her daily life. Julia is uninterested in conforming to other people's values, opting instead to choose freely how she should live her life, even if this has met occasionally

[396] See, for example: M. Shoard, *The Theft of the Countryside*, London, 1980; J. K. Bowers & P. Cheshire, *Agriculture, the Countryside, and Land Use: An Economic Critique*, London, 1983.

[397] For further information on the 'Neo-Romantic' in British art see, for example: Peter Woodcock, *The Enchanted Isle: The Neo-Romantic Vision from William Blake to the New Visionariers*, Glastonbury, 2000; Malcolm Yorke, *The Spirit of Place: Nine Neo-Romantic Artists and Their Times*, London, 1988; David Mellor (ed.), *A Paradise Lost: The Neo-Romantic Imagination in Britain 1935-1955*, London, 1987.

[398] For more on these artists and to see examples of their work refer to, for example: Rosalind Thuillier, *Graham Sutherland Inspirations*, Guildford, 1982; Roger Berthoud, *Graham Sutherland: A Retrospective*, London (Crane Kalman Gallery), 1999; Martin Hammer, *Graham Sutherland: Landscapes, War Scenes, Portraits 1924-1950*, London, 2005; *John Piper*, London (Tate Gallery), 1983; *Ivon Hitchens: Paintings from 1930-1974*, London (Waddington Galleries), 1982; Peter Khoroche, *Ivon Hitchens*, London, 1990.

with disapproval from others.[399] Her sense of freedom is apparent in her sartorial style with its emphasis on the casual, and judging from early photographs she appears to have worn black clothing and heavy black eyeliner a great deal, as was a general trend in the 1950s and early 1960s London art scene and generated the fashionable existentialist look.[400] The newspaper articles about Julia and Anthony Weller from this period include photographs of Julia demonstrating her existentialist vogue, which were included in write-ups designed to advertise exhibitions by the talented and attractive couple of their biomorphic abstract artworks (Fig.117). Although the newspaper images of the artist and sculptor date from forty years ago, the style adopted by the couple would not look out of place today.

## Landscapes

At the same time as producing biomorphic abstract paintings based on natural features, Julia also produced 'figurative' landscapes (Fig.118), with a preoccupation with the mysterious, which remains a feature in her work right up to the present day.[401] Although there is a suggestion of a narrative content, these 'mystical' paintings do not necessarily have specific meanings. In this regard the paintings are linked with the biomorphic abstracts, inasmuch as they are inspired by a similar sense of mystery and awe. Indeed, I think the word mystery is a cornerstone to an understanding of Julia's paintings. A mystery is something difficult or impossible to understand, so these paintings are still concerned with existentialism, in that they deal with the inexplicable, but nevertheless attempt to express something of the joys of existence. In Julia's work she does this by references to various elements of Suffolk, where she lives and works full time, to its coast, sky, landscape, and regional folklore, as in her painting of "The Wild Man of Orford" based on the mediaeval legend that a mythical 'merman' was caught off the shores near Orford and then persecuted.[402] Her intimate knowledge of East Anglia is combined with her extraordinary visual imagination and visionary powers to create dreamlike effects.

---

[399] In one magazine interview Julia is quoted as having said that she, "never did care for authority much", and also mentions how in relation to her marriage with Tony that her mother, "never really approved of our marriage". These comments are printed in: Lyndsey Filby, "Artist in Residence", in: *Suffolk: East Anglian Daily Times*, Issue 56, January 2005, pp.28-41, p.35.

[400] For a reference to the sculptress Elisabeth Frink (1930-1993) and the existentialist look of the 1950s see: Stephen Gardiner, *Frink: The Official Biography of Elisabeth Frink*, London, 1999, pp34-35.

[401] Examples of her recent work can be seen on: www.newartcollectors.com

[402] Lyndsey Filby, "Artist in Residence", in: *Suffolk: East Anglian Daily Times*, Issue 56, January 2005, pp.28-41, p.41. The article incorrectly mentions "The Green Man of Orford", but the painting, sadly now destroyed, was entitled "The Wild Man of Orford" and exhibited at Julia's solo exhibition at the Simon Carter Gallery, Market Hill, Woodbridge, between the 16th and 28th June 1997. For a reference to the Orford Wild Man see, for example: Norman Scarfe, *Suffolk in the Middle Ages*, Woodbridge, 1986, pp.165-166.

Julia's painting style has evolved over the past few decades. The figurative paintings include people, landscapes, and other objects as they appear in real life, but they are exaggerated and distorted through Julia's use of a highly distinctive style. What I mean by this last comment is that in Julia's earlier works items, such as trees and figures, can be elongated and painted in an unusual scale in relation to one another (Fig.119). This emphasis on linear elongation is reminiscent of paintings and sculptures by Amedeo Modigliani (1884-1920), and possibly even Alberto Giacometti (1901-1966) in regard to Julia's interpretation of the relationship between figures and their spatial environments.[403] In Julia's paintings the apparent discord with logic creates an unexpected and unusual poetic and lyrical harmony, which is a quality she continues to capture in her latest works, although in a stylistically different way. The finesse of Julia's Modiglianiesque people has evolved into more characterful groups, still idiosyncratic and clearly identifiable as hers, but a mention of the other-worldly qualities of figures in the religious paintings of Stanley Spencer (1891-1959) might be a useful comparison, particularly as in Julia's paintings there is often a similar sense of a mysterious presence, although unlike Spencer her creations cannot be regarded as rooted strictly in Judaeo-Christian beliefs. Often Julia's landscapes seem to act like visual poetry, and a parallel might exist in the poems of Kathleen Raine (1908-2003), whose work is similarly often inspired by landscapes and exudes a sense of the mystical power of Nature, which she regards as sacred.[404] The lyricism of Julia's early output remains, only the figures have become more ghostly in order to enhance her dreamlike visions relating to East Anglia, as in "Dutch Cyclists Lost in Tuddenham" (Fig.120), a painting in oil on board from the late 1990s.[405]

"Dutch Cyclists Lost in Tuddenham" can work in different ways for the viewer. On the one hand it can be an amusing representation of tourists confounded by the waymarkers along Suffolk's lanes. But this picture offers alternative narrative possibilities, and in this sense Julia's work taps into the traditions of European landscape painting by being both a kind of portraiture and the embodiment of abstract ideas.[406] That the cyclists are Dutch is not just a bland statement, but coincides with the historical fact that numerous people

[403] For examples of their work see, for example: Mason Klein (ed.), *Modigliani: Beyond the Myth*, New York, New Haven, London, 2004; Christian Parisot, *Modigliani*, Paris, 1992; Anette Kruszynski, *Amedeo Modigliani: Portraits and Nudes*, Munich, 1996; Laurie Wilson, *Alberto Giacometti: Myth, Magic, and the Man*, New Haven & London, 2003.

[404] Kathleen Raine, *The Presence: Poems 1984-1987*, Ipswich, 1987; Kathleen Raine, *Living With Mystery: Poems 1987-1991*, Ipswich, 1992; or see Kathleen Raine, *The Collected Poems of Kathleen Raine*, Ipswich, 2000.

[405] This painting was sold at a solo exhibition held at the Simon Carter Gallery, Market Hill, Woodbridge from the 16th to the 28th June, 1997.

[406] For an interesting discussion of this point see, for example: Malcolm Andrews, *Landscape and Western Art*, Oxford, 1999, pp.1-22.

from the Netherlands were assimilated into the region of East Anglia in the past. Perhaps they too had lost their way on Suffolk's byways. Added to this is a spiritual dimension, symbolised overtly by the mediaeval church. The leader of the cyclists studies a map for answers about which direction to travel in, but the numerous paths depicted in Julia's painting are suggestive of a choice of possibilities, with no indisputable prescribed route. The viewer can also decipher Julia's shadowy manner to represent the cyclists as an indication that they are nothing more than spirits passing through life, with death represented by the graveyard. The eye is drawn to the light at the end of a tunnel created from the overhanging trees on either side of a road: will the cyclists choose this way and be swallowed by the landscape? So although Julia creates in this painting a topographically accurate scene of Tuddenham, where she currently lives, she imbues it with an ethereal quality to create a work of art far more subtle and interesting than might be found in a more straight forward representational landscape, as is also the case in her other paintings.

Julia Heseltine often mixes elements from actual landscapes she has seen and combines them with imaginative figures and scenes plucked from her subconscious. In an article published in 2003 she describes this process as painting, "straight out of my head".[407] One newspaper critic describes these reveries of Julia as possessing, "a dreamy eloquence", which perfectly encapsulates how Julia's art functions.[408] Take, for example, Julia's oil painting on board "Lone Tennis at Glevering" (Fig.121) from the mid 1990s.

Glevering is located in Suffolk close to Wickham Market. Julia's imaginative painting refers to the stately home of Glevering Hall designed by John White in the late eighteenth century and enlarged by the architect Decimus Burton (1800-1881) in the 1830s, later famous for his layout of Hyde Park and the arch at Hyde Park Corner, as well as for his design of the Palm House at Kew Gardens in the 1840s. The Hall is set in grounds originally laid out by the famous Bury St Edmunds born landscape designer Humphrey Repton (1752-1818). Julia represents the scene of her painting "Lone Tennis at Glevering" on an early summer's evening when the shadows are elongated out of all proportion to the person or thing they are cast from. Suffolk evenings at that time of the year can have a damp chill. It is easy to imagine what appears to be a row of self-supporting Wisteria, with a generous display of pendant purple flowers, or possibly some roses, sending a subtle scent over the garden, enclosed and made 'secret' by the wall of a stable block and a series of mature evergreen trees and shrubs. The real poetry of the scene though lies in the extraordinary representation of a lone tennis player. What is going on?

It is almost as if the viewer becomes the missing tennis partner, in some

---

[407] Tony Hall, "A Country Portrait", in: *Norfolk: Eastern Daily Press*, Issue 48, April 2003, pp.97-107, p.103.

[408] Sonia Carvill, "Major Talent in Our Midst", in: *East Anglian Daily Times*, Monday 21st March, 2005, p.29.

bizarre out-of-body experience, and is liberated briefly to survey the scene from a hitherto impossible perspective. The painting is not really unsettling, but it does draw the viewer in and make them consider how human experience is made up of an inseparable range of rational and irrational points of view, as well as learnt and instinctive knowledge. In "Lone Tennis at Glevering" the temporal aspects of human experience are relayed to the viewer in terms of the numinous and eternal. The ghostly tennis player and the glorious setting represent a past that *is* still present. This simultaneously playful and thoughtful dialogue between the past and the present is a theme running through much of Julia's work, as in "Heveningham Hall" (Fig.122), with its intriguing figure of a woman running from the hall, located in Suffolk, towards the viewer. Is she an apparition, or real? What exactly is she up to? Julia's paintings can also be thought of as a form of dream analysis and encourage the viewer to liberate their imagination, to reflect on what 'reality' is for them, beyond that which is purely functional and mechanical in daily life. In this way Julia's paintings press for a deeper philosophical understanding of existence and so embody a particular kind of revelatory power. Some of this questioning of values and certainties in the landscapes of Julia Heseltine can be detected in her portraits from time to time.

## The Portraits

Julia is not just a landscape artist, but is also an impressive portraitist. One of the many dilemmas facing any artist is reconciling the tension between what they *want* to paint and *have* to paint to make ends meet, the two often being diametrically opposed and essentially a conflict between heart over head, or freedom and commitment. In Julia's case I think it is true to say that she loves to focus on her landscapes of the imagination inspired by Suffolk, but paints portraits for the artistic challenges they bring with them, as well as to earn a living. In her youth as a student at the Royal Academy Schools, however, Julia dreamed of pursuing a career in art, but it was not her initial intention to become a portraitist. She is quoted as having remarked that: "It was at the Royal Academy Schools that I started to get passionate about art, however, typically, I did not want to paint portraits, I wanted to do my own thing."[409] Her 'portrait' of an old lady from the late 1950s, previously mentioned, is an expression of this rebellion and her wish not to be seen as falling passively into the role of portraitist, as almost expected of her from Anna Zinkeisen and her wider family. Julia's early attitude to the practice of portraiture finds an historic parallel in the Suffolk born Thomas Gainsborough (1727-1788), who regarded painting portraits as part of a treadmill and revealed his negative feelings about

[409] Lyndsey Filby, "Artist in Residence", in: *Suffolk: East Anglian Daily Times*, Issue 56, January 2005, pp.28-41, p.35.

face painting in a letter: "I'm sick of Portraits and wish very much to take my Viol da Gamba and walk off to some sweet Village when I can paint Landskips and enjoy the fag End of Life in quietness and ease."[410] Gainsborough's sentiment in this quotation is suitably applicable to Julia in her early days as a portraitist. Although Julia may initially have resisted portraiture, she very early on in her career, as a student even, turned to it of her own free will and excelled. Indeed, although Julia 'dreamed of doing her own thing', in her portraits she probably pursues that line anyway, finding inventive ways to paint likenesses and bring her sitters to life on canvas using visual idioms suited to their personalities.

As a teenager Julia began to help her mother with the backgrounds to some of her commissions. This enabled Julia to study closely how a successful portraitist set about the task of capturing likenesses. In fact, until Anna's death in 1976, mother and daughter shared a studio, particularly at the family home in Suffolk. It is hardly surprising, therefore, that there are similarities in the painting styles of Anna Zinkeisen and her daughter, particularly in their choice of palettes, although Julia is far better at resisting the urge to glamorise her sitters, learnt from her early existential experiments, often choosing instead to focus on how her sitters might look in daily life, rather than dressed up for a special event. This last comment is obviously heavily dependent on the requirements of the client and where the portrait may end up hanging - a vital consideration for the more formal and official works for display in public places. Returning to Julia's early training with her mother, sometimes the collaborative approach produced intriguing results, particularly when Julia could have some creative input, as in the painting of a christening ceremony (Fig.123) from the early 1960s.

In the baptismal painting by Anna Zinkeisen and Julia, the priest and baby depicted are by Anna, whilst the colourful abstract 'Orphist' backdrop is Julia's work.[411] The combination of bright light from the priest's right, together with Julia's colourful background imaginatively creates a visual epiphany conveying the symbolic manifestation of God. From the simple act of baptism emerge the messages of a joyful spiritual purification, of renewal, and of new beginnings. But despite having such a knowledgeable tutor in her mother, Julia initially remained uninspired by the prospect of becoming a portraitist, although she did paint some.

In her early student days whenever Julia painted portraits, they were

[410] Quoted in: Michael Rosenthal, *The Art of Thomas Gainsborough: 'A Little Business for the Eye'*, New Haven & London, 1999, p.183.

[411] Orphism was an early twentieth-century 'movement' in art. It grew out of cubism and its emphasis was on achieving lyrical harmony in abstract compositions through the use of brilliant colour arrangements. The principal Orphists were Robert Delaunay (1885-1941) and his wife Sonia Terk-Delaunay (1885-1974). The priest, Mr Gilliot, was from Anna's local Holy Trinity Church in Brompton, when she still lived at 14 Alexander Place.

influenced by the art of Modigliani, but she found that these were not popular from a purely commercial point of view.[412] In time Julia turned her attention to capturing reliable and accurate portraits, in which she tries to capture the essential essence of the sitter before her *as she sees them*, often using intriguing colour contrasts and highly imaginative 'props' designed to reveal something in addition to the likeness about the character and passions of her sitters. This is particularly challenging in relation to capturing likenesses of children and Julia has painted numerous portraits of infants.

To begin with children do not choose to have their portraits done of their own volition. It is rather a process determined, usually, by parents, who also make all the important decisions relating to the artist, the amount they want to spend, and may even have a say in how the child is, or children are, portrayed. The artist has to decide how to combine parental demands with what is achievable, given that most small children are hopeless sitters, as they have little patience and tend to squirm. Parental knowledge of their offspring will also normally far exceed that of the artist. Added to this are the inherent artistic demands of trying to capture a likeness of a person as yet physiognomically immature. Julia rises to all these complex challenges.

To overcome the problems of difficult child-sitters, who are more likely than not to live in far-flung parts of the country making access an issue and, with children, not something they can overcome on their own, Julia makes numerous sketches and takes some photographic snapshots for later reference. By preference Julia has multiple sittings and during the course of the sessions teases out through light conversation what makes the sitter tick, a process equally applicable to her grown-up subjects. When dealing with the physiognomies of children, Julia often overcomes the problems of capturing the temperaments and, as yet, not fully developed (or settled) inner characters from their outward appearances, especially their facial features, by means of a carefully considered use of props to indicate to viewers the interests of the sitters. This makes the child portraits relevant to the sitter at that point in their development, but has the bonus of making the paintings inherently interesting as art objects and, in this way, bestows them with considerable appeal.

In the portrait of Robert Preston (Fig.124), Julia captures a likeness of a prepubescent schoolboy, who is portrayed with all the cheerful and innocent appeal of a puppy, yet is not over sentimentalised. Appropriately for his age, the sitter's pose is casual given that it is awkwardly contorted in the chair he sits on, in a fashion children often do. He looks away from the viewer, as if distracted by something far more interesting on an unseen television. His interests, such as martial arts and football, are playfully displayed in

[412] In relation to her time at the Royal Academy, Julia is quoted as saying: "... when I was doing portraits, I was influenced by Modigliani, which didn't help if you wanted paid work." See: Lyndsey Filby, "Artist in Residence", in: *Suffolk: East Anglian Daily Times*, Issue 56, January 2005, pp.28-41, p.35.

interesting floating bubbles, themselves symbols of the transience of childhood, a message poetically reiterated by the curtain with its clever rendering of light and shadow in the background being gently blown by a summer's breeze. Here Julia's portrait of Robert Preston becomes a beautiful expression of ephemeral childhood. In this portrait Julia captures an ideal of boyhood, through the likeness of a happy child with numerous interests to keep him mentally alert and physically healthy, as may be also implied by the river landscape of the backdrop too, with its barge and fisherman implying an interest in 'the great outdoors' and that childhood belongs to Nature.

Julia has also been commissioned to include representations of children in some of her group portraits of families. An excellent example of one of Julia's family groups is her portrait of Mr and Mrs Adrian Laird-Craig together with their children from *circa* 1987 (Fig.125). I would describe this particular portrait as semi-formal. The sitters are dressed casually and yet they are depicted slightly self-consciously looking towards the artist/ viewer posed in a large garden with a farmhouse, the family home of the sitters, in the background. Of particular note is how Julia has captured the awkward shyness of the toddling daughter dressed in pink as she sticks close to her Daddy's leg in timidity. Observe also the newborn baby in its mother's cradled arm, dressed in an elaborate cascading christening gown, possibly a family heirloom, whilst Mrs Laird-Craig's other arm stretches towards her husband behind her son, who casually rests against her on the bench. The physical closeness of each sitter is emblematic of an affectionate, close-knit family bond. Representing such emotions is one of Julia's fortes. It is a painting, which stylistically stems from the conversation piece, sometimes referred to in the eighteenth century as the family piece.[413] Furthermore Julia's updated rendition of the family piece here is a knowing visual reference specifically to eighteenth-century English artists such as Gainsborough, and Arthur Devis (1711-1787).[414] The appeal of Julia's family piece will rest in the first instance with the family concerned, as well as their wider relations and friends, who might see the painting in its domestic setting, as it is intended to be a private *familial* artwork. Visual interest is stimulated by the landscape in the background and Julia's quirky inclusion of a hen in the foreground in addition to the pet dog. Also of note are the flowers interspersed through the grass, painted with a care and attention to detail reminiscent of the floral paintings of Julia's mother. But there remains a great deal more that can be said about it.

413 Marcia Pointon, *Hanging the Head: Portraiture and Social Formation in Eighteenth-century England*, New Haven & London, 1997 [First pub. 1993], p.159.

414 For more on Arthur Devis, Gainsborough, and the history of the conversation piece see, for example: Rose Harris, *The Conversation Piece in Georgian England*, London, 1965; Ellen G. D'Oench, *The Conversation Piece: Arthur Devis and His Contemporaries*, New Haven, 1980; Michael Rosenthal, *The Art of Thomas Gainsborough: 'A Little Business for the Eye'*, New Haven & London, 1999; Hugh Belsey, *Thomas Gainsborough: A Country Life*, Munich & London & New York, 2002.

Julia's decision to use the visual idiom of the traditional family piece in this case almost certainly was governed by a need to represent this particular family's *traditional* values. The portrait of the Laird-Craigs is a charming, captivating piece of theatre revolving around quite conservative ideals of what a family is. It is a display extolling and affirming long established, though sometimes maligned and misrepresented, values, with a doting married couple and their offspring. Herein lays the painting's charm. In well-ordered and peaceful rural surroundings, the family represented can be understood in this instance as the bedrock of wider society - even if the experiences of viewers relating to family life are radically different. It is like a beautiful fairy tale of domestic bliss and harmony. Note how calm the essence of the painting is. Because paintings such as this one are intended for private consumption, these messages are only relayed to a relatively small circle, which is likely to understand the subtext of the picture and respond to it enthusiastically. Julia has used the conventions of the family piece elsewhere.

Mr and Mrs Adrian Laird-Craig were generous patrons to Julia Heseltine and paid for an expensive advertisement using their portrait as an example of Julia's work to be placed in *Country Life*.[415] It appears to have caught the eye of some potential clients. Not long after the advertisement was run in *Country Life* in the spring of 1988, Julia received several offers of work, including one from the Conservative politician and historian the Rt. Hon. Alan Clark (1928-1999) and his family, although these events may just be coincidental and entirely unconnected. The painting of The Hon. Alan Clark with his wife and children (Fig.126) follows the traditional family piece format, as in the portrait of the Laird-Craigs, only Julia makes the addition of architectural vignettes.

It is important to state that Julia's portrait of the Clark family pre-dates the publication of Alan Clark's famously and amusingly indiscreet *Diaries* (1993), and prior to any rumours of his numerous infidelities being placed into the public domain by the press. For the purposes of looking at Julia's family piece it is, therefore, important to focus on the painting and not be tempted to read into it any signs of Alan Clark's indiscretions. Here in Julia's group portrait, Alan Clark is shown not as a public figure, but in his private life, surrounded by what matters to him most of all, his wife Jane and his two handsome sons, James and Andrew, as is clear to readers of his *Diaries*. In the background is a view of Saltwood Castle in Kent, the Clark's family home. Clearly the Castle is a source of pleasure for the Clark family, who have spent considerable time and money renovating it and on its upkeep. In his *Diaries* Alan Clark refers time and again to his love of Saltwood.[416] To represent this passion for Saltwood, Julia has flanked the group portrait with additional decorative

[415] *Country Life*, March 10th, 1988, p.113.

[416] *Alan Clark Diaries: Into Politics*, London, 2000, p.51, p.96; *Alan Clark Diaries*, London, 1993, p.26; *Alan Clark: The Last Diaries: In and Out of the Wilderness*, London, 2002, p.194.

scenes of the castle, the setting of Clark family life. One of the vignettes contains Julia's playful and unexpected representation of a scratching cockerel and a hen. What are they doing there in this portrait? They would appear to be symbols of Alan Clark's sentimental attachment to the domesticity at Saltwood.

Julia Heseltine's group portrait of Alan Clark and his family captures for the observer a glimpse of an idyllic view of upper-class English family life. Their status and identity as an elite family is represented through the inclusion of their unusually magnificent castle-home. But it should be remembered that this is a private familial portrait specifically for the enjoyment of the Clark family and their immediate circle of intimates, so the dissemination of this image and its signification as a representation of a particular class is quite restricted and would be, in any case, clearly understood by family friends. Within the composition Julia represents one of Alan Clark's sons together with his wife, Sally, which slightly extends the idea of the nuclear family and gives the painting added dynastic resonance with its implication of the continuation of the Clark lineage. The inclusion of Alan Clark's son and wife is also interesting from the point of view of examining Julia's oeuvre to date, for she has completed several marriage portraits.[417] There are, however, far more portraits of individuals I can choose from to discuss. From amongst the many well-known sitters, including the actress Joan Plowright and the author and broadcaster Bamber Gascoigne (born 1935), I have selected the likeness of Ted Hughes (1930-1998) for special attention.

In Julia's head and shoulders study of the late Poet Laureate Ted Hughes, she achieves a charged atmosphere through the stormy background and the slightly unnerving and brooding aspect of the poet's gaze (Fig.127). This portrait was not a formal commission as such, but arose through social meetings between the artist and poet in the days when Julia kept a studio in London.[418] Julia's sketchy landscape and the forceful rendering of the sky are deliberate references to Hughes's poetry, much of which has a deeply felt sense of Nature's beauty, only frequently tinged by its violence, as in his collection of poems *Crow* (1970). In relation to other collections by Hughes, such as *Remains of Elmet* (1979) and *River* (1983) with their topographical interest in landscape and vanishing rural life, specifically that of the north of England, of

[417] For more on the history of marriage portraits see, for example: Katherine Hoffman, *Concepts of Identity: Historical and Contemporary Images and Portraits of Self and Family*, New York, 1997; David Smith, *Masks of Wedlock: Seventeenth-century Dutch Marriage Portraiture*, Epping, 1982; Berthold Hinz, "Studien zur Geschichte des Ehepaarbildnisses", in: *Marburger Jahrbuch für Kunstwissenschaft*, 19, 1974, pp.139-218.

[418] In the late 1950s and during the 1960s Julia worked from her Chelsea studio at 20 St Loo Mansions in St Loo Avenue, just across the road from Anna Zinkeisen's flat at 25 Cheyne Court, Flood Street. After Julia and Tony Weller moved to Suffolk, the couple continued to use 4 Stamford Bridge Studios, Wandon Road, SW 6. For part of the late 1970s and 1980s Julia lived at 166 Boundaries Road, Balham, before returning full-time to Suffolk.

West Yorkshire, there is an affinity with the purpose behind some of Julia's landscape paintings. In Julia's portrait of Hughes she wrings out in visual terms the rawness of the sitter's literary powers.[419] A further excellent example of her work is the portrait of her partner, the illustrator Jerry Malone (Fig.128), who was also a visiting lecturer in illustration at Suffolk College.[420]

Jerry Malone's pithy and direct likeness is painted before a northern landscape, specifically that around South Shields near Newcastle upon Tyne. The intension of the likeness and background is that they should be understood as belonging together, rather than as separate entities. This visual synthesis gives the viewer an idea of the whole man, of his roots, and the life experiences he had growing up in an area of the north of England undergoing vast economic and social transformations, which have impacted on the sitter as he is today. Jerry Malone began his working life early, leaving school at fourteen to train as a carpenter. But the sitter had always wanted to become an artist and so later on in life set about becoming a successful illustrator instead. Some of his determined personality can be detected in the portrait. As an illustrator, Jerry Malone has received numerous important commissions including from British Telecommunications, Renault, and Guinness. Clearly there is a certain degree of conceptual slippage regarding the relationship between what the viewer can see in the portrait and the biographical details it relates to. The details of Jerry's life have to be gleaned from elsewhere, but, once known, they intensify the significance of Julia's painting and ensure it has to be understood as far more than just a mimetic likeness. Indeed, all of Julia's portraits possess the quality of being able to evoke what makes her sitters special as individuals in an aesthetically pleasing manner.

---

[419] For more on the representation of literary figures and what differentiates them from other occupational groups in the history of art see, for example: David Piper, *The Image of the Poet*, Oxford, 1982; Shearer West, *Portraiture*, Oxford, 2004, pp.87-93.

[420] To see examples of Jerry Malone's work see: www.creative-freelance.org.uk

## Chapter Seven: Janet Johnstone & Anne Grahame Johnstone

The twins Janet Johnstone (1928-1979) and Anne Grahame Johnstone (1928-1998), like their cousin Julia Heseltine, were assimilated into the profession of art from early on.[421] With Doris Zinkeisen as a mother and a famous portraitist Aunt, their daily life and conversation was dominated by artistic concerns. The twins chose, however, to forge a very different career in painting from that of the Zinkeisen sisters and their younger cousin, Julia. Rather than pursue portraiture, landscape painting, or theatre and film design the twins opted to become illustrators of children's books, although they did, as will be seen later, create significant children's characters for television in the early days of broadcasting. An unpublished book written and illustrated by the twins as schoolgirls – with a few additions by their brother – with the title *The Life of Ponies* prefigures their later professional venture into this specific field of artistic activity.[422] There are some similarities with the work of their mother, thinking here of Doris's theatrical paintings in particular, albeit in an entirely different artistic style. The work of the twins deserves special critical attention due to the important and influential commissions they received, such as the line drawings for the very first – and much reprinted - edition of *The Hundred and One Dalmatians* (1956) by the author Dodie Smith (1896-1990).

To begin this chapter I will make some general remarks about the lives of the twin sisters. This will be followed by a detailed examination of their work, concentrating on the more important of their commissions. It is necessary for me to make difficult choices about which illustrations to privilege as Janet and Anne had a large output, producing work for in excess of one hundred children's books, with each requiring numerous paintings or line drawings.[423] In one newspaper interview the sisters are said to have "limited spare time" due to their time-consuming work commitments and it is pointed out that: "It takes them up to three months to complete a book and completion usually means 30 or 40 illustrations, perhaps more."[424] Many of their illustrations were reproduced on biscuit tins, or released as prints, calendars, and cards, for the firm Royle in particular. In this chapter I will mainly examine the output of the sisters as a single oeuvre as they tended to work on all illustrations in a collaborative way.

[421] Often the twins are both referred to as Graham Johnstone, but Janet monogrammed her work J. J., whilst Anne used the initials A. G. J.

[422] This book, *The Life of Ponies*, by the Johnstone twins is now in the possession of their brother, Captain E. M. G. Johnstone RN (Retd.).

[423] For a list of publications illustrated by Janet and Anne Grahame Johnstone see Appendix F.

[424] *Evening Star*, 3rd August, 1970. This and other articles refered to in this chapter are from an archive of materials relating to the Johnstone Twins held at Sevenstories: The Centre for Children's Books in Newcastle upon Tyne: www.sevenstories.org.uk. Ref. No. JAJ/07/01.

Twins often develop close ties to one another and this is very much the case with the Johnstone sisters. Janet was the eldest by just twenty minutes and the two sisters did everything together. They attended Heathfield in Ascot and both went off to St Martin's School of Art at the same time. After studying they worked from the same studio together at their mother's flat in London and from the late 1960s they shared The White House in Badingham, Suffolk, with Doris. Janet and Anne worked on most of their illustrations together by passing the picture back and forth between them until they regarded it as finished.[425] Each sister did, however, develop a special interest with Anne becoming the expert on period costumes and Janet focusing on animal painting.[426] Together they shared a passion for animals and inherited Doris's fondness of horses and won numerous cups and rosettes for carriage driving. The latter was obviously of interest to Doris Zinkeisen, who made theatrical scenes with horses and carriages a special feature of her post war artistic output. The twins' knowledge of carriage driving also crossed over into some of their professional work as illustrators, including Janet's work for *Encyclopaedia of Driving* (1974) by Sallie Walrond and Anne's illustrations for *Your Problem Horse* (1982) by the same author.[427] After Janet died, a trophy of a horse was created in memory of her. It was intended for the Concours d'Elegance to be presented annually at the Royal Windsor Horse Show. This sculpture was based on an oil painting by Doris and modelled in plaster of Paris at Brandeston Forge in Suffolk by Mary Moore and her husband Hector, with Peter Airey adding harness details to the bronze cast from Morris Singer Ltd.[428] This was an appropriate and heartfelt gesture to a daughter and from a sister, who was herself a respected judge of the Concours d'Elegance at horse shows.[429]

The close bond between the sisters is captured in early portraits of them. In a particularly interesting painting by Doris from the 1930s the girls are sitting so closely together they almost seem to merge together and become one (Fig.129). This image encapsulates the notion that the twins were like one unit. When Janet died in an accident in 1979 Anne metaphorically speaking lost one half of herself. Janet's early demise was not just a psychological blow for

[425] Refer to Anne's obituaries in: *The Independent*, 22nd June, 1998; *The Daily Telegraph*, 29th May, 1998; *The Times*, 30th May, 1998.
[426] "Twin Artists Who Think and Work as One", in: *Woodbridge Reporter*, 25th August, 1972.
[427] Sallie Walrond, *Encyclopaedia of Driving*, with illustrations by Janet Grahame Johnstone, Ilkley (Scolar Press), 1974, Reprinted 1979 (Country Life Books), Reprinted in an enlarged and revised edition 1988 (J. A. Allen & Co. Ltd.); Sally Walrond, *Your Problem Horse*, London (Pelham Books) 1982, Reprinted Shrewsbury (Swan Hill Press) 1993.
[428] Mary Moore, "A New Trophy at the Royal Windsor Show", in: *Horse and Driving Magazine*, Sept./Oct. 1981, p.74.
[429] See Anne Grahame Johnstone's Obituary in: *Carriage Driving*, Aug./Sept. 1998.

Anne. Because the two of them had always worked together on their numerous commissions, Janet's death also affected Anne on a professional level. Janet had drawn and painted most of the animals in their illustrations, so Anne suddenly found herself having to undertake all aspects of the work. This Anne did with great skill and shortly before her death she was made a member of the prestigious Society of Equestrian Artists.

In two further portraits by Doris already discussed in the fifth chapter, the twins are shown as children on horseback (Fig.81) and in a later painting Doris paints her daughters in the grounds of the White House in Badingham (Fig.79). The horses, and other animals, are a key interest of the twins in this later portrait, as is reflected elsewhere also. In 1976 the immensely popular magazine *Woman's Weekly*, with weekly sales well in excess of ¼ of a million, ran a lengthy article on the Johnstone sisters.[430] This article was specifically related to a project the twins worked on to produce designs for a Danish theme park, revolving around the fairy tales by the perennially popular storyteller Hans Christian Andersen (1805-1875). The twins had signed six-year contracts in 1976 to undertake all the design work for this visitor attraction and began using Anna Zinkeisen's flat in London as a convenient, easily accessible base for their studio. They immediately set to work and created numerous designs, but at the last minute the main financial backer of the scheme withdrew his support, so the project foundered, a great personal blow to the twins, as had it come to fruition, it probably would have been their most significant work. Returning to the article, however, what stands out is the way in which the sisters are portrayed.

The numerous photographs accompanying the article in the *Woman's Weekly* puts across the impression of two amiably eccentric women. The text describes how a pony called Victoria came into the White House via a side door to the garden and wandered right up to the sisters and reporter in the well-appointed dining room, as apparently did happen from time to time in the Johnstone household.[431] A photograph is included to verify the truth of this harmlessly unconventional incident, with the twins standing beside their mare behind an oval mahogany dining table decked out for a formal lunch, complete with crystal candlestick holders. Other photographs show the twins in their studio, Doris's studio, feeding the chickens (Henrietta, Marmalade, Cottontail, Dolly, and Tortoiseshell) and pheasant (Daddydoodle), and playing with the

---

[430] Mary Benedetta, "Out of Town: There's a new fairyland being built in Denmark in which Britain has a proud claim", in: *Woman' Weekly*, 1976, pp.8-11. The copy of this article I referred to is kept at Sevenstories: The Centre for Children's Books in Newcastle upon Tyne: www.sevenstories.org.uk. Ref. No. JAJ/07/01.

[431] A letter to Betty and Anthony Reid dated January 2nd 1973 and held at Sevenstories: The Centre for Children's Books in Newcastle upon Tyne (Ref. No. JAJ 08/01/06) describes the pony, Victoria, coming into the dining room on Christmas Day, "she all but walked in, crackers, lights, candles, people shouting & all!"

Irish Wolfhound (Don) and King Charles Spaniel (Comus). All of these animals had to pay for their keep by serving frequently as models for the illustrations the twins drew and painted. As in Doris's portrait, the overall impression given by the article is of extremely happy women living in a country idyll. At the same time, the sisters are portrayed as slightly extraordinary, as truly British eccentrics. Although this is in part a truth, it also panders to public expectations that creative artists are somehow different from other people, although there can be no denying that theatricality and fantasy were part of the stock-in-trade of the Johnstone twins.[432]

The life the twins led at the White House in Badingham was undoubtedly extraordinarily creative and the place where the bulk of their vast output was completed. Contrary to their unconventional image is the simple fact that in order to complete all their numerous commissions, they worked in an extremely professional manner and were, "quite disciplined about their hours of industry."[433] The twins always ensured they gave the text they were illustrating a close read in order to ensure their details were correct and, whenever possible, they met the author to discuss their ideas with them. They also had to carefully choose colours, which would reproduce well in the finished printed book. Architectural and costume details also involved them in considerable wider research. After Janet's death, Anne received help with her horse drawings and paintings from Doris, but eventually she perfected this on her own too.[434] The death of Janet also meant Anne held the responsibility of learning to drive a car (as Janet had been the only driver in the house), single-handedly doing all the housekeeping,[435] looking after the numerous pets, and taking care of Doris, who was undoubtedly a significant force in Anne's life.

An undated letter of early 1981 gives rather a sad impression of how life had become for the solitary 'twin'. In it Anne Grahame Johnstone responds to an invitation to spend some time away from home with Betty and Anthony Reid - a couple who accumulated a comprehensive collection of books, cards, prints, and original paintings all relating to the Johnstone twins, which they kindly donated to Sevenstories: The Centre for Children's Books in Newcastle upon Tyne:[436]

---

[432] For more on this general vein of thought in relation to portraiture and in particular to that of concepts of 'genius' see, for example: Shearer West, *Portraiture*, Oxford, 2004, pp.87-97.

[433] *Evening Star*, 3rd August 1970.

[434] Anne acknowledges Doris's help with horse illustrations in an article entitled, "Illustrating *The Enchanted Wood*, written by Anne herself. This article is kept on file at Sevenstories: The Centre for Children's Books in Newcastle upon Tyne: www.sevenstories.org.uk. Ref. No. JAJ/07/01.

[435] It should be noted that when Doris and her daughters initially moved to Suffolk, Doris's brother, Ian Victor 'Jack' Bolton Charles, and his wife, Diana, moved briefly into a flat behind The White House, and were to help out, but 'Jack' died, and Diana moved to another part of the country. 'Jack' is buried alongside the twins and his sister, Doris, in Badingham churchyard.

How I would love to come. My biggest problem is being unable to leave my mother here alone. She is still incredibly energetic, but she never wants to go and stay anywhere or have anyone to stay here. Unfortunately she can't understand why I don't feel the same & even going for a few days or week, once a year, to my brother's become almost a battleground. So one way and another, apart from local friends I see none of my old acquaintances. It makes me very sad.

The cats are well, my adored brown Burmese – Bruno is looking very handsome, though he is now quite well on in years – about 10.

I must now go and lug some hay down to those wicked ponies…[437]

This extract indicates how after Janet's death Anne's life was dominated by looking after her aging mother and their numerous pets. Only a few years after Doris's death on the 3rd January 1991, Anne was diagnosed with cancer of the liver and passed away on 25th May 1998. Despite treatments of chemotherapy and their associated tiredness Anne continued to paint until just a couple of days before her death.[438] In the following section I will look at some choice examples of the illustrations created by Anne Grahame Johnstone and Janet Johnstone and indicate what makes their work so special.

## Children's Illustrations as an Influential Force

Maybe because childhood is such a short phase in most people's lives the influence of children's books can easily be overlooked. The twins believed, however, that this should not be the case.[439] But what sort of world were the Johnstone twins creating for their juvenile audiences to loose themselves in? I will start to answer this question by examining their early work, before discussing the later illustrations.

Amongst the most significant work carried out by the Johnstone twins early in their careers, includes their designs for children's television programmes, which also appeared in associated publications. Betty and Anthony Reid, avid collectors of work by the Johnstones, dismissed these designs and publications in an article in *Book and Magazine Collector* as, "amongst the Johnstones' least impressive books".[440] This comment indicates a failure to grasp the true significance of this aspect of their early work and to understand how the twins had their fingers on the pulse of children's

---

[436] In a manuscript of an unpublished book by Betty and Anthony Reid held at Sevenstories, the undated letter is described as from early 1981. Ref. No. JAJ/09/01, p.20.

[437] From a letter held at Sevenstories in Newcastle upon Tyne: Ref. No. JAJ/08/01/04.

[438] See Anne's obituary in *The Times*, Saturday 30th May, 1998.

[439] *Evening Star*, 3rd August 1970.

[440] Betty and Anthony Reid, "Janet and Anne Grahame Johnstone: Illustrators of over 200 Children's Books", in: *Book and Magazine Collector*, March, 2001, pp.48-63, p.50.

entertainment, as it stood in around 1950, and how they were reaching a sizeable audience.

In the late 1940s there was only a solitary television channel, the BBC, but already there were close to 25,000 receivers in the region around London alone.[441] It must also be remembered, that in the late 1940s and early 1950s, the BBC was dominated by a male workforce. Only a few women made it through the gates to become television presenters, but the majority of women at the BBC were secretaries and, more typically, cleaners, or on the catering staff. But children's programming appears to have been dismissed as 'women's work' and so females dominated the staff only in this one department based at a studio in Lime Grove in Shepherd's Bush.[442] Janet and Anne spotted an opportunity and became part of a team producing pioneering children's programmes.

Children's television was strictly limited, when compared to today's standards. The first children's television slot was called *For the Children*, which was an hour-long package of programmes broadcast from the summer of 1946 on Sunday afternoons between 4pm and 5pm. This was replaced with *Watch with Mother* in 1953. This was a ¼ hour weekday slot transmitted in the late afternoons around 4.00pm between programmes designed with the notional needs of housewives in mind.[443] The main focus for the children's programmes was the pre-school audience, which was fed a diet of inexpensively made string puppet series, and it is these Janet and Anne worked on, particularly *Charlie the Cat, Tai Lu, Andy Pandy, and Bill and Ben the Flower Pot Men* (Fig.130), the last two of which have now been re-designed and packaged and are currently broadcast to a new audience. In this regard the influence of Janet and Anne is still present for under-fives today, even if only esoterically.

The work carried out by the Johnstone twins on early children's broadcasts also had a significant impact on their book illustrations, not least of all the necessity of working to strict deadlines. It made the twins think about their work in a 'cinematic' way, which was also a strand of the Doris Zinkeisen legacy. What I mean here is that by designing for televised programmes with puppets the twins had to think about their creative inventions in three dimensions, to consider their characters in the round, and not just as flat two-dimensional artworks. This filmic influence on their work undoubtedly helped them with their artwork for children's books and is especially evident in their most famous series of illustrations for Dodie Smith's *The Hundred and One*

---

[441] Alistair D. McGown & Mark J. Docherty (ed.s), *The Hill and Beyond: Children's Television Drama: An Encyclopaedia*, London, 2003, p.7.
[442] *Ibid*. p.8.
[443] David Buckingham, Hannah Davies, Ken Jones, & Peter Kelley, *Children's Television in Britain: History, Discourse, and Policy*, London, 1999, p.17, p.83.

*Dalmatians* (1956).

From all the books the twins produced illustrations for it is certainly *The Hundred and One Dalmatians*, which had the largest circulation and audience. Janet and Anne were paid a flat fee of just £100 by the publishers, even though the book has been reprinted numerous times with their illustrations.[444] The authoress, who became a close friend of the twins, paid them an additional £150 out of her own pocket, embarrassed by such stingy rates.[445] The twins were to visit Dodie Smith often at her home in Finchingfield in Essex, where Janet set about sketching Dodie's very own Dalmatians, Dandy, Folly, and Buzz, from every conceivable angle and in as many poses as possible, to use as the basis of the book's illustrations.[446] Dodie also insisted in having Anne and Janet produce the illustrations for the sequel to *The Hundred and One Dalmatians*, entitled *The Star Light Barking* (1967), for which they received £250, and also for *The Midnight Kittens* (1978).[447]

In the drawings for *The Hundred and One Dalmatians* (Fig.131) the Johnstone twins often playfully create the unexpected impression of looking down on a scene.[448] This adds to the sense of drama and encourages the viewer to imagine actually seeing the story unfold before their eyes, of being there alongside the Dalmatians the reader is supposed to empathise with. Other theatrical features of the illustrations include the elegant houses (Fig.132), a spooky folly (Fig.133), and the scene in which the dog-characters Pongo and Misses rest in an elaborate four-poster bed. One obituarist of Anne Grahame Johnstone, however, is rather negative in his assessment of her representation of the wicked character Cruella de Vil (Fig.134) writing that: "The only failure is Cruella de Vil, almost defiantly un-evil-looking in tune with the twins' own essentially benign outlook on life."[449] This I think is a completely wrong assessment and misses the point.

The image of Cruella de Vil created by the twins in their drawings closely follows the descriptions in the novel (Fig.135). Already in the first chapter Dodie Smith describes Cruella as tall and elegant: "…a tall woman came out on to the front-door steps. She was wearing a tight-fitting emerald satin dress, several ropes of rubies, and an absolutely simple white mink coat, which reached on the high heels of her ruby-red shoes. She had a dark skin, black eyes with a tinge of red in them, and a very pointed nose."[450] Indeed, the character described by Dodie Smith is impossibly elegant, but her outward

[444] For a printing history see Appendix F, but bear in mind that this excludes all foreign language editions.
[445] Valerie Grove, *Dear Dodie: The Life of Dodie Smith*, London, 1996, p.234.
[446] *Ibid*. See also Anne Grahame Johnstone's obituary in *The Daily Telegraph*, 29th May, 1998.
[447] *Ibid*.
[448] Nicholas Tucker was the first to make this point in his Obituary for Anne Grahame Johnstone in *The Independent*, 22nd June, 1998.
[449] *Ibid*.
[450] Dodie Smith, *The Hundred and One Dalmatians*, London, 1956, p.5.

appearance cannot disguise her true snappy, pushy, and dismissive personality, her essentially evil inner persona (Fig.136). In Dodie Smith's descriptions of Cruella and the visualisation of them by the Johnstone twins, it is tempting to draw a parallel with some of those ambitious socialites painted by the Zinkeisen sisters in the inter-war period, as described earlier in Chapter Four (Fig.43 & Fig.47). Such an influence on the illustrations by Janet and Anne is hardly improbable. The illustrations by the twins certainly influenced later film versions of the book, most famously Walt Disney's cartoon film.

Many of the commissions for book illustrations by Janet Johnstone and Anne Grahame Johnstone carried out in the earliest years of their careers in the 1950s are forthrightly figurative, as in *The Hundred and One Dalmatians*. Another excellent example is the children's history book *This Land of Kings* 1066-1399 by Ida Foulis published in 1954 and reprinted in 1957. This book is adorned with a mixture of drawings and full-colour plates. These plates combine a strong sense of design and colour. They also possess an air of theatricality, again Doris's influence, and express the romance of the Middle Ages, through a close study of certain elements in mediaeval art to be found in mille-fleur tapestries and the unusual poses seen in some stained glass windows (Fig.137 & Fig.138). The richly patterned composition by the twins entitled "The Death of William Rufus" (Fig.139) was almost certainly influenced by the famous painting and early study of the science of perspective, "A Hunt in a Forest" (1468), by Paolo Uccello (*circa* 1396-1475), even evident in the identical and unusually red colour of the bridles and reins, now held by the Ashmolean Museum in Oxford, and confirming a deep-seated interest by the twins in all types of art from every age.

Although much of the work by Anne and Janet was figurative, in a great deal of it the people and animals represented are entirely fantastical in nature. The distortion of the human form, especially its elongation, in some of the illustrations by the twins creates colourful and strange effects. The results can be eerie, or possess a compelling appeal, depending on the requirements of the text. It is here the twins were at their most innovative.

In the illustrations the Johnstone twins produced for *The Pied Piper of Hamelin* in 1969, the Piper is a wonderful rendition of mephistophelean ambivalence, in the sense that his playful clothing and willingness to help rid Hamelin of its plague of rats contrasts strongly with his often saturnine countenance and disappearance with the children, once double-crossed by the town's elders, who refuse to pay their dues (Fig.140).[451] These illustrations revisit the story of the Pied Piper, which they had previously produced as line drawings for the comic Robin, published without credit in the early 1960s.[452]

[451] Robert Browning, *The Pied Piper of Hamelin*, London, 1969.

The spindly Piper created by the twins comes across as a figure to be admired and feared in equal measure. Alongside this style of work, which was used in numerous illustrations to fairy tales and traditional nursery rhymes, the twins created a more stylised form of illustration, particularly for the representation of children. These were sometimes used in books they had authored. In one instance a collection of poems contained contributions from the children of family members and friends, entitled the *Supreme Book of Children's Prayers* (1977), which includes poems by the artists' nephew and nieces, as well as local children, for example Hayden Foster, the son of their neighbouring friends in Badingham.[453]

These illustrations have a nostalgic view of childhood (Fig.141). Frequently in period costume, the children caper about in an impish manner. Often the illustrated children look as if butter wouldn't melt in their mouths, but their apparent innocence is often tempered by a sense of the mischievous (Fig.142). These illustrations of children are amongst the most appealing work by the twins, which Anne continued to create after Janet's death. Indeed, it must not be forgotten that Anne single-handedly produced pictures for literally dozens of books in her own right, including a series of paintings for an edition of *Peter Pan and Wendy* (1988) (Fig.143), adapted from J. M. Barrie (1860-1937).[454] The frequent use of costume in the work of Anne and Janet appears to run parallel to Doris's theatrical post-war paintings, although stylistically they are quite distinctive and intended, in the main, for different audiences. This link between the work of Doris Zinkeisen and her daughters is hardly surprising given that they lived and worked in the same house.

How influential the illustrations by Anne Graham Johnstone and Janet Johnstone have been is extremely difficult to quantify. Certainly the drawings for the extremely popular *The Hundred and One Dalmatians* reached a wide audience and today its 1950s vogue has considerable retro-appeal. The sheer volume of their output alone suggests their work entered into the homes and lives of countless numbers of children and their parents, even if only fleetingly and on a subconscious level. Janet and Anne produced illustrations for some of the most popular children's writers of their day. As well as Dodie Smith, the twins illustrated books by the well-known writer Paul Gallico (1897-1976), namely *Manxmouse* (1968), *The Man Who Was Magic* (1968), and *Miracle in the Wilderness* (1975), but alas never for his most famous work, *The Snow Goose: A Story of Dunkirk* (1941). They illustrated *Dancing Peel* (1954), *Dancer's Luck* (1955), *The Little Dancer* (1956), and *Dancer in the Wings*

[452] Betty & Anthony Reid, "Janet and Anne Grahame Johnstone: Illustrators of Over 200 Books", in: *Book and Magazine Collector*, March 2001, pp.48-63, pp.50-51. This also includes an illustration from the earlier comic.

[453] See Appendix F for details about books penned by Anne and Janet.

[454] *Ibid*. p.58. Betty and Anthony Reid put the number of books with illustrations solely by Anne at over fifty.

(1958), that is four out of six of the Dancing Peel Series of books (all of which were reprinted in 1997), by the popular writer for children Lorna Hill (1902-1991).[455] Two books, *Ross Salmon and the Horse Thieves* (1956) and *Ross Salmon's Horse Race* (1957), by the writer and broadcaster Ross Salmon (1922-2004) were enlivened through Anne and Janet's work. They even produced series of black and white line drawings for *Tales of Long Ago* (1965), a retelling of ancient legends and stories, and also for *The Enchanted Wood* (1979) by the internationally renowned children's writer Enid Blyton (1897-1968), the creator of immensely popular books featuring characters such as Noddy and the Famous Five.

Children's books have many purposes, but most of the illustrations by Janet Johnstone and Anne Grahame Johnstone cannot be regarded as mainly didactic, unless obviously associated with alphabet learning. The importance of children's books for educational purposes is stressed in some of the secondary literature on juvenile literature.[456] In the case of the illustrations by the Johnstone twins, the instructive element is not really of primary concern to them. The pictures can of course act as a trigger for discussion between children and parents, or between children, but even in these ways, the illustrations are chiefly concerned with entertainment and embody something of the Johnstone twins' joie de vivre and their wish to engage with the playful and imaginative in all of us. The illustrations are packed with the attention to detail so enjoyed by young children and can help to stretch the imagination of their viewers by conveying the fantasy worlds of Anne and Janet, through their beautifully designed and executed artworks.

---

[455] See Appendix F.

[456] William Feaver, *When we were Young: Two Centuries of Children's Book Illustration*, London, 1977, pp.6-7; Joyce Irene Whalley, *A History of Children's Book Illustration*, London, 1988, p.11.

## Conclusion to Part Two

In the light of what is known of the careers of the Zinkeisen sisters, the artistic choices made by their own daughters is not too surprising. In Part One I discussed how after World War II the careers of Anna and Doris diverged. Anna increasingly focuses her attention on her portraiture, whilst Doris opted to spend most of her creative energies on producing theatrical paintings. When examining the work of Julia Heseltine and that of the Johnstone twins, Anne and Janet, it is almost as if they have run with the artistic baton passed to them by their renowned mothers. What I mean by this is that although the concerns apparent in the work of Julia and the Johnstone twins is different from those of their mothers, and is stylistically entirely distinctive, there is nevertheless a sense, that their own artistic endeavours are occasionally an extension of the aims and ambitions of the Zinkeisen sisters.

Anna Zinkeisen continued to seek recognition for her work at the Royal Academy after the Second World War. She was clearly an artist who demanded that her work should be taken seriously. This sentiment similarly lies at the heart of Julia Heseltine's own career as an artist, even though in her early work she rebelled against the ideas on art she had received from her mother and embraced the numerous ideas on existentialism prevalent amongst the artistic cognoscenti of her own generation. Julia's paintings are, of course, visually appealing, but they are also forthrightly intellectual and, at times, demanding of the viewer. Julia, early in her career, exhibited biomorphic abstract paintings at the Royal Academy. Today she is probably better known as a portraitist. After a period of experimental portraiture, Julia honed her portrait painting skills and has received numerous prestigious commissions. These portraits, although stylistically different from those of Anna, owe something to her mother's influence, not least because Anna occasionally passed work on to her daughter to help her establish a career as a portraitist. It is evident in the portraits of both Anna and Julia, that the sitters portrayed are more than mimetic likenesses, a term which, strictly speaking, does them injustice, as they display something of people's inner characters as well. This is also relevant to Anna's portraits of her beautiful daughter, who also sat for other members of her family numerous times as their muse and model.

Although Julia Heseltine and her paintings can be regarded as nonconformist, their need to address concerns different from those of her mother's generation, gives them a sense of honesty. This would have mattered a great deal to Anna Zinkeisen, who is quoted as once having said in connection to a question regarding her thoughts on 'radical' art: "I do not attend debates on art. I work. That is what I have always done. There is nothing particularly dramatic about my career. I have gone on working. It does not matter whether art be conservative or radical if it is sincere and if the artist's talent be large enough."[457] There can be no question about whether Julia's "talent be large enough". Julia's early existentialist biomorphic abstracts and current mysterious Suffolk landscapes are nourished by myths and her strong identification with the natural world around her. These, together with her stylistically diverse and evocative portraits, make her amongst the most extraordinarily versatile artists of her generation. Julia's work is clearly very different from that of her cousins.

The illustrations of Anne Grahame Johnstone and Janet Johnstone owe a great deal to the work of their mother, Doris Zinkeisen. It is evident that the style of painting of the twins and their mother is quite different, but similarities are to be found in their shared emphasis on costume and drama. The twins appear never to have been drawn to any great extent towards portraiture (animal portraiture excepted), or trends in abstract painting, as in their cousin Julia's work. They appear to have been quite content to pursue their careers as children's book illustrators. This is where they clearly had identified themselves as being able to make their greatest contribution. Anne and Janet produced some enchanting and whimsical paintings and drawings and provided illustrations for books by some of the most important children's writers of their day. Such books reached a wide audience, as did their design work for early children's television broadcasting. These are significant contributions to the artistic life of Great Britain, and due to the reprinting of numerous books containing their pictures, their reputation as important children's illustrators is kept alive. Indeed the artistic legacy of the Zinkeisen sisters and their talented daughters deserves a special place in the history of twentieth-century British art, particularly when considering the breadth and scope of their work. Their importance is set to continue through the third generation of artists in this gifted family.

Sam Weller is the only son of Julia Heseltine and her late husband, the sculptor Anthony Weller. Sam studied art at college, but put artistic concerns and ambitions on the backburner for many years in order to focus on a career in medicine and health care. More recently, however, he has returned to art with a view to painting full time and holding exhibitions of his work in the near future and has already secured commissions for his work. Sam Weller paints evocative and refreshing landscapes (Fig.144) and immaculate portraits with wonderfully precise draughtsmanship, using a crisp and clean palette (Fig.145). Sam Weller has also been involved in video installations and film work, which has been exhibited at venues such as the annual Latitude festival at Henham Park in Suffolk and the Heritage Arts Company presentation *Where Soldiers Sleep* at Felixtowe's Landguard Fort (Fig.146), although painting

[457] "Noted British Muralist Studies Pottery Wants", in: *Toronto Globe*, 19th April, 1951.

remains a focus for his creativity (Fig.147). Charlotte Johnstone is the daughter of Captain E. M. G. Johnstone RN (Retd.), so granddaughter of Doris Zinkeisen. Charlotte studied at the Slade School of Fine Art and has since pursued a career as an artist and exhibited her work widely.[458] As a student she was one of the sitters in a large-scale portrait entitled "Three Seated Figures" (1991) by a colleague, Justin Mortimer, which won first prize at the prestigious BP Portrait Awards held at the National Portrait Gallery in London during the summer of 1991. Her own work bears little relation to her illustrious Zinkeisen ancestors, or to her aunts, Anne and Janet. Many of her early paintings are semi-abstract and inspired by Nature, which brings it closer in content to the work of her cousin (once removed) Julia, even if stylistically different.[459] In Charlotte's early semi abstract paintings there is an absence of narrative content. Instead they explore the fundamental nature of reality, making them quite philosophical, especially evident in her paintings exploring the colours, textures, and distortions in perspective and light of marine environments (Fig.148 & Fig.149). More recently, however, Charlotte has abandoned abstract experiments and is focusing on painting portraits (Fig.150 & Fig.151). Charlotte's sister, Jemima, has worked as a costumier and milliner, and their brother Andrew is an accomplished freelance press photographer, whose work documents some of the important political and environmental issues of our times.[460] Andrew Johnstone's photographs have appeared in numerous publications, including *Time Magazine* and *The Sunday Times*. As a press photographer his concerns are clearly different from those of his artist relations, but, nevertheless, it suggests there is a strong artistic streak running through the core of this family, in which there remains a continuing focus on painting.

The work of the Zinkeisen sisters, especially their portraits, is readily accessible to audiences today. Links with the theatre and early film industry add considerably to the appeal of much of the output of the Zinkeisens with its alluring stagy poses and the way in which they exude glamour. Their early portraits and the murals for the *Queen Mary* are what brought them public acclaim in the late 1920s and 1930s. In them the Zinkeisen sisters captured the essence of the inter-war period in Britain, which were also popular from a commercial perspective. Although today these early paintings by the Zinkeisens have suffered the indignity of indifference on the art market in terms of value and lack of interest from museums, there can be no doubt that Anna and Doris were major artists of their times and deserve an enduring place in the history of British art. How to evaluate the importance of the work of

---

[458] See Appendix J.

[459] To see further examples of Charlotte Johnstone's work visit the Bridgeman Art Library website at: www.bridgeman.co.uk

[460] To see examples of Andrew Johnstone's photography visit: www.focusphotos.com

their daughters must be left to those intractable concepts of taste and fashion. Julia Heseltine is still working and evolving as an artist, but her landscapes and portraits capture much of the zeitgeist of Britain in the second half of the twentieth century, in particular her early biomorphic abstracts with their exploration of the mystery of existence and obvious interest in the primacy of the environment. The illustrations of the Johnstone twins maintain their appeal, particularly through their associations with popular and enduring children's stories. All things considered, the exceptional Zinkeisen sisters and their talented daughters must rank as amongst the most engaging of Britain's twentieth-century women artists, for they have created collectable, as well as some culturally significant and highly desirable paintings.

1. Anna Zinkeisen, *Self-portrait*, 1923, oil on canvas.
© Photograph courtesy of Julia Heseltine.

2. Anna Zinkeisen, *Doris*, 1923, oil on canvas.
© Photograph courtesy of Julia Heseltine.

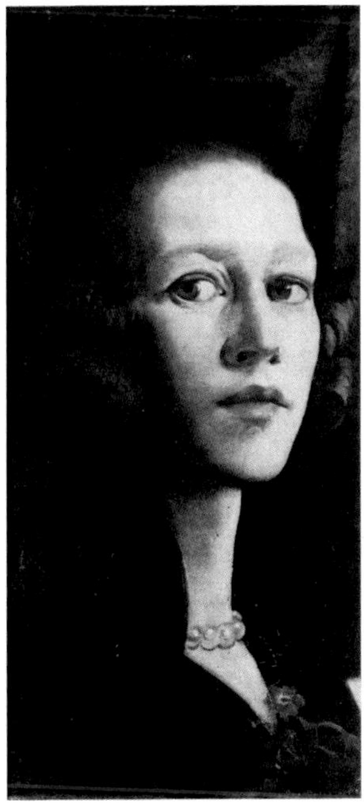

3. Anna Zinkeisen, *Self-portrait*, 1925, oil on canvas.

4. Photograph published in *Homes & Gardens* (May 1936) of Anna Zinkeisen's dining room at 8 St Andrew's Place, Regent's Park, London.
Above the fireplace is Anna's portrait of Doris, *Niphétos* (1926, oil on canvas).

ARTIST SISTERS EXHIBITING IN THE ACADEMY.

Miss Anna Zinckeisen (left), whose "self portrait" is exhibited in the Academy, and Miss Doris Zinckeisen, who exhibits a portrait of Elsa Lanchester, the dancer.

5. 1925 press photographs of the Zinkeisen sisters from *The Daily Graphic*.

6. Publicity photograph published in *The Sketch* and elsewhere in 1926 showing Anna Zinkeisen with the Wedgwood plaques, which won a silver medal at the Exposition des Arts Décoratifs in Paris in 1925.

7. Publicity photograph from 1927 of Anna Zinkeisen by Vaughan & Freeman and used in *The Daily Chronicle* and *The Sketch*, amongst others. © Photograph courtesy of Julia Heseltine.

8. Doris Zinkeisen, *Anna*, 1927, oil on canvas.
© Photograph courtesy of Paul Mayhew Fine Art

9. Doris Zinkeisen, *Self-portrait*, 1929, oil on canvas.
© National Portrait Gallery, London [6487].

KEEN TO PAINT A MAORI.—Mrs. Grahame-Johnstone, of London, who has the distinction of having her work hung in the Royal Academy since she was 17, arrived in Auckland yesterday with her husband. She expects to put a Maori girl on canvas during their holiday in New Zealand.

10. Interest in Doris Zinkeisen from the Antipodean press in 1929, whilst on a world tour.

11. Doris Zinkeisen's 1929 self-portrait on the front cover of the French magazine *L'Illustration*.

12. Late Victorian photograph of Victor Zinkeisen and Clara Bolton Charles, the parents of Anna and Doris.
© Photograph courtesy of Julia Heseltine.

13. Harold Pierce Cazneaux, *Doris Zinkeisen: New Idea Portrait with Leaf Background*, 1929, gelatine silver photograph.
© Art Gallery of New South Wales, Sydney
[Gift of the Cazneaux family, 1975]. Photograph by Jenni Carter.

14. Harold Pierce Cazneaux, *Doris Zinkeisen* with her Brushes, 1929, gelatine silver photograph. © Art Gallery of New South Wales, Sydney [Gift of the Cazneaux family, 1975]. Photograph by Chilin Gieng.

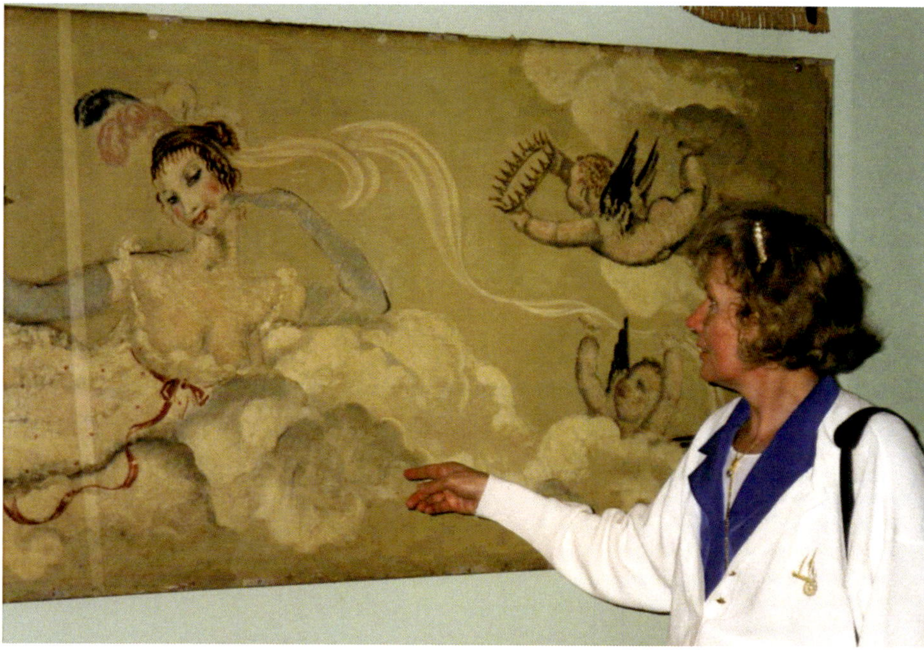

15. Venus mural for the bar of the Verandah Grill on the *Queen Mary* by Doris Zinkeisen from 1934, which is regarded by some to be a self-portrait. Eugenie Kelleway examines the painting.

16. Anna Zinkeisen, *Doris*, circa 1934, oil on canvas.
© Private Collection/ The Bridgeman Art Library [AGJ 1531127].

17. Anna Zinkeisen, *Self-portrait*, circa 1944, oil on canvas.
© National Portrait Gallery, London [5884].

18. Lucinda Douglas-Menzies, *Doris Zinkeisen*, 1990, photograph.
© Lucinda Douglas-Menzies.

19. Detail of a mural of the seasons by Anna Zinkeisen
for the *Queen Mary* from 1936.
© Photograph courtesy of Julia Heseltine.

20. Anna Zinkeisen and her assistant working on a mural for the *Queen Mary*.

21. General view from 1936 of the Verandah Grill on the *Queen Mary* with Doris Zinkeisen's mural in the background.

22. Doris Zinkeisen in her London studio in 1936 at work on one of her murals for the Verandah Grill on the *Queen Mary*, as photographed by Harry Todd. © Fox Photos/ Getty Images [3141645].

23. Publicity photograph by Fred Daniels with shimmering dancers and Winifred Shotter (centre) all dressed in costumes designed by Doris Zinkeisen from the Cabaret Scene of the film *A Night Like This* (1932).

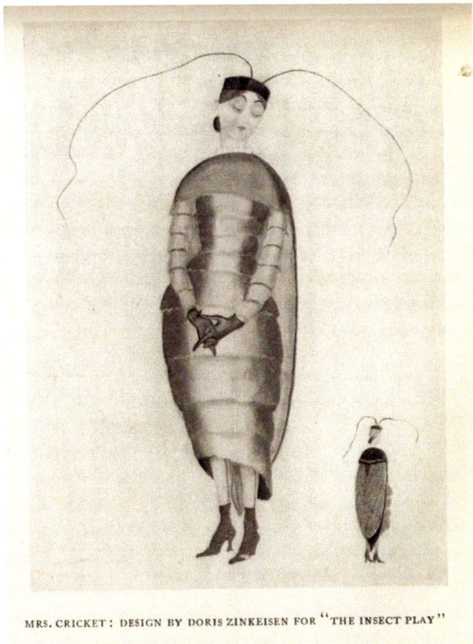


24. Costume design by Doris Zinkeisen from 1922 for *The Insect Play*.

25. Doris Zinkeisen's costume designs of 1931 for the stage production of *Waltzes from Vienna*, one of the most popular musicals Doris made designs for. The romance of such productions later permeated Doris's theatrical post-war paintings.

26. Doris Zinkeisen, *Anna Neagle*, circa 1932, oil on canvas.
© Photograph courtesy of Murray Johnstone.

27. Alfred Rode and His Royal Tzigane Band performing amidst an array of streamers and balloons in the film *Carnival* (1931), directed by Herbert Wilcox for Gaumont, with costumes designed by Doris Zinkeisen.
© Hulton Archive/ Getty Images [3289931].

28. Tom Walls enjoying the company of Jeanne Stuart (left) and Anne Grey (right) at a bar in a scene from the film *Leap Year* (1932), directed by Tom Walls for the British & Dominion Film Corporation, with costumes designed by Doris Zinkeisen.
© Hulton Archive/ Getty Images [3282215].

29. Publicity photograph by Fred Daniels of Dorothy Bouchier starring in the film *Carnival* (1931) wearing a costume designed by Doris Zinkeisen.

30. Gertrude Lawrence with (left to right) Carol Goodner, Harold Warrender, Richard Bird, and Douglas Fairbanks Junior in a scene from the film *Mimi* (1935), a Paul Stein film produced at Elstree Studios, London. All the costumes are designed by Doris Zinkeisen and the equine horse painting prop is probably also by Doris. © General Photographic Agency/ Getty Images [3346171].

31. Publicity photograph by Fred Daniels of shimmering dancers in costumes by Doris Zinkeisen from the Cabaret Scene of the film *A Night Like This* (1932).

32. Anna Neagle in a publicity pulling dress designed by Doris Zinkeisen for the film *The Little Damozel* (1933).

33. Anna Zinkeisen, *A Boxing Tournament*, probably the Len Harvey – "Kid" Nitram fight, whose sketches were published in *The Sketch* (Feb. 8th 1928) and *The Daily Mail* (31st Jan. 1928), oil on canvas.
© Wingfield Sporting Gallery/ The Bridgeman Art Library [WSG 91101].

34. Doris Zinkeisen, *Major and Mrs Whitbread and their Children before Southill Park, Biggleswade*, oil on canvas.
© Photograph courtesy of Murray Johnstone.

35. Anna Zinkeisen, *Milan Yovanovitch Bratza*, the famed Serbian concert violinist, circa 1932, oil on canvas. © Photograph courtesy of the sitter's children Mrs Maria Ellis, Mr Gregory Bratza, and Sir Nicolas Bratza.

36. Anna Zinkeisen, *John Hogg*, circa 1930, oil on canvas.
© Photograph courtesy of Julia Heseltine.

37. Doris Zinkeisen, *James Whale*, 1936, oil on canvas.
© Photograph courtesy of Murray Johnstone.

38. Doris Zinkeisen, *Elsa Lanchester*, circa 1925, oil on canvas.
© National Portrait Gallery, London [6488].

39. Doris Zinkeisen, *Vivien St George* (Mrs Alexander Stanley Clarke in the dress worn by Chili Bouchier in the 1931 film *Carnival*), 1932, oil on canvas. © Photograph courtesy of Murray Johnstone.

40. Doris Zinkeisen, *Edythe Baker*, 1928, oil on canvas.
© Photograph courtesy of Paul Mayhew Fine Art.

41. Doris Zinkeisen, *Mrs Irwin Buxton*, 1930, oil on canvas.
© Photograph courtesy of Murray Johnstone.

42. Doris Zinkeisen, *Mrs Roland Dangerfield*, 1931, oil on canvas.
© Photograph courtesy of Murray Johnstone.

43. Doris Zinkeisen, *The Black Dress: Mrs Sanders Watney*, 1937, oil on canvas. © Private Collection, U.S.A. Photograph courtesy of Christopher Wood Gallery, London.

44. Anna Zinkeisen, *Ursula Jeans*, 1931, oil on canvas.
© Photograph courtesy of Julia Heseltine.

45. Press cutting from *The News Chronicle* (28th April, 1931) showing Anna Zinkeisen working in her studio on a portrait of Mrs Ralph St Hill.

46. Anna Zinkeisen, *The Dark Lady*, 1938, oil on canvas.
© Nottingham Castle Museum and Art Gallery.

47. Anna Zinkeisen, *Consuela Kennedy in Evening Dress*, 1937, oil on canvas.
© Collection of Sir Peter Michael, The Vineyard at Stockcross,
Newberry, Berkshire.

48. The actress Jeanne Stuart, wearing the type of dress Doris Zinkeisen specialised in designing, making an entrance in the film *Leap Year* (1932) directed by Tom Walls for the British & Dominion Film Corporation.
© General Photographic Agency/ Getty Images [3281960].

49. Anna Zinkeisen's 1952 design of a recruitment poster for St John Ambulance. The Nursing Sister is modelled on Julia Heseltine, the artist's daughter.
© Museum of the Order of St John, London.

50. Drawing by Anna Zinkeisen from the 1940s for the surgeon Arthur Dickson Wright of two sections of a cerebral tumour. © Royal College of Surgeons of England [RCSSC/P 570 c – Drawings].

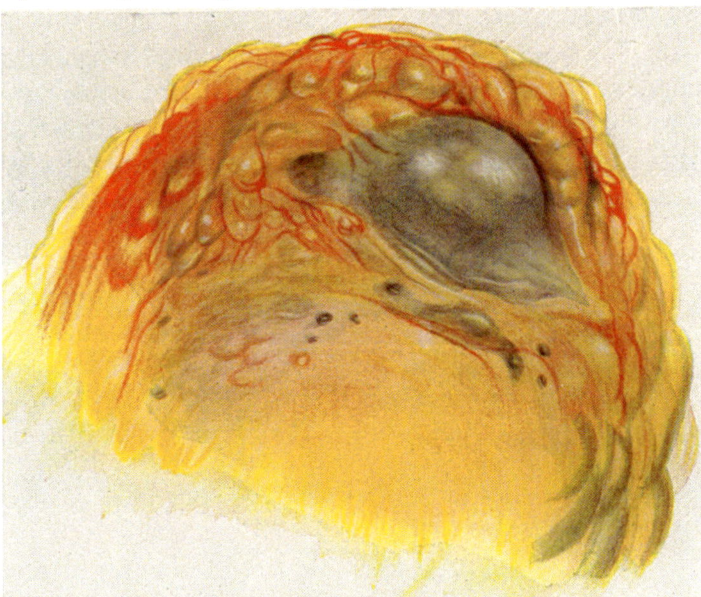

51. Anna Zinkeisen. Fibrocystic disease in a woman aged 48. Large solitary cyst in breast substance – 'blue domed' cyst of Bloodgood. Coloured drawing constructed from biopsy. Fig 82 from: F. D. Saner, *The Breast: Structure: Function: Disease*, London, 1950, p.133.

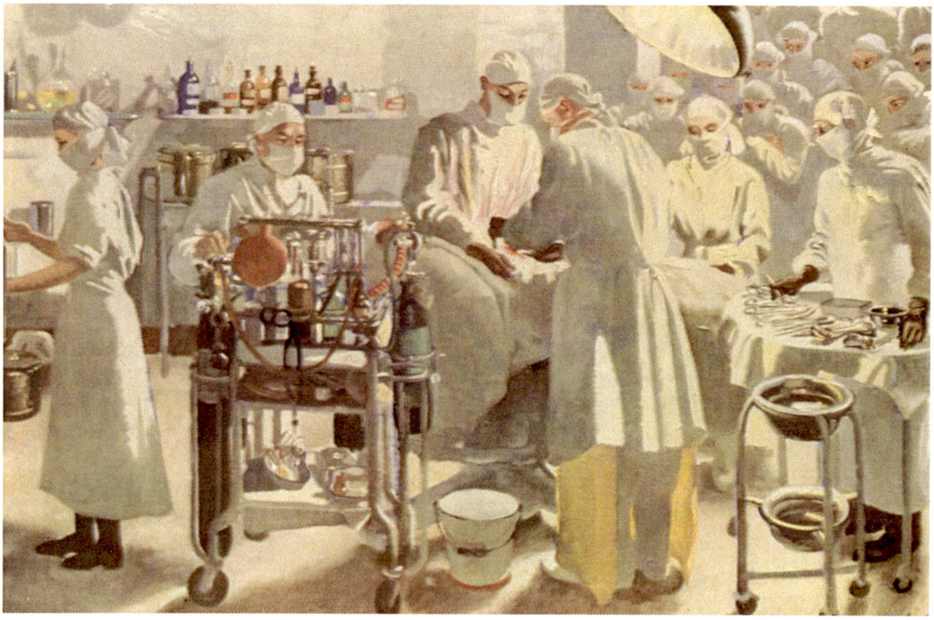

52. Anna Zinkeisen, *Operation in Progress: St Mary's Hospital, Paddington*, 1941.

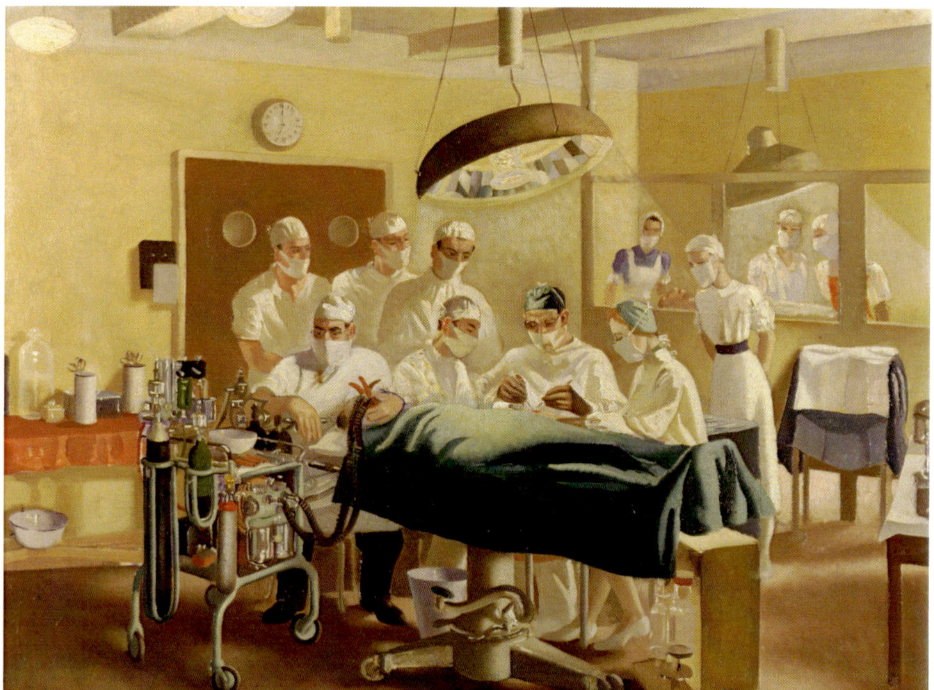

53. Anna Zinkeisen, *East Grinstead Team: Sir Archibald McIndoe Operating*, 1944, oil on canvas. © Artist's Estate/ Imperial War Museum [ART LD 6001].

54. Anna Zinkeisen, *Sir Archibald Hector McIndoe*, circa 1944, oil on canvas.
© National Portrait Gallery, London [5927].

55. Doris Zinkeisen, *London After an Air Raid*, design for a diorama, 1942, watercolour & gouache on paper. © The Museum of the Order of St John, London [SJA 1867 - 3].

56. Doris Zinkeisen, *Night Air Raid on London*, design for a diorama, 1942, watercolour & gouache on paper. © The Museum of the Order of St John, London [SJA 1867 - 5].

57. Doris Zinkeisen, *No.115 British General Hospital, Ostende: Unloading Wounded*, 1945, oil on canvas. © Artist's Estate/ Imperial War Museum [ART LD 5999].

58. Doris Zinkeisen, *Feeding Liberated Prisoners-of-War before they are Flown Home: Brussels Airport*, 1945, oil on canvas. © Artist's Estate/ Imperial War Museum [ART LD 5998].

59. Doris Zinkeisen, *British Red Cross Relief Team issuing Gift Bags to Prisoners-of-War in Brussels before they return Home*, 1945, oil on canvas. © British Red Cross Museum & Archives, London [0012 – 3].

60. Doris Zinkeisen, *Burning of Belsen Concentration Camp*, 1945, oil on canvas. © British Red Cross Museum & Archives, London [0012 – 4].

61. Doris Zinkeisen, *Human Laundry, Belsen*, 1945, oil on canvas. © Imperial War Museum [ART LD 5468].

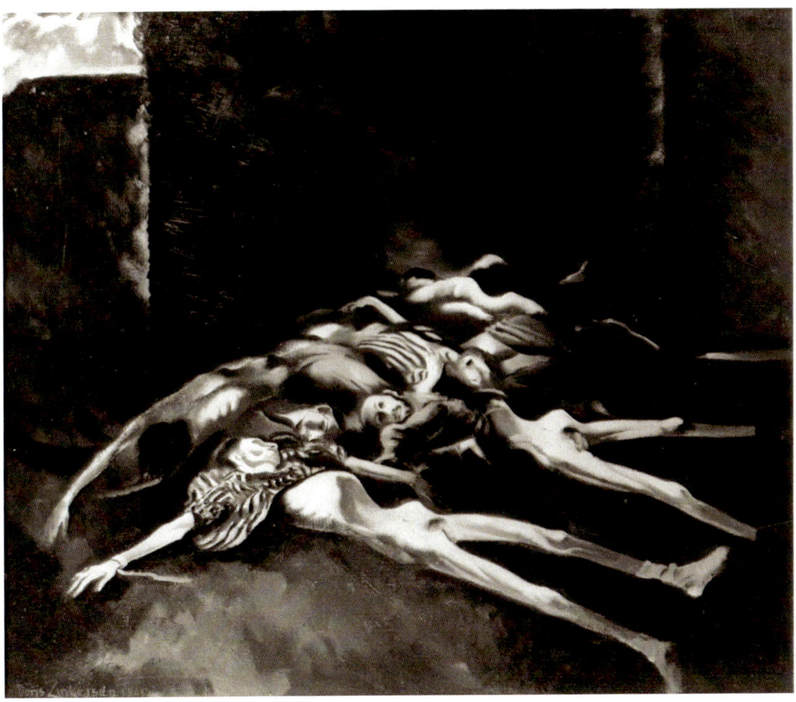

62. Doris Zinkeisen, *Belsen*, April 1945, oil on canvas. © Imperial War Museum [ART LD 5467].

63. Doris Zinkeisen, *Major-General E. Phillips CBE, DSO, MC: Director of Medical Services, British Liberation Army,* 1945, oil on canvas.

64. Doris Zinkeisen, *Miss S. A. W. Wade RRC: Principal Matron,* 101 British General Hospital, 1945, oil on canvas.

65. Anna Zinkeisen, *John Williams*, circa 1944, oil on canvas.

66. Doris Zinkeisen, *Norman Haddock*, circa 1944, oil on canvas.

67. Anna Zinkeisen, *HRH The Duke of Edinburgh* [detail], 1955, oil on canvas. © RAF Bentley Priory [Formerly RAF Fighter Command HQ], Stanmore, Middlesex.

68. Publicity photograph of Anna Zinkeisen with her portrait of Air Marshal Sir Edward Chilton with the sitter present. © Photograph courtesy of Julia Heseltine.

69. HRH The Duke of Edinburgh sitting for his portrait by Anna Zinkeisen, seen on the right. © Photograph courtesy of Julia Heseltine.

70. Anna Zinkeisen putting finishing touches to her portrait of HRH The Duke of Edinburgh, a publicity photograph used by the press worldwide.

71. Anna Zinkeisen, *Right Reverend Dr Leslie Brown, Bishop of St Edmundsbury and Ipswich*, early 1970s, oil on canvas. © Diocese of St Edmundsbury and Ipswich. Photograph courtesy of Julia Heseltine.

72. Julia Heseltine, *Right Reverend Dr Leslie Brown, Bishop of St Edmundsbury and Ipswich*, 1978, oil on canvas. © Julia Heseltine.

73. Anna Zinkeisen, *Sir Robert Mark*, 1974, oil on canvas. © Metropolitan Police, New Scotland Yard, London. Photograph courtesy of Julia Heseltine.

74. Photograph of Police memorabilia and portraits on display by the Briefing and Conference Rooms on the 5th floor of the Metropolitan Police, New Scotland Yard, London. Anna Zinkeisen's portrait of Sir Robert Mark is on the left.

75. Anna Zinkeisen, *Ann, Baroness Aberconway* [detail], circa 1960, oil on canvas. © The Lady Aberconway/ Bodnant House, North Wales.

76. Anna Zinkeisen, *Ann, Baroness Aberconway*, 1950s, oil on canvas. © The Lady Aberconway/ Bodnant House, North Wales.

77. Doris Zinkeisen, *Lieutenant Murray Johnstone RN*, 1966, oil on canvas. © Private Collection/ The Bridgeman Art Library [AGJ 153126].

78. Doris Zinkeisen, *Lieutenant Grahame Johnstone DSC, RNVR*, 1940, oil on canvas.

79. Doris Zinkeisen, *The Artist's Daughters at The White House in Badingham, Suffolk, with their Pets*, circa 1970, oil on canvas. © Mallams Fine Art Auctioneers/ Howell Lambert.

80. Doris Zinkeisen, *Mill Reef at the National Stud, Newmarket*, circa 1973, oil on canvas. © British Sporting Art Trust Collection at the National Horseracing Museum, Newmarket.

81. Doris Zinkeisen, *Janet, Anne, and Murray Johnstone on their Ponies*, 1937, oil on canvas. © Private Collection/ The Bridgeman Library [AGJ 153135].

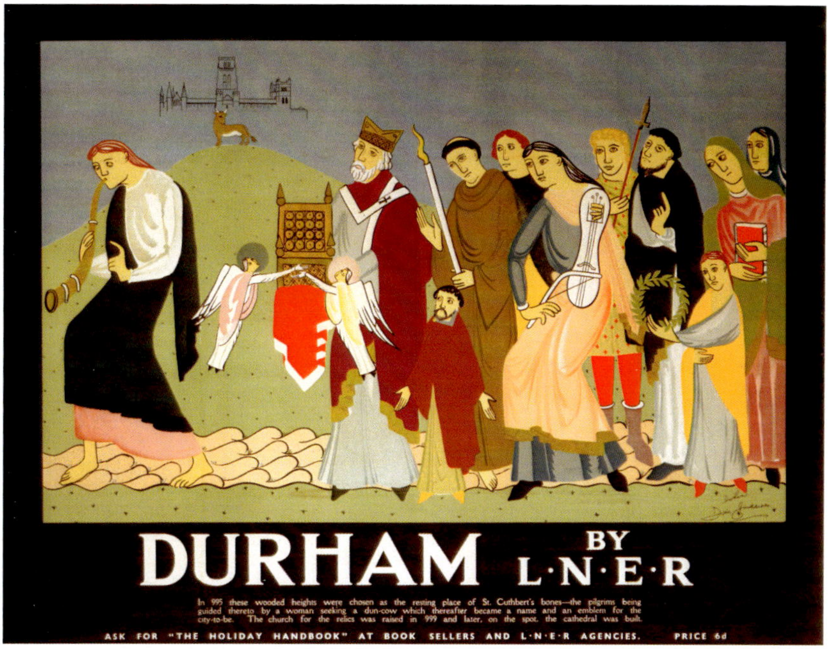


82. Doris Zinkeisen, *Durham LNER Poster*. © Science and Society Picture Library/ NRM Pictorial Collcction [10173821].

83. Anna Zinkeisen, *Harrogate LNER Poster*. © Science and Society Picture Library/ NRM Pictorial Collection [10172688].

84. One of a series of surrealist advertisements by the Zinkeisen sisters (this one by Anna) for the United Steel Companies Limited and published in numerous newspapers and magazines.

85. Advertisement designed by Anna Zinkeisen in 1934.

86. Book Jacket design by Doris Zinkeisen from 1925.

87. Illustrations by Anna Zinkeisen for *The Sketch*, Vol.136, Nov. 26, 1926.

88. Illustrations by Anna Zinkeisen for *The Sketch*, Vol.136, Nov. 26, 1926.

89. An illustration by Anna Zinkeisen from the popular book of verses, *She-shanties* (1926) by the writer and politician Sir Alan Patrick Herbert.

90. Anna Zinkeisen, *Cabaret Scene*, circa 1930, oil on canvas. © Private Collection. Photograph courtesy of Paul Liss Fine Art.

91. Publicity photograph of Anna Zinkeisen showing her painting of the Queen's Coronation Bouquet on loan from the Royal Collection to Lord Kilmuir at Anna's exhibition at the Galleries of the Federation of British Artists in Suffolk Street, Pall Mall East in April 1962. © Photograph courtesy of Julia Heseltine.

92. Anna Zinkeisen, *Flowers*, circa 1945, oil on canvas.
Presented to St Mary's Hospital, Paddington,
by Mrs Lawley, wife of the Chairman of the Hospital's Board of Governors.

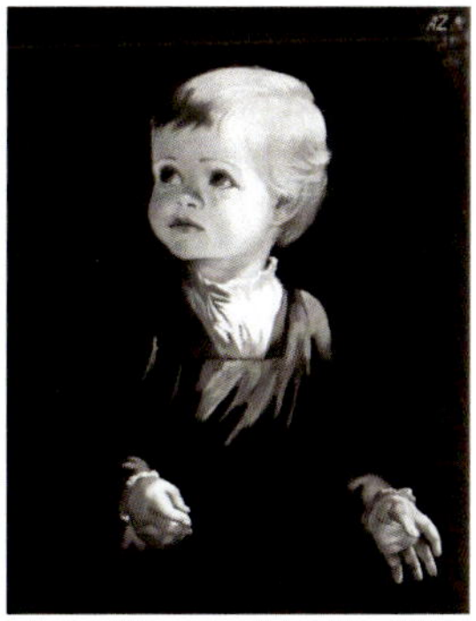

93. Anna Zinkeisen, *Childhood*, design for a popular print commissioned by the Hamlyn Group.

94. Detail of Anna Zinkeisen's ceiling painting in the Morning Room at Russell-Cotes Art Gallery and Museum, East Cliff, Bournemouth, Dorset. Aphrodite reclines leisurely in a seashell and is presented with a golden apple by Paris, as a prize for the Fairest. © Photograph courtesy of Julia Heseltine.

95. Doris Zinkeisen (left) and Anna Zinkeisen on holiday in the 1920s.

96. Doris Zinkeisen, *Petit France: A Harbour Scene*, circa 1935, oil on canvas.

97. Doris Zinkeisen, *Still Life*, circa 1930, oil on canvas.
© Photograph courtesy of Murray Johnstone.

98. Doris Zinkeisen, *Wolf Guarding the Head of St Edmund*, circa 1970, oil on canvas.
© St Edmundsbury Borough Council Collection.

99. Doris Zinkeisen, *Queen Victoria at Bognor*, 1974, oil on canvas. She is driving a Park Phaeton. A vehicle with beautiful lines and extremely light, which made it one of the most expensive. Introduced into the country from France by the Prince Regent.

100. Doris Zinkeisen, *Sporting Turnout*, 1978, oil on canvas.

101. Doris Zinkeisen, *Dressing Room*, circa 1954, oil on canvas.

102. Julia Heseltine and Laurence Olivier on the set of the film *Three Sisters* (1970), for which Julia produced paintings.

103. Julia Heseltine photographed in 2004 in her Suffolk studio with her cat Phoebe in the background and examples of her paintings on display.
© East Anglian Daily Times/ Archant.

104. Anna Zinkeisen, *Girl in a Turban: Julia Heseltine, the Artist's Daughter,* circa 1960, oil on canvas. © Photograph courtesy of Julia Heseltine.

105. Doris Zinkeisen, *The Yellow Hat: Julia Heseltine, the Artist's Niece*, circa 1958, oil on canvas. © Private Collection.
Photograph courtesy of MacConnal-Mason Fine Paintings.

106. Doris Zinkeisen, *Dancing: Julia Gyrating on the Dance Floor*, 1960s, oil on canvas.
© Photograph courtesy of Murray Johnstone.

107. Anthony Weller, *Christ in Majesty*, circa 1968, fibreglass and wood.
© St Mary and St Giles, Stony Stratford, Milton Keynes.
Photograph courtesy of Tristan Sam Weller.

108. Anthony Weller, *Portrait Bust of Julia Heseltine*, circa 1956, plaster of Paris painted with bronze colour. © East Anglian Daily Times/ Archant.

109. Julia Heseltine working in her Suffolk studio in 2004 surrounded by examples of her work. In the background is a portrait bust of Julia by Anthony Weller from circa 1960. © East Anglian Daily Times/ Archant.

110. Anthony Weller, *Girl with a Greyhound*, 1962, bronze, Avondale Square, London. © Photograph courtesy of Tristan Sam Weller.

111. Julia Heseltine, *Old Woman*, 1959, oil on canvas. © Julia Heseltine.

112. Julia Heseltine, *Autumn*, 1967, oil on canvas. © Julia Heseltine.

113. Julia Heseltine, *Summer*, 1967, oil on canvas. © Julia Heseltine.

114. Julia Heseltine, *Winter*, circa 1966, oil on canvas. © Julia Heseltine.

115. Julia Heseltine, *Abstract: Womb*, late 1960s. © Julia Heseltine.

116. Looms/ Loams Cottage, Anna Zinkeisen's home in Burgh, Suffolk, in the 1960s, a place where Julia Heseltine and Anthony Weller spent a great deal of their time painting and/or sculpting.

117. An early press photograph of Julia Heseltine and Anthony Weller from 1968.
© Photograph courtesy of Julia Heseltine

118. Julia Heseltine, *Dream*, 1970. © Julia Heseltine.

119. A late 1950s photograph of Julia Heseltine next to one of her early dream-like canvases. © Photograph courtesy of Julia Heseltine.

120. Julia Heseltine, *Dutch Cyclists Lost in Tuddenham*, 1997, oil on board.
© Photograph courtesy of Julia Heseltine & Tristan Sam Weller.

121. Julia Heseltine, *Lone Tennis at Glevering*, 1997, oil on board.
© Photograph courtesy of Julia Heseltine & Tristan Sam Weller.

122. Julia Heseltine, *Heveningham Hall*, 1997, oil on board.
© Photograph courtesy of Julia Heseltine & Tristan Sam Weller.

123. Anna Zinkeisen & Julia Heseltine, *Christening*, circa 1960, oil on canvas.
© Photograph courtesy of Julia Heseltine.

124. Julia Heseltine, *Robert Preston*, oil on canvas.
© Photograph courtesy of Julia Heseltine & Tristan Sam Weller.

125. Julia Heseltine, *Mr & Mrs Adrian Laird-Craig & Family*, circa 1987, oil on canvas.
© Photograph courtesy of Julia Heseltine & Tristan Sam Weller.

126. Julia Heseltine, *The Hon. Alan Clark MP & Family*, 1988, oil on canvas. © Photograph courtesy of Julia Heseltine & Tristan Sam Weller.

127. Julia Heseltine, *Ted Hughes*, oil on canvas.
© Photograph courtesy of Julia Heseltine & Tristan Sam Weller.

128. Julia Heseltine, *Jerry Malone*, circa 2000, oil on board.
© Photograph courtesy of Julia Heseltine & Tristan Sam Weller.

129. Doris Zinkeisen, *Double Portrait of Janet and Anne*, 1934, oil on canvas.
© Private Collection/ The Bridgeman Art Library [AGJ 153138].

130. Janet Johnstone & Anne Grahame Johnstone, illustration of Bill and Ben and the Potato Man (1953).

131. Illustration from *The Hundred and One Dalmatians* (1956) by Dodie Smith. "From head to foot she was bathed in the red-gold flicker of the flames. And as they leapt higher and higher she clapped her hands in delight."

132. Illustration from *The Hundred and One Dalmatians* (1956).
"The front of the house still seemed like a face and had an expression – but now it was a pleasant expression."

133. Illustration of a folly from *The Hundred and One Dalmatians* (1956).

134. Janet Johnstone & Anne Grahame Johnstone's creation of the character Cruella from *The Hundred and One Dalmatians* (1956).
"Make it blaze for me," she said, to Mr de Vil.

135. "She pushed past the chauffeur and sounded the horn herself, making it last a long time."

136. "Outside, against the moonlit sky, stood a figure in a long white cloak. It was Cruella de Vil."

137. Janet Johnstone & Anne Grahame Johnstone, "Queen Matilda and her son Henry", from: *This Land of Kings* (1954) by Ida Foulis.

138. Janet Johnstone & Anne Grahame Johnstone, "King John Signs the Magna Carta", from: *This Land of Kings* (1954) by Ida Foulis.

139. Janet Johnstone & Anne Grahame Johnstone, "The Death of William Rufus", from: *This Land of Kings* (1954) by Ida Foulis.

140. Illustration from *The Pied Piper of Hamelin* (1969) by Janet Johnstone & Anne Grahame Johnstone.

141. Illustration of “A Village Wedding” by Anne Grahame Johnstone demonstrating the use of historical costume, not dissimilar to the post-war theatrical paintings by Doris Zinkeisen. © The Paper House Group.

142. Illustration by Janet Johnstone & Anne Grahame Johnstone from *ABC Nursery Rhymes* (circa 1965). The children depicted by the twins are often quite mischievous.

143. Illustration by Anne Grahame Johnstone for *Peter Pan & Wendy* (1988).

144. Tristan Sam Weller, *The Dove*, circa 1996, oil on canvas. © Tristan Sam Weller.

145. Tristan Sam Weller, *Lindsay*, circa 1994, oil on board. © Tristan Sam Weller.

146. Tristan Sam Weller, *Video Composite*, 2008. Tristan Sam Weller's video installations and film work have featured at arts events in Suffolk as at the Latitude festival at Henham Park and the Landguard Fort *Where Soldiers Sleep* Heritage Arts Company presentation in Felixstowe in 2008. © Tristan Sam Weller

147. Tristan Sam Weller, *Harry Palmer*, 2000, acrylic on board.

148. Charlotte Johnstone, *Mascarene Maya*, 2000, oil on gesso. © Private Collection/ The Bridgeman Art Library [CJ0150099].

149. Charlotte Johnstone, Boodhoo Lagoon, 2000, oil on gesso. © Private Collection/ The Bridgeman Art Library [CJ0150086].

150. Charlotte Johnstone, *Isobel*, oil on canvas. © Private Collection. Photograph courtesy Charlotte Johnstone.

151. Charlotte Johnstone, *Jacques and Finn*, oil on canvas. © Private Collection. Photograph courtesy Charlotte Johnstone.

# APPENDICES

## A. Doris Zinkeisen: Chronological Filmography.

Costume Designer:

- *Nell Gwyn* (1926: Silent Film);
- *A Night Like This* (1932);
- *Leap Year* (1932);
- *Thark* (1932);
- *Antoinette* (1932);*
- *Good Night, Vienna* (1932); entitled *Magic Night* in the USA;
- *Bitter Sweet* (1933);
- *The Little Damozel* (1933);
- *The King's Cup* (1933);
- *Nell Gwyn* (1934);
- *The Queen's Affair* (1934); entitled *Runaway Queen* in the USA;
- *Mimi* (1935);
- *Peg of Old Drury* (1935);
- *Show Boat* (1936); entitled *Edna Ferber's Show Boat* in the USA;
- *Victoria the Great* (1937);
- *Sixty Glorious Years* (1938); entitled *Queen of Destiny* in the USA.

Writer & Costume Designer:

- *The Blue Danube: A Rhapsody* (1932)

Set Decorator & Costume Designer:

- *Carnival* (1931); entitled *Venetian Nights* in the USA.

## B. Doris Zinkeisen: Chronological List of Miscellaneous Publications.

- Jean Fayard (translated by Louis Golding), *Oxford and Margaret*, London (Jarrolds), 1925. Dust jacket designed by Doris Zinkeisen.
- Doris Zinkeisen, *Designing for the Stage*, London (Studio Publications), 1938. Reprinted 1945 and 1948.

---

* I have not been able to trace this film referred to by the press in relation to Doris Zinkeisen, but it probably refers to *The Love Contract* (1932), a film produced by Herbert Wilcox, which contains a character with the name Antoinette, played by Winifred Shotter, who similarly starred in *A Night Like This*.

- Corporate Author: Soho Hospital for Women, *Soho Centenary. A Gift From Artists, Writers, and Musicians to the Soho Hospital for Women*, London (Hutchinson and Company), 1944. Limited edition of 250 copies signed by the contributors.
- Douglas Wilson, *This Present Age*, Corporate publisher: United Steel Companies Limited (Sheffield Girth Brown Ltd.), 1946.
- Corporate Author: United Steel Companies Limited, *Trade Winds*, Sheffield, 1948. Limited edition of 150 copies signed by the contributors.
- John Boynton Priestley, *The High Toby: A Play for the Toy Theatre*, London (Puffin Cut-out Books), 1948.
- Archie Nathan, *Costumes by Nathan*, London (Newnes), 1960. Illustrated by Doris Zinkeisen.
- James Cleaver, *The Theatre at Work*, London (Puffin Picture Book), No Date. Illustrated by Doris Zinkeisen.

## C. Chronological List of Plays and Revues with Costume and/or Stage Designs by Doris Zinkeisen.*

*The following list includes information such as the title of the production and the writer(s), lyricist(s) and/or composer(s), followed by the name of the venue (in London, unless otherwise stated), running dates and number of times performed (if known), together with the name of the producer/ director and Doris Zinkeisen's role, together with any other relevant information.

- *Body and Soul* by Arnold Bennett at the Regent from 11/09/1922-07/10/1922 for 32 performances. Produced by Nigel Playfair (associate stage manager James Whale). Scene and costume design by Doris Zinkeisen. First performed at the Liverpool Playhouse in February 1922.
- *The Insect Play* by Karel Capek at the Regent during the 1922-1923 season, running for six weeks. Produced by Nigel Playfair. Scene and costume design by Doris Zinkeisen. Cast included John Gielgud and Elsa Lanchester.
- *Father Noah (Mystery of the Ark)* by Geoffrey Whitworth at the Savoy on the 12/06/1923 for one matinee performance of this one-act play as a curtain raiser for *The Man Who Ate the Popomack* by W. J. Turner in aid of the Library Fund of the British Drama League. Produced by James Whale. Scene and costume design by Doris Zinkeisen.

- *Robert E. Lee* by John Drinkwater at the Regent from 20/06/1923-22/09/1923 for 109 performances. Produced by Nigel Playfair and John Drinkwater. Stage design by Doris Zinkeisen. Cast included John Gielgud
- *The Way of the World* by William Congreve at the Lyric, Hammersmith from 07/02/1924-28/06/1924 for 158 performances. Produced by Nigel Playfair. Scene and costume design by Doris Zinkeisen. Also performed at the Prince's Theatre, Bristol during the 1924-1925 season. Cast included Elsa Lanchester (who also helped with the choreography) and Nigel Playfair.
- *Yoicks!* A revue by J. Hastings Turner at the Kingsway from 11/06/1924-14/02/1925 for 266 performances. Produced by John Hastings Turner and Donald Calthrop. Costume design by Doris Zinkeisen.
- *On With the Dance*. A revue by Noel Coward and Philip Braham at the London Pavilion from 30/04/1925-14/11/1925 for 229 performances. Produced by Charles B. Cochran. Scene and costume design by Doris Zinkeisen (amongst others, including G. E. Calthrop and William Nicholson).
- *Still Dancing*. A revue by Arthur Wimperis, Ronald Jeans, Philip Braham, Noble Sissle, Eubie Blake, Ivor Novello, Marc Anthony, Irving Berlin, Vivian Eillis, and Isham Jones at the London Pavillion from 19/11/1925-27/02/1926 for 114 performances. Produced by Charles B. Cochran. Scene designs by Doris Zinkeisen (amongst others, including William Nicholson). Cast includes Joan Clarkson.
- *Cochran's Revue* by Ronald Jeans, Donovan Parsons, Pat Thayer, Noble Sissle, and Eubie Blake at the London Pavillion from 29/04/1926-04/09/1926 for 148 performances. Produced by Charles B. Cochran. Scene and costume designs by Doris Zinkeisen (amongst others, including Andre Derain, Oliver Messel, and William Nicholson). Cast includes Joan Clarkson.
- *Merry-Go-Round*. A Cochran Cabaret held at the Trocadero during 1926.
- *Champagne Time*. A Cochran Cabaret held at the Trocadero during 1927. [Edythe Baker present in the audience].
- *One Dam Thing After Another*. A revue by Ronald Jeans, Lorenz Hart, Richard Rodgers at the London Pavilion from 20/05/1927-10/12/1927 for 236 performances. Produced by Charles B. Cochran. Scene and costume design by Doris Zinkeisen (amongst others, including Aubrey Hammond and Ada Peacock). Cast includes Joan Clarkson and Edythe Baker.
- *Peggy-Ann*. A musical by Herbert Fields, Richard Rodgers and Lorenz Hart at Daly's from 27/07/1927-19/11/1927 for 134 performances. Produced by Lew Fields. Costume design by Doris Zinkeisen and Gordon Conway.
- *This Year of Grace!* A revue by Noel Coward at the London Pavillion from

22/03/1928-22/12/1928 for 315 performances. Produced by Charles B. Cochran. Costume design by Doris Zinkeisen (amongst others, including Ada Peacock, Oliver Messel, and G. E. Calthrop). This revue was also performed at the Selwyn Theatre on Broadway from 07/11/1928-23/03/1929 for a total of 157 performances. The cast in England included Tilly Losch (who helped with choreography), Joan Clarkson, and Marjorie Robertson (later famous as Anna Neagle).

- *Dear Love*. A musical by Dion Titheradge, Lauri Wylie, Herbert Clayton, Haydn Wood, Joseph Tunbridge, and Jack Waller at the Palace Theatre from 14/11/1929-08/03/1930 for 132 performances. Produced by William Mollison (managing director: Charles B. Cochran). Costume design by Doris Zinkeisen.
- *The Sleeping Beauty*. A pantomime by J. Hickory Wood, F. V. Maxwell Stewart, Julian Wylie, E. W. Eyre, R. P. Weston, Bert Lee, and Clifford Harris at Drury Lane from 24/12/1929-01/03/1930 for 97 performances. Produced by Julian Wylie. Costume design by Doris Zinkeisen and Anna Zinkeisen and Dolly Tree.
- *Cochran's 1930 Revue* by Beverley Nichols and Vivian Ellis at the London Pavilion from 27/03/1930-25/10/1930 for 245 performances. Produced by Frank Collins (directed by Charles B. Cochran). Scene and costume design by Doris Zinkeisen (amongst others, including Ada Peacock, Rex Whistler, Oliver Messel, and Christopher Wood). Cast includes Joan Clarkson.
- *Oh, Daddy!* A farce by Austin Melford at the Princes Theatre from 27/11/1930-31/01/1931 and at Daly's from 02/02/1931-21/03/1931 for a total of 132 performances. Produced by Austin Melford. Costume design by Doris Zinkeisen.
- *Ever Green*. A musical show by Benn Levy, Lorenz Hart, and Richard Rogers at the Adelphi from 03/12/1930-11/07/1931 for 254 performances. Produced by Charles B. Cochran. Costume design by Doris Zinkeisen (amongst others, including Ada Peacock – note G. E. Calthrop and Rex Whistler worked on stage designs).
- *Cochran's 1931 Revue* by Noel Coward at the London Pavillion from 19/03/1931-11/04/1931 for 27 performances. Produced by Frank Collins (directed by Charles B. Cochran). Scene and costume design by Doris Zinkeisen (amongst others, including Ada Peacock, G. E. Calthrop, Oliver Messel, and Rex Whistler).
- *Waltzes From Vienna* by Johann Stauss, father and son, arranged by G. H. Clutsam, Herbert Griffiths, E. W. Korngold, and Julius Bittner, together with extra lyrics and storytelling by Hassard Short, Caswell Garth, and Desmond Carter at the Alhambra from 17/08/1931-06/08/1932 for 607 performances. Produced by Hassard Short. Costume design by Doris Zinkeisen. Also performed at the Prince's Theatre in Bristol during the

1932-1933 season. A renamed production of this entitled *The Great Waltz* was performed at the Center Theatre on Broadway from 22/09/1934-08/06/1935 for a total of 298 performances.

- *Vile Bodies* by H. Dennis Bradley, after Evelyn Waugh, at Vaudeville from 15/04/1932-11/06/1932 for 66 performances. Produced by Athole Stewart. Costume design by Doris Zinkeisen (amongst others).
- *Wild Violets*. A musical by Hassard Short, Desmond Carter, Reginald Purdell, and Robert Stolz at Drury Lane from 31/10/1932-08/07/1933 for 290 performances. Produced by Hassard Short. Costume design by Doris Zinkeisen.
- *Nymph Errant*. A musical by Romney Brent and Cole Porter at the Adelphi from 06/10/1933-17/02/1934 for 154 performances. Produced by Charles B. Cochran. Scene and costume design by Doris Zinkeisen. Cast included Gertrude Lawrence.
- *Sporting Love*. A musical by Stanley Lupino, Arthur Rigby, Arty Ash, Desmond Carter, and Frank Eyton at the Gaiety from 31/03/1934-26/01/1935 for 302 performances. Produced by Stanley Lupino. Costume design by Doris Zinkeisen.
- *Streamline*. A revue by A. P. Herbert, Ronald Jeans, and Vivian Ellis at the Palace Theatre from 28/09/1934-02/03/1935 for 178 performances. Produced by Charles B. Cochran. Scene and costume design by Doris Zinkeisen (amongst others, including Rex Whistler and Cecil Beaton). The large cast included Tilly Losch.
- *Cinderella*. A pantomime by Dan Leno, Julian Wylie, R. P. Weston, Bert Lee, Clifford Harris, Valentine Wylie, Lauri Wylie, James W. Tate, and Guy Jones at Drury Lane from 24/12/1934-02/03/1935 for 117 performances. Produced by Julian Wylie. Costume design by Doris Zinkeisen.
- *Stop Press*. A revue by Clifford Whitley, Irving Berlin, Moss Hart, Greatrex Newman, Arthur Schwartz, Howard Dietz, Noel Gay, and Jonny Green at the Adelphi from 21/02/1935-06/07/1935 for 148 performances. Produced and directed by Hassard Short. Scene and costume design by Doris Zinkeisen.
- *At the Silver Swan*. A musical by Guy Bolton, Clifford Grey, Edmond Samuels, and Percival Mackey at the Palace Theatre from 19/02/1936-04/04/1936 for 53 performances. Produced by John Harwood (managing director Charles B. Cochran). Designs by Doris Zinkeisen.
- *This'll Make You Whistle*. A musical by Guy Bolton, Fred Thompson, Maurice Sigler, Al Goodhart, and Al Hoffman at the Palace Theatre from 15/09/1936-30/01/1937 and at Daly's from 01/02/1937-27/02/1937 for a total of 190 performances. Produced by Jack Buchanan (managing director Charles B. Cochran). Costume design by Doris Zinkeisen.
- *Mother Goose*. Pantomime by J. Hickory Wood, Dan Leno, James Tate, and

E. W. Eyre at the London Hippodrome from 23/12/1936-13/02/1937 for 79 performances. Produced by Tom Arnold. Costume design by Doris Zinkeisen. Cast includes Chili Bouchier.

- *The Taming of the Shrew* by William Shakespeare at the New Theatre from 23/03/1937-01/05/1937 for 49 performances. Produced by Claud Gurney. Scene and costume design by Doris Zinkeisen.
- *Happy Returns*. A musical show at the the Adelphi from 19/05/1938-06/08/1938 for 78 performances. Produced by Charles B. Cochran and Edward Dowling. Scene design by Doris Zinkeisen and Ernst Stern with costume designs by Doris Zinkleisen.
- *Bobby Get Your Gun*. A musical by Guy Bolton, Fred Thompson, Bert Lee, Clifford Grey, Desmond Carter, Jack Waller, and Joseph Tunbridge at the Adelphi from 07/10/1938-31/12/1938 for 92 performances. Produced by Jack Waller. Costume design by Doris Zinkeisen.
- *Sleeping Beauty*. Pantomime starring Evelyn Laye performed in Birmingham in 1938.
- *Under Your Hat*. A musical by Archie Menzies, Arthur Macrae, Jack Hulbert, and Vivian Ellis at the Palace Theatre from 24/11/1938-02/09/1939 and 31/10/1939-13/04/1940 for 514 performances. Produced by Jack Hulbert (managing director Charles B. Cochran). Costume design by Doris Zinkeisen.
- *Black and Blue*. A revue by Diana Morgan, Robert Macdermot, Peter Dion Titheradge, Desmond Carter, Bert Lee, Clifford Grey, and Kenneth Leslie Smith at the London Hippodrome from 08/03/1939-02/09/1939 for 305 performances. Produced by Robert Nesbitt and George Black. Costume design by Doris Zinkeisen (amongst others). Cast includes Joan Clarkson.
- *Lights Up!* A Cochran production of early 1940 performed at the Manchester Opera House and in Glasgow and Edinburgh with settings by Doris Zinkeisen.
- *Cinderella*. Pantomime with Jack Buchanan performed in 1940/1941.
- *Planetomania*, produced by the International Ballet in 1941, with choreography by Mona Inglesby, to music by Norman Demuth. Costumes designed by Doris Zinkeisen.
- *Full Swing*. A musical by George Posford and Arthur Macrae performed at the Palace Theatre during the 1941-1942 season. Directed by Jack Hulbert. Designs by Doris Zinkeisen.
- *Richard III* by William Shakespeare performed at the New Theatre during the 1944-1945 season. Directed by John Burrell. Designs by Doris Zinkeisen. Cast included Laurence Olivier, Ralph Richardson, and Sybil Thorndike.
- *The Quaker Girl*. A musical by Lionel Monckton and James Tanner

performed at the Hippodrome in Bristol during the 1944-1945 season. Directed by Emile Littler. Designs by Doris Zinkeisen.

- *Arms and the Man* by George Bernard Shaw performed at the New Theatre during the 1944-1945 season. Directed by John Burrell. Designs by Doris Zinkeisen. Actors include Sybil Thorndike, Ralph Richardson, and Laurence Olivier. Transferred to the New Theatre in London for the 1945-1946 season.
- *The House on the Bridge* by Edward Percy performed at the Hippodrome in Bristol during the 1944-1945 season. Directed by H. Ayliff. Designs by Doris Zinkeisen.
- *Giselle*, reproduced by Nikolai Sergeev for the International Ballet from choreography by Jean Coralli to music by Adolphe Adam, performed at the Alhambra Theatre in Glasgow on 12/04/1944 (after their 1942 production). Costume designs by Doris Zinkeisen.
- *Aurora's Wedding*. The International Ballet's production produced by Nikolai Sergeev to music by Peter Ilich Tchaikovsky from choreography by Marius Petipa. Performed between 28/11/1945-01/12/1945 at the Alhambra Theatre in Glasgow as part of a bill, including on 01/12/1945, the International Ballets production of *Twelfth Night*, for which Doris Zinkeisen provided costume designs. *Aurora's Wedding* again presented on 10/06/1947 at the Theatre Royal in Glasgow. Designs for *Aurora's Wedding* by Doris Zinkeisen.
- *Coppelia*. The International Ballet perform "Coppelia" at the Theatre Royal in Glasgow between 01/07/1946-03/07/1946. Directed by Leslie French. Designs are by Doris Zinkeisen and Rex Whistler.
- *Comus*. The International Ballet in "Comus" at the Hippodrome in Bristol during the 1945-1946 season. Directed by Leslie French with music from Handel. Designs by Doris Zinkeisen.
- *Big Ben*. Book and lyrics by A. P. Herbert with music by Vivian Ellis and produced by Cochran. After a provincial tour performed from 17th July 1946 at the Adelphi.
- *Richard III* by William Shakespeare performed at the New Theatre in London during the 1948-1949 season. Directed by John Burrell. Designs by Doris Zinkeisen. Actors include Peter Cushing, Vivien Leigh, Laurence Olivier.
- *Arms and the Man* by George Bernard Shaw performed at the Bristol Old Vic during the 1948-1949 season. Directed by Allan Davis. Design work by Doris Zinkeisen.
- *Lilac Time*. A musical by A. M. Miller and Heinz Reichert. English adaption and lyrics by Adrian Ross using music by Franz Schubert. Performed at His Majesty's Theatre from February 1949 for a six week

limited run and recreated later at the King's Theatre in Glasgow on 05/11/1951. Directed by Pat Hillyrad. Designs by Doris Zinkeisen.

- *Dear Miss Phoebe*. A musical adaption of James Barrie's "Quality Street". Lyrics by Christopher Hassall with music by Harry Parr Davies. Costumes by Doris Zinkeisen. Performed at the New Theatre in Oxford from the end of September 1950, transferring to Theatre Royal in Birmingham for August 1950, and at the Streatham Hill Theatre by the end of September 1951.
- *Pagan in the Parlour* by Franklin Lacey performed at the Theatre Royal in Bath, Wimbledon Theatre, and the Lyceum Theatre, Newport, South Wales during the 1952-1953 season. Directed by James Whale. Scene and costume designs by Doris Zinkeisen. Cast included Catherine Lacey, Hermione Baddeley, and Joss Ackland.
- *After the Ball* by Noel Coward performed at the Hippodrome in Bristol during the 1953-1954 season. Directed by Robert Helpmann. Designed by Doris Zinkeisen.
- *The Little Glass Clock* by Hugh Mills performed at the Hippodrome in Bristol during the 1954-1955 season. Directed by John Clements. Designed by Doris Zinkeisen.

## D. Miscellaneous List of Theatre Design Work by Anna Zinkeisen.

- *Der Weibstufel* by Karl Schönherr, as translated by Graham and Tristan Rawson, at the Strand from 10/04/1927-11/04/1927 for 2 performances. Produced by Stephen Thomas (stage managed by James Whale). Set designs by Anna Zinkeisen.
- *The Sleeping Beauty*. A pantomime by J. Hickory Wood et al. (see above entry in Appendix C.) at Drury Lane from 24/12/1929-01/03/1930 for 97 performances. Costume design by Doris and Anna Zinkeisen and Dolly Tree.
- *Here Comes the Bride*. A Musical Comedy by R. P. Weston, Bert Lee, Arthur Schwartz, and Desmond Carter at the Piccadilly from 20/02/1930-24/05/1930 and at the Lyceum from 26/05/1930-19/07/1930 for 175 performances. Produced by Julian Wylie. Costume designs by Anna K. Zinkeisen and G. E. Calthrop.
- *Aladdin*. A pantomime by Lauri Wylie, F. V. Maxwell-Stewart, Julian Wylie, Clifford Harris, Valentine, Donovan Parsons, James W. Tate, E. W. Eyre at the Dominion from 24/12/1930-21/02/1931 for 101 performances. Produced by Julian Wylie. Costume designs by Anna K. Zinkeisen and G. E. Calthrop.

- *Out of the Bottle*. A musical comedy by Oscar Levant, Fred Thompson, Clifford Grey, Vivian Ellis at the London Hippodrome from 11/06/1932-03/09/1932 for 109 performances. Produced by Julian Wylie. Costumes by Anna K. Zinkeisen and James Reynolds.
- *Dick Whittington*. A pantomime by Lauri Wylie, Dan Leno, James Tate, E. W. Eyre at the London Hippodrome from 26/12/1932-11/02/1933 for 84 performances. Produced by Julian Wylie. Costume design by G. E. Calthrop and Anna K. Zinkeisen.

## E. Books and Articles with Illustrations and/or Dust Jackets by Anna Zinkeisen listed Chronologically.

- Regular work for the popular magazine *The Sketch* throughout the late 1920s and 1930s.
- Kenneth Robert Gordon Browne, *A Fitting Climax*, Moss Bros., undated. Possibly late 1920s. Promotional 24 page booklet.
- Rex Hartley, "Nursery Rhymes Up to Date", in: *The Sketch*, Vol. 136, November 26, 1926, pp.10-12.
- Sir Alan Patrick Herbert, *She-shanties*, London (Unwin), 1926.
- Sir Alan Patrick Herbert, *Plain Jane*, London (Unwin), 1927. Reprinted as *Witty Ditties of the Twenties and the Story of Plain Jane*, Oxford (Past Times), 1997.
- Caryl Brahms (aka Doris Caroline Abrahams), *The Moon on my Left*, London (Victor Gollancz), 1930.
- Bruno Burgel, *Oola-Boola's Wonder Book*, London (Bell & Sons), 1932.
- Margery Sharp, *The Nymph and the Nobleman*, London (Arthur Barker), 1932.
- Coleridge Kennard, *Olympia: Or How the Secrets of the East were Lost For Ever. An Extravaganza*, London (Arthur Barker), 1934.
- Margery Sharp, *Sophy Cassmajor*, London (Arthur Barker), 1934.
- Monica Redlich, *The Nice Girl's Guide to Good Behaviour*, London (Hamish Hamilton), 1935. Reprinted in Bath (Palazzo), 2004.
- Quaglino, *The Complete Hostess*, London (Hamish Hamilton), 1935 and 1936. Edited by Charles Graves and reprinted with a forward by Barbara Cartland in London, 1974 (Elm Tree Books).
- Emery Bonnett (aka Felicity Winifred Carter), *A Girl Must Live*, London (Arthur Barker), 1936.
- Thorene Smith, *The Bishop's Jaegers*, London (Arthur Barker), 1936.
- Anna Zinkeisen, *Atlantic Coast Express*, Southern Railway, 1937.

- Herbert Farjeon, *Nine Sharp and Earlier*, London (J. M. Dent), 1938.
- Lord Horder et al, *The Rose Window*, London (Heinemann), 1939. A tribute to St Bartholomew Hospital.
- Margery Sharp, *Three Companion Pieces: The Nymph and the Nobleman, Sophy Cassmajor, The Tigress on the Hearth*, Boston (Little, Brown and Company), 1941. First edition in USA.
- R. M. Handfield-Jones & A. E. Porritt (ed.s), *The Essentials of Modern Surgery*, Edinburgh, 1943. Reprinted 1945, 1948, 1951, 1953.
- Guy Noel Pocock, *Brush Up Your Reading*, London (J. M. Dent and Sons), 1942. Reprinted in Philadelphia (David McKay Company), 1944.
- Corporate Author: Soho Hospital for Women, *Soho Centenary. A Gift From Artists, Writers, and Musicians to the Soho Hospital for Women*, London (Hutchinson and Company), 1944. Limited edition of 250 copies signed by the contributors.
- Douglas Wilson, *This Present Age*, United Steel Companies Limited (Sheffield Girth Brown Ltd.), 1946. Illustrations from paintings by Doris and Anna Zinkeisen as used in newspapers and magazines as advertisements.
- Noel Streatfeild, *Party Frock*, London (Collins), 1946. Reprinted in 1956, 1957, 1959,1965 and 1966.
- Noel Streatfeild, *Party Shoes*, New York (Random House), 1947. American edition of *Party Frock*.
- Clare Hoskyns Abrahall, *Prelude: An Imaginative Account of the Early Life of Eileen Joyce*, London (Oxford University Press), 1947. Reprinted in 1950, 1959 and 1966.
- Corporate Author: The United Steel Companies Limited, *Trade Winds*, Sheffield, 1948. Limited edition of 150 copies signed by the contributors.
- Bethina Bennett, *Preparatory Anatomy and Physiology*, London (Faber and Faber), 1949 and 1955.
- F. D. Saner (ed.), *The Breast: Structure: Function: Disease*, London, 1950.
- *The Coronation Naval Review*, Spithead, June, 1953.
- Doris Leslie, *A Toast to Lady Mary*, London (Hutchinson), 1954.
- Barbara Cartland, *The Enchanted Waltz*, London (Hutchinson), 1955.
- Noel Streatfeild, *Lisa Goes to Russia*, London (Collins), 1963.
- J. Phoenice (aka Juliet Fox-Hutchinson), *A Rainbow of Paths*, Newcastle Upon Tyne (Oriel Press), 1965. Limited edition of 1500 copies.

## F. A Chronological List of Children's Books (andOther Titles) illustrated and/or written by Janet Johnstone and Anne Grahame Johnstone (excluding foreign language editions).*

- Janet and Anne Grahame Johnstone, *Touchstone*, New York (Reinhart and Co.), 1947.
- Jonathan Swift, *Gulliver's Travels*, London (Treasure Library), undated, circa 1950.
- Heinrich Hoffmann, *Struwwelpeter, or Merry Stories and Funny Pictures*, London (John Gifford), 1950.
- Johanna Spyri, *Heidi*, London (Heirloom Library), undated, 1950s assumed.
- Janet and Anne Grahame Johnstone, *Your Pantomime Book*, London (Heirloom Library), undated, 1950s assumed.
- Charles Kingsley, *The Water Babies*, London (Heirloom Library), undated, 1950s assumed.
- Shelagh Fraser and Billy Thatcher, *Tai-Lu's Birthday Party: Twirly Book No.5*, London (Publicity Products Limited), 1951.
- Shelagh Fraser and Billy Thatcher, *Tai-Lu Talking*, London (William Heinemann), 1952.
- Maria Bird, *Bill and Ben and the Potato Man*, London (Publicity Products Limited), 1953.
- Lorna Hill, *Dancing Peel*, London (Nelson), 1954. Reprinted in London (Award), 1997.
- Ida Foulis, *This Land of Kings*, London (Ward, Lock and Co.), 1954 and 1957.
- Ada Orchard (ed. Jean Sutcliffe), *Charlie the Cat: Listen with Mother Tales*, London (Adprint), 1954.
- Lorna Hill, *Dancer's Luck*, London (Nelson), 1955. Reprinted in London (Award), 1997.
- Lorna Hill, *The Little Dancer*, London (Nelson), 1956. Reprinted in London (Award), 1997.
- Ross Salmon, *Ross Salmon and the Horse Thieves*, London (Adprint), 1956.
- Dorothy Gladys Smith (aka Dodie Smith), *The Hundred and One Dalmatians*, London (William Heinemann), 1956. Reprinted in London (Harmondsworth), 1961; London (Heinemann), 1962; Penguin Books, 1972; London (Pan Books), 1975; Oxford (Windrush), 1987; Chancellor

Press, 1989; London (Mammoth), 1990.

- Frances Sybil Victoria Sutton Vane, *The Black Whippet*, New York (Viking Press), 1957. Reprinted in London (Constable and Co.), 1959.
- Ross Salmon, *Ross Salmon's Horse Race*, London (Adprint), 1957.
- Antonia White, *Minka and Curdy*, Harvill, 1957. Reprinted by Virago, 1992.
- Lorna Hill, *Dancer in the Wings*, London (Nelson), 1958. Reprinted in London (Award), 1997.
- John Pudney, *Crossing the Road*, London (Hamish Hamilton), 1958.
- Annual 1959, *Andy Pandy*, the second annual from the TV programme, Purnell, 1959.
- Jacob Ludwig Carl Grimm and Wilhelm Carl Grimm (translated by Ruth Michaelis-Jena and Arthur Ratcliff), *New Tales from Grimm*, Edinburgh and London (W. and R. Chambers), 1960. Reprinted in London (Treasure Hour Children's Books), 1971.
- Vivian Ellis, *Hilary's Tune*, London (Max Parrish), 1960.
- Diana Marr Johnson, *Eight Rainbow Tales*, London (Dean and Son), 1960.
- Vivian Ellis, *Hilary's Holidays*, London (Max Parrish), 1961.
- Elsie Gwendoline Davies, *The Bluebird Books*, Edinburgh and London (W. and R. Chambers), 1961.
- *The Arabian Nights: Ali Baba and the Forty Thieves; The Sleeper Awakened; The Merchant and the Genie; Aladdin, or the Wonderful Lamp; The Talkative Barber; Sinbad the Sailor; The Enchanted Horse*, London (Ward Lock and Co.), 1963.
- Roger Lancelyn Green, *Tales of the Greeks and Trojans*, London (Purnell), 1964.
- Janet and Anne Grahame Johnstone (stories rewritten and illustrated), *Dean's Gold Medal Book of Fairy Tales: Cinderella; Babes in the Wood; Sleeping Beauty; Puss in Boots*, London (Dean and Son), 1964.
- Jean Bashfield (retelling of William Schwenck Gilbert's and Arthur Sullivan's opera), *The Pirates of Penzance*, London (Thomas Nelson and Sons), 1965 and in New York (Franklin Watts Inc.), 1966.
- *Dean's Gift Book of Nursery Rhymes*, London (Thomas Dean and Son), 1965.
- *Nursery Rhymes Old and New*, London (Thomas Dean and Son), circa 1965.
- *Gold Star Book of Ride-A-Cock Horse Nursery Rhymes*, London (Thomas Dean and Son), circa 1965. Reprinted in London (Dean International), 1984.
- Roger Lancelyn Green, *Myths from Many Lands*, London (Purnell), 1965.
- Enid Blyton (retells), *Tales of Long Ago*, London (Dean and Son), 1965.

- Roger Lancelyn Green, *Folk Tales of the World*, London (Purnell), 1966.
- Roger Lancelyn Green, *Sir Lancelot of the Lake*, London (Purnell), 1966.
- Martha Mearns (retelling of William Schwenck Gilbert's and Arthur Sullivan's opera), *The Yeomen of the Guard*, Edinburgh and London (Nelson), 1966.
- Jean Blashfield, *Iolanthe*, London (Nelson), 1966.
- Anne Grahame Johnstone (with illustrations by Janet), *ABC of Nature*, London (Dean), 1966.
- Jean Blashfield, *The Gondoliers*, London (Nelson), 1966.
- Martha Mearns (retelling of William Schwenck Gilbert's and Arthur Sullivan's opera), *HMS Pinafore*, London (Nelson), 1966.
- Dorothy Gladys Smith (aka Dodie Smith), *The Starlight Barking: More About the Hundred and One Dalmatians*, London (Heinemann), 1967. Reprinted by Puffin Books, 1970 and 1979; and London (Egmont), 2003.
- *Dean's Gift Book of Fairy Tales*, London (Dean and Son Ltd.).
- Paul Gallico, *Manxmouse*, London (Heinemann), 1968. Reprinted by Piccolo Books, 1972.
- *Greek Myths and Legends*, London (MacDonald Educational), 1968.
- Lewis Carroll, *Alice in Wonderland*, World Distributors, 1968.
- Paul Gallico, *The Man Who Was Magic*, London (Pan Books), 1968.
- Janet Grahame Johnstone (with illustrations by Janet and Anne Grahame Johnstone), *A Child's Book of Prayers*, London (Dean), 1968. Reprinted 1980.
- *Little One's Prayers*, London (Dean), 1968. Reprinted 1982.
- Honoria Plesch and Mafia Stevens, *Rainbow the Cook Pop-up Book*, London (Dean), 1969.
- John Morais Montgomery (selected by), *The Best Cat Stories*, London (Pan Books), 1969.
- Honoria Plesch and Mafia Stevens, *Seven Rainbow Tales*, London (Dean), 1969.
- Robert Browning, *The Pied Piper of Hamelin*, London (Dean and Son Ltd.), 1969.
- Anne Grahame Johnstone (with illustrations by Janet), *My Picture Book of Animals*, London (Dean), 1970.
- Gianni Rodari (translated by Patrick Creagh), *La Freccia Azzurra: The Befana's Toyshop*, a Twelfth Night Story, London (Dent), 1970.
- Dorothy Gladys Smith (aka Dodie Smith), *A Tale of Two Families*, London (Heinemann), 1970.
- Janet Grahame Johnstone (with illustrations by Janet and Anne Grahame Johnstone), *Puppy Dog Nursery Rhymes*, London (Dean), 1970.
- Janet Grahame Johnstone (with illustrations by Janet and Anne Grahame

Johnstone), *Pussy Cat Nursery Rhymes*, London (Dean), 1970.

- *A Book of Fairy Tales*, London (Dean), 1970.
- Eileen Esther Passmore, *My Baby Jesus Pop-up Book*, London (Dean), 1970 and 1982.
- Norah Lofts, *The Study of Maude Reed*, London (Transworld Publishers Ltd.), 1971.
- *Another Book of Fairy Tales: Rumpelstiltskin; Jack and the Beanstalk; The Frog Prince; and The Princess and the Pea*, London (Dean), 1971.
- *Nursery Rhyme Treasury*, Young World Productions, 1971.
- Madame La Comtesse D'Aulnoy, *The White Cat*, London (Dean), 1972.
- Norah Lofts, *Rupert Hatton's Tale*, Carousel Books, 1972.
- *An Enchanting Book of Nursery Rhymes*, London (Dean), 1972 and 1980.
- *Janet and Anne Grahame Johnstone's Gift Book of Fairy Tales*, London (Dean), 1973.
- Janet Grahame Johnstone (with illustrations by Janet and Anne Grahame Johnstone), *A, Apple Pie, B, Bit It*, London (Dean), 1973.
- Sallie Walrond, *Encyclopaedia of Driving*, Ilkley (Scolar Press), 1974. Reprinted 1979 (Country Life Books) & 1988 (J. A. Allen & Co. Ltd.).
- Alan Blackwood (compiled by), *Mulberry Bush Book of Nursery Rhymes*, London (Nelson Young World), 1974.
- Janet Grahame Johnstone (with illustrations by Janet and Anne Grahame Johnstone), *More Prayers for Children*, London (Dean), 1974.
- *Dean's Gift Book of Bible Stories*, London (Dean), 1974.
- *Dean's Book of Famous Fairy Tales*. Stories after Hans Christian Andersen, London (Dean), 1974. Reprinted (?) as *Gift Book of Hans Christian Andersen Fairy Tales*, London (Dean), 1975.
- Sallie Walrond, *Encyclopaedia of Driving*, Gawsworth (Horse Drawn Carriages Ltd.), 1974.
- Mae Broadley (selected and rewritten by), *Tales From Everywhere*, Manchester (World Distributors), 1975.
- Paul Gallico, *Miracle in the Wilderness*, London (Heinemann), 1975.
- *Dean's Gold Medal Book of Rhymes*, London (Dean), 1975.
- *Janet and Anne Grahame Johnstone's Gift Book of Prayers for Children*, London (Dean), 1975. A selection of the illustrations and prayers in this gift book were previously published in *Gold Star Book of Prayers* and *More Prayers for Children*.
- *New Little Prayers Pop-up Book*, London (Dean), 1976.
- Janet Grahame Johnstone (with illustrations by Janet and Anne Grahame Johnstone), *Little Jesus Pop-up Book*, London (Dean), 1976.
- Janet and Anne Grahame Johnstone, *Dean's Gold Star Book of Cowboys*, London (Dean), 1976.

- *Supreme Book of Children's Prayers*, London (Dean), 1977.
- Virginia Salmon (retold by), *Dean's Supreme Book of Bible Stories*, London (Dean), 1977.
- *Dean's Mother Goose Book of Rhymes*, Playmore Inc. Publishers, 1977.
- Janet and Anne Grahame Johnstone, *Dean's Gold Star Book of Indians*, London (Dean), 1977.
- *Dean's Gift Book of Nursery Rhymes Old and New*, London (Dean), 1978. A number of the rhymes and illustrations in this edition were previously published in *Nursery Rhymes Old and New and Gold Star Book of Ride-a-Cock-Horse Nursery Rhymes*.
- *Bible Stories and Prayers for Children,* London (Dean), 1978. Text and illustrations in this edition were previously published in *Dean's Gift Book of Bible Stories* and *Gift Book of Prayers for Children*.
- Janet and Anne Grahame Johnstone, *A Book of Children's Rhymes*, London (Dean), 1978.
- Dorothy Gladys Smith (aka Dodie Smith), *The Midnight Kittens,* London (W. H. Allen), 1978.
- *Fiberarts: The Magazine of Textiles,* September – October, USA, 1978.
- *Fiberarts: The Magazine of Textiles*, November – December, USA, 1978.
- *Fiberarts: The Magazine of Textiles,* January – February, USA, 1979.
- *Fiberarts: The Magazine of Textiles,* May – June, USA, 1979.
- *Fiberarts: The Magazine of Textiles*, September –October, USA, 1979.
- Janet and Anne Grahame Johnstone, *Ten Little Dogs* (sometimes referred to as Colour), Cambridge (Brimax Books), 1979.
- Enid Blyton, *The Enchanted Wood,* London (Dean), 1979.
- Janet and Anne Grahame Johnstone, *Cowboys and Indians,* London (Dean), 1979. Previously published as *Dean's Gold Star Book of Indians* and *Dean's Gold Star Book of Cowboys*.
- *Little Tots' Book of Nursery Rhymes,* London (Dean), 1979. Note that the illustrators are unnamed in this edition.
- *The Wonderful Story of Sleeping Beauty,* London (Dean), 1979 and 1984.
- *The Wonderful Story of Puss in Boots,* London (Dean), 1979.
- *The Wonderful Story of Snow White and the Seven Dwarfs,* London (Dean), 1979.
- *The Wonderful Story of Cinderella,* London (Dean), 1979.
- *Santa Claus is Coming to Town*, London (Dean), circa 1979 1980. Illustrations by Anne Grahame Johnstone.
- *Santa's Toy Shop,* London (Dean), circa 1979-1980. Illustrations by Anne Grahame Johnstone.
- *The Night Before Christmas,* London (Dean), 1980. Illustrators unnamed, but assumed on style grounds to be by Janet (?) and/or Anne Grahame

Johnstone.

- *Little Ones' Book of Nursery Rhymes,* London (Dean), 1981. No author or illustrators named, but assumed on style grounds to be by Janet and Anne Grahame Johnston and possibly a re-titled edition of an earlier collection.
- Anne Grahame Johnstone, *My Pop-up Book of Baby Animals,* London (Dean), 1982.
- Sallie Walrond, *Your Problem Horse,* London (Pelham Books), 1982. Reprinted 1993, Shrewsbury (Swan Hill Press).
- *My Pop-up Book ABC,* London (Dean), 1982.
- *My Pop-up Book of Fairy Tales,* London (Dean), 1982.
- *My Pop-up Book of Nursery Rhymes,* London (Dean), 1982.
- *My Pop-up Book of Cinderella,* London (Deans International), 1983.
- *My Pop-up Book of Puss in Boots,* London (Deans International), 1983.
- *My Pop-up Book of Snow White and the Seven Dwarfs,* London (Deans International), 1983.
- *My Pop-up Book of Sleeping Beauty,* London (Deans International), 1983.
- *My First Book of Nusery Rhymes,* Award Publications Ltd., 1985.
- *A Year of Poems,* Twickeham (Dean), 1986. Illustrations by Anne Grahame Johnstone.
- Jane Carruth (retelling of Charles Kingsley's classic), *The Water Babies,* London (Award Publications Ltd.), circa 1988 and 2003. Illustrations by Anne Grahame Johnstone.
- Jane Carruth (retelling of James Matthew Barrie's classic), *Peter Pan and Wendy,* London (Award Publications Ltd.), 1988 and 2004. Illustrations by Anne Grahame Johnstone.
- *My Book of Enchanting Nursery Rhymes,* Treasure, 1989.
- *My Book of Enchanting Fairy Tales,* Treasure, 1989.
- *Bible Stories and Prayers for Children,* Treasure, 1989.
- Linda Jennings, *My Christmas Book of Stories and Carols,* London (Award), 1990 and 2004. Illustrations by Anne Grahame Johnstone.
- Mary May (aka Mary Hughes), *Piebald is Lucky,* Collingbourne Kingston, Wiltshire (Manor Acre), 1995. Illustrations by Anne Grahame Johnstone.
- Mary May (aka Mary Hughes), *The Will to Win,* Collingbourne Kingston, Wiltshire (Manor Acre), 1996. Illustrations by Anne Grahame Johnstone.
- Mary May (aka Mary Hughes), *Deep Water at Dereen,* Collingbourne Kingston, Wiltshire (Manor Acre), 1996. Illustrations by Anne Grahame Johnstone.
- *A Year of Poetry,* London (Award), 1997. Illustrations by Anne Grahame Johnstone.

## G. List of Galleries, Academies, and Societies where Anna Zinkeisen exhibited her Paintings.

- Beaux Arts Gallery;
- Glasgow Institute of the Fine Arts;
- International Society;
- Walker Art Gallery, Liverpool;
- Royal Society of Portrait Painters;
- Royal Academy;
- Royal Society of British Artists;
- Redfern Gallery;
- Royal Hibernian Academy;
- Royal Miniature Society;
- Royal Institute of Oil Painters;
- Royal Scottish Academy;
- Society of Women Artists;
- Buxton Mill Galleries;
- Betty Joel Gallery;
- Fine Art Society.

## H. List of Galleries, Academies, and Societies where Doris Zinkeisen exhibited her Paintings.

- Glasgow Institute of the Fine Arts;
- Walker Art Gallery, Liverpool;
- Leicester Gallery;
- Royal Society of Portrait Painters;
- Royal Academy;
- Redfern Gallery;
- Royal Hibernian Academy;
- Royal Scottish Academy;
- Society of Women Artists;
- Paris Salon;
- The Fine Art Society;
- King Sreet Galleries;
- Buxton Mill Galleries;

- Frost and Reed Gallery;
- The Minories, Colchester.

## I. List of Galleries and Societies where Julia Heseltine has Exhibited her Work.

- Royal Academy;
- Paris Salon;
- Ohana Gallery, London;
- Savage Gallery, London;
- Clytie Jessop Gallery, London;
- Halesworth Gallery;
- Simon Carter Gallery, Woodbridge;
- Gallery 96, Cambridge;
- Buckenham Gallery, Southwold.

## J. List of Galleries where Charlotte Johnstone has exhibited her Work.

- Barbican Gallery;
- Pilgrims Gallery, Kathmandu;
- Riverside Studios, London;
- Priory Gallery, Talloires, France;
- Contour Gallery, Newlyn;
- Mall Galleries, London;
- Jelly Gallery, Reading;
- Hutson Gallery, Piccadilly.

## K. The story behind the ceiling painting in the Morning Room at the Russell-Cotes Museum in Bournemouth as told by Anna Zinkeisen's fifteen-year-old daughter, Julia Heseltine.

In the early Dawn, the Gods and Goddesses who live on Olympus, hover among the clouds just above the mountains awaiting word from Apollo to commence their daily journey up to the azure heights of Eternity. Aurora, Goddess of the Morning, already announces the coming light of the rising sun. She drives her golden chariot swiftly across the awakening sky, along the rosy highway of dawning day, drawn by Pegasus, the purest and swiftest of all heavenly horses, and heralded by Mercury, who flies beside her chariot, accompanying her on her sky-ward way.

Although the day is still in bud, many things are happening in this portion of the heavens. The Queen of Yesterday, Aphrodite, reclines leisurely in a delicate seashell, enjoying her previous day's success when she had won great honours for her wondrous beauty, surrounded with glory she accepts the prize for the Fairest presented to her by Paris, the shepherd. It is a beautiful golden apple.

Meanwhile, Aphrodite's sister, Neriad, who has accompanied her from her sea bed, sits on her trusty dolphin and guards her sister from any jealous ill-wishers who may be working ill among near-by clouds. However, Aphrodite's small son, Cupid, takes little interest in his mother's glory, and prefers to flit around among the clouds, making as much mischief as he can with his golden bow and fatal arrows. Today he has found a new Temple, and after enquiring of some cherubs as to the owner of the building, he finds out that the cherubs belong to the great Sabine warrior, King Tatius, who, after many victorious battles, had decided to build this Temple to Flora, the Goddess of Flowers, who was coming to receive it this morning. Peering over the drapery, the bold Cupid discovers the King and the Goddess, and, in addition, a strange monkey, which Cupid knows to be a bad omen and a symbol of vanity. The cherubs explain that the monkey, whose name is Saugins, or Singe, is so vain that he thought that the Temple was being built for him, and now that he had found out the truth, he was exceedingly angry, and was planning vengeance against his master and Flora. Cupid thinks this very sad, and plans to make the monkey fall in love with the Goddess by piercing him with a sharp arrow, thereby hoping to prevent Saugins grudging Flora the beautiful Temple.

From the heights of their Temple, the Muses pensively survey the world below.

## Index

Images of the Zinkeisen sisters and a selection of some of their works.